Aus Freude am Lesen

btb

Buch

Indien, 1947: das Jahr der Unabhängigkeit. Die letzten Monate vor dem Abzug der Engländer sind eine Zeit der Ungewißheit, des Aufbruchs und der Abrechnung. Sergeant Guy Perron lernt eines Tages den geheimnisumwobenen Major Merrick und dessen Schwägerin Sarah Leyton kennen, die wie er auf eine friedliche Zukunft Indiens hoffen – und doch an ihr zweifeln. Tatsächlich endet die Phase der Neuorientierung abrupt mit einem entsetzlichen Vorfall, bei dem die seit langem schwelenden Konflikte zwischen Hindus und Moslems aufbrechen. Während einer Zugfahrt geschieht das bisher Unvorstellbare: Mit Säbeln und Knüppeln bewaffnete Hindus halten den Zug an und greifen sich die Moslems in den Abteilen heraus. Völlig von den Ereignissen überrascht wird auch eine Gruppe mitreisender Engländer – unter ihnen Sergeant Guy Perron und Sarah Leyton...
Die Verteilung der Beute ist das grandiose Finale von Paul Scotts Tetralogie über »Das Reich der Sahibs«. Eine einfühlsame Abrechnung mit den dunklen Seiten der Kolonialgeschichte und – in so vielen Aspekten – ein wunderbarer Liebesroman.

Autor

Paul Scott wurde 1920 in Palmers Green, London, geboren. Von 1943 bis 1946 diente er als Nachrichtenoffizier und Versorgungsspezialist bei der britischen Luftwaffe in Indien. Nach dem Krieg wurde er Mitarbeiter bei einer literarischen Agentur in London, bevor er sich 1960 ganz dem Schreiben widmete. Mit *Die Verteilung der Beute* liegt nun der abschließende Roman seines großen Indien-Epos *Das Reich der Sahibs* vor, für dessen letzten Teil *Nachspiel* ihm 1977 der renommierte Booker Preis verliehen wurde. Paul Scott konnte diese Auszeichnung nicht mehr persönlich entgegennehmen. Er verstarb am 1. März 1978.

Paul Scott bei btb

Das Juwel in der Krone. Roman (72102)
Der Skorpion. Roman (72128)
Die Türme des Schweigens. Roman (72129)

Paul Scott

Die Verteilung der Beute

Roman

Aus dem Englischen von
Manfred Ohl und Hans Sartorius

btb

Die Originalausgabe erschien 1975
unter dem Titel »A Division of the Spoils«
bei William Heinemann Ltd., London

Umwelthinweis:
Alle bedruckten Materialien dieses Taschenbuches
sind chlorfrei und umweltschonend.

btb Taschenbücher erscheinen im Goldmann Verlag,
einem Unternehmen der Verlagsgruppe Bertelsmann.

1. Auflage
Genehmigte Taschenbuchausgabe April 1998
Copyright © 1975 by Paul Scott
Copyright © der deutschsprachigen Ausgabe
by J. G. Cotta'sche Buchhandlung Nachfolger GmbH,
gegr. 1659, Stuttgart 1988
Umschlaggestaltung: Design Team München
Satz: IBV Satz- und Datentechnik GmbH, Berlin
MD · Herstellung: Augustin Wiesbeck
Made in Germany
ISBN 3-442-72130-X

INHALT

DOREEN MARSTON
IN LIEBE UND FREUNDSCHAFT

ANMERKUNGEN
UND DANK DES AUTORS

Die Verteilung der Beute ist der letzte einer Folge von vier Romanen über das Ende der britischen Herrschaft, des *Radsch,* in Indien. Die Personen sind erfunden, die Ereignisse ebenfalls. Der Rahmen ist historisch so genau, wie ich ihn schaffen konnte. In der Zeit, die ich brauchte, um die vier Romane zu schreiben, bin ich dreimal als Besucher nach Indien zurückgekehrt und vielen Menschen dort für Informationen, für ihre Hilfe und ihre Gastfreundschaft zu Dank verpflichtet. Ich erkenne diese Schuld dankbar an. Ich danke auch dem Arts Council für einen Preis, der mir 1969 verliehen wurde.

Sieben Menschen bin ich vor allem zu Dank verpflichtet, und ich muß sie namentlich erwähnen, denn ich bezweifle, daß die Arbeit an den vier Romanen ohne ihre gemeinsame Ermutigung und praktische Hilfe zu einem Ende gekommen wäre. Aus Gründen, die den einzelnen bekannt sind, ist jeder Roman bereits jemandem gewidmet, der dazu in einer besonderen Beziehung zu stehen schien. Ich widme, wenn es mir erlaubt ist, die Romanfolge als Ganzes (in New York) Dorothy Olding, John Willey, Larry Hughes und Ivan von Auw und (in London) David Higham, Roland Gant und Charles Pick.

Facta non verba.
Paul Scott

TEIL EINS

1945

Ein Abend bei der Maharani

I

Hitler war tot, der Frieden in Europa beinahe einen Monat alt und es blieben nur noch die Japaner, mit denen man fertig werden mußte. Im Juni flog der Vizekönig von London zurück nach Delhi, sagte in der Öffentlichkeit beinahe zwei Wochen lang nichts und kündigte dann eine Konferenz der indischen Führer in Simla an, wo Vorschläge diskutiert werden sollten, die, wie er hoffte, die politische Lage entspannen, den endgültigen Sieg beschleunigen und das Land seinem Ziel, der völligen Unabhängigkeit, näherbringen würden. Er mußte mehrere Freilassungsbefehle unterzeichnen, um allen indischen Führern die Teilnahme an dieser Konferenz zu ermöglichen.

Sie begann am 25. Juni und wurde erst am 14. Juli erfolglos abgebrochen. Nach Ansicht vieler englischer Vertreter hatte es unerwartet lange gedauert, bis sich die Standpunkte der Kongreßpartei und der Moslem-Liga in Hinblick auf die Zusammensetzung eines neuen indischen Ministerrats oder einer Übergangsregierung als unvereinbar erwiesen. Lord Wavell, der Vizekönig, gab zu, daß die Konferenz gescheitert war, nahm die Schuld auf sich und bat darum, auf gegenseitige Vorwürfe zu verzichten. Danach beschuldigte der Führer der Gesamtindischen Kongreßpartei, ein Moslem, auf einer Pressekonferenz den Führer der Moslem-Liga, unnachgiebig an dem Anspruch festzuhalten, die Liga habe das Recht, alle Moslems des geplanten Ministerrats zu ernennen, und warf der britischen Regierung vor, sie habe nicht vorausgesehen, daß die Konferenz scheitern mußte, wenn man einer Partei ein Vetorecht bei Ernennungen einräumte und ihr damit die Möglichkeit gab, die Entwicklung des Landes zur Unabhängigkeit aufzuhalten. Der Führer der Moslem-Liga äußerte sein Mißfallen über eine

Kombination hinduistischer Interessen, die der »letzte Vertreter der geographischen Einheit« – der Vizekönig – unterstützte, dessen Plan seiner Ansicht nach ein Fallstrick für die Interessen der Moslems sei. Nehru nannte die Haltung der Moslem-Liga mittelalterlich und warnte davor, daß das wahre Problem, vor dem ein freies Indien stehen würde, nicht die kommunalen und religiösen Unterschiede seien, sondern die wirtschaftliche Rückständigkeit.

Die Konferenzteilnehmer verließen Simla, um die Lage für sich zu überdenken. Unter den ersten, die abreisten, befand sich Mohammed Ali Kasim, ein Kongreßmitglied und Moslem, der ehemalige Ministerpräsident der Vorkriegsregierung der Provinz Ranpur, der, wenn es nach Dschinna ging, nicht mit einer Berufung in den Ministerrat rechnen konnte. Wie mehrere andere prominente Kongreßmitglieder war Kasim beinahe drei Jahre lang in der Öffentlichkeit nicht mehr gesehen worden. Er verließ das Cecil Hotel mit einem kleinen Gefolge (unter Führung seines jüngeren Sohns Achmed), das ihn wirkungsvoll vor den Reportern schützte, beachtete die Fragen nicht, die man ihm zurief, und half Achmed unbeirrbar, einen gebrechlichen alten Mann zu führen, den Zuschauer später als seinen alten, kranken Sekretär Mahsood identifizierten. Als er schließlich sicher im Wagen saß, ließ er den jungen Mann von der *Civil and Military Gazette* abblitzen, der nahe genug zum Wagenfenster vorgedrungen war, um zu fragen: »Herr Ministerpräsident, ist Pakistan jetzt unvermeidlich?« indem er Achmed befahl, das Fenster hochzudrehen und die Jalousien herunterzulassen.

Das Herablassen der Jalousien regte die Phantasie eines indischen Karikaturisten an. Er zeichnete einen Wagen (durch die Initialen M. A. K. an einer Tür als der des ehemaligen Ministerpräsidenten erkennbar) mit ringsum, auch auf der Fahrerseite geschlossenen Jalousien, der mit hoher Geschwindigkeit (Rauchwolken aus dem Auspuff) von einem ehemals eindrucksvollen, inzwischen aber baufälligen Portal mit der Aufschrift »Kongreß« auf einen fernen Horizont zufuhr. Dort ging hinter einem schäbigen Bungalow, auf dessen wackliger Veranda Dschinna, der Führer der Moslem-Liga, mit einigen seiner Leute konferierte, eine Sonne mit der Aufschrift »Hoffnungen auf ein Amt« auf.

Die Karikatur empörte Anhänger der Kongreßpartei. Sie wiesen die Unterstellung zurück, daß Kasim im Begriff sei, sie zu verraten und der Liga beizutreten, und wehrten sich gegen die Darstellung ihrer Partei als ein baufälliges Portal, hinter dem sich nichts befand. Die Anhänger der Moslem-Liga verwahrten sich dagegen, daß die Qaid-e-Azam in einem so schäbigen, kleinen Gebäude wie dem dargestellten, residierte.

Als die Karikatur erschien (zwei Tage nach dem Ende der Konferenz), mußten sich die liberalen und gemäßigten indischen Politiker, die gegen die Verunglimpfung eines Mannes vielleicht protestiert hätten, der sich durch seine juristischen Fähigkeiten und seine politische Integrität ein Vierteljahrhundert lang große Achtung erworben hatte, fragen, ob Kasim schließlich doch dazu fähig sei, wie weniger verdiente Männer mit dem Blick auf die große Chance zu handeln. Was, so fragten sie, konnte sein rätselhaftes Verhalten besser erklären als die Absicht eines Übertritts zur Liga in der Hoffnung, seine politische Zukunft in einer Partei zu sichern, die stark genug geworden war, um eine Konferenz des Vizekönigs scheitern zu lassen?

Kasim schien zwischen Delhi und Ranpur nicht nur die Flucht vor den Journalisten gelungen, er schien mit seinem ganzen Gefolge verschwunden zu sein. Bei der Ankunft des Zuges in Ranpur befand er sich nicht unter den Reisenden, und er erschien nicht im alten Haus der Kasims in der Kandipat Road. Das Haus war verschlossen, seit Kasims Frau und danach sein Sekretär Mahsood es Mitte 1944 verlassen hatten, um ihm in die Schutzhaft seines entfernten Verwandten, des Nawab von Mirat, zu folgen, in die er sich nach seiner Entlassung aus der Festung Premanagar begeben mußte. Der angebliche Grund für Kasims Freilassung war sein schlechter Gesundheitszustand gewesen. Aber nicht er, sondern seine Frau starb etwa sechs Monate später.

Zu den Journalisten, die vor den immer noch verschlossenen Toren des Hauses in der Kandipat Road warteten, um den berühmten Moslem der Kongreßpartei bei seiner Rückkehr nach drei Jahren Haft und eingeschränkter Bewegungsfreiheit zu begrüßen, stießen gegen Abend Kollegen, die ebenso vergeblich am Bahnhof gewartet hatten, und dann eine wachsende Menge Zuschauer, die schließlich in ein Handgemenge mit einem Wagen voller Polizisten gerieten, die geschickt worden waren, die Menge zu zerstreuen. Es kam zu einem Rückzugsgefecht zwischen den mit Schlagstöcken bewaffneten Polizeibeamten und den hitzigeren Anhängern Kasims (Studenten). Das friedliche Vergnügen von Familien, die sich im Sir Achmed Kasim Memorial Park auf der anderen Seite ergingen, wurde dadurch gestört. Es kam zu einer Reihe von Festnahmen; im Koti-Basar und schließlich im Außenbezirk von Kandipat verbreiteten sich Gerüchte, Kasim sei im Zug aus Delhi von den Briten verhaftet, von Hinduextremisten entführt, von den Kommunisten ermordet worden und an dem Gift gestorben, das ihm Spitzel des Vizekönigs eingeflößt hätten. Man brach in das Geschäft eines unbeliebten Händlers ein – ein Hindu, der knapp wog – und plünderte es. Zur Vergeltung wurde daraufhin der Laden eines Moslems ausgeraubt. Am nächsten Tag demonstrierten Studenten des Staatlichen College Ranpur im Zivilistenviertel mit Tafeln, auf denen stand: »Wo ist M. A. K.?« Im Koti-Basar blieben die Geschäfte von Hindus und Moslems aus Furcht vor Unruhen, Brandstiftung und den dadurch entstehenden finanziellen Verlusten geschlossen.

An diesem Punkt der Entwicklung ließ der Oberinspektor der Polizei den Stadträten vertraulich mitteilen, daß Kasim am Leben sei, daß es ihm gut gehe, und daß er sich wieder im Sommerpalast des Nawab von Mirat in den Bergen von Nanoora befinde. Diese Information wurde gleichzeitig durch das Telefongespräch eines Korrespondenten in Mirat mit seinem Chefredakteur in Ranpur bestätigt. Offenbar hatten Kasim und seine Begleitung den Zug von Delhi nach Ranpur an einem kleinen Bahnhof ein paar Meilen vor der Provinzhauptstadt verlassen und waren zu einem anderen kleinen Bahnhof gefahren worden, wo der Privatzug des Nawab auf Kasim wartete und ihn an den Ort seiner Schutzhaft zurückbrachte. Allerdings mußte man annehmen, daß es sich in diesem Fall um eine freiwillige Rückkehr handelte, die keinen ernsteren Grund hatte als die Notwendigkeit zu ordnen, was sich in dem Jahr angesammelt hatte, das er dort auf Anordnung der Regierung verbringen mußte.

Die Nachricht regte denselben Karikaturisten zu einer neuen Deutung von Kasims unverständlichem Verhalten an. Mirat war ein Fürstentum, dessen Gebiet an die Provinz grenzte. Seine Bewohner waren hauptsächlich Hindus, der Herrscher jedoch ein Moslem. Auf der neuen Karikatur saß M. A. K. mit gekreuzten Beinen in Gesellschaft des Nawab und Dschinnas an einem niedrigen Tisch bei einem üppigen Festmahl. Der Tisch trug die Aufschrift »Islam«. Darunter sah man nur Kopf und Arme eines sich windenden Körpers: das freie Indien. Hinter einer Säule spähte das boshafte Gesicht von Winston Churchill hervor. Auf dem Kopf trug er wie Dschinna einen Fez, als Hinweis auf die angebliche Vorliebe des englischen Staatsmanns für die Moslems und seine Sympathie für ihre Ziele. Zufriedenheit glättete sein Gesicht bei dem Gedanken, daß die Fürsten, diese treu ergebenen indischen Stützen der Krone in zwei Weltkriegen, gemeinsam mit der Moslem-Liga, die es abgelehnt hatte, sich den Strategien der Kooperationsverweigerung der Kongreßpartei anzuschließen – aus welch unterschiedlichen Gründen auch immer –, jede Bemühung des Kongresses zunichte machen würden, so daß sie bei dem Thema der indischen Unabhängigkeit einen für sie günstigen Abschluß erzwingen konnten, wodurch sich die britische Herrschaft ohne weiteres so lange in die Zukunft ausdehnen ließ, daß der Begriff »unbegrenzt, wenn nicht für alle Zeiten« nicht unangebracht erschien. Eine Karikatur am nächsten Tag zeigte Churchill, der den Beifall einer schwachsinnigen (oder schlecht gezeichneten) und bewundernden britischen Öffentlichkeit entgegennahm, bei der er sich um seine Wiederwahl bewarb. Im Arm hielt er einen Säugling mit der Aufschrift »Sieg in Europa«, den anderen Arm streckte er mit einer Riesenhand und dem berühmten V-Zeichen dem Betrachter entgegen. Aber die beiden Finger wiesen nach unten – der eine mit der Aufschrift »Dschinna«, der andere mit der Aufschrift »indische Fürstentümer«. In der geballten Faust hing unter den Fingern ein schlaffer Körper, der die indische Einheit und den indischen Nationalismus darstellte. Nach dem Besuch eines Beamten der Kriminalpolizei bei dem Chefredakteur erschienen für einige Zeit weder in dieser noch in anderen Zeitungen Karikaturen des betreffenden Künstlers.

Die Nachricht von Kasims Rückkehr nach Mirat führte dazu, daß die Journalisten ähnlich wie bei seiner Entlassung aus der Festung im Vorjahr nach Nanoora strömten. Doch obwohl er jetzt vermutlich weder in seiner Bewegungs- noch seiner Handlungsfreiheit eingeschränkt war, gelang es den Journalisten auch diesmal nicht, ein Interview zu bekommen. Sie bekamen nicht einmal das offizielle Bedauern des Hofs darüber zu hören, daß Kasim keine Äußerungen zu machen habe. Man unternahm mehrere vergebliche Versuche, auf das Gelände des Sommerpalastes vorzudringen; das war kostspielig, denn man mußte Diener und Beamte bestechen, und es war gefährlich, denn man setzte sich der Gefahr der Festnahme wegen widerrechtlichen Betretens des Palastes aus, ja sogar der Gefahr (wie man erzählte), nach einem Schnellverfahren in einem der Kerker des Nawab zu landen. Ein Journalist nach dem anderen reiste wieder ab, und sie alle übergaben ihren Redaktionen erfundene Berichte. Schließlich blieb nur noch eine Handvoll in der weitläufigen kleinen Bergstadt zurück. Die Männer tranken in den Cafés und Bars, besprachen das interessante Gerücht, das über Kasims ältesten Sohn Sayed kursierte (das ihre Redaktionen aber noch nicht zu drucken wagten), und besuchten die Bordelle, nicht nur zu ihrem privaten Vergnügen, sondern auch in der Hoffnung, Kasims jüngeren Sohn Achmed dort zu treffen, der, wie man erzählte, ein Trinker und Frauenheld war, ein unverbesserlicher Taugenichts, der seinem Vater beinahe das Herz gebrochen hätte, ehe er nach Mirat in den Dienst des Nawab abgeschoben wurde, wo er nach Belieben huren und sich zu Tode trinken mochte.

Aber Achmed Kasim war in den Bordellen nicht zu sehen. Die Geschichte, daß er mit einer Geschlechtskrankheit in einem Zimmer des Privathauses von Dr. Habbibullah, dem Chefarzt des Nawab, lag und dort behandelt wurde, bewirkte, daß die verbliebenen Journalisten aus den Hügeln von Nanoora hinunter in die Stadt Mirat eilten; das Gerücht, M. A. K. habe die Geschichte von der Krankheit seines jüngeren Sohnes erfunden, um die Presse loszuwerden, denn er wolle Nanoora unbemerkt verlassen, bewirkte, daß einige schleunigst zurückeilten, andere das Fürstentum verließen und nach Ranpur und in das britische Indien zurückkehrten. Letztere fanden Kasims Haus in der Kandipat Road immer noch verschlossen, und ersteren gelang es ebensowenig wie bisher, sich mit eigenen Augen davon zu überzeugen, ob der scheue Kongreßmann tatsächlich im Sommerpalast wohnte.

Journalisten in anderen Teilen Indiens glaubten, in der Haltung einzelner Kongreßführer eher fromme Hoffnungen zu entdecken als die feste Überzeugung von Kasims unveränderlicher Treue zu dem doppelten Anliegen von Freiheit und Einheit, das er während seines politischen Wirkens stets vertreten hatte, und eine charakteristisch rätselhafte Äußerung des Mahatma (keine gesprochene, sondern eine geschriebene, denn er machte sie an einem seiner Schweigetage) half wenig, um den Verdacht auszuräumen, daß es während der Konferenz in Simla zwischen M. A. K. und seinen hohen Parteigenossen persönliche Meinungsverschiedenheiten gegeben hatte. Auf die Frage, ob er Klarheit über Kasims scheinbar selbstauferlegte Abschirmung schaffen könne, schrieb Gandhi: »Nur Gott schafft Klarheit über die Dinge, und in diesem Licht sehen wir vielleicht hin und wieder die Wahrheit.«

Damit mußten sich die beiden Journalisten zufriedengeben, denn der Mahatma bedeutete ihnen, daß das Interview zu Ende sei. Sie gingen, und er konnte baden und sich massieren lassen.

Wenige Tage später erlosch das öffentliche Interesse an Kasims politischen Absichten vorübergehend, als die unerwartete Nachricht eintraf, daß die britischen Wähler mit überwältigender Mehrheit für die Sozialisten gestimmt und dadurch den Erzimperialisten Churchill im Augenblick seines Triumphs auf den Posten des Führers Seiner Majestät nunmehr zahlenmäßig harmlosen Tory-Opposition verwiesen hatten.

Die Geschichte, daß drei hochgestellte Mitglieder des Bengal Club auf der Stelle der Schlag traf, entbehrte zwar nicht eines gewissen makabren Charmes, doch es stellte sich heraus, daß sie nicht auf Wahrheit beruhte; es bestand jedoch kein Zweifel daran, daß die Beziehungen zwischen vielen britischen Offizieren und der Mannschaft, den eingezogenen britischen Soldaten, die ihre Militärzeit in Indien abdienten und ihre Stimme durch Briefwahl abgegeben hatten, mehrere Tage etwas distanziert und in einem Fall sichtlich gespannt waren. Nur die Geistesgegenwart eines Hauptfeldwebels verhinderte, daß die Spannungen so weit eskalierten, daß sie zu einem Verhalten führten, das militärischer Ordnung und Disziplin geschadet hätte. Der Hauptfeldwebel stand auf dem Bahnhof in Puna zwischen seinem Hauptmann und einem Gefreiten, der zugegeben hatte, »den alten Clem« gewählt zu haben, und sagte: »Sir, wir haben einen leichten Sonnenstich.« Es regnete.

Die Schützenbrigade, die diesem Hauptmann unterstand, gehörte zu einem britischen Infanteriebataillon, das auf dem Weg nach Kalyan bei Bombay war, um zu den Truppen zu stoßen, die dort für die Invasion und Befreiung Malaias zusammengezogen wurden. Diese Operation lief unter dem Namen Zipper. Das Bataillon erreichte Kalyan am 30. Juli und bezog Quartier im Teil eines riesigen Barackenlagers, das trostlos wirkte und sich auch als trostlos herausstellte. Der Sommermonsun befand sich auf dem Höhepunkt. Dem ›Churchill‹-Offizier und den meisten seiner Kameraden gelang es, regelmäßig mit dem Jeep nach Bombay zu fahren (um sich dort zu trösten), wo bereits eine größere Zahl der für die Invasion bestimmten Schiffe vor Anker lagen und sich auf die Einschiffung der Truppen vorbereiteten. Den einfachen Soldaten erging es allerdings weniger gut.

Es gab Housey-Housey, das Kasernenkino, und indische Prostituierte, die billig, aber den Männern verboten waren. Es gab Schlamm. Es war eine öde Gegend, und es erforderte einiges an Phantasie, sich vorzustellen, daß sie einmal Schauplatz des romantischen und exotischen Lebens und Treibens der Mahrattenkönige gewesen war, für die ein blonder und redegewandter britischer Stabsunteroffizier des Abschirmdienstes – mit einem in Cambridge abgeschlossenen Geschichtsstudium – eine gelangweilte und unruhige Gruppe abkommandierter Soldaten aus dem Cockney-London, aus Wales, den Midlands und dem Norden zu interessieren versuchte, denen man verzeihen mußte, daß sie sich fragten, was sie in Kalyan zu suchen hatten, wo man sie für den Einsatz in Fernost ausrüstete, während der richtige Krieg (der in Europa) zu Ende war und in London die Lichter in jeder Hinsicht wieder brannten. Berichte von zu Hause über die Feiern der Siegesnacht hatten bereits das bißchen Gefühl für die Reize Indiens zunichte gemacht, das in ihnen entstanden, aber ohnehin nie stark genug gewesen war, um auch nur einen Funken Neugier auf die Geschichte oder die Zukunft des Landes zu wecken. Deshalb blieben dem Unteroffizier – er hieß Perron – bald keine Zweifel mehr an der Gleichgültigkeit seiner Zuhörer gegenüber den politischen Machenschaften und dem territorialen Ehrgeiz von Mahdaji und Daulat Rao Sindia. Perron hatte den Vortrag weder mit Begeisterung noch mit Optimismus begonnen, und so überraschte ihn die im Saal lauter werdende Forderung nicht, mit dem... aufzuhören, und sie schmerzte ihn auch kaum. Seine letzten Worte über eine Kriegerin, die ihre männlichen Rivalen, wie man erzählte, dadurch kampfunfähig machte, daß sie die Männer am Abend vor der Schlacht der Reihe nach in ihr Schlafgemach ließ, lösten am Ende beinahe Hysterie aus. »Her mit ihr!« rief dieselbe Stimme, und der Raum erbebte unter dem Pfeifen und Stampfen von mehreren hundert genagelten Stiefeln. Dieser Lärm begrüßte den Truppenbetreuungsoffizier, der nachsehen wollte, wie Unteroffizier Perron zurechtkam, und bestärkte ihn in seinem Glauben, daß solche Vorträge etwas Gutes seien. Unteroffizier Perron nahm dem Offizier diesen Glauben nicht, denn er hatte bereits ziemlich am Anfang seiner Militärzeit entschieden, daß Offiziere, wenn das Leben erträglich sein sollte, vor allem geschützt werden mußten, was ihre Illusion, sie wüßten, was die Mannschaft dachte, zerstören konnte.

Perron wußte, daß er unfähig war, das erforderliche Maß an Selbsttäuschung in diesem und anderen Punkten zu erreichen, die unter den Begriff »Menschenführung« fielen, und er glaubte, das Leben unter den einfachen Soldaten biete ihm weit mehr Freiheit und bessere Gelegenheiten, das menschliche Verhalten in einer interessanten Periode der Geschichte eingehend zu studieren; daher hatte er sich höflich, aber hartnäckig jedem Versuch widersetzt, ihn zum Offizier zu befördern. Nur einige der vielen Onkel und Tanten, die sich nacheinander seiner Erziehung angenommen hatten, fanden das kurzsichtig. Die anderen billigten seine Entscheidung, hielten sie für angemessen exzentrisch und durchaus im Einklang mit der radikalen Oberklassentradition, die sie als Familie auszeichnete – wie sie gern glaubten.

»Das ist gut angekommen«, sagte der Truppenbetreuungsoffizier, milderte seinen nördlich-ländlichen Dialekt und begleitete Perron kameradschaftlich aus dem Vortragssaal. »Ich muß sagen, ich hatte meine Zweifel. Aber wer wirklich über eine Sache Bescheid weiß, kann andere leichter mit seiner Begeisterung anstecken. Sie müssen mehr Vorträge halten, Unteroffizier.«

»Eine gute Idee, Sir.«

19

»Diese Wartezeiten sind verdammt schwierig. Wir kriegen bald ein Haufen Jungs von der Luftlandetruppe. Nachdem die Vorstellung in Deutschland aus ist, werden sie es kaum abwarten können, loszulegen und die Japse zu erledigen. Es wird nicht so leicht sein, die Burschen zu beschäftigen und zu unterhalten. Ich weiß, Sie haben Ihre speziellen Sicherheitsaufgaben, aber ich wäre dankbar, wenn Sie eine halbe Stunde übrig hätten, um ihnen vormittags einmal einen Ihrer Vorträge über indische Geschichte zu halten. Ich will versuchen, selbst zu kommen, um auch etwas zu lernen und meinen Horizont über das Schwarze Loch hinaus zu erweitern. Dazu ist es nie zu spät, hm?«

Perron sagte: »Ich hoffe, Sie nehmen es mir nicht übel, Sir, aber ich glaube, die Männer fühlen sich wohler, wenn kein Offizier anwesend ist.«

Hauptmann Strang wirkte erleichtert. Perron salutierte besonders schneidig, als er sich verabschiedete, um dem Offizier zu erkennen zu geben, daß sein Interesse gewürdigt, seine Freundlichkeit jedoch nicht ausgenützt und als Vorwand für nachlässiges Verhalten benutzt werde. Er hätte auch die Hacken zusammengeschlagen, wenn sie nicht in einer Pfütze gestanden hätten. Perron hatte nicht nur deshalb einen eindrucksvollen Exerzierstil und soldatisches Benehmen kultiviert, um das ermutigende Bild von Disziplin und Effizienz aufrechtzuerhalten, das Offiziere erfreute, sondern auch (nach einer unangenehmen Erfahrung mit einem Hauptmann der Seaford Highlander im Kartenzimmer eines Lagers in der Ebene von Salisbury), um das Risiko zu verringern, daß er durch seine BBC-Aussprache (wie die anderen Unteroffiziere es nannten) und seine kulturellen Interessen den Eindruck erweckte, er sei schwul.

Der Anblick der Flotte, die sich vor Bombay sammelte – seine Aufgaben als Unteroffizier des Abschirmdienstes führten Perron inzwischen ziemlich regelmäßig dorthin –, die auftauchte, verschwand und wieder auftauchte, wenn die Vorhänge des Monsunregens und -nebels sich hoben und unheildrohend senkten, deprimierte ihn gewöhnlich nicht. In den vier Jahren beim Militär hatte er gelernt, den ganzen Krieg als eine zu wenig geprobte und überinszenierte Laienaufführung zu sehen, die unbedingt zusammengestrichen werden müßte. In diesem Licht konnte man die grauen Umrisse der Truppentransporter und Geleitschiffe als Phantasiegespinste eines unbekannten, aber verbissenen Operationsstabs sehen, auf dessen Befehle hin sie auftauchten. Dieselbe Phantasie konnte sie ebenso schnell wieder verschwinden lassen. Beim Heer war nichts völlig gewiß, bis es geschehen war; und Perron gedachte keineswegs, sich Sorgen über Zipper zu machen oder über die Gefahr, in die er durch Zipper geraten mochte, bis die Schiffe die Anker lichteten, und er sich auf einem befand.

Aber am Nachmittag des 5. August, einem Sonntag, bemerkte er, als er in einem brandneuen Jeep, der ihm vorübergehend im Austausch gegen sein Motorrad – er hatte es der Fahrbereitschaft überlassen, die es für die bevorstehende Landung an der Küste von Malaia wasserfest machte – zur Verfügung gestellt worden war, daß sich die Flotte vergrößert hatte, seit er sie vor ein paar Tagen zum letzten Mal gesehen hatte. Vielleicht trug das Gefühl der Vergeblichkeit, das ihn seit dem Vortrag am Tag zuvor nicht verließ, wesentlich zu der ungewohnten Beunruhigung bei, dem Gefühl, daß etwas in der Luft lag, das nichts Gutes verhieß und ihn auf nostalgische Gedanken an eine Welt brachte, in der Friede und Vernunft herrschten.

Ihm blieb noch etwas Zeit bis zu seiner Verabredung mit einem Major Beamish; deshalb hielt er an und blickte über das braungraue Meer vor Bombay. Er hatte persönlich nie eine andere Vermeidungsaktion unternommen, als an seiner Zurückstellung vom Militärdienst mitzuwirken, damit er sein Abschlußexamen absolvieren und seinen akademischen Grad erlangen konnte. Und doch war es ihm gelungen, den Krieg bis jetzt zu überstehen, ohne einem gewaltsamen Ende nähergekommen zu sein als bis auf eine halbe Meile an eine Bombe, die eine Heinkel nach einem abendlichen Besuch in Bristol über Torbay abwarf. Aber er hatte immer damit gerechnet, daß die Gefahr für ihn kommen werde. Als er 1943 nach Indien versetzt wurde, dachte er, sie würde sehr bald kommen. Natürlich verband sich jede Befürchtung, die er in dieser Hinsicht hegte, mit der Erregung, sich nach mehreren Jahren gelehrsamer Vertiefung in die imperiale Geschichte Großbritanniens tatsächlich in dem Land zu befinden, in dem so vieles von dieser Geschichte seinen Anfang genommen hatte.

In den ersten sechs Monaten hatte ihm das Würfelspiel der Versetzungen die Möglichkeit gegeben, Cawnpore, Lucknow, Fort St. George, Kalkutta, Seringapatam, Haiderabad, Jaipur und Agra kennenzulernen. Wenn ihn diese Orte als Relikte alter Auseinandersetzungen auch etwas enttäuscht hatten, so war es ihm doch immer gelungen, die Enttäuschung zu unterdrücken, ehe sie stark genug wurde, um sein wissenschaftliches Vertrauen zu untergraben. »Indien«, schrieb er in sein Notizbuch, »erweist sich als eigenartig immun gegen die Last des Wissens um seine Geschichte. Ich war noch nie in einem Land, in dem das Gefühl der Gegenwart so stark ist, in dem die Zukunft so unvorstellbar (sogar unwahrscheinlich) zu sein scheint, und in dem die Vergangenheit sowenig nachwirkt. Selbst die berühmten Monumente scheinen erst gestern errichtet worden und die zerstörten scheinen von Anfang an Ruinen gewesen zu sein – und auch das erst seit kurzem.«

Gelegentlich fühlte Perron sich versucht, dem Krieg die Schuld an seiner Unfähigkeit zu geben, das Land, das er sah, mit dem in Verbindung zu bringen, was er von seiner Vergangenheit wußte. In solchen Augenblicken dachte er daran, wie interessant es sein würde, nach Kriegsende zurückzukommen oder zu bleiben, um Indien ungestört und genau in Augenschein zu nehmen. Aber als er an diesem Nachmittag auf das unfreundliche Arabische Meer hinausblickte – als Kind hatte er es für das Meer mit dem romantischsten Namen der Welt gehalten –, fühlte er stärker als je zuvor, daß ihn die Erfahrung, in Indien zu sein, dem Punkt gefährlich nahe gebracht hatte, an dem er dieses Vertrauen verlieren würde, und er wollte nach Hause – nicht (wie die Männer, denen er seinen Vortrag gehalten hatte) nur, um zu Hause zu sein oder die ersten Früchte einer neuen politischen Ordnung zu genießen (für die auch er seine Stimme nach Hause geschickt und von Tante Charlotte stellvertretend hatte abgeben lassen), sondern damit er wieder zu der Klarheit und den ruhigen Rhythmen logischen Denkens finden könne. Er wußte, beides hing von einem anhaltenden Glauben an die eigene Fähigkeit ab, alles zu begreifen, was für das selbstgewählte Thema von Bedeutung war; und Indien erschien ihm als der letzte Ort, an dem man sein konnte, wenn man ein Gefühl für die historischen Proportionen des Landes behalten wollte.

Er zog sein Notizbuch hervor und wollte etwas schreiben, das seine Gedanken vielleicht klären und die nagenden Zweifel am Wert der Arbeit als unbegründet erweisen konnte, die er auf der Suche nach gewissen unvermeidlichen Wahrheiten leisten wollte; aber so wie es keine Verbindung zwischen dem Indien, in dem er sich befand, und dem Indien in seinem Kopf zu geben schien, so bestand auch keine Verbindung zwischen Papier und Bleistift, und das Blatt blieb verdächtig leer. Das deprimierte ihn so sehr, daß er entschlossen schrieb: »Tante Charlotte mitteilen, daß sich Bunburys Zustand rapide verschlechtert?«

»Das ist Hauptmann Purvis«, sagte Major Beamish und wies auf einen abgezehrten, maushaarigen, krank wirkenden Mann, der sich mit braunen Tabletten vollstopfte und sie mit Wasser hinunterspülte, um nicht völlig daran zu ersticken. »Sie und er, Sie gehn heut abend zu 'ner Party.« Beamish sprach wie so viele ältere Berufsoffiziere eine Art Oberschicht-Cockney.

»Jawohl, Sir«, sagte Perron und hielt seine Daumen an der Hosennaht.

Beamish war schlecht gelaunt. Entweder lag es an einem zu feuchtfröhlichen Samstagabend oder an dem Widerwillen, an einem Sonntag arbeiten zu müssen. Er sagte: »Setzen Se sich um Himmels willn. Für Exerzierplatzmaniern isses viel zu heiß.«

Perron war über einsachtzig groß. Er wählte den niedrigsten der drei freien Stühle, mit Rücksicht auf Major Beamish, dessen Rumpf im Verhältnis zu seinen Beinen etwas kurz war und der deshalb hinter seinem Schreibtisch kleiner wirkte, als es für einen Mann seines despotischen Temperaments angemessen oder passend schien. Zufrieden, daß sich seine Augen jetzt ein paar schmeichelhafte Zentimeter unter denen von Beamish befanden, begegnete Perron dem Blick des Offiziers mit soldatischer Offenheit.

»Ham Se Ihre Zivilklamotten dabei?«

Ehe Perron antworten konnte, warf der andere Offizier ein, der inzwischen mit geschlossenen Augen und verschränkten Armen dasaß: »Ich würde in diesem Fall nicht zu Zivil raten.«

»Ich habe meine Sachen vom Ausbildungskorps dabei, Sir«, sagte Perron.

»Das geht«, sagte Purvis.

»Erklärn Sie ihm alles, Purvis, oder soll ichs tun?«

»Würden Sie es tun? Ich melde mich, wenn ich glaube, Sie haben etwas falsch verstanden. Könnten wir den Ventilator etwas stärker stellen?«

Perron stand auf, ging zu den Schaltern und drehte an dem Knopf, der den Deckenventilator regulierte. Gereizt verschob Beamish Briefbeschwerer, um die Papiere auf der Schreibtischplatte festzuhalten. Dann zündete er sich eine Zigarette an, schob den beiden die Dose aber nicht hin.

»S'geht um die Sicherheit von Zipper und leichtsinniges Geschwätz hier in Bombay«, begann er. Perron hörte für die zehn Sekunden, die Beamish benötigte, um von der informativen zur spekulativen Phase zu kommen, aufmerksam zu und versuchte dann das, was er sein anderes Ohr nannte, einzustimmen: Dieses Ohr nahm die Nuancen von Zeit und Geschichte wahr, die sanft durch den Raum schwebten – ein Fluß, den weder Beamishs Angelegenheiten aufhielten noch sein eigenes Gefühl der Verpflichtung, ihm dabei behilflich zu sein, indem er sich Beamish zur Verfügung stellte. Mit einem Blick auf Purvis fragte er sich, ob dieser Offizier ebenfalls das Flüstern des ewig fließenden Stroms wahrnahm, oder ob der konzentrierte Gesichtsausdruck auf die durchschlagende Wirkung der Tabletten zurückzuführen sei. Als Purvis plötzlich die Stirn runzelte, entschied er, es müsse Letzteres sein.

»Hörn Se noch zu, Unteroffizier?«

»Jawohl, Sir.«

»Gut. Erzähln Se ihm von der Party, Purvis.«

Einen Augenblick sagte Purvis nichts und rührte sich auch nicht. Dann öffnete er die Augen.

»Mein Gott!« sagte er, stand auf und verschwand.

»Dünnpfiff«, erklärte Beamish.

»Wer ist Hauptmann Purvis, Sir?«

»Weiß ich nicht. Der Brig hat nichts gesagt. Bis vor 'ner halben Stunde hatt ich ihn noch nie im Leben gesehn. Scheint mir ne Flasche zu sein. Sollt sich besser in Schuß halten können!«

Ein Chaprassi kam mit einem Stapel Akten herein, die ein rosa Band zusammenhielt, und legte sie neben einen ähnlichen Stapel auf der Seite »Eingänge« von Major Beamishs Schreibtisch. Im

Korb »Ausgänge« lag eine einzige Akte. Der Chaprassi nahm sie mit, als er ging. Beamish goß sich ein Glas Wasser ein und griff nach der obersten Mappe des ihm am nächsten liegenden Stapels.

»Rauchen Se, wenn Se wolln«, sagte er, »solang wer wartn.«

Perron bedankte sich murmelnd, rauchte aber nicht. Beamish las in der Akte, zeichnete sie ab, warf die Mappe in den Ausgangskorb und griff zur nächsten.

Zehn Minuten später kam Purvis zurück. Beamish las den Bericht in der letzten Akte des zweiten Stapels. Ohne aufzublicken, fragte er: »Geht's besser?«

»Offen gestanden, nein. Ich glaube, der Unteroffizier wird mit in mein Quartier kommen müssen. Ich erkläre ihm dort alles. Er muß sich ohnehin für den Abend umziehen und frisch machen.«

»Also gut, Unteroffizier, gehn Se mit Hauptmann Purvis. Fahrn Se heut abend nach Kalyan zurück?«

»Ich hatte die Absicht, Sir.«

»Rufn Se mich morgen früh von dort aus an. Dann entscheidn wer, ob's was gibt, dem wer nachgehn müssen.«

Perron erhob sich, setzte die Mütze auf, knallte die Hacken zusammen und salutierte. Als er sich umdrehte, sah er gerade noch das schmerzlich verzogene Gesicht von Hauptmann Purvis.

»Schuhe, Unteroffizier! Haben Sie *Schuhe*?« fragte Purvis.

»In meinem Seesack, Sir. Mit der Uniform.«

»Gott sei Dank. Wie sind Sie gekommen? Auf dem Motorrad?«

»Heute habe ich einen Jeep, Sir.«

»Wir lassen ihn vor meinem Büro stehen.«

Draußen im Gang hielt Purvis Abstand und ging ein paar Schritte voraus. Sie kamen an einer langen Bank vorbei, auf der Chaprassis aufgereiht saßen wie Basreliefgestalten auf einem Fries. Sie dösten und warteten darauf, beschäftigt zu werden. Das Gebäude – es stand derzeit dem Heer und der Marine zur Verfügung – gehörte der Hafenbehörde und roch nach Tauen, Jutesäcken und dem Staub alter Konnossemente. Durch die riesigen Fenster des Hauptflurs, in den sie einbogen, drang dieser andere, stets gegenwärtige Hafengeruch von öligem Wasser: Bombay, Bom-Bahia, ein Inselsumpf, Teil der Mitgift, die Katherina von Braganza in die Ehe mit Charles II. eingebracht hatte. Die Briten brauchten fünf Jahre, um den portugiesischen Vizekönig zur Übergabe zu überreden. Perron stoppte den Fluß dieser Gedanken, bevor sie ihn verwirren konnten; außerdem ging Purvis sehr schnell, und Perron wollte nicht riskieren, ihn in diesem Labyrinth zu verlieren. Er konzentrierte sich auf den Rücken von Purvis, und ihm fiel auf, daß der Offizier die Schultern krümmte – vielleicht weil Perrons genagelte Stiefel auf dem Steinboden solchen Lärm machten.

Sie stiegen eine breite Steintreppe hinab und erreichten die große Eingangshalle. Auf dem Marmorboden standen auf breiten Sockeln viele Stangen mit Hinweisschildern. Keiner der Offiziere und Unteroffiziere, die kamen und gingen, warf einen Blick auf die Wegweiser, und Perron überlegte, wie lange es dauern würde, bis alles in hoffnungslose Verwirrung geriet, falls es jemandem in den Sinn kommen sollte, die Hinweisschilder zu verdrehen. Vielleicht würde es niemand bemerken.

Er lächelte. In diesem Augenblick blieb Purvis stehen und drehte sich um. Beinahe wären sie zusammengestoßen. Purvis vergaß, was er hatte sagen wollen.

»Finden Sie etwas komisch, Unteroffizier?«

»Nein, Sir.«

»Ich meine, wenn ja, dann behalten Sie es *bitte* nicht für sich.«

Perron erzählte ihm von seinem Einfall mit den Wegweisern. Purvis warf einen Blick darauf. Wortlos ging er nach draußen zu einem Vorplatz, wo normalerweise dicht gedrängt die Autos standen. An diesem Tag war er allerdings beinahe leer. In der kurzen Zeit, seit sie Beamishs Büro verlassen hatten, war die Sonne herausgekommen. Perron spürte die Hitze auf den Augenlidern.

»Wo steht denn Ihr Jeep?«

Perron wies auf den Wagen.

»Kein Fahrer?«

»Nur ich, Sir.«

Purvis stieg die Stufen hinunter. »Meiner ist dieser Chevvy, der Eintonner da. Fahren Sie hinter mir her und verlieren Sie mich um Gottes willen nicht. Verstanden?«

Perron folgte im Jeep dem Wagen durch den Torbogen, den nachts eine weiße Schranke versperrte. Im Augenblick jedoch stand das Tor allen offen, die unter den Augen eines Postens kamen und gingen. Der Posten sollte die Ausweise kontrollieren, aber er ließ die Leute auf Treu und Glauben durch. Sie fuhren auf einer Straße parallel zu den Kais. An ihrem Ende bog der Wagen von Purvis ab. Plötzlich befand Perron sich mitten im dichtesten Verkehr von Bombay – Busse, Radfahrer, hupende Taxis, überladene Lastwagen, Pferdekutschen und unvorsichtige Fußgänger. Er konzentrierte sich darauf, den Chevvy nicht zu verlieren. Der Wagen bremste plötzlich scharf vor einem Hindernis, das Perron nicht sah. Er trat auf die eigene Bremse und kam etwa zwei Fuß vor der Stoßstange zum Stehen; bei einem Zusammenstoß hätte Purvis wahrscheinlich die Nerven verloren, die anscheinend zum Zerreißen gespannt waren. Möglicherweise war das Nest von Spionen, Angehörigen der Fünften Kolonne und leichtsinnigen Schwätzern, das Purvis entdeckt zu haben glaubte, wie Perron vermutete, nur eine Illusion. Beim Weiterfahren achtete Perron auf einen größeren Abstand (er stellte fest, daß der Grund für den abrupten Halt ein Karren voller Käfige mit lebenden Hühnern gewesen war, den ein halbnackter Kuli zog) und kam zu dem Schluß, daß die Party vielleicht erträglich, vielleicht sogar unterhaltsam sein könne, wenn Purvis nicht den ganzen Abend an ihm klebte.

Es stellte sich heraus, daß Purvis in einem der modernen Wohnblocks am Oval oder *Maidan* einquartiert war – der eleganten, von Kokospalmen gesäumten Rasenfläche, die in der Regenzeit grün leuchtete. Sie fuhren in Purvis' Wagen dorthin, nachdem sie Perrons Jeep ein paar Straßen weiter im Hof eines Hauses abgestellt hatten, vor dem Wachen postiert waren, das sich aber sonst durch nichts als militärisches Bürogebäude auswies. Purvis hatte den Posten angewiesen, Perron nach Vorzeigen seines Ausweises einzulassen, gleichgültig zu welcher Zeit und in welcher Kleidung oder Uniform er käme, damit er seinen Jeep abholen konnte. Aber – so kurz die Fahrt auch war – der Weg vom Büro zu Purvis' Quartier kam Perron, der hinten auf dem Lastwagen saß, sehr kompliziert vor, und er bezweifelte, daß er den Rückweg zu seinem Jeep ohne Begleitung finden würde. Das beunruhigte ihn nicht sonderlich, denn er nahm an, sie würden mit Purvis' Wagen zu der Party fahren, damit auch wieder zurückkommen und man würde ihn anschließend zu seinem Jeep bringen. Aber als sie in der Queen's Road ausstiegen, zeichnete Purvis das Fahrtenbuch ab und entließ den Fahrer bis zum nächsten Morgen.

»Findet die Party hier in der Nähe statt, Sir?« fragte Perron, als sie sich dem Eingang des Wohnhauses näherten. Purvis gab keine Antwort. Er hatte es eilig. Sie erreichten die beiden Stufen, die zur offenen Tür und einem dunklen Treppenhaus führten; er stürmte hinauf, stieß mit einem Diener zusammen, der vor einer jungen Engländerin das Haus verließ, und rannte ihn beinahe über den Haufen.

»Mein Gott, passen Sie doch auf, wohin Sie gehen!« schimpfte Purvis.

Er ließ sich nicht anmerken, ob er die junge Frau gesehen hatte, stürmte an den beiden vorbei und verschwand in der Dunkelheit.

»Ich bitte um Entschuldigung«, sagte Perron zu der jungen Frau.

»Warum?« fragte sie.

»Leider geht es dem Offizier nicht gut. Er hat Sie nicht bemerkt.«

Sie musterte seine Uniform und registrierte alles mit einem kurzen Blick, wozu junge Engländerinnen in Indien erzogen wurden.

»Er ist nicht mit mir, sondern mit Nazimuddin zusammengestoßen. Aber vielen Dank, daß Sie sich für ihn entschuldigen.«

Perron wartete darauf, daß sie ». . . Unteroffizier« hinzufügen würde, aber sie schenkte ihm statt dessen ein normales freundliches Lächeln und setzte den Hut auf, den sie in der Hand trug. Durch diese Bewegung verströmte sie den Hauch eines zarten Dufts. Sie ging die beiden Stufen hinunter zum Gehweg und zur Straße, wo der schlecht behandelte Diener ein Taxi herbeiwinkte. Die junge Frau war etwas dünn, etwas knochig, aber ihr Gang war gut. Perron schätzte sie auf Anfang Zwanzig, aber er fand es schwer, sie einzuordnen. Aussprache, Kleidung, Direktheit verrieten eine Tochter des *Radsch*, aber ihrem Verhalten fehlte dieses gewisse Etwas, das sich so schlecht definieren ließ und das Perron gelernt hatte, mit jungen Memsahibs in Verbindung zu bringen: eine Mischung aus Selbstversunkenheit, Selbstsicherheit an der Oberfläche, darunter eine erschreckende Unschuld und damit verbundene Unsicherheit über die wahre Natur der fremden Welt, in der sie lebten. Sie waren dazu geboren, nur die dünne, sauerstoffarme Luft der Hänge und Gipfel zu atmen; und so schienen sie mit dem rührenden Ausdruck junger Frauen, die dazu erzogen worden waren, den Platz eines jeden zu kennen, und die folglich entschlossen darauf achteten, daß jeder ihren eigenen Platz anerkannte, auf andere hinunterzublicken.

Perron wartete, bis sie ins Taxi gestiegen war – ein anmutiger Vorgang bei einer jungen Frau, besonders bei ihr. Dann schulterte er den Seesack mit seiner Verkleidung, der Uniform des Ausbildungskorps, betrat das Haus und ging durch das Dunkel in eine kaum heller erleuchtete Eingangshalle mit einem Aufzugsschacht und einer steinernen Treppe, die nach oben führte. Am Griff des Aufzuggitters hing an einer Schnur ein Schild mit dem Hinweis, daß der Aufzug nicht funktionierte. Aber Perron hätte ohnehin nicht gewußt, welches Stockwerk er hätte drücken müssen. Auf der Treppe hörte er kein Geräusch von Purvis. An der Tür der Wohnung zu seiner Rechten befand sich über der Klingel ein dunkel gebeiztes Holzschild mit den Goldbuchstaben: Mr. B. S. V. Desai. Zur Linken entdeckte er ein ähnliches Schild mit der Aufschrift: H. Tractorwallah. Es schien unwahrscheinlich, daß Purvis sich hinter einer dieser Türen befand, denn sie wirkten beide nicht, als seien sie vor kurzem geöffnet worden.

Perron stieg die Stufen hinauf. In den beiden Wohnungen des ersten Stocks lebten ein Oberstleutnant A. Grace und ein Major Rajendra Singh der Indischen Sanitätstruppe. Der Name des indischen Sanitätsoffiziers schien vor längerer Zeit auf das Holz gepinselt worden zu sein als der von Oberst Grace. Perron zögerte, kam dann aber zu dem Schluß, daß eine der beiden Türen offenstehen würde, wenn Perron auf diesem Stockwerk einquartiert wäre. Er stieg weiter hinauf und hörte oben jemanden rufen: »Sahib?«

Vermutlich war es Purvis' Diener. Der Mann verbeugte sich, trat zurück, als Perron das nächste Stockwerk erreichte, und deutete auf die offene Tür über der Wohnung von Rajendra Singh. Beim Eintreten hörte Perron ein Stöhnen. Der Diener schloß die Wohnungstür und verschwand hinter einem Vorhang. Das Stöhnen wiederholte sich. Ein Wasserhahn wurde aufgedreht. Perron stellte den Seesack ab, ging in die entgegengesetzte Richtung wie der Diener und betrat ein Eßzimmer. Von dort führte ein breiter offener Bogen in das Wohnzimmer. Es war elegant möbliert. Durch die Jalousien drang wäßriges Sonnenlicht herein. An der Wand über einem langen Sofa hingen mehrere Bilder, offenbar Gemälde aus der Mogulzeit, und bei näherer Betrachtung erkannte Perron, daß sie echt waren. Er bewunderte sie noch, als der Diener hereinkam und ihn in das Zimmer von Hauptmann Purvis bat.

Es war ein großer Raum, aber gemessen an den anderen, glaubte man sich in eine Kaserne versetzt. Abgesehen von einem Schrank, einem Holztisch, auf dem unordentlich Bücher, Akten und ein paar getragene Hemden lagen, befanden sich im Zimmer nur ein Stuhl mit einem geflochtenen Sitz und das Bett, auf dem Purvis lag – eine Hand über den Augen; die andere baumelte herunter und berührte beinahe den Fußboden. Durch eine offene Tür sah man jedoch ein gut ausgestattetes, grün gekacheltes Bad.

Purvis sagte: »Unteroffizier, ich werde es nicht schaffen. Sie müssen allein gehen oder die ganze Angelegenheit vergessen. Ich wünschte, ich hätte den Mund gehalten. Es ist alles reine Zeitverschwendung. Jeder verdammte Zivilist in Bombay kennt die Bestimmung von Zipper, das Warum und das Wie. Wir sind die Ausnahmen. Wir wissen zwar, wohin es geht. Aber sie wissen es viel genauer. Sie können sogar die verfluchten Strände nennen. Es wird chaotisch werden, ein absolut heilloses, völlig idiotisches, blutiges Chaos.«

Plötzlich nahm Purvis die Hand von den Augen und starrte Perron erregt an.

»Sie *sind* doch vom Abschirmdienst?«

»Jawohl, Sir.«

»Beamish nicht. Was zum Teufel ist er?«

»Er hat bestimmte Aufgaben bei der Verbindung zwischen dem Nachrichtendienst und dem Stab.«

»Aber er ist nicht Ihr Offizier?«

»Nein. Mein Offizier ist zur Zeit in Puna.«

Purvis schloß die Augen.

»Puna«, flüsterte er beinahe, »das kann doch nicht wahr sein.«

»Puna, Sir? Oder daß mein Offizier dort ist?«

Purvis gab keine Antwort. Durch den Laden vor dem offenen Fenster drang plötzlich das laute Gezeter von Krähen, dann erscholl unten im Hof ein langgezogener Schmerzensschrei – so mußte es für ein uneingeweihtes Ohr klingen –, aber Perron wußte, es handelte sich nur um den Ruf eines fliegenden Händlers. Purvis stöhnte und drehte sich auf die vom Fenster abgewandte Seite. In diesem Augenblick verschwand die Sonne, und der Sommermonsun öffnete wieder seine Schleusen. Purvis bewegte die Lippen, aber im prasselnden Regen hörte Perron nichts.

Der Diener kam mit einem Teetablett durch den Vorhang. Perron half ihm, indem er Platz auf dem Tisch machte; als der Diener wieder verschwunden war, warf er einen Blick auf Purvis und wollte fragen: »Soll ich eingießen, Sir?« Aber die offenen Augen des Offiziers waren starr und blicklos – sogar glasig. Im ersten Augenblick glaubte Perron, der Mann sei tot, von dem einen Donnerschlag hinweggerafft, der der Ankunft des Tees vorausgegangen war.

Erfrischt, gebadet und als Unteroffizier des Ausbildungskorps getarnt, schritt Perron – in Schuhen, nicht mehr in Stiefeln – durch den gekachelten Flur zum Wohnzimmer, wo Purvis auf einem Balkon stand, der vorher durch die geschlossenen Läden und Fenster verborgen gewesen war. Es war ein schöner Abend mit einem blaß blaugrünen Himmel. Die Kokospalmen umrahmten den Blick auf das Gerichtsgebäude und den Glockenturm auf der anderen Seite des *Maidan*.

»Ich bedanke mich für das Bad, Sir. Ich muß gestehen, daß ich etwas von Ihrem Cuticura Puder benutzt habe.«

Purvis hielt ein Glas in der Hand, die er auf das Balkongeländer stützte. »Nehmen Sie sich etwas zu trinken, Unteroffizier. Es steht alles auf dem Tablett.«

Es gab zwar nicht alles, aber eine großzügige Auswahl: Gin, Whisky, Rum, ein paar Flaschen Muree-Bier, mehrere Säfte und Kräuterlikore. Es waren alles indische Marken, und deshalb entschied sich Perron, der sich nicht viel aus Rum machte, für Gin, den er passabler fand als die indischen Versionen von Scotch. Er fügte einen Schuß Zitronensaft hinzu und – für ihn ein Luxus – einen Eiswürfel aus dem mit Blech ausgeschlagenen Eisbehälter.

»Zum Wohl, Sir«.

»Ich bin Volkswirtschaftler«, sagte Purvis – diese Aussage stand mit nichts im Zusammenhang außer seinen eigenen Gedankengängen – »und das reicht, um einen verrückt werden zu lassen.«

Er kam vom Balkon herein und setzte sich auf das lange Sofa unter den wertvollen Gemälden. Er nahm einen großen Schluck, schüttelte sich, schloß die Augen und legte den Kopf zurück.

»Können Sie sich vorstellen, wie lange ich schon krank bin, Unteroffizier?«

»Nein, Sir.«

»Seit ich an Land gekommen bin. Und das war vor drei Monaten, zwei Wochen und vier Tagen.«

»Pech, Sir.«

Purvis öffnete die Augen eine Spur und sah ihn an. Perron stand breitbeinig da, hielt eine Hand auf dem Rücken und die andere mit dem Glas in Hüfthöhe.

»Wie lange sind Sie schon in diesem verdammten Land?«

»Seit dreiundvierzig, Sir.«

»Und beim Heer?«

»Seit einundvierzig, Sir.«

»Und davor?«

»Cambridge, Sir.«

»Was haben Sie gemacht?«

»Ein bißchen gerudert und Geschichte gehört.«

»Auf welcher Schule waren Sie?«

»Chillingborough, Sir.«

»Wie zum Teufel haben Sie es geschafft, kein Offizierspatent zu bekommen?«

»Indem ich immer nein gesagt habe, Sir.«

Purvis schloß die Augen und verzog das Gesicht.

»Tut mir leid«, sagte er, »aber das ist äußerst komisch.« Er sagte nicht weshalb, sondern trank wieder einen großen Schluck, stellte das Glas auf einen niedrigen Tisch vor dem Sofa, verschränkte die Hände hinter dem Kopf und lehnte sich zurück.

»Die Party«, sagte er, wechselte damit das Thema und kam sofort zur Sache, »findet in der Wohnung einer indischen Dame am Marine Drive statt. Ich werde ihr ein paar Zeilen schreiben, dann haben Sie die Adresse auf dem Umschlag. Es dürfte keine Schwierigkeiten geben, wenn Sie an meiner Stelle kommen. Ich war vor kurzem da, und es scheint ihr gleichgültig zu sein, wieviele Leute auftauchen, und ob sie ihre Gäste kennt oder nicht. Sie werden sehen, was ich meine, wenn Sie dort sind. Nach dem einen Abend zu urteilen, sind eine Menge Unteroffiziere da, und Sie werden sich nicht fehl am Platz fühlen. Kurz gesagt, es scheint eine Wohnung zu sein, wo sich Offiziere und Nichtoffiziere verbrüdern, von Weißen, Schwarzen und denen dazwischen nicht zu reden. In sexueller Hinsicht würde ich meinen, einige aus der Gesellschaft waren eher von der ambivalenten Seite.«

»Jawohl, Sir.«

»Stört Sie das?«

»Ich glaube nicht, Sir.«

»Man wird Sie vielleicht sogar für eine Art besonderen Freund von mir halten.«

»Ich glaube, ich werde keine Probleme haben, falls es zu einem Mißverständnis kommen sollte, Sir.«

»Ich kümmere mich einen Dreck um meinen Ruf. Ich werde nicht mehr hingehen. Auf jeden Fall finden Sie dort eine Menge Frauen, wenn Sie die herausfinden, die sich nur für Männer interessieren.«

Perron trank aus, behielt das Glas jedoch in der Hand.

»Abgesehen von unambivalenten Frauen, Sir, wofür genau soll ich mich interessieren? Für eine bestimmte Person oder eine bestimmte Gruppe von Leuten?«

»Was mich betrifft, Unteroffizier, können Sie einfach hingehen, high werden oder sich flachlegen lassen, wie unsere amerikanischen Verbündeten es so anschaulich ausdrücken. Ich *habe* es Ihnen gesagt. Es ist alles reine Zeitverschwendung. Sie werden niemanden festnehmen, zumindest nicht wegen Spionage.«

»Major Beamish schien im Hinblick auf die Zeitverschwendung anders zu denken, Sir.«

»Denken? Denken? Er ist Berufssoldat. Sie sind alle gleich und hier noch schlimmer als zu Hause. Sie reagieren völlig automatisch. Man drückt versehentlich einen Knopf, und sie setzen sich in Bewegung. Ich werde Ihnen sagen, Perron...«

Perron stellte überrascht fest, daß Purvis seinen Namen behalten hatte.

»... wie diese verdammte Farce angefangen hat, in die Sie geraten sind.«

Vor drei Tagen hatte Purvis unter nicht ganz klaren Umständen einen alten Freund getroffen – offenbar einen flotten, unternehmungslustigen Mann, der ihn von seiner augenblicklichen Beschäftigung, was immer es gewesen war, wegschleppte, zum Essen ins Taij einlud und dann in die Wohnung am Marine Drive mitnahm, wo »immer etwas los ist«, wie der Freund gesagt hatte. Das stimmte auch, wenn man an die Unmengen zu Essen und zu Trinken dachte, die es dort gab, und an die lustige Gesellschaft. Obwohl Purvis es nicht erwähnte, begriff Perron, daß die allgemeine Fröhlichkeit so ansteckend gewesen war, daß Purvis seine chronisch kranken Innereien vergessen hatte und der Gastgeberin gegenüber mitteilsam geworden war. In einem schwachen, aber großzügigen Moment hatte er ihr eine der beiden letzten Flaschen Whisky versprochen, die er in England ergattert und als persönlichen Trost nach Indien mitgebracht hatte. Die Gastgeberin lehnte ab, aber er hatte darauf bestanden, sie ihr zu schenken und war für den 5. August mit oder ohne Flasche zu einer anderen Party eingeladen worden.

»Ich hätte die ganze verdammte Sache vergessen können«, sagte Purvis, »wenn ich nicht am nächsten Tag dummerweise bei dem idiotischen Offizier, mit dem ich zusammenarbeite, nebenbei eine Bemerkung über das leichtsinnige Gerede in Bombay gemacht hätte. Er fragte, wo zum Beispiel. Anstatt den Mund zu halten, sagte ich: ›Na ja, auf dieser komischen Party, auf der ich gestern abend war. Da haben die indischen Zivilisten *uns* gesagt, daß die Invasionsflotte Zipper wegen der Flut an den Stränden um Port Swettenham nicht vor Ende August nach Malaia auslaufen wird.‹ Und als nächstes erfuhr ich, daß dieser Idiot das gemeldet hatte; man zitierte mich vor Brigadier Soundso, der mich dafür beglückwünschte, die Ohren gespitzt zu haben. Als er erfuhr, daß ich heute abend wieder eingeladen bin, wurde er ganz hektisch, und ehe ich wußte, wie mir geschah, stand ich unter strikten Sicherheitsbestimmungen. Man erklärte mir, ich dürfe nicht mehr darüber sprechen, bis ich weitere Instruktionen erhielte, und das geschah heute morgen, als man mir befahl, mich bei Ihrem Beamish zu melden. Als Beamish mir sagte, ich solle mit einem getarnten

Mann vom Abschirmdienst auf die Party gehen, hielt ich das für einen Witz. Ich versuchte ihm klarzumachen, daß man solches Gerede in ganz Bombay hört, aber *das* wollte er nicht hören.«

Perron stellte das leere Glas auf den Getränketisch.

»Werden wir an den Stränden in der Umgebung von Port Swettenham landen, Sir?«

»Wie zum Teufel soll ich das wissen? Ich habe kein persönliches Interesse an Zipper. Ich bin Gott sei Dank nicht dabei. Sie?«

»Ja, Sir.«

»Oh.«

Purvis sah, daß Perrons Glas leer war und sagte: »Bedienen Sie sich, Unteroffizier.«

»Danke, Sir. Aber ich glaube, für den heutigen Abend wäre ein klarer Kopf empfehlenswert.«

»Empfehlenswert? In diesem Land?«

Purvis wurde unruhig, und Perron gestattete sich kurz, in ihm nicht länger einen Offizier zu sehen, der die Pflicht eines Offiziers hatte, mit dem Krieg fertig zu werden, sondern einen Mann, den er unter anderen Umständen vielleicht sogar mögen würde.

»Na ja, wenn Sie bei Zipper dabei sind«, sagte Purvis, »dann müssen Sie vermutlich ernst nehmen, daß alles so unglaublich schlecht geheimgehalten wird. Ich kann mir denken, daß Sie nicht von den Japanern im Wasser erschossen werden wollen, noch ehe Sie einen Fuß auf das verdammte Land gesetzt haben, besonders nicht in diesem Stadium des Kriegs.«

»Mir wäre es lieber, Sir.«

»Finden Sie es eintönig, die Leute mit Sir anzureden?«

»Nein, Sir.«

Purvis stand auf und schenkte sich ein.

»Was genau ist Ihre Aufgabe, Sir, wenn ich fragen darf?«

»Sie dürfen fragen. Ich habe es aufgegeben zu fragen. Ich habe es sogar aufgegeben, mich selbst zu fragen. In meinem Leben klingelte dreimal das Telefon, und der Mann am anderen Ende sagte: ›Können Sie bei mir vorbeikommen, Purvis? Ich habe etwas Besonderes für Sie.‹ Und jedesmal endete es ähnlich wie jetzt; ich frage mich nicht, was das Besondere daran ist, sondern *was* es ist. Das erste Mal klingelte es neununddreißig. Ich hatte ein paar Arbeiten geschrieben, die man für gut hielt, und eine gute Dozentenstelle bekommen. Dann brach der Krieg aus, und das Telefon klingelte. ›Purvis‹, sagte der Mann, ›wenn Sie in zwanzig Minuten hier sein können, habe ich etwas, das Sie interessieren wird.‹ Ich war drei Minuten früher dort und mußte eine Stunde warten. Das Ganze führte zu einem Klappstuhl an einem billigen Schreibtisch in einer Mansarde ohne Heizung und mit einem Telefon, das nie klingelte. Ich glaubte, ich solle einige neue Gedanken zu den Problemen der Verteilung von Waren und Dienstleistungen beitragen, wie sie zwischen vorrangigen und untergeordneten Bedarfssektoren entstehen, oder schlichter ausgedrückt, zu den Problemen, die auftreten, wenn man das Heer daran hindern will, zu verschwenden, was man sparen und sehr gut für die Zivilbevölkerung brauchen könnte. Ich arbeitete sogar einen Vorschlag dazu aus, und dieser Mensch rief begeistert an und sagte, es sei genau das, was er brauche. Aber wenn es so war, muß ich eine falsche Vorstellung davon gehabt haben, wofür er es brauchte. Ich saß achtzehn Monate in der Mansarde. Dann klingelte das Telefon wieder. Derselbe Mann: ›Purvis‹, sagte er, ›ich habe etwas für Sie, und ich glaube, das wird Sie aus der Sackgasse herausführen, in der Sie sitzen.‹ Ich kam absichtlich eine halbe Stunde zu spät. Das machte ihn stocksauer, denn er hatte versprochen, noch am selben Morgen irgendeinen Oberst anzurufen und ihm zu sagen, ob ich interessiert sei. Er schickte mich in eine dieser anonymen Gegenden in der Nähe von Stanmore, die mir schon immer irgendwie finster vorgekommen waren. Als ich den Oberst sah, fand ich ihn auch finster. Er sagte: ›Wir haben Ihre Abhandlung gelesen‹, blieb jedoch ausweichend, als ich erwiderte, ich hätte mehrere geschrieben, und wissen wollte, welche er meinte.

Das Problem ist, Perron, ich war jemand, der es nicht fertig brachte, einen anderen in Verlegenheit zu bringen, indem ich zu erkennen gab, daß ich ihn durchschaut hatte und wußte, daß er log. Ich ließ es dabei bewenden und konzentrierte mich darauf, herauszufinden, was ich *tun* sollte. Von ihm habe ich es nie erfahren. Dann rief man mich ins Kriegsministerium. Diesmal war es nur ein Major. Ein schrecklich netter Mann. Er hatte meine Arbeit über die über- und untergeordnete Priorität der Bedarfssektoren wirklich gelesen. Ich will nicht behaupten, daß er sie verstanden hatte, aber er hatte sie gelesen. Und er nannte mich Mr. Purvis. Er sprach sogar über meine Arbeit. Falsch. Aber er sprach darüber. Er gab mir das Gefühl, meine Abhandlung habe die Anregung für den Speziellen Beraterstab aller Waffengattungen gegeben, der, wie er sagte, als Verbindungsglied zwischen den einzelnen Ministerien und der Industrie gebildet werde, und bei dem ich eine Hauptrolle spielen solle. ›Ein Punkt‹, sagte er, ›wir wollen Sie in Uniform sehen. Natürlich als Offizier.‹«

Purvis wurde plötzlich grau, entweder als Folge der Erinnerung oder körperlichen Unwohlseins. Er trank seinen Rum aus und goß sich nach.

»Ich erwiderte, ich könne den Nutzen eines Offizierspatents nicht sehen. Ich hatte die offizielle Geheimhaltungsverpflichtung unterschrieben, als ich in die Mansarde zog. Aber wie gesagt, er war ein schrecklich netter Kerl. Wir diskutierten nicht darüber, ich ging in die Mansarde zurück und wartete. Ich wartete drei Wochen. Als man mich rief, rief man mich nicht in das Kriegsministerium, sondern in das Büro meines Gönners. Er beglückwünschte mich, weil ich einen so guten Eindruck auf die Leute machte, denen er mich empfohlen hatte, und stellte meine neue Aufgabe als die Gelegenheit dar, auf die ich warte, um meine Talente als Volkswirtschaftler zum Wohl des Landes einzusetzen, und als eine Gelegenheit, die man nicht wegen des völlig irrelevanten Themas Kleidung ausschlage. Ich erwiderte: ›Sie haben recht. Irrelevant ist das richtige Wort. Weshalb dann die ganze Aufregung? Das Militär ist nichts für mich, und der Offiziersrang ebensowenig.‹«

Purvis setzte sich; er war aufgestanden, um sich Limonensaft nachzugießen. Er saß gekrümmt, stützte die Ellbogen auf die Knie, hielt den Kopf gesenkt und die Hand vor die Augen. Seine Schultern begannen zu zittern.

»Tut mir leid, Unteroffizier. Aber es ist so verdammt komisch. Als Sie sagten, daß Sie es immer ablehnten, sich zum Offizier befördern zu lassen, ist das alles in mir wieder wach geworden.«

Er richtete sich auf. »Ich will Ihnen erzählen, was der Mann gesagt hat. ›Purvis‹, sagte er, ›in diesem Land kann nur ein Mann, der *in* der Offiziersklasse geboren und groß geworden ist, ein Offizierspatent ablehnen, ohne Gefahr zu laufen, daß man an seiner Integrität und seinem künftigen Nutzen zweifelt.‹«

»War das eine Art Drohung, Sir?«

»Drohung? Verdammt, es war ein Ultimatum. Zieh die Uniform an oder quittier den Dienst! Nicht nur den Dienst, sondern du kommst nach dem Krieg für nichts halbwegs Anständiges mehr in Frage. Von der drohenden Gefahr gar nicht zu reden, als unabkömmlich gestrichen, sofort eingezogen zu werden und den Rest des Krieges als weitgehend unbrauchbarer, überqualifizierter Rekrut zu verbringen.«

»Und dann, Sir? Waren Ihre Erfahrungen als Offizier im Beraterstab ebenso unbefriedigend wie die in der Mansarde?«

»O nein. Nein, das kann ich nicht sagen. Nicht unbefriedigend und nicht befriedigend. Verstehen Sie, Perron, es hat nie einen Beraterstab gegeben. Ich meine, nicht *diesen*. Es gab viele andere. Es dauerte einige Wochen, bis ich begriff, daß es unseren überhaupt nicht gab. Ich ging zu den Besprechungen. Zuerst dachte ich, ich hätte wegen des Gaslehrgangs etwas Wichtiges über seine Einsetzung verpaßt.«

»Gaslehrgang?«

»An dem Tag, an dem ich mich als Hauptmann und Sonderführer verkleidet im Kriegsministerium meldete, sagte der nette Major: ›Ach, Purvis‹, sehen Sie, er verzichtete auf das Mister, ›Purvis‹, sagte er, ›haben Sie etwas dagegen, da ist gerade die alberne Gasgeschichte dran, aber vermutlich sollten Sie auch lernen, wie man eine Gasmaske benutzt, denn Sie müssen jetzt eine tragen.‹ Also fuhr ich in die Ebene von Salisbury.«

»Eine interessante Gegend, Sir.«

Purvis sah ihn an, als zweifle er an Perrons Ehrlichkeit.

»Fand ich nicht. Ich nehme an, daß Sie an Ihrer Public School eine rudimentäre militärische Ausbildung hatten. Ist es nicht eine der Schulen, aus denen schon seit langem die zukünftigen Militärs und Administratoren des Reichs hervorgehen?«

»Ich war nicht im Offiziersausbildungskorps, Sir. Es war nicht Pflicht.«

»Ich hatte keinerlei militärische Ausbildung. Der Aufstieg in meinen derzeitigen Rang verlief von der Grundschule über Mittelschule und Höhere Schule zu den wahren Höhen der London School of Economics. Wenn man mit drei Streifen herumläuft und nicht die leiseste Ahnung hat, wie man salutiert und erst recht nicht vor wem, kann das höchst peinlich sein. Ich war froh, als ich wieder im Kriegsministerium war, und man mich in das reizende kleine Gebäude in der Nähe der Marylebone High Street schickte, wo ein pensionierter Gardemajor ein paar armen Kerlen wie mir beibrachte, sich unauffällig genug zu benehmen, um nicht als mit dem Fallschirm abgesprungene Nonnen aus Stuttgart unter strengen Arrest gestellt zu werden. Ich wünschte beinahe, Perron, ja, ich wünschte beinahe, ich hätte die ganze Karriere an den Nagel gehangt, mich einziehen lassen und mich für die Kriegsdauer in den intellektuellen Winterschlaf begeben. Stabsmajor Bracegirdle hatte etwas Tröstliches an sich. Er freute sich so sehr, wenn wir etwas *richtig* machten. In gewisser Hinsicht gibt es nichts Beruhigenderes, als in Reih und Glied zu stehen und zu tun, was der verantwortliche Mann sagt. Das Ganze ist eindeutig erotisch, eine Art gemeinschaftlicher nächtlicher Erguß ohne die unangenehme Folge, aber mit derselben sublimierten asexuellen Qualität des unfreiwilligen Gehorsams gegenüber einer dominanten Macht.«

Purvis hielt die Luft an, legte eine Hand auf die linke Seite seines Bauchs und atmete langsam aus. Dickdarmentzündung, dachte Perron, beinahe mit Sicherheit auf Amöben zurückzuführen. Perron interessierte sich inzwischen für die Auswirkungen der tropischen Umgebung auf Temperament und Charakter. Zu Hause mochte Purvis sehr wohl, wie er angedeutet hatte, ein sehr sanftmütiger und äußerst rücksichtsvoller Mensch gewesen sein. Perron besaß eine robuste Konstitution – er hatte sich in Indien seine Gesundheit nur dadurch bewahrt, daß er die medizinischen Bedürfnisse seines Körpers mit beinahe hypochondrischer Vorsicht beachtete – und sogar er war manchmal gereizt: die Nebenwirkung eines überstrapazierten und schnell beeinträchtigten Verdauungsapparates. Die Erkenntnis, welche wichtige Rolle in der anglo-indischen Geschichte eine einsetzende, öfter auftretende oder chronische Diarrhöe in den Eingeweiden der *Radsch* möglicherweise spielte, zählte seiner Meinung nach eindeutig zu den wenigen wissenschaftlichen Pluspunkten, die er durch seinen Aufenthalt in Indien gewonnen hatte.

»Darf ich Ihnen nachfüllen, Sir?«

»O Gott, bitte.«

Perron tat es. Purvis lehnte sich zurück, legte den Arm ausgestreckt auf die Sofalehne, wandte das Gesicht zum Fenster und betrachtete die – inzwischen verblassenden – Kokospalmen.

»Hatten Sie auch schon einmal das Gefühl, Perron, daß man einen Krieg nur überleben kann, wenn man ihn als unwirklich behandelt?«

»Dieser Gedanke ist mir gekommen, Sir.«

»Aber ist es Ihnen schon einmal gelungen?«

»Von Zeit zu Zeit.«

Purvis schwieg einen Augenblick.

»Ich beneide Sie«, sagte er. »Ich habe es versucht. Aber scheinbar fehlt mir die Fähigkeit, etwas vorzugeben.« Er sah Perron an. »Sechs Jahre! Sechs Jahre kriminelle Verschwendung der natürlichen Ressourcen der Welt und menschlicher Fähigkeiten. Geschichte, haben Sie gesagt?«

Perron nickte.

»Ernsthaft, oder nur eine Art, die goldene Jugend zu verbringen?«

»Ich habe vor, weiterzumachen.«

»Na ja, für Sie ist es anders. Wenn Sie eine geschichtliche Abhandlung schreiben, dann handelt sie von den menschlichen Torheiten. Aber ich glaube manchmal, ich werde einfach nie in der Lage sein, das alles zu *verzeihen*. Wissen Sie, ich hatte einen Zusammenbruch.«

»Tut mir leid, Sir.«

»Sie haben mich an einen Ort voller menschlicher Wracks meiner Sorte geschickt. Aber ich habe mich selbst therapiert. Schwachkopf, der ich war. Während der drei Jahre, in denen ich in dem nicht existierenden Beraterstab war, hatte ich viel freie Zeit. Ich dachte über die schädliche Langzeitwirkung imperialer Besitztümer auf die ökonomische Lebensfähigkeit und die kreativen Kräfte des Landes nach, dem sie gehören. Und dadurch kam ich wirklich zum Thema. Ich schrieb einen Artikel und schickte ihn einem Mann, von dem ich wußte, er würde ihn veröffentlichen. Aber Gott weiß, wie er meinem Gönner in Whitehall in die Hände fiel. Wahrscheinlich bezog er immer noch die Zeitschrift, in der der Artikel erschien. Er las ihn, weil mein Name darunter stand. Ansonsten würde ich behaupten, hatte er es 1938 aufgegeben, etwas Ernsthaftes zu lesen. Vermutlich ist er gerade dabei, sich bei Attlees Haufen einen fetten Posten zu sichern. Als ich ihn kennenlernte, war er Marxist. Unter Chamberlain wurde er ein liberaler Eden-Anhänger und München-Gegner, unter Churchill ein überzeugter Tory. Warum sollte er also unter Clem nicht ein lauwarmer Sozialist sein? Aber das nur ganz nebenbei. Ich will Ihnen erzählen, was dann geschah.«

»Das Telefon klingelte wieder, Sir?«

»Natürlich war derselbe Mann am Apparat. ›Man hat Sie wirklich unfair behandelt, Purvis. Niemand weiß das besser als ich, aber es war nicht meine Schuld. Kommen Sie zu mir, wenn Sie da raus sind. Ich glaube, ich kann Ihnen diesmal wirklich helfen, wenn es bald ist.‹ Ist Ihnen schon einmal aufgefallen, Perron, daß es in der ganzen Tierwelt nichts Einfältigeres gibt als den Menschen? Ich nehme an, man glaubt hysterisch daran, daß sich der Sturz in den Abgrund nicht wiederholt. Man stellt sich immer vor, man habe den Tiefstpunkt erreicht, und der nächste Schritt könne nur hinauf und hinaus führen. Dann war da natürlich noch die Zauberformel – beim dritten Mal Glück. Warum nicht? Ich hatte übertriebenes Vertrauen in dieses dritte Klingeln des Telefons, so daß die Psychiater glaubten, ich sei der noch nie dagewesene Fall einer plötzlichen Heilung und sich dazu beglückwünschten. Ich fuhr geradewegs nach London, rief den Mann an und verabredete mich mit ihm – diesmal zum Mittagessen in dem Club, dessen Mitglied zu werden er sich seit Jahren abgestrampelt hatte. Er steuerte bereits wieder nach links, denn er erkannte sehr wohl, daß Churchill sich nach dem Krieg nicht lange halten würde. Er stellte mich einigen seiner neuen Freunde vor – ein oder zwei kannte ich, und einen schätzte ich besonders. Ich dachte, mein Gott, endlich geschieht wirklich etwas. Ich hatte recht, aber ich irrte mich im Was. Es geschah etwas. Von Rundstedt war in den Ardennen gescheitert, und alles wies darauf hin, daß die Deutschen in den letzten Zügen lagen. Die Leute rochen den Frieden und schacherten um Positionen. Aber ich war zu dumm, um das zu durchschauen. Ich schluckte alles, was dieser Bursche von sich gab, daß das Pendel nun in die Richtung ›unserer Art Leute‹, wie er es nannte, ausschlagen werde, und wie notwendig es sei, mit der alten reaktionären Clique ein Ende zu machen, die nur allzu gern den Krieg mit Japan hinausziehen würde, und daß unsere Art Leute entschlossen seien, das zu verhindern. Ich hätte es durchschauen müssen, als er anfing, sich über die Singapur-Mentalität zu verbreiten, der es beinahe gelungen sei, uns zweiundvierzig in die Knie zu zwingen, und die im Osten immer noch am Leben sei, obwohl Männer wie Slim und Mountbatten sich bemühten, den ganzen militärisch-imperialen Apparat zu entstauben. Aber ich durchschaute es nicht. Ich fragte nur: ›Wo führt das alles hin?‹, und er antwortete: ›Sie meinen, was springt für Sie dabei heraus?‹ In diesen Bahnen dachte er.

›Ich sage Ihnen, Ihr indischer Artikel hat wirklich Aufsehen erregt‹, erklärte er. Ich hatte ihn nie als einen indischen Artikel betrachtet und sagte ihm das. Ich sagte ihm, der Artikel beschäftige sich in philosophischen Begriffen mit einem Aspekt imperialer Ökonomie. Indien komme darin nur als Beispiel vor, und das mache mich noch nicht zum Indienexperten. Das hätte ich nicht sagen sollen. Es lieferte ihm das Stichwort, das er brauchte. ›Aber Purvis, Indienexperten wollen wir doch in Indien unter keinen Umständen. Wir wollen klare Köpfe, die Männern wie Bill und Dickie helfen, mit der Singapur-Mentalität aufzuräumen und all diesen Curry-Obersten Pfeffer unter den Hintern zu streuen, die in Kalkutta im Bengal Club sitzen und im neunzehnten Jahrhundert leben.‹ Also fragte ich: ›Schicken Sie mich dorthin?‹, und er erwiderte, wohl eher nach Delhi, wo der wirkliche Schaden angerichtet werde, denn das Generalhauptquartier Indien sei immer noch ein lebenswichtiges Glied in Mountbattens Kette, *das* lebenswichtige Glied, von dem logistisch alles abhänge, angefangen beim Nachschub von Truppen, Waffen und Munition bis hin zum kleinsten Stück Seil und Bambus. Außerdem, fügte er hinzu, wenn ich noch kein Indienexperte sei, dann werde sich das innerhalb weniger Monate geändert haben – jedenfalls auf meinem Spezialgebiet. Und da das indische Reich in der Nachkriegswelt schlicht nicht überleben werde, die, wie er wußte, er und ich uns erhofften, wäre meine persönliche Erfahrung in diesem Indien von unschätzbarem Wert für jede Regierung, die die schwierige Aufgabe hätte, die Macht den Indern zu übertragen und sie während der Übergangsphase zu beraten. ›Und das, Purvis‹, sagte er, ›ist eine Art kleiner Baum, auf dem die Orden wachsen. Danach können Sie so ungefähr alles machen, was Sie wollen. Entweder weiterhin im öffentlichen Leben stehen oder sich entsprechend belohnt in die seligen Haine der Wissenschaft zurückziehen.‹«

Ein Monsunblitz zuckte durch die dunkel werdende Wohnung.

»Ist er selbst weit vorangekommen, Sir?«

»O ja. Sie meinen seit 39? Unglaublich weit. Zum fragwürdigen Glück für die Nation könnte er sehr gut einmal Schatzkanzler werden. Er gehörte nicht immer zu den Mächtigen. Es würde mich nicht wundern zu hören, daß er sein Amt zur Verfügung gestellt, bei der neuen Wahl für Labour kandidiert und einen sicheren Sitz gewonnen hat.«

Purvis blieb eine Weile sitzen, ohne sich zu bewegen oder zu sprechen, dann sagte er: »Ich muß gestehen, daß er mir immer weit voraus darin war zu sehen, wie die Dinge stehen und wie sie sich entwickeln werden. Auf wissenschaftlichem Gebiet war es immer umgekehrt, und vermutlich hat er mir das nie verziehen. Das tut niemand, nicht wahr? In jedem erfolgreichen Mann steckt oft ein enttäuschter und neidischer. Finden Sie nicht auch? Er stöhnt, seufzt, intrigiert und plant. Sehen Sie, Perron, ich weiß inzwischen Bescheid. Er hat mich bewußt aus dem Weg geräumt, damit mir kein hübscher kleiner Apfel in den Schoß fällt.« Purvis wurde wieder von Schmerzen geschüttelt. »Vielleicht sind Sie so freundlich und gießen mir noch einmal nach, Unteroffizier. Ich habe so eine Ahnung, es könnte gefährlich sein, mich zu bewegen.«

Perron erledigte diese Aufgabe noch einmal. Unterdessen kam der Diener barfuß ins Eßzimmer und betätigte zwei oder drei Schalter, wodurch im Wohnzimmer ein paar Wandleuchter und eine gedämpfte Tischlampe angingen. Die Beleuchtung war angenehm.

Der Diener sagte Purvis, sein Bad sei bereit.

Purvis entließ ihn mit einer Handbewegung. Der Mann ging.

»Gehört die ganze Wohnung Ihnen, Sir?« fragte Perron und reichte Purvis das gefüllte Glas.

»Nein. Danke, Unteroffizier. Ich wollte, es wäre so. Ich bin nur einquartiert. Sie gehört einem höheren britischen Bankangestellten, mit einer entsetzlichen Frau und einer schrecklich dummen Tochter. Sie machen Urlaub in Ooty, wie sie es nennen, woraus ich schließe, das ist der anglo-indische Name von Ootacamund.

Wie Sie sich vorstellen können, kommen wir nicht miteinander aus. Wir sind nicht einer Meinung zum Thema Entstehung und Verteilung von Reichtum. Er glaubt, England habe gerade Selbstmord begangen, und hält mich für verrückt, wenn ich ihn darauf hinweise, daß dies keine sozialistische, sondern eine kapitalistische Regierung ist, die Kapital schlicht durch Arbeit ersetzt. Er erzählt den Leuten, ich sei Kommunist. In politischer Hinsicht ist er ein verdammter Narr.«

»Gehören ihm die Bilder, Sir?«

»Welche Bilder?«

»Diese Gemälde aus dem achtzehnten Jahrhundert im Guler-Basohli Stil. Hinter Ihnen.«

Purvis drehte sich nicht um. »Soviel ich weiß, könnten sie ebensogut Teil der Ausstattung sein und der Bank gehören.«

»Ich möchte wissen, ob er ihren Wert kennt.«

»Sind sie wertvoll?«

»Jawohl, Sir.«

»Dann kennt er ihn eindeutig nicht. Seine vornehme Frau hat vor der Abreise nach Ooty das ganze versilberte Zeug weggeschlossen. Offen gestanden, ich kann ein Kunstwerk nicht von einem Affenarsch unterscheiden, und ich sehe keinen vernünftigen Grund dafür, daß ein mit Farbe beschmiertes Stück Papier oder Leinwand Tausende von Pfund wert sein soll und ein anderes überhaupt nichts. Es sei denn, man bestimmt den Wert solcher Dinge anhand von vergleichbaren Kriterien wie Größe des Bildes und Menge der tatsächlich verbrauchten Farbe.«

Perron hörte auf, sich Purvis als Mann vorzustellen, und konzentrierte sich auf Purvis als Offizier. Abgesehen von der Dickdarmentzündung litt Purvis an Verfolgungswahn. Der Mann sollte behandelt werden.

»Was sagen die Ärzte zu Ihrer Krankheit, Sir?«

»Ich war nicht beim Arzt.«

»Halten Sie das für klug, Sir?«

»Ja.«

»In Major Beamishs Büro haben sie ein paar Tabletten genommen, Sir.«

»Ach das. Die gnädige Frau, die Gattin unseres Freundes von der Bank, hat sie mir empfohlen, als ich hier ankam und

44

sie merkte, daß ich bereits Durchfall hatte. Sie sollen stopfen. Manchmal tun sie es, manchmal nicht. Wirklich helfen tut nur der Alkohol. Kein Wunder, daß die Sahibs immer halb blau gewesen sind. Wenn ich zu den Militärärzten gehe, verordnen sie mir entweder dasselbe, oder sie schicken mich zur Untersuchung auf Station. Ich kann mir nicht leisten, auf Station zu sein, Perron. Nicht einen Tag, nicht eine Stunde.«

»Warum nicht, Sir? Sie haben mir angedeutet, daß Sie hier keine besonders großen Pflichten haben.«

»Schließlich sollte ich nicht einmal hier sein. Ich soll in New Delhi sein. Wir alle sollten in New Delhi sein.«

»Alle?«

»Wir sechs, die mit einer paramilitärischen Mission hierher gekommen sind, um Verbindung mit der indischen Regierung, den Spitzen der Truppenverbände und der Regierung zu Hause aufzunehmen und sie zu beraten in – ich zitiere – ›allen Fragen im Zusammenhang mit der als Folge der Einstellung von Kampfhandlungen in Europa und ihrer Fortdauer in Südostasien zu erwartenden Vergrößerung der Streitkräfte, die in Indien stationiert werden müssen, mit besonderem Schwerpunkt auf dem Aspekt Lieferung/Nachfrage in Hinblick darauf, wie er das bestehende Verhältnis zwischen zivilen und militärischen Forderungen an die indische Wirtschaft berühren wird.‹ Ende des Zitats.«

»Das klingt sehr bedeutungsvoll, Sir.«

»Richtig. Ich hätte die Falle riechen sollen. Ich hätte eine andere Falle riechen sollen, als ich die Namen zweier Kollegen und den des Kommissionsleiters sah, und eine dritte, als wir abfuhren, ehe der Krieg in Europa völlig vorüber war, obwohl man mir im letzteren Fall verzeihen kann, daß ich den alarmierenden Gestank nicht bemerkte, sondern nur eine uncharakteristische Vorahnung hatte.«

»Wo sind die anderen fünf Mitglieder der Kommission?«

»Sie sind von der gerissenen indischen Regierung in verschiedene Teile des Landes geschickt worden. Nur dem Kommissionsleiter ist es gelungen, nach Delhi zu kommen. Sie verstehen also, Perron, warum ich auf den Beinen bleiben muß. Ich muß dort sein, wo der Leiter der Kommission mich finden kann. Ich muß jederzeit in der Lage sein, zu ihm zu stoßen.«

»Haben Sie in letzter Zeit etwas von ihm gehört, Sir?«

»Nein.« Purvis schloß wieder die Augen. »Nein. *Nein.* Ich kann es nicht ertragen, daran zu denken, aber ich glaube, er hat uns verraten. Ich glaube, er hat sich in einer bequemen Nische eingerichtet, die groß genug für ihn, aber für niemanden sonst ist. Ich habe ihm Berichte geschickt. Ich nehme an, die anderen tun es immer noch. Aber als mir der Verdacht kam, daß er sie umschrieb, verfälschte und als Berichte über die Arbeit der Kommission nach Whitehall schickte, hörte ich auf. Kindisch vermutlich, aber notwendig, um ihn abzuschießen oder so weit zu bringen, daß er *mich* abschießt. Natürlich hatte ich nichts zu berichten, als daß ich hier ein totales Chaos vorgefunden habe, das weit schlimmer ist als alles, was mir je zu Hause begegnet ist.«

Er öffnete die Augen, aber nur so lange, wie er brauchte, um den Rest seines Rums mit Limone auszutrinken.

»Ich hatte die Vorstellung, Perron, daß wir an dem Tag, an dem wir beginnen würden, die Kolonien an die verdammten Einheimischen zurückzugeben, endlich alle in der Lage wären, dem zwanzigsten Jahrhundert ins Gesicht zu blicken. Aber wenn Indien ein Beispiel ist, dann bleibt nur eine Möglichkeit, das zu tun und bei Verstand zu bleiben. Wir müssen Scheuklappen und dunkle Brillen tragen und vergessen, daß es solche Orte tatsächlich gibt. Wir müssen gehen und sie im eigenen Saft schmoren lassen, bis auf die unvermeidlichen Zeiten akuter finanzieller Krisen, wenn wir Geld in sie hineinpumpen müssen, um eine Kettenreaktion des Bankrotts zu stoppen, die jede halbzivilisierte Wirtschaft in die Knie zwingen würde.«

»Wie kommen Sie darauf, Sir?«

»Um Himmels willen, Perron. Sie sind seit, wie lange? zwei Jahren in Indien. Ich habe nicht mehr als drei Monate gebraucht, um es als verlorenen Aktivposten abzuschreiben, als ein Land, das unrettbar ruiniert worden ist durch das Zusammenwirken einer konservativen, traditionsgebundenen Bevölkerung und einer gleichgültigen, verknöcherten, durch und durch ungebildeten Verwaltung, einer elitären Bürokratie, die hinter dem sozialen und wirtschaftlichen Denken selbst der letzten hundert Jahre so weit zurückgeblieben ist, daß man sich ernsthaft fragt, woher diese Leute gekommen sind. Doch gewiß nicht aus England?«

»Vielleicht ist es die zermürbende Wirkung des Klimas, Sir.«

»Das hat nichts mit dem verdammten Klima zu tun. Tatsache ist, daß Länder wie Indien unsere Versager immer magnetisch angezogen haben. Reaktionäre, unkooperative, sehr wohl entbehrliche Maden der oberen und mittleren Klasse, die zu Hause nicht ihren Mann stehen können und wollen und die es vorziehen, sich in Ländern wie diesem aufzuspielen, und die immer dafür gesorgt haben, daß solche Länder geeignete Plätze blieben, in denen sie leben konnten. Das ist ihnen nur allzu gut gelungen. Wir können nichts Vernünftigeres tun, als es an den Erstbesten loszuwerden, ehe es eine unerträgliche Last wird.«

»Wäre das nicht unfair, Sir? Historisch gesehen haben wir doch sicher eine moralische Verpflichtung.«

»Da möchte ich Ihnen entschieden widersprechen. Moralische Verpflichtung! Was sonst noch? Es ist *immer* katastrophal, sich für die Fehler anderer moralisch verpflichtet zu fühlen.«

Es lag Perron auf der Zunge zu sagen, er habe immer den Eindruck gehabt, daß aus dem imperialen Besitz gewisse materielle Gewinne geflossen waren, die England reicher und Indien vielleicht nicht sichtbar ärmer gemacht hatten (aber irgendwie die Kluft zwischen dem Lebensstandard beider Länder vergrößerten?), und moralische Überlegungen könnten doch sicher von Volkswirtschaftlern und Buchhaltern nicht völlig übersehen werden. Aber er hielt es für klüger, Purvis nicht zu reizen, der ohnehin mit größter Wahrscheinlichkeit der Denkrichtung angehörte, die behauptete, daß die Gewinne bereits seit einigen Jahren nicht mehr flossen und daß ein Gesetz abnehmender Erträge in Kraft getreten sei, wodurch der Fluß inzwischen die umgekehrte Richtung nehme. Er lenkte ein.

»Trotzdem, Sir, und obwohl ich verstehe, was Sie sagen, hoffe ich, daß die Übergabe der Macht von irgendeinem Hinweis auf unser weiterhin lebendiges Interesse und unsere Anteilnahme begleitet sein wird.«

»Ich bin sicher, Ihr Wunsch wird in Erfüllung gehen, Unteroffizier. Zu unserem Abtreten werden bestimmt solche frommen Beteuerungen gehören. Aber sie werden nicht das bedeuten, was man sich erhofft. Der Labour-Kapitalismus ist nicht großzügiger als der Finanzkapitalismus. Übrigens sprechen wir von der

Übergabe der Macht, der Abgabe der Macht, davon, sie loszuwerden, Sie können jede beliebige Formulierung einsetzen, aber es ist leichter, darüber zu reden, als es zu tun.«

»Glauben Sie, Sir? Manche Leute sagen, daß die Inder ihre Streitigkeiten begraben und sich auf eine Zusammenarbeit einigen werden, sobald sie eingesehen haben, daß wir wirklich abziehen wollen.«

»Ich persönlich glaube, daß manche Leute sich völlig irren, denn die Inder sind bereits beim Gedanken, daß sie dieses furchtbare Chaos übernehmen und selbst regieren müssen, zutiefst entmutigt. Wir werden eine Heidenarbeit haben, es loszuwerden. Und mein Gott! Man sagt *es,* als sei Indien ein Paket, das man übergeben kann. Das ist es nicht, das war es nicht und wird es nie sein.«

»Ist es nicht ein Umstand, an dem wir teilweise schuldig sind, Sir?«

»Wir? Kommen Sie mir nicht mit diesem Quatsch von teile und herrsche! Das verdammte Land war bei der Ankunft der Sahibs geteilt und wird geteilt sein, wenn diese dummen Hunde gehen, weil sie immer zufrieden in ihren verdammten Clubs auf ihren Hintern saßen und nur eingegriffen haben, wenn die Einnahmen zu spärlich flossen. Das Land ist immer noch *feudal,* Perron. Und soweit ich sehe, ist der einzig einflußreiche Mann, der sich darüber Gedanken macht... wie heißt er gleich? Nehru. Aber er ist ein aristokratischer Brahmane und spricht außer Englisch kaum eine andere Sprache. Als seinen Gegenpol muß man den Mahatma und sein verrücktes Spinnrad sehen! Und das 1945. Um Himmels willen, *was* hat der Mann vor? In den vergangenen fünfundzwanzig Jahren hat er mit seiner Fixierung auf die Dorfindustrie ebensoviel getan, damit das Land im Schlamm steckenbleibt, wie die ganze verdammte *Radsch* zusammen.«

Perron fühlte sich von seinem Gefühl getrieben, daß etwas Wahres an den Worten von Purvis war, aber auch von dem Gefühl, daß es ungerecht war, jede Überlegung, die nicht automatisch in das gewohnte Bezugssystem des Volkswirtschaftlers fiel, beiläufig vom Tisch zu wischen, und sagte:

»Ihr Gönner in Whitehall hatte recht, Sir. Sie sind in sehr kurzer Zeit ein Indienexperte geworden.«

Purvis starrte ihn an.

»Die meisten indischen Volkswirtschaftler, die ich getroffen habe, stimmen mir zu.«

»Ja, ich verstehe, Sir. Dann ist das vielleicht ein Grund für Optimismus.«

»Das bezweifle ich, Unteroffizier. Es liegt im indischen Charakter, sich zu beklagen, aber nicht zu kämpfen, wenn eine Stellung davon abhängt, daß man scheinbar stillhält. Ich sollte Ihnen den Brief schreiben. Diener!«

Während Purvis schrieb, wartete Perron auf dem Balkon und blickte über das Oval auf den dunklen Koloß des Gerichtsgebäudes. Einen Augenblick lang – vielleicht unter dem Einfluß dieses Symbols, des einen, auf das die Briten verweisen konnten, wenn man sie fragte, auf welche Art und Weise sie das Land geeint hatten, allein durch die Herrschaft des Gesetzes – spürte er einen Druck, so sanft und seiner Wange so nah wie ein Seufzen: das vereinte Seufzen zahlloser unbekannter Inder und ehemaliger und gegenwärtiger Angehöriger der glänzenden *Radsch*. Sie alle standen zur Verfügung, um die Welt für Purvis sicher zu machen – und für Männer wie Purvis. (Und vermutlich, dachte Perron, für Männer wie mich.)

Purvis rief ihn hinein und gab ihm einen Briefumschlag. Er war an eine Maharani adressiert. Perron sah Purvis leicht überrascht an. Aber Purvis hatte die Augen bereits wieder geschlossen. Er scherte sich vermutlich keinen Deut um Maharanis.

II

Perron erreichte um neunzehn Uhr dreißig im Taxi einen Wohnblock am Marine Drive. Der Adresse auf dem Briefumschlag zufolge trug er den Namen *Seebrisen*. Der Fahrer, den er in der Queens Road herbeigewinkt hatte, übersetzte das nach kurzem unsicheren Zögern als *Ishshee Brizhish*. Diese Adresse kannte er. Perron betrat mit dem Umschlag und einem rechteckigen Päckchen, das die Flasche Whisky enthielt, das Gebäude und fuhr mit dem Aufzug in das auf der Tafel mit den Nummern der Wohnungen und den Namen der Bewohner angegebene Stockwerk.

Das Dekor in der Eingangshalle und in den Stockwerken ähnelte dem von Häusern und Wohnungen im ultramodernen Stil der späten zwanziger und frühen dreißiger Jahre; aber die Wirkung war eher streng und trostlos als streng und funktional. Die cremefarbig gestrichenen Wände waren schmuddelig, und auf den Chromgeländern lag die Patina jahrelanger Berührung durch viele Hände. Die Wohnungstür, vor der er jetzt stand, war erbsgrün wie die anderen, die er nacheinander durch das schmiedeeiserne Aufzugsgitter gesehen hatte, und um das Schlüsselloch fleckig von vielen Fingern.

Er drückte auf die Klingel. Weder der beruhigende Ton, der verriet, daß er tatsächlich geklingelt hatte, noch das undeutliche Stimmengewirr von Partygästen drang an sein Ohr. Er überlegte, ob Purvis möglicherweise das Datum verwechselt hatte, und dann, ob jemand der Maharani das Interesse des Abschirmdienstes an ihrem Freundeskreis hinterbracht und sie daraufhin die Party abgesagt hatte, so daß er sie vertieft in ein gutes Buch antreffen würde. Danach zog er die Möglichkeit in Betracht, daß sie sich für Purvis interessierte und ihn mit oder ohne die Flasche Whisky an einem Abend in die Wohnung locken wollte, an dem sie, wie sie wußte, allein sein konnten. Er vermochte das Ausmaß von Purvis' sexueller Anziehungskraft nicht einzuschätzen. In solchen Dingen besaßen Frauen unanfechtbare Wertmaßstäbe und fällten ein eigenes, nur ihnen verständliches Urteil. Aber nachdem er diese Variante gefunden hatte, überlegte er, wie alt die Maharani sein mochte, und wie attraktiv, wenn sie jung war. Der Abend schien plötzlich ungeahnte Möglichkeiten in sich zu bergen.

Eine junge Inderin mit gazellenhaftem Charme riß plötzlich die Tür auf. »Hallo«, sagte sie. Eindeutig besaß sie nichts von der Ängstlichkeit einer Gazelle.

»Hallo. Ich habe einen Brief und ein Päckchen.«

»Für mich?«

Er gab ihr den Umschlag. Ihre schön geschwungenen Augenbrauen zogen sich zusammen. »Oh, es ist für Tantchen. Das ist aber schade. Kommen Sie doch herein.«

»Danke.«

Perron trat ein, und sie schloß die Tür hinter ihm. Ihr Parfüm war für seinen Geschmack zu schwer, aber willkommen nach dem Geruch der nächtlichen Brise, die vom Strand hereinwehte, der nach Perrons Überzeugung als Toilette benutzt wurde. Die Inder beharrten zwar darauf, daß der Gestank nur vom Meer und Seetang komme. Aber das hatte ihn noch nicht überzeugt.

In der Diele – der Anfang eines langen, breiten Flurs mit Türen auf beiden Seiten und vollgestopft mit soliden, aber schlecht zusammenpassenden Möbeln, darunter auch eine reich geschnitzte schwarze chinesische Ruhebank mit Samtpolster – nahm ihm die junge Frau das Päckchen ab und legte es zusammen mit dem Briefumschlag auf einen Ebenholztisch, wo ein wuchtiger Schiwa mit dicken Knöcheln in seinem versteinerten Feuerring tanzte. Sie sagte: »Kommen Sie, trinken Sie etwas. Warum nicht?« und ging ihm voraus in ein Wohnzimmer.

An den Wänden standen in der feierlichen und eher feindseligen Art des auf Trennung bedachten Ostens Sofas und Sessel. Auf dem Fliesenboden lag kein Teppich – vielleicht damit getanzt werden konnte. Es gab keinen Balkon, aber die Fenster standen weit offen. Die Beleuchtung war weniger gelungen als bei Purvis. In der Mitte der Decke hing ein kreuzförmiger Holzleuchter mit vielen Glühbirnen. Zu Hause gehörte diese Art Leuchter unvermeidlich zu Zimmern mit imitierten Deckenbalken und Pergamentlampenschirmen mit aufgedruckten Galleonen. Aber hier gab es keine Lampenschirme. Einige wenige Wandleuchter aus Glas und Chrom trugen zu dem grellen Licht bei, taten aber nichts, um die harten Schatten zu vertreiben. Am Fenster stand ein Cocktailschrank von beeindruckender Häßlichkeit. Dorthin war die junge Frau gegangen. Sie drehte sich um.

»Sie sind Unteroffizier, nicht wahr? Tantchen sagt, Unteroffiziere trinken alle Bier. Aber neulich war einer da, der eine White Lady wollte.«

»Konnten Sie ihm den Wunsch erfüllen?«

»Einer der Offiziere hat sie ihm gemacht, aber es dauerte eine Ewigkeit, weil das Glas in den Kühlschrank gestellt werden mußte.«

»Ein schlichter Gin mit Zitronensaft wäre diesem Unteroffizier sehr recht. Soll ich ihn mir selbst mischen und Ihnen auch einen Drink machen?«

»O nein, solche Dinge soll ich übernehmen. Tantchen sagt, es ist gut für mich, weil es mir hilft, nicht schüchtern zu sein. Ich war immer sehr schüchtern. Aber es wäre nett, wenn Sie die Flasche halten und beim Eingießen helfen würden. Ich finde die Flaschen nämlich so schwer. Einmal habe ich eine fallen lassen. Tantchen ist in einen Glassplitter getreten und war sehr böse.«

Perron trat neben sie an den Wurlitzer-Schrank. Grob geschätzt standen dort etwa fünfzig Gläser in verschiedenen Formen bereit, von denen keines so sauber war, wie es hätte sein können. Feierlich öffnete er eine Flasche Carew's Gin und hielt sie über das Glas, das die junge Frau ihm entgegenstreckte. Sie legte ihre Hand auf seine und schenkte ein.

»Ist das genug?«

»Mehr als genug.«

»Darf ich den Rest Ihnen überlassen? Ich muß Tantchen den Brief und das Päckchen bringen. Oh...« Sie rannte beinahe zu einem niedrigen Tisch und kam mit einer Zigarettendose und einem Feuerzeug zurück. Nachdem er sich eine Zigarette genommen hatte, mußte er die Dose halten, weil sie darauf bestand, ihm Feuer zu geben und beide Hände brauchte, um die Flamme zu entzünden.

»So. Bitte entschuldigen Sie mich jetzt. Es gibt genug Aschenbecher.« An der Tür fiel ihr noch etwas Wichtiges ein. »Wie heißen Sie? Bei vielen Leute wäre es nicht wichtig, aber da nur Sie gekommen sind, wäre es unhöflich, Tantchen nicht zu sagen, wer Sie sind, nicht wahr?«

Er nannte ihr seinen Namen und fügte hinzu: »Aber ich bin sicher, er steht in dem Brief.«

Nachdem sie gegangen war, trat Perron an ein Fenster. Trotz aller Zweifel an der derzeitigen Ursache hatte er den sinnlichen warmen Geruch des Ostens schon lange schätzen gelernt und genoß es, wie er Geist und Körper entspannte. Er überließ sich einem wohltuenden Gefühl beinahe völliger Ruhe und genoß es einige Zeit – genauer gesagt, bis er die schaukelnden Lichter eines Teils der für die Operation Zipper bestimmten Flotte, die draußen auf der Reede vor Anker lag, bewußt wahrnahm. Und dann drängte sich ihm ein lächerliches, aber beunruhigendes Bild auf: Die Maharani stand an diesem Fenster, beobachtete die Szene durch ein Fernrohr und diktierte der jungen Frau die Angaben (die sie in unsichtbarer Tinte notierte) über Klasse und Tonnage jedes Schiffs, das einlief und vor Anker ging.

»Tantchen bittet Sie zu kommen.«

Die junge Frau stand in der offenen Tür. Er drückte die Zigarette aus, folgte ihr in den langen Flur und zu einer Tür am Ende, die vorher geschlossen gewesen war, jetzt aber halb offen stand und in einen Raum führte, der so dunkel war, daß er im ersten Augenblick glaubte, es brenne überhaupt kein Licht, und zögerte, als die junge Frau ihm bedeutete einzutreten.

»Schon in Ordnung. Tantchen ruht jetzt nicht mehr.«

Im Zimmer stellte er fest, daß Licht brannte. Aber es kam von einer Tischlampe in der anderen Ecke des Raumes, über deren Schirm etwas hing, das wie ein schweres rotes Samttuch aussah. Die Silhouette einer Hand glitt über das Tuch und zog es weg. Das jetzt hellere, aber immer noch dunkle rosige Leuchten der Lampe enthüllte die Maharani, die auf einer Récamiere ruhte. Auch ihr Sari war rot, aber Perron konnte Farbton und Intensität nur schwer beurteilen, denn offenbar bezog der Stoff seine Farbe auch vom Lampenschirm. Sie wirkte wie ein Stück Glut, das im nächsten Moment strahlend aufflackern und gefährlich lebendig werden konnte. Sie trug keinen Schmuck. Ihre Haut war blaß, aber dunkler als die Haut der Parsendamen von Bombay. Ihre Haare waren in einem Stil geschnitten und frisiert, der offenbar mehr dem entsprach, was ihr, wie sie glaubte, stand, als der Mode des Tages. Sie waren schwarz, nicht geölt, in der Mitte gescheitelt, fielen in Wellen, wie man sie mit Hilfe von Brennscheren erreicht, beinahe bis auf die Schultern und umrahmten ein klassisches Radschputengesicht mit hervortretenden Wangenknochen, vollen roten Lippen, einer falkenähnlichen, aber schön proportionierten Nase und Augen, deren Leuchten durch raffiniert aufgetragenes Schwarz verstärkt wurde. Zwischen die schwarzen Augenbrauen hatte sie ein rotes Tika mit einem Durchmesser von einem halben Zentimeter gemalt. Sie sah wie dreißig aus und war vielleicht vierzig. Sie trug kein Choli, beide Arme, eine Schulter und ein Teil des Zwerchfells waren nackt. Perron war beinahe sicher, daß er auch die Umrisse und die Erhebung einer Brustwarze sah, und er fand sie verführerisch hübsch.

»Tantchen«, sagte die junge Frau hinter ihm, »das ist Unteroffizier Perrer. Unteroffizier Perrer, das ist mein Tantchen Aimee.«
Perron machte eine Verbeugung.

»Sind Sie zu meiner Party gekommen?« fragte die Maharani mit einer hohen, aber etwas rauhen Stimme. »Ich fürchte, Sie sind ein bißchen früh. Aneila hat Ihnen die Tür geöffnet, weil die Diener sich alle ausruhen. Ich achte darauf, daß sie sich ausruhen, denn meine Partys dauern manchmal ein oder zwei Tage. Aneila, was ist? Warum steht unser Gast immer noch?«

»Entschuldigung, Tante.«

Perron drehte sich um und wollte ihr helfen, aber sie nahm einen sehr kleinen und vermutlich federleichten Stuhl. Sie trug ihn mühelos herbei und stellte ihn dicht vor das Ruhebett.

»Du gehst jetzt besser und weckst alle.«

»Ja, Tantchen.«

»Sag ihnen, die ersten Gäste kommen bereits. Setzen Sie sich. Sind wir uns schon einmal begegnet?«

»Ich hatte nicht das Vergnügen, Hoheit.«

»Bitte nennen Sie mich Aimee. Pandy und ich sind geschieden. Ich behalte den Titel, weil er nützlich ist. Die Dienstboten und die Geschäftsleute mögen es, und Pandys neue Frau mag es nicht. Sind Sie ein Freund von jemandem, den ich kenne?«

Perron erklärte seinen Auftrag und lenkte ihre Aufmerksamkeit auf das Päckchen und den Briefumschlag unter der Tischlampe. Vermutlich hatte Aneila beides dorthin gelegt.

»Hauptmann Purvis?« fragte sie und griff nach dem Brief. »Er muß einer von Jimmys Freunden sein. Wenn Jimmy in Bombay ist, bringt er viele Leute mit.« Sie entfaltete den Brief. Das Briefpapier schien ihr zu mißfallen. Sie hielt es zwischen zwei Fingern, deren Nägel elegant manikürt und lackiert waren. »Leonard?«, sagte sie, »Leonard Purvis?« Und dann: »Whisky?« Der Brief war zwar kurz, aber er verlangte Konzentration. »Chillingborough und Cambridge? Warum schreibt er mir das? Warum sollten Sie nicht in Chillingborough und Cambridge studiert haben? So viele Engländer studieren da. Wer ist Leonard Purvis?«

»Das Mitglied einer Kommission von Wirtschaftsberatern der indischen Regierung.«

»Gehören Sie auch dieser Kommission an?«

»Nein, ich habe mit Heeresausbildung zu tun.«

»Was tut diese Kommission?«

»Ich glaube nicht, daß sie etwas tut.«

»Und was tun Sie?«

»Sehr wenig.«

»Welch eine Wohltat. Die Leute sind immer alle so beschäftigt. Wie heißen Sie mit Vornamen?«

»Guy.«

»Haben Sie noch einen?«

»Lancelot.«

Sie runzelte die Stirn.

»Ich habe noch einen: Percival«, sagte er und fügte hinzu, »an dem liegt mir nicht soviel.«

»Namen sind ein schreckliches Problem. Am besten erfindet man sie. Bleiben Sie für meine Party? Es kann langweilig werden, aber es ist schwer, das im voraus zu sagen. Es hängt davon ab, wer kommt. Wenn es zu öde wird, ziehe ich mich einfach in mein Zimmer zurück und sage den Dienern, sie sollen die Getränke wegschließen und zu Bett gehen. Das ist der einzige Weg, die Leute loszuwerden. Heute abend bin ich jedenfalls optimistisch, denn es hat gut angefangen. Wo sind Sie untergebracht?«

»In einem Ort namens Kalyan.«

»Oh, dann sind Sie bei Zipper dabei. Beinahe alle Militärs, die zur Zeit hierher kommen, haben mit Zipper zu tun.«

Perron hielt es für klüger, nicht darauf einzugehen.

Er sagte: »Es ist sehr freundlich von Ihnen, mich einzuladen, und ich habe heute einen dienstfreien Abend. Aber soll ich vielleicht später wiederkommen, wenn ich zu früh bin?«

»O nein. Gleich werden noch mehr Gäste eintreffen. Wenn nicht, bitten Sie Aneila, Sie zu unterhalten. Bitten Sie Aneila, das Grammophon zu spielen, dann können Sie tanzen. Sie ist eine sehr gute Tänzerin, aber ihr fehlt die Übung im Umgang mit Männern. Sie freut sich, wenn ich sie nach Bombay mitnehme. Ihre Mutter ist so streng mit ihr. Ihre Mutter ist meine Schwester, die, die den Geschäftsmann geheiratet hat. Danach ist sie sehr seriös geworden. Sind Sie bitte so freundlich und klingeln, ehe Sie gehen?«

Perron stand auf, drückte auf den Knopf an der Wand, auf den sie gewiesen hatte, bedankte sich murmelnd und ging. Auf dem Weg nach draußen spürte er den Drang, sich umzudrehen und zu erklären, wer er war, und weshalb er gekommen war. Ihm hatte dieser Teil seiner Arbeit nie gefallen, zu dem es gehörte, Leute zu täuschen. An diesem Abend erschien ihm eine Täuschung unvernünftig. Er glaubte, wenn er der Maharani seine wahre Identität und seine Absicht gestand, dann würde sie das vermutlich die paar Sekunden lang belustigen, die sie brauchte, um es zu vergessen und sich wieder ihren eigenen Angelegenheiten zuzuwenden. Aber als er das Zimmer verließ, die Tür schloß und in dem langen, mit Möbeln vollgestopften Flur und den anderen geschlossenen Türen stand, stellte er sich wieder auf die Maskerade ein, denn Aneila begrüßte gerade neu angekommene Gäste, die diesmal ein Diener eingelassen hatte. Auch diesmal hatte er keine Klingel läuten hören. Eine Dienerin eilte durch den Flur zum Zimmer der Maharani. Perron überlegte, ob er taub wurde, oder ob die Klingeln mit einem Ton läuteten, den nur die Mitglieder des Haushalts zu hören gelernt hatten; aber ehe ihn dieses Thema mehr als nur flüchtig interessieren konnte, nahm etwas von möglicherweise größerer Tragweite seine Aufmerksamkeit gefangen.

Unter den Neuankömmlingen – nur von ihr nahm er automatisch Notiz – befand sich eine junge Frau, eine junge Engländerin. Aber es war nicht nur eine junge Engländerin, sondern *die* Engländerin, bei der er sich wegen Purvis' unhöflichem Verhalten am Eingang des Wohnblocks am Maidan hatte entschuldigen müssen. Wenn er an den durchdringenden Blick dachte, mit dem sie ihn gemustert hatte, konnte er kaum daran zweifeln, daß sie ihn erkennen würde, wenn sie sich gegenüberstanden. Es blieb die Frage, ob ihr sein wundersamer Dienststellenwechsel auffallen würde, oder ob die Tatsache, daß er Ausgeh-Khaki und nicht Dschungel-Grün trug, genügen würde, um sie von einem anderen Eindruck abzulenken, den sie gewonnen haben mochte –, nämlich, daß die Ausbildung keineswegs zu seinen Aufgaben gehörte. Die andere Frage war natürlich: Wenn sie merkte, daß eine Verwandlung stattgefunden hatte, würde sie dann vor den Ohren anderer gedankenlos eine Bemerkung darüber machen oder vernünftig zwei und zwei zusammenzählen und den Mund halten?

Sie standen kaum zehn Schritte voneinander entfernt, und es

gab keine Möglichkeit, den Abstand zu vergrößern. Er verringerte sich bereits, denn Aneila hatte die Männer mit einer Handbewegung in das Wohnzimmer gebeten und führte die junge Frau jetzt zu einem Raum, in dem sich die weiblichen Gäste vermutlich erfrischen konnten. Es stellte sich heraus, daß Perron vor der Tür dieses Raums stand. Es hätte keine direktere Konfrontation geben können.

Er trat beiseite, lächelte Aneila zu und dann der jungen Frau. Er hielt es für das beste, die Initiative zu ergreifen. »Guten Abend. Sieht man sich also wieder?«

»Oh«, sagte Aneila, »Kennen Sie sich? Da bin ich schrecklich froh, denn sonst müßte ich Sie miteinander bekannt machen, und ich kann so schlecht Namen behalten.«

»Perron«, sagte Perron zu beiden.

»Sarah Layton«, sagte die junge Frau. Ziemlich geschickt, dachte er, sie hat es zu Aneila gesagt.

»Bitte gehen Sie zu den anderen Gästen ins Wohnzimmer, Mr. Perrer. Tantchen sagt, Männer können sich immer selbst miteinander bekannt machen, wenn niemand da ist, der es tut. Und ich muß Miss...«

»Layton.«

»... Miss Layton zeigen, wo sie sich die Nase pudern kann.« Sie öffnete die Tür. Sarah Layton nickte und war im Begriff einzutreten. Er registrierte das momentane Zögern, das leichte Stirnrunzeln, das ihrem schnellen Blick auf seine linke Schulterklappe folgte. Er erwartete, ihr Blick würde sich nach oben richten, um seinem Blick zu begegnen, und machte sich bereit, ihn so offen wie möglich zu erwidern. Aber sie folgte Aneila in den Raum, ohne ihn noch einmal anzusehen.

Er ging durch den Flur und betrat wieder das Wohnzimmer, wo ein Diener am Cocktailschrank wirkte, und wo ein neuer und bei weitem größerer Schock auf ihn wartete.

Perron war seit beinahe drei Monaten in Bombay stationiert, aber ehe er der Operation Zipper zugeteilt wurde, hatte er die Stadt nur einmal besucht. Der Grund für diesen Besuch – in Begleitung seines Offiziers – war die Ankunft eines Schiffes gewesen, das im Juni in Bordeaux abgelegt und mehrere hundert indische Soldaten, ehemalige Kriegsgefangene, die in Nordafrika in Gefangenschaft geraten waren, an Bord hatte. Sie waren der Versuchung erlegen, die Freiheit zu erlangen, indem sie sich einer Truppe mit dem Namen Freies Indien anschlossen, deren Führer das revolutionäre ehemalige Kongreßmitglied Subhas Chandra Bose war. Bose hatte sich der polizeilichen Überwachung in Indien entzogen und hielt sich damals in Berlin auf, weil er hoffte, daß diese Truppe an der Seite der Deutschen kämpfen werde.

In England hatte Perron ziemlich viel über dieses embryonale Heer und seine Unfähigkeit, sich zu einer kampffähigen Streitmacht zu formieren, erfahren. Einzelheiten darüber gehörten zu den Geheiminformationen, mit denen er sich befassen mußte, über die er jedoch nicht sprechen durfte. Da die Briten schon immer ungeheuer stolz auf die Loyalität ihrer indischen Soldaten und auf die apolitische Haltung des indischen Heeres gewesen waren, hatte ihn dieser Beweis für einen Riß im Gefüge damals und auch später interessiert, als er von dem zahlenmäßig weit größeren und weit ernsteren Treuebruch indischer Soldaten hörte, die in japanische Kriegsgefangenschaft geraten waren. Offenbar hatten diese Inder sich zu Kampftruppen formiert – anfangs unter einem indischen Offizier des Königs und dann unter Subhas Chandra Bose (man brachte ihn mit einem U-Boot von Berlin nach Tokio). 1944 hatten sie die Japaner aktiv bei dem Versuch unterstützt, durch die Provinz Manipur in den Subkontinent einzumarschieren. Einige dieser Männer, die vor kurzem bei dem erfolgreichen britischen Feldzug in Burma erneut gefangengenommen wurden, waren – soweit Perron wußte – bereits nach Indien gebracht worden, und man hielt sie in besonderen Lagern gefangen. Diese Lager waren vermutlich auch das Ziel des Kontingents aus Europa. Nach Beendigung des Kriegs in Malaia und im Fernen Osten sollten ihnen noch viele folgen.

Perrons Pflichten in Hinblick auf die aus Bordeaux angekommene Schiffsladung entehrter indischer Offiziere, Unteroffiziere und Sepoys erwiesen sich nicht als anstrengend. Weder er noch sein Offizier wußten genau, wo ihre Verantwortung begann oder endete. Soweit sie erkennen konnten, lag ihre Hauptaufgabe darin, die Ohren offen zu halten und den Militär- und Zivilbehörden alles zu melden, was Anlaß zu dem Verdacht geben mochte, daß in Bombay eine Volksbewegung entstand, die den Hafen stürmen, die Gefangenen vor der Nase der Verantwortlichen befreien und in den Basars oder in den Hügeln untertauchen lassen würde, wo in der Vergangenheit viele Gruppen der Mahrattenreiterei untergetaucht waren und weitergekämpft hatten. Aber dafür gab es keine Anzeichen. Bombay ging seinen Geschäften nach, und das Militär widmete sich still der Aufgabe, die Schiffsladung auf Züge zu verteilen, deren Bestimmung, wie Perron hörte, in der Nähe von Delhi und dem Roten Fort lag.

Nur in einem Fall hatte er Gelegenheit gehabt, den Vorgang selbst mitzuerleben. Es war mitten in der Nacht; er stand mit einer Gruppe Militärpolizisten an einem Punkt des Kais, wo eine Schlange dieser Männer in merkwürdig zusammengestoppelten Uniformen an ihnen vorbeizog. Im schlechten Licht weit auseinanderstehender und flimmernder Bogenlampen gewann er nur einen Eindruck von der Leere, die sich auf dem menschlichen Gesicht ausbreitet, wenn der Gipfel der Verständnislosigkeit erreicht ist. Diese Männer konnten nicht daran zweifeln, daß sie endlich zu Hause waren. Der Geruch der Heimat mußte unverkennbar gewesen sein. Aber was das für sie bedeuten mochte, konnten sie offenbar nicht beurteilen. Nachdem der letzte Mann vorübergegangen war, und die Kette bewaffneter Militärpolizisten sich geschlossen und sie den Blicken entzogen hatte, fiel es Perron schwer, die Bedeutung des soeben Gesehenen einzuschätzen. In der ganzen anglo-indischen Geschichte gab es doch sicher keine Parallele zu dieser Situation? Mit Sicherheit waren zahlenmäßig noch nie so viele indische Soldaten (und diese hier bildeten nur die Spitze des Eisbergs) über das dunkle Wasser gefahren, um in den Kriegen der Sahibs zu kämpfen, und als Gefangene zurückgekehrt?

Er beschäftigte sich immer noch mit der Situation, um einen Schwachpunkt in seiner Einschätzung von ihr als historisch einmalig zu finden, als sein Offizier ihm eine Nachricht schickte und ihn in den Schuppen beorderte, von dem aus der Abschirmdienst operierte. Dort machte er ihn mit einem britischen Offizier bekannt, einem Major im Pandschab-Regiment, dessen linke Gesichtshälfte durch schwere Verbrennungen entstellt war. Auch der linke Arm war in Mitleidenschaft gezogen, obwohl Perron ziemlich lange brauchte, um das zu bemerken und zu begreifen, daß der Handschuh eine künstliche Hand verbarg. Die Brust des Offiziers zierten mehrere Ordensbänder, allen voran ein DSO.

Perron wurde von seinem Offizier vorgestellt, als »der Unteroffizier, von dem ich Ihnen erzählt habe«.

»Das wird Ihnen gefallen, Unteroffizier«, sagte er und begann eine Geschichte zu erzählen, die er an diesem Abend gehört hatte, wie er sagte. Perron vermutete, daß er sie dem Pandschab-Offizier bereits erzählt hatte, denn der Mann warf einen Blick auf seine Armbanduhr, die er mit dem Ziffernblatt nach innen am rechten Handgelenk trug, und studierte dann eine Karte des Hafengebiets, die an der Wand hing. Die Geschichte handelte von den Gefangenen. Als die Männer in Bordeaux erfuhren, daß sie auf einem eigens für sie reservierten Schiff *en masse* nach Indien zurück verfrachtet werden sollten, kamen sie zu dem Schluß, die Engländer hätten die Absicht, sie aufs Meer hinauszubringen, wo die Mannschaft das Schiff verlassen und die Bodenventile öffnen würde, um es zu versenken. Sie weigerten sich, an Bord zu gehen, bis sich auch genügend viele britische Soldaten auf dem Schiff befanden, deren Anwesenheit garantierte, daß ein solch teuflischer Plan nicht durchgeführt werden würde.

»Finden Sie das nicht komisch? Ich meine, das muß man ihnen lassen, sie haben einen ungebrochenen Selbsterhaltungstrieb, nicht wahr?«

Der Pandschab-Offizier unterbrach ihn.

»Ich habe gehört, Sie sprechen fließend Urdu, Perron. Können Sie einem kurzen Verhör in dieser Sprache folgen?«

»Jawohl, Sir.«

»Gut. Ich muß einem der Gefangenen ein paar Fragen stellen, die alle nicht besonders wichtig sind, aber ich möchte lieber einen unabhängigen Zeugen haben, falls der Mann etwas sagt, was mir bedeutsam erscheint. Wenn das der Fall ist, werde ich Ihnen sagen, worum es sich handelt, und Sie werden es als eine streng vertrauliche und geheime Information behandeln.«

»Jawohl, Sir.«

»Was immer der Mann auch vorgeben mag, er wird sehr alarmiert sein, weil man ihn an Ort und Stelle zu einem Verhör ausgesondert hat. Die Militärpolizisten, die ihn bringen, bleiben im

Raum, aber es sind Engländer, und sie werden nicht verstehen, was gesprochen wird. Ich möchte aus psychologischen Gründen, daß Sie sich hinter meinen Stuhl stellen und den Mann nicht aus den Augen lassen. Es wäre hilfreich, wenn Sie es schaffen, nicht das geringste Mitgefühl zu zeigen.« Er wandte sich an Perrons Offizier. »Ich hätte gern, daß Sie neben mir am Tisch sitzen. Haben Sie eine Akte, die Sie einsehen könnten?«

»Eine Akte?«

»Oder ein offiziell wirkendes Buch. Es ist immer hilfreich, wenn der Mann neben dem, der die Fragen stellt, sich scheinbar mit einer Aufgabe beschäftigt, die der Gefangene nur schwer mit dem Geschehen in Verbindung bringen kann.«

Perrons Offizier lachte nervös. »Ich könnte Patience spielen.«

»Eine Akte oder ein Buch wäre besser.«

»Warum ist das hilfreich?«

»Es verstärkt bei dem Gefangenen das Gefühl der Isolation und schwächt seine mögliche Entschlossenheit, dem Mann im Raum, der mit ihm spricht, Informationen vorzuenthalten. Er müßte jeden Augenblick hier sein. Wollen wir unsere Plätze einnehmen?«

Das taten sie. Die beiden Offiziere saßen an der üblichen von zwei Holzböcken getragenen Tischplatte, auf die eine Armeedecke mit Tintenflecken lag. Man hatte die Papiere und Tabletts abgeräumt, die Perron früher am Abend darauf gesehen hatte. Eine Aktentasche, ein Handschuh, ein Offiziersstöckchen markierten den Platz des Pandschab-Offiziers. Er öffnete mit einer Hand die Tasche und holte eine Akte und einen Füllhalter heraus. Perrons Offizier hatte an einem anderen Tisch gesucht und kam jetzt mit einem Notizbuch und einer dicken Mappe abgelegter, vervielfältigter Aktennotizen zurück.

Sie saßen im hinteren der beiden Räume des Schuppens. Er wurde von einer einzigen Glühbirne schwach erleuchtet. Der Tisch stand der Verbindungstür direkt gegenüber, durch die der Gefangene kommen mußte, nachdem er den Vorraum durchquert hatte, den die Militär- und Hafenpolizisten benutzten, in dem sich aber zu dieser Stunde nur ein verschlafener Hauptgefreiter befand. Dieser Hauptgefreite klopfte kurze Zeit später an die Tür, warf einen Blick ins Zimmer und kündigte die Ankunft des Gefangenen und seiner Bewacher an.

Sie traten im Gänsemarsch ein. Der vordere Militärpolizist, ein stämmiger Feldwebel, blieb etwa drei Schritte vor dem Tisch stehen, salutierte, legte ein gefaltetes Blatt Papier auf die Tischplatte, machte einen Schritt rechts und einen rückwärts, während der hintere einen Schritt links und einen vorwärts machte. Dieses Manöver gab den Blick auf den Mann frei, den sie bewachten: ein dünner, gebeugter Inder in einer viel zu weiten Drillichhose, unter der Stiefel zum Vorschein kamen, die aussahen, als paßten sie schlecht, einem langärmligen Khakipullover und darunter einem Khakihemd, dessen Schulterklappen aus den im Pullover dafür vorgesehenen Schlitzen ragten. Der Mann trug keinen Gürtel. Auf seinem Kopf saß ein Käppi ohne Abzeichen. Der größere der beiden MPs zog ihm das Käppi so grob ab, daß er dabei den Kopf des Gefangenen zur Seite riß. Nichts am Pulloverärmel verriet einen Rang. Die Kleidung war offenbar in Europa ausgegeben worden – vielleicht in Bordeaux. Anscheinend hatte er sich seit ein paar Tagen nicht mehr rasiert. Seine dichten schwarzen Haare waren zu lang. Eine Strähne fiel ihm über die Stirn. Er blickte von einem Offizier zum andern und schließlich zu Perron, der entsetzt festgestellt hatte, daß der Mann Handschellen trug. Es war, als habe man alles getan, um ihm das Aussehen und das Gefühl zu geben, er sei keiner Uniform wert.

Der Pandschab-Offizier befahl den MPs, im Raum zu bleiben, sich aber an der Tür aufzustellen. Bis jetzt hatte er den Gefangenen scheinbar noch nicht angesehen, aber während er mit den Polizisten sprach, betrachtete ihn der Mann aufmerksam und registrierte nicht, daß die beiden sich zurückzogen. Der Pandschab-Offizier (soweit Perron, der seine Augen mehr oder weniger pflichtschuldigst auf den Gefangenen gerichtet hatte, es beurteilen konnte) hob den Kopf immer noch nicht. Nach einer Weile – vielleicht nach zehn Sekunden – warf der Gefangene einen Blick auf Perrons Offizier, der sich sinnlos mit Bleistift, Notizbuch und der Mappe beschäftigte, aber seine Aufmerksamkeit wurde beinahe augenblicklich von etwas gefesselt, was der Pandschab-Offizier tat.

Perron blickte nach unten. Der Major hatte mit einer Hand eine Zigarettendose und ein Feuerzeug herausgeholt. Er öffnete die Dose, nahm sich eine Zigarette, zündete sie an, schloß die

Dose und griff mit der guten Hand hinüber zum linken Arm, der gerade nach unten hing, packte das Gelenk der künstlichen, behandschuhten Hand, hob sie und legte sie auf den Tisch. Er zog an der Zigarette, steckte sie zwischen zwei Finger der behandschuhten Hand und ließ sie dort: ein aufrechtes weißes Röhrchen, von dessen oberem Ende Rauchkringel aufstiegen.

Als Perron die Augen wieder auf den Gefangenen richtete, traf sein Blick den des stämmigen Militärpolizisten. Der Mann zwinkerte.

Tumara nam kya hai, fragte der Pandschab-Offizier plötzlich leise. Der Gefangene hielt den Kopf schief, wie es vielleicht jemand tut, der eine Sprache erkannt hat, sie jedoch nicht mit Sicherheit identifizieren kann. *Ihr Name?*

Ohne länger auf eine Antwort zu warten, sprach der Offizier auf Urdu weiter: *Hier steht, daß Ihr Name Karim Muzzafir Khan ist. Havildar Karim Muzzafir Khan, 1. Pankot Rifles, gefangengenommen in Nordafrika zusammen mit den anderen Überlebenden seines Bataillons, mit seinen Kameraden, mit seinen Offizieren. Oberst Sahib wurde ebenfalls gefangenen genommen. Ist das richtig? So steht es auf diesem Papier. Erkennen Sie das Wappen auf dem Papier? Irrt sich die Regierung?*

Der Mann wirkte verwirrt. Er sah Perron an, als suche er bei ihm Hilfe. Perron starrte auf den Nasenrücken des Mannes. Der Mann senkte die Augen und blickte wieder auf den Offizier.

Nun?

Jawohl, Sahib.

Jawohl, Sahib? Jawohl? Was bedeutet diese Antwort?

Karim Muzzafir Khan, Sahib.

Karim Muzzafir Khan, Havildar 1. Pankot Rifles?

Jawohl, Sahib.

Karim Muzzafir Khan, Havildar? Mit seinem Bataillon in Nordafrika gefangengenommen?

Sahib.

Karim Muzzafir Khan, Havildar Sohn des verstorbenen Subedar Muzzafir Khan Bahadur ebenfalls von den 1. Pankot Rifles?

Sahib.

Subedar Muzzafir Khan Bahadur? Ausgezeichnet mit dem Victoriakreuz?

Perron bemerkte, daß sein Offizier interessiert aufblickte.

Nun?

Sahib.

Der Pandschab-Offizier griff nach der brennenden Zigarette, nahm einen Zug, klopfte die Asche im Aschenbecher ab, stieß den Rauch langsam aus und steckte die Zigarette dann wieder zwischen die starren, behandschuhten Finger. Er blätterte in der Akte eine Seite weiter. Der Gefangene hielt den Kopf gesenkt. Er starrte auf die Zigarette und die künstliche Hand, als gehe davon die besondere Faszination eines Gegenstands oder einer Anordnung von Gegenständen aus, die richtig gedeutet, ihm helfen mochte, genau zu verstehen, was mit ihm geschah. Vielleicht lag das in der Absicht des Pandschab-Offiziers. Er studierte die neue Seite der Akte. Er hatte es nicht eilig. Perron blickte immer wieder auf die Zigarette. Würden die künstlichen Finger reagieren, wenn die Glut sie erreichte? Unerwartet nahm der Offizier seine Mütze ab und lehnte sich zurück. Der Gefangene starrte auf das vernarbte Gesicht, richtete dann den Blick auf den geschäftigen Bleistift des anderen Offiziers, danach auf Perron und schloß schließlich die Augen.

Sind Sie müde?

Der Gefangene öffnete die Augen.

Sahib.

Schlafen Sie nicht gut?

Keine Antwort.

Warum? Warum schlafen Sie nicht gut?

Keine Antwort.

Beunruhigt Sie etwas? Was? Was geschehen wird? Beunruhigt Sie das? Was mit Ihnen geschehen wird? Was mit Ihrer Frau und Ihren Kindern geschehen wird? Haben Sie Frau und Kinder?

Der Mann nickte.

Was werden sie sagen? Daß es eine große Schande ist? Beunruhigt Sie das? Was Ihre Frau und Ihre Kinder sagen werden? Was die Leute in Ihrem Dorf zu Ihrer Frau und zu Ihren Kindern sagen werden? Denken Sie daran? Denken Sie daran, daß Ihre Frau den Kopf nicht mehr aufrecht tragen kann? Und weil es daran liegt, daß von allen Männern, die nicht gefallen sind, sondern gefangengenommen wurden, nur Havildar Karim Muzzafir Khan das Salz in der Suppe nicht verdient hat? Nur Havildar Karim Muzzafir Khan hat auf die Lügen derer gehört, die ihn gefangengenommen haben und auf die Feinde des Königs und Kaisers, dessen Vater seinen Vater mit dem begehrtesten Orden belohnt hat? Nur Havildar Karim Muzzafir Khan machte seinem Regiment Schande und brachte dem Herzen von Oberst Sahib Leid.

Eine Pause.

Wie lange haben Sie Oberst Sahib nicht mehr gesehen?

Keine Antwort.

Wo ist er? Was glauben Sie? Sitzt er in aller Bequemlichkeit zu Hause? Glauben Sie vielleicht, daß er an dem Tag, an dem er und die anderen Offiziere aus dem Gefangenenlager in Deutschland entlassen wurden, ins Flugzeug gestiegen und nach Hause zu seiner Familie in Indien geflogen ist? So ist es nicht. Sie sind als erster in Indien. Vor ihm. Vor allen Ihren Kameraden der 1. Pankots. Wie Sie hatten Ihre Kameraden Oberst Sahib seit dem Tag nicht mehr gesehen, an dem sie in Gefangenschaft gerieten, und die Offiziere in ein Lager gebracht wurden und die Männer in ein anderes. Aber an dem Tag, an dem Oberst Sahib freigelassen wurde, sagte er: Jetzt will ich zu meinen Männern! Ich werde nicht ohne sie nach Indien zurückkehren. Also suchen wir die Männer. Gehen wir in das Kriegsgefangenenlager wo die Männer sind. Gehen wir in das Lager und versammeln wir alle Männer. Wir wollen in Deutschland warten, bis Rechenschaft über jeden Mann abgelegt ist, der nach der Schlacht noch lebte und in Gefangenschaft geriet, und dann wollen wir als Regiment zu unseren Familien nach Indien zurückfahren. So ist es auch geschehen. Nur für einen Mann der 1. Pankots gilt das nicht, für einen Mann, der nicht gefallen ist, der aber in keinem Kriegsgefangenenlager war. Er hat seine Kameraden im Stich gelassen, um an der Seite des Feindes zu kämpfen. Wir wissen nicht warum. Wir werden herausfinden, warum. Dort, wohin Sie gehen, wird man Ihnen viele Fragen stellen. Viele Offiziere werden Ihnen viele Fragen stellen. Auch mich werden Sie wiedersehen. Auch ich werde Ihnen noch viele Fragen stellen. Heute nacht stelle ich keine Fragen. Ich spreche nur von der Schande und dem Leid, das Sie Oberst Sahib bereitet haben. Ich kenne Oberst Sahib nicht, aber ich kenne Oberst Memsahib, und ich kenne die beiden jungen Memsahibs Susan

Mem und Sarah Mem. Ich war vor vier Wochen in Pankot. Sie hatten einen Brief von Oberst Sahib bekommen. Habt Geduld, schrieb er, ich bereite die Heimkehr der Männer vor. Also haben sie Geduld. Ganz Pankot ist geduldig und wartet auf die Rückkehr des Regiments von der anderen Seite des dunklen Wassers. In Pankot kennt man die Geschichte von Havildar Karim Muzzafir Khan noch nicht, der die Lügen von Subhas Chandra Bose geglaubt hat. Aber man wird sie bald kennen. Und man wird stumm vor Scham und Kummer sein. Die wilden Hunde in den Hügeln werden verstummen, und Ihre Frau wird den Kopf nicht mehr aufrecht tragen können.

Der Pandschab-Offizier sprach wohlklingendes, klassisches Urdu. Diese Sprache bot sich für poetische Bilder an, aber Perron hatte nur wenige Engländer gehört, die sie so gewandt, so wirkungsvoll oder zu einem solchen Zweck benutzten. Während der Rede waren die Augen des Gefangenen heller und feuchter geworden. Perron glaubte, der Mann werde möglicherweise zusammenbrechen. Er vermutete, daß der Offizier das beabsichtigte, und war entsetzt. Er hätte es besser verstanden, wenn der Offizier und der Gefangene vom selben Regiment gewesen wären, denn ein Regiment war traditionell eine Familie, und der härteste Vorwurf konnte durch den Rahmen rein familiärer Besorgnis, in dem er geäußert und entgegengenommen wurde, gemildert werden. Wenn der Mann dann weinte, geschah es aus Bedauern und Scham. Wenn er jetzt weinte, wäre es wegen der Demütigung durch einen Fremden.

Aber er schaffte es, nicht zu weinen. Vielleicht hatten die Jahre in Europa seine Fähigkeit zerstört, sich von Rhetorik rühren zu lassen, wie Inder es konnten. Vielleicht wurde ihm plötzlich klar, daß nichts außer vollen Bäuchen die wilden Hunde in den Hügeln verstummen ließ, und er staunte darüber, daß ein englischer Offizier so hochtrabend redete. Perron glaubte, ein oder zwei Sekunden lang aufblitzende Verachtung in den feuchten Augen zu entdecken. Richtig, sie trockneten und richteten sich wieder auf die brennende Zigarette.

Es herrschte vielleicht eine Minute lang Schweigen. »Ich bin mit dem Mann fertig«, sagte der Offizier plötzlich. Havildar Karim Muzzafir Khan verstand Englisch. Er holte tief Luft, sah sich um und wartete auf die Militärpolizisten, die das abrupte Ende des Verhörs durcheinanderbrachte. Sie traten etwas ungeschickt vor, salutierten und führten den Gefangenen hinaus.

Als sich die Tür schloß, nahm der Offizier die Zigarette aus der künstlichen Hand, rauchte und machte Notizen in der Akte. Die Episode erschien Perron sinnlos. Sein Offizier dachte offenbar das gleiche, denn er schob die Mappe von sich, in der er vorgegeben hatte zu arbeiten, beugte sich vor, stützte die Stirn auf die rechte Hand und sah zu, wie der andere schrieb. Er erwartete offensichtlich einen Kommentar.

Schließlich sprach der Pandschab-Offizier.

»Würde Ihr Unteroffizier dem Gefreiten nebenan sagen, er soll meinen Fahrer suchen und ausrichten, daß ich etwa in fünf Minuten fertig bin? Der Gefreite weiß, wo er ihn findet.«

»Ach, ich mach das schon selbst. Ich muß austreten.«

Perrons Offizier stand auf und ging in den anderen Raum. Er ließ die Tür offen. Perron nahm das Notizbuch und die Mappe und legte sie wieder auf den anderen Tisch. Der Pandschab-Offizier drückte die Zigarette aus und packte seine Sachen in die Aktentasche.

»Konnten Sie alles verstehen?«

»Ja, Sir.«

»Was halten Sie von dem Mann?«

»Er wirkte ziemlich harmlos, Sir.«

Der Offizier schloß die Aktentasche. Er lehnte sich zurück und sah Perron an. »Sein Name ist mehrmals in Aussagen aufgetaucht, die bei Verhören in Deutschland im Zusammenhang mit gepreßten gefangenen Sepoys gemacht worden sind, die nicht bereit waren, zur Frei Hind-Truppe überzulaufen. Sein Name wurde sogar mit einem indischen Oberstleutnant in Verbindung gebracht, dem man vorwarf, den Tod eines Sepoy in Königsberg verursacht zu haben.« Eine Pause. »Aber ich gebe zu, der Mann sieht harmlos aus, und natürlich kann es sein, daß man ihn zu Unrecht verdächtigt, denn viele dieser Männer sind nur allzu bereit, sich gegenseitig zu beschuldigen, um die eigene Haut zu retten.«

Er setzte die Mütze auf.

»Übrigens, Ihr Offizier hat Sie überschwenglich gelobt, ehe Sie kamen. Wie ich höre, haben Sie ein abgeschlossenes Geschichtsstudium und interessieren sich für die Geschichte dieses Landes. Haben Sie auch asiatische Sprachen studiert? Ich meine systematisch?«

»Nicht besonders systematisch, Sir. Natürlich interessierte ich mich für Urdu. Ich habe ein bißchen in den Ferien gelernt und es während des Semesters mit einem Kommilitonen geübt.«

»Einem indischen Kommilitonen an der Universität?«

»Jawohl, Sir.«

»Wenn Sie alles verstanden haben, sind Sie sehr gut. Haben Sie hier Aufbaukurse besucht?«

»Ja, Sir.«

»Es nützt einem natürlich nicht viel, außer beim Heer. Es ist schön, wenn man es kann. In meiner alten Stellung mußte ich eine Mischung aus Basarhindi und dem lokalen Dialekt des Distrikts sprechen, in dem ich gerade war.«

»Was für eine Arbeit war das, Sir?«

»Bei der indischen Polizei.«

Das überraschte Perron. Weder die indische Zivilverwaltung noch die Polizei waren im geringsten entgegenkommend gewesen, wenn ihre Beamten zu den Streitkräften überwechseln wollten. Am Anfang des Krieges war der Nachschub in diesen Sparten versiegt, und man brauchte die Männer dort, wo sie waren: als Juristen, Steuereinnehmer, als Hüter von Gesetz und Ordnung. Perron schätzte den Offizier auf Mitte dreißig. In diesem Alter hätte er normalerweise eine höhere Stellung bei der Polizei gehabt, und ein Wechsel zum Heer für die Dauer des Krieges mußte noch schwieriger zu bewerkstelligen gewesen sein.

Der Offizier stand auf. Er klemmte sich die Brieftasche unter den linken Arm und rückte ihn zurecht, bis er gegen die Taille drückte. Der Arm mußte über dem Ellbogen amputiert sein. Dann nahm er den Handschuh und das Offiziersstöckchen in die rechte Hand.

»Ach Unteroffizier, ich habe von Ihrem Offizier gehört, daß Sie in Chillingborough waren. Wann?«

Perron sagte es ihm und fügte nach einer kurzen Pause hinzu:

»Waren Sie auch in Chillingborough, Sir?«

Der Offizier schwieg und sagte dann: »Wohl kaum. Ich frage aus anderen Gründen. Vermutlich kennen Sie einen Inder, der dort war und sich Harry Coomer nannte. Eigentlich heißt er Hari Kumar.«

»Harry Coomer? Ja, ich erinnere mich an ihn, Sir.«

»Ich nehme an, er war ein oder zwei Jahre jünger als Sie. Kannten Sie ihn näher? Gut genug, um etwas über seine Interessen und Einstellungen zu wissen?«

Perron dachte nach und versuchte, sich den jungen Inder ins Gedächtnis zu rufen. Er sah Coomer in weißen Flanellhosen bei einem seiner Linksschläge vor sich, die selbst Perron, den Kricket langweilte, und der es schlecht spielte, als elegant erkannte. Sonst erinnerte er sich nur verschwommen an ihn. Nur ein allgemeiner Eindruck und ein oder zwei Einzelheiten waren geblieben.

»Ich erinnere mich nur«, sagte Perron, »daß er sich hauptsächlich für Kricket interessierte.«

Er wollte hinzufügen: »Warum interessieren Sie sich für ihn, Sir?« Aber die Antwort hätte sich erübrigt.

Perron hatte seit Jahren nicht an Coomer gedacht. Er erkannte, daß er nicht einmal an ihn gedacht hatte, als er nach Indien gekommen war. Vielleicht lag es daran, daß er ihn auf der Schule nie mit einem anderen Ort als Chillingborough in Verbindung gebracht hatte, wo ihn nur die braune Haut von einigen hundert anderen Jungen unterschied, die Chillingborough absolvierten. Soweit Perron sich erinnerte, war alles andere an Coomer – Benehmen, Verhalten – völlig normal gewesen. Perron konnte sich nicht einmal daran erinnern, daß Coomer Englisch mit einem indischen Akzent gesprochen hätte. Er erinnerte sich nur daran, Coomer einmal nach dem Unterschied zwischen Karma und Dharma gefragt zu haben, worauf Coomer höflich geantwortet hatte, er kenne den Unterschied leider nicht, denn er sei zwar in Indien geboren, aber in England aufgewachsen und könne sich an nichts mehr erinnern, auch nicht an die seltsamen Sitten und merkwürdigen Ideen dieses Landes.

»Kricket«, sagte der Offizier und lächelte endlich einmal. »Bedauerlicherweise gingen seine Interessen über Kricket hinaus, nachdem er hierher zurückgekommen war. Die teure Bildung erwies sich als eine ziemliche Verschwendung, wie es so oft der Fall ist. Wußten Sie etwas über seine Familie?«

»Überhaupt nichts, Sir. Ich kann mich an nichts erinnern.«

69

»Nein? Na ja, natürlich nicht, Sie waren ja kein guter Freund von ihm.«

Perrons Offizier kam zurück.

»Wir haben Ihren Fahrer gefunden«, sagte er. »Er wartet draußen. Ich versuche, ein bißchen Tee aufzutreiben. Wollen Sie auch einen Becher, ehe Sie losziehen?«

»Nein danke. Und vielen Dank für Ihre Hilfe, heute abend. Es tut mir leid, daß der Havildar so wenig entgegenkommend war. Es wäre für Sie interessanter gewesen, wenn er zu den Redseligen gehört hätte. Aber von meinem Standpunkt aus ist das Ziel der Übung erreicht.« Er schien gehen zu wollen, blieb aber stehen, als denke er nach.

»Es ist doch interessant«, begann er, an Perron gewandt. »Da haben Sie den Havildar, dessen Vater im letzten Krieg posthum das VC verliehen wurde. Und ich wage zu behaupten, daß ihm das väterliche Vorbild Tag für Tag eingetrichtert wurde. Es wird sich lohnen herauszufinden, wie er sich im Kampf gehalten hat. Ich vermute, er hat sich schlecht geschlagen und konnte es nicht ertragen, für den Rest des Krieges mit Männern hinter Stacheldraht zu sitzen, die gesehen hatten, wie feige er im Grunde war. Was glauben Sie, Unteroffizier? Könnte es psychologisch gesehen so gewesen sein?«

»Es könnte so sein, Sir.«

»Kumar konnte es auch nicht ertragen. Ich meine, er konnte die Tatsache nicht ertragen, daß er nicht war, was sein Vater aus ihm machen wollte und ihm eingeredet hatte, er sei es. Sie wissen nichts davon?«

»Nichts, Sir.«

»Wann sind Sie nach Indien gekommen?«

»1943, Sir.«

»Ach so. Es geschah im Jahr zuvor. Aber ich bin froh, daß er kein guter Freund von Ihnen war. Er hat sich hier in ziemlich schlechter Gesellschaft bewegt. Er und fünf seiner Freunde wurden zweiundvierzig wegen eines schweren Verbrechens verhaftet. Es gelang ihnen, sich aus dieser Sache herauszuwinden, aber wir konnten sie nach dem indischen Ermächtigungsgesetz als politische Gefangene hinter Schloß und Riegel bringen.«

Bei seinen Worten ließ der Offizier Perron nicht aus den Augen.

Er sah ihn auch jetzt noch unverwandt an, als erwarte er einen Kommentar oder eine Frage. Perron fiel nichts anderes ein als: »Haben Sie ihn verhaftet, Sir?«

»Ja. O ja, das habe ich.«

Er nickte Perron zu, grüßte Perrons Offizier, indem er mit dem Stöckchen seine Mütze berührte, und ging.

Perron erwiderte den Blick seines Offiziers und fragte: »Wer war das, Sir?«

»Heißt Merrick. Er behauptet, auf höher Ebene mit diesem INA-Rummel zu tun zu haben. Eiskalter Bursche, nicht wahr?«

Diesen Mann sah Perron, als er das Wohnzimmer der Maharani wieder betrat.

Es richteten sich jedoch drei Augenpaare auf Perron. Neben dem einarmigen Pandschab-Offizier stand ein großer, älterer weißhaariger Mann in einer weißen Leinenhose, der sich auf einen Ebenholzstock stützte und über dem linken Auge eine schwarze Klappe trug, die mit einem Gummiband um den Kopf befestigt war, und – der einzige der drei ohne ein körperliches Gebrechen – ein gut aussehender, elegant gekleideter junger Inder.

Seit der Nacht im Hafen stand Perron manchmal als letztes bewußtes Bild vor dem Einschlafen in der Dunkelheit hinter seinen Lidern Coomer vor Augen – Coomer, der auf einem leeren, grünen, sonnenbeschienenen und von Ulmen beschatteten Feld stand und auf die schnelle unaufhörliche Folge von Würfen eines unsichtbaren Schlagmannes reagierte, indem er zielte, die Bälle schlug, schnitt oder aufhielt; und das alles geschah ohne einen einzigen Laut. Das Gesicht des Inders sah er nie deutlich. Die Bilder vermittelten wenig außer einem leicht bedrückenden Gefühl, daß in ihnen eine Art Vorwurf lag, und am nächsten Morgen hatte er sie meist vergessen. Aber der junge Inder und der Schock, dem Pandschab-Offizier wieder gegenüberzustehen, rief sie wach, und einen Augenblick lang hatte er die absurde Vorstellung, der junge Inder sei Coomer.

Aber sein Zögern beim Eintreten war deutlich genug gewesen, um von dem älteren Mann in der weißen Leinenhose als Schüchternheit gedeutet zu werden. Der Mann lächelte und sagte: »Kommen Sie.«

Perron näherte sich der Gruppe und vermied dabei, den Pandschab-Offizier direkt anzublicken, sagte: »Guten Abend« und dann, »ich fürchte, ich bin ein Eindringling. Ein Offizier hat mich mit einem Päckchen für die Maharani geschickt, und sie hat mich freundlicherweise eingeladen, zu der Party zu bleiben. Ich heiße Perron. Unteroffizier Perron.«

»Perron? Perron? Ein sehr interessanter Name. Gibt es eine alte verwandtschaftliche Beziehung zu dem Unteroffizier Perron, der unter Daulat Rao Sindia General und Gouverneur von Hindustan wurde?«

Perron lächelte. Diese Frage wurde ihm selten gestellt.

»Nein, Sir. Der Perron im Dienst von Daulat Rao hieß in Wirklichkeit Pierre-Cuiller. Perron war sein Spitzname.«

»Das habe ich entweder nicht gewußt oder vergessen. Jedenfalls, Mr. Perron, auf Aimees Partys sind Eindringlinge, wie Sie es nennen, eher die Regel als die Ausnahme. So bin ich zum Beispiel der einzige von uns mit einer persönlichen Einladung. Aimee sieht es gern, wenn man jemanden mitbringt.« Der Mann sprach mit einem Akzent, aber Perron konnte ihn nicht lokalisieren.

»Lassen Sie mich das Vorstellen übernehmen«, sprach der Mann weiter. Er legte sich eine skelettartige Hand auf die Brust und sagte mit einer leichten Verneigung: »Dimitri Bronowski. Das ist Mr. Ronald Merrick, eigentlich von der indischen Polizei, aber wie Sie sehen, zur Zeit Major des Pandschab-Regiments. Und das ist mein Sekretär, Mr. Achmed Kasim, der jüngste Sohn von Mr. Mohammed Ali Kasim, von dem Sie vielleicht gehört haben.« Bronowski legte Perron eine Hand auf die Schulter und drehte ihn leicht herum, um die Initialen auf der Schulterklappe lesen zu können. »Aha. Was heißt das, ABK?«

»Armee-Bildungskorps.«

Durch die leichte Schulterdrehung konnte er Major Merrick direkt ansehen. Das harte Licht zeigte die vernarbte Haut der entstellten linken Gesichtshälfte noch unbarmherziger als das Licht damals im Hafenschuppen und verstärkte das Blau der Augen, an das sich Perron jetzt wieder erinnerte. Der Blick, mit dem Merrick ihn ansah, verriet nichts.

Bronowskis Hand lag immer noch auf Perrons Schulter. Er ließ ihn los und fragte: »Wie bringt man einem Heer Bildung bei?«

»Es geht weniger um die Bildung, Sir, als darum, Wege zu finden, daß das Heer sich nicht langweilt.«

»Trotzdem, man braucht Lehrqualifikationen?«

»Nicht immer, Sir.«

»Aber Sie haben diese Qualifikationen?«

»Ja, Sir.«

»Ein Examen.«

»Ja, Sir.«

Bronowski wollte wissen, in welchem Fach, und Perron sagte es ihm. Der Diener trat mit einem Tablett Getränke zu ihnen, aber das unterbrach den Strom der Fragen des alten Mannes nicht. An welcher Universität? An welchem College? Welche Schule haben Sie besucht?

»Sie heißt Chillingborough, Sir.«

»Ach ja?« Bronowski zögerte. »Wie interessant. Und was werden Sie nach dem Krieg tun, Mr. Perron? Wollen Sie an die Universität zurück?«

Perron nickte. Aber die Fragen versiegten dadurch nicht. Welche Fachrichtung? Welches Thema? Welchen Aspekt der indischen Geschichte? Warum gerade diesen? Perron versuchte, den Fragen zu entgehen und das Gespräch auf allgemeinere Dinge zu lenken. Er äußerte sich über den verengten Gesichtskreis und die zunehmende Spezialisierung der Jungakademiker. Aber Bronowski ließ sich nicht abbringen.

»Darin besteht der Reiz und die Logik. Ich stelle mir vor, Ihr Aufenthalt in Indien hat Sie in Ihrer Entscheidung bestärkt. Haben Sie daran gedacht, nach dem Krieg noch einige Zeit hierzubleiben?«

»Eigentlich nicht, Sir. Man verliert so schnell den Boden unter den Füßen. In der akademischen Welt ist der Konkurrenzkampf genauso scharf wie anderswo.«

»Das stimmt. Aber manchmal sollte man die professionelle Konkurrenz ignorieren und sein Leben so ordnen, wie es für den Gelehrten in einem am besten ist. Sie würden ohne weiteres eine zeitlich begrenzte Stellung hier finden und viel Gelegenheit zum Quellenstudium haben. Entweder an einer Universität oder an einem College. An unserem College im kleinen Mirat fehlt es immer an guten Lehrkräften – in Geschichte, zum Beispiel.«

»Sind Sie der Rektor, Sir?«

Major Merrick schaltete sich ein.

»Graf Bronowski ist der Ministerpräsident des Herrschers, des Nawab von Mirat.«

»Aber mein Herz hängt sehr am College, und ich bemühe mich stets, es zu fördern, denn das College gehörte zu meinen ersten Neuerungen. Als ich vor beinahe einem Vierteljahrhundert als Berater des Nawab Sahib nach Mirat kam, gab es dort keine höhere Bildungsstätte für intelligente junge Hindus. Es gab nur die Moslemakademie, auf der die Knaben beten und den Koran aufsagen lernten, und sie brachte Steuereinnehmer hervor – Achmed möge mir verzeihen, wenn ich das sage, obwohl er persönlich keine solche traditionelle islamische Ausbildung absolvieren mußte. Nicht wahr, Achmed?«

»Wie bitte?«

»Unverbesserlich!« rief Bronowski, lachte jedoch und legte drei Finger der Hand mit dem Ebenholzstock auf die Schulter des jungen Mannes. »Bei Unterhaltungen hört er selten zu. Er geht nur zu Parties, um so viel Whisky wie möglich zu trinken, und um sich an die schönsten Frauen heranzumachen. Abgesehen davon ist er als Sekretär sehr tüchtig. Und hier haben wir zwei sehr hübsche junge Frauen. Aneila, meine Liebe, habe ich mich in der Annahme geirrt, daß Ihre Tante ab halb acht sagte? Sind wir so auffällig früh, wie es uns vorkommt?«

»O nein. Tantchens Partys beginnen, wenn die ersten Gäste eintreffen. Habe ich etwas vergessen? Wenn ja, sagen Sie es mir bitte, denn Tantchen wird sonst sehr böse auf mich sein. Oh! Niemand raucht! Ein schlechter Anfang. Bitte bedienen Sie sich. Ich werde Tantchen sagen, sie soll sich beeilen.«

Aneila lief hinaus und gab im Flur vermutlich ein paar Dienern Anweisungen. Perron wußte als einziger, wo die Zigaretten waren, ohne suchen zu müssen. Er griff nach der Dose und ging zuerst zu Miss Layton, die neben Major Merrick stand. Er erreichte sie ein paar Sekunden nach dem Diener, der Getränke anbot. Perron bemerkte den Glanz ihrer blonden, schlicht frisierten Haare und das Kleid, das sie nicht getragen hatte, als sie sich vor dem Wohnblock am *Maidan* begegneten; eindeutig rangierte es nicht nur als Gesellschaftskleid. An ihrem Arm hing eine Tasche. Sie hatte die linke Hand gehoben. Sie trug keinen Verlobungsring. Sie entschied sich für Gin mit Limonensaft. Dann sah sie die Zigarettendose, lächelte ihn an und schüttelte den Kopf.

»Danke. Im Augenblick nicht.«

Auch Merrick lehnte ab. Er unternahm nichts, um sie einander vorzustellen. Perron ging zu Bronowski. »Ich rauche nur die«, sagte Bronowski, öffnete ein goldenes Zigarettenetui und zeigte Perron den Inhalt: eine Reihe ovaler rosa Zigaretten mit goldenem Mundstück.

»Aber nur abends«, fügte Miss Layton in Perrons Rücken hinzu.

»Ah, Sie erinnern sich an meine kleine Geschichte. Übrigens, kennen Sie Mr. Perron vom Bildungskorps?«

»Ja«, erwiderte sie, »wir haben uns im Flur begrüßt.«

Perron hielt die Dose Achmed Kasim hin, aber der lehnte ab. Bronowski trat zu Miss Layton und Major Merrick. Perron stellte die Dose ab, nahm sein Glas wieder in die Hand und versuchte, sich mit dem jungen Inder zu unterhalten.

»Ihr Vater muß der Kongreßpolitiker M. A. K. sein.«

Kasim nickte und widmete sich wieder seinem Glas Whisky. Perron sprach seines Wissens zum ersten Mal mit einem Inder, dessen Vater von den Briten inhaftiert worden war. Er wußte nicht genau, worüber er mit ihm sprechen sollte. Er konnte sich kaum entschuldigen. Er hätte gern gefragt, ob die Zeitungsmeldungen auf Wahrheit beruhten, daß Mr. Kasim senior sich politisch umorientiere und den Kongreß zugunsten der Liga und Dschinnas verrücktem Traum von einem separaten Moslemstaat Pakistan verlasse. Aber auch das war ein zu verfängliches Thema. Er fragte sich, was um alles in der Welt der Sohn eines Politikers wie M. A. K. als Sekretär des Premierministers des Nawab von Mirat tat. Im allgemeinen waren Kongreßmitglieder und die autokratischen Herrscher der Fürstentümer nicht gerade gute Freunde. Aber auch diese Frage konnte er nicht stellen. Er entschied sich also dafür zu plaudern.

»Bleiben Sie lange in Bombay?«

»Ein paar Tage.«

»Es muß interessant sein, für den Ministerpräsidenten eines Nawab zu arbeiten.«

Achmed Kasim nickte, aber seine Aufmerksamkeit galt etwas

anderem. Perron hörte Stimmen und sah sich um. Eine Gruppe englischer Offiziere war hereingekommen, doch Kasims Interesse galt offensichtlich nicht ihnen. Auch eine hinreißende, attraktive Eurasierin und zwei hübsche Inderinnen hatten den Raum betreten und redeten aufgeregt mit Aneila. Der Diener erhielt Verstärkung von zwei anderen. Nach einigen Sekunden wandte Perron sich wieder an Kasim.

»Unterhält die Krone Beziehungen zu Mirat durch einen Residenten oder über eine Provinzregierung?«

»Durch einen Residenten, der allerdings keiner ist.«

»Ein nicht residierender Resident.«

»Früher lief alles über eine Provinzregierung, aber das hat man vor einiger Zeit geändert.«

»Allgemein, oder nur im Fall von Mirat?«

»Ich glaube allgemein. Es hatte etwas mit dem föderalistischen Prinzip zu tun. Aber das ließ sich nicht verwirklichen. Das kommt in diesem Land vor.«

»Wo residiert der nicht residierende Resident?«

»In Gopalakand.«

»Ist das weit von Mirat entfernt?«

»Weit genug.«

»Ist das gut so?«

Kasim blickte in sein Glas.

»Verzeihung«, sagte Perron, »das ist eine undiplomatische Frage. Ist Graf Bronowski ein russischer ›Weißer‹, wie wir es früher nannten? Gehört er zu den Emigranten nach der Revolution?«

»Ja.«

»Militär?«

»Nein, ich glaube nicht.«

»Ich dachte daran, weil er ein Auge verloren hat.«

»Er sagt, ein Revolutionär hat eine Bombe auf seine Kutsche geworfen, als er sich in St. Petersburg befand. Aus diesem Grund hat er auch ein steifes linkes Bein.«

»Er sprach davon, daß er seit fünfundzwanzig Jahren in Mirat lebt. War er von Anfang an Ministerpräsident?«

»Nicht offiziell. Erst als die Politische Abteilung besänftigt war.«

»Wie wurde sie besänftigt?«

»Ich glaube, man hat gesehen, daß er einen guten Einfluß auf den Nawab ausübte. Dann stimmte man der Ernennung zu. Dimitri sagt, heute tun einige der höheren Chargen der Politischen Abteilung, als sei es ihr Einfall gewesen. Ehe Dimitri kam, war Mirat sehr feudal.«

»Hat Miss Layton eine Verbindung mit Mirat? Sie und der Graf scheinen alte Freunde zu sein.«

»Sie war einmal zu Besuch dort. Ihre Schwester hat in Mirat geheiratet. Sie wohnten im Gästehaus des Palastes.«

»Wohnt sie in Bombay?«

»Nein, in Pankot.«

»In Pankot?«

»Sie kennen Pankot?«

»Ich habe davon gehört, das heißt von seinem Regiment, den Pankot Rifles.«

»Ihr Vater war der Befehlshaber des 1. Bataillons. Sie ist in Bombay, um ihn zu treffen. Er war Kriegsgefangener in Deutschland.«

Perron bewegte sich, um sie sehen zu können. Sie drehte ihm den Rücken zu. Sie stand bei Graf Bronowski, zwei englischen Offizieren und Merrick. Merrick beobachtete ihn immer noch mit diesem undurchdringlichen Blick, obwohl Perron zu sehen glaubte, daß er erraten hatte, daß Miss Laytons Name gefallen war, und er ihn davor warnte, etwas zu verraten, als hätten sie beide etwas zu verheimlichen: Perron seine wahre Identität und Merrick – was? Nur die Tatsache, daß sie sich schon einmal getroffen hatten, oder mehr noch, die Umstände des Zusammentreffens? Das Verhör des Havildar der Pankot Rifles? Sarah Layton war eine von den Töchtern des Oberst Sahib. Er erinnerte sich zwar jetzt an den Namen Sarah in diesem Zusammenhang, nicht aber an den Namen der anderen Tochter – vermutlich die, die in Mirat geheiratet hatte. Beim Verhör des Havildar hatte Merrick beide Namen erwähnt. Sarah Mem und ... Mem.

Er wandte sich wieder an Kasim.

»Ist Oberst Layton schon wieder in Indien?«

Kasim mußte den Kopf neigen und ihn bitten, die Frage zu wiederholen. Aber noch ehe das geschah, rief jemand: »Achmed,

Liebling!« Eine ältere Inderin in einem grünen und goldenen Sari drängte sich zwischen sie und umarmte den jungen Mann. »Was machst du hier in Bombay? Ist dein Vater hier? Ich habe ihm nach dem Fiasko in Simla geschrieben, aber er hat nicht geantwortet.«

Perron trat zurück, um Platz zu machen. Sie ignorierte ihn. »Stimmt es, was Lodi mir über deinen armen Bruder Sajed gesagt hat?« fragte sie laut. Perron ging weg und hörte Kasims Antwort nicht. Grammophonmusik setzte ein, und die attraktive Eurasierin begann, mit einer der beiden Inderinnen zu tanzen, mit denen sie gekommen war. Die andere ließ sich zögernd von einem jungen englischen Offizier auffordern, unterhielt sich jedoch mit der Eurasierin, während sie sich auf der kleinen freien Fläche drehten. Bis jetzt war das Militär ausschließlich durch Offiziere vertreten. Perron war der einzige Unteroffizier im Raum. Vier Inderinnen, weder jung noch hübsch, hatten sich auf einer langen Sitzbank niedergelassen und führten eine Unterhaltung, die keine Einmischung zuließ. Die Zahl der Dienstboten hatte sich vergrößert, und der Raum war ziemlich voll. Die Maharani war immer noch nicht zu sehen.

Perron durchquerte den Raum in Richtung Flur. An der Tür trat er beiseite, um einen beleibten, rotgesichtigen englischen Zivilisten mit offenem Hemd, einer weißen Leinenhose und einem schwarzen Kummerbund vorbeizulassen. Der Zivilist sagte: »Hallo Unteroffizier, wo ist denn die Bar?« Er schien sich unterhalten zu wollen. Aber Perron wies wortlos in die Richtung der Bar und ging hinaus. Im Flur waren noch mehr Leute. An der Wohnungstür stand ein Diener und starrte auf die Wand über der Tür, wo ein Klingelkasten zu sein schien, was in gewisser Weise auch stimmte, denn plötzlich leuchtete darin eine orangefarbene Glühbirne auf, und der Diener ließ zwei Gäste ein. Vielleicht gab es ein solches Lichtsignal auch im Dienstbotenquartier. Vielleicht gab es einen Hausdiener, der nur das Klingellicht im Auge behalten mußte. Vielleicht mochte die Maharani das Klingelgeräusch nicht.

»Hallo Uffz, was halten Sie denn davon?«

Die Frage stellte ein Hauptgefreiter von der technischen Truppe. Er lehnte mit einem Vollmatrosen der Marine an der Wand.

»Halten?«

»Das hier.«

»Sind Sie allein?«

»Nein, mit ihm.« Der Hauptgefreite nickte dem Matrosen zu und blickte dann auf Perrons Glas. »Was knöpfen die einem hier für so was ab?«

»Nichts. Es ist frei. Auf Partys ist es im allgemeinen so.«

»Partys? Ist das hier nicht Amy?«

»Nun ja, die Gastgeberin heißt mit Vornamen Aimée.«

»Gastgeberin?«

»Die Dame, die die Party gibt.«

Perron nannte den vollen Titel der Maharani. Der Hauptgefreite sah seinen Kameraden an, suchte in seiner Tasche und zog ein zerknittertes Stück Papier hervor. Er warf einen Blick darauf und zeigte es Perron. Darauf stand: »Amy«, die Adresse, Nummer der Wohnung und am unteren Rand ein Vermerk: »Sechs Kröten.« Perron gab das Papier zurück. Er schüttelte den Kopf. »Ich glaube, jemand hat sich einen Spaß mit Euch erlaubt. So etwas ist das hier nicht. Was habt Ihr denn gesagt, als der Diener die Tür öffnete?«

»Ich hab nur gesagt: ›Amy?‹ Er hat nicht nach Namen und so was gefragt. Also schien es in Ordnung zu sein. Zumindest bis wir die Leute gesehen haben. Ich meine die *Frauen*, die hier *reinkommen*... Wir verduften lieber, bevor wir rausfliegen.«

»Ich glaube nicht, daß Ihr rausfliegen werdet.«

»Aber wir kennen niemanden, und so wie die alle aussehen, wäre das auch unwahrscheinlich.«

»He, sieh dir das an«, sagte der Matrose. Er stieß dem Hauptgefreiten in die Rippen. Perron drehte sich um. Aneila schwebte durch den Flur zum Zimmer ihrer Tante.

»Ja, das ist schon besser. Wer ist das, Uffz?«

»Die Nichte der Maharani.«

»Sind noch mehr von der Sorte da drin?«

»Ja, ein paar.«

»Mit wem sind Sie hier, Uffz?«

»Mit niemand bestimmtem.«

»Können wir sagen, wir gehören zu Ihnen, wenn jemand fragt?«

»Ihr sagt besser, Ihr seid Freunde von Hauptmann Purvis, aber er ist noch nicht da.«

»Angenommen, er kommt?«

»Er kommt nicht. Er liegt krank im Bett.« Ein Diener ging mit einem vollen Tablett vorbei. Perron hielt ihn an. »Nehmt Euch auf jeden Fall etwas zu trinken, dann fallt Ihr nicht auf. Es gibt auch Bier, wenn Ihr wollt. Ihr müßt nur danach fragen.«

Die beiden Jungs nahmen vorsichtig zwei Gläser vom Tablett.

»Alles in Ordnung?«

»Ja, danke, Uffz. Hauptmann *Purvis*?«

»Leonard Purvis, der Wirtschaftswissenschaftler.«

Der Hauptgefreite nickte zerstreut.

»Bis dann, Männer«, sagte Perron und wandte sich ab. Major Merrick war aus dem Wohnzimmer gekommen und wartete auf ihn.

»Ich würde Sie gern sprechen.«

Sie gingen in einen ruhigeren Teil des Flurs.

»Sind Sie im Dienst?«

»Jawohl, Sir.«

»Erwarten Sie Ihren Offizier?«

»Nein, Sir.«

»Ich nehme an, die Tarnung ist erlaubt?«

»Unter bestimmten Umständen ja, Sir.«

»Das ist doch immer etwas riskant, oder? Auch wenn die Chancen noch so gering sind, daß Sie jemandem begegnen, der Sie kennt. Miss Layton hat mir zum Beispiel gerade erzählt, daß sie Ihnen heute nachmittag begegnet ist... in Ihrer anderen Uniform.«

»Ich hoffe nicht, daß es jemand gehört hat, Sir.«

»Nein. Aber sie dachte sehr richtig, ich sollte es wissen.«

»Haben Sie Ihr gesagt, daß Sie es bereits wissen, Sir?«

»Ohne ins Detail zu gehen, ja. Dieser Offizier, Hauptmann Purvis..., gehört er auch zu Ihrer Abteilung?«

»Nein, Sir.«

»Gehen Sie zurück zu seiner Wohnung?«

»Ich muß, Sir, um mich umzuziehen.«

Merrick sah ihn einige Zeit schweigend an. Im Wohnzimmer wurde eine neue Platte aufgelegt, und lautes Gelächter drang heraus. Schließlich sagte Merrick: »Wann werden Sie vermutlich gehen?«

»Ich weiß nicht genau, Sir.«

Merrick warf einen Blick auf die anderen Leute im Flur. Auf der Bank saßen drei junge, schwatzende und kichernde Inderinnen. Mit dem Hauptgefreiten und dem Matrosen unterhielt sich inzwischen der ältere Engländer mit dem Kummerbund. Merrick fuhr fort: »Ich dachte daran, uns zu entschuldigen und Miss Layton nach Hause zu bringen. Würden Sie das alles in allem und in Anbetracht dessen, was Sie wissen, für richtig halten, um ihr eine mögliche peinliche Situation zu ersparen?«

Eine Bewegung an der Tür des Wohnzimmers erregte seine Aufmerksamkeit. Der Zivilist führte den Hauptgefreiten und den Matrosen ins Zimmer. Er gab dem Matrosen einen ermutigenden Klaps – zwar auf den Rücken, aber tief genug, daß man von einem Klaps auf den Hintern sprechen konnte. Perron richtete seine Aufmerksamkeit wieder auf Merrick und sah, daß auch der Major die Geste bemerkt hatte. Perron blickte so nichtssagend wie möglich.

»Das kann ich nicht beurteilen, Sir. Ich könnte mir denken, daß es sehr leicht ist zu gehen, ohne daß es beleidigend wirkt.«

»Es würde mich nicht stören, wenn es beleidigend wirken würde. Ich möchte von Ihnen wissen, ob Ihrer Meinung nach die Gründe für Ihre Anwesenheit möglicherweise durch eine allgemeine oder besondere Unerfreulichkeit deutlich werden können.«

»Ich bin nicht sicher, daß ich Sie verstehe, Sir«, sagte Perron, »von meinem Standpunkt aus ist es eher Routine.«

Merrick sah über Perrons Schulter in Richtung der Sitzbank mit den drei jungen Inderinnen.

»Routine?« fragte er.

Perron senkte die Stimme, obwohl es unnötig war, weil sich niemand in Hörweite befand. »Der Grund für meine Anwesenheit, Sir.«

Merrick starrte immer noch auf die jungen Frauen auf der geschnitzten Bank und dann in die entgegengesetzte Richtung auf die Wohnungstür, die der Diener gerade geöffnet hatte. Zwei große, junge weiße Frauen, übertrieben geschminkt und in Saris, traten ein, gefolgt von zwei Luftwaffenoffizieren, einem Engländer und einem Amerikaner. Die größere Frau, die sich in der

Wohnung gut auszukennen schien, ging ihrer Begleiterin durch den Flur voraus in Richtung der Raums, der für die Damen reserviert war. Im Vorübergehen lächelte sie Perron verführerisch an. Aber dickes Make-up und schweres Parfüm hatten noch nie auf ihn gewirkt – weiße Frauen in Saris übrigens auch nicht. Sie hatten meist zu starke Knochen – wie in diesem Fall. Er beobachtete, wie die beiden in dem Raum verschwanden. Den drei Inderinnen kamen sie scheinbar ebenso unvorteilhaft vor wie ihm. Sie senkten die Köpfe, verdeckten das Gesicht und lachten.

»Wenn das für Sie Routine ist, Unteroffizier, haben Sie mein Mitgefühl.«

»Ich meine nicht die Party, Sir. Ich meine den Grund für mein Hiersein.«

»Und Ihnen kommt nichts merkwürdig an dieser Party vor? Nichts, was Sie veranlassen könnte, ernsthaft zu überlegen, ob Sie nicht besser gehen sollten, wenn Sie an meiner Stelle wären und an Miss Layton denken müßten? Oder selbst wenn Sie allein wären und keinen besonderen Grund zum Bleiben hätten?«

»Vermutlich ist es ein bißchen laut, und natürlich hat die Party ihre ungewöhnliche Seite.«

»Und das wäre Ihrer Meinung nach?«

»Die Mannschaft mischt sich unter die Offiziere, Sir. Aber das wußte ich natürlich schon vorher, sonst hätte ich in Zivil kommen müssen, und so etwas führt zu vielen unangenehmen Fragen: Wo man arbeitet, was man tut. Ein Unteroffizier ist unauffälliger.«

»Und ein besserer Köder. Nun ja, ich will nicht fragen, was Sie zu fangen hoffen. Aber wenn Sie das als Routine betrachten, würde ich Ihnen raten aufzupassen, wo und wie Sie die Angel auswerfen. Ich glaube zwar, daß Sie mir gegenüber nicht ganz offen sind, aber ich halte Ihnen Ihre Naivität zugute und gebe Ihnen eine freundliche Warnung. Ich habe eine sehr viel längere Erfahrung mit diesem Land und seinen Eigenheiten auf den meisten gesellschaftlichen Ebenen. Nach indischen Begriffen könnte man das als Beispiel für die oberste Ebene betrachten, denn die Gastgeberin ist eine Maharani. Das mag sein, wie es will. Aber der Abschaum schwimmt immer oben. Und Abschaum sehen Sie hier mit Sicherheit genug. Ich muß auch Graf Bronowski Unwissenheit zugute halten und annehmen, daß er keine Ahnung hatte, welche Art Party die Maharani heute abend gibt. Ich werde das gleich besser wissen, wenn ich wieder hineingehe und ihm sage, daß ich beabsichtige, Miss Layton nach Hause zu bringen, ehe es noch schlimmer wird.«

»Schlimmer, Sir?«

»Schlimmer.« Merrick musterte ihn aufmerksam. »Ich beginne, an Ihrer Beobachtungsgabe zu zweifeln, Unteroffizier. Die beiden weißen Mädchen in Saris, die gerade bei den Damen verschwunden sind – die eine hat mit Ihnen geflirtet –, sind Jungs, vermutlich von der Luftwaffe. Die drei kichernden indischen Mädchen auf der Bank sind ebenfalls Jungs. Es sind keine professionellen Transvestiten, die, wie Sie vielleicht wissen, eine besondere indische Kaste bilden, und gegen die dort, wo sie hingehören, nichts einzuwenden ist, die aber hier, wie ich Ihnen versichern kann, nicht hingehören. Später am Abend werden sie bestimmt für die Gesellschaft tanzen, und es wird ihnen gelingen klarzumachen, was sie sind, und was sie zu bieten haben.«

Perron warf einen Blick auf die drei. Er betrachtete die bedeckten Brüste, die beringten Finger, die nackten Unterarme, die Füße in den Sandalen und die Knöchel mit den Reifen, Unterkiefer, Gelenke und Nasen. Weil man es ihm gesagt hatte, sah er es.

Er wandte sich wieder Merrick zu.

»Ja, ich sehe.«

»Ich bin froh, das zu hören. Die englischen Jungs sind sehr gut aufgemacht, aber vergleichsweise plump. Deshalb haben die indischen Jungs über sie gelacht. Sagen Sie mir wenigstens eins. Sind der Hauptgefreite und der Matrose, mit denen Sie sich unterhalten haben auch im Dienst?«

»Nein, Sir. Ich weiß jedenfalls nichts davon«

»Wissen Sie, mit wem die beiden hier sind?«

»Nur miteinander, Sir. Aber die Party ist eine leichte Überraschung für sie. Sie hatten etwas ganz anderes erwartet.«

»Das wäre?«

»Sie wollten zu Amy, wo es sechs Rupien kostet.«

»Dann liegen sie gar nicht so falsch. Würden Sie sagen, ein alternder Teepflanzer war nicht das, was sie gehofft hatten zu finden?«

»Ich halte das für höchst unwahrscheinlich, Sir.«

»In diesem Fall glaube ich, Unteroffizier, Ihre Pflichten erstrecken sich begreiflicherweise darauf, daß Sie ihnen zu ihrem eigenen Besten befehlen zu gehen.«

Perron spürte einen Anflug von Gereiztheit.

»Ich glaube nicht, daß ich eingreifen muß, Sir.«

»Dann beurteilen Sie das Ausmaß der Versuchung nicht richtig.«

Sie schwiegen. Die beiden weißen Männer in Saris waren wieder im Flur erschienen. Diesmal lächelten beide Perron an. Sie trugen Perücken. Nachdem Perron Bescheid wußte, war die Verkleidung deutlich. Als sie vorbei waren, blickte er durch den Flur dorthin, wo die beiden Offiziere auf sie warteten, mit denen sie gekommen waren, und bereits gefüllte Gläser für sie bereithielten. Die umwickelten Hüften schwangen rhythmisch hin und her. Als die Männer ihre Begleiter erreichten, fing Perron den Blick des amerikanischen Offiziers auf, eines stämmigen Burschen, der ihm zuzwinkerte.

Perron sah wieder Merrick an und dachte an den Kartenraum.

»Wirklich, Sir? Beurteile ich das Ausmaß der Versuchung nicht richtig?«

»Ich glaube, das tun Sie. Einem Hauptgefreiten und einem Matrosen kann es nicht leichtgefallen sein, je sechs Rupien für eine Prostituierte aufzubringen. Eine etwas schmeichelhafte Aufmerksamkeit, ein Geschmack von dem, was sie sich als das feine Leben vorstellen, die Aussicht auf ein ordentliches Trinkgeld oder auf ein Geschenk, das sie im Basar verkaufen können, das ist für so blutjunge Burschen wie sie nicht notwendigerweise eine unzureichende oder unannehmbare Bezahlung. Andererseits erlebt der Teepflanzer möglicherweise, daß er zusammengeschlagen wird, und daß sein Geld weg ist. Dann haben wieder zwei junge Männer einen Weg entdeckt, leicht zu Geld zu kommen und geraten am Ende in ernste Schwierigkeiten. Mir scheint es sinnvoll, sowohl das eine wie das andere zu vermeiden.«

»Ich verstehe, was Sie meinen Sir. Aber ich kann es nicht riskieren.«

»Riskieren?«

»Riskieren zu tun, was Sie vorschlagen. Möglicherweise würden die zwei nicht still gehen.«

»Das würden sie tun, wenn Sie die beiden zur Seite nehmen und die Sache taktvoll, aber entschieden klären.«

»Ich bedaure, Sir.«

Merrick schwieg einen Moment, ließ ihn aber nicht aus den Augen.

»Haben Sie einen richtigen Dienstausweis bei sich?«

»Jawohl, Sir.«

»Dann könnten Sie ihn den beiden unauffällig zeigen.«

»Nein, Sir.«

»Weshalb nicht?«

Perrons Gereiztheit verwandelte sich in Zorn.

»Sie müssen wissen weshalb nicht, Sir.«

»Würden Sie mir Ihren Dienstausweis zeigen, wenn ich Sie darum bitte?«

»Nein, Sir.«

»Wenn ich es Ihnen befehle?«

»Nein, Sir.«

»Nehmen wir einen hypothetischen Fall, Unteroffizier. Ich habe Sie an einem Ort gesehen, in einer *Rolle,* scheinbar als ein ehrenwerter Mann. Aber jetzt treffe ich Sie an einem anderen Ort, und zwar in einer höchst unerquicklichen Umgebung. Ich habe Zweifel an Ihrer wahren Identität. Ich befehle Ihnen, mir Ihren Ausweis zu zeigen. Sie weigern sich. Ich bitte einen anderen Offizier, die Militärpolizei zu rufen. Was dann?«

»Wahrscheinlich würde ich festgenommen, Sir.«

»Und dann?«

»Und dann, Sir, würden wir sehen.«

Merrick lächelte plötzlich.

»Ihr Offizier hatte recht.«

»Recht in welcher Hinsicht, Sir?«

»Als er sagte, Sie seien eine harte Nuß. Ich glaube, ich habe Ihnen erzählt, daß er Sie sehr gelobt hat. Aber ich wollte herausfinden, wie leicht es wäre, Sie zu zwingen, gegen Ihr eigenes Urteil und gegen Ihre Aufgabe zu handeln. Ich stimme Ihnen zu, es wäre absurd, die Aufmerksamkeit auf sich zu ziehen, indem Sie die zwei wegschicken. Wenn ich das Gefühl gehabt hätte, ich könnte Sie soweit einschüchtern, daß Sie das tun, hätte ich Sie daran hindern müssen. Ich habe Sie nur auf die Probe gestellt.«

»Darf ich fragen, weshalb Sir?«

»Das kann ich Ihnen hier nicht sagen. Aber falls es nicht zu spät ist, wenn Sie in die Queens Road zurückkommen und Ihre Sachen bei Hauptmann Purvis abgeholt haben, klingeln Sie auf dem Weg hinunter bei Oberstleutnant Grace und fragen Sie nach mir. Oberst Grace ist Miss Laytons Onkel. Sie wissen natürlich, wer ihr Vater ist.«

»Weiß ich das, Sir?«

»Haben Sie nicht den jungen Kasim ausgehorcht? Ich könnte schwören, Sie haben es getan.«

»Ja, ich weiß, wer ihr Vater ist.«

»Wenn Sie kommen, werden Sie ihn vielleicht kennenlernen. Sie fahren morgen nach Pankot zurück. Ich möchte, daß sie weder mit ihm noch mit Miss Layton über Havildar Karim Muzzafir Khan reden. Genauer gesagt, reden Sie nicht über die Umstände, unter denen wir uns schon einmal getroffen haben. Das andere Tabu, zumindest in Gegenwart von Miss Layton, ist Hari Kumar. Es könnte durchaus die Rede auf ihn kommen, denn Oberst Layton ist auch ein alter Chillingboroughianer.«

Merrick brach ab. Die Tür zum Zimmer der Maharani war aufgegangen, und Aneila kam eilig heraus. Als sie Perron sah, lief sie auf ihn zu und faßte ihn am Arm.

»Gott sei Dank, Sie sind noch da! Tantchen fragt nach Ihnen. Bitte kommen Sie schnell. Sie ist schlechter Laune und kommt nicht zu ihrer Party. Das ist so peinlich mit all den Leuten hier.«

Sie hielt ihn immer noch am Arm, als sie sich umdrehte, so daß Perron gezwungen war, ihr zu folgen. Merrick sagte: »Ich denke, wir sind noch ein paar Minuten hier.«

Sobald Aneila das Zimmer betrat, rief die Maharani: »Schließ die Tür! Ich kann es nicht ertragen! Warum kleben sie im Flur, wenn so viele Zimmer da sind, die sie benutzen können? Warum organisierst du das nicht besser? Wie soll ich mich bei diesem Lärm für meine Party ausruhen?«

»O Tantchen, bitte schrei nicht so, die Leute werden es hören!«

»Wie sollen sie es hören? Ich höre mich nicht einmal selbst reden!«

Aber es spielte keine Rolle mehr. Aneila hatte die Tür geschlossen und lehnte sichtlich zitternd dagegen.

Die Maharani lag immer noch auf dem Ruhebett. Aber nun stand daneben eine kleiner Tisch mit einem Tablett, der Whiskyflasche und einem Glas.

Sie wies auf die Flasche und sagte: »Versuchen Sie das! Versuchen Sie das! Was hat dieser Purvis mit mir vor? Will er mich vergiften?«

Perron ging hinüber und nahm die Flasche in die Hand. Sie war nur noch dreiviertel voll. Er warf einen Blick auf die Maharani und dann einen auf das Etikett. Überrascht hielt er die offene Flasche an die Nase und roch daran. Der Inhalt entsprach dem Etikett. Er fragte sich, wie Purvis an den Whisky gekommen war. Er selbst hatte seit 1939 keine solche Flasche mehr gesehen. Mit achtzehn hatte er diesen besonderen Whisky zum ersten Mal getrunken, und damals hatte er eine bemerkenswerte erotische Wirkung auf ihn gehabt. Er sah die Maharani vorsichtig an.

»Sehen Sie!« schrie sie, »das Zeug ist abscheulich! Versuchen Sie es! Es schmeckt noch abscheulicher, als es riecht. Aneila, was stehst du herum? Hol Mr. Perron ein Glas.«

Aneila lief in das angrenzende Badezimmer.

»Hoheit, es ist ein sehr guter und sehr erlesener alter Malzwhisky. Zugegeben, an diesen Geschmack muß man sich vielleicht erst gewöhnen...«

»Er schmeckt scheußlich! Bist du angewachsen, Aneila? Ich habe gesagt, du sollst Mr. Perron ein Glas holen.«

»Ich hole es, Tantchen.«

Sie kam mit einem großen Glas zurück. Es war naß, denn sie hatte es unter dem Wasserhahn abgewaschen.

»Schenk ein!«

Aber Perron nahm das Glas und goß den Whisky ehrfürchtig selbst ein. Er war zu kostbar, um ihn zu verschwenden. Er trank einen kleinen Schluck.

»Nun? Schmeckt er nicht abscheulich?«

»Für mich nicht, Hoheit. Beim ersten Mal könnte er etwas rauchig schmecken. Aber das ist ein Teil seines Reizes für Leute, die ihn mögen.«

»Dann müssen sie pervers sein. Wer außer Leuten mit einem perversen Geschmack könnte ein solches Zeug trinken?«

»Es gibt eine sehr interessante Geschichte über diesen Whisky. Man sagt, erst als die Engländer gelernt hatten, ihn zu trinken und zu schätzen, gelang es ihnen, die Schotten zu unterwerfen.«

»Schotten, Engländer... wo liegt da der Unterschied? Ihr seid alle Barbaren. Sind viele Engländer auf meiner Party?«

»Ich fürchte, ja.«

»Wer noch? Aneila ist hoffnungslos. Sie vergißt alle Namen.«

»Bis jetzt habe ich mich nur mit wenigen unterhalten. Ich glaube, einen Gast kennen Sie – Graf Bronowski.«

Sie winkte ungeduldig ab. »Ja, ich weiß. Das kann mir selbst Aneila sagen. Aber warum ist er da? Warum ist Dimitri heute abend da? Ich habe ihm gesagt, jederzeit, nur nicht heute abend. Wen hat er bei sich?«

»Seinen Sekretär, der ein Sohn von Mohammed Ali Kasim ist.«

»Politik!« rief sie, »wie langweilig!«

»Und einen Major Merrick mit einem reizenden Mädchen namens Sarah Layton. Graf Bronowski hat sie mitgebracht.«

»Er ist verrückt! Wie kann eine Sarah Layton reizend sein? Mit diesem Namen kann sie nur eine Engländerin sein. Ich hasse Engländerinnen. Sie sind immer dumm und haben keine Manieren. Sie kommen nach Indien, weil sie in England niemand sind und kein Mensch einen zweiten Blick auf sie verschwenden würde. Unmöglich. Die Party ist vorbei. Aneila, sag den Dienstboten, sie sollen die Getränke wegschließen und mit den Vorbereitungen für das Essen aufhören. Sag ihnen, sie sollen zu Bett gehen. Ich bin krank... vergiftet von diesem Purvis. Ich wünsche, niemanden zu sehen, nicht einmal Mira, wenn sie kommt. Wir reisen morgen ab. Bombay ist voll von Schmarotzern und Kletten. Ich habe es satt. Ich habe es satt!«

»O Tantchen, Tantchen!«

»Ist das alles, was du sagen kannst? Kannst du inzwischen an nichts anderes mehr denken, als daran, nach Bombay zu kommen, um dich zu amüsieren? Wäre es nicht an der Zeit, an meine Gefühle zu denken?«

»Tantchen, was kann ich den Leuten denn *sagen?*‹

»Warum solltest du etwas sagen? Welches Recht haben sie auf eine Erklärung? Tu, was *ich* sage und geh dann zu Bett. Sie werden bald genug haben.«

Sie sah Perron und wies auf die Flasche.

»Bitte bringen Sie das diesem Purvis zurück... oder noch besser, da Ihnen das Zeug zu schmecken scheint, trinken Sie es selbst, dann sind Sie nicht den ganzen Weg umsonst gekommen. Aber nehmen Sie es mit. Ich kann nicht einmal den Geruch ertragen.«

Perron verneigte sich, nahm den Verschluß vom Tisch und schraubte die Flasche zu. Das Papier, in das die Flasche eingewickelt gewesen war, lag auf dem Fußboden. Er bückte sich und hob es auf. In diesem Augenblick griff die Maharani über den Tisch mit der Lampe und zog das rote Samttuch wieder über den Lampenschirm. Sie verschwand wie ein angestrahltes Bild, dessen Beleuchtung ausgeschaltet worden war.

»Gute Nacht, Hoheit«, sagte Perron, »ich bedaure, Anlaß für Eure Unpäßlichkeit zu sein.«

»Gute Nacht, Mr. Perron. Sie müssen mich besuchen, wenn ich wieder in Bombay bin und meine nächste Party gebe. Manche meiner Partys sind sehr nett und dauern ein oder zwei Tage.«

Er tastete sich zur Tür. Irgendwo im verdunkelten Zimmer weinte Aneila leise vor sich hin.

Auf dem Rücksitz der Limousine war genug Platz für Miss Layton, Major Merrick und Graf Bronowski und auf der Bank, die man ihnen gegenüber heruntergeklappt hatte, für Perron und Kasim. Durch Glasscheiben in gepolsterten Rahmen aus Nußbaumholz mit Spiegelmaserung von den Fahrgästen getrennt, saßen ein Chauffeur und ein Lakai in der Livree des Nawab von Mirat, wie Perron vermutete. Die Limousine hatte vor Ishshee Brizshish gewartet und glitt jetzt über den Marine Drive in Richtung *Maidan*.

»Mr. Perron, darf ich Ihnen für die taktvolle Art danken, in der Sie uns rechtzeitig einen Wink gegeben haben«, sagte Graf Bronowski und brach das eher gezwungene Schweigen. »Das bedeutet, ich muß mich bei Miss Layton und Major Merrick etwas weniger entschuldigen. Wir konnten noch auf recht schickliche Weise gehen.«

»Weshalb *sind* wir gegangen?« fragte Miss Layton. Sie wirkte völlig gefaßt. Sie wollte es einfach wissen. Er fand ihr Verhalten bewundernswert. Als er aus dem Zimmer der Maharani gekommen war, Merrick entdeckt und ihm gesagt hatte, daß die Party zu Ende sei, war deutlich geworden, daß Merrick noch nicht vorgeschlagen hatte, sie sollten gehen. Es überraschte Perron, daß Merrick bis zum Verlassen der Wohnung keine Gelegenheit gefunden hatte, ihr zusagen, was vorgefallen war. Es war eine bessere Entschuldigung, als er vielleicht hätte erfinden müssen.

Er wartete darauf, daß Merrick es ihr jetzt sagen würde. Aber der Major schwieg. Die Straßenlaternen erhellten abwechselnd die rechte und linke Gesichtshälfte, und erst als der Wagen um eine Kurve bog, und der ganze Kopf sehr kurz, aber deutlich in Licht getaucht wurde, kam Perron der Gedanke, daß sich in der entstellten linken Seite auf eigenartige Weise etwas von der rechten widerspiegelte, das sich ansonsten nicht ausdrücken ließ. Er begriff, daß eine Erklärung ihm überlassen blieb, und sagte: »Ich habe das unangenehme Gefühl, daß ein gewisser Hauptmann Purvis daran die Schuld trägt.«

Er erzählte die Geschichte von dem Whisky.

»Was ist mit dem Whisky?« fragte Miss Layton.

»Meiner Ansicht nach nichts.« Er nannte die Marke. Sie fragte: »Der echte?«

Er packte die Flasche weit genug aus, um das Etikett zu enthüllen.

»Aber das ist etwas Besonderes«, sagte sie.

»Sie kennen ihn?«

»Urgroßvater hatte ihn im Keller. Mein Vater hat erst neulich davon gesprochen. Er sagte, Urgroßvater sei vernünftig genug gewesen, so lange am Leben zu bleiben, bis die letzte Flasche leer war. Dann ist er gestorben.«

Perron fragte sich, ob Miss Laytons Urgroßvater diese Marke Old Sporran genannt hatte wie sein Onkel Charles. Er erklärte: »Die Maharani sagte, das sei etwas für Barbaren. Aber sie hatte ein oder zwei Gläser getrunken, ehe sie beschloß, sich zu beklagen. Ich glaube, der Whisky war nur der Vorwand, um eine Party zu beenden, die sie, wie sie entschied, doch nicht geben wollte.«

»Eine scharfsinnige Schlußfolgerung«, sagte Bronowski, »die arme Aimee wußte noch nie, was sie will. Aber vielleicht war der Whisky ein Segen.« Er wandte sich an Merrick und Miss Layton. »Mir kamen allmählich Zweifel, daß es klug gewesen war, Sie mit dorthin zu nehmen. Darf ich, abgesehen von meiner unterwürfigsten Entschuldigung für das Mißlingen des ersten Teils des Abends einen unterhaltsamen Ausgleich für den Rest anbieten? Zum Beispiel ein Abendessen, das ich Ihnen fälschlicherweise auf der Party in Aussicht gestellt hatte?«

»Das ist sehr zuvorkommend von Ihnen«, sagte Merrick, »aber Miss Layton hat morgen eine ermüdende Reise vor sich, und unter Berücksichtigung aller Umstände wäre ein kurzer Abend gut.«

»Ich verstehe. Gut. Also haben wir uns einmal mehr nur getroffen, um uns gleich wieder zu trennen. Aber besser kurz als überhaupt nicht. Und Sie Mr. Perron?«

Perron war auf eine Einladung nicht gefaßt und zögerte. Er hätte die Gelegenheit, sich mit dem alten *Wasir* zu unterhalten, gern genutzt.

»Ja, vielen Dank, Sir, aber...«

»Der Unteroffizier will damit sagen, Graf«, mischte Merrick sich ein, »daß er nicht erwartet hatte, man würde ihn bei der Maharani zu der Party einladen, und er macht sich Gedanken darüber, wie er in sein Quartier zurückkommt, weil er keinen Nachturlaubsschein hat. Haben Sie nicht diplomatisch vermieden, mir das deutlich zu sagen, als wir uns im Flur unterhielten?«

Perron bewunderte Merricks Einfallsreichtum, aber er sträubte sich dagegen, sein Opfer zu werden. Er sagte: »Mehr oder weniger, Sir.«

Bronowski lächelte. Er sagte: »Ich hatte keine Ahnung, daß Sie in der Bildung so kontrolliert werden. Ist der Platz, an dem Sie aussteigen wollen, für Sie wirklich günstig, oder sollten wir zuerst Miss Layton und Major Merrick in der Queens Road absetzen und dann Sie? Wir haben viel Zeit.«

Merrick mischte sich wieder ein. »Ich fürchte, der Unteroffizier ist ziemlich weit entfernt einquartiert. Aber ich glaube, ich kann ihm eine Fahrgelegenheit besorgen... wenn es Ihnen recht ist, Unteroffizier.«

»Danke, Sir.«

»Dann könnten Sie ein Schriftstück für Major Beamish mitnehmen, von dem ich gesprochen habe. Es wird nicht nötig sein, es vor morgen früh abzugeben. Aber wenn Sie möchten, werde ich Ihnen auch ein paar Zeilen mitgeben, falls jemand Schwierigkeiten machen sollte, weil Sie ohne Erlaubnis noch so spät unterwegs waren.«

Beamishs Name, der so beiläufig erwähnt wurde, erfüllte vermutlich eine doppelte Funktion: Er machte etwas Erfundenes glaubwürdig und ihn darauf aufmerksam, daß Merrick die Dienststelle sehr genau kannte. Er sagte: »Sehr freundlich von Ihnen, Sir. Ich glaube nicht, daß etwas Schriftliches notwendig ist.«

»Wir werden sehen.« Er fragte Miss Layton: »Ich hoffe, es ist in Ordnung, wenn der Unteroffizier einen Augenblick hereinkommt. Das Schriftstück ist in meiner Aktentasche.«

»Natürlich.«

Perron bedankte sich noch einmal. Merrick sagte: »Sie in die Kaserne zurückzubringen, scheint mir das Mindeste, was wir tun können. Ihre Warnung hat Miss Layton die Peinlichkeit erspart zu erleben, daß die Getränke vor ihrer Nase weggeschlossen wurden, und die Dienstboten in den Betten verschwanden. Ich finde es einfach unerklärlich.«

Nach einem Augenblick sagte Bronowski: »Das ist Indien.« Er bewegte sich, als wolle er die Lage seines steifen Beins verändern und wandte das Gesicht voll Merrick zu, der neben ihm saß.

»Ich hoffe, Sie werden nicht immer noch von solchen Vorfällen belästigt wie damals in Mirat, Major Merrick? Ist das alles vorbei?«

»Ja, danke.«

»Das freut mich. Wir unsererseits sind von dem würdigen Pandit nicht wieder besucht worden, der bei jener Gelegenheit die Tante des jungen Mannes benutzte. Sie haben die Tante der jungen Frau nie kennengelernt, oder?«

»Nein.«

»Denn ich hatte das Vergnügen – vielleicht sollte ich sagen das wehmütige Vergnügen – im letzten November in Gopalakand. Sie hielt sich gewissermaßen inkognito beim Residenten Sir Robert Conway auf. Offenbar einer ihrer alten Freunde. Natürlich erwähnten wir Majapur in keiner Weise. Unsere Unterhaltung beschränkte sich beinahe völlig auf harmlose Themen, das Wetter und die historische und architektonische Bedeutung der Residenz. Ich hörte jedoch, daß sie den größten Teil der vorausgegangenen heißen Jahreszeit in Pankot verbracht hatte, allerdings in der Abgeschiedenheit der anderen Seite, wie sie es nannte. Deshalb nehme ich an, daß niemand von Ihnen von ihrer Anwesenheit wußte, Miss Layton?«

Merrick drehte sich plötzlich zur Seite, als versuche er zu erkennen, durch welche Straße sie fuhren. Miss Layton sagte über ihn hinweg:

»Sprechen Sie von Lady Manners, Graf Bronowski?«

»Ja, von der Tante der jungen Frau.«

»Sie hat sich bei ihrer Ankunft in das Buch im Flagstaff House eingetragen.«

»Ach ja.«

»Und als sie abfuhr auch. Sie gab jedoch keine Adresse an.«

»Wie seltsam. Ich meine, sich in das Buch einzutragen. Deutete man es als Geste der Unterwerfung oder des Trotzes oder schlicht als ironisches Befolgen der Gepflogenheiten einer Garnison?«

»Ich weiß nicht«, antwortete Miss Layton.

»Seltsam. Sehr seltsam. Aber sehr interessant. Und da wir davon reden«, sagte Bronowski und zog Perrons Aufmerksamkeit auf sich, indem er Perrons rechtes Schienbein leicht mit der Spitze seines Ebenholzstocks berührte, »Sie müssen in Ihrer Schule einen Jungen namens Kumar gekannt haben.«

»Kumar?«

»Ein Inder, Hari Kumar.«

»Ich kann mich nicht genau erinnern, Sir.«

»Ich glaube, die anglisierte Form war Coomer. Harry Coomer.«

Merrick beugte sich wieder vor.

»Erinnert sich Ihr Chauffeur an das Haus? Wir sind beinahe da. Wir sollten langsamer fahren.«

»Ich glaube, er erinnert sich. Aber ich werde mich vergewissern.«

Bronowski griff nach einer Sprechmuschel und gab eine Anweisung. Der Wagen, der das Tempo bereits verlangsamt hatte, kurz ehe er sprach, rollte aus und hielt vor dem Eingang des Gebäudes.

»Kannten Sie Coomer nicht?« fuhr Bronowski fort.

»Wir hatten ein oder zwei junge Inder, aber an die Namen erinnere ich mich nicht, Sir. Sie waren um einiges jünger als ich.«

»Ach so.«

Der Lakai öffnete den Wagenschlag und half Graf Bronowski beim Aussteigen. Perron und Kasim blieben sitzen, bis Merrick ihm gefolgt war, und Miss Layton hinausgeholfen hatte.

»Es wäre schön gewesen, Sie hätten meinen Vater kennengelernt, Graf Bronowski«, sagte Miss Layton, »aber Tante Fenny und Onkel Arthur haben ihn überredet, mit ihnen auszugehen, und sie werden noch nicht zurück sein. Aber wollen Sie und Mr. Kasim nicht auf einen Drink mit hereinkommen?«

»Wie freundlich von Ihnen, meine Liebe«, sagte er und ergriff ihre Hand, »aber ich kann Ihre Gastfreundschaft nicht in Anspruch nehmen, nachdem meine so kläglich versagt hat. Und Mr. Merrick hat recht. Sie haben morgen die Reise vor sich und müssen sich um Ihren Vater kümmern. Ich hoffe, es geht ihm bald wieder gut. Meine besten Grüße an Ihre Mutter und natürlich an Ihre Schwester.« Er küßte ihre Hand. »Begleiten Sie Miss Layton und ihren Vater bis nach Delhi, Major Merrick?«

»Ja.«

»Dann verabschiede ich mich von Ihnen beiden, *au revoir*. Falls Sie Zeit haben, wenn Sie in Delhi sind, besuchen Sie Mohsin.«

»Mohsin?«

»Den ältesten Sohn von Nawab Sahib. Er ist den größten Teil des Jahres im Kasim Mahal. Er ist ziemlich langweilig, aber seine Frau ist gastfreundlich. Mirat ödet sie an. Sie ist gern auf dem laufenden, aber *ihre* Partys sind in Ordnung. Ich werde ihnen schreiben und Sie erwähnen. Also geben Sie Ihre Karte ab.«

»Danke«, sagte Merrick, »und gute Nacht.« Er gab dem Grafen die Hand, drehte sich um und wartete auf Miss Layton, die mit Kasim sprach.

»Ich denke oft daran«, sagte sie, »und an unseren Ausritt an jenem Morgen. Reiten Sie immer noch regelmäßig aus?«

Perron hörte die Antwort Kasims nicht, denn Bronowski hatte sich ihm zugewandt, um sich zu verabschieden.

»Wenn Sie je einmal nach Mirat kommen, Mr. Perron, denken Sie daran, eine Nachricht in den Izzat Bagh Palast erreicht mich, auch wenn wir in Nanoora sind.« Er gab Perron seine Karte. »Der Izzat Bagh Palast wurde im achtzehnten Jahrhundert erbaut. Das Innere ist sehr modernisiert worden, aber es gibt immer noch vieles, was Sie interessieren wird.«

Perron bedankte sich und verabschiedete sich von ihm und Kasim mit einem Händedruck. Als die beiden Männer in die Limousine stiegen, folgte er Merrick und Miss Layton ins Haus. Der Lift funktionierte immer noch nicht. Am Fuß der Treppe sprach Merrick leise mit Miss Layton; sie nickte und ging nach oben.

»Ich denke, Unteroffizier, das beste ist, Sie ziehen Ihre andere Uniform an und kommen auf dem Weg nach unten herein. Es gibt natürlich kein Schriftstück für Major Beamish. Übrigens, *brauchen* Sie eine Fahrgelegenheit?«

»Nein, Sir.«

»Wohin müssen Sie denn?«

»Nach Kalyan.«

»Heute abend?«

»Jawohl, Sir.«

Sie stiegen die Treppe hinauf. Der Diener, den Purvis beinahe umgerannt hätte, öffnete Miss Layton gerade die Tür, und sie ging hinein, ohne sich um die beiden Männer zu kümmern.

»Dann bis gleich.«

Perron stieg in den nächsten Stock hinauf und klingelte an Purvis' Wohnungstür. Dieses Mal achtete er auf das Namensschild: Hapgood. Hapgood der Bankier. Mrs. Hapgood, die Frau des Bankiers, und Miss Hapgood, die Tochter des Bankiers. Es war eine der glücklichen Familien, die sich zur Zeit in Ooty erholten. Er klingelte noch einmal. Drinnen hörte er Männerstimmen. Der Diener, der ihn auf der Treppe begrüßt hatte, öffnete die Tür. Er sah Perron aufgeregt an und redete heftig auf ihn ein. Für Perron klang es wie tamilisch – von dieser Sprache verstand er nur ein paar Worte. Bei der ersten Möglichkeit unterbrach er den Mann und fragte auf englisch:

»Was ist los? Ich kann nicht verstehen, was Sie sagen.«

Am dunklen Ende des Flurs standen zwei andere Dienstboten – vermutlich der Koch und der Küchenjunge. Der Küchenjunge grinste. Perron schloß die Tür. Der Diener fuhr unbeirrt in seiner unverständlichen Klage fort, aber er forderte Perron eindeutig auf, ihm ins Wohnzimmer zu folgen.

Auf den ersten Blick hatte Perron den Eindruck, es seien Einbrecher da gewesen, die alles kurz und klein geschlagen hatten, um zu finden, was sie suchten. Der Getränketisch lag umgestürzt inmitten von zerbrochenen Gläsern und Flaschen. Die Sofakissen waren überall verstreut, das Glas von zwei wertvollen Mogulgemälden war zerbrochen, und die Bilder waren beschädigt. Perron betrachtete sie genauer und sah, daß man mit einer Rumflasche auf sie geworfen hatte. Er roch es und bemerkte die feuchten Spuren an der Wand. Auf dem Sofa darunter lagen die Scherben der Flasche.

Der Diener sprach mehrmals von Purvis Sahib. Der Koch erschien im Eßzimmer. Seine Verantwortung erstreckte sich nicht über die Küche hinaus. Was für den Diener eine Katastrophe bedeutete, war für ihn eine interessante Unterbrechung des Alltags. Die Szene faszinierte ihn, denn man würde ihm deshalb keine Vorwürfe machen.

»Was ist geschehen?« fragte ihn Perron auf englisch.

»Purvis Sahib«, erwiderte der Koch. Er fuchtelte mit den Armen und spielte einen Mann, der trinkt, herumtorkelt und mit Dingen um sich wirft. Dann tippte er sich an die Stirn. Purvis Sahib war verrückt geworden.

»Wo ist Purvis Sahib jetzt?«

»Zimmer.« Der Mann schloß die Augen, legte den Kopf auf eine Seite und streckte die Zunge heraus wie jemand, der sinnlos betrunken ist.

Perron ging in den Flur zurück. Der Koch folgte ihm.

»Abgeschlossen«, sagte der Koch. »Sahib schläft.«

Perron drückte die Klinke herunter. Er klopfte. Er rief: »Hauptmann Purvis, hier ist Unteroffizier Perron.«

Der Diener trat zu ihnen.

»Wie lange ist er schon da drin?«

»Eine halbe Stunde, Sahib.«

Der Koch sagte: »Betrunken. Schläft.«

»Was ist geschehen?«

Der Diener begann, es ihm zu erklären. Perron unterbrach ihn und forderte ihn auf, englisch zu sprechen.

Ein Telegramm war abgegeben worden. Wann? Kurz nachdem Unteroffizier Sahib mit der Flasche Whisky gegangen war. Ein Telegramm woher? Der Diener ging ins Eßzimmer. Perron folgte ihm. Das Telegramm, eine offizielle Depesche, lag unter dem Telefon auf dem Tischchen.

Als Purvis Sahib das Telegramm gelesen hatte, wurde er sehr zornig. Er telefonierte. Er rief mehrere Leute an. Niemand, den er sprechen wollte, war erreichbar. Er versuchte, Delhi anzurufen. Während er auf die Verbindung wartete, trank er. Er rief immer wieder die Vermittlung an. Weil er keinen Anschluß bekam, schimpfte er die ganze Zeit, trank und fluchte.

Perron bat den Diener zu schweigen, während er das Telegramm las. Es war als geheim und dringend klassifiziert. Man informierte Hauptmann Purvis von seiner Versetzung in die Abteilung für Zivilangelegenheiten und befahl ihm, sich am 9. August beim Oberkommando Südostasien zu melden. Man hatte an eine eindrucksvolle Liste offizieller Stellen Kopien geschickt. Eine Erklärung wurde nicht gegeben, aber das war auch kaum nötig. In Ceylon sollte Purvis zu einer Gruppe von Offizieren für Zivilangelegenheiten stoßen, die entweder mit oder im Gefolge von Zipper nach Malaia beordert worden waren.

»Hat Hauptmann Purvis Sahib schließlich mit Delhi telefoniert?«

Ja. Das Gespräch war zustande gekommen. Purvis Sahib geriet außer sich, schrie und schimpfte. Dann war die Verbindung unterbrochen worden. Purvis Sahib hatte mit Kissen um sich geworfen und dann mit Flaschen. Schließlich versetzte er dem Tisch mit den Flaschen einen Tritt. Niemand hatte gewagt, sich ihm zu nähern. Sie hatten ihn vom Flur aus beobachtet. Als Purvis Sahib in sein Zimmer wankte, liefen sie in die Küche. Sie hörten, wie die Tür knallend ins Schloß fiel, dann, wie er schrie und wieder mit Dingen um sich warf. Nach einer Weile hörten sie ihn weinen. Der Koch hatte versucht, die Tür zu öffnen, aber sie war abgeschlossen. Jetzt war er vom vielen Alkohol bewußtlos. Was sollten sie tun? Was würde geschehen, wenn Hapgood Sahib aus Ooty zurückkam? Was würde Hapgood Sahib sagen, wenn er die Verwüstung sah? Kam das Telegramm nicht von der Armee, die Purvis Sahib an einen anderen Ort schickte? Bedeutete das nicht, Purvis Sahib würde nicht mehr da sein, wenn Hapgood Sahib zurückkam? Würde der Unteroffizier Sahib eine Erklärung für Purvis Sahib schreiben und Purvis Sahib bitten, eine Erklärung für Hapgood Sahib zu schreiben, er werde den Schaden bezahlen und darauf hinweisen, daß die Dienstboten keine Schuld traf?

Perron eilte bereits wieder zu der verschlossenen Tür, aber es gab keine Antwort. Er klopfte noch einmal laut und rief nach Purvis. Er packte die Klinke und rüttelte daran. Die Tür schien nur verriegelt zu sein.

»Ich fürchte, ich muß sie aufbrechen. Ich werde eine Erklärung wegen der Tür schreiben.«

Perron warf sich mit der linken Schulter gegen die Tür. Der Aufprall war so heftig, wie der unangenehme Schock, wenn man gegen einen Baum oder einen Laternenpfahl läuft. Die Tür gab nicht nach. Der Diener fing wieder an zu zetern. Eine zersplitterte Tür würde das Faß anscheinend zum Überlaufen bringen.

»Gibt es noch einen Weg in das Zimmer?«

Der Diener verstand ihn nicht, aber der Koch. Er schickte den Küchenjungen nach ein paar Schlüsseln, öffnete die Tür zum angrenzenden Raum und schaltete das Licht ein. Es mußte Miss Hapgoods Zimmer sein. Es roch nach altem Puder und Selbstzufriedenheit. Es gab viel Chintz, und auf dem Steinfußboden lagen mehrere bestickte kleine Filzteppiche. Die Glastür zum Balkon stand zum Lüften offen, aber eine Fliegentür mit einem Vorhängeschloß versperrte den Weg nach draußen. Während sie darauf warteten, daß der Küchenjunge mit dem Schlüssel kam, erklärte der Koch, dieser Balkon und der von Purvis' Zimmer seien dicht nebeneinander, vielleicht nur ein oder zwei Schritte voneinander entfernt. Für den Unteroffizier Sahib wäre es einfach, von einem Geländer zum anderen zu springen.

Perron hoffte, daß es so war, und daß Purvis die Fliegentür nicht geschlossen und mit einem Vorhängeschloß gesichert hatte. Der Diener beteuerte, es sei nicht der Fall, aber das blieb abzuwarten.

Der Küchenjunge erschien mit dem Schlüssel. Perron war im Handumdrehen draußen. Der Balkon befand sich über einem breiten Weg. Man hatte von hier einen Blick auf die Rückseiten anderer Wohnblocks, auf die Welt einer heißen Nacht und erleuchteter Fenster. Aus einigen drang Musik. Die Lücke zwischen den Balkonen war so schmal, wie der Koch angekündigt hatte. Der Koch bot ihm seine Schulter als Stütze; Perron kletterte auf das Geländer, richtete sich auf und machte einen Schritt hinüber. Ohne anzuhalten, damit er den Schwung und das Gleichgewicht nicht verlor, sprang er auf den Boden des Balkons und hätte sich dabei beinahe den Knöchel verrenkt. Mit einem Fuß wäre er um ein Haar in eine Topfpflanze getreten, die sehr kräftig und gefährlich aussah. Die Vorhänge von Purvis' Zimmer waren zugezogen, aber die Fliegentür ließ sich aufstoßen. Er trat ein.

Im Zimmer befand sich niemand. Er klopfte an die Badezimmertür und rief. Drinnen kein Geräusch. Er drückte auf die Klinke. Auch diese Tür war verschlossen. Perron schob den Riegel der Tür zum Gang zurück und öffnete sie. Draußen warteten die drei Diener.

»Hat Purvis Sahib gebadet, ehe das Telegramm eintraf?«

Nein. Nachdem Unteroffizier Sahib gegangen war, hatte Purvis Sahib nichts anderes getan als getrunken.

»In der Wohnung unten«, sagte Perron langsam und nachdrücklich, »wohnt ein Major Rajendra Singh von der indischen Sanitätstruppe. Ein Doktor Sahib. Bitte gehen Sie hinunter, klingeln Sie, und wenn er zu Hause ist, bitten Sie ihn, schnell heraufzukommen. Wenn nicht, kommen Sie sofort zurück.«

Der Koch bot an, diese Aufgabe zu übernehmen, aber Perron sagte: »Nein, Sie helfen mir.« Der Koch wirkte stärker als der Diener. »Purvis Sahib ist möglicherweise sehr krank. Wir müssen die Tür zum Bad aufbrechen.«

Perron wartete nicht, bis der Diener gegangen war. Er rüttelte an der Klinke, hämmerte und trat gegen die Tür. Der Riegel befand sich in Hüfthöhe. Wieder warf er sich gegen die Tür – diesmal mit der rechten Schulter. Nach drei Versuchen trat er zurück.

»Zusammen. Verstanden?«

Der Koch brachte sich in Stellung. Perron zählte bis drei, dann rammten sie gemeinsam die Tür. Sie bot eigentlich nicht genug Platz. Für zwei Schultern hätte sie breiter sein müssen. Aber Perron glaubte zu spüren, daß sie etwas nachgegeben hatte. Er betastete eine der Kassetten. Die Tür war gute solide Schreinerarbeit, ein Jammer, denn um sie aufzubrechen, brauchte man offenbar eine Axt oder ein Beil.

»Noch einmal.«

Diesmal waren das Geräusch und das Gefühl von splitterndem Holz unverkennbar. Die Riegelfalle wurde aus dem Türrahmen gerissen. Der Rahmen würde in Mitleidenschaft gezogen werden.

»Ich glaube, jetzt schaffe ich es allein.«

Er bat den Koch, beiseite zu treten, stützte sich mit dem linken Arm auf die Schulter des Mannes und trat mit dem Absatz so fest er konnte, direkt über der Klinke gegen die Tür. Er mußte es viermal tun. Beim fünften Tritt gab die Tür nach, flog auf, und er sah sein Gesicht im Spiegel über dem Waschbecken: eine unerwartete und irritierende Begegnung.

Perron betrat das Badezimmer. Das Wasser in der Wanne sah rötlich aus. In der Wanne lag Purvis bis auf die Schuhe, die ordentlich auf der Korkvorlage standen, völlig angezogen. Sein Körper wirkte schlaff, der Kopf war auf eine Schulter gesunken und lag halb im Wasser. Die Ursache der rosa Färbung waren mehrere Schnitte an der Innenseite des linken Arms, der bis zum Ellbogen entblößt war. Aus den Schnitten quoll Blut. Die Finger der rechten Hand, die im Wasser lag, berührten den abgebrochenen Flaschenhals, mit dem er sich die Schnitte beigebracht hatte, umklammerten ihn aber nicht mehr. Perron entdeckte auch den Rest der Flasche. Das Etikett – der zweiten Flasche Old Sporran – schwamm auf dem Wasser.

Zwischen dem Waschbecken und dem Kopfende der Badewanne gab es genug Platz. Von dort beugte sich Perron hinunter, griff nach dem Kragen von Purvis' Buschhemd und zog ihn soweit heraus, daß der Kopf über Wasser war, und er eine Hand unter den einen Arm schieben konnte. Es war mühsam, unter den anderen zu greifen. Er sah sich um. Der Koch stand an der Tür und sah aus, als wolle er verkünden, das Essen sei verbrannt, aber nicht durch seine Schuld.

»Helfen Sie mir. Nehmen Sie ihn an den Füßen«, sagte Perron.

»Sahib tot?«

»Ich weiß nicht. Nehmen Sie ihn an den Füßen.«

Der Mann kam zögernd in das Bad. Er warf einen Blick auf das Gesicht von Purvis, wandte den Kopf ab, betrachtete die Füße, beugte sich vor und packte sie – aber nicht allzu fest.

»Hoch.«

Schultern und Füße kamen aus dem Wasser, aber Purvis war schwer wie Blei, und die Körpermitte sackte ab. Die Füße fielen ins Wasser zurück. Der Koch triefte. Perron brannte der Schweiß in den Augen. Das Bad war wie ein Treibhaus. Im Gegensatz dazu fühlte sich der Körper von Purvis durch das nasse Kakhi hindurch alarmierend kühl an. Perron änderte die Taktik, zog Purvis an den Schultern höher und begann, ihn über den Rand der Wanne zu legen. Als der Koch das Gesicht nicht mehr sehen mußte, konnte er sich besser auf die technische Seite des Problems konzentrieren. Er schob den Arm unter den Knien von Purvis durch und hob so die Beine hoch. Das Gesicht hing jetzt nach unten, und er war mit dem Oberkörper aus der Wanne. Perron veränderte den Griff und begann zu ziehen. Der Koch packte Knie und Oberschenkel des linken Beines. Purvis lag auf dem Rand der Badewanne und konnte jeden Moment auf den Boden fallen. Perron ging rückwärts zur Tür und zog ihn mit sich. Das Wasser lief aus Purvis' Taschen. Der Koch hatte inzwischen beide Fußgelenke gepackt, und so trugen sie Purvis ins Schlafzimmer.

»Bett, Sahib?«

»Nein hier.« Perron ließ den Oberkörper von Purvis auf den Boden sinken; der Koch ließ die Beine los.

»Ein Handtuch.«

Während der Koch das Handtuch holte, drehte Perron das Gesicht von Purvis zur Seite, richtete die Arme, setzte sich rittlings auf ihn und begann die ermüdenden Wiederbelebungsversuche für Ertrunkene. Dabei warf er einen Blick auf den linken Arm des Mannes. Auf dem Boden war nicht allzuviel Blut; vielleicht waren die Schnitte am Arm nicht tief. Vor seinem Gesicht baumelte ein Handtuch. »Sahib«, sagte der Koch. Perron brach ab, nahm das Handtuch und wickelte es straff um den verletzten Arm. Dann nahm er die Wiederbelebungsversuche wieder auf. Ein dünnes Rinnsal Wasser und dann etwas, das wie Erbrochenes aussah, rann aus dem Mund von Purvis.

»Doktor Sahib macht nicht auf«, hörte er die Stimme des Dieners. Der Koch wiederholte die Nachricht: »Doktor Sahib öffnet nicht.«

Perron hörte nicht auf zu pressen und loszulassen. Jetzt lief mehr Wasser aus dem Mund.

»Gehen Sie hinunter«, sagte Perron, »und klingeln Sie bei Oberst Grace Sahib. Fragen Sie nach Major Merrick oder irgend jemandem. Sagen Sie: Arzt, Krankenwagen, Purvis Sahib. Schnell. Verstanden?«

Der Koch wiederholte die Anweisung dem Diener.

»Gehen Sie mit ihm«, sagte Perron. »Arzt, Krankenwagen. Unteroffizier Perron schickt uns.«

Als Perron allein war, machte er eine Pause und wischte sich den Schweiß von der Stirn. Er warf einen Blick auf seine Armbanduhr. Empfohlen wurden insgesamt zwanzig Minuten; blieben also noch ungefähr fünfzehn Minuten. Dann konnte man davon ausgehen, daß Purvis tot war. Vermutlich war er jetzt schon tot. Perron fühlte sich versucht, wieder zu unterbrechen und Herz- oder Pulsschlag zu überprüfen. Aber er glaubte, das Wichtigste sei, den Rhythmus beizubehalten. Er machte weiter. Er hatte die Wiederbelebungsversuche gelernt, aber nun mußte er sie zum ersten Mal in der Praxis anwenden.

Sein Tun kam ihm plötzlich widerwärtig vor. Dieser Mann war nicht nur sehr wahrscheinlich tot, es handelte sich auch noch um Purvis. Ihm wäre es lieber gewesen, wenn die leblose Gestalt zwischen seinen Schenkeln ein völlig Fremder gewesen wäre. Daß er mit Purvis zusammengesessen und sich mit ihm unterhalten hatte, verstärkte das unangenehme Gefühl, das sich mit ihren augenblicklichen Positionen verband. Er überlegte, ob Purvis es ihm danken würde, wenn es ihm gelang, ihn wiederzubeleben. Der Verdacht, er würde es ihm nicht danken, machte die Aufgabe noch unerfreulicher. Aus dem Mund von Purvis schoß wieder ein Schwall Wasser und Erbrochenes. Perron wandte den Kopf ab und schloß die Augen. Er begann langsam, im Rhythmus seiner Bewegungen, durch den Mund ein- und auszuatmen. Er atmete hörbar und dachte, das sterbende Gehirn und die mit Wasser gefüllte Lunge von Purvis würden sich durch eine Laune der Natur infolge einer Gedankenassoziation vielleicht wieder in Bewegung bringen lassen.

Das kaum hörbare Atmen wurde lauter, wurde zu einem rauhen Keuchen durch halb geschlossenen Mund, aber er gab auch nicht damit auf, als ihm bereits die Kehle schmerzte; Purvis sollte *hören*, was er inzwischen bezweifelte, von Purvis zu hören. Sein Rücken schmerzte; Arme und Rücken schmerzten. Der Schweiß lief ihm über und um die geschlossenen Augen. Die Knie waren gefühllos vom Kontakt mit dem Steinboden. Bei jeder Vorwärts- und Rückwärtsbewegung schoß ihm der Schmerz durch die Schienbeine nach unten und durch die Schenkel nach oben. Nur die Hände, mit denen er den dünnen knochigen Rücken und den Brustkorb von Purvis drückte, schienen in der Lage, ihr Werk unbegrenzt fortzusetzen. Perron preßte und ließ los, immer weiter. Er keuchte, bis ihm plötzlich die Kehle austrocknete, dann schloß er den Mund, schluckte und versuchte, Speichel zu bilden. Dadurch kam er aus dem Rhythmus. Er unterbrach kurz, öffnete gespannt die Augen und blickte auf Purvis hinunter. Aus dem offenen Mund von Purvis drang ein Laut, und der Brustkorb begann, sich unter Perrons Händen zu bewegen. Purvis atmete, zumindest rang er nach Luft.

»Ich glaube, Sie können jetzt aufhören, Unteroffizier«, sagte jemand. Perron hob den Kopf und sah sich um. Merrick stand direkt hinter ihm. »Ich hole noch ein Handtuch. Wir haben den Arzt angerufen. Er wohnt in dieser Straße und wird sofort hier sein.«

Perron nickte und blickte auf Purvis hinunter. Es schien ein ungeheures Ringen nach Luft zu sein. Überraschenderweise mangelte es ihm nicht an einer gewissen Würde. Als Merrick mit dem Handtuch zurückkam, nahm Perron es ihm ab und breitete es über das Erbrochene, faltete eine saubere Ecke zusammen und schob sie Purvis unter die Wange. Dann strich er ihm eine Strähne der mausigen Haare von den geschlossenen Augen. Dabei schloß Purvis den Mund und öffnete ihn wieder.

Merrick sagte: »Ich glaube, eine Decke wäre nicht schlecht, falls es so etwas hier gibt.« Er fand eine im Schrank und kam damit zurück. Perron half ihm, Purvis zuzudecken.

»Wir sehen uns das lieber einmal an«. Er beugte sich hinunter und hob den linken Arm von Purvis hoch. Perron löste das Handtuch. Die Innenseite des Arms war ziemlich blutig, aber nur aus einer Schnittwunde floß Blut.

»Ich glaube, Sie wickeln das Handtuch einfach wieder um den Arm, bis der Arzt hier ist«, sagte Merrick. »Nicht sehr gekonnt, oder?«

»Er war ziemlich betrunken.«

»Wovon? Hatte er noch mehr von dem Whisky, den die Maharani nicht mochte?«

»Der zerbrochenen Flasche nach zu urteilen, ja.«

»Und dem Geruch im Zimmer nach auch.«

»Geruch?«

»Es riecht ziemlich stark. Haben Sie es nicht gemerkt?«

Perron schnupperte. Jetzt roch er es auch.

»Dem Aussehen nach zu urteilen, ist er nicht gerade der Sympathischste«, sagte Merrick. »Wissen Sie, was mit ihm los war?«

»Ich glaube, er hatte einfach genug.«

»So wie Sie aussehen, haben Sie auch genug. Wo ist die Flasche, die die Maharani Ihnen wieder mitgegeben hat?«

Perron sagte, seiner Meinung nach müsse sie im Wohnzimmer sein.

»Ich glaube, sie sollten einen Schluck trinken. Ich hole Ihnen ein Glas.«

Merrick ging hinaus. Purvis atmete flach, aber ziemlich regelmäßig. Perron erhob sich steif. Im Flur rief ein Mann: »Hallo?« Merrick wechselte ein paar Worte mit dem Neuankömmling und trat mit einem englischen Militärarzt ins Zimmer. Der Offizier kniete sich neben Purvis, hob ihm ein Augenlid hoch und legte ihm den Finger an die Schläfe.

»Haben Sie ihn gefunden, Unteroffizier?«

»Jawohl, Sir.«

Der Arzt löste das Handtuch vom Arm.

»Ich nehme an, im Bad. Mit dem Gesicht unter Wasser?«

»Die rechte Seite, Sir.«

»Wissen Sie ungefähr wie lange?«

»Nein, Sir.«

»Wie lange haben Sie ihn wiederbelebt?«

»Ungefähr zehn Minuten, Sir.«

Der Arzt holte sein Stethoskop heraus. Nachdem er Purvis abgehorcht hatte, und es an seinem Hals hing, blickte er auf.

»Gut gemacht. Sie gehen jetzt nach nebenan, nehmen einen kräftigen Schluck und ziehen die nasse Uniform aus. Major Merrick – vielleicht können mir ein paar von den Leuten da draußen helfen, ihn auf das Bett zu legen, während Sie den Krankenwagen anrufen.« Er gab Merrick die Nummer, als Perron das Zimmer verließ.

Nachdem man Purvis weggebracht hatte, kam Merrick von unten zurück in das verwüstete Wohnzimmer, in dem Perron saß, von dem Whisky der Maharani trank und die lebendige, belebende

Wirkung der Guler-Basholi-Technik bewunderte. Er fühlte sich nur noch in der Lage, seine Gedanken auf die Gemälde zu konzentrieren. Sie waren ungefähr einhundertfünfzig Jahre alt. Selbst den beiden beschädigten Bildern war die Ausstrahlung von Gelassenheit und Souveränität nicht verlorengegangen, die mit dem Talent zu überleben einhergeht.

Noch ehe Merrick sprechen konnte, sagte Perron: »Ich habe Purvis gesagt, was diese Bilder wert sind. Wenn ich den Mund gehalten hätte, hätte er sie vermutlich nicht beachtet.«

Merrick musterte die Bilder.

»Das nennt man doch Kangra, nicht wahr?«

Perron nickte. Kangra war zutreffend genug.

Merrick sagte: »Mir gefällt die ganze orientalische Kunst nicht.« Er wandte den Blick von den Bildern. »Ich glaube, Sie brauchen sich keine Sorgen mehr um Hauptmann Purvis machen, es sei denn, das Unerwartete geschieht, und er stirbt. Dann würde eine Untersuchung folgen. Aber Simpson sagt, er wird durchkommen. Wenn er sich erholt hat, überweisen Sie ihn an die Psychiater. Sind Sie in der Lage, nach Kalyan zurückzufahren?«

»Ich glaube schon, Sir.«

»Dann holen Sie Ihre Sachen, kommen nach unten und ziehen sich um. Wir machen Ihnen etwas zu essen. Wieviel Whisky haben Sie getrunken?«

»Das ist mein drittes Glas.«

»Ein ziemlich großes, finden Sie nicht? Werden Sie sich unten daran erinnern, welche Themen tabu sind?«

»Das Thema Havildar Karim Muzzafir Khan und das Thema Harry Coomer.«

»Gut. Übrigens, mir hat gefallen, wie Sie Graf Bronowski geantwortet haben. Aber es hat mich überrascht, daß er es für richtig hielt, das Thema anzuschneiden.«

Perron trank einen Schluck. Er hatte nicht gern gelogen, und er war der Ansicht, Merrick sei ihm eine Erklärung schuldig. »Vielleicht sagen Sie mir, was Coomer getan hat, Sir?«

»Er und fünf seiner Freunde haben eine Engländerin namens Daphne Manners vergewaltigt, die Nichte von Lady Manners. Es war eine schmutzige, äußerst häßliche Sache, und ich finde es unvorstellbar, daß ein Mann in Gegenwart einer Frau davon spricht.«

Perron trank noch einen Schluck. Wie altmodisch. Er hätte am liebsten gelacht. Er überlegte, ob Merrick das beabsichtigte.

»Hat er sich aus der Anklage wegen Vergewaltigung herausgewunden, wie Sie sagten, Sir?«

»Ja. Aber wie gesagt, wir haben ihn und die anderen aus politischen Gründen eingesperrt.«

Perron trank aus und stand auf. »Das klingt alles so melodramatisch. Ich kann mir nur schwer vorstellen, daß Coomer jemanden vergewaltigt.«

»Aber Sie kennen Ihn auch nicht richtig. Sie kennen ihn nur mit einem Schläger und dem Ball. Gehören Sie zu den Leuten, die glauben, wenn man einem Inder die Krickeregeln beibringt, wird er ein vollkommener englischer Gentleman?«

»Kaum, Sir. Denn ich kenne nicht wenige Engländer, die glänzend spielen und absolute Schweine sind.«

»Ach?« sagte Merrick und sah Perron durchdringend an. »Was machen Sie mit dem Whisky der Maharani?«

»Ich behalte ihn.«

»In Anbetracht dessen, was Miss Layton über die Vorliebe ihres Vaters für diese Marke gesagt hat, überlege ich, ob es nicht eine nette Geste von Ihnen wäre, ihr die Flasche als eine Art Dank zu überlassen.«

»Dank?«

»Sie macht sich große Mühe, damit Sie etwas zu essen bekommen.«

»Ich habe nicht darum gebeten, daß ich etwas zu essen bekomme, Sir.«

»Ich habe es für Sie getan. Ich möchte nicht, daß Sie sich mit nichts als Whisky im Magen ans Steuer setzen. Sonst besteht die Gefahr, daß ein verspäteter Schock ihr Urteilsvermögen beeinträchtigt und Sie einen Unfall verursachen.«

»Wie nett, daß Ihnen mein Wohlergehen so sehr am Herzen liegt, Sir.«

»Meine Besorgnis ist keineswegs altruistisch. Ich habe ein begründetes Interesse an ihrer Fähigkeit, auch weiterhin zuverlässig zu sein. Gehen wir hinunter, damit Sie sich umziehen und etwas zu essen bekommen.«

»Darf ich fragen, worin das begründete Interesse besteht, Sir?«

»Ich habe veranlaßt, daß Sie meiner Abteilung zugeteilt werden. Die Aufforderung zu einem Gespräch wartet vermutlich bereits in Kalyan auf Sie. Aber das Gespräch ist eine reine Formsache. Sie können davon ausgehen, daß Sie für mich arbeiten werden. Sie werden sehen, es ist ziemlich interessant.«

»Sehr freundlich von Ihnen, Sir, aber ich denke, meine Abteilung wird meine derzeitigen Aufgaben für viel zu wichtig halten, um zuzulassen, daß ich gehe.«

»Sie werden sehen, daß man die Einwände Ihrer Abteilung übergeht.«

»Der Punkt ist, Sir, ich möchte nicht, daß man sie übergeht.«

»Das spricht für Sie. Man fühlt sich seiner Einheit verbunden. Aber ich glaube, Sie werden sich in das Unvermeidliche mit größerer Gelassenheit schicken als unser Freund Purvis. Wir wollen Miss Layton nicht länger warten lassen.«

Perron griff nach der Flasche und ging in das Zimmer von Purvis, um sein Gepäck zu holen. Im Flur wies Merrick inzwischen den Diener an, bis zum nächsten Morgen alles zu lassen, wie es war, Perron ging durch die offene Tür hinaus, wartete auf Merrick und folgte ihm dann nach unten. Ein paar Schritte vor der angelehnten Wohnungstür sagte Merrick: »Ich darf Sie doch davon befreien, nicht wahr?« und nahm die Flasche an sich.

Beim Eintreten rief Merrick: »Sarah, ich habe Unteroffizier Perron mitgebracht.«

Perron folgte ihm. Im Grundriß war die Wohnung ein Spiegelbild der Wohnung oben. Sarah kam den beiden Männern aus dem Eßzimmer entgegen.

»Hallo? Wie geht es Ihnen?«

»Ich glaube, er ist immer noch ein bißchen mitgenommen«, sagte Merrick, ehe Perron antworten konnte.

»Wenn das stimmt, wundert es mich nicht. Ich zeige Ihnen, wo Sie sich entspannen und frisch machen können. Ronald, gehen Sie hinein und setzen Sie sich.«

Sie war energisch, aber mitfühlend. Sie führte ihn in das Schlafzimmer, das im Stockwerk darüber dem entsprach, das Purvis oben bewohnte. Aber es war ordentlich eingerichtet. Das Licht brannte bereits, und der Deckenventilator drehte sich. Im Zimmer standen zwei Betten und dazwischen ein Schreibtisch mit ei-

nem Stuhl, über dessen Rückenlehne das Buschhemd eines Offiziers hing. Das Buschhemd sah brandneu aus. Die geflochtenen
Schulterstücke verrieten einen Oberstleutnant der Pankot Rifles.

Die Tür zum Badezimmer stand offen, und dort brannte Licht.
Sarah sagte: »Nehmen Sie ein Bad, oder duschen Sie, wenn Sie
wollen. Auf der Handtuchstange finden Sie ein großes, frisches
grünes Handtuch.« Sie hatte alles einfach, aber bestens vorbereitet. Mit einem Blick auf seine nasse Uniform sagte sie: »Ich weiß,
mein Vater hätte nichts dagegen, daß Sie seinen Morgenmantel
benutzen, falls Sie schnell etwas getrocknet und gebügelt haben
möchten.«

»Das ist sehr freundlich von Ihnen, Miss Layton. Aber ich habe
etwas zum Wechseln da drin.« Er wies auf seinen Seesack. »Meine
richtige Uniform, in der Sie mich heute nachmittag gesehen haben.«

»Ja natürlich. Dann lasse ich Sie also allein. Sind Sie sehr hungrig?«

»Ich bin überhaupt nicht hungrig. Aber ich glaube, ich sollte
etwas essen.«

»Ich glaube, das sollten Sie, wenn Sie überhaupt etwas essen können. Ich kann Ihnen zwar nicht viel anbieten, denn Tante
Fenny hat angenommen, daß wir alle ausgehen. Deshalb hat der
Koch heute abend frei, und Nazimuddin ist nicht sehr einfalls-
reich.«

»Ich bin mit allem zufrieden, was es gibt.«

»Leider nur Suppe, kaltes Huhn, Salat, und was Tante Fenny
Blancmanger nennt. In anderen Worten Pudding.«

»Ich liebe Pudding.«

»Gut.«

Sie lächelten sich eher ernst an.

»Also«, sagte sie, »kommen Sie hinüber, wenn Sie fertig sind.
Ich lasse Ihnen von Nazimuddin etwas zu trinken bringen. Was
möchten Sie?«

»Major Merrick findet, ich sollte nur etwas essen. Ich habe von
dem Whisky der Maharani getrunken. Übrigens meinte er, Ihr Vater würde sich vielleicht über das freuen, was übriggeblieben ist.
Wird Ihr Vater nicht beleidigt sein, wenn man ihm Reste anbie-
tet?«

Sarah zögerte. »Nicht bei diesem Whisky. Es ist wirklich sehr nett von Ihnen. Sind Sie sicher, daß Sie nichts trinken möchten, während Sie sich umziehen?«

»Ganz sicher.«

»Hat Major Merrick Ihnen erzählt, daß ich ihm gesagt habe, ein getarnter Mann vom Abschirmdienst sei auf der Party?«

»Ja, das hat er.«

»Ich wußte nicht genau, ob ich es ihm sagen sollte oder nicht, und ich war sehr erleichtert, als er sagte, daß sie sich bereits kennen, und daß Sie für ihn arbeiten werden.«

»Sie hatten recht, es ihm zu sagen. Sie konnten nicht wissen, welche Uniform die Verkleidung war.«

»Ach, daran hatte ich überhaupt nicht gedacht.«

Es klopfte an der offenen Tür. Der Vorhang teilte sich, und Merrick sah herein.

»Was gibt es, Ronald?«

»Sie sind so lange weggeblieben, und ich dachte, unser Freund, der Unteroffizier, leide womöglich unter den Folgen seiner Überanstrengung, und Sie müßten ihm beistehen.«

»Sir«, sagte Perron, »wir haben über die Reize und den Nährwert von einfachem Pudding, von *Blancmanger* gesprochen.«

»Ach«, sagte Merrick zu Miss Layton, ohne Perron dabei anzusehen, »es gibt also wieder Pudding. Wenn es ein Lieblingsdessert des Unteroffiziers ist, wollen wir ihm besser die Möglichkeit geben, sich jetzt umzuziehen.« Er schob den Vorhang weiter auseinander: eher ein Befehl als ein Zeichen guter Manieren. Miss Layton zögerte, ging dann hinaus und murmelte: »Danke, Ronald.« Merrick sah Perron auch jetzt nicht an und folgte ihr.

Perron legte seinen Seesack auf das nächste der beiden Betten. Er holte seine sorgfältig gefaltete dschungelgrüne Dienstuniform heraus, breitete sie auf dem Bett aus und betrachtete sie. Plötzlich sagte er laut: »Eher werd ich pervers, als zu dem zu gehen.«

Die für Zipper bestimmten Schiffe auf der Reede schaukelten in der sanften Dünung des Arabischen Meeres; geduldig warteten sie in Nacht und Regen und wirkten unendlich einladend. Seine Alltagsuniform (im Vergleich zu dem Hemd auf der Rückenlehne des Stuhls) schien so sinnvoll, so richtig zu sein. Als er das Badezimmer betrat, fuhr er sich über das Kinn. Rasieren wäre nötig gewesen, aber er ging nicht zurück, um seinen Rasierapparat und den Pinsel zu holen. Die Bartstoppeln eines Tages waren auch richtig. Er zog die feuchte Verkleidung aus und stieg in die Badewanne. Er stieg auf Purvis, der unsichtbar im glatten weißen Porzellan begraben lag. Perrons Füße traten durch ihn hindurch; aber als er die Dusche aufdrehte und unter dem nadelscharfen kalten Schauer nach Luft rang, spürte er das nasse kalte Fleisch von Purvis' linkem Arm am Schienbein und die Hand, die seinen Knöchel umklammerte. »Sei nicht in Angst!« begann Perron zu deklamieren, »Die Insel ist voll Lärm, voll Tön' und süßer Lieder, die ergötzen und niemand Schaden tun.«

Als Purvis an diesem Abend zum zweiten Mal halb ertrunken war und Perron sich mit dem grünen Handtuch abgetrocknet hatte (das Miss Layton mit ihren bezaubernden Händen selbst über die Handtuchstange gehängt hatte?), ging er in das Schlafzimmer zurück, zog eine frische baumwollene Netzunterhose und frische Socken an – die zweite, und das zweite Paar der beiden am Morgen sorgfältig zum Wechseln eingepackten. Soldaten, dachte er, entwickeln altjüngferliche Gewohnheiten – besonders in den Tropen. Er zog die grüne Hose und das Buschhemd an, streifte die Ärmel herunter und knöpfte sie zu. Dann setzte er sich auf das Bett und zog die Stiefel an, zog die Hosenbeine straff und sicherte sie mit den Knöchelbändern. Im Seesack befanden sich jetzt nur noch sein Rasierzeug, ein kleines Handtuch, ein frisches Taschentuch, Gürtel, Halfter, Pistole und Halskordel. Wenn Purvis etwas von der Pistole geahnt hätte, hätte er sich dann die Mühe gemacht, sie aus dem Seesack zu nehmen? Perron legte die Dinge auf das Bett, ging dann durch Zimmer und Bad, um alles zusammenzusuchen, was er abgelegt hatte, und stopfte es so in den Seesack, daß die feuchten Kleidungsstücke unten lagen. Dann packte er die Dinge vom Bett wieder in den Seesack und schloß ihn mit den Gurten. Er suchte in der Brusttasche das Papier mit der Adresse des Gebäudes, wo sein Jeep stand, die Purvis auf seine Bitte hin notiert hatte, ehe er sich auf den Weg zur Maharani machte. Glücklicherweise hatte er das Papier nicht in die Tasche der Khakiuniform gesteckt, sonst wäre es möglicherweise naß und unlesbar geworden. Er prägte sich die Adresse ein.

Er war fertig und sah sich im Zimmer um; das brandneue Khakibuschhemd, das Sarah Laytons Vater gehörte, zog seine Aufmerksamkeit noch einmal auf sich. Perron vermutete, eines der ersten Dinge, die Oberstleutnant Layton nach der Rückkehr aus der Kriegsgefangenschaft in Europa getan hatte, war, sich neu einzukleiden – zweifellos eine Notwendigkeit, aber auch um bei der Ankunft mit seinem Regiment in Pankot einwandfrei auszusehen. Wie würden sie einmarschieren? Mit Pauken und Trompeten, als Ausgleich für das Schweigen in den Hügeln?

Aber an dem Buschhemd war nichts Großspuriges. Es hing ohne besondere Würde über der Rückenlehne wie eine Jacke auf einem zu kleinen Bügel. Auf der linken Brust befanden sich Öffnungen, die verrieten, wo zwei breite Ordensstreifen angesteckt werden würden. Aber die Orden befanden sich weder am Hemd noch auf dem Tisch. Ihr Fehlen erschien sehr vielsagend, wie der Hinweis auf eine besondere Eigenschaft, die das Hemd besaß, und die er nicht gleich erkannt hatte.

Jetzt erkannte er sie. Das Hemd war neu, die eingesteckten Schulterklappen jedoch waren zwar gestärkt und gebügelt, aber alt und oft gewaschen. Die beigen und braunen Baumwollfäden der gestickten Kronen und Sterne und die schwarzen Fäden des Regimentsnamens waren verblichen.

Daraus sprach eine Mischung aus gewohnheitsmäßiger Sparsamkeit und Bescheidenheit. Das Buschhemd hing mit schlaffen Schultern über der Rückenlehne und nahm demonstrativ Besitz von Stuhl und Zimmer, deutete den Anspruch auf Besitzergreifung an, aber – wie Perron dachte – einen Anspruch, der im Bewußtsein der Unsicherheit allen Besitzes erhoben wurde. Perron versuchte, der Jacke ein fescheres Aussehen zu geben, und zog den Stoff der Schultern hoch. Sie sanken wieder zusammen. Die Stuhllehne war zu schmal, es lag nicht daran, daß Layton eine besonders kräftige Statur gehabt hätte – vielleicht war es früher einmal so gewesen, ehe die Jahre in Kriegsgefangenschaft ihn zermürbt hatten.

Das Buschhemd begann, ihn zu deprimieren; es drohte, sein Selbstvertrauen in der gleichen Weise zu untergraben, wie die Erfahrung des Lebens in Indien überhaupt es oft beinahe getan hätte. Perron starrte auf das Buschhemd, das sich an einen Platz klammerte, der es nicht richtig trug; der stumme Hinweis auf die grandiose Irrelevanz der Geschichte für die Dinge, die Menschen sich wünschen, machte ihn betroffen. Wie nachmittags in Beamishs Büro öffnete er sein inneres Ohr dem Flüstern des ewig fließenden Stroms; aber jetzt hörte es nichts. Es begann, unter dem Druck einer marmornen Stille zu schmerzen, die so glatt und undurchdringlich war, daß der Aufprall eines Wassertropfens – der immer gegenwärtige Rest im Duschkopf, der auf das Porzellan fiel – eine Erleichterung bedeutete, eine Entschuldigung, wieder in die Welt umzuschalten, in der das bedeutsamste Geräusch von einem Raum voller Männer hervorgebracht wurde, die von ihrer Geschichte nichts wußten, die ihnen gleichgültig war, und der sie eine Abfuhr erteilten.

Er zog sein Notizbuch hervor und notierte sich die Bemerkung von Purvis: »Sechs Jahre Verschwendung der natürlichen Ressourcen der Welt und menschlicher Fähigkeiten. Ich glaube, ich werde nie in der Lage sein, das zu verzeihen.« Es war gleichzeitig ein moralisches Urteil und das Eingeständnis vereitelten Ehrgeizes.

»Sahib?«

Perron blickte auf. In der Tür stand der Diener Nazimuddin und hielt den Vorhang auf. Er wies in Richtung Eßzimmer. Perron nickte, leicht überrascht, daß man ihn einlud, dort zu essen. Er wartete, bis Nazzimuddin gegangen war, steckte das Notizbuch weg, blieb noch kurz sitzen, griff nach seinem Gepäck und mußte beim Hinausgehen den Impuls unterdrücken, die Wohnungstür zu öffnen und wortlos zu gehen.

Wie um ihn daran zu hindern, hielt sich Merrick in der Nähe der Tür auf. Perron sah durch das Eßzimmer hindurch hinter dem offenen Bogen Miss Layton im Profil. Sie saß im Wohnzimmer und sprach mit jemandem, der seinem Blick entzogen war.

»Lassen Sie Ihren Seesack hier, Unteroffizier.«

Perron stellte ihn neben die Tür. Er richtete sich auf, und Merrick fuhr fort. »Ich habe dem Diener gesagt, er soll Sie rufen, weil Miss Laytons Vater unerwartet zurückgekommen ist. Er war aus zum Essen und möchte früh zu Bett gehen. Ich habe ihm von Ihnen erzählt, und er würde sich gern kurz mit Ihnen unterhalten. Also kommen Sie.«

Miss Layton hörte sie kommen und verstummte. Ihr Vater saß am Ende eines langen, mit Kretonne bezogenen Sofas. Perron blieb stehen und nahm eine Haltung an, die der Habacht-Stellung auf dem Exerzierplatz ähnelte.

»Daddy, das ist Unteroffizier Perron. Mein Vater, Oberst Layton.«

»Guten Abend, Sir«, sagte Perron. Er blieb stehen, wo er war. Der Oberst stand auf, aber sie waren zu weit voneinander entfernt, um sich die Hand zu geben. Oberst Layton war groß, sehr dünn und leicht gebeugt. Er trug ein Duplikat des Buschhemds in seinem Schlafzimmer. Das *Military Cross* führte die Reihe der Orden an.

»Hallo«, sagte er, »ich habe gehört, Sie waren heute abend im Einsatz.« Seine Stimme klang sanft und angenehm. Die Oberlippe bedeckte der vorschriftsmäßig gestutzte, stachlige Schnurrbart. Er bekam eine Glatze, und er war blaß. Er hatte ein müdes, ziemlich verbrauchtes Gesicht; es war ebenso knochig wie das seiner Tochter und deshalb vielleicht einmal energischer und anziehender gewesen, als es jetzt wirkte.

»Der Abend war etwas hektisch, Sir.«

»Meiner ebenfalls. Ich dachte, den Rest schenke ich mir. Perron. Sie heißen doch Perron?«

»Jawohl, Sir.«

»Perron. Setzen wir uns doch wieder. Es sei denn, ich halte das Essen auf.«

»Nur die Suppe muß heiß gemacht werden, alles andere ist kalt. Also hat es keine Eile.«

»Ausgezeichnet.« Er warf einen Blick nach hinten, als habe ihn das Aufstehen verwirrt, und er sei sich unsicher über den Platz oder sogar über das Vorhandensein des Sofas. Dann erinnerte er sich an die beiden anderen, wies auf freie Plätze und wartete, bis Merrick und Perron sich gesetzt hatten. Es gab zwei mit Kretonne bezogene Sofas, die im rechten Winkel zueinander standen, einen kleinen Gobelinohrensessel, in dem Miss Layton saß, und einen dazu passenden größeren, in dem Merrick Platz nahm. Perron setzte sich auf das zweite Sofa und hatte so alle drei vor sich. Vor den Sofas lag ein indischer Teppich und vor jedem standen Benares-Tischchen aus Messing. Das Zimmer war nicht so elegant wie das beim Bankier Hapgood, aber auf einladend englische Weise bequem und hübsch. An der Wand hinter Oberst Layton hingen ein paar verblaßte Porträts, Salonstücke im Zoffany-Stil, von Damen und Herren des achtzehnten Jahrhunderts, unter Bäumen und mit ihren Dienern: auf dem einen erstarrt in prätentiösen Posen, auf dem anderen mit Geparden an Leinen.

»In der Dose sind Zigaretten, Mr. Perron«, sagte Miss Layton. »Das Feuerzeug funktioniert. Also bedienen Sie sich bitte.«

»Perron«, wiederholte Oberst Layton, als versuche er, den Namen einzuordnen.

Ehe Perron sprechen konnte, sagte Merrick: »Es gab einmal einen Mann namens Pierre-Cuiller, der als Perron bekannt war. Er wurde Gouverneur im ehemaligen Hindustan und befehligte die Streitkräfte von Daulat Rao Sindia. Ursprünglich war er ein Unteroffizier.«

»Bei den Franzosen?« erkundigte sich Layton. Die Frage richtete sich an beide, aber Merrick beantwortete sie. »Ich weiß nicht mehr genau, wie er angefangen hat. Aber ich glaube, als Hausierer, weil seine Familie ihr Vermögen verloren hatte. Es muß in Compton gewesen sein, aber es ist schon lange her, seit ich das gelesen habe. Perron war mit Sicherheit bei der französischen Marine, und ich glaube davor beim französischen Heer. Er kam mit einem französischen Schiff an, aber ich erinnere mich nicht mehr, ob er an der Koromandelküste oder an der Malabarküste desertierte. Jedenfalls verschwand er im Landesinnern, um sein Glück bei den europäischen Söldnern zu suchen, die den indischen Fürsten die Schlagkraft ihrer Heere erhöhten. Ich erinnere mich, daß er zu den letzten von Lestineaus Brigade gehörte, als ein anderer Söldner namens de Boigne, ein Mann Mahdaji Sindias, das Kommando übernahm. Perron war immer noch Unteroffizier, wurde aber dann ziemlich schnell befördert, und als de Boigne nach Mahdajis Tod unter dem Nachfolger Daulat Rao seinen Abschied nahm, wurde Perron Befehlshaber. Aber natürlich vertraten die beiden Wellesleys inzwischen wirksam die britischen Interessen, und die Franzosen waren praktisch erledigt. Die Macht der Mahratten schwand, und Perrons Ruf konnte sich nie mit dem von de Boigne messen. Stimmen Sie mir zu, Unteroffizier?«

Nach einem Augenblick lächelte Perron, um erkennen zu lassen, daß er begriffen hatte, was Merrick klar machen wollte: Man mußte mit ihm rechnen.

»Ja, ich stimme Ihnen zu, Sir. Aber verglichen mit de Boigne war Perron zweite Garnitur. Natürlich war er behindert –.«

Perron brach ab – die Wirkung einer unerwarteten Schock- welle, kaum mehr als das leichte Kräuseln der verspäteten Reak- tion auf einen vergessenen Aspekt, ließ ihn verstummen. Perron hatte sagen wollen, Perron war behindert durch politische und militärische Umstände, die vielschichtiger und bedrohender wa- ren, als die Umstände, mit denen es de Boigne zu tun gehabt hatte. Aber in dem Bruchteil der Sekunde, ehe er das Wort »be- hindert« aussprach, hatte er sich an eine andere Behinderung erinnert, die er immer wieder vergaß, weil sie in Perrons Kar- riere nur eine so unbedeutende Rolle gespielt zu haben schien. Er warf einen Blick auf Merricks linke Hand. Die behandschuhte Prothese lag direkt neben der Armlehne.

Merrick sagte: »Vermutlich könnte man es eine Behinderung nennen, aber ich erinnere mich nicht, daß irgendwo erwähnt wurde, es hätte ihm zu schaffen gemacht. Welche Hand war es eigentlich?«

Monsieur Perron hatte eine Hand verloren, als er eine Granate warf, die zu früh explodierte. Perron sagte: »Ich denke die rechte, es sei denn, er war Linkshänder oder in besonderer Bedrängnis.«

Merrick sagte: »Ich glaube nicht, daß es wichtig war.« Er wandte sich an Oberst Layton. »In Wirklichkeit hatte er nicht de Boignes Glück, und natürlich ist es immer schwierig, die Nach- folge eines besonders erfolgreichen Mannes anzutreten. Es ist ein interessanter Zufall, einen Unteroffizier Perron zu treffen, der sich außerdem mit der britisch-indischen Geschichte beschäf- tigt.«

»Sind Sie verwandt?« fragte Layton freundlich. »Ich meine, ein direkter Nachfahre?« Perron sagte, das sei er nicht.

»Aber sind die Söldner Ihr Spezialgebiet?«

»Nein, Sir.«

»Was ist Ihr Spezialgebiet?«

»Im Augenblick, Sir, der Abschirmdienst in der Provinz Bom- bay.«

Layton wartete ein paar Sekunden; dann lehnte er den Kopf

gegen das Sofa. »Ha!« und fügte hinzu: »Sehr gute Antwort.« Er schlug die Beine übereinander, warf einen Blick auf Merrick und richtete seine Aufmerksamkeit wieder auf Perron. »Nun ja, wenn der Krieg vorbei ist, was ist dann Ihr Spezialgebiet?«

»Achtzehnhundertdreißig bis zum Sepoyaufstand glaube ich, Sir.«

Layton kniff die Augen zusammen. »Eine gute Zeit. Vermutlich auch eine schlechte. Ist das Ihr Ansatzpunkt?«

»Ich habe noch keinen Ansatzpunkt, Sir. Man wählt eine Zeit eher auf gut Glück und stellt fest, was dabei herauskommt. Die Wahl einer Zeit ist vielleicht damit zu vergleichen, daß man dort Fähnchen in eine Karte steckt, wo man seine Rennpferde auf die Strecke bringen will. Die Jahre von achtzehnhundertdreißig oder dreiunddreißig bis achtzehnhundertachtundfünfzig sind einfach die Zeit, in der die Ostindische Gesellschaft den Charakter einer Handelsgesellschaft verloren und sich in die indische Verwaltung verwandelt hat. Sie ist gewissermaßen die dreißigjährige General-probe für die uneingeschränkte imperiale Herrschaft. Einige An-haltspunkte für das, was schließlich falsch lief, finden sich ver-mutlich dort. Es ist eine grobe Vereinfachung, aber besser kann ich es nicht ausdrücken.«

Oberst Layton betrachtete ihn immer noch mit zusammenge-kniffenen Augen und schenkte ihm offenbar seine volle Aufmerk-samkeit. Aber seine nächste Bemerkung machte deutlich, daß die Aufmerksamkeit Perron galt und nicht dem, was er sagte.

»Perron. Ich erinnere mich jetzt. Es gab einen Perron auf meiner Schule. Er war jünger als ich, aber groß. Ein bemerkenswert gu-ter Sportler. Das war vor dem ersten Weltkrieg. Die Schule hieß Chillingborough.«

»Das war wohl mein Vater, Sir.«

»Wirklich?« Wanderte Laytons Blick auf die Streifen an seinem Ärmel? War die Anspielung auf Chillingborough sorgfältig vor-bereitet? Oder hatte Merrick zu Layton nichts gesagt? Insgesamt zog Perron es vor, ihm Unwissenheit zugute zu halten.

»Sie sind also Perrons Sohn. Ich glaube, ich habe seit Chilling-borough nicht mehr an ihn gedacht. Geht es ihm immer noch gut?«

»Er fiel 1918, Sir.«

»Ach. Das tut mir leid.«

»Ironischerweise am zehnten November.«

»Was für ein Pech. Und Ihre Mutter?«

»Sie starb 1919 an Grippe.«

»Armer Junge. Na ja, Sie sind vermutlich zu jung, um sich daran zu erinnern.«

»Ja, Sir. Ich hatte eine sehr schöne Kindheit. Ich bin bei exzentrischen Tanten und Onkeln aufgewachsen.«

»So exzentrisch, daß man Sie auch nach Chillingborough geschickt hat?«

»Jawohl, Sir.«

»Welches Haus?«

»Bank.«

»Wie Ihr Vater?«

»Nein, Sir. Er war in Coote.«

»Ach ja. Richtig.«

Layton drehte sich ungeschickt und steckte die linke Hand in eine der beiden großen Taschen seiner Buschjacke. Coote war ein Spitzname. Perron hatte ihn ganz unbewußt benutzt. Aber das würde nur jemand wissen, der mit den Bräuchen von Chillingborough vertraut war.

»Kannten Sie jemanden namens Clark?« fragte Miss Layton.

»Ich kannte zwei. Der eine mit und der andere ohne e.«

Sie hatte sich zurückgelehnt, die Arme verschränkt und hielt die Ellbogen mit den Händen fest. Sie sagte. »Ich habe ihn mir immer als Clark ohne e vorgestellt. Aber jetzt, wo Sie davon sprechen, bin ich nicht mehr so sicher. Meine Tante und mein Onkel werden es wissen. Ich habe ihn nur einmal getroffen. Er hieß mit Vornamen James.«

»Sie hießen beide James. Also nannten wir sie Clark-mit und Clark-ohne. Clark-ohne fehlte ansonsten wenig. Ich dachte immer, er würde es einmal weit im Leben bringen.«

»Dann muß ich Clark-ohne getroffen haben. Ich lernte ihn am sechsten Juni vor einem Jahr kennen.« Zu ihrem Vater sagte sie: »Ich weiß, daß es der sechste Juni war, denn an diesem Tage habe ich Ronald hier im Krankenhaus besucht, und an diesem Tag bekamen wir die Nachricht von der zweiten Front.« Sie blickte Perron an. »Er flog am nächsten Tag nach Ceylon, um dort im Oberkommando Süd-Ostasien eine großartig klingende Stelle anzutreten. Aber ich habe nichts mehr von ihm gehört.«

»Dann kann es nur Clark-ohne gewesen sein. Clark-mit hatte nicht das Zeug zum Oberkommando.«

Er dachte über Miss Laytons kurze Bekanntschaft mit Clark-ohne nach. Clark-ohne war nicht offiziell von der Schule gewiesen worden, sondern, wie es in der Sprache von Chillingborough hieß, in gegenseitigem Einvernehmen ausgeschieden. Ein Rolls Royce war vorgefahren, und Clark-ohne war stilvoll davongerollt, nicht neben dem Chauffeur, sondern im Fond und eine Zigarette rauchend. Er war frühreif gewesen. Vielleicht hatte er seine Affären mit Mädchen zu sehr an die große Glocke gehängt. Miss Layton wirkte nicht im mindesten verlegen. Jedenfalls hatte sie selbst das Thema zur Sprache gebracht. Aber warum? Wollte sie einen weiteren Beweis dafür, daß er selbst in Chillingborough gewesen war? Oder sollte er den Namen eines Mannes aussprechen, in den sie sich vernarrt hatte?

»Ich glaube, Ihr Vater ist müde, Sarah«, sagte Merrick.

»Ronald glaubt, du bist müde, Daddy. Stimmt das?«

»Keineswegs. Wißt ihr, worauf ich jetzt Lust hätte? Auf ein Glas von Ronalds Whisky. Warum trinken wir nicht alle ein Glas?«

»Es ist nicht Ronalds Whisky, Vater. Es ist Unteroffizier Perrons Whisky. Davor gehörte er der Maharani und davor diesem Hauptmann Purvis. Nazimuddin!«

Oberst Layton blickte von einem zum anderen, als amüsiere ihn die komplizierte Geschichte und konzentrierte sich schließlich auf Perron. »Außergewöhnlich«, sagte er. »Bei dem letzten Gespräch, das ich mit einem sehr anständigen Oberleutnant im Lager führte, fiel der Name dieses Whiskys. Wir verabschiedeten uns, und er sagte, er stelle sich vor, daß ich in ein oder zwei Wochen in einem bequemen Sessel in einem schönen Zimmer sitzen, *Stolz und Vorurteil* lesen, ein Glas von diesem besonderen Malzwhisky trinken und die Ohren meines treuen schwarzen Labradors Panther kraulen würde. Offenbar hatte er mich vor Monaten einmal gefragt: ›Was würden Sie jetzt am liebsten tun?‹ Und ich scheine das geantwortet zu haben. Ich konnte mich nicht im geringsten daran erinnern. Mein Gedächtnis ist ein bißchen durcheinander. Aber es stimmte ziemlich gut mit dem überein, was ich oft dachte, also mußte ich es gesagt haben. Immerhin, er wußte noch genau den Namen. Ich brachte es nicht über mich, ihm zu sagen, daß ich den Hund nur als Welpen kannte und erfahren hatte, daß er inzwischen tot war, daß in Indien keine Hoffnung bestand, diesen Whisky zu bekommen, so daß an seinem Bild nur der bequeme Sessel und Jane Austen stimmen konnten. Der Oberleutnant erinnerte sich so genau an die Einzelheiten. Ich muß sagen, ich fand das rührend. Hm? Man sagt etwas ganz nebenbei, es setzt sich bei einem anderen fest, und er vergißt es nicht mehr. Ein netter Mensch. Sehr höflich. Sehr korrekt. Aber anständig. Ja. Anständig, sehr anständig.«

Während Oberst Layton sprach, war Nazimuddin hereingekommen und hatte auf Sarahs leise Anweisung Gläser und die Flasche geholt. Sie bat ihn, das Tablett auf das Tischchen vor ihrem Vater zu stellen.

»Ißt du mit uns, Daddy?«

»Bitte?«

»Das Abendessen.«

»Nein, nein. Ich habe gegessen. Und falls ich noch einmal Appetit bekommen sollte, bleibt mir immer noch, was von der Tagesration übrig ist.«

Sarah sagte Nazimuddin, sie würden in zehn Minuten essen. Der Diener ging. Ihr Vater beugte sich vor und griff nach der Flasche. Er betrachtete das Etikett.

»Außergewöhnlich«, sagte er, »seit Jahren habe ich keine solche Flasche mehr in der Hand gehabt.«

Er hielt die freie Hand wie schützend über die Augen, als sei das Licht zu grell und legte sie dann auf die Augen; in dieser Lage schien er zu erstarren, ohne die Flasche loszulassen.

Miss Layton erhob sich, ging zu ihm, beugte sich vor, griff nach der Flasche und stellte sie auf den Tisch. Dann nahm sie seine Hand in ihre: »Komm, Daddy, du hast einen langen Tag hinter dir.«

Perron stand auf und ging zur Glastür, die auf den Balkon hinausführte, wegen des Regens jedoch geschlossen war. In den Glasscheiben sah er nur wenig, nur die Spiegelungen des hellen Zimmers, die dunkle Rückenlehne des Ohrensessels, in dem Merrick immer noch saß. Sarah Laytons gebeugter Kopf wurde von der Lampe neben dem Sofa beschienen. Er hörte ihre Stimme; aber sie sprach so leise, daß er nichts verstand. Er war froh. Er wollte nichts hören. Er wollte auch nichts sehen. Aber wohin er auch blickte, das Zimmer und die Leute darin spiegelten sich im Glas. Er sah, wie sie Oberst Layton beim Aufstehen half und ihn aus dem Zimmer führte.

Perron bewegte sich nicht, nachdem sie das Zimmer verlassen hatten. Er starrte auf das Spiegelbild von Merricks Sessel. Er sah den oberen Rand seines Kopfes und den Ellbogen des amputierten Arms. Das Feuerzeug klickte. Kurz darauf sah er den Rauch, der sanft durch den gedämpften Lichtschein der Lampe in Ringen nach oben stieg und verschwand; dann stieg dünnerer Rauch über dem amputierten Arm auf. Das bedeutete, Merrick hatte die Zigarette zwischen die beiden Finger der schwarzbehandschuhten Prothese gesteckt.

Perron ging zu den Sofas zurück, sah Merrick aber erst an, nachdem er sich eine Zigarette aus der Dose genommen – Miss Layton hatte ihn aufgefordert, sich zu bedienen –, sie angezündet und sich gesetzt hatte. Merrick stützte das Kinn in die Hand und hielt die Zigarette in der Prothese. Die unversehrte Gesichtsseite lag eher im Schatten.

»Wie sind Sie zu diesem Arm gekommen, Sir?« fragte Perron.

»Ich habe einen gewissen Hauptmann Bingham aus einem brennenden Jeep gezogen. 1944, unter feindlichem Beschuß in der Nähe von Impal.«

Welche Präzision. »Haben Sie dafür den Orden bekommen? Für die Rettung von Hauptmann Bingham?«

»Auch ein indischer Fahrer mußte herausgeholt werden. Er überlebte. Hauptmann Bingham nicht. Er war Miss Laytons Schwager.«

»Seit wann sind Sie eine Art Freund der Familie, Sir?«

Merrick nahm die Hand vom Kinn, griff hinüber und nahm die Zigarette aus der anderen.

»Ich kannte sie schon vorher. Ich war Hauptmann Binghams Trauzeuge, als er dreiundvierzig Susan Layton heiratete.«

»Susan, ja so war es. Susan Mem und Sarah Mem. Und die wilden Hunde in den Hügeln.«

»Sie haben ein Gedächtnis für Einzelheiten. Gut.«

»Schwer, die Sache mit den wilden Hunden zu vergessen, Sir.«

»Warum?«

»Nun ja, an diesem Punkt hätten Sie ihn beinahe gehabt, Sir.«

»Ihn gehabt?«

»Ihre Frau wird den Kopf nicht mehr aufrecht tragen, und sogar die wilden Hunde in den Hügeln werden verstummen.‹ Der Mann hätte beinahe geweint.«

Merrick zog an der Zigarette und stützte dann das Kinn auf drei Finger der gesunden Hand. Der Arm lag mit dem Ellbogen auf der Sessellehne. »Er hat später geweint.«

»Ja, Sir?«

»Als wir ihn vor etwa einer Woche in Delhi verhört haben.« Merrick strich mit dem kleinen Finger über den äußeren Winkel des rechten Auges, als entferne er etwas, was das Auge reizte. »Seine Mitschuld am Tod des Sepoys in Königsberg ist beinahe bewiesen.« Merrick schnippte die Asche von der Zigarette und steckte sie wieder zwischen die schwarzbehandschuhten Finger.

»Ist dieses Thema deshalb hier tabu? Könnte Oberst Layton sich darüber aufregen?«

»Es ist tabu, weil es ihn besonders aufregen würde, etwas über Königsberg zu erfahren. Weder er noch Miss Layton wissen, daß ich den Mann gesehen und verhört habe. Ich habe versucht, ihnen den Eindruck zu vermitteln, sein Fall habe keine Priorität. Ihnen ist doch klar, daß den alten Offizieren der Männer nicht erlaubt wird, sie zu besuchen, nicht wahr?«

»Nein, das wußte ich nicht, Sir. Warum ist es ihnen nicht erlaubt?«

»Man würde uns mit Bitten um Gespräche überschwemmen. Oberst Layton ist ein gutes Beispiel dafür. Er ist davon überzeugt, er könnte Havildar Muzzafir Khan in zehn Minuten den Kopf zurechtrücken. Diese Einstellung ist natürlich bewundernswert, aber wenn die alten Offiziere auch nur die geringste Chance hätten, würden viele von ihnen die Fälle auf Regimentsebene regeln. Der einzig vernünftige Weg ist, sie entschlossen rauszuhalten, denn sonst gerät alles hoffnungslos durcheinander. Und natürlich verstärkt sich dadurch das Gefühl der Isolation bei den Gefangenen und ihre Bereitschaft, den Mund aufzumachen.«

121

Aus dem Eßzimmer hinter ihnen drang das Geräusch von Tellern, die auf den Tisch gestellt wurden.

»Also kein Wort über den Havildar. Ich werde Oberst Layton selbst informieren, wenn ich es für richtig halte.«

Sie hörten, wie Sarah Nazimuddin rief.

Sie trat ins Eßzimmer. »Kommen Sie, Mr. Perron. Sie müssen inzwischen hungrig sein. Sind Sie auch soweit, Ronald?«

Sie wartete, bis die beiden Männer zu ihr hinüberkamen. Gedecke lagen an den beiden Stirnseiten und an der Längsseite mit Blick auf das Wohnzimmer. Sie bat Perron, an der Längsseite zu sitzen, und nahm links von ihm Platz. Merrick setzte sich an das andere Ende. Während sie auf die Suppe warteten, erkundigte sie sich bei Perron, wie lange er schon in Indien sei, wieviel von dem Land er gesehen habe und ob es seinen Vorstellungen entspreche. Nachdem Nazimuddin die Suppe serviert hatte, erwartete Perron, sie würde sich auch Merrick zuwenden. Aber das tat sie nicht. Sie löffelten schweigend die Suppe. Schließlich brach Perron das Schweigen und fragte Miss Layton, wie lange sie schon in Indien sei.

»Ich bin hier geboren, in Pankot. Meine Schwester auch. Wir sind im Sommer neununddreißig zurückgekommen.«

Perron fragte, wie lange die Fahrt nach Pankot dauern werde. Sie sagte, der Zug fahre um zwei Uhr nachmittags in Bombay ab, und sie würden am frühen Mittwochmorgen in Pankot ankommen –, es sei denn, sie beschlossen, die Fahrt in Delhi zu unterbrechen. Sarah blickte über den Tisch zu Merrick. »Er hat gerade wieder davon angefangen. Ich habe getan, was ich konnte. Ich glaube, es ist jetzt an Ihnen, Ronald.«

»Es ist sinnlos«, sagte Merrick, »reine Zeitverschwendung.«

»Ich weiß. Aber Sie müssen ihm erklären weshalb.«

»Ich glaubte, das getan zu haben.«

»Ich meine, Sie müssen es noch einmal tun.«

»Wann?«

»Am besten heute abend. Spätestens morgen früh. Ich möchte die Sache geklärt haben, ehe wir im Zug sitzen, denn wenn wir die Fahrt in Delhi unterbrechen, muß ich versuchen, Mutter anzurufen und sie zu benachrichtigen. Das ist nur recht und billig.«

»Ich persönlich glaube, es wäre besser, es auf sich beruhen zu lassen. Wenn er erst im Zug sitzt, ist der Gedanke an eine Unterbrechung nicht mehr so verlockend.«

»Aber wir müssen ohnehin in Delhi umsteigen. Man wartet mindestens zwei Stunden auf den Anschluß nach Ranpur. Ich möchte nicht auf dem Bahnsteig stehen und *nicht* wissen, ob wir weiterfahren oder bleiben. Und vor allem möchte ich nicht dort versuchen müssen, Mutter anzurufen und ihr mitteilen, daß wir doch nicht am nächsten Tag nach Hause kommen.«

»Also gut. Ich werde noch heute abend mit ihm sprechen. Übrigens, Unteroffizier, womit fahren Sie, und wo steht Ihr Fahrzeug?«

Perron sagte es ihm.

»Ach, das ist gerade um die Ecke, wenn wir eine Abkürzung nehmen. Wir können dorthin laufen, und dann können Sie mich absetzen.«

»Sehr freundlich von Ihnen, Sir. Aber ich bin sicher, ich finde es, wenn Sie es mir beschreiben.«

»Major Merrick wohnt nicht hier, Mr. Perron, sondern im Tadsch.«

»Ach so.«

Nazimuddin hatte die Teller abgeräumt und brachte den zweiten Gang. Miss Layton wählte einiges von der Platte. Merrick erhielt einen vorbereiteten Teller mit Huhn und Salat, so daß er mit einer Hand essen konnte. Der Diener trat neben Perron.

»Entschuldigung«, sagte Miss Layton. »Wir haben gerade über etwas gesprochen, von dem Sie vielleicht nichts wissen. Vater möchte nämlich in Delhi aussteigen und versuchen, einen seiner indischen Unteroffiziere zu sehen, der in Schwierigkeiten ist. Er ist als einziger des Regiments in Deutschland zur Frei Hind übergetreten. Aber Major Merrick sagt, es ist Zeitverschwendung, denn es gibt einen Befehl, der das Zusammentreffen von INA-Gefangenen mit ihren alten Offizieren verbietet.«

»Ja. Das ist wohl sehr hart.«

»Es ist in einer Hinsicht verständlich, aber Vater regt sich sehr auf, denn er kannte diesen Mann schon als sechs- oder siebenjährigen Jungen. Vater war dabei, als der Junge und seine Mutter das Victoriakreuz entgegennahmen, das dem Vater des Jungen im letzten Krieg posthum verliehen worden war, und er sagt, der Mann habe sich in den Kämpfen in Nordafrika sehr tapfer geschlagen. Darum versteht er einfach nicht, was ihm in den Sinn gekommen ist.«

»Vermutlich Subhas Chandra Bose«, sagte Merrick.

»Aber warum?«

»Das ist eines der Dinge, die wir herausfinden müssen.«

»Daddy glaubt, er könne es besser und schneller herausfinden als jeder andere.« Für Perron fügte sie erläuternd hinzu: »Nach Aussage der anderen Männer des Regiments kamen Bose und einige indischen Offiziere eines anderen Regiments, die bereits übergetreten waren, in das Lager. Man sagte den Männern, es sei ihre Pflicht, zusammen mit den Deutschen für Indiens Freiheit zu kämpfen. In den folgenden Tagen wurden die Offiziere und Unteroffiziere zu getrennten Gesprächen weggebracht. Einige kamen längere Zeit nicht zurück, aber der Mann, um den sich mein Vater Sorgen macht, kam als einziger nie zurück. Die anderen glaubten, er sei gefoltert und umgebracht worden, denn einigen Unteroffizieren war es schlecht ergangen, als sie Boses Offizieren sagten, was sie von ihnen hielten. Und Havildar Muzzafir Khan stand im Ruf, geradeheraus zu sein. Ein paar Monate später erschienen wieder einige indische Offiziere, die sagten, Muzzafir Khan sei zur Frei Hind übergetreten, und sie sollten seinem Beispiel folgen. Einer der Männer stand auf und fragte, warum Havildar Muzzafir Khan ihnen das nicht selbst sage. Der arme Mann wurde weggeschleppt, kam erst nach einem Monat wieder zurück und hatte viel durchgemacht. Jetzt sieht es so aus, als hätten die Offiziere recht gehabt. Aber die meisten Männer im Regiment glauben wie mein Vater, daß man ihm etwas Schreckliches angetan haben muß, damit er zu Bose übergetreten ist, und daß er es selbst dann nur getan hat, um Unruhe zu stiften oder bei der ersten Gelegenheit zu den Alliierten zu fliehen.«

»Aber er ist nicht geflohen«, sagte Merrick. »Er gehört zu einer Gruppe Inder, die von den Franzosen gefangengenommen wurden, als die Deutschen flohen. Die Franzosen wollten sie alle auf der Stelle erschießen. Aber ein amerikanischer Unteroffizier rief einen Hubschrauber und brachte sie als Kriegsgefangene zu seiner Einheit. Der Unteroffizier war ein Schwarzer, falls das etwas zu sagen hat.«

»Das haben Sie nie erwähnt.«

»Nein. Ich interessierte mich für den Fall, als ich entdeckte, daß einer der Männer, der in dem Bericht über den Vorfall mit dem Hubschrauber erwähnt wurde, ein Havildar aus dem Regiment Ihres Vaters war.«

»Das wird gegen ihn sprechen, nicht wahr? Daß er tatsächlich gekämpft hat.«

»Das ist nicht geklärt. Es stand nicht im Bericht. Er ist einfach einer von mehreren Hundert auf dem europäischen und einigen Tausend auf dem asiatischen Kriegsschauplatz.«

»Sollte ich die Sache mit dem Hubschrauber Daddy gegenüber erwähnen?«

»Das liegt bei Ihnen. Mir wäre es lieber, Sie täten es nicht. Er kann absolut nichts tun, und je weniger er weiß, desto leichter ist es für ihn, sich damit abzufinden.«

»Ja«, sagte sie, »vermutlich.«

»Es ist nicht so, daß man Ihren Vater nicht nach seiner Meinung über Havildar Muzzafir Khan fragen wird. Wenn wir mit dem Fall soweit sind, wird jemand nach Pankot kommen und Aussagen von allen entgegennehmen, die welche machen möchten.«

»Werden Sie das sein, Ronald?«

»Vielleicht.«

Sie beschäftigten sich mit dem Essen.

Dann sagte Perron zu ihr: »Ich nehme an, die Heimkehr am Mittwoch wird eine große Sache werden. Hat man einen Sonderzug für das Regiment eingesetzt?«

»Soviel sind kaum noch übrig. Aber die Männer sind schon vor drei Wochen nach Hause gekommen. Daddy ist in Bombay geblieben, denn als das Schiff anlegte, mußten ein paar ins Krankenhaus, und er wollte sie zu diesem Zeitpunkt nicht alleinlassen.«

»Das ist aber sehr nett von ihm.«

»Das finde ich auch. Die Männer haben es ihm hoch angerechnet. Für meine Mutter war es natürlich nicht leicht. Sie konnte nicht nach Bombay kommen, weil es meiner Schwester nicht gut geht. Aber sie hat mit den Familien der kranken Männer gesprochen und Nachrichten übermittelt, und Vater war jeden Tag im Krankenhaus, um die Männer aufzumuntern.«

»Wie viele Männer waren krank?«

»Nur sechs. Fünf Sepoys und ein Havildar.« Über den Tisch hinweg sagte sie: »Also, wenn Daddy so hartnäckig ist, in Delhi auszusteigen und um Erlaubnis zu bitten, Havildar Muzzafir Khan sprechen zu dürfen, werden wir vermutlich erleben, daß die kranken Männer hartnäckig genug sind, nicht allein nach Pankot zu fahren. Besonders der Havildar, denn er und Muzzafir Khan waren befreundet. Sie sind sogar verwandt.« Sie wandte sich wieder Perron zu. »Das erste Bataillon ist eine sehr enge Gemeinschaft. Bei den Regimentern aus dem Hügelland ist das oft so. Mein Vater kann einen Blick auf die Soldliste werfen und beinahe von jedem Mann einen Stammbaum aufstellen. Ich meine, wenn Naik X mit einer Tochter des ehemaligen Havildar Y verheiratet ist, weiß er das. Finden Sie das albern?«

»Nein«, sagte Perron, »bewundernswert.«

»Ja, bewundernswert und traurig. Finden Sie nicht auch? Besonders, wenn man mitansehen muß, wie die meisten sterben, und die anderen als Kriegsgefangene weggeschleppt werden, und man fühlt sich für sie verantwortlich.«

Merrick legte die Gabel auf den Teller. Nazimuddin bot ihm noch etwas von der Platte an, aber er lehnte ab. Während der Mahlzeit hatte der künstliche Arm mit der behandschuhten Hand auf der Tischplatte gelegen. Merrick lehnte sich zurück, legte den gesunden Arm über die Stuhllehne, blickte auf den leeren Teller und wartete, bis die anderen fertig waren. Dann brachte Nazimuddin den Pudding – es waren drei aus ihren verzierten Formen in Glasschalen gestürzte Puddings. Sie waren weiß und sahen fade aus, aber es gab ein Schüsselchen Konfitüre dazu. Nazimuddin bediente Miss Layton und ging dann zu Merrick.

»Erlauben Sie mir, nein zu sagen, da Ihre Tante Fenny nicht hier ist, um sich verletzt zu fühlen?« Ohne ihre Antwort abzuwarten, sagte er zu dem Diener: »Geben Sie meine Portion dem Unteroffizier. Er kann es vertragen. Sie wirken nicht gerade ausgehungert, aber das ist bei Unteroffizieren auch selten der Fall. Vermutlich wissen Sie, wie Sie auf Ihre Kosten kommen.«

»Im allgemeinen ja, Sir.«

»Auch in Indien?«

»Ich glaube, in Indien noch besser, Sir. Man ist nicht so sehr darauf angewiesen, Rationen abzuzweigen, die für die Offiziere bestimmt sind, wie zu Hause.«

Merrick blickte auf sein Platzdeckchen und auf Löffel und Gabel, die er nicht benutzen würde. Miss Layton sagte: »Leider gibt es kein anderes Dessert, Ronald. Vielleicht möchten Sie jetzt mit Daddy sprechen. Dann trinken wir zusammen Kaffee, und Mr. Perron kann sich auf den Weg machen.«

»Vielleicht ist das gar nicht so schlecht.« Er erhob sich ziemlich schwerfällig und drückte den künstlichen Arm eng an den Körper. Als er gegangen war, sagte Miss Layton: »Sie müssen auch einen Jungen namens Rowan gekannt haben.«

»Nigel Rowan?«

Sie nickte.

»Nur so, wie eine Randfigur auf dem Olymp Zeus kennt. Er ist hier in Indien beim Heer, nicht wahr? Ich erinnere mich daran, denn er gewann ständig Preise in den klassischen Fächern, und ich dachte, er würde auf diesem Gebiet weitermachen oder zumindest in die Zivilverwaltung gehen, wenn er wirklich Karriere in Indien machen wollte.«

»Ja, er ist beim Heer. Man hat ihn achtunddreißig oder neununddreißig in die Politische Abteilung versetzt, aber bei Kriegsbeginn mußte er zu seinem Regiment. Er war beim ersten Burmafeldzug dabei und bekam schweres Fieber. Zur Zeit ist er Adjutant des Gouverneurs in Ranpur. Er sagte mir, er versuche, in die Politische Abteilung zurückzukommen.«

»Hat er immer noch dieses sehr kühle und aristokratische Wesen, an das ich mich erinnere?«

Sie lächelte. »Ich glaube, das ist nur äußerlich. Möchten Sie den anderen Pudding auch noch?«

»Nein danke.«

»Er war nicht sehr gut, nicht wahr? Wollen wir hinübergehen?«

Nazimuddin hatte das Tablett mit dem Kaffee ins Wohnzimmer gebracht. Perron folgte ihr, blieb vor den Bildern im Zoffany-Stil stehen und betrachtete sie. Dann beobachtete er, wie sie den Kaffee aus einer versilberten Kanne eingoß. Er nahm die Tasse von ihr entgegen und setzte sich.

»Was macht Ihr Onkel?«

»Er leitet einen Lehrgang über die indische Zivil- und Militärverwaltung in Friedenszeiten. Man will damit junge Offiziere für die indische Verwaltung oder die Polizei interessieren, wenn der Krieg vorbei ist.«

»Englische Offiziere?«

»Auch indische. Aber meist sind es englische.«

»Hat Ihr Onkel Erfolg?«

»In Bombay mehr als in Kalkutta. Nach dem Wahlergebnis in England glaubt er, daß sich die Situation noch bessern wird.«

»Ja, vermutlich glauben einige Leute, die Aussichten zu Hause seien ziemlich trübe. Aber sind die Aussichten für eine Karriere in Indien nicht noch trüber?«

Sie rührte *Ghur* in ihren Kaffee, klopfte dabei mehrmals mit dem Löffel auf den Rand der Tasse und sprach dann weiter: »Es ist schon Jahre her, daß ein vernünftiger Mensch an eine Karriere in Indien glaubte, wenn man Indien als ein Land betrachtet, in dem man ein Leben lang arbeiten kann.«

»Wird Ihr Vater bald pensioniert?«

»Lange dauert es nicht mehr. Ich glaube, er wird zu den Glücklichen gehören. Am härtesten wird es Männer wie Nigel Rowan treffen. Ich meine, Männer in seinem Alter. Es hängt davon ab, wie die Machtübergabe schließlich stattfindet. Wenn es eine lange Übergangzeit gibt, und wenn Onkel Arthur mit seiner Behauptung recht hat, die Inder würden nur allzu froh sein, daß erfahrene Engländer mit ihnen zusammenarbeiten, dann haben Männer wie Nigel hier noch einige Jahre sinnvoller Arbeit vor sich. Aber ich glaube nicht, daß Onkel Arthur recht hat. Ich glaube nicht, daß es eine lange Übergangzeit geben wird.«

»Warum nicht?«

»Es wäre das Logische, und ich glaube, die ganze Situation wird zu emotional für Logik sein.«

Er wartete darauf, daß sie weitersprach, aber anscheinend wollte sie das nicht. Er fragte: »Was werden Sie empfinden, wenn es soweit ist?«

»Ich möchte nicht bleiben.«

»Warum nicht?«

»Ich glaube, in diesem Land kann man nicht glücklich sein.«

»Waren Sie in England glücklich?«

»Es gefiel mir nicht besonders, als ich zum ersten Mal als Kind hinkam. Aber ich bin dort aufgewachsen und habe angefangen, selbständig zu denken. Meinem Gefühl nach gehöre ich nach England. Indien kenne ich sehr viel besser. Aber seit meine Schwester und ich nach der Schule wieder hierher kamen, habe ich mich nur auf Besuch gefühlt.«

»Geht es Ihrer Schwester auch so?«

»Ich glaube ähnlich. Sie hat versucht, es anders zu sehen. Aber es ist nicht leicht zu sagen, was sie heute empfindet. Sie hat eine schwere Zeit hinter sich.«

»Major Merrick hat mir die Sache mit ihrem Mann erzählt. Es tut mir leid.«

»Hat er seine Rolle dabei erwähnt?«

»Ja.«

Sie trank Kaffee. Sie sagte: »Schade, daß Sie sich nicht an Hari Kumar erinnern. Nigel erinnert sich an ihn.«

Er dachte, sie wolle noch etwas sagen. Aber in diesem Augenblick hörten sie Merricks Schritte.

»Ich glaube, das ist geregelt«, sagte er. Sie musterte ihn, als wolle sie von seinem Gesicht ablesen, wie rücksichtsvoll er mit ihrem Vater umgegangen war. Auch Perron sah ihn an, erriet jedoch nichts. Wie im Hafenschuppen in der Nacht von Karim Muzzafir Khans Verhör hob Merrick die rechte Hand und warf einen Blick auf die Uhr, die er an der Innenseite des Handgelenks trug.

»Wenn Sie nichts dagegen haben, verzichte ich auf den Kaffee. Auf mich wartet noch Arbeit im Hotel. Und davor muß ich dem Unteroffizier noch helfen, seinen Jeep zu finden. Sind Sie soweit?«

»Für eine Tasse Kaffee haben Sie doch sicher noch Zeit. Mr. Perron, vielleicht möchten Sie auch noch eine Tasse. Oder den Whisky, den Sie nicht bekommen haben.«

»Der Unteroffizier muß fahren.«

»Muß er das wirklich? Waren Sie nicht irgendwie dienstlich auf der Party der Maharani, Mr. Perron?«

»Ja, das war ich.«

»Wer soll denn wissen, wann sie zu Ende war? Wenn Sie sich nicht wirklich heute nacht in Kalyan zurückmelden müssen, können wir Ihnen jederzeit hier ein Bett zurechtmachen. Offen gesagt, ich finde, Sie sollten nach diesem Abend nicht zurückfahren. Wir können von Nazimuddin ein Taxi rufen lassen, falls Ihre Arbeit so dringend ist, Ronald. Oder warten Sie doch, bis Onkel Arthur zurückkommt. Er hat den Dienstwagen.«

»Ich glaube, Sie erwarten von dem Unteroffizier, daß er riskiert, Schwierigkeiten zu bekommen.«

»Dieses Risiko besteht nicht, Sir. Ich kann weitgehend nach eigenem Ermessen entscheiden, und es gibt eine Reihe völlig ausreichender Gründe dafür, über Nacht in Bombay zu bleiben, wenn ich das beschließe.«

»Gut. Dann bleiben Sie also, Mr. Perron?«

Er war kurz versucht, die Einladung anzunehmen, ihr zu helfen, Merrick loszuwerden, denn das schien sie zu wollen, und mit ihr einige Zeit allein zu sein. Aber sehr bald würden die Besitzer der Wohnung, ihre Tante und ihr Onkel auftauchen, und dann müßte man Erklärungen abgeben, über Purvis reden, über den Lehrgang reden, darüber reden, in Indien zu bleiben. *Radsch*-Gerede. Und sie würde in dieses vorhersehbare, langweilige Milieu zurücksinken. Sie tat ihm leid. Sie verdiente ein besseres Leben. Das war bei so vielen der Fall. Aber man konnte nichts tun. Wie andere Leute lebten, ging ihn nichts an. Er mußte sein eigenes Leben leben. Die Unzufriedenheit, die Langeweile, die Spannungen, unter denen die Engländerinnen hier immer zu stehen schienen, waren zum größten Teil selbstverschuldet. Die wahre Welt war draußen. Ungeduldig stand er auf. Wenn man sich zuviel Mitleid erlaubte, würden sie einen zerstören. Man würde verlieren, was einem am wertvollsten war: die Objektivität.

Er sagte: »Sehr freundlich von Ihnen, Miss Layton. Aber meine Aufgabe morgen in Kalyan ist wichtiger als alles, was ich heute abend in Bombay tun könnte. Je schneller ich zurück bin, desto besser. Außerdem habe ich Major Merrick bereits versprochen, ihn am Tadsch abzusetzen.«

»Ich will Sie nicht drängen. Übrigens, mein Vater hat mich gebeten, Ihnen zu sagen, wie dankbar er für den Whisky ist, und wie leid es ihm tut, daß er sich nicht so gut fühlt.«

Sie standen alle drei. Merrick erläuterte die Einzelheiten der Vorbereitungen für die Fahrt zum Bahnhof am nächsten Tag. Perron ging ein paar Schritte beiseite, denn es betraf ihn nicht. Er nahm seinen Seesack und beschäftigte sich, indem er scheinbar die Riemen überprüfte. Dann richtete er sich auf, schob den Seesack über die linke Schulter und wartete. Merrick redete noch, als er und Miss Layton durch den Bogen zwischen Eßzimmer und Flur kamen, wo Perron stand. Sie hatte die Arme in der, wie Perron vermutete, für sie charakteristischen Art verschränkt: die Hände umfaßten die Ellbogen; die eine locker, die andere fest. Zu fest? Sprach daraus mehr Selbstkontrolle als Selbstsicherheit?

Merrick sagte: »Also dann bis morgen«. Er faßte sie mit der rechten Hand an der linken Schulter und beugte den Kopf hinunter. Sie drehte instinktiv den Kopf zur Seite, so daß sein Kuß irgendwo in der Nähe des rechten Ohrs landete. Die Augen hielt sie geschlossen. Sie lächelte, wie zu sich selbst und sagte: »Bis morgen.« Merrick ließ sie los. Mit einem Nicken in Richtung der geschlossenen Tür befahl er, sie zu öffnen. Miss Layton rief Nazimuddin und streckte dann die Hand aus.

»Auf Wiedersehen, Mr. Perron.«

Die Hand war kühl und trocken. Der zarte Duft ihres Parfüms trug zu dem Vergnügen bei, ihre Hand zu halten. Er bedankte sich für ihre Gastfreundschaft und verabschiedete sich. »Vielleicht sehen wir uns wieder«, sagte sie. Hinter ihm fragte Nazimuddin, ob er ein Taxi rufen solle. Als er hörte, es sei nicht nötig, öffnete er die Tür und verneigte sich vor Perron, als dieser hinausging. Merrick verabschiedete sich von Miss Layton. Kurz bevor die Tür ins Schloß fiel, bemerkte Perron ihre winzigen Gesten: ein Nicken, eine Handbewegung. Sie waren für ihn bestimmt.

Es hatte vor einiger Zeit aufgehört zu regnen, aber es leuchteten keine Sterne, und es gab keine Lücken in der Wolkendecke. Der letzte Schauer hatte die Luft auch nicht abgekühlt, obwohl in der hin und wieder aufkommenden warmen Brise, die den von Palmen gesäumten *Maidan* umspielte, ein Hauch von Frische lag. Perron ging ein oder zwei Schritte hinter Merrick her, bis sie eine Kreuzung erreichten und Merrick stehenblieb. Ein Taxi hielt an, und die Fahrgäste stiegen aus. »Nehmen wir das Taxi, Unteroffizier, da es schon einmal hier ist. Es bewahrt uns vielleicht davor, naß zu werden. Ich setze Sie ab und fahre dann weiter ins Hotel.« Nachdem er dem Fahrer die entsprechenden Anweisungen gegeben hatte, stiegen er und Perron ein. Perron war froh, daß es ihm erspart blieb, den Weg zu Fuß zurückzulegen und noch länger höflich zu Merrick sein zu müssen, was der Gang und die Fahrt im Jeep mit sich gebracht hätten. Bald wäre er ihn los.

»Miss Layton ist ein sehr nettes Mädchen, Sir.«

Merrick ließ sich Zeit, ehe er antwortete.

»Sie hat viele bewundernswerte Eigenschaften. Ihr Vater hat allen Grund, ihr dankbar zu sein.«

»Ach?«

»Wenn ein Mann eine Familie aus lauter Frauen zurückläßt, muß eine von ihnen die Verantwortung dafür übernehmen, daß alles weiterläuft. Ich glaube, sie hat die meiste Verantwortung getragen. Aber natürlich führt das häufig dazu, daß solche Mädchen ihre dominante Ader entwickeln, wie Ihnen vielleicht aufgefallen ist.«

»Nein, das ist mir nicht aufgefallen, Sir.« Er fügte hinzu: »Hier irgendwo war es. Das kommt mir bekannt vor.«

»Genau gesagt, die nächste Straße links. Hat sie Kumar erwähnt, als Sie allein waren?«

»Sie sagte nur, sie finde es schade, daß ich mich offenbar an ihn nicht erinnere.«

»Was haben Sie gesagt?«

»Nichts.«

Das Taxi hielt, und Merrick sagte: »Ich warte, bis Sie Ihren Jeep haben.«

Das Tor, vor dem das Taxi stand, war geschlossen, vielleicht sogar mit einem Vorhängeschloß gesichert, und das Haus lag im Dunkeln. Perron war für Merricks Angebot beinahe dankbar. Von Purvis getroffene Vorkehrungen waren vermutlich nicht sehr verläßlich.

Aber in diesem Fall waren sie es. Perron hatte das Eisentor kaum erreicht, als ihm eine Taschenlampe ins Gesicht leuchtete, und jemand in bestem Cockney fragte: »Wolln Se Ihrn Schlitten?« Perron bejahte und ging zum Taxi zurück.

»Alles in Ordnung, Sir.«

Merrick blickte aus dem anderen Fenster. Er rührte sich nicht.

Er sagte: »Ein Fall wird Sie interessieren, wenn Sie zu mir kommen. Es geht dabei um den Bruder des jungen Inders, den Sie heute abend kennengelernt haben.«

»Achmed Kasim?«

Merrick drehte den Kopf in seine Richtung, legte einen Finger auf die Lippen und nickte in Richtung des Fahrers. »Er ist in Malaia zu Bose übergelaufen. Wir haben ihn im letzten Jahr in Manipur erwischt. Interessant, wenn man daran denkt, wer der Vater ist. Gut. Ich sehe Sie in Delhi. In ein paar Tagen nehme ich an.«

Perron schloß die Wagentür und salutierte stramm. Soweit er sehen konnte, bedankte sich Merrick in der lässigen Art, die Offiziere kultivierten. Das Taxi fuhr an. Perron sah ihm nach, bis es in der schlechtbeleuchteten und mit Bäumen bestandenen Straße seinen Blicken entschwand.

»O nein, das wirst du nicht. Das wirst du verdammt nochmal nicht«, sagte er laut.

Eine halbe Stunde später, von einem neuen Regenguß bis auf die Haut durchnäßt, gab er den Versuch auf, den Fehler an der Zündung des brandneuen Jeeps zu finden, und nahm das Angebot des Postens an, ihn für die Nacht hier unterzubringen. Der Posten, ein britischer Hauptgefreiter, schien sich über Gesellschaft zu freuen. In der Wachstube bot er Perron leise, um die drei Gestalten nicht zu wecken, die auf Feldbetten in den Ecken außerhalb des schwachen Lichtscheins einer Lampe schliefen, die mitten über dem einfachen Tisch hing, auf dem Becher, Spielkarten und zerfledderte Exemplare der *Picture Post* und des *Reader's Digest* lagen, einen Rum an.

»Hat sich hierher verirrt«, sagte er zwinkernd. Draußen im Dunkeln hatte er Perron mindestens zweimal »Sir« genannt, aber inzwischen hatte er jede Spur von Verlegenheit überwunden, die ihm das bereitet haben mochte. Sie saßen rauchend und Rum trinkend zusammen, und der Hauptgefreite erzählte, daß er und seine Kameraden nun schon einen ganzen Monat in Indien waren und sich immer noch fragten, was mit ihnen geschehen sei. Sie gehörten zu einem Verband, der einen Marschbefehl nach Frankreich erhalten hatte, kurz bevor der olle Hitler den Löffel hingeworfen hatte, wie der Hauptgefreite es ausdrückte. Sie hatten kurze Zeit gehofft, der Besatzungsarmee zugeteilt zu werden. Es gab Männer, die dort gerade ein Vermögen machten, und nach dem, was er gehört hatte, taten es die Fräuleins für ein Päckchen Zigaretten, ja sogar für ein Butterbrot. Der Hauptgefreite war seit einem Jahr beim Militär und einige Männer seiner Einheit nicht einmal so lange. Sie hatten damit gerechnet, in Deutschland eine ruhige Kugel zu schieben, bis ihre Zeit um war, und in Anbetracht dessen, daß »der Haufen vom alten Slim es den Japsen gegeben und sie mit einem Tritt in den Arsch aus Burma verjagt hatte«, war keiner von ihnen auf die Idee gekommen, man könnte sie in den Osten schicken. Wenn man sich die Karte ansah (sagte der Hauptgefreite), war klar, daß die Japaner erledigt waren. Länder wie Malaia konnte man auf der Karte kaum sehen. Aber hier saßen sie nun. War Perron schon einmal in einem so beschissenen, furchtbaren Land gewesen? Wie lange war Perron schon hier?

»Zwei Jahre«, sagte Perron.

»Mein Gott!«

Der Hauptgefreite musterte ihn ehrfürchtig, suchte dabei aber nach Anzeichen für Perrons sichtbaren Zerfall. »Ich glaub, ich würd überschnappen, wenn sie mich so lang hierbehalten würden.« Seine Stimme wurde noch leiser und vertraulich: »Wie isses denn mit den indischen Weibern?«

»Sie färben nicht ab.«

Der Hauptgefreite schüttelte den Kopf. »Irgendwie kann mich das nicht reizen. Manche von den halb und halb sehen gut aus, aber wenn sie weiß genug sind, um einen nicht abzustoßen, interessieren sie sich nur für Offiziere, oder? Man hat uns auch gewarnt. Man sagt, daß da immer eine kohlschwarze Mama in der Küche wartet, die das Aufgebot bestellt, wenn man die Tochter auch nur anfaßt. Stimmt das? Was meinen Sie?«

»Ich habe von solchen Fällen gehört.«

Der Hauptgefreite schüttelte den Kopf. Perron warf einen Blick auf die schlafenden Männer. Auf das Gesicht des einen fiel Licht. Er sah wie ein ungefähr Neunzehnjähriger aus. Der Hauptgefreite übrigens auch. Sie hatten die Gesichter von geborenen Londonern und gehörten in Straßen mit Terrassenhäusern, die in kleinen Läden endeten: der Zeitungs- und Tabakladen, der Fisch-und-Chipsladen, der Gemüsehändler und an der Ecke zur Hauptstraße ein Pub. Was konnte so ein Gesicht von Indien wissen? Und doch war Indien da – im Schädel und in den Knochen des Körpers. Der

Besitz Indiens hatte geholfen, das Fleisch jedes schlafenden und wachen Mannes im Zimmer zu nähren und sein Blut zu wärmen.

»Wo leg ich mich hin?« fragte Perron.

»Ich zeig 's Ihnen.« Der Hauptgefreite sah auf die Uhr. »Dann ist Wachwechsel.« Er ging in einen Flur voraus. »An diesem Ende schlafen paar indische Schreiberlinge, und oben ist ein diensthabender Offizier, zu dem das Telefon durchgestellt ist. Das ist auch ein Inder. Ich glaub, die Offiziere, die hier arbeiten, schlafen abwechselnd hier. Es passiert zwar nie was, aber in dem Zimmer, in dem der Offizier vom Dienst schläft, ist ein Safe. Also denk ich mir, da liegen jede Menge Geheimakten. Aber hier steht auch ein freies Feldbett –«, er öffnete eine Tür und schaltete das Licht ein, »– und durch diese Tür geht's zum Lokus. Ham Se ne Decke dabei?«

»Nein.«

»Ich bring Ihnen eine.« Er schaltete den Ventilator ein und ging.

Das Zimmer war ein so kärglich möbliertes Büro, daß es wie eine Mönchszelle wirkte. Unter einem Fenster mit geschlossenen Läden entdeckte er ein einfaches Bettgestell. Über Eck stand eine Tischplatte auf zwei Böcken mit einer Armeedecke darauf, einem Leinenklappstuhl dahinter und ein Holzklappstuhl für Besucher davor. Ein ordentlich zurechtgerücktes Telefon und eine Schreibunterlage, eine Federschale, ein leeres Eingangskörbchen und ein leeres Ausgangskörbchen erzählten die Geschichte von peinlich genau erledigter Arbeit oder dem völligen Fehlen von Arbeit, die man peinlich genau erledigen konnte. Parallel zum oberen Rand der Schreibunterlage und der Federschale befand sich ein Dreiecksstab. Auf der dem Besucher zugewandten Seite stand in weißer Schrift der Name des Mannes, der an diesem Schreibtisch arbeitete.

Hauptm. L. Purvis.

Hinter diesem Schreibtisch hatte Purvis gesessen und auf einen Anruf aus Delhi gewartet, der nie gekommen war. Vermutlich hatte er dort auf dem Bett gelegen und auf die fremde Landkarte der Decke gestarrt und seine von Amöben befallenen Eingeweide und sein unbesiegbares englisches Wesen gepflegt. An der Wand hinter dem Schreibtisch hatte er mit einem blauen Stift die Tage seines Martyriums durchgestrichen. Perron blickte auf die Armbanduhr. Es war noch nicht Mitternacht. Selbst wenn Purvis gelernt hatte zu mogeln, indem er als Letztes, ehe er abends das Büro verließ, einen Tag durchstrich, glaubte Perron, er könne den 5. August für ihn nicht streichen, ehe seine Uhr eine Minute nach Mitternacht zeigte.

»Hier ist Ihre Decke, Unteroffizier, und so etwas wie ein Kopfkissen. Sonst noch was?«

»Nein danke, Hauptgefreiter.«

»Tee gibt's bei uns um sechs. Ist Ihnen das recht?«

»Prima.«

»Dann träumen Sie schön, Unteroffizier.«

Nachdem Perron seine feuchte Uniform ausgezogen, sie auf die Stuhllehne unter den Ventilator gehängt und sich mit dem kleinen grünen Handtuch aus dem Seesack einigermaßen trockengerieben hatte, setzte er sich in der Unterhose auf den Bettrand und unterzog sich langsam seiner allabendlichen Aufgabe, dem Versuch, alle beunruhigenden Überbleibsel der fehlgelaufenen Dinge des Tages aus seinem Bewußtsein zu löschen, damit es sich klären und den erreichten Punkt in einem Kontinuum zu enthüllen vermochte, von dem er sicher war, daß es bestand, das in Indien aufzuspüren, ihm aber so schwerfiel.

Er zündete sich eine Zigarette an und starrte auf seine Füße, die noch in den Socken steckten. Dann griff er in seine Jacke und holte Notizbuch und Bleistift hervor. Nach einer Weile schrieb er: »In diesem Fall vielleicht zwei Kontinua? Das unsere und das der Inder? Eine Illusion, daß sie jemals übereinstimmten, übereinstimmen? Eine starke Illusion, aber trotzdem eine Illusion? Wenn ja, dann war, ist die *Radsch* selbst eine Illusion, was die Engländer angeht. Meinte sie das, als sie sagte, sie glaube, Indien sei kein Land, in dem man glücklich sein kann?«

Unzufrieden zog er einen dünnen Bleistiftstrich quer über den Eintrag und versuchte es noch einmal.

»Seit mindestens hundert Jahren ist Indien Teil von Englands Vorstellung von sich selbst, und für denselben Zeitraum ist Indien in die Lage gezwungen worden, ein Spiegelbild dieser Vorstellung zu sein. Bis, sagen wir, 1900 spielte Indien in unserer Vorstellung von uns selbst die Rolle, die alles spielte, was wir besaßen, und von dem wir glaubten, es rechtens zu besitzen (wie eine besondere Beziehung zu Gott). Seit 1900, ganz sicher seit 1918, ist das Gegenteil der Fall. Seit damals spielt Indien in der englischen Vorstellung vom englischen Wesen die Rolle von etwas, von dem wir das Gefühl haben, daß es uns nicht zur Ehre gereicht. Unsere Vorstellung von uns selbst bietet jetzt keiner Vorstellung von Indien Raum, außer der Vorstellung, es den Indern zurückzugeben, um zu beweisen, daß wir Engländer sind und nachweisbar englische Vorstellungen haben. All das läßt sich recht einfach beweisen und in genügend vielen Fällen veranschaulichen. Aber sowohl vor als auch nach diesem willkürlichen Datum (1900) hat Indien als Indien, das heißt, Indien nicht als Teil unserer Vorstellung von uns selbst, überhaupt keine Rolle im Leben der Engländer im allgemeinen gespielt (keine Rolle, der wir uns bewußt wären), und jene, die hierher kamen (jene, für die Indien eine reale Rolle spielen mußte), lösten sich sowohl vom englischen Leben als auch von der englischen Vorstellung vom Leben. Indien loszuwerden, wird unser Gewissen zu Hause nicht im mindesten belasten, denn es wird nicht anders sein, als würden wir etwas los, was sich nicht länger im Spiegel von uns selbst spiegelt. Es ist das Traurige, daß es im englischen Spiegel heute keine indische Spiegelung mehr gibt (denke an Purvis, die Männer, denen ich einen Vortrag gehalten habe, und den Hauptgefreiten in der Wachstube), daß es aber vielleicht sehr schwer sein wird, die englische Spiegelung im indischen Spiegel loszuwerden, denn im indischen Denken war die englische Herrschaft keine Vorstellung, sondern eine Realität – und zwar oft eine harte. Traurig ist auch, daß Leute wie die Laytons heute vielleicht überhaupt nichts sehen, wenn sie in den Spiegel blicken. Nicht einmal sich? Nicht einmal einen Spiegel? Ich weiß, Indien loszuwerden, diese ganze alte imperiale Maschinerie zu demontieren (die Purvis als hoffnungslos veraltet, als eine Bremse für wirtschaftliche Lebensfähigkeit – seine Worte – betrachtet), ist für die intellektuelle Minderheit der Partei, die wir gerade in die Regierung gewählt haben, ein Glaubenssatz. Aber wir haben sie nicht an die Macht gebracht, um die Maschinerie loszuwerden. Wir haben sie an die Macht gebracht, um zu unserem eigenen Nutzen eine neue Maschinerie aufzubauen, und für die Mehrheit, die gewählt hat, existiert Indien nicht einmal rudimentär. Merkwürdig, daß die Geschichte von den Leistungen der

Labour-Nachkriegsregierung vielleicht die Übergabe der Macht in Ländern wie diesem als herausragend verzeichnen wird? Wäre es möglich, daß die Partei, die jetzt an der Macht ist und das Mandat hat, Macht abzugeben, es vergessen oder unterlassen wird, sie abzugeben? Es wäre möglich. Aber wir werden sehen. Der Mechanismus für die Machtübergabe ist aufgezogen, und wie Purvis weiß, gibt es beinahe zwingende wirtschaftliche Argumente, ihn in Gang zu setzen, sobald der Krieg vorbei ist. In England *ist* der Krieg vorbei. Er endete am 6. Mai. In England ist der Krieg für alle ein alter Zopf, außer für Leute mit Söhnen, Brüdern, Vätern und Ehemännern in Indien. Die Tatsache, daß sie immer noch hier sind, verstärkt nur den Groll der Engländer, daß England sich je irgendwo auf etwas eingelassen hat, das weiter südlich oder östlich der weißen Klippen von Dover liegt und weiter, als man spucken kann. Phantastisches Inselbewußtsein. Paradox! Dem insularsten Volk der Welt ist es gelungen, das größte Reich zu schaffen, das die Welt je gesehen hat. Nein, kein Paradox. Inselbewußtsein erfordert wie Reichsgründungen ein unglaubliches Selbstbewußtsein – die Überzeugung von der eigenen moralischen Überlegenheit. Und ich vermute, wenn der Krieg wirklich vorbei ist, wird die Erinnerung, daß es eine Zeit gab, in der wir gegen Hitler »allein standen«, uns in dem nationalen Gefühl moralischer Überlegenheit bestärken. Werden wir in diesen abstrakten Begriffen und auf diesem unsicheren Boden versuchen, ein neues Reich zu errichten? Wird der Eckpfeiler des neuen Reichs der Verzicht aus »moralischen« Gründen auf das Reich sein, das wir besaßen?«

Er zögerte und fügte dann hinzu: »Heute abend bin ich leicht betrunken.«

Dann sah er mit einem Blick auf seine Uhr, daß es nicht mehr heute abend war. Er steckte Bleistift und Notizbuch wieder in die Jackentasche. Der Abend bei der Maharani war zu Ende. Er stand da und starrte auf den Namen Purvis; ihm wurde bewußt, daß der Abend, so eigenartig und vielschichtig er auch gewesen war, eine Form gehabt hatte. Er hatte mit Purvis begonnen und endete in Purvis' Büro. Perron wußte die Symmetrie zu würdigen.

Er ging auf die Toilette. Als er zurückkam, wollte er das Licht ausschalten, änderte jedoch seine Meinung, ging zurück zum Schreibtisch, fand den blauen Stift und trat vor den Wandkalender. Er zog ein X über die Fünf, starrte auf die Sechs und sagte laut: »Das jedenfalls ist die Kristallisation – der erreichte Punkt im Kontinuum *Zeit*.«

Er schaltete den Ventilator auf die niedrigste Stufe, drehte das Licht aus, öffnete die Läden des unverglasten, vergitterten Fensters und atmete langsam ein. Bombay. Bom-Bahia. Teil eines Erbes. Das Erbe seines Monarchen. Sein Erbe. Das Erbe des Hauptgefreiten, das Erbe von Purvis, das Erbe der Maharani. Das Erbe der Straßenbettler. Er legte sich auf das Bett, schob das kleine Kissen zurecht, das der Hauptgefreite ihm gebracht hatte, und zog die Decke bis über den Bauch – bei einem laufenden Ventilator der gefährdetste Körperteil. Einige Zeit zuckten Bilder des gerade zu Ende gegangenen Tages über die Leinwand der herabgelassenen Augenlider. Aber plötzlich drängten sich beunruhigende Aufnahmen von Coomer in allen Einstellungen dazwischen – nah, halbnah und in der Totalen: Coomer holte aus, schlug Bälle, deren Bahn und Geschwindigkeit von dem unsichtbaren Ballmann oder einer Gruppe von Ballmännern beinahe unmerklich verändert wurden. Die Würfe kamen so unerbittlich schnell, daß sie nicht von einem Mann allein stammen konnten.

Die Kameras von Perrons Vorstellungskraft begannen zu ermüden. Sehr bald blieb nur noch eine übrig, und sie zoomte, um eine Erinnerung an das Gesicht des Jungen lebendig werden zu lassen. Da war ein Gesicht, die Vorstellung von einem Gesicht, eher das Gesicht eines Mannes als eines Jungen, und es formte sich anhand eines vorgestellten Gesichtsausdrucks, weniger anhand von Gesichtszügen: ein Ausdruck der Konzentration, unnachgiebiger Entschlossenheit, des Bewußtseins, daß eine Fehleinschätzung, ein falsches *Timing* alles zunichte machen würde. Kein Geräusch. Plötzlich verschwand das Gesicht. Eine Schar Vögel – Krähen und Dohlen – flog aufgeschreckt von einem plötzlichen Geräusch aus den Ulmen am Rand des Spielfelds auf, obwohl nichts zu hören gewesen war. Und es waren keine Ulmen, sondern Palmen, und die Vögel waren Milane. Sie kreisten geduldig über Perrons Kopf und warteten darauf, daß er einschlafen würde.

Reisen in
beunruhigende Fernen

I

Angesichts dessen, was einst hier geschah, ist die Landschaft, durch die der Postzug auf dem ersten Abschnitt der Fahrt von Mirat nach Ranpur fährt, überraschend undramatisch. Der Reisende hat sich anfangs über das scheinbare Glück gefreut, allein in einem Abteil zu sein, wird aber bald unruhig, als Meile auf Meile nichts anderes seine Aufmerksamkeit gefangen nimmt oder seine Phantasie anregt als das, was in Indien alltäglich ist: unscheinbare Dörfer mit Lehmhütten; Wasserbüffel, die sich suhlen und damit den Fortbestand ihrer Art seit den Zeiten des Urschleims feiern; Männer, Frauen und Kinder beim unvermeidlichen Ritual vorherbestimmter Arbeit.

Nur der Bummelzug hält an den Haltestationen auf freier Strecke. Auf dem einzigen Bahnsteig warten die Menschen mit ihren Bündeln und mit einer Geduld, die etwas Erhabenes an sich hat, obwohl dieser Eindruck darauf zurückzuführen sein kann, daß der Expreß zu schnell vorüberfährt, als daß einzelne Gesichter deutlich zu erkennen wären. Es gibt drei solcher Stationen, die man alle innerhalb von dreißig Minuten nach der Abfahrt vom Bahnhof Mirat-Garnison passiert. Danach rücken die Dörfer weit auseinander, aber ein verlassenes und zerfallenes Dorf taucht plötzlich und unerwartet nahe bei den Gleisen auf.

Die Ruinen wirken nicht alt. Der Reisende stellt sich kurz Flammen und die Silhouetten von Menschen vor, die ängstlich und unter Lasten gebeugt durcheinanderlaufen. Aber der Augenblick phantasievoller Einbildung vergeht schnell. Die zerstörten Gebäude und eingefallenen Mauern entgleiten bald dem Blick, und wieder erscheint das Panorama der Einöde, das von ausgetrockneten Wasserläufen und Felsadern durchzogen ist und sich bis zum verschwommenen Horizont erstreckt, wo die Farblosigkeit von Himmel und Erde miteinander verschmelzen, und sie sich nur durch ein Band von unterschiedlich intensiver Farblosigkeit voneinander unterscheiden; wenn man es lange genug anstarrt, vermittelt es die Vorstellung von blauer und violetter Lichtbrechung. Alles ist grenzenlos, aber da Harmonie oder Gegensätze fehlen, wird es durch die Assoziation mit der Unendlichkeit verkleinert.

Für das zerstörte Dorf gibt es eine Erklärung. Das Land ist der Erosion zum Opfer gefallen. Der Exodus muß sich langsam und ganz unauffällig vollzogen haben. Ein Mann nach dem anderen hat das Dorf verlassen, Frauen und Kinder mitgenommen und die mageren Rinder davongetrieben, während der Boden Fußbreit um Fußbreit verweht wurde und der unerbittliche Fels zutage trat, bis nichts mehr da war, außer der leeren Einöde und dem Wind, der heiß durch die Telegraphendrähte bläst, die sich an der Bahnlinie entlangziehen.

Das Land wirkt jetzt friedlich. Es erfordert einige Mühe, sich diese Gegend als Hintergrund eines unerwarteten oder gewalttätigen Ereignisses vorzustellen. Vielleicht hat es auf diesem Streckenabschnitt kein Blutbad und keinen Mord gegeben. Aber als erinnere sich der Zug an Gewalttaten, verlangsamt er die Geschwindigkeit und bleibt stehen. Unter dem Wagen klirrt es; Stillstand, Bewegungslosigkeit. Im Abteil – ohne Klimaanlage, und einem Ventilator, der nicht funktioniert – wird es wärmer. Kurz darauf das hohle Durcheinander bimmelnder Ziegenglocken, und schon erscheint die zerstreute Herde, die ein magerer Mann und ein nackter kleiner Junge auf der Suche nach kärglicher Weide vor sich her treiben. Ohne einen Blick gehen sie, im Bann der Hitze und ihrer Aufgabe, vorbei. Als sie verschwunden sind, herrscht Stille; aber ihr Vorüberziehen hat die Atmosphäre gestört. An dieser Stelle könnte der Körper des Opfers gefallen sein.

Man erzählt, er habe ein paar Augenblicke zuvor auf den Laden vor dem Glas der Abteiltür, gegen die Fremde von außen hämmerten, gedeutet und gesagt: »Sie scheinen mich zu suchen.« Dann lächelte er seine entsetzten Mitreisenden an, als habe er eine glänzende und völlig unerwartete Möglichkeit erkannt. Blitzschnell hatte er die Tür aufgeschlossen und war verschwunden. Ein Kopf mit einem Turban tauchte auf, entschuldigte sich für die Störung und verschwand wieder. Die Tür schlug zu. Einer der Reisenden stolperte über das Gepäck und verriegelte sie wieder. Kurz darauf öffnete er den Laden und blickte hinaus. Die Leute in seiner Nähe haben vielleicht das Entsetzen auf seinem Gesicht gesehen.

In diesem Augenblick befolgte der Lokführer vorne eine Anweisung, und der Zug glitt vorwärts. Mit diesem sanften Gleiten entfernte er sich von einer Gewalttat, die ein Zeuge nie vergißt. »Plötzlich hatte man das Gefühl, der Zug, die Räder, die Schienen seien nicht aus Metall, sondern aus etwas Fettigem, Weichem.«

Der Zug gleitet jetzt ohne Vorwarnung weiter; er scheint durch sein mechanisches Bestreben, wegzukommen, ehe ein Vorwurf erhoben und Verantwortung empfunden wird, einen Punkt zu bestimmen, der mit dem X eines alten Mordes gekennzeichnet ist. Mit zunehmender Geschwindigkeit bringt der Zug Abstand zwischen sich und den fallenden Körper und zwischen die eine Zeit und die andere, so daß der Körper in der Vorstellung des Reisenden seine endgültige zusammengesunkene Lage auf der Erde zu Füßen der Angreifer nie ganz einnimmt.

»Sie scheinen mich zu suchen«, sagte das Opfer. Vielleicht sagte er das nicht, sondern vermittelte durch den Ausdruck auf seinem Gesicht den Eindruck, es zu denken, eine Art persönlichen Vorteil erkannt zu haben. Dieser Ausdruck war vielleicht nur auf den Wunsch zurückzuführen, den anderen Mitreisenden im Abteil zu versichern, daß sie nichts zu befürchten hätten und daß auch er sicher sei, wenn er aus freien Stücken das Abteil verließ. Aber alles spricht dafür, daß der Zeuge die Worte und den Gesichtsausdruck richtig wiedergegeben hat. Das Opfer bestimmte weder die Zeit noch den Ort seines Todes, aber da er ging, wie er es tat, mußte er erkannt haben, daß er etwas Eigenes dazu beitrug; und darin lag vermutlich seine Genugtuung. Wenn der Körper also fällt, scheint er es ohne Protest zu tun, und ohne eine Erklärung für das zu fordern, was ihm widerfahren ist, als sei alles bereits Geschehene Erklärung genug, so daß er nicht so sehr auf die Erde, sondern aus einer Geschichte herausfallen wird, die mit einer Frau begann, die am Ende eines langen Weges durch die Dunkelhcit auf den Treppenstufen stolperte und stürzte.

Der Zug nähert sich Premanagar vorsichtig. Von Osten, aus Majapur, nähern sich Gleise. Zur Linken steht einige Meilen entfernt die Festung. Sie ist nicht länger ein Gefängnis und wird hin und wieder von Touristen besucht; für die Erzählung ist sie peripher, aber ein drohender und düsterer Orientierungspunkt. Mirat mit seinen Moscheen und Minaretten liegt jetzt im Süden. Ein paar Stunden weiter im Norden liegt Ranpur, wo ein Grab ausgehoben wurde, und noch weiter im Norden, inmitten der Hügel, Pankot, wo das Ausheben eines Grabes für den Seelenfrieden eines Menschen in zu großer Eile geschah. Hinter der Festung liegt der offene Westen, über den ungehindert ein kalter Wind weht. Vielleicht ist es der Wind der Erosion. Nach einem kurzen Aufenthalt fährt der Zug seinem Bestimmungsort entgegen.

Es ist dunkel, als der Zug über die Brücke rattert und sich in die Stadt Ranpur windet. Auch am Dienstag, dem siebten August 1945, war es dunkel, als Sarah Layton, ihr Vater und die Handvoll Soldaten, die aus dem Krankenhaus entlassen worden waren, hier ausstiegen, um den Mitternachtszug nach Pankot zu nehmen. Da der Bahnhof sich kaum verändert hat, fällt es leicht, sie sich vorzustellen, sie inmitten der Menge zu erkennen, die sich wie alle Menschenmengen auf Bahnhöfen verhält (in einer Mischung aus Hysterie, Ungeduld, Fröhlichkeit und – in einigen Fällen – Resignation). Der Bahnsteig ist einer von mehreren, über die sich ein Glasdach wölbt, dessen Verstrebungen auf verzierten Eisensäulen ruhen. Um die Säulen sammeln sich Menschen; sie warten auf Züge oder auf Einfälle. In größeren Abständen leuchtet gelbes Licht. Es gibt hell erleuchtete, schwach beleuchtete und dunkle Abschnitte. Die Reisenden gehen oder rennen durch diese Abschnitte; die Kulis laufen barfuß und aufrecht unter Lasten, die sie auf dem Kopf tragen, und künden lautstark ihr Kommen an. Die grauen Bodenplatten sind übersät von den neuen und alten Flecken ausgespuckten Betelsafts, die jemand, der das Land nicht kennt, leicht für Blut halten kann. Es riecht nach Kohlerauch, reifen Früchten und Baumwolle, die Schweiß getränkt hat, der getrocknet ist, und die danach wieder von Schweiß getränkt wurde. Der Geruch ist keineswegs typisch für diesen Bahnhof; aber für alle, für die Ranpur eine Heimkehr bedeutet, besitzt er einen gewissen Charakter, die Schärfe einer besonderen Intensität, eine wohltuende und würzige Wärme, die auch Sarah, die nicht lange fortgewesen war, bemerkte, als sie das Abteil verließ und zu ihrem Vater trat. Er wählte geduldig drei Kulis aus der Schar, die fünfzig oder noch mehr Meter neben dem Wagen her gerannt war.

In Delhi hatte es keine Probleme gegeben. Ronald Merrick hatte gewartet, um sie am Zug nach Ranpur zu verabschieden und zur Stelle zu sein, falls Oberst Layton im letzten Augenblick davon abgebracht werden mußte, die Reise doch noch zu unterbrechen. Aber Oberst Layton hatte sich gehorsam und gutmütig mit den Morgenzeitungen beschäftigt und mit den Berichten über die Bombe von *verheerender* Gewalt, die die Amerikaner am Montag morgen auf die japanische Stadt Hiroshima abgeworfen hatten.

Eine halbe Stunde vor Abfahrt des Zuges hatten sie die Neuigkeit vom Abwurf der Bombe auf dem Bahnsteig des Victoriabahnhofs in Bombay erfahren. Einige Engländer erzählten, sie hätten es soeben in den Mittagsnachrichten im Radio gehört. Tante Fenny schickte Onkel Arthur los, um Näheres zu erfahren. Onkel Arthur hatte zugenommen und war nicht mehr so schnell zu Fuß; er blieb einige Zeit weg und hätte sie beinahe verpaßt. Er mußte neben dem anfahrenden Zug herlaufen und rief ihnen zu: »Scheint zu stimmen, aber ich kann mir keinen Reim darauf machen. Gute Reise.« Abends, als der Zug hielt und die Tabletts mit dem Abendessen kamen, stand in den Abendzeitungen die Bestätigung. Es war eine Atombombe gewesen. Die Superwaffe. Die Frage blieb offen, ob sich Kaiser Hirohito ergeben würde, um andere Städte, auch Tokio, zu retten. Sarah dachte: Dann ist der Krieg vielleicht vorbei. Sie empfand Erleichterung, sogar freudige Erregung.

»Die moralischen Vorbehalte«, so sagte sie, »kamen erst später. Damals konnte man sich nur freuen. Vermutlich war allein die Größe dieses Dings ehrfurchteinflößend. Und auch das Wunder. Noch lange danach traf ich niemanden, der es nicht auch so empfunden hätte. Wenn wir Zweifel daran hatten, daß es klug sei, solche Bomben einzusetzen, dann nur auf sehr lange Sicht. Auf zu lange Sicht, als daß sie uns beunruhigt hätten. Wichtig war nur die nahe Zukunft.«

Kurzfristig gesehen, konnte die Bombe vor allem Sicherheit für ihren Vater bedeuten. Er hatte noch nichts über seinen weiteren aktiven Einsatz verlauten lassen. Die Aussichten waren unbestimmt, aber sie bestanden. Niemand rechnete damit, daß sich die Befreiung Malaias und die Eroberung Japans schnell oder ohne große Kosten erreichen ließ. Wenn der Krieg weiterging, würde er sich vielleicht um ein Kommando bemühen, noch ehe er wieder richtig hergestellt war. Aber nun sah es so aus, als würde der Krieg nicht mehr lange dauern, und während sie neben ihm den Bahnsteig entlangging – ein Kuli vor ihnen, zwei hinter ihnen –, um sich mit dem Havildar und den fünf Sepoys zu treffen, die ein weit entfernt liegendes Abteil gehabt hatten, gelang es ihr, sich der Illusion von Heiterkeit und Ruhe hinzugeben, der Illusion, einen Lebensabschnitt zu beginnen, der im Gegensatz zu dem gerade zu Ende gegangenen als frei und geordnet bezeichnet werden konnte und in dem ihr endlich zahllose Möglichkeiten offenstanden.

II

Ein paar Sekunden wartete sie auf eine Bestätigung, daß das Kind geweint hatte, aber im Nebenzimmer war nichts davon zu hören, daß Minnie den Kleinen hochgenommen hätte, um ihn zu beruhigen. Sie überlegte, ob Susan noch schlief oder etwas Verrücktes tat, und tastete nach dem Schalter der Nachttischlampe. Der Schock, als sie ihn nicht fand, machte sie hellwach. Sie setzte sich auf – eine unbekannte Umgebung: eine Wand auf der einen Seite und nichts auf der anderen. Dann erinnerte sie sich daran, wo sie war; wegen der völligen Stille nahm sie an, daß das plötzliche Anhalten des Zugs sie geweckt hatte. Sie blickte von ihrem Bett oben hinunter in das Abteil und sah ihren Vater – vielmehr seine Umrisse – an der Tür stehen. Das Fenster war heruntergeschoben. Sie roch die Kiefern – der Duft der Berge. Die Luft war kühl. Das Licht des Mittwochs ließ sich gerade ahnen.

»Ist etwas, Vater?«

Sie sprach leise, aber er drehte den Kopf und blickte sofort auf, als sei er bei etwas Verbotenem ertappt worden.

»Habe ich dich geweckt? Tut mir leid.«

»Nein, du nicht. Es muß das Anhalten des Zuges gewesen sein.«

»Das war schon vor zehn Minuten. Ich habe das Fenster geöffnet und mich ungeschickt dabei angestellt. Möchtest du Tee? In der Flasche ist genug.«

»Ich komm runter und hol ihn.«

»Nein, nein, bleib liegen.«

Sie tastete nach dem Morgenmantel. »Ich komm auf jeden Fall runter.«

»Möchtest du Licht?«

»Nein«, sagte sie, »das würde alles verderben.«

Er sagte nichts. Sie spürte, daß er ihre Stimmung verstand. Sie stieg hinunter und hakte die Leiter aus. Er hatte ihr den Rücken zugedreht und goß aus der Thermoskanne Tee in die Becher, die Tante Fenny in den Picknickkoffer gepackt hatte. Den Tee in der Thermoskanne hatten sie am Abend zuvor im Bahnhofsrestaurant in Ranpur gekauft. Er gab ihr einen Becher. Sie stand am offenen Fenster und wärmte sich die Hände am Becher.

»Früher«, sagte er, »hielten wir meist hier in der Nähe an, um ordentlich Dampf im Kessel zu machen. Dann bekamen wir die neue Lok und schafften die Steigung in Null Komma nichts. Ich glaube, die neue Maschine wird alt. Hörst du?«

Ein schwaches Geräusch, ein plötzliches Puffen, gefolgt von einem Klirren – dann noch einmal und noch einmal. Es schien weit entfernt zu sein. Das Abteil befand sich in einem Wagen am Ende des Zuges, der in einer Kurve hielt. Das Fenster, das ihr Vater geöffnet hatte, bot einen Blick nach Osten zur Ebene, von der sie gekommen waren, über ein tiefes Tal, das voller Nebel war – unterhalb der Augenhöhe, wodurch das Tal wie die Oberfläche eines Sees wirkte. Auf der anderen Seite des Wagens befand sich die Felswand. Die Straße führte in steileren Windungen nach oben und befand sich über ihnen. Sie drehte das Armgelenk so, daß sie die Zeiger ihrer Uhr erkennen konnte. Er bemerkte es und sagte: »Noch ungefähr zwei Stunden, wenn wir keine Verspätung haben.«

Sie entfernte sich vom Fenster, damit er seine Wache wieder aufnehmen konnte, falls er es wollte, und setzte sich auf das untere Bett. Er trat wieder ans Fenster. Sie sehnte sich nach einer

Zigarette, widerstand aber der Versuchung. In Bombay hatte er zu Tante Fenny gesagt: »Raucht Sarah nicht ein bißchen viel?«, und Fenny hatte ihr einen Wink gegeben. Sie hatte versucht, weniger zu rauchen, nicht, weil sie seine Mißbilligung fürchtete, sondern weil sie bestrebt war, ihn vor so vielen Quellen der Beunruhigung wie möglich zu schützen. Sie hatte ihre Mutter in einem Brief darauf vorbereitet, daß er leicht aus der Fassung geraten konnte, und auf seine Gewohnheit aus dem Gefangenenlager, die »nicht ganz verzehrte Ration« aufzubewahren und Brotstücke beiseite zu legen, um sie später zu essen: Zeichen eines Mannes, der den Hunger kennengelernt hatte. Diese Gewohnheit verschwand nur langsam, so langsam wie – zweifellos – die Erinnerungen an Umstände, über die er nie sprach. Und er war nicht neugierig auf Dinge gewesen, von denen sie angenommen hatte, er würde sie danach fragen.

Er hatte den Tod von Teddie Bingham nicht erwähnt, den Schwiegersohn, den er nie zu Gesicht bekommen hatte, und sich nicht nach der Art von Susans Krankheit erkundigt. Er sprach auch nie dirckt vom Tod seiner Stiefmutter Mabel, von der sie Rose Cottage geerbt hatten. Sarah wollte ihn einmal darauf vorbereiten, daß ihre Mutter dort einige Änderungen vorgenommen hatte, aber er unterbrach sie und sagte, Fenny habe »etwas von einem Tennisplatz« erzählt. »Schade um die Rosen«, fügte er hinzu, »aber vermutlich brauchen sie viel Pflege, und der Tennisplatz ist eine gute Sache für euch Mädchen.«

Worüber hatte Fenny sonst noch »etwas erzählt«? Sie gehörte zu den Frauen, die Dinge ausplaudern, ohne es zu beabsichtigen, und vielleicht sogar, ohne zu wissen, daß sie es getan haben. Aber Sarah war dankbar, daß ihr die Aufgabe erspart blieb, ihm zu sagen, daß der größere Teil des Rosengartens dem Tennisplatz hatte weichen müssen. Sie hatte sich davor gefürchtet. Scheinbar grundlos, nach der beiläufigen Art zu urteilen, in der er es aufgenommen hatte.

Aber hatte er es *aufgenommen*? Auf den Brief mit der Nachricht von Mabels Tod hatte er aus Deutschland geantwortet: »Das ist eine traurige Nachricht, aber kein Schock, denn sie war nicht mehr die Jüngste. Ich bin froh, daß ich sie zum letzten Mal im Garten gesehen habe, als ich von Ranpur hinaufkam, um mich bei

ihr zu verabschieden und Eure Unterbringung in Pankot zu klären, wenn das Regiment abmarschieren und sich nach Übersee
einschiffen würde. Es tut mir leid, daß ich nichts Besseres als diesen kleinen Dienstbungalow auftreiben konnte, aber Mabel hatte
recht. Selbst wenn sie diese Frau, ihren zahlenden Gast, vor die
Tür gesetzt hätte, wäre es für Euch drei und Mabel in Rose Cottage ebenso eng gewesen. Und wie winzig es auch sein mag, es
geht doch nichts über die eigenen vier Wände, nicht wahr, Mil-
lie? Ich habe jetzt jedenfalls das Bild vor Augen, wie ihr in das
Haus inmitten von Kiefern und Rosen zieht. Ich sehne mich danach, wieder bei Euch zu sein und nicht nur ein Bild davon zu
haben.«

Während er jetzt am offenen Abteilfenster stand, war es möglich, daß das Bild, das er sich von seiner Heimkehr machte, nur
das Haus und den Garten zeigte, wie sie in seiner Erinnerung waren, und daß der Tennisplatz ihm visuell, als Vorstellung, noch
nicht ins Bewußtsein gedrungen war. Selbst nach all den Monaten traf es Sarah manchmal wie ein Schock, wenn sie auf die Veranda ging und anstatt der Rosenbeete die hohe Bespannung sah,
die Kalklinien auf dem Rasen, das Netz oder die nackten Pfosten,
wenn der *Mali* das Netz abgenommen hatte. Der Platz wurde selten benutzt. Sarah spielte nicht gut, und das Zusehen langweilte
sie. Und die Zeit war vorbei, in der ihre jüngere Schwester einen
Tennisplatz und die Tenniskleidung als zwei weitere Methoden
benutzt hatte, die garantierten, daß sie im Mittelpunkt der Aufmerksamkeit stand. Diese Rolle war abgelegt, und die neue schloß
hartes Training aus. Nur Mildred, ihre Mutter, schien Gefallen an
dem Tennisplatz zu finden; aber nicht, weil sie spielte, sondern
weil sie ihn hatte, wie irgend etwas, das eine Einladung attraktiv machte. »Kommen Sie doch am Wochenende hinauf«, sagte
sie vielleicht zu einem Neuankömmling in der Stadt, den sie ak-
zeptierte, »und wenn Sie wollen, bringen Sie einen Schläger und
Ihre Sachen mit. Wir haben eine Art Tennisplatz, auf dem Sie
spielen können.« Und im allgemeinen war jemand dabei, der pro-
testierte: »Lassen Sie sich nicht täuschen. Eine Art Platz! Binky
schwört, daß er besser ist als die Nummer Eins hier im Club!«
Dann zog ihre Mutter die Brauen hoch und lächelte das charakteristische Lächeln mit den herabgezogenen Mundwinkeln, von

dem Sarah fürchtete, sie könne es übernehmen, nachdem sie ein- oder zweimal im Spiegel gesehen hatte, daß sie auch so lächelte. Es gab auch so eine Art zu sitzen, und sie hatte sich bei mehr als einer Gelegenheit auf der Veranda von Rose Cottage dabei ertappt, wenn ihr Blick vom Tennisplatz zu ihrer Mutter streifte und sie in der Haltung ihrer Mutter das Vorbild für die eigene erkannte: bequem in einem Rattansessel sitzend, die Beine ausgestreckt und an den Knöcheln übereinandergelegt, die Ellbogen auf die Armlehnen gestützt; die an den Gelenken abgeknickten Hände trugen die Last eines Glases Gin-Sling. Sie hatte sich sofort aufgerichtet, das Glas abgestellt, sich vorgebeugt und die Arme verschränkt; aber auch das wurde eine Gewohnheit, die ebenso defensiv war.

Vorne ertönte ein Pfiff; schon setzte sich der Zug in Bewegung und fuhr um die Kurve. Das neblige Tal trieb davon, und sie erreichten einen Einschnitt, wo auf beiden Seiten nackter Fels aufragte. Ihr Vater blieb noch einige Zeit am offenen Fenster stehen und sog den Duft des feuchten Gesteins, der wilden Farne und Moose ein. Als sich in den Duft der Geruch von beißendem Rauch mischte, der sich in den Felswänden fing, trat er zurück und schob das Fenster hoch. Im Abteil blieb es milchig trüb, als sei etwas von dem Licht im Osten zurückgeblieben.

Er setzte sich. Unerwartet sagte er: »Ich habe mich nicht bei dir dafür bedankt, daß du nach Bombay gekommen bist, und für das, was du getan hast, während ich weg war. Tante Fenny hat mir gesagt, was für eine Stütze du gewesen bist, welche Hilfe für deine Mutter und Susan. Ich möchte nur, daß du weißt, ehe wir ankommen, wie dankbar ich bin.«

Sobald er zu sprechen begann, blickte Sarah auf den Becher in ihren Händen. Sie waren nie eine gefühlvolle Familie gewesen. Als er schwieg, legte er ihr flüchtig den Arm um die Schulter, gerade lange genug, damit sie ihm für die Umarmung danken konnte, indem sie sich einen Augenblick an ihn lehnte.

»Möchtest du noch einen Becher?«

»Nein danke, Vater. Vielleicht später. Und du?«

»Ich warte noch eine Weile. Halte etwas zurück, falls wir noch einen Aufenthalt haben und Durst bekommen.«

»Dann spüle ich die Becher aus.«

»Nein, das tu ich. Es sei denn, du möchtest da rein.«

»Noch nicht.«

Er trug die Becher in die Toilette und ließ die Tür offenstehen. Der Zug kroch dahin. Sie hörte ihren Vater summen. In den vergangenen drei Wochen hatte sie gelernt, das als Zeichen von Unruhe und Beschäftigungsdrang zu deuten. Sie überlegte, ob es hell genug für eine Partie Schach war. Sie suchte und fand das Reiseschach, das aus Deutschland stammte, und mit dem er ihr das Spielen beigebracht hatte. Sie spielte mit der Begeisterung des Anfängers und hatte in einem Fall auch das Glück des Anfängers. Zweifellos hatte er sich das ausgedacht, um sie zu ermutigen; aber sie glaubte, inzwischen genug gelernt zu haben, um ihm zumindest eine Art Spiel bieten zu können.

Sie konnte die Figuren noch nicht deutlich sehen und legte das Spiel wieder beiseite. Sie fragte sich, wie lange es dauern würde, bis sie wieder spielten, oder ob sie überhaupt noch einmal spielen würden. Zu Hause würde sich die Art der Beziehung ändern, die in Bombay entstanden war. Er kam mit den Bechern zurück. Sarah nahm sie ihm ab, legte sie in den Picknickkoffer und schützte sie mit einer Serviette vor der Berührung mit dem Hals von Unteroffizier Perrons Whiskyflasche. Er hatte gesagt: »Heben wir etwas für deine Mutter auf.« Sie bezweifelte, daß ihre Mutter etwas davon trinken würde – Whisky nicht.

Er sagte: »Wenn du sicher bist, daß du nicht zuerst gehen möchtest, dann werde ich mich, glaube ich, rasieren und fertig machen.«

Sie nickte und sah zu, wie er betulich alles zusammensuchte – betulich war das einzig richtige Wort dafür –, Toilettentasche, Rasierzeug, Handtuch und Wäsche, und schließlich die Uniform vom Haken nahm. Er bewegte sich langsam und überlegt. Vielleicht hatte er diese Gewohnheit schon immer gehabt. Sie erinnerte sich nicht daran. Aber daß sie sich nicht daran erinnerte, war vielleicht ein weiterer Beweis dafür, wie wenig sie ihn kannte; sie kannte ihn jetzt ebensowenig, wie sie ihn – und ihre Mutter – bei der Rückkehr nach Indien 1939, nach den Jahren unvermeidlicher Trennung gekannt hatte. Er schaltete das Licht in der Toilette ein und schloß diesmal die Tür. Aber sie hörte nicht das Geräusch des Riegels. Hatten die Deutschen ihn je zu Einzelhaft verurteilt? Wenn ja, für welches Vergehen? Für einen Fluchtversuch? Irgendwann würde ihre Mutter ihn fragen und Antworten bekommen, oder er würde das Vertrauen in seine Freiheit gewinnen und freiwillig Auskunft geben. Dann könnten sie die Geschichte der vergangenen Jahre seines Lebens Stück für Stück zusammensetzen, so wie er die Geschichte ihres Lebens zusammensetzen könnte – aber in beiden Fällen nicht die ganze Geschichte. Das vermutlich nicht.

Sie zündete eine Zigarette an und setzte sich näher ans Fenster. In ihrer Vorstellung hatte sie oft die Umstände durchgespielt, unter denen ihr Vater zurückkehren würde. Aber so hatte sie es nie gesehen: Sie beide allein auf der Fahrt von Bombay nach Pankot. Er gestand, daß er das alles ebenfalls durchgespielt hatte, sagte aber, es sei immer der Augenblick gekommen, an dem seine Vorstellungskraft versagte, und zwar der Augenblick, der auf die tatsächliche Wiedervereinigung folgte. Das lag vermutlich daran, daß die Umgebung der Wiedervereinigung sich im voraus nicht festlegen ließ: ein Bahnhof, ein Hafenkai, sogar ein Flughafen, das alte Haus in der Kabul Road in Ranpur, die vordere Veranda von Rose Cottage, der Hof des Dienstbungalows auf dem Gelände des Pankot Rifles-Depots. Die Wiedervereinigung an sich war das Wichtige – weiter dachte man nicht. Er erzählte ihr von einem anderen Kriegsgefangenen, einem Katholiken, der den Priester durch sein Geständnis schockiert hatte, er frage sich schon immer, was Gott am achten Tag getan habe, nachdem er sechs Tage mit der Schöpfung der Welt verbracht und am siebten geruht hatte. Der Tag der Wiedervereinigung war wie der siebte Tag. Heute, Mittwoch, war der siebte Tag. Sie konnte sich den nächsten Tag nicht vorstellen, außer als Fortsetzung, als eine emotionale Verlängerung des Heute; und das konnte er natürlich nicht sein. Man dachte an einen Tag der Wiedervereinigung, aber die Wiedervereinigung an sich war nur der Augenblick eines Tages. Sie und ihr Vater hatten diesen Augenblick in Bombay erlebt. Auf ihn wartete an diesem Morgen ein zweiter. Aber sie würde dabei nur eine Zuschauerin sein – vielleicht nicht einmal das, denn er hatte darum gebeten, daß niemand von der Familie zum Bahnhof kommen sollte. Er hatte darum gebeten, daß man auch die Familien der Sepoys und des Havildars davon abhielt, am Bahnhof zu warten. Aus seiner Erklärung, er wünsche, zur Begrüßung höchstens den Depotadjutanten Kevin Coley und einen indischen Unteroffizier mit einem Wagen, um die Männer in die Garnison zu bringen, und ein Fahrzeug für ihn und Sarah vorzufinden, sprach die Angst vor einer Szene, die ihn rühren könnte.

Es wäre schön, hatte er gesagt, mit ihr am Bahnhof in irgendeinen Wagen zu steigen, der zur Verfügung gestellt werden könne, und in Rose Cottage einzutreffen, als komme er gerade vom morgendlichen Exerzieren zum Frühstück nach Hause. Sarah hatte diesen Wunsch an ihre Mutter weitergeleitet und wußte, man würde ihn respektieren. Sie war darauf gefaßt, ihn allein in den Bungalow gehen zu lassen, und draußen im Garten oder auf der Seitenveranda zu bleiben, wo vielleicht der kleine Edward unter Minnies Aufsicht sein würde und mit dem neuen Labradorwelpen spielte.

Weder Sarah noch ihre Mutter hatten den Hund gewollt. Susan war auf die Idee gekommen, sie sollten einen haben, der Panther so ähnlich wie möglich war; Panther war fast noch ein Welpe gewesen, als ihr Vater an die Front zog. Susan fand, das wäre eine hübsche Überraschung für ihn, und beharrte darauf, bis ihre Mutter sagte, man würde sehen, aber schwarze Labradors seien nicht so leicht zu bekommen. Dann spielte Susan ihren Trumpf aus. Maisie Trehearne kannte Leute in Nansera, die gerade Welpen im richtigen Alter hatten.

Sarah fiel die Aufgabe zu, einen letzten Versuch zu machen, Susan davon abzubringen. Aber als sie es versuchte, erntete sie nichts als den feindseligen Blick, den sie inzwischen kannte, an den sie sich aber nie gewöhnt hatte. So fuhr sie schließlich mit der alten Maisie Trehearne, die Hunde liebte und Panther hatte sterben sehen, nach Nansera; und Maisie sorgte auf der morgendlichen Hinfahrt für Spannungen, indem sie unaufhörlich von dieser Episode sprach, und machte die Rückfahrt am Nachmittag zur Qual, indem sie unaufhörlich auf das zitternde kleine Tier einredete, das Panthers Nachfolger war, zweihundert Rupien gekostet hatte und garantiert stubenrein sein sollte, was das Hündchen jedoch nicht zu wissen schien, denn es beschmutzte sein Körbchen vielleicht aus Angst oder einer Mischung aus Angst und Unsicherheit darüber, welche der beiden Frauen, die ihn entführten, seine neue Besitzerin sein würde. »Sie müssen ihn streicheln, Sarah«, beschwor Maisie sie immer wieder, wenn sie selbst es gerade hingebungsvoll getan hatte. Aber Sarah weigerte sich. »Es ist Su's Hund. Ich möchte, daß Su ihm als erste Zuneigung zeigt.« »Sie haben natürlich recht. Hat sie nicht recht, Kleiner?«

Und Susan hatte dem kleinen Hund Zuneigung gezeigt. Eine Zeitlang war sie wieder die alte Susan. Sie lag hübsch und mit geröteten Wangen auf den Knien, schob sich mit einem Finger eine dunkle Locke aus der Stirn und streckte die andere Hand einladend und zärtlich aus; sie ließ den schwanzwedelnden Welpen an sich heran und ließ sich von ihm beschnuppern, beugte sich hinunter, bis ihr Gesicht dicht vor ihm war, ließ zu, daß er ihre Wange leckte und nahm ihn dann in die Arme, um ihn mit Herrchen bekannt zu machen. Der kleine Edward lag auf einem Teppich auf der Veranda, klopfte auf einen Spielzeughund und begann, nach einem kurzen ungläubigen Staunen über die Begegnung mit einem echten zu schreien, worauf das Hündchen – Susan hatte es bereits Panther II getauft – verwirrt zurückwich und völlig hilflos war, bis es Sarahs inzwischen vertraut riechende Füße fand. Es drückte sich dagegen, setzte sich und starrte die Fremden an. Susan starrte zurück und blickte dann zu Sarah auf, so daß Sarah aus einem Impuls heraus den Welpen mit der Seite ihres Schuhs wegschob und zum Verandageländer ging.

Die Aja tröstete das Kind, und Susan ging hinüber und unterstützte sie dabei. Sarah beobachtete den kleinen Hund von ihrem Platz am Geländer. Sie sah, wie er von den drei Menschen auf dem Teppich zu ihr blickte, dann wieder auf die drei, sich schließlich auf den Platz setzte, wo sie ihn gelassen hatte, den Kopf senkte und wieder hob, aber keinen Ton von sich gab; daran erkannte sie, daß er Charakter besaß, und sie um ihrer beider willen hart bleiben mußte. Sie ging ins Haus, rief Mahmoud und bat ihn, dem Bhisti zu sagen, er solle ihr ein Bad einlassen. Vom Zimmer aus hörte sie, wie Susan mit Edward schimpfte, weil er sich vor einem jungen Hund gefürchtet hatte. Das Kind konnte noch nicht sprechen. Manchmal fragte sich Sarah, ob er je sprechen lernen würde, und ob er wußte, wessen Kind er war: das Kind seiner Mutter, Ajas Kind oder Sarahs? Mit dem Welpen würde es anders sein. Hunde trafen in solchen Dingen eine eigene Entscheidung, wie Panther I es getan hatte, der Susan, obwohl sie sich ihm gegenüber launisch verhielt und ihn schließlich völlig vernachlässigte, als den ihm gehörenden und ihn besitzenden Gegenstand seiner Anbetung wählte.

Susan hatte schon immer die Macht besessen, Tiere und Menschen augenblicklich anzuziehen, und besaß sie auch jetzt noch. Sarah verstand die Einstellung ihrer Schwester zu ihrer Macht, die Unfähigkeit zu glauben, daß sie diese Macht tatsächlich besaß, und auch etwas von Susans Entsetzen darüber, daß es so war. »Komm, Hündchen«, rief Susan, »so ... braves Hündchen! Mami hat vor dem Hündchen keine Angst. Siehst du? Das Hündchen liebt Mami schon. Nun komm, streichle das Hündchen! Zeig Mami, was für ein tapferer Junge du bist!«

Allmählich überwand der Junge seine panische Angst, und ein oder zwei Tage lang wurde der kleine Hund von Susan auf der Veranda gestreichelt und gefüttert, und sie spielte mit ihm. Während seiner regelmäßigen Ausflüge zu den großen und kleinen Geschäften, die er ankündigte, indem er zur obersten Stufe der Treppe zum Garten lief und versuchte hinunterzuhüpfen, beaufsichtigten ihn Minnie oder Mahmoud. Oberleutnant Khan, der Veterinäroffizier, kam vom Remount Depot herauf, untersuchte Maul, Zähne und Ohren, gab ihm Injektionen und behandelte ihn mit verschiedenen Pudern, worauf er kläglich geschwächt wirkte, sein Spieltrieb sich aber nicht verringerte. Wenn Sarah zum Mittagessen und am späten Nachmittag von der Arbeit im Gebietshauptquartier zurückkam, begutachtete sie die Lage, wußte aber, sie würde sich ändern. Am vierten oder fünften Tag (sie konnte sich nicht mehr erinnern, an welchem) kam sie mittags herauf, bemerkte das Fehlen des kleinen Hundes, sagte aber nichts, bis Susan zum Nachmittagsschlaf im Zimmer verschwunden war und sie und ihre Mutter allein zurückblieben. »Ich habe Panther II nicht gesehen«, begann sie, »ist alles in Ordnung mit ihm?« Ihre Mutter nahm an, daß es so war. Mahmoud hatte ihn in die Dienstbotenunterkünfte mitgenommen, weil er auf der Veranda eine Pfütze gemacht hatte. Sonst wußte ihre Mutter nur noch, daß es eine Szene gegeben hatte. Minnie hatte geweint, das Kind hatte geweint, Susan war wütend geworden und dann in eine ihrer schwermütigen Stimmungen geraten. »*Mußt* du heute nachmittag ins Büro zurück?« fragte ihre Mutter.

»Leider ja. Weshalb?«

Weshalb sei in diesem Fall unwichtig, erwiderte ihre Mutter, stand auf und ließ sie allein. Sarah wußte, *weshalb* und wußte, ihre Mutter wußte, daß sie es wußte. Aber der scheinbar unveränderliche Rhythmus des Lebens zu Hause deprimierte sie, und sie fühlte sich gerechtfertigt, wenn sie vorgab, es nicht zu wissen. Das half ihr, ein paar Stunden länger von zu Hause weg zu sein. In dieser Zeit würde nichts geschehen. Es dauerte eine Weile, bis eine Krise ausbrach, wenn es eine Krise geben sollte.

Ihr Vater kam in das Abteil zurück.

»So, ich bin fertig.«

»Wie schick du aussiehst.«

»Passend für die Rolle.«

Früher hätte er das nie gesagt. Er schien ein Gefühl für Scharaden entwickelt zu haben. Er trug die Dienstuniform mit dem Sam Browne-Gürtel, Schlips und Kragen. Die Regenbogenstreifen über der linken Brusttasche verliehen seinem Auftritt Farbe. Er trug ein Paar der handgemachten Schuhe, die er 1940 zurückgelassen hatte. Mahmoud hatte sie während des Kriegs immer wieder eingefettet und vor kurzem kastanienbraun poliert. Sie hatte zwei Paar mit nach Bombay genommen. Nun trug er sie zum ersten Mal.

»Sind sie bequem?«

»Ich glaube«, sagte er, »ich habe auch an den Füßen abgenommen. Aber sie sind gut und weich.«

»Ich zieh mich an«, sagte sie, »dann trinken wir noch einen Tee. Es sei denn, du möchtest ihn gleich.«

»Nein, ich räume auf. Dann haben wir mehr Platz.«

Aufräumen war einer der neuen Ausdrücke. Er hatte sich daran gewöhnt, alles mögliche selbst zu tun. Nazimuddin in Bombay war schockiert gewesen, als er sah, daß Oberst Sahib die Schuhe eigenhändig putzte, Socken auswusch, sich das Bad einließ und selbst die Koffer packte. Sarah hatte ihm nicht gesagt, daß in England viele Sahibs für sich selbst sorgten, sondern hatte versucht, ihm zu erklären, daß es ihrem Vater half, nach der langen Kriegsgefangenschaft in Deutschland wieder gesund zu werden, wenn er solche Dinge selbst erledigte.

Die Toilette war blitzblank. Das Waschbecken glänzte, der

fleckige Spiegel war poliert. Der Steinboden wirkte frisch geputzt. In Pankot würde die Putzkolonne nur hinter ihr saubermachen müssen. Sie überlegte, wie ihr Vater solche Sauberkeit bewerkstelligt hatte. Es gab keine Bürste, keinen Mop und keinen Wischlappen. Vielleicht hatte er einen Stapel Toilettenpapier benutzt.

In ihrem Handkoffer, den sie an die Tür stellte, lagen Rock und Bluse und ihre Uniform. Sie saß auf der Toilette, rauchte und überlegte, was sie anziehen sollte. Er hatte sie noch nicht in Uniform gesehen. Sie wollte sie an diesem Morgen tragen – teils als Kompliment für ihn und teils, weil sie damit rechnete, daß ein Augenblick kommen würde, in dem es vielleicht besser für sie war, wenn sie Mutter, Vater und Susan alleinließ, ins Büro hinunterging, um sich zurückzumelden und zu besprechen, an welchem Tag und zu welcher Zeit sie den Dienst wieder aufnehmen sollte, der nicht anstrengend war – es nie gewesen war.

Sie entschied sich für die Uniform. Als sie aus der Toilette kam, streckte ihr Vater den Kopf aus dem Fenster auf der anderen Seite. Sie blieb stehen und wartete darauf, daß er sie bemerken, sich umdrehen und reagieren würde. Es war Jahre her, seit sie erkannt hatte, daß zwei Mädchen für ihn eine Enttäuschung gewesen waren – Jahre, seit ihr bewußt war, daß sie als Erstgeborene ihm gegenüber eine Art Verpflichtung hatte, wettzumachen, daß sie kein Junge war. Aber als sie in der Uniform dastand, wurde ihr klar, daß das Anziehen der Uniform auch ein Akt der Reue war, eine Art zu sagen: Ich habe mein Bestes getan. Sie suchte Anerkennung, wie es ein Junge vielleicht getan hätte, und das machte sie plötzlich verlegen. Sie hob den Koffer auf das obere Bett, hörte, wie er sich bewegte und spürte seine Anerkennung. Sie blickte sich um.

»Na so was!« sagte er.

Sie drehte sich um und lächelte verlegen.

»Hübsch«, sagte er, »sehr hübsch. Aber du hast mir nichts von dem dritten Streifen erzählt.«

»Der ist ganz neu.«

»Trotzdem, Unteroffizier. Großartig.«

»Ich kümmere mich um den Tee. Möchtest du auch ein Brot mit gebratenem Speck?«

»Gebratener Speck?«

»Gebratener Speck. Ich habe ihn gestern abend im Bahnhofs-restaurant in Ranpur gekauft.«

»Wirklich! Dann hättest du zum Streifen auch die Krone verdient.«

Sie lachte und öffnete den Picknickkoffer, den er als Vorbereitung für das Frühstück auf den Sitz gestellt hatte. Sarah liebte Bahnreisen. Als Kind in England war sie enttäuscht gewesen, als sie feststellen mußte, wie schnell solche Reisen vorbei waren. In einem indischen Zug konnte man Wurzeln schlagen, sein Territorium abstecken, sich für ein oder zwei Tage am vorübergehenden Besitz eines Abteils erfreuen; selbst das Umsteigen änderte daran offenbar nichts.

Der mit Zinkblech ausgeschlagene Picknickkoffer gehörte Tante Fenny und hatte Fächer für Thermosflaschen, Becher, Messer, Löffel, Gabeln und Proviant. Die kalten, gebratenen Speckscheiben für die belegten Brote waren in Pergamentpapier eingepackt.

»Und ein frisches Brot!« rief ihr Vater.

»Ich habe es aufschneiden lassen. Ich hoffe, es ist nicht ausgetrocknet.«

»Wann hast du das alles gemacht?«

»Nach dem Abendessen, als du zu deinen Männern gegangen bist. Es ist ein Überraschungsfrühstück. Nimmst du zuerst ein hartgekochtes Ei?«

»Auch noch hartgekochte Eier! Gut gemacht. Nein, ich esse erst ein Speckbrot.«

Als Kinder und vor den Jahren des Exils auf der Schule in England waren sie auf Ponys durch die Hügel von Pankot geritten, hatten zur Teezeit Halt gemacht und im Morgengrauen das Lager wieder abgeschlagen. Das heißt, die Dienstboten hatten vor ihnen an Ort und Stelle das Lager auf- und später wieder abgebaut. »Was gibt es zum Frühstück?« pflegte ihr Vater zu fragen. »Hartgekochte Eier und Brote mit gebratenem Speck. Dazu becherweise heißen, süßen Tee.« Das alles wurde gegessen und getrunken, ehe die Sonne aufging und den Nebel aufsog. Abends war Sarah so müde, daß sie einschlief, ehe sie Zeit gehabt hatte, sich den Standort der Schakalrudel in Beziehung zum Lager einzuprägen. Es war das Jahr des Unterrichts im Kartenlesen, als sie in die Geheimnisse der Orientierung, der Bestimmung eines geographischen Punktes auf der Karte mit Hilfe von Längen- und Breitengraden und der Kompaßpeilung eingeweiht wurde; der Unterricht begann auf der Veranda von Rose Cottage, von dort aus sah man die Hügel und die fernen Gipfel, und Vater brachte ihr bei, sie in Beziehung zu den Schraffuren und Umrissen der Karte zu bringen, die auf ein Brett geheftet und mit Talkum bestäubt war. Die bunten Stifte hinterließen darauf Spuren, die man mit dem Finger wegreiben und mit einem zusammengerollten Taschentuch völlig entfernen konnte. Er lehrte sie TÜOT – taktische Übungen ohne Truppen. Seitdem hatte sie selten eine Landschaft betrachtet, ohne sich bewußt zu machen, welchen Einfluß die Topographie auf die Möglichkeiten militärischer Operationen hatte. Aber sie hatte nie (wie es einem Mann möglich war) begriffen, welches die Schwachstellen einer Landschaft waren, und welche Bedingungen für den gewagten Angriff Erfolg verhießen. Alles – Hügel, Tal, Hecke, Baum, See, Fluß, Ufer, Wald – schien militärisch gesehen unglaublich gefährlich zu sein. Also begannen und endeten ihre militärischen Leistungen bei der Verpflegung – der Beschaffung von hartgekochten Eiern und Speckbroten. Das konnte sie verstehen, richtig einschätzen, und darauf konnte sie Appetit haben. Und sie überließ ihm und Männern wie ihm durchaus zufrieden die Dinge, die einen anderen Hunger weckten. Während sie jetzt ein Speckbrot zurechtmachte, dachte sie daran, daß er praktisch ein Regiment verloren hatte. Sie reichte ihm das Brot, wie um ihn dafür zu entschädigen.

Er wartete, bis sie sich ebenfalls ein Brot gemacht hatte, dann sahen sie sich wie alte Verschwörer an, bissen hinein und hielten die Hände darunter, um Krümel aufzufangen.

»Im Zug schmecken sie besser«, sagte er, nachdem er geschluckt hatte, »es hat etwas mit dem Rauch und dem Ruß zu tun.« Sie goß Tee in die Becher. Da sie ihn beide gern süß tranken, hatte sie Milch und Zucker bereits in die Thermoskanne getan. Das regelmäßige Schnaufen der Lokomotive wurde hörbar und entschwand, während der Zug die Kurven und Steigungen des Hügels nahm. Sie sah auf die Uhr. Noch eine Stunde. Er stand mit dem Becher in der Hand wieder am Fenster.

»Da sind sie!«

Er winkte und machte ihr Platz. Einige Wagen weiter steckten die Sepoys die Köpfe aus dem Fenster des Sonderabteils, das von der Verkehrsführung für sie reserviert worden war. Sie lachten und winkten. Sie winkte zurück. Einer von ihnen deutete auf etwas. Vielleicht sah man von hier sein Dorf, oder es lag in der Nähe. Aber die meisten kamen aus den höheren Bergen hinter Pankot. Wieviel sie gesehen hatten! Welche Geschichten sie erzählen konnten! In ihren Dörfern würden sie bedeutende Manner sein. Sie hatten die Welt gesehen, und man würde sie für welterfahren halten. Man würde auf ihren Rat hören. Sie würden ein bißchen prahlen. Eltern mit Mitgift und Töchtern würden die Hand der Unverheirateten suchen. Und ihnen war eine besondere Auszeichnung zuteil geworden, denn Oberst Sahib hatte in Bombay gewartet, bis sie alle gesund genug waren, um reisen zu können. Man würde diese Geschichte noch in ferner Zukunft erzählen. Es war etwas, das er für sie getan hatte. Sie würden sich immer daran erinnern.

Sarah winkte noch einmal und zog den Kopf wieder zurück. Ihr Vater saß auf der Bank und blickte lächelnd zu ihr auf, als sei er stolz auf die Männer und auf sie – als sei er glücklich. Aber sie wußte, das war er nicht. Er war nicht richtig glücklich. Sie bot ihm ein Ei an und ein bißchen Salz und Pfeffer, um es damit zu würzen, nachdem er es aufgeschlagen und geschält hatte. Er begann damit, und sie saß ähnlich beschäftigt neben ihm. Ja, in Indien konnte man über große Entfernungen reisen. Aber die größte Entfernung lag zwischen Menschen, die nahe verwandt waren. Es war nie leicht, diese Entfernung zu überwinden. »Ist Sarah noch ungebunden?« hatte er Tante Fenny im Vertrauen gefragt. Aber Fenny hatte es ihr gesagt und hinzugefügt: »Bist du das, Kleines?« Und so hatte es einen Augenblick lang ausgesehen, als würde sie erwähnen, was nie erwähnt wurde, seit es geschehen war. Und das Geschehene bedeutete die größte Entfernung, die es zwischen ihr und ihrem Vater geben konnte. Oder nicht? Sie hätte es ihm gerne erzählt. Sie glaubte, er würde es verstehen. Aber der Zug ratterte weiter, und sie sagte nichts. Sie schälten Eier.

Ich erinnere mich besonders an die Eier (hat Sarah gesagt), an den Augenblick, in dem ihm bewußt wurde, wie sehr wir krümelten, und mir gleichzeitig bewußt wurde, wie unangenehm ihm das war.

Es folgte der Augenblick der Enthüllung, daß ihr Vater im Koffer eine alte Kleiderbürste hatte. Damit fegte er die Krümel und die scharfen, kleinen Splitter der Eierschalen in die *Times of India –*, nachdem sie die Kleider und den Sitz mit den Händen abgeklopft hatten. Die gefaltete Zeitung trug er in die Toilette und spülte den Inhalt hinunter.

Er äußerte sich nicht, als er zurückkam. Allmählich legte sich ihre Verlegenheit. Sie sah ihn aufmunternd an und war auf die Möglichkeit gefaßt, daß er etwas Besonderes zu sagen hatte, wofür das Aufräumen ebenso eine Verzögerungstaktik gewesen sein mochte wie alles andere. Doch ihr Blick prallte gegen die Barriere seiner stummen Zuneigung, seiner Zurückhaltung, seiner inneren Vorbehalte; diese Barriere war ebenso massiv wie die Felswand am Ende der Bahnlinie von Ranpur nach Pankot, wo der Reisende einige hundert Fuß unterhalb des Passes aussteigt, der in das Tal von Pankot führt.

Hier hört man ein Geräusch. Es ist weder schwach, noch kommt es aus der Ferne. Aber da die Ankunft eines Zugs immer mit Lärm verbunden ist, nimmt der Reisende es vielleicht nur als ein leises Summen in den Ohren wahr oder als sanften Druck im Nacken, als ein Geräusch, dessen Intensität sich nicht verändert. Es mag länger dauern, bis man seiner voll gewahr wird, aber dann erkennt man es sofort. Es ist das Geräusch von Bächen und Wasserfällen, die aus Spalten und verborgenen Stellen des Felsens hervorsprudeln. Man sieht sie von keiner Stelle des Bahnhofs oder des Vorplatzes, über dem und um den der Fels aufragt; die Vegetation nimmt ihm etwas von seiner Härte und (meist morgens) der Nebel, der sich allmählich entweder als Nieseln entpuppt oder von der Sonne aufgelöst wird, wenn sie ihn trifft.

Irgendwo auf der Straße, die sich vom Bahnhof nach oben windet, verliert sich das Geräusch herabstürzenden Wassers. Aber um genau zu wissen, wo, müßte man zu Fuß gehen oder dem Taxi oder der Tonga Anweisung geben, an jeder in Frage kommenden Kurve und Windung zu halten, und müßte lauschen. An

der einzigen Stelle, wo der Fahrer bereit wäre, eine solche Anweisung zu befolgen (auf dem Hügelkamm am Paß, wo sich in
der Kurve zwischen den Felsen plötzlich das ganze Panorama des
Tals von Pankot vor dem Auge ausbreitet), ist das Geräusch bereits verschwunden, und das heilige Schweigen, das nur das bib-
lische Läuten der Ziegenglocken unterbricht, beglückt das Ohr.

»*Thairo*«, sagte ihr Vater, beugte sich gleichzeitig vor und berührte den indischen Gefreiten an der Schulter, den Hauptmann
Coley mit dem Dienstwagen zum Bahnhof geschickt hatte. Vor
ihnen brauste der Lastwagen mit den inzwischen wieder Gesunden über die lange gerade Straße, die ins Tal hinunterführte, in
Richtung Depot, wo einige ihrer Angehörigen sie erwarteten. Die
Wünsche ihres Vaters waren peinlich genau befolgt worden. Die
Ankunft verlief unauffällig; die Abfahrt vom Bahnhofsvorplatz
wurde hinausgezögert, bis nur noch der Lastwagen für die Männer und der Dienstwagen zurückblieben. Er hatte einige Zeit im
Abteil gewartet und dann auf dem Bahnsteig, bis – innerhalb von
zwanzig Minuten – alle Reisenden ihr Transportmittel gefunden
oder gewählt hatten und verschwunden waren. Die Geräusche
der Bäche und des fließenden Wasser waren danach lauter. Jetzt
auf dem Hügelkamm saß er einen Augenblick bei abgeschaltetem
Motor und offenem Fenster und stieg dann aus. Sie folgte ihm
nicht.

Nach einer Weile kam er zurück. Er sagte: »Alles wirkt so
viel näher beisammen«, als sei Pankot in seiner Abwesenheit ge-
schrumpft, als wären die drei Hügel, die das Tal umschlossen,
näher zusammengerückt und hätten sich gegen den Basar gedrängt, dessen obere Stockwerke mit den hölzernen Balkonen
und spitzen Holzdächern über dem Nebel in die klare Morgen-
luft ragten (wodurch sie, wie Sarah sah, näher zu sein schienen,
als sie waren).

Zehn Minuten später erreichte der Wagen den V-förmigen
Basar an der Spitze dieses Buchstabens: der Platz mit seinem
Kriegerdenkmal, der Punkt, an dem sich die Straßen trafen – die
Straße, die zum Westhügel hinaufführt, und die steilere Straße,
die sich besitzergreifend in den anderen Hügel gräbt, auf dem
die Briten beschlossen hatten zu bauen, als sie in Pankot einen
idealen Zufluchtsort vor der heißen Jahreszeit in Ranpur ent-

deckten. Die von Läden mit Arkaden gesäumte Hauptstraße kam ihm vielleicht enger vor. Als sie am Gemischtwarenladen vorbeifuhren, sagte er: »Jalal-ud-din«, lächelte und schüttelte den Kopf, als sei das Ladenschild ein Beweis für die unerschütterliche Beständigkeit des wichtigsten Händlers von Pankot. Jalal-ud-dins Rolläden waren noch geschlossen. Der erste Diener mit einem Auftrag würde nicht vor neun Uhr erscheinen. Es würde zehn Uhr werden, ehe die erste Memsahib das Geschäft betrat, um eine Bestellung aufzugeben und neu eingetroffene Waren zu begutachten. Zu dieser frühen Stunde waren nur wenige Leute unterwegs, und der Wagen wurde nicht von Tongas, Radfahrern oder Kühen behindert. Er fuhr auf die Kreuzung von Church- und Club Road zu, wo der Fahrer für die lange Strecke bergauf umschaltete, und wo Sarah sah (wie in letzter Zeit immer), was ihr Vater nicht sehen konnte: Barbie Batchelors umgestürzte Tonga, das gestürzte Pferd mit dem gebrochenen Bein und die Ursache des Unglücks, den Überseekoffer, im Graben, wo er sich durch den Aufprall geöffnet und seinen Inhalt missionarischer Relikte verstreut hatte. Von dieser Szene der Katastrophe war Barbie davongelaufen, die Church Road hinauf zum Bungalow des Pfarrers – schlammbedeckt, mit zerrissenen Kleidern, immer noch benommen – und hatte, wie die Frau des Pfarrers Clarissa Peplow sagte, einen Spaten verlangt, weil die alte Frage sie scheinbar immer noch nicht losließ, ob Mildred ihre Schwiegermutter Mabel am falschen Ort begraben hatte – nämlich auf dem Friedhof von St. John in Pankot, anstatt an der Seite ihres zweiten Manns, Oberst Laytons Vater, auf dem Friedhof von St. Luke in Ranpur.

»Wie bitte?«

Hatte sie gesprochen? Er schien es zu glauben. Sie hatte gedacht: Arme Barbie! Möglicherweise hatte sie es laut gesagt. Sie lächelte, schüttelte den Kopf und blickte über den Golfplatz, der eine Rolle in einem Traum von Barbie spielte, den sie gerne erzählt hatte. Der Traum endete in St. John, und Barbie deutete ihn als eine Beteuerung des Himmels, ihrer alten Freundin Edwina Crane sei vergeben worden, daß sie sich das Leben genommen hatte. Aber das war vor drei Jahren gewesen, nach den Unruhen von 1942. Jetzt hatte Barbie Wachträume und erlebte sie hinter vergitterten Fenstern in Ranpur. Ich habe nichts, was ich Dir dafür geben könnte, hatte sie geschrieben, ich habe noch nicht einmal eine Rose: Sie hatte es auf einen Notizblock geschrieben, weil sie nicht mehr sprach, und das machte es schwieriger als je zu erraten, woran sie sich erinnerte, falls sie sich überhaupt an etwas erinnerte. Aber »ich habe noch nicht einmal eine Rose« hatte ein gewisses Bewußtsein der Vergangenheit erkennen lassen, eine hartnäckig festgehaltene Erinnerung an die Zeit, als sie mit Mabel in Rose Cottage glücklich gewesen war.

Der Wagen näherte sich inzwischen dem Haus, und Sarah stellte fest, daß ihr Atem plötzlich schnell ging, als habe ihr Herz begonnen, für sie beide zu schlagen. Das erschien ihr ungewöhnlich, denn gleichzeitig war sie sich bewußt, daß sie gerade erst, als sie die Einfahrt des Clubs hinter sich gelassen hatten, auch den Punkt hinter sich gelassen hatte, an dem sie noch persönlich an seiner Heimkehr beteiligt war. Wenn sie daran dachte, was in der nächsten Viertelstunde gesagt und getan werden mußte, prickelte ihre Haut vor Spannung. Die vertrauten Namen an den Einfahrten der Bungalows auf dem letzten Stück der Straße verstärkten ihr Unbehagen. Sie drückte den Körper fest gegen den Sitz – scheinbar, um ihrem Vater einen besseren Blick zu ermöglichen. Aber er beugte sich nicht vor, um aus dem Fenster zu sehen. Auch er lehnte sich energisch zurück – zumindest hatte sie das Gefühl, daß seine Körperhaltung ihrer glich. Soweit sie sagen konnte, saßen sie beide in ihre Ecken gedrückt, starrten geradeaus oder vermieden es, einander anzusehen, und blickten unbestimmt durch das jeweilige Seitenfenster – passiv und zögernd, nicht aktiv und erwartungsvoll. Ihr kam der Gedanke, daß ihm vielleicht ebenso bewußt war wie ihr, daß sie aus ihrer Zeit zusammen sehr viel mehr hätten machen können, daß diese Zeit jetzt vorbei und die Gelegenheit, einander besser kennenzulernen, vielleicht für immer vertan war.

»Ich glaube«, sagte er plötzlich, beugte sich ruckartig vor und berührte den Fahrer an der Schulter. »Halten Sie an.« Er zögerte, ehe er zu ihr sagte: »Wenn du nichts dagegen hast, gehe ich das letzte Stück zu Fuß.« Er stieg aus. Ehe er die Tür schloß, fragte er: »Gibst du mir Zeit, mich darauf einzustellen? Sagen wir fünf Minuten?«

»Natürlich.«

Sie verstand. Auf diese Weise gelang ihm eine gewisse Überraschung. Es verletzte sie nicht, daß er sie allein erreichen wollte. Er ging davon, schritt unbeschwert, wachsam und aufrecht, bereits – wie er gesagt hatte – passend für die Rolle. Aber jetzt spielte er sie schon. Der Fahrer war verwirrt und blickte sich unsicher um. Sollte er weiterfahren, langsam folgen oder stehenbleiben? Sie sagte auf urdu: »Warten Sie fünf Minuten hier.« Er schaltete den Motor aus. Er war zu neu im Regiment, um sich an ihren Vater zu erinnern. Der Anlaß beeindruckte ihn nicht allzu sehr. Er war eher stolz auf die Rolle, die er dabei spielte. Sie überlegte, ob er sich um den Höhepunkt betrogen fühlte. Jetzt sollte sie ihn wie die gute Tochter eines Obersten unterhalten, aber sie hatte keine Lust, die förmlichen Fragen zu stellen, was ihr Vater ebenfalls unterlassen hatte: Wie heißen Sie? Aus welchem Dorf kommen Sie? Welche Familienmitglieder haben im Regiment gedient? Statt dessen zündete sie sich eine Zigarette an. Als sie das Feuerzeug klickend schloß, trafen sich ihre Blicke im Rückspiegel. Er senkte sofort den Kopf – so schnell, daß sie seine Reaktion nicht beurteilen konnte. Aber sie vermutete, daß Rauchen zu den Dingen gehörte, die die Engländerinnen für junge Männer wie ihn geschlechtslos machten: Rauchen, kurze Röcke, Uniform – und die weiße Haut, durch die der Körper vermutlich den Anschein erhielt, als bestehe er aus einer Substanz, die kein Fleisch war, sondern ein unbefriedigender Ersatz, dessen erotische Qualitäten nur ähnlich ausgestattete Männer schätzen konnten.

Als sie ausatmete, schien diese Vorstellung im Rauch Gestalt anzunehmen und mit ihm im Wagen zu hängen, bis er durch das offene Fenster hinaustrieb und Sarah mit dem Gefühl zurückließ, daß sie in dieser Umgebung völlig fehl am Platz war. Aber es gab kein Gefühl der Befreiung aus dieser Umgebung, das sie entschädigt hätte, denn sie konnte sich Alternativen nicht ohne weiteres vorstellen – zu Pankot, ja. Aber die Alternative zu Pankot war immer noch eine indische Alternative, eine Variante von Pankot, und Pankot bedrängte sie bereits, bedrohte diese Illusion gelassener Heiterkeit künftiger Möglichkeiten, die sie noch am Abend zuvor freudig erregt hatte, als sie in Ranpur aus dem Zug gestiegen war. Sie war immer noch in Indien, gehörte immer noch zu Indien. Man konnte eine Umgebung gegen eine andere austauschen, nicht aber die Aufgabe – eine Aufgabe, die weniger und weniger leicht zu erklären und zu erfüllen war, es sei denn, man führte sie weiterhin durch und ergriff Gelegenheiten, um zu demonstrieren – wie der Künstler, der im dunkelsten Winkel eines Kirchendachs Engelsgesichter schnitzte und dem Vorwurf, die Menschen könnten sie nicht sehen, damit begegnete, daß er sagte: »Gott sieht sie«, daß das Licht schwach geworden sein mochte, aber immer noch hell genug war, um eine Verpflichtung zu sehen.

Fünf Minuten waren vorbei, aber sie saß immer noch reglos, sah dem Rauch der Zigarette nach. Sie wollte den Befehl zum Weiterfahren nicht geben. Sie wollte sich nicht bewegen, auch nicht einmal, um die Zigarette an die Lippen zu führen. Irgendwo in den bewaldeten Hängen begann ein Goldbartvogel seinen beharrlichen hohen Ruf: ein monotones Klopfgeräusch, das sie meist nur unbewußt wahrnahm, dessen einzige rhythmisch wiederholte Note in diesem Augenblick für sie jedoch die Sekunden zu zählen und sie dann, als der Ruf kein Ende nahm, zu ermutigen schien, sich nicht zu bewegen, sondern zu lauschen, sich seiner enervierenden Überzeugungskraft zu unterwerfen, bis sie in einen Zustand der Benommenheit oder Betäubung fiel, den der Vogel vielleicht räuberisch ausnützen würde und sich als ein Vogel mit bedrohlichen Absichten enthüllte, als ein Vogel der Spezies, die Barbie durch das vergitterte Fenster beobachtete, wenn sie am Himmel über den unsichtbaren Türmen kreisten.

Plötzlich verstummte der Vogel. Der Fahrer drehte sich um.

»*Panch minute, Memsahib?*«

»*Han*«, sagte sie, »*lekin –*.«

Aber was nun? Sie drückte sorgfältig die Zigarette im Chromaschenbecher der Wagentür aus und zögerte noch immer, die Reise zu beenden. Ihre Fähigkeit, familiäre Zuneigung zu empfinden oder zu zeigen, hatte sich verringert und war auf einem Gebiet beinahe völlig geschwunden. Am nächsten fühlte sie sich jetzt Tante Fenny, die ihr geholfen hatte, die Sache zu überstehen, die passiert war. Sie hatten sie gemeinsam überstanden, wenn man sich eine so einsame und lieblose Erfahrung überhaupt anders als einsam vorstellen konnte. Anstelle von möglichen gegenseitigen Beschuldigungen hatte es zwischen ihnen nur ein verletztes, aber schließlich heilendes Schweigen gegeben; es heilte, denn es war einmal durch körperlichen Kontakt gewärmt worden – Tante Fenny legte ihr den dicken Arm um die Schulter, Tante Fenny drückte den Kopf an ihren. Zwischen ihr und ihrer Mutter hatte es weder ein Wort noch eine Geste gegeben. Für ihre Mutter hatte die Sache nicht stattgefunden. Die gespielte Unwissenheit ihrer Mutter verletzte Sarah am meisten. Wenn sie Susans Baby im Arm hielt und bemerkte, daß ihre Mutter sie beobachtete, hätte sie sich über irgendeine Reaktion gefreut, selbst die des Abscheus, aus der hervorging, daß ihre Mutter verstand, daß es sie manchmal mit dem Schmerz des eigenen physischen Verlustes erfüllte, wenn sie sich um das Kind ihrer Schwester kümmerte. Und wenn sie dann in dem unbewegten, leidenschaftslosen Blick nicht den Funken des Verstehens entdeckte, fühlte sie sich wieder beraubt; ein Teil ihrer selbst wurde ihr entzogen, ihr wurde alles entzogen mit Ausnahme ihrer Schuldgefühle.

Ihre Schuld stand nicht in Frage, aber es gab nur einen Aspekt, dessen sie sich wirklich schämte, und das bedauerte sie zutiefst. Sie wußte, hinter ihrer Sehnsucht, mit ihrer Mutter darüber zu sprechen, lag das Bedürfnis nach Trost, und sie wußte, das war eine Schwäche, eine Form des Sichgehenlassens. Da sie dies begriff, konnte sie mit dem nicht endenden Schweigen ihrer Mutter leben, obwohl es eine Strafe war. Für ihre Mutter war das Schweigen Teil des Kodex, des Standards: das Engelsgesicht in der Dunkelheit. Oder war es das Gesicht eines Dämons? Welches Gesicht es auch sein mochte, es half ihrer Mutter, Haltung und Tapferkeit zu wahren; Sarah konnte sie dafür bewundern und es auch einsehen. Auf diese Weise schnitzte Sarah ihre eigenen Engelsgesichter, und nur in Augenblicken akuter Qual empfand sie den zerstörerischen Drang, das Dach abzureißen und das Gebäude einem leeren Himmel zu öffnen.

Ich werde das letzte Stück Weg auch zu Fuß gehen, sagte sie sich, öffnete die Wagentür, stieg aus und schloß sie, ehe sie es sich anders überlegen konnte. Sie wies den Fahrer an, zum Bungalow vorauszufahren und dort zu warten. Sie blieb auf der Straße stehen, bis der Wagen angefahren war, folgte ihm langsam und beobachtete, wie er den letzten Abschnitt des Hügels hinauffuhr. Rose Cottage befand sich hinter der nächsten Kurve.

Der Goldbartvogel schlug inzwischen in größerer Entfernung.

Er war weitergeflogen, um sein Glück woanders zu versuchen. Sie wußte nichts über seine Gewohnheiten; sie wußte wenig über das Leben der wilden Tiere, deren Koexistenz mit ihrer eigenen Spezies eine geheimnisvolle Welt in einer Welt darstellte; Welten, vielmehr, eine begrenzte, aber für sie unzählbare Zahl selbstgenügsamer, abgesonderter Welten, die aber überleben wollten. Sie ging schneller zum fernen Schlag des Goldbartvogels und erinnerte sich deutlich an den Abend von Susans Hochzeit in Mirat. Damals war sie inmitten der Leuchtkäfer im Garten des Gastehauses des Palastes spazierengegangen und hatte laut zu ihrem abwesenden Vater gesagt: »Ich hoffe, es geht dir gut. Ich hoffe, du bist glücklich. Ich hoffe, du wirst bald zurückkommen.« Dann hatte sie sich umgedreht und war auf das Haus zugegangen, wo Onkel Arthur sehr fern in einem Lichtkreis, in einem Kreis der Sicherheit allein auf der Veranda saß. *Meine Familie,* hatte sie damals gedacht. *Meine Familie. Meine Familie.*

Sie hatte die Worte laut ausgesprochen und sprach sie jetzt wieder laut, als sie sich dem Vorgarten mit dem Eingang von Rose Cottage näherte. *Meine Familie. Meine Familie.* Ehe sie die Worte wiederholte, hatte sie nichts von ihnen erwartet, aber sofort empfand sie die Macht einer alten, gewohnheitsmäßigen Zuneigung und dann eine Sehnsucht nach dem mächtigen und schrecklichen Zauber ererbter Identität, den zu brechen sie den größten Teil ihres Erwachsenenlebens gekämpft hatte; sie hatte so heftig gekämpft, wie Susan darum gekämpft hatte, davon berührt zu werden, davon erfaßt und in seinen Mittelpunkt gezogen zu werden, wo sie nicht länger das Gefühl haben würde, wie sie einmal Sarah gestanden hatte, daß sie eine Zeichnung sei, die jeder nach Belieben ausradieren konnte, und daß es an ihr nichts gab außer diesem auslöschbaren Bild. Hauptmann Samuels, der erste Psychiater, hatte kein besonderes Interesse dafür gezeigt, als Sarah davon sprach. Er hatte einfach gefragt: »Was glauben Sie, was bedeutet es?« Er hatte sich abgewandt, um Ordnung auf seinem Schreibtisch zu machen, als interessierten ihn Sarahs amateurhafte Ansichten nicht. Deshalb hatte sie nicht geantwortet, und Susans Vorstellung, sie sei eine Zeichnung, die jeder ausradieren könne, war nie wieder zu Sprache gekommen, weder bei Samuels, noch bei seinem Nachfolger, Hauptmann Richardson.

Aber Sarah vergaß sie nicht als eine Erklärung der Selbstversunkenheit und Selbstdramatisierung ihrer Schwester. Sarah wußte nicht, was dazu geführt hatte, daß Susan sich so unzulänglich fühlte, und die Entdeckung war ein Schock gewesen. Bis dahin hatte sie es für die Selbstversunkenheit eines Mädchens gehalten, das keinen Zweifel an seiner Anziehungskraft hatte und verlangte, daß andere ihm ständig den Beweis dafür lieferten und zwanghaft auf die kleinste Einzelheit achtete, wenn es den notwendigen Akt der Anerkennung in Szene setzte. Aber in der Folge solcher Szenen, aus denen Susans Leben bestanden hatte – und immer noch bestand – konnte man sich nicht länger vorstellen, daß Susan Susan spielte. Susan zeichnete Susan, zeichnete, zeichnete aufs neue und bemühte sich um eine Kombination von Gestalt und Form, die keine Hand dazu verlocken würde, sie auszulöschen, da sie vollkommen in ihre Umgebung paßte. Sarah fürchtete, daß das Spiel jetzt aufgehört hatte, ein Spiel zu sein, und inzwischen eine grausame und bewußte Anstrengung um das persönliche Überleben war. Indem Susan sich zeichnete und immer wieder von neuem zeichnete, versuchte sie vielleicht nur, ein Bild zu schaffen, mit dem sie leben konnte; und Sarah fürchtete, daß Susan schließlich aufgeben könnte.

Als Sarah die offene Einfahrt mit den beiden Steinsäulen erreichte, blieb sie stehen, überzeugt, daß ihr Vater es vor wenigen Minuten auch getan hatte. Zu Mabels Lebzeiten stand der Name des Bungalows in Metallbuchstaben auf einer unlackierten Holztafel, die an der hohen Böschung befestigt war. Im Laufe der Jahre veränderte sich die Farbe des Metalls, und es war schließlich kaum noch vom Holz zu unterscheiden. Die Buchstaben verschmolzen mit dem Hintergrund, wie Mabel mit dem ihren verschmolzen war, und die Tafel erweckte den Anschein, als sei ihr die Ankunft von Fremden gleichgültig. Die Tafel war immer noch da, aber sie verschwand teilweise hinter dem Gestrüpp der Böschung. Um sie zu sehen, mußte man wissen, daß es sie gab. Ordentliche weiße Tafeln, an jeder Steinsäule eine, hatten die Funktion der Identifizierung des Hauses übernommen. Sie verkündeten in kräftigen schwarzen Buchstaben Namen und Nummer des Hauses, beziehungsweise den Namen des Besitzers: Oberst J. Layton. Ja, angesichts der plötzlichen Gewißheit, der Besitzer zu sein, war er sicherlich stehengeblieben und hatte vielleicht nach der alten Tafel gesucht, bis er sie schließlich fand – vermutlich an einem Platz, der nicht ganz mit seiner Erinnerung übereinstimmte.

Sie betrat die gewundene Kiesauffahrt zwischen dem Steingarten, in dem die blauen, weißen, gelben und violetten Sterne der blühenden Pflanzen leuchteten. Es hatte in der Nacht geregnet; die Luft war frisch und im Schatten der Bäume und Büsche kühl, aber der Himmel war inzwischen wolkenlos, und als sie das Ende des Steingartens erreichte, wärmte die Sonne ihr Gesicht.

Der Dienstwagen parkte gegenüber den Stufen, die zur Veranda mit den eckigen Säulen führten. Vom Fahrer war nichts zu sehen. Der massige, weiß verputzte Bungalow wirkte verlassen, aber wie ein Haus, das gerade erst verlassen worden ist. Sarah blieb stehen. Wenn sie jetzt eintrat, würde sie feststellen, daß die Bewohner nicht mehr da waren; die Hinweise auf ihre Anwesenheit wären noch frisch und warm, und im Haus hinge der starke Geruch der Gefahr, vor der sie geflohen waren. Sarah hatte das schon ein- oder zweimal empfunden, aber an diesem Morgen war das Gefühl besonders stark.

Und während sie den Bungalow betrachtete, als sehe sie ihn mit den Augen ihres Vaters, glaubte sie zum ersten Mal, den Grund für diesen Eindruck zu erkennen: Ihre Mutter hatte das Haus von allem befreit, was es wie ein Cottage wirken ließ – Pflanzen in Töpfen auf der Balustrade, blühende Rankengewächse an den eckigen Säulen – und ihm dadurch nicht seine Eleganz wiedergegeben (elegant konnte es nie sein), sondern seine funktionale Behäbigkeit, eine architektonische Integrität, die einer Zeit angehörte, in der die Briten noch im echten Kolonialstil gebaut hatten, weil sie ihre Auffassung von Indien aggressiv behaupteten und sich in diesem Land auf Dauer einrichteten. Das Haus war freigelegt, indem man Bäume und Büsche zurückgeschnitten hatte, wurde hervorgehoben durch den frischen Kies der Einfahrt und die Vergrößerung des Vorplatzes (der Steingarten sollte auch noch weichen). Dadurch kam das massige rechteckige Haus als *grundsolide* zum Vorschein. Die Atmosphäre von Abgeschiedenheit und Behutsamkeit, die Sarah zu Tante Mabels Lebzeiten damit in Verbindung gebracht hatte, war völlig verschwunden. Jetzt war nur allzu deutlich, daß der Name Rose Cottage, den ein früherer Besitzer, ein Teepflanzer, dem Haus gegeben hatte, absurd unangemessen war, und nur die Schwierigkeiten, die es mit der Post geben würde, hatten ihre Mutter davon abgehalten, den Namen ganz aufzugeben und den Bungalow als Upper Club Road 12 zu identifizieren.

Sarah wußte, dadurch daß ihre Mutter das frühere Aussehen des Hauses wiederherstellte, wollte sie einen Rahmen schaffen, der für sich selbst sprach, und der auch ihren Anspruch und den Anspruch ihrer Familie auf die Geschichte durch eine lange Verbindung zum Ausdruck brachte. Der Name Layton und der Familienname ihrer Mutter, Muir, unter den Bildern an den Wänden im Government House in Ranpur, im Flagstaff House und in der Sommerresidenz in Pankot, und die Namen auf den schiefen Grabsteinen auf den Friedhöfen von St. John und St. Luke erfüllten dieselbe Funktion einer nüchternen Proklamation. In ihrer stummen Bewegungslosigkeit vermieden sie die Vulgarität der Worte, deren Bedeutung sie vermittelten; aber sie taten es mit einem so schweigsamen, entrückten Selbstbewußtsein, daß die Bedeutung, selbst wenn man sie erkannte, durch Ironie abgeschwächt zu werden schien. Dienst, Opfer, Integrität. Es war ihr gelungen, aber sie mußte einen Preis dafür zahlen. Indem sie das Unwesentliche entfernt hatte, das in vielen Jahren Angesammelte, hatte sie dem Haus eine Qualität genommen, die zu dem Angesammelten gehörte: das Überleben und die Idee, die dahinterstand – Überleben bedeutet Änderung. Restauriert spiegelte der Bungalow nicht länger die Eigenschaften der Menschen wider, die dort wohnten; er stimmte mit ihnen, wie sie wirklich waren, nicht überein, so daß er, selbst wenn sie da waren, von außen leer wirkte, wie ein historisch interessantes Gebäude, das besichtigt, aber nicht bewohnt wurde. Sarah bedrückte an diesem Morgen mehr als gewöhnlich das Gefühl, daß sie in einem Augenblick kam, in dem das Haus verlassen war, und so sah sie den Bungalow plötzlich in einem bestürzend klaren Licht – er sah aus, wie er aussah, aber noch strenger, kompromißlos neu inmitten der offenen Wunden des Platzes, der dafür freigemacht worden war, und auf der Veranda saß ein Weißer in indischer Kleidung in einem Rattansessel oder lag auf einer Liege, umsorgt von seinen Dienern oder einer seiner indischen Mätressen, und dachte benebelt von Rotwein und Zigarrenrauch über das Vermögen nach, das er durch seine Geschäfte erworben hatte oder zu erwerben gedachte. Die Worte, deren Bedeutung ihre Mutter vermitteln wollte, gehörten zu einer späteren Zeit, und zu dieser Zeit war der Bungalow bereits alt gewesen. Ohne sich dessen bewußt zu sein, hatte sie das Gegenteil dieser Worte bloßgestellt: Eigennutz, sogar Korruption.

Sarah ging schnell weiter, aber nicht die Stufen hinauf, sondern über den Weg, der um das Haus herumführte. Sie verließ ihn, denn der frische Kies knirschte unter ihren Schritten. Sie lief auf dem neu angelegten Rasen, für den man Büsche gerodet hatte. Die seitliche Veranda war leer, aber dort lagen eine Decke, ein bunter Ball und Bauklötze, mit denen das Kind gespielt hatte. Die Tür des Zimmers, das sie mit Susan teilte, stand offen. Sarah zögerte. Im Haus hörte man keine Stimmen. Sie sah eine Seite und eine Ecke der hohen Bespannung um den Tennisplatz. Sie ging weiter und erweiterte damit ihr Blickfeld. Sie sah Minnie, die kleine Aja innerhalb der Bespannung am anderen Ende des Platzes. Sie ging hinter dem Kind her, dessen Ärmchen sie an den Handgelenken hochhielt, während der Kleine mit seinen krummen Beinchen unsichere Schritte auf seine Mutter zu machte. Das Netz war nicht aufgespannt, und Susan saß auf einer Decke an dem Punkt des Platzes, wo sich die mit Kreide gezogenen Mittellinien trafen. Sie kehrte dem Haus den Rücken zu, stützte sich auf die rechte Hüfte, hatte den linken Arm nach hinten gebogen und einen Fußknöchel umfaßt, mit der flachen Hand des anderen, ausgestreckten Arms auf der Decke stützte sie sich ab. Dicht neben dieser Hand saß Panther II und betrachtete schwanzwedelnd das Kind. Susan trug eines der geblümten Baumwollkleider mit weitem Rock, in denen sie wie achtzehn aussah – zu jung für eine Mutter, und in rührender Weise zu jung für eine Witwe. Über den Schultern hing eine an den Ärmeln verknotete Strickjacke. Sie war beim Friseur gewesen – vielleicht gestern. Die dunklen Haare waren frisch eingelegt; der dicke Kranz kleiner Löckchen ließ den Nacken frei. Ihre Stimme war deutlich hörbar, als sie sagte: »Na komm schon!« Sarah hörte Edwards glucksende Antwort sehr viel leiser. Aber plötzlich schrie er. Minnie hatte ihn hochgenommen und lief mit ihm vorwärts. Sie setzte ihn neben Susan auf die Decke, rannte

171

zum seitlichen Eingang des Tennisplatzes und weiter über den Rasen zu den Dienstbotenunterkünften, als sei es Teil eines Versteckspiels.

Aber Sarah wußte, daß es nicht so war. Sie erriet, daß Minnie Oberst Layton entdeckt hatte, der in den Garten hinauskam, und daß sie sich – teils aus Scheu (sie war noch sehr jung und kannte das Oberhaupt der Familie nicht), teils aus dem Wunsch heraus, sich nicht vorzudrängen oder jetzt schon den Ausdruck der Dankbarkeit zu erhalten, den sie verdient hatte – außer Reichweite brachte.

Susan blickte sich um, als habe Minnies plötzliches Verschwinden sie aufmerksam gemacht, nahm kniend Edward in die Arme, stand auf, drehte sich in Richtung Bungalow, senkte den Kopf und redete mit dem kleinen Jungen. Sie streckte seine rechte Hand in die Richtung, aus der sein Großvater den Tennisplatz durch das Tor auf der Seite der Veranda betrat. Zunächst glaubte Sarah, er sei allein, bemerkte dann jedoch ihre Mutter, die ihm mit verschränkten Armen langsam folgte, dabei eine Hand an den Hals legte und an der Perlenkette zog. Sie war ebenfalls beim Friseur gewesen, und Sarah kannte den Rock und die Bluse nicht, die sie trug, auch nicht die Schuhe. Sie hatte sich neu eingekleidet. Im Vergleich zu ihrer Mutter und ihrer Schwester fühlte sie sich schmutzig von der Reise, schäbig in ihrer Uniform und von der Szene ausgeschlossen, die sie *als* Szene erkannte – obwohl sie sich ganz natürlich aus einer Folge zufälliger Ereignisse zu entwickeln schien. Für Sarah trug sie die vertrauten Zeichen von Susans Talent zur Planung oder ihrer ständigen und beängstigenden Versuche, die Realität auf die überschaubaren Proportionen einer Reihe von Tableaux zu reduzieren, die die besondere Krise veranschaulichten, die sie gerade durchmachte.

Es ist für dich und Daddy besser, hatte sie zu ihrer Mutter gesagt, *eine Weile allein zu sein, wenn er ankommt. Findest du nicht auch? Also werde ich mit der Aja und Edward im Garten sein.*

Auf diese Weise war der wirkliche Höhepunkt seiner Heimkehr hinausgezögert und von der Szene mit seiner Frau auf die Szene mit der Tochter verlagert worden, die ihm einen Enkel vorzuführen hatte. Und einen Hund. Aber keinen Mann. Statt dessen den Geist des Soldaten, den sie geheiratet hatte. Den Geist und das lebende Abbild des Mannes im Kind. Das waren ihre Geschenke für den Vater und ihre derzeitige eigene Erklärung dessen, was sie in den Augen der Welt und besonders in seinen Augen war: für ihn ein Versprechen seiner Fortdauer, und vielleicht sah sie in diesem Versprechen das undeutliche Spiegelbild des Versprechens der eigenen Fortdauer.

Er blieb dicht vor Mutter und Kind stehen und hob die Arme in der einladenden Geste zu einer Dreierumarmung. *Das ist Groß-vater,* schien Susan zu sagen. Sie hielt Edward hoch, und ihr Vater nahm ihn nach kurzem Zögern, faßte ihn fest unter den Armen und hob ihn in die Luft. Edward blickte für ein so kleines Kind merkwürdig unbeteiligt auf den Fremden hinunter, zumindest kam es Sarah aus der Entfernung so vor. Sie kannte diesen Ausdruck an Edward, wenn er mit Männern zusammentraf. Er schien gegenüber den erwachsenen Angehörigen seines Geschlechts Vorbehalte zu haben, die eine unbestimmte Ablehnung verrieten. Beinahe als einziger hatte Ronald Merrick trotz Narben und Prothese bei ihm eine schnelle positive Reaktion hervorgerufen. Das Kind hatte sich vor ihm nicht gefürchtet.

Edward weinte jedoch selten, wenn Männer ihn auf den Arm nahmen. Das wußte sein Großvater allerdings nicht, und vielleicht deutete er Edwards ausbleibende Äußerungen von Vergnügen oder Interesse daran, hoch in die Luft gehoben zu werden, als Warnung, daß sehr schnell Tränen folgen könnten, denn er setzte ihn vorsichtig auf den Zipfel der Decke vor seinen Füßen, richtete sich auf und sah Susan an.

Hallo, Vater, schien sie zu sagen. Dann schlug sie beide Hände vor das Gesicht und wurde so von ihm umarmt. Als sie die Hände vom Gesicht nahm, den Kopf hob, um ihn zu küssen und geküßt zu werden, hatte sie die Augen geschlossen und weinte. Sarah hörte es. Er sprach tröstend auf sie ein und versuchte, sie aufzuheitern. Und obwohl er den kleinen Hund schon vorher bemerkt haben mußte, wählte er diesen Augenblick, um sich über ihn zu äußern. Sie blickten beide auf Panther hinunter, lösten sich und knieten nebeneinander auf der Decke. Sie wurden miteinander bekannt gemacht. Panther wedelte mit dem Schwanz und hüpfte ein bißchen; die plötzliche Zuwendung machte ihn glücklich, aber auch vorsichtig. Oberst Layton kraulte den Welpen am Kopf, fuhr

Edward durch die roten Locken und legte Susan den Arm um die Schulter. Sie fuhr sich mit der Hand über die linke Wange. Die Szene war zu Ende.

Jetzt kann ich auftreten, sagte sich Sarah.

III

Als der Wagen vom Samariterkrankenhaus der Barmherzigen Schwestern in den engen Gassen durch die Altstadt von Ranpur und den Koti-Basar zum Elphinstone-Brunnen gefahren war, gingen die Straßenlaternen an.

Vom Polizeiaufgebot des Nachmittags war nur ein Trupp zurückgeblieben. Die Männer warteten entspannt auf den Befehl, in die Polizeikaserne zurückzukehren. Der Verkehr floß ungehindert um den Kreisel, und Mall und Kandipat Road waren nicht länger gesperrt. Das deutete darauf hin, daß seine Exzellenz der Gouverneur die Fahrt vom Flugplatz in Ranagunj zu seiner Residenz ohne Zwischenfall zurückgelegt hatte, und daß die Nachricht von Mohammed Ali Kasims kurzem Zwischenaufenthalt in Ranpur – er befand sich mit der Leiche seines Sekretärs Mahsood auf dem Weg von Mirat nach Pankot – weder in dem einen Fall zu einer Beifallskundgebung noch zu einer Demonstration gegen die Regierung im anderen geführt hatte – beziehungsweise nicht zu einer, die außer Kontrolle geraten war und dafür sorgte, daß bei Einbruch der Nacht Angst und Unsicherheit in der Luft lagen.

Als der Fahrer in die Mall einbog, unterbrach ein indischer Unterinspektor seine Unterhaltung mit einem Konstabler, stand stramm und salutierte – mehr vor dem Wagen als vor dem Fahrgast.

Rowan berührte das Schild seiner Mütze, lehnte sich zurück und blickte nach vorne auf das immer noch ferne Gebäude der Residenz, die sich dunkel vor dem tiefblauen Himmel im Norden und den grauen Gewitterwolken mit den rosa Rändern abhob. Auf beiden Seiten der Zufahrtsstraße lagen hinter Doppelreihen von Schattenbäumen die Grundstücke mit den ältesten westlichen Gebäuden und Bungalows von Ranpur. Die Gehwege waren so breit wie die Straße. Es war der offizielle Anfahrtsweg, der

aber nur noch selten benutzt wurde, denn die Zufahrt vom Flugplatz, wo die meisten Leute inzwischen ankamen, lag im Osten
der Residenz hinter der Garnison.

Die Mall führte vom Elphinstone-Brunnen in genau eineinhalb
Meilen zur Residenz; sie wurde auf halbem Weg von der Old Fort
Road gekreuzt. Auf dieser Kreuzung stand die Bronzestatue der
Königin Victoria unter einem Baldachin. Die Statue war 1890 Anlaß zu ernsten Diskussionen im Vorstand des Ranpur Gymkhana
Clubs gewesen. Es fiel schwer, die Geschichte so recht zu glauben, denn sie klang zu phantastisch; deshalb hatte Rowan den
Clubsekretär danach gefragt, und schließlich zeigte man ihm das
verblichene, aber immer noch lesbare Blatt Papier mit dem Bericht über die Vorstandssitzung, auf der sich eine knappe Mehrheit gegen den Vorschlag ausgesprochen hatte, die Statue weiß
anzustreichen. Man wollte damit der Kritik von Mitgliedern begegnen, die behaupteten, Victoria weise in Bronze – besonders
im Profil – eine unglückselige Ähnlichkeit mit den Radschputen-
kriegerinnen auf, die in den ersten Jahrzehnten des Jahrhunderts
den Briten Widerstand geleistet hatten. Der Antrag war wegen
Undurchführbarkeit abgelehnt worden. Ein weiterer Antrag, man
solle bei der zuständigen Abteilung vorstellig werden, um zu erreichen, daß künftige Denkmäler der Monarchin in bestem weißem
Marmor ausgeführt würden, war dann einstimmig angenommen
worden.

Obwohl das Zivilistenviertel offiziell am Elphinstone-Brunnen
begann, sah man in dem Victoriadenkmal inzwischen die Schwelle. Versehen mit Szepter und Reichsapfel hielt die alte Königin
ständige Wacht und blickte leicht geistesabwesend über die
Stadt. In ihrem Rücken führte die Mall weiter, aber in diesem
zweiten Abschnitt gab es keine Häuser. Die doppelten Baum-
reihen begrenzten freies, flaches Gelände; dort konnten Militär
und Polizei in unruhigen Zeiten schnell Kommandostellen einrichten und Reservetruppen bereithalten. Die Linie (oder) Front,
die die Old Fort Road darstellte, galt als der äußerste Punkt, bis
zu dem eine Demonstration sich der Residenz nähern durfte, es
sei denn, sie verfolgte eindeutig friedliche Absichten. Aufrührer,
die vom Brunnen die Mall hinaufmarschierten, stießen unweigerlich auf Polizeitruppen oder Soldaten, die die Straße vor der

Statue absperrten. Die Engländer hatten die alten Häuser und Bungalows an der Mall zwischen Statue und Brunnen längst verlassen, und reiche Inder waren dort eingezogen. Die Engländer behaupteten, die Häuser, die am Ende des achtzehnten und zu Beginn des neunzehnten Jahrhunderts gebaut worden waren, seien unbequem, und man sei deshalb in die neueren und besseren Häuser an der Old Fort Road und auf der Garnisonsseite der Residenz gezogen, obwohl man hin und wieder einräumte, es sei zu unangenehm, an einer Straße zu wohnen, die so oft von lästigen Menschenansammlungen in Beschlag genommen wurde. Unter den Indern kursierte immer noch der Witz, die Briten hätten die Nerven verloren, sich aus dem Staub gemacht und ihre Königin zurückgelassen.

Um zum Gymkhana Club zu kommen, hätte Rowan den Fahrer anweisen müssen, an der Statue rechts abzubiegen und auf dem Ostabschnitt der Old Fort Road weiterzufahren. Er fühlte sich versucht, es zu tun. Um achtzehn Uhr hatte sein vierundzwanzigstündiger freier Tag begonnen, und die Vorstellung, ihn mit einem Sprung in den Swimming Pool des Clubs zu beginnen, mit einem oder zwei Drinks auf der Terrasse und einem ruhigen Abendessen allein im Nebenzimmer des Speisesaals, lockte ihn. Er konnte den Fahrer mit einer Notiz für den diensthabenden Offizier zurückschicken, in der er mitteilte, wo er sich befand. Er konnte den diensthabenden Offizier auch vom Club aus anrufen und sich erkundigen, ob S. E. ihn sprechen wolle, obwohl das unwahrscheinlich war. Malcolm achtete den wöchentlichen vierundzwanzigstündigen dienstfreien Tag streng.

Aber Rowan gab dem Fahrer keine Anweisung abzubiegen.

Sie fuhren an den Wachen und dem Kontrollpunkt im Westtor vorbei und erreichten den Vorplatz des Westflügels. Der Wagen hielt an einem bestimmten Punkt vor der Treppe, die zu der großen Säulenterrasse hinaufführte. Rowan zeichnete das Fahrtenbuch des Fahrers ab, stieg aus, ging die Stufen hinauf, betrat durch die halbhoch verglasten Doppeltüren die Halle, in der es wie üblich von weiß uniformierten Dienern wimmelte. Er zeichnete das Dienstbuch ab, schrieb sich als dienstfrei ein, setzte seinen Namen auf die Liste für die Messe, erkundigte sich nach

Post und bekam vom Aufseher zwei Briefe ausgehändigt. Beide sahen nach offiziellen Einladungen aus. Er ging durch die offenen, halbhoch verglasten Türen auf eine innere überdachte Terrasse – eine der vier, die den Innenhof umgaben: ein riesiges Rechteck, das mit geometrischer Präzision und komplizierter Förmlichkeit mit Rasenflächen, gepflasterten Wegen, Teichen und Springbrunnen angelegt war. Bei offiziellen Anlässen erstrahlten die Springbrunnen abends in Flutlicht, aber in der Regenzeit ließ man sie gewöhnlich nicht einmal laufen. An diesem Abend war der Innenhof nur so weit erhellt, wie das Licht der verzierten Laternen drang, die in den einzelnen Abschnitten der Terrasse im Scheitelpunkt der gewölbten Decke hingen. Zwischen den eckigen Säulen wuchsen in großen weißen Kübeln Hortensien, Geranien und Bougainvilleen und die allgegenwärtigen roten Cannalilien. Um zu der Treppe zu gelangen, die zu seinen Zimmern führte, mußte Rowan an ihnen entlang bis zum Ende der Terrasse und an den Büros vorbeigehen, die die Routinearbeiten des Hauses erledigten. Die meisten waren geschlossen, und die Bänke für die Boten waren leer. Eine Ausnahme bildeten die Telefonzentrale und die Nachrichtenstelle, die ebenso wie das Dechiffrierbüro im Ostflügel, wo Rowan im Dienst die meiste Zeit verbrachte, rund um die Uhr besetzt waren. Er warf einen Blick über den Hof. Die Fenster von Malcolms Privaträumen im ersten Stock waren erleuchtet.

Er erreichte die schmale Tür und die schmale Treppe und stieg hinauf. Seine Zimmer lagen hoch oben im zweiten Stock, wo die Flure eng, die Zimmer klein und niedrig und die Fenster immer schmutzig waren. Ihm standen ein Wohnzimmer, ein Schlafzimmer und ein Bad zur Verfügung, das leider kein fließendes heißes Wasser hatte. Es mußte in Benzinkanistern aus dem Keller heraufgetragen werden.

Ohne die Klingel, das Telefon und die Diener, die für den Flur zuständig waren, hätte er sich vielleicht in einer kleinen Oase der Unbequemlichkeit ausgesetzt gefühlt, und in den ersten Wochen seiner vorläufigen Ernennung zum Adjutanten hatte er tatsächlich an leichten Anfällen von Klaustrophobie gelitten. Aber inzwischen sah er nur noch die Vorzüge, ja er mochte die Räumlichkeiten sogar, und als man ihm etwas Besseres anbot, nachdem aus der vorläufigen eine offizielle Ernennung geworden war, hatte er beschlossen zu bleiben. Die Zimmer waren nur für kurzfristige Unterbringung gedacht, und inzwischen wohnte er am längsten auf diesem Flur. Einer der Vorteile war, daß die dem Flur zugeteilten Dienstboten sich praktisch als in seinem Dienst stehend betrachteten. Er kannte ihre Geschichte, ihre Schwächen, ihre Wünsche; er half ihnen bei persönlichen Problemen und schlichtete ihre Streitigkeiten. Er hatte nie geglaubt, er sei zu einem guten Regimentsoffizier geschaffen, aber er war Soldat genug, um den Kontakt zu Männern zu vermissen, für deren Wohlergehen er verantwortlich war. Die Dienstboten waren ein Ersatz.

Zwei begrüßten ihn jetzt. Der eine nahm einen Schlüssel von seinem Haken am Schlüsselbrett, und der andere griff nach einem versiegelten Briefumschlag im Fach für Hausnachrichten. Jaiprakash öffnete die Tür des Wohnzimmers und schaltete das Licht und den Ventilator an. Rowan gab ihm den Schlüssel des Getränkeschranks und bat um einen Whisky mit Soda. Jagram war inzwischen ins Schlafzimmer und ins Bad gegangen, schaltete dort Lampen und Ventilatoren ein, kam zurück, ging in den Flur und rief den Bhishti. So geschah es Abend für Abend.

Rowan saß in dem einzigen bequemen Sessel und trank seinen Whisky. Er öffnete die Einladungen, die ihn beide nicht interessierten, und dann den Umschlag mit der Hauspost. In zwei kleineren Umschläge lagen Rechnungen. Daneben gab es mehrere Aktennotizen, das tägliche Kommuniqué der Presseabteilung, die Kopie des Dankschreibens eines hohen Offiziers vom Oberkommando Ost, der ein paar Tage in der Residenz verbracht hatte und Rowan neben anderen erwähnte, die ihm den Aufenthalt angenehm gemacht hatten. Der größte Umschlag enthielt einige hektografierte Blätter: das allgemeine Programm der nächsten Tage mit Daten, Uhrzeit, Veranstaltungen und die Namen derer aus dem Stab des Gouverneurs, die daran teilnehmen sollten. Wo Rowans Name auf der Liste auftauchte, hatte der Büroangestellte ihn mit einem Sternchen versehen. Da Rowan den größten Teil des Programms selbst ausgearbeitet hatte, warf er nur einen kurzen Blick darauf, um seine Erinnerung aufzufrischen und zu prüfen, ob Hunter-Evans, der Privatsekretär des Gouverneurs, in letzter Minute etwas hatte ändern müssen.

Am nächsten Abend um 19.30, wenn sein freier Tag zu Ende war, mußte er an einem Empfang in den Festräumen für Angehörige des Erziehungsministeriums und Mitglieder der Stadtverwaltung sowie der Handelskammer Ranpur teilnehmen, und um 21.00 an einem Dinner für Mr. Kiran Shankar Chakravarti, der in den letzten Jahren an Heereslieferungen mehrere zehn Millionen Rupien verdient und eine genügend große Summe gestiftet hatte, um am Staatlichen College ein Institut für Elektrotechnik zu gründen.

Am darauffolgenden Morgen um 10.00 Uhr mußten er und Priscilla Begge (in Vertretung von Sir George und Lady Malcolm) Lady Burke aus Delhi begrüßen und zur Residenz begleiten. Lady Burkes Interesse galt dem Roten Kreuz, dem Freiwilligen Hilfsdienst der Frauen und der Arbeit der Frauenkomitees; nachmittags mußte er wieder am Flughafen in Ranagunji erscheinen, um einen englischen Unterhaltungskünstler zu begrüßen, der eine Tournee durch Burma und Bengalen hinter sich hatte, in der Residenz wohnen würde und im Garrison Theatre der Garnison ein Konzert geben sollte. Am Abend desselben Tages sollte er die unermüdliche Lady Burke und Mrs. Saparawala, die stellvertretende Vorsitzende des Kriegskomitees der Frauen von Ranpur, zum Nachtzug nach Kalkutta bringen, wo sie an einer Konferenz teilnahmen. Am Tag darauf fand morgens eine Konferenz des Ministerrates statt und anschließend ein Mittagessen für S. H. den Maharadscha von Puttipur. Nachmittags war ein Besuch der Steinbrüche in Rangighat vorgesehen. Das wußte er noch nicht. Rowan zögerte. Dann erinnerte er sich, daß der Maharadscha den Anblick und den Knall von Sprengungen leidenschaftlich liebte, griff nach einem Bleistift und unterstrich Rangighat. Er wollte sich vergewissern, daß man nicht nur daran gedacht hatte, das Steinbruchunternehmen auf den Besuch des Maharadscha vorzubereiten, sondern auch darum zu bitten, daß es unabhängig vom Wetter ein paar anständige Sprengungen gäbe, selbst wenn keine angesetzt sein sollten.

Am Abend fiel die Aufgabe, zur Unterhaltung Seiner Hoheit beizutragen, einem Kollegen zu, dem Adjutanten Hugh Thackeray. Er sollte S. H. und General Crawford in die Messe des Regiments Ranpur begleiten. Der Sohn und Erbe des Maharadscha, der Maharadschkumar, war Offizier des vierten Bataillons. Er hatte in Burma gedient und war zur Zeit in Rangun stationiert. Thackeray, selbst vom Ranpur Regiment, sollte S. H. am darauffolgenden Morgen zum Flugplatz begleiten, wo seine Privatmaschine wartete. Am Nachmittag dieses Tages würde Rowan den Gouverneur, den Finanzminister und den Erziehungsminister zur Grundsteinlegung des neuen Chakravartigebäudes zum Staatlichen College begleiten.

Er legte den Terminplan beiseite und dachte daran, wie eintönig sein Leben wirkte, wenn es so aufgelistet war. Das vertraute Klicken der Riegel an der Flurtür bedeute, daß der Bhishti mit dem heißen Wasser unterwegs war. Rowan nahm den Whisky mit zum Schreibtisch, leerte seine Taschen und dann die Aktentaschen mit allen Unterlagen, die mit den Aufgaben des Tages zusammenhingen: in General Crawfords Büro, bei der Kriminalpolizei, im alten Chakravartigebäude, und – ein Privatbesuch – im Samariterkrankenhaus der Barmherzigen Schwestern. Dazu gehörte der Brief von Sarah Layton, den sie ihm vor zwei Tagen, am Samstag, den 11. August geschrieben hatte. Sie würde nicht damit rechnen, so schnell von ihm zu hören, und falls doch, dann sicher nicht mit einem Anruf. Aber da er sie anrufen wollte, war er hierher zurück und nicht in den Club gegangen.

Er entfaltete den Brief. Die Telefonnummer stand im Briefkopf. Er setzte sich an den Schreibtisch, legte den Brief vor sich hin und trank von dem Whisky. Am Morgen hatte der Brief wegen seiner Länge und Ausführlichkeit den Eindruck erweckt, die Sache, um deren Erledigung sie ihn bat, sei dringlicher, als sie es für höflich hielt, einzugestehen. Er hatte ihre Bitte bereits erfüllt. Es wäre nett anzurufen und ihr das zu sagen. Aber als er den scheinbar beiläufigen Ton des Briefes wieder auf sich wirken ließ, war er nicht mehr so sicher, daß er das tun sollte.

Lieber Nigel (hatte sie geschrieben),

als wir uns das letzte Mal trafen, war ich auf dem Weg nach Bombay, um meinen Vater abzuholen, und Sie haben mir großzügigerweise angeboten, ich dürfe mich jederzeit an Sie wenden, wenn Sie in Ranpur etwas für mich tun könnten. Ich hoffe, Sie werden mir vergeben, wenn ich Sie so schnell beim Wort nehme.

Ich glaube, Sie werden sich daran erinnern, daß ich erwähnt habe, daß ich jedesmal, wenn ich nach Ranpur kam, die Gelegenheit nutzte, um eine Miss Batchelor zu besuchen, die früher als zahlender Gast der Stiefmutter meines Vaters, Mabel Layton, hier in Rose Cottage wohnte. Ich hatte Miss Batchelor gerade besucht, als Sie bei den Spendloves erschienen, wo ich ein paar Tage verbrachte, ehe ich nach Bombay fuhr. Vielleicht haben Sie nicht bemerkt, wie dankbar ich Ihnen war, daß Sie mich überredeten, Sie zu den Freunden von Hugh Thackeray zu begleiten, denn ein Besuch bei Miss Batchelor in dem Zustand, in dem sie sich inzwischen befand, war immer deprimierend. Sie hatte das Gedächtnis und die Stimme verloren – sie schrieb alles auf; man sagte, das habe psychologische Gründe. Man versicherte mir, sie sei völlig zufrieden, aber es war ein so deprimierender Ort, daß ich es kaum glauben konnte.

Gestern erfuhr ich über Dritte, daß sie gestorben ist, und ein Telefongespräch mit der Oberin im Samariterkrankenhaus, wo Miss Batchelor gewesen war, brachte mir die Bestätigung. Seit meiner Rückkehr aus Bombay (am Mittwoch, also erst vor drei Tagen) wollte ich anrufen, um mich nach ihrem Befinden zu erkundigen, schob es aber immer wieder hinaus. Nach Auskunft der Oberin starb Miss Batchelor am Montagmorgen und wurde am folgenden Nachmittag auf dem Friedhof von St. Luke in Ranpur begraben. Sie war keine Katholikin und war bei den Samaritern untergebracht, weil das, wie Sie wissen, der einzige Platz für Europäer mit einer solchen Krankheit ist. Die für ihre Unterbringung und das Begräbnis erforderlichen Schritte haben die protestantischen Bishop Barnard Missionsschulen unternommen, bei denen Barbie früher gearbeitet hatte.

Die Telefonverbindung zwischen Ranpur und Pankot ist manchmal sehr schlecht, und so war es auch gestern. Außerdem hat die Oberin die Angewohnheit, nicht in die Muschel zu sprechen, und deshalb klingt sie immer weit entfernt. Bittet man sie, etwas zu wiederholen, wird sie nervös. Ich erwähne das, denn ich bin nicht sicher, ob die Dinge, die, wie ich verstanden habe, zurückgeblieben sind, von den Leuten der Bishop Barnard Mission übersehen wurden oder ob sie nicht daran interessiert waren. Die Oberin erklärte, sie habe vorgehabt, mir zu schreiben, und ich bat sie, das zu tun. Aber sie erwiderte, sie habe mir alles gesagt, und vielleicht würde ich ja vorbeikommen (einfach so, aus Pankot!). Ich habe diese Frau immer nur als fähig und tüchtig erlebt, aber sie hat das merkwürdig ausweichende Verhalten einer Nonne an sich, wenn es um Dinge geht, die sie nicht auf der Stelle erledigt.

Das Problem ist, daß ich während der ganzen Zeit, die Barbie dort als Patientin verbrachte, der einzige Mensch war, der sie vor ihrer Krankheit kannte, und der sie besuchte. Das Personal betrachtete mich deshalb in Angelegenheiten, die die Samariter und die Bishop Barnard Mission angingen, bald als eine Art Vermittlerin –, ich muß sagen, die Mission hielt sich ziemlich auf Distanz und schien zu glauben, es genüge, wenn die Rechnungen regelmäßig bezahlt wurden, obwohl das die Anwälte der Mission taten, die auch Barbies Anwälte waren. Ich hatte nichts dagegen, mich einzuschalten, wenn ich in Ranpur war, und alle möglichen Dinge zu erledigen, die die Samariter bis zu meinem Besuch liegen ließen. Es ging mir eigentlich mehr darum, ihnen das Gefühl zu geben, daß ich mich für Miss Batchelor interessierte, und daß die arme Miss Batchelor jemanden hatte, der an ihrem Schicksal Anteil nahm. Ich ging davon aus, daß man mich benachrichtigen würde, wenn sie plötzlich krank wurde oder starb. Die Samariter hatten meine Adresse in Pankot. Der Umstand, daß ich in Bombay war, als Miss Batchelor starb, ändert nichts daran, daß offenbar weder das Krankenhaus noch die Mission versucht hat, Kontakt zu mir aufzunehmen. All das deutet darauf hin, daß es sich bei dem, was offenbar immer noch nicht erledigt ist, um nichts sehr Wichtiges handeln kann.

Ich habe auch bei der Mission angerufen, aber der Leiter befindet sich auf einer Dienstreise. Seine Stellvertreterin wußte nicht, was noch zu klären wäre. Sie sagte, Miss Batchelors Sachen seien bei den Samaritern abgeholt worden, man habe den Empfang schriftlich bestätigt, und alles liege im Zimmer des Leiters, bis entschieden sei, was damit geschehen soll. Inzwischen hat sie sich vielleicht mit den Samaritern in Verbindung gesetzt und herausgefunden, was noch zu klären ist. »Dinge, um die Sie sich kümmern sollten«. Mehr habe ich nicht verstanden, als ich mit der Oberin telefonierte.

Leider macht der einzige Mensch in Ranpur, den ich so gut kenne, daß ich ihn bitten könnte, sich darum zu kümmern, Ferien in Kaschmir. (Mrs. Fosdick, die Schwester von Mrs. Spendlove.) Vielleicht würde ich Mrs. Fosdick auch nicht damit belasten wollen, Kontakt zu einer solchen Institution aufzunehmen. Die Peplows, der Pfarrer und seine Frau hier in Pankot, die Barbie eine Zeitlang aufgenommen hatten, nachdem sie Rose Cottage verlassen mußte, sind zur Zeit in Darjeeling. Clarissa Peplow gehört zu den wenigen, die wissen, daß ich verfolgt habe, wie es der armen Barbie Batchelor erging. Ich weiß, wenn sie hier wäre, hätte sie den Vikar von St. Luke angerufen und ihn gebeten, die Angelegenheit mit der Oberin zu klären. Deshalb wende ich mich an Sie. Könnten Sie, wenn Sie Zeit haben, die Schwester Oberin anrufen (Samariterkrankenhaus der Barmherzigen Schwestern, Latafat Hossain Lane, Tank Road, Unterer Koti-Basar, Tel. 3124) und versuchen herauszufinden, was »erledigt werden muß«, und es mich wissen lassen – brieflich? Ich wäre Ihnen schrecklich dankbar. Die Telefonverbindung zwischen der Residenz und dem Krankenhaus ist vermutlich besser. Und weil Sie immer so ruhig, sachlich und souverän klingen, wird sie vielleicht nicht so ausweichend antworten.

Da in Delhi eine Konferenz der Gouverneure stattfindet, ist mir klar, daß Sie möglicherweise mit S. E. immer noch dort sind. Und daß Sie viel zu tun haben, weiß ich ohnehin. Die ganze Sache eilt überhaupt nicht. Machen Sie sich wirklich keine Sorgen, wenn Sie aus irgendeinem Grund nichts unternehmen können. Ich habe der Oberin geschrieben – hauptsächlich über Barbie, aber auch hinzugefügt, daß ich das von ihr angedeutete Problem nicht ganz verstanden und einen Freund in Ranpur gebeten habe, sich mit ihr in Verbindung zu setzen, da ich zur Zeit nicht von hier weg kann. Ich nehme an, sie wird mir schreiben, wenn es sich um etwas Wichtiges handelt, aber bisher hat sie das noch nie getan.

Ich war länger als erwartet in Bombay. Ich nehme an, Sie wissen weshalb, denn sovieI ich weiß, hatte Sir George Malcolm angeordnet, daß das Gros des Regiments bei der Rückkehr offiziell willkommen geheißen wurde, als es vor drei oder vier Wochen eintraf. Vater war in keiner besonders guten Verfassung, und da ein paar Männer in Bombay ins Krankenhaus mußten, sind wir geblieben, bis sie wieder reisefähig waren. Übrigens habe ich am letzten Tag in Bombay Graf Bronowski und Achmed Kasim getroffen und wurde dadurch lebhaft an das erste Zusammentreffen mit Ihnen auf dem Bahnhof in Ranpur und an die Wildpastete und den Champagner erinnert. Wir gingen auf eine interessante, aber eher eigenartige Party in einer Wohnung, die angeblich einer Maharani gehörte, mußten aber wieder gehen, ehe die Gastgeberin alle Getränke wegschließen und ihre Gäste hinauswerfen ließ. Ronald Merrick war bei uns – mein widerwilliger Begleiter. Er erschien in Bombay. Er wollte nicht zu der Party gehen, aber ich bestand darauf, und so bestand er darauf mitzukommen. Er bat mich, dem Grafen und Achmed nichts von seiner derzeitigen Arbeit zu erzählen. Vielleicht traute er mir nicht zu, daß ich den Mund halten würde. Wie auch immer, es war ein interessanter Abend. Ich erzähle es Ihnen ausführlich, wenn wir uns wiedersehen.

Nachdem die Amerikaner auch eine Bombe auf Nagasaki abgeworfen haben, und jetzt die Russen auf dem Kriegsschauplatz erschienen sind (darüber hört man hier bissige Kommentare), scheint alles mehr oder weniger vorbei zu sein. Es wird ein merkwürdiges Gefühl sein, mit niemandem mehr Krieg zu führen. Vater sieht inzwischen sehr viel besser aus. Ich reite jeden Morgen mit ihm aus und erscheine erst gegen elf Uhr im *Daftar*. Ich mache mir also ein leichtes Leben.

Alles Liebe, Sarah

Er legte den Brief beiseite, warf einen Blick auf das Päckchen und den Umschlag, die ihm die Oberin übergeben hatte, und sah dann auf die Uhr. Um 19.45 an einem Montagabend bestanden gute Aussichten, sie zu Hause anzutreffen. Aber beim zweiten Lesen war ihm die Formulierung aufgefallen »und es mich wissen lassen – brieflich«. Ihm kam der Gedanke, daß ihre Angehörigen vielleicht nicht zu den wenigen gehörten, die wußten, daß sie »verfolgt« hatte, wie es Miss Batchelor erging, und daß sie ihre Sorge um die Gesundheit der alten Missionslehrerin nicht teilten und nicht billigen würden. Es sähe Sarah sehr ähnlich, die mangelnde Anteilnahme ihrer Angehörigen zu respektieren, indem sie ihre Anteilnahme für sich behielt, so wie sie vor ungefähr einem Jahr die Gründe ihrer Familie dafür respektiert hatte, Lady Manners keinen Besuch abzustatten, als sie feststellten, daß sie in Srinagar das benachbarte Hausboot bewohnten. Sarah hatte sich über die Schranken der Konvention hinweggesetzt und war an einem Tag, an dem sie allein war, das kurze Stück über das Wasser gefahren, weil sie es, ohne Aufsehen und Anstoß zu erregen, tun konnte, und hatte die rätselhafte alte Frau besucht. Sie hatte ihren Besuch der Neugier zugeschrieben. Anfangs hatte sie sogar morbide Neugier gesagt, sich aber dann verbessert: »Nein, das stimmt nicht. Aber ich war neugierig auf sie und das Kind.« Später fügte sie etwas Merkwürdiges hinzu, das ihn interessierte: »Ich glaube, ich habe sie beneidet. Aber ich weiß nicht genau warum.«

Er hörte, wie im Bad Wasser in die Wanne gegossen wurde. Er fand, es sei besser, sich in einem lauwarmen Bad zu entspannen, ehe er entschied, ob er anrufen oder schreiben sollte. Er ging ins Schlafzimmer und begann, sich auszuziehen. Dabei dachte er an ihr letztes Zusammentreffen, an die Zeit, die sie gemeinsam verbracht hatten, und an das erste Zusammentreffen vor kaum mehr als einem Jahr.

IV

Sarahs ruhiges Selbstvertrauen hatte ihn als erstes beeindruckt und angezogen. Ihr unerwartetes Erscheinen, als sie vor Dimitri Bronowski durch das Gold und den roten Plüsch des Salonwagens kam, traf ihn unvorbereitet und brachte ihn in Schwierigkeiten, denn er hatte die Aktentasche auf den Knien und einen Finger zwischen den Seiten der Dokumente, mit denen er sich während Bronowskis Abwesenheit beschäftigt hatte.

Er wäre über die Abwechslung froh gewesen, wenn sie in das barocke Interieur eine klassische Atmosphäre weiblicher Eleganz gebracht hätte. Aber sie trug eine Uniform, und die war zerknittert. Man sah ihr die Reise an, und es wirkte, als reiße sie sich zusammen, als habe Bronowski sie gerade aus dem Gedränge auf dem Bahnsteig geholt, obwohl sich hier am Nebengleis, auf dem der Privatzug des Nawab stand, kaum jemand aufhielt. Erst als sie ihre Mütze abgenommen hatte und neben ihm in einem der vergoldeten Louis-XV.-Sessel saß, und das Licht der Lampen mit den roten Schirmen auf sie fiel, als sie Champagner trank und eine von Graf Bronowskis rosa Zigaretten mit goldenem Mundstück rauchte und über die heiteren Erinnerungen des alten Mannes an sein früheres Emigrantenleben in Südfrankreich lächelte, wurde der erste Eindruck von einem anderen verdrängt: Sie war auf ihre ungewöhnliche, vielleicht unauffällige Weise schön. Die Gesichtsknochen waren ausgeprägt; gewiß, es fehlte der eindrucksvolle Akzent, der das Gesicht faszinierend gemacht hätte, und man mußte ihr Gesicht studieren, ehe es seine natürliche und unwandelbare Logik enthüllte. Aber dann spürte man instinktiv, daß es Bestand haben, daß es im Alter von der Gelassenheit verstandener Erfahrung und der Vitalität ungeminderter Lebenslust geprägt sein würde.

»Was für eine traurige Geschichte«, sagte sie, als Bronowski die Geschichte des achtzehnjährigen englischen Jungen zu Ende erzählt hatte, der ein spanisches Mädchen liebte und verlor; er verlor es, weil er nur Englisch oder das schülerhafte Französisch sprach, das zu korrigieren und zu verbessern Bronowski angestellt worden war. Die Geschichte hatte eine subtile Wendung. Viele Frauen hätten nur gelacht – oder, hätten sie von Bronowskis Ruf gewußt und daher erkannt, daß er vermutlich die Geschichte einer seiner verlorenen Lieben (des jungen Mannes) erzählte, nicht einmal gelächelt. Aber sie hatte gesagt: »Was für eine traurige Geschichte«, und dann Rowan angesehen. Es war nicht mehr als ein kurzer Blick, aber er fand ihn außergewöhnlich beredt. Als er sie länger beobachtete, wurde ihm klar, daß sie selbst liebte und von dieser Liebe gehalten wurde. Sie war durch die Intensität ihrer Bindung an den Mann, den sie gewählt hatte, und die Kraft ihrer Überzeugung, daß ihr Leben jetzt eine Richtung genommen habe, die ihr mehr Glück als Leid bringen werde, vor aller Bosheit, Unfreundlichkeit und Oberflächlichkeit geschützt. Der Ausdruck auf ihrem Gesicht war wie Lauras Ausdruck, als sie ihm mitgeteilt hatte, sie habe es sich anders überlegt und werde einen Mann namens Ratcliff heiraten.

Er glaubte, daß diese junge Frau, deren Vornamen er nicht kannte, für einen ungenannten Mann dasselbe empfand, was Laura für Ratcliff empfunden haben mußte. Es war für Rowan so deutlich, daß seine Vorstellung ihm einen Streich spielte, und er sie als Laura und den unbekannten Mann als Ratcliff sah. Er erinnerte sich sehr lebhaft an das Gefühl der Hilflosigkeit, das unter den stärkeren Emotionen von Leidenschaft und Zorn gelegen hatte und sich wieder voll einstellte, als er hörte, daß Laura und ihr Mann, der Plantagenbesitzer, in Malaia in japanische Gefangenschaft geraten waren.

Bronowski ließ eine zweite Flasche Champagner bringen. Es sei sein siebzigster Geburtstag, erklärte er. Er mußte ihn im Dienst verbringen und hatte deshalb für besondere Genüsse gesorgt. Der Salon, der aussah wie der eines reisenden europäischen Monarchen des neunzehnten Jahrhunderts mit kosmopolitischem Geschmack, bot den passenden Rahmen für eine solche Feier.

»Haben Sie Neuigkeiten von Ihrem Vater?« fragte Bronowski und lenkte das Gespräch von sich auf Miss Layton. Rowan wußte nach Bronowskis Vorstellung nur, daß Miss Layton die Schwester einer jungen Frau war, die in Mirat geheiratet hatte, und daß sie vor und nach der Hochzeit mit ihrer Familie im Gästehaus des Palastes gewohnt hatte. Ihr Vater schien abwesend zu sein – in weiter Ferne; sie hatte seit einiger Zeit nichts von ihm gehört. Es gab eine Mutter. Die Schwester wurde wieder erwähnt. Miss Layton sagte, es gehe beiden gut. Sie sei gerade in Kalkutta gewesen. Dort hatte sie eine Tante und einen Onkel, die Grace hießen.

»Und der Offizier, der Trauzeuge bei der Hochzeit Ihrer Schwester«, fuhr Bronowski fort, »Hauptmann Merrick. Haben Sie Neuigkeiten von ihm? Ich hielt ihn für sehr interessant. Ich fand, er ist ein ungewöhnlicher Mann.«

Als der vertraute Name Merrick in dieser fremden, aber kultivierten Umgebung fiel, hatte er die gleiche beunruhigende Wirkung wie ein plötzlicher Wechsel in der Helligkeit des Lichts. Rowan stellte fest, daß er sich plötzlich auf Wesentliches konzentrierte: Die junge Frau war eine Fremde, nicht Laura. Der Merrick, den sie und Bronowski kannten, mußte nicht sein Merrick sein. Aber ihr Verhalten hatte sich geändert. Ihr Gesicht wirkte knochiger. Das war vielleicht Einbildung. Sie sagte, sie sei nach Kalkutta gefahren, um Merrick im Krankenhaus zu besuchen. Dieser Merrick, ihr Merrick, war verwundet worden, und ein Hauptmann Bingham war gefallen. Ihr Merrick hatte versucht, jemandem namens Teddie zu helfen, und dabei einen Arm verloren. Er hatte Teddie aus einem brennenden Wagen gezogen, während sie unter Beschuß standen. Er sollte einen Orden erhalten. Hauptmann Bingham und Teddie mußten ein und derselbe Mann sein. Sie hatte ihren Merrick im Krankenhaus besucht, weil ihre Schwester unbedingt wissen wollte, ob sie etwas für ihn tun konnten.

Dieser Merrick war bei der Hochzeit ihrer Schwester Trauzeuge gewesen. Wessen Trauzeuge? Teddies? Es klang ganz danach. Wenn ja, war die Schwester bereits Witwe – war vielleicht noch nicht über den Verlust hinweggekommen, war gesund, aber unfähig zu reisen. Das würde möglicherweise erklären, weshalb sie ihre Schwester nach Kalkutta geschickt hatte, um sich mit dem Mann zu unterhalten, der bei dem Versuch, ihren Mann zu retten, einen Arm verloren hatte. »Er hat Mut«, sagte Bronowski, »das konnte man sehen.« Er meinte damit *ihren* Merrick. Auf die Frage, welchen Arm Merrick verloren hatte, und die Antwort den linken, schwieg der alte Mann kurz. »Das ist immerhin etwas«, sagte er, »ich habe beobachtet, wie er Konfetti auflas, und wie er eine Zigarette ausdrückte. Er ist Rechtshänder.«

Welch eine Beobachtungsgabe! Rowan blickte auf und stellte fest, daß Bronowski ihn mit seinem einen taxierenden Auge betrachtete.

»Sie erinnern sich vielleicht an den Mann, von dem wir sprechen: Merrick.«

»Nein, ich glaube nicht.«

»Ich meine, Sie werden sich nicht an ihn persönlich erinnern. Er wechselte von der indischen Polizei zum Militär über. Er spielte 1942 in diesem Fall in Majapur eine große Rolle, in dem es um eine Engländerin ging. Im Fall Bibighar.«

Ihr Merrick. Sein Merrick. Derselbe Mann.

»Ach ja. Dieser Fall.«

»Er war Distriktspolizeichef. Ich führte in Mirat ein langes und interessantes Gespräch mit ihm. Er war immer noch völlig von der Schuld der verhafteten Männer überzeugt. Ich und vermutlich die meisten anderen sind inzwischen zu der Überzeugung gelangt, daß sie nicht die Schuldigen gewesen sein können.«

Bronowski irrte sich. An der Spitze der Verwaltung ja, das konnte man sagen. Aber selbst dort wurde der Verdacht, daß

188

Merrick einen groben Fehler begangen hatte, durch die Entschlossenheit besänftigt, nicht zuzulassen, daß es offiziell eingestanden wurde. Es sah aus, als müßten unbestätigte und unzulässige Beweise dafür, daß der Fehler im Fall Hari Kumar von der besonders unangenehmen Art war, das Gewissen einiger weniger für immer belasten. Rowan entging die Ironie an Merricks tapferer Tat und der Empfehlung für einen Orden nicht. Das würde die Ansicht rechtfertigen, die in den unteren Rängen der Verwaltung ursprünglich herrschte, und an der sich nie etwas geändert hatte, daß Merrick den Fall Manners so direkt und schnell aufgeklärt hatte, wie man das früher von den Briten gewohnt war, wofür man sie gefürchtet und geachtet hatte. Ein solches Verhalten hatte Indien zu einem Land gemacht, in dem Männer nicht nur einfach die Maschinerie von Gesetz und Ordnung bedienten, sondern ohne Rücksicht auf die Folgen herrschten.

»Es wäre nur verständlich gewesen, wenn Merrick inzwischen in seiner Meinung schwankend geworden wäre – es sei denn, man geht davon aus, daß er die Polizei vorübergehend in Ungnade verlassen hat und einen Groll hegt. Aber er hatte schon seit Jahren versucht, von der Polizei zum Militär überzuwechseln. An der Oberfläche ist er ein durchschnittlicher Mensch, doch darunter vermute ich einen Mann mit ungewöhnlichen Talenten. Sitzen die jungen Männer immer noch im Gefängnis?«

»Welche jungen Männer?« fragte Rowan.

»Die jungen Männer, die man verhaftet, aber nie vor Gericht gestellt, sondern als politische Gefangene inhaftiert hat.«

»Tut mir leid, das weiß ich nicht, Graf.«

Der alte Mann lächelte; vielleicht wollte er den Eindruck vermitteln, er frage nur ganz allgemein aus Neugier.

»Ich hoffe, man hat sie nicht vergessen und überläßt sie einfach ihrem Schicksal. Die Provinzbehörden haben in diesem Fall eindeutig eine Verpflichtung.«

»Ich bin sicher, man hat sie nicht einfach vergessen.«

»Die Inder vergessen nicht. Bedauerlicherweise nicht nur die Inder der richtigen Sorte. Es gibt einen würdigen Herrn aus Majapur, der im letzten Jahr Mirat besucht und ein paar dunkle Einschüchterungsversuche inszeniert hat.«

In Rowans Gehirn fand ein weiterer Name den richtigen Platz.

Aber wie bei Merrick, den er nie gesehen hatte, war es ein Name ohne Gesicht. Der Name war Pandit Baba, aber das Gesicht gehörte Harry Coomer – vielmehr Kumar. Es stimmte nicht mit dem Gesicht des Jungen überein, den Rowan als Coomer gekannt hatte, und war nicht zu identifizieren: hohlwangig und vom Gefängnis bleich unter der braunen Haut. Es war auch Kumars Stimme, mit der er zögernd und abgehackt Pandit Baba aus Majapur beschrieben hatte: *Ich kannte ihn als Lehrer, denn meine Tante hatte ihn engagiert: Er sollte mir eine indische Sprache beibringen. – Er roch stark nach Knoblauch. – Er war sehr unpünktlich. – Der Unterricht war kein Erfolg.*

Zwischen jedem kurzen Satz hatte Kumar eine Pause gemacht, in der er sich ein vermutlich längst vergessenes Bild wieder vor Augen rief. Seine Art, die Frage zu beantworten, hatte Rowan zum ersten Mal glauben lassen, daß die Dokumente, die er gelesen hatte und die Kumar schuldig sprachen, nicht standhalten würden. Dieser Mann sprach zu sich selbst, aber auch zu den zwei Männern auf der anderen Seite des Tischs; er durchforschte sein Gedächtnis nach bestimmten Einzelheiten, um sich von der Realität der Dinge zu überzeugen, die ihm, wie er wußte, widerfahren waren, über die er aber lange vorgezogen hatte, nicht nachzudenken. Für Rowan war diese wohlüberlegte Antwort auf seine unwichtige Frage über Pandit Baba die erste einer ganzen Reihe von Antworten gewesen, von kurzen gesprochenen Meditationen, die beharrlich und unerschütterlich einen Keil durch wieder auftauchende Zweifel und Unsicherheit trieben, und die schließlich in dieser niederschmetternd beiläufigen Feststellung gipfelten – Rowan glaubte, sie nie vergessen zu können –, die ihn endgültig davon überzeugte, daß Kumar die Wahrheit sprach: *In dieser Stellung kann man nur schwer atmen, und schließlich denkt man an nichts anderes mehr.*

Meinte Bronowski mit dem würdigen Herrn aus Majapur, der in Mirat gewesen war, diesen Pandit Baba? Nach dem, was er Kumars Andeutung über das Talent des Pandit entnommen hatte, sich persönlich aus Schwierigkeiten herauszuhalten und seine jungen Anhänger die Sündenböcke spielen zu lassen, klang »dunkle Einschüchterungsversuche« richtig. Aber wen hatte er versucht einzuschüchtern?

Bronowski wandte sich an Miss Layton. »Der Stein«, sagte er, »Sie erinnern sich an den Stein? Er wurde beinahe mit Sicherheit auf Anstiftung dieses gerissenen Zeitgenossen geworfen. Er gehört zu den Leuten, auf die wir ein Auge haben. Man hat mir berichtet, daß er Majapur vor kurzem verlassen hat, aber man hat mir nicht berichtet, wohin oder warum. Verzeihen Sie, das ist kein heiteres Thema.« Er sah Rowan an und erhob sich langsam. »Und Miss Layton muß etwas essen. Wir werden nicht auf Achmed warten. Er ist vermutlich doch nur am Champagner interessiert.«

Rowan warf einen Blick auf seine Uhr. Der junge Kasim und seine Mutter hatten sich bereits eine halbe Stunde verspätet. Er hoffte, sie würden es nicht auf die letzte Minute ankommen lassen. Nach null Uhr dreißig würde die Strecke nach Premanagar durch den regulären Zugverkehr für sie gesperrt sein. Erst um zwei Uhr morgens könnte sie wieder für den Privatzug des Nawab freigegeben werden.

Bronowski beugte sich hinunter und berührte ihn am Arm. »Wir werden planmäßig abfahren können. Achmed wird dafür sorgen. Kommen Sie.«

Während er hinter Miss Layton in den Speiseraum ging, roch er den zarten Duft von Eau de Cologne und stellte sich vor, wie sie Handgelenke, Nacken und Stirn damit betupfte, um Anspannung und Ermüdung nach der Fahrt von Kalkutta zu vertreiben. Sie drehte sich um und sagte etwas Schmeichelhaftes über die *Fin-de-siècle*-Pracht des Zuges, aber er verstand es nicht ganz. Er neigte fragend den Kopf. Er kam ihr sehr nahe. Wieder fühlte er sich beunruhigt, aber auf eine Weise, die ihm erst später klar wurde, als sie Wildpastete aßen, noch mehr Champagner tranken, und sie ihnen von der neuen Aufgabe ihres Onkels in Kalkutta erzählte, der Kurse mit Vorträgen hielt, um Offiziere auf Zeit für die Zivilverwaltung nach dem Krieg anzuwerben.

Sie sprach über die Logik dieser Sache. Sie drückte sich klar und deutlich aus und entwickelte wohlüberlegt einen undogmatischen Gedankengang. Rowan vermutete, daß sie nicht besonders gut plaudern konnte, daß sie in Gesellschaft, die ihr nicht zusagte, möglicherweise sogar scheu oder verschlossen wirken mochte. Vielleicht half der Champagner, und Bronowski war ein geschickter und entgegenkommender Zuhörer, dem es gelang, jeden charmant seine Scheu vergessen zu lassen – ganz besonders eine nette, wohlerzogene junge Frau, für die er vermutlich die höfliche, nichts fordernde und behutsame Zuneigung des alternden Homosexuellen empfand.

Während sie sprach, erkannte Rowan, wie sie indirekt auf etwas Wichtiges hinwies: die Situation der Männer, die die Kurse ihres Onkels besuchten – jene, die den augenfälligen Versuchungen erlagen, und jene, die ein klar berechnetes Risiko eingingen –, war in krasserer Form die gleiche Situation, in der sie, jeder Engländer und jede Engländerin ihrer Generation in Indien, auch Rowan, sich befanden. Die Aussichten waren düster, aber (für sie ganz selbstverständlich) das durfte nicht als Entschuldigung dafür dienen, daß man nur halbherzig arbeitete oder vor einer Aufgabe zurückwich, die getan werden mußte. Bei ihrer Argumentation benutzte sie das Wort *Indisierung*. Das deutete darauf hin, daß sie als einzig gültige Kritik an den Bemühungen ihres Onkels die Festellung akzeptieren würde, daß sie von offizieller Seite nicht überlegt genug auf dieses Ziel ausgerichtet waren. Bei einer jungen Frau ihrer Herkunft war ein solcher Standpunkt ungewöhnlich. Er teilte ihn. Dieser Standpunkt hatte unreif und noch ungeformt seiner jugendlichen Entscheidung zugrunde gelegen, in Indien eine militärische und keine zivile Laufbahn zu suchen. Er hatte die Entscheidung bereut und vor dem Krieg versucht, sie rückgängig zu machen, indem er eine Probezeit in der Politischen Abteilung absolviert hatte in der Hoffnung, auf Dauer dorthin überzuwechseln, um seine Fähigkeiten voll und ganz bei einer Lösung der Probleme der konstitutionell rückständigen Fürstentümer einzusetzen. Darin sah er immer noch die befriedigendste Möglichkeit, die Chance, etwas Nützliches zu tun, wenn seine Gesundheit es wieder erlaubte.

Auf dem ovalen Tisch hatte eine weiße Damastdecke gelegen, und das Silber darauf funkelte. Der Tafelaufsatz – ein vergoldetes Körbchen mit weißen und leuchtend roten Nelken inmitten von Farn, der im Luftstrom der elektrischen Ventilatoren zitterte – verströmte den trockenen und zarten Duft der Blüten. Während er sie beobachtete und immer noch dachte, ja, sie ist verliebt, wurde ihm plötzlich klar, was ihn beunruhigte. Hatte Kumar doch gelogen? Es erschien unmöglich, Kumars Merrick an Miss Laytons Seite zu sehen, sich die beiden überhaupt in einer Beziehung vorzustellen – in einer intimen erst recht nicht. Sie hatte Bronowski nicht widersprochen, als er sagte, die meisten Leute seien jetzt der Ansicht, Merrick habe einen Fehler begangen. Allerdings hatte sie ihm auch nicht zugestimmt. Sie hatte geschwiegen. Aber es war eine weite Reise nach Kalkutta, selbst in einer Mission, bei der, wie er zu verstanden haben glaubte, die Dankbarkeit, in anderen Worten, die Ehre der Familie eine Rolle spielte. Ihre Tante und ihr Onkel hätten das ebensogut und sehr viel leichter übernehmen können.

Er sprach wenig und wartete geduldig auf eine Gelegenheit, mehr über sie herauszufinden. Bronowski erzählte jetzt Geschichten aus dem vorrevolutionären St. Petersburg, von seinem Emigrantenleben in Berlin, Paris und Monte Carlo, ließ jedoch die interessanteste Geschichte von allen aus (wie man sagte, ließ er sie immer aus), die vielleicht erfunden war. Die Geschichte seiner erfolgreichen Vermittlungen zwischen dem Nawab – damals ein junger Mann – und der Europäerin, der der Nawab nach der Erkenntnis, daß er betrogen worden war, in glühendem orientalischem Zorn von Indien nach Europa gefolgt war. Bronowski hatte bei der Rückgabe der Juwelen vermittelt, die der junge Prinz ihr gegeben hatte, wie jeder junge Mann einem Mädchen zur Verlobung einen Diamantring schenkt, in der Annahme, daß sie ihn zurückgibt, wenn sie ihn nicht heiratet. Es gab nur Mutmaßungen darüber (Rowan hatte mehrere Versionen gehört), welchen Druck Bronowski auf die junge Frau ausgeübt hatte, aber als der Fürst ohne die Frau nach Mirat zurückkam, hatte er, wie man erzählte, die Juwelen bei sich, und er hatte auch Bronowski bei sich, für dessen Takt und Geschick er seit dieser Zeit angeblich große Bewunderung empfand. Die Politische Abteilung teilte die Bewunderung erst dann, als man dort nicht länger leugnen konnte, daß unter Bronowskis Einfluß der ungestüme und potentiell zügellose junge Fürst ein Vorbild an Zuverlässigkeit und politischer Klugheit geworden war.

Die Rückkehr in den Salon, wo sie den Kaffee einnahmen, brachte keinen Themawechsel. Der alte Mann sprach weiter, und Rowan bemerkte bald, daß Miss Layton unruhig wegen der vorgeschrittenen Zeit und dem Treiben auf dem Bahnsteig wurde. Offenbar mußte sie einen Anschlußzug erreichen. Es war zwanzig Minuten vor Mitternacht. Der einzige Zug, der Ranpur seines Wissens um diese Zeit verließ, war der Nachtzug nach Pankot.

»Ich fürchte, ich muß gehen«, sagte sie und setzte die Tasse ab. Bronowski bat sie, noch fünf Minuten zu bleiben, aber sie erwiderte: »Wenn ich noch fünf Minuten bleibe, werde ich überhaupt nicht mehr gehen wollen, und ich muß mir noch das Abteil aufschließen lassen.«

Sie standen auf. Bronowski küßte ihr die Hand, bedankte sich für ihre Gesellschaft und lud sie ein, wieder einmal nach Mirat zu kommen. Sie sagte, das würde sie gerne tun, und wandte sich dann an Rowan.

»Auf Wiedersehen, Hauptmann Rowan.«

Er sagte: »Ich bringe Sie zu Ihrem Abteil.«

Aber Bronowski bestand darauf, dies sei sein Privileg, und Rowan konnte nichts anderes tun, als sie gehen zu lassen.

Kurz vor Mitternacht – Bronowski war noch nicht zurück – traf der junge Kasim mit seiner Mutter ein, die verschleiert war. Er stellte ihr Rowan nicht vor, sondern führte sie geradewegs in den nächsten Wagen, wo sich die Schlafabteile befanden. Fünf Minuten nach Mitternacht erschien Bronowski. Es gab eine Besprechung mit Bahnbeamten. Rowan setzte sich in eine Ecke, rauchte, studierte Akten und versuchte, sich wieder auf die anstehende Sache zu konzentrieren. Der Zug fuhr pünktlich ab. Er nahm die Einladung nicht an, Bronowski und dem jungen Kasim in den Speiseraum zu folgen. Hinter den zugezogenen Vorhängen hörte er Bronowskis Stimme. Er überlegte, ob er zu Bett gehen solle, aber der Diener hatte ihm Brandy gebracht, und so blieb er sitzen. Er trank und bezweifelte, daß er während der wenigen Stunden schlafen könnte, die sie bis Premanagar brauchten, wo er und Achmed für das Treffen mit Mohammed Ali Kasim im Circuit House den Zug verlassen würden. Auch Mohammed Ali Kasim schlief vermutlich nicht, sondern durchwachte seine letzte Nacht als Gefangener in der Festung.

Rowan beneidete den jungen Kasim nicht um die Aufgabe, die er übernommen hatte. Er würde seinem Vater die Nachricht überbringen, daß man Sajed im Kampf auf der Seite der INA gefangengenommen hatte und daß die Entlassung aus der Festung nur eine beschränkte Freilassung war. Er würde mit Auflagen unter dem Schutz seines Verwandten, des Nawab, leben müssen. Rowans Rolle in dieser Sache war kaum von Bedeutung. Offiziell vertrat er lediglich den Gouverneur, aber Malcolm hatte ihm damit zum zweiten Mal eine Aufgabe übertragen, die außerhalb der normalen Pflichten eines Adjutanten lag. Das erste Mal handelte es sich um die Befragung von Hari Kumar *in camera*, im Gefängnis von Kandipat vor kaum mehr als drei Wochen. Er fand es interessant, daß er an diesem Abend zwei Menschen begegnet war, die Merrick kannten.

Aber wie gut kannten sie ihn? Er trank einen Schluck Brandy, schloß die Augen und legte den Kopf zurück. Er dachte an eine Art Bekanntschaft, die man schwer definieren konnte, und die Miss Layton vielleicht versperrt und so verborgen war wie die Rückseite des Mondes. Es erbitterte ihn, daß er nichts tun konnte, um sie vor dieser Seite Merricks, vor dieser möglichen Seite zu warnen. Merrick wurde von Schatten des Zweifels geschützt, die sich nie vertreiben ließen, und von dem eisernen System der *Radsch.* Wenn es eine Schwäche gegegeben hatte, einen feinen Riß, durch den Gerüchte und Vermutungen sickern und Merricks Zukunft nachteilig beeinflussen konnten, war er nun durch die heroische Tat verschlossen worden.

Rowan lächelte – aber über die Ironie, die darin lag –, und als er die Augen öffnete, stellte er fest, daß Bronowski ihm gegenüber saß und ebenfalls lächelte. Der mit dicken Teppichen ausgelegte und gut gefederte Wagen rollte sanft und leise. Bronowski mußte in einem Augenblick gekommen sein, als der Zug gerade über eine Weiche gefahren war.

»Habe ich Sie geweckt?« fragte er gerade laut genug, damit Rowan seine Stimme durch das gedämpfte rhythmische Klopfen über die Breite des Wagens hinweg deutlich hörte. »Wenn es so ist, muß ich mich bei Ihnen entschuldigen. Offenbar hatten Sie angenehme Träume.«

»Angenehme Erinnerungen. Ein so festliches Abendessen hatte ich nicht erwartet.«

»Und so charmante Gesellschaft auch nicht? Ich habe Miss Layton nur einmal in Mirat getroffen, als die Familie zur Hochzeit dorthin kam. Heute abend auf dem Bahnsteig habe ich sie in ihrer Uniform nicht erkannt. Viele junge Frauen wären pikiert gewesen und gleichzeitig dankbar dafür, daß sie nicht stehenbleiben und mit einem älteren Ausländer banale Förmlichkeiten austauschen mußten. Aber Miss Layton gab sich zu erkennen. In Mirat habe ich sie unterschätzt. Ich hielt sie für scheu, sogar eine Spur farblos, wie es – vergeben Sie mir – nur englische Mädchen aus gutem Haus sein können. Aber jetzt weiß ich, weshalb. In Mirat blieb sie im Hintergrund, weil es die Hochzeit ihrer Schwester war. Und ihre Schwester ist äußerst hübsch und lebenslustig. Oder war es. Jetzt erwartet sie ein Kind und ist bereits Witwe. Sie und Hauptmann Bingham hatten nur eine kurze Zeit zusammen. Er ist im April in Imphal gefallen. Ich habe die Todesanzeige gesehen und ihnen geschrieben, aber ich wußte bis heute abend nichts von den dramatischen Umständen.«

Rowan nickte. Eine Schwangerschaft konnte erklären, weshalb Miss Layton und nicht ihre Schwester nach Kalkutta gefahren war.

»Ich bin noch nicht lange genug in Ranpur, um jeden zu kennen«, sagte er, »sind die Laytons eine Ranpur-Familie?«

»Ja, aber sie leben in Pankot, seit der Vater an die Front geschickt wurde. Er befehligte die 1. Pankots in Nordafrika. Er befindet sich in deutscher Kriegsgefangenschaft. Dann gab es noch ihren Großvater, einen angesehenen Zivilisten, im letzten Krieg Finanzminister im Staatsrat hier in Ranpur. Ihr Großvater mütterlicherseits, Generalleutnant Muir, war Anfang der zwanziger Jahre Kommandeur in Ranpur.«

Rowan nickte.

»Und Sie, Hauptmann Rowan? Wie ich sehe, waren Sie in Burma – vermutlich während des Rückzugs. Aber trotzdem erfolgreich. Oder spielen Sie die traditionelle Gleichgültigkeit gegenüber dem Militärkreuz und geben vor, sie hätten es mit den Rationen bekommen?«

»Manchmal scheint das die einzig befriedigende Erklärung zu sein.«

»Waren Sie verwundet?«

»Nur erschöpft. Es war ein langer Marsch.«

»Waren Sie krank?«

»Ich glaube eher entkräftet.«

»Die tückischen und endemischen Fiebererkrankungen, die früher das Leben kosteten, inzwischen aber subtilere Erscheinungsformen entwickelt haben... Ja. Unser Hofarzt, der diese keineswegs beschwerliche Rolle mit der etwas anstrengenderen des Gesundheitsministers in unserem kleinen Staatsrat verbindet und in seiner Freizeit ein Krankenhaus leitet, vertritt die Theorie, daß die *Radsch* auf Dauer nur von der Lethargie intakt gehalten wurde, die leichte, aber hartnäckige Fiebererkrankungen hervorrufen, und von ihrer Begleiterscheinung, der Konzentration der mentalen und physischen Kraftreserven auf eine bestimmte Aufgabe. Er sagt, sobald die Medizin eine Möglichkeit findet, den englischen Butkreislauf und das englische Verdauungssystem gegen die Angriffe indischer Mikroben und Amöben immun zu machen, werden die Engländer aufwachen, sich umsehen, sich fragen, was um alles in der Welt sie hier wollen, und dann in schallendes Gelächter ausbrechen und abziehen. Als Beispiel depressiven und obsessiven Verhaltens zitiert er General Dyer, der 1919 in Amritsar die zahllosen unbewaffneten Inder erschossen hat und glaubte, dadurch das Empire zu retten. Habbibullah ist überzeugt, daß das Gehirn des armen alten Generals infolge der Konzentration der Gifte chronischer Amöbeninfektionen im Blut entzündet war. Natürlich erzählt er mir das alles, weil er überzeugt ist, daß ich als Europäer ähnlich infiziert bin, obwohl ich immer wieder dagegen protestiere und erkläre, daß ich mich für mein Alter immer noch bester Gesundheit erfreue und noch niemanden erschossen habe – sei er nun bewaffnet oder unbewaffnet.«

»Ich glaube, General Dyer hatte Arteriosklerose und starb einige Jahre später daran. Aber das ist eine der langsamen Krankheiten, nicht wahr? Jemand hat mir gegenüber einmal die Möglichkeit angedeutet, daß sie sein Urteilsvermögen im Jallianwallah beeinträchtigt habe.«

»Das wußte ich nicht. Das muß ich Habbibullah sagen. Wie schön, einen jungen Engländer zu treffen, der etwas über die Geschichte des Landes weiß. Dyer war auch ein Mann, der einen Fehler beging oder dessen Vorgehen umstritten war und der bis zum Ende nicht im geringsten an der Richtigkeit seines Tuns zweifelte.«

Rowan antwortete nicht sofort. Er fragte sich, ob die Anspielung auf Merrick beabsichtigt war.

»Es überrascht mich etwas, Graf, daß Sie dieses Gefühl haben. Mit Sicherheit müssen die meisten Engländer, die hier arbeiten, sehr gut informiert sein. Über Dyer Bescheid zu wissen, will nicht viel heißen.«

Bronowski lächelte ihn an und beugte sich vor; seine Hände lagen übereinander und stützten sich auf den Ebenholzstock, der möglicherweise nicht so nötig war, um das Gleichgewicht zu halten, wie Bronowski sich den Anschein gab.

»Ich habe übertrieben, ja. Aber man trifft so viele junge Offiziere, die nur wegen des Kriegs hier sind, wie sich herausstellt, und nichts wissen. Man erwähnt ihnen gegenüber General Dyer, und sie fragen: ›Oh, bei welcher Division ist er?‹ Beim harten Kern der Berufsoffiziere, und ich nehme an, daß Sie dazugehören, ist das anders. Haben Sie familiäre Bindungen an Indien?«

»Nur mütterlicherseits. Mein Vater war einmal hier, aber in der britischen Armee.«

»Ah, ich habe mein altes Gedächtnis erfolglos nach einem Rowan durchforscht. Wie war der Mädchenname Ihrer Mutter?«

»Crawley.«

Der alte Mann senkte den Kopf, hob einen Finger und legte ihn an sein Kinn.

»Crawley«, wiederholte er, »es gab einmal einen Thomas Crawley, der Resident in Kotala war. Sein Wirken dort war sehr erfolgreich, bis der Herrscher volljährig wurde. War er mit Ihrer Mutter verwandt?«

»Er war ihr Bruder, aber um einiges älter. Kannten Sie ihn?«

»Nur dem Namen nach. Gegen Ende seines Lebens hatte er einige Schwierigkeiten. Bedauerlich. Haben Sie etwas mit der Politischen Abteilung zu tun?«

»Ich habe vor dem Krieg ein Jahr auf Probe dort gearbeitet.«

»Tatsächlich. Haben Sie Ambitionen in dieser Richtung? Zweifellos hat das Militär Sie für den Krieg zurückgeholt. Wo waren Sie? Vermutlich nicht in Kotala?«

»Nein, aber ich habe den Maharadscha in Delhi kennengelernt.«

»Wie lief das?«

»Anfangs überhaupt nicht. Als ich ihm sagte, daß Crawley mein Onkel war, mied er mich.«

»Haben Sie ihm das freiwillig gesagt?«

»Es wäre unfair gewesen, es nicht zu tun. Er war in einer seiner großzügigen Launen und lud wahllos Leute ein.«

»Wozu?«

»Zu einer seiner berühmten Partys im Palast von Kotala.«

»Es muß sehr verlockend gewesen sein, den Ort zu sehen, an dem Ihr Onkel den größten Teil seiner Dienstzeit verbracht hat.«

»Ja, das war es. Meine Mutter lebte zwei oder drei Jahre bei ihm in der Residenz, ehe sie nach Hause zurückkehrte, um zu heiraten. Ich hatte all die Fotos gesehen, all die Geschichten darüber gehört, wie es damals war, und auch einiges darüber, was geschehen war, nachdem der Maharadscha volljährig wurde. Aber ich hatte das Gefühl, ich könnte das Bestmögliche aus einem Besuch nur machen, wenn ich offen als Tommy Crawleys Neffe dorthin ging.«

»Sie haben gesagt, Ihr Zusammentreffen mit dem Maharadscha sei anfangs nicht gut gelaufen, und er habe Sie gemieden. Hat er seine Meinung geändert?«

»Ja, aber ich weiß nicht, wie schnell. Er muß sich durch seine Kanäle über mich auf dem laufenden gehalten haben, denn als ich ein paar Monate später mit dem Agenten für eine kleine Gruppe von Staaten nördlich von Kotala unterwegs war, erhielt ich einen Brief, in dem er mich einlud, ihn zu besuchen. Das war eine harte Nuß, denn es bedeutete, sowohl die Zustimmung der Politischen Abteilung als auch die des Residenten in Ranikot einzuholen.«

»Wieso Ranikot?«

»Als Onkel Tommy Kotala verließ, wurde Kotala der Gruppe zugeteilt, die Ranikot unterstand. Der Resident schickte einen Vertreter nach Kotala, aber alles mußte über ihn laufen.«

»Das kann dem Maharadscha nicht gefallen haben.«

»Das sollte es auch nicht. Die Abteilung dachte, wenn man seinen Staat einer neuen Vertretung zuordnete und seine direkte Verbindung mit dem Repräsentanten der Krone löste, dann wäre er so bestürzt, daß er die Vorwürfe, mein Onkel mische sich in unerträglicher Weise in Privat- und Staatsangelegenheiten ein, zurückziehen werde –, nicht nur zurückziehen, sondern darum bitten, meinen Onkel wieder nach Kotala zu entsenden. Ich glaube, man wartete nur darauf, ihm zu sagen, dazu sei es zu spät, und war eher überrascht, als der Maharadscha sich nicht beschwerte.«

»Wieso zu spät?«

»Nun ja, mein Onkel war alt, und die Belastung ihrer ständigen Meinungsverschiedenheiten hatte seine Gesundheit untergraben. Meine Mutter kam herüber, um ihn in Simla während seiner Krankheit zu besuchen. Sie versuchte, ihn zu überreden, sich sofort in den Ruhestand versetzen zu lassen, anstatt die zwei oder drei Jahre zu warten, die er noch vor sich hatte. Es überraschte sie keineswegs, als wir sie am Schiff abholten und ihr berichteten, daß Onkel Tommy während ihrer Rückreise gestorben war. Der Maharadscha schrieb ihr und brachte sein Mitgefühl zum Ausdruck. Sie hatte ihn als kleinen Jungen gut gekannt, aber sie brachte es nicht über sich, ihm mehr als einen förmlichen Dank zu schicken. Als ich jedoch nach Indien kam, trug sie mir auf, dem jungen Kotala ihre *Salaams* zu überbringen, falls ich ihm zufällig begegnete.«

»Haben Sie es getan?«

»Ja, er war sehr gerührt.«

»Dann haben Sie seine Einladung trotz der bürokratischen Schwierigkeiten angenommen. Gut.«

»Leider konnte ich das nicht. Der Offizier, mit dem ich reiste, war strikt dagegen. Offen gesagt, wäre es zuviel von ihm verlangt gewesen, einem privaten Abstecher zuzustimmen, denn ich ging ihm bei einem ziemlich hektischen Programm zur Hand, und er sollte mich einarbeiten. Also sagte ich ab. Allerdings übermittelte ich ihm die Grüße meiner Mutter und sprach die Hoffnung auf eine andere Begegnung aus. Eine Woche später erschien er an unserem nächsten Reiseziel. Er war mehr als hundert Meilen gefahren.«

»Lag ihm soviel daran, sich wegen der Behandlung Ihres Onkels zu entschuldigen?«

»Er entschuldigte sich dafür, daß er mich geschnitten hatte. Das andere befürchtete ich auch. Nach allem, was meine Mutter mir erzählt oder unüberlegt gesagt hatte, war ich schon vor Jahren dahinter gekommen, daß eigentlich meinen Onkel die Schuld an der ganzen Sache traf. Ich glaube, meine Mutter war zu derselben Ansicht gekommen. Wie Sie gesagt haben, regierte mein Onkel praktisch den Staat, solange der Maharadscha nicht volljährig war, und abgesehen davon, hatte sich zwischen ihnen eine äußerst enge und liebevolle Vater-Sohn-Beziehung entwickelt. Das alles hätte mit der Volljährigkeit des Maharadscha enden müssen. Mein Onkel hätte sich zurückziehen und damit zufriedengeben sollen, daß der junge Mann die volle Verantwortung übernahm. Aber er beging den Fehler, ihn weiterhin als einen Minderjährigen zu behandeln und zu vergessen, daß er ein herrschender Hindufürst war. Natürlich muß das zu einem Punkt geführt haben, an dem die Verwandten des Maharadscha und seine Würdenträger deutlich zu erkennen gaben, daß sie den jungen Mann verachteten, weil er sich vom Residenten tyrannisieren ließ. Sie haben ihm klargemacht, wenn er auch nur einen Funken Mut besäße, müßte er meinem Onkel die Grenzen zeigen. Bedauerlicherweise tat er das auf die ungezügelte Weise eines jungen Mannes. Der Maharadscha verschwendete Geld für persönliche Extravaganzen, trank zuviel, hatte zu viele Frauen und tat alles, was meinem Onkel Gelegenheit gab, seiner Kritik Nachdruck zu verleihen. Nach etwa einem Jahr fehlte nur noch der Beweis für Grausamkeit, Korruption und völlige Mißachtung des Wohlergehens seiner ärmeren Untertanen, um ihn aus triftigen Gründen abzusetzen.«

»Und einen solchen Beweis gab es nicht.«

»Ich glaube, der Maharadscha hat außer sich selbst nie jemandem geschadet. Und ich glaube, er ahnte es, und das, würde ich sagen, lag ihm immer noch auf der Seele. Ich hatte den Eindruck, in Wirklichkeit wäre er gern enthaltsam und aufrecht gewesen. Er wäre gern all das gewesen, was mein Onkel ihm in seiner Jugend zweifellos als Tugenden dargestellt hatte. Er haßte sich dafür, daß er den Versuchungen nicht widerstehen konnte, und er gab meinem Onkel auch daran die Schuld. Wie gesagt, er entschuldigte sich dafür, daß er mich bei unserem ersten Zusammentreffen geschnitten hatte, aber als wir den Punkt erreichten, an dem deutlich wurde, daß einer von uns Onkel Tommy erwähnen müsse, wurde er sehr gereizt. Er war den langen Weg gekommen, und deshalb hatte ich das Gefühl, daß ich den Ball in der Hand hielt, aber ich zögerte, ihn dem Maharadscha zuzuwerfen. Zu meiner Schande muß ich gestehen, daß ich glaubte, die Sache habe möglicherweise einen Pferdefuß: Es gehe ihm darum, mich durch eine Demonstration von Großmut oder Reue weichzumachen, damit ich mich bereit erklärte, für ihn bei irgendeinem Plan, den er hatte, ein Wort einzulegen.«

»Nun ja, Sie waren gerade lange genug im Land, um den Verdacht zu haben, er könne Sie für unerfahren genug halten, um das zu versuchen. Haben Sie ihm den Ball zugeworfen?«

»Nein. Ich drückte mich davor. Und so stellte er mich, als er in den Wagen stieg, um zurückzufahren... es ist das einzige Wort dafür. Haben Sie ihn einmal kennengelernt?«

»Nein, nicht den Maharadscha. Wir waren nie in Kotala, und er sitzt nicht in der Kammer. Er hat nicht genügend Kanonen.«

»Er ist ziemlich groß, sehr dick. Er benutzt Parfums und trägt Ringe, meist mit Diamanten. In der Mitte des Turbans befand sich sogar eine kleine juwelenbesetzte Kokarde. Ich glaube, man könnte Kotala als die Verkörperung des verweichlichten indischen Potentaten bezeichnen, wie ihn sich die meisten Engländer vorstellen. *Wir* sehen darin keine Würde, was die Inder auch damit verbinden mögen. Aber seit diesem Tag versuche ich, nicht mehr nach dem Aussehen zu urteilen. Ich glaube, nichts hätte würdevoller sein können als seine Abschiedsrede. Er sagte, er freue sich, Tommy Crawleys Neffen kennengelernt zu haben, und sei sicher, daß wir uns wiedersehen und Gelegenheit finden würden, eine Beziehung auf der freundschaftlichen Grundlage aufzubauen, die wir, wie er hoffe, geschaffen hätten. Von seinem Standpunkt aus sei das jedoch unmöglich, solange ich nicht wisse und akzeptiere, daß er als Junge meinen Onkel geliebt, und daß er glückliche Erinnerungen an diese Zeit habe, daß er jedoch später eine schreckliche Zeit mit ihm durchlebt habe, die er nie vergessen würde und nie vergeben könne. Er sagte: ›Als ich jung war, sagte Ihr Onkel immer zu mir: »Wenn man weiß, daß man im Recht ist, muß man dafür kämpfen. Dann darf man nie nachgeben, nie zurückstecken und nie etwas zurücknehmen.« Meiner Meinung nach hatte ich in dieser Sache recht und er unrecht. Wenn ich etwas bedaure, dann die Art der Waffen, die zu benutzen er mich zwang, und die Art Trost, den zu suchen er mich zwang, um die Wunden zu heilen, die er mir zufügte.‹ Ich war so beeindruckt, daß ich nach seiner Abfahrt sofort auf mein Zimmer ging und seine Worte aufschrieb.«

»Eine vorbereitete Rede«, sagte Bronowski, »aber wirkungsvoll. Ich glaube aufrichtig. Ja. Sehr englisch in der Gesinnung, aber natürlich auch sehr indisch. Er wollte Sie und Ihren Charakter auf die Probe stellen und gleichzeitig etwas loswerden. Was haben Sie gesagt?«

»Das erste, was mir in den Kopf kam. Hinterher wurde mir klar, ich hatte Glück gehabt, daß er keine derartige Rede gehalten hatte, als ich ihn kennenlernte. In der Zwischenzeit war ich herumgekommen, hatte das System begriffen, das vom Herrscher verlangt, daß er seine Stellung hält, und man selbst die eigene, daß aber beide Seiten das dazwischenliegende Gebiet offenlassen, ohne jede Verpflichtung, sich dorthin zu begeben. Ich sagte, ich wisse persönlich sehr wenig von dem Streit zwischen ihnen. Ich wisse nur, daß mein Onkel sehr tief davon getroffen worden sei und daß er vermutlich von der Richtigkeit seines Verhaltens ebenso überzeugt gewesen sei. Ich hätte immer bedauert, daß die Laufbahn meines Onkels auf diese Weise ein solches Ende genommen habe. Aber ich würde es noch weit mehr bedauern, wenn es jetzt so aussehe, als seien ihre Meinungsverschiedenheiten nicht so ernsthaft gewesen, daß man sie nicht hätte beilegen können. Ich sei Seiner Hoheit zutiefst dankbar, daß er so offen gesprochen und eine solche Annahme ausgeräumt habe.«

»Waren Sie allein mit ihm?«

»Ja, weshalb?«

»Schade. Wenn Ihr vorgesetzter Offizier das gehört hätte, glaube ich, hätte er einen äußerst günstigen Bericht über Sie erstattet.«

»Ich bin keineswegs sicher, daß ich damit keine Zweifel an meiner Eignung für die politische Arbeit geweckt habe. Man hat mich sehr genau danach gefragt, was wir miteinander gesprochen hatten, und man gab mir das Gefühl, es sei besser für mich, wenn ich mich gewissenhafter um Routineangelegenheiten kümmerte.«

»Junge fähige Männer lösen üblicherweise eher Vorsicht als Begeisterung aus. So war es schon immer. Aber Sie werden es vermutlich überleben. Ich bin sicher, wenn Sie immer noch Ambitionen in dieser Richtung haben. Haben Sie welche?«

Rowan lächelte und antwortete mit einem Zitat: »»Das Fieber des Körpers, ersterbend wie ein Feuer, wirft wenig Licht auf die Dinge des Herzens.'«

»Ah«, sagte Bronowski nach einer kurzen Pause, »Gaffur, allerdings eine etwas elegantere Übersetzung als die existierende englische Version. Das vergehende Fieber im Blut ist wie ein sterbendes Feuer, da dum da dum usw. Aber wie passend! Gaffur, der sich von einem Malariaanfall oder der Ruhr erholt. Stammt die andere Version von Ihnen? Ja? Dann haben wir ein Laster gemeinsam, obwohl meine Übersetzungen aus dem Urdu mehr unter das Kapitel extracurriculäre Tätigkeiten für Nawab Sahib fallen. Natürlich kennen Sie die Verbindung mit Gaffur?«

»Er war im achtzehnten Jahrhundert Hofdichter in Mirat.«

»Und mit der Herrscherfamilie verwandt. Ein Kasim. Nawab Sahib hatte Gaffur nie englisch gelesen. Aber er besitzt viele kostbare Ausgaben im Original. Wenn jemand das Gefühl hat, ihm ein Geschenk machen zu müssen, das verrät, daß er sich Gedanken gemacht hat, aber nicht übertreiben will, dann fallen den Leuten meistens die Gedichte des berühmten Vorfahren ein. Die Laytons zum Beispiel schenkten ihm eine Ausgabe, als er ihnen für die Hochzeit das Gästehaus zur Verfügung stellte. Aber bei Engländern ist das seltener als bei Indern. Er war sehr erfreut und brachte den Wunsch zum Ausdruck, einige seiner Lieblingsverse auf Englisch auswendig zu lernen. Er war entsetzt, als er die viktorianischen Ergüsse von Oberst Harvey-Fortescue las, und seit dieser Zeit mußte ich mich selbst daran versuchen. Ich werde Ihnen nicht die falsche Bescheidenheit des zufriedenen Amateurs vorspielen und vorgeben, ich sei mit einigen Ergebnissen nicht äußerst zufrieden. Inzwischen bin ich nach der Ausübung dieses latenten Könnens recht süchtig geworden und sehe mich manchmal als einen kleinen Puschkin. Aber es ist anstrengend für das Auge. Wenn man nur ein Auge hat, ist es vernünftig aufzupassen, aber schwierig, sich daran zu erinnern, das zu tun. Man stellt sich so leicht auf eine so kleine Beeinträchtigung ein und hält sich selbst nur selten für behindert, es sei denn, man sieht oder hört von jemandem im gleichen oder einem schlimmeren Zustand.«

Die Geschichten über Bronowskis blindes linkes Auge und steifes linkes Bein reichten vom Möglichen bis zum skurril Unwahrscheinlichen. Rowan hatte nun die Chance, eine von ihnen zu hören, und die Chance, sich dem Thema Behinderung, dem Thema verlorener Gliedmaßen, dem Thema Merrick zuzuwenden. Eine wiederum bewußt herbeigeführte Chance? Es lohnte sich, sie zu ergreifen. Ihm wurde klar, wie sehr er es genoß, sich mit dem alten Wasir zu unterhalten, und der Gedanke gefiel ihm, daß die Unterhaltung nicht mehr als ein Ritual war, das elegante Kreisen um ein Thema, das sie beide interessierte, das aber anzuschneiden sie beide zu geschickt waren. Jeder hatte seine Stellung gehalten. Das Gebiet dazwischen lag weit offen. Jetzt konnte man sich darauf wagen, ohne sich etwas zu vergeben.

»Mir ist aufgefallen«, sagte Rowan, »daß Sie auf dem linken Auge blind sind und auch links ein steifes Bein haben. Deutet das auf ein und dieselbe Ursache hin, oder ist es Zufall?«

»Oh, auf dieselbe, und eine in St. Petersburg damals alltägliche: eine selbstgefertigte Bombe. Ein explosiver kleiner Zwischenfall in der Abenddämmerung auf dem Rückweg vom Winterpalast.« Bronowski lehnte sich im Sessel zurück. »Eine Explosion wie eine scharlachrote Blüte im schwarzen Laub, die aus dem Schnee hervorbrach. Ein kleines Sommerwunder im Winter. Das und der Druck. Man erinnerte sich nicht an ein Geräusch. Vielleicht hatte der Schnee es gedämpft. So sehen die Erinnerungen aus. Später die Beschwerden und das merkwürdig vage Gefühl der Befriedigung zu wissen, daß es nicht schlimmer war. Keine verlorenen Gliedmaßen. Nur ein Auge. Ein untaugliches Bein. Wachsender Genuß. Die Auszeichnung eines Hinkens und einer Augenklappe. Der arme junge Mann, der die Bombe warf, war das einzige Todesopfer. Er hielt mich irrtümlich für einen anderen. Ich machte einen gefühllosen Witz: Ich hätte nur noch ein Auge, um damit zu weinen und seinen sinnlosen rührenden Tod zu betrauern. Aber das geschah nur, um weniger rohe Gefühle zu verbergen. Ich dachte: Wie seltsam. Er kannte mich nicht und ich ihn nicht. Aber er hatte sich mir seit seiner Geburt ein ganzes Leben lang, zwanzig Jahre lang, unvermeidlich Schritt um Schritt genähert. Und ich hatte auf ihn gewartet, hatte mich auf diese Fahrt durch den Schnee vorbereitet, um eine Verabredung einzuhalten. Ich hatte mich in meine Pelze gehüllt, war gut verhüllt, gut getarnt, damit er mich nicht im allerletzten Moment als den Urheber seines Todes erkennen würde. Ich habe sein Foto gesehen. Man hatte es natürlich. Und ein Foto seiner Überreste aus dem Leichenschauhaus. Man zeigte mir auch das, als würde ich mich darüber freuen. Erstaunlicherweise war sein Gesicht unversehrt. Es wirkte sehr blaß durch seine schwarzen Haare und dem dünnen jugendlichen Bart auf Wangen und Kinn. Ein dunkler junger Mann, dachte ich, mit geheimen Leidenschaften und einem unbestimmten Schicksal. Es war eine Enthüllung. Als ich das Foto betrachtete, begriff ich, daß *er* mein Tod hätte sein können. Und vielleicht hatte es das Schicksal so bestimmt, hatte aber den Mechanismus falsch aufgezogen und war jetzt entsetzt über den Irrtum. Mir kam der Gedanke, daß ich, nun ja, daß ich aufpassen mußte, daß vielleicht gerade jetzt in einem fernen Dorf ein Kind geboren wurde, um den Irrtum zu berichtigen. Mir schien es, als gehe das Schicksal so vor, als müsse die scheinbar so zufällige Bestimmung trotzdem von Anfang an geformt werden, als hätte ich eine Gnadenfrist von mindestens zwanzig Jahren, ehe ich die nächste Verabredung einhalten müßte – diesmal mit einem jungen Mann, der die Aufgabe durchführen würde. Ich sah sein Leben vor mir... wie es sein würde... nicht privilegiert wie mein Leben, sondern hart und düster, so daß Trauer seinem Herzen zur Gewohnheit wurde, die ich mir auch gern als Trauer um mich vorstellte, weil er etwas tun mußte, wovon er noch nichts wußte. Es gab Zeiten, in denen die Dinge nicht gut um mich standen, und ich wünschte, das Ende beschleunigen zu können. Das war im Jahr neunzehnhundert. Als ich Rußland beinahe zwanzig Jahre später verließ, geschah es fast mit dem Gefühl eines Deserteurs. Verstehen Sie, in der Zwischenzeit hätte er in der Blüte seiner Jugend gestanden und nur noch wenige Jahre warten müssen. In Berlin und Paris hielt ich nach ihm Ausschau – zuerst nur unter den jungen Männern unserer Emigranten, aber dann auch unter jungen Deutschen und jungen Franzosen, denn ich erkannte, daß der vorherbestimmte Urheber meines Todes nicht unbedingt russischer Nationalität sein mußte, und daß es einer der kleinen Scherze des Schicksals sein mochte, daß ich mich sicher fühlen würde, nur weil ich eine Grenze überschritten hatte. Selbst in Indien hielt ich nach ihm Ausschau.«

»Aber jetzt nicht mehr?«

»Oh, manchmal schon. Indien ist besonders reich an Möglichkeiten. Hier ist es leicht, ein Gezeichneter zu sein. Ich sprach mit unserem Freund Merrick bei der interessanten Unterhaltung, die ich mit ihm in Mirat hatte, darüber.«

»Merrick? Oh, Sie meinen den Fall in Majapur. Miss Laytons Freund.«

»Wenn ich sage, ich sprach darüber, meine ich, ich sprach ganz allgemein mit ihm darüber, ein Gezeichneter zu sein, über die Rolle, die diese jungen Männer mit einem unbestimmten Schicksal und geheimen Leidenschaften spielen. Ich erwähnte meinen Fall nicht. Er ist schließlich eine Illusion. Sein Fall war Realität. Seit Majapur ist er ein Gezeichneter. Er wird sogar verfolgt, wenn auch auf subtile Weise, um ihn daran zu erinnern, daß er nicht vergessen ist, daß er durch seine Versetzung in die Armee den nicht abgeschüttelt hatte, der ihm auf den Fersen war . . ., wer immer es war, und wer immer es ist, der nicht möchte, daß Merrick sich einer Täuschung hingibt, sondern weiß, daß er eines Tages für sein Vorgehen in Majapur zur Rechenschaft gezogen wird. Zumindest möchte man ihm diesen beunruhigenden Eindruck vermitteln. Ich hatte das Gefühl, den Leuten lag weniger an Rache, als an dem Nutzen, der sich aus einer umstrittenen Figur wie Merrick ziehen ließ, um junge Männer aufzuwiegeln, damit sie Unruhe stifteten, um ein bestimmtes politisches oder religiöses Ziel zu erreichen.«

»Leute, wie der würdige Herr aus Majapur? Der, wie Sie sagten, im letzten Jahr in Mirat war und dunkle Einschüchterungsversuche unternommen hat?«

Der Zug fuhr über mehrere Weichen und schaukelte sanft. Die Lichter wurden dunkler, erloschen flackernd und gingen wieder an. Rowan kam es vor, als habe Bronowski in der blitzartigen Dunkelheit seine Position verändert. Allerdings wäre ihm nicht genug Zeit geblieben, um das unbeobachtet zu tun: eine oder zwei Sekunden. Aber er sah anders aus. Rowan konnte nicht sagen auf welche Weise. Es war merkwürdig. »Der würdige Herr, ja.« Selbst seine Stimme hatte sich scheinbar verändert. Aber das Ganze mußte eine Sinnestäuschung sein oder hatte etwas damit zu tun, daß der Luftdruck im Wagen sich verändert hatte. Vielleicht hatte sich die Landschaft verändert, durch die sie fuhren. Oder jemand hatte weiter vorne im Wagen eine Tür oder ein Fenster geöffnet.

»Sie erwähnten, daß ein Stein geworfen wurde. Meinten Sie, daß er auf diesen Merrick geworfen wurde?«

»Ganz richtig.«

»Auf Anstiftung dieses gerissenen Zeitgenossen?«

»Wie genau Sie sich an meine Worte erinnern. Machen wir die Dinge für uns beide einfacher. Er hieß Pandit Baba.«

»Und er ist den ganzen Weg von Majapur nach Mirat gekommen, um jemanden anzustiften, einen Stein auf den armen Merrick zu werfen?«

Bronowski lachte. Er sagte: »Genau. Eine solche Geste käme auch mir übertrieben vor. Ich glaube, der Pandit würde keine Energie auf eine so belanglose Sache verschwenden. Deshalb nahm ich Notiz davon. Es ist eine zu lange Geschichte, die Geschichte von dem Stein und Mr. Merrick. An sich ist sie irrelevant und im größeren Kontext nur für mich von Bedeutung, denn es liegt in meinem Interesse und im Interesse unseres Polizeichefs, Mirat vor solchen lästigen Eindringlingen zu schützen.«

»Ich kann Ihnen nicht ganz folgen.«

»Wenn Sie in Britisch-Indien durchgreifen, wenn Sie eine Säuberungswelle durchführen und subversive Elemente und Unruhestifter ins Gefängnis stecken, politische Parteien verbieten oder irgendwie sonst Indern das Leben unangenehm machen, die Ihnen die Stirn bieten, dann tauchen alle unter, die durch die Maschen Ihrer Netze schlüpfen. Und wo könnten sie besser untertauchen als in den Fürstentümern mit Selbstverwaltung, wo Ihre Haftbefehle nicht ohne weiteres gelten? Ich weiß nicht, wie viele Aktivisten, Terroristen, Anarchisten, militante Kommunalisten oder einfach Kongreß-Extremisten zur Zeit Ihrer großangelegten Jagd während der *Quit India*-Kampagne 1942 ihre Dhotis gerafft und wie der Blitz nach Orten wie Mirat geflüchtet sind. Ich weiß, wie viele *in* Mirat auftauchten, denn ich habe dafür gesorgt, daß sie sofort wieder ihre Dhotis rafften und wie der Blitz über unsere Grenze verschwanden.«

»Ihr Polizeichef muß sehr tüchtig sein.«

Bronowski blickte zur Seite und lächelte vor sich hin. »Ich vermute, ein oder zwei sind unserer vereinten Wachsamkeit entgangen. Aber wir waren sehr wachsam. Es ist klug, wachsam zu sein. Die Fürstentümer bieten ein weites Feld für politische Intrigen, und ich finde, manche Fürstentümer verdienen, was sie in dieser Hinsicht erleben. Aber ich dulde nicht, daß Leute, die nicht nach Mirat gehören, politische oder kommunale Unruhen entfachen. In den vergangenen zwanzig Jahren haben sich beide großen indischen Parteien solcher Versuche schuldig gemacht. Ich muß nicht deutlicher werden. Abgesehen davon, daß Nawab Sahib, per definitionem ein Autokrat, auch Moslem ist. Die Mehrheit seiner Untertanen sind Hindus. Ich habe mein Leben lang versucht, dafür zu sorgen, daß beide Gemeinschaften in Mirat Chancengleichheit haben, und das war nicht immer der Fall. Ich habe mich darum bemüht, daß sie in Freundschaft miteinander leben und Grund haben, völlig damit zufrieden zu sein, als Untertanen des Nawab zu leben und sich nicht nach dem demokratischen Jahrtausend zu sehnen, das Gandhi-ji verheißt, oder nach dem theistischen Paradies auf Erden, das Dschinna vorschwebt.«

Bronowski schwieg, blickte auf den Schuh seines linken Fußes, den er ausgestreckt hatte; der aufgestellte Absatz drückte sich mit der Kante in den dicken Teppich, der dazu beitrug, das Rattern der Räder zu dämpfen. Er sagte: »Natürlich kann es für uns später keine separate Zukunft geben, und in letzter Zeit beschäftigt mich das Problem, wie sich ein glatter und vorteilhafter Übergang ermöglichen läßt.«

»Keine unabhängige Zukunft?«

»Wenn die Briten schließlich gehen, gibt es keine separate Freiheit von Indiens Freiheit, keine unabhängige Zukunft für Mirat oder eines der Fürstentümer, ausgenommen vielleicht für die größten und mächtigsten wie Haiderabad oder jene, deren Gebiete aneinandergrenzen, und die sich möglicherweise administrativ zusammenschließen. Die Alternative ist eine Balkanisierung, die natürlich selbst dann katastrophal wäre, wenn man sie zuließe.«

»Wir haben eine Verpflichtung gegenüber den Fürsten. Ich würde sagen, es ist oft genug klargestellt worden, daß wir uns dazu bekennen.«

»Nun ja, Sie werden alle gehen, nicht wahr? Eines Tages. Wann? In fünf Jahren? In zehn Jahren? Selbst fünf Jahre sind keine lange Zeit. Vielleicht werde ich es nicht mehr erleben. Im Grunde hoffe ich es, denn wenn die Briten gehen, werden sie die

Fürsten trotz aller gegenteiliger Beteuerungen im Stich lassen. Das habe ich Nawab Sahib gesagt. Er gibt vor, es nicht zu glauben. Ich zeige ihm die Landkarte. Ich deute auf den winzigen, isolierten gelben Fleck, der Mirat ist, und auf die rosa Flächen, die ihn umgeben, die Provinzen, die von den Briten regiert werden. Ich sage ihm, seit Indien unter die Herrschaft der Krone gestellt wurde, haben Sie sich darauf verlassen, daß die rosa Flächen den Vertrag respektieren, der dem gelben Fleck die Existenz garantiert. Aber Sie können keinen Vertrag mit Menschen haben, die verschwunden sind und die Krone mitgenommen haben. Der Vertrag wird nicht zerrissen, aber er wird keinen Wert mehr besitzen. Er wird nur noch ein Stück Papier sein. Man wird mit den Menschen, die die rosa Flächen von den Briten übernommen haben, einen neuen Vertrag schließen müssen. Sie werden mit Gandhi und Nehru über einen neuen Vertrag verhandeln müssen. Dschinna können Sie vergessen, denn selbst wenn er Pakistan bekommen sollte, liegt es so weit von Ihnen entfernt, daß es für Sie ohne Bedeutung ist. Also werden Sie um die Fortdauer des gelben Flecks, der Mirat ist, mit Nehru und der Kongreßführung feilschen müssen. Nawab Sahib lächelt. Er sieht ebenso deutlich wie ich, welche Form dieses Feilschen annehmen kann. Aber er lächelt auch über mein schlichtes Gemüt, wie er sich einreden möchte. Nein, Dimitri, sagt er, wir haben die Briten in zwei Weltkriegen mit Waffen und Männern unterstützt. Es gibt über fünfhundert kleine gelbe Flecken, und einige sind nicht so klein. Die Briten haben gelobt, unsere Rechte, unsere Privilegien und unsere Autorität zu schützen. Ich nicke. Ich sage, das ist richtig, Nawab Sahib. Aber sie haben auch gelobt, eines Tages *ihre* Rechte, Privilegien und *ihre* Autorität an Gandhi und Nehru zu übergeben... Sie haben sich in zwei Richtungen verpflichtet, aber sie können nur in eine gehen. Nawab Sahib lächelt wieder und sagt: Darin, Dimitri, liegt ihre Gerissenheit. Er sagt nicht, welche Art Gerissenheit er sieht. Er weiß, wenn er sie in Worte faßt, wird seine Illusion in sich zusammenbrechen. Deshalb wollen ihm die Worte nicht kommen. Aber er sagt sich, daß die Verpflichtung gegenüber Gandhi und Nehru wegen der Verpflichtung gegenüber den Fürsten nicht erfüllt werden kann, oder nur mit Einwilligung der Fürsten. Und die Fürsten werden nur einwilligen, wenn man ihnen zuvor die Unantastbarkeit ihrer Gebiete auf Dauer zusichert. Deshalb, mein lieber Hauptmann Rowan, da Nawab Sahib diese ehrfürchtige Haltung gegenüber einem Stück Papier einnimmt, werden Sie einsehen, daß ich bei der Aufgabe, die günstigste Position für meinen Fürsten zu erarbeiten und zu planen, praktisch allein stehe. Und weil ich Ruhe und Frieden zum Arbeiten und Planen brauche, halte ich nichts von würdigen Herren aus Majapur oder ihresgleichen, woher sie auch kommen mögen, die jene Art Unruhe stiften wollen, die unsere künftigen Herren als Beweis dafür anführen werden, daß die Untertanen von Nawab Sahib unter dem Joch einer eisernen archaischen Diktatur leiden, noch dazu einer Moslemdiktatur. Ich halte nichts von würdigen Herren aus Majapur, denn in ihrem Gefolge, in ihren Fußstapfen schießen diese dunklen jungen Männer mit unbestimmtem Schicksal und persönlichen Leidenschaften wie kleine spitze Zähne aus dem Boden – Schicksale und Leidenschaften, die für gewalttätige Zwecke geformt und gelenkt werden können.«

Rowan nickte und überließ es Bronowki zu erraten, welche Ansicht er über die Zukunft der Fürstentümer vertrat. Seit er Malcolms Angebot angenommen hatte, die offizielle Übergabe von Mohammed Ali Kasim in den Schutz des Nawab durchzuführen, hatte er sich mit dem Status von Mirat beschäftigt. Im Fürstentum selbst gab es keinen Vertreter der Politischen Abteilung. Mirats Beziehungen zur Krone wurden vom Residenten in Gopalakand wahrgenommen, dem alten Robert Conway, den Rowan nur dem Namen nach kannte. Es hatte ihn leicht überrascht, als Lady Manners erwähnte, er sei ein alter Freund von ihr. Da er eine hohe Meinung von Lady Manners hatte, kam er zu dem Schluß, Conway besitze möglicherweise mehr Wärme, als man ihm allgemein zubillige. Aber selbst sie hatte ihn als einen Mann ohne Emotionen und mit starren Ansichten beschrieben. Für Bronowski konnte es nicht leicht sein, sich mit ihm zu verständigen, und – so stellte Rowan sich vor – Conway konnte auch kein Mann sein, der Bronowkis bei der Suche nach der vorteilhaftesten Position für seinen Fürsten, wie er es nannte, unterstützte. Nach allem, was Rowan über Conway gehört hatte, vermutete er, der Nawab fühle sich in seinem Glauben bestärkt, man werde ihn nur über Conways

Leiche und die Leichen jedes einzelnen Mannes der Politischen Abteilung im Stich lassen.

Er sagte: »Hoffen wir, der würdige Herr hält sich fern. Sie müssen mir irgendwann einmal etwas über den Stein erzählen. Es erscheint mir ein bißchen weit hergeholt zu glauben, Pandit Baba habe sich wirklich die Mühe gemacht. Ich nehme an, er ist jetzt sicher.«

»Wer?«

»Miss Laytons Freund – Merrick.«

»Offen gestanden, ich bezweifle, daß er sich je in großer Gefahr befand. Einem Weißen etwas anzutun, ist in diesem Land ein gewagtes Unternehmen. Aber ich stimme Ihnen zu. Möglicherweise ist er vor weiterer Verfolgung sicher, und sei es auch nur, weil Pandit Baba vermutlich seine wichtigste Absicht längst erreicht hat. Merricks Absicht, nun, das ist eine andere Sache. Und wer kann sagen, welche Absichten ein solcher Mann hat?«

Rowan streckte sich. »Vielleicht ganz einfach, seine Arbeit zu tun.«

»Nur wenige Männer haben so einfache Ziele.«

»Sind er und Miss Layton alte Freunde?«

»Soweit ich mich erinnere, haben sie sich erst bei der Hochzeit kennengelernt. Er war nicht einmal ein enger Freund des Bräutigams. Ein Ersatz in letzter Minute, wie man sagen könnte, für den Trauzeugen, der krank geworden war. Bis zum Tag der Hochzeit wußte niemand, daß es sich um den Merrick vom Fall Bibighar handelte. Er verschwieg es, aber es kam durch den Stein ans Licht, und weil ich ihn sofort erkannte. Ich hatte nämlich gehört, daß Hauptmann Merrick bei der indischen Polizei gewesen war. Der Stein traf übrigens den armen Bräutigam. Weshalb fragen Sie?«

»Ich frage nur, weil sie eine so nette Frau zu sein scheint, und es wäre sehr hart, wenn die beiden sich gebunden hätten.«

»Gebunden?«

»Verlobt, zum Beispiel.«

»Hart für sie wegen seines amputierten linken Arms?«

»Sie kam mir nicht wie jemand vor, der einen Rückzieher machen würde, und es wäre hart für sie, nicht wahr?«

»O ja, da stimme ich Ihnen zu. Ich bezweifle, daß Miss Layton einen Rückzieher machen würde. Aber an so etwas hatte ich überhaupt nicht gedacht.« Er hielt den Ebenholzstock immer noch in beiden Händen; er hob ihn zum Kinn, legte den Kopf zurück und betrachtete die prächtige Decke. »Gebunden. Daran hatte ich überhaupt nicht gedacht. Aber in Mirat wäre kaum genug Zeit gewesen, damit sich eine solche Beziehung hätte entwickeln können. Auch danach nicht, es sei denn, durch Briefe. Nein, ich bezweifle, ich bezweifle wirklich, daß genug Zeit gewesen sein konnte, damit eine solche Beziehung auch nur hätte beginnen können, selbst wenn alles andere normal gewesen wäre.«

Bronowski klopfte sich mit dem silbernen Knopf des Stocks leicht gegen das Kinn und betrachtete dabei immer noch die Decke. Rowan wartete.

»Aber ich verstehe, wie Sie darauf gekommen sein könnten«, sprach Bronowki weiter. »Sie kommt gerade von einer langen Reise zurück, die sie aus den von ihr genannten Gründen unternommen hat, aber auch zu ihrer persönlichen emotionalen Befriedigung.«

Die Decke interessierte ihn nicht mehr. Er sah Rowan an, klopfte sich aber immer noch an das Kinn.

»Hoffen wir, daß Sie sich irren. Ich möchte sagen, es wäre sonst eine etwas einseitige Sache. Es sei denn, ich habe mich in Mirat geirrt. Und das ist natürlich immer möglich.«

»Geirrt? Worin?«

»In meiner Annahme, daß er Frauen im Grunde nicht mag.«

Rowan schwieg.

»Das macht den Majapur-Fall erst interessant. Er war von Anfang an interessant, aber auf klischeehafte Weise. Da war also diese junge Frau, die arme Miss Manners. Sie war erst kürzlich aus England gekommen, sie war unerfahren, und sie lehnte das starre englische Gesellschaftssystem hier ab. Sie war liebenswürdig und intelligent – ein wenig wie Miss Layton, aber was Indien betraf im Vergleich zu ihr eine Unschuldige im Ausland. Eine Zeitlang wohnte sie bei ihrer Tante, Lady Manners, in Rawalpindi, einer liberalen alten Dame, deren Mann früher einmal Gouverneur in Ranpur gewesen war und sich mit seiner inderfreundlichen Politik die Feindschaft der Reaktionäre zugezogen hatte. Heute hat die alte Dame beinahe mehr indische Freunde als britische, sagt man. Eine dieser Freundinnen, eine Lady Chatterjee, lädt die Nichte, diese Miss Manners, zu sich nach Majapur ein, wo die gesellschaftliche Struktur noch starrer und provinzieller ist als in Rawalpindi. Und in Majapur freundet sie sich mit einem Inder an. Dieser Inder verkehrt nicht im kleinen offiziellen Kreis der gesellschaftlich akzeptierten Inder, sondern kommt aus der Schwarzenstadt. Klischee Nummer eins. Die Prinzessin und der Bettler, allerdings mit einer rassischen Variation des Themas. Dann Klischee Nummer zwei und drei: Der Inder ist zwar jetzt ein Bettler, in Wirklichkeit jedoch ein Gentleman, der in England aufgewachsen ist und eine englische Public School besucht hat. Nur ein familiärer Schicksalsschlag ist dafür verantwortlich, daß er auf der falschen Seite des Flusses wohnt, und von dort kommt er in seiner Eigenschaft als bescheidener Reporter der lokalen englischsprachigen Zeitung immer wieder in das Garnisonsviertel. Die Freundschaft mit Miss Manners entwickelt sich beinahe heimlich, denn es gibt nur wenige Orte, wo sie gemeinsam hingehen können. Aber ihr sind die künstlichen Schranken lästig, und deshalb werden sie zusammen gesehen. Man warnt Miss Manners vor dieser Beziehung. Sie ignoriert die Warnung, aber die Freundschaft steht von nun an unter einer Spannung. Mit anderen Worten, Klischee Nummer vier. Und nun die Frage: Worauf hat der Inder es eigentlich abgesehen? Klischee Nummer fünf. Die Warnung erweist sich als mehr als berechtigt, oder so scheint es. Eines Abends wird sie angegriffen und überfallen. Sie schwört, die Angreifer nicht gesehen zu haben. Später schwört sie, die Männer zwar nicht gesehen zu haben, aber trotzdem zu wissen, wer es nicht gewesen sein kann – in anderen Worten, die Art Männer, die man verhaftet hat, und zu denen natürlich auch ihr junger indischer Freund gehört. Wer in Majapur zweifelt nicht daran oder errät nicht, wer der Anführer der Männer war? Der Polizeichef zweifelt ganz bestimmt nicht daran. Sie ist nach dem Überfall noch kaum eine Stunde zu Hause, und schon befinden sich ihr Freund und seine Kameraden in Untersuchungshaft. Aber jetzt folgt Klischee Nummer sechs. Der Polizeichef hegt zartere Gefühle für Miss Manners als für jede andere Frau seiner Rasse, die in Schwierigkeiten geraten wäre. Wie zart sind diese Gefühle? Niemand weiß es genau, aber man flüstert, daß er sie liebt oder einmal geliebt hat, und daß sie ihn abgewiesen hat. Er leugnet das nicht direkt. Unter vier Augen wird er sagen, daß seine früheren Gefühle für Miss Manners es ihm sehr viel schwerer gemacht haben, eine angemessene distanzierte Haltung zu wahren und sicherzustellen, daß sein ganzes Tun leidenschaftslos im Dienst der Gerechtigkeit steht. Diese männliche Offenheit gefällt. In der Vergangenheit hat es Leute gegeben, die ihn als nicht ganz pukka bezeichneten, also, wie die Engländer sagen, nicht als erste Garnitur, aber jetzt räumen sie ein, daß er sich in dieser Angelegenheit tadellos und energisch verhalten hat. So scheint die Geschichte zu laufen und wieder einmal zu beweisen, daß die Wirklichkeit zwar nicht unwahrscheinlicher ist als eine Fiktion, aber doch ebenso vorhersehbar. Nur – verläuft die Geschichte so? Ich glaube, nicht ganz. Als ich Merrick kennenlernte, unterhielt ich mich lange mit ihm, und bei unserem Gespräch bekam ich einen ganz anderen Eindruck: Für Miss Manners hatte er sich nie interessiert; sie war ihm erst aufgefallen, als ihre Beziehung mit dem Inder begann. Und sie mußte ihm auffallen, denn er hatte auf den jungen Mann schon lange ein Auge geworfen. Der junge Mann war eine Zwangsvorstellung, eine fixe Idee. Vielleicht kennt nicht einmal Mr. Merrick alle Gründe dafür.« Bronowski machte eine Pause. »Vielleicht ist das Klischee Nummer sieben ... zumindest im Leben, wenn auch nicht in Geschichten. Klischee Nummer acht: Bei der Aufgabe, die Sie in wenigen Stunden durchführen müssen, sollten Sie jetzt schlafen. Ich werde den Diener anweisen, Sie um vier Uhr fünfzehn zu wecken.«

»Vielen Dank.« Rowan griff nach seiner Aktentasche.

»Ich hoffe, Sie haben mir nicht nur aus Höflichkeit Gesellschaft geleistet. Für mich ist Schlaf Zeitverschwendung, da es mein siebzigster Geburtstag ist, obwohl er, genaugenommen, gestern war. Ich werde noch ein paar Stunden mogeln, Champagner trinken und Puschkin lesen.«

Als Rowan aufstand, sagte Bronowski: »Sie vergessen am besten, was ich gesagt habe. Es sei denn, die Frage, was mit diesen Männern geschehen soll, kommt im Gouverneurspalast einmal zur Sprache. Der Gedanke, daß sie irgendwo in einem ungastlichen Gefängnis vergessen worden sind, würde mir nicht gefallen, falls sie unschuldig wären. Ich hoffe übrigens, daß Sie sich irren.«

»Irren?«

»In Hinblick auf Miss Laytons Gründe, so weit zu reisen und den verwundeten Helden zu besuchen. Ich glaube, er besitzt eine Reihe bewundernswerter Qualitäten, aber mir scheint, keine eignet sich dazu, das Glück eines Menschen zu fördern. Nicht einmal sein eigenes. Er ist einer ihrer hohlen Männer. Die äußere Hülle ist beinahe vollkommen, und er hat sie beinahe zur Perfektion gebracht. Aber natürlich handelt es sich um eine Hülle, die er selbst entworfen hat. Sogar der Verlust, den er erlitten hat – der linke Arm – paßt dazu. Wenn er den Verlust bedauert, wird er bald erkennen, daß er nichts verloren, sondern etwas gewonnen hat. Ein interessanter Gedanke. Ich fühle mich versucht zu sagen, hätte er diesen Verlust nicht erlitten, wäre er eines Tages vielleicht gezwungen gewesen, ihn zu erfinden.«

Rowan lächelte. »Und wäre dabei soweit gegangen, den Teil eines Arms zu entfernen?«

Bronowski lachte.

»Aber natürlich!«

Er sah Rowan an und sagte dann ruhig: »Ich meine das natürlich metaphorisch.«

V

Rowan ging gebadet und angekleidet in sein Wohnzimmer zurück. Jaiprakash schenkte ihm wie gewohnt den zweiten Whisky Soda ein, mit dem er die abendliche Tablettenration schluckte. Er griff nach dem Telefonhörer und verlangte die Nummer in Pankot. Der Mann in der Zentrale sagte, er rufe zurück, sobald ein Vorranggespräch die Leitung nach Pankot wieder freigegeben habe – vermutlich in zehn Minuten. Daraufhin ließ er sich mit dem Oberkellner in der Messe verbinden. Er bestellte das Abendessen zusammen mit einem Krug Bier auf sein Zimmer. Dann rief er die Nachrichtenstelle an und erkundigte sich, wieviel Zeit ihm blieb, um ein Paket hinunterzubringen, das mit der Nachtpost zum Gebietshauptquartier in Pankot gehen sollte. Um sicher zu sein, eineinhalb Stunden, erhielt er zur Antwort.

Als er den Hörer auflegte, klingelte das Telefon beinahe auf der

Stelle. Er nahm wieder ab. Durch das Knistern hindurch hörte er, wie der Mann in der Zentrale unten sagte, die Verbindung nach Pankot sei hergestellt, und dann rief eine ferne Frauenstimme: »Hallo? Hallo?« Das Knistern verstummte plötzlich. Es schien eine gute Verbindung zu sein. Er bat darum, Miss Sarah Layton sprechen zu können.

»Am Apparat.«

»Sarah, hier ist Nigel. Nigel Rowan.«

»Oh, hallo.«

»Ich habe Ihren Brief bekommen.«

»Das ging schnell.«

»Ich habe das erledigt, worum Sie mich gebeten haben.«

»Schon? Wie nett von Ihnen.«

»Es tut mir leid, daß ich anrufe. Kommt es ungelegen?«

»Nein, natürlich nicht.«

Aber sie klang etwas vorsichtig.

»Ich dachte, ich sollte Sie wissen lassen, was ich vorhabe. Wenn es in Ordnung ist, sagen Sie nur ja. Es ging nur darum, ein paar Briefumschläge und ein Päckchen abzuholen. Ich lasse alles verpacken und schicke es mit der Nachtpost ins Gebietshauptquartier. Ich glaube nicht, daß etwas Wichtiges dabei ist. Die Oberin meinte, Sie würden möglicherweise alles wegwerfen. Ich rufe nur an, damit Sie wissen, daß die Sachen unterwegs sind. Wenn ich das Päckchen mit dem Zusatz *persönlich* und *privat* versehe, wird es Sie dann problemlos erreichen?«

»Ja, das wäre gut. Ich bin Ihnen schrecklich dankbar.«

»Sie ist nett, nicht wahr? Die Oberin.«

»Ja, nur am Telefon so ausweichend.«

»Wie geht es Ihnen?«

»Ganz gut.«

»Ich möchte gern etwas über die Party hören. Über die Party in Bombay, auf der man die Drinks wegschloß.«

»Oh, bei der Maharani.« Sie lachte und schien erleichtert, das Thema Barbie Batchelor wechseln zu können. »Wenn es überhaupt eine Maharani gegeben hat, dann zeigte sie sich nicht.«

»Welche Maharani sollte es denn sein?«

»Ich bin nicht sicher, ob Graf Bronowski es uns überhaupt gesagt hat. Er sprach von ihr als Aimee.«

»Aimee? Hieß das Haus Sea Breezes? Lag es am Marine Drive?«

»Ja. Kennen Sie die Maharani?«

»Sie ist die Ex-Maharani von Kotala. Kennt Bronowski sie schon lange?«

»Ich hatte den Eindruck.«

»Dieser alte Macchiavelli.«

»Warum?«

»Wir haben im Juni vergangenen Jahres über den Maharadscha gesprochen. An dem Abend, an dem Sie und ich uns kennenlernten. Er sagte nichts davon, daß er die Exfrau kannte. Kotala ist der Maharadscha, von dem ich Ihnen vor ein paar Wochen erzählt habe, der, mit dem mein Onkel Schwierigkeiten hatte.«

»Wirklich? Ich wollte, ich hätte sie kennengelernt.«

»Sie gehört zu den Leuten, denen ich versuche, aus dem Weg zu gehen.«

»Aber Sie sind in ihrer Wohnung in Bombay gewesen.«

»Nein, in ihrem Haus in Delhi. Ich erinnere mich an den Namen Sea Breezes, denn sie schrieb ständig von dort, als ich vergangene Weihnachten mit S. E. in Bombay war. Ich fand Sea Breezes reichlich komisch, denn sie steht im Ruf, sich hermetisch abzuschließen, wo immer sie auch ist.«

»Die Wohnung war luftig genug.«

»Das Zimmer, in dem sie sich versteckt hat, vermutlich nicht. In Delhi sagte sie mir, sie hasse frische Luft, Licht, das Geräusch von Türklingeln und Telefongespräche. Ihre Vorstellung von wahrer Ruhe sei ein Zauberstab, mit dem sie eine Party herbeizaubern und verschwinden lassen könnte, wenn sie genug davon hätte. Sie hatten Glück, daß sie nur die Drinks wegschließen ließ. Als Kotalas Frau hielt sie sich einen zahmen Leoparden, der auf Befehl fauchte. Zumindest erzählt man das. Damit konnte sie den Palast im Handumdrehen von unerwünschten Gästen räumen. Als der Leopard eine der Favoritinnen des Maharadscha biß, reichte er die Scheidung ein. Er wollte den Leoparden als Mitschuldigen anklagen, unterließ es aber, weil es sich um ein Weibchen handelte, und man ihm sagte, er könne dem Leoparden nur vorwerfen, ihm seine Frau entfremdet zu haben.«

»O Nigel.«

Er lächelte. »Es stimmt.«

»Ich bekomme den Eindruck, Ihr Onkel hatte am Ende doch recht. Sie hatte eine Art Leopard, aber er war auf unserer Seite und warnte uns davor, daß die Drinks weggeschlossen würden. Deshalb traten wir würdig den Rückzug an, ehe es soweit kam. Er war übrigens nett. Er hieß Perron.«

»Perron? Erzählen Sie mir nicht, er war Unteroffizier im französischen Heer.«

»Er hatte zwei verschiedene Uniformen, aber in beiden war er Unteroffizier.«

»Was hat sie denn vor? Will sie ein Heer aufstellen? Jedenfalls hat sie die Geschichte durcheinandergebracht. Sie ist eine Radschputin, keine Mahratta. Die Radschputen waren keineswegs scharf auf Unteroffizier Perron.«

»Das wissen Sie auch?«

»Dieser Perron wurde Nachfolger von De Boigne.«

»In Wirklichkeit hieß er Pierre-Cuiller.«

»Wirklich? Ich glaube, das wußte ich nicht. Merkwürdig, aber wir hatten einen Perron auf der Schule. Ich mußte ihn einmal wegen ständiger Laschheit beim Sport bestrafen. Im Haus kam man allgemein zur Ansicht, seine Unfähigkeit auf dem Sportplatz sei eine bewußte Zurschaustellung von Exzentrizität, und mir fiel die unangenehme Aufgabe zu, ihn davon zu überzeugen, daß er sich einordnen müsse.«

»Heißt das, Sie mußten ihn prügeln?«

»Leider ja.«

»Also war er in Bank?«

»Richtig.« Rowan zögerte. »Ich kann mich nicht daran erinnern, Ihnen erzählt zu haben, in welchem Haus er war. Worüber lachen Sie?«

»Über die Vorstellung, daß Sie Perron verprügelt haben.«

»Er fand es auch ziemlich komisch.«

»Wurde er danach beim Sport besser?«

»Nein. Er sagte mir das schon vorher. Übrigens übertreibe ich. Der Stock war nicht nötig. Ich sollte korrigierende Maßnahmen anwenden, aber er und ich beschlossen, es sei das beste, wenn wir uns aussprachen. Er erklärte mir, Mannschaftssport sei für ihn schrecklich deprimierend, das Warten beim Kricket einerseits und das, wie er es nannte, unverständliche Tohuwabohu beim Football andererseits. Glücklicherweise hatte ich durch eine andere Quelle herausgefunden, daß er in den Ferien oft ruderte. Wir waren keine Schule mit Ruderambitionen, aber in der Stadt gab es einen Kanu- und Ruderclub, und ich erwirkte für ihn die Erlaubnis, ihm beizutreten. Er fand das bestens, denn dadurch konnte er die Schule verlassen und allein auf dem Fluß sein. Als ich ihn zum letzten Mal sah, muß er etwa siebzehn gewesen sein, aber er wirkte wie ein Riese und hatte Schultern wie ein Ochse.«

»Wann war das, Nigel?«

»Beim gleichen Anlaß, von dem ich Ihnen auf der Party erzählte, zu der Hugh Thackeray uns mitgenommen hat: Als ich die Schule besuchte, nachdem ich Sandhurst hinter mir hatte und ehe ich hierher kam.«

»Und Hari Kumar beim Kricket erlebt haben?«

»Ja.«

»Er sagte, er erinnere sich nicht an Kumar.«

»Wer sagte, er erinnere sich nicht an Kumar?«

»Unteroffizier Perron.«

»Unteroffizier Perron?«

»Der Unteroffizier Perron, der auf der Party der Maharani war und uns den Hinweis gab, daß die Drinks weggeschlossen würden. Ich habe ihn nur im Spaß den Leoparden der Maharani genannt. Er ist Unteroffizier beim Abschirmdienst. Wir nahmen ihn mit zurück, er lernte Vater kennen, und sie unterhielten sich über Bank und Coote. Er erinnerte sich an Sie, gab aber vor, sich nicht an Kumar zu erinnern.«

»Ein Unteroffizier beim Abschirmdienst?«

»Bei der Maharani erschien er als Unteroffizier des Ausbildungskorps. Als ich ihm zum ersten Mal begegnete, war er beim Abschirmdienst.«

»Sie sind ihm zweimal begegnet?«

»Zweimal am selben Tag.«

»Er wechselte im Laufe eines Tages vom Abschirmdienst zum Ausbildungskorps?«

»Das Ausbildungskorps war nur Tarnung. Vermutlich sollte ich am Telefon nicht darüber reden.« Sie klang amüsiert.

»Sarah, *wovon* sprechen Sie?«

»Von Ihrem alten Freund Perron.«

»Es kann nicht derselbe sein.«

»Nun ja, er ist ein Riese und sieht aus wie ein Ruderer. Er erinnerte sich an Sie. Erinnerte sich an Ihren Vornamen. Ja, er hat sich sogar sehr gut an Sie erinnert. Und daß er immer noch Unteroffizier ist, heißt, er ist exzentrisch. Also hat sich offenbar auch daran nichts geändert. Überzeugt Sie das nicht?«

»Aber er erinnerte nicht an Coomer.«

»Er gab es vor.«

»Warum?«

»Vermutlich könnte Ronald es Ihnen sagen.«

»Ronald? Ronald Merrick?« Nach einer Pause fragte er: »Wie kommt er ins Spiel?«

»Unteroffizier Perron wird für ihn arbeiten.« Sie fügte hinzu: »Ich hatte den Eindruck, daß er nicht besonders glücklich darüber war.«

»Woraus schließen Sie das?«

»Aus seinem Gesichtsausdruck, wenn Ronald ihm befahl, etwas zu tun. Ich glaube. Er wird versuchen, da rauszukommen. Das tut mir leid. Er war nett. Er wäre in dieser besonderen Sphäre ein Gewinn gewesen. Ich halte Sie besser nicht länger auf. Vielleicht komme ich in ein paar Wochen wieder nach Ranpur, denn Vater sagt, er wolle vielleicht hinunter. Wenn ja, soll ich Ihnen Bescheid sagen? Wenn Sie dann nicht schon weg sind. Haben Sie irgendwelche Nachrichten?«

»Nein. Keine.«

»Es war schrecklich nett von Ihnen, zu den Schwestern zu gehen. Sie müssen ziemlich viel zu tun haben, wenn man nach dem hiesigen Daftar urteilen kann. Sie stehen hier kopf, seit sie wissen, daß M. A. K. zum Begräbnis seines alten Sekretärs nach Pankot kommt.«

»Aber warum denn?«

»Vielleicht nutzt er die Gelegenheit zu einer Art politischer Erklärung. Die Leute strömen hierher. Es kampieren sogar schon welche am Bahnhof.«

»Der alte Mahsood war aus Pankot.«

»Aber die Polizei glaubt, die Leute kommen, um Mr. Kasim zu sehen.«

»Eine Demonstration, oder nur, um ihr Beileid zu bekunden?«

»Um ihr Beileid zu bekunden, hoffen wir. Hat es in Ranpur Schwierigkeiten gegeben?«

»Nur Menschenansammlungen, nachdem bekannt wurde, daß er mit dem Sarg von Mirat hierher unterwegs war.«

»Ist Achmed bei ihm?«

»Meines Wissens nicht. Ist er nicht immer noch in Bombay?«

»Das war vor einer Woche. Die Polizei hier glaubt, es wird eher eine politische Versammlung als eine Moslem-Beerdigung werden. Sie haben aus Nansera Verstärkung kommen lassen.«

»Ich glaube, Sie müssen sich keine Sorge machen. M. A. K. war dem alten Mahsood sehr zugetan. Ich würde sagen, es ist ein Zeichen von Achtung, daß er die Leiche nach Hause bringt. Sonst hätte er sich nicht die Mühe gemacht, uns genau zu sagen, was er vorhat, und praktisch um offiziellen Schutz vor der übertriebenen Neugier der Leute zu bitten. Vermutlich ist das der Grund für die Verstärkung der Polizeitruppen.«

»O gut. Soviel also zu den Gerüchten. Die Leute hier sind so sehr daran gewöhnt, daß nichts passiert, daß sie vermutlich enttäuscht sein werden, wenn nichts passiert. Ich nicht. Für Vater ist es gut so.«

»Ich freue mich, daß es ihm besser geht. Kann ich sonst noch etwas für Sie tun? Für Ihren Vater vielleicht?«

»Mir fällt nichts ein. Aber vielen Dank.«

»Lassen Sie es mich wissen. Ich fürchte, ich habe Sie aufgehalten. Passen Sie auf sich auf.«

»Sie auch. Ach, und grüßen Sie Hugh Thackeray von mir.«

»Das werde ich tun.«

Als sie aufgelegt hatten, nahm er den Umschlag und das Päckchen zur Hand, das ihm die Oberin gegeben hatte. Die Vorstellung, daß sie diese Dinge morgen früh in den Händen halten würde, erschien ihm absurd. Das Päckchen schien etwas Hartes wie ein Buch zu enthalten und etwas Weiches, vielleicht eine Art Stoff. Es trug die Aufschrift: *Im Falle meines Todes: Für die liebe Sarah.* Die Aufschrift auf dem Umschlag verriet eine andere Hand, vermutlich die der Oberin, und lautete »Verschiedenes«. Darin schienen sich Papiere und andere Umschläge zu befinden.

Er schob das Päckchen und den Umschlag in einen großen braunen Umschlag, verschloß ihn und adressierte ihn an Sarah im Gebietshauptquartier Pankot. Das Telefon klingelte. Er nahm sofort ab, weil er glaubte, ihr sei vielleicht noch etwas Wichtiges eingefallen, und sie rufe zurück.

»Nigel?« Es war Hugh Thackeray, im Haus.

»Oh. Hallo. Wie war es in Delhi?«

»Wie in Delhi. Interessanter wäre: Wie ist es in Pankot? Ich habe versucht, dich zu erreichen, aber man sagte mir, du telefonierst mit Pankot. Mit der blonden Miss Layton?«

Hugh war noch sehr jung.

»So ist es. Sie bat mich, dich zu grüßen. Du sollst sie nicht vergessen.«

»Wie nett von ihr, aber völlig unnötig. Ich habe an sie gedacht. Deinetwegen, möchte ich betonen. Was machst du?«

»Im Augenblick nichts. Ich habe frei.«

»Ich weiß. Aber dir fehlt doch nichts, oder?«

»Nein, überhaupt nichts. Weshalb?«

»Man hat mir gesagt, du hast dein Essen aufs Zimmer bestellt.«

»Und einen Krug Bier.«

»Davon haben sie nichts gesagt. Ich habe mir schon Sorgen gemacht. Ich dachte, es sei mehr etwas in Richtung Krankheit. S. E. möchte dich sprechen.«

»Gut.«

»Ich meine, hier im Arbeitszimmer. Soll ich ihm sagen, in fünf Minuten?«

»Ja, ich komme sofort rüber.« Er zögerte. »Gibt es etwas Neues?«

»An was denkst du?«

»Sagen wir, aus Tokio.«

»Wir glauben, sie zerbrechen sich immer noch den Kopf darüber, wie sie bedingungslos kapitulieren können unter der Bedingung, daß der Kaiser unangetastet bleibt. Ich verstehe nicht, warum er nicht einfach Harakiri begeht.«

»Ich glaube, Söhne des Himmels können das nicht. Hast du eine Ahnung, über welches Thema ich auf dem Weg nach unten nachdenken könnte?«

Einen Augenblick Schweigen. Dann: »Vielleicht über M. A. K.«

»Gut.«

Er legte auf. Er hatte auf etwas anderes gehofft, vielleicht auf etwas Persönliches. Er rief nach Jaiprakash und sagte ihm, wohin er ging. Er brachte den Umschlag ins Nachrichtenbüro und ging hinüber in den Ostflügel. In der großen Halle befanden sich mehrere Leute: General Crawford und sein Adjutant – ein schlanker hübscher Sikh mit einem blaßblauen Turban, der stellvertetende Generalinspekteur der Polizei, der alte MacRoberts, der Vorsitzende des Ministerrats, mit Hendersen vom Finanzministerium und dessen blasser, magerer Frau, die seinen Blick auffing und lächelte, Mrs. Saparawala und Dr. Bannerji, der Erziehungsminister, und ein anderer von Rowans Kollegen, Bunny Mehta. Einige von ihnen waren auf dem Flugplatz gewesen, um den Gouverneur zu begrüßen. Mit Ausnahme von Bunny wollten sie alle nach Hause und warteten inmitten der Diener, die ständig kamen und gingen, ruhig auf ihre Wagen. Rowan ging zu dem engen Gang, der zur privaten Treppe führte: eine Wendeltreppe mit einem schmiedeeisernen Geländer, die ihn zum kleinen Treppenabsatz im ersten Stock und einer grünen, filzbespannten Tür brachte, durch die er in den Vorraum der klimatisierten Privatgemächer gelangte. Hier traten biedere Eichentäfelung und dicke türkische Teppiche an die Stelle der offiziellen Pracht von Säulen und schwarzweißen Steinböden, von Büsten auf Sockeln und riesigen Palmen in Messingschalen. Mit dem großen Tisch in der Mitte, auf dem Zeitschriften lagen, mit den Ledersofas und Sesseln entlang der Wände erinnerte es ihn immer an das Wartezimmer eines Arztes.

Priscilla Begge wirkte kompetent und gequält (er hatte nie richtig herausgefunden, wie es ihr gelang, den Eindruck scheinbar so unvereinbarer Eigenschaften gleichzeitig zu vermitteln) und stand breitbeinig mit ihren Hockeyspielerbeinen am Ecktisch. Sie telefonierte unter den Augen der zwei Diener, deren Aufgabe es war, dafür zu sorgen, daß sich immer jemand im Vorraum befand. Sie schenkte Rowan ein Begrüßungslächeln und runzelte dann vor gequälter Verzweiflung die Stirn, legte die Hand über die Muschel und flüsterte: »Gehen Sie hinein...« Sie nahm die Hand wieder von der Muschel, sprach weiter, machte aber mit der freien Hand eine bittende (und befehlende) Geste, die, wie er annahm, bedeutete, er solle warten. Die Tür des privaten Empfangszimmers ging auf, und Hugh Thackeray blickte herein. Er grinste Rowan an und bewegte stumm die Lippen, um Priscilla etwas mitzuteilen. Sie drehte ihm gereizt den Rücken zu und sagte ins Telefon: »Würden Sie das bitte wiederholen?« als habe Hugh sie abgelenkt.

»Die Arme«, sagte Hugh, als Rowan und er allein im leeren Empfangsraum standen. »Lady M. geht es wieder nicht gut, und S. E. möchte, daß sie nach Ooty fährt, um herauszufinden, was man am besten macht. Warte einen Moment hier. Ich vergewissere mich, daß er soweit ist.«

Thackeray ging in das Arbeitzimmer zuruck und schloß die Tür hinter sich. Rowan stand am vorhanglosen Fenster und blickte auf das dunkle Gelände hinunter. Priscilla tat ihm leid. Sie verehrte Lady Malcolm, deren Cousine und Sekretärin sie war, und sie liebte die frische, gesunde Luft von Ootacamund. Aber ihr Pflichtgefühl und die Verantwortung, die sie ihrer Meinung nach hatte, während Lady Malcolms häufigen Krankheiten und Abwesenheiten die Stellung zu halten, führten bei einer Anweisung, wie Malcolm sie ihr gerade gegeben hatte, dazu, daß sie glaubte, man habe ihr befohlen, ihren Posten zu verlassen. Sie hielt sich keineswegs für unentbehrlich. Priscilla verlor ihren gequälten Blick nur, wenn Lady Malcolm in der Residenz weilte; dann strahlte sie vor Dankbarkeit und aufrichtiger Ergebenheit. Rowan mochte Priscilla, denn sie ahnte praktisch nichts von ihren Fähigkeiten. Sie schien nie ganz glauben zu können, daß sie etwas richtig machte. Die führenden Damen von Ranpur, die gebeten wurden, als Gastgeberin im Gouverneurspalast zu fungieren, wenn die arme Louise Malcolm asthmatisch nach Luft rang oder sich an den einzigen Ort in Indien zurückgezogen hatte, der ihr guttat, wie sich herausgestellt hatte, taten, als seien sie amüsiert, aber nie ungeduldig, angesichts von Priscillas unermüdlichen Bemühungen, ihnen zu helfen, eine Rolle zu ertragen, die sie in Wirklichkeit mit Freuden übernahmen. Malcolm hatte einmal zu ihm gesagt: »Was würde Priscilla für eine gute Gouverneursfrau abgeben, wenn sie aufhören könnte, sich für eine Gouvernante zu halten, und anfangen würde, sich als Dame des Hauses zu sehen.« Aber das konnte Priscilla nicht. Es ging gegen ihre Natur. An dem Abend, als sie erfuhr, daß ihr Name auf der nächsten Kandidatenliste für den Orden des British Empire stand, wich alle Farbe aus ihrem Gesicht, und sie wirkte ein oder zwei Tage so befangen, als habe man ihr angedeutet, sie werde eine Art von Unschuld verlieren.

Er wandte sich vom Fenster ab, als Thackeray gerade die Bibliothekstür öffnete. Er nickte. Als Rowan an ihm vorbeiging, flüsterte er: »Vielleicht bis später. Ich werde Priscillas Händchen halten und ihr versichern, daß alles gut geht, solange wir nicht vergessen, daß wir ein Team sind. Bin ich nicht ein netter Junge?«

Er sah den Gouverneur am anderen Ende des Zimmers, wo der – bereits volle – Schreibtisch so stand, daß das Licht von einem der großen Fenster darauffiel. Die Schreibtischlampe brannte, aber Malcolm stand am Fenster und blickte hinaus, so wie Rowan es vor wenigen Augenblicken getan hatte. Er hielt die Hände mit der Hornbrille auf dem Rücken. Er war in Hausmantel, Hose und Hausschuhen.

Rowan sagte guten Abend. Malcolm drehte sich um, lächelte, ging zum Schreibtisch und setzte die Brille auf.

»Wie war New Delhi, Sir?«

»New Delhi?« Er setzte sich und suchte etwas auf dem Schreibtisch. »New Delhi. Hier haben wir es.« Aber was immer er auch gesucht und gefunden hatte, schien ihn nicht mehr zu interessieren. Er lehnte sich zurück, nahm die Brille ab und rieb sich den Nasenrücken. »New Delhi. Sehr schlecht für das Gefühl für die eigenen Proportionen. New Delhi.« Er setzte die Brille auf und begann, sich Notizen auf einem Block zu machen. »Nehmen Sie sich einen Drink, Nigel. Für mich auch einen, wenn Sie so freundlich sind.«

Rowan ging zum Kamin. Um den Kamin standen drei Sofas. Die elektrische Kohlenglut unter den unbenutzten Teilen eines reich verzierten elektrischen Heizofens war eingeschaltet. Das Tablett mit den Flaschen stand auf dem großen Sofatisch. Das Licht der Glut fing sich in den Facetten der geschliffenen Karaffen. Eine Illusion von Gemütlichkeit. Die Klimaanlage summte leise. Die Privatgemächer konnten unangenehm kalt wirken. Das elektrische Feuer war Priscilla Begges Idee gewesen. Sie sagte, es heitere einen auf. Er goß sich einen Whisky ein und für Malcolm den gewohnten Brandy. Sie nahmen beide kein Eis und nicht allzuviel Soda. Er trug die Drinks zum Schreibtisch und stellte das Glas des Gouverneurs auf einen Korkuntersetzer neben einem eckigen

Aschenbecher. Malcolm bedankte sich nickend, schrieb aber weiter.

»Bin gleich soweit«, sagte er. »Setzen Sie sich. Ich bedaure das übrigens, denn eigentlich sollten Sie frei haben, nicht wahr? Frei und das Beste daraus machen. Das war es.« Er legte den Stift aus der Hand, betrachtete das Geschriebene, schob den Block beiseite, griff nach dem Glas und sagte: »Zum Wohl.«

»Zum Wohl.«

»Also ... New Delhi.«

»Interessante Entwicklungen, Sir?«

»Bestätigung von Annahmen.«

»Wahlen?«

»Ja. Der Krieg ist praktisch zu Ende, also – Wahlen. Zuerst für die Zentralregierung, dann in den Provinzen.«

»Wann, Sir?«

»Wann tun wir etwas in diesem Land, wenn uns eine Wahl bleibt?«

»In der kühlen Jahreszeit.«

Malcolm spielte mit seiner Hornbrille. »Die kühle Jahreszeit. Wie tröstlich das immer klingt. Was du heute kannst besorgen, verschiebe bis auf morgen, wenn es kühl ist.«

»Ich nehme an, das ist bald genug der Fall. Und wie es scheint, wollen alle Wahlen.«

»Richtig. Dschinna will sie. Nehru will sie. Selbst wir, die armen überarbeiteten Provinzgouverneure, wollen sie. Einige natürlich mehr als andere. Am wichtigsten, die Quelle aller Weisheit in Whitehall möchte sie. Ich nehme an, wir sollten uns Sorgen machen bei dieser allgemeinen Übereinstimmung.«

»Und der Vizekönig, Sir?«

»Oh ja, Wavell will sie. Welcher Mann könnte die Gelegenheit ungenutzt lassen, endlich etwas zu tun, dem jeder zustimmt? Der Vizekönig wird in ein oder zwei Wochen den Beschluß, Wahlen abzuhalten, verkünden und dann sofort nach London fahren, um sicherzustellen, daß alle über dasselbe reden und daß die britische Regierung begreift, daß eine Wahl in Indien sich erheblich von einer Wahl zu Hause unterscheidet, gleichgültig, in welcher Jahreszeit sie stattfindet.«

»Bedeutet das allgemeine Wahlen?«

Malcolm lächelte und setzte die Brille wieder auf. »Gott behüte! Dazu müßte man zwei kühle Jahreszeiten auf einmal haben. Die Zentralregierung kommt zuerst, danach die Provinzen mit amtierenden Regierungen und danach unsere Art Provinzen, Paragraph 93. Wie finden Sie das?«

Rowan überlegte kurz und sagte: »Ich finde es etwas problematisch in Hinblick auf Provinzen des Paragraphen 93.«

»Erläutern Sie das.«

»Laut Verfassung müssen Sie die bestehende Legislative auflösen, ehe Sie Neuwahlen ankündigen. 1939 ist nicht die gewählte Legislative zurückgetreten, sondern Mr. Kasim und seine Kollegen sind zurückgetreten... von ihren Ämtern.«

»Richtig. Worauf wollen Sie hinaus?«

»Nur darauf, daß es verfassungsmäßig keinen Unterschied gibt zwischen Provinzen, in denen auf Grund der Wahlen von 1937 immer noch Regierungen im Amt sind – die meisten mit einer Moslemmajorität und in Provinzen der Moslemliga –, und Provinzen, die keine Regierungen mehr haben, weil es Kongreßregierungen waren, die zurückgetreten sind, als der Kongreß es verlangte. In den Provinzen, die noch eine Legislative und eine Regierung haben, werden sich die Körperschaften ordnungsgemäß vor Neuwahlen auflösen. In Provinzen des Paragraphen 93 werden die Gouverneure die Auflösung anordnen müssen.«

»Das liegt daran, daß Provinzen des Paragraphen 93 der Regierungsgewalt des Gouverneurs unterstehen. Wollen Sie andeuten, daß ich die existierende Körperschaft, die praktisch nur auf dem Papier existiert, nicht auflösen kann, ohne Mohammed Ali Kasim aufzufordern, freundlicherweise seine Regierung neu zu bilden?«

»Ich sage natürlich nicht, daß Sie das nicht können, Sir. Ich überlege nur, ob es klug ist.«

»Laut Verfassung bin ich nicht verpflichtet, Mr. Kasim zurückzurufen.«

»Der Vizekönig war nicht verpflichtet, im letzten Juni bestimmte politische Führer aus dem Gefängnis zu entlassen. Aber ohne diesen Schritt hätte er kaum die Konferenz von Simla abhalten können.«

»Ein ganz und gar schlechter Vergleich. Aber natürlich stimme ich Ihnen ganz und gar zu.«

228

»Oh.« Rowan kannte zwar inzwischen Malcolms Gewohnheit, lautstark für die Opposition zu argumentieren, aber er wußte oft nicht genau, was der Gouverneur wirklich selbst glaubte. »Darf ich fragen, weshalb Sie mir zustimmen, Sir?«

»Ich würde lieber zuerst Ihre Gründe hören.«

Rowan lächelte. »Nun, ich nehme an, hinter der Idee von Wahlen zu diesem Zeitpunkt steht der Wunsch, Vertrauen zu bilden und eine Atmosphäre zu schaffen, die Vergangenes vergangen sein läßt.«

»Das läßt sich erreichen, ohne zu einem vergangenen Status quo zurückzukehren.«

»Aber wenn man das nicht tut, wird der Kongreß benachteiligt sein.«

»Der Kongreß wird das möglicherweise denken...«

»Wird am Ende nicht zählen, was er möglicherweise denkt? Es ist nicht unsere Schuld, daß seine Regierungen in den Provinzen zurückgetreten sind, und nicht unsere Schuld, daß die im Amt gebliebenen Regierungen in der Mehrheit Moslemregierungen waren. Und es ist auch nicht unsere Schuld, daß das heutzutage praktisch Regierungen der Moslemliga bedeutet. Aber es bleibt eine Tatsache, daß die Liga mit all den Vorteilen in die Wahlen geht, die eine Regierungspartei gewöhnlich hat, während der Kongreß wieder ganz von vorne anfangen muß zu kämpfen, und zwar mit allen Nachteilen einer Partei, die verboten war, deren Mitglieder im Gefängnis saßen und deren Gelder weitgehend beschlagnahmt wurden. Wenn man es unterläßt, den Kongreß aufzufordern, die Provinzregierungen als ersten Schritt zu Neuwahlen umzubilden, wird der Kongreß möglicherweise darin einen Beweis sehen, daß wir insgeheim mit den Moslems und der Idee eines Pakistan sympathisieren und den Kongreß immer noch für die Nichtkooperation während des Kriegs bestrafen wollen.«

Malcolm schob die Brille auf die Nasenspitze und sah Rowan über den Rand hinweg an. »Ich habe dieselben Argumente vorgebracht, aber taktvollerweise mit größerer Rücksichtnahme auf die Feindseligkeit, die sie hervorrufen mußten. Bedauerlicherweise konnte ich die logische und unausweichliche Frage nicht beantworten.«

»Welche Frage, Sir?«

»Die Frage, wie Mr. Kasim meiner Ansicht nach in dem unwahrscheinlichen Fall, daß man sich darauf einigte, ich solle ihn darum bitten, reagieren werde.« Er schob die Brille wieder hoch. »Was hätten Sie darauf geantwortet?«

»Vermutlich hätte ich gesagt, ich würde es herausfinden, sobald beschlossen sei, daß ich es versuchen solle.«

»Das wäre keine Antwort gewesen. Die Frage war, was würde er *Ihrer Ansicht nach* sagen? Und die Antwort darauf ist, daß man es schlicht nicht weiß. Man weiß so wenig, daß man das Gefühl hat, er könne ebensogut ablehnen wie annehmen, und er würde ablehnen, weil eine solche Aufforderung ihn zwingen würde, seine Karten aufzudecken, und er nicht bereit ist, das jetzt schon zu tun. Wenn einem, wie mir, auch nur im geringsten daran liegt, zu erleben, daß Mohammed Ali Kasim wieder an der Spitze einer Kongreßregierung in Ranpur steht, ist man nicht geneigt, etwas zu tun, was ihn in eine falsche Position drängen würde. Deshalb bin ich völlig damit zufrieden, mich der einstimmigen Meinung anzuschließen und in Provinzen unter der Regierungsgewalt von Gouverneuren bis nach den Wahlen alles so zu belassen, wie es ist. Man weiß noch nicht einmal, ob M. A. K. wieder kandidieren wird und wenn ja, für welche Partei, oder ob er eine Chance hat, seinen alten Wahlbezirk zu halten, falls er gegen die Liga kandidiert. Man weiß absolut nichts über seine derzeitigen Absichten und erst recht nichts über seine Aussichten. Über die Haltung gegenüber seinem ältesten Sohn weiß man auch nichts.«

Malcolm nahm die Brille ab, griff nach seinem Glas und hielt es in Augenhöhe, als prüfe er die Farbe und Klarheit des Brandy. Dann trank er aus.

»Und nichts zu wissen, ist lästig geworden. Übrigens, ich verliere Sie.«

»Bitte, Sir?«

»Man holt Sie wieder in die Politische Abteilung zurück. Einer der Vertreter der Krone hat es erwähnt und hinzugefügt, ich könne es Ihnen sagen. Ich werde nicht sagen, daß es mir leid tut, denn ich weiß, daß Sie sich freuen. Aber ich werde Sie vermissen. Sie werden in etwa einer Woche Ihre Anweisungen erhalten.«

»Hat er gesagt, wohin?«

»Nein. Sie haben Ihre Probezeit hinter sich, also nehme ich an, man wird Sie als Referent in eine der Residenzen schicken. Meinen Sie nicht?«

»Solange es nicht bei den Grenzstämmen ist.«

»Er fragte, wie gut Ihr Gesundheitszustand wirklich ist. Also sagte ich, es gehe Ihnen glänzend. Stimmt das? Der junge Thackeray scheint zu glauben, Sie sollten einen kurzen Urlaub haben, ehe Sie gehen. Er hatte den sehr merkwürdigen Eindruck, ein paar Tage in Pankot könnten eine therapeutische Wirkung auf Ihre Leber haben.«

»Ja?«

»Aber ich nehme an, er hat das nur gesagt, weil er fürchtet, selbst geschickt zu werden.«

»Geschickt? Nach Pankot?«

»Man hat mir gesagt, daß Mr. Kasim in den nächsten Tagen in Pankot zu finden sein wird. Deshalb möchte ich, daß Sie heute nacht hinauffahren, so schnell wie möglich mit ihm zusammentreffen und ihm den Brief übergeben, den ich ihm geschrieben habe. Danach möchte ich, daß Sie alles tun, was nötig ist, um ihn davon zu überzeugen, daß er einem privaten Treffen mit mir zum frühestmöglichen Zeitpunkt zustimmt, und zwar vorzugsweise hier. Ich schicke V. R. Gopal mit Ihnen. Er wird gerade informiert. Machen Sie sich keine Sorgen um Ihre Unterkunft. Es wird alles erledigt. Sie müssen nur packen und eine halbe Stunde vor Mitternacht fertig sein. Ist das gut so?«

»Natürlich, Sir.«

»Tut mir leid, daß es so überraschend kommt, aber ich möchte nicht, daß er uns entschlüpft oder in Bombay, Pindio, Lahore oder sogar wieder in Mirat auftaucht, ehe ich die Möglichkeit hatte, mit ihm zu sprechen.«

»Ich nehme an, Sie denken nicht daran, offiziellen Druck auszuüben?«

»Damit er erscheint? Nein.«

»Erwartet er den Brief?«

»Möglicherweise. Ich habe Hunter-Evans in seinem Haus anrufen lassen. Sein neuer Sekretär sagte, er ruhe, weil er heute abend mit dem Wagen hinauffahre.«

»Das mit dem Wagen ist neu. Der Sarg wird vermutlich mit der Bahn befördert.«

»Ja, ich glaube, Hunter-Evans sagte das.«

»Und Mr. Kasim kam nicht selbst ans Telefon?«

»Er ruhte.«

»Vielleicht ruft er zurück, sobald er ausgeruht ist.«

»Möchten Sie nicht fahren?«

»Doch gerne, Sir. Ich dachte nur an kürzere Wege. Offenbar gibt es keine. Wie fahren wir, Gopal und ich?«

»Mit der Bahn. Sie hängen den Sonderwagen an. Also haben Sie allen Komfort. In Pankot erwartet Sie ein Wagen des Gebietshauptquartiers und bringt Sie zum Gästehaus der Sommerresidenz. Das ist alles bereits veranlaßt.«

»Welche Rolle hat Gopal?«

»Eine Vermittlerrolle. Er und Kasim haben sich immer sehr geachtet, wie Sie wissen. Übrigens tragen Sie besser Zivil.«

»Ich nehme an, ich übergebe den Brief keinem anderen als M. A. K.«

»Vorzugsweise nicht. Wenn Kasim sich nicht mit Ihnen treffen kann oder will, wird Gopal ihm den Brief übergeben müssen. Er wird morgen den größten Teil des Tages mit dem Begräbnis zu tun haben. Aber schicken Sie Gopal sofort nach Ihrer Ankunft los, damit er versucht, Kontakt zu ihm aufzunehmen. Auch Gopal war ein alter Freund von Mashood. Seine Anwesenheit wird keine Neugier wecken. Ich gebe Ihnen keine Kopie des Briefes, aber zu Ihrer Orientierung haben Sie ein paar Notizen, die Ihnen vielleicht helfen, falls M. A. K. Fragen stellt, die Sie glauben, beantworten zu müssen, um ihm zu dem Treffen mit mir zu bewegen.«

»Ist Gopal voll informiert?«

»Nein. Ich wende mich persönlich an Kasim, und in gewisser Hinsicht begebe ich mich vielleicht ins Schußfeld. Aber es hat nichts damit zu tun, daß ich ihn auffordern möchte, vor den Wahlen eine Regierung zu bilden.«

Rowan warf einen Blick auf die Uhr.

Malcolm sagte: »Sie gehen jetzt besser und packen. Ich schicke den Brief und die Notizen hinüber. Rufen Sie mich an, wenn noch etwas der Klärung bedarf. Und rufen Sie mich morgen abend von Pankot aus an, um mir zu sagen, wie es aussieht.«

»Morgend abend sind Sie sehr beschäftigt, Sir. Sie haben den Empfang und das Dinner für Chakravarti.«

»So ist es. Und die Grundsteinlegung später in dieser Woche. Nehmen Sie eine Kopie der Termine für diese Woche mit, falls M. A. K. Sie bittet, einen Zeitpunkt vorzuschlagen. Ich werde versuchen, es zu ermöglichen, aber die Chakravarti-Zeremonie möchte ich möglichst nicht absagen.«

»Die Grundsteinlegung? Vielleicht würde Mr. Kasim gern daran teilnehmen, Sir?«

»An welchem Tag ist das?«

»Freitag nachmittag.«

»Wäre Chakravarti brüskiert?«

»Nicht, wenn M. A. K. ihm nicht die Show stiehlt. Chak hat heimlich große Summen für die Partei gespendet.«

»Und für alle Fälle vorgesorgt, indem er auch für die Hindu Mahasabha gespendet hat, wie man sagt. Vielleicht findet hin und wieder das eine oder andere *Lakh* auch den Weg zur Moslem Liga ... Schließlich ist er ein Geschäftsmann mit Interessen in ganz Indien. Das ist eine Möglichkeit. Schlagen Sie es ihm auf jeden Fall vor. Und rufen Sie mich morgen abend an, gleichgültig wie spät es ist. Wenn Kasim, sagen wir, am Donnerstag von Pankot herunterfährt, könnte ich mich mit ihm hier am Freitagmorgen treffen.«

»Sie haben S.H. von Puttipur bis zum späten Vormittag.«

»Aber doch nicht zum Mittagessen?«

»Nein, Hugh begleitet ihn um die Mittagszeit zum Flugplatz.«

»Dann könnten Kasim und ich hier gemeinsam essen und danach zur Grundsteinlegung im College fahren – natürlich getrennt.«

»Soll ich im Wagen mit ihm zurückkommen?«

»Nein.« Malcolm lächelte. »Ihre Aufgabe ist erledigt, sobald er mit einem Zeitpunkt und einem Ort einverstanden ist. Er wird sein Wort halten. Der Sonderwagen kann dort oben bleiben, bis Sie ihn wieder anhängen lassen. Aber schicken Sie Gopal zurück, sobald weder Sie noch er einen Sinn darin sehen, daß er länger bleibt. Er kann den Wagen benutzen, wenn Sie wollen. Sie können bleiben und ein paar Tage ausspannen. Gönnen Sie Ihrer Lunge ein bißchen Hügelluft. Sagen wir, ich erwarte, Sie nicht vor Ablauf einer Woche wiederzusehen. Bis dahin sollten die Anweisungen von Simla oder Delhi gekommen sein.«

»Das ist sehr freundlich von Ihnen, Sir.«

»Dann mal los.«

Rowan stand auf. Malcolm hatte Bemerkungen über den Gesundheitszustand seiner Frau nie geschätzt, aber Rowan fand, er könne nicht gehen, ohne etwas zu sagen.

»Thackeray sagt mir, daß es Lady Malcolm nicht gut geht. Das tut mir leid.«

»Ja, danke.« Er nahm wieder die Brille ab und legte sie auf den Schreibtisch. »Ich schicke Priscilla hinunter.« Er stand auf, kam unerwartet um den Schreibtisch herum und streckte die Hand aus. Überrascht drückte Rowan sie kurz.

»Ich werde mich nicht richtig von Ihnen verabschieden. Aber vermutlich besteht immer die Möglichkeit, daß wir uns nicht wiedersehen. In diesem Beruf wird man wie ein Fußball herumgestoßen. Vielen Dank für alles, was Sie getan haben, Nigel.«

»Danke, Sir. Es war eine sehr glückliche und eine sehr nützliche Zeit.«

»Gut. Ich hoffe, es geht alles gut. Heute ist einer der Tage, an denen ich mir nicht ganz vorstellen kann, daß irgend etwas für irgend jemanden gut geht. Es muß grauenhaft gewesen sein, wie man mir erzählt.«

»Was?«

»Hiroshima. Absolut und unvorstellbar entsetzlich.«

»Unerwarteterweise?«

»Es wird eine Weile dauern, ehe wir eine Antwort darauf haben. Jemand hat gesagt zwanzig Jahre. Das ist etwas zum Nachdenken, nicht wahr? Und da ist auch die Vorstellung, daß, wenn man eine Delegation hochrangiger Japaner hätte dazu überreden können, als Unterhändler in die Vereinigten Staaten zu reisen, um mitanzusehen, wie das Ding getestet wurde, sie zurückgekehrt wären und den Kaiser gezwungen hätten, sich auf der Stelle zu ergeben.«

»So beeindruckend war das?«

»Nach den Worten von Beobachtern, die weiß Gott wie viele Meilen vom Versuchsgelände mitten in der Wüste von New Mexiko entfernt waren. Es gibt einem ein sehr demütigendes Gefühl von der grundsätzlichen Beschränktheit der eigenen Belange.«

»Ja, vermutlich. Ich gehe jetzt lieber und kümmere mich um meine. Gute Nacht, Sir.«

»Noch etwas, ehe Sie gehen.«

Malcolm schob energisch die Hände in die Taschen seines Hausmantels.

»Ich hatte immer vor, es zu sagen, wenn die Zeit gekommen wäre. Meiner Ansicht nach sind Sie hervorragend für die Arbeit geeignet, die Sie getan haben und noch besser für die, die Sie tun werden. Wir haben die gleiche Art Ansichten und weitgehend die gleiche Art, sie dem anderen gegenüber auszudrücken. Wir können unsere gegenseitigen Gedanken und Gefühle recht genau abschätzen. Aber die Inder können das nicht so ohne weiteres. Manchmal überhaupt nicht. Ich weiß, es ist unglaublich schwierig, und nichts ist schlimmer, als in das andere Extrem zu verfallen und sich so sehr zu lockern und aus sich herauszugehen, daß man nicht einmal sich selbst überzeugt – und sie erst recht nicht.«

»Aber Sie glauben, ich müsse mehr aus mir herausgehen, als ich es tue, Sir?«

»Es könnte helfen. Die englische Art ist ein gewaltiges Hindernis für das gegenseitige Verständnis zwischen den Rassen. Als junger Mann in Ihrem Alter glaubte ich genau das Gegenteil. Aber ich verwechselte gegenseitiges Verstehen mit gegenseitigem Respekt und mangelndes Verstehen mit mangelndem Respekt. Nehmen Sie den jungen Thackeray.«

»In welcher Hinsicht?«

»Er ist ein schrecklich gutherziger Junge. Voller Späße. Großartig mit den hohen Tieren vom Oberkommando Ost oder dem Generalhauptquartier und mit jungen indischen Offizieren wie Bunny Mehta. Aber bringen Sie ihn mit einer Handvoll höherer indischer Zivilisten zusammen, einem beliebigen angesehenen Inder, der keine Uniform trägt, und er ist ein anderer Mensch. In Wirklichkeit hat er entsetzliche Angst davor, sie vor den Kopf zu stoßen oder etwas falsch zu machen. Aber das wissen sie nicht. Sie sehen, was für mich und Sie der eher rührende, aber manchmal enervierende Ausdruck jungenhafter Konzentration ist, und interpretieren ihn als Ausdruck eines vollentwickelten Gefühls rassischer und gesellschaftlicher Überlegenheit. Ich glaube wirklich nicht, daß er das will. Aber die englische Art war nie ein gutes Mittel, Gefühle zu vermitteln. Manchmal glaube ich, das ist der Grund für die Hälfte all unserer Schwierigkeiten. Wavell ist ein gutes Beispiel. Er ist einer der aufrechtesten und wohlwollendsten Männer, die es auf diesem unglückseligen Posten je gegeben hat, aber auch einer der schweigsamsten, verschlossensten und nach außen hin strengsten. Die englische Art in Perfektion. Es nützt nichts. Und die Ironie ist, Nigel, daß sie zu Hause schon seit Jahren aus der Mode ist. Es ist wie eine dieser Spielarten einheimischer Pflanzen, bei denen sich herausstellt, daß sie im Ausland sehr viel üppiger blühen und in der Heimaterde verkümmern. Wie auch immer, es lohnt sich, daran zu denken.«

Er ging vom Schreibtisch zur Mitte des Raums. In Höhe des Sofatischs blieb er stehen.

»Noch etwas. Dieses Mädchen in Pankot, das, wie der junge Thackeray mir versichert hat, den Vorschlag, ein paar Tage dort oben zu verbringen, für Sie sehr attraktiv machen würde... Miss Layton.«

»Miss Layton. Ja.«

»Dieselbe Miss Layton?«

Rowan nickte.

»Haben Sie in letzter Zeit etwas von ihr gehört?«

»Wir haben heute abend miteinander telefoniert.«

»Hatte es etwas mit einem Havildar vom Regiment ihres Vaters zu tun, der in Deutschland zu Bose übergelaufen war?«

»Nein, Sir?«

»Er ist jetzt mit einem Trupp Gefangener, die aus Bordeaux herübergekommen sind, in einem Lager in der Nähe von Delhi. General Crawford liegt ein Brief von Oberst Layton vor, der darum bittet, ihn besuchen zu dürfen. Offenbar ist er der Sohn eines Subedar der Pankot Rifles, dem im letzten Krieg das Victoriakreuz verliehen wurde.«

»Nein, davon hat sie nichts gesagt.«

»Hat sie unseren Freund Merrick erwähnt?«

»Nur nebenbei. Er war in Bombay, als sie dort war. Ich weiß nicht weshalb oder wie lange.«

»Hat Oberst Layton ihn getroffen?«

»Das hat sie nicht gesagt. Ich nehme an, er muß ihn getroffen haben.«

»Ist Merrick immer noch in der Abteilung, die diese INA-Fälle bearbeitet?«

»Ja. Er war noch nicht lange dort, als sie mir davon erzählte. Es war erst vor sechs Wochen. Und sie und Merrick waren letzte Woche in Bombay zusammen auf einer Party. Achmed Kasim war da. Merrick bat sie, Achmed nicht zu sagen, daß er etwas mit dem Fall seines Bruders zu tun hat.«

»Ah. Nun, das ist eine Sache. Die andere ist, daß Merrick vermutlich auch etwas von dem Havildar der Pankot Rifles wissen muß. Ist er gut genug mit der Familie bekannt, um Oberst Layton zu einem Gespräch mit dem Mann verhelfen zu wollen?«

»Wahrscheinlich. Bekannt mit der Familie, ja. Das andere weiß ich nicht.«

»Nein. Laytons Brief an Crawford weist vielleicht darauf hin, daß er diesen Weg versucht hat und daß Merrick nicht mitspielen wollte. Vielleicht versuchen Sie, das herauszufinden. Crawford wollte in seinem Antwortbrief sagen, daß sich nichts machen läßt, aber ich habe ihn gebeten, noch ein paar Tage zu warten. Falls Merrick mitspielt und hilft, lassen Sie es mich wissen. Wir könnten etwas von hier aus tun. Wenn er nicht mitspielt, besteht keine Aussicht. Aber sagen Sie ihr in diesem Fall, wie sehr ich bedaure, daß ihr Vater seinen Havildar nicht besuchen kann. Er wird sich vielleicht freuen zu hören, daß Crawford mich persönlich darauf angesprochen hat.«

»Ja, Sir.«

Malcolm zögerte.

»Ist der junge Thackeray auf der falschen Fährte? Vielleicht sollte ich nicht fragen. Aber ich wundere mich. Mir gegenüber haben Sie Miss Layton bisher nur erwähnt, wenn Sie weitergaben, was sie Ihnen über Merrick erzählt hatte. Beim ersten Mal war das sehr hilfreich. Beim zweiten Mal interessant. Aber ich hatte angenommen, daß Ihr Interesse an ihr, sich, nun ja, auf dieses Thema beschränkte. Nach dem, was Thackeray sagte, habe ich das Gefühl, unsensibel gewesen zu sein.«

»Ich kann mir nicht denken, weshalb Sie das Gefühl haben sollten.«

»Nein. Gut. Wieviel haben Sie ihr gesagt – von unserer Ansicht über Merrick?«

»Nichts, Sir. Nichts Bestimmtes.«

»Das wäre auch schwierig, selbst wenn man das Element des

Zweifels beiseite läßt. Aber welchen Eindruck haben Sie von ihrer Meinung?«

»Ich weiß, sie glaubt, daß er im Fall Kumar einen Fehler gemacht hat.«

»Wie ist das Thema zur Sprache gekommen?«

»Ich fragte sie, wie es dem Mann gehe, den sie im Krankenhaus besucht hatte. Und sie erzählte mir, es gehe ihm gut, und er sei jetzt in Delhi, um die INA-Fälle zu bearbeiten...«

»Ja, daran erinnere ich mich. Wir fanden beide die Vorstellung bemerkenswert, daß Merrick eine ganze Reihe von Verhören durchführen würde. Wie kam sie auf den Fall Kumar zu sprechen?«

»Sie sagte, sie hoffe, er würde nicht jedes Verhör der INA-Männer mit einer vorgefaßten Überzeugung von der Schuld eines Mannes beginnen. Das war unser Ausgangspunkt.«

»Haben Sie ihr gesagt, daß Sie Kumar kannten?«

»Ich erwähnte nur die Sache mit der Schule. Das interessierte sie, denn ihr Vater war auf derselben Schule. Sie wußte, daß Kumar in England aufgewachsen und zur Schule gegangen war, hatte aber nicht gehört, wo.«

»Weshalb interessiert sie sich so sehr für Kumar?«

Rowan hatte sich dieselbe Frage gestellt. Er kannte die Antwort nicht. Er konnte sich bei einer Antwort nur auf Gopals Feststellung stützen: Kumar war in Wirklichkeit ein Engländer mit einer braunen Haut, und diese Kombination war hoffnungslos.

»Ich glaube, sie sieht in ihm jemand, den es ohne unsere Hilfe und bewußte Ermutigung nicht hätte geben können. Ich würde sagen, sie findet auf eine sehr unpersönliche Weise, daß er auf unser Konto geht – schuldig oder nicht schuldig. Und wenn man ihn für nicht schuldig hält, wiegt das noch schwerer.«

»Es klingt, als sei sie eine ungewöhnlich ernsthafte junge Frau.«

»Ja, Sir, ich glaube, das ist sie.«

»Haben Sie ihr gesagt, daß er frei ist?«

»Nein.«

»Also weiß sie nicht, daß Sie ihn im Auge behalten.«

»Nein.«

»Ich könnte mir denken, daß sie das gutheißen würde. Nun...«, Malcolm lächelte, »...ich nehme an, Sie haben mehr als einen

Grund, dieses besondere Licht unter den Scheffel zu stellen. Ich gehe davon aus, daß auch Kumar nichts davon weiß.«

»Das hoffe ich.«

»Hat er Gopals Mann immer noch im Verdacht, von der Kriminalpolizei zu sein?«

»Entweder das oder einer von Pandit Babas Handlangern.«

»Vermutlich ist die Kriminalpolizei immer noch auf dem laufenden?«

»Genauestens... auch über Gopals Mann.«

»Stört es ihn?«

»Gopal sagt, nein.«

»Was wollen Sie tun, wenn Sie nicht mehr in Ranpur sind? Alles Gopal überlassen?«

»Ich werde es müssen. Es ist nicht viel zu überlassen.«

»Ja. Nun ja, es ist keine bedeutende Sache. Aber wie geht es ihm?«

»Er lebt ungefähr so, wie Sie es erwartet haben. Er gibt Studenten für ein paar Rupien Nachhilfeunterricht.«

»Wie geht es der Tante?«

»Sie versorgt ihn immer noch.«

»Dankt er es ihr so, wie sie es verdient?«

»Nach Aussage von Gopals Mann, ja.«

»Gut«, Malcolm schwieg und sagte dann, »ich hoffe, wir haben das Richtige getan. Das ist alles.«

VI

Der Wagen hatte zuerst Vallabhai Ramaswamy Gopal zu Hause abgeholt und erreichte die Residenz einige Minuten nach dreiundzwanzig Uhr dreißig. Rowan hatte den Umschlag wieder aus dem Nachrichtenbüro geholt und in seinen Koffer gepackt. Als er einstieg, sagte der alte Gopal: »Kommen Sie mir nicht zu nahe, Nigel, ich habe eine Erkältung.« Es roch nach Eukalyptus. Nach diesen Worten drückte sich Gopal ein gefaltetes Taschentuch an die Nase. Er trug einen grauen Flanellanzug und hatte einen Wollschal um den Hals geschlungen.

»Wie haben Sie das geschafft, V.R.?«

»Ich erkälte mich in letzter Zeit sehr leicht. Meine Frau sagt mir, ich sollte eine Zwiebel in der Tasche tragen. Sie hat solche altmodischen Ideen.«

»Wie geht es Mrs. Gopal?«

Gopals Kopf fuhr herum. »Gut. Sie ist sehr wütend, weil ich sie nicht nach Pankot mitnehme. Sie sagt, was nutzt es, mit einem Mann verheiratet zu sein, der ständig unterwegs ist.«

»Sind Sie ständig unterwegs?«

»Das frage ich mich auch. Wann war ich das letzte Mal unterwegs? Die Fahrt nach Puri, nicht wahr, vor zwei Jahren. Und wer hat mich da begleitet? Aber es ist hoffnungslos, mit Lila über Tatsachen und Logik zu reden, wenn sie wütend ist. Bitte entschuldigen Sie, daß ich so viele Dinge mitnehme.«

Gopals Füße verschwanden unter allerlei Gepäckstücken, darunter auch ein Proviantbehälter aus Aluminium. Auf dem Dachgepäckträger war Rowan bereits eine Bettrolle und eine Holztruhe aufgefallen. Seinen Koffer lud man gerade auf.

»Während sie mit mir streitet, läßt sie den Diener alles mögliche einpacken. Am besten widerspricht man ihr nicht.«

Rowan hatte die Gopals einmal besucht. Ihre Streitereien durfte man nicht ernst nehmen. Jaiprakash verkündete durch das offene Wagenfenster, der Koffer sei verstaut. Als der Fahrer einstieg, sprach Mr. Gopal mit jemandem auf der anderen Seite des Wagens, einem jungen Inder. Er stieg ebenfalls ein und setzte sich neben den Fahrer.

»Das ist mein Neffe Ashok, der mich zum Bahnhof begleitet. Er soll sich für Lila vergewissern, daß ich nicht sonstwohin fahre. Ashok, sag Hauptmann Rowan guten Tag.«

Der junge Mann drehte sich um und grüßte schüchtern.

»Ashok macht hier seinen B.A., nicht wahr, Ashok? Aber jetzt redet er davon, für seinen B. Sc. nach Kalkutta zu gehen.«

»Warum Kalkutta?«

»Das fragen wir uns auch. Am Staatlichen College hier kann er auch einen B. Sc. machen. Aber nein, er besteht auf Kalkutta. Ashok, sag Hauptmann Rowan, was du zu Tante Lila gesagt hast.«

Rowan dachte, der junge Mann sei zu verlegen, um zu sprechen, und sagte: »Vielleicht ist die Frage eigentlich: Warum nicht Kalkutta?«

»Nein, nein, die Frage war eindeutig: Warum Kalkutta?« Mr. Gopal nahm manchmal alles sehr wörtlich. »Und die Antwort ist: Physik. Stimmt doch, Ashok? Er sagt seiner Tante, in Ranpur gebe es keinen anständigen Physiklehrer. In letzter Zeit dreht sich alles um Physik, Physik, Physik. Wissen Sie, was er im Grunde will, Nigel? Er möchte der erste Inder sein, der eine Atombombe baut. Er behauptet, nur zur Energiegewinnung, aber ich weiß, was er vorhat. Er wird uns alle in die Luft jagen. Und letzte Woche waren es noch Wordsworth und die Narzissen.«

Das Westtor lag hinter ihnen; sie fuhren in Richtung Mall und des westlichen Abschnitts der Old Fort Road – der längere, aber weniger verkehrsreiche Weg zum Bahnhof. Den Wagen eskortierten jetzt zwei Militärpolizisten auf Motorrädern, die vor dem Tor gewartet hatten.

»Ashok, was kannst du deiner Mutter und deinem Vater für eine Geschichte erzählen! Du bist mit einer Eskorte aus der Residenz gefahren.« Und an Rowan gewandt, sagte er: »Lila meinte, ich solle ihn nicht mitnehmen. Aber ich meinte, Sie hätten sicher nichts dagegen.«

»Natürlich nicht. Aber wie kommt er zurück?«

»Er wohnt in der Nähe des Bahnhofs. Er ist der jüngste Sohn von Lilas Schwester. Er hat uns nur besucht. Für ihn ist es beinahe eine Fahrt nach Hause, sonst hätte ich ihn nicht mitgenommen.«

»Es ist sehr spät.«

»Ich bin oft so spät noch unterwegs, Sir«, sagte der junge Mann und drehte sich um. »Mir passiert bestimmt nichts.«

Rowan warf einen Blick auf Gopal. Aber Gopal hielt sich das gefaltete Taschentuch über Mund und Nase.

»Sie sprechen sehr gut Englisch, Ashok.«

»Danke, Sir.« Er blickte nach vorne. Rowan sah wieder zu Gopal hinüber, der leicht mit dem Kopf nickte – eine bestätigende Antwort auf Rowans unausgesprochene Frage. »Er hat einen sehr guten Nachhilfelehrer und geht zweimal oder dreimal in der Woche nach dem Unterricht zu ihm. An anderen Abenden macht er im CVJM Judo. *Mens sana in corpore sano.* Ashok? Weißt du, was das heißt?«

»Ja, Onkel.«

»Was für ein intelligenter Junge. Und jetzt Physik. Was werden

Geist und Körper nutzen, wenn du uns alle in die Luft jagst? Wird deine Physik meine Erkältung kurieren? Wie weit haben wir es gebracht! In der einen Tasche die Formel für die Atomspaltung und in der anderen eine Zwiebel.«

»Kennen Sie das englische Heilmittel für Krämpfe, V.R.?«

»Nein.«

»Eine rohe Kartoffel im Bett.«

Gopal lachte. Ashok drehte sich um und lächelte. Rowan dachte: Bei Gopal bin ich locker genug.

Er sah aus dem Fenster. Er dachte an die Zeit, als keiner dem anderen richtig getraut hatte. Jetzt waren sie Freunde. Davor hatte Rowan ihn nur als einen geschickten und gewissenhaften Beamten gekannt, der, wie man sagte, seine Stellung im Innen- und Justizministerium Mohammed Ali Kasim verdankte. Als Angestellter der Provinzverwaltung (er war kein Beamter auf Lebenszeit gewesen) wäre seine Beförderung durch die Bevorzugung von Engländern und Indern der erhabenen Indischen Zivilverwaltung blockiert worden. Rowan wußte nicht genau, wodurch M. A. K. als Ministerpräsident auf ihn aufmerksam geworden war, aber Gopal war eine gute Wahl für die wichtige Position gewesen, die er jetzt im Ministerium innehatte.

Sie waren von der Old Fort Road abgebogen und fuhren jetzt auf der schlecht beleuchteten Upper Tank Road mit den barackenähnlichen Gebäuden des Bauamtes auf der linken und dem Gelände des Staatlichen College auf der rechten Seite nach Süden. Der Bungalow des Rektors, der Sportplatz, der Bauplatz für den Chakravarti-Erweiterungsbau. Schließlich erreichten sie die Kreuzung der hell erleuchteten Elphinstone Road, wo der alte neugotische Bau des College stand.

Der Wagen bog rechts in die Elphinstone Road ab; schräge Licht- und Schattenstreifen zuckten durch das Wageninnere. Die Eskorte verringerte den Abstand zum Wagen, um ihn durch die Menschenmenge zu leiten, die ungehindert auf der Fahrbahn ging. Im Lux-Kino lief immer noch *Jawab*.

»Kannten Sie den alten Mahsood gut, V.R.?«

»Er war nicht so alt. Er besuchte uns, als M. A. K. aus der Festung Premanagar entlassen und nach Nanoora in Mirat geschickt wurde. Er war sehr aufgeregt, denn er wollte auch dorthin, aber

Mrs. Kasim wollte ihn nicht mitnehmen, denn sie fürchtete, er würde Kasim sagen, wie krank sie gewesen war. Als er ging, sagte Lila: ›Er sagt, Mrs. Kasim ist krank, aber er ist auch krank.‹ Dann ließ ihn Kasim natürlich nachkommen. Also schloß er das Haus ab und fuhr zu ihm.«

»Er wohnte bei den Kasims, nicht wahr?«

»Seit vielen Jahren. Er hat nie geheiratet. ›Was brauche ich Frau und Kinder‹, pflegte er zu sagen, ›M. A. K. und Mrs. M. A. K. sind für mich wie Bruder und Schwester, und Sayed und Achmed wie Söhne oder Neffen.‹ Von Mahsood haben Lila und ich das mit Sayed und der INA erfahren. Mashood sagte, seiner Ansicht nach werde M. A. K. dem Jungen nie vergeben, und das sei schrecklich für Mrs. Kasim.«

»Wieviel, glauben Sie, ist inzwischen allgemein über Sayed bekannt?«

»Wieviel? Oder wie viele Leute wissen es? Jeder weiß etwas. Offiziell weiß niemand etwas. Deshalb schweigt die Presse. Die Zeitungen fürchten ein Verfahren wegen Verleumdung. Fragen Sie Ashok, was die Studenten sagen. Sag Hauptmann Rowan, Ashok, was die Studenten über Oberstleutnant Sayed Kasim sagen. Nein? Er möchte es nicht vor Ihnen wiederholen. Die Studenten nennen Sayed einen Helden, denn er hat mit Netajis Heer gegen die Briten gekämpft. Sie wissen, daß er im Kriegsgefangenenlager auf seinen Prozeß vor dem Kriegsgericht wartet, seit er in Manipur gefangengenommen wurde. Aber sie sagen, man wird ihm nie den Prozeß machen, weil die Briten fürchten, daß M. A. K. selbst die Verteidigung übernehmen und den Beweis erbringen wird, daß die indischen Offiziere beim Einmarsch der Japaner in Burma von ihren englischen Kameraden im Stich gelassen wurden. Und noch mehr solche Geschichten. Stimmt doch, Ashok?«

»Nicht alle Studenten sagen das, Onkel. Manche konzentrieren sich auf ihr Studium. Sie interessieren sich nicht für Bose. Er ist nur ein Bengale.«

»Nur ein Bengale? Das sagst du, Ashok? Sind die Physiklehrer in Kalkutta also keine Bengalen?«

»Das habe ich nicht gesagt, Onkel.«

»Wer sagt es dann? Dein Freund Vidyar Awal zum Beispiel, nicht wahr? Ashoks Freund Vidyar ist sehr gegen Bengalen und sehr gegen Bose. Sein Vater ist Major bei der Technischen Truppe und kommt aus den Vereinigten Provinzen. Sie sehen, wie diese Unterschiede entstehen.«

»Ja.«

Gopal beugte sich plötzlich vor.

»Was machen die denn? Sie hätten die Chowpatti hinunterfahren sollen. Das ist der alte Weg zum Sonderschuppen.«

»Dorthin wollen wir.«

»Um der Menge auszuweichen? Es wird keine Menge da sein. Inzwischen wissen alle, daß M. A. K. mit dem Wagen gefahren ist.«

»Aber Sie und ich fahren im Sonderwagen, V. R. Hat man Ihnen das nicht gesagt?«

»Im Sonderwagen? O mein Gott.«

»S. E. wollte, daß wir bequem reisen.«

»Dann sollten wir dritter Klasse fahren oder im Wagen mit dem Sarg des armen alten Mahsood. Ashok, davon darfst du deiner Mutter und deinem Vater nichts sagen. Sag niemandem etwas. Vor allem, sag deiner Tante Lila nichts.

Der Junge grinste. »Warum nicht, Onkel?«

»O mein Gott.«

Rowan lächelte und fand, daß die Vorstellung Gopal nicht wirklich mißfiel. Der kleine Konvoi bog links in die Straße, die sie zum Güterbahnhof bringen würde. Sie fuhren bereits an den Lagerhallen und den Reparaturschuppen vorbei. Der Chauffeur und die Motorradfahrer hatten die Scheinwerfer eingeschaltet. Die Straße wurde nur stellenweise von den hohen Bogenlampen vor den Lagerhallen erleuchtet. Der warme Geruch von Abwasser und der scharfe Geruch von Kohle und Öl lagen in der Luft. Sie holperten über einen Übergang. »O mein Gott«, sagte Gopal noch einmal, als sei jeder Ruck ein Hinweis auf eine kommende, lange Unbequemlichkeit. Sie näherten sich einer weißen Schranke, an der Bahnpolizisten Wache standen. Die Schranke ging auf, der Konvoi fuhr in einen von Bogenlampen erleuchteten Kohlehof und hielt vor einer überdachten Treppe, die zu einem überdachten Übergang führte. Ein englischer Offizier und ein indischer Bahnbeamter erwarteten sie. Kulis standen bereit, um das Gepäck zu tragen. Der Engländer trug die Armbinde der Verkehrsführung. Der Inder trug einen Tropenhelm. Rowan stieg als erster aus. Der Verkehrsoffizier, nicht Hauptmann Carter, sondern ein Mann, den Rowan nicht kannte, redete ihn mit »Sir« an und erklärte, es sei alles bereit. Gopal saß noch im Wagen und beaufsichtigte das Ausladen seines Handgepäcks. Der Verkehrsoffizier sagte zu seinem indischen Kollegen. »Kümmern Sie sich um die da, alter Knabe.« Dann drehte er sich in Richtung Treppe, als erwarte er, daß Rowan vorausgehe.

»Alles in Ordnung, Sir?«

»Ja danke.« Rowan blieb stehen. »Übrigens, ich bin kein Zivilist und stehe im Rang nicht über Ihnen. War es schwierig, den Wagen in so kurzer Zeit einsatzbereit zu machen.«

Der Offizier antwortete vorsichtig. »Wir mußten das Ding nur aus dem Schuppen und aufs Nebengleis schieben. Ich wußte erst nicht, was die Anweisung bedeutete, denn ich hatte keine Ahnung, daß die Residenz einen Sonderwagen hat. Ich bin erst seit drei Wochen hier.«

»Früher gab es mehrere.«

»Nur für den Gouverneur?«

»Für den Gouverneur, den Stab, die Minister, Beamten, Akten. Die Regierung pflegte früher in der heißen Jahreszeit beinahe geschlossen nach Pankot überzusiedeln.«

»Und wo sind die anderen Wagen geblieben?«

»Ihre Abteilung hat sie im allgemeinen Einsatz. Vermutlich hätte sie diesen Wagen auch, wenn die Innenausstattung geeignet wäre.«

»Ja, ich habe ihn mir angesehen. Ich hoffe, Sie haben nichts dagegen, wenn ich sage, ich halte so etwas heutzutage für lächerlich.«

»Er ist für eine andere Zeit gebaut.«

»Und Sie sind wirklich nur zu zweit, heute abend?«

»Richtig.«

»Auf der Anweisung stand zwei, aber es sind ungefähr vier oder fünf Diener erschienen.«

»Das dürfte ungefähr die normale Besetzung sein.«

»Sie haben die Betten gemacht und Blumen in die Vasen gestellt. Ich dachte, daß wahrscheinlich Damen mitreisen.

»Ich glaube, Blumen sind Vorschrift.«

»Dafür gibt es eine Vorschrift?«

»Es vereinfacht die Sache.«

Gopal war inzwischen aufgetaucht. Er trug einen Schirm. Ashok hielt die Aluminiumproviantdose. Die Kulis teilten das Gepäck unter sich auf. Gopal rief dem einen zu, er solle mit der Kiste vorsichtig sein, denn die Verschlüsse seien nicht zuverlässig, und die Kiste sei schwerer, als sie aussehe. Für jeden, der kein Hindi verstand, klang es vermutlich wie eine Beschwerde. Der Verkehrsoffizier warf einen Blick auf die Uhr. Auf seinem Gesicht lag der vertraute englische Ausdruck völliger Nichtbeachtung indischen Tuns. Als Gopal und Ashok näherkamen, sagte er unbestimmt: »Also dann.«

Er ging voraus und stieg die Treppe zum Übergang hinauf. Ihre Schritte klangen hohl auf den abgetretenen, schmierigen Brettern. Rowan war noch nie mit dem Sonderwagen gereist. Aber er hatte mehrmals Gäste der Residenz, die nach Pankot fuhren, zum Zug begleitet. Carter, der frühere Verkehrsoffizier, hatte zu würdigen gewußt, daß es einen Sonderwagen *gab*. Die meisten, die ihn benutzten, hatten Anrecht auf Vorzugsplätze, und ohne den Wagen hätte die Verkehrsführung Fahrgäste aus den normalen Erster-Klasse-Abteilen hinauskomplimentieren müssen, um für sie Platz zu schaffen.

Der Übergang erinnerte Rowan immer an seine Schulzeit. Einen solchen Übergang hatte es in Chadford gegeben, wo er auf der Fahrt von London nach Chillingborough umsteigen mußte. Der hier roch sehr ähnlich; auch er war jahrzehntelang vom Rauch der Dampflokomotiven durchtränkt worden. Einen kurzen Augenblick konnte er sich im zweifellos sehr indischen Bahnhof von Ranpur vorstellen, wieder in Chadford zu sein.

Als sie die Stufen hinuntergingen, lag der Bahnhof, der nicht Chadford war, nackt und kompromißlos vor ihnen. Sie standen am Anfang des Zuges. Der Sonderwagen befand sich direkt vor dem Übergang. Zwei Lastwagen der Wachabteilung flankierten ihn; der eine versperrte den Durchgang zur Lokomotive, der andere den Durchgang zum ersten Wagen der ersten Klasse. Dahinter erstreckte sich der Zug ein paar hundert Yards oder noch länger. Auf dem Bahnsteig herrschte großes Gedränge, aber eine von Polizisten bewachte Seilabsperrung stellte sicher, daß an dem

Wagen des Gouverneurs niemand war mit Ausnahme von Leuten, die dort etwas zu tun hatten, und davon schien es ziemlich viele zu geben.

Gopal sprach mit dem indischen Kollegen des Verkehrsoffiziers und schien ihm Ashok anzuvertrauen. Zwei Diener aus der Residenz standen vor den Stufen, die zur Plattform des Wagens führten, von der aus man auch den Wagen betrat. Als Rowans Blick sie traf, salutierten sie. Der Verkehrsoffizier sprach mit einem britischen Unteroffizier, der ein Bundel Papiere auf einem Schreibbrett festgeklemmt hatte. Das Gepäck wurde eingeladen. Hinter der Absperrung kassierten Charwallas Geld und nahmen Becher zurück, die man ihnen durch die Fenster entgegenstreckte. Weiter hinten war das Gedränge am dichtesten, und dort sah Rowan immer noch Bündel, die auf Köpfen balanciert wurden – das Gepäck von Spätankömmlingen. Er fragte sich, wo der Sarg war, betrachtete die Wagen vom Wachdienst, die den Sonderwagen flankierten, in dem er und Gopal reisen sollten, und hatte gewisse Vermutungen.

»Vielleicht könnten Sie mir aushelfen«, sagte der Verkehrsoffizier, der mit seinem Schreibbrett gerade zu Rowan getreten war. »Ich weiß, es ist eigentlich eine geheiligte Zone, aber ich habe sechs Offiziere in drei der Abteile für vier Personen, und in den meisten Coupés drei Offiziere. Dazu kommt noch ein Vorrang vom Generalhauptquartier, der gerade mit dem Zug aus Delhi eingetroffen ist.«

»Der um einundzwanzig Uhr dreißig ankommen sollte?«

»Er hatte neunzig Minuten Verspätung.«

»Und Sie möchten ihn im Sonderwagen unterbringen?«

»Nach meiner Berechnung sind ein paar Coupés leer, wenn Sie und der indische Herr die beiden Abteile mit den Einzelbetten belegen. Natürlich nur, wenn die Dienstboten nicht herrschaftlich reisen.«

»Welchen Rang hat Ihr Vorrang aus dem Generalhauptquartier?«

»Oberstleutnant.«

»Das qualifiziert ihn nicht als mögliche Ausnahme. Aber ich werde Mr. Gopal fragen, ob er Einwände hat, und dann sehen, wie wir untergebracht sind. Ist Hauptmann Carter versetzt worden?«

»Carter?«

»Der Verkehrsoffizier hier.«

»Ich bin hier Verkehrsoffizier. Der Mann vor mir hieß Carter?«

»Hat er Ihnen alles übergeben?«

»Er war schon weg, als ich ankam. Warum?«

»Er hätte Ihnen den Gebrauch und Mißbrauch des Sonderwagens erklärt.«

»Ich weiß nicht, was das mit Mißbrauch zu tun haben soll.«

»Um Mißbrauch handelt es sich, wenn der Wagen, der verhindern soll, daß die Verkehrsführung in Schwierigkeiten gerät, weil die Residenz plötzliche Vorrang-Reisende hat, als bequeme Möglichkeit benutzt wird, um Routineprobleme der Überbelegung zu lösen. Wenn Mr. Gopal und ich heute abend nicht nach Pankot fahren würden, wäre der Sonderwagen nicht angehängt.«

»Er ist angehängt.«

»Weil wir nach Pankot fahren.« Rowan warf einen Blick auf das obere Blatt auf dem Schreibbrett. »Ist das eine Kopie des Vorrangs vom GHQ?«

Der Verkehrsoffizier nahm das Blatt und gab es Rowan. »Sehen Sie selbst.«

Rowan nahm das Papier, den üblichen Durchschlag eines Marschbefehls mit unleserlicher Unterschrift; jemand hatte für einen Offizier der Generalanwaltschaft unterschrieben. Rowan las den Text. Dann las er ihn noch einmal und gab das Blatt zurück.

»Dort steht, Oberst Merrick wird begleitet von einem Unteroffizier und einem Diener. Wo sind sie im Augenblick?«

Der Verkehrsoffizier erkundigte sich bei seinem Unteroffizier, der erklärte, es gebe kein Problem mit dem Diener, und der Unteroffizier des Oberst sei untergebracht. Der Oberst allerdings warte noch und hoffe auf etwas Besseres als den dritten Platz in einem Coupé. Er sei behindert. Der Verkehrsoffizier fragte: »Was für eine Behinderung?«

Rowan schaltete sich ein. »Ich kenne den fraglichen Offizier. Einen Augenblick, bitte.« Er ging zu Gopal, der Ashok instruierte. »Kann ich Sie sprechen, V.R.? Gehen wir hinein.«

Von der Plattform trat man direkt in den Salon. Der Wagen war so ausgestattet, daß er fast wie ein Hausboot auf dem Dalsee wirkte. Sofa und dick gepolsterte Sessel waren mit Chintz bezogen. Bestickte Filzbrücken lagen auf dem dicken indischen Teppich. Die Fenster hatten Chintzvorhänge, und es roch schwach nach Sandelholz.

»O mein Gott«, sagte Gopal noch einmal. Er hatte die Aluminiumdose und den Schirm mitgebracht.

Rowan legte seine Aktentasche auf einen Sessel. »Es ist eine interessante Situation eingetreten«, begann er.

»Müssen wir in einem normalen Abteil reisen?«

»Nein, sie sind alle voll belegt. Der Verkehrsoffizier möchte, daß wir etwas vom Überhang bei uns aufnehmen.«

»Das klingt mir nach einem Durcheinander. Warum bezeichnen Sie es als interessant?«

»Wie der Zufall es will, der Überhang ist Merrick.«

Langsam verschwanden das Lächeln und das Stirnrunzeln gespielter Verzweiflung aus Gopals Gesicht. Er schien den Schirm und die Aluminiumdose fester zu umfassen. Sie wirkten dadurch wie Verteidigungswaffen, ja sogar wie Angriffswaffen.

»Merrick? Der ehemalige Polizeichef? Jetzt Major?«

»Offenbar nicht länger Major. Oberstleutnant.«

»Haben Sie ihn gesehen?«

»Noch nicht. Ich würde ihn ohnehin nicht erkennen. Aber es besteht kein Zweifel. Es ist Merrick. Haben Sie Einwände?«

»Einwände, daß er mit uns reist? Steht mir das zu? Sie sind der Gesandte Seiner Exzellenz. Das müssen Sie entscheiden.«

»Es könnte nützlich sein.«

»Nützlich? Was könnte nützlich daran sein, mit diesem Mann zusammenzutreffen?«

»Sind Sie überhaupt nicht neugierig darauf, ihn zu sehen?«

»Nicht im geringsten, Nigel. Ich will damit nichts zu tun haben. Aber machen Sie sich meinetwegen keine Gedanken. Man kann mir das Bett richten, und ich pflege meine Erkältung.«

»Die Betten sind bereits in den beiden großen Einzelabteilen gerichtet.«

»Nein, nein. Ich brauche mein eigenes Bettzeug. Ich habe es bei mir. Sie können mich in einem der Adjutantencoupés unterbringen. Ihr Mr. Merrick kann im Bett Seiner oder Ihrer Exzellenz schlafen.«

»Wir müssen noch besprechen, was wir morgen tun, ehe Sie zu Bett gehen. Ich werde dem Verkehrsoffizier sagen, daß es nicht möglich ist. Sie sind offensichtlich dagegen.« Das überraschte Rowan etwas.

»Und Sie sind offensichtlich dafür. Nützlich, sagen Sie. Sie können das besser beurteilen. Also lassen Sie ihn kommen. Aber lassen Sie mich erst mein Schlafabteil finden und verschwinden. Wenn wir miteinander sprechen müssen, können wir es dort tun. Bitte schicken Sie Ashok herein, damit ich mich verabschieden kann.«

Gopal verschwand im Speiseabteil. Rowan ging auf die Plattform und informierte Ashok vom Wunsch seines Onkels. Der Verkehrsoffizier wartete mit verschränkten Armen; er hatte das Gewicht auf ein Bein verlagert und trug geduldige Belustigung zur Schau.

»Wir nehmen Oberst Merrick und seine Begleitung auf. Der Diener muß bei unseren Dienern schlafen, aber ich glaube, er wird es deshalb nicht weniger bequem haben.«

»Heißt das, Sie bieten zwei Betten an?«

»Für Oberst Merrick und seinen Unteroffizier. Ja.«

Der Unteroffizier des Verkehrsoffiziers sagte: »Da ist noch dieser Major Hemming, Sir, der Schwierigkeiten gemacht hat.«

Der Verkehrsoffizier nickte. »Wenn zwei Betten frei sind, dann bedeutet das doch zwei Offiziere. Oberst Merrick und dieser Major Hemming.«

»Die Betten sind nicht frei. Das eine ist für Oberst Merrick und das andere für Unteroffizier Perron.«

»Heißt er so?«

»So steht es auf dem Marschbefehl.«

»Der Unteroffizier ist untergebracht.«

»Dann müssen Sie ihn wieder herausholen oder seinen Offizier in einem Coupé unterbringen.«

»Wir müßten jetzt abfahren.«

»Das liegt ganz bei Ihnen. Aber es ist sinnlos, Oberst Merrick ohne seine auf dem Marschbefehl genannte Begleitung zu holen. Der Offizier, der Unteroffizier und der Diener.«

»Sie sagen alle oder keinen?«

»Ja.«

»Nicht zu fassen.«

Der Verkehrsoffizier und sein Unteroffizier machten sich auf den Weg, und Ashok verließ den Wagen. Rowan sprach noch einmal mit dem indischen Beamten, um sicher zu sein, daß er den Jungen aus dem Bahnhof brachte. Er verabschiedete sich von Ashok, wünschte ihm alles Gute für sein Examen und kehrte in den Salon zurück. Der Oberkellner stellte Flaschen und Gläser auf einen halbhohen Mahagoni-Eckschrank. Ein winziges Messinggeländer verhinderte, daß sie rutschten. Rowan ließ sich einen Brandy mit Soda geben, ging mit dem Glas wieder auf die Plattform hinaus und stellte sich so, daß er den Bahnsteig entlangblicken konnte. Die Seilabsperrung war noch nicht entfernt worden, aber man hatte einen Teil geöffnet. Er hörte die Trillerpfeife, die die baldige Abfahrt ankündigte. Auf dem Bahnsteig drängten sich immer noch viele Menschen. Die einzigen Engländerinnen waren eine Gruppe QAS in Uniform, die jemanden verabschiedeten, der vermutlich in Urlaub fuhr oder an das Allgemeine Krankenhaus in Pankot versetzt worden war. In ihrer Begleitung befanden sich ein paar amerikanische Offiziere und ein paar von der Luftwaffe.

Sie traten näher an den Wagen heran, um jemanden vorbeizulassen: den Verkehrsoffizier und einen Offizier, dessen linker Arm steif an der Seite hing. Hinter ihnen sah Rowan die große, dschungelgrün gekleidete Gestalt eines Mannes mit einem grünen Schlapphut und neben ihm jemanden mit einem Nackenschutz. Hinter ihnen schaukelte Gepäck auf Köpfen.

Rowan trat in den Wagen, trank seinen Brandy aus und kehrte auf die Plattform zurück. Er stieg die Stufen hinunter, als die Gruppe gerade durch die Öffnung in der Absperrung kam.

»Oberst Merrick?«

Der Mann klemmte sein Stöckchen unter den linken Arm. Im ersten Augenblick stießen Rowan die Narben ab, die Merricks linke Gesichtshälfte entstellten. Sarah hatte sie nie erwähnt. Er schüttelte kurz Merricks rechte Hand.

»Ich heiße Rowan.« Er hatte sich fest vorgenommen, »Sir« zu sagen. Das Wort wollte ihm nicht über die Lippen. Aber er schaffte den Rest seiner zurechtgelegten Sätze. »Ich glaube, wir haben in Sarah Layton eine gemeinsame Freundin, und ich kenne Ihren Unteroffizier bereits.« Ehe Merrick reagieren konnte, wandte er sich Perron zu. Kein Zweifel. Er streckte ihm die Hand entgegen. »Wie geht es, Guy?«

Auf Perrons Wange zuckte ein kleiner Muskel.

»Danke gut, Nigel.«

Sie gaben sich die Hand. Rowan wandte sich wieder an Merrick.

»Wir besprechen am besten gleich alles, damit das Gepäck hereingebracht werden kann. Es ist ein Coupé mit eigener Dusche und Toilette frei, und dann gibt es noch ein Einzelabteil. Es ist vermutlich bequemer, aber man teilt die Waschgelegenheit mit einem anderen Abteil. Das Coupé ist unbelegt.«

»Ich wäre mit beidem mehr als zufrieden«, sagte Merrick. »Aber mit meiner Behinderung, wäre das Coupé sehr angenehm, wenn es wirklich nicht belegt ist. Dann kann ich meinen Diener bei mir haben. Auf jeden Fall ist es sehr entgegenkommend von Ihnen.«

»Dann lasse ich das Gepäck dorthin bringen. Ist das Ihr Diener?«

Rowan betrachtete den Mann neben Guy Perron. Außergewöhnlich. Er trug eine goldbestickte Mütze, um die ein gestärkter weißer Musselinschleier geschlungen war, eine bestickte Weste über einem weißen Gewand, das von einem Gürtel gehalten wurde und eine weite weiße Hose. Im Gürtel steckte eine Miniaturaxt mit einem langen silberbeschlagenen Stiel. Der Mann war sauber rasiert, hatte aber ein pockennarbiges Gesicht. Die Augenränder schienen schwarz nachgezogen zu sein. Ein Basar-Afghane: hübsch, raubtierhaft; ein Mann, dem Rowan instinktiv mißtraute.

»Ja, das ist Suleiman«, sagte Merrick. »Wir haben nicht viel Gepäck, denn wir sind in Eile und reisen nur mit wenig.«

Rowan rief einen der Diener aus dem Wagen und gab Anweisung, Merricks Gepäck in das Coupé zu bringen, das nicht von Mr. Gopal belegt war.

»Was hast du dabei, Guy?«

Perron deutete auf einen Seesack, der neben ihm stand, und die Aktentasche in seiner Hand. »Nur das.«

»Wir können das später klären.« Er trug einem anderen Diener auf, Perrons Seesack in den Salon zu tragen. »Ich nehme an, Ihnen ist nach einem Drink. Und dir bestimmt auch. Gehen wir hinein.«

Er stieg zur Plattform hinauf und trat beiseite, damit Merrick folgen konnte. Perron wartete. Rowan winkte ihm. Als beide oben standen, beobachtete er, wie der Afghane den Trägern am anderen Ende in den Wagen folgte. Dann lächelte er Ashok zu, nickte dem Verkehrsoffizier zu und ging in den Salon.

Merrick hatte die Mütze abgenommen und zusammen mit dem Stöckchen auf den kleinen Tisch zwischen den beiden Sesseln gelegt. Er wirkte jünger, als Rowan erwartet hatte, und neben Perron eigenartig wenig beeindruckend. Im geschlossenen Raum wirkte Perron groß und kräftig. Die dschungelgrüne Uniform verlieh ihm einen besonderen, aggressiven Zug. Die Haare waren blonder, als Rowan sie in Erinnerung hatte, und das erwachsene Gesicht weniger beweglich. Als Junge hatte Perron immer gelächelt.

»Vielen Dank, daß Sie uns aufgenommen haben«, sagte Merrick. »Ich nehme an, es ist etwas gegen die Vorschriften.«

»So gut wie nicht. Was möchten Sie trinken, Oberst Merrick?«

»Ein Whisky wäre schön. Vielen Dank. Vielleicht möchte Perron auch einen. Dann glaube ich, möchte er sich gern hinlegen. Er war den größten Teil der letzten Woche unterwegs.«

»In etwa zehn Minuten gibt es nebenan ein kleines Abendessen«, sagte Rowan. Man hörte die Trillerpfeife. »Wie ist es, Guy? Der Verkehrsoffizier sagte, der Zug aus Delhi hatte Verspätung. Du hast doch sicher das Abendessen verpaßt?«

»Ich hatte kein Abendessen, aber verpaßt habe ich nichts«, erwiderte Perron gereizt und bissig. »Übrigens, kein Whisky für mich. Es sei denn, es ist Scotch.«

»Das ist es.«

»Wirklich? Gut, das paßt.«

»Wozu?«

Perron antwortete nicht. Er richtete sich auf, als salutiere er. »Mit Ihrer Erlaubnis, Sir«, sagte er zu Merrick, »würde ich gern tun, was Sie vorgeschlagen haben und mich hinlegen.«

»Natürlich.«

»Soll ich die Tasche weiterhin in meine Obhut nehmen, Sir?«

»Nein, lassen Sie sie hier.«

Rowan winkte einen Diener aus dem Speiseraum herbei und deutete auf Perrons Seesack.

»Wenn du ins Bett möchtest, zeige ich dir, wo.«

Der Kellner reichte Perron ein Glas Whisky mit Soda, als Rowan an ihm vorbeiging. Im Speiseraum blieb er stehen und hörte, wie Perron sagte: »Gute Nacht, Sir«, und Merrick antwortete: »Gute Nacht, Unteroffizier.« Der Zug setzte sich in Bewegung. Als Perron mit dem Glas in der Hand hereinkam, ging Rowan zur rechten Tür am anderen Ende des Speiseabteils und trat in den Gang hinaus. Merricks Afghane wachte vor dem Coupé am Ende des Wagens und beobachtete ihn. Rowan schob die Tür des Abteils Nr. 1 auf. Die Lampen brannten. Sein Koffer lag im Gepäcknetz. Perron folgte ihm.

»Welches möchtest du, Guy? Das hier, wo man gegen die Fahrtrichtung liegt?« Er öffnete nacheinander die Türen von Dusche und Toilette und danach die Tür des gegenüberliegenden Abteils. »Oder das hier mit dem Kopf in Fahrtrichtung?«

Perron sah sich in dem rosa erleuchteten Abteil um.

»Hast du nichts dazwischen?«

»Leider nicht.«

»Dann nehme ich das hier.«

»Ich habe gehört, die Gattin des letzten Gouverneurs bevorzugte es.«

»Und wie ist es mit der Gattin des gegenwärtigen Gouverneurs?«

»Sie fährt nie nach Pankot. Wenn S. E. hinauf muß, nimmt er das Auto.«

»Der Sonderwagen ist also eine Art Anachronismus?«

»So könnte man es sagen.«

»Auch das paßt.«

»Wie Scotch. Warum? Paßt wozu?«

»Zu der allgemein unwirklichen Atmosphäre, in der ich augenblicklich lebe. Auf dein Wohl.«

Der Diener kam mit dem Seesack herein, verstaute ihn ihm Gepäcknetz und ging durch die Schiebetür in den Gang hinaus. Perron verriegelte die Tür hinter ihm.

»Schütze dein Eigentum und dein Leben«, sagte er, als sei es ein Zitat. In einer Ecke des Abteils stand ein winziger chintzbezogener Sessel. Er zwängte sich hinein. »Der Rote Schatten ist los. Hast du schon einmal sowas Scharfes gesehen?«

»Scharf?«

»Suleiman.« Perron zögerte. »Lassen wir das.« Dann sagte er: »Sandhurst, nicht wahr? Chillingborough und Sandhurst. Jetzt das. Adjutant Seiner Exzellenz, des Gouverneurs in Ranpur, wenn ich nicht alles geträumt habe und immer noch träume, was sehr wahrscheinlich ist. Ich glaube, heute abend vor einer Woche ist vielleicht irgend etwas mit mir passiert. *Ist* heute Sonntag?«

»Nein, Montag der dreizehnte. Was ist Sonntag vor einer Woche mit dir passiert?«

»Da war irgendwie eine Maharani mit im Spiel. Und dann dieser arme Purvis. Bist du sicher, es ist der dreizehnte? Ich könnte schwören, es ist immer noch Sonntag.«

Nach einem Blick auf seine Uhr sagte Rowan: »Wir irren uns beide. Es ist inzwischen Dienstag, der vierzehnte.«

»Gut«, sagte Perron. »Zwei Tage näher.«

»Näher?«

»Dem erfolgreichen Abschluß der Operation Bunbury. Sie wird mein Telegramm inzwischen haben. Sie wird den ersten kleinen Draht ein klein wenig spielen lassen. Also wie lange rechnen wir. Vorsichtig geschätzt einen Monat? Kann ich es einen Monat aushalten? Oder werde ich einen Mord begehen? Was geschieht mit Unteroffizieren, die ihre Offiziere ermorden?«

»Sie werden gehängt, glaube ich.«

»Sehr degradierend. Ein Erschießungskommando wäre etwas anderes. Gegen ein Erschießungskommando hätte Tante Charlotte nichts einzuwenden.«

Der Zug ratterte über mehrere Weichen. Rowan hielt sich fest. Perron zog aus der Seitentasche seiner Jacke einen Flachmann und füllte seinen Whisky-Soda auf. »Scotch«, sagte er, »ein Abschiedsgeschenk meines vorigen Offiziers. Ein angenehmer, aber am Ende sehr untauglicher Mann. Ihm fiel keine andere Alternative ein, als mir anzubieten, mich sofort um ein Offizierspatent zu bewerben. Er hielt es für möglich, daß ich es sofort bekommen würde, aber ich sagte, sofort oder spater mache keinen Unterschied, denn in diesem Stadium des Spiels ein Offizierspatent zu akzeptieren, sei schlicht eine Politik der Verzweiflung.«

»Du mußt wirklich nicht deinen eigenen Whisky trinken, Guy. Drück einfach auf den Knopf.«

»Ich nehme an, du hast nicht die leiseste Ahnung, wovon ich rede, Nigel, oder?«

»Ein paar Dinge sind etwas unklar, aber eigenartigerweise komme ich im Wesentlichen mit.«

»Wirklich? Ich wünschte, mir ginge es auch so. Mir entzieht sich das Wesentliche. Also auf Tante Charlotte und Operation Bunbury. Ich hoffe, du wirst mich nicht bitten, außer *scharf* auch *Bunbury* zu erklären.«

»Nein. Aber wie soll ein imaginärer kranker Freund dein Problem lösen?«

»Er ist gestorben. Zumindest laut Telegramm, das ich Tante Charlotte geschickt habe. Erinnerst du dich an Tante Charlotte?«

»Die Schwester des Ballonflieger-Onkels?«

»Das ist sie. Die Tante, die sich so schrecklich gut mit diesem phantastischen Mädchen verstand, mit der du bei dem Spiel der Schulmannschaft gegen die Ehemaligen warst. Ich kann mich nicht an ihren Namen erinnern. Übrigens, hast du sie geheiratet?«

»Nein.«

»Bist du verheiratet?«

»Nein. Erzähl weiter von Bunbury.«

»Bunbury war Tante Charlottes Idee. Als ich ihr sagte, ich könne meine Einberufung nicht länger hinauszögern, erklärte sie, offenbar versuche ich es nicht, und das finde sie höchst unpatriotisch von mir, denn es sei nicht fair gegenüber den Männern, für deren Leben und Wohlergehen ich so gedankenlos die Verantwortung übernehmen wolle. Sie fand sich erst damit ab, als ich ihr klargemacht hatte, daß ich beabsichtigte, anonym beim Fußvolk zu dienen, und einwilligte, sie zu benachrichtigen, wenn ich wollte, daß sie ihre Drähte spielen ließ, um mich rauszuholen. Im Verlauf meiner relativ kurzen, aber nicht ereignislosen militärischen Laufbahn, von der Ebene von Salisbury bis nach Kalyan, habe ich sie über meine geistige Verfassung auf dem laufenden gehalten, indem ich ihr vom Gesundheitszustand unseres Freundes Bunbury berichtete. Sein Tod letzte Woche wird sie zum Handeln getrieben haben.«

»Zu welchem Handeln?«

»Sie hat ein paar Freunde auf sogenannter höchster Ebene. Keine Politiker, sondern Beamte. Glücklicherweise erwartet mich eine kleine Nische im Hain der Wissenschaft, wie der Gönner des armen Purvis es nannte. Vielleicht noch glücklicher ist der Umstand, daß unsere neue Regierung sowohl antiimperialistisch als auch bildungsfreundlich ist. Sie werden in jedem Jungakademiker die künftige Säule eines umfassenden staatlichen Schulsystems wittern. Ich beabsichtige keineswegs, eine zu werden. Aber ich habe größtes Vertrauen in Tante Charlottes Fähigkeit, eine vorzeitige Demobilisierung zu erreichen, besonders wenn sie mit einem bestimmten Professor für moderne Geschichte Kontakt aufnimmt.«

»Wer ist dieser Purvis, den du immer wieder erwähnst?«

»War. Nicht ist. Er ist auch tot.« Perron nahm einen großen Schluck, leerte aber das Glas nicht ganz. »Ich glaube, ich möchte nicht über Leonard Purvis sprechen. Ich würde lieber über Bunbury sprechen. Ich mußte dem Telegramm an Tante Charlotte einen Brief folgen lassen für den Fall, daß das Telegramm verlorengegangen sein sollte. Möchtest du wissen, was ich ihr über Bunburys Tod geschrieben habe?«

»Wie ist Bunbury gestorben?«

»Selbstmord. Zweimal.«

»Zweimal.«

»Das erste Mal in einer Badewanne. Aber es gelang mir, ihn wiederzubeleben. Als er es noch einmal versuchte, war ich nicht in der Nähe. Sie hatten ihn in eine Station im oberen Stock gebracht, und als sie nicht aufpaßten, stürzte er sich aus dem Fenster und brach sich den Hals.«

»Ein sehr entschlossener Bunbury.«

»Ich freue mich, daß du es so siehst. Das ist auch meine Meinung. In dieser Art Entschlossenheit liegt etwas Heroisches. Der Gedanke kam mir zum ersten Mal bei der eilig angesetzten kleinen Untersuchung, zu der sie mich aus Kalyan zitierten. Sie kamen zum Schluß, es handle sich um Selbstmord im Zustand geistiger Verwirrung. Aber es war deutlich, daß sie wußten, er war ebenso bei Verstand gewesen wie sie. Andererseits wußte *ich*, daß im ganzen Raum niemand war, der eine so klare Vorstellung davon hatte, was er in der Welt tun sollte, wie er, und auch keiner mit einer so klaren Vorstellung von der kriminellen Verschwendung menschlicher Energie, die wir in den letzten sechs Jahren erlebt haben. Ich bin froh, daß er nicht überlebt und die Nachricht vom Abwurf der neuen Bombe gehört hat.«

»Willst du wirklich nichts essen, Guy?«

»Könnte ich etwas hierher bekommen?«

»Natürlich.«

»Dann esse ich besser etwas.« Er goß noch einmal Scotch in sein Glas. »Weißt du, normalerweise bin ich ziemlich abstinent, aber in den letzten Tagen war ich heimlich blau wie ein Veilchen. Diesen Zustand beobachtet der Rote Schatten voll Neid und bösem Verlangen, seine korrupten und dreckigen diebischen Finger in meinen Seesack zu stecken, um herauszufinden, wie viele Flaschen ich noch habe. Ich meinerseits sehne mich danach, ihn zu erwischen, damit ich ihm in den Arsch treten kann. Und eins kannst du mir glauben, Nigel, ehe ich gehe, werde ich ihm mit oder ohne Grund einen Tritt versetzen. Das ist Ehrensache. Die Ärsche der Suleimans von Indien sind dazu da, von britischen Unteroffizieren getreten zu werden. Das ist Tradition. Ein Tritt für den Unteroffizier, zwei für das Regiment und drei für die *Radsch*. Dann werden die Frauen der Suleimans von Indien Tränen lachen, die wilden Hunde in den Hügeln werden vor Zufriedenheit jaulen, und am Khyber wird wieder Friede herrschen. Ich glaube, es ist besser, wenn du jetzt gehst, denn Suleiman wird sich genau merken, wie lange du und ich in einem verriegelten Abteil zusammen gewesen sind, und Major Merrick entsprechend Bericht erstatten. Ich bitte ihn um Entschuldigung. Oberstleutnant. Aber es ist schwer, Schritt zu halten. Er war Major, als ich ihn am Bunbury-Sonntag in Bombay getroffen habe. Oberstleutnant, als ich mich am Dienstag in seinem Büro in Delhi meldete. Ich habe inzwischen die Vorstellung, daß es gefährlich ist, ihn länger als einen oder zwei Tage allein zu lassen. Jeden Abend beim Einschlafen habe ich entsetzliche Angst, er könnte am nächsten Morgen Oberst oder sogar Brigadier sein.«

»Wie ich sehe, liebst du ihn nicht. Warum eigentlich nicht?«

Perron trank.

»›Ich lieb Sie nicht, Dr. Hagen, den Grund dafür kann ich nicht sagen.‹« Er nahm noch einen Schluck. »Andererseits bin ich dahintergekommen, weswegen. Er ist der Mann, der zu spät kommt, und sich zum Ausgleich dafür erfindet. Weißt du, auch der Arm ist eine Erfindung. Du darfst nicht glauben, daß es wie der Blitz, wie ein Donnerschlag oder auf einem Operationstisch geschehen ist. Es wurde ganz allmählich sichtbar wie die Stigmata an den Händen, Füßen und der Seite eines Heiligen. Damit die Welt es merkt und innehält. Das Innehalten ist sehr wichtig. Ich glaube, du gehst jetzt zu ihm. Er hat es nicht gern, wenn man ihn vernachlässigt oder warten läßt.«

»Was führt ihn nach Pankot?«

»Der Fall des Havildar Karim Muzzafir Khan, ehemals bei den Pankot Rifles.«

»Ich glaube, ich weiß etwas darüber.«

»Du warst schon immer unerträglich gut informiert. Über das Rudern zum Beispiel. Was weißt du?«

»Wenn es der Havildar ist, der in Deutschland zu Boses Leuten übergelaufen war...« Perron nickte »...dann hat Miss Laytons Vater um Erlaubnis gebeten, ihn besuchen zu dürfen. Organisiert Merrick das?«

Perron trank wieder Whisky.

»Nein. Wir fahren hinauf, um Aussagen von ehemaligen NCO-Kameraden des Havildar entgegenzunehmen.«

»Also kann keine Ausnahme gemacht werden.«

»Eine Ausnahme?«

»Besteht keine Möglichkeit, daß Oberst Layton erlaubt wird, den Mann zu sehen?«

»Bestimmt nicht. Was ist an Oberst Layton so besonderes?«

»Nichts. Aber was ist an Havildar Karim Muzzafir Khan so besonderes, daß Delhi einen Oberstleutnant den weiten Weg nach Pankot schickt, um Aussagen entgegenzunehmen?«

»Oh, das läßt sich leicht beantworten. Der Havildar war etwas Besonderes, weil Merrick ihn auswählte.«

»Du meinst, als ein Beispiel?«

»Ich meine, er war ein Auserwählter. Es gehört zur Technik eines selbsterfundenen Mannes. Merrick sieht sich um, sein Blick fällt auf jemanden, und er sagt: Gut. *Den* will ich. Warum glaubst du, bin ich hier? Ich bin ein Auserwählter. Ich nehme an, Coomer war es auch.«

»Coomer?«

»Coomer. Kumar. Harry. Hari. Erzähl mir nicht, daß du dich

nicht an ihn erinnerst. Miss Layton hat gesagt, daß du dich an ihn erinnerst. Es verwirrte sie, als ich behauptete, mich nicht an ihn zu erinnern. Es weckte ihren Verdacht. Sehr peinlich. Sie überlegte, ob ich nur vorgab, in Chillinborough gewesen zu sein. Sie ließ ein oder zwei Namen fallen. Deinen und dann Clark-ohne.«

»Clark-ohne? Woher kennt sie den?«

»Ich glaube, sie sagte, sie habe ihn in Kalkutta kennengelernt. Vermutlich erinnerst du dich an seinen Ruf. Hat sie ihn nie erwähnt?«

»Es gab keinen Grund dazu.«

»Aber natürlich hat sie dir von der Begegnung mit mir erzählt.«

»Nicht alles. Übrigens, warum hast du behauptet, dich nicht an Coomer zu erinnern?«

»Das Thema war tabu. Nicht für eine gemischte Gesellschaft geeignet. Merrick befahl mir, nicht darüber zu sprechen. Die einfachste Methode zu vermeiden, in ein Gespräch über ihn verwickelt zu werden war, so zu tun, als kenne ich ihn nicht. Wußtest du, daß unser Freund Coomer das Kricket aufgesteckt, sich auf Vergewaltigungen verlegt, und daß unser Freund Merrick ihn dabei ertappt hat?«

»Hat er dir das erzählt?«

»Hat er sich geirrt?«

»Es gibt zwei Versionen. Wie bist du Merrick über den Weg gelaufen? Einfach, weil man dich in seine Abteilung versetzt hat?

»Zugeteilt. Gott sei Dank noch nicht versetzt. Aber nein. Ich bin ihm in einer warmen Nacht begegnet. Im Hafen. In Bombay. Klingt romantisch, nicht wahr? Dann traf ich ihn erst wieder an dem Abend bei der Maharani. Aber ich war bereits auserwählt. Schicksal. Es hat mich zum Trinken gebracht, zu Bunbury, zu Tante Charlotte und zur Widerlegung von Emerson.«

»Emerson?«

»›Die Gesellschaft ist eine Welle. Die Welle bewegt sich vorwärts; das Wasser, aus dem sie besteht, jedoch nicht. Ein Partikel steigt nicht vom Tal zum Kamm auf. Ihre Einheit ist nur Schein. Die Menschen, die heute eine Nation bilden, sterben im nächsten Jahr, und ihre Erfahrung stirbt mit ihnen.‹ Emerson hat nicht erkannt, daß es Ausnahmen gibt. Menschen wie dich und mich.«

Rowan lächelte. Er verstand kein Wort und sah eigentlich keinen Grund, sich darum zu bemühen. Aber bei ihm hatte es gerade geklickt.

»Hast du bei der Maharani einen Grafen Bronowski kennengelernt? Sarah erzählte mir, er sei dort gewesen.«

»O ja. Warum fragst du?«

»Er hat dir diese Vorstellung in den Kopf gesetzt, nicht wahr? Von Merrick, der sich selbst und den Arm erfunden hat.«

»O nein, ganz bestimmt nicht. Sie stammt von mir.«

»Dann ist es ein Zufall. Er hat ziemlich genau dieselbe Idee. Ich überlasse dich jetzt deiner Idee und sehe zu, daß du etwas zu essen bekommst. Übrigens, hat Merrick die Gelegenheit genutzt und dich gefragt, woher wir uns kennen, als ich noch auf der Plattform war?«

»Das hat er.«

»Was hast du geantwortet?«

»Ich habe gesagt, wir kannten uns schon lange vor dem Krieg. Ich glaube, das hat ihn nicht zufriedengestellt. Vermutlich glaubt er, wir hätten uns erst vor kurzem gesehen, weil wir beide nicht das geringste Erstaunen über das Zusammentreffen gezeigt haben.«

»Du hast also Chillingborough nicht erwähnt?«

»Ich hatte das Gefühl, es sei nicht notwendig.«

»Es ist so und so nicht wichtig, aber man möchte doch vorbereitet sein.«

»Wegen Coomer? Was interessiert dich und Sarah Layton an Coomer? Daß er ein alter Chillingboroughianer ist, der ein paar Probleme hatte, wie das früher hieß?«

»Ich nehme an, das ist eine sehr unzureichende Voraussetzung für Interesse.«

»Wie für alles andere? Für das hier zum Beispiel?« Er wies auf das Abteil. »Ich vermute, Oberst Merricks Coupé ist nicht halb so bequem. Dieses reizende kleine Abteil ist ein Symbol. Findest du nicht auch?«

»Daran hatte ich noch nicht gedacht. Wofür ist es ein Symbol?«

»Für unsere Absonderung, unsere innere Überzeugung von Klassenrechten und Klassenprivilegien, von unserer Permanenz und unserer Fähigkeit zu ordnen, uns vor jedem großen Umbruch zu schützen, der unsere Interessen berühren würde, und natürlich ein Symbol für unsere fundamentale Gleichgültigkeit gegenüber Problemen, zu denen wir verantwortungsvolle Haltungen einnehmen. Keine moralische Verantwortung, keine Verantwortung, die Besitz mit sich bringt. Eine moralische Verantwortung wäre zu beschwerlich. Selbst der arme, unterprivilegierte Purvis war klarsichtig genug, das zuzugeben. Andererseits kann man Besitz immer wieder abstoßen und neuen erwerben. Neuer Besitz, neue Verantwortung, aber die Haltung ändert sich nicht. Es bleibt bei derselben tiefsitzenden inneren Überzeugung und demselben angenehmen und bequemen Gefühl der Isolation. Ich weiß, wo ich das finden werde, wenn ich zu Hause bin. Wo wirst du es finden, Nigel? Ich meine, wenn wir Indien abgestoßen haben?«

»Ich habe wirklich noch nicht darüber nachgedacht, Guy. Es ist einfach noch zu weit weg.«

»Du hast noch nicht darüber nachgedacht. Natürlich, mußt du auch nicht. Keiner von uns muß es. Nichts kann unser eingewurzeltes Gefühl der Klassensicherheit ausmerzen. Dein Gesicht hat diesen distanzierten Patrizierausdruck angenommen, der mir verrät, daß du anstößig fändest, was ich sage, wenn du auch nur für einen Moment glauben würdest, daß ich es ernst meine. Ich meine es. Ich meine jedes Wort. Emerson war offensichtlich zu sehr Bauer, um die Bedeutung von Leuten wie dir und mir richtig zu erkennen. Die Gesellschaft ist eine Welle. Die Welle bewegt sich vorwärts. Du und ich, wir bewegen uns mit ihr. Emerson hat für die Merricks und Purvises der Welt geschrieben, für alle, die ertrinken. Merrick hofft, nicht zu ertrinken. Aber er wird ertrinken. Sieht dieser Dummkopf nicht, daß keiner aus der Klasse, zu der er so gerne gehören möchte, sich je auch nur einen Furz um das Empire gekümmert hat, und daß das Gerede von Gott-dem-Vater, Gott-die-*Radsch* ein Haufen insularer Mittel- und Unterklassenscheiße war?«

»Mein Onkel hat dieses Gerede sehr ernst genommen, würde ich sagen.«

»Du meinst, er besaß Prinzipien?«

»Ja, ich glaube.«

»Ich wette, wenn man den Prinzipien auf den Grund gegangen wäre, hätte man festgestellt, daß er nur sein unantastbares Recht ernst nahm, Dinge und Menschen zu seinem größtmöglichen Vorteil und zu seiner persönlichen Befriedigung zu benutzen.«

»Ist Merrick ein Mann mit Prinzipien?«

»Mit eisernen Prinzipien. Leute wie dich und mich hält er für Abschaum. Er glaubt, wir hätten die Prinzipien aufgegeben, nach denen wir gelebt haben. Er würde sagen, es war das Prinzip der englischen Oberschicht und herrschenden Klasse zu wissen, daß sie allen anderen Rassen, ganz besonders den Schwarzen, überlegen ist und die Pflicht hat, sie zu führen und zu erziehen. Er ist völlig von dem wirren Kiplingschen Gerede durchdrungen, in dem aus Indien, wo ganz gewöhnliche, habgierige Engländer als Ausgleich für die komplizierten Folgen des Erstgeburtsrechts Karriere machten, ein Land wurde, in das sie scheinbar freiwillig zum Heil ihrer Seele und zur geistigen und moralischen Erbauung der Einheimischen ins Exil gingen. Diese Verwandlung war natürlich illusorisch, eine falsche Auffassung der Mittelklasse von den *Mores* der Oberklasse. Aber man kann nicht erwarten, daß ein Mann wie Merrick das erkennt. Er hat zu viel Zeit damit verbracht, sich dieser Vorstellung entsprechend zu erfinden. Deshalb bleibt ihm keine Kraft mehr zu begreifen, daß sie als Vorstellung hohl ist und immer hohl war. Ihm fällt nur auf, daß sie seltener geworden ist. Der arme Coomer hatte offensichtlich nie eine Chance: Englische Public-School-Bildung und -Benehmen, aber rabenschwarz.«

»So schwarz auch wieder nicht.«

»Für Merrick schwarz genug. Aber für ihn sind die meisten von uns ebenso schlimm, als wären sie schwarz. Es gibt nicht mehr viele echte weiße Männer. Und das Seltsame ist, wenn er einem begegnet, verachtet er ihn. Oberst Layton zum Beispiel.«

»Er verachtet Oberst Layton? Weshalb?

»Ein Weißer, der weich geworden ist. Vergiß nicht: Führen *und* Erziehen – die zwei Säulen der Weisheit. Er verachtet ihn, weil Layton alles hat und alles ist, wonach Merrick strebt. Aber Layton hat nicht den Mumm und den Nerv, dem gerecht zu werden. Er würde zum Beispiel den von Bose befleckten Havildar an die Brust drücken. Tränen der Trauer anstelle der Peitsche des Zorns. Insgesamt zu viele verdammte Tränen... sogar wegen einer halbleeren Flasche Old Sporran. Also helfe Gott uns morgen. Übrigens hast du welchen?«

»Was?«

»Old Sporran. Ist das für die Residenz nicht selbstverständlich?«

»Heutzutage nicht. Warum soll Gott dir morgen helfen?«

»Heutzutage nicht. Nein. Heutzutage ist Old Sporran den Purvises vorbehalten. Das verdammte Proletariat drängt sich in alles ein. Er hat sich aufgehängt.«

»Wer hat sich aufgehängt? Purvis?«

»Nein, Purvis hat sich aus dem Fenster gestürzt. Der Havildar hat sich aufgehängt. Havildar Karim Muzzafir Khan, der Sohn des Subedar Muzzafir Khan V. C.«

»Oh! Wann?«

»Dienstag, sagst du? Also war vor ein paar Minuten Montag. Dann also am Sonntagmorgen... irgendwann am Sonntagmorgen. Noch ehe es hell war. Deshalb besteht keine Möglichkeit, daß Oberst Layton erlaubt sein wird, mit ihm zu sprechen. Es gibt keinen armen, müden, aufgeriebenen, beschämten und beschimpften Havildar, mit dem er sprechen könnte.«

»Beschämt und beschimpft von wem?«

»Von Merrick natürlich.«

»Hast du es miterlebt?«

»Nur den Anfang und das Ende. Im Juni in Bombay und am Freitag in Delhi. Vermutlich habe ich das Beste in der Mitte verpaßt.«

»Was ist in der Mitte geschehen?«

»Ich weiß es nicht. Ich nehme an, das, was ihn erledigt hat.«

»Körperlich erledigt?«

»Davon gab es keine Spuren am Körper. Ich glaube nicht, daß das Merricks Stil ist.«

Perron goß den Rest Whisky aus dem Flachmann ins Glas. Er trank den Whisky jetzt beinahe pur.

»Du hast die Leiche also gesehen?«

»O ja. *Kommen Sie herüber in den Block D, Unteroffizier. Es gibt eine interessante Entwicklung.* Um vier Uhr morgens.«

»Interessant?«

»Das hat er gesagt. Ganz bewußt, damit ich unvorbereitet sein sollte. Er präsentierte mir die Szene wie ein *Tableau vivant*. Nun ja nicht ganz so lebend. Aber er hatte die Szene aufgebaut und

wollte, daß ich darauf reagiere. Es überraschte mich, daß er zugelassen hatte, daß man ihn abschnitt, ehe ich zur Stelle war.«
Perron trank. »Das Ganze war unaussprechlich widerlich und
scheußlich.«

»Was hat er benutzt?«

»Der Havildar? Du meinst, als Strick? Aneinandergeknotete
Streifen von Hemd und Weste. Er hatte zuerst versucht, sich mit
einem Stück Blech vom Eßnapf die Kehle durchzuschneiden. Ich
möchte lieber nicht darüber reden. Ich will dir nur wiederholen, was Merrick gesagt hat: ›Kein sehr sympathisch wirkender
Mensch, nicht wahr, Unteroffizier?‹«

»Ja, ich verstehe. Der eigentliche Grund für die Reise ist also,
Oberst Layton von dem Todesfall in Kenntnis zu setzen?«

»Nein, der eigentliche Grund ist, die Verbindung zu halten.
Die Rolle eines Freunds der Familie. Nichts Übereiltes natürlich.
Nichts Aufdringliches. Nur den beständigen Eindruck von ruhiger Kompetenz, Befähigung und Autorität. Gelegentlich eine
plötzliche geballte Anstrengung und ein Feuerwerk der Aktivität, um das Ausmaß und die Tiefe von Gefühlen und Besorgnis zu
zeigen – wie dieser Besuch. Der menschliche Zug. Und dann die
Aussagen, die von den ehemaligen Kameraden des Havildar eingeholt werden sollen, als sei alles, was sich jetzt zugunsten des
Havildar aktenkundig machen ließe, nicht nur willkommen, sondern als sei es die Pflicht des weißen Mannes, diese Seite zu
entdecken und zu den Akten zu nehmen.« Perron schloß ein
Auge und starrte Rowan an, als habe er plötzlich Schwierigkeiten, klar zu sehen. Dann nickte er und sagte:

»Er hat auch die Laytons auserwählt.«

Perron öffnete das geschlossene Auge und fügte hinzu: »Aber
keine Sorge. Ich meine, falls du dir Sorgen machst, tu es nicht.«

»Sorgen? Worüber?«

»Daß er die Laytons ausgewählt hat. Ich sagte *die* Laytons –
nicht einen der Laytons ... zumindest glaube ich das nicht. Also
sei unbesorgt. *Wie* hieß sie?«

»Wer?«

»Dieses phantastische Mädchen, das Tante Charlotte so gut gefallen hatte.«

»Laura Elliott.«

265

»Laura Elliott.« Perron legte den Kopf zurück, als sei er müde. »Was für ein trauriger Name. Was ist geschehen?«

»Sie hat einen anderen geheiratet.«

»Jemanden, den ich kenne?«

»Ich glaube nicht. Sie hat ihn in Rangun kennengelernt. Er hieß Ratcliff und hatte eine Gummiplantage in Malaia.«

»Was hat sie denn in Rangun gemacht?«

»Mich besucht.«

»Wann war das?«

»Einundvierzig.«

»Wie ist sie einundvierzig nach Rangun gekommen?«

»Ihre Eltern waren in Mandala. Verwaltung.«

»Für mich war sie immer Heer.«

»Ihr Bruder war es.«

»Seid ihr zusammen in Sandhurst gewesen?«

»Ja.«

»Im selben Regiment?«

»Ja. Wir sind zu dritt auf einem Schiff herübergekommen.«

»Warst du mit Laura Elliott verlobt?«

»Später.«

»Als du nach Burma gegangen bist?«

»Nein, in Burma haben wir die Verlobung gelöst.«

»Warst du bei dem Burmazauber von zweiundvierzig dabei?«

»Für mich war es kein Zauber, sondern nur ein Rückzug. Ich war dabei.«

»Nun ja, Zauber oder Rückzug, du hast es überlebt. Laura Elliotts Bruder auch?«

»Nein.«

»Sind Laura und der Gummipflanzer aus Malaia herausgekommen?«

»Die Eltern sind aus Burma herausgekommen, aber nur Mrs. Elliott lebt noch. Sie lebt in Darjeeling und schreibt mir hin und wieder. Sie hat von Laura einmal etwas gehört, nachdem sie von den Japanern interniert worden war. Von Tony kam keine Nachricht, und Laura hat ihr nie wieder geschrieben. Zumindest ist nie etwas angekommen.«

»Arme Laura. Habe ich es nicht gesagt? Ein trauriger Name.« Perron hob den Kopf wieder. »Macht es dir noch zu schaffen?«

»Nicht mehr.«

»Was ist mit Sarah Layton?«

»Was soll mit ihr sein?«

»Sie hat von dir mit Achtung und Bewunderung gesprochen, wie ich es nennen würde. Beruht das auf Gegenseitigkeit?«

»Ja.«

»Schade. Ich meine für mich. Die Aussicht, mehrere Tage in Pankot zu sein, war für mich nur erträglich, weil ich bei der geringsten Möglichkeit mit ihr ein bißchen flirten wollte. Aber vermutlich sollte ich mich benehmen. Oder? Ja. Gut. Übrigens, macht es dir sehr viel aus, wenn ich dich in Zukunft vor anderen mit Sir anspreche? Du kannst mich weiterhin Guy nennen, wenn du willst. Aber es beleidigt mein Gefühl von militärischer Etikette, dich öffentlich Nigel zu nennen.«

Rowan überging das lächelnd und fragte: »Weißt du, wo du unterkommst?«

»Du meinst, wo ich einquartiert bin? Nein, aber ich habe zu meinem Offizier vollstes Vertrauen. Er ist der Mann, der weiß, daß es zum guten Benehmen gehört, sich um die Bedürfnisse von Pferd, Stallknecht und sich selbst zu kümmern – und zwar in dieser Reihenfolge. Obwohl für die eigene Bequemlichkeit natürlich gesorgt ist, und man deshalb getrost bis zur letzten Minute warten kann. Warum fragst du? Möchtest du, daß wir in Verbindung bleiben?«

»Wir sollten einen Abend zusammen einplanen, wenn es sich machen läßt. Du erreichst mich, wenn du zweihundert wählst.«

»Der Sommerpalast des Gouverneurs?«

»Das Gästehaus, das zur ehemaligen Sommerresidenz gehört.«

»Ehemaligen? Ist das Wetter schlechter geworden?«

»Ich meine, sie wird nicht benutzt.«

»Obwohl Unterkünfte so knapp sind?«

»Die Leute beschweren sich, aber wie dieser Wagen hier läßt sie sich nicht so leicht umfunktionieren. Und der nächste Gouverneur wird den alten Brauch vielleicht wieder aufnehmen und sechs Monate in den Hügeln und sechs Monate in der Ebene sein. Ruf mich jedenfalls dort an. Wir machen dann etwas aus.«

Perron nickte.

Rowan sagte: »Ich schicke einen Kellner mit dem Essen. Er

bringt dir auch einen Drink, wenn du noch einen willst. Das überlasse ich dir. Und du weißt, du kannst jederzeit klingeln.«

Perron nickte noch einmal.

»Schlaf gut«, sagte Rowan und machte Anstalten zu gehen.

»Danke für das Bett, Nigel. Ich bin dir sehr dankbar.«

Der Gang war leer. Kein Roter Schatten. Im Speiseabteil waren zwei Tische gedeckt, und die Kellner stellten gerade dampfende Schüsseln darauf. Er roch flüchtig Nelken. Und den Duft von Eau de Cologne. Aber auf den Tischen standen nur Ringelblumen. Er beauftragte einen Kellner, den Gast im Abteil Nr. 2 zu versorgen, und ging in den Salon.

Suleiman kniete auf dem Boden und zog Merrick gerade einen roten Lederpantoffel an. Zwischen den steifen Zeige- und Mittelfinger der behandschuhten Hand klemmte eine brennende Zigarette. Merrick und Suleiman drehten die Köpfe. Suleiman grinste und entblößte dabei hübsche Zähne. Merrick lächelte, ein eigenartig schiefes Lächeln – so wirkte es durch die Narben, und Rowan war trotz allem gerührt, hatte den eigenartigen Drang zu vergessen, was er wußte und was er zu wissen glaubte. Er wollte es vergessen, weil es ungerecht war, sich beeinflussen zu lassen, denn er hatte schließlich kaum mehr als ein paar Worte mit dem Mann gewechselt. Er setzte sich auf das Sofa, gab dem Kellner durch ein Nicken zu verstehen, daß er vor dem Essen noch einen Drink wünsche, und hörte Merrick zu, der ihm Suleimans Theorie erklärte, daß es schlecht für die Durchblutung sei, feste Schuhe zu tragen, wenn man nicht ging. Rowan fühlte sich dabei von dem unerwarteten Gefühl gestützt, beinahe gestärkt – in Abwesenheit von Perron – sich und die Situation wieder unter Kontrolle zu haben und in einer Umgebung zu sein, die seiner Stimmung entsprach. Als Suleiman mit Merricks Schuhen gegangen war, und er und Merrick allein im Salon blieben und sich mit vorsichtigem Interesse musterten – Rowan vermutete, ein unbeteiligter Beobachter hätte es so gedeutet –, kam es ihm merkwürdig vor, daß der Mann, dessen Anwesenheit auf ihn hätte explosiv und aufreibend wirken können, was jedoch nicht der Fall war, sogar hierher zu passen und mit ihm das Gefühl der Entspannung zu teilen schien, zumindest der momentanen Befreiung von dem

Druck, der sich verstärkt, und der sein Selbstvertrauen untergraben hatte: Dieses Gefühl wurde vielleicht dadurch betont, daß der Wagen die Erschütterungen und das Geratter der Räder auffing und dämpfte, ohne die schmeichelhafte Empfindung völlig müheloser Geschwindigkeit und Vorwärtsbewegung zu verringern.

Das Mogulzimmer

I

(Guy Perron)

Meine Tante Charlotte besaß ein sehr begrenztes Wissen über Indien und indische Verhältnisse, aber ihre Begeisterung für jedes Thema, das ein anderes Familienmitglied interessierte, ließ sich leicht entfachen. Und wenn es erst entfacht war, ließ es sich nur schwer wieder dämpfen. Zum Beispiel übten die Technik und das Geheimnis des Ballonfliegens immer noch eine große Faszination auf sie aus, nachdem ihr Bruder, mein Onkel Charles, die Ballonfliegerei als Sportart schon lange aufgegeben hatte (weil er nahe bei Cobh in Irland gelandet war, als er von Kent nach Essex fliegen wollte). Sie führte noch jahrelang eine Mappe, in die sie Zeitungsausschnitte über alles klebte, was sie in Zusammenhang mit dem Thema antriebsloser Luftnavigation fand.

Ihre Anteilnahme an den eigenen Interessen war zwar schmeichelhaft, konnte allerdings auch etwas lästig werden, selbst wenn die eigene Begeisterung nicht nachließ. Die ausgeschnittenen Zeitungsartikel und Berichte über Indien, die sie mir schickte oder bis zu ihrer ersten und tödlichen Krankheit für mich sammelte, waren in gewisser Hinsicht eine unnötige Verdopplung. Ihr verdanke ich jedoch einen Vergleich zwischen der Operation Bunbury und dem letzten Vizekönig.

»Deine Vizekönige sind alle Bunburyisten«, erklärte sie. (Vom Augenblick meiner Rückkehr 1945 an, waren bei ihr alle indischen Persönlichkeiten, Probleme und die ganze indische Politik *meine:* Dein Gandhi, dein Nehru, dein Kaschmirproblem, deine Neutralitätspolitik, deine Konfrontation mit den Chinesen, deine Bitte um ausländischen Beistand, deine grüne Revolution, deine Familienplanung.) »Deine Vizekönige sind alle Bunburyisten«, war nur eines von vielen Beispielen der Angewohnheit, alles Indische praktisch mir zu übertragen. Als ich sie um eine Begründung dieser Äußerung bat, verwies sie darauf, mit welcher Regelmäßigkeit meine Vizekönige auf bestimmten Höhepunkten in Gesprächen und Verhandlungen die Koffer packten und zu Konsultationen nach England zurückkehrten.

Das, sagte sie, sei »reiner Bunburyismus«, ein eindeutiger Beweis für Vorabsprachen zwischen meinen Vizekönigen und meinem Minister für Indien in Whitehall, um die Fortdauer der Politik sicherzustellen, die die britische Regierung im Augenblick auf dem Subkontinent verfolgte.

»Nimm deine derzeitige Politik«, sagte sie einmal, als Wavell noch Vizekönig war (ich machte mir über unsere Gespräche immer Notizen). »Sie verfolgt eindeutig das Ziel, ernsthafte Gespräche über eine künftige Verfassungsänderung zu führen, wobei wir von dem allgemeinen Grundsatz ausgehen, daß sich am bestehenden *Status quo* nichts ändern wird. Das bedeutet, wenn dein Lord Wavell feststellt, daß ernste Gespräche in eine Sackgasse zu geraten drohen oder sich so erfolgreich entwickeln, daß es aussieht, als könne der *Status* quo in Gefahr geraten, läßt er sich aus der Konferenz herausrufen, als müsse er ans Telefon, kehrt einige Minuten später zurück und verkündet, in London habe sich eine Entwicklung ergeben, die seine sofortige Anwesenheit dort erfordere. Es ist lediglich eine ändere Art zu sagen, wie Worthing es getan hätte: ›Ich fürchte, meinem armen Freund Bunbury geht es schlechter, und ich muß den Fünfzehn-Uhr-fünfzehn-Zug nehmen‹.«

Ich hielt das Wavell gegenüber für ungerecht, aber nach einigem Überlegen räumte ich ein, daß im Hinblick auf Vizekönige im allgemeinen etwas daran sei, und sagte das auch. Wenn danach der Vizekönig – Wavell und später sein Nachfolger Mountbatten – in London eintraf, schickte mir Tante Charlotte jedesmal eine Postkarte (meist Luftaufnahmen ländlicher Gegenden) mit der kurzen Nachricht: »Bunbury geht es wieder schlecht«; »der arme Bunbury gibt Anlaß zu Sorge«, etc. Mountbattens Vizekönigschaft brachte allerdings folgendes hervor (ein Ausschnitt aus einem ihrer vielen Briefe, die ich aufbewahrt habe):

»Wenn Attlee *meint*, daß die Macht bereits 1948 übergeben

werden soll, dann ist in Bunburys schlechtem Gesundheitszustand eine Änderung eingetreten. Ich sage nicht, es gehe ihm besser oder schlechter, sondern nur, es geht ihm auf eine andere Art schlecht. Wenn es jetzt unsere Politik *ist*, abzuziehen, dann wirst du erleben, daß Bunburys zarte Konstitution bewundernswert auf jede Wendung der Ereignisse reagiert, die unserer Politik der Machtübergabe 1948 förderlich sind, daß er aber ernste Rückschläge erleidet, wenn uns Hindernisse in den Weg gestellt werden.«

In meiner Antwort wies ich darauf hin, daß einer meiner Vizekönige (Mountbatten) zum ersten Mal eine Generalvollmacht zu besitzen schien, und das sei zwar administrativ gesehen vorteilhaft, könne aber bedeuten, daß das Bunbury-Spiel zu Ende sei. Tante Charlotte erklärte sofort, ein Vizekönig mit Generalvollmacht sei der größte Bunburyist von allen, denn das bedeute, er habe Bunbury nach Indien mitgenommen. Mir war das nicht klar. Ich bat sie, es zu erläutern. Sie schrieb:

»Ich meine, Bunbury bekennt endlich Farbe für die britische Präsenz in Indien – die traditionell in Whitehall sitzt – (das heißt, dort bettlägerig ist), aber er besucht schließlich mit Dickie (wie gut der Junge sich gehalten hat) die Szene seiner bislang nur stellvertretend erfochtenen Triumphe und Niederlagen. Attlee hat gesagt (mir ist das so klar, daß ich wünschte, dir wäre es ebenso klar), ein Urlaub in Indien bis 1948 tue ihm vielleicht gut. Eine Abschiedstour sozusagen, wie das persönliche Auftreten eines Filmstars, den Millionen kennen, allerdings nur als Bild auf der Leinwand. Nach der Abschiedstournee wird er nach Hause zurückkommen, sich zur Ruhe setzen, zufrieden in den Hintergrund treten und die Zeitungsausschnitte über sich betrachten. Also wird es von nun an zu einer Verschlechterung von Bunburys Gesundheitszustand nur dann kommen, wenn es für den Vizekönig so aussieht, als würden deine Inder Bunbury nicht wie geplant gehen lassen.«

Die Berechtigung ihrer Argumente wurde Anfang Juni 1947 deutlich, als die Zeitungen Tag für Tag enthüllten, daß der Vizekönig die größten Schwierigkeiten gehabt hatte, unter den Bewerbern einen zu finden, der bereit und in der Lage war, uns von der Verantwortung für Indien zu befreien und uns ziehen zu lassen.

(Ich erinnerte mich an Purvis' Warnung. Der Vizekönig verkündete, daß die Machtübergabe nicht erst 1948, sondern bereits in zehn Wochen stattfinden werde.)

Zwischen Tante Charlotte und mir wurden Telegramme ausgetauscht. Auf meinem stand: *Bunbury stop sieht aus, als sei persönliches Auftreten zuviel gewesen.* Auf ihrem stand: *Ärzte haben Bunburys Röntgenaufnahmen neu ausgewertet stop Zustand schlimmer als angenommen stop sofortige Rückkehr unbedingt notwendig sonst in diesem Klima das Schlimmste zu befürchten stop Dicky der Lage gewachsen stop Schlage aber vor du fliegst hin beobachtest und beaufsichtigst stop arrangiere Reise und komme für vertretbare Kosten auf.*

Als ich das las, wurde mir klar, daß Tante Charlotte eine überzeugte Purvis-Anhängerin geworden war. »Zustand schlimmer als angenommen« bedeutete, daß die britische Präsenz in Indien nicht länger ökonomisch oder administrativ sinnvoll war, wie Purvis vielleicht gesagt hätte. »Sofortige Rückkehr unbedingt notwendig« war ein Hinweis darauf, daß die Mitglieder der Labourregierung nach beinahe zweijähriger Amtszeit bei der Vorstellung verzweifelten, diese Präsenz weiterhin finanzieren zu müssen. Bedenkt man die Vielschichtigkeit der moralischen, politischen und historischen Aspekte, die den Versuch der Machtübergabe in Indien begleiteten, und bedenkt man, daß nur diese Aspekte öffentlich diskutiert worden waren, dann, so finde ich, bewies Tante Charlotte eine bemerkenswerte Voraussicht. Sie fand das auch und fand im Laufe der Jahre offen Gefallen daran, Stellen in Artikeln und Büchern, die das bekräftigten, dick zu unterstreichen und mir zu schicken – Aussagen von Militärs, Politikern, Beamten, Journalisten und Historikern. Sie wollte meine Aufmerksamkeit auf Eingeständnisse lenken, die untermauerten (wobei sie mich leicht mißverstand), was sie mit meiner Autorität als ihre ureigenste Meinung für sich in Anspruch nahm: Als Folge des Krieges, der Politik der Indisierung, des Verschleißes der britischen Anwerbungsmaschinerie für Verwaltung und Polizei und als Folge der Infiltration indischer Militärs mit politischen, kommunalen und nationalistischen Denkweisen (der Marineaufstand in Bombay 1946 wurde immer als Beispiel zitiert) wäre es schwierig, sogar unmöglich gewesen, irgendeine stabile Regierung in

Indien aufrechtzuerhalten, die dem Parlament in England verantwortlich war und die Gesetz und Ordnung und die nationale Verteidigung Indiens garantieren mußte. Selbst bei vorhandenem Willen und vorhandenen Mitteln wäre der Preis dafür übertrieben hoch und aus der Sicht des britischen Steuerzahlers einfach nicht vertretbar gewesen.

Im Delirium der Lungenentzündung (in fortgeschrittenem Alter erwachte unglücklicherweise ihr aktives Interesse an der Leidenschaft ihres Großneffen, im Morgengrauen in den Sümpfen Enten zu schießen) sprach sie über vieles, was für ein Familienmitglied vernünftig klang. »Was, dort, die schwarze Penny. Wer hätte gedacht, daß soviel Blut darin ist?« Für das Pflegepersonal waren solche Äußerungen sehr dunkel, aber sie waren völlig vernünftig, wenn man an Tante Hesters Leidenschaft für Philatelie und Onkel Williams enttäuschten theatralischen Ehrgeiz dachte, der auf seinen Auftritt in einer Schulaufführung von Macbeth zurückging. Andere, für die Schwestern unverständliche, mir aber klare Bemerkungen zeigten, daß sie immer wieder über Dinge nachdachte, für die sich ihre Brüder und Schwestern interessierten oder leidenschaftlich interessiert hatten. Ich muß erklären, daß mein Vater als einziger Perron seiner Generation geheiratet hatte. Die anderen Brüder und Schwestern blieben paarweise zusammen: George (der Älteste und Erbe) und Harriet; William und Hester; Charles und Charlotte. Cousin Henry und Cousine Sophie waren die einzigen Kinder des Bruders meines Großvaters Perron. Auch sie blieben zusammen. Tante Charlotte sagte immer, mein Vater habe nur geheiratet, weil er überzählig war. Ich glaube, die Exzentrik der Perrons nahm in seinem Fall die Form an, daß er darauf bestand, Chillingborough zu besuchen, danach eine Laufbahn in Indien anstrebte, nach Ausbruch des Ersten Weltkriegs zum Militär ging und heiratete (nicht einmal jemanden aus der Verwandtschaft). Ich wurde im Grunde in Erinnerung an meinen Vater nach Chillingborough geschickt. Man war der Ansicht, er habe nie die Möglichkeit gehabt – als Perron – zu zeigen, wozu er in der Lage sei, aber da er am 10. November 1918 fiel, nahm man das als Hinweis darauf, daß er auf der richtigen Spur gewesen war. Seine Brüder – alles glänzende Köpfe, aber mit nicht integrierbaren Persönlichkeiten – wurden im wesentlichen von Privatlehrern erzogen, weil sie von Schulen mit unterschiedlichem Ruf und Niveau immer wieder geflogen waren.

Ich versuche, so klar und kurz wie möglich etwas vom Hintergrund des letzten überlebenden Angehörigen dieser Generation der Perrons aufzuzeigen. Als Tante Charlotte im Sterben lag, zeigte sie sich mir als eine Frau, deren scheinbar so volles Leben, soweit es eigene Begeisterung und unmittelbare Erfahrung betraf (abgesehen von der einen und todbringenden Ausnahme), leer gewesen war. Ein krächzender Hinweis auf ein hübsches schnelles Boot konnte entweder etwas mit meinem Rudern zu tun haben oder mit dem Kahn, in dem sie mit ihrem Großneffen losgefahren war, um selbst herauszufinden, was ihn an der Entenjagd so begeisterte. Die Medikamente senkten ihr Fieber, und sie hatte eine klare Phase, ehe sie in Schlaf, Bewußtlosigkeit und Koma sank. Sie öffnete die Augen, und als sie mich sah, sagte sie – in Anspielung auf das Privatzimmer, das sie offenbar als solches erkannte: »Wie ich sehe, sterbe ich über meine Verhältnisse.« Sie schloß die Augen und öffnete sie nicht mehr; sie sagte auch nichts mehr, sondern lächelte nur hin und wieder über Gedanken, die sie mir nicht mitteilte. Dieser ausdrückliche Hinweis auf Bunburys Schöpfer kam dem einen Thema am nächsten, das zwischen uns ein Band gebildet hatte, seit ich zum ersten Mal nach Indien gefahren war. Aber als sie diese Anspielung machte, konnte sie ebenso an ihren theatralischen Bruder gedacht haben wie an ihren »indischen« Neffen; vielleicht sogar an keinen von beiden, sondern an ihren verstorbenen Bruder George, der den Großteil des Perron-Vermögens geerbt und eine Reihe törichter Geldanlagen getätigt hatte.

Tante Charlotte war ein so uneigennütziger Mensch, eine so perfekte Vertreterin der Interessen anderer, daß es mir höchst unfair erscheint, ihr etwas von der Verantwortung für eine Liste von Toten zuzuschreiben, deren Zahl nie genau festgestellt wurde, die man aber inzwischen allgemein auf eine Viertelmillion beziffert.

»Deine Pandschabis«, sagte sie, als ich nach der Reise, die sie 1947 gefördert hatte und auf der ich »beobachten und beaufsichtigen« sollte, aus dem euphorischen und blutbefleckten Land zurückkehrte, »deine Pandschabis scheinen den Verstand verloren zu haben.«

Sie bezog sich dabei auf die Massaker, die nach dem Beschluß der Teilung in Indien und Pakistan die Umsiedlung religiöser Gemeinschaften begleiteten. Ich sagte ihr, man dürfe sich nicht einbilden, die Ermordung von Hindus und Sikhs durch Moslems und die Ermordung von Moslems durch Hindus und Sikhs sei auf das Land der fünf Flüsse beschränkt gewesen. Aber das Wort Pandschab hatte auf Leute wie Tante Charlotte immer eine starke Faszination ausgeübt, und vermutlich glaubte sie, wenn man es erst ausgesprochen habe (besonders so, wie sie es tat, mit gerundeten Lippen und vorgeschobenem Kinn, mit dem Akzent auf *dschab),* habe man alles gesagt, was über das goldene Land östlich von Afghanistan zu sagen sei. Deshalb zog sie weiterhin die Grenze der Gewalt auf dieser Provinzebene, und ich glaube, es gelang ihr auch, den Massenmord gedanklich auf die überschaubare Größe eines einzelnen Aufstandes zu reduzieren, zu dem es nur gekommen war, weil man zugelassen hatte, daß sich die Dinge etwas verselbständigten.

Es wäre ihr nie in den Sinn gekommen, ihr Gewissen nach dieser Viertelmillion Toter zu befragen, obwohl sie ebenso wie ich dafür gestimmt hatte. Es wäre ihr nicht in den Sinn gekommen, denn sie hielt entschlossen an dem Purvis-Prinzip fest, daß die britische Präsenz in Indien eine ökonomische und administrative Last sei und daß es zu den Prinzipien der Nachkriegspolitik des Wohlfahrtsstaates gehöre, sich dieser Last schnell zu entledigen. Aber ich gestehe ihr zu: Im Festhalten an diesem Prinzip griff sie nie zu dem ethischen Argument, der Kolonialismus sei unmoralisch – so viele von uns stützten sich auf dieses Argument. Ich glaube, an das ethische Argument hat sie nie gedacht. Tante Charlotte war im Grunde eine Pragmatikerin. Ich erinnere mich nur an ein einziges moralisches Argument, das sie mir gegenüber je vorbrachte, weil sie versuchte, mich davon zu überzeugen, es sei den Männern gegenüber, für die ich ihrer Meinung nach die Verantwortung übernehmen wollte, unfair, wenn ich zum Militär ginge.

Selbstverständlich habe ich Tante Charlotte nie gesagt, daß sie ebenso wie ich für die Viertelmillion Toter im Pandschab und andernorts verantwortlich war. Aber ich habe sie einmal gefragt, wer ihrer Meinung nach verantwortlich *sei.* Sie erwiderte: »Aber das ist doch klar. Die Leute, die sich angegriffen und gegenseitig umgebracht haben.« Darüber ließ sich nicht streiten, doch es bestätigte meinen Eindruck von ihrer (und meiner) historischen Bedeutung, den Eindruck von der überwältigenden Bedeutung der Rolle, die Gleichgültigkeit und Unwissenheit der Engländer zu Hause in den britisch-indischen Angelegenheiten gespielt haben; in meiner Vorstellung repräsentierte Tante Charlotte dies auf besonders rührende Weise; und obwohl ich das beunruhigend fand, war nichts angemessener, als daß im Delirium, in dem ihr die Bilder der angeeigneten und geborgten Interessen ihres Lebens durch den fiebrigen Kopf zogen, die Bilder von Indien völlig vergessen waren.

Man sollte sehr vorsichtig darin sein, jemandem eine historische Bedeutung beizumessen, aber ich glaube, meine Schlußfolgerung, sie trage einen Teil der Verantwortung für Unruhe und Blutvergießen, geht auf jenen grauen feuchten Morgen in Kalyan zurück, als ich eine halbe Stunde lang vor einem Saal voller unruhiger und unaufmerksamer Männer stand und über die Gebietsansprüche von Mahdaji und Daulat Raou Sindia sprach. Damals begriff ich, wie wenig wir von diesem Land wußten, und wie gleichgültig es uns war; dabei hatte es uns seit über dreihundert Jahren gehört und mehr als jedes andere zu unserem Reichtum beigetragen.

Kaum einen Monat später fuhr ich durch Deolali, um in Bombay ein Schiff zu besteigen, das in die Heimat fuhr. Meine Stimmung wechselte zwischen der Freude eines Entlassenen, der seiner Wege gehen durfte, und der Depression eines Mannes, der sich dankbar aus einer Situation zurückzieht, dem jedoch einige Zweifel an den Mitteln gekommen sind, mit deren Hilfe er es getan hat. Außerdem empfand ich auch unerwartetes Bedauern.

Ich bezweifle, daß ich etwas anders als Erleichterung und dankbares Staunen über die Schnelligkeit, mit der Tante Charlotte offenbar aktiv geworden war, empfunden hätte, wenn ich bis zu dem Zeitpunkt des Eintreffens der Nachricht, die mir befahl, mich in Deolali zu melden, mit Ronald Merrick zusammengewesen wäre. Aber ich war nicht mit ihm zusammen, das heißt, er war nicht mit mir zusammen, und die Nachricht traf in einem Moment ein, als mir klar wurde, daß ich bequem untergebracht und angenehm beschäftigt war.

Am Morgen nach der Nachtfahrt im Sonderwagen des Gouverneurs von Ranpur nach Pankot begegneten Rowan und ich uns in dem schmalen Gang zwischen den Abteilen Ihrer Exzellenzen (Toilette auf der einen, Dusche auf der anderen Seite), und er war höflich, aber (wie ich fand) etwas kühl. Ich glaube, als ich sagte, ich hätte keinen Kater, dachte er, ich lüge. Oder er dachte, ich hätte bereits eine neue Flasche aus dem Seesack geholt, um einen weiteren Tag mit Merrick und dem Roten Schatten überstehen zu können.

Vielleicht irrte er sich mit dem Kater nicht, denn ich erinnere mich nicht sehr deutlich an die Ankunft in Pankot. Aber dafür könnte es auch einen anderen Grund geben. Es ist eine Sache, mit einem Sarg im Zug zu reisen, ohne es zu wissen, aber eine andere, von einer großen, Trommeln schlagenden Menschenmenge begrüßt zu werden. Ich erinnere mich nicht, wann ich die Menschen und Trommeln mit einem Begräbnis in Verbindung brachte, oder das Begräbnis mit einem Sarg, der mit dem Zug eintraf, oder den Sarg mit der Leiche von Kasims Sekretär, und ich weiß auch nicht genau, ob nur Merrick mich darüber informierte oder auch der Rote Schatten, oder ob auch andere mir halfen, das alles zu verstehen. Aber ich erinnere mich daran, daß Nigel Rowan nichts dazu sagte, denn er sprach überhaupt wenig. Ich hatte an diesem Morgen den Eindruck, daß ich ihm nicht sonderlich vertrauenerweckend erschien; außerdem glaubte ich als Folge eines Gesprächs, das er und Merrick am Abend zuvor geführt hatten, eine gewisse Liebenswürdigkeit zwischen ihnen zu entdecken, die von Rowans Seite dazu bestimmt zu sein schien, mir zu zeigen, daß er nicht ernstnahm, was ich ihm über das Verhalten des Offiziers gesagt hatte. Mir lag zwar nicht viel an der Lösung des Rätsels, aber ich fragte mich, ob Nigel etwas zu Merrick über meine Einstellung zu ihm gesagt hatte, und ob Merricks Schweigen im Lastwagen, den das Gebietshauptquartier für uns zum Bahnhof geschickt hatte, besonders unheilvoll war.

Nigels Kühle, Merricks Schweigen, die verwirrende Menge am Bahnhof, die Trommeln und das Geschrei, der widerliche Gestank des ungewaschenen Roten Schattens und sein schlechter Atem im engen, mit Gepäck vollgestopften Laderaum unter der Plane – all das ist mir als Teil des Puzzles in Erinnerung geblieben. Ein anderer Teil ist das Warten an mehreren Stellen: Wenn ich mich auf derselben Veranda mit dem Afghanen befand, stellte ich mich gegen den Wind und wich ihm aus, wenn er sich näherte. Warten mußte ich auf dem Gelände der alten viktorianischen Kaserne und der Baracken neueren Datums, die das Gebietshauptquartier bildeten. Ein trockener, sonniger Morgen? Etwas Kühles, aber Hartes, Metallisches lag in der Luft – der Geruch eines oder mehrerer Jahrhunderte Pankotscher Erfahrung der militärischen Präsenz. Ein spätes Frühstück in einer britischen Unteroffiziersmesse. Ich saß allein an einem langen Tisch, auf dem immer noch benutzte Teller, Tassen und Untertassen standen. Die zerstörerischen Spuren von Termiten in den Holzrahmen der Fenster und der bröckelnde Putz. Der Blick aus diesen Fenstern auf die Hügel. Der Ruf eines Goldbartvogels. Sonnenstrahlen? Eine durch ein Vorhängeschloß gesicherte Glasvitrine mit ein paar Silberpokalen, Sporttrophäen. Eine Zielscheibe für Wurfpfeile, und die mit Kreide notierten Punkte des Vorabends. Ein Stück der Ebene von Salisbury in den indischen Hügeln. Ich hatte das Militär noch nie so gehaßt wie in den ein oder zwei Stunden in dieser trostlos vertrauten und schrecklich anonymen Landschaft von Straßen und Wegen, Hinweisschildern, ungastlichen Baracken und gesichtslosen Zimmern – die behelfsmäßigen, wenig dauerhaften, schlecht gebauten Gebäude, deren einziges Fundament die unerbittliche, starre Autorität militärischer Hierarchie zu bilden schien. Die Flamme des Hasses (so heiß, so unerwartet, so untypisch) wurde entfacht und geschürt von einem plötzlichen und völligen Mangel an Vertrauen in die Hebel, die ich mit dem Brief und dem Telegramm an Tante Charlotte glaubte in Bewegung gesetzt zu haben. Die Illusion einer dicht bevorstehen Flucht erstarb in dieser harten und herzlosen Wirklichkeit.

Ein anderes Stück des Puzzles: Während ich übermannt von meinem Elend unter der Zielscheibe saß, hörte ich in der Ferne das Knallen von Gewehrsalven, deren Echos von einem Hügel zum anderen sprangen. Als die Echos schließlich verhallt waren, hörte ich den ununterbrochenen Ruf des Goldbartvogels. Kein Gebell. Die Vögel und Hunde Pankots – wild oder zahm – waren an den Lärm von Schießübungen gewöhnt.

Und ich erinnere mich an die Erleichterung, als der Lastwagen mit Merrick und dem Roten Schatten zurückkam, und der Fahrer (ein mürrischer, verschlossener Mann) mich in der Unteroffiziersmesse abholte; die Erleichterung war kurzlebig, denn sie endete in einem anderen anonymen Raum, in einem Nebengebäude auf dem Gelände des Allgemeinen Krankenhauses (Militärflügel). Später stellte ich fest, das Krankenhaus lag ungefähr in der Mitte des Wegs zwischen dem Gebietshauptquartier und dem Depot der Pankot Rifles.

Vom Fenster dieses Zimmers hatte man überhaupt keinen Ausblick. Das Krankenhaus stand inmitten schattenspendender Bäume, und das Nebengebäude verschwand halb hinter Büschen. Ich machte mir nicht die Mühe, den Fahrer zu fragen, warum man mich hier einquartierte und erkundigte mich auch nicht danach, wo Merrick und der Rote Schatten waren. Zu den Freuden eines Unteroffiziers gehört es, daß man sich nicht verpflichtet fühlt, seine Neugier auf das Umfeld der Ereignisse zu stillen. Wenn irgend möglich, tut man *nichts* selbständig. Der Fahrer setzte mich ab, ein Diener nahm mich in Empfang (er mußte von jemandem Anweisungen bekommen haben), ich betrat das Zimmer im Nebengebäude, und da dort ein Bett stand, fiel es mir nicht schwer zu vermuten, daß ich hier während meiner Zeit in Pankot schlafen sollte. Ich stellte den Seesack ab und legte mich hin.

In dieser Phase (vom Morgen des 14. August bis zum Morgen des 16. August) taucht eine wichtige Nebenfigur auf: ein Sanitätshauptgefreiter, ein junger Mann aus Bermondsey. Ich werde ihn den Hauptgefreiten Dixon nennen. Die englischen NCOs des Krankenhauspersonals aßen zusammen und bildeten eine kleine Clique. Es war eine sehr unmilitärische Gesellschaft: Unteroffiziere, Hauptgefreite, aber keine Obergefreiten. Der Hunger trieb mich, das Nebengebäude zu verlassen und die Messe zu suchen. Ich stellte fest, daß ich erwartet wurde, aber wohl nur als jemand mit einem Namen und der allernötigsten Identifikation. Man begrüßte mich freundlich salopp und spendierte mir ein Bier. Die Messe gab sich den Anstrich intellektueller Überlegenheit. Ein Van-Gogh-Druck hing an einer Wand, und vom tragbaren Grammophon erklang Mozart. Ein paar NCOs hatten aktiv an der Front gedient; für sie war Pankot ein Erholungsposten. Zu diesen Frontveteranen gehörte der Hauptgefreite Dixon, allgemein liebevoll als Sophie, Miss Dixon oder Mum bekannt.

Man erzählte mir, er halte die Patienten auf den Stationen bei Laune und die Schwestern und Militärärzte im Zaum. Man erzählte mir auch, ein verwundeter Offizier, der ihn in einem Feldlazarett im Arakan bei der Arbeit beobachtete und den Strom der tuckigen moralischen Aufbauphrasen hörte – ein spöttischer Kommentar zum Schlachtlärm in der Nähe –, habe gesagt: »Sie verdienen einen Orden, Hauptgefreiter.« Sophie habe geantwortet: »Oh, das geht aber nicht, Sir! So vermessen wäre ich nun wirklich nicht. Und außerdem: Wo sollten sie ihn denn hinstecken, die bösen Buben?«

Aber diese Geschichten kamen später, als ich versuchte herauszufinden, wie ich Anstoß erregt hatte, und weshalb die Atmosphäre so kühl geworden war. Zwischen der freundlichen Begrüßung und der frostigen Atmosphäre lagen nur ein paar Stunden. Dixon erschien zum Mittagessen. »Ein Grüner«, verkündete er und betastete mein grünes Armband. »War jemand an den Drogen? Es hat keinen Zweck, hier zu suchen, Unteroffizier, wir sind alle saubere Jungs. Es ist die Oberschwester drüben bei den Gemeinen. Seit sie auf der Suche nach einem Sonderangebot in Cox's Basar war und feststellen mußte, daß wegen Inventur geschlossen war, ist sie nicht mehr die Alte.«

Ich lachte und wurde vorgestellt. Dixon war eine sehr willkommene komische Abwechslung. Hätte ich nicht gelacht, hätte er den Wink vielleicht verstanden und sich zurückgehalten. Zum Mittagessen setzten wir uns an einen langen Tisch. Ein weißes Tischtuch. Ein oder zwei Vasen mit Ringelblumen. Soweit ich mich erinnere, saß ich an einem und Dixon am anderen Ende. Es herrschte eine freundliche Atmosphäre. Nachdem feststand, daß ich keinen Dienst im Krankenhaus tat, sondern nur vorübergehend im Nebengebäude einquartiert war, stellte man mir keine weiteren Fragen. Ich weiß noch, daß gegen Ende der Mahlzeit alle Gespräche erstarben, weil Dixon die Aufmerksamkeit auf sich gezogen hatte und eine Reihe absurder, aber höchst komischer Geschichten erzählte, meist im Ton moralischer Entrüstung und des Staunens über die Scheinheiligkeit und Hinterhältigkeit der Welt. Ich brauchte einige Zeit, um den Code zu entziffern. Nachdem ich

mehrmals die Pointe nicht verstanden hatte, begriff ich, daß »sie«
beinahe immer »er« bedeutete. Ein Satz wie: »Also, ihr hättet sie
sehen sollen, aufgetakelt in ihrem neuen Fummel ist sie herum-
stolziert, das arme alte Ding, na ja, so oft bekommt sie schließlich
auch keinen« bezog sich, wie ich entdeckte, nicht auf eine Oberschwester bei einem Krankenhausball, sondern auf einen hohen
Offizier der RAMC oder IMS, der eine neue Uniform trug; der
Mann hatte nicht aufgepaßt und war mit dem Hauptgefreiten zusammengestoßen, als Dixon gerade eine volle Bettschüssel trug.
»Da steht sie also, durch und durch naß von der Pisse des Gemeinen Thingummy, der ganze neue Staat ruiniert, und ich lieg
flach auf dem Hintern, auch voller Pisse und denk, diesmal flieg
ich aber wirklich. Aber gute Erziehung ist alles, nicht wahr? ›Ist
das der Hauptgefreite Dixon?‹ sagt sie zur Oberschwester und
schlägt damenhaft die Augen nieder. ›Ich fürchte, ja‹, sagte die
Oberschwester. ›Aha‹, sagte sie, ›vermutlich war es nicht ganz
seine Schuld, also wollen wir es ihm nicht vorhalten.‹ Also *dage-*
gen, denk ich mir, hätt ich nichts.«

Man konnte nur erraten, wieviel von Dixons Geschichte
stimmte. (Trugen Hauptgefreite in Indien Bettschüsseln?) Aber
seine Rolle war klar. Er war das Sicherheitsventil. Wie gut plaziert
und gekonnt seine Darbietungen über einen längere Zeitraum
waren, konnte ich nur nach dem Verhalten seiner Kameraden
in der Messe beurteilen. Vermutlich wußte er, wann er loslegen
und wann er sich zurückhalten mußte. Ich entdeckte keine Anzeichen von Langeweile oder Aggression. Noch vor dem Ende
des Essens brachte der Kellner eine Nachricht herein. Sie war für
mich – von Merrick. Der Lastwagenfahrer hatte sie abgegeben.
Ich stand auf und wollte gehen.

»Bleiben Sie lange bei uns, Unteroffizier?« rief Sophie Dixon.
Ich sagte, vermutlich ein oder zwei Tage und fügte hinzu, ich
würde sie auf jeden Fall am Abend sehen.

»Grüne«, sagte er, damit ich es noch hörte, ehe ich die Tür erreicht hatte, »die Konkurrenz bei denen ist ja schrecklich, seit sie
angefangen haben, sie auch noch aufs College zu schicken.«

Eine Gruppe lächelnder Männer wollten wissen, wie ich es aufnahm. Sie lächelten noch, als ich ging. Als ich sie wiedersah,
waren sie nicht einmal mehr höflich, als sei der dunkle Schat-

ten, der im Lauf des langen ärgerlichen Nachmittags auf mich gefallen war, in der Zwischenzeit für sie sichtbar geworden. Man verweigerte mir die komische Abwechslung, das Gegengift zu Merrick, der sich selbst so weit übertroffen hatte, daß ich wegen zwei Stecknadeln beinahe das ganze delikat ausbalancierte Gebäude aus Mystifikation und Einschüchterung ins Wanken gebracht hätte, das er errichtet hatte, um zu bekommen, was er wollte.

Man versetzte mich nach der NOC-Messe im Krankenhaus in eine Welt alter Kasernen und Baracken, Exerzierplätze, Fahnenmasten in Kreisen aus weißgekalkten Steinen, dem Geruch von imprägniertem, sonnenerwärmtem Holz. Von den Hügeln, die im Bann eines indischen Nachmittags lagen, wehte ein heißer Wind herab. In der Ferne der Goldbartvogel. Man lieferte mich im Büro des Adjutanten auf dem Gelände der Pankot Rifles ab und führte mich von dort zu einem niedrigen Gebäude – eckige verputzte, weißgestrichene Backsteinsäulen stützen ein überhängendes steiles Dach und bildeten so eine Veranda – und dort in ein Zimmer, aus dem ein Trupp Sepoys die Bänke hinaustrug. Ein Schulungs- oder Vortragsraum. An den Wänden hingen Schautafeln als Hilfen zum Erkennen feindlicher Flugzeuge, Panzer und Uniformen. Merrick saß auf einem Podest an einem Tisch. Um ihn herum standen drei Offiziere: ein blasser Engländer im mittleren Alter (Adjutant Coley), ein jüngerer indischer Hauptmann und ein sehr junger englischer Subalternoffizier, überkorrekt und adrett mit vielen feinen blonden Härchen an den Armen unter den makellos gebügelten, sauber hochgekrempelten Ärmeln und an den Beinen zwischen dem Saum der messerscharfen Bügelfalten der Khakishorts und dem Rand der Kniestrümpfe, zu denen er Gamaschen und braune Schuhe trug. Von den vier Männern reagierte nur Merrick nicht auf meinen Auftritt und den zackigen Salut. Aber er saß der Tür gegenüber, und obwohl er nicht von der Akte aufblickte, in der er las, wußte er, wer es war. Im Raum befanden sich einige Jemadars, ein Havildar, der wie ein Büroangestellter aussah, und ein Naik, dem die Sepoys unterstanden.

Als die letzte Bank hinausgetragen worden war, sagte Merrick: »Wir werden das Podest auch nicht brauchen.« Die drei Offiziere verließen es, Merrick blieb sitzen. »Und wenn es nicht zuviel

Mühe macht, Coley, hätte ich den Tisch gern so gestellt, daß möglichst viel Licht auf den fällt, der daran sitzt.«

»Natürlich.«

Niemand fragte, warum er das Licht wollte. Er verstand es, geschickt die Gedanken der Leute von der Strategie auf Taktiken zu lenken. Man rückte den Tisch hierhin und dorthin, wobei Merrick auf dem Podest sitzen blieb. Der Subalternoffizier fungierte als Testperson für das Licht. Als man den richtigen Platz gefunden hatte, stand Merrick auf, damit man den Stuhl hinübertragen und hinter den Tisch stellen konnte. Dann ging er dorthin und setzte sich wieder. Die Sepoys trugen das Podest hinaus. »Wir brauchen noch einen Tisch und ein paar Stühle, auch noch einen mit Armlehnen, der vor *diesen* Tisch gestellt wird.« Das wurde alles erledigt. Dann ließ er eine Übersichtskarte des Distrikts Pankot in einem mittleren Maßstab holen. Eine Schachtel Stecknadeln mit verschiedenfarbigen Köpfen. Einen Zirkel. Man brachte die Karten. Die Jemadars hefteten sie in der richtigen Reihenfolge an die Wand. Becher mit Tee wurden gebracht, gefolgt von Kompassen und Stecknadeln, womit die Reihe an mir war, wie sich herausstellte.

»Hier können Sie sich nützlich machen, Unteroffizier«, sagte er. Er gab mir eine Kopie der Liste mit den VCOs, NCOs und einfachen Soldaten, die in deutscher Kriegsgefangenschaft gewesen waren. Neben jedem Namen stand der Name des Dorfes, aus dem der Mann kam. Mit dem Zirkel wurde auf der Karte ein Kreis gezogen, dessen Radius fünf Meilen entsprach, und dessen Mittelpunkt das Depot bildete. Dann las ich die Namen der Männer und der Dörfer vor, und ein Jemadar steckte eine Nadel in die Karte, für jeden Rang mit einem andersfarbigen Kopf. Fand eine Nadel ihren Platz innerhalb des Kreises, mußte ich den Namen auf der Liste abhaken.

Auf diese Weise müssen wir weit länger als eine Stunde beschäftigt gewesen sein. Merrick kam und ging, manchmal mit Coley, manchmal mit dem indischen Offizier. Der Subalternoffizier blieb bei mir und dem Jemadar; er war fasziniert, denn er hatte keine Ahnung, worauf das alles hinauslief. Als wir fertig waren, sah man auf der Karte mit einem Blick, wie viele der ehemaligen Kriegsgefangenen, die jetzt Urlaub hatten, relativ einfach erreicht wer-

den konnten; mit anderen Worten, wie viele innerhalb der Fünf-
meilenzone wohnten. Als ich das dem Subalternoffizier erklärte,
schien er angesichts so effizienter – und humaner – Stabsarbeit
völlig platt zu sein. Niemand wollte einen so wohlverdienten Urlaub stören, und deshalb sollte die erste Runde von Befragungen
Männer betreffen, die innerhalb eines Tages aus ihren Dörfern geholt und wieder dorthin zurückgebracht werden konnten.

Er begriff jetzt auch, warum ein Tisch so gestellt worden war,
daß das Licht auf das Gesicht des befragenden Offiziers fiel und
nicht auf das Gesicht des Mannes, der ermuntert werden sollte,
die Fragen zu beantworten. Auf den Tischen lagen bereits Decken,
und auf einem stand eine Blumenvase. Merrick hatte aus Delhi
plakatgroße Fotos der siegreich lächelnden Generale mitgebracht:
Monty, Alex und Wavell (ausgewählt wegen ihrer Verbindung mit
dem Mittleren Osten, wo die 1. Pankots gekämpft hatten). Es
gab außerdem Plakate von Bill Slim und Dickie Mountbatten als
Oberbefehlshaber. Sie wurden alle an strategisch günstigen Plät-
zen an die Wände geheftet. Das Meisterstück war das riesengroße
Foto einer Gruppe indischer Offiziere, die sich aus Panzern her-
ausbeugten und Amerikanern die Hände schüttelten, und ein Bild
von VCOs, NCOs und Sepoys, die kameradschaftlich mit europäischen Soldaten durch eine Straße im zerstörten Berlin oder
Köln zogen. Alles im Raum trug nun dazu bei, den ehemaligen
Kriegsgefangenen, die genug Rückgrat bewiesen hatten und nicht
zu Bose übergelaufen waren, stolz und nützlicherweise redselig
zu machen. Der offensichtlich neubestallte Subalternoffizier, der
insgeheim vielleicht erleichtert war, daß er seine Männer nie in
die Schlacht würde führen müssen, schien sichtlich gerührt. Er
deutete die ganze *mise en scène* als Kompliment für die Männer
eines hervorragenden Regiments und als Geniestreich des einarmigen Oberstleutnants, der zwar aus Delhi kam, aber offenbar
Bescheid wußte und Achtung vor dem besaß, was er wußte.

Der Subalternoffizier wußte nicht (wie sollte er auch?), daß all
diese Befragungen und Aussagen völlig sinnlos waren. Der indische Oberleutnant, der im Verdacht stand, am Tod eines Sepoys
in Königsberg mitschuldig gewesen zu sein, war selbst tot – soviel hatte ich in Delhi den Akten entnommen. Der Name Karim
Muzzafir Khan war keineswegs »öfter« in den in Deutschland ge-

machten Aussagen über den toten Sepoy aufgetaucht, sondern nur einmal. Außerdem ließ sich der Tod des Sepoys möglicherweise auf natürliche Ursachen zurückführen. Der Verdacht basierte lediglich auf Beschuldigungen und Gegenaussagen von Sepoys der Frei Hind, die man nach der deutschen Kapitulation verhört hatte; diese Männer standen in keiner Verbindung zu den Pankot Rifles, und einer hatte vielleicht nur deshalb beschlossen, Zweifel an Havildar Karim Muzzafir Khans Verhalten zu wecken, weil er Infanterist eines stolzen Regiments war. Es gab keine Aussage von einem zurückgekehrten Gefangenen der Pankot Rifles, die einen Bezug zu dem toten Sepoy, dem toten Oberleutnant oder zu dem Verhalten des toten Karim Muzzafir Khan haben konnte. Die ehemaligen Kriegsgefangenen konnten uns nur erzählen, was sie Oberst Layton und ihren anderen Offizieren sofort nach der Wiederzusammenführung berichtet hatten: ihre Erfahrungen mit Boses Offizieren, die mit ihnen geredet oder versucht hatten, sie einzuschüchtern. Kurze Aussagen befanden sich bereits in der Akte. Hin und wieder würde man sie vielleicht erläutern lassen müssen, aber die Fälle der Frei-Hind-Offiziere standen weit unten auf der Prioritätenliste.

Ich habe gesagt, daß die Vorbereitungen für die Befragungen völlig sinnlos waren. Das ist nicht ganz zutreffend. Sie waren nicht sinnlos in Hinblick auf Merricks leidenschaftliche Erkundungen aus dem hohlen Mittelpunkt seiner selbsterfundenen Persönlichkeit heraus. Und in dieser Hinsicht waren sie in jeder Einzelheit eine Zurschaustellung seines entschlossenen Willens und seiner tiefen Verachtung für alles und für jeden, der ohne Widerstand zusammenbrach. Eine spätere Einsicht; aber wenn ich heute an ihn denke, steht mir diese kleine Inszenierung als deutliche Illustration der außergewöhnlichen Sorgfalt vor Augen, mit der er Dinge, Menschen und Gegenstände in eine Art bedeutsame objektiv/subjektive Ordnung manipulierte, deren dominierender und kontrollierender Mittelpunkt er war.

Ich weiß nicht, mit welchen Argumenten er seine vorgesetzten Offiziere in Delhi davon überzeugte, daß er sofort in Begleitung seines neuen Unteroffiziers zu dieser Mission aufbrechen und Aussagen zusammentragen sollte. Falls jemand Einspruch erhoben hatte, war mir das nicht bekannt. Die Operation verlief glatt und schnell, als habe Merrick den Selbstmord des Havildar im voraus geplant. Das einzige Hindernis bei seinen Planungen war die ermüdende Hartnäckigkeit des Havildars gewesen, am Leben zu bleiben. Ich zweifelte nicht daran, daß einer der Hauptgründe für die Reise Merricks Wunsch gewesen war, Oberst Layton persönlich mitzuteilen, daß der Havildar nicht mehr lebte.

So wirkte Merrick auf mich. Ohne den geringsten Beweis zu haben, schrieb ich ihm die gemeinsten Motive und dunkelsten Absichten zu. Interessanterweise war ich auch davon überzeugt, daß er es wußte. Daß ich ihn instinktiv so sehr verabscheute und verdächtigte, war ihm von Anfang an klar und einer der Gründe, weshalb er mich auserwählt hatte. Ich glaube, er hielt es für erforderlich, jemanden in der Nähe zu haben, auf dessen Antagonismus er sich verlassen konnte, und daß er ohne diesen Antagonismus nichts gehabt hätte, an dem sich die Wirkung seines Verhaltens wirklich befriedigend ablesen ließ. Meine Feindseligkeit war wie eine Säure, die auf einen leeren Film einwirkte, der von seiner starken und einfallsreichen Vorstellungskraft belichtet worden war. Die Säure ließ das Bild für ihn entstehen. Das erregte ihn um so mehr, als meine Feindschaft nicht offen zum Ausdruck kommen durfte, da ich sonst riskiert hätte, mich der Befehlsverweigerung schuldig zu machen. Es gab Augenblicke in unserer Beziehung, in denen ich spürte, daß meine Feindschaft in ihm eine so überwältigende Dankbarkeit und Verachtung weckte, daß er für mich das gleiche zärtliche Mitgefühl empfand, das, wie man oft hört, den passionierten Jäger im Bruchteil der Sekunde erfaßt, bevor er abdrückt.

Also Pankot: der Abend des 14. August 1945. An diesem Abend ereigneten sich Dinge von sehr viel größerer Tragweite. In Tokio zum Beispiel. Dort hatte das japanische Kriegskabinett auf Drängen des Kaisers endlich beschlossen, »das Untragbare zu tragen«. In der vorausgegangenen Woche seit Hiroshima und, etwas später, Nagasaki war ihnen klar geworden, daß die Regierungen, die die Bombe besaßen, bedingungslose Kapitulation meinten, wenn sie das sagten. Ungemildert – nicht einmal durch ein stillschweigendes Einverständnis, wie zwischen Gentlemen, daß es keine Besetzung der japanischen Hauptinsel (man hatte versucht, das zu erreichen) geben werde. Kein Versprechen, daß die Person des Kaisers unangetastet bleiben würde (darum hatte man sich bemüht). So fiel an diesem Abend die Entscheidung, sich bedingungslos zu ergeben; und vielleicht saß der japanische Kaiser, als der Fahrer Merrick und mich vom Depot der Pankot Rifles abholte, und wir die *Mise en scène* bestens vorbereitet für die Scharade am nächsten Tag zurückließen, an seinem Schreibtisch und verfaßte das Edikt, das am späten Vormittag des nächsten Tages, am 15. August, seinen weinenden Untertanen über Rundfunk bekanntgegeben werden sollte –, während wir durch die Schweiz schon lange vorher von dieser Entwicklung informiert sein würden.

Und es ist möglich, daß im selben Augenblick, als Merrick und ich in Richtung Cantonment Approach Road und Allgemeines Krankenhaus über die Rifle Range Road fuhren, sich bereits die Handvoll dissidenter japanischer Offiziere versammelten und Mittel und Wege suchten, um später am Abend in den Palast einzudringen und das Edikt zu vernichten, ehe es über den Rundfunk ausgestrahlt werden konnte, und daß sie sich die Erfolgschancen dieser letzten verzweifelten Samuraitat patriotischen Widerstands ausrechneten.

Durch die hohen Hügel, die Pankot umgaben, war der Abend länger, als man es in der Ebene gewohnt war, und anstatt aus dem Osten herbeizukriechen, schien die Nacht langsam den Osthang des Westhügels herunterzuschwappen (wo die Sommerhäuser der reichen Inder standen), durch das Tal zu gleiten und sich dann langsam den Osthügel hinaufzuschieben, wo die Engländer lebten und auf dessen Gipfel man zwischen Nadelbäumen die Dächer und oberen Fenster (die letzten Spiegelungen des Tageslichts) der Sommerresidenz erkennen konnte. Wenn das Licht vom Dach dieses beherrschenden, allerdings unbewohnten Gebäudes schwand, brach – so könnte man sagen – mit Erlaubnis des Gouverneurs die Nacht herein. Sarah lächelte, als ich ihr das sagte. Sie kannte den Anblick vom Gelände der Pankot Rifles, aber die Symbolik war ihr noch nicht bewußt geworden.

Ich erinnere mich, sie zum ersten Mal bemerkt zu haben, als ich auf der Veranda vor dem Zimmer wartete, das für die Befragungen der ehemaligen Kriegsgefangenen vorbereitet worden war, denn ich bin sicher, daß der visuelle Eindruck auf der Rückfahrt haften blieb, und als Merrick sich umdrehte und fragte: »Sie wissen, wo Sie mich erreichen?« stellte ich mir vor, daß er am Fenster eines dieser flammenden oberen Räume der Sommerresidenz stand und daß auch seine andere Gesichtshälfte verbrannt wurde, er aber nichts davon spürte. Die wahre Antwort auf die Antwort, wo er zu erreichen sei, war kaum weniger eindrucksvoll. Er wohnte beim Gebietskommandanten im Flagstaff House.

Ich hätte ihm gerne eine Frage gestellt: Wie hatte Oberst Layton die Nachricht von Karim Muzzafir Khans Tod aufgenommen? Ich vermutete, daß die Nachricht sich inzwischen in Pankot und Umgebung verbreitet hatte, und daß am Nachmittag die anderen Offiziere der Pankot Rifles, die höheren NCOs und VCOs es alle wußten, und daß dies für die drückende Pause verantwortlich war – die kurze, aber bedeutsame Stille, die auf meine bewußt klare Verlesung seines Namens und seines Dorfes folgte, als ich auf der Liste soweit war, und der Jemadar in den farbigen Stecknadeln kramte, als suche er eine schwarze.

Aber ich zügelte meine Neugier und sagte nichts, selbst als der Lastwagen unerklärlicherweise am Krankenhauseingang *vorbei* und in Richtung Basar fuhr. Die Menschenmenge, die am Begräbnis teilgenommen haben mußte, schien sich verlaufen, jedoch Geiseln zurückgelassen zu haben – Gruppen *en fête* und Trupps müßiger Polizisten. Wir hielten vor einem Gemischtwarenladen. Der Fahrer stieg aus und ging die belebte Straße in Richtung Kriegerdenkmal – offensichtlich war das vorher besprochen, denn Merrick stellte keine Fragen. Er zündete sich sogar eine Zigarette an. Ohne sich umzudrehen, fragte er die Windschutzscheibe:

»Rechnen Sie damit, Ihren Freund Hauptmann Rowan noch einmal zu treffen, solange er in Pankot ist?«

Ich erwiderte, wir hätten keine feste Absprache getroffen.

»Es könnte für uns nützlich sein«, sagte er, »genau zu wissen, was er vorhat.«

Es war typisch für Merrick, daß er es so darstellte, als habe Rowan etwas vor – etwas, das einen Einfluß auf das haben könnte, was Merrick selbst vorhatte. Nigel hatte tatsächlich etwas vor, und zwar im Auftrag des Gouverneurs, aber davon erfuhr ich erst später, als Rowan – von gewissen Entwicklungen getrieben –

seine Vorsicht aufgab und gestand, daß er Merrick beinahe ebensosehr mißtraute und ihn ablehnte wie ich. Wenn er ein Element des Zweifels beiseite schob, wie er das nannte, hatte er triftige Gründe dafür, sagte aber anfangs nicht welche.

Aber es ärgerte mich, daß Merrick, nur weil ich für ihn arbeitete, glaubte, er könne mich benutzen, um einem alten Freund Informationen zu entlocken, die, wie er andeutete, ich ihm nicht nur beschaffen könne, sondern müsse. Meine höfliche, aber dickfellige Unteroffiziersnummer (das Gegenstück zum bekannten frech-dummen gemeinen Soldaten) rettete mich davor, tatsächlich etwas zu versprechen und etwas zu tun, was ich nicht beabsichtigte. Möglicherweise erreichte Merrick damit seine Absicht, die Wirkung dieses Vorschlags auf mich zu sehen. Es bestand kein Grund für ihn, Rowan nicht selbst zu fragen, was ihn nach Pankot führte. Er hatte offiziell und gesellschaftlich mehr Gelegenheiten dazu. Später erfuhr ich, daß er und Nigel für diesen Abend eine Einladung zum Essen bei den Laytons angenommen hatten, und daß sie beide wußten, der andere würde da sein.

Der Fahrer kam nicht allein zurück. Er hatte den Roten Schatten im Schlepptau. Der Rote Schatten stieg hinten ein, verstaute ein paar Päckchen (vermutlich für Merrick gekauft) und grinste mich wie üblich boshaft an. Die Bedeutung dieses Grinsens verstand ich nie. Meist starrte er mich an, ohne eine Miene zu verziehen. Aber da klar war, daß er mir so oder so nichts Gutes wünschte, dachte ich nicht weiter darüber nach und reagierte in diesem Fall wie üblich mit einem möglichst ausdruckslosen Blick.

Der Wagen hatte inzwischen gewendet, und wir fuhren zum Krankenhaus zurück. Mir kam das Manöver sinnlos vor, mich zuerst am Krankenhaus vorbei, in den Basar und wieder zurückzufahren, aber das gehörte alles zu Merricks Mystifizierungstechnik, und ich gewöhnte mich allmählich daran. Wir fuhren durch das Tor der Krankenhauseinfahrt, und einen Augenblick lang wurde mir ganz übel bei dem Gedanken, daß der Rote Schatten so einquartiert werden sollte, daß er mich im Auge behalten konnte. Der Verdacht verstärkte sich, als wir vor der Sanitätsunteroffiziersmesse hielten, der Rote Schatten über die Klappe sprang und mit gespreizten Beinen wie ein Akrobat auf dem Asphalt landete, der eine Folge atemberaubender Sprünge und Saltos aufrecht stehend beendet. Gott sei Dank machte er mir nur Platz, damit ich weniger agil heruntersteigen konnte. Als ich unten war, kletterte er wieder hinauf. Aber jetzt stieg auch Merrick aus. Er kam um den Wagen herum, während ich mir gerade den Staub von den Händen wischte.

»Ich kann nicht garantieren, daß Sie morgen früh abgeholt werden, Unteroffizier.«

»Nein, selbstverständlich nicht, Sir.«

»Der Adjutant der Pankots sagt, er kann bis zehn Uhr dreißig morgen früh zwei der Männer herbeischaffen, die wir befragen wollen. Ich werde gegen zehn im Büro sein. Wenn Sie also bis neun Uhr dreißig nicht abgeholt worden sind, nehmen Sie eine Tonga zum Depot oder lassen Sie sich von einem der NCOs hier hinbringen. Übrigens, sind Sie gut untergebracht?«

Ich sagte ihm, sehr gut.

»Ich bin zufällig einem der Sanitätsoffiziere begegnet, der sich von Zeit zu Zeit um meinen Arm kümmert. Er sagte, daß bei seinen Unteroffizieren ein oder zwei Betten frei seien. Und ich dachte, das wäre Ihnen angenehmer als eine der anderen Alternativen.«

»Sehr rücksichtsvoll von Ihnen, Sir.«

Er starrte mich länger an, als es notwendig zu sein schien, dann sagte er: »Morgen wird es sehr interessant werden. Gute Nacht, Unteroffizier.«

Ich stampfte auf den Asphalt und salutierte. Ich glaubte zu sehen, daß er flüchtig die Augen zusammenkniff, war mir aber nicht sicher. Ein wirklich guter Salut verlangt, daß man den Blick direkt und unverwandt auf den Nasenrücken des Offiziers richtet. Er berührte mit der Spitze seines Stöckchens den Mützenschirm. Noch ehe der Lastwagen davonfuhr, lief ich über den Weg an der Messe vorbei zu meinem Zimmer und tastete in der Tasche nach dem Schlüssel des Vorhängeschlosses. Er hing an einem Stahlring, der meinen Seesack sicherte. Im Seesack lag die letzte von zwei Flaschen Scotch und eine Flasche Rum: Trostpflaster von meinem vorigen Offizier – ein Mann, dessen Zeit in Puna meiner Meinung nach seinen Unternehmungsgeist gedämpft hatte, sonst hätte er um mich gekämpft.

Bisher habe ich nichts über mein Privatleben in Indien gesagt. Der Zeitpunkt ist gekommen, an dem ich es vielleicht tun sollte. Ich würde es als mäßig zufriedenstellend beschreiben; seinen Gipfel hatte es (vielleicht passenderweise) in Agra mit der Frau eines Offiziers erreicht, der eine Affäre mit der Frau eines anderen hatte, und seinen absoluten Tiefpunkt in einem Massagesalon in Bombay, der mir empfohlen worden war, und den ich zum ersten Mal nach einer mühsamen Fahrt durch den warmen Regen auf einer 500 ccm Norton aufsuchte, mir dann schwor, ihn nie wieder aufzusuchen, wo ich aber am Nachmittag nach meiner Aussage vor der Untersuchungskommission im Fall Leonard Purvis noch einmal hinging; es war der Nachmittag, an dem Beamish mir sagte, ich sei nach Delhi zu Merrick beordert worden. Ansonsten sinkt die Kurve der Befriedigung, ohne mir Grund für überhebliche Selbstzufriedenheit zu geben, im Rückblick nie so weit ab, daß sie eindeutige Entbehrung suggeriert.

Ich erwähne das, denn während ich in der Zinkwanne saß und Whisky trank, traf mich plötzlich die kühle belebende Pankotluft, und zwanzig Minuten später machte ich mich auf den Weg zur Messe. In Gedanken beschäftigte ich mich mit der vielversprechenden Möglichkeit, der freundliche ranghöchste NCO (ich will ihn Unteroffizier Potter nennen) werde sich als interessante Informationsquelle für die bestehenden Gepflogenheiten in Hinblick auf eine gute Beziehung zu den eurasischen Krankenschwestern erweisen (oder sogar den weniger snobistischen englischen QAs.) Mir lag nicht viel an Rum. Deshalb nahm ich die Flasche als Geschenk für die Messe mit. Ich kam dort kameradschaftlich gestimmt und voll guter Absichten an. Davon blieb schnell nichts mehr übrig.

Es begann damit, daß der Rum mit der Begründung abgelehnt wurde, alkoholische Getränke mit Ausnahme von Bier seien in der Messe strikt reglementiert. Die Bestimmungen erlaubten Mitgliedern und erst recht Gästen nicht, Flaschen mitzubringen. Dann stellte sich heraus, daß eine Bestimmung, die gegenseitiges Einladen verbot, bei meinem ersten Erscheinen zum Mittagessen gebrochen worden war, jetzt aber streng eingehalten wurde: Ich durfte keine Rechnung abzeichnen, um die Gastfreundschaft vom Mittag zu erwidern, sondern nur für mein eigenes Bier. Potter erklärte mir das alles, während die anderen allmählich von der Bar verschwanden und sich setzten. Er blieb bei mir, weniger aus Freundlichkeit, sondern weil er entschlossen war, seine Kameraden vor mir zu schützen – zumindest sah es allmählich so aus.

Aber erst als Sophie Dixon erschien, kam ich wirklich zu dem Schluß, daß man mich praktisch schnitt. Dixon rauschte herein, kam zur Bar, bestellte ein Bier, zeichnete es ab, begrüßte Potter, übersah mich und setzte sich zu den anderen. Dann legte er los.

Es stank, sagte er. Hatte jemand gefurzt? Wenn nicht, kam es dann aus der Kanalisation? Oder aus der Küche? Es war wirklich ein sehr eigenartiger Gestank... aber unbestimmt vertraut... er würde ihn schon identifizieren... ihm wurde ganz schlecht davon... er fühlte sich ganz anders... er glaubte nicht, daß er es aushalten werde... besonders nach dem Tag, der hinter ihm lag... wen hatte er wohl gesehen? *Sie* in Person: Miss Khyber Paß 1935. Sie war herumgehüpft wie eine Zweijährige, hatte regelrecht Kapriolen gemacht. Wenn sie nicht aufpaßte, passierte ihr noch etwas. Er wunderte sich, wie sie überhaupt die Energie aufbrachte, denn schließlich hatte sie diesmal zwei im Schlepptau. Wieder einmal Graf Dracula, aber auch einen Neuen, den Goldjungen. Sehr vornehm, der Goldjunge. Sehr schick. Man könnte sogar sagen stattlich. Aber schneidig. Oh ja, sehr schneidig. So männlich. Als er salutierte, ging es einem durch und durch. Man fragte sich, warum er ihm dabei nicht abgefallen war, denn man dachte, der eigene würde es tun. Na ja, man fragte sich das, wenn man glaubte, daß er überhaupt einen hatte. Denn das war heutzutage nicht mehr selbstverständlich, wo sie schließlich jeden nahmen, ohne mit der Wimper zu zucken.

Beim Essen saß Potter am Kopfende des Tischs und bedeutete mir, ich solle wieder rechts von ihm sitzen. Aber diesmal blieben der Platz rechts von mir und der gegenüber leer. Die anderen saßen beisammen und redeten über die Arbeit. Potter wirkte unglücklich. Unsere Unterhaltung kam zum Erliegen. Die anderen standen auf, sobald sie gegessen hatten. Schließlich war ich mit Potter allein. Dixon und ein anderer Hauptgefreiter blieben am anderen Ende sitzen.

Potter sagte: »Beim Frühstück sind wir eher beweglich. Sie könnten es sich aufs Zimmer kommen lassen, wenn Sie wollen.«

Ich sagte: »Das werde ich tun, wenn es bequemer ist und Sie das vorziehen.«

Dixon murmelte etwas. Es klang nach: »Beiß *sie*.«

Potter spielte mit Löffel und Gabel auf dem Dessertteller. »Bestellen Sie es einfach bei dem Jungen.« Dann sagte er: »Im Basar gibt es ein chinesisches Lokal. Es ist gar nicht so schlecht. Wir gehen manchmal abends dahin.«

»Eigentlich«, sagte ich, »mache ich mir nicht viel aus chinesischem Essen.«

»Oh Gott«, sagte Dixon beinahe laut.

»Aber ich nehme an, es gibt dort auch Rührei und Pommes Frites«, fügte ich hinzu. Zum ersten Mal sah Potter mich an – mitleiderregend dankbar. Er wollte nicht unhöflich sein. Er sagte, im Kino laufe ein guter Film. Sie hätten ihn alle schon gesehen, und er habe ihnen gefallen. Wenn ich wollte, würde ich es zur zweiten Abendvorstellung noch schaffen.

An diesem Abend ging ich nicht ins Kino. Ich ging am nächsten – nachdem ich im chinesischen Restaurant gegessen hatte. Der 15. August. Unteroffizier Perron feierte einsam den Sieg über Japan. Aber es *war* eine Feier. Ich begann den Tag mit dem Frühstück in meinem Zimmer und hörte deshalb von der offiziellen japanischen Kapitulation erst, als ich mit der Tonga im Depot der Pankot Rifles ankam und zu dem Raum ging, den wir am Tag zuvor hergerichtet hatten. Merrick war nicht da. Coley, der Adjutant, erzählte von den Japanern. Er nahm an, die Befragung werde nun verschoben. Oberst Trehearne, der Depotkommandant, hatte für diesen Tag alle Leute vom Exerzieren befreit. Der Lastwagen, der die beiden Männer in den Dörfern hätte abholen sollen, war noch nicht losgefahren.

Auf dem Depotgelände herrschte eine Art Sonntagmorgenstimmung. Die Luft war klar. Alles glänzte. Die Umrisse der Hügel zeichneten sich deutlich ab. Es hatte seit ein oder zwei Tagen nicht geregnet. Eine Putzkolonne besprengte die staubige Straße vor dem Gebäude und den Lehmboden. Der junge Subalternoffizier kam und war sehr gesprächig. Wir gingen im Sonnenschein auf und ab, und er vertraute mir seine Absicht an, solange wie möglich in Indien zu bleiben. Um elf war der Lastwagen immer noch nicht abgefahren, und von Merrick war immer noch nichts zu sehen. Ich hielt mich an meine Politik des nicht selbständigen Handelns, stand herum und redete mit jedem, der auftauchte.

Merrick kam um die Mittagszeit. Er unterhielt sich zuerst mit dem Adjutanten und kam dann zu mir heraus. Infolge der japanischen Kapitulation war Merrick abberufen worden. Er sollte noch am selben Abend von Ranpur nach Delhi und von dort weiter nach Ceylon fliegen; und wenn die japanischen Streitkräfte in Malaia sich ergaben, dann sollte er weiter nach Singapur fliegen, wo er eine erste Trennung der schwarzen, grauen und weißen Schafe unter den Männern der INA vornehmen würde, die mit dem Feind kollaboriert hatten. Ich habe nie herausgefunden, wie sehr er sich an diesem Morgen telefonisch in Delhi darum bemüht hatte zu erreichen, daß ich ihn begleitete. Ich bin sicher, er hatte es versucht, denn er war unleugbar verdrießlich. Er wollte mich nicht in Pankot zurücklassen. Das mußte Delhi ihm befohlen haben. Ein anderer Offizier würde ihn hier ersetzen. Ich sollte bleiben und mit den Befragungen anfangen. Ein paar Offiziere der Pankot Rifles, ich und ein neutraler Beobachter sollten den Befragungsausschuß bilden.

Meine Euphorie kannte keine Grenzen. Es fiel mir schwer, meine dumm-freche Masche aufrechtzuerhalten. Merrick entging das nicht. Seine gesunde Gesichtshälfte begann, dicht unter der Haut zu zittern.

»Ich lasse Sie vielleicht von Singapur aus nachkommen«, sagte er. Er war im Begriff zu gehen. Wir spazierten vor dem Gebäude auf der Straße auf und ab, wo der Lastwagen parkte. Er gab mir Anweisungen über das Vorgehen bei den Befragungen und betonte, wie wichtig es sei, sich genau an den abgesteckten Rahmen zu halten und nicht zuzulassen, daß die Offiziere aus Pankot sich in Nebensächlichkeiten verloren. Dann blieb er stehen und sagte: »Ich nehme an, das ist alles.« Wir hatten den Lastwagen erreicht. Der Rote Schatten saß grinsend hinten auf der Pritsche. Ich tat, als bemerke ich ihn nicht.

»Übrigens«, sagte Merrick, »ich habe Hauptmann Rowan gestern abend gesehen. Wir waren bei den Laytons zum Abendessen. Hat er sich bei Ihnen überhaupt gemeldet?«

Ich sagte, das habe er nicht getan.

»Ich bin sicher, er wird sich melden. Seien Sie vorsichtig mit Äußerungen, wenn er die Rede auf Mr. Kasims INA-Sohn bringt. Er hat versucht, mich auszufragen. Ich wäre gerne hilfreicher gewesen, denn es war ein sehr besonderer Abend, aber die Abteilung ist nicht sicher, daß das nützlich wäre – gleichgültig, was die Regierung sagt, und deshalb wollte ich keine falschen Hoffnungen wecken. Es wäre besser, Sie tun, als wüßten Sie nichts.«

Er war wieder der Alte. Ich sagte ihm, es sei nicht schwer, so zu tun, als wüßte ich nichts, denn ich wisse tatsächlich nichts.

»Aber Sie haben die Akte Sayed Kasim gelesen.«

»Nein, Sir.«

»Ich dachte, das hätten Sie getan. Ich habe Ihnen in Bombay gesagt, daß er einer unserer interessantesten Fälle ist.«

Ich erwiderte nichts.

Er sagte: »Aber vielleicht ist es ganz gut so. Sonst hätte Ihr alter Schulfreund Sie vielleicht mit mehr Erfolg ins Kreuzverhör genommen als mich. Er ist bestens darin geübt, viel herauszufinden und selbst wenig zu verraten. Aber ich kann das auch. Natürlich habe ich es auf einer anderen Schule gelernt.«

Es war Zeit, sich zu verabschieden. Wollte er mir seine gesunde Hand reichen? War er sich der Möglichkeit bewußt, daß wir uns nicht mehr sehen würden? Ich gab mir keine Gelegenheit, es herauszufinden. Forscher Schritt zurück. Stampfen. Eins, zwei, drei, Salut. Die Verbindung von Muskelanspannung und emotionaler Erleichterung ließ mich grunzen. Er lächelte, berührte den Mützenschirm mit dem Stöckchen und stieg ein.

Als er das tat – und ich dieses Schauspiel in mich aufnahm –, schien sich die Haut in meinem Nacken und über den Ohren zu spannen. Vielleicht stellten sich meine Haare auf. Wie immer es gewesen sein mag, die Ursache war, daß mir nicht nur die Bedeutung von Sophie Dixons Monolog vom Abend vorher aufging, sondern auch die Bedeutung der Rückfahrt zum Krankenhaus über den Basar. In einer anderen Umgebung hatten wir gerade noch einmal das Ende dieser scheinbar sinnlosen Fahrt gespielt, aber sie war alles andere als sinnlos gewesen. Wir waren zuerst zum Basar gefahren, weil er den Roten Schatten ins Spiel bringen wollte. Wir waren zum Krankenhaus und auf das Gelände bis vor die Sanitätsmesse gefahren, weil Merrick wollte, daß (wenn möglich) alle Männer in der Messe uns dort zusammen sahen. Offensichtlich war das der Fall gewesen. Wir drei: Graf Dracula, Miss Khyber Paß 1935 und Goldjunge. Dracula und Miss Khyber Paß waren bekannte Gestalten. Goldjunge war neu. Bei meinem ersten Auftreten hatte man mich als den genommen, der ich war. Sobald man sah, daß ich zu Merrick und dem Roten Schatten gehörte, verwandelte mich eine dunkle Magie, die von den beiden ausging, in den Goldjungen. Ich wurde augenblicklich abgelehnt. Ich wußte nicht warum. Ich wußte nur, daß Merrick diese Ablehnung manipuliert hatte. Er hatte mich als Unbekannten und ohne Begleitung in das Nest seiner Feinde geschickt. Nachdem ich dort eingeführt war, hatte er mit seinem peniblen Hang zum Detail dafür gesorgt, daß auch ich als Feind bloßgestellt wurde. Nichts konnte mich vom Gegenteil überzeugen.

Er winkte mich näher.

»Übrigens, Unteroffizier, ich lasse Suleiman in Ihrer Obhut – zumindest für einen oder zwei Tage. Er bleibt bei den Dienstboten im Flagstaff House einquartiert, aber ich habe ihm gesagt, er soll sich jeden Morgen bei Ihnen melden. Er hat seinen Sold für diesen Monat und seine Papiere für die Rückreise. Der Offizier, der kommt, um mich zu ersetzen, wird ihn vielleicht ausleihen wollen. Wenn nicht, benachrichtige ich Sie und verlasse mich darauf, daß Sie ihn in den Zug setzen und nach Delhi zurückschicken. Bis dahin beschäftigen Sie ihn so, wie es Ihnen richtig erscheint. Er kennt sich in Pankot inzwischen sehr gut aus.«

Das war Merricks Abschiedsgeschenk für mich – das einzige, das ihm zur Verfügung stand und von dem er sich ausrechnete, es würde mir den Tag meiner Befreiung vergiften. Aber in diesem Fall hatte er sich verrechnet. Der Rote Schatten grinste mich immer noch an. Ich grinste den Roten Schatten an und machte mir dabei meine eigenen Gedanken. Falls das Grinsen den Roten Schatten überraschte, ließ er sich nichts anmerken, aber ich glaube, es überraschte Merrick. Verwirrte es ihn? Interessierte es ihn? War es für ihn der Hinweis auf eine neue Angriffsstrategie für die Zukunft im Umgang mit mir? Es ließ sich nur schwer sagen. Als ich mich vom Roten Schatten abwandte und knapp zu Merrick sagte: »In Ordnung, Sir«, lag auf der sehenden Seite seines Gesichts ein Ausdruck, den ich nur als triumphierend und nicht triumphierend, als verächtlich und nicht verächtlich beschreiben kann. Die vernarbte Seite war so unbeweglich und ausdruckslos, als habe sie es schon seit langem satt, mit ihrem rätselhaften Gegenstück zu leben.

Merrick verließ Pankot am Vormittag des 15. August. Ich aß mit den VCOs im Depot zu Mittag und verbrachte den Abend im chinesischen Restaurant und im Kino. Abgesehen vom Frühstück in meinem Zimmer, dem abendlichen Bad und der Nacht im Bett hielt ich mich von der Krankenhausgesellschaft fern und hätte das mehr oder weniger unbegrenzt lange tun können, aber Rowan rettete mich. Ich bin ziemlich sicher, daß er das am Donnerstag, den 16. August tat.

Er erschien im Depot der Pankot Rifles und erkundigte sich nach mir. Er wußte, daß Merrick abgereist war. Seine eigene Arbeit in Pankot war getan, aber er blieb noch einige Zeit. Gopal, der indische Zivilist, der ihn begleitete, war nach Ranpur zurückgefahren. Nigel wohnte allein im Gästehaus. Er schlug vor, ich solle umziehen. Ich sagte mit Freuden zu. Also verabredeten wir, daß ich meine Sachen am Abend hinaufbringen würde. Er bot mir an, einen Wagen zu schicken, aber ich sagte ihm, er solle sich nicht die Mühe machen. Er wollte den Quartiermeister im Gebietshauptquartier informieren.

Verschiedene Ereignisse im Zusammenhang mit dem Roten Schatten waren, soweit ich mich erinnere, ein Grund, daß ich mich dafür entschied, am Donnerstag zu Rowan zu ziehen. Merrick reiste am Mittwoch ab, nachdem er mir gesagt hatte, daß der Afghane sich jeden Morgen bei mir im Depot melden werde. Ich rechnete damit, daß diese Anweisung nicht befolgt werden würde, und deshalb überraschte es mich, als er – so muß es gewesen sein – am ersten Morgen von Merricks Abwesenheit erschien. Er wartete bei dem Posten an der Schranke, der den Zugang zum Verwaltungsblock kontrollierte, als ich um zehn Uhr dort ankam. Als erstes bat er um einen Ausweis, damit er alle Besorgungen, die ich ihm auftragen würde, ungehindert erledigen könne. Ich sagte, ich würde darüber nachdenken, aber nicht heute, denn ich hätte keine Besorgungen zu erledigen. Mir reiche es, wenn er sich am nächsten Morgen wieder melde.

Als er sah, daß ich durch das Tor gehen wollte, zupfte er mich am Ärmel, hielt mich fest und begann, vertraulich und leise auf mich einzureden. Ich begriff sehr schnell, daß er mir einen besonderen Dienst anbot. Er wollte kuppeln und unbedingt herausfinden, welche besonderen Vorlieben ich hatte.

Ich tat, als sei ich erstaunt und fragte: »Was meinst du?« gleichzeitig entzog ich meinen Arm seinem Griff. Seine schwarzgeränderten Augen glitzerten, und eine Art Röte ging von ihnen aus – ein Blutandrang, aber ich glaube nicht aus Zorn darüber, daß ich ihn abschüttelte, sondern mehr aus einem ununterdrückbaren Vergnügen über die Aussichten, die jetzt vor uns lagen. Er begann, mir das Spektrum der erotischen Möglichkeiten in Pankot aufzuzählen – das erstaunliche Spektrum. Die Wirkung auf meine lebhafte Vorstellungskraft, und der Knoblauchgeruch, der in Wogen hinter seinen glänzenden Grabsteinzähnen hervorquoll, wirkten zusammen und versetzten mich augenblicklich aus der prosaischen Umgebung der weißen Schranke, des Schilderhauses und des Drahtzauns (der Reiz und die Ordnung des Militärgeländes einer alten britischen Hügelgarnison: Ein Denkmal imperialer Rechtschaffenheit und Sauberkeit) an einen Punkt, von dem ich einen verstohlenen Blick in die Welt innerhalb einer Welt werfen konnte, die hermetisch abgeschlossen war und ausschließlich aus einem Satz Kästchen bestand (eher Kama Sutra als chinesisch), die aufeinanderfolgend die einfallsreichen Mittel enthüllten, durch die man sich Erleichterung von den Spannungen des biologischen Triebs verschaffen konnte. Konnte es das alles hier geben? In Pankot? Im Vergleich dazu blitzte der Massagesalon in Bombay wie in einem klinischen, antiseptischen Licht.

Als die Liste zu Ende oder die Phantasie des Roten Schattens erschöpft war, und er erwartungsvoll schwieg, sagte ich: »Noch etwas?« Die Logik legte nahe, daß es nichts anderes mehr geben konnte, aber er nahm die Frage anscheinend so ernst, wie ich sie gestellt hatte und war aus der Fassung gebracht, ja sogar alarmiert bei dem Gedanken, daß es vielleicht Regionen der Genüsse zu erforschen gab, von denen er noch nie etwas gehört hatte und sich auch nichts hätte träumen lassen.

»Was immer Sahib wünscht«, sagte er schließlich und lächelte, als sei er überwältigt von der Eleganz seiner genialen Antwort.

In den vielen Kasernenzimmern und Unteroffiziersmessen, in denen ich gelebt hatte, seit ich Uniform trug – ich könnte sagen in allen –, gab es etwas, und das gestehe ich bereitwillig ein, das mich immer von meinen Kameraden unterschied: Ich unterließ es, mir obszöne Ausdrücke zur Gewohnheit zu machen. Ich meine nicht, daß die Soldatenausdrücke in meinem Vokabular gefehlt hätten. Es gab sie, aber sie waren bestimmten Anlässen vorbehalten – wie diesem.

»Was der Sahib wünscht«, sagte ich mit einem breiten Lächeln, »ist, daß du **** ***.« (Ich benutze Sternchen, weil die Würde solcher Ausdrücke verlorengeht und die nackte Härte anstößiger *Sprache* verfälscht wird, wenn sie geschrieben und gedruckt sind.)

Ich wartete nicht auf die endgültige Wirkung meiner Bemerkung. Die sofortige Wirkung genügte – das heißt, ich erkannte mit Befriedigung, daß er in seinen Kenntnissen der englischen Sprache in keiner Hinsicht überfordert gewesen war und daß das, was ich sagte, vielleicht sogar für ihn vertraut geklungen hatte. Ich zeigte dem Posten meinen Ausweis (einem sehr jungen, aber intelligent wirkenden Burschen), wies auf den Roten Schatten (er stand jetzt zehn Schritte entfernt und starrte mich kopfschüttelnd an) und erklärte, er sei ein notorischer Dieb, der gerade auf Bewährung entlassen worden sei; aber man dürfe diesem Mann nicht trauen und ihn unter keinen Umständen auf das Gelände lassen, es sei denn, in meiner Begleitung. Man dürfe davon ausgehen, daß alle Papiere, die er vorlege, gefälscht oder gestohlen seien, und daß man mit ihm so oder so besser nicht in Berührung komme, denn er leide an einer unheilbaren Geschlechtskrankheit im fortgeschrittenen und höchst infektiösen Stadium. In dieser Situation gehe er rücksichtslos mit seinem Leben und dem Leben anderer um, besonders mit dem Leben junger Menschen (beiderlei Geschlechts) unter zwanzig. Ich sagte zwanzig, weil der Posten wie ein unerfahrener achtzehnjähriger Rekrut aussah. Ich nehme an, vieles von dem, was ich sagte, ging über seinen Horizont, denn sein Militär-Urdu ließ noch zu wünschen übrig, und meine Kenntnisse des lokalen Dialekts waren gleich null. Aber ich glaube, er verstand, worum es ging.

So war ich den Roten Schatten für die nächsten vierundzwanzig Stunden los. Aber ich gestehe, gewisse Eindrücke vom geheimen Leben in Pankot, die er mir verschafft hatte, wurde ich nicht los. Bilder drängten sich mir immer wieder auf. Manchmal erschien eine Odaliske und streute Rosenblätter. Coley, der träge eine Fliegenklatsche benutzte, sah ich manchmal als einen Eunuchen, der Rosenöl aus einem Silberbecher goß. Eine Putzfrau, die sich über den sanft am Boden dahingleitenden Besen beugte, widmete sich vielleicht einer delikateren Aufgabe; und weder sie noch ich dachten im Grunde daran, den Staub zu erregen. Der Tee schmeckte merkwürdig. Ziegenmilch oder Brom? Und welcher dieser Männer (fragte ich mich), die an den Tischen saßen, war wirklich befriedigt und schleppte sich jetzt durch den Tag nach einer Nacht, in der er eine oder mehrere von Pankots erotische Spezialitäten gekostet hatte? Coley? Ja, Coley vielleicht. Schließlich war er doch kein Eunuch. Er hatte das abwesende, erschöpfte Aussehen eines Mannes, dessen geheimes Leben neun Zehntel seiner Energie verbraucht.

Am Tag zuvor hatte ich mit den VCOs zu Mittag gegessen. Heute setzte ich mich zu den Havildars. Nachmittags erschien Nigel Rowan und lud mich ein, in das Gästehaus der Residenz umzuziehen. Danach bekamen meine unsteten Gedanken für den Rest des Nachmittags eine klarere und praktischere Richtung. Die Odaliske nahm mehr und mehr das Aussehen von Sarah Layton an, deren Pankot ich, im Schafspelz getarnt und unter Rowans Obhut, bald betreten würde. Etwa gegen 16.30 Uhr endete die zweite Befragung des Tages mit hübschen Erinnerungen an die Erlebnisse des befragten Mannes in Nordafrika, und die Verwandlung der Odaliske in die Tochter des Obersten war praktisch vollzogen; der Raum, das Gebäude, der ganze klare militärische Komplex hatte sich wieder behauptet, und als ich am Wachposten vorbeiging, schien der duftende mitternächtliche Garten des geheimen Pankot ebenso fern wie die Erinnerung an den aufdringlichen Roten Schatten vom Morgen. Ich nahm eine Tonga, überließ mich dem friedlichen Holpern, dem Kiefernduft der Hügel, dem uralten Geruch von Kuhfladen und Holzfeuern, der in der belebenden Luft hing, und dem weichen Licht. Eigentlich wollte ich die Tonga warten lassen, während ich meine paar Sachen einpackte, die ich herausgenommen hatte. Aber als wir uns dem Krankenhaus näherten, fiel mir ein, daß ich der Messe noch Geld schuldete und jemanden finden mußte, der befugt war, es anzunehmen. Ich erkannte, daß das einige Zeit dauern könnte, und bekam plötzlich Lust auf ein Bad und frische Kleider. Ich würde meine Ankunft im Gästehaus etwas verschieben und den Genuß, aus dem Krankenhaus zu verschwinden, völlig auskosten.

Also bezahlte ich den Tonga Wallah am Tor und ging über das schattige Gelände zur Messe und dem Nebengebäude mit meinem Zimmer. Es muß ungefähr 17.00 Uhr gewesen sein. Nur Dienstboten waren zu sehen. Mein Zimmer befand sich neben vier oder fünf anderen in einem einstöckigen Haus; sie hatten eine gemeinsame Veranda, ein Bad und eine Toilette an der Rückseite, wo sich ein Hof oder Platz befand. Abgesehen von einem Unteroffizier (ich hatte nur seinen Rücken gesehen, wenn er morgens zum Dienst ging; es war nicht Potter), war nur ich in diesem Gebäude untergebracht, aber es gab genügend Diener und Bhishtis. Es war mir nie schwergefallen, zu bekommen, was ich wollte. Die Diener versorgten vermutlich noch andere Gebäude, und ich hatte Glück, in der Nähe ihrer Unterkünfte zu wohnen.

Mit einem Schlüssel konnte ich das Vorhängeschloß außen an der Vordertür und die rückwärtige Tür von innen verschließen. Sobald man das Haus betrat, öffnete man in der Regel die Hintertür im Bad und rief nach dem Diener oder Bhishti. Im allgemeinen mußte man nicht laut rufen. Sobald sich die Hintertür öffnete, erschienen die Leute meist von selbst; es wurde gefegt, selbst wenn am Morgen gefegt worden war; der Diener machte entweder das Bett oder bereitete es für die Nacht vor, und der Bhishti schleppte in Benzinkanistern das heiße Wasser für das Bad herbei. Warten mußte man eigentlich nur auf den Bhishti.

Ich teilte dem Diener mit, daß ich ausziehen würde, schickte den Jungen weg, der fegte (und gab ihm sein Trinkgeld), und bestellte ein Bad. Ich schloß den Seesack auf, setzte mich, um genußvoll einen Scotch zu trinken, und wartete auf das heiße Wasser. Ich beschloß, keine Uniform anzuziehen, und legte meine Zivilsachen zusammen mit frischer Unterwäsche auf dem Bett zurecht. Als ich mich auszog, kam das heiße Wasser. Ich nahm die Flasche Scotch, mein Glas und eine Flasche Soda mit ins Bad und legte mich zufrieden in die Wanne.

Nach einem so sorgfältigen Aufbau der Szene ist vermutlich jedem der Ausgang so klar, wie er mir wurde, noch bevor es tatsächlich soweit war. Soll man an einen sechsten Sinn glauben? Meiner Meinung nach hörte ich kein anderes Geräusch als den Lärm der Diener auf dem Platz, die sich etwas zuriefen, und die Geräusche, die ich machte: Ich plätscherte im Wasser und summte den Schlager *Do I worry?* Aber in einem Moment hörte ich die schreienden Diener und meine Stimme, und im nächsten hörte ich das alles, spürte dahinter jedoch eine lautlose Präsenz; ich hatte das vibrierende Gefühl, nicht allein zu sein.

Jemand war in meinem Schlafzimmer, und man brauchte keine besondere Intuition, um zu erraten, daß es der Rote Schatten war. Ich summte und plantschte weiter und vermied es, zu der geschlossenen Tür zu blicken; vermutlich konnte ein Mann, der das Auge an den feinen Spalt zwischen Tür und Rahmen preßte, genug sehen. Das Gefühl, beobachtet zu werden war so stark, daß ich kaum daran zweifelte: Der Rote Schatten drückte in diesem Moment ein schwarzumrandetes Auge an den Spalt und überzeugte sich davon, daß ich wirklich das tat, wonach es klang. Ich wartete darauf, daß das Gefühl verschwand. Als das nach einer weiteren Strophe von *Do I worry?* immer noch nicht geschah, hätte ich am liebsten ein Handtuch genommen und es wie einen Purdah-Schleier hochgehalten. Bislang hatte ich den Roten Schatten nicht mit Voyeurismus in Verbindung gebracht, zumindest nicht, wenn der Gegenstand der Beobachtung ein erwachsener Mann, noch dazu ein älterer, war. Als die Verlegenheit schlichtem Zorn wich, blickte das Auge nicht länger durch den Spalt, und der, dem es gehörte, schlich auf Zehenspitzen seinen eigentlichen Zielen zu – meiner ausgezogenen Uniform (mit der Brieftasche) und dem Seesack (mit den Flaschen). Das, verstehen Sie, sagte mir mein sechster Sinn. Gleichzeitig übernahm mein sechster Sinn die Führung über mein Tun. Immer noch summend und Wasser schöpfend, veränderte sich meine sitzende Haltung ganz langsam in eine kauernde. Instinktiv verharrte ich, um die Höhe, aus der mein Summen kam, so wenig wie möglich zu verändern. Dann hob sich ein Fuß langsam aus der Zinkwanne und stellte sich auf den Holzrost, gefolgt von dem anderen. Arm und Hand plätscherten immer noch im Wasser.

Dann versagte der Einfallsreichtum des sechsten Sinnes. Splitternackt kauerte ich plätschernd und summend neben der Wanne. Die Tür war nur einen Sprung weit entfernt. Aber konnte man, sollte man, wie wütend, wie rachsüchtig auch immer, in solch erbärmlicher Nacktheit erscheinen – besonders nach dem voyeuristischen Zwischenspiel? Das Handtuch in der Nähe konnte man sich nicht umbinden und darauf vertrauen, daß es bei der handgreiflichen Lektion, an die ich dachte, halten würde. In diesem Augenblick sah ich meine Unterhose. Plätschernd und summend zog ich sie mit einer Zehe herbei, griff mit der Hand danach und zog sie an. Mit einem Satz war ich an der Tür, drückte die Klinke herunter und riß sie auf.

Die Brieftasche verschwand gerade wieder in der Brusttasche meiner Jacke. Ein Zehnrupienschein klebte an den Fingern und verschwand sehr geschickt in seinem Gürtel, während er gleichzeitig die Brieftasche zurücksteckte. Aber beide Bewegungen erstarben, noch ehe sie zu Ende geführt waren, und sein Kopf (er schien in einer nicht recht überzeugenden Haltung auf seinem Hals zu sitzen) war herumgefahren und zeigte mir einen O-förmigen Mund.

Ich brüllte nach dem Diener – ich rief instinktiv nach einem Zeugen –, und das belebte den Roten Schatten.

»Sahib«, sagte er und breitete die unschuldigen Arme aus, zeigte die leeren Hände und ging rückwärts zur Tür. Während er zurückwich, rückte ich vor und belegte ihn mit Flüchen.

»Verworfener Sproß eines verseuchten Schweinefressers«, begann ich. »Verachteter Auswurf eines toten Geiers! Du frißt die Scheiße von Straßenkehrern und ernährst dich von Nachgeburten! Du Furz im heiligen Schweigen des Universums, du schlaffes Genital am Körper des falschen Propheten!« Bei jedem Satz stieß ich ihn gegen die Brust und schob ihn so aus dem Zimmer und über die ganze Länge der Veranda. Er schüttelte bei jedem Satz den Kopf, das heißt, er drehte ihn auf indische Weise von einer Seite zur anderen, was sowohl Zustimmung als auch Ablehnung bedeuten konnte, und gab mir so anscheinend zu verstehen: *Was der Sahib sagt, sagt er.* Und der Sahib redete weiter, staunte selbst über den Bilderreichtum und das fließende Urdu, das er weder vorher noch nachher jemals so gut beherrschte. Warum habe ich es hinterher nicht sofort aufgeschrieben? Ich habe mir oft gewünscht, der Rote Schatten und ich hätten uns noch einmal zusammensetzen und meine Worte durchsprechen können, nachdem alles vorbei war. Aber sie sind verschwunden – wie der Rote Schatten – allerdings weniger überstürzt und ohne mein Zutun. Die Veranda befand sich etwa zwei Fuß über der Erde, hatte aber kein Geländer, und davor endete ein Kiespfad. Sie war eine perfekte Abschußrampe. Und als es soweit war, fehlte es dem Roten Schatten bei seinem eleganten Abgang nicht an einer gewissen Anmut. Ich hatte immer den Eindruck, als er das Unvermeidliche erkannte, ließ der Künstler in ihm keinen Widerstand zu und verlegte sich auf Mitwirkung. Unsere gemeinsamen Bewegungen waren tänzerisch, etwas improvisiert, nicht gut einstudiert, aber in der Summe nicht ohne Poesie.

Als wir uns dem Ende der Veranda näherten, wurden aus meinen Schlägen mit der flachen Hand Fausthiebe – keine Boxstöße, aber sie führten dazu, daß er Arme und Hände nicht mehr flehend, sondern schützend hob. Wir fanden einen Rhythmus von Schlag und Ruck; dann packte ich ihn an den Schultern (von diesem Augenblick an schien er willens mitzumachen), richtete ihn auf, zog den Zehnrupienschein aus seinem Gürtel, drehte den Roten Schatten in die Richtung, in die er fliegen würde, was er auch tat, wobei er sich den Schwung von meiner nackten Sohle eher entlieh, als daß er ihn bekommen hätte, fügte beim Versuch zu springen noch etwas eigenen Schwung hinzu, was nicht ganz im richtigen Moment geschah, sich aber auf die Flugbahn und Fallkurve auswirkte. Er fiel ziemlich heftig mit ausgebreiteten Armen und Beinen auf den Bauch sein Unterkörper lag auf dem Kies, der Oberkörper auf dem Gras neben dem Weg. Er war erledigt – zumindest tat er so.

Die Nummer war zu Ende, und ich hatte meinen eine Woche alten Vorsatz ausgeführt. Ich drehte mich um und stellte fest, daß es tatsächlich Zeugen gegeben hatte. Abgesehen von dem Diener, dem Boy, dem Bhishti und einem Unbekannten (zweifellos einer von denen, die immer auftauchen, wenn es gilt, einen Unfall oder ein göttliches Eingreifen mit gelassener Distanziertheit zu betrachten, sozusagen ein unabhängiger Statist) auch Unteroffizier Potter.

Es ist merkwürdig, was man nach einer Krise so sagt. Als ich Potter sah, rief ich: »Auf Sie habe ich gerade gewartet. Reicht das? Ich ziehe aus.«

»Das dachte ich mir«, sagte Potter, übersah die zehn Rupien und blickte auf den Roten Schatten. »Aber vermutlich nicht mit ihm.«

Merrick hatte etwas Unverzeihliches getan. Potter erzählte mir die Geschichte. Seine Neugier über meine Beziehung zu Merrick war geweckt, nachdem er mitangesehen hatte, wie ich Merricks Diener verprügelte. Zehn Minuten später erschien er mit der Abrechnung von der Bar und dem Rest der zehn Rupien. Ich hatte mich inzwischen angezogen, meine Sachen gepackt und den Diener zum Tor geschickt, um eine Tonga zu rufen. Der Rote Schatten war verschwunden; ich wußte nicht wohin, und es war mir auch gleichgültig. Potter wollte wissen, was geschehen war, und ich erzählte es ihm. Ich trug Potter nichts nach, denn ich zweifelte nicht daran, daß der plötzliche Stimmungsumschwung der NCOs nur darauf zurückzuführen gewesen war, daß sie mich zusammen mit dem Mann gesehen hatten, den sie kannten und aus gutem Grund ablehnten. Aber aus welchen Grund? Das wollte ich wissen. Als Potter feststellte, daß ich nichts gegen ihn hatte, begann er auszupacken.

Er fragte: »Wird der Bursche Ihnen bei Oberst Merrick Schwierigkeiten machen?«

Ich erwiderte, das sei mir gleichgültig. Außerdem sei Merrick nach Ceylon geflogen, ich rechne praktisch täglich mit meiner Entlassung und werde vermutlich bereits in England sein, ehe Merrick erfahre, was man ihm, beziehungsweise Suleiman, angetan hatte. Aber ich redete nicht von Merrick oder Suleiman, sondern nannte sie Graf Dracula und Miss Khyber Paß. Potter wurde rot. Er sagte: »Ich muß mich entschuldigen. Wir dachten, er sei so unverschämt, Sie uns aufs Auge zu drücken.«

Ich mußte Potter nicht lange überreden, mir alles zu erzählen.

Es ging um einen Sanitätsgefreiten. Potter nannte seinen Namen nicht, aber ich werde ihn den Obergefreiten Pinker oder kurz Pinky nennen. Stellen wir uns ihn als einen zurückhaltenden, fleißigen jungen Mann vor, der mit anderen Männern in Uniform in der Kaserne gelebt hatte, ohne daß je der Verdacht entstand, er sei, wie man das nannte, abnormal veranlagt. Selbst Sophie Dixon war sich in diesem Punkt nicht völlig klar, beziehungsweise interessierte es ihn nicht besonders. Er mochte Pinky, denn Pinky war harmlos und freundlich, intelligent und sehr gewissenhaft. Er war nie an der Front gewesen, sondern immer in Garnisonskrankenhäusern. Er war erst seit wenigen Monaten in Indien und die meiste Zeit davon in Pankot. Als Hauptgefreiter Dixon und Unteroffizier Potter aus Burma zurückkamen und in die Militärabteilung des Allgemeinen Krankenhauses versetzt wurden, fanden sie Pinky bereits dort vor.

Damals arbeitete Pinky auf Station. Erst später wurde er in das Büro des Psychiaters, Hauptmann Richardson, versetzt. Pinky und Sophie arbeiteten auf derselben Offiziersstation, als Oberst Merrick (damals Major) zur Behandlung und Anpassung der Arm- und Handprothese erschien. Das tat er immer, wenn er in Pankot war, und einmal blieb er zwei oder drei Tage, denn durch die Reibung der Prothese war es zu einer Entzündung gekommen, und es bestand Infektionsgefahr.

An dieser Stelle berichtete mir Potter von Sophie Dixons Dienst an der Front. Das Mitgefühl für die kranken und verwundeten Männer entsprang der weiblichen Seite seines Wesens, und er ließ niemanden im Unklaren über seine Neigungen. Aber sie waren für die Männer, die er versorgte, durchaus akzeptabel, denn sie erlebten nie etwas anderes als Mitgefühl und Fürsorge – kurzum, den würdevollen Dienst an Kranken. Sie wußten, daß das Andere da war; sie mußten nur zuhören, wie er im Lazarettzelt oder Basha herumtölte, aber (wie Potter es ausdrückte) wenn er einen Mann anfaßte, konnte man sehen, daß es ausschließlich um Krankenpflege ging. Potter vermutete, Sophies offenes Getue sei eine Form von Sublimierung und in Wirklichkeit lebe er im Dienst und auch danach wie ein Mönch.

Nach Sophies Worten war der Offizier mit dem verbrannten Gesicht und der Prothese »ein wahrer Leckerbissen«. Darin lag die Ironie. Sophie und Pinky hatten Merrick anfänglich gemocht. Wenn er zur Behandlung kam, wurde er von Sophie bemuttert. Sophie hielt den verwundeten Helden für tapfer, geduldig und freundlich. Merrick schien sich nie daran zu stoßen, wenn Sophie aufdrehte. »Manchmal mache ich mir über den Major so meine Gedanken«, hatte Sophie nach Potters Erinnerung gesagt. »Als ich ihm heute morgen die Bettschüssel gegeben habe, hat er mich so nachdenklich angesehen. Ich wäre beinah über und über rot geworden. Paß auf, Dixon, sag ich mir, Hände weg vom Mast, überlaß das den Matrosen.«

Es hätte sich ausgezahlt, wenn er selbst seinem Rat gefolgt wäre oder vielmehr auf Pinky *aufgepaßt* hätte. Wenn er Pinky etwas aufmerksamer beobachtet hätte, wäre ihm vielleicht aufgefallen, als es soweit war, daß Pinky in Schwierigkeiten war oder darauf zusteuerte. Aber zu dieser Zeit arbeitete Pinky nicht mehr auf der Station, sondern im Büro des Psychiaters. Als Merrick zur nächsten Behandlung erschien, sagte er zu Sophie: »Wie ich sehe, arbeitet Ihr Kamerad jetzt für Hauptmann Richardson. Ist das keine Verschwendung von pflegerischem Können?«

Es überraschte Dixon nicht, daß Merrick den Psychiater aufgesucht hatte. In Anbetracht seiner Verwundungen wäre ein Gespräch mit dem Psychiater keineswegs bemerkenswert gewesen. Sechs Wochen später kam Merrick wieder nach Pankot. Er erschien im Krankenhaus, diesmal in Begleitung des Roten Schattens. Sophie sah sie zusammen und gab Suleiman sofort den Spitznamen Miss Khyber Paß 1935. Ein paar Tage, nachdem Merrick wieder nach Delhi zurückgefahren war und den Roten Schatten mitgenommen hatte, stieß Sophie auf den weinenden Pinky, der seinen Seesack packte. Es dauerte einige Zeit, bis Sophie herausfand warum.

Die Arbeit in Richardsons Büro hatte Pinky (wie es scheint) zum ersten Mal in seinem jungen Leben die Augen dafür geöffnet, daß seine Neigungen nicht annähernd so ungewöhnlich waren, wie er geglaubt hatte. Er war ein typischer Fall. Als zu sehr behüteter Junge zog er bis zur Pubertät die Gesellschaft von Mädchen vor; danach fühlte er sich unerklärlicherweise von seinem eigenen Geschlecht angezogen. Er hielt das für etwas Einmaliges. Später fand er heraus, daß es nicht richtig war, und noch später, daß es nicht so einmalig war, um nicht als strafwürdiges Vergehen zu gelten. Als er älter wurde, stellte er auch fest, daß normale Männer darüber lachten. Er wußte, er konnte nichts gegen seine Veranlagung tun, und er haßte sich nicht selbst. Aber er hätte es nicht ertragen, daß man hinter sein Geheimnis kam. Er erzählte Sophie, daß er außer mit sich selbst noch keine sexuellen Erfahrungen gehabt hatte, als er im Alter von zwanzig Jahren nach Pankot gekommen war.

Er erledigte für Richardson streng vertrauliche Büroarbeiten. Es war keine schwere Arbeit, denn die Zahl der Fälle im Krankenhaus, die eine intensive psychiatrische Behandlung brauchten, war nie sehr hoch. Auf einer Station gab es ein paar gestörte Männer, hin und wieder auch auf einer anderen ein oder zwei Offiziere, die aus dem »Gleichgewicht« geraten waren. Die Psychiatrie galt in Pankot immer noch als eine Art Witz, aber beim Militär war sie irgendwie in Mode gekommen. In England führten potentielle Offiziersanwärter routinemäßig ein Gespräch mit Psychiatern im Kriegsministerium, die in den Zulassungsgremien saßen, und so führten Patienten der Militärabteilung im Allgemeinen Krankenhaus in Pankot Gespräche mit Richardson. Es war beinahe eine Sozialeinrichtung.

Richardson hatte viel Zeit, und Pinky entdeckte, daß er sie nutzte, indem er außer den offiziellen Akten private und vertrauliche als Unterlagen für seine künftige Zivillaufbahn führte. Als Richardsons Vertrauen in Pinky wuchs, erhielt Pinky die Möglichkeit, seine Neugier in Hinblick auf den Inhalt dieser privaten Akten zu befriedigen. Richardson erzählte ihm, die Psychiatrie sei eine sehr ungenaue Wissenschaft, und es gebe Beurteilungen, die man klugerweise nicht offiziell festhalte, denn das Militär verstehe einfach nicht, wie vielschichtig das Gefühlsleben eines Mannes sei. Er halte es für höchst unfair, jemanden dadurch zu bestrafen, daß man eine vage professionelle, aber keineswegs gesicherte Meinung zu den Akten nehme, wo sie, auf die naivste Weise interpretiert, die Beförderung eines Mannes verhindern könne. Als Richardson feststellte, daß Pinky sich ernsthaft für die psychiatrischen Methoden interessierte, gab er ihm hin und wieder die Unterlagen von »abgeschlossenen Fällen«, das heißt, von Männern, die entlassen worden waren, und wenn er nicht viel zu tun hatte, sprach er sogar mit ihm darüber. Er zeigte ihm nie Akten »laufender« Fälle, und alle Unterlagen, offizielle wie private, wurden hinter Schloß und Riegel aufbewahrt. Wenn Richardson Pinky eine Akte gab, mußte er sie Richardson zurückgeben, ehe dieser das Büro verließ.

Pinky faszinierte die Entdeckung, daß nach Richardsons Ansicht (und wer war Pinky, um es zu bestreiten?) »unterdrückte homosexuelle Neigungen« nicht selten allein oder in Verbindung mit anderen Faktoren dem zu Grunde lagen, was – auf den Stationen – vielleicht einfach als Niedergeschlagenheit, Apathie oder vorübergehende Überforderung angesehen wurde. Pinky wurde immer neugieriger auf Richardsons Aufzeichnungen über die Männer, die er gerade behandelte. Ein Mann interessierte ihn ganz besonders, denn um ihn kreisten Pinkys Phantasien: ein gutaussehender, sehr maskuliner Hauptgefreiter, der an Wingates Expedition in Burma teilgenommen hatte.

Pinky war ängstlich, aber seine Leidenschaft verlieh ihm Mut. Er entwendete Richardsons Schlüssel; das war leicht, denn er bewahrte den Schlüssel in einer Schreibtischschublade auf, die er manchmal abzuschließen vergaß. Pinkys Kühnheit lag darin, daß er sich im Basar einen Nachschlüssel anfertigen ließ und den Originalschlüssel an den gewohnten Platz zurücklegte. Danach saß er Abend für Abend mit der vertraulichen Akte eines der laufenden Fälle am Schreibtisch und riskierte, dabei ertappt zu werden. Aber was er las, zog ihn völlig in seinen Bann. Die Akten veränderten seine Einstellung zu sich selbst. Der Mann auf der Station zum Beispiel, der Pinky so gut gefiel, hatte Richardson gestanden, daß er mit einem Kameraden »herumgemacht« hatte, immer noch Frauen vorzog, sich aber wegen des Herummachens nicht schämte, denn er hielt es für etwas, das »ganz natürlich passiert war«, und »einfach dazugehörte, wenn man im Dschungel festsaß und beschossen wurde«, und in einer ähnlichen Lage werde er es wahrscheinlich wieder tun. Pinky staunte, daß Richardson dem Mann in seiner Diagnose »Intelligenz und Ausgeglichenheit« bescheinigte und eine »gesunde Einstellung zum Sex«. Richardson vertrat die Ansicht, die Depression des Mannes beruhe beinahe mit Sicherheit auf einer Verbindung von körperlichen Nachwirkungen der Ruhrerkrankung, die bereits behandelt worden war, und einer verständlichen, aber uneingestandenen Überzeugung, daß er genug gekämpft habe. Der Bericht in der offiziellen Akte, in der nichts von »herummachen« stand, schloß mit der Bemerkung »vom Standpunkt dieser Abteilung aus wieder für den aktiven Dienst geeignet. Empfehle jedoch weiterhin Untersuchung des Stuhls«.

Intelligent und ausgeglichen. Eine gesunde Einstellung zum Sex. Pinky klammerte sich an diese Formulierungen, als seien es Rettungsringe. Er wurde kühner. In der Kantine oder im Basar sah er sich mit neugewonnenem Vertrauen offen um. Im Erdgeschoß des chinesischen Restaurants (für die Mannschaftsränge reserviert) betrachtete er mutiger die Männer, die ihm gefielen. Wenn man an die Akten dachte, mochte jeder von ihnen bereit sein »herumzumachen«.

In dieser ersten extrovertierten Phase trat Merrick wieder in sein Leben. Er erschien eines Abends im Büro, nachdem Richardson gegangen war und Pinky gerade am Aktenschrank stand und seine abendliche Lektüre auswählte. Er hatte Merrick nicht anklopfen oder hereinkommen hören. Als er den Kopf hob, sah er ihn in der offenen Tür zwischen Richardsons und seinem Büro stehen. Pinkys Schreck hielt nicht lange vor. Merrick konnte nicht wissen, daß sich in diesem Schrank Richardsons private Akten befanden. Merrick sprach ihn freundlich an und machte eine Bemerkung über seine Versetzung zu Richardson; Pinky fühlte sich nicht länger schuldig und fragte Merrick, was er für ihn tun könne. Merrick erklärte, er sei für ein oder zwei Tage in Pankot und hoffe, Hauptmann Richardson sprechen zu können. Pinky griff zum Terminkalender und gab ihm am folgenden Nachmittag einen Termin. »Merrick?« sagte Richardson am nächsten Tag, »ist das nicht der Offizier mit dem verbrannten Gesicht und einem amputierten Arm?«

Als Merrick eintraf, schickte Pinky ihn sofort zu Richardson. Kurz darauf wurde er gerufen. Richardson gab ihm den Schlüssel und bat ihn um eine bestimmte Akte. Ohne nachzudenken – inzwischen war er so an den Umgang mit diesen Unterlagen gewöhnt – brachte Pinky ihm die offizielle bräunliche und die private grüne Akte. Richardson gab ihm letztere zurück, und Pinky ordnete sie wieder ein. Merrick hielt sich ungefähr zwanzig Minuten in Richardsons Büro auf. Als er sich verabschiedet hatte, ging Pinky mit inzwischen eingetroffener Post zu Richardson, der in der privaten grünen Akte las. Er gab Pinky beide Akten zurück. Pinky erkundigte sich, ob er für Major Merrick eine Akte anlegen solle. Er erfuhr, daß Merrick kein Patient sei. Pinky kannte die Akten, die er im Zusammenhang mit Merricks Besuch herausgesucht hatte. Sie gehörten zu den Fällen, die ihn nicht interessierten. Es handelte sich um eine Frau. Er überlegte, was für Fragen Merrick wohl gestellt hatte, daß die Akten hervorgeholt worden waren, aber er erkundigte sich bei Richardson nicht danach. An dieser Episode war nur noch interessant, daß Pinky zum ersten Mal hörte, daß Merrick in Friedenszeiten bei der indischen Polizei gewesen war. Das Thema kam zur Sprache, weil Pinky sagte, Merricks militärische Laufbahn sei wegen des amputierten Arms vermutlich zu Ende, wenn der Krieg vorüber sei. Richardson erwiderte, er werde zweifellos zur Polizei zurückgehen und einen Schreibtischposten bekommen. Er fügte hinzu: »Würde mich nicht wundern, wenn es bei der Kripo wäre. Er bearbeitet bereits diese INA-Fälle.« Pinky dachte, der Fall dieser Frau habe auch etwas mit der INA zu tun. Aber die INA interessierte ihn nicht.

So beruhigt, steuerte Pinky auf sein Unglück zu. Mehrere Abende in der Woche ging er in das chinesische Restaurant. Zweimal glaubte er, es zu schaffen, wenn er das letzte bißchen Mut aufbringen würde, das nötig zu sein schien, um einem Tischnachbarn deutlich zu machen, daß er mehr als eine Unterhaltung anzubieten habe. Nach dem Essen trieb er sich oft im Basar herum, wagte sich in die dunklen Ecken und erwartete, auf dem Nachhauseweg die langersehnte Stimme zu hören, die rief: »He, Soldat!« Und bei seinen Wanderungen von einem Laden zum anderen verscheuchte er die Gassenjungen nicht mehr, die mit unzweideutigen Gesten ihre sogenannten Schwestern anboten. Er grinste sie an, schüttelte den Kopf und wartete auf die wunderbare Veränderung des Singsangs von: »Du wollen Mädchen?« in »Du wollen Jungen?« Einmal hörte er es, überhörte es jedoch feige. Außerdem wollte er keinen Jungen, sondern einen Gleichaltrigen.

Es vergingen mehrere Wochen, ehe Pinky Merrick nach seinem Gespräch mit Richardson wiedersah. Sie vergingen für Pinky in der geschilderten Weise, erreichten nun aber ihren Höhepunkt mit dem, was Pinky später möglicherweise als seinen unvergeßlichen Abend bezeichnet hätte, wenn die Folgen nicht so schrecklich gewesen wären. Ein oder zwei Tage vor diesem denkwürdigen Ereignis bemerkte er bei seinem Streifzug durch den Basar, daß sich ein junger Inder möglicherweise für ihn interessierte, so wie Pinky – weil diese Möglichkeit bestand – sich plötzlich für ihn interessierte. Pinky hatte ihn noch nie in Pankot gesehen, aber jetzt schienen sie sich ständig zu begegnen. Der Inder war westlich gekleidet und wirkte sauber. Außerdem wirkte er kräftig: eine dunkelhäutige Version des sportlichen Typs des jungen Engländers, zu dem Pinky sich hingezogen fühlte. Einmal standen Pinky und der Inder gemeinsam vor dem Schaufenster von Gulab Singh, gegenüber dem chinesischen Restaurant. Im Schaufenster lagen viele Uhren, auch Armbanduhren. Am nächsten Abend stand Pinky wieder vor dem Schaufenster. Der Inder tauchte wie aus dem Nichts auf. Sie sprachen nicht miteinander. Pinky wollte es, aber die Kehle war ihm wie zugeschnürt. Als der Inder ging, blieb Pinky noch einen Augenblick stehen und ging dann auch. Er trat zwischen zwei wartenden Tongas auf die Straße, als ein Mann seinen Arm berührte und fragte: »Sahib, du wollen Frau?« Pinky schüttelte den Kopf. Der Mann beugte sich näher zu ihm. »Sahib, du wollen Jungen? Den Jungen, der Uhren betrachtet hat? Dieser Junge sehr guter Junge. Sehr wie englischer Soldat. Er mag dich. Er mir gesagt. Sahib hier warten. Junge kommen.«

Der Mann verschwand – eine weißgekleidete Gestalt mit einem Turban, bestickter Weste und weißer Hose. Er lief vergnügt und offen die Straße entlang und blieb nur einmal stehen, um sich zu vergewissern, daß Pinky wartete. Pinky begann vor Erregung zu zittern. Auf Pinky wirkte der Mann männlich und keineswegs feminin. Östlich von Suez bedeutete es keine Schande, Knaben zu wollen. Der Mann verstand Pinkys Bedürfnis und nahm es als selbstverständlich hin.

Pinky ging von den Tongas zurück unter die Arkaden und schlenderte an den Schaufenstern vorüber. Als er eine Gasse erreichte, blieb er stehen und drehte sich um. Der junge Inder folgte ihm schnell. Er ging an Pinky vorüber, lächelte ihm zu und bog in die Gasse. In der Gasse war es dunkel. Pinky fürchtete sich einen Augenblick lang. Manchmal patrouillierte die Militärpolizei in solchen Gassen, und die Westseite des Basars, wohin diese Gasse führte, war für die einfachen Soldaten gesperrt. Wenn die Militärpolizisten ihn anhielten und fragten, wieso er dem Inder folge, wollte er sagen, der Junge habe ihm angeboten, ihn mit einer Studentin bekanntzumachen. Dann würde er mit einer Warnung und einem verständnisvollen Lachen davonkommen. Das Herz schlug ihm bis zum Hals. Pinky ging los.

»Wie war es, Schätzchen?« wollte Sophie natürlich wissen, als Pinky seine Geschichte soweit erzählt hatte. Es hatte anscheinend nicht geklappt. Er war zu aufgeregt gewesen. Man vermutet, daß es zu einer Art langem, aber trotz aller Bemühungen unbefriedigendem Kontakt kam. Der Inder hatte sein Versagen damit erklärt, daß Pinkys Nervosität ihn unglücklich mache. Dann hatte er gesagt: »Das nächste Mal klappt es bestimmt«, und hinzugefügt: »Komm morgen wieder. Du triffst mich um halb zehn vor Gulab Singh, dann gehen wir wieder auf mein Zimmer.« Als sie angezogen waren, fing der Inder an zu jammern, er glaube nicht, daß Pinky kommen werde. Pinky sagte, nichts könne ihn davon abhalten. »Gib mir einen Beweis dafür«, sagte der Inder. »Laß deine Armbanduhr hier. Dann weiß ich, daß du mich magst und mir vertraust.« Pinky gab ihm die Uhr und sagte, er könne sie behalten. Geld hatte der Inder abgelehnt. Er wollte die Uhr auch nur als Beweis für Pinkys Absicht, am nächsten Abend wieder zu kommen. Er brachte Pinky die wacklige Treppe hinunter und begleitete ihn bis zum beleuchteten Teil des Basars.

Als ich zum Gästehaus der Sommerresidenz aufbrach, ließen wir den Kutscher einen Weg fahren, der an Richardsons Büro auf dem Krankenhausgelände vorbeiführte. Mit *wir* meine ich mich und Potter. Er zeigte mir das Büro, stieg dann aus und ging zu Fuß zurück. Ich sah mich um und gab dem Kutscher Anweisung weiterzufahren.

Das Büro befand sich in einem niedrigen Gebäude, das etwas abseits stand. Es hatte das übliche steile Dach mit dem von Säulen getragenen Überstand, der die Veranda bildete. Auf einem kleinen Schild entdeckte ich Richardsons Namen. Man betrat das Gebäude durch die Tür an einem Ende. Dahinter lag ein Gang. Hinter dem Fenster auf der einen Seite der Tür befand sich Pinkys ehemaliges Büro und hinter einem Fenster daneben Richardsons Büro. Das abgelegene Gebäude sollte bei den Patienten vermutlich das Gefühl wecken, daß nichts von dem, was sie Richardson erzählten, über diese Wände hinaus gelangen würde. Sowohl Richardson als auch Pinky hatten den Schlüssel für die Haustür gehabt. Wer zuletzt ging, schloß ab. Auf der Veranda standen neben der Tür eine Bank, ein Löscheimer und ein Fahrradständer.

Am Tag nach Pinkys Erlebnis mit dem Inder saß er gegen achtzehn Uhr allein im Büro und las Richardsons private Aufzeichnungen zum Fall eines Ordonnanzoffiziers, der unter dem Streß, »Kanonenfutter zu liefern«, zusammengebrochen war. Pinky blickte immer wieder auf die Uhr, und weil sie aufregenderweise nicht da war, mußte er nach dem Licht draußen entscheiden, wie lange er noch über seiner faszinierenden Lektüre sitzen konnte, ehe er abschloß, in sein Quartier ging, duschte, sich rasierte und sich dann auf den Weg zu seinem Glück machte. Er hatte gerade beschlossen, es sei soweit und die Akte zugeklappt, als die Tür aufging und Merrick hereinkam.

Pinky begrüßte ihn mit einem fröhlichen Guten Abend. Merrick erkundigte sich, ob Hauptmann Richardson da sei. Pinky erwiderte, er komme an diesem Tag nicht mehr ins Büro, sei aber am nächsten Tag wie üblich da, und wenn Major Merrick ihn zu sprechen wünsche, werde er ihm gern einen Termin geben.

Merrick sagte, das sei sehr freundlich von ihm. Pinky verschwand in Richardsons Büro und kam mit dem Terminkalender zurück. Merrick hatte sich inzwischen gesetzt. Sie einigten sich auf eine Zeit. Pinky trug den Termin ein, brachte den Kalender in Richardsons Büro und legte ihn auf den Schreibtisch. Als er zurückkam, hielt Merrick die grüne Akte in der Hand und betrachtete die Mappe. Im ersten Augenblick war Pinky erschrocken. Aber Merrick hatte die Mappe nicht geöffnet, und als Pinky seinen Schreibtisch erreichte, legte er sie wieder hin. Dann lächelte er freundlich und griff an seine Prothese, als müsse er ihren Sitz ändern. Die schwarzbehandschuhte Hand war geschlossen und ausgestreckt. Merrick drückte die Finger auf. Auf der Handfläche lag Pinkys Armbanduhr.

Merrick sagte: »Ich glaube, die gehört Ihnen.«

Pinky konnte sich nicht mehr klar daran erinnern, was dann geschah. Er glaubte, nur die Uhr angestarrt zu haben, während Merrick auf eine Reaktion von ihm wartete. Als nächstes wußte Pinky mit voller Klarheit nur noch, daß Merrick, die Uhr in der künstlichen Hand und die Akte in der anderen, neben ihm stand und sagte: »Soweit ich Hauptmann Richardson verstanden habe, werden diese Akten verschlossen aufbewahrt und sind für niemanden zugänglich, wenn er nicht im Büro ist.«

Und dann sagte er:

»Ich gehe davon aus, daß es Ihnen gelungen ist, sich einen Schlüssel zu beschaffen. Sie standen am Aktenschrank, als ich das letzte Mal um diese Zeit hier war. Wenn Sie einen Schlüssel haben, wären Sie gut beraten, ihn mir zu geben.«

Das tat Pinky.

»Haben Sie heute abend nur diese Akte herausgenommen?«

Pinky nickte.

»Ist dieses Telefon zum Krankenhaus durchgeschaltet oder zum Fernamt?«

Pinky murmelte mit trockenen Lippen, zur Krankenhauszentrale, aber die Zentrale könne mit jeder Nummer verbinden.

»Gut«, sagte Merrick, »Sie warten draußen. Sie tun gut daran zu warten und keine Dummheiten zu machen.«

Pinky stolperte in den Gang hinaus. Merrick schloß die Tür hinter ihm. Ohne zu wissen wie, erreichte Pinky die Veranda. Der Schock hatte seine Fähigkeit beeinträchtigt, zu verstehen, was er tat und sah. Zum Beispiel sah er eine Gestalt, die an einer Säule lehnte und ihn beobachtete. Aber die Gestalt war für ihn einfach eine Verformung der Säule. Als er begriff, daß es eine Gestalt *war,* glaubte er an eine Sinnestäuschung, denn sie glich haargenau der Gestalt des Mannes, der ihn am Abend zuvor mit dem Inder verkuppelt hatte.

Nach geraumer Zeit, die ihm genommen, aber nie zurückgegeben wurde, hörte er, wie Merrick die Bürotür schloß. Pinky erhob sich schwankend und wußte, die wirkliche Schande begann *jetzt.* Er rechnete damit, daß die Militärpolizei erschien, die Merrick offenbar angerufen hatte, ihn abholte und auf eine Wachstube brachte.

Aber es geschah etwas ganz anderes. Ohne auch nur einen Blick in Pinkys Richtung zu werfen, ging Merrick auf dem Weg davon, gefolgt von dem Kuppler – oder geben wir ihm seinen richtigen Namen, dem Roten Schatten. Als die beiden außer Sichtweite waren, begann Pinky zu rennen. Dann fragte er sich, wohin er renne, machte kehrt und rannte dorthin, wo er in Sicherheit war. Aber er war nicht in Sicherheit. Also übergab er sich. Nachdem er sich übergeben hatte, rannte er wieder los. Dann rannte er zurück und streute Sand über das Erbrochene. Danach fühlte er sich wie ein Fremder, wie ein Zuschauer der Szene. Durch die Bäume hindurch sah er, daß aus den Fenstern der anderen Gebäude Licht fiel. Der Abend war Wirklichkeit. *Er* war nicht wirklich; aber der Abend war es. Dieses unwirkliche Ich mußte Hauptmann Richardsons Büro abschließen. Und zuvor mußte er das Fenster von Hauptmann Richardsons Büro schließen.

Die grüne Akte lag immer noch auf dem Schreibtisch. Automatisch ging er damit in Richardsons Büro. Der Aktenschrank ließ sich nicht öffnen. Er suchte nach seinem Schlüssel. Merrick hatte ihn. Hatte er ihn wirklich? Pinky schaltete die Lichter ein und suchte nach dem Schlüssel. Es gab keinen Schlüssel. Es gab nur den abgeschlossenen Aktenschrank und die Akte, die er nicht zurücklegen konnte. Wenn es ihm nur gelingen würde, die Akte in den Schrank zurückzulegen und ihn abzuschließen, könnte er vielleicht behaupten, er habe es nicht getan, und Merrick lüge. Pinky wußte, das war unmöglich, aber so arbeiteten seine Gedanken. Dann fiel ihm ein, daß Schlüssel und Akte im Vergleich zur Armbanduhr ziemlich unwichtig waren. Vielleicht würde er die Uhr finden. Wenn Merrick die Akte hatte liegen lassen, hatte er vielleicht auch die Uhr liegen lassen. Aber er fand keine Uhr. Merrick hatte den Schlüssel und die Uhr. Er, Pinky, hatte die Akte. Er versteckte die Akte in einer Schublade in seinem Schreibtisch. Er schloß alle Fenster, schaltete die Lichter aus, schloß die Türen ab und rannte in sein Zimmer. Er ging auf die Toilette. Was kam, war alles flüssig. Er saß im Dunkeln auf der Toilette, während nur Flüssiges aus ihm herauslief. Dann tat er etwas sehr Merkwürdiges. Er brachte sich in und aus dem Zustand der Erregung und lehnte sich danach erschöpft zurück. Später verwirrte ihn das. Er fragte Sophie, ob Sophie es ihm erklären könne. Sophie konnte es nicht, aber später fiel Sophie dazu etwas ein; er erzählte Potter, er habe irgendwo gelesen, wenn ein Mann gehängt werde, habe er eine unfreiwillige Ejakulation, als verabschiede sich auch dieser Teil von ihm.

Am nächsten Morgen konnte sich Pinky dem nicht stellen, dem er sich stellen mußte. Deshalb meldete er sich krank. Der diensthabende Arzt konnte nichts feststellen, aber Pinky sah so schlecht aus, daß der Arzt ihn sicherheitshalber zur Beobachtung auf die Personalstation schickte. Dort lag außer ihm nur eine indische Ordonnanz. Pinky legte sich angekleidet auf ein Bett. Man brachte ihm Limonade, und er trank sie dankbar, erbrach sie jedoch auf der Stelle. Eine englische Schwester erschien, maß seine Temperatur und fühlte ihm den Puls. Er hatte leicht erhöhte Temperatur, und sein Puls raste. Eine Stunde später erbrach er eine weitere Limonade. Der diensthabende Arzt kam. Man nahm ihm Blut ab und untersuchte seinen Urin. Pinky bekam einen Krankenhausschlafanzug und mußte sich ins Bett legen. Er rollte sich wie ein Embryo zusammen. Er hatte die ganze Nacht nicht geschlafen. Jetzt schlief er glücklicherweise ein und schloß die Welt aus. Er verschlief den dramatischsten Teil des Tages, Merricks Verabredung mit Richardson. Als er am späten Nachmittag erwachte, saß Richardson auf seinem Bett.

»Ich suche meine grüne Akte über den Ordonnanzoffizier, Hauptmann Moberley«, sagte Richardson freundlich. »Können Sie mir vielleicht sagen, wo ich sie finde? Ich habe heute abend ein Gespräch mit ihm.«

»Ja, Sir«, sagte Pinky ganz ruhig. »In meiner unteren linken Schreibtischschublade.«

»Danke, Pinker.« Richardson blieb auf dem Bett sitzen. Pinky erkannte, daß Richardson eine Reihe von Feststellungen erwog. Richardson war kein großer Redner. Er hörte die meiste Zeit zu. »Alles in allem, Pinker«, sagte er schließlich, »glaube ich, sie bleiben besser ein oder zwei Tage hier, obwohl Ihnen körperlich nichts fehlt. Ich will nicht sagen, daß Sie krank spielen. Ich meine, Ihre Krankheit ist psychosomatisch. Ich gehe davon aus, daß Sie das auch wissen.«

Pinky nickte. Richardson konnte nichts für ihn tun, aber Pinky spürte, daß er ihn zumindest verstand. Richardson war wahrscheinlich das letzte freundliche Gesicht, das er sehen würde, bis er aus dem Gefängnis kam. Aber Pinky glaubte nicht, je wieder herauszukommen. Er würde vorher aus Scham und Schande sterben. Er hoffte es. Wie konnte er je seinen Eltern unter die Augen treten, wenn er überleben und nach Hause geschickt werden würde? Zwei Jahre. In einem indischen Gefängnis. Wegen eines Verbrechens, das er nie begangen hatte und nie begehen wollte. Er hatte sich nur nach ein bißchen Liebe gesehnt.

Am nächsten Morgen ging es ihm nicht besser. Aber er fühlte sich irgendwie geläutert. Die englische Krankenschwester sagte, sie sei mit ihm zufrieden. Pinky hatte damit gerechnet, daß inzwischen alle über ihn Bescheid wußten und hatte sich innerlich darauf vorbereitet, die allgemeine Verachtung zu ertragen. Jetzt vermutete er, was Richardson auch immer tat, geschah so diskret wie möglich.

Pinky durfte aufstehen. Er setzte sich auf die sonnige Veranda der Krankenstation und öffnete sich langsam seinem »Fall« – den merkwürdigen und verwirrenden Aspekten dieses Falls. Die Sache mit den Akten war sicher von untergeordneter Bedeutung. Merrick hatte es darauf abgesehen, Männer wie ihn zur Strecke zu bringen: Schwule. Vielleicht hatte Merrick vor Monaten einen Blick auf ihn geworfen und gedacht »Aha«. Als er entdeckte, daß Pinky heimlich vertrauliche Akten las – sie verschlang –, hatte ihn das in seiner Meinung von Pinkys schlechtem Charakter nur bestärkt. Und doch: Wie lange hatte Merrick ihn beobachten und verfolgen lassen? Als Pinky an die letzten Wochen zurückdachte, in denen er durch den Basar gestreift war, wurde ihm kalt.

Pinky hatte den indischen Zuhälter nie gesehen, aber der mußte Pinky gesehen haben. Stand er in Merricks Diensten, oder war er auch ein Opfer von Merricks Säuberungsaktionen? Und was war mit Tommy, dem Inder geschehen? Hatte er mit dem Zuhälter gemeinsame Sache gemacht, oder hatte man ihn hinterher geschnappt und ihm die Uhr abgenommen? Was war dann geschehen? Hatte Merrick den Zuhälter geschnappt? Es wurde Pinky ganz schwindlig, als er versuchte, alle Möglichkeiten durchzudenken. Also verschloß er sich seinem Fall, lag den ganzen Tag auf der sonnigen Veranda und bemühte sich angestrengt, an etwas anderes zu denken – an Zuhause etwa oder an Zeiten, in denen er glücklich gewesen war.

Aber den ganzen Tag lang ließ ihn eine Frage nicht los. *Warum ich?*

Nach zwei Tagen auf der Krankenstation meldete sich Pinky wieder zum Dienst in Hauptmann Richardsons Büro. Er hatte bereits militärisch sein Gefängnisbündel gepackt – seinen kleinen Beutel. Als er eintraf, fand er einen anderen NCO an seinem Schreibtisch. Der neue Obergefreite sagte, es wäre hilfreich, wenn Pinky ihn einweisen könne. Er wollte von Pinky wissen, wohin er versetzt worden war. Richardson hatte ihm nur gesagt, er solle Pinkys Platz übernehmen. Pinky erwiderte, er wisse es noch nicht, hielt es aber für besser, sich nicht einzumischen, wenn Richardson ihm nicht offiziell die Erlaubnis zur Einweisung gab. Er wartete draußen. Richardson erschien. Pinky stand stramm und salutierte. Richardson sagte, da es ihm wieder besser gehe, könne er dem neuen NCO durchaus zeigen, was zu tun sei. Ein Hoffnungsfunken blinkte. Die Logik sagte ihm, er müßte im Grunde schon lange auf der Wachstube sein. Er half seinem Nachfolger den ganzen Vormittag und am Nachmittag. Richardson kam und ging. Er war weder freundlich noch unfreundlich. Gegen siebzehn Uhr stellte er sich wieder ein, und als er in seinem Büro saß, rief er Pinky zu sich.

Pinky betrat das Büro, schloß die Tür hinter sich, und Richardson übergab ihm ein Blatt Papier. Pinky las es, las es zweimal. Es war der Versetzungsbefehl zur Sanitätstruppe einer Divison, die sich auf eine Operation namens Zipper vorbereitete. Als Pinky verstand, was das bedeutete, setzte er sich ohne Erlaubnis und weinte.

Er weinte aus Erleichterung und Dankbarkeit. Für ihn gab es nur eine Erklärung: Es war Richardson irgendwie gelungen, die schreckliche Anklage zu unterdrücken und ihn zu retten. Wie es ihm gelungen war, konnte sich Pinky nicht im geringsten vorstellen. Aber im Augenblick kümmerte es ihn auch nicht.

Richardson ließ ihn weinen. Es dauerte nicht lange, und er weinte auch nicht laut. Der Obergefreite im Nebenraum hatte ihn bestimmt nicht gehört. Richardson goß ihm ein Glas Wasser ein. Er stellte sich in seiner charakteristischen Haltung mit dem Rücken zum Zimmer ans Fenster, blickte hinaus und steckte die Hände in die Taschen.

Als Pinky sich beruhigt hatte, stand er auf und war bereit zu gehen. Er sagte, bevor er gehe, wolle er sich dafür entschuldigen, daß er Hauptmann Richardsons Vertrauen im Hinblick auf die Akten mißbraucht habe. Es sei ihm bewußt, das sei falsch von ihm gewesen, und er bedaure es sehr. Sonst wußte er nichts zu sagen, denn er brachte es nicht über sich, die Sache zu erwähnen, die Richardson nur verschwommen angedeutet hatte – so verschwommen, daß es beinahe aussah, als habe er sie überhaupt nicht angedeutet.

Richardson sagte: »Ja, vermutlich war es Mißbrauch. Wir beide hätten es vielleicht übergehen können, aber unter den gegebenen Umständen habe ich beschlossen, daß Sie gehen müssen. Wenn es Sie tröstet, Pinker, obwohl ich es vermutlich nicht sagen sollte, so glaube ich doch, Sie hatten ganz besonders großes Pech, es gerade mit diesem Offizier zu tun zu bekommen. Aber so ist es nun einmal. Und keine Erfahrung, wie unerfreulich sie auch sein mag, ist umsonst.«

Richardson verließ seinen Platz am Fenster. Er lächelte, als sei nichts Besonderes geschehen. »Und außerdem, wenn Sie auch das tröstet, werden Sie meiner Beobachtung nach im Feld sehr viel glücklicher sein als an einem solchen Platz. Ihre Personalakte ist sauber, und es besteht auch kein Grund, daß es nicht so bleiben sollte, nicht wahr?«

Richardson streckte ihm die Hand hin. Pinky ergriff sie benommen.

»Sagen Sie mir«, Richardson steckte die Hand wieder zurück in die Tasche. »Wie lange hat Major Merrick an dem Abend versucht, mich telefonisch zu erreichen?«

»Sie telefonisch zu erreichen, Sir?«

»Er sagte, er habe versucht, mich anzurufen, damit ich herüberkommen und mich mit – diesem Problem – beschäftigen könne. Er sagte, er habe es auf der Stelle, von diesem Büro aus versucht.«

»Er hat mich nach draußen geschickt, Sir.«

»Ich verstehe. Wie lange waren Sie draußen?«

»Ich weiß es wirklich nicht, Sir.«

»Gut. Nun ja, macht nichts. Aber ich war den ganzen Abend auf meinem Zimmer. Sie haben ihm nicht zufällig eine falsche Nummer gegeben?«

»Er hat mich nicht nach einer Nummer gefragt, Sir. Er wollte nur wissen, ob das Telefon zur Krankenhauszentrale oder zur Vermittlung durchgeschaltet ist.«

»Ich frage nur, weil bei mir das Telefon nicht geklingelt hat. Aber das ist nicht wichtig. Vielleicht hat die Vermittlung falsch verbunden. Es wäre ja nicht zum ersten Mal, nicht wahr, Pinker? Aber vielleicht war das ganz gut. Über solche Dinge spricht man am besten mit kühlem Kopf am nächsten Tag. Finden Sie nicht auch? Auf Wiedersehen, Pinker. Alles Gute.«

Pinker verabschiedete sich und dankte Richardson. Er wollte noch mehr sagen, aber er konnte es nicht. Er hatte den Eindruck, Richardson fordere ihn im Grunde auf, noch etwas zu sagen. Aber er drückte sich davor. Als er die Tür erreichte, sagte Richardson: »Ach, Pinker, das hätte ich beinahe vergessen. Sie gehört Ihnen, nicht wahr?«

Er streckte Pinky die Armbanduhr entgegen.

»Ich glaube, Sie brauchen ein neues Band, sonst verlieren Sie die Uhr wieder.«

Pinky nahm die Uhr langsam und ungläubig entgegen. Sein Gesicht glühte. Er murmelte so etwas wie: »Danke Sir, auf Wiedersehen, Sir.« Dann erinnerte er sich und stand stramm. Er stand noch stramm, als Richardson sagte:

»Falls es Sie interessiert, ich habe sie zwischen den Akten gefunden. Vermutlich ist sie Ihnen vom Handgelenk gerutscht, als Sie sich Hauptmann Morleys Akte herausnahmen.«

Am Abend unterbrach Pinky plötzlich das Packen, setzte sich und betrachtete die Armbanduhr: das Geschenk seiner Eltern, als er eingezogen worden war. Er warf die Uhr auf den Boden und trat so lange mit dem Stiefelabsatz darauf herum, bis sie in Stücke zersprungen war. Nichts anderes hatte er bis jetzt mit seinem Leben gemacht. Er packte weiter, hörte aber ab und zu damit auf, um sich die Tränen aus den Augen und von den Wangen zu wischen. Er sagte sich immer wieder, er müsse ein Mann sein. Aber es half nichts. So fand ihn Sophie.

Es gab nur zwei Erklärungen für die zurückgegebene Armband-uhr. Die erste: Merrick hatte sie Richardson gegeben, ihm gesagt, wie er dazu gekommen war, und Richardson hatte ihn überredet, der Sache nicht weiter nachzugehen, sondern sie ihm zu überlas-sen. Pinky hielt diese Erklärung für die richtige – nur sie war für ihn vernünftig, und sie zeugte von Richardsons Charakter. Für je-manden, der Merrick kannte, wie ich ihn kannte, war sie nicht vernünftig. Auch Sophie und Potter fanden sie nicht vernünftig. Aber sie hatten beide keine andere Erklärung.

Ihrer Meinung nach hatte ein Offizier sich große Mühe ge-macht, Pinky wegen unsittlichen Verhaltens bloßzustellen. Er hatte bedenkenlos einen anderen Mann (nach Pinkys Beschrei-bung den eigenen Diener) als Lockvogel benutzt, vielleicht sogar einen dritten, den jungen Inder, um stichfestes Beweismaterial zu bekommen. Sophie sagte, er kenne die Methoden der bri-tischen Polizei im Umgang mit Homosexuellen gut genug und finde deshalb überhaupt nichts Bemerkenswertes daran, daß ein ehemaliger Beamter der indischen Polizei ähnliche Metho-den benutzte, um einen Soldaten einlochen zu lassen. Sophie sagte, wenn Pinky angeklagt und vor Gericht gebracht worden wäre, hätte man gestaunt, wie sich in der Aussage über die Be-schaffung des Beweismaterials Wahrheit in Fiktion verwandelt hätte.

Aber nach all der Mühe hatte Merrick nichts mehr unternom-men. Warum nicht? Hatte Richardson Merrick die Leviten gele-sen? Hatte er durchschaut, was immer Merrick ihm erzählt haben mochte, und angedeutet, er werde Stunk machen, weil man Pinky bewußt eine Falle gestellt hatte? Hatte Merrick es mit der Angst zu tun bekommen, sich überreden lassen, das wichtigste Beweis-stück – die Uhr – aus der Hand zu geben? War er sogar froh gewe-sen, sie loszuwerden, und hatte sich zwar klüger, aber ohne etwas gewonnen zu haben, schuldbewußt davongeschlichen?

Pinky hielt auch diese Erklärung für möglich, weil er es wollte; Sophie und Potter wollten das nicht, konnten sie aber auch nicht widerlegen. Nachdem Pinky gegangen war, wollte Sophie einmal zu Richardson gehen und fragen, aber Potter brachte ihn davon ab. Mangels einer Aufklärung beschränkten sich beide auf die Tat-sache, daß Merrick Pinky eine Falle gestellt und dabei sadistisch seine Macht eingesetzt hatte, ohne sie jedoch am Ende ganz auszuspielen – möglicherweise nur deshalb nicht, weil er nach seinem Gespräch mit Richardson (aber warum hatte er solange gewartet und nicht auf der Stelle die Militärpolizei gerufen?) das Risiko scheute.

Das Risiko scheute? Sie kannten Merrick nicht. Er hatte Pinky mit Sicherheit eine Falle gestellt und ihn dann benutzt. Hätte er Pinkys Lage weiter ausnutzen können, hätte er es getan. Er gehörte zu den Männern, die durchaus ihren Ruf riskierten. Er forderte die Katastrophe geradezu heraus. Ich glaube, im tiefsten Innern hatte er einen Todeswunsch. Er äußerte sich darin, daß er seine Glaubwürdigkeit bis an die Grenze, manchmal darüber hinaus, aufs Spiel setzte.

Sobald er erreicht hatte, was er wollte – in Pinkys Fall wie in jedem anderen auch –, interessierte ihn die Sache nicht mehr oder nur noch soweit, als es ihm Vergnügen bereitete, sein Opfer leiden zu sehen. Ich glaube, in diesem Fall war ihm das, was er wollte, in einer Hinsicht nicht sehr wichtig. Aber er hatte beschlossen, es zu bekommen und hatte erkannt, wie er es vielleicht bekommen würde. Er besaß eine Begabung, die beinahe an Genie grenzte, den Schlüssel oder die Kombination von Schlüsseln zu sehen, die ihm eine Situation erschlossen, damit er sie seinen Absichten entsprechend verdrehen konnte.

Ursprünglich war Merrick gekommen, um mit Richardson über jemanden zu sprechen, den Richardson einmal behandelt hatte. Richardson hatte das vielleicht überrascht, und vermutlich zögerte er wie jeder Psychiater, sich über Einzelheiten des Falls zu äußern. Er sagte Merrick nicht viel – nur so viel, daß ein normaler Mann erkannt hätte, er müsse sich damit zufriedengeben. Aber bei diesem Gespräch registrierte Merrick, daß es Akten gab – besonders eine grüne –, die ihm weit mehr verraten würden, die ihm soviel verraten würden, wie Richardson selbst wußte. Und er war fest entschlossen, sie einzusehen. Glück (er hatte Pinky am Abend zuvor am Aktenschrank überrascht), scharfe Beobachtung und die Fähigkeit, scharfsinnig Schlußfolgerungen zu ziehen, hatten ihm bereits den Weg dazu gewiesen.

Also wollte Merrick – und *mehr* wollte er nicht – die grüne Akte einsehen, Richardsons private Akte zu dem Fall, den er mit ihm besprechen wollte. So einfach, so absurd war es. Schon während Potter mir diese scheußliche kleine Geschichte erzählte, suchte ich in Gedanken (denn ich kannte Merrick) nach der nebensächlichen Einzelheit, die unbeachtet geblieben war. Aber die Bedeutung der Akte wurde mir erst später richtig klar, als ich mich mit Rowan unterhielt.

Während Pinky auf der Veranda die Sandkörner im Löscheimer zählte, oder was auch immer er, gefangen im Gefühl dieser Unwirklichkeit, tat, rief Merrick niemanden an. Mit dem Schlüssel, den Pinky besaß, wie Merrick erraten hatte, und den er ihm abnahm, nachdem er ihn in Panik versetzt hatte, öffnete er den Aktenschrank und las ungestört die Akte. Der Rote Schatten stand draußen, um Pinkys Angst zu schüren, aber auch als Wache, um Merrick zu warnen, falls sich jemand nähern sollte, der nicht in diese kleine *Mise en scène* gehörte. Nachdem Merrick fertig war, legte er Pinkys Uhr in den Schrank – nicht unter B, wohin die Akte gehörte, die er gelesen hatte, sondern unter M, denn unter diesen Buchstaben gehörte, wie er wußte, die Akte auf Pinkys Schreibtisch, denn er hatte den Namen auf der Mappe gelesen und ihn sich gemerkt. Dann schloß er den Schrank ab, ging und ließ Pinky draußen sitzen. Er muß es genossen haben, sein Opfer in einer so qualvollen Spannung zurückzulassen. Er erschien zu seiner Verabredung am nächsten Tag, gab Richardson den Schlüssel und verriet Pinky – nicht seine Homosexualität, sondern seinen Vertrauensmißbrauch. Niemand außer Richardson wußte, was Merrick gesagt hatte.

Ich habe Pinkys Geschichte erzählt und dabei versucht, meine Version des Geschehens zu geben; ich habe die Geschichte mit erdachten Einzelheiten ausgeschmückt und die Ereignisse in die Reihenfolge gebracht, in der sie sich abspielten nicht in die Folge, in der sie bei meinem Gespräch mit Potter zur Sprache kamen. Als Potter zum Beispiel ziemlich am Anfang Merricks ersten Besuch bei Richardson erwähnte, fragte ich sofort: »Warum ist er zu Richardson gegangen?« Wie Potter sagte, vermutete Pinky, Merrick habe ihn wegen des Falls sprechen wollen, dessen Akte sich Richardson hatte bringen lassen. Ich fragte: »Welcher Fall war das?« Potter antwortete: »Pinky hat gesagt, es war eine Frau. Er hatte die Akte einmal herausgezogen, sie aber wieder zurückgelegt, als er feststellte, daß sie keinen Mann betraf.« Ich fragte: »Wissen Sie, wie die Frau hieß?« Potter erwiderte, es habe sich um eine Frau namens Bingham gehandelt. Aber weder Pinky noch Potter oder Sophie hatten je von ihr gehört.

Ich bat ihn, mit der Geschichte fortzufahren, war aber aufmerksam geworden, denn es war unwahrscheinlich, daß es in Pankot mehr als eine Familie Bingham gab. Bingham war mit Sicherheit der Name des Offiziers, den Merrick aus dem brennenden Jeep zu retten versucht hatte; es war der Name des Offiziers, den Sarah Laytons Schwester geheiratet hatte, der es gesundheitlich nicht so gut gegangen war, daß sie nach Bombay fahren konnte, um ihren Vater abzuholen, und von der Sarah gesagt hatte, sie habe eine schwere Zeit hinter sich. In Anbetracht von Richardsons Akte über sie war es nicht nur physisch, sondern auch psychisch eine schwere Zeit gewesen. Und dann besuchte Merrick Richardson, um über sie zu sprechen und war entschlossen, Richardsons private Akte über sie zu sehen. Weshalb?

Ich traf ziemlich spät im Gästehaus der Sommerresidenz ein. Es war ein zweistöckiges Gebäude aus Ziegelsteinen und Holz; von außen wirkte es wie ein Mittelding zwischen einem Jagdhaus und einer Villa, wie man sie in den Hügeln um Caterham halb versteckt zwischen Kiefern und Rhododendron sieht. Im Innern war es der übliche angloindische Hügelstil. Er roch nach feuchten, würzig duftenden Hölzern. Rowan ließ mich auf einer Veranda Platz nehmen, deren Bodenbretter hohl klangen, so daß man eher das Gefühl hatte, sich in einem Sportpavillon oder einem Bootshaus zu befinden; nur hatte man hier einen Blick über etwa einen Morgen ansteigendes Gelände zur Sommerresidenz (ein großer dunkler Schatten; bei Tag stellte sich heraus, daß die Residenz architektonisch gesehen das Vorbild für das Gästehaus gewesen war). Auf der Veranda gab es eine Menge Palmen in Messingtöpfen und eine Gruppe weiß lackierter Rattansessel mit dicken, königsblau bezogenen und strapazierfähigen Kissen. Und es roch nach Weihrauch; ich stellte schnell fest, er stammte von Räucherstäbchen, die auf einem geschnitzten Beistelltisch verglühten. Ich hatte die Vorstellung, daß Rowan, wenn er so weiter machte und nicht heiratete, im Haus bald indische Pumphosen tragen und Betel kauen würde, den er sich aus Zutaten selbst hergestellt hatte, die er in Silberkästchen aufbewahrte. Und er würde mit einem sanftmütigen, ungepflegten Professor vom nahegelegenen Hindu-College über die Bhagavad Gita diskutieren, aber natürlich nur in seiner Freizeit. Selbst in Pumphosen, während er seinen Betel zubereitete und über die Bedeutung von, sagen wir, Krischnas Worten zu Arjuna: »Wissende trauern nicht um die Lebenden« diskutierte, würde ihn niemand für etwas anderes als einen Engländer halten noch dazu für einen Engländer von der Sorte, bei denen man lange brauchte, bis man sie so gut kannte, daß man mit Sicherheit wußte, ob der freundliche Gesichtsausdruck für die augenblicklich Anwesenden oder für ihn selbst bestimmt war, weil er gerade wie so oft mit vielen dringenden und schwierigen Angelegenheiten zu tun hatte.

Nachdem er mich zum Beispiel auf die Veranda gebeten, meine Entschuldigung wegen der späten Ankunft beiseite geschoben, mich in einen Sessel komplimentiert und dem sehr würdevollen Diener aufgetragen hatte, mir einen Whisky mit Soda und ihm selbst einen Gin-Fizz zu bringen, sah er mich an, als überlege er, woher ich gekommen sei und welchen Vorteil ich mir von dieser unerwarteten Vertraulichkeit möglicherweise erhoffte. Er konnte nicht anders. Indien hatte diese Wirkung auf einen Mann, der von Natur aus bereits kühl und neutral war. Ich sagte: »Also, Nigel, erzähl mir die Sache mit Merrick und Hari Kumar.«

Sein Gesichtsausdruck veränderte sich nicht. »Warum?« fragte er.

»Ich dachte, das wäre ein guter Weg, das Thema zur Sprache zu bringen, das Thema Merrick.«

»Warum willst du das?«

»Ich dachte, du wolltest es. Wäre es nicht leichter für dich, nach Merrick und Mohammed Ali Kasims INA-Sohn zu fragen, wenn wir gleich damit anfingen?«

Der Diener brachte die Drinks. In meinem war viel zuviel Soda und Eis. Die Kälte brannte auf meinen Lippen.

Als der Diener gegangen war, sagte Rowan:

»Ich kann dir nicht folgen.«

»Dann beginne ich besser noch einmal von vorne. Übrigens, wenn jemand kommen und mich festnehmen sollte, wärst du bereit zu sagen, daß wir den ganzen Tag zusammen waren?«

Seine Augenbrauen hoben sich kaum merklich. »Ich glaube, das hängt ganz davon ab, weshalb man dich festnehmen wollte.«

»Einfache tätliche Beleidigung.«

»Wen?«

»Den Roten Schatten.«

»Merricks Diener? Ist er nicht mit ihm zurückgefahren?«

»Nein, ich habe ihn gerade dabei erwischt, wie er zehn Rupien aus meiner Jacke gestohlen hat.«

»Ich denke, es kann dir nichts geschehen, wenn die tätliche Beleidigung auf versuchten Diebstahl folgte.«

»Unter normalen Umständen.«

»War das nicht der Fall?«

»Ist das jemals der Fall, wenn Merrick oder eine seiner Kreaturen im Spiel ist? Wer ist Mrs. Bingham?«

Er griff nach seinem Gin-Fizz. »Sarah Laytons verwitwete Schwester. Weshalb fragst du?« Er trank.

»Erzähl mir zuerst von Merrick und Hari Kumar.«

»Mir wäre es lieber, du würdest mir sagen, was du mit Merrick und Mohammed Ali Kasims INA-Sohn meinst. Es sei denn, du brauchst dazu mehr Zeit, als wir haben. Wir essen außer Haus, wenn dir das recht ist.«

»Soll ich mich umziehen?«

»Was du anhast, ist in Ordnung. Vielleicht könntest du ein Jackett anziehen. Wie kommst du auf die Idee, ich sei daran interessiert, über Sayed Kasim zu sprechen?«

»Merrick sagte mir, wenn du danach fragst, soll ich vorgeben, nichts zu wissen. Aber, wie ich ihm sagte, ist das nicht schwer, weil ich nichts weiß.«

»Wann war das?«

»Gestern, kurz ehe er gegangen ist.«

»Ich hatte ihn am Abend davor gesehen. Wir sprachen über den Fall Sayed Kasim – beziehungsweise über eine Situation, die sich daraus ergibt meiner Meinung nach so ausführlich wie nötig. Also weiß ich wirklich nicht, was er meint.«

»Hast du ihn nicht ausgefragt?«

»Keineswegs. Ich stellte ihm eine Frage, und er beantwortete sie – recht zufriedenstellend. Es ist alles ganz einfach, Guy, aber streng vertraulich. Es geht darum, daß M.A.K. sich, seit er aus dem Gefängnis ist, hartnäckig weigert, seinen Sohn zu sehen, der in der INA gekämpft hat und im letzten Jahr gefangengenommen wurde. Die Regierung war bereit, ihm einen Besuch zu erlauben, aber er lehnte ab. Nachdem Merricks Abteilung diese Fälle bearbeitet, wollte ich von Merrick nur wissen, ob man seiner Meinung nach dort Einwände erheben würde, falls M. A. K. plötzlich seine Meinung ändert und seinen Sohn zu sehen wünscht.«

»Hat er das?«

»Vielleicht. Aber ich habe Kasim erst gestern abend gesehen. Als ich am Abend davor mit Merrick sprach, war die Frage immer noch hypothetisch.«

»Was hat Merrick gesagt?«

»Er glaube, seine Abteilung sei nicht daran interessiert; sie könne zwar Einwände erheben, aber er machte deutlich, daß die Regierung sich darüber hinwegsetzen und das Oberkommando überreden könne. Und das sei gut so, und er akzeptiere das, weil seine Abteilung keine Politik mache.«

»Also gut, dann ist alles klar. Merrick ist völlig übergeschnappt.«

Rowan musterte mich lange. Dann sagte er: »Ich hoffe nicht« und trank von seinem Gin-Fizz.

»Welchen Vorteil sieht die Regierung darin, ein Zusammentreffen zwischen Vater und Sohn zu arrangieren? Ich gehe davon aus, es *geht* dabei um einen Vorteil. Übrigens habe ich den anderen Sohn bei der Maharani kennengelernt.«

»Das hat mir Sarah gesagt. Ich bin nicht sicher, daß es jetzt einen Vorteil bringen würde. Aber ich persönlich bin nicht in der Lage, das zu beurteilen. Weißt du, daß Kasim vor dem Krieg Regierungschef dieser Provinz war?«

»Ja.«

»Er ist jetzt in keiner beneidenswerten Lage. Im Vertrauen gesagt, Malcolm würde ihn gern eines Tages wieder als Regierungschef sehen, möglicherweise weil die Alternativen zu M. A. K. eher unerfreulich aussehen. Deshalb wird alles, was man tun kann, um ihm bei der Lösung seiner Probleme und der Klärung seiner Position zu helfen, im Hinblick auf dieses Ziel unternommen. Überrascht es dich, daß ein Provinzgouverneur eine Schwäche für einen indischen Politiker hat?«

»Warum sollte es mich überraschen?«

»Ich dachte, es würde dich vielleicht überraschen. Du hast für Britisch-Indien offensichtlich nicht viel übrig.« Er warf einen Blick auf seine Uhr, einen auf mein beinahe leeres Glas, blickte dann über die Schulter und rief den Diener. »Trink noch einen, ehe wir gehen.«

»Kann ich diesmal weniger Soda und kein Eis haben?«

Rowan gab die Anweisung weiter, aber ich spürte seine Mißbilligung.

»Ist Mrs. Bingham wieder ganz gesund?« fragte ich.

»Gesund?«

»Miss Layton hat mir erzählt, ihre Schwester habe eine schwere Zeit hinter sich. Was hat ihr gefehlt?«

»Ich glaube, sie hatte eine Art Zusammenbruch. Sie war schwanger, als ihr Mann fiel. Dann hatte sie ein trauriges Erlebnis. Sie war allein im Haus, als Oberst Laytons Stiefmutter starb. Das Kind wurde zu früh geboren. Aber das liegt schon länger zurück. Sie scheint wieder in Ordnung zu sein.« Nach einem Augenblick fügte er hinzu: »Du wirst es selbst sehen. Wir essen dort zu Abend.«

»Bei Mrs. Bingham?«

»Bei den Laytons. Sie leben alle zusammen. Mrs. Layton hat vorhin angerufen und mich gebeten zu kommen. Ich sagte, daß du jetzt bei mir wohnst, und sie würde sich sehr freuen, wenn du auch kommst. Ich dachte, du hättest nichts dagegen, also habe ich für uns beide zugesagt.«

Mein zweiter Drink kam. Nigel hatte sich nichts bestellt. In seinem Glas war immer noch etwas Gin-Fizz. In meinem Whisky war kein Eis, aber mehr als genug Soda. Ich dachte, vielleicht sei das ganz gut, wenn wir bei den Laytons eingeladen waren. Rowan fragte: »Hat Merrick es dir also gesagt?«

»Was gesagt?«

»Die Sache mit Mrs. Bingham.«

»Er hat mir einmal erzählt, daß er Trauzeuge bei der Hochzeit des Offiziers war, den er zu retten versuchte.«

»Sonst nichts?«

»Nein.«

»Wieso hast du dich dann nach ihr erkundigt?«

»Das ist eine zu lange Geschichte.«

»Oh.« Er trank von seinem Gin-Fizz. »Wenn sie dich heute abend fragt, wie dir die Arbeit für Oberstleutnant Merrick gefällt, lügst du besser und sagst, du fändest sie außerordentlich interessant.«

»Muß ich das? Ich neige dazu zu sagen, ich könnte nicht schnell genug aufhören, für ihn zu arbeiten.«

»Ich weiß. Aber sie wird ihn heiraten. Das wurde vorgestern beim Abendessen bekanntgegeben.«

Er musterte mich, als warte er auf eine bestimmte Reaktion, blickte dann auf seine Uhr und erhob sich. »Ich muß telefonieren. Es wird etwa fünf Minuten dauern, und dann sollten wir gehen.«

Ich blieb auf der Veranda, trank mein Soda mit Whisky und dachte über die Bedeutung – die jetzt klare und besonders widerwärtige Bedeutung von Merricks Interesse für Mrs. Binghams Akte nach. Ich dachte: Nun ja, es geht mich nichts an. Ein paar Minuten später kam Nigel zurück. »Ich bin soweit, wenn du es auch bist.«

Ich bat ihn, mich zu entschuldigen. Ich sagte, ich fühle mich dem nicht gewachsen.

»Geht es dir nicht gut?«

»Ich glaube, es würde mir nicht gut gehen, wenn ich den Rest des Abends etwas vortäuschen müßte.«

Er sagte: »Du wärst nicht der einzige.«

»Nein. Miss Layton mag ihn auch nicht, oder? Aber ich nehme an, sie wird lernen müssen, ihn zu mögen. Ich nicht. Ich möchte ihrer armen Schwester gegenüber nichts anderes vorgeben.«

Rowan lehnte sich mit verschränkten Armen und gekreuzten Füßen gegen das Geländer. »Als ich sagte, du wärst nicht der einzige, der sich verstellt, meinte ich eigentlich mich.«

»Ich dachte, du hättest ihn gerade erst kennengelernt.«

»Indirekt kenne ich ihn schon einige Zeit. Aber das hast du sicher erraten. Weshalb hättest du mich sonst gebeten, dir von ihm und Hari Kumar zu erzählen?«

»Stößt dich ab, was du über ihn weißt, oder das, was du gerade von ihm gesehen hast?«

»Kennen war falsch, tut mir leid. Ich habe von ihm *gehört*. Man muß fair bleiben.«

»Mein Onkel George hat einmal gesagt, die einzige Belohnung für Fairneß im Leben ist ein einsamer Tod.«

»Damit mag er wohl recht haben. Ist er der Ballonflieger?«

»Nein, das war Onkel Charles. Onkel George verbringt sein Leben mit der Lektüre von Bilanzen und Anlagebroschüren. Wir sind völlig auf ihn angewiesen, denn als einziger in der Familie kann er rechnen.«

»Ich weiß nie, wann ich dich ernstnehmen soll. Ich habe es nie gewußt. Wieviel Zeit hast du eigentlich an den freien Samstagen, die du bekommen hast, mit Rudern verbracht?«

»Sehr wenig. Man ruderte etwa eine Meile flußaufwärts an einen Platz, wo ein Clubmitglied jede Menge brachliegendes Lokaltalent, wie er es nannte, ausfindig gemacht hatte. Wir nannten es die Tittenbucht.«

»Du meinst, ich habe dir unwissentlich Gelegenheit gegeben, den Versuchungen der Stadt zu erliegen, wie Bagshaw es nannte?«

»Ja.«

Rowan lächelte unerwartet. »Oberst Layton hat neulich abend von Bagshaw gesprochen. Er erinnert sich an ihn als sehr jungen Mathelehrer. Ich glaube, es tut ihm gut, über solche Dinge zu sprechen. Willst du es dir nicht anders überlegen?«

»Eine Ehemaligenrunde nach dem Essen?«

»Würde dich das langweilen?«

»Es würde dem Abend keinen zusätzlichen Reiz verleihen.«

»Ich glaube aus seiner Sicht schon.«

»Reizt ihn die Aussicht, Oberst Merrick als Schwiegersohn zu bekommen?«

»Vermutlich hat er nichts getan, um es zu verhindern. Es wurde in einer freundlichen Atmosphäre bekanntgegeben.«

»Und Mrs. Layton?«

»Ich nehme an, ihre Hauptsorge gilt Susans Wohl.« Rowan zögerte. »Weißt du, Merrick versteht sich außergewöhnlich gut mit dem Kind.«

»Wie alt ist das Kind?«

»Etwas älter als ein Jahr.«

»Ein Junge oder ein Mädchen?«

»Ein Junge.«

»In welcher Hinsicht versteht er sich ›außerordentlich gut‹?«

»Der Junge vertraut ihm. Ich habe es selbst gesehen. Ich habe sie zusammen mit dem Baukasten spielen sehen. Sie waren völlig bei der Sache, kreativ bei der Sache. Übrigens hat das Kind überhaupt keine Angst vor der Prothese oder den Narben. Ich kann nicht gut mit Kindern umgehen. Es will also nichts heißen, daß ich bei dem kleinen Edward keine Reaktion hervorgerufen habe. Aber Sarah sagt, Merrick ist der einzige Mann, mehr oder weniger der einzige Mensch, dem es gelingt. Wenn Susans Hauptgrund für die Heirat darin besteht, daß sie dem Kind einen Vater geben will, müßte sie lange suchen, ehe sie einen besseren fände.«

»Glaubst du, das ist ihr Hauptgrund?«

»Würdest du nicht auch sagen, es ist ein sehr guter Grund?«

»Soweit er zutrifft. Aber ich würde sagen, das Wichtige für ein Kind ist das Gefühl der Sicherheit. Was für einen Sinn hat es, Merrick als erfolgreiche Vaterfigur zu haben, wenn die Mutter unglücklich ist?«

»Unglücklich? Das kann man im voraus nicht sagen.«

»Räumst du die Möglichkeit ein?«

»Susan ist von Natur aus kein glücklicher Mensch. Aber ich fühle mich nicht in der Lage, auch nur vage Vermutungen darüber anzustellen, wie eine solche Ehe emotional funktionieren kann.«

»Oder physisch?«

Er ignorierte diese Bemerkung. Er sagte: »Ich mache mir eigentlich Sorgen darüber, daß etwas passieren könnte, was Merricks Laufbahn nachteilig beeinflussen und ihr das Leben schwer machen würde. 1942 hatte er mit dieser Vergewaltigung in Majapur zu tun, und er kam bei den Indern auf die Liste der Beamten, von denen man fand, sie hätten ihre Machtbefugnis beim Niederschlagen der *Quit-India-Unruhen* überschritten. Wenn es immer noch so eine Liste gibt, und ich bin sicher, es gibt sie, wäre es erstaunlich, wenn sein Name nicht darauf stünde.«

»Hat es Repressionen gegeben?«

»Die Stimmung im Land war sehr explosiv.«

»In anderen Worten, manche Beamte haben die vom Gesetz gezogenen Grenzen überschritten?«

»Nun ja, ich glaube, das muß man einräumen.«

»Ich kann mir nicht vorstellen, weshalb dich das beunruhigt. Sie werden gut geschützt sein. Das waren sie schon immer.«

»Aber die Lage hat sich etwas geändert, nicht wahr? Die Leute in Westminster wissen über Indien ebensowenig wie ihre Vorgänger. Aber ich nehme an, sie werden eher geneigt sein, das Schlimmste über die Methoden zu glauben, mit denen Indien regiert worden ist. Ich denke, es brauchen nur ein paar Minister, Männer wie Cripps, herüberzukommen, sich mit dem Mahatma und den Anhängern von Annie Besant anzufreunden, und schon wird der neue Minister gedrängt werden, einen Untersuchungsausschuß einzusetzen. Die Zeichen deuten darauf hin, daß die Kongreßführung das möglicherweise verlangen wird.«

»Ist etwas falsch daran, einen Ausschuß einzusetzen?«

»Ich glaube ja. Es sähe vielleicht wie ein echter britischer Versuch aus, unparteiisch Gerechtigkeit zu üben, aber das Motiv wäre rein politisch ein bißchen Schönfärberei in Westminster, ohne die Konsequenzen in Delhi zu bedenken. Und vom Standpunkt der Moral einer offen gestanden bereits überforderten indischen Verwaltung wäre eine solche Art Untersuchung eine ziemliche Katastrophe. Wenn es Fälle von ungerechtfertigten Repressalien gegeben hat, so gab es doch eine unendlich höhere Zahl von Fällen massiver und keineswegs immer gewaltloser Provokation. Man kann die Provokation und die angewandten Methoden in der damals herrschenden Atmosphäre nicht voneinander trennen. Und die Lage damals war alles andere als rosig. Die Japaner standen am Chindwin, Singapur war verloren, und Burma war verloren. Der größte Teil Europas war verloren, und in Nordafrika saßen wir in der Klemme. Nackte Tatsache ist, daß man strategisch, und ich bin sicher auch moralisch, Indien halten mußte. Ich sehe wirklich nicht, wie ein indischer Führer, der die Menschen aufgewiegelt hat, gegen die Engländer zu rebellieren und ihre Kriegsanstrengungen zu behindern oder zu sabotieren, irgendein Recht hat, sich zu beklagen, wenn ein paar von ihnen hart angefaßt wurden. Außerdem sehe ich, daß beide Seiten klug beraten wären, sowohl die Provokationen als auch die Reaktionen zu vergessen. Alte Rechnungen zu begleichen, ist eigentlich immer ein ziemlich nutzloses Unterfangen. Es ist schlimmer als nutzlos, wenn darüber hinaus etwas so Ernsthaftes auf dem Spiel steht wie der Versuch, eine vernünftige und gute Einigung über die künftige Regierung und

Verfassung des Landes zu finden. Dann ist es dumm, verdammt noch mal!«

»Ich muß mich bei dir entschuldigen.«

»Ach?«

»Ich hielt dich neulich für gleichgültig. Wie habe ich gesagt? Unsere fundamentale Gleichgültigkeit gegenüber Problemen, zu denen wir verantwortungsvolle Haltungen einnehmen. Also, ich entschuldige mich.«

»Ich habe eigentlich nicht das Gefühl, daß du dich entschuldigen mußt. Aber wenn du es tun willst, der Wagen wartet. Wir kommen höchstens ein oder zwei Minuten zu spät, selbst wenn du dir vorher die Hände waschen und die Haare kämmen willst. Ich muß jedenfalls gehen.«

Als Rowan dem Chauffeur befahl, uns zum Rose Cottage, dem Haus von Oberst Layton Sahib, zu fahren, stand mir ein so lebendiges Bild dessen vor Augen, was mich erwartete, daß es mich deprimierte. Als Name war Rose Cottage nicht ganz so schlimm wie, sagen wir, Mon Repos oder Dunromin, aber ich konnte mir nichts Schlimmeres vorstellen, als dort zwischen den anheimelnden Souvenirs eines lebenslangen Exils im Dienst des Königs den Abend zu verbringen. Ich sah die Laytons vor mir, umgeben von Messing aus Benares, Apfelrosen, geblümtem Kretonne und Bronzegöttern; ein Buddha, der einem gähnenden Tigerfell zulächelte, über dem Kaminsims ein Aquarell der westlichen Ghats und darauf Fotos von Sarah und Susan als kleine Mädchen auf Ponies in Gulmarg, in einer Ecke oder auf dem Flügel möglicherweise eine imitierte chinesische Vase mit getrockneten Rohrkolben; eine Stehlampe mit fransenbesetztem Schirm und Platzmatten mit gemalten Jagdszenen aus den englischen Grafschaften: *Sprung über den Zaun, Der Wassergraben, Der Pikör, Mit lautem Gebell.*

Aber als wir zwischen den beiden eher dünnen Pfosten hindurchfuhren, besserte sich meine Stimmung. Hatte ich recht gehört? Rose Cottage? Auf einer erleuchteten Tafel stand nur »12« und auf der anderen »Oberst J. Layton«. Es folgte eine kurze Schneise, eine Fahrt im Dunkeln an häßlichen Formen vorbei, die, wie ich fürchtete, ein Steingarten sein mochten. Aber dann – beleuchtet von Bogenlampen auf dem Vorplatz – sah ich die schönen Proportionen eines anglo-indischen Bungalows aus dem frühen neunzehnten Jahrhundert: wuchtig, funktional und herausfordernd; so fest im Boden verankert wie ein Hindutempel.

»Du meine Güte!«

»Was ist?« fragte Nigel.

»So etwas Edles hätte ich nicht erwartet.«

»Es ist eines der ältesten Häuser in Pankot, wie ich gehört habe. Ist es deine Zeit?« Er lächelte leicht belustigt, freute sich aber, daß ich mich freute. Die Veranda zeigte Anzeichen von Vandalismus: ein Holzgeländer, offensichtlich eine spätere, aber keine neue Errungenschaft; doch abgesehen davon fehlte alles schmückende Beiwerk bis auf eine Ausnahme: eine hängende, verglaste Eisenlaterne – einfach, häßlich und völlig passend. In einer Nische neben der Tür stand eine Handglocke. Aber der Diener in einer schlichten weißen Leinenjacke und einer ebensolchen Hose nahm uns bereits in Empfang. Nigel nannte ihn Mahmoud und sagte ihm, ich sei Perron Sahib. Die quadratische Eingangshalle hatte schöne Proportionen, war aber durch eine Eichentäfelung ruiniert. Mir fiel jedoch auf, daß nichts an den Wänden hing – keine Bilder, keine Teller. Es war, als habe jemand die Besitzer überredet, die Vertäfelung ihre eigene vulgäre Aussage machen zu lassen. Auf dem Fliesenboden lag ein großer persischer Teppich, der seidig glänzte. Schwere Mahagonitüren verrieten die Lage der Zimmer, die die Halle umgaben. Die Tür direkt vor uns stand offen. Mahmoud führte uns hinein.

Ich habe versucht, mir die Ereignisse in einer Art Reihenfolge ins Gedächtnis zu rufen, um ein klares Bild von meinem Abend bei den Laytons zu geben, aber es ist, als hätten die Schocks und Überraschungen des Tages eine so starke Nachwirkung gehabt, daß es mir schwergefallen wäre, einen zusammenhängenden Bericht am nächsten Morgen zu schreiben – erst recht fünfundzwanzig Jahre später.

Außerdem geschah an diesem Abend nichts, was zum roten Faden der Geschichte, wie *meine Leser* das nennen würden, beitrug. So gesehen, brachte der Abend mir nichts Nützlicheres als Eindrücke von Familienmitgliedern – erste Eindrücke von den beiden, die ich noch nicht kannte, und andere von den beiden, die ich kannte. Den stärksten Eindruck machte Mrs. Layton; ihre Persönlichkeit wurde durch einen eisigen Stoizismus noch unterstrichen und durch etwas, was diese Kälte überlagerte, aber nicht verdeckte: eine unverkennbar menschliche sexuelle Wärme, die meiner Ansicht nach sehr stark war, wenn sie entfacht wurde. Die Distanziertheit dieser Frau, die Ökonomie ihrer Bewegungen und des Ausdrucks, die harte äußere Schale der Memsahib – die bei anderen Mitgliedern dieser monströsen Schar oft so unangenehm ist – wirkten bei ihr wie eigenartige Tugenden. Man spürte, daß sie dadurch vor dem Schock des Lebens im allgemeinen geschützt wurde, und mit ihnen bereit war, sich dem Schock ihres eigenen Lebens zu stellen.

Als Rowan mich vorstellte, sagte er ihr, wie beeindruckt ich von dem Haus sei. Sie erwiderte etwas ungeschminkt Direktes wie: »Oh. Warum?« Meine Antwort, wie immer sie auch ausfiel, half, ein dünnes Band zwischen uns zu schaffen. Ich erfuhr, daß sie sowohl außen als auch innen Änderungen vorgenommen hatte, daß es immer noch genug zu tun gab, wozu sie entschlossen war, trotz (geschah es aus Trotz?) der Opposition von Leuten, die das Haus so vorzogen, wie es zur Zeit von Oberst Laytons Stiefmutter gewesen war. Es muß sehr viel später gewesen sein, vermutlich, als Nigel und ich gingen, daß wir über die Eichenvertäfelung in der Eingangshalle sprachen. Mrs. Layton erklärte, es sei »ein Jammer« um die Eingangshalle, um so mehr, als der Schaden, der durch die Entfernung der Vertäfelung entstehen würde, beträchtlich und die Kosten infolgedessen vielleicht nicht berechenbar seien.

Ich habe gesagt, das Band zwischen uns sei dünn gewesen, denn ich spürte zwar oft eine gegenseitige Sympathie, wenn wir miteinander sprachen oder unsere Blicke sich zufällig trafen, aber bei ebenso vielen, wenn nicht sogar mehr Gelegenheiten wurde eine Bemerkung, die ich machte, und die sie ohne weiteres hätte aufgreifen können, völlig ignoriert. Diese Frau faszinierte mich. Ich betrachtete aufmerksam die Vorboten körperlichen Zerfalls: die Stellen zwischen Augenbrauen, Wange und Ohr, aus deren Fleisch die Elastizität gewichen war und es der Haut überlassen hatte, sich selbst zu retten, was sie (vermutlich) nur mit Hilfe von Adstringenzien tun konnte, die sie vielleicht genügend zusammenziehen würden – was sie jedoch nie taten, um die Entstehung eines Netzes winziger Runzeln und Gewebespalten aufzuhalten, die als Falten und Fältchen sichtbar werden, und den Augen eine traurige und bestürzende Schönheit und Leuchtkraft verleihen, denn die Augen altern nicht wie das Fleisch, oder sie tun es nicht, wenn sie einer Frau gehören, die immer noch hübsch und mit dem richtigen Maß an Selbstachtung bewaffnet ist.

Wenn sie den Kopf hob – sie hatte die Gewohnheit, das zu tun, und gleichzeitig die Kette an ihrem Hals zu betasten –, straffte sich das Fleischpolster am Kinn; einen kurzen Augenblick lang schuf dies und die dadurch entstehende Festigkeit von Hals und Nacken eine Illusion von Jugend, bis man erst eine, dann zwei hervortretende Sehnen und eine schwache fleckige Verfärbung um die Schilddrüse sah. Als mein bewußt kritisches Ich diese Zeichen des Alters betrachtete, wurde das andere Ich, das Ich, das Augenscheinliches bewertete und nicht nur konstatierte, einmal von einer zärtlichen Neugier und dem kühnen Impuls erfaßt, die Haut zu berühren, um das in seiner Wirklichkeit zu bestätigen, was das Auge sah, und auch, um eine Ansicht zu vermitteln, daß es bei ihr etwas Vorteilhaftes sei, solche Zeichen zu tragen, und daß sie Bewunderung und kein Mitleid auslösten. Vielleicht bewirkte ihre Sensibilität auf diese Reaktion, daß sie sich immer wieder aus Vorsicht gegenüber unnötigen Komplikationen vor mir verschloß.

Vielleicht war meine Reaktion auf die belebende Luft von Pankot zurückzuführen, die in Verbindung mit der Wirkung dieser Sympathie, meiner Anerkennung von Mildred Layton als attraktiver älterer Frau, die sich zwar der Tatsache bewußt war, daß der ewig fließende Strom, auf dessen Rauschen ich manchmal lauschte, einen unbarmherzig davontrug, die aber nicht zuließ, daß ihr Gesichtsfeld dadurch auf das Hier und Jetzt eingeengt wurde. Ich glaubte, daß sie ein lebendiges Gefühl für Geschichte besaß – ein lebendiges Gefühl, weil es dieses andere, schwächende Gefühl, das so oft mit ihm einhergeht, erbarmungslos beschnitt; ich meine das Gefühl der Nostalgie, den Wunsch, in der Vergangenheit zu *leben*. Im Verlauf des Abends beeindruckte sie mich immer mehr, denn sie war eine Frau, die instinktiv die Ansprüche vergangener Jahre zurückwies – anders als bei Nr. 12 Upper Club Road, wie sie das Haus lieber nannte (wie ich erfuhr), und dem sie allmählich nur das zurückgab, was es strenggenommen beanspruchen konnte –, wenn diese Ansprüche mit ihren eigenen Ansprüchen in Konflikt gerieten, mit ihrer Entschlossenheit zu überleben und jede Kraft zu besiegen, die sie gerade bedrohte.

Ich schrieb ihr diese Geistes- und Charakterstärke zu, und ich schätzte, daß sie vermutlich nicht ohne Anstrengung und einige Hilfe hätte erhalten werden können. Sie trank recht viel, als sei sie es gewohnt (man konnte sagen: dazu erzogen). Ich bemerkte nur, daß sie gegen Ende des Abends immer häufiger abschaltete; ein Zeichen dafür war, daß sie die Lider senkte und sich die Augen teilweise verschleierten; aber es war das einzige Anzeichen für die Wirkung des Alkohols, das ich entdecken konnte.

Susan erschien als erste der beiden Töchter. Hätte ich sie an einem anderen Ort getroffen und mit ihr gesprochen, ohne zu wissen, wer sie war, hätte ich keinerlei Ähnlichkeit entdeckt. Diese konventionell hübsche Frau sah ihrer Schwester offenbar überhaupt nicht ähnlich. Dunkle, sorgfältig frisierte Haare und rosige Haut, Augen, die den Kontakt mieden und emotional von dem Lächeln der hübsch geschminkten Lippen losgelöst zu sein schienen. Nur der Mund hatte die Funktion, die gesellschaftliche Pflicht zu erfüllen. Oder *suchte* ich nach Zeichen der Verwirrung? Sie hatte volle Brüste mit Sommersprossen über der tiefen Spalte. Sie würde in den mittleren Jahren rundlich werden, trotz der schmalen kleinen Taille (ich glaube, sie wurde durch einen Gürtel und einen weiten Rock betont). Ein kleiner Labrador nahm sie in Anspruch, das heißt, er lenkte sie ab. Er benahm sich hektisch, hörte damit aber plötzlich auf, als habe er einen Geist gesehen oder sich an einen Befehl über das Verhalten im Haus erinnert. Er zog sich in eine Ecke zurück, setzte sich und wartete auf einen Befehl oder eine Eingebung. Wie alle Labradorhunde zeigte er das Weiße im Auge, wenn er einen anblickte. Ich glaube es zumindest, da ich vor kurzem einen ähnlichen Hund gesehen habe, der diese Erinnerung weckte. Zwischen Susan und dem kleinen Hund bestand eine merkwürdige Spannung – eine fieberhafte Anerkennung für die Bedeutung und die Unzuverlässigkeit der Anwesenheit des anderen. Ich bemerkte bald, daß jeder für den anderen ein Symbol einer ersehnten, aber nicht empfundenen Sicherheit war. Es dauerte etwas länger, bis ich erkannte, daß nichts Susan Bingham Sicherheit geben konnte; und es dauerte noch länger, bis ich einen der Gründe dafür entdeckte, daß diese Unsicherheit sich so sehr bemerkbar machte. Das Zimmer war falsch für sie, das Zimmer, das ganze Haus. Wäre das Haus so gewesen, wie ich erwartet hatte, dann hätte sie dazu gepaßt. So wie es war, entzog es ihr die Sicherheit des passenden Rahmens. Mir fiel auf, wie wachsam ihre Mutter war, damit rechnete, daß Susan vielleicht Anzeichen dafür erkennen ließe, daß sie nicht beabsichtigte, sich an etwas zu halten, was sie versprochen hatte. Das ist keine späte Erkenntnis. Ich fühlte mich nicht wohl. Es war schwierig, mit Susan zu sprechen. Ich hatte das Gefühl, daß es nur einen Weg gab, um sie zu erreichen. Man mußte ihr sagen: Erzählen Sie mir alles über *sich*. Ihre Ichbezogenheit war wie eine extradicke Haut. Ich glaube, ohne sie wäre Susan vor panischer Angst oder Hilflosigkeit gestorben. Sie brauchte genau das, wovor sie sich schützte: das Gefühl menschlicher Verbundenheit. Der Gedanke an die angekündigte Hochzeit entsetzte mich. Susan war das gefundene Opfer.

Aber das ging mich nichts an – ich rief es mir wieder ins Gedächtnis. Nichts von all dem ging mich etwas an. Ich war nur ein Zuschauer; ich war nicht mehr einbezogen als jemand im Zuschauerraum eines Theaters. Das Spiel hatte Tschechowsche Untertöne. Denn trotz der allgemeinen Atmosphäre der Lockerheit, der unkoordinierten, aber gemeinsamen Bemühung, *en famille* zu spielen, hatte man das Gefühl, daß jeder Darsteller in sein eigenes kleines Drama eingeschlossen war. Der überraschend gesprächige Rowan spielte seine Rolle des fröhlichen Freundes der Familie gut – zu gut, wie ich dachte. Er war nicht dafür geschaffen.

Als Sarah schließlich ins Zimmer kam, glaubte man, es habe sich jemand versehentlich auf die Bühne verirrt. Sie wirkte farblos und verhielt sich neutral. Sie war ganz anders als die junge Frau, die ich in Bombay kennengelernt hatte. Meine Enttäuschung war groß. Ich vermutete, daß ich in Bombay im Hinblick auf Frauen in einer sehr unkritischen Stimmung gewesen sein mußte. Sie trug dasselbe Kleid, das sie auch bei der Maharani getragen hatte, aber diesmal machte es sie nicht hübscher. Auch ihr Haar war auf dieselbe Weise frisiert, aber ihm fehlte der Glanz. Ihr Gang war noch nicht einmal gut. Sie hatte zu keinem von uns viel zu sagen. Ihr

Erscheinen hatte nur eine erfreuliche Wirkung: Susan wurde etwas gesprächiger, und Rowan sehr viel schweigsamer. Er hatte die vorsichtige Haltung eines Mannes angenommen, der noch nicht ganz sicher ist, ob er jemanden so sehr mag, wie er es sich vorgestellt hat. Sarah ermutigte ihn kaum – mich überhaupt nicht.

Beim Essen kam mir plötzlich der Gedanke, daß der Abend ein Motiv hatte – weder geplant noch bewußt eingestanden. Es lag plötzlich in der Luft. Das Motiv war die bevorstehende Hochzeit und die Rolle, die ich vielleicht dabei spielen würde, sie zu verhindern – oder nicht. Ich glaubte, nur Susan und Oberst Layton waren sich dessen absolut nicht bewußt.

Ich erkannte das Motiv zuerst an der Tischordnung. Mrs. Layton setzte Rowan auf ihre rechte und mich auf ihre linke Seite. Oberst Layton saß am anderen Tischende und hatte seine verheiratete Tochter zur Rechten und Sarah zur Linken. Das bedeutete, Susan saß neben mir und Sarah neben Nigel. Das strikte Einhalten einer Rangordnung, die die verheiratete Tochter über die ältere, unverheiratete Tochter stellte, ließ, wie ich dachte, trotzdem subtilere Interpretationen zu, denn es mußte der Zeitpunkt kommen, an dem ich Mrs. Bingham bewußt in eines dieser Tischgespräche verwickelte, die selbst in einem so kleinen und intimen Kreis einen halb privaten Charakter annehmen. Zweifellos wäre es dann meine Pflicht, ihre Verlobung mit dem Offizier zu erwähnen, für den ich arbeitete, und ihr mit meinen besten Wünschen zu gratulieren.

Das Thema Verlobung war noch nicht zur Sprache gekommen. Nach der Suppe und der Beantwortung von Mrs. Laytons Fragen nach den Orten, die ich in Indien besucht hatte, und nach der Herkunft des Namens Perron, nach Fragen über meinen ballonfliegenden Onkel und meine anderen exzentrischen Verwandten (Nigel mußte sie sehr gut informiert haben) wurde mir sehr deutlich bewußt, daß Susan nicht mit ihrem Vater sprach und auch nicht (wie ich glaubte) Sarah und Nigel oder ihrer Mutter und mir zuhörte; sie hörte auch mir nicht zu; sie wartete zurückhaltend und gespannt darauf, daß ich mich ihr zuwenden und sagen würde: »Also, erzählen Sie mir alles über sich.«

An diesen Augenblick des Abends erinnere ich mich deutlich. Die Suppenteller wurden abgetragen. Mrs. Layton widmete ihre

Aufmerksamkeit als Gastgeberin Nigel und gab mir so das Stichwort, die meine Mrs. Bingham zuzuwenden. Ich glaubte mich durch die Unterhaltung zwischen Nigel und Mrs. Layton geschützt und sagte zu Mrs. Bingham, Nigel habe mir von ihrer Verlobung mit Oberst Merrick erzählt, und ich wünsche ihr für ihr künftiges Glück alles Gute.

Meine Worte endeten in einer plötzlichen Stille, und meine leise kleine Rede klang so laut wie ein Stein, den man in einer Sommernacht in einen ruhigen Teich wirft.

Nachdem die Wellen sich beruhigt hatten, drehte sich Mrs. Bingham um und lächelte. »Danke«, sagte sie, »das ist sehr freundlich von Ihnen. Ich bin sicher, wir werden sehr glücklich sein.«

Sie blickte wieder geradeaus und hing von neuem ihren Gedanken nach. Ich bemerkte, daß Oberst Laytons linke Hand Brotstückchen von der Mitte seines kleinen Tellers an den Rand und wieder zurück schob, als zähle er Kirschsteine, um seine Zukunft zu erfahren. Vermutlich versuchte ich mehrmals, Susan Bingham in etwas wie ein Gespräch zu verwickeln, aber ich kann mich nicht daran erinnern, daß es mir gelungen wäre. Statt dessen erinnere ich mich deutlich an die Resignation der anderen, besonders an Mrs. Laytons Resignation. Weder sie noch Nigel (auch Sarah nicht) konnten von mir etwas anderes erwartet haben als das, was ich zu ihr gesagt hatte. Vielleicht wurden ihnen die eigenen Erwartungen erst bewußt, als ich nichts mehr sagte; das heißt: Sie fanden sich mit der Unvermeidlichkeit der Hochzeit ab. Nur Oberst Layton schien nichts zu bemerken und völlig unberührt davon zu sein. Er lächelte; er aß wenig. Man hatte den Eindruck, als beschäftigten ihn Gedanken wie: Wie ungewöhnlich – wie nett – wie glücklich bin ich – was wartet als nächstes auf mich? Die emotionale Labilität von Bombay war verschwunden; nein, vielmehr lag sie verborgen unter der Schale, unter dem sich bildenden Panzer der Selbstberuhigung.

Als die Damen sich zurückzogen, brachte der Diener ein paar Karaffen. In einer befand sich der Rest des weitgereisten Old Sporran. In einem Akt der Selbstverleugnung lehnte ich den Whisky ab und nahm Brandy; dann erwähnte ich Bagshaw und forderte damit heraus, was am wenigsten in meinem Sinne sein konnte: ein bedrückendes Gespräch über die hermetisch abgeschlossene Welt der Schule – was einer Umkehrung der Alchemie gleichkam, die das Gold des Lebens in das Blei ermüdender Erinnerungen an die Zeit der Unreife verwandelte. Aber Oberst Layton zeigte kein besonderes Interesse an Bagshaw. Er lächelte wohlwollend und unbeteiligt. Er leidet unter der verspäteten Reaktion auf den Schock der Heimkehr, dachte ich. Hier befand er sich vorübergehend in einer ähnlichen Welt wie der, der er gerade entflohen war: ein Raum, in dem es nur Männer gab. Ich glaube, plötzlich gefiel ihm das nicht. Er hob mit zittriger Hand sein Glas Malz-Whisky, sagte: »Merkwürdig, im letzten Lager, in dem ich war, gab es einen jungen Oberleutnant...« und erzählte die Geschichte, wie ich vermutete, Rowan zuliebe. Aber als er fertig war, und ich Rowan ansah, hatte ich den Eindruck, daß auch Rowan sie bereits gehört hatte und glaubte, ich kenne sie noch nicht.

»Unwahrscheinlich freundlich von Ihnen, Perron«, sagte Layton und wies mit einem Nicken auf sein Glas. »Ich habe das Gefühl, es wäre ein Gebot der Höflichkeit, dem Oberleutnant zu schreiben und ihm zu sagen, daß alles wahrgeworden ist, obwohl ich noch nicht Jane Austen gelesen habe. Ich darf es ihm nicht vorenthalten, obwohl man natürlich nicht weiß, wohin man ihm schreiben soll. Ach übrigens, mein künftiger Schwiegersohn hat mir erzählt, der Offizier, den Sie aus der Badewanne gerettet haben, hat es beim zweiten Versuch geschafft. Das tut mir leid. Es war doch ursprünglich sein Whisky, nicht wahr?«

Ich bestätigte, daß es ursprünglich sein Whisky gewesen war.

»Eigenartig«, sagte er, »dieser Trieb, sich das Leben zu nehmen.« Layton betrachtete die blasse Flüssigkeit in seinem Glas und sah im Whisky eines Toten vielleicht das Gesicht eines anderen. »Was meinen Sie, Rowan? Eigenartig? So mit seinem Latein am Ende zu sein?«

Rowan erwiderte, er neige zu der Ansicht, es liege eine gewisse Würde darin, sich das Leben zu nehmen. Layton meinte, die Japaner würden dem vermutlich zustimmen, aber es sei schlimm für die Familie, und daran müsse ein Mann denken. In dem Fall, den er gerade erlebt hatte, im Fall des Havildar Karim Muzzafir Khan, mache ihm die Misere der Witwe und der Kinder am meisten Kummer. Das Regiment müsse dafür Sorge tragen, daß die Familie nicht unangemessen leide. Aber die Frau habe das Dorf ihres toten Mannes verlassen und sei in ihr eigenes zurückgekehrt. Er befürchte, die Nachbarn hätten ihr das Leben unmöglich gemacht, als sie erfuhren, was ihr Mann in Deutschland getan hatte. Dann fragte er mich: »Perron, kommt bei diesen Befragungen etwas Lohnendes heraus?«

In dieser einen Frage kam die forsche militärische Art plötzlich zum Vorschein und verschwand sofort wieder. Ich glaubte, er werde die Wahrheit vorziehen, und erwiderte, es komme überhaupt nichts Lohnendes dabei heraus, soweit ich mir ein Urteil erlauben könne. Er nickte.

»Zu diesem Schluß bin ich auch gekommen«, sagte er und nickte wieder. Die Bilder vom Abend in Rose Cottage enden damit.

In meinem Zimmer im Gästehaus lag auf dem Nachttisch eine Ausgabe der Essays von Emerson – mit dicken Unterstreichungen und Randbemerkungen. Die Besitzerin oder eine Besitzerin (das Buch war offensichtlich durch viele Hände gegangen) hatte auf das Vorsatzblatt ihren Namen geschrieben. Barbara Batchelor. Die Unterstreichungen begannen beim ersten bekannten, klangvollen Absatz des Essays über Geschichte: *Allen Individuen ist ein Geist gemein* und setzten sich in Abständen fort. Ich blätterte in dem Buch, um die andere bekannte Stelle des Essays über Selbstvertrauen zu finden, und auch sie war unterstrichen: *Die Gesellschaft ist eine Welle...*

»Du hast das Buch also gefunden«, sagte Rowan, als ich damit auf die Veranda kam, um mit ihm einen Schlummertrunk, wie er es nannte, zu nehmen. »Entschuldige, ich hätte es erwähnen sollen, aber ich habe es vergessen. Es war bei den Sachen, die ich für Sarah aus Ranpur mitgebracht habe. Wir dachten, du würdest dich darüber freuen.«

Barbara Batchelor war eine alte Missionslehrerin, die früher einmal bei der inzwischen verstorbenen Mabel Layton, Laytons Stiefmutter, in Rose Cottage gewohnt hatte. Auch Miss Batchelor war tot. Das Buch gehörte zu den Dingen, die sie für Sarah bestimmt hatte.

Als ich saß, sagte Rowan: »Übrigens, für dich muß das nichts ändern, aber ich habe beschlossen, morgen nach Ranpur zurückzufahren.«

Verblüfft fragte ich: »Wann hast du das beschlossen?«

»Ich glaube, in der letzten halben Stunde.«

Ich erinnerte mich, gehört zu haben, daß er sich unbestimmt für das Wochenende mit Mrs. Layton zum Tennis verabredet hatte, und ich wußte, er sagte die Wahrheit. Ich drängte ihn nicht zu einer Erklärung.

»Ich kann schlecht hierbleiben, wenn du weg bist«, sagte ich.

»Ich werde morgen mit der Quartiermeisterei sprechen.«

»Das wird die Leute nur verwirren. Man weiß, daß du hier bist. An deiner Stelle würde ich zumindest so lange hier bleiben, bis der Ersatz für Merrick da ist oder man dich nach Delhi zurückbeordert. Ich habe dich als Gast eintragen lassen. Ich werde *sine die* hinzufügen, dann mußt du nur alles abzeichnen, was dir der Diener vorlegt, und die Gästeliste abzeichnen, bevor du gehst.«

»Wer zahlt? Die Regierung oder du?«

»Die Regierung. Solange du nicht die ganze Garnison zum Essen einlädst oder etwas tust, was den Buchprüfern merkwürdig vorkommt, zum Beispiel drei Flaschen Whisky vor dem Frühstück trinkst. In diesem Fall würden sie sich an mich halten.«

»Du zahlst für die Getränke, nicht wahr?«

»Das soll dich nicht hindern. Wenn du möchtest, trinke auf meine Zukunft. Ich gehe in die Politische Abteilung zurück. S.E. hat es mir vor der Abfahrt angekündigt. Deshalb hatte ich ein paar Tage frei. Ich habe ihn heute abend vor dem Essen angerufen, und er sagte mir, meine Order sei eingetroffen. Ich fliege am Dienstag nach Delhi und erfahre dort, wohin ich komme.«

»Heute ist erst Donnerstag.«

»Nun ja. Aufräumen, Packen. Ich fange besser damit an.«

»Weiß Miss Layton, daß du fährst?«

»Sie weiß, daß ich mit meiner Versetzung rechne.«

»Hast du ihr nicht gesagt, daß es soweit ist?«

»Nein.« Er zögerte. »Irgendwie erschien mir die Situation heute abend nicht richtig. Tut mir leid, es war kein sehr gelungener Abend.«

Ich erkundigte mich, wann er abreisen werde. Er sagte, der Sonderwagen stehe noch in Pankot, und er müsse ihn nur an den Mittagszug anhängen lassen. Gopal war mit Mohammed Ali Kasim im Wagen zurückgefahren. Er sagte: »Vielleicht kommt morgen für dich eine Nachricht von deiner Tante Charlotte. Dann könnten wir zusammen zurückfahren.«

»Für meine Order ist es noch zu früh.«

»Hast du das mit Bunbury ernst gemeint?«

»Todernst.«

»Was geschieht, wenn es nicht funktioniert?«

»Ich glaube, dann komme ich vor ein Kriegsgericht. Bist du sicher, daß man gehängt und nicht erschossen wird?«

Die Bemerkung irritierte ihn. Er wandte den Blick ab. Die Dunkelheit hinter der Veranda schien das Lohnendste in Sichtweite zu sein. Ich wartete. Dann sah er mich wieder an und fragte: »Hat es dich neulich überrascht, mich auf dem Bahnhof in Ranpur zu sehen?«

»Es kam völlig überraschend.«

»Aber du hast mich erkannt.«

»Ohne weiteres.«

»Hättest du mich auch dann erkannt, wenn du Sarah nicht in Bombay kennengelernt hättest und sie nicht erwähnt hätte, daß ich Adjutant bei S.E. in Ranpur bin?«

»Vielleicht nicht auf den ersten Blick.«

»Selbst wenn wir in der Schule in dieselbe Klasse gegangen wären, im selben Haus gewohnt hätten und gute Freunde gewesen wären, würde das nicht unbedingt bedeuten, daß wir uns sofort erkennen, wenn wir uns Jahre später in der Öffentlichkeit begegnen.«

»Das könnte es bedeuten. Wie kommst du darauf?«

»Erinnerst du dich an einen Jungen namens Colin Lindsey?«

»Verschwommen. Wer war Colin Lindsey?«

»Harry Coomers bester Freund.«

»Ach ja. Ich habe Coomer einmal gebeten, mir den Unterschied zwischen *Karma* und *Dharma* zu erklären, aber er sagte, er könne es nicht. Ich schlug vor, er solle in den Sommerferien seinen Vater danach fragen. Aber er erwiderte, er werde ihn vermutlich nicht sehen, denn er verbringe die Ferien bei – ja – ›hier bei Lindsey‹.«

Das Bild: Coomer und »hier bei Lindsey« stehen nebeneinander. Der braune Junge und der weiße Junge wehren sich gegen die Einmischung des Aufsichtsschülers in ihre Solidarität und Privatsphäre.

Rowan sagte: »Er kannte die Lindseys besser als jeder andere. Sein Vater unterstützte das und hielt sich selbst im Hintergrund. Er wollte, daß sein Junge soweit wie möglich als Engländer aufwuchs.«

Ich wollte fragen: Wie weit war das? Hielt mich aber zurück. Rowan balancierte so vorsichtig zwischen einem Geständnis und seinem typischen Schweigen, daß ich ihn nicht mit dieser saloppen Frage durcheinanderbringen wollte. Eine Weile sprachen wir beide nicht, aber er verlor allmählich das Interesse an der Dunkelheit vor der Veranda, als sei Kumar nicht mehr dort draußen, sondern habe in unseren Erinnerungen an ihn Schutz gefunden. Ein dritter, freier weißer Rattansessel hätte sein Sessel sein können. Nun ja, nicht Coomers, sondern Kumars Sessel. Was auch immer Kumar war, oder was aus ihm geworden war, wie immer er auch aussah, er saß dort und interessierte sich nicht mehr für Kricket, sondern für Vergewaltigungen, für weiße Frauen. Ich fand nichts dabei, aber ich überlegte, wie tief Rowans Vorurteil saß. An Merricks tiefsitzenden Vorurteilen hatte ich keine Zweifel.

Rowan sagte: »Vermutlich sollten wir in Betracht ziehen, daß es möglicherweise genauso lange dauert wie diesmal, bis wir uns wiedersehen. Waren es zehn Jahre?«

»Das nächste Mal wird es uns nicht so lange vorkommen. Wie man sagt, vergeht die Zeit um so schneller, je älter man wird.«

Die Banalität dieses Klischees schien ihn ebenfalls zu irritieren. Er wollte wissen, worüber ich mich amüsierte. Ich sagte ihm, ich fände es komisch, wie schrecklich ernst die Menschen offenbar würden, die in Indien arbeiteten. Er erwiderte, seinem Gefühl nach hätte ich ihn noch vor kurzem beschuldigt, nicht ernsthaft genug zu sein. Ich sagte, das hätte ich nicht ganz so gemeint. Es sei ein Unterschied, ob man eine Situation ernst nehme oder sich selbst.

Die Dunkelheit vor der Veranda begann, ihn wieder zu interessieren. Ich dachte, diesmal sei ich zu weit gegangen, wir würden bald austrinken und uns eine gute Nacht wünschen. Aber er sagte: »Ja, aber hier gibt es Strafen, wenn man den Anschein erweckt, es nicht zu tun. Zumindest ist das der erste Eindruck, den man hat. Man ist in den Kokon kollektiver Integrität gehüllt. Es ist ein bißchen so, als bekomme man mit dem Tropenhelm auch eine Zwangsjacke. Sie erschwert es, spontan zu handeln, und man gewöhnt sich so sehr an sie, daß man Probleme hat, ohne sie auszukommen.«

»Früher bekam man auch ein Korsett.«

»Ich weiß.«

»Aber das ist aus der Mode gekommen, so wie die Tropenhelme jetzt aus der Mode kommen.«

»Ich glaube, die Zwangsjacke kommt nie aus der Mode.« Aber er lächelte wieder. »Sarah drückt das gut aus. Sie sagt, die Engländer in Indien haben das Gefühl, immer auf dem Präsentierteller zu stehen. Ich glaube, das stimmt, und im großen und ganzen glaube ich, daß uns nichts mehr beschäftigt als das.«

»Weshalb sagst du das?«

»Vielleicht weil wir das Gefühl haben, daß im Grund so wenig zu sehen ist?«

»Die *Radsch* versteckt unter dem Überlegenheitsgehabe einen Minderwertigkeitskomplex? Ich kann nicht behaupten, ich hätte dafür viele Beweise gesehen.«

»Du könntest bei mir den Anfang machen. Ich habe sehr wenig echtes Selbstvertrauen. Aber es wäre gefährlich, diesen Eindruck zu vermitteln. Vermutlich kompensiere ich meine Unsicherheit zu sehr. Die meisten von uns tun es. Vielleicht war es auch bei Colin Lindsey so.«

Das war mein Stichwort, aber ich griff es nicht auf. Er sollte mir die Sache mit Kumar und Merrick erzählen, aber ich vermutete, daß jedes weitere Drängen dazu führen würde, daß ich nur eine Zusammenfassung zu hören bekam; ich würde einen einigermaßen ausführlichen Bericht nur dann bekommen, wenn ich ihm die Initiative überließ. Er zögerte wieder. Was immer ihn drängte, es mir zu erzählen, gewann schließlich die Oberhand über das, was ihn zögern ließ, es zu tun.

Im Mai des vergangenen Jahres (1944) wurde Rowan, der an diesem Tag seinen Dienst als Adjutant nach einem von mehreren kurzen Krankenhausaufenthalten wiederaufgenommen hatte, ins Arbeitszimmer des Gouverneurs gerufen. Malcolm sagte: »Sie sind doch ein alter Chillingboroughianer, nicht wahr?« Dann fragte er, ob er sich an einen Jungen namens Harry Coomer oder Hari Kumar erinnere. Rowan bejahte das. Der Gouverneur übergab ihm die Geheimakte eines Mannes, der nach dem Ermächtigungsgesetz in Haft saß. Es war Kumar. Es überraschte Rowan, daß der Junge, den er gekannt hatte, sich zu einem politischen Aktivisten entwickelt haben sollte. Als er weiterlas, traf ihn der eigentliche Schock. Es wurde deutlich, daß Kumar nicht aus politischen Gründen festgenommen worden war, sondern wegen des Verdachts, daß unter seiner Führung im August 1942 mehrere Inder in Majapur eine junge Engländerin namens Daphne Manners vergewaltigt hatten.

Rowan erinnerte sich an den Fall Bibighar Park gut. Er lag damals in einem Krankenhaus in Shillong und erholte sich von der Krankheit, die er sich bei dem langen Rückzug mit den Überresten seines Regiments aus Burma zugezogen hatte. Der Fall Bibighar Park fiel irgendwie aus dem üblichen Schema der Berichte über Unruhen, Brandstiftung und Sabotageakte heraus, die auf die Festnahme politischer Führer folgten, denn es ging dabei trotz der vorsichtigen Formulierung »verbrecherischer Überfall« eindeutig um die Vergewaltigung einer Weißen. Rowan erinnerte sich auch an das Gefühl der Enttäuschung, als nichts weiter geschah. Der *Statesman* aus Kalkutta griff einen Bericht auf, nach dem man die festgenommenen Männer schließlich doch nicht vor Gericht gestellt, sondern als politische Häftlinge ins Gefängnis geschickt hatte. Wie merkwürdig, meinte der *Statesman*, daß alle sechs Männer, die so schnell nach Bekanntwerden der Tat verhaftet worden waren, sich vermutlich zwar als die falschen erwiesen (da sie nicht angeklagt wurden), sich aber auch als gefährliche politische Aktivisten entpuppt haben sollten, die man als politische Gefangene einsperren mußte.

Die Überlegungen im *Statesman* führten nicht zu einer offiziellen Stellungnahme. Als die Unruhen vorüber waren, gehörte der Fall Bibighar wie so viele andere Fälle, die in dieser Zeit gewalttätiger Konfrontation zwischen der *Radsch* und der Bevölkerung an der Tagesordnung gewesen waren, bereits der Vergangenheit an. Er war ebenso Vergangenheit wie die Gerüchte, die der Vergewaltigung im Park Farbe verliehen hatten – an erster Stelle das Gerücht, die junge Frau habe die Anklage selbst vereitelt, indem sie bestritt, daß die verhafteten Männer sie überfallen hätten, und drohte, falls es zu einem Prozeß kommen sollte, so aufsehenerregende Dinge über koloniale Gerechtigkeit und koloniale Vorurteile zu sagen, daß man entschied, der Versuch sei sinnlos, ein solches Verfahren auch nur eröffnen zu wollen.

Rowan hatte diese Gerüchte gehört; als Erklärung für das unverständliche Verhalten der Frau wurde erzählt, einer der festgenommenen Männer sei ihr Liebhaber gewesen. Die Frau sei ihm so hörig, oder sie habe solche Angst vor ihm, daß sie bereitwillig einen Meineid leisten würde, um ihn zu retten. Sie habe den Überfall überhaupt nur zugegeben, weil sie den schrecklichen Zustand nicht verbergen konnte, in dem sie nach Hause gekommen war. Sie habe sich die Geschichte ausgedacht, es handle sich bei den Männern um Gesindel oder um Kriminelle und nicht um junge gebildete Männer wie die Verhafteten. Rowan hörte auch, daß sie später schwanger zu ihrer Tante nach Rawalpindi zurückgefahren war. Im März 1943 las er in der *Times of India* die Anzeige, nach der sie in Kaschmir gestorben war und am selben Tag einem Kind das Leben geschenkt hatte. Dem Kind, einem Mädchen, hatte man einen indischen Namen gegeben. Die Anzeige war von ihrer Tante Lady Manners, der Witwe von Sir Henry Manners, dem früheren Gouverneur der Provinz Ranpur, aufgegeben worden. Zu dieser Zeit lag Rowan wieder im Krankenhaus – und zwar in Kalkutta. Von dort kehrte er in das Depot seines Regiments zurück. Danach war er einige Zeit in Delhi. Anfang 1944 wurde er Malcoms Stab in der Residenz zugeteilt, wo Ende der zwanziger und Anfang der dreißiger Jahre Sir Henry und Lady Manners gelebt hatten. Aber als Malcolm ihm die Akte Hari Kumar gab, hatte er seit Monaten nicht mehr an den Fall Manners gedacht.

Der nächste interessante Punkt der Akte: Angeblich war Daphne Manners in Kumar verliebt gewesen. Je länger Rowan die Akte studierte, desto mehr verstärkte sich bei ihm der Eindruck, daß Kumar eine Beziehung mit Miss Manners gehabt und dann geplant hatte, sie mit mehreren seiner indischen Freunde zu überfallen und zu vergewaltigen. Nach der Vergewaltigung hatte er sich im Gefängnis praktisch verraten, denn nach dem Polizeibericht erwähnte er Miss Manners Namen, ehe die Polizei ihn erwähnt hatte. Außerdem hatte er bei der Festnahme im Haus, das er mit seiner Tante bewohnte, Kratz- und Schürfwunden im Gesicht gewaschen. Wunden, wie eine Frau sie vielleicht zufügen würde, die sich im Dunkeln gegen ihre Angreifer wehrt; die Kleider, die er gerade ausgezogen hatte, waren schmutzig. Während des Verhörs gab er wiederholt mechanisch an, er habe Miss Manners seit einem bestimmten Abend vor einigen Wochen, an dem sie einen Tempel besuchten, nicht mehr gesehen. (Miss Manners hatte praktisch dieselben Worte benutzt.) Aber er weigerte sich, Angaben über sein Tun am Abend der Vergewaltigung oder zum Zustand seiner Kleider und zu den Gesichtsverletzungen zu machen. Fragen beantwortete er beinahe ausnahmslos mit: *Ich habe nichts zu sagen.*

Ein Dokument der Akte bereitete Rowan Unbehagen. Angeblich hatte ein Polizeibeamter Miss Manners Fahrrad in einem Graben vor Kumars Haus entdeckt. Ein vom Distriktspolizeichef bestätigtes Dokument stellte fest, daß dieses merkwürdige Beweisstück (mit der sich daraus ergebenen lächerlichen Schlußfolgerung, Kumar sei frech und fröhlich mit Miss Manners Rad vom Bibighar Park nach Hause gefahren und habe es vor dem eigenen Haus liegengelassen), auf ein Mißverständnis zurückzuführen sei. Der Polizeichef hatte das Rad selbst im Bibighar Park gefunden, als das Gelände nach Bekanntwerden der Vergewaltigung durchkämmt wurde. Man hatte es in einen Polizeiwagen gelegt. Mit diesem Wagen war man zu Kumars Haus gefahren – da Kumars Beziehung zu Miss Manners bekannt war, und der Polizeichef früher an diesem Abend schon einmal dort gewesen war, nachdem eine Lady Chatterjee, in deren Haus Miss Manners lebte, die junge Frau als vermißt gemeldet hatte. Er hatte Kumar nicht zu Hause angetroffen, und seine Tante konnte nicht sagen, wo er war. Bei der zweiten Fahrt zu Kumars Haus (mit dem Rad auf dem Wagen) zog eine beleuchtete Hütte auf einem freien Gelände nicht weit vom Bibighar Park entfernt die Aufmerksamkeit der Polizei auf sich. In der Hütte traf man fünf junge Männer an, die alle wegen »ihrer politischen Verbindungen der Polizei bekannt waren«. Einige von ihnen waren »der Polizei als Freunde Kumars bekannt«. Die jungen Männer waren »ziemlich betrunken«; sie tranken selbstgebrannten Schnaps – an sich bereits ein Vergehen, das die Festnahme rechtfertigte; nach Ansicht des Polizeichefs lohnte es sich jedoch, an einem Abend, an dem die Behörden mit regierungsfeindlichen Demonstrationen wegen der Verhaftung von Kongreßführern rechneten, und fünf oder sechs Inder eine Weiße vergewaltigt hatten, der Sache nachzugehen. Man verhaftete diese jungen Männer, verfrachtete sie in einen der Lastwagen, setzte die Fahrt zu Kumars Haus fort, es »wechselten Beamte« von einem Wagen zum anderen, und die fünf Männer wurden zum Polizeipräsidium gebracht. Dabei war es zu »einem Mißverständnis im Hinblick auf das Fahrrad gekommen«, und ein Unterinspektor, der »das Fahrrad auf der Straße vor Kumars Haus fand«, wo es wieder »infolge eines Mißverständnisses« vorübergehend abgestellt worden sein mußte, »hatte angenommen, man habe das Rad dort entdeckt« und eine entsprechende Meldung erstattet, die, wenn auch unbeabsichtigt, sicherlich zu »dieser falschen Schlußfolgerung« geführt haben könnte.

Bei dem Distriktspolizeichef handelte es sich um Merrick. Rowan stieß zum ersten Mal auf diesen Namen. In der Dienststelle des Generalinspekteurs oder im Ministerium hatte jemand an den Rand des Dementis zur Fundstelle des Fahrrads geschrieben: »Schade«; eine vieldeutige Bemerkung, die Rowans Unbehagen nicht abschwächte. Auf den ersten Blick erhielt er durch das Dementi einen guten Eindruck – nicht von der Polizei in Majapur, sondern vom Polizeichef. Dieser Mann hatte nicht gezögert, eine Unklarheit auszuräumen, die sich ohne das Dementi als hilfreich für die Anklage gegen Kumar erwiesen hätte. Später bereitete ihm etwas anderes Unbehagen. Er fragte sich, ob das Fahrrad als Beweisstück von Merrick dorthin gebracht worden war, oder ob Merrick es gebilligt und ein Auge zugedrückt hatte. Entkräftete Merrick den Beweis, nachdem er erkannt hatte, daß diese Verfälschung der Tatsachen zu gefährlich war?

Der Bericht über die eigentliche Festnahme enthielt zwei weitere interessante Punkte. Man fand in Kumars Zimmer (a) ein Foto von Miss Manners und (b) einen Brief aus England mit der Unterschrift »Colin«, aus dem hervorging, daß Kumar *ihm* Briefe geschrieben hatte, die sein Vater jedoch öffnete, las und nicht weiterleitete, weil er es für falsch hielt, daß sein Sohn, ein Offizier, sie an der Front las – offenbar waren es Briefe politischen und antibritischen Inhalts gewesen. Colins Brief stammte aus der Zeit nach Dünkirchen.

Aber Rowan sagte, abgesehen von diesem indirekten Hinweis auf Engländerfeindlichkeit, und wenn man den Überfall auf Miss Manners nicht als politische Tat deuten könne, waren die Beweise für Kumars politisches Engagement in der Akte so dürftig, daß man sie praktisch als nicht vorhanden ansehen konnte. Man hatte ihn – nur einmal – zu einem Verhör auf die Wache gebracht, weil er sich einem Polizeibeamten gegenüber arrogant und verstockt verhalten hatte.

Bei dem Beamten handelte es sich um Merrick. Diese Sache ereignete sich etwa sechs Monate vor der Vergewaltigung. Merrick durchsuchte einen Teil der Eingeborenenstadt nach einem entflohnen politischen Gefangenen namens Moti Lal und kam dabei in das sogenannte Asyl, eine Ambulanz und Essensausgabe für die Obdachlosen und Notleidenden; das Asyl wurde von einer Mrs. Ludmila Smith geleitet. Ludmila Smith (auch als Schwester Ludmila bekannt) zog jeden Abend mit Bahrenträgern durch die Umgebung und las Männer und Frauen auf, die nach Majapur gekommen waren, um zu betteln oder zu sterben. Am Abend vor Merricks Suche nach dem entflohenen Moti Lal hatte sie am Flußufer einen bewußtlosen jungen Mann gefunden und ins Asyl gebracht.

Es war Kumar; ihm fehlte nichts; er war nur völlig betrunken. Als Merrick morgens auftauchte, fragte er Kumar nach seinem Namen, nach seiner Adresse und danach, was er am Abend zuvor getan habe. Kumar hatte einen Kater. Die Befragung verlief unerfreulich. Merrick beschloß, sie auf der nächsten Polizeiwache fortzuführen.

An dieser Stelle, erzählte Rowan, enthielt die Akte einen kurzen Bericht über Kumars Herkunft. Nach Merricks Bericht hatte Kumar sich nicht sofort identifiziert, »schließlich aber zugegeben«, daß er Kumar heiße, daß er Moti Lal kenne, weil Moti Lal einmal bei Romesh Chand Gupta Sen, einem Lieferanten, gearbeitet habe. Kumar hatte auch bei Romesh Chand gearbeitet, der sogar der Schwager von Kumars Tante war. Romesh Chand hatte Moti Lal entlassen, weil er es nicht gerne sah, wenn seine Angestellten sich für etwas anderes als für das Geschäft interessierten, und dazu gehörte auch Politik. Kumar gab seine Arbeit bei Romesh Chand später auf, weil man ihm bei der in indischem Besitz befindlichen englischsprachigen Zeitung, der *Majapur Gazette,* eine Stelle als Redakteur und Reporter anbot.

Danach folgte die Erklärung: »Der Verdächtige Kumar behauptete, von seinem inzwischen verstorbenen Vater Duleep Kumar in England erzogen worden zu sein und eine *Public School* besucht zu haben, deren Namen er mit Chillingborough College angab.«

Es folgten Bemerkungen, die darauf hinwiesen, daß Merrick Kumars Behauptungen überprüft und weitere Informationen erhalten hatte: Kumar war in den Vereinigten Provinzen geboren; seine Mutter starb, als er noch ein Kleinkind gewesen war, und sein Vater hatte ihn als Zweijährigen nach England gebracht; der Vater hatte vor der Umsiedlung seinen Landbesitz den Brüdern verkauft; er arbeitete in England als Geschäftsmann und anglisierte seinen Namen in Coomer. Aber 1938 erlebte Duleep Kumar den wirtschaftlichen Zusammenbruch und beging Selbstmord. Hari besaß keinen Penny. Als Achtzehnjähriger kam Hari nach Vereinbarungen zwischen Londoner Anwälten und seiner Tante Shalini, der verwitweten Schwägerin von Romesh Chand und Schwester seines Vaters, nach Indien.

Kumar stand seit seiner ersten Vernehmung durch Merrick unter polizeilicher Beobachtung. Kumar nannte nie die Gründe für seine Volltrunkenheit, aber man ermittelte die Namen seiner Trinkgenossen, und es gab Verweise auf andere Akten über diese junge Männer. Die Überwachung schien nicht besonders streng gewesen zu sein, aber Merrick hatte sehr genau festgehalten, was in Majapur über diesen indischen Reporter mit einer englischen *Public School*-Bildung bekannt war. Er hatte herausgefunden, daß Kumar sich einmal bei einer englischen Firma, den Britisch-Indischen Elektrowerken, um eine Ausbildungsstelle beworben hatte, jedoch auf Empfehlung des technischen Ausbildungsleiters abgelehnt worden war, der Kumar nicht für intelligent genug hielt.

Auch ein junger Mann namens Vidyasagar, dessen Stelle bei der *Majapur Gazette* Kumar erhalten hatte, stand unter Beobachtung... Vidyasagar arbeitete inzwischen bei einer nationalen

Lokalzeitung, dem *Majapur Hindu*. Es gab Vermerke, daß Kumar und Vidyasagar bei mehreren Anlässen »zusammen gesehen« worden waren, aber der Leser der Akte konnte dem keine allzu große Bedeutung zumessen, weil es sich bei den Anlässen immer um Gelegenheiten handelte, bei denen sie gleichzeitig als Reporter am selben Ort gewesen waren (zum Beispiel im Gericht und bei Veranstaltungen auf dem *Maidan*).

Die wichtigsten Punkte in Merricks Bericht betrafen die Freundschaft mit der jungen Engländerin Daphne Manners. Sie war nach Majapur gekommen und wohnte bei einer Lady Chatterjee – einer Freundin von Lady Manners in Rawalpindi. Die Eltern von Miss Manners waren tot. Im Krieg hatte sie ihren Bruder verloren und war erst vor kurzem nach Indien gekommen, um bei ihrer einzig überlebenden Verwandten, ihrer Tante Lady Manners, zu leben. Seit sie in Majapur war, arbeitete sie als Freiwillige Helferin im Allgemeinen Krankenhaus von Majapur.

Die Vermerke über ihre Beziehungen mit Kumar begannen mit einem Eintrag vom April 1942. »Auf der Kriegswochenausstellung auf dem *Maidan* verließ Miss M. ihre Begleiter, um mit K. zu sprechen, der sich in der Nähe aufhielt.« Die nächste Notiz verriet, daß Merrick sich die Mühe gemacht hatte herauszufinden, wie Miss M. und K. sich kennengelernt hatten. »Offenbar wurde K. von Lady Chatterjee in das MacGregor-Haus eingeladen, und zwar kurz, nachdem K. in der Sache Moti Lal befragt worden war – vermutlich auf den Vorschlag des Rechtsanwalts Srinivasan, der in das Polizeipräsidium geschickt wurde, um festzustellen, weshalb ich K. zur Befragung auf die Wache gebracht hatte. Srinivasan ist der Anwalt von Romesh C.«

Mehrere andere Vermerke nannten Daten, an denen K. und Miss M. gemeinsam gesehen worden waren. Einen dieser Einträge – »Miss M. hat mit K. und seiner Tante in deren Haus in der Chillianwallah Bagh zu Abend gegessen« – fand Rowan besonders widerwärtig, denn er verriet, daß Kumar nicht einmal jemanden zum Abendessen nach Hause einladen konnte, ohne daß es gemeldet wurde.

Schließlich enthielt die Akte noch zwei Erklärungen und einen Bericht des Distriktskommissars. Die erste Erklärung stammte von Merrick. Er schilderte darin, wie Kumar ihm zum ersten Mal aufgefallen war und welche Meinung er sich als Ergebnis dieses Zusammentreffens von ihm gebildet hatte; er berichtete, was man in der Stadt über den Charakter der jungen Männer wußte, in deren Gesellschaft er sich an jenem Abend befand, als er sich betrunken hatte, außerdem, daß Merrick es schließlich als seine Pflicht empfunden habe, Miss Manners mitzuteilen, »daß der junge Inder, mit dem sie sich angefreundet hatte, was wenigen Engländern in der Stadt entgangen sei, kein Mann war, dem zu vertrauen man ihr empfehlen könne«.

Merricks Erklärung endete mit einem Bericht über sein Vorgehen an dem Abend, als er Lady Chatterjee besucht hatte, und sie »alarmiert« gewesen sei, weil Miss Manners noch nicht nach Hause gekommen war. Beim zweiten Besuch stellte er fest, daß Miss M. endlich nach Hause gekommen war, aber »verstört, da sie im Bibighar Park von fünf oder sechs Männern überfallen und mißbraucht worden war«. Danach schilderte Merrick, wie er die jungen Männer in der Hütte in der Nähe des Parks entdeckt hatte, in welchem Zustand er Kumar antraf, als er noch einmal in das Haus in der Chillianwallah Bagh zurückfuhr, und Kumars hartnäckiges, verdächtiges Verhalten, als er verhaftet worden war.

Die zweite Erklärung war ein Bericht von drei Beamten der Zivilverwaltung nach einem privaten Gespräch mit Miss Manners. Aus dem Bericht ging hervor, daß Miss Manners ihre frühere mündliche Feststellung nicht bestätigte, wonach die Männer sie im Dunkeln überfallen, ihr den eigenen Regenumhang über den Kopf geworfen, sie vom Fahrrad herunter und in den Bibighar Park gezerrt hätten, und daß sie infolgedessen die Männer nicht identifizieren könnte. Sie erklärte jetzt, sie sei allein im Bibighar Park gewesen, und obwohl es dunkel war, die Männer sie plötzlich überfielen und ihr den Regenumhang über den Kopf warfen, habe sie gerade genug von ihnen gesehen und gerochen, um beschwören zu können, daß es Gesindel oder Verbrecher waren, also keine gebildeten oder verwestlichten jungen Männer, wie man sie festgenommen hatte. Es wäre lächerlich, so sagte sie, solche Männer vor Gericht zu bringen, und sie müsse verneinen, daß es sich um die betreffenden Männer handle; man könne ebensogut eine Gruppe englischer Soldaten hereinführen und beschuldigen, sich die Gesichter geschwärzt und sie überfallen zu haben.

Der Distriktskommissar stellte in seinem Bericht nur fest, daß er die Akten der verhafteten Männer und alle Aussagen gelesen habe. Er stimmte zwar zu, daß angesichts von Miss Manners Haltung die gegen die Männer vorliegenden Beweise für eine Vergewaltigung nicht genügten, um sie anzuklagen und vor Gericht zu bringen; aber er schloß sich der Ansicht an, daß abgesehen vom Verdacht der Vergewaltigung die im Laufe von mehreren Monaten zusammengetragenen Beweise für ihr Verhalten und ihre politischen Bindungen die Inhaftierung nach Verordnung 26 der indischen Ermächtigungsgesetze gerechtfertigt sei.

Rowan studierte das gesamte Material und brachte Malcolm die Akte wieder zurück, der ihn fragte, ob Kumar seiner Ansicht nach zu Unrecht im Gefängnis sitze. Rowan erwiderte, er glaube, technisch gesehen ja, aber der Verdacht der Beteiligung an einer Vergewaltigung sei groß genug, daß man die Meinung vertreten könne, er sei vielleicht mehr als gut dabei weggekommen. Der Gouverneur fragte ihn, ob ein Zweifel daran bestehe, daß dieser Kumar derselbe sei, den Rowan in der Schule gekannt hatte, und gab ihm die Polizeifotos: eine Aufnahme mit voll zugewandtem Gesicht und eine im Profil. Rowan hatte Kumar zuletzt als Fünfzehnjährigen gesehen, aber er glaubte, eine Ähnlichkeit mit dem Jungen zu erkennen. Außerdem stimmte alles in der Akte über Kumars Biographie mit dem überein, was er von Kumars Herkunft wußte. Der Kumar, den er kannte, *hatte* sein ganzes Leben in England verbracht; er war Harry Coomer gewesen. Seine Aussprache war so englisch gewesen wie die von Colin Lindsey und Rowans eigene. Er müßte ihn nur sprechen hören, um zu wissen, ob es ein und derselbe Mann war.

Der Gouverneur sagte, Rowan werde Gelegenheit haben, das festzustellen. Malcolm beauftragte ihn, ein nichtöffentliches Verhör des Gefangenen im Gefängnis von Kandipat, in einem als Raum O bekannten Raum, vorzubereiten und zu leiten. Ein Protokollführer und ein Beamter vom Innen- und Justizministerium sollten zugegen sein, außerdem eine vierte Person, eine Frau, die die Befragung von einem besonders eingerichteten, angrenzenden Raum aus verfolgen werde. Kumars Tante, Shalini Gupta Sen, hatte beim Gouverneur immer wieder Gesuche mit der Bitte eingereicht, den Fall ihres Neffen wiederaufzunehmen. Die arme

Frau war sogar nach Ranpur gezogen, um in der Nähe zu sein, falls irgendwelche Schritte unternommen würden. Aber die Bitte um diese Befragung und die Bitte, dabei anwesend sein zu dürfen, kamen von Lady Manners. Ihr Besuch mußte geheimgehalten werden. Als einziges Mitglied des Untersuchungsgremiums wisse Rowan von ihrer Anwesenheit. Der Befragte werde nicht unter Eid stehen, und die ganze Angelegenheit müsse so diskret und vertraulich wie möglich gehandhabt werden.

Rowan mußte sich damit zufriedengeben. Malcolm wollte im Augenblick nicht weiter darüber sprechen. Rowan traf die Vorbereitungen im Kandipatgefängnis, und an dem Tag, als er Lady Manners in der Residenz begegnete, war ihm das Ganze bereits zuwider. Kumar saß seit mehr als achtzehn Monaten im Gefängnis; Rowan war zu dem Schluß gekommen, es gebe nur eine Erklärung dafür, daß Lady Manners plötzlich aus der Zurückgezogenheit aufgetaucht war, in der sie seit der Tragödie der Vergewaltigung und der Tragödie des Todes ihrer Nichte bei der Geburt lebte: Lady Manners hatte gewartet, vielleicht Beweise gegen Kumar gesammelt und wollte jetzt Vergeltung.

Dieser Eindruck verschwand bei seiner ersten kurzen Begegnung mit ihr am Tag vor der Befragung; als er am nächsten Tag mit ihr zum Kandipatgefängnis fuhr und ihm auffiel, wie gebrechlich und liebenswürdig sie war, erkannte er mit großer Klarheit, daß diese Frau das Ende ihres Lebens herannahen spürte und gewisse Dinge regeln wollte. Von Malcolm wußte er, daß sie unter einem falschen Namen mit dem Kind und der Aja in einem Hotel in Ranpur abgestiegen war. Sie trug einen dichten Schleier über dem altmodischen Tropenhelm, um nicht Gefahr zu laufen, daß alte Diener in der Residenz sie erkannten. Sie hob den Schleier erst im Wagen, um Kumars Foto zu betrachten, den sie noch nie gesehen hatte.

Aber Rowan fragte sich, weshalb sie so lange gewartet hatte, wenn die Befragung das Ziel haben sollte, die Freilassung eines Mannes zu erreichen, der wie sie glaubte oder wußte, zu Unrecht im Gefängnis saß. Hatte sie lange gewartet? Mehr als achtzehn Monate waren seit dem Überfall, aber erst die Hälfte dieser Zeit war seit dem Tod ihrer Nichte verstrichen. Als sie sich Kandipat näherten, begann Rowan, die Jalousien des Wagens herunterzuziehen. Sie fuhren im Halbdunkel in das Gefängnisgelände.

Die höchst subjektiven Gefühle, etwa Freude, Angst oder Liebe lassen sich am schwersten vermitteln. Man muß sich meist mit der Krücke der Worte begnügen. In ganz seltenen Fällen, wenn ein Erlebnis stark genug war, wird seine Besonderheit deutlich, ohne daß man sich bewußt große Mühe geben würde, sie zu vermitteln. Auf diese Weise gab Rowan mir zu verstehen, wie das Verhör im Kandipatgefängnis für ihn gewesen war – eine beklemmende Erfahrung. Ich habe über Rowans Erlebnis im Kandipatgefängnis oft nachgedacht und versucht, es als eine Szene zu beleuchten. Aber das Licht, das von der Szene ausgeht, scheint immer stärker zu sein. Am Ende ist man leicht geblendet davon. Die Augen schmerzen. Man wendet den Blick ab, damit sie sich erholen, und dann entsteht momentan die Illusion von Blindheit und Leere. Man fühlt sich eingeschlossen. Das Wort beklemmend kam mir in den Sinn, als Rowan das Erlebnis schilderte. Sobald ich darauf gekommen war, wußte ich, daß sich damit auch die Wirkung beschreiben ließ, die Merrick auf mich hatte.

Das Licht, von dem ich sprach, das von der Szene ausging, war tatsächlich ein Licht: hell genug, so daß man in seinem Schein das Verhör durchführen konnte, aber nicht grell, sondern fein abgestimmt, scheinbar zufällig gerichtet. In Wirklichkeit beleuchtete es jedoch den Befragten in einem Winkel, der ihn beunruhigen würde, wenn er zufällig über Rowans Kopf hinweg blicken und sich Gedanken über das Gitter in der Rückwand machen sollte. Aber falls er das tat, würde er vermuten, das Gitter gehöre zur Klimaanlage.

Es gelang Rowan, mir noch etwas anderes mitzuteilen, ohne es in Worte zu fassen: Den Schock seiner Einweihung in eine der geheimen Riten der *Radsch,* die in einem fensterlosen Raum mit künstlicher Beleuchtung und künstlicher Belüftung, einer frühen Version von Abhör- und Beobachtungseinrichtungen stattfanden. Er machte eine ungeschminkte Aussage über sich selbst als den ominösen, unbeweglichen Mittelpunkt der Welt moralischer und politischer Macht, die Rowan bis dahin nur sichtbar kreisend im wechselnden Licht guter Absichten und der Dunkelheit

von Zweifeln und Fehlern erlebt hatte. Der Raum im Kandipatgefängnis strahlte nichts aus als sein eigenes gleichmäßig blen-
dendes Licht. Es beleuchtete nichts als die Folgen einer bereits
geschehenen Tat und einer vor langer Zeit getroffenen Entscheidung. Die Tat konnte nicht ungeschehen gemacht und die Entscheidung nicht zurückgenommen werden. In der Welt draußen
konnte man Neues tun und neue Entscheidungen treffen, aber das
Licht dessen, was getan worden war, würde in einer geschlossenen und unentdeckten Grube stetig weiterleuchten.

Als der Gefangene hereinkam, dachte Rowan: Nein, das ist er
nicht. Das Ganze ist ein lächerlicher Irrtum. Dieser Mann ist ein
Schwindler. Es war nicht einmal der Mann auf den Polizeifotos.
Rowan hatte mit Veränderungen gerechnet, aber nicht so unge-
heuren. Der Mann wirkte, als sei er in den mittleren Jahren. Er
schien kein Englisch zu verstehen. Rowan bat ihn, sich zu setzen. Aber erst als sein Beisitzer aus dem Innen- und Justizministerium, ein Inder, *Baitho* sagte, tat der Mann es. Dann schien
ihn die Form des Stuhls zu verwirren, als fehle es ihm an kör-
perlichem Koordinationsvermögen. Rowan fragte Kumar, ob die
Befragung in Englisch oder in Hindi stattfinden solle. Er stellte
die Frage in Hindi. Der Gefangene antwortete auf Hindi mit einem einzigen Wort: »*Angrezi*, was »auf Englisch« bedeutete. Dabei sah er Rowan zum ersten Mal direkt an, und Rowan wurde
in seiner Überzeugung schwankend, daß es sich um den falschen
Mann handelte.

Er hatte, sagte Rowan, die Augen »eines Mannes, die aus den
Augenhöhlen eines anderen blickten«. Der Mann, der das tat,
mochte Kumar sein; seine Antworten auf die routinemäßigen Fragen am Anfang, die den Zweck der Identifikation hatten, führten
zu der Bestätigung, daß er es war, aber er antwortete immer noch
auf Hindi – mit dem tonlos wiederholten, abgekürzten Wort *Han*.
»Han, Han.«

Rowan erinnerte den Gefangenen daran, daß er sich dafür entschieden hatte, daß die Befragung auf Englisch durchgeführt
wurde. Die Fragen waren auf Englisch gestellt worden. Bis jetzt
hatte er auf Hindi geantwortet. Bedeutete das, er hatte seine Meinung geändert, und würde es vorziehen, wenn auch die Fragen

auf Hindi gestellt wurden? Rowan hoffte, die Antwort wäre wieder ein *Han*. Dann würde die Pflicht, die Fragen zu stellen, seinem Kollegen zufallen, und das Ganze für ihn eine Übung in Semantik werden. Für Lady Manners im angrenzenden Raum würde es eine Übung in Geduld werden. Er bezweifelte, daß sie auch nur so gut Hindi sprach wie er. Aber das zählte nicht. Er hätte es vorgezogen, in den Hintergrund zu treten. Er wollte nicht, daß diese abgezehrte, unsichere Gestalt Hari Kumar war und erst recht nicht Coomer, den Laura Elliott, wie er sich erinnerte, einmal als einen »gutaussehenden Jungen« beschrieben hatte, »gegen den ihr keine Chance hattet«. Die Ehemaligen gegen die Schüler. Nach dem Ende des Spiels war Rowan zu ihm gegangen, hatte ihn beglückwünscht und gefragt, was er später einmal vorhabe. Der Junge hatte geantwortet: »Ich werde mich vermutlich für den indischen Staatsdienst bewerben, Sir« und war aus Rowans Leben verschwunden.

Um hier wieder aufzutauchen? Es war nicht möglich. Der Augenschein sprach gegen eine solche Verwandlung. Es hätten Coomers Augen sein können; nichts zeigte, daß sie Rowan wiedererkannten; aber Rowan hätte es auch nicht erwartet. Aber er hätte etwas Aufschlußreicheres erwartet: eine Haltung.

Rowan wartete auf die Antwort des Gefangenen. Er schien die Frage nicht verstanden zu haben. Rowan überlegte, ob er sie auf Hindi wiederholen solle. Er wollte es gerade tun, als der Mann sprach. Er entschuldigte sich und sagte, es sei ein Versehen gewesen, daß er die Fragen auf Hindi beantwortet habe. Er habe selten die Möglichkeit, englisch zu sprechen außer mit sich selbst.

Rowan erklärte, diese beiläufige Aussage in klarem Englisch habe ihn elektrisiert. Zwei Männer schienen dort auf dem Stuhl zu sitzen: Einen konnte man sehen, und einen konnte man hören. Der, den man hören konnte, war zweifelsfrei Coomer, und sobald man wußte, daß es Coomer war, verschwand allmählich der ungünstige Eindruck, den der linkische Körper und das hohlwangige Gesicht machten. Die aus ihrem inneren Gefängnis befreite englische Stimme schien die Kontrolle über das Gesicht und die Gliedmaßen übernommen zu haben und ihnen etwas von der eigenen Festigkeit und Autorität zu geben.

»Ich hatte das Gefühl«, sagte Rowan, »daß unsere Rollen plötzlich und unerwartet vertauscht oder zumindest angeglichen worden waren. Nicht Coomer wurde befragt, sondern vielmehr ein System, das uns scheinbar gleiche Chancen eingeräumt, aber dazu geführt hatte, daß ich auf der bequemen Seite eines mit grünem Filz bespannten Tischs saß und er auf der unangenehmen Seite. Und zu den interessanten Fragen gehörte: Wo befand sich in diesem Fall mein indischer Kollege und Beisitzer?«

Der indische Kollege war derselbe Mr. Gopal, der Rowan nach Pankot begleitet hatte und gerade mit Mohammed Ali Kasim nach Ranpur zurückgefahren war. Vor Kumars Verhör kannten Rowan und Gopal sich nur flüchtig. Rowan hatte es immer als eine der Ironien dieser Untersuchung betrachtet, daß seine Sympathie für Kumar auf einem gemeinsamen Band beruhte, daß er aber den Verdacht nicht los wurde, er habe irgend etwas mit dem Überfall auf Daphne Manners zu tun gehabt. Gopal hielt ihn in allen Punkten für unschuldig – das wurde deutlich – und glaubte, er sei ein Opfer der Behörden von Majapur geworden; als einen Inder lehnte Gopal ihn jedoch gleichzeitig ab, wegen der besonderen Art von Inder, die Kumar nun einmal war. Ziemlich am Anfang der Befragung hatte Gopal Kumar zu der Feststellung gebracht, daß Kumars Vater die Briten und die Form der britischen Verwaltung in Indien bewundert und daß er Kumar bewußt auf eine Weise erzogen hatte, die es ihm ermöglichen sollte, mit den Qualifikationen und Vorteilen eines Engländers in den Staatsdienst einzutreten. Gopals Art der Befragung stellte gleichzeitig klar, daß dies seiner Meinung nach nur geschehen sein konnte, wenn sich Kumar Senior von seinem eigenen Volk abgewandt hatte – das war tatsächlich der Fall und ein Hauptgrund für die folgende Tragödie gewesen.

Kumar Senior, soviel war klar geworden, hatte eine Zwangsvorstellung gehabt, für die sein Sohn teuer bezahlen mußte. Gopal verfolgte mit seinen gezielten Fragen zu Kumars Herkunft natürlich unter anderem die Absicht deutlich zu machen, daß bereits die Vorstellung unsinnig war, Kumar könne bei seiner Erziehung jemals eine Gefahr für die Engländer werden. Für Gopal *war* Kumar/Coomer britisch. Als Kumar bei Unterbrechung der Sitzung kurze Zeit nach draußen gebracht wurde, gestand Rowan, daß er und Kumar auf derselben Schule gewesen waren, daß dies Kumar jedoch nicht bewußt sei, daß er ihn nicht wiedererkenne. Gopal bezeichnete Kumar dann als »einen jungen Engländer mit dunkelbrauner Haut« und fügte hinzu, »diese Kombination ist hoffnungslos«.

Rowan hatte die Unterbrechung angeordnet, weil er das Gefühl hatte, das Verhör entgleite ihm. Er hatte erfolglos versucht, es streng auf die Frage von Kumars politischen Verbindungen zu beschränken. Seiner Meinung nach hatten praktisch keine bestanden, und inzwischen hatte sich gezeigt, daß es tatsächlich keine gab. Kumar hatte sich nur ein einziges Mal mit einigen der jungen Inder getroffen, die man am Abend der Vergewaltigung trinkend in der zerfallenen Hütte fand, und zwar sechs Monate vorher, an dem Abend, als er sich betrunken hatte und von Schwester Ludmilas Bahrenträgern mitgenommen worden war. Bis dahin und auch danach hatte er sich weitgehend von ihnen ferngehalten. Er hatte nichts gegen sie, aber er konnte die Interessen dieser jungen Männer nicht teilen und hatte auch nicht ihre Erfahrungen. Ihre Ziele betrachtete er nur mit einem distanzierten Verständnis. Sie waren alle junge Nationalisten. Aber, so sagte er, weshalb hätten sie es nicht sein sollen? Während der Sitzung machte er keinen Hehl aus dieser Haltung. Allerdings machte er auch keinen Hehl aus seiner Ansicht, daß ihr Nationalismus sich normalerweise auf gewisse Bereiche beschränkte. Sie waren jung und daher unbeständig. Sie lachten über die Engländer, führten Reden gegen sie, trugen aber mit Vorliebe westliche Kleidung und neigten dazu, britisches Benehmen zu imitieren. Sie waren freundlich, manchmal völlig niedergeschlagen, manchmal euphorisch. Ihre Bildung lag etwas über dem Niveau, auf dem die Gesellschaft ihnen zu leben bestimmt hatte.

Coomer mußte sich der Wahrheit stellen, daß er gezwungenermaßen ebenfalls auf diesem Niveau lebte: ein junger Inder unter zahllosen anderen. Er konnte nie erwarten, eine Art Führungsposition zu erreichen; solche jungen Männer waren scheinbar dazu verurteilt, ihr Leben als Angehörige einer gebildeten, aber unbedeutenden und machtlosen Mittelklasse zu verbringen, die für schlecht bezahlte Stellungen in Geschäften, Büros und Banken dankbar sein mußten. Dieses Leben war unendlich ärmer als das Leben, das er geführt hätte, wenn er im Heimatdorf seines Vaters aufgewachsen wäre oder wenn Kumar Seniors Fixierung auf den Wert einer englischen Bildung nicht so groß gewesen wäre und er sie nicht so kompromißlos verwirklicht hätte, daß er die eigene Sicherheit opferte und – mit einer einzigen Ausnahme (seine junge, verwitwete Schwester) – die Achtung seiner Familie.

Hari wußte nie viel von den Geschäften seines Vaters in England, aber sie mußten viele Jahre lang erfolgreich gewesen sein. Hari verbrachte seine Kindheit in Sicherheit und beträchtlichem Wohlstand. Es hatte Haushälterinnen gegeben, Gouvernanten, Lehrer, eine Privatschule und dann Chillingborough. Im Frühjahr 1938 hatte das letzte Schuljahr vor ihm gelegen, die Aussicht, auf die Universität zu gehen und sich auf die Prüfungen für die indische Zivilverwaltung vorzubereiten. Nachdem er sich qualifiziert hatte, wäre er gleichgestellt mit jungen Engländern nach Indien gekommen, Beamter geworden und hätte so die Träume seines Vaters erfüllt. Duleep Kumars Tod allein hätte an dieser Aussicht nichts geändert, aber die Tatsache, daß kein Geld mehr vorhanden war, tat es. Möglicherweise hatte Kumars Vater sich das Leben genommen, weil er voraussah, was der finanzielle Ruin für seinen Sohn bedeuten mußte. Duleep Kumar hatte als Junge den Widerstand seines Vaters überwinden müssen, ehe er ein College in Indien besuchen durfte; er hatte ihn als junger Mann wieder überwinden müssen, ehe er in England Jura studieren konnte. Nachdem er ohne Examen als akademischer Versager zurückgekommen war, blieb ihm keine Alternative, als eine Familie mit einer Kind-Frau zu gründen, mit der man ihn verheiratet hatte, ehe er zum Studium nach England abgereist war. Die Kumars waren wohlhabende Landbesitzer, orthodox und unnachgiebig gegen jede Veränderung des Status quo. Ihre Macht und ihr Einfluß beruhten auf ihrem Reichtum und ihrem Besitz. Damit gaben sie sich zufrieden. Die Männer waren halbe Analphabeten, die Frauen ganze. Die einzige Ausnahme bildete Shalini, Duleep Kumars jüngste Schwester. Er brachte ihr in Hindi und Englisch das Lesen und Schreiben bei. Er wußte, Indien konnte einem Inder mehr geben als das. Wenn er es nicht für sich selbst erreichen konnte, dann würde er es für den Sohn erreichen, den seine Frau ihm bald gebar. Sie machte es ihm leichter, indem sie starb. Aber er war trotzdem nicht frei. Sein Vater teilte den Besitz unter den Söhnen auf, verließ die Familie, um sich durch die Befreiung von seinen irdischen Banden Verdienste zu erwerben und *Sannyasi* zu werden. Er übertrug den Söhnen die Sorge für ihre Mutter und verließ das Haus mit Stab und Bettelschale. Sie sahen ihn nie wieder. Die Mutter führte im Haus der Familie das Leben einer Witwe. Sie starb zwei Jahre später. Shalini war als Kind-Braut eines gewissen Prakash Gupta Sen nach Majapur gegangen. Nach dem Tod der Mutter hielt Duleep Kumar nichts mehr in Indien. Er reiste vermutlich sehr wohlhabend ab und brachte Hari nach England. Vielleicht hatte er aus seiner Studentenzeit noch Freunde und Bekannte in England, und solche Verbindungen waren sicher hilfreich. Aber er mußte auch geschickt und unternehmungslustig gewesen sein. Hari Kumar wußte nicht, was schließlich den Ruin herbeigeführt hatte.

Er wußte, daß sein Vater an einer Überdosis Schlaftabletten gestorben war, und daß die Anwälte sagten, es sei kein Geld vorhanden, weil die Gläubiger alles bekämen. Tante Shalini war die einzige seiner indischen Verwandten, von der er wußte, und der sein Vater geschrieben hatte. Die Anwälte informierten sie. Man nahm an, daß zumindest so viel Geld zur Verfügung gestellt werden würde, daß er auf der Schule bleiben konnte. So war es nicht. Die verwitwete, kinderlose Shalini war abhängig von ihrem Schwager Romesh Chand. Von ihm lieh sie sich Geld, um Haris Überfahrt zu bezahlen. Er sollte bei ihr leben. Und immer noch nahm man an, daß Hari seine Studien fortführen und sich in Indien für den zivilen Verwaltungsdienst bewerben könnte. Seine Unwissenheit über Indien war ebensogroß wie die Unwissenheit der Anwälte. Bei seiner Abfahrt hatte er nicht die geringste Vorstellung davon, zu welcher verhängnisvollen Veränderung seines Lebens der Ruin und der Selbstmord seines Vaters geführt hatten.

Rowan erzählte mir, diese Fakten seien in den ersten fünf oder zehn Minuten des Verhörs deutlich geworden; er habe sich jedoch ein sehr viel umfassenderes und beunruhigenderes Bild machen können, das ihn seit dieser Zeit nicht mehr losließ. Als Hari das Schiff in Bombay verließ, mußte sein altes Leben schlagartig zu Ende gewesen sein und das neue begonnen haben. Seine Verbindung mit England war erschreckend unvermittelt abgerissen.

Rowan sagte: »Weißt du, was für ein Schock Indien auch sein mag – ein angenehmer oder ein entsetzlicher –, wenn du als junger Engländer hierher kommst, um eine Stelle in der Verwaltung oder beim Militär anzutreten, wird dieser Schock für dich gemildert, sobald du die Gangway verläßt, denn metaphorisch gesprochen betrittst du einen geschlossenen Gang, der vom Kai bis zu deinem ersten Posten reicht, wie viele hundert Meilen er auch entfernt sein mag. Als Elliot, ich und Laura das Schiff verließen, holten uns Freunde von Elliots Eltern ab. Ich habe vergessen, wer die Leute waren, ich habe sie auch nie wieder gesehen. Aber ich erinnere mich, daß wir innerhalb von ein oder zwei Stunden im Gymkhana Club saßen, etwas tranken, und daß alles sehr englisch und beruhigend war. Man tat für uns, was man konnte. Wir mußten keinen Finger rühren. Ich erinnere mich, gedacht zu haben: Wie gut das ist. Aber selbst wenn man uns nicht abgeholt hätte, wären Leute dagewesen, um uns durchzuschleusen; jemand wäre beauftragt gewesen, sich um uns zu kümmern, oder andere Reisende hätten es getan, die zum selben Ort wie wir unterwegs waren. Und auf alle Fälle hatten wir unsere weißen Gesichter und unsere amtliche Stellung.«

Stell dir Harry Coomers Ankunft vor, sagte Rowan. Seine Verwirrung ist kaum vorstellbar. Man kann nur hoffen, daß er sich mit Leuten auf dem Schiff angefreundet hatte, und daß sie ihm halfen, falls ihn niemand in Bombay abholte. Vielleicht hatte die Verwirrung bereits auf dem Schiff eingesetzt. Rowan bezweifelte, daß Hari erster Klasse gereist war. Und auch als er in den Zug nach Majapur stieg, mußte er wohl dritter Klasse gereist sein, aber Rowan hoffte, daß es nicht so gewesen war. Der Junge sprach nur Englisch, und die Menschen, die seine Art Englisch sprachen, befanden sich plötzlich auf der anderen Seite des Zauns. Hari war nur noch ein Gesicht in der Menge. Und die bitterste Enthüllung stand ihm erst bevor.

Rowan hatte Malcolm vor einigen Monaten auf einer Reise begleitet, die auch einen mehrstündigen Besuch in Majapur einschloß. Rowan war noch nie in Majapur gewesen und fand die Garnison hübsch. Aber Kumars Ziel war 1938, sieben Jahre früher, nicht das Garnisonsviertel gewesen. Rowan hätte sich gerne vom Gefolge des Gouverneurs getrennt, doch das war nicht möglich gewesen. Aber sie kamen ganz kurz in die Nähe der Mandir Gate Brücke – 1942 der Ort der schlimmsten Unruhen in Majapur. Von dort hatte er über den Fluß hinweg genug gesehen und brauchte keine weiteren Beweise.

Irgendwo in dieser lärmenden Masse hatte Kumar mit seiner Tante Shalini gelebt, mußte im Warenlager seines Onkels im Chillianwallah Basar arbeiten, galt als Unreiner, der sich der rituellen Reinigung unterziehen mußte, um sich von dem Makel des Lebens im Ausland auf der anderen Seite des dunklen Wassers zu befreien. Es gab für ihn keine Schule mehr, kein Examen, keine Stellung in der indischen Zivilverwaltung, nicht einmal Zugang zu den unteren Ebenen der Provinzverwaltung. Er lebte in der orthodoxen städtischen Mittelklasse des Hindu-Indien, wo man die Gewinne hortete, unter sich blieb, sich nur um die eigenen Interessen kümmerte und ungerührt Seite an Seite mit dem Indien der unaussprechlichen Armut und des Elends lebte. Von Hari erwartete man, daß er sich dankbar für die erwiesene Barmherzigkeit in diesem Indien einrichtete.

Rowan sagte: »Ich glaube, wenn mir so etwas passiert wäre, hätte ich mich jeden Abend in den Schlaf geweint, nachdem ich erkannt hätte, daß das alles eine Wirklichkeit war, aus der es anscheinend keinen Ausweg gab. Vielleicht hat Hari das trotz seines Alters auch getan.«

Seine Tante Shalini hatte ihren Bruder, Haris Vater, angebetet. Die beiden standen in all den Jahren der Trennung im Briefwechsel. Sie war stolz auf ihren »englischen Neffen«, wie sie Hari nannte. Ohne Zweifel liebte sie ihn und tat alles, was in ihren Kräften stand; sie tat alles, um ihm zu helfen, damit er sich eingewöhnte. Aber als kinderlose Witwe von Romesh Chands Bruder war sie selbst nicht viel mehr als eine von Romeshs Sklavinnen, und ihr standen nur sehr bescheidene Mittel zur Verfügung. Rowan wußte nicht, wie lange Kumar im Lagerhaus seines Onkels gearbeitet hatte, aber im Laufe des Verhörs erfuhr er mehr über Haris Versuch, eine Stelle bei den Britisch-Indischen Elektrowerken zu bekommen. Der technische Ausbildungsleiter, der ihn als »nicht intelligent genug« abgelehnt hatte, war offensichtlich ein Mann, der insgeheim befangen wegen der eigenen Bildung und Herkunft – seine englischen Vorgesetzten nicht mochte und aus Prinzip alle Inder verachtete. Hari Kumar mit seiner braunen Haut, der Sprache und dem Verhalten, die eine *Public School* verrieten, war für ihn eine gute Zielscheibe. Er ignorierte Haris Aussage, er besitze keine technischen Kenntnisse, sei jedoch bereit zu lernen und stellte ihm eine Reihe technischer Fragen. Als Hari sie nicht beantworten konnte, sagte er: »Woher kommen Sie denn, Bürschchen? Frisch vom Baum, wie?«

Hari stand auf und verließ das Büro. Vielleicht war es ein Fehler gewesen; Rowan sah daran, wie intakt sein Instinkt noch war, und wie automatisch er auf jede Bedrohung dessen reagierte, was er noch besaß und für wertvoll hielt; er hielt es für wertvoll, denn es war alles, was er besaß: Sein Gefühl für das, was er sich schuldig war, und für den Preis, den er auch weiterhin bezahlen mußte, selbst wenn es den Verlust einer Stellung bedeutete. Das schuldete er seiner englischen Erziehung.

Die Stelle bei der *Majapur Gazette* bekam er wegen seines guten Englischs; es war eine englischsprachige Zeitung. Hari besaß nicht den Ehrgeiz, Journalist zu werden. Inzwischen mußte er etwas Hindi beherrschen, aber er hatte den Versuch aufgegeben, diese Sprache systematisch zu lernen. Seine Tante bezahlte ihm eine Zeitlang den Unterricht bei einem ortsansässigen Gelehrten, einem gewissen Pandit Baba Sahib. Offenbar war es eine unglückliche Wahl gewesen, denn Baba Sahib war der Polizei bekannt, weil er unter dem Deckmantel gelehrter Diskussionen über Hindumythologie junge Männer für die Sache des hinduistischen Extremismus warb. Aus Haris Sicht waren die Unterrichtsstunden kein Erfolg. Baba Sahib kam immer zu spät und roch stark nach Knoblauch. Hari sagte ihm schließlich, er müsse sich nicht mehr die Mühe machen zu kommen. Seine Bekanntschaft mit dem unerfreulichen alten Mann dauerte nicht lange, aber vermutlich sprach sie später gegen ihn. Rowan glaubte, Hari habe aufgehört, Hindi zu lernen, weil er es nicht gut genug beherrschen wollte, um in dieser Sprache zu denken oder einen indischen Tonfall anzunehmen.

Haris Englisch war das einzige Plus, das er praktisch einsetzen konnte. Sein Onkel reduzierte die finanziellen Zuwendungen an

Tante Shalini, sobald Hari bei der *Majapur Gazette* als Redakteur arbeitete. Rowan vermutete, daß man ihm für die Arbeit im Lager seines Onkels wenig oder nichts bezahlt hatte. Aus dem Stellungswechsel konnte sich kaum eine grundsätzliche finanzielle Verbesserung ergeben haben, aber die Redaktion der Gazette war Hari angemessener. Sie befand sich im Garnisonsviertel.

Hari verließ das Eingeborenenviertel, überquerte den Fluß und kam in den englischen Teil der Stadt. Die neue Stellung brachte ihn in engere Berührung mit der Art Leute, die er zu kennen glaubte, weil er einmal zu ihnen gehört hatte. Er stellte fest, daß er nicht mehr zu ihnen gehörte, daß er für sie unsichtbar geworden war. Aber es gab immer noch Colin, dem er schreiben konnte, und von dem er Briefe bekam, obwohl sich der Ton der Briefe änderte, als Colin auf die politische Krise in Europa reagierte. Hari erschien Europa so fern, daß er Colins Sorgen nicht teilen konnte; ihm wurde die wachsende Entfremdung bewußt. Auch Colin wäre sich ihrer vielleicht bewußt geworden, wenn Hari ihm das Leben geschildert hätte, das er nun führte. Hari tat es nicht. Er ließ zu, daß Colin sich Indien weiterhin als ein wundervolles und großartiges Land vorstellte. Er wollte von Colin kein Mitleid, und er wollte mit ihm in Kontakt bleiben.

Colin trat den Territorialtruppen bei und schrieb von da an über nichts anderes mehr. Als der Krieg ausbrach, wurde Colin sofort Berufsoffizier. Zwischen dem Ausbruch des Krieges und der Niederlage der Engländer und der Evakuierung aus Dünkirchen schrieb Hari die Briefe, die Colins Vater nicht weiterleitete, weil sie, wie er seinem verwundeten Sohn später erklärte »hitzköpfigen politischen Unsinn« enthielten. Nach Haris Aussage hatte er in den Briefen nur das Pro und Contra der Entscheidung der Kongreßpartei diskutiert, aus Protest gegen Indiens automatische Beteiligung am Krieg gegen Deutschland die Provinzregierungen zurücktreten zu lassen. Wenn die britische Regierung für Dominions wie Kanada und Australien nicht den Krieg erklären konnte, sondern ihnen die Entscheidung darüber freistellte, warum konnte dann der Vizekönig sogar ohne vorherige Konsultationen für Indien den Krieg erklären? Das war Grundlage der Argumentation der Kongreßpartei. Juristisch gesehen war es natürlich die einzige Möglichkeit der Kriegserklärung. Aber Hari mußte (nach den

Grundsätzen liberaler Bildung, die durch Männer wie Bagshaw in Chillingborough Tradition blieb) ein Argument angeführt haben, das besagte, der Status eines Dominion sei ein erklärtes englisches Ziel für Indien, und der Kriegsausbruch sei ein geeigneter Moment gewesen, unter Beweis zu stellen, daß der Geist und weniger der Buchstabe des Gesetzes die Richtschnur der britisch-indischen Beziehungen sein solle. Aber es hatte nicht einmal der Form nach Konsultationen zwischen dem Vizekönig, seinen Provinzregierungen und der Zentralversammlung gegeben. Vor den Kopf gestoßen, reagierte der Kongreß mit den Rücktritten und erklärte, ein Krieg gegen den deutschen Diktator könne nur von freien Menschen geführt werden.

Rowan sagte: »Es müssen Briefe gewesen sein, wie ein alter Chillingboroughianer sie einem anderen schreiben würde, in denen die Argumente für den Vizekönig ebenso überzeugend waren wie die gegen ihn.« Unglücklicherweise waren sie bei Colins Eltern eingetroffen, als Colin verwundet in einem Lazarett lag und als – wie Mr. Lindsey es vermutlich ausdrückte »England ganz allein stand«. Man konnte sich nur allzu leicht vorstellen, was für ein Mensch der alte Lindsey war – oder geworden war: Falls er Pächter oder Diener hatte, hätte er sie am liebsten um sich geschart und wäre mit ihnen zur nächsten Rekrutierungsstelle marschiert; er steckte sicher Nadeln mit bunten Köpfen auf die Landkarte und fühlte sich persönlich beleidigt, wenn ein Mann oder eine Nation auch nur den geringsten Zweifel am Verhalten derer äußerte, die Gott mit Macht und Verantwortung betraut hatte. Die Haltung der indischen Politiker nach 1939 konnte ihm keinen Inder sympathischer gemacht haben. Als er Haris Briefe vorsätzlich öffnete, sah er seinen Verdacht gegen die Bewohner dieses Landes wohl nur bestätigt.

»Hitzköpfiger politischer Unsinn.« Eine gedankenlose leere Phrase. Aber wie sehr sollte sie Hari zwei Jahre später schaden, als die Polizei Colins Brief fand, in dem er sie wiederholte und sich dafür entschuldigte. Nur diesen Brief Colins hatte Hari aufbewahrt. Das war Pech. Er schien damit den einzigen wirklichen Beweis gegen sich selbst aufzubewahren. Hari warf ihn nicht weg, denn nur dieser Brief Colins schien von dem Jungen mit dem Gerechtigkeitssinn zu stammen, den er kannte. Die Feuertaufc des jungen Lindsey hatte ihm etwas von dem Hurrapatriotismus ausgetrieben. Er gehörte nicht mehr zu den Fahnenschwenkern. Der Krieg war zu real geworden. Vielleicht überlegte Colin zum ersten Mal, seit Hari England verlassen hatte, wie *Haris* Realität aussah.

1941 sollte er es feststellen. Sein Regiment kam nach Indien. Er schrieb Hari nach Majapur, er hoffe, ihn dort besuchen oder irgendwo treffen zu können. Er schrieb noch einmal aus einer anderen Garnison und erklärte Hari, wie schwierig eine solche Reise wäre. Dann schrieb er nicht mehr. Hari redete sich ein, das Regiment sei vielleicht nach Burma oder Malaia verlegt worden, und als die Japaner zu Beginn des Jahres angriffen, bedauerte er Colin, weil er wieder an der Front und in einem schlimmen Krieg war.

Rowan zögerte. Ich nutzte die Gelegenheit, um ihn zu unterbrechen und ihm eine Frage zu stellen, die mich in den letzten Minuten beschäftigt hatte.

»Er hätte sich doch zum Militär melden können, oder? Man hätte ihn sofort als Offiziersanwärter genommen.«

»Ich weiß. Diese Frage wollte ich ihm auch stellen, unterließ es aber, denn ich wußte, er hätte Grund genug gehabt, etwa zu antworten: ›Warum zum Teufel sollte ich? Warum hätte ein Streifen an der Schulter mich plötzlich für die Engländer sichtbar und akzeptabel machen sollen?‹ Wie gerechtfertigt eine solche Antwort auch gewesen wäre, sie hätte im Protokoll einen schlechten Eindruck gemacht.«

»Als Beweis seiner antibritischen Haltung?«

»Auf dem Papier, ja. Aber ich habe dir nicht erzählt, was der Ausbildungsleiter noch zu ihm gesagt hatte: ›Ich will keine kleinen schwarzen Bolschies auf meiner Seite des Schreibtischs.‹ Wenn dir das der Angestellte einer Firma wie die Britisch-Indischen Elektrowerke in Majapur sagt, dann eilst du vermutlich nicht zu den Fahnen, wenn *sein* Land in Europa Krieg führt. In Haris Fall folgte meiner Meinung nach daraus nicht, daß er zur Opposition eilte. Ich glaube nicht, daß er in dem, was ihm widerfuhr, eine *politische* Bedeutung sah.«

Als Reporter der *Gazette* nahm er oft an englischen gesell-

schaftlichen Ereignissen teil, wie Blumenausstellungen, Sport-
festen, Kricketspielen. Gelegentlich machte ihm ein Engländer
wegen seiner englischen Aussprache ein Kompliment und erkundigte sich, wo er sie gelernt hatte. Wenn Hari die Frage
beantwortete, erntete er solche Ungläubigkeit, daß er aufhörte,
»in Chillingborough« zu sagen. Ein Chillingboroughianer landete nicht als schlechtbezahlter Reporter bei einer indischen
Lokalzeitung. Deshalb vermied er diese peinlichen Gespräche.

Anfang 1942 sah er im Garnisonsviertel Offiziere und Soldaten von Colins Regiment. Das Bataillon war nach Majapur verlegt worden. Er überlegte, ob er eines Abends nach Hause kommen und hören würde, daß Colin ihn besucht hatte. Er hoffte es
nicht. Außerdem war es sehr unwahrscheinlich. Seine Seite des
Flusses war für das Militär Sperrgebiet; ein Offizier konnte natürlich immer einen Passierschein bekommen, aber Hari hielt es
für wahrscheinlicher, daß Colin schreiben oder in die Redaktion
kommen würde. Kein Brief traf ein. Er sah Colin auch nicht unter den Offizieren, die im Garnisonsbasar einkauften. Hari hielt
es für möglich, daß Colin nicht mehr bei dem Bataillon war, aber
im Innern muß er geahnt haben, daß Colin nach einigen Monaten in Indien mit eigenen Augen die Wahrheit über das Leben
gesehen hatte, das ein junger Inder ohne offizielle Stellung führen würde. Ein Blick auf den Stadtplan von Majapur mußte ihm
gezeigt haben, wie nahe sie einander geographisch, wie weit sie
aber gesellschaftlich voneinander getrennt waren.

Aber Colin war in Majapur. Hari sah ihn auf dem *Maidan,* als
er über ein Kricketspiel berichten sollte. Sie standen nicht weit
voneinander entfernt. Sie sahen sich an. Keiner sagte ein Wort.
Die freundlichste Deutung, die Hari dafür finden konnte, daß Colin ihn nicht angesprochen hatte war, daß er ein braunes Gesicht
unter so vielen nicht erkannte. Zumindest deutete er das an, als
Rowan ihn verhörte. Kumar schilderte das Ereignis als Antwort
auf die Frage, weshalb er im Februar 1942 völlig betrunken in der
Nähe des Flusses gefunden und von Schwester Ludmila zum Asyl
gebracht worden war.

Hari erklärte, er habe eine engere Beziehung zu jungen Männern wie Vidyasagar und seinen Freunden vermieden, und die
Einladung, einen Kaffee mit ihnen zu trinken, immer abgelehnt.

Nach der Begegnung mit Colin auf dem *Maidan* habe er Vidya-sagar getroffen und sich spontan entschlossen, die Einladung an-zunehmen, ihn nach Hause zu begleiten. Es schien, als habe er nun gewußt, daß seine einzige wirkliche Verbindung mit der Ver-gangenheit abgerissen war, und keinen Grund mehr gesehen, sich darüber hinwegzutäuschen, daß er sich nicht von diesen halb ver-westlichten jungen Indern unterschied. An diesem Abend stellte er fest, daß sie Alkohol brannten oder sich illegal verschafften. Sie waren den Alkohol gewöhnt; er nicht. Er wurde sehr betrunken. Sie brachten ihn nach Hause, aber nachdem sie gegangen waren, verließ er das Haus wieder und wanderte durch das Ödland, wo die Ärmsten der Armen und die Unberührbaren kampierten. Und dort entdeckten ihn Schwester Ludmila und ihre Bahrenträger.

Du könntest bei mir den Anfang machen, hatte Rowan gesagt, *ich habe sehr wenig echtes Selbstvertrauen. Aber es wäre gefährlich, diesen Eindruck zu vermitteln. Vermutlich kompensiere ich meine Unsicherheit zu sehr. Die meisten von uns tun es. Vielleicht war es auch bei Colin Lindsey so.*

Mir erschien es sehr merkwürdig, Lindseys Verhalten damit zu erklären, daß er sein mangelndes Selbstvertrauen übermä-ßig kompensierte, wenn man davon ausging, daß sie sich erkannt hatten. Kann man annehmen, daß sie sich erkannten? Kann man überhaupt annehmen, daß der Mann, den Kumar für Lind-sey hielt, tatsächlich Lindsey war? Offenbar muß er es gewesen sein. Rowan ging der Sache nach und erkundigte sich im Garni-sonssekretariat. Ein Hauptmann Colin Lindsey war in Majapur gewesen, wenn auch nicht mit seinem Bataillon. Er gehörte zum Stab der Einheit, mit der sein Bataillon für Ausbildungszwecke zu einer Brigade zusammengelegt worden war. Er war auf eige-nen Wunsch von Majapur in das Divisionshauptquartier versetzt worden.

Trotzdem bleibt es eine Vermutung, daß sie sich erkannten. Aber wenn sie sich erkannt hatten, dann darf man vermuten, daß Lindsey nichts deutlicher sah als die Peinlichkeit, die je-dem Versuch folgen mußte, die alte Freundschaft angesichts so unterschiedlicher Lebensumstände zu erneuern. Seine Verset-zung zur Division deutet darauf hin, daß er vermutlich sofort darum gebeten hatte, als er erfuhr, er werde der Brigade in Majapur zugeteilt. Es hatte wenig mit übermäßiger Kompensation mangelnden Selbstvertrauens zu tun, aber sehr viel mit schlichtem Selbstschutz vor den Folgen einer Freundschaft mit einem Mann, der nicht mehr gesellschaftsfähig war und sich möglicherweise als Plage erweisen würde, als der Inder, von dem die Engländer so oft behaupteten, er versuche, sich Vorteile zu verschaffen, stelle Forderungen, die man unmöglich erfüllen könne, und es sei klüger und bequemer, sich nicht auf solche Leute einzulassen.

Ich stimme Rowan darin zu, daß die Begegnung mit Lindsey die Begegnung in Kumars Leben war, die geradewegs zu der anderen führte, mit der sein ganzes wahres Unglück begann, und die deshalb eine besondere Bedeutung erhielt: Ohne Lindsey an diesem Tag auf dem *Maidan* kein Trinkgelage mit dem jungen Vidyasagar und seinen Freunden, kein Umherirren durch das Ödland, keine Bahrenträger, keine Schwester Ludmila, kein Asyl, kein Erwachen dort am nächsten Morgen, keinen Kater, keine Gereiztheit und kein Trotz.

Kein Merrick.

Und doch, wie logisch war die Begegnung zwischen Kumar – einem von Macaulays »braunhäutigen Engländern« – und Merrick, einem als Engländer geborenen und in England aufgewachsenen Mann, dem die gesellschaftliche und wirtschaftliche Struktur seines Landes jedoch die Vorteile und Privilegien vorenthalten hatte, die Kumar anfänglich genoß; darüber hinaus fehlte diesem Mann völlig der liberale Instinkt, der den Historikern so teuer ist, daß sie ihn wie einen roten Faden durch die nicht erforschten Wälder des Vorurteils und des Eigennutzes ziehen, als sei dieser Faden und nicht der Wald unsere Geschichte.

Man versetze Merrick in die Heimat, nach England, und Harry Coomer ins Ausland, nach England, und das Auge des Historikers ruht freundlich auf Coomer; er ist ein Symbol unserer Tugend. In England ist Merrick unsichtbar. Man versetze beide nach Indien, und der Historiker kann beide nicht sehen. Sie sind vom roten Faden abgewichen und in den Dschungel geraten. Aber man richte einen Scheinwerfer auf sie, und das Licht fällt auf Merrick. Dort steht er, der Unbekannte, einer der Menschen, die wir wirklich sind (wie Sarah sagen würde). Ja, ihre Begegnung war logisch. Und sie waren sich bereits unzählige Male begegnet. Man kann sagen, sie begegnen sich noch immer; ihre Begegnung enthüllt den wahren Geist, den die Historiker nicht erkennen oder den wir an den Rand unseres Bewußtseins drängen.

Weder Rowan noch ich sahen es damals so. Ich bezweifle, daß er es heute so sehen würde. Er würde sich einfach immer noch abgestoßen und verwirrt fühlen. Rowan, ein Mann mit einem Gewissen, das für beide Männer sprach – mehr für Kumar als für Merrick, aber auch für Merrick sprachen liberale Zweifel, die stark genug waren, daß Rowan untätig blieb. Als Rowan mir das alles erzählte, versuchte er, seiner Untätigkeit das positive Handeln eines anderen entgegenzustellen: mein Handeln. Er wollte, daß ich tat, was er nicht konnte: Kumar helfen. Natürlich waren seine Vorstellungen darüber verschwommen.

Kumar hatte sich am Wasserhahn gewaschen und versucht, einen klaren Kopf zu bekommen, als Merrick im Asyl erschien und nach dem geflohenen Moti Lal suchte. Der erste Ball für das Aus. Die unbarmherzige Folge von Bällen danach kam von derselben Hand. Merrick sah Kumar, einen jungen zweiundzwanzigjährigen Mann, der sich unter dem Wasserhahn wusch; er wählte ihn aus. Ich fragte mich, wie »anziehend« Hari Kumar gewesen war, ehe das Gefängnis seine Wirkung tat und ihn zu einem Mann machte, der aus den Augenhöhlen eines anderen blickte. Selbstbestrafung stand außer Frage, deshalb bestrafte Merrick die Männer, die er auswählte. Nach Karim Muzzafir Khans Selbstmord zweifelte ich keinen Augenblick mehr an Merricks unterdrückter Homosexualität. Rowan wich diesem Thema immer aus, und infolgedessen erhielt es für ihn, wie ich glaube, eine größere Bedeutung, als es verdiente – abgesehen vielleicht in Hinblick auf die bevorstehende Heirat mit Susan Bingham. Aber Rowan hatte es offenbar als unmöglich empfunden, einen derartigen Verdacht gegenüber Oberst Layton oder jemandem, der es hätte erfahren müssen, zu äußern. Man kann das verstehen. Es ging ihn nichts an, so wie es mich nichts anging.

Da Kumar Merricks Fragen nicht klar und respektvoll beantwortete, transportierte man ihn unter Anwendung von Gewalt aus dem Asyl. Man stieß und schlug ihn, warf ihn in einen Polizeiwagen. Das tat nicht Merrick, sondern einer seiner Unterinspektoren (vielleicht derselbe, der den »irrtümlichen« Bericht über das Fahrrad machte?).

Aber Merrick sah, wie man ihn schlug – Schwester Ludmila sah es ebenfalls. Als der Polizeiwagen davongefahren war, benachrichtigte sie Haris Onkel Romesh Chand. Romesh schickte den Anwalt Srinivasan zur Polizei, um herauszufinden, aus welchem Grund man den jungen Kumar »verhaftet« hatte. Als er auf der Polizeiwache erschien, befand sich Kumar bereits wieder auf freiem Fuß. Aber es wurde bekannt, daß ein anständiger, gebildeter junger Inder von der Polizei grob behandelt und zum Verhör auf die Wache gebracht worden war –, es wurde bekannt in den Kreisen der indischen Gesellschaft, die ein Bindeglied zwischen den Herrschenden und den Beherrschten darstellten: Inder, die mit einem Fuß in beiden Lagern standen.

Vier Jahre nach seinem Eintreffen in Majapur wurde diese Welt auf Hari Kumar aufmerksam. Man mußte ihn erst auf die Polizeiwache schleppen. Es muß Merrick verblüfft haben, daß diese Welt Kumar jetzt zur Kenntnis nahm. Zuerst Srinivasan, und dann, zweifellos durch Srinivasans Vermittlung, kein Geringerer als der Distriktsrichter, ein Inder, der sich offenbar freundlich erkundigte, weshalb man den jungen Inder ohne erkennbare Rechtfertigung auf die Wache gebracht hatte. Merrick kann für Srinivasan und den Richter nur Verachtung empfunden haben.

Die *Doyenne* der offiziellen indischen Gesellschaft in Majapur war Lady Chatterjee. Man darf sie sich als eine kultivierte und kosmopolitische Dame vorstellen, denn sie war eine Freundin von Lady Manners, *Persona grata* beim Distriktskommissar, mit dem sie Bridge spielte. Aber Lady Chatterjee war weder blind noch taub gegenüber der Willkür der Briten, auch wenn sie es (wie man vermutet) gegenüber ihren Unsitten oft sein mußte. Was der Anwalt Srinivasan oder der Richter Menen ihr über Kumar erzählte, weckte ihr Interesse soweit, daß sie ihn zu einer Party in ihr Haus einlud.

Man kann vermuten, daß Kumar die Einladung aus Neugier annahm, aus widerborstiger Neugier, und daß er sich über das Interesse an seinem »Fall« ebenso ärgerte wie darüber, daß dieser privilegierte Teil der indischen Gesellschaft so lange gebraucht hatte, um ihn zur Kenntnis zu nehmen. Rowan hatte den Eindruck, es sei eine gemischte Gesellschaft gewesen – eine zusätzliche Ironie. Kumar wurde von beiden Seiten genau beobachtet. Er gab Rowan gegenüber zu, die Party sei aus seiner Sicht kein Erfolg gewesen (auch nicht aus Lady Chatterjees Sicht, wie er glaubte, bei der er sich nicht für den Abend bedankte). Kumar sagte, er hatte vergessen, wie man sich in einer solchen Gesellschaft benimmt.

Man bezweifelt das, bis man sich daran erinnert, daß er noch nie zuvor in einer solchen Gesellschaft gewesen war; dann versteht man, was er wirklich meinte: Er hatte keine Vorstellung, wie man sich in einer Gesellschaft verhielt, in der Weiße und Braune zusammentrafen und trotzdem gewisse Regeln beachteten, die eine Rassentrennung ahnen ließen. Von diesen Regeln schien nur Miss Manners nichts zu wissen. Anfangs dachte Hari, sie bemühe sich etwas zu angestrengt, ihn aufzulockern. Kumar hatte seit langem keine Engländer mehr getroffen, die ihn nicht mit Herablassung oder Befangenheit behandelt hätten, und genau das *schien* Miss Manners nicht zu tun; die folgenden Ereignisse deuten darauf hin, daß sie es *tatsächlich* nicht tat. Damit war sie die erste Engländerin, die auf der schlichten menschlichen Ebene von Frau zu Mann mit ihm sprach. In England war er noch ein Schuljunge gewesen. Man fragt sich, welche Wirkung das auf ihn gehabt hat. Rowan hatte nie ein Bild von ihr gesehen. Das Foto von ihr, das die Polizei in Kumars Zimmer entdeckte, befand sich nicht in der Akte. Aber Rowan hatte gehört, wie man sagte, an ihr sei nicht viel zu sehen gewesen. Das war allerdings hinterher, als man sich nicht mehr für sie interessierte und vermutete, sie habe den Beweis zunichte gemacht, um einen Mann zu retten, in den sie entweder vernarrt war oder vor dem sie panische Angst hatte.

Man weiß wirklich nichts über Daphne Manners, außer daß sie sich mehr oder weniger zu Kumar hingezogen fühlte. Über Kumars Gefühle weiß man nichts. Die Geschichte ihrer Beziehung könnte beinahe auf jede Theorie über Kumars Charakter und Absichten zugeschnitten werden. Zum Beispiel tat er so wenig wie möglich, um sie zu ermutigen, denn er fand ihr Verhalten peinlich. Oder er tat so wenig, um sie zu verführen. Oder er mochte sie wirklich, verliebte sich vielleicht in sie, sah für sie beide aber keine Zukunft und tat alles, um ihr die Augen dafür zu öffnen. Die meisten vertraten die Theorie, er habe ihr den Kopf verdreht, damit sie hinter ihm herrannte, und er sie demütigen konnte, aber so raffiniert, daß sie nicht begriff, daß er das tat.

»Welche Theorie hältst du für richtig?« fragte ich Rowan.

»Ich glaube, er mochte sie wirklich. Ich glaube nicht, daß er ihr schaden wollte. Ich glaube, sie verliebte sich sehr schnell in ihn. Und ich glaube nach einiger Zeit schliefen sie miteinander. Ich glaube, sie schliefen im Bibighar Park miteinander. Nur diese Version ist eine vernünftige Erklärung für alles andere. Die beiden schliefen miteinander und wurden von den Männern gestört, die sie dann vergewaltigten.«

»Seine Freunde?«

»Es waren nicht seine Freunde. Er war mit ihnen nur einmal zusammengewesen. An dem Abend, an dem er sich betrank. Sie waren auch nicht seine Feinde. Und sie waren im Grunde noch Kinder.

Wenn Hari und Miss Manners an diesem Abend im Bibighar miteinander geschlafen haben, dann waren die Männer, die sie überfielen und Miss Manners vergewaltigten, meiner Meinung nach wirklich die Sorte Männer, die sie später beschrieb, als sie zugeben mußte, sie flüchtig gesehen zu haben. Gesindel, das nach Majapur gekommen war, um soviel wie möglich zu stehlen, wenn die Unruhen ausbrachen, mit denen jeder rechnete, und zu denen es in Distrikten wie Dibrapur bereits gekommen war. Bibighar Park klingt nach einem belebten Ort, aber in Wirklichkeit war es ein verwildertes Gelände. An einer solchen Stelle würden sich solche Männer sammeln und auf die Dunkelheit warten. Und dorthin gingen Kumar und Miss Manners, um allein zu sein.«

»Hast du Kumar nicht gefragt, ob es so gewesen ist?«

»Es fiel mir erst später ein. Sogar erst vor kurzem. Kumar hätte es natürlich so und so nicht zugegeben. Er lehnte es ab, irgend etwas über sie zu sagen. Er blieb beharrlich bei seiner Aussage, Miss Manners seit ungefähr drei Wochen, seit dem Abend, an dem sie den Tempel besucht hatten, nicht mehr gesehen zu haben. Genau das sagte er auch, als Merrick ihn verhaftete. Und dann vergiß bitte nicht, ich versuchte, ihn nicht nach der Vergewaltigung zu befragen. Ich hielt mich sehr genau an den abgesteckten Rahmen, und der galt nur für die Vernehmung eines politischen Gefangenen. Aber das Thema Vergewaltigung ließ sich nicht vermeiden. Alles führte darauf hin, denn alles führte zu Merrick. Kumar schien zu wollen, daß alles auf Merrick hinauslief. Gopal auch. Übrigens auch Lady Manners. Gopal begann, ihn über das erste Verhör zu befragen – ich meine nicht das im Februar – ich meine, nachdem Merrick ihn am Abend der Vergewaltigung zu Hause festgenommen und zum Polizeipräsidium gebracht hatte. Kumar sagte zu Gopal, Merrick habe damals befohlen, ihn auszuziehen und seine Genitalien zu untersuchen. Lady Manners hörte mit und sah durch das Gitter alles. Das Mikrophon befand sich in einem Telefon auf meinem Tisch, aber sie und ich konnten das Telefon benutzen, um miteinander zu sprechen. Als sie merkte, daß ich verhindern wollte, daß weitere Fragen in diese Richtung gestellt wurden, meldete sie sich und sagte, ich solle mir keine Sorgen darüber machen, falls sie unerfreuliche Dinge zu hören bekomme. Sie erkundigte sich auch, ob Kumar wußte, daß ihre Nichte im Kindbett gestorben war. Ich tat natürlich, als sei es ein Gespräch von außerhalb, und nutzte die Gelegenheit, um die Vernehmung zu unterbrechen und Kumar hinauszuschicken. Ich versuchte, Gopal zu erklären, daß das Protokoll der Untersuchung als irrelevant abgelegt werden könne, wenn wir uns auf die angebliche Vergewaltigung konzentrierten. Aber er gab nicht nach. Ich hielt es für ziemlich gefährlich. Vergiß nicht, Guy, ich war damals davon überzeugt, Kumar sei an dem Überfall beteiligt gewesen. Ich hielt Gopal für sehr naiv und übereifrig in seinem Versuch zu beweisen, daß Kumar ein Opfer des *Radsch* war. Offen gestanden ging es mir auch gegen den Strich, mit anzuhören, wie Kumar einen englischen Polizeibeamten beschuldigte. Der Mann war nicht anwesend und konnte sich nicht verteidigen.

Kumar stand nicht unter Eid; die Untersuchung war nicht öffentlich. Nichts von dem, was Kumar beschloß zu sagen oder zu befinden, konnte rechtliche Folgen für den Polizeibeamten nach sich ziehen. Ich fragte mich auch, weshalb Kumar sich so plötzlich bereit fand, Fragen zu beantworten, deren Beantwortung er früher verweigert hatte. In der Akte stand, daß er 1942 jede Frage mit der Bemerkung beantwortet hatte, er habe nichts zu sagen. Er äußerte sich allerdings immer noch nicht darüber, was er getan hatte, nachdem er die Redaktion der *Gazette* wie üblich um achtzehn Uhr verlassen hatte, und was in der Zwischenzeit geschehen war, ehe er gegen 21.30 Uhr mit schmutziger Kleidung und Kratz- und Schürfwunden im Gesicht zurückkehrte. Andererseits...«

Ich wartete.

»Andererseits, wenn er die Zeit im Gefängnis damit verbracht hatte, sich Märchen über Merricks Behandlung auszudenken, hätte er auch eine plausible Geschichte erfinden können, um die ominöse Lücke zu füllen. Und das hatte er nicht getan. Und alles, was er sagte, *klang* wahr. Ich wußte nicht, was ich davon halten sollte. Aber ich kam mir wie ein Verteidiger vor, der weiß, daß er seinen Klienten frei bekommen kann, solange er sich genau an die Sache hält – das geringfügige juristische Problem – und alles Kontroverse vermeidet. Ich glaube, ich hätte mich daran halten und mich über Gopal hinwegsetzen können, wenn Kumar mitgespielt hätte. Aber Kumar wiederholte immer wieder, die wahre Situation lasse sich nicht vermeiden. Er meinte damit nicht die Vergewaltigung; er sagte, er meine Merricks und seine Situation. Als er nach der Unterbrechung zurückkam, ließ ich der Sache ihren Lauf. Ich hatte den Eindruck, die Position gewechselt zu haben und jetzt der Ankläger zu sein. Ich dachte, wenn ich zulasse, daß er etwas über die Situation sagte, wie er es nannte, werde er unweigerlich etwas verraten. Das wollte ich nicht. Ich glaubte nur, es nicht länger verhindern zu können. Verstehst du das? Oder hört es sich an, als sei ich jemand, der versucht, ein Vorurteil zu vertuschen, und so tut, als habe es dieses Vorurteil nie gegeben?«

Eine schwierige Frage. Ich konnte sie nicht beantworten. Ich versuchte es auch nicht. Rowan quälte die Vorstellung, sein Verdacht, Hari sei an der Vergewaltigung beteiligt gewesen, habe nicht so sehr auf dem Beweismaterial in der Akte beruht, als darauf, daß Hari ein Inder war und seine Hautfarbe Rowans Meinung über ihn beeinflußt hatte. Deshalb empfand er es als Erleichterung, die Position zu wechseln, die Maske fallen zu lassen. Sollte Hari sich doch selbst verurteilen, indem er versuchte, Merrick zu verurteilen.

Ich glaube, in diesem Moment, als Rowan mit gegenübersaß und keine Spur von Beunruhigung zeigte (in Stein gemeißelt wäre nichts deutlicher zum Vorschein gekommen als seine unbeirrbare prokonsularische Selbstsicherheit, Distanziertheit und Würde), begriff ich das komische Dilemma der Sahibs: Diese Männer versuchten, Vertrauen zu erwecken, aber sie konnten sich nicht einmal selbst trauen. Die Luft um uns herum und auf dem Gelände der Sommerresidenz war weich und schwer vom Duft aromatischer Harze, aber sie war melancholisch – erfüllt von diesem Mißtrauen gegen sich selbst und von dem Geruch einer Unwirklichkeit, die nur das Exil wirklich zu machen schien. Ich hatte den beinahe unbezähmbaren Drang, laut herauszulachen. Ich unterdrückte ihn, denn Rowan hätte es falsch gedeutet. Aber ich hätte stellvertretend für ihn gelacht. Ich glaube, wenn man stellvertretend für andere lacht, die komische Seite ihres Lebens sieht, die sie selbst nicht sehen können, ist das eine Möglichkeit, Zuneigung für sie auszudrücken, sogar – eine Art – Bewunderung für das Leben, das sie so ernsthaft zu führen versuchen.

Gopal vertrat die Theorie, die Wunden und Abschürfungen im Gesicht, die Kumar angeblich wusch, als die Polizei in seinem Haus erschien, seien erst dagewesen, nachdem die Polizei gekommen war, oder erst, als er im Polizeipräsidium eintraf, oder sogar noch später. Das heißt, es habe die Wunden nicht gegeben, ehe sie ihn hart anfaßten und in der Akte eine Begründung für den Zustand seines Gesichts brauchten, die gleichzeitig den Verdacht gegen ihn erhärtete. Als die Untersuchung nach der Unterbrechung weiterging, las Rowan Merricks Bericht über sein Eintreffen in Kumars Haus vor. Danach hatte Kumar sich gerade das Gesicht gewaschen, das Schnitt- und Schürfwunden aufwies, und die schmutzige Kleidung gewechselt.

Rowan fragte, ob dieser Bericht zutreffend sei.

Ja, sagte Kumar, das sei er.

Gopal war der Wind aus den Segeln genommen, aber er wartete geduldig. In Kumars Akte befand sich noch ein weiterer kurzer Bericht, die Kopie der Aussage eines Richters, der vom Distriktskommissar beauftragt worden war, Kumar zu zwei eher unangenehmen Punkten in der Behandlung des Falls zu befragen. Es hatte sich in Majapur herumgesprochen, daß man versucht habe, den verhafteten Indern, sämtlich Hindus, Geständnisse zu entlocken, indem man sie zwang, Rindfleisch zu essen. Außerdem behauptete man, sie seien geprügelt worden. Der Richter hieß Iyenagar. Rowan hatte die Akten der fünf anderen jungen Männer nicht gesehen; ihm lag nur Kumars Akte vor. Nach diesen Unterlagen hatte Kumar Iyenagar gesagt, er habe sich über seine Behandlung nicht zu beklagen. Es war eine sehr einfache Widerlegung der Gerüchte. Der Bericht des Arztes im Kandipatgefängnis, der Kumar bei seiner Einlieferung als politischer Häftling – mehr als zwei Wochen später – untersucht hatte, schien das zu bestätigen. Der Gefängnisarzt stellte darin als einzigen Hinweis auf Gewaltanwendung eine Prellung an der Wange fest. Aber die hatte es bereits gegeben, als Merrick Kumar beim Waschen der Wunden überraschte.

Die Prellung lieferte Gopal jedoch ein Argument, das er zu Kumars Vorteil einsetzen wollte. Gopal sagte, die Spuren in Haris Gesicht, die Hari sich weigerte zu erklären, seien von der Polizei als Spuren von Verletzungen interpretiert worden, die Miss Manners ihren Angreifern im Kampf beigebracht habe. Gopal sagte, vor Gericht hätte ein Anwalt vermutlich vernünftigerweise die Frage gestellt, ob eine Frau einen Mann so heftig schlagen könne, daß die Prellung noch nach zwei Wochen zu sehen sei. Gopal versuchte immer noch, Hari zu der Aussage zu bewegen, die Polizei habe ihn geschlagen. Aber Hari ging nicht darauf ein. Er erwiderte, das sei ein gutes Argument, aber vor Gericht hätte der Ankläger das ebensogut gegen ihn anführen können, indem er behauptete, die Männer, die Miss Manners überfallen hatten, hätten auch miteinander gekämpft.

»Ich sah darin eine Chance«, sagte Rowan. Ich fragte ihn beiläufig, ob es so gewesen sei, und ich erinnere mich noch an seinen Blick. Er erwiderte, er habe keine Ahnung, was zwischen den Männern vorgefallen sei, die Miss Manners überfallen hatten. Aber er begriff, daß ich meine Position gewechselt hatte. Ich versuchte noch einmal, ihn zu einer Aussage über das Geschehen dieses Abends zu bringen und gab ihm die Möglichkeit, zurückzugehen zur Frage von Colin, zur Frage seiner Beziehung mit

Miss Manners. Aber ich erhielt nur die Information, daß er und Miss Manners manchmal Schwester Ludmila im Asyl geholfen, sich gelegentlich gegenseitig besucht und sich manchmal sonntagmorgens im Bibighar Park getroffen hatten. Das waren Plätze, an denen sie sich sehen konnten, ohne wie er sagte, unangenehm aufzufallen. Aber das alles habe an dem Abend geendet, als sie gemeinsam den Tempel besuchten und sich wegen irgend etwas stritten.

Ich sah wieder eine Chance. Ich sagte: ›Aber Sie haben sich später wieder versöhnt.‹ Er fiel nicht darauf hinein. Er wies darauf hin, daß er und Miss Manners sich seit dem Abend des Tempelbesuchs nicht mehr gesehen hatten. Nun überließ ich es Gopal, die Fragen zu stellen, und das bedeutete, ich überließ es Gopal, Hari so weit zu bringen, daß er erzählte, was geschehen war, nachdem Merrick ihn verhaftet hatte.«

Sie gerieten beinahe augenblicklich in, wie Rowan es nannte, sehr trübes Wasser. Während sie sich auf das politische Beweismaterial konzentriert hatten, war es möglich gewesen zu zeigen, daß der Widerspruch nicht in den Fakten, sondern in ihren Deutungen lag. Als Hari beschrieb, was geschehen war, nachdem man ihn durch den Raum, in dem die fünf anderen, noch fröhlich betrunkenen jungen Männer hinter Gittern saßen, in den klimatisierten Keller des Polizeipräsidiums hinuntergeführt hatte, ging es sofort nur noch darum, Merricks offiziellen Aussagen Haris Erinnerungen an das Verhör gegenüberzustellen. Waren es Erinnerungen oder Phantasien?

In der Polizeiakte stand zum Beispiel: »Um 22.45 Uhr fragte der Gefangene Kumar, nachdem er sich bis dahin beharrlich geweigert hatte, Fragen über sein Tun und Lassen an diesem Abend zu beantworten, aus welchem Grund man ihn in polizeilichen Gewahrsam genommen habe. Als man ihm sagte, man glaube, er könne der Polizei bei ihren Nachforschungen im Fall der Vergewaltigung helfen, die sich im Laufe des Abends im Bibighar Park ereignet hatte, erklärte er: ›Ich habe Miss Manners seit dem Abend, an dem wir den Tempel besuchten, nicht gesehen.‹ Auf die Frage, weshalb er Miss Manners erwähne, verweigerte er die Antwort, und er zeigte Anzeichen von Beklommenheit.«

Als Hari gefragt wurde, ob das richtig sei, verneinte er. Hari sagte, er habe sich geweigert, die Frage zu beantworten, aber der Bericht lasse die Tatsache unerwähnt, daß er erklärt hatte, er werde sich weigern, solange man ihn über den Grund seiner Festnahme im Ungewissen ließe. Vermutlich war es 22.45 Uhr geworden, als Merrick schließlich sagte, er stelle Nachforschungen über eine vermißte Engländerin an und dann hinzufügte: »Sie wissen, welche.« Danach machte er, wie Hari sagte, eine obszöne Bemerkung. Hari verstand nicht, was mit Beklommenheit gemeint war, es sei denn, es handle sich um einen Hinweis darauf, daß er zitterte, weil er lange nackt in einem klimatisierten Raum stehen mußte, nachdem Merrick seine Genitalien inspiziert hatte. Danach hatte Merrick gesagt: »Sie waren also intelligent genug, sich zu waschen.« Und später: »Sie war also keine Jungfrau, und Sie waren der erste, der sie gestoßen hat?« Wie Hari sagte, hatte sich Merrick an den Schreibtisch gesetzt, Whisky getrunken und mit ihm über die Geschichte von Britisch-Indien gesprochen, wobei er immer wieder Bemerkungen über die jungen Inder in den Zellen oben einfließen ließ und andeutete, Hari sei für sie der Anführer, und sie würden alles tun, was er ihnen sage. Merrick wiederholte dann die Bemerkung, sie sei keine Jungfrau gewesen, und Hari habe sie als erster gestoßen. Dieser Folge der Ereignisse behauptete Hari entnommen zu haben, man verdächtige ihn und die anderen einer Vergewaltigung. Hari behauptete, Miss Manners nicht erwähnt zu haben, bis Merrick schließlich um 22.45 Uhr – die Zeitangabe stellte er nicht in Frage – sagte, daß eine Engländerin vergewaltigt worden sei und hinzufügte: »Sie wissen, welche«, worauf er eine obszöne Bemerkung machte. Hari weigerte sich, die Bemerkung zu wiederholen, bestätigte jedoch, daß er daraufhin Merrick gesagt habe, er habe Miss Manners seit dem Abend des Tempelbesuchs nicht mehr gesehen.

Gopal wies ihn darauf hin, seine Erklärung dafür, weshalb er ihren Namen genannt habe, sei nicht einleuchtend, wenn er die Bemerkung nicht wiederhole. Aber Hari wollte Merricks Bemerkung nicht wiederholen.

Das ärgerte Gopal, und er ließ nicht locker. Hari weigerte sich, Gopal wurde immer erregter. Es schien, als stehe er plötzlich auf

Merricks Seite und wolle zeigen, daß Kumar die Bemerkung nicht wiederhole, weil er es nicht könne, weil Merrick die Bemerkung nie gemacht habe und alles, was er über Merrick sagte, Lügen seien.

Hari blieb fest. Rowan schaltete sich wieder ein. Er wiederholte Merricks Bericht Punkt für Punkt und zwang Hari, ihm zuzustimmen, daß eine Reihe von Einzelheiten korrekt wiedergegeben waren. Hari *hatte* Miss Manners' Namen genannt. Die Zeitangabe wurde nicht bestritten. Und er *hatte* Anzeichen von Beklommenheit gezeigt, und sei es auch nur, weil er zitterte.

Der Rhythmus von Fragen und Antworten wurde schneller. Wie lange hatte man Hari nackt stehenlassen? Er konnte sich nicht daran erinnern. Warum nicht? Er hatte das Gefühl für Dinge wie Zeit verloren. Eine Stunde? Zwei Stunden? Vielleicht. War er allein mit Merrick gewesen? Nicht die ganze Zeit. Andere waren hereingekommen. Wer? Zwei Polizeibeamte. Sonst noch jemand? Ja, möglicherweise noch andere. Konnte er sich nicht daran erinnern? Weshalb nicht? Bedeutete das, er war verwirrt und benommen gewesen und fror, weil er die ganze Zeit nackt dort gestanden hatte? Nein, er stand nicht die ganze Zeit. Also hatte man ihm erlaubt, sich zu setzen? Nein, man erlaubte ihm nicht, sich zu setzen.

Gopal sagte, er verstehe das nicht. Wenn Kumar nicht stand und nicht saß, was hatte er dann getan?

Hari sagte: »Ich stand über ein Gestell gebeugt. Ich war daran festgebunden. Für die Überredungsphase des Verhörs. Man benutzte einen Rohrstock.«

Rowan sagte: »Ich las Iyenagars Bericht vor und fragte Hari, ob er eine korrekte Wiedergabe der Vernehmung durch den Richter sei. Er sagte, ja. In gewisser Hinsicht war ich auf diese Antwort vorbereitet, und als ich Iyenagars Bericht *laut* las, fiel mir zum ersten Mal auf, wie überaus sorgfältig die Fragen formuliert waren. Solche Fragen wurden von einem vorsichtigen Beamten gestellt, wenn man vermutete, der Befragte sei zu ängstlich zuzugeben, daß man ihn mißhandelt hatte, und wenn der Beamte der Ansicht war, ein Dementi sei das beste für alle Beteiligten. »Haben Sie Beschwerden über Ihre Behandlung in der Untersuchungshaft

vorzubringen?« lautete die erste Frage. Hari erwiderte: »Nein.«
Die meisten Fragen wurden in dieser Art gestellt. Und wenn Hari
nicht mit »nein« antworten konnte, sagte er einfach, er habe seiner ersten Antwort nichts hinzuzufügen. Bevor ich zu lesen begann, glaubte ich, ihm eine Erklärung dafür unmöglich zu machen, weshalb er nun der Polizei körperliche Mißhandlung vorwarf, obwohl er damals Gelegenheit dazu gehabt hatte. Hari erklärte, Iyenagars Bericht sei korrekt. Ich wollte aufzeigen, daß
er widersprüchliche Aussagen machte. Aber das tat er nicht. Ich
kannte die Antwort, noch ehe er sie gab. Er hatte Iyenagar die
Wahrheit gesagt. Er hatte keine *Beschwerden* vorzubringen. Nur
das: keine Beschwerden.

Die Frage war weniger, weshalb er sich damals nicht beschwert
hatte, als vielmehr, weshalb er sich jetzt beschwerte. Und sprach
er die Wahrheit? Ich las den Bericht des Gefängnisarztes, der abgesehen von der Prellung im Gesicht keine anderen sichtbaren
Zeichen körperlicher Gewaltanwendung festgestellt hatte. Aber
ich konnte ihn nicht verunsichern. Er deutete an, der Arzt habe
andere Zeichen gesehen, sie aber nicht in seinen Bericht aufgenommen. Wir fragten Hari, wie oft man ihn geschlagen habe. Er
antwortete, daran könne er sich nicht erinnern. Jedesmal, wenn
man aufhörte, habe Merrick mit ihm gesprochen, um ihn zu einem Geständnis zu bewegen. Hari sagte, Merrick habe ihm erzählt, Miss Manners habe seinen Namen bereits genannt, aber er
glaube ihre Geschichte nicht. Er glaube, sie habe Hari und die
anderen provoziert, und sie hätten ihr dann mehr gegeben, als sie
eigentlich wollte. Nun versuche Miss Manners zu erreichen, daß
man sie bestrafte. Hari sagte, wenn Merrick festgestellt habe, daß
er nichts mit seinen Behauptungen erreichte, hätten die Beamten
Hari auf seinen Befehl wieder geschlagen. Ich wollte wissen, wie
lange das gedauert habe, denn ich glaubte ihm immer noch nicht.
Er erwiderte, er könne sich nicht daran erinnern. Gopal fragte,
ob er damit andeuten wolle, er habe das Bewußtsein verloren.
Hari sagte, er habe das Bewußtsein nicht verloren. Er könne sich
einfach nicht daran erinnern, wie lange er auf dem Gestell festgebunden gewesen sei.«

Rowan machte eine Pause. »Dann erklärte er, weshalb er sich
nicht mehr erinnern konnte. Er sagte, es sei schwer, in dieser Stel-

lung zu atmen, und er habe an nichts anderes mehr als an das Atmen gedacht. Da glaubte ich ihm. So etwas denkt sich ein Mann nicht einfach aus, nicht wahr? Das Problem war, wenn ich ihm glaubte, war es noch viel schwieriger, das Folgende als reine Erfindung abzutun. Hari sagte, Merrick habe die Beamten aus dem Raum geschickt, habe sich noch obszöner benommen und noch obszöner geredet. Ich fragte, was er damit meine. Ich wollte, ich hätte nicht danach gefragt. Er sagte, Merrick habe an ihm herumgespielt.«

»Herumgespielt?«

»Ich wies den Protokollführer an, das zu streichen, seinen Block auf meinen Schreibtisch zu legen und draußen zu warten, bis ich ihn zurückrief. Dann nahm ich mir Hari richtig vor. Ich sagte ihm ins Gesicht, er lüge, er benutze die Untersuchung seines Falls als politischer Häftling, um grundlose Anschuldigungen zu erheben im falschen Glauben, sie würden ihn vor der Anklage wegen Vergewaltigung selbst zu einem so späten Zeitpunkt schützen. Ich sagte es ihm auf den Kopf zu und sagte, er habe die Möglichkeit, es zu widerrufen. Ich riet ihm, sehr sorgfältig darüber nachzudenken, ob er diese Gelegenheit ungenutzt lassen wolle.«

»Hat er widerrufen?«

»Nein, er entschuldigte sich.«

»Wofür?«

»Für das Mißverständnis, wie er es nannte, in Hinblick auf den Grund der Befragung.«

»Was hatte er für den Grund gehalten?«

»Er glaubte, es sei Miss Manners schließlich gelungen, jemanden zu überzeugen, daß er nichts getan hatte, wofür er verdiente, eingesperrt zu werden, und daß dies seine Chance wäre, es zu beweisen.«

»Ganz so falsch war die Annahme nicht.«

»Nein, aber ich hätte mich an das politische Beweismaterial halten sollen. Sobald wir uns mit der Vergewaltigung beschäftigten, konnte ich meinen Verdacht nicht verbergen, und deshalb glaubte er, niemand sei von irgend etwas anderem überzeugt worden, als davon, daß es Zeit war, ihn wieder zu verhören, oder daß wir versuchten, ein schlechtes Gewissen zu beruhigen. Er fragte, ob ihr etwas zugestoßen sei. Er hatte keinerlei Nachrichten über sie. Ich sagte ihm, sie sei vor einem Jahr nach einem Kaiserschnitt an Peritonitis gestorben. Er fragte, ob sie geheiratet hatte. Natürlich hatte sie nicht geheiratet. Er fragte nicht, ob das Kind überlebt hatte. Zuerst dachte ich, er sei von der Nachricht völlig unberührt geblieben. Dann sah ich, daß es nicht so war. Ich fragte, ob er Zeit brauche, um sich zu beruhigen. Er erwiderte, nein, aber wir hätten es ihm sagen sollen. Es war sehr eigenartig. Seine Stimme blieb unverändert. Äußerlich wirkte er gefaßt. Aber er weinte. Ich fragte, ob er damit meine, er hätte die Fragen anders beantwortet, wenn er gewußt hätte, daß sie tot war. Er sagte, er habe die Fragen nur beantwortet, weil er dachte, es sei ihr Wunsch. Hätte er gewußt, daß sie tot war, hätte er überhaupt nichts beantwortet. Ich erinnerte ihn daran, daß er eine wichtige Frage immer noch nicht beantwortet hatte. Er wußte, es ging um die Frage, wo er sich aufgehalten hatte, als sie überfallen worden war. Er erwiderte, er werde diese Frage nie beantworten. Ich war soweit, daß ich die Sache zu einem Ende bringen wollte. Aber Gopal stellte weitere Fragen über die Situation von Hari und Merrick. Der Protokollführer befand sich nicht mehr im Raum. Die Untersuchung war offiziell beendet. Er begriff das. Er schien bereit, ja sogar sehr interessiert daran, über die Situation zu sprechen. Ich hinderte ihn nicht daran. Ich glaubte, er hatte die Wahrheit über die Stockschläge gesagt. Ich nahm es hin. Ich glaube, das muß man. Ich entschuldige sie nicht. Ich bin nicht sicher, daß ich sie verurteilen kann. Es wäre unfair, Merrick als Einzelfall herauszugreifen. Stockschläge sind in diesem Land eine normale juristische Form der Bestrafung. 1942 wurde sie als Strafe sehr oft verhängt, und ich bezweifle nicht, daß Leute in den Zellen oft zusammengeschlagen wurden, um sie zu Geständnissen zu bewegen. Die andere Sache, nun – ich nahm sie nicht ohne Zweifel hin, und nehme sie immer noch nicht hin. Er kann es sich eingebildet haben. Nach eigenem Zugeständnis war er nicht im Vollbesitz seiner Sinne gewesen. Wie ich sehe, stimmst du mir nicht zu.«

»Die Gewalttätigkeit ergibt mehr Sinn, wenn du die andere Sache glaubst, wie du es nennst. War Merrick ihm gegenüber zu irgendeinem Zeitpunkt freundlich?«

Rowan starrte mich an. »Freundlich? Zu ihm?«

»Hinterher.«

»Er gab ihm Wasser. Aber Hari mußte sich bei ihm dafür bedanken.«

»Genau das meine ich. Erzähl.«

»Ich kann dir nur erzählen, was Hari gesagt hat. Das heißt nicht, es war tatsächlich so.«

»Nun ja, dann erzähl mir, was Hari gesagt hat.«

»Er sagte, man habe ihn in einen anderen Raum gebracht und mit Handschellen an eine Pritsche gefesselt. Merrick war allein mit ihm. Er gab ihm Wasser und zwang ihn, sich dafür zu bedanken. Er wusch Haris Wunden. Er sagte ihm, man werde ihm bis zum Morgen keine weiteren Fragen mehr stellen. Er sagte, der ganze Abend sei ein Ausagieren der wahren Situation gewesen. Nun wüßten sie beide, wie die Dinge stünden und wie die Situation aussehe.« Rowan machte eine Pause. »Es war die Situation von Herr und Knecht, eine vereinfachte Form, sie zu beschreiben, aber treffend genug. An einem Punkt sagte Merrick: ›Was ist Chillingborough jetzt wert?‹ An einem anderen sagte er zu Hari, es gebe nur zwei grundsätzliche menschliche Gefühle: Verachtung und Neid. Die Persönlichkeit des Menschen befinde sich dort, wo diese beiden Gefühle im Gleichgewicht seien. Aber als ich Merrick neulich traf, konnte ich mir einfach nicht vorstellen, daß er so etwas getan und gesagt haben sollte.«

»Ich bin sicher, das hat er.«

»Ja, ich dachte, daß du es glauben würdest. Unter anderem erzähle ich es dir deshalb.« Er zögerte wieder. »Hari sagte, um sich dafür zu bestrafen, daß er sich bei Merrick für das Wasser bedankt hatte, habe er beschlossen, keine Fragen mehr zu beantworten. Er sagte, die Situation zwischen ihm und Merrick existiere nicht, wenn er sich aus ihr löse und sich weigere, Merrick oder einem anderen noch etwas zu sagen. Klingt das für dich vernünftig?«

»Sehr vernünftig. Ich habe es auch versucht. Ich habe versucht, mich aus der Situation zu lösen, die dadurch entsteht, daß man auserwählt worden ist.«

Rowan schwieg einige Zeit. Dann fragte er: »Hat er Sarah Laytons Schwester auserwählt?«

»Ich weiß nicht. Ich glaube nicht.«

»Einfach die Laytons als Familie?«

Das stimmte plötzlich auch nicht mehr ganz. Aber ich sah, was stimmte. Ich sagte: »Nach dem, was ich mit auserwählt meine, würde ich sagen, er hat das Kind auserwählt.«

»Das Kind«, hatte Lady Manners gesagt (sie sprach von dem anderen Kind, das von einem Unbekannten gezeugt worden war), »das Kind. Aber selbst jetzt kann ich nicht sicher sein, nur etwas sicherer. Sie war sich so sicher.« Lady Manners sagte noch etwas: »Er hat die Wahrheit gesagt«, schränkte es aber später ein, als sie mit herabgelassenen Jalousien durch Kandipat fuhren. Sie sagte: »Man muß sich mit Grenzwerten abfinden, und das meine ich, wenn ich sage: Er hat die Wahrheit gesagt.« Als Rowan den Raum O verließ, war auch er sicher, die Wahrheit gehört zu haben. Er sagte Lady Manners, man werde Kumar freilassen, bedauerte dies jedoch später, als verschiedene Hindernisse, die der Freilassung im Weg standen, das Mißtrauen teilweise wiederaufleben ließen und die Überzeugung erneuerten, Kumar *sei* irgendwie an dem Überfall beteiligt gewesen. Lady Manners hatte darum gebeten, zum Hotel und nicht in die Residenz zurückgebracht zu werden. Beim Abschied dankte sie ihm dafür, daß er eine so unerquickliche Aufgabe übernommen hatte, und bat ihn, Malcolm eine kurze Nachricht zu überbringen. »Ich weiß, meine Nichte hat nicht gelogen. Er hat ihr nie etwas getan und sitzt völlig zu Unrecht im Gefängnis.«

Rowan überbrachte dem Gouverneur diese Nachricht, und Malcolm sagte, sie würden darüber sprechen, wenn das Protokoll der Sitzung getippt sei und er die Möglichkeit gehabt habe, es zu lesen. Er fuhr für ein paar Tage nach Kalkutta und war mit anderen Dingen beschäftigt. Er bat Rowan, den Stenoblock, den er an sich genommen hatte, Cynthia, der Privatsekretärin Seiner Exzellenz, zu geben. Er hielt es für unklug, das Protokoll im Sekretariat schreiben zu lassen. »Keine Sorge«, sagte Malcolm, »Cynthia ist recht tolerant.« Trotzdem riß Rowan das Blatt mit dem Text heraus, den der Protokollführer durchgestrichen hatte, ehe er ihr den Block gab.

Sie mußte bis spät in die Nacht gearbeitet haben. Am nächsten Morgen schickte sie ihm den Block, ein Original und zwei Durchschläge des fehlerlos getippten Protokolls in einem verschlossenen Umschlag. Er rief sie an, um sich bei ihr zu bedanken. Aber sie sagte nur: »Na ja, man muß dranbleiben, wissen Sie, sonst kommt man nicht ans Ziel.« Als er das Protokoll las, staunte er über ihren scheinbaren Gleichmut. Geschrieben wirkte alles noch schlimmer. Er verschloß den Block und das Protokoll bis zu Malcolms Rückkehr in einer Schublade und erwartete stündlich, daß Gopal ihn anrufen und fragen werde, wann der Stenograph seine Arbeit beenden und das Protokoll mit der Maschine schreiben könne. Aber Gopal rief nicht an.

Malcolm las das Protokoll und sagte Rowan, es sei bedauerlich, daß er sich nicht habe auf das politische Beweismaterial beschränken können. Das Protokoll zeige, daß er es versucht hatte, und auch, weshalb es ihm nicht gelungen war. Aber es war bedauerlich. Er erklärte, die oberen Ränge der Polizei hätten sich immer hinter Merrick gestellt, und dazu gehöre auch der Generalinspekteur. Aber persönlich sei der Generalinspekteur der Meinung, Merrick habe die Beweise verpfuscht; er habe den Fall übereifrig und zu emotional gehandhabt, weil er selbst etwas für die junge Frau übrig gehabt hatte. Wenn der G.I. das Protokoll las, wäre er über Kumars Beschuldigungen so schockiert, daß er sie als Phantastereien abschreiben und daraufhinweisen werde, daß die Untersuchung nur ein Ergebnis erbracht habe: Der Verdacht gegen Kumar sei wieder erwacht, und das sei Grund genug, ihn bis zum Ende des Kriegs im Gefängnis zu lassen. Der G.I. würde sagen, wenn man Kumar jetzt freilasse, wäre das gleichbedeutend mit einem Tadel in Merricks Personalakte, und dies könne unfairerweise gegen ihn sprechen, wenn er nach seiner Dienstzeit in der Armee wieder zur Polizei zurückkehre.

»Dann wäre es das beste«, hatte Rowan gesagt, »das Protokoll zu den Akten zu legen und das Ganze zu vergessen.«

Aber Malcolm war der Ansicht, das könne er nicht zulassen. In Kumars Fall war das Ermächtigungsgesetz ziemlich eindeutig mißbraucht worden. Im Fall der anderen jungen Männer war der Mißbrauch weniger deutlich. Wenn diese Inder einen Anführer gehabt hatten, dann Vidyasagar, der nicht mit den anderen wegen der Vergewaltigung festgenommen worden war, sondern ein paar Tage später, weil er auf der Druckerpresse des *Majapur Hindu* aufrührerische Schriften gedruckt hatte. Im Vergleich zu Vidyasagar konnte man vielleicht auch die anderen als Lämmer ansehen, die zur Schlachtbank geführt worden waren. Nach Malcolms Überzeugung hatte Kumar noch nicht einmal zur Herde gehört.

»Übrigens«, fragte er, »weshalb haben Sie den Notizblock konfisziert und die Untersuchung so abrupt beendet?«

Rowan sagte es ihm.

»Davon steht nichts im Protokoll.«

»Ich habe die anstößige Seite entfernt.«

»Und Cynthia den Ausgang vorenthalten? Was ist geschehen, nachdem Sie den Protokollführer hinausgeschickt hatten?«

Rowan berichtete ihm auch das.

»Und Lady Manners hat das *alles* mit angehört?«

»Ja.«

»Hat sie auf dem Rückweg im Wagen noch eine Bemerkung gemacht, ich meine, abgesehen von der Nachricht für mich?«

»Ich gewann den Eindruck, sie war nun sicherer, daß Kumar der Vater des Kindes ist, aber nicht so sicher, wie ihre Nichte es gewesen war.«

»Was haben Sie daraus geschlossen?«

»Miss Manners muß ihrer Tante gesagt haben, daß sie und Kumar ein Verhältnis hatten.«

»Ihre Nichte hat ihr nichts gesagt. Sie hinterließ eine schriftliche Erklärung, die Kumar völlig entlastet. Die alte Dame hat sie nach dem Tod ihrer Nichte gefunden, wollte sie aber nicht einmal mir zeigen.«

Rowan hatte das Gefühl, er werde vor Ärger explodieren.

»Mit der Erklärung von Miss Manners wäre die Untersuchung vielleicht erfolgreicher verlaufen«, sagte er zum Gouverneur. Aber der Gouverneur wies ihn darauf hin, daß die Untersuchung einen Mann betraf, der aus politischen Gründen inhaftiert war. Miss Manners' Erklärung bezog sich vermutlich nur auf ihre emotionale Beziehung zu Kumar. Eine solche Erklärung habe überhaupt nur in dem höchst unwahrscheinlichen Fall einen Wert, daß man Kumar wegen Vergewaltigung anklagte. Dann könnte der Anwalt seine Verteidigung darauf aufbauen. Malcolm fand, Lady Manners habe völlig recht, wenn sie die Erklärung für sich behielt. Weder sie noch ihre Nichte hatten je etwas zu den politischen Anschuldigungen sagen können, denn das lag außerhalb ihrer Zuständigkeit, auch wenn sie noch so sehr davon überzeugt waren, daß die politische Haft aus reiner Enttäuschung verfügt worden war; aus Enttäuschung der Zivilbehörde, die Kumar sehr viel erfolgreicher hatte überführen wollen. Und im Hinblick *darauf,* im Hinblick auf eine Anklage wegen Vergewaltigung, gab Malcolm zu erkennen, seien Miss Manners' Schweigen und Kumars Weigerung auszusagen nicht nur zu einer Zeit richtig gewesen, in der leicht Anklage wegen Vergewaltigung hätte erhoben werden können, sondern dieses Verhalten spreche auch heute noch für sich. Malcolm war nicht ganz so sicher, wie überzeugend es für sich sprach. Allerdings glaubte er, es weise darauf hin, daß die beiden sich geliebt hatten. Sie hatte aus Liebe Angst um ihn gehabt.

Ebenso spreche die Tatsache für sich, daß Lady Manners eine gewisse Zeit hatte verstreichen lassen, ehe sie versuchte, die von der Behörde selbst gelegte Bombe zum Platzen zu bringen: Kumars »politische« Verbrechen, die es eindeutig nicht gab. Er konnte Kumars sofortige Entlassung auf der Grundlage der Untersuchungsprotokolle veranlassen. Aber er zögerte, es ohne Zustimmung des Innen- und Justizministers und des Generalinspekteurs zu tun. Malcolm glaubte, die Zustimmung würde nach dem Protokoll nicht automatisch erteilt werden.

»Er überließ es mir«, sagte Rowan, »einen *Modus operandi* zu finden.«

Rowan redigierte zunächst eine Kopie des Protokolls und löste den politischen Inhalt heraus. Dann überredete er Cynthia, die redigierte Version zu tippen. »Sehr geschickt«, sagte sie, als sie ihm die neue Fassung gab. Er fand das auch. Ein solches Protokoll konnte man zum Beispiel dem Generalinspekteur vorlegen, ohne befürchten zu müssen, daß sein Blutdruck stieg oder die Empfindlichkeit der Behörde geweckt wurde.

Es gab jedoch einen Mann, der alles zum Scheitern bringen konnte. Rowan und Gopal mußten das Protokoll abzeichnen, ehe es zu den Akten kam. Gopal konnte Rowan einen Strich durch die Rechnung machen, wenn er sich weigerte, ein Dokument zu unterschreiben, das offensichtlich frisiert war. Es stellte sich die Frage, woran Gopal am meisten interessiert war: An der Entlassung eines zu Unrecht im Gefängnis sitzenden Inders oder an der möglichen Bloßstellung eines britischen Polizeibeamten? Rowan rief Gopal im Ministerium an. Er fragte, ob sie sich irgendwo privat treffen könnten. Gopal ließ sich auf nichts ein. Rowan blieb keine andere Wahl, als ins Ministerium zu gehen. Er nahm eine Kopie des ungekürzten Protokolls und eine Kopie der redigierten Fassung mit. Er bat Gopal, beide Dokumente zu lesen und sich danach mit ihm in Verbindung zu setzen, damit sie über das Problem sprechen könnten.

Gopal rief am nächsten Tag an. Er lud Rowan für den Abend zum Essen zu sich nach Hause ein und erklärte ihm den Weg. Damit begann eine Verbindung, aus der schließlich Freundschaft und Zuneigung wurde. Gopal hatte die Absicht hinter dem redigierten Protokoll sofort erkannt. Er stand auf Kumars Seite. Er erklärte, er werde die neue Version sofort unterschreiben, unter der Voraussetzung, daß das Dokument den Zusatz »Zusammenfassung« trage und die Überschrift deutlich mache, daß es sich um die Untersuchung einer nach dem Ermächtigungsgesetz verhängten Haftstrafe handle. Er übergab Rowan einen Entwurf für die Überschrift, wie er sie sich vorstellte. Rowan stimmte sofort zu.

»Tun wir das Richtige?« fragte Gopal, als er sich verabschiedete. »Im Gefängnis hat er zumindest eine Identität.«

Aber selbst mit der neuen Fassung auf dem Schreibtisch drohte der Generalinspekteur, unnachgiebig zu bleiben. Pandit Baba erwies sich als ein unerwartetes Hindernis. Er war nach 1942 auf Gebieten, für die sich die Kriminalpolizei interessierte, sehr viel aktiver geworden. Der G.I. fand Kumars Aussage bemerkenswert, Pandit Baba habe ihm Hindi beigebracht. Kumar hatte sich bei seiner Festnahme geweigert, Fragen über den Pandit zu beantworten. Kumars Aussage bewies nun eindeutig, wie gut Merrick informiert gewesen war, wie recht er gehabt hatte, eine Verbindung zu vermuten, und wie richtig es gewesen war, Fragen nach einer Verbindung zu stellen. Erst jetzt war deutlich geworden, warum er es getan hatte. Damals war das Tun und Lassen des Pandit so unwichtig gewesen, daß sein Name in der Akte keine besondere Aufmerksamkeit erregt hatte. Aber inzwischen sah man in ihm einen potentiell gefährlichen Führer der Hindujugend, der sich im Hintergrund hielt, einen Gegner der Kongreßpartei, einen Gegner Gandhis, einen Gegner der Briten, und man glaubte, er habe Verbindungen zu der Hindu Mahasabha und ihrer aktivistischen Gruppierung, der Rashtriya Swayam Sevak Sangh. Und welche Verbindung bestand zwischen dem Pandit und der Tante des Gefangenen? Wer hatte die Regierung mit Gnadengesuchen für den Neffen überschüttet und lebte inzwischen ohne erkennbare finanzielle Mittel in Ranpur? Die Untersuchung hatte ergeben, daß die Tante den Hindi-Unterricht bezahlt und daß sie Baba als Kumars Lehrer ausgesucht hatte. Wiesen ihre Hartnäckigkeit und die ständigen Bittgesuche darauf hin, daß Baba Sahib dahinter stand? Wurde sie von diesem Mann benutzt? Pandit Baba war schon immer viel zu klug gewesen, um sich selbst in Schwierigkeiten zu bringen. Zur Zeit war er von der Bildfläche verschwunden. Aber wenn man Kumar entließ, wäre er dann nicht genau der Typ des jungen Mannes, den der Pandit als Schüler nützlich fände?

Rowan äußerte Malcolm gegenüber, wenn das Haupthindernis für Kumars Freilassung der Verdacht sei, er werde sofort den eifrigen jungen Schülern des Pandit in die Hände fallen, solle man den G.I. vielleicht darauf hinweisen, ein freier Kumar könne sich möglicherweise als nützlicher erweisen als ein gefangener, falls die Kripo den Pandit fassen wolle.

Aber Malcolm erwiderte: »Entweder wir glauben, Kumar und seine Tante haben keine politischen Verbindungen, oder wir glauben es nicht. Wenn wir es nicht glauben, haben wir nicht das Recht, ihn freizulassen. Offen gestanden, ich glaube es. Die Sache mit dem Pandit ist nur eine Finte, die der G.I. plötzlich entdeckt hat. Lassen Sie das Ganze ruhen. Haben Sie Einstein verstanden?«

Rowan erwiderte, er habe ihn nie verstanden, und Malcolm erklärte, er auch nicht. Aber er wende manchmal seine eigene Relativitätstheorie an, wenn er vor dem scheinbar unlösbaren und komplizierten Problem stehe, im Dickicht der Eitelkeiten der Behörde eine Lösung zu finden. Seine Theorie besagte, daß die Leute selten ein Argument bestritten, sondern es umgingen. Sie fänden manchmal die Lösung des Problems, dem sie auswichen, indem sie es in immer *größeren* Kreisen umgingen, bis schließlich der

Mittelpunkt, relativ gesehen, mit dem Mittelpunkt, des Kreises übereinstimmte, von dessen Rand sie sich in Spiralen entfernt hätten.

Also ließ Rowan die Sache mit dem Pandit ruhen. Sein Glaube an Kumars Schuld oder Unschuld war wie ein Pendel. Er wünschte, er könnte auch dieses Pendel zur Ruhe bringen, könnte es in der vertikalen Stellung anhalten, die Unbeteiligtsein bedeutete. Als Malcolm ihn ein paar Wochen später mit einem anderen geheimen Auftrag betraute, empfand er das als Erleichterung. Er sollte als Stellvertreter des Gouverneurs bei der Übergabe eines anderen politischen Gefangenen – Mohammed Ali Kasim –, der in der Festung Premanagar saß, in die Obhut seines Verwandten, des Nawab von Mirat, anwesend sein. Es handelte sich um eine Art Begnadigung, um einen scheinbaren Gnadenakt, der einer gewissen politischen Schlauheit nicht entbehrte.

Bei der Durchführung dieser Aufgabe lernte er Sarah Layton kennen. Sie befand sich auf der Rückreise von Kalkutta, wo sie den verwundeten Helden, den Trauzeugen bei Susans Hochzeit besucht hatte, nach Pankot und mußte in Ranpur umsteigen. Sie erschien wie eine von der Reise etwas mitgenommene *Dea ex machina* und berichtete von Wunden und Orden, die vielleicht das Problem der ministeriellen Besorgnis um Merricks Ruf und Merricks Zukunft lösen konnten. Aber Rowan war meiner Meinung nach etwas anderes wichtiger. Mochte er Sarah, als ich ihm (ebenfalls auf dem Bahnhof in Ranpur) begegnete, oder war es mehr?

Ich glaubte es. Seine Entscheidung, am nächsten Tag nach Ranpur zurückzufahren, verriet, daß er sich Hoffnungen gemacht hatte und sie plötzlich aufgab. Ich hätte die beiden gerne zusammen erlebt, aber nicht wie an diesem Abend, sondern während der zwei oder drei Tage in Ranpur, die meiner Ansicht nach ein vorsichtiges Erkunden zarterer Regionen gewesen waren, die versprachen, gemeinsam in Besitz genommen zu werden. Die beiderseitige Ablehnung Merricks bedeutete nicht mehr als einen Zugang zu diesen Regionen. Rowan hatte ihr natürlich nicht verraten, was er wußte – er würde es auch nie tun –, und sie konnte ihm nichts verraten, außer daß sich bei ihr das instinktive Vorurteil einer Frau zu Wort meldete. Ihre Begegnungen fielen in die kurze Zeit, die sie in Ranpur verbrachte, ehe sie nach Bombay weiterfuhr, um ihren Vater abzuholen. Davor hatten sie sich nur einmal gesehen, als sie gerade von dem Besuch bci Merrick aus Kalkutta kam. Über ihre Beziehung zu Merrick war er sich damals nicht klar gewesen. Er erzählte, er habe mit Erleichterung erkannt, daß es in gewisser Hinsicht keine Beziehung zwischen ihr und Merrick gab. Er erfuhr auch, daß sie Lady Manners in Kaschmir kennengelernt und das Kind gesehen hatte. Nach Sarahs Meinung hatte Merrick einen schrecklichen Fehler begangen. Daraufhin erzählte ihr Rowan, er habe Kumar in der Schule gekannt. Mehr erzählte er nicht. Bei seinem Besuch in Pankot hätte er ihr vielleicht mehr erzählt, hatte es natürlich nicht getan.

»Natürlich nicht?« fragte ich.

Er sagte: »Selbstverständlich.«

Es war albern, das zu bezweifeln. Merrick würde Miss Laytons Schwager werden. Aus diesem Grund war das Thema Merrick und Kumar in Rowans Augen ein absolutes Tabu, über das er seiner Ansicht nach nicht mit ihr sprechen konnte. Ich überlegte, wann sie wohl zuerst gehört oder geahnt hatte, daß Merrick beabsichtigte, ihre Schwester zu heiraten. Die Antwort lautete mit beinahe völliger Sicherheit, daß sie nichts geahnt hatte, bevor sie und ihr Vater nach Pankot zurückgekehrt waren. Ganz gewiß war es für Rowan ein Schock gewesen. Ich begann, Rowans kleine Tragikomödie in ihrem ganzen Ausmaß zu sehen. Er hatte sich immerhin Hoffnungen auf sie gemacht. Der kurze Urlaub in Pankot sollte ihm die Möglichkeit geben, ihr zusagen, daß er seine Laufbahn in der Politischen Abteilung wiederaufnahm und hoffte, sie werde ihn auf diesem Weg begleiten. Vielleicht waren seine Hoffnungen erst an diesem Abend, in den wenigen Stunden in Rose Cottage endgültig zerstört oder auf künftige Vorstöße vertagt worden. Vielleicht hatte er gehofft, sie werde sich von dem Schock erholen, wenn Merrick erst abgereist wäre, und sie werde weniger niedergeschlagen sein, und sich wieder wie die junge Frau benehmen, die er kannte (die junge Frau, an die ich mich erinnerte). Hatte er ihr gegenüber seine Hoffnungen auch nur angedeutet? Hatte sie ihn abgewiesen?

Seine Aufmerksamkeit richtete sich auf die Dunkelheit vor der Veranda, und plötzlich sah ich den anderen, leicht lächerlichen Aspekt der Affäre. Er ließ mich glauben, daß Rowan, weil er nun einmal war, wie er war, ihr überhaupt nichts angedeutet hatte. Er hätte sich ohnehin Zeit gelassen, und noch ehe sich eine Möglichkeit bot, war ihm durch die Bekanntgabe von Susans Verlobung der Wind aus den Segeln genommen worden. Nun ja, man stelle es sich vor: Man stelle sich zum Beispiel vor, wie Rowan sich rasiert, die Haare bürstet und sein Spiegelbild betrachtet, wie er denkt, was er gedacht haben *mußte,* denn jeder Mann denkt es. Man stelle ihn sich vor, wie er denkt: Kann ich wirklich für den Rest meines Lebens wissen, was ich über diesen Mann zu wissen glaube, der dann mein Schwager wäre, und schweigen?

Die Antwort wäre, nein. Die andere Antwort wäre: Da er wußte, er müsse schweigen, wußte er, daß er seine eigenen Hoffnungen begraben mußte.

Malcolm stand gerade im Begriff, nach Delhi zu fahren, als Rowan von M. A. K.s Freilassung zurückkehrte und dem Gouverneur von Merricks Tapferkeit an der Front berichtete. »Ich werde es überprüfen«, sagte Malcolm. »Inzwischen sagen wir nichts. Es wäre das beste, wenn der Generalinspekteur es über seine eigenen Quellen erfährt.« Das bedeutete eine weitere Verzögerung und auch die Möglichkeit, daß diese Entwicklung den G. I. noch mehr darin bestärkte, alle Schritte abzulehnen, die Merricks früheres Handeln als Hüter des Gesetzes in ein ungünstiges Licht rücken könnten. Aber das Ende der Farce näherte sich. Sie war ganz plötzlich und ohne Schwierigkeiten vorüber. Der G. I. zog seine Einwände gegen Kumars Entlassung zurück. Man informierte Kumar, nannte ihm das Datum seiner Freilassung und machte ihm zur Auflage, sich sechs Monate lang einmal wöchentlich bei der Polizei in Ranpur zu melden. Er durfte seiner Tante schreiben und sie auf seine Rückkehr vorbereiten.

Die Tante wohnte über einem Laden im Koti Basar. Gopal erzählte es Rowan. Als der Entlassungsbefehl unterschrieben war, trafen sie sich abends – es war gewissermaßen die kleine Feier zweier Verschwörer. Rowan dachte: Ja, er wird entlassen, aber wohin? Gopal hatte bereits einen Plan. Er erklärte, es sei möglich, Kumar zu helfen, damit er sich als Privatlehrer für Englisch seinen Lebensunterhalt verdienen könne. Gopal kannte einen zuverlässigen jungen Mann, der Kumar Schüler vermitteln konnte und der bereits Kontakt zur Tante aufgenommen hatte. Die arme Frau war sehr nervös und argwöhnisch. Gopals junger Mann hatte nur schwer ihr Vertrauen gewinnen können. Sie mußte ihm vertrauen, als er ihr sagte, die Behörden zeigten endlich Interesse für den Fall ihres Neffen; sie mußte ihm vertrauen, als er behauptete, es bestehe Hoffnung, daß Hari aus dem Gefängnis entlassen werde, und sie mußte ihm auch vertrauen, als er erklärte, er könne Hari helfen, Arbeit zu finden und sich von Leuten fernzuhalten, die ihn vielleicht ausnutzen wollten.

»Vermutlich habe ich meinen Hals riskiert«, sagte Gopal, »aber dazu sind Hälse schließlich da.«

Rowan sagte, es sei eine Ironie, allerdings auch erfreulich gewesen, daß von ihnen beiden der alte Gopal, der Hari anfangs nicht mochte, sich Haris Rehabilitation in den Kopf gesetzt hatte.

Kumar lebte inzwischen seit über einem Jahr in Freiheit; weder Rowan noch Gopal hatten ihn gesehen. Rowan erhielt Nachrichten von Gopal, und Gopal erhielt Nachrichten von seinem zuverlässigen jungen Mann. Kumar mußte sich nicht mehr bei der Polizei melden, aber die Kripo hatte immer noch ein Auge auf ihn. Es hatte Wochen gedauert, ehe Kumar Gopals jungem Mann soweit vertraute, daß er sich auf die Sache mit dem Englischunterricht einließ. Kumar redete sich zunächst damit heraus, daß er erst richtig Hindi lernen müsse. Vermutlich machte er sich jedoch nach einiger Zeit Gedanken darüber, wovon sie lebten, und er erkannte, daß seine Tante ihre wenigen Ersparnisse völlig aufgebraucht hatte; sie war immer zu stolz gewesen, die Familie ihres Bruders um Hilfe zu bitten, und sie strebte nur allzu sehr danach, sich völlig von der Familie ihres toten Mannes zu lösen. Inzwischen hatte sie auch den letzten Schmuck verkauft, und Hari erklärte sich bereit, ein paar Schüler für die Aufnahmeprüfung am Staatlichen College vorzubereiten. Der Erfolg brachte ihm andere Schüler, darunter auch einen Neffen Gopals. Hari besuchte die Schüler selten zu Hause und verließ selten die Wohnung. Er verdiente sehr wenig, lehnte jedoch alles ab, was nach finanzieller

Hilfe aussah. Der zuverlässige junge Mann machte, wann immer er konnte, der Tante ohne Kumars Wissen kleine Geschenke – Gemüse, Mehl, Ghi – als wolle er sich für den Tee und den Kaffee bedanken, den er trank, wenn er die beiden besuchte. Der junge Mann war selbst nicht reich, und Rowan vermutete, daß manche der Geschenke von Mrs. Gopal stammten.

Rowan hatte nur sehr wenig tun können. Er kannte keine Inder, deren Söhne zu einem unbekannten Lehrer im Koti Basar gegangen wären. Rowans indische Freunde waren reich. Gopal war die Ausnahme, der einzige Inder der Mittelklasse, mit dem er sich angefreundet hatte – vielleicht sogar der einzige Inder, mit dem er sich *wirklich* angefreundet hatte.

Jetzt verließ Rowan Ranpur. Er wußte nicht, wohin man ihn schicken würde. Selbst mit dem Wenigen, das er so unbestimmt und anonym hatte tun können, würde es jetzt vorbei sein. Er wollte die Verbindung mit Gopal soweit es möglich war, aufrechterhalten. Er und Gopal hatten immer in der Vorstellung gelebt, wenn sich die politische Lage ändern würde, wäre es ihnen möglich, Kumar unauffällig ins Leben zurückzuführen. Sein jetziges Dasein konnte man kaum als Leben bezeichnen. Wie der zuverlässige junge Mann berichtete, schien Kumar keinerlei Ehrgeiz zu haben. Es sei deprimierend, der Tante zuzuhören, die optimistisch das Bild einer glücklichen Zukunft beschwor, wenn man nur einen Blick auf Kumars Gesicht werfen mußte, um zu sehen, daß Kumars Fenster zur Welt immer noch geschlossen und dunkel war. Einmal hatte der junge Mann Tante Shalini allein angetroffen. Sie weinte. »Warum sollte er hoffen, wenn es für ihn keine Hoffnung gibt? Er versteht nur Engländer, und sie werden ihm wegen der jungen Frau nie vergeben. Ihm werden die Türen immer verschlossen bleiben.«

Sie meinte die Türen, die Haris Bildung ihm hätte öffnen sollen – die Türen der Zivilverwaltung. Und es stimmte, was sie sagte. Selbst Rowan besaß keinen Schlüssel, der Hari den Zugang ermöglicht hätte. Auch Gopal besaß ihn nicht. Selbst der Weg zu einer Stelle als einfacher Lehrer an einem Staatlichen College war ihm versperrt.

»Ich habe oft daran gedacht, dem alten Bagshaw zu schreiben«, sagte Rowan. »Ich weiß nicht warum. Man könnte ohnehin nicht alles in einem Brief erklären, und vielleicht ist er inzwischen auch tot.«

»Siehst du dort eine Zukunft für Kumar? In England?«

»Hier sehe ich für ihn kaum eine Zukunft. Ich versuche nur, die Perspektive zu erweitern. Ich dachte, daß du, wenn du wirklich zurückfährst, vielleicht zu Hause zufällig etwas findest, was ihm helfen würde. Außerdem würde ich mich freuen, wenn du mir manchmal schreibst. Möchtest du noch etwas trinken?«

Ich sagte ja, aber ich würde es mit in mein Zimmer nehmen. Es war beinahe ein Uhr morgens.

»Ich lasse es dir bringen.« Ich vermutete, er bleibe noch eine Weile sitzen.

Er ließ mir den Drink nicht bringen, er brachte ihn selbst. Er rief mich durch die halb offene Badezimmertür. Zusammen mit einem Glas Brandy gab er mir einen großen braunen Umschlag.

»Es ist ein Durchschlag des ungekürzten Protokolls. Ich dachte, du möchtest es vielleicht behalten. Nimm es mit nach Hause, in den Hain der Wissenschaften. Offiziell gibt es dieses Protokoll nicht. Malcolm hat mich gebeten, es zu verlieren. Ich habe das Original und den Stenoblock vernichtet. Die Durchschläge habe ich behalten. Einen besitze ich noch.«

»Trägst du sie immer mit dir herum?«

»Nein, ich wollte den Durchschlag Mr. Gopal als Abschiedsgeschenk geben. Aber ich habe es mir anders überlegt. Gute Nacht.«

Beim Hinausgehen drehte er sich noch einmal um.

»Du vernichtest das Protokoll besser, wenn du feststellst, daß Operation Bunbury mißglückt ist, und du von Merrick nicht los kommst. Ich meine, wegen seines langfingrigen Dieners. Übrigens, du hast mir nicht gesagt, weshalb du wissen wolltest, wer Mrs. Bingham ist.«

»Es ist immer noch eine zu lange Geschichte.«

»Steht aber in irgendeinem Zusammenhang?«

»Wenn es um Merrick geht, steht alles in einem Zusammenhang.«

»Ja, vermutlich.«

Als Rowan gegangen war, öffnete ich den Umschlag und wollte

eigentlich nur einen flüchtigen Blick darauf werfen, während ich meinen Brandy trank. Aber es wurde zwei Uhr, ehe ich es zu Ende gelesen hatte, und der Brandy war so gut wie unberührt geblieben. Ich war weit mehr fasziniert, abgestoßen und gefesselt, als bei Rowans Schilderung der Untersuchung und völlig von Kumars Unschuld überzeugt. Aber Kumars hartnäckige Weigerung, die entscheidende Frage zu beantworten, verwirrte mich sehr. Wenn Rowan dafür sorgen wollte, daß es mir schwerfallen würde, Kumar zu vergessen, ist ihm das vermutlich gelungen.

Ich verstaute das Protokoll in meinem Seesack, verschloß ihn, trank den Brandy aus und ging zu Bett.

Ich hatte beim Lesen des Protokolls Rowans letzte Interpretation wie ein Sieb benutzt, um Unstimmigkeiten im Beweismaterial auf die Spur zu kommen –, die Interpretation, zu der er erst vor kurzem gekommen und die seiner Meinung nach allein sinnvoll war. Ich stimmte ihm zu. Kumar und Miss Manners hatten ein Verhältnis gehabt. Sie hatten im Bibighar-Park miteinander geschlafen. Die Wunden in seinem Gesicht stammten vom Handgemenge mit den Männern, die sie auseinandergerissen und ihn bewußtlos geschlagen oder ihn festgehalten hatten, während einer nach dem anderen die Frau vergewaltigte.

Das, so glaubte ich, ergab einen Sinn; aber danach ergab nichts mehr einen Sinn. Es gab nur ein Schweigen, das unverständlich schien, wie sehr ich auch hineinlauschte. Aus diesem Schweigen tauchte nichts auf, nachdem ich das Licht ausgeschaltet hatte, außer Bildern von Kumar: Bilder des Mannes, den ich nie gesehen hatte, nicht des Schuljungen, an dessen Gesicht ich mich nur undeutlich erinnerte. Der Mann parierte, schlug und hielt die gnadenlose Folge verächtlicher Würfe mit erhobenem Schläger auf. Ulmen und Dohlen. Aber dann wieder nicht Ulmen und Dohlen, sondern Palmen und Krähen; der Blick aus der Wohnung, von dem Purvis sich zurückzog und sagte: »Ich bin Volkswirtschaftler«, wobei er auf mich zukam und mich weiter zurück in das Zimmer mit den kostbaren Gemälden im Ghuler-Basohli-Stil drängte. Ich stand mit dem Glas in der Hand da, der Schlaf überfiel mich, Purvis war der sitzende Kumar, der aufblickte und mich durch die Augen des anderen Mannes ansah, der immer wieder sagte: »Ich glaube, ich werde nie in der Lage sein, das zu verzeihen.«

Rowan hinterließ eine Nachricht. Der Diener brachte sie um 8.30 Uhr mit dem Frühstück und der Morgenzeitung herein. Rowan schrieb, er habe früh ins Gebietshauptquartier fahren müssen, um das Anhängen des Sonderwagens in die Wege zu leiten. Außerdem müsse er zum Bahnhof. Ich könne mit einer Tonga ins Pankot Rifle Depot fahren; er werde versuchen, dort vorbeizukommen, um sich zu verabschieden. Für den Fall, daß er es nicht mehr schaffte, gab er mir eine Adresse in Delhi (die Adresse einer Bank), unter der ich ihm schreiben könne. Sehr umsichtig nannte er den Namen des Nachrichtenoffiziers im Gebietshauptquartier, der über für mich bestimmte Depeschen informiert wäre.

Ich traf um zehn Uhr im Depot ein. Man hatte die Befragungen verschoben. Ich wartete eine Stunde, aber Rowan erschien nicht. Ich ging ins Gebietshauptquartier. Rowan war dort gewesen, aber (wie ich vermutete) zu den Laytons gegangen, um sich zu verabschieden. Ich ging zur Nachrichtenstelle, stellte mich dem Nachrichtenunteroffizier vor und vergewisserte mich, daß er meine Telefonnummer hatte. Danach fuhr ich zum Gästehaus zurück und erfuhr, daß Rowan gerade angerufen hatte, um sich zu verabschieden. Den Rest des Tages und den ganzen Abend über fesselte ich mich wie Odysseus an den Mast meiner Bleibe und blieb taub gegen jede Verführung, mit Ausnahme der Sirenenklänge der Telefonzentrale oder der Fernmeldestelle. Ich wollte nicht ausgehen, für den Fall, daß ein Wunder die Operation Bunbury beschleunigt hatte und ein Marschbefehl unterwegs war, der sofortiges Handeln verlangte, um gültig zu sein.

Samstag ist ein leeres Blatt. Ich erinnere mich nur an die Verringerung des Personals im Gästehaus. Ein unsichtbarer Kommandant hatte Befehl gegeben, die Verpflegung zu rationieren und Köche, Bhistis, jeden gesunden Mann an die Geschütze und auf Horchposten zu schicken. Übrig blieb nur ein schäbiger Mann, der irgendwo fade Mahlzeiten aus dünner Suppe, getrocknetem Fleisch und müdem Salat organisierte, von Stunde zu Stunde betrunkener und tauber wurde, und den man nur unter immer größeren Schwierigkeiten mit der Klingel, einem Händeklatschen oder lautstarken Befehlen herbeizaubern konnte. Er hieß Salaam'a. Man brüllte diese Begrüßungsformel in den leeren Raum und machte sich wenig Hoffnungen, daß er ihn füllen werde. Der Mann wunderte sich, daß ich die Uniform eines Unteroffiziers trug. Er hielt es für eine Art Tarnung.

Sonntag: der erste Sonntag im Frieden. Als ich aufwachte, wußte ich, ich konnte nicht noch einen Tag so eingesperrt verbringen. Ich redete mir ein, Tante Charlotte könne nicht so schnell aktiv geworden sein und meine absurden Erwartungen erfüllen. Es sei denn, sie hatte die Situation bereits vor einigen Wochen vorausgesehen und entschieden, es gebe keinen Grund für mich, die Exzentrität so widersinnig weit zu treiben, daß ich in Indien blieb, nachdem der Krieg in Europa zu Ende war, und den Reis aß, den die hungernden Einheimischen so dringend brauchten.

Unter den Ankündigungen, die im Gästehaus auslagen, entdeckte ich eine von St. John (Church of England): *Abendmahl um 8.00 Uhr; Morgengottesdienst um 11.00 Uhr.* Das Abendmahl hatte ich verpaßt. Aber ich glaubte, den Gottesdienst besuchen zu sollen. Ich holte meine beste Khakikluft heraus, putzte ein Paar braune Schuhe und polierte den Streifen am Abzeichen meiner Mütze. Ich griff nach einem frischen Paar Socken und stopfte ein kleines Loch an der Ferse des einen. Dann rasierte ich mich – zweimal –, bis die untere Gesichtshälfte ordentlich glatt und glänzend aussah.

Dies waren Bußhandlungen für die destruktive und rebellische Stimmung am Morgen meiner Ankunft in Pankot – Gesten meiner freiwilligen Unterwerfung unter das militärische System. Um zehn Uhr dreißig marschierte ich im schnellen Infanterieschritt zur Kirche.

St. John war voll besetzt. Es war wie bei den Gedenktagen an den Waffenstillstand nach dem Ersten Weltkrieg in Chillingborough: Lieder und Gebete in der Schulkapelle. Es fehlte nur ein Ehemaliger, der eine verschwommene Rede über die Unmoral und Verschwendung des Krieges hielt. Ich sah mich um und hielt Ausschau nach Hari Kumar, entdeckte aber nur die vielen blassen und rötlichen Gesichter einer ausschließlich weißen Gemeinde. Gab es in Pankot keine indischen Christen? Gingen an diesem Sonntag aller Sonntage keine Eurasier in die Kirche? Vielleicht doch. In einer der hinteren Reihen an der Wand und an einem Seitenausgang hatte ich nur ein begrenztes Blickfeld. Ich stand unter den Soldaten – ein einsamer Freiwilliger unter den abkommandierten Männern. Weit vorne, in der Nähe der Kanzel, glänzten Kronen und Sterne auf Schultern, die breite Rechtecke zwischen dekorativen Hüten darstellten.

Aber ich entdeckte kein einziges dunkles Gesicht. Ich fühlte mich bedrückt, leicht gereizt und blickte sehnsüchtig zur nahegelegenen Tür. Der Pfarrer las aus der Bibel vor. Gleich wurde das nächste Kirchenlied an der Reihe sein. Ich suchte die angegebene Nummer im geliehenen Gesangbuch. Von *Grönlands eis'gen Bergen, von Indiens Korallenstrand, fleh'n sie uns an zu retten, ihr Land aus des Wahnes Ketten.* Als die Gemeinde sich erhob, um das Lied zu singen, schlich ich mich aus der Bank und stand im nächsten Augenblick draußen. Ich ging zwischen schiefen Grabsteinen über einen Kiesweg. Unter schattigen Bäumen warteten auf der Straße mehrere Tongas. Die Kutscher hockten zusammengesunken auf ihren Sitzen oder zu zweit oder zu dritt auf der Erde und rauchten Bidis. Ich zückte einen Zweirupienschein und nahm mir ein vorbestelltes Gefährt. Bis der Gottesdienst zu Ende war, konnte die Tonga wieder zurück sein. Ich wollte nur zum Gebietshauptquartier. Beim Einsteigen glaubte ich, aus der Kirche eine Stimme zu hören: *Gut so.* Es war Tante Charlottes Stimme.

Der Nachrichtenunteroffizier verließ gerade sein Büro, als er mich sah. Er blieb wie angewurzelt stehen, ohne auf meine höfliche Begrüßung zu achten und starrte mich an, als sei ich sein schlimmster Feind. Ich folgte ihm in sein Büro, wo er mir wortlos einen Funkspruch übergab.

Bunbury.

Nachdem ich ihn zweimal gelesen hatte, fragte er: »Wie haben Sie das geschafft? Mehr möchte ich nicht wissen. Wie?«

Aber er fragte es nicht boshaft. Er beneidete mich einfach um mein Glück. Er wollte wissen, wo ich gewesen war. Er hatte erst vor zehn Minuten die Nummer Pankot 200 angerufen, aber es hatte sich niemand gemeldet. Ich sagte, ich sei in der Kirche gewesen. Als sei das eine Erklärung für den Funkspruch, murmelte er: »Das muß ich auch einmal versuchen.« Dann wurde er sehr hilfsbereit. Er brachte mich, mein Soldbuch 64 und das kostbare Stück Papier, das Unteroffizier Perron befahl, sich unverzüglich nach Deolali in Marsch zu setzen, zum Weitertransport in das Vereinigte Königreich zum Zweck der Demobilisierung (Anweisung Nummer Soundso, Strich dies, Strich das, des Kriegsministeriums), in die Verwaltung, wo er einen Havildar um Hilfe bat. Der Mann hatte kein persönliches Interesse daran, einen englischen Soldaten so schnell wie möglich aus dem Land zu bringen, und ging mit kühler Geschäftigkeit ans Werk.

Er entschlüsselte eine Reihe von Hinweisen am Ende des Funkspruchs und erklärte mir, ich habe im Besitz gewisser Dokumente in Deolali einzutreffen, unter anderem eines Gesundheitszeugnisses, um überhaupt zurückkehren zu dürfen. Er überprüfte mein Soldbuch. Da ich noch vor kurzem zur Operation Zipper gehört hatte, waren alle Eintragungen auf dem laufenden. Er klärte mich über andere Dinge auf, die ich benötigte. Er schien es mit Freuden zu tun. Mich interessierte das nicht sonderlich. Ich machte mir keine Sorgen. Irgendwo, dicht vor meinen Augen lagen rosige Aussichten, die schimmernden Bilder einer Welt, die mir jetzt wohlgesonnen war. Das Gebietshauptquartier war von diesem Wohlwollen erfüllt. Man hatte wenig zu tun, es gab hier nette Menschen, die sich scheinbar freiwillig der Vorstellung verpflichtet fühlten, von Samstag bis Montag den Betrieb in Gang zu halten. Meinem Gefühl nach freute sich der Havildar darüber, daß er sich mit etwas beschäftigen konnte. Ich verließ mich völlig auf ihn. Ich konnte mich auch auf den Nachrichtenunteroffizier völlig verlassen. Er wich mir nicht von der Seite, als glaube er, etwas von meinem Glück werde auf ihn überspringen.

»Suchen wir den Offizier vom Dienst«, sagte er. Wir gingen über schattige Veranden. Mir fiel auf, daß die Löscheimer in einem bezaubernden Rot gestrichen waren. Der Sand darin funkelte. Wir betraten einen abgedunkelten luftigen Raum, in dem Schreibtische und mehrere Stühle auf den Montagmorgen warteten, und kamen in ein Zimmer mit geöffneten Fensterläden. Eine junge Frau in Uniform stand an einem Aktenschrank.

»Morgen«, sagte mein Unteroffizier.

Sie hatte drei Streifen. Sie drehte sich um.

Es war die alte Sarah, die freundliche. Ich rief: »Mein Gott, Sie sind auch Unteroffizier.«

»Ja, das bin ich, wenn ich Soldat spiele.«

»Tun Sie das?«

»Ja, ich bin froh, daß Sie vorbeikommen. Ich habe gerade versucht, Sie anzurufen.«

»Sie kennen sich«, sagte der Unteroffizier vorwurfsvoll. Wir bestätigten es. Er sah mich merkwürdig an, sagte aber, das mache die Sache einfacher. Er erklärte Sarah, was ich sei: ein Problem, das vom Gebietshauptquartier gelöst werden müsse. Dann erklärte er das Problem, wieviel davon bereits erledigt sei und was noch zu tun bleibe.

Während er sprach, beobachtete ich sie; ich suchte nach einem Zeichen der Enttäuschung darüber, daß die Möglichkeiten, sich besser kennenzulernen, auf das Hier und Jetzt beschränkt waren. Ich glaubte, ein solches Zeichen zu entdecken, war mir aber nicht sicher. Wenn sie mit einem ruhigen Morgen im Dienst gerechnet hatte, an dem es nicht viel zu tun gab, dann konnte der Ausdruck, der mir auffiel (ein leichtes Dunkelwerden der Augen), ebenso Ärger über die Störung wie Trauer über meine Abreise sein.

»Der Offizier vom Dienst ist irgendwohin verschwunden«, sagte sie, »aber ich mach das schon. Sie können Unteroffizier Perron mir überlassen.«

Der Unteroffizier sah mich an und nickte in Sarahs Richtung. »Sie haben Glück. Die meisten anderen verdrücken sich, sobald es anfängt, nach Arbeit zu riechen. Okay, Miss Layton. Rufen Sie mich an, wenn Sie nicht weiterkommen.«

Sie telefonierte lange. Ich beobachtete sie und wunderte mich über ihre Verwandlung. Vermutlich ertrug sie das Leben zu Hause einfach nicht. Schließlich erklärte sie: »Gut, das ist soweit geregelt. Gehen wir.« Ich folgte ihr aus dem Büro. Sie schloß die Tür ab.

»Wohin gehen wir?«

»Ganz ruhig. Die Armee kümmert sich um Sie.«

»Und was ist mit Ihrem Büro? Können Sie so einfach gehen?«

»Ich habe nur für morgen etwas Ordnung gemacht. Offiziell bin ich nicht im Dienst. Aber die anderen zu Hause sind alle in der Kirche.«

Wir gingen zu dem Havildar zurück. Sie überprüfte noch einmal die Dokumente und nahm ein Bündel mit. Wir gingen zu einem anderen Gebäude. Sie ließ mich draußen warten. Zehn Minuten später kam sie mit einem weiteren Stapel Papiere heraus. Es folgte das nächste Büro. Sie kam wieder mit Papieren zurück. Ich sagte: »Sie geben mir das Gefühl, überflüssig zu sein. Ich scheine nur auf dem Papier zu existieren.«

»Das Nächste ist etwas persönlicher.«

Sie hielt einen Wagen an, der in Richtung Ausgang fuhr und forderte mich auf, hinten aufzusteigen. Fünf Minuten später erkannte ich, daß wir uns auf dem Krankenhausgelände befanden. Ich stieg aus, aber das Gebäude kannte ich nicht. Sie erklärte, es sei die Privatstation. Der diensthabende Arzt habe versprochen, mich dranzunehmen, wenn wir um zwölf Uhr zur Privatstation kommen würden. Es war fünf vor zwölf. Diesmal mußte sie draußen warten. Der Arzt war freundlich. »Fühlen Sie sich gesund?« Ich sagte, ja. »Was für eine alberne Frage«, murmelte er und füllte ein Formular aus. Ohne die Hilfe von Waage und Meßlatte einigten wir uns über meine Größe und mein Gewicht. »Sie überprüfen das in Deolali«, warnte er mich. »Aber wenn Sie ohne Gesundheitszeugnis ankommen, könnte das eine Verzögerung bedeuten.« Er unterschrieb das Formular und reichte es mir. »Sie sind ein Glückspilz«, sagte er. »Passen Sie nur auf, daß Sie sich zwischen hier und Deolali keinen Tripper einhandeln. Das kommt manchmal vor.«

Er begleitete mich hinaus und unterhielt sich mit Sarah. Er sagte, wenn sie aus Unteroffizier Perron wieder einen Zivilisten gemacht habe, werde er sie in den Club mitnehmen. Sie erwiderte, es sei immer noch einiges zu erledigen, sie werde ihn aber vermutlich später sehen.

Im Büro des Havildar gab sie dem Mann alle Dokumente, die wir gesammelt hatten. Die beiden überprüften sie und verteilten die Kopien in verschiedene Akten. Schließlich überreichte er mir, was ich aus diesem Berg von Papieren offenbar benötigte: ein paar Blätter, die ich in einen Umschlag steckte.

Draußen sagte sie: »So, das wäre geschafft. Sie müssen nur noch morgen vor zwölf Uhr am Bahnhof sein, es sei denn...«

Ohne zu Ende zu sprechen, ging sie zur Nachrichtenstelle voraus. Der Unteroffizier wollte gerade zum Mittagessen gehen.

»Fährt heute abend jemand nach Ranpur?« fragte sie. Er erwiderte, das sei wahrscheinlich. Sie sagte zu mir: »Wenn Sie es schaffen, irgendwann heute nacht in Ranpur zu sein, können Sie den Zug um acht Uhr nehmen. Dadurch gewinnen Sie mehr als zwölf Stunden, und das könnte in Deolali viel ausmachen.«

Ich erwiderte, das sei eine gute Idee. Sie sagte zu dem Unteroffizier. »Ich werde mich im Club erkundigen. Vielleicht hören Sie sich auch um, Joe, und rufen Sie Unteroffizier Perron unter der Nummer 200 an, falls sich etwas auftut.«

Er versprach, beim Mittagessen mit einem Transportführer Pearson zu reden, und meinte, ich könne gleich mitkommen. Ich entschuldigte mich damit, daß mein Essen vorbereitet sei, und ich packen müsse. Wir gaben uns die Hand für den Fall, daß wir uns nicht wiedersehen würden.

Sarah und ich fuhren in einer Tonga den Hügel hinauf. Ich bedankte mich bei ihr für alles, was sie getan hatte und sagte, das Essen im Gästehaus sei nach Nigels Abreise nicht mehr besonders, aber es wäre nett, wenn wir zusammen bei mir zu Mittag essen könnten. Sie erwiderte, sie sei im Club zum Essen eingeladen und könne nicht mehr absagen. Ich fragte, aus welchem Grund sie versucht habe, mich anzurufen. Sie hatte angerufen, weil sie wußte, daß ich allein war, und sich erkundigen wollte, ob alles in Ordnung sei, weil ich sie nicht angerufen hatte. Ich fragte, ob sie zum Tee Zeit habe. Sie wußte es nicht genau, wollte sich aber irgendwann melden.

Als sie auf der Straße vor dem Club ausstieg, sah sie mich an und sagte: »Ich beneide Sie, Guy. Aber ich bin froh für Sie, und ich finde fast, Sie verdienen einen Orden. Ronald Merrick wird wütend sein.«

Ich bat Salaam'a, mir ein Bier auf die Veranda zu bringen. Ich las die kostbaren Dokumente. Zum ersten Mal fiel mir auf, daß der Funkspruch nicht über Delhi, über Merricks Abteilung gekommen war, sondern über Puna. Die erste Anweisung des Kriegsministeriums mußte von Delhi nach Puna gegangen sein, und mein alter Offizier hatte wohl in Delhi angerufen, dort erfahren, wo ich war, und den Funkspruch dann direkt zum Hauptquartier nach Pankot geschickt. Ich ging in mein Zimmer und bedankte mich bei ihm mit ein paar Zeilen. Als Nachsatz fügte ich hinzu, meine

Überseekiste, die ich in Puna zurückgelassen hatte, könne man entweder ebenfalls nach Hause schicken oder öffnen und den Inhalt (ein Mantel und eine Winteruniform) unter die Bedürftigen verteilen. Dann trank ich ein paar Gin, aß die fade Wiederholung der geschmacklosen Version des Mittagessens vom Vortag und legte mich schlafen, nachdem ich Saalam'a angewiesen hatte, ans Telefon zu gehen, und mich auf jeden Fall um sechzehn Uhr zum Tee zu wecken.

Zipper nahm ein schlimmes Ende. Wir jagten in Landungsbooten in den Septemberfluten nahe Port Swettenham auf den Strand zu, und hinterhältige Japaner, die den Frieden des Kaisers nicht akzeptierten, eröffneten das Feuer. Sie hatten sich entschlossen zu sterben, wollten uns aber mitnehmen. Einen Augenblick lauschte ich entsetzt auf die Kanonen und das Wasser, das gegen die eisernen Bordwände der Boote schlug; ich war entsetzt über die Gefahr und über die klägliche Erkenntnis, daß Bunbury nur ein Traum auf dem Indischen Ozean gewesen war.

Ich hob die Hand, um die Zeit der Landung festzustellen, und erwachte dabei in der Wirklichkeit der Pankot-Zeit, die zehn Minuten vor siebzehn Uhr war, und in einem Gewitter. Aber alles war in Ordnung. Nicht alles. Im Schlafzimmer hatte ich das Telefon nicht gehört, und wie es aussah, hatte auch Salaam'a es nicht gehört, weil er entweder schlief oder schließlich volltrunken war. Ich drückte den Klingelknopf. Wie bei den Klingeln in Ishee Brizhish konnte man nie sagen, welche Wirkung das Drücken des Knopfes hatte, bis jemand erschien. Ich wartete eine halbe Minute, ehe ich das Bett verließ, mir ein Handtuch um die Hüfte schlang und mich auf die Suche machte.

Ich lief durch das Wohnzimmer, rief diesen lächerlichen Namen, und von da auf die Veranda, von der das Wasser aus einem unsichtbaren Rohr oder einer undichten Regenrinne auf den Kiesweg platschte. Dahinter verbargen vertikale Wasserstrahlen den Blick auf die Sommerresidenz.

Auch Sarah Layton betrachtete diese Szene; nun drehte sie den Kopf und blickte aus dem Rattansessel auf, in dem sie sich ausruhte. Auf einem Beistelltisch neben ihr stand ein Tablett mit dem Gästehaustee.

Sie sagte etwas, das ich nicht verstand, und ich war mir meiner beinahe völligen Nacktheit zu sehr bewußt, um näher zu treten und eine Hand hinter das Ohr zu halten. Sie deutete auf eine unbenutzte Tasse. Ich erklärte ihr pantomimisch, ich sei sofort wieder da, ging zurück, wusch mir das Gesicht, kämmte die Haare und zog Hemd, Hose und Sandalen an.

»Ich hoffe, Sie haben nichts dagegen«, sagte sie, als ich mich zu ihr setzte. »Der Diener wollte Sie gerade wecken, als ich kam. Ich sagte, er solle sie noch eine Weile schlafen lassen.« Sie griff an die Kanne. »Wir klingeln besser nach frischem Tee.«

Das tat ich. Ich fragte, wann sie gekommen war. Sie glaubte, es sei vor beinahe einer Stunde gewesen. Ich überlegte, ob sie darauf gewartet hatte, daß ich aufwachte oder daß es aufhören würde zu regnen. Aber ich fragte sie nicht. Sie sagte: »Sie werden später froh darüber sein. Ich meine, ein bißchen geschlafen zu haben, denn ich fürchte, Sie werden nicht sehr bequem reisen, wenn Sie sich entschließen, heute abend zu fahren. Das Beste, was wir auftreiben konnten, ist die Ladefläche eines Lastwagens an der Spitze eines Konvois. Aber er bringt sie direkt zum Bahnhof in Ranpur.«

Sie öffnete ihre Handtasche und gab mir ein Stück Papier mit einem Namen – Transportführer Pearson – und einer Telefonnummer. »Der Konvoi verläßt Pankot heute abend um zehn. Rufen Sie Pearson kurz vor sieben an, er wird Ihnen dann sagen, wohin Sie gehen müssen. Leider habe ich im Club nichts erreicht, deshalb habe ich mich wieder mit Joe Barker in Verbindung gesetzt. Er wollte Sie anrufen, aber ich sagte, ich würde Sie sehen und es Ihnen sagen.«

Unsere Hände berührten sich, als sie mir das Stück Papier gab. Die Weichheit und Sanftheit ihrer Finger glichen den Eindruck von Härte und militärischer Effizienz aus. Ich dachte daran, daß ich die Zeit, die sie mir geschenkt hatte, am besten vielleicht damit zurückzahlen könnte, daß ich ihr die Möglichkeit gab, etwas von meiner Zeit in Anspruch zu nehmen, falls sie es wollte. Ich *mußte* Pankot nicht an diesem Abend verlassen. Genauer betrachtet, war ich mir eigentlich nicht so sicher, daß ich es wirklich wollte.

»Insgesamt gesehen«, sagte sie, als habe sie meine Gedanken gelesen, »würde ich mich an Ihrer Stelle für die Unbequemlichkeit entscheiden. Joe Barker hat noch einen Funkspruch bekommen. Morgen früh trifft ein Major Foster mit dem Nachtzug ein. Sie sollen ihn abholen. Deshalb vermute ich, er ist Ronalds Ablösung.«

Ich kannte Major Foster. Er war betulich, ein wohlmeinender Mann; es wäre vielleicht wirklich fatal, in seine Nähe zu kommen. Wenn ich ihn abholte und erklärte, ich müsse wegen meiner Repatruierung den Mittagszug nehmen, würde er vermutlich in bester Absicht so viele Probleme erfinden, daß wir sie zwei Stunden nach Abfahrt des Zuges noch nicht gelöst hätten.

Ich sagte: »Ja, er ist die Ablösung. Ich entscheide mich für die unbequeme Nacht. Vielleicht rufe ich den Transportführer Pearson am besten gleich an. Dann wissen wir, wieviel Zeit mir noch bleibt.«

»An Ihrer Stelle würde ich das nicht tun. Nicht gleich. Joe Barker hat gegen halb sieben gesagt.«

Aus irgendeinem Grund errötete sie leicht und konzentrierte sich auf den Regen, der nachließ.

Salaam'a erschien.

»Würden Sie einen Drink dem Tee vorziehen? Nigel hat gesagt, ich könne mich bedienen, wenn ich nicht die ganze Garnison einlade. Sie sind nicht gerade die ganze Garnison.«

»Nein, das bin ich nicht, oder? Ich hätte gerne einen Drink.«

Ich befahl Salaam'a, den Wagen mit den Getränken herauszubringen. Als wir allein waren, fragte ich: »Können Sie bleiben, und früh mit mir zu Abend essen?«

Sie gab keine Antwort. Sie mußte die Frage gehört haben. Es hatte inzwischen völlig aufgehört zu regnen. Sie blickte immer noch geradeaus. Die Zigarette war beinahe verglüht. Ich warf einen Blick über die Schulter, um zu sehen, was ihre Aufmerksamkeit erregte. Die Sonne kam gerade hinter den Wolken hervor. Die Sommerresidenz tauchte – vom Boden bis zum Dach – aus dem sich schnell bewegenden Schatten einer entschwindenden Wolke auf. Der Garten lag bereits im Sonnenschein, der sich hart gegen die Linie des Geländers drängte, mir den Rücken wärmte, und mir die Eile bewußt machte, mit der ich mich angezogen hatte.

»Sie haben das Haus vermutlich gesehen«, sagte sie. »Nigel hat es Ihnen sicher gezeigt.«

»Nein. Ist es nicht verschlossen?«

»Die Diener lassen einen immer hinein.«

»Es scheint nur noch ein Diener übrig zu sein.«

»Sie wohnen in den Dienstbotenunterkünften oben. Sie kommen nur herunter, wenn jemand im Gästehaus ist. Das Haus wurde 1890 erbaut. Das meiste ist anglo-indisch, aber es gibt eine Mogulsuite, wo man besonders gehätschelte Fürsten unterbrachte. Der Thronsaal ist nichts besonderes – nur ein paar Stühle auf einem Podest, und der Ballsaal ist ziemlich klein. Aber es wurde auch auf der Terrasse getanzt, und man hat bunte Lampen in die Bäume gehängt.«

»Das muß hübsch gewesen sein.«

»Es war alles ziemlich steif und formell. Zumindest an der Oberfläche. Und das ist so ungefähr alles, was man sieht, wenn man jung ist und gerade aus England kommt. Ich kann mir eigentlich kein richtiges Urteil erlauben. Die Leute hier sehnen sich nach der ganzen Saison, wie sie es nannten, wenn der Gouverneur und seine Frau für die heiße Jahreszeit hierher zogen. Aber seit neununddreißig hat es keine ganze Saison mehr gegeben. Susan und ich haben das nicht mehr erlebt. Die deutlichsten Erinnerungen daran stammen aus meiner Kindheit. Wir haben entsetzliche Partys dort erlebt.« Sie lächelte bei der Erinnerung. »Als der neue Gouverneur einundvierzig sein Amt antrat, machte er sich anfangs unbeliebt, weil er die Tradition der sechs Monate in den Hügeln nicht fortführte. Mutter sagt, die Bälle, die Susan und ich erlebt haben, waren vergleichsweise dürftig. Aber die Leute gewöhnen sich an alles. Im Flagstaff House hatten wir früher einen Generalmajor, aber seit Anfang des Jahres haben wir nur noch einen Brigadier. Die Leute beklagen sich, aber sie gewöhnen sich auch daran. Und jetzt, nachdem der Krieg vorüber ist, wird sich vermutlich noch mehr ändern, wenn alle, deren Pensionierung hinausgeschoben worden war, die Zelte abbrechen, nach Hause zurückkehren oder sich hier niederlassen, alt und langweilig werden und jammern, daß ihre Pension nicht reicht.«

»Wann wird Ihr Vater pensioniert?«

»Ungefähr in drei Jahren. Aber ich habe keine Ahnung, was meine Eltern tun werden.«

»Gehört Rose Cottage ihnen?«

»Ja, sie haben mehr Glück als andere. Das Militär hat vor Jahren angeordnet, daß man hier in Pankot keine Häuser kaufen oder bauen darf – ich meine nicht den Westhügel, da bauen nur die Inder. Aber Vaters Stiefmutter hatte Rose Cottage schon ein paar Jahre vor dem Verbot gekauft. Sie hat ihnen das Haus zusammen mit allem, was sie sonst noch besaß, hinterlassen. Ich nehme an, Sie haben gesehen, wieviel Geld in letzter Zeit in das Haus gesteckt worden ist. Ich hatte mir immer vorgestellt, Vater und Mutter würden den Rest ihres Lebens dort verbringen. Aber jetzt bin ich nicht mehr so sicher.«

Salaam'a rollte den Getränkewagen heraus. Wir entschieden uns beide für Gin. Während er die Drinks vorbereitete, entschuldigte ich mich, ging ins Haus und wartete dort auf ihn. Als er kam, sagte ich ihm, ich werde Pankot noch am selben Abend verlassen, und er solle Abendessen für zwei vorbereiten, denn die Memsahib bleibe vielleicht. Ich gab ihm sein Bakschisch und ein paar Rupien extra für seine unsichtbaren Helfer. Dann sagte ich, die Memsahib und ich würden gerne die Residenz sehen und in etwa fünfzehn Minuten losgehen. Wie würden wir ins Haus kommen? Er sagte, der Oberchaudikar werde uns hineinlassen. Er versprach, sofort hinaufzugehen und dafür zu sorgen, daß der Oberchaudikar da sei.

Sarah wartete mit dem Glas in der Hand. Ich lehnte mich gegen die Verandabrüstung und sah sie an. Wir prosteten dem Raum zwischen uns zu. Als wir getrunken hatten, schwiegen wir. Ich gab ihr nach meiner Uhr eine ganze Minute Zeit, und mir selbst ebenfalls eine Minute, um über jeden vernünftigen Zweifel hinaus sicher zu sein, daß meine Vorstellung von der unmittelbaren Zukunft sich nicht allzusehr von ihrer unterschied.

Nachdem die Minute vorüber war, dauerte das Schweigen an, entließ uns aber langsam aus dem Gefühl der Spannung, die seinen Beginn kaum spürbar gekennzeichnet hatte. Schließlich sagte ich: »Ich habe mich nicht für den Emerson bei Ihnen bedankt.« Sie lehnte den Kopf an das Rückenkissen und musterte mich, als kenne sie die Stelle, die mir durch den Kopf gegangen war und mich dazu gebracht hatte, das Buch zu erwähnen:

Die Welt dreht sich: Die Umstände verändern sich mit jeder Stunde. Alle Engel, die diesen Tempel des Körpers bewohnen, er-

scheinen an den Fenstern und auch alle Kobolde und Laster. Sie
sind durch alle Tugenden vereint. Wenn Tugend vorhanden ist,
sind die Laster als solche erkennbar; sie gestehen und fliehen.

Auf dem Weg hinauf suchte ich sie, aber sie mußten sich in alle
Winde zerstreut haben; ich erinnerte mich an den Blick auf das
obere Stockwerk aus der Ferne vom Depot der Pankot Rifles und
fragte Sarah, ob ihr je aufgefallen sei, daß die Sonne, die hinter
dem Westhügel unterging, scheinbar warten mußte, bis die oberen
Fenster der Sommerresidenz die Spiegelungen der letzten Strahlen losließen, und die *Radsch* erlaubte, daß es Nacht wurde. Sie
sagte, der Anblick sei ihr vertraut, aber sie habe nie die Ursache
dafür herausgefunden. Sie lächelte, hatte den Kopf gehoben und
schützte mit einer Hand die Augen; der Hals beschrieb eine Kurve
unter den tapferen kleinen Winkeln von Kiefer und Kinn. Etwas
blendete sie – der plötzlich wolkenlose Himmel, die Sonnenstrahlen auf nassen Flächen oder die Regentropfen, die aufgereiht zum
Trocknen in den Bäumen hingen. Wir hatten den Weg verlassen
und nahmen eine Abkürzung über den Rasen. Dafür trug sie ge-
eignetere Schuhe als ich. Meine Füße und Hosenbeine waren naß.
Die Sandalen klebten an den nackten Sohlen. Als ich eine Woche
später in Deolali meinen Seesack aus- und umpackte, rochen die
Sandalen, die sich immer noch ein wenig feucht anfühlten, nach
Gras. Die Hosenbeine hatten Wasserränder. Die Sandalen blieben jahrelang in meinem Besitz und – selbst als ich sie nach langer
Zeit trocken, rissig und mit rostigen Schnallen in einem Schrank
wiederentdeckte, schien der Grasgeruch immer noch an ihnen zu
hängen, wie der Duft ihrer eigenen Erinnerungen an dieses Ereignis: Erinnerung an die hartnäckige Feuchtigkeit beim Gehen
über die trockenen Steinplatten der Terrassen und der Fußbö-
den aus Parkett und Stein im Haus, über Teppiche, durch kühle
Schatten und warme Strahlen gefilterten Lichts, wenn Fensterläden wie die Türen zu Gruften von Fliegen und Faltern geöffnet
wurden, deren mumifizierte Körper auf staubigen Fenstersimsen
lagen; Erinnerung an den Druck der Fersen des Trägers, als er zu
den riesigen von Musselinballons umhüllten Kronleuchtern aufblickte; oder anstelle des Drucks, an den klebrigen Sog, als sich
die Fußknöchel bei der Inthronisation des Ersatz-Gouverneurs

und seiner Gemahlin auf zwei verhüllten Lehnstühlen kreuzten; das wieder umverteilte Gewicht, das sich auf die Zehen konzentrierte, als die blinden, gemalten Augen von Muirs und Laytons und anderen Mitgliedern einer prokonsularen Dynastie von lebenden Augen in einem vorgestreckten Kopf betrachtet wurden –, der Körper neigte sich, um eine Stellung zu finden, in der das Licht auf dem dunklen Firnis die Einzelheiten und Töne der darunterliegenden Farben weniger verschwimmen ließ.

Treppen, Flure, Türen, die mit Schlüsseln geöffnet wurden, die zuvor gegen ein Trinkgeld von dem alten Chaudikar übergeben worden waren, der unten in einem Opiumtraum und im Traum von der verschwundenen Pracht dahindämmerte. Er war ihr alter Hüter und wir nicht mehr als ihre Betrachter. Mit ihren vernünftigeren und trockeneren Schuhen ging sie durch die Sommerresidenz wie jemand, der schon früher einmal dort gewesen war und wenig von dieser Besichtigung hatte außer der befriedigten Neugier ihres Begleiters; aber diese Neugier war minimal, denn sie wurde überdeckt durch die Beschäftigung mit der Art, in der sie durch dieses Labyrinth imperialer Geschichte ging oder im zufälligen Spiel von Licht und Schatten stand und dabei auf die Veränderungen des Drucks reagierte, den verschiedene Räume auf ihre Erinnerungen ausübten, die scheinbar aus einer Zeit stammten, die sie nicht länger als real anerkannte.

Und doch, als sie sich von einem Gegenstand abwandte, auf den sie mich in einem bestimmten Raum aufmerksam gemacht hatte – von einem Gegenstand, dem es wie in so vielen Räumen nicht gelungen war, sich mir als etwas von dauerhafter Substanz oder bleibender Bedeutung darzustellen –, schien sie mir nur diese Unwirklichkeit zu besitzen und sie schien zu ihr zu gehören, wie ein Gefangener nach einiger Zeit zu einer Zelle gehört, aus der seine Vorstellungskraft entflohen ist, deren Tür er jedoch nicht öffnen darf.

Ich glaube, wir wählten diesen bestimmten Raum, weil er sich auf den ersten Blick als eine Art Befreiung darbot: die Befreiung von der betäubenden Last eines beinahe hundertjährigen Abgeschnittenseins von der Quelle. Aber die Mogulsuite war nicht weniger von diesem Gewicht belastet; sie war das innerste Kästchen in einem ganzen Satz von Kästchen. Durch das reichverzierte Gitterwerk eines Fensters ohne Laden fiel die schräge Sonne im Westen auf den Fliesenboden, wo die vorübergehend ausgezogenen Sandalen lagen. Der Duft alten Räucherwerks hing in den Bezügen und Kissen eines riesigen Diwans, auf dem vielleicht die Hofmusiker gesessen hatten. Man stelle sich vor, daß Staub daraus aufstieg, und uns sanft in eine trockene wohltuende Wolke hüllte, in der die winzigen Teilchen von Blättern und Blüten der Blumengirlanden hingen: Jasmin, Rosen, Frangipani, Ringelblumen und alle Namen Allahs. Ein Zuschauer: eine Maus. Hast du Angst? fragte ich. Nein, sagte sie, ich habe keine Angst. Als ich mit geschlossenen Augen ruhte, wurde mir klar, daß wir beobachtet und begleitet worden waren. In der Ferne hämmerte der Goldbartvogel immer noch sein dünnes, endloses Metallband abwechselnd in die Formen der Töne und der Stille der Hügel von Pankot.

Ich bringe dem Chaudikar die Schlüssel zurück, gehe allein nach draußen und sehe mich nach ihr um; ich verwechsle die Stelle, glaube einen Augenblick, sie habe die Gelegenheit genutzt, die ich ihr gab (aus Rücksichtnahme, weil ich glaubte, es wäre ihr lieber, sich nicht von dem Chaudikar verabschieden zu müssen), und auch mich verlassen; aber sie wartet draußen auf dem Rasen und blickt zu den höchsten Fenstern hinauf, wo der Tag auf die Erlaubnis wartet, enden zu dürfen. Ich trete neben sie, blicke auf und stelle fest, daß er bereits zu Ende ist. Keine Gesichter es sei denn unsere eigenen – beobachten uns, als wir gehen – nicht nur, wie wir es tun: quer über den Rasen zurück zum Gästehaus –, sondern weiter, viel weiter und auf getrennten Wegen, die sich vielleicht nie wieder kreuzen werden.

Ich mache ihr einen Drink und gehe ins Haus, um den Transportführer Pearson anzurufen. Eine Frau meldet sich. Sie hat die Sprechweise einer Eurasierin. Sie legt den Hörer hin. Ich höre, wie sie »Leonard« ruft. Pearson, nicht Purvis. Ruft sie ihn aus seinem ehelichen Sonntagnachmittag? Während ich warte, überlege ich, was Unteroffizier Baker gesagt hat, um Sarah erröten zu lassen, als sie mir empfahl, den Transportführer erst zwischen halb sieben und sieben anzurufen (nachdem die Lust auf Bier, Curry und Sonntagsliebe gestillt und ausgeschlafen war?). Seine

Stimme klingt nach Bolzen und Schrauben, Öl und Graphit und nüchterner Gereiztheit darüber, an ein Versprechen erinnert zu werden, das gegeben wurde, als alle sonntäglichen Genüsse noch vor ihm lagen. Aber er steht zu seinem Wort. Er sagt mir, wohin ich gehen, wann ich dort sein und nach wem ich fragen muß. Ich habe noch ungefähr zwei Stunden.

Sie sagte, sie wolle nicht zum Abendessen bleiben. Sie hätte es gern getan, aber zu lange gewartet, um anzurufen und zu sagen, daß sie andere Pläne habe. Sie müsse bald zurück.

»Dann bringe ich dich nach Hause.«

»Nein, du hast zuviel zu tun. Ich warte, bis du gepackt und dich umgezogen hast. Dann muß ich gehen, und du mußt essen.«

Ich packte wahllos und ohne zu überlegen. Als erstes mußte ich wieder Uniform anziehen. Dabei schien ich meinen Körper zu wechseln. Ich war wieder ein Unteroffizier. Sie blieb in Uniform die Tochter eines Oberst. Theoretisch war ein Gesetz gebrochen worden. Ich suchte im Seesack nach Päckchen in Seidenpapier – Schals und Schultertücher für die Perron-Frauen (und ein paar für Nicht-Perron-Frauen). Meine Hand berührte dabei immer wieder das Untersuchungsprotokoll.

»Guy?«

Sie stand in der Schlafzimmertür.

»Ich wollte nur sagen, ich sorge dafür, daß morgen jemand Major Foster abholt. Ist Ronalds Diener noch da? Nigel hat mir erzählt, daß du ihn beim Stehlen ertappt hast.«

»Ich habe ihn nicht gesehen.«

»Major Foster wird vielleicht nach ihm fragen. Wo war er untergebracht?«

»Ich glaube im Flagstaff House bei den anderen Dienstboten.«

»Ich werde es feststellen. Ich gehe jetzt.«

»*Jetzt?*«

»Ja, ich muß. Schreib mal. Laß mich wissen, wie es dir geht.«

Es gibt Situationen, in denen es sehr schwierig ist zu wissen, was man sagen soll. Ich hielt ein in Seidenpapier eingewickeltes Päckchen in der Hand.

»Ich habe ein paar Dinge für Leute zu Hause gekauft. Etwas anderes habe ich nicht.«

418

Sie nahm das Päckchen, weil ich ihr keine andere Wahl ließ. »Es ist nur ein Schal. Zumindest glaube ich es. Vielleicht sollten wir es öffnen, denn möglicherweise ist es auch eine Krawatte für einen meiner Onkel.«

»Was immer es ist, es wird mir gefallen.«

Wir gingen auf die Veranda zurück.

»Noch einen Drink.«

Ihr Rücken und ihre Schultern fühlten sich so viel dünner an, als sie waren.

Sie schüttelte den Kopf und sagte, sie habe keine Zeit mehr, sie müsse gehen. Sie brauche keine Tonga. Es sei nur ein kurzer Weg den Hügel hinauf. Ich begleitete sie zur Vorderseite des Gästehauses. Es war beinahe dunkel. Ich sagte, ich könne sie nicht allein nach Hause gehen lassen.

»Mir passiert bestimmt nichts. Es ist mir lieber so. Ehrlich. Leb wohl, Guy.«

Sie wandte sich ab und ging die schmale Auffahrt hinunter. Ich rief ihr nach. Sie drehte sich um und winkte mit dem Päckchen. Ich folgte ihr, blieb aber gleich wieder stehen, denn ich verstand, daß sie wirklich den Wunsch hatte, jetzt und allein zu gehen. Im nächsten Augenblick war sie hinter der Kurve der Auffahrt verschwunden. Ich ging zurück und packte meinen Seesack zu Ende. Als ich das Protokoll weit nach unten schob, um Platz für Hose, Hemd und Sandalen zu machen, fiel mir ein bestimmter Satz ein: *Wir haben uns seit dem Abend des Tempelbesuchs nicht mehr gesehen.* Ich rollte die Uniformärmel herunter – Vorschrift für den Abend. Während ich die Manschetten zuknöpfte, wirkten meine Hände durch ein Spiel des Lichts braun.

Sie waren plötzlich aufgetaucht, waren aus den Schatten des Mogulzimmers hervorgestürmt, waren über mich hergefallen, hatten mich weggezerrt und mir ins Gesicht geschlagen. Später, als sie verschwunden waren, und wir uns aneinanderklammerten, sagte ich: »Ich bringe dich nach Hause.« Sie sagte: »Nein. Nein. Wir sind nicht zusammengewesen. Wir haben uns seit dem Abend des Tempelbesuchs nicht mehr gesehen.« Sie erkannte die Gefahr, in der ich schwebte, wenn ich es wagte, mit ihr zu gehen, wagte, jemandem, einem Weißen, einem Beamten, einem der Männer, die

Fragen stellen würden, zuzuflüstern: »Wir haben miteinander geschlafen. Die Männer haben uns überfallen.« Sie hatte die Gefahr
erkannt, die darin lag, mich in irgendeiner Weise in die Sache hineinzuziehen. Aber sie hatte die Wunden in meinem Gesicht nicht
gesehen, weil es zu dunkel war. Und ich hatte nicht daran gedacht, bis ich nach Hause kam.

Ich erinnere mich nicht, gegessen zu haben. Ich erinnere mich,
daß ich auf der Veranda saß, den letzten Adjutanten-Brandy trank
und in die gefährliche indische Nacht starrte, bis es Zeit war, Salaam'a nach einer Tonga zu schicken, die mich zum Konvoi des
Transportführers Pearson und dem ersten Abschnitt der Reise zurück zur Quelle bringen würde, wo alle diese Dinge wieder in die
Ferne rücken, wenig zählen und scheinbar in eine ganz andere
Welt gehören würden.

Das Rasthaus

(Sarah Layton)
  Die Szene war zu Ende. Jetzt kann ich auftreten,
  sagte sich Sarah.

Aber ich trat nicht auf. Keiner von uns tat es. Ich glaubte, den Grund zu kennen. Uns als Familie hatte Vaters Abwesenheit zusammengehalten; seine Heimkehr zeigte, wie sehr wir voneinander getrennt waren. Man konnte spüren, wie er den Versuch unternahm, sich mit jedem von uns einzeln zu beschäftigen. Es gab eine Zeit für Mutter, eine Zeit für Susan und Edward und eine Zeit für mich. Eine andere Zeit nahm er sich für die Dienstboten, für Pankot und das Regiment.

Meine Zeit lag vor dem Frühstück. Mein Vater und ich ritten jeden Morgen zwischen sieben und acht Uhr dreißig aus. Er brachte mich mit den frühen Stunden des Tages in Verbindung und behandelte mich in dieser Zeit mit besonderer Fürsorglichkeit, als könne sich die Art Vertraulichkeit, die sich auf der Rückfahrt von Ranpur nach Pankot eingestellt hatte, als wir zusammen Tee tranken, Speckbrote aßen und achtsam vermieden zu krümeln, durch Wiederholung zu etwas Vielschichtigem, Geheimnisvollem, Befriedigendem entwickeln. Manchmal lag auf seinem Gesicht der Ausdruck eines Mannes, der geduldig darauf wartete, ein Geheimnis zu teilen; dann wieder der Ausdruck eines Mannes, dem Wissen und Erinnerung abhanden gekommen waren.

Nach ein paar Tagen fiel mir auf, daß wir bei diesen morgendlichen Ausritten immer denselben Weg nahmen – den Nordhang des Osthügels hinunter ins Tal – und an derselben Stelle anhielten. Der Blick dort war nicht aufregend. Etwa eine Meile entfernt sah man ein Dorf liegen. Das war alles. Aber er zügelte das Pferd, saß bewegungslos im Sattel und blickte auf das Gewirr der Hütten in der Ferne, auf die terrassenförmig angelegten Felder, die den Konturen des Hügels folgten. Die Erde war gelblich braun. Immer hing Nebel in der Luft. Man roch den Rauch von Holz und Kuhfladen. Nach etwa fünf Minuten warf er einen Blick auf seine Armbanduhr und sagte: »Reiten wir zurück.« Abgesehen von dieser einen Bemerkung schwieg er während dieser Rast.

Eine naheliegende Erklärung für die Wahl des Wendepunkts war, daß er sich an einer Rechnung orientierte, die von verfügbarer Zeit, zurückzulegender Strecke und voraussichtlichem Eintreffen zu Hause bestimmt wurde. Aber zurück nahmen wir nicht immer denselben Weg und erreichten Rose Cottage meist irgendwann, sagen wir, zwischen acht Uhr fünfzehn und acht Uhr fünfundvierzig. Mit absoluter Sicherheit wiederholte sich nur ein Teil des Ausritts. Ich hatte allmählich das Gefühl, daß eine Zwangsvorstellung dahinter stand: der Hinweg, die Pause und die fünfminütige schweigende Betrachtung eines Dorfs, dessen Namen ich nicht mit Sicherheit wußte, den ich aber auf den genauen Karten im Gebietshauptquartier fand. Das Dorf hieß Muddarabad.

Wir hatten in Rose Cottage nie Pferde gehalten. Die vorhandenen Ställe waren schon lange vor Tante Mabels Zeit den Dienstbotenunterkünften und Lagerräumen zugeschlagen worden. Ein Stallknecht brachte Pferde vom Depot herauf. In den vergangenen ein, zwei Jahren war ich selten geritten, Mutter noch seltener und Susan überhaupt nicht. In Bombay hatte Vater gesagt, zu den Dingen, auf die er sich freue, gehöre es, sich wieder an den Sattel zu gewöhnen. Er war seit beinahe fünf Jahren nicht mehr geritten. Ich nahm an, es könne ein oder zwei Wochen dauern, ehe er sich kräftig genug fühlte, um auszureiten, und Mutter werde ihn begleiten. Aber am ersten Abend zu Hause sagte er: »Wie wäre es, wenn wir morgen ausreiten?« Er stellte mir diese Frage. Er rief Kevin Coley an, und ich suchte meine Reitsachen zusammen. Aber erst als ich die Reithose am nächsten Morgen anzog, stellte ich fest, daß sie mir an der Hüfte unangenehm eng saß. Beim Aufsitzen war ich so nervös wie früher als kleines Mädchen. Er trug eine lange Hose und Polostiefel. Er ritt voran, als sei er jeden Morgen seines Lebens ausgeritten.

Das muß Dienstag, der neunte August gewesen sein. Er ritt ein paar Längen vor mir. Wir sprachen wenig. Ich empfand eine gewisse Zurückhaltung – Verlegenheit – wegen seiner Anwesenheit, denn ich stellte mir vor, daß Mutter im Ehebett lag und mit halbgeschlossenen Augen das Kissen betrachtete, auf dem der Kopf des Mannes, der sich immer wieder nach mir umdrehte und lächelte, als freue er sich jedesmal darüber, mich wieder zu sehen, einen Abdruck hinterlassen hatte. Glauben Kinder, wenn sie erwachsen sind, selbst heutzutage wirklich an das Sexualleben ihrer Eltern?

Die Logik sagte mir, daß es in den letzten Jahren Augenblicke gegeben haben mußte, in denen mein Vater im Gefangenenlager in seinem Bett lag und dachte: Mein Gott, ich brauche unbedingt eine Frau. Ein Verdacht und weniger die Logik sagte mir, daß meine Mutter während der Abwesenheit meines Vaters ein Verhältnis gehabt hatte. Logik hatte sogar überhaupt nichts damit zu tun. Kevin Coley sah aus, als sei er zu körperlicher Leidenschaft unfähig; er war ein vertrockneter, langweiliger Mann, den nichts erregen konnte außer eine Bedrohung seiner dienstlichen Unauffälligkeit, in der er seit dem Tod seiner Frau bei dem Erdbeben in Quetta zufrieden lebte. Aber da ich meinen Verdacht hatte und mein Verständnis für die Vielschichtigkeit körperlicher Bedürfnisse und körperlicher Reaktionen wuchs, mußte ich die Vorstellung von Unfähigkeit und Schuldlosigkeit verwerfen und infolgedessen versuchen, jede andere Gefühlsregung als ironisches Sichdamit-abfinden zu unterdrücken; das war nicht leicht; es war sogar so schwierig, daß ich es nicht lange durchhielt und versuchen mußte, gegen den Verdacht anzukämpfen, indem ich mir sagte, daß er auf nichts Zuverlässigerem beruhte als auf der fiebernden Einbildungskraft der armen Barbie Batchelor im Zusammenwirken mit meiner eigenen, die durch Barbies anfangs unverständliches Gerede im Krankenhaus von Pankot der augenscheinlichen Gewißheit (Gesehenes, Gehörtes und intuitiv Erkanntes) eine so übergroße Bedeutung beimaß, sehr überforderte, daß ein Fall daraus wurde, den die strikt rationale Seite meines Wesens nicht anerkannte. Selbst wenn ich mir vorstellen konnte, daß Ehebruch zu den Spielen gehörte, die meine Mutter spielte, schien mir ein Ehebruch mit Kevin Coley auf geradezu lächerliche Weise gegen ihre Spielregeln zu verstoßen. Damit stand ich wieder am Anfang der Vermutungen. Wenn ich mich wieder im Kreis drehte, war mir natürlich völlig bewußt, daß mein Instinkt, mich zu rächen und sie zu verdächtigen, in erster Linie von ihrem Verhalten mir gegenüber genährt wurde – von ihrer völligen Nichtbeachtung, ihrer gespielten Ahnungslosigkeit, obwohl sie alles über die scheußliche Abtreibung in Kalkutta wußte – alles außer dem Namen des Mannes, der der Vater des Kindes gewesen wäre und den sie leicht, wenn nicht von mir, dann von Tante Fenny hätte erfahren können, die kaum große Zweifel haben konnte, die aber mein Schweigen achtete und liebevoll und töricht schuldbewußt wurde bei dem Gedanken, daß sie im Grunde dafür verantwortlich gewesen sei, weil sie mich mit ihm oder ihn mit mir zusammengebracht hatte (es lief auf dasselbe hinaus).

Am Freitag – nach unserem zweiten Ritt nach Mudderabad – hörte ich, daß die arme Barbie tot war. Major Smalley sagte es mir im Büro. Er wußte es von seiner Frau, die wie immer bestens informiert war. Als ich die Oberin im Samariterkrankenhaus in Ranpur anrief und sie unbestimmt von Papieren für mich und meine Familie redete, fürchtete ich eine Enthüllung, eine schriftliche Erklärung, einen Brief an meinen Vater, den Barbie kaum gekannt hatte, auf den, wie ich wußte, sie sich aber verließ, damit ein für allemal die Frage geklärt werden würde, ob Mutter Tante Mabel am falschen Ort begraben hatte – vielleicht einen Brief, der sich auf das Verhältnis von Mutter zu Coley bezog. Ich hielt Barbie zu keiner Bosheit fähig. Ich fürchtete eine unabsichtliche Beschuldigung durch eine geistig verwirrte Frau, deren Geist so durcheinandergewirbelt war wie der Inhalt ihrer Kiste, die sie in Rose Cottage zurückließ, wo sie bei Tante Mabel gelebt hatte, und die sie am Morgen des Unfalls abholte. Die Kiste war die Ursache des Unfalls gewesen, denn sie war zu schwer für die Tonga.

Die Kiste war voll von Dingen, die mit Barbies Arbeit als Missionslehrerin zusammenhingen – alte Lehrbücher, Schulhefte, die sie als Erinnerung an Schüler aufbewahrt hatte, Geschenke von Kindern und ihren Eltern und eine kleinere Version des Bildes, das man ihrer alten Freundin und Missionslehrerin Edwina Crane als Belohnung für ihr heldenhaftes Verhalten während des ersten Weltkriegs in der nordwestlichen Grenzprovinz geschenkt hatte.

Barbie sagte mir, die Kiste sei nicht besonders wichtig, aber sie sei
»ihre Geschichte, und nach Emerson sei sie ohne ihre Geschichte
nicht erklärt«. Nach Mabels Tod mußte sie ins Pfarrhaus in ein
kleines Zimmer ziehen. Im Laufe der Woche, die meine Mutter ihr
zugebilligt hatte, um aus Rose Cottage auszuziehen, hatte sie nach
und nach ihre Sachen dorthin gebracht. Das Pfarrhaus war keine
Dauerlösung, und Clarissa Peplow machte sich Sorgen wegen der
vielen Dinge, die Barbie zu besitzen schien. Barbie fragte mich,
ob sie die Kiste bei dem *Mali* stehenlassen könnte. Ich bot ihr an,
selbst darauf zu achten. Susan und ich würden uns Barbies ehemaliges Zimmer teilen, und ich sah keinen Grund, warum ich die
Kiste nicht aufbewahren sollte, bis sie eine Dauerunterkunft gefunden hatte. Aber Barbie wußte, meine Mutter würde Einwände
erheben. Sie sagte, wenn der *Mali* die Kiste mit meinem Wissen
in seinem Schuppen unterstellen dürfe, sei das ausreichend. Und
so geschah es.

Aus dem Dorf Muddarabad stammte der Havildar Karim Muzzafir Khan. Wir hielten dort an, weil Vater es nicht über sich brachte,
weiter bis zum Dorf zu reiten und der Frau und den Kindern des
Havildar gegenüberzustehen. Ich glaube, er ritt jeden Morgen in
dieser Absicht los, und wenn er den Halteplatz erreichte, stellte
er fest, daß die Absicht unter dem Gewicht seiner Vorstellung
von ihrer Vergeblichkeit in sich zusammenbrach. *Man-Bap.* Ich
bin dein Vater und deine Mutter. Diese traditionelle Vorstellung
von seiner Position, die Vorstellung von sich in Beziehung zu seinem Regiment, zu den Männern und den Familien der Männer,
hatte die Kriegsgefangenschaft nicht überlebt. Falls doch, war die
Anstrengung, ihr gerecht zu werden, zu groß für ihn geworden.
Ich fragte mich, ob er aus Mangel an Energie oder Mangel an
Überzeugung das Pferd zügelte und sich im Sattel aufrichtete, als
sitze er Modell für sein Portrait als Offizier, der den Verlauf ei-
ner Schlacht beobachtete, für deren Ausgang er verantwortlich
war, oder als studiere er das Gelände, auf dem am nächsten Tag
Entscheidungen auf die Probe gestellt würden.
   Wenn ich *ihn* beobachtete, mußte ich daran denken, wie wenige
Männer es gab, die für die aktive Kriegsführung eine natürliche
Begabung hatten. Auf ein Genie kamen zahllose andere, die nur

dem Namen nach Kommandanten waren – Männer, für die die Beschaffenheit einer Landschaft im Hinblick auf militärische Gesichtspunkte ein beinahe ebenso großes Problem darstellte wie für mich. Sie aber hatten gelernt, eine Reihe vorgefertigter Rezepte darauf anzuwenden, und konzentrierten sich deshalb darauf und nicht auf das erschreckend große Spektrum möglicher Fehler. Als Kind kam er mir wie ein Gott vor, als er mir einige Geheimnisse seines Berufs enthüllte. Jetzt hatte ich das Gefühl, daß er sich entehrt glaubte – nicht durch etwas, das er getan hatte, sondern durch sein Talent, das sich als begrenzt erwiesen und den ganzen Bereich seiner Selbstachtung beschnitten hatte.

Als wir am dritten Morgen, am Samstag, am Halteplatz warteten, erinnerte ich mich an die Worte meiner Mutter, die ich am Abend zuvor zufällig gehört hatte, als ich spät aus dem Büro gekommen war, weil ich die Oberin im Samariterkrankenhaus anrief. »Es ist mehr eine Frage deiner Anwesenheit als alles andere. Für mich war das nicht anders, als sie euch in die Tasche gesteckt haben.« Rückblickend schien kaum Zeit vergangen zu sein, seit sie mit Kevin Coley von einem Dorf zum anderen geritten war, um mit den Frauen zu sprechen, deren Ehemänner, Söhne, Enkel und Brüder entweder gefallen oder in Nordafrika in Kriegsgefangenschaft geraten waren.

Ihr wäre es unmöglich gewesen, jedes Dorf zu besuchen. Aber bei anderen Gelegenheiten sprach sie mit Frauen, die aus entfernteren Gegenden nach Pankot gekommen waren, um Bestätigung für die Nachricht zu erhalten. Sie hatte die Frauen vor dem Büro des Adjutanten und sogar auf dem Vorplatz des Dienstbungalows empfangen, in dem wir damals lebten. Oberst Sahib, Oberst Memsahib. Zwei Aspekte der einen Gottheit. Meine Mutter war nicht dazu geschaffen, wie eine Frau auszusehen, bei der eine andere Frau Trost finden konnte –, aber bei diesen Gelegenheiten wirkte ihre betonte Förmlichkeit richtig. Wichtig war ihre Anwesenheit in der Hülle ihres Körpers. Er war zwar hart, wirkte aber vertrauenswürdig. Sie sagte diesen Frauen immer die Wahrheit – zum Beispiel, daß die Männer als Kriegsgefangene von ihren Offizieren getrennt werden würden. Es sei Vater praktisch unmöglich, sich persönlich um das Wohlergehen seiner Leute zu kümmern. Aber in der Folgezeit hatte sie auf die unterschiedlichste Weise unauffällig die Witwen und die Frauen im Auge behalten, die wie sie selbst nur geduldig auf die Rückkehr warten konnten. Das tat sie einzig und allein aus Pflichtgefühl. Es war Theater, aber sie spielte ihre Rolle mit dem genauen Gespür dafür, was nicht dazugehörte. Sie beging nicht den Fehler, sich zu sehr mit dieser Rolle zu identifizieren. Wenn sie in den Bungalow zurückkkam, streifte sie die Rolle ab oder schien sie abzustreifen – und sie ließ sich einen Gin bringen.

Deshalb hatte sie am Abend zuvor gesagt: »Warum tust du es nicht?« und damit gemeint: Warum reitest du nicht nach Muddarabad? Aber für Vater war es anders. *Man-Bap.* Dieses Theater war untrennbar Teil seines Lebens als Kommandeur indischer Truppen gewesen. *Er* mußte sich wirklich damit identifizieren. Man erwartete, daß es tief in seinem Innern saß, direkt an der Quelle seiner Erleuchtung. Wenn wir nach dem Ritt über den Nordhang des Osthügels hinunter anhielten, schien er jeden Morgen darauf zu warten, daß die Erleuchtung zurückkäme und ihn ins Dorf führte. »Also«, würde er wieder sagen und sagte es auch an diesem Samstag, »reiten wir zurück.« Auf dem Rückweg ritten wir gewöhnlich nebeneinander und sprachen über die Dinge, die am Vortag geschehen waren, und über die Pläne für den Tag.

Nach dem Ausritt frühstückten wir, und dann ging ich in den Daftar hinunter. Offiziell hatte er Urlaub, aber manchmal erschien er bei den Pankot Rifles. Die nähere Zukunft war sehr ungewiß. Ein langer Urlaub war im Gespräch und die Möglichkeit, ihn zu Hause in England zu verbringen. Aber die wichtigeren Fragen waren für ihn seine körperliche Verfassung und seine nächste Aufgabe. Ich sehnte mich zwar nach einem Urlaub in England, aber ich hielt die Aussichten nicht für sehr groß, selbst wenn der Krieg zu Ende ging, wie alle erwarteten. Seine Pensionierung stand zu dicht bevor, und die Zeit in England wäre verschwendet gewesen. Er hatte zuviel Zeit verloren. Finanziell ging es den Eltern gut, nachdem sie Mabels Geld geerbt hatten, und er mußte sich nicht wegen einer höheren Pension um eine Beförderung bemühen; ich vermutete jedoch, er wollte befördert werden, um das Gleichgewicht zu finden. Es war etwas, worauf er sich konzentrieren konnte. Die für ihn auf der Hand liegende Position war die des Depotkommandanten. Oberst Trehearne hatte den Posten während des Kriegs übernommen und seine eigene Pensionierung dadurch verzögert. Jetzt hatte ich den Eindruck, Mutter wollte höher hinaus und die Garnison verlassen. Ich konnte es ihr nicht verdenken. In ihrem Fall waren die Ausgaben für die Änderungen in Rose Cottage kein Beweis ihrer Absicht, dort auf Dauer zu leben. Selbst die Aussicht, sich dort nach der Pensionierung zur Ruhe zu setzen, schien jetzt fraglich.

Ich hatte das Gefühl, etwas wegen der Dinge unternehmen zu müssen, die Barbie hinterlassen und die Bishop Barnard Mission nicht an sich genommen oder nicht gewollt hatte, und über die sich die Schwester Oberin so unbestimmt aber nachdrücklich äußerte. Ich schrieb Nigel Rowan und bat ihn, sie anzurufen, um Klarheit zu gewinnen. Das war am Samstag. Am Samstagabend waren wir bei den Trehearnes zum Essen eingeladen.

Maisie Trehearne war eine große, blasse, stattliche Frau. Sie hielt sich so aufrecht, daß Gerüchte wissen wollten, sie trage ein Stahlkorsett. In letzter Zeit bevorzugte sie weite Abendkleider aus grauem oder blauem Georgette, wodurch man glaubte, einen metallischen Geist vor sich zu haben. Ihre Bewegungen schufen die Illusion einer kühlenden Brise, die eigentlich nicht nötig war, denn das Haus des Depotkommandanten war das zugigste in ganz Pankot und an einem Winterabend ein schrecklicher Ort zum Essen. Die Trehearnes gaben als letzte in Pankot Anweisung, die Kamine anzuzünden, und waren die ersten, die sie wieder säubern und in die Obhut von Messingtabletts stellen ließen. Und in der Regenzeit, wenn es abends sehr kühl sein konnte, was diesmal glücklicherweise nicht der Fall war, ließen sie nie einen elektrischen Heizofen hereinbringen und einschalten. Patrick, ihr Mann, war inzwischen sechzig und wirkte ebenso zerbrechlich, febril, aber unnachgiebig: gehärteter Stahl, der dünn wie eine Oblate geworden war. In ihren Gesichtern entdeckte man kaum eine Falte. Sie hatten die Gesichter von Leuten, die nie eine schlaflose Nacht oder auch nur eine einzige Sorge gekannt hatten, und wenn doch, dann hatten sie eine beinahe orientalische geistige Loslösung von den Nöten des Lebens entwickelt.

Noch etwas anderes verhinderte, daß man sich bei den Trehearnes wohl fühlte: eine Schar Hunde, eine merkwürdig bunte
Mischung, die von Welpen bis hin zu ausgewachsenen Kötern
reichte, und meist waren es mindestens drei. Wild, bissig, der
Schrecken der Dienstboten und die Qual furchtsamer Gäste, ungehorsam und aufdringlich, Gegenstand von Maisies Zuneigung
und des Leidens ihres Mannes. Die Hunde schienen natürliche
Opfer der Unglücksfälle zu sein, die sie stets ereilten. Sie tyranni-
sierten das Haus des Kommandanten und schienen nicht geneigt
zu lernen, daß die Welt draußen feindlich war. Einer griff ein Ton-
gapferd an und bekam einen tödlichen Tritt; eine Giftschlange biß
einen anderen; wieder ein anderer wurde von einem Dienstwagen des Gebietshauptquartiers überfahren, weil er glaubte, die
Straße gehöre ihm. Einer streunte und wurde erschossen, andere
erlagen einfach den Krankheiten, an denen Haustiere in Indien
immer starben. Maisie hatte wirklich ein Herz für Tiere, ganz besonders für Hunde, und man hätte glauben sollen, sie verliere allmählich den Mut. Aber sie fand immer Ersatz für die Opfer, und
man hatte den Eindruck, sie hänge wirklich an ihnen, umsorge
sie mit großem Pflichtgefühl, und ihr Entsetzen über jede Grausamkeit gegenüber allen Tieren, die ihr zu Ohren kam, sei vollkommen echt. Maisie erweckte diesen Eindruck auch dann noch,
wenn sie im Eßzimmer unter den Glasaugen einer beachtlichen
Zahl von Jagdtrophäen saß, die zu gleichen Teilen auf ihre und
auf Patricks Kosten gingen. Über die Trophäen wurde nur selten gesprochen. Vielleicht waren sie nur die Relikte jugendlicher
Leidenschaft, der sie längst entwachsen war. Ich hatte einmal gehört, wie Lucy Smalley sagte, sie frage sich, warum Maisie nicht
auch die Köpfe ihrer Hunde präparieren lasse und an die Wand
hänge: eine typische Smalley-Bemerkung, aber (und auch das war
typisch) nicht ganz ungerechtfertigt.

»Nimm dich vor den Hunden in acht, John«, warnte Mutter
meinen Vater, als der Wagen losfuhr, den Oberst Trehearne geschickt hatte. Die Warnung war unnötig. Vielleicht hatte sich
Patrick Trehearne einmal durchgesetzt, oder Maisie und Patrick
waren beide vorausschauend genug gewesen und hatten eingesehen, daß die übliche Begrüßung im Haus des Kommandanten

bei einem Mann nicht angebracht sei, der mehrere Jahre in einem Lager eingesperrt gewesen war. Statt dessen hatte man die Hunde eingesperrt, und wir betraten das Haus unbelästigt.

Vater aß zum ersten Mal außer Haus, und Maisie hatte Mutter versprochen, die Gesellschaft klein zu halten. Es stellte sich heraus, daß sie noch kleiner als geplant war, denn Kevin Coleys Diener hatte kurz vor unserer Ankunft angerufen und erklärt, der Adjutant Sahib liege mit Fieber im Bett. »Wir machen uns wirklich Sorgen um Kevin«, sagte Maisie. »Er wirkt plötzlich so unruhig. Nach all den Jahren, in denen er sich gegen jeden Versuch einer Beförderung oder Versetzung gewehrt hat, verhält er sich jetzt, als sei es Zeit, daß man etwas für ihn tut.«

Das Schlafzimmer der Trehearnes, in dem wir unsere Stolen ablegten und wie Spartanerinnen Hals, Schultern und Arme der unbarmherzigen Kühle darboten, war riesig. Die Doppelbetten wirkten darin winzig wie Spatzennester. Hoch über ihnen hingen an Deckenbalken die runden Rahmen der Moskitonetze, die kaum je nötig waren, für die Maisie aber eine besondere Vorliebe hatte. Der spärlich möblierte Raum wirkte nicht so, als ob jemand darin wohne, sondern kampiere, und man wäre nicht überrascht gewesen, auf dem Boden Vogelkot zu finden.

Während wir im Schlafzimmer waren, kam das Thema Barbie zur Sprache, und ich stellte fest, daß auch Mutter von ihrem Tod wußte. Susan war in diesem Augenblick im angrenzenden Bad (die Leute in Pankot hatten gelernt, in ihrer Gegenwart möglichst nicht über Tod und Unglücksfälle zu sprechen). Maisie sagte: »Mrs. Stewart in der Bibliothek sagt, daß Miss Batchelor vor kurzem gestorben ist. Sie hat es von Lucy Smalley gehört. Wußtet ihr das?«

Sie richtete die Frage an uns beide. Ich stand am Fußende des einen Betts. Mutter betrachtete sich im Spiegel des Toilettentischs und zog ihre Lippen nach. Vielleicht lieferte ihr das einen Vorwand, nichts zu sagen. Aber sie reagierte überhaupt nicht. Ihr Gesicht blieb unbewegt und konzentriert. Ich war gezwungen zu antworten. Ich sagte, Major Smalley habe es mir im Daftar erzählt.

»Es stand nichts in der *Ranpur Gazette*«, sagte Maisie, »und die Todesanzeigen lese ich immer als erstes. Früher waren es die

Geburten und Hochzeiten, aber es scheint ein Punkt im Leben zu kommen, an dem man nur Leute kennt, die sterben. Woher wußte Lucy das?«

»Ich weiß es nicht«, sagte ich wahrheitsgemäß.

»Und Sie, Mildred?«

»Was?«

»Haben Sie eine Ahnung, woher Lucy Smalley wußte, daß Miss Batchelor gestorben ist?«

»Ich weiß nur, was Mrs. Smalley mir erzählte, als sie anrief. Aber ich glaube, in diesem Fall kann man annehmen, daß es mehr oder weniger stimmt.«

»Was hat sie gesagt?«

»Nur, daß die Bishop Barnard Mission Arthur Peplow geschrieben habe und daß der Pfarrer, der ihn vertritt, den Brief geöffnet und sie gefragt habe, wer Miss Batchelor sei. Man muß natürlich nicht betonen, daß Mrs. Smalley nur im Pfarrhaus vorbeigekommen war, um ihre Hilfe bei eventuellen kleinen Problemen anzubieten.«

»Dann hatten die Peplows also Kontakt mit der Mission?«

»Von Kontakt weiß ich nichts. Aber das Pfarrhaus war die letzte Adresse der Frau. Ich nehme an, die Mission wollte sich vergewissern, daß nichts dort zurückgeblieben ist, was sie bekommen sollte, und ich bin sicher, ihre Anwälte sind bereits hinter unseren Anwälten her, um sich wegen der Leibrente aufzuspielen, die Mabel ihr ausgesetzt hatte. Vermutlich wird man aus dem Nachlaß das herausrücken müssen, was sie bekommen hätte, wenn wir überhaupt dazu gekommen wären, die Leibrente zu kaufen. Gott sei Dank war ich damals geistesgegenwärtig genug, unseren Anwälten in London zu sagen, sie sollten sich nicht damit beeilen: Und Gott sei Dank verlor sie bald den Verstand, denn das gab ihnen einen guten Grund, sich noch weniger zu beeilen. Mabel mußte *ihren* Verstand verloren haben, eine solche Regelung für eine alte Jungfer zu treffen.«

»Ich habe das mit Leibrenten nie richtig verstanden«, sagte Maisie.

»Man kauft diese verrückten Dinger, um ein lebenslanges Einkommen zu garantieren, und das ist ganz gut, wenn der Mensch, für den man die Leibrente kauft, lange lebt. Der Trick dabei ist, wenn man sie gekauft hat, ist das Kapital weg, auch wenn man am nächsten Tag stirbt. Ich muß sagen, ich fände es amüsant, wenn die Bishop Barnard Leute glaubten, sie erben ein paar tausend Rupien. Offensichtlich gehört der ganze Nachlaß der Frau ihnen.«

»Die arme Miss Batchelor«, sagte Maisie. »Manchmal finde ich, sie hatte ein trauriges Leben.«

Mutter steckte den Lippenstift weg. Dabei hob sie den Kopf und betrachtete mich im Spiegel. Dann ließ sie die Handtasche zuschnappen und drehte sich um.

»Ich glaube, Sie hätten nicht soviel Mitleid für sie, Maisie, wenn Sie hätten mit ansehen müssen, wie sie Mabels exzentrische Neigungen und gesellschaftsfeindliche Instinkte förderte und gleichzeitig dafür sorgte, daß sie ihr Schäfchen ins Trockene brachte. Und dann hat sie diese makabre Geschichte von Mabels Grab aufgebracht. Ich mußte mich um Mabels Begräbnis kümmern und um Susans vorzeitig einsetzende Wehen. Ich mußte es praktisch allein tun, denn Sarah war in Kalkutta und hat diesen Merrick im Krankenhaus besucht. Und dann lief diese verdammte alberne Frau überall in Pankot herum und verbreitete, ich würde Mabel in St. John beerdigen, obwohl sie in St. Luke in Ranpur neben Johns Vater begraben sein wolle. Sogar Mr. Maybrick, ihr älterer Verehrer, hielt das für leicht übertrieben. Und John hat mir natürlich gesagt, er habe nie von Mabel etwas darüber gehört, wo sie begraben sein wollte. Ich bin heute morgen mit ihm am Grab gewesen. Er hielt es für richtig.«

Susan kam aus dem Bad, und das Thema wurde fallengelassen.

»Wie hübsch Sie aussehen«, sagte Maisie, und es stimmte sogar; Susan mußten solche Komplimente immer noch gemacht werden. Aber inzwischen geschah es mehr aus Pflichtgefühl, um ihr Mut zu machen, in das Leben und ins Glück zurückzufinden, als aus spontaner Bewunderung. Ich glaubte, Susan bemerke den nicht sehr feinen Unterton sehr wohl, und sie reagiere auf das Kompliment wie jemand, der sich darüber freut, daß die Schmerzen einer Krankheit vorübergehend nachlassen, von der alle wissen, daß sie nicht geheilt ist, darauf reagieren muß, wenn man ihm sagt, er sehe gut aus. Und da es schon vorher geschehen war, machte ich mich darauf gefaßt, in der Nacht aufzuwachen und sie weinen zu hören. Ihr Weinen war schrecklich, denn wenn sie weinte, und ich sie zu trösten versuchte, schienen wir uns sehr nahe zu sein, näher, als wir uns als Kinder gewesen waren. Aber nach ein oder zwei Tagen war der Abstand dann größer als je zuvor. Jedes bißchen Liebe und Zuneigung mußte mit einem größeren Quantum Feindschaft zurückgezahlt werden.

»Wie hübsch Sie aussehen«, hatte Maisie gesagt, und beim Hinausgehen fügte sie infolge einer Gedankenassoziation hinzu: »Wir haben den jungen Mr. Drew eingeladen.«

Edgar Drew. Der eifrige Edgar. Ich versuchte, Susans Blick aufzufangen, aber sie spielte bereits ihre Partyrolle. Der eifrige Edgar war ein- oder zweimal in Rose Cottage gewesen. In einem der seltenen verschwörerischen Momente mit Susan hatten wir ihm diesen Spitznamen gegeben.

»Wir dachten«, sagte Maisie zu Mutter, »es wäre schön für ihn, John kennenzulernen.« In Wirklichkeit wollte sie sagen, er sei für Susan und mich die richtige Gesellschaft.

Er war offenbar vor uns eingetroffen, denn Maisie begrüßte ihn nicht, als wir in das Wohnzimmer kamen. Er stand mit Oberst Trehearne und Vater zusammen. Der eifrige Edgar hatte eine Hand auf dem Rücken, in der anderen hielt er das Sherryglas; er hatte den Kopf aufmerksam und fragend leicht schief gelegt und wirkte ängstlich wie ein junger Mann, dessen Herz nicht ganz an das glaubt, was er, wie er gelernt hatte, tun mußte, um vorwärtszukommen; er wirkte wie ein Mann, der keine inneren Kraft- und Energiequellen besaß, zumindest keine, denen er zu trauen wagte – und dem keine andere Wahl blieb als der verlegene Ausweg, seinen Vorgesetzten zu schmeicheln. Sein Vater war Versicherungsmakler in Byfleet, und er war auf einer *Public School* gewesen. Ich glaube, er war inzwischen gerade soweit, daß er sich deshalb leicht schämte, denn er begriff, sie galt als »zweitrangig«. Äußerlich war er attraktiv, aber seine Wirkung wurde zunichte, wenn er den Mund aufmachte. Seine Gespräche waren qualvoll langweilig; er schien keine eigene Meinung zu haben. Er bemühte sich sehr darum, selbstbewußt zu erscheinen, tat es aber mit solcher Inbrunst, daß man ihm die Mühe anmerkte, die es ihn kostete.

Er hatte die Trehearnes für sich eingenommen, denn sie fan-

den, er sei eine Spur besser als die meisten frischgebackenen englischen Subalternoffiziere aus Belgaum und Bangalore, die in das
Depot kamen, ein, zwei Wochen blieben und dann zum *4./5.* und
dem 2. Bataillon in Burma abkommandiert wurden. Außerdem
hatte Leutnant Drew Interesse daran bekundet, sich als Berufsoffizier zu bewerben, und diese Absicht sprach zu seinen Gunsten, wenn man ihn mit einigen der ungehobelteren und unge-
schliffeneren Männer verglich, die (wie ich vermutete) mit besseren Zeugnissen der Offiziersschule als potentielle Infanteriefüh-
rer zum Regiment gestoßen waren. Man sprach es zwar nie aus,
dachte aber bestimmt: Er ist Depotmaterial: Das bedeutete, er
würde sich irgendwann als geeignet für den aktiven Regiments-
dienst erweisen. Bis dahin betrachtete man ihn als passabel genug,
um ihn vorübergehend in der Messe und bei Abendgesellschaften
wie dieser friedlicher einzusetzen.

Ich erriet, daß er wenig oder keine Erfahrungen mit Frauen besaß; unter seiner Aufmerksamkeit spürte man die Ängstlichkeit.
Jemand, vermutlich seine Mutter, hatte ihm vielleicht gesagt, ein
Gentleman blicke einer Dame höchstens auf die Nase, keinesfalls
tiefer. Das führte dazu, daß er beim Gespräch das Kinn hochhielt und den Kopf zurücklegte, bis man das Gefühl bekam, er sei
vom Hals an abwärts körperlos. Er hatte hübsche Hände, nicht
schön und elegant, aber fest und wohlgeformt. Man hatte allerdings selten Gelegenheit, sie zu bewundern. Meist verschränkte
er sie auf dem Rücken oder ballte sie zu Fäusten. Selbst bei Tisch
verschwanden sie immer wieder zwischen den einzelnen Bissen,
vermutlich, um sich zu umklammern oder um verstohlen an der
Serviette abgewischt zu werden. Wenn man die Möglichkeit hatte,
sie zu berühren oder von ihnen berührt zu werden – das heißt
beim Tanzen – waren sie unangenehm feucht. Aber zumindest
schufen sie eine Verbindung, wenn auch nur eine zaghafte Verbindung, denn er hielt einen auf Armeslänge fern, und das gab
einem das Gefühl, mit dem Luftzug zu tanzen. Ich gestehe, hin
und wieder von Mr. Drews Händen geträumt zu haben. Nachdem ich ihn im Swimming Pool des Clubs gesehen hatte, träumte
ich manchmal auch vom Rest. Vielleicht hätte ich es ihm sagen
sollen, nicht meinetwegen, sondern seinetwegen. Er mußte sich
seines Aussehens bewußt sein, aber ich glaube, er brauchte wohl

Bestätigung von außen, ehe er seine Einschätzung mit der anderer in Verbindung bringen konnte. Ich hatte den deutlichen Eindruck, er sei das einzige Kind älterer Eltern. Er schien einer anderen Generation anzugehören, sagen wir der edwardianischen, und das erklärte vielleicht seine Begeisterung für die gesellschaftlichen Formen des anglo-indischen Lebens.

Er fühlte sich natürlich eher zu Susan hingezogen (es wäre falsch zu sagen, daß er sich für sie interessierte oder sie umwarb). Sie weckte seinen männlichen Beschützerinstinkt. Mir gegenüber fühlte er sich stets in der Defensive. Ich erinnerte ihn daran, daß er sich im Grunde vor uns allen ein wenig fürchtete. Wenn ich mich mit ihm unterhielt, hörte ich manchmal Töne an mir, wie sie Clark-ohne im Gespräch mit mir benutzt hatte – Töne, die provozieren sollten. Dann brach ich ab, leicht erschüttert über die Leichtigkeit, mit der man schlechten Beispielen folgt, und über die Leichtigkeit, mit der die Bitterkeit, die man einmal empfunden hat, sich einnistet, festsetzt, und die Konturen der Persönlichkeit verhärtet.

Maisie setzte ihn am Tisch zwischen Mutter und Susan. Ich sollte eigentlich zwischen Oberst Trehearne und Kevin Coley sitzen, was soviel bedeutet hätte wie zwischen zwei Pfosten zu sitzen; so saß ich zwischen Oberst Trehearne und meinem Vater; das machte zwar keinen großen Unterschied, war aber etwas angenehmer. Von meinem Platz aus konnte ich Edgar Drew mehr oder weniger ungestört beobachten, und während Mutter mit Oberst Trehearne redete, konnte ich verfolgen, wie Susan und der eifrige Edgar sich gemeinsam darum bemühten, etwas zustande zu bringen, was als ein Gespräch gelten konnte. Gelegentlich beteiligte ich mich daran, indem ich über den Tisch hinweg etwas sagte, wenn ihm nichts mehr einfiel. Dadurch, daß Mr. Drew neben Susan saß, hatte er einen Vorteil, als es darum ging, das Gespräch in Gang zu bringen: Er entschied sich für den Ausweg des Schüchternen und sorgte für Gesprächsstoff, indem er ihr Fragen über sie selbst stellte. Er erkundigte sich danach, was sie getan hatte, ob es ihr gefallen habe, was sie nächste Woche vorhabe, und ob sie glaube, das werde ihr gefallen oder sogar noch mehr gefallen. Ich nehme an, es war wirklich Susan zu verdanken, daß das Gespräch erfolgreich verlief, denn nachdem er das Thema ihres Tuns und

Denkens angeschnitten hatte, konnte sie das Interesse zeigen, das ihn ermutigte, weitere Fragen zu stellen, wozu er seinen gesamten Vorrat an Phantasie brauchte, es aber gerade noch schaffte. Als ein neuer Gang einen Wechsel der Unterhaltungspflichten signalisierte, und Mutter sich ihm zuwandte, wurde er augenblicklich weniger gesprächig; eine leichte Angströte zog über sein Gesicht und wich nicht mehr; man konnte die Schweißtropfen auf seiner Stirn glänzen sehen.

Ich weiß nicht mehr, worüber sie mit ihm sprach, denn jetzt hatte Oberst Trehearne die Wahl des Themas oder der Themen, für die er und ich uns entschieden, um zu vermeiden, daß wir über andere Dinge sprachen. Ich erinnere mich klar daran, daß mir plötzlich das Winseln und Bellen der Hunde bewußt wurde. Während Maisie sich mit Susan unterhielt und Mutter mit Mr. Drew, und Oberst Trehearne und ich belanglose Informationen austauschten, jaulten, bellten und knurrten die eingesperrten Hunde irgendwo am hinteren Ende des Hofs. Wenn Maisie den entfernten Protest hörte, ließ sie es sich nicht anmerken; das Gespräch ging weiter. Das Geheul hörte nicht auf, veränderte nur die Tonlage.

Vater sprach als einziger nicht, und als mir die Hunde bewußt wurden, wurde mir auch das bewußt. Ich bemerkte die nervöse Intensität des Schweigens, mit der er dem Bellen der angeketteten Tiere lauschte. Er hörte auf zu essen. Maisie warf einen Blick auf ihn und wandte sich sehr schnell wieder Susan zu. Dadurch wurde deutlich, daß Mutter sie gebeten hatte, nichts zu beachten, was er vielleicht tun und was ihr merkwürdig erscheinen mochte – etwa, daß er die Gabel hinlegte, ein Stück Brot unter die Serviette schob oder auf den Teller starrte.

Aber das war etwas anderes. Das Gebell der Hunde machte es ihm unmöglich, einen Bissen zu essen, etwas zu sagen (wie ich glaubte) oder sich auch nur zu bewegen, denn die Hunde weckten Erinnerungen daran, was das Eingesperrtsein bedeutet. Ich fürchtete mich vor dem, was Vater tun könnte. Ich ergriff eine Gelegenheit, um etwas zu ihm zu sagen. Er sah mich an. Er lächelte mir freundlich zu. Unter dem Tisch zitterte seine rechte Hand. Vielleicht brachen meine Worte den Bann. Er begann, wieder zu essen. Aber wenn das Gebell der Hunde manchmal seinen

Höhepunkt erreichte, zitterten Messer und Gabel in seinen Händen.

»An Ihrer Stelle, Maisie«, sagte meine Mutter, als wir außer der Hörweite der Männer waren, die im zugigen Eßzimmer ihren Whisky tranken, »würde ich die Hunde loslassen. Es macht John unruhig, sie jaulen zu hören.«

Hin und wieder hatte sie diese Fähigkeit, mich mit einem unerwarteten Beweis dafür in Erstaunen zu setzen, daß sie Dinge bemerkt hatte, gegen die sie scheinbar geschützt war oder die sie scheinbar gleichgültig ließen. Aber diesmal reagierte ich sehr heftig auf diese Erkenntnis. Während ich darauf wartete, daß ich an die Reihe käme, um auf die Toilette zu gehen und vor den Spiegel zu treten, wußte ich, daß es jetzt absolut nichts mehr gab, was mich zwang, dort zu leben, wo ich lebte, und zu tun, was ich tat. Es war plötzlich alles zu Ende. Ich saß auf Maisies Bett und überließ mich der erfreulichen Vorstellung, frei zu sein, denn es gab keine Familienpflichten mehr, niemanden mehr, auf den ich ein Auge haben, dem ich beistehen oder durch eine Krise helfen und den ich entschuldigen mußte, wie in der Anfangszeit im Dienstbungalow, ehe wir Mabels Geld für Sonderausgaben hatten und sich die offenen Rechnungen sammelten, die Spielschulden vergessen wurden und zuviel Gin getrunken (so elegant, so diskret). Es gab niemanden mehr, auf dessen Rückkehr ich warten mußte; selbst Susan brauchte mich nicht mehr. Sie brauchte nur alle und jeden.

Ich konnte also nach England zurückgehen, bei Tante Lydia in Bayswater wohnen, mir eine Stelle, eine eigene Wohnung und einen Mann suchen, den ich ohne das Gefühl ansehen konnte, daß ihn die Liebe zu dem Land quälte, in dem ich nicht glücklich gewesen war und in das zurückzukehren er sich immer sehnte, als wolle er sich damit selbst etwas beweisen. Ich konnte mit Indien Schluß machen, ehe es mich völlig erledigt, verknöchert, aufgeweicht und mit falschem Pflichtgefühl und falschem Überlegenheitsgefühl völlig verdorben hatte.

Ich kehrte zu den anderen zurück (ich glaube, etwas zu stark geschminkt – mir entging Mutters Blick nicht) und war entschlossen, nett zu Mr. Drew zu sein. Ich bemühte mich darum, ihn von

Surrey erzählen zu lassen (dort hatte Urgroßvater gelebt, und dort war ich mit Tante Mabel über die Wiese gegangen, um ihr den Bach zu zeigen, wo Susan und ich gespielt hatten, und war in einem meiner komischen Momente, wie ich sie nannte, die vielleicht eine Nebenwirkung des Wachstums waren und mir das Gefühl gaben, riesengroß in einer winzigen Landschaft zu sein, von einer Wespe gestochen worden). Als Mr. Drew jedoch von Surrey sprach, klang es für mich, als rede er über ein anderes, mir unbekanntes Land. Also brachte ich ihn dazu, zur Musik von Maisies tragbarem Grammophon draußen auf der Veranda mit mir zu tanzen, wo es nicht zugiger war als im Haus, während Susan drinnen saß, uns zwar nicht beobachtete, aber ich kannte ihren Gesichtsausdruck, den ich an diesem Abend jedoch nicht beachten wollte. Die Hunde kamen angelaufen, und das Chaos brach aus. Irgendwie wurde Susans Kaffeetasse umgeworfen (oder es geschah bewußt, um die Aufmerksamkeit von den Hunden abzulenken). Ihr neues Kleid hatte vorne Flecken, und ehe man sich's versah, waren die Figuren auf dem Schachbrett neu verteilt, und Susan stand wieder im Mittelpunkt; man betupfte die Flecken, bot ihr eine frische Tasse Kaffee an, während sie versuchte, den Hund zu umarmen, der das Unglück heraufbeschworen hatte. Mr. Drew kniete sich hin, um zerbrochenes Porzellan aufzuheben, begriff aber, daß er einen Fehler gemacht hatte, denn wozu waren all diese Diener da? Ich war draußen geblieben und legte eine neue Platte auf, wovon niemand Notiz nahm außer Vater, der gegen Ende der Platte herauskam, sagte: »Das habe ich schon jahrelang nicht mehr gemacht« und sich mit mir zu den letzten Takten im Kreis drehte. Dann gingen wir hinein, wo zwei der Hunde ihre ergebenen Köpfe auf Maisies und Patricks Knie gelegt hatten. Der dritte lag mit hängender Zunge in einem von Susans Armen; die beiden lehnten sich mitten auf dem Teppich vor dem kalten Kamin aneinander.

Aber die Ausblicke auf die Freiheit schwanden nicht. Meine Glieder schienen aus einer Substanz zu sein, die nicht immer den Gesetzen der Schwerkraft unterlag. Ich schien unbeschwert zu sein, beinahe zu schweben, und in Hinblick auf Pankot eine beherrschende, aber gleichgültige Kraft geworden zu sein. Ich schämte mich nicht länger meiner Träume, die ich für schamlos gehalten hatte. In diesem Träumen spielte ich eine beherrschende Rolle. Ich liebte einen Mann, eine Mischung aus Major Clark und dem jungen amerikanischen Offizier in Darjeeling, der bislang Clark-ohnes einziger Nachfolger geblieben war. Er hatte Tante Fenny mit seinen gepflegten Bostoner Manieren so beeindruckt, daß sie nie auf den Gedanken gekommen wäre, er habe an der Frau, die sie behüten sollte, ein anderes als ein brüderliches Interesse, die junge Frau sollte sich von einem kurzen Krankenhausaufenthalt in Kalkutta erholen. Sie hatte inzwischen kein emotionales, sondern ein körperliches Problem und ließ ihn drei Nächte hintereinander in ihr Zimmer, denn im Gegensatz zu Tante Fenny hatte sie sich nicht täuschen lassen. Sie hatte in dem Amerikaner denselben zielgerichteten und starken Sexualtrieb erkannt, der auch Clark-ohne ausgezeichnet hatte, und den sie – vielleicht aus einer Reihe von Gründen – befriedigen wollte und von dem sie sich befriedigen lassen wollte.

Zu diesen Gründen zählte nicht zuletzt das Bedürfnis, ihr voll erwachtes körperliches Verlangen wieder zu befriedigen. »Nicht zuletzt« sollte ich nicht sagen; das Verlangen war beherrschend, ein beinahe unerträglicher Schmerz. Vielleicht sollte ich es dabei belassen, und vielleicht ist es nur eine altmodische Vorstellung, daß Verlangen ohne Liebe bei einer Frau einer Entschuldigung bedarf, die bei mir den Wunsch weckt, bei der Erwähnung dieser Episode nach anderen Erklärungen zu suchen. Wenn man das sucht, gerät man in Gefahr, auf eine ebenso falsche Vorstellung zu kommen, auf die Vorstellung, daß ich mich bewußt entwürdigte, wegwarf, vorsätzlich promisk war, weil ich inzwischen zu mehr nicht mehr taugte: eine gut erzogene junge Frau, die ihre Herkunft verraten hatte, indem sie sich für den ersten Mann auf den Rücken legte, der die nötige Überredungskraft besaß, und die dann das Ergebnis auf die übliche schmutzige Weise beseitigen lassen mußte, sich wegen A, B und C ins Krankenhaus begab und foetusfrei, aber für immer besudelt und befleckt wieder herauskam.

Ich entwürdigte mich nicht mit John J. Bellenger III, aber ich liebte ihn nicht. Ich hoffte auch nicht, er werde sich in mich verlieben, damit ich ihn auslachen und mich an Clark-ohne und an den Männern im allgemeinen hätte rächen können. Vielleicht gab es alle diese Möglichkeiten, wie die Echos von Erklärungen, der Erklärungen anderer, in meinem Kopf. Aber grundsätzlich gab es nur das Verlangen. Vielleicht war es in eine Art Schmerz eingeschlossen, den Schmerz um den Verlust des kaum begonnenen Lebens, um die Vernichtung eines Kindes, das ich empfangen hatte und das ich hätte austragen, lieben und umsorgen sollen. Indem ich den Schmerz des körperlichen Verlangens befriedigte, linderte ich auch – ja, das glaube ich – jenen anderen Schmerz und versuchte, ihn zu betäuben.

Aber ich weiß es nicht. Der Amerikaner erzählte mir mit verständlichem Stolz, ich sei die dreiundzwanzigste, wobei er jene nicht mitrechne, für die er habe bezahlen müssen. Ich war mir nicht ganz sicher, ob er mich damit belustigen oder schockieren, mich verletzen oder meine Bewunderung wecken wollte. Es kann sein, daß er es selbst nicht genau wußte, denn als ich ihn fragte, welche dieser Reaktionen er erwartet habe, schien ihn das zu verwirren. Dann lachte er und sagte, er habe mich für eine Frau gehalten, die von Natur aus sehr neugierig und an Statistiken interessiert sei; er habe bisher keiner Frau gesagt, welchen Platz in der Statistik sie einnahm. Ich glaubte ihm nicht. Nachdem er wieder zum Dienst in der Heimat zurückgekehrt war, wie er es nannte (er machte in Darjeeling nach einer Reihe von Flugeinsätzen Urlaub) und Fenny und ich wieder in Kalkutta waren, wo Mutter und Susan zu uns stießen, machte ich mir einige Sorgen, weil ich fürchtete, mir bei ihm etwas geholt zu haben. Das hätte für Mutter dem Ganzen die Krone aufgesetzt (wenn es mir nicht gelungen wäre, es vor ihr geheimzuhalten, wie die andere Sache nach ihrem unbeugsamen Entschluß es offiziell bleiben mußte).

Der Schmerz hatte zu den Träumen gehört, aber jetzt war er vorüber oder von Bildern außergewöhnlicher sinnlicher Ruhe überlagert. Die Moral schläft, während das Unterbewußtsein seine Logik entwickelt. Da waren wir und offenbarten uns in völliger Freundschaft gegenseitig die Reinheit einer einfachen körperlichen Bindung – ich aktiv, und die anderen auf dem Rücken ausgestreckt, mit geschlossenen Augen, leicht lächelnd und ohne die ernsten Züge um die Lippen, die im wirklichen Leben Spannungen widerspiegeln. Ich erwachte nun aus diesen Träumen so langsam, daß ich keinen Schock erlitt. Ein paar Augenblicke hielt der spürbare Genuß an, so daß der Genuß mich in die wirkliche Welt zu begleiten schien und all meine Reaktionen färbte, selbst die Reaktion auf das Wissen, daß ich nur geträumt hatte. Während ich im Dunkeln lag, genoß ich meine Fähigkeit zu lächeln. Und während ich tagsüber meinen langweiligen Routinepflichten nachging und mich Aufgaben und anderen Menschen widmete, blieb die Vorstellung von diesem Lächeln in meinem Kopf und im ganzen Körper, als sei das Lächeln eine neu entwickelte Fähigkeit.

Samstag, Sonntagnacht, Montag. Montagnacht tauchte auch Nigel Rowan im Traum auf, denn er hatte mich unerwartet angerufen. Er stand nicht im Mittelpunkt des Traums, sondern an seinem verschwommenen Rand, als warte Nigel darauf, daß ich aufhörte zu träumen und wieder Verantwortung übernahm.

»Wer war das?« wollte Mutter wissen, als ich in der Eingangshalle den Telefonhörer auflegte und zu ihr und Vater ins Wohnzimmer kam. Ich sagte es ihr. »Ist er in Pankot?« fragte sie.

»Nein«, sagte ich, »er hat von Ranpur aus angerufen.« Sie erwartete, mehr zu hören als das, und als ich schwieg, fragte sie: »Hat er angerufen, um zu sagen, daß er kommt?«

Sie hatte von Clara Fosdick mehr über Nigel Rowan erfahren als von mir. Clara Fosdick hatte ihr vermutlich viel Gutes über ihn berichtet und weit übertrieben, als sie ihr sagte, wie lange Nigel und ich in Ranpur zusammen gewesen waren, ehe ich nach Bombay weiterfuhr, um Vater abzuholen.

»Nein«, sagte ich, »er kommt nicht.«

»Haben wir irgendwelche Rowans gekannt, John?« fragte sie Vater.

»Nicht, daß ich wüßte. Warum fragst du?«

»Sarah hat einen Rowan kennengelernt, der einer von Malcolms Adjutanten ist. Clara Fosdick behauptet, er habe einen Verwandten in der Politischen Abteilung, aber der Name Rowan sagt mir nichts. Kanntest du nicht einen Rowan in der Schule?«

»Ich kann mich nicht erinnern.«

»Clara sagte, dieser Rowan sei in Chillingborough gewesen. Vielleicht war sein Vater auch dort.«

»Du meinst Perron?«

»Nein, nicht deinen exzentrischen Unteroffizier. Ich meine einen Hauptmann Rowan.« Sie sah mich wieder an. »Weshalb hat er angerufen?«

»Ich habe ihn gebeten, etwas für mich zu tun.« Zu Vater sagte ich, »Nigel Rowans Onkel war Resident in Kotala. Er hat es mir gerade erzählt.«

Mein Vater nickte. Er nahm es nicht auf. Aber Mutter sagte: »Dann muß er Tom Crawleys Neffe sein. An ihn erinnerst du dich doch, John? An den ganzen Ärger. Wie interessant. Bist du sicher, daß er nicht kommt?«

»Er hat nichts davon gesagt.«

»Hast du ihm von deinem exzentrischen Unteroffizier erzählt?«

»Ich habe Mr. Perron erwähnt.«

»Hat er sich an ihn erinnert?«

»Ja, sehr gut.«

»Also ist er kein Hochstapler.«

»Nein, Mutter, er ist kein Hochstapler.«

»Er will nicht schlafen«, sagte Susan und kam mit Edward auf dem Arm ins Zimmer. Die Aja folgte ihr. »Er will nicht schlafen, bis Großvater ihm noch einmal Gute Nacht gesagt hat.«

Der Kleine war schon so gut wie eingeschlafen, aber die Szene gehörte zum täglichen Programm. Ich hatte sie etwas verzögert, indem ich so lange telefonierte. Der Kleine drückte den Kopf an Susans Brust, als sein Großvater sich pflichtschuldigst über ihn beugte und sagte: »Gute Nacht, alter Knabe.« Zufrieden legte Susan ihn in Minnies Arme.

»Ist noch Zeit für einen Drink, oder habe ich euch schon zu lange aufgehalten?« fragte Susan.

»Wir konnten noch nicht hinübergehen, denn Sarah hat telefoniert«, sagte Mutter.

»Ach, ich kann mein Glas ja mitnehmen.«

»Keine Eile«, sagte Vater. Er ging zu dem kleinen Tisch, auf dem Mahmoud wie befohlen Flaschen und Gläser bereitgestellt hatte, so daß Oberst Sahib die Drinks selbst mixen konnte.

»Wißt ihr«, sagte er, »mir ist heute klargeworden, daß ich eine schreckliche Unterlassungssünde begangen habe. Ich bin nicht sicher, ob ich nicht meinen Abschied einreichen muß.«

»Was hast du denn Schreckliches getan, John?«

»Ich bin seit beinahe einer Woche in der Garnison und habe weder meine Karte in Flagstaff House abgegeben, noch mich im Buch eingetragen. 1913 in Ranpur habe ich beinahe zwei Wochen lang nichts anderes getan, als meine Karte abzugeben und die Namen von der Liste abzuhaken, die Mabel mir gegeben hatte. Ich mußte mich sogar entsprechend anziehen, und ich habe ein Vermögen für Tongas und Schuhsohlen ausgegeben.«

Meine Mutter lächelte. Sie sagte, unter den gegebenen Umständen werde man in Flagstaff House darüber hinwegsehen, daß er dort nicht vorgesprochen habe.

»Wirklich?« fragte er. »Die Zeiten haben sich geändert.« Er sah mich an. »Ich bin nicht sicher, ob ich das gutheiße.«

Es war sein erster Witz. Ich lachte. Ich sagte, wir könnten am nächsten Morgen am Flagstaff House vorbeireiten.

»Das könnten wir.«

Aber das taten wir nicht. An diesem Dienstagmorgen erschien er später als gewöhnlich auf der vorderen Veranda, wo ich unter den Augen der beiden Stallknechte, die die Pferde heraufgebracht hatten, auf ihn wartete und dabei rauchte. Meist kam nur ein Stallknecht; er ritt auf dem einen Pferd und führte das andere am Zügel. Als ich herausgekommen war, hatte es leicht genieselt, aber jetzt wurde es auf eine bestimmte Art klar, die auf einen heißen, sonnigen Morgen hindeutete. Ich erinnerte mich an das Begräbnis und fragte die Stallknechte, ob im Basar viele Menschen seien. Der Stallknecht, den ich kannte, sagte nein, aber am Bahnhof seien viele Menschen, und er habe Leute dorthin unterwegs gesehen. Im Basar würden sich die Leute später drängen, die nichts besseres zu tun hatten, als einen Kongreß-Wallah anzustarren. Er hatte einen Kameraden mitgebracht, für den Fall, daß die Menschenmenge auf dem Rückweg so groß sein würde, daß die Pferde unruhig wurden.

Ich sagte, das sei klug, und mußte lächeln, denn die Leute, die uns dienten, sprachen beinahe ausnahmslos verächtlich über Politiker. Es war eine Form von Schmeichelei. Vater erschien erst gegen zwanzig nach Sieben. Die Stallknechte standen stramm und salutierten.

»Gut gemacht«, sagte er, »gut gemacht«, als sei das rechtzeitige Heraufbringen der Pferde eine besondere körperliche und geistige Leistung. Das sagte er jeden Morgen, und jeden Morgen küßte er mich leicht auf die Wange. An diesem Morgen gab er mir keinen Kuß. Er legte mir den Arm um die Schultern und drückte mich leicht, sah mich aber nicht an. Statt dessen warf er einen Blick auf die Uhr und entschuldigte sich für sein Zuspätkommen. Ich fragte ihn, ob er seine Karten bei sich habe. Ich mußte ihm erklären, was ich meinte.

»Ach, das hat noch Zeit. Noch viel Zeit.«

Er ritt wie üblich voraus und bog auf der Straße nach Norden, in Richtung Muddarabad ab.

Ich blieb hinter ihm (das Klügste auf diesem schmalen, kurvenreichen Abschnitt der Straße, deren hohe Böschungen den Lärm der Lastwagen schlucken konnten, die manchmal hier fuhren) und war etwas enttäuscht. Eine andere Strecke hätte meiner fröhlichen Stimmung mehr entsprochen. Ich hatte gehofft, dieser Morgen werde anders verlaufen, aber offenbar würde sich nichts ändern, es sei denn, ich konnte eine Variation erzwingen und ihn überreden, am Haltepunkt weiter und in das Dorf zu reiten.

Aber er erzwang die Variation. Ungefähr eine Viertelmeile vor dem Haltepunkt bog rechts eine Straße ab. Wir hatten diese Straße ein- oder zweimal auf dem Rückweg genommen. Jetzt warf er nur einen Blick zurück, um meine Position zu überprüfen, und bog ohne weitere Erklärung ab. Dann zügelte er das Pferd, wartete, bis ich neben ihm war, und sagte: »Ich dachte, wir sehen uns das einmal an.«

»Das« war das alte Rasthaus, das etwa eine Viertelmeile weiter versteckt am Hang lag. Ein Pfad führte dorthin. Meines Wissens wurde das Rasthaus seit Jahren nicht mehr benutzt. Es wirkte für mich immer halb zerfallen. Aber als wir uns dem Rasthaus an diesem Morgen näherten, entdeckte ich einen Jungen auf der Veranda. Ich rief: »Da ist jemand.«

»Ach ja? Du meine Güte.«

Er war ein schlechter Schauspieler. Beim Näherreiten erkannte ich den Jungen des *Mali*. Er trug ein mazarinblaues Hemd, das einmal Vater gehört, und das Mutter dem Gärtner geschenkt hatte, der es abänderte, damit es seinem Sohn paßte.

»Ist das nicht der Sohn des *Mali?*« fragte Vater mit gespieltem Erstaunen? »Also das hätte ich nicht erwartet? Was macht der kleine Bursche hier?«

Der Junge packte gerade einen Brotbeutel aus. Ich sagte: »Vermutlich spielt er Schule schwänzen. Es sieht aus, als hätte er sich etwas zu essen mitgebracht. Wäre es nicht hübsch, wenn er ein paar belegte Brote und Kaffee dabei hätte und uns etwas davon anbieten würde?«

»Da besteht wohl keine große Hoffnung. Aber trotzdem. Himmel. Ja, wär das nicht was? Aber man darf sich nicht zu früh freuen.«

Wir ritten hintereinander den steilen und teilweise überwucherten Pfad hinauf. In der Ferne hörte man den Goldbartvogel. Die Sonne stand schon hoch am klaren Himmel. Das alte Rasthaus wirkte, als schwebe es auf dem Dunst, der über dem grünen Hang lag. Unter den ungeschickten Hufen meines Pferdes rutschten und knirschten kleine nasse Kieselsteine.

Was soll das? rief mein Vater dem grinsenden kleinen Jungen in Urdu zu. *Was machst du hier? Das Frühstück vorbereiten, Sahib,* rief der kleine Junge zurück. Vater lachte. Er rief hinauf: *Gibt es für uns auch Frühstück? Für Sahib und Memsahib Miss,* rief der Junge zurück.

»Da haben wir ja Glück. Es gibt was zu futtern.«

Ein zweiter kleiner Junge erschien und übernahm die Pferde. Ein sehr wohlerzogener Junge. Er übersah den Burra Sahib und blieb neben mir stehen, während ich absaß. Ich bedankte mich und fragte, ob er Fariquas Freund sei. Er sagte, das sei er. Ich fragte ihn nach seinem Namen. »Aschok«, sagte er. Aschok und Fariqua. Ein Hindu und ein Moslem. Aschok führte die Pferde zur Rückseite des Rasthauses. Wir stiegen die wackligen Stufen zur zerfallen wirkenden, aber immer noch stabilen Veranda hinauf. Fariqua hatte das Frühstück auf einem bunten Tuch auf dem Holztisch aufgebaut: Thermoskanne, Becher, Zucker und Salz, Löffel, Teller, unnötige Messer und Gabeln und stapelweise belegte, in Papier eingewickelte Brote, die bereits appetitanregende Flecken hatten, die aussahen, als stammten sie von Speck.

»Gut gemacht«, sagte Vater. *Bus.*

Der Junge salutierte und rannte zu seinem Freund. (Später

tauchten sie wieder auf, hockten sich in einiger Entfernung auf den Boden und beobachteten uns ernst und schweigend.)

Wir saßen Seite an Seite auf der alten Bank. Ich griff nach der Thermoskanne. »Nein, laß mich das machen«, sagte er. Als er den Tee eingoß, zitterte seine Hand kaum merklich. Er sagte: »Das ist doch besser, als die Visitenkarte abgeben.«

»Sehr viel besser.«

Er sei früh aufgewacht, erklärte er, und ihm sei diese Idee gekommen. Er hatte die Dienstboten in Bewegung gesetzt, aber es dauerte länger, als er dachte. Der Junge konnte sich erst zehn Minuten vor sieben mit dem Frühstück auf den Weg machen. Also hatte er sich viel Zeit beim Rasieren und Anziehen genommen, damit wir den Jungen nicht unterwegs einholten. Es sollte eine Überraschung sein.

»Eine herrliche Überraschung.«

Ich war noch nie im alten Rasthaus gewesen. Es hatte nie einen Grund gegeben – nicht einmal in der Kindheit. Es lag zu nahe an Zuhause, wo immer in Pankot Zuhause gewesen war; in jedem Sommer praktisch woanders. Das Rasthaus (damals geöffnet, aber inzwischen geschlossen und verlassen) war ein Orientierungspunkt in einer vertrauten Landschaft gewesen. Von hier hatte ich jetzt einen so neuen Blick auf Pankot, daß es seltsam unbekannt aussah.

Vater öffnete das erste Paket Brote. »Sie sind natürlich nicht annähernd mit denen zu vergleichen, die wir im Zug gegessen habe«, sagte er. »Speckbrote müssen immer eine Weile liegen, nicht wahr? Sie müssen knusprig, aber nicht hart sein. Nicht zu feucht, aber auch nicht zu trocken. Die hier sind leider erst vor einer Stunde gemacht worden. Nun ja, schlecht riechen tun sie nicht.«

Und sie schmeckten. Eine Weile kauten wir zufrieden. Ich glaube, dann müssen die beiden Jungen zurückgekommen sein und uns beobachtet haben.

»Wußtest du etwas von unserem jungen Überzähligen?«

»Fariquas Freund ist ein Überzähliger?«

»Ja, ich glaube, er hat sich uns angeschlossen. Ich sah ihn neulich zufällig, als ich ins Dienstbotenquartier kam. Ich dachte, er sei nur auf Besuch, denn er verdrückte sich sofort. Aber heute morgen lag er mit Fariqua im Ziegenstall.«

»Hat er kein Zuhause?«

»Vermutlich mehrere. Aber kein dauerhaftes. Ein Waisenkind. Aber ein ehrgeiziger Junge. Er hat mir erzählt, daß er eines Tages nach Radschputana gehen wird, um Mahout zu werden und für einen Maharadscha einen Elefanten zu reiten. Inzwischen verdient er sich das Nötigste mit Botendiensten im Basar und schläft vermutlich, wo er kann. Ich hätte dem *Mali* sagen sollen, daß er ihn hinauswirft, aber ich brachte es nicht über mich. Das Problem ist, wenn man einen solchen Jungen erst einmal zur Kenntnis genommen hat, dann dauert es nicht mehr lange, bis man für Dienste bezahlen muß, die geleistet, aber nicht gewünscht werden. Der *Mali* braucht keine zwei Jungen, die ihm helfen, oder? Nicht bei der wenigen Arbeit, die er inzwischen nur noch hat.«

Er meinte: Jetzt, nachdem die Rosen nicht mehr da sind. Ihm fehlte der Garten mehr, als er je zugeben würde. Von meinem Platz sah ich die Senke nahe dem Gipfel des Osthügels, hinter der Rose Cottage lag. Ich versuchte, die Kiefer zu erkennen, die am äußersten Ende des Geländes stand. Ich sagte: »Nun ja, der Tennisplatz muß gepflegt werden.«

»Vermutlich.«

Ich wartete. Ich glaubte, er werde von Mabel sprechen, von den Rosen oder vom Grab. Es machte kaum einen Unterschied. Es hing alles zusammen. Aber er sagte: »Wir müssen bald einmal miteinander spielen. Aber für mich ist es im Augenblick noch etwas zu anstrengend. Aber du und Susan, ihr solltet spielen und nicht darauf verzichten, nur weil ich zurück bin. Ich sehe gerne zu. Ihr könntet ja ein Doppel spielen. Vielleicht mit dem jungen Drew und irgendeinem anderen jungen Mann.« Er zögerte. »Ich denke, es *gibt* andere junge Männer. Sie waren schon da und warten nur darauf, wiederkommen zu können?«

»Es dürfte nicht schwer sein, ein Doppel zusammenzubekommen.«

»Mit einem bestimmten?«

Ich tat, als verstehe ich ihn nicht, hielt den Kopf schief und stopfte mir ein Speckbrot in den Mund.

»Gibt es einen jungen Mann, der besonders erpicht darauf wäre? Der junge Adjutant zum Beispiel, Nigel Rowan?«

»Nigel Rowan ist in Ranpur.«

»Vergessen wir das Tennis. Ich meine, gibt es einen jungen Mann, der aus deiner Sicht etwas Besonderes ist?«

Ich kaute und dachte über die Situation nach, wie sie sich aus *seiner* Sicht vermutlich darstellte. Er sah eine inzwischen fünfundzwanzigjährige junge Frau vor sich, die seit sechs Jahren wieder in Indien war, und die inzwischen sicher nicht mehr die Entschuldigung vorbringen konnte, sie sei die weniger attraktive der beiden Schwestern. Statistisch gesehen standen die Chancen, daß sie allein und ungebunden blieb, schlechter als zu jeder anderen Zeit. Indien wimmelte von geeigneten jungen Männern, und im Vergleich dazu gab es weniger geeignete Frauen denn je. Es gab mehrere mögliche Erklärungen, und keine war besonders beruhigend für jemanden, der ihr Glück wollte: Sie hatte Angst vor Männern; sie gehörte zu den geborenen alten Jungfern; sie verzehrte sich vor Leidenschaft nach einem Mann, der sie nicht zur Kenntnis nahm oder verheiratet oder aus einem anderen Grund nicht zu haben war. Oder sie hatte eine Neigung zu Frauen. Von diesen Möglichkeiten war die verzehrende, unerwiderte Leidenschaft die einzige, die die meisten Väter nicht beunruhigend gefunden hätten, und ich wünschte sehnlichst, ihm so etwas gestehen zu können. Dazu war ich nicht in der Lage, und da ich mich nicht in der Lage sah, ihm irgendeine dieser Möglichkeiten zu gestehen, kam ich mir unzulänglich und ungenügend vor. Ich sagte: »Bisher gibt es keinen, Daddy.«

Wir kauten weiter Speckbrote, und Aschok und Fariqua beobachteten uns, als seien wir Ausstellungsstücke und es sei ein Teil ihrer Aufgabe, sich um uns zu kümmern, und der andere Teil, nach Hinweisen für den Trick zu suchen, den wir anwendeten, um die Illusion unserer Normalität aufrechtzuerhalten – die Illusion, daß der Sahiblog auch gerne aß und ruhte, und nicht wie die Paradiesvögel lebte, die ständig durch die Luft flogen und sich vom himmlischen Tau ernährten.

»Hat es nie einen Besonderen gegeben?«

»Du meinst einen, den ich heiraten wollte?«

»Ja, speziell einen von dieser Sorte.«

Ich schüttelte den Kopf und schob ihm die Brote zu. Er griff nach einem, schien es sich aber anders zu überlegen, und legte es beiseite. »Was empfindest du für Ronald Merrick?« fragte er.

Ich hörte auf zu kauen und starrte ihn an. Daran erinnere ich mich: Ich starrte ihn nur an und überlegte plötzlich, ob es einen Plan gab, mich mit dem einzigen Mann zu verkuppeln, der mich abstieß. Um eine Antwort zu vermeiden, stellte ich ihm eine Gegenfrage: Ich fragte ihn nach *seinen* Gefühlen.

Er betrachtete mich sehr ernst.

»Ich hatte ihn mir anders vorgestellt. Als Freund von Teddie – derselbe Rang. Ich hatte einen jüngeren Mann erwartet.«

»Er war kein Freund von Teddie. Er teilte nur mit ihm in Mirat das Quartier.«

»Aber er war der Trauzeuge.«

»Ein Ersatz in letzter Minute.«

»Ja, ich verstehe. Es ist nicht weiter wichtig.«

»Ich glaube, für Teddie war es wichtig.«

»Weshalb sagst du das?«

»Nun ja, ich war dabei. Ich glaube, Teddie hat es bedauert. An Teddies Stelle hätte ich es auch bedauert. Hat Mutter oder Tante Fenny dir nicht erzählt, was bei der Hochzeit geschehen ist?«

»Ich weiß von dem Stein, den irgend jemand warf, und der Teddie traf, weshalb die Trauung etwas später stattfand.«

»Der Stein wurde auf Ronald geworfen, aber das wußte niemand, als es geschah. Ebensowenig kannten wir den Grund, aus dem der Stein geworfen wurde. Es gab scheinbar nur eine Erklärung: Der Stein hatte dem Nawab gegolten. Der Nawab hatte uns Wagen mit seinem Wappen zur Verfügung gestellt. Wir dachten, der Stein sei irrtümlich von jemandem geworfen worden, der die Palastbewohner nicht mochte. Daraufhin wurden wir von der Militärpolizei geschützt. Und auch dabei kam es zu einer Panne. Als der Nawab mit seinem Gefolge zum Empfang im Gymkhana Club erschien, wußten die Militärpolizisten nicht, wer er war, und versuchten, ihn als Inder am Eintreten zu hindern. Als wir Teddie und Susan am Bahnhof verabschiedeten, belästigte uns eine arme alte Frau, die sich Ronald zu Füßen warf. Das Ganze war unangenehm, aber inzwischen wußten wir, wer Ronald war. Wir wußten, in welchem Distrikt er Polizeichef gewesen war.«

»Ja, das weiß ich alles. Ronald hat es mir selbst erzählt. Aber ich glaube, Teddie hat es ihm nicht lange übelgenommen. Es war wohl kaum Ronalds Schuld.«

Mein Vater griff nach dem Brot und biß hinein. Ich goß uns Tee nach.

»Was war Teddie Bingham für ein Mann?« fragte er.

»Ein bißchen wie der junge Mr. Drew. Aber nicht so schüchtern.«

»Deine Tante Fenny hat mir erzählt, daß er sich vor der Verlobung mit Susan sehr um dich bemüht hat.«

»Ja, es ging sogar so weit, daß ich fürchtete, er werde mir einen Antrag machen.«

»Weshalb fürchtete?«

»Ich erkannte, wie leicht es wäre, einfach ja zu sagen. Eine Frau kann das, verstehst du. Es ist eine Art Lähmung. Man denkt: Warum nicht? Das wird erwartet. Man heiratet einen einigermaßen präsentablen Mann aus guter Familie und von einem guten Regiment. Nichts spricht dagegen, und es ist sehr schmeichelhaft, ein bißchen umworben zu werden. Selbst wenn es von jemandem ist, der es so automatisch und vorhersehbar tut wie Teddie.

Ich hätte ihm gern von dem Abend erzählt, als die Sache ihren Höhepunkt erreichte, weil Teddie offenbar glaubte, die Werbepflicht habe lange genug gedauert und es sei an der Zeit, die Dinge zwischen uns zu klären. An diesem Abend wechselte er die Gangart und wurde übertrieben amourös, küßte mich so lange, daß es wie ein Wettbewerb im Atemanhalten war und wir beide uns nur danach sehnten, Luft zu holen, und hinterher mit Bestimmtheit wußten, daß wir uns gegenseitig langweilig fanden. Aber ich hatte das Gefühl, daß man seinem Vater nicht so etwas von einem Mann erzählen konnte, der dann meine Schwester geheiratet hatte. Also fragte ich statt dessen: »Weshalb wolltest du wissen, was ich Ronald Merrick gegenüber empfinde?«

»Ich habe gefragt, weil – nun ja, man hat mir zu verstehen gegeben, daß du besondere – nein, das ist falsch – daß du *möglicherweise* besondere Empfindungen für ihn hegst.«

»Wer hat dir das zu verstehen gegeben, Daddy?«

»Deine Tante Fenny. Sie mag dich sehr, weißt du. Dein Glück liegt ihr sehr am Herzen.«

»Und ich mag sie. Aber ich kann mir beim besten Willen nicht vorstellen, wie sie auf diese Idee kommt. Ich habe ihr schon vor langer Zeit gesagt, was ich von Ronald Merrick halte.«

»Ja, aber sie war sich nicht sicher, ob sich daran nicht etwas geändert haben könnte. Nein, ich übertreibe schon wieder. Sie hat gesagt, eine Änderung deiner Gefühle könne nicht ausgeschlossen werden.«

»Sie kann ausgeschlossen werden. Ich kann mir nicht denken, wieso Tante Fenny auf eine solche Idee kommt. Sie hat uns oft genug zusammen gesehen, wenn er in Bombay zu Besuch kam. Du auch, Daddy. Ich mag ihn nicht. Das muß man doch sehen.«

»Das würde ich nicht direkt sagen.«

»Nun ja, ob man es sieht oder nicht, so ist es. Außerdem weiß er, daß ich ihn nicht mag.«

»Oh.« Er zögerte. »Ich glaube nicht, daß er das weiß.« Er lehnte sich zurück. »Deine Mutter weiß es übrigens auch nicht. Sie hatte denselben Eindruck wie Fenny, daß du vielleicht etwas für ihn empfindest.«

»*Mutter* hat dir gesagt, daß ich vielleicht etwas für Ronald Merrick empfinde?«

Er betrachtete mich sehr ernst.

»Ja. Ist es so?«

»Nein, Daddy.«

»Ich habe es nicht wirklich geglaubt, aber ich wollte mich nicht als einen Experten ausgeben, weißt du, nicht gegen die Meinung von Fenny und deiner Mutter. Also wollte ich sicher sein. Kann ich sicher sein?«

»Absolut sicher.«

»Warum magst du ihn nicht?«

»Das kann ich nicht so einfach erklären.«

»Ich weiß, er ist nicht, nun ja – es klingt sehr verstaubt – er ist nicht ganz unsere Klasse.«

»Es klingt überhaupt nicht verstaubt. Es stimmt. Er ist nicht ganz unsere Klasse. Die Klasse ist für uns immer sehr wichtig gewesen. Warum sollte sie plötzlich aufhören, wichtig zu sein?«

Er hatte die Arme auf den Tisch gestützt und sich vorgebeugt. Er fuhr mit den Fingerknöcheln über eine Seite des kurzgeschnittenen Schnurrbarts. Er wirkte verwirrt. Diese Reaktion hatte er nicht erwartet. Nicht von der Rebellin der Familie.

Er sagte: »Sie ist nur in einem sehr engen Bereich des Lebens wichtig, obwohl ich zugebe, daß es ein sehr wichtiger Bereich ist.

Der private. Es ist leichter, jemandem aus demselben Stall nahezukommen. Aber es gibt andere Bereiche, in denen das überhaupt nicht wichtig ist, Bereiche, in denen es sogar schadet, würde ich sagen. Stellt sich die Frage in Ronald Merricks Fall eigentlich wirklich, wenn wir nicht darauf bestehen, nur die Herkunft zu sehen?«

»Du meinst, er gehört jetzt zu unserer Klasse? Du meinst, er hat die Anstrengung unternommen, sich auf unsere Ebene hinaufzuarbeiten, und wenn er über seine Herkunft nicht redet, wird niemand wissen, daß sie nicht gerade erste Garnitur ist. Meinst du das?«

»Er versucht nicht, sie zu verheimlichen. Das ist ein Punkt, der für ihn spricht.«

»Ein Punkt? Na gut, ein Punkt.«

»Aber er hat doch sicher viele vortreffliche Eigenschaften.«

»Welche zum Beispiel, Daddy?«

»Zum Beispiel Mut und auch Moral, wage ich zu behaupten. Nein, ich wage es nicht zu behaupten, ich behaupte es. Bist du nicht auch der Meinung?«

»Mir ist ein bißchen Feigheit lieber.«

»Oh?«

»Oder was immer es ist, das einen zugeben läßt, daß eine Frage zwei Seiten haben kann, daß andere Standpunkte ebenso gut sein können wie der eigene...«

»Das ist keine Feigheit.«

»Ich sagte Feigheit, weil du von Mut gesprochen hast. Und man spricht so oft von Mut bei Leuten, die in Wirklichkeit nur starr an dem festhalten, was für sie gut ist.«

»Ja«, sagte er. Er strich sich über die andere Seite des Schnurrbarts. »Vermutlich kann das so sein. Ich habe es nicht so gesehen. Und ich gestehe dir in Ronalds Fall eine gewisse Starrheit zu. Man findet sie oft bei Männern, die sich ihren Weg nach oben erkämpft haben. Sie müssen sich sehr viel mehr anstrengen. Weißt du, daß er als Fünfzehnjähriger beide Eltern verloren hat?«

»Er hat es einmal erwähnt.«

»Weißt du, was sie waren?«

»Er sagte, kleine Leute. Ich habe nicht gefragt, welche Art kleine Leute und wie klein.«

»Sie hatten einen kleinen Laden im Norden von London. Zeitschriften- und Tabakhändler. Etwas in dieser Richtung. Ich hatte den Eindruck, daß sie vor dem ersten Weltkrieg beide Dienstboten gewesen waren. Ronald ist auf eine öffentliche Grundschule gegangen, hat aber Stipendien bekommen und machte seinen Schulabschluß an einer sehr guten Mittelschule. Dann kamen beide Eltern bei einem Verkehrsunfall ums Leben. Irgendwo auf dem Land lebte ein Onkel. Er interessierte sich nicht für den Jungen. Aber der stellvertretende Direktor der Schule tat es. Er übernahm die Vormundschaft, damit er auf der Schule bleiben und einen Abschluß machen konnte. Der Mann hatte irgendwelche Verbindungen oder Interessen in Indien. Gesellschaftlich bedeutete das für Ronald einen Schritt nach oben. Ronald sagte, er glaube, wenn seine Eltern nicht gestorben wären, hätte man ihn in einer Versicherung oder als Buchhalter untergebracht. Er weiß, daß er seinem Lehrer alles verdankt, das heißt, nicht nur die Chance, die Ausbildung zu beenden, sondern auch die Chance besserer Lebensumstände. Das reichte, um es zur indischen Polizei zu schaffen. Körperlich und von seiner Intelligenz muß er mehr als gut genug gewesen sein.«

»Du hast sehr viel von ihm erfahren. Mehr als wir alle.«

»Nur soviel, wie er freiwillig erzählt hat.«

»Das ist mir klar. Mich wundert nur, daß er es freiwillig erzählt hat.«

»Es wundert dich? Wirklich? Du hast keine Ahnung?«

»Nein.«

»Ich verstehe. Und es tut mir leid. Ich meine, es tut mir leid, daß du ihn nicht sehr magst. Aber das ist zumindest besser als das andere. Er hat mir das alles erzählt, weil er Susan heiraten will. Er sagte, Susan habe ihm Grund zu der Annahme gegeben, daß sie dieser Vorstellung nicht abgeneigt sei, daß aber eine Entscheidung erst getroffen werden könne, wenn ich wieder zu Hause sei. Fenny und deine Mutter waren überrascht. Sehr überrascht. Sie dachten, wenn er etwas in dieser Art für eine von euch beiden übrig hätte, dann müsse es für dich sein. Ich wollte mir Sicherheit über deine Gefühle verschaffen. Aber ich habe einige Zeit gebraucht, um es über mich zu bringen, mit dir darüber zu sprechen. Ich wollte dich nicht verletzen...«

»Es verletzt mich nicht.«

Er nahm meine Hand. Ich sagte: »Es verletzt mich nicht, es entsetzt mich. Ich kann es nicht glauben. Sie hat absolut nichts gesagt. Aber wenn er recht hat, und sie an so etwas denkt, mußt du es verhindern. Wirklich. Sie ist noch nicht in der Lage, jemanden zu heiraten – und erst recht nicht Ronald Merrick.«

»Der Psychiater sagt offenbar, das ist sie.«

»Welcher Psychiater?«

»Der hier.«

»Wer hat dir das gesagt?«

»Ronald. Er hat sich vor ein paar Wochen mit ihm unterhalten.«

»Mit Susans Zustimmung?«

»Nein, er war bei ihm, ehe er mit Susan sprach. Er wollte wissen, welche Wirkung ein Heiratsantrag auf sie haben, ob es eine Art Rückschlag bei ihr auslösen könnte, und ob er noch eine Weile warten solle, ehe er mit mir darüber sprach.«

»Eine Unverfrorenheit.«

»Ich hielt es für sehr vernünftig.«

»Ja natürlich – du hast genau das gedacht, was er wollte. Ich hoffe, Hauptmann Richardson hat ihm ordentlich die Leviten gelesen.«

»So? Warum? Wenn du Richardson wärst, und ein Mann, dem ein Arm fehlt und dessen eine Gesichtshälfte verbrannt ist, käme zu dir und sagte: ›Ich möchte eine Ihrer Patientinnen heiraten. Mit welchen Problemen muß ich bei ihr rechnen, und wie sieht das von Ihrem Standpunkt aus?‹«

»Ich weiß, ich weiß. Es ist alles so wunderbar logisch. Es stimmt und ist alles so redlich. Bewundernswert. An der Oberfläche. An der *Oberfläche,* Daddy.

»Er kann sehr gut mit dem kleinen Edward.«

»Ja. Er kann sehr gut mit dem kleinen Edward.«

»Besser als ich.«

»Besser als du. Besser als jeder von uns. Besser als irgend jemand ... Besser als Susan. Aber er würde nicht Edward heiraten, sondern Susan. Wie gut wird er es mit ihr können?«

Sobald ich das sagte, wurde ich rot. Ich ahnte, was er vermutlich dachte. Einen verrückten Augenblick lang überlegte ich, ob es wahr sein könnte, überlegte, ob Richardson, wenn ich zu ihm ging und ihm die Situation beschriebe, sagen würde: »Es ist natürlich ganz klar. Merrick stößt Sie ab, weil er Sie anzieht. Ihre übertriebene Besorgnis um Ihre Schwester ist schlicht ein Ausdruck Ihrer Wut, weil Sie ihretwegen zurückgewiesen werden.«

Aber es stimmte nicht. Vermutlich stimmte etwas anderes: Meine Mutter hatte versucht, die Sache zu manipulieren. Sie konnte unmöglich wollen, daß Susan Ronald Merrick heiratete. Aber anstatt das zu sagen, hatte sie die Gelegenheit benutzt, die Tante Fenny ihr mit der albernen, aber wohlgemeinten Andeutung geliefert hatte, und Vater indirekt davon überzeugt, es könne mir das Herz brechen. Sie konnte sogar daran gedacht haben, daß Ronald Merrick für den Fall, daß der Gedanke sich festsetzte, man werde ihn in der Familie haben, mit mir verheiratet werden könnte, weil wir beide nichts Besseres verdienten.

»Ich verstehe nur nicht«, sagte der Vater, »daß du keine Ahnung hattest, wie die Dinge standen – ich meine aus Susans Sicht.«

»Hatte Mutter eine Ahnung?«

»Nein. Aber Schwestern ziehen sich doch gegenseitig ins Vertrauen. Du warst ihr sehr nahe. Das weiß ich. Zumindest weiß ich, was deine Tante Fenny sagt.«

»Was sagt Tante Fenny?«

»Wenn du nicht gewesen wärst, hätte Susan einen völligen Zusammenbruch gehabt.«

»Sie *hat* einen völligen Zusammenbruch gehabt, Daddy.«

»Ich meine, man hätte sie vielleicht wohin bringen müssen.«

»Man *hat* sie wohin gebracht.«

»Aber nur in das hiesige Krankenhaus.«

»In ein Zimmer mit vergitterten Fenstern. Man befürchtete, sie könne sich etwas antun. Man fürchtete Gewalttätigkeiten. Das Baby war durch sie in Gefahr. Hat Mutter dir das nicht erzählt?«

Nach einer Weile sagte er: »Ich nehme an, man hat mir nur soviel gesagt, wie man glaubt, daß ich verkraften kann. Gut. Aber das ist alles vorbei, nicht wahr? Es geht ihr jetzt doch mit Sicherheit besser. Sie ist in der Lage abzuwägen und eine Entscheidung zu treffen, die später zu bedauern, sie doch keine Gründe haben wird.«

»Was heißt das? Sie hat sich entschieden?«

»Ja, ich glaube.«

»Du hast tatsächlich mit ihr darüber gesprochen?«

»Ja.«

»Hat *Susan* gesagt, es könne mich vor den Kopf stoßen?«

»Sie schien zu glauben, daß du damit rechnest. Sie war überrascht, daß ihre Mutter nicht damit gerechnet hat. Sie dachte, jedem müsse seit langem klar sein, wenn sie wieder heiraten werde,
dann nur Ronald. Sie hat viel darüber nachgedacht. Sie sagte, sie
könne nicht erwarten, mehr als einmal im Leben zu lieben. Aber
sie achtet ihn, und sie weiß, daß sie an die Zukunft des Jungen
denken muß. Sie hat mir versichert, daß Mitleid oder Dankbarkeit
bei ihrer Entscheidung keine Rolle spielen – ich meine Dankbarkeit für das, was Ronald versucht hat, um Teddie zu retten. Sie
übersieht auch nicht, daß die Behinderung seine künftige Laufbahn unsicher macht. Alles in allem war ich sehr beeindruckt davon, wie sie es sieht.«

»War Mutter beeindruckt?«

»Deine Mutter war hauptsächlich besorgt über die Wirkung,
die es auf dich haben könnte.«

»Sie hat keine Einwände erhoben? Sie ist nicht soweit gegangen
zu sagen, daß sie Ronald nicht in der Familie haben will?«

Ich hätte es besser formulieren sollen. Wieder betrachtete er
mich ernst und immer noch nicht völlig davon überzeugt, daß ich
im Hinblick auf meine eigenen Interessen in dieser Sache offen
war. Aber ich beließ es dabei. Ich hatte mich an die Vorstellung
gewöhnt, daß ich keine Verantwortung mehr trug. Es ging mich
nichts an, wen Susan heiratete. Er dachte offenbar ganz ähnlich.
Er sagte: »Nun ja, genau gesehen steht es Susan frei zu heiraten,
wen immer sie will. Es wäre schön, wenn wir ihn auch alle mögen würden. Deine Mutter hat nicht ausdrücklich gesagt, daß sie
ihn nicht mag. Als Mutter ist sie natürlich nicht allzu glücklich
darüber, daß eine ihrer Töchter einen behinderten Mann heiratet. So gesehen ich auch nicht. Es *ist* eine Beeinträchtigung. Er ist
sich dessen selbst sehr bewußt. Wenn du aus irgendeinem Grund
glaubst, er und Susan hätten ein zu großes Geheimnis daraus gemacht, dann mußt du die Behinderung in Betracht ziehen. Ein
Mädchen muß sich sehr genau überlegen, ob sie sich in einem
solchen Fall binden will. Sie muß die Entscheidung selbst treffen.
Der Mann auch.«

»Er ist mindestens zehn Jahre älter als Su.«

»Zehn Jahre sind nicht viel.«

»Warum hat er wohl nicht schon früher geheiratet?«

»Was soll das heißen, meine Liebe?«

»Es soll überhaupt nichts heißen. Es ist nur eine Frage.«

Nach einem Schweigen sagte Vater: »Ich sehe nichts besonderes, was da fraglich wäre. Ich gebe zu, vermutlich liegt ihm sehr viel an einer Heirat, zu der er sich, nun ja, gratulieren kann. Aber das ist meiner Meinung nach nicht falsch. Sein Glück. Warum nicht? Eine höhere Stellung bei der Polizei. Der Mumm, seiner Behörde die Freistellung für die Dauer des Krieges abzuringen. Sein Orden. Das ist nicht wenig. Er bringt also etwas mit. Vermutlich kannst du sagen, Indien hat ihn zu dem gemacht, was er ist. Aber hat Indien schließlich nicht auch *uns* die Stellung gegeben, die wir haben? Ich frage mich, was wir ohne Indien wären? Anwälte wie mein Großvater? Geschäftsleute wie sein Vater? Und auf der Muir-Seite ... kleine, schottische Pächter? Das liegt weit zurück, aber nicht so weit. Es ist nur ein zeitlicher Unterschied. Indien hat ganz normalen Engländern schon immer eine Chance geboten – es hat uns die Möglichkeit gegeben, nun ja, wie eine herrschende Klasse zu leben und zu arbeiten, obwohl wenige von uns wirklich behaupten konnten, zu ihr zu gehören.«

»Indien bietet keine Chance mehr.«

»Das ist wohl kaum Ronalds Schuld.«

»So meinte ich das nicht. Ich meine, es ist sinnlos, Susans Zukunft unter diesem Gesichtspunkt zu sehen. Es ist alles vorbei. Sie sollte nach Hause fahren. Ronald wird sie nie nach Hause fahren lassen. Er hat zu schwer gearbeitet, um hierher zu kommen. Es wäre anders, wenn sie sich lieben würden. Aber das tun sie nicht. Ich glaube nicht, daß er überhaupt fähig ist, jemanden zu lieben.«

Mein Vater lehnte sich zurück und verschränkte die Arme. Dann sagt er:

»Aber es ist nicht sein erster Heiratsantrag, den er macht.«

»Nein?«

»Weißt du das nicht?«

»Was?«

»Ihm lag sehr viel an dem Mädchen in diesem unglückseligen Fall, der ihm so viele Schwierigkeiten eingebracht hat.«

Ich starrte ihn an. Sein Gesicht verriet mir, daß er immer noch bereit war zu glauben, jede Anspielung auf Ronald und eine andere Frau würde mich verletzen. »Daphne Manners? Ronald hat dir gesagt, daß ihm sehr viel an Daphne Manners lag? Genug, um ihr einen Heiratsantrag zu machen?«

»Ja, das hat er.«

»Den Eindruck hatte ich nicht, nach dem, was er mir erzählte. Er sagte nur, er habe einmal geglaubt, sie zu mögen. Er habe sich sehr schnell von ihr abgewandt, als er erkannte, daß sie nicht sauber war.«

»Sauber?«

»Vieleicht hat er nicht sauber gesagt. Aber das meinte er. Nicht sauber. Im Klartext bedeutete das: Indern gegenüber zu freundlich.«

»Er sagte mir, er habe ihr einen Heiratsantrag gemacht. Ich meine, so etwas erfindet ein Mann nicht.«

»Und ich meine: Über so etwas spricht ein Mann nicht. Warum hat er es getan?«

»Ich nehme an, ich habe ihn gefragt. Ich meine, nicht direkt. Es ergab sich einfach. Wir hatten über den Fall gesprochen... und über seine Zukunft. Er sagte, der Generalinspekteur habe sich hinter ihn gestellt, aber er sei sich über die Langzeitwirkung auf seine Laufbahn nicht sicher. Er war sehr offen.«

»Denkt er, er hat einen Fehler gemacht?«

»Nein, den Eindruck hatte ich nicht. Eher das Gegenteil. Aber ich glaube, es hat ihn oft beunruhigt, daß seine Gefühle für das Mädchen ihn möglicherweise beeinflußt und ihn dazu gebracht haben, überstürzt zu handeln. Nicht falsch, nur zu überstürzt. Nun ja, mich wundert das nicht. Es ist ein schlimmer Fall. Es ist schlimm, darüber zu sprechen.« Er zögerte. »Ich würde eigentlich lieber nicht darüber sprechen.«

»Gut Daddy, sprechen wir nicht darüber. Das heißt nicht, daß wir nicht vielleicht damit leben müssen – besonders Susan, wenn man darauf besteht, manches zu untersuchen, was damals geschehen ist. Aber das darf ich nicht sagen. Allein bei der Vorstellung könnte er dir leid tun. Ronald sollte dir nie leid tun.«

»Mir würde jeder Mann leid tun, der zum Opfer gemacht wird.«

»Zum Opfer gemacht, ja. Mir auch.«

Ich fing an, das Papier zu falten, mit dem die Brote eingepackt gewesen waren. Ich entdeckte noch ein paar Krümel auf dem Tisch, faltete es auseinander, wischte sie darauf und faltete es wieder. Ich hatte ihm seine Fürsorglichkeit und Mühe schlecht gedankt, die Liebe und die Zuneigung, die er dadurch zeigte, daß er diese Vorbereitungen getroffen hatte, ehe er mir etwas sagte, von dem er glaubte, es könne mir wehtun. Ich hatte ihn nicht beruhigt und in den letzten Minuten nicht einmal freundlich mit ihm gesprochen.

»Es war so ein schönes Frühstück«, sagte ich, »es tut mir leid, wenn ich es dir verdorben habe. Ich wollte es wirklich nicht. Ich nehme an, wir sollten jetzt zurückreiten.«

»Du hast es mir nicht verdorben. Wie spät ist es?«

»Halb neun.«

»Hast du Dienst?«

»Ja.« Ich erinnerte mich an das Päckchen aus der Residenz, das Nigel mir geschickt hatte. Ich wollte eigentlich sehr früh im Büro sein, um Unteroffizier Baker zu sehen, damit ich das Päckchen auch wirklich bekam.«

»Was wirst du Susan sagen?« fragte Vater.

»Nichts. Sie wird mich nicht um meine Meinung fragen. Bisher war es so, daß ich da war, wenn sie es wollte. Ich war da und mit allem einverstanden, was sie beschlossen hatte zu tun. Seltsamerweise war ich darin sehr gut. Wenn ihr jetzt der Sinn danach steht, Ronald zu heiraten, geht es ihr gut, solange sie Pläne macht und alles in Verbindung mit dem nächsten Schritt sieht, der vor ihr liegt.«

»Würdest du es wissen, wenn sie aufhört, alles so zu sehen?«

»Ja.«

»Früher als deine Mutter?«

»Vermutlich.«

»Würdest du es mir sagen?«

»Wenn ich hier bin, ja, Daddy.«

»Könnte es sein, daß du nicht hier bist?«

»Ich kann nicht ewig zu Hause leben.«

»Das verstehe ich nicht. Aber – nun ja, eine Weile schon noch. Zumindest bis nach der Hochzeit.«

»Das könnte davon abhängen, wann die Hochzeit ist.«

»Ich hatte mir nichts Übereiltes vorgestellt.« Er griff wieder nach meiner Hand. »Tu du nichts *Übereiltes.* Woran hattest du gedacht?«

»Ich möchte nach Hause. Ich möchte mir eine Stelle suchen. Ich nehme an, Tante Lydia würde mich eine Weile bei sich aufnehmen.«

»Nach Hause? Aber sicher doch erst langfristig?«

»Ich dachte daran, für einige Zeit zu Tante Fenny nach Bombay zu gehen. Von dort weiter, wenn ich mich wirklich entschieden habe. Ich kann die Überfahrt selbst bezahlen. Tante Mabel hat jeder von uns fünfhundert Pfund hinterlassen. Susan und mir meine ich. Und ich habe ein bißchen mehr.«

»Das brauchst du für Notfälle. Es kommt nicht in Frage, daß du deine Überfahrt bezahlst, wenn du wirklich nach Hause willst. Aber ich hoffe, es ist noch nicht soweit. Noch nicht, Sarah. Laß mir ein wenig Zeit, mich an meiner ganzen Familie zu freuen.«

Ich spürte, wie das Netz sich wieder um mich schloß. Ich sagte: »Nun ja, der Krieg ist noch nicht ganz vorbei.«

»Nein, aber wenn es soweit ist, versuche nicht zu schnell zu handeln oder mich für egoistisch zu halten. Wir können alle leichter Pläne machen, wenn wir wissen, wie es mit mir weitergeht. Die Trehearnes gehen nach Weihnachten. Es sieht aus, als würde ich übernehmen. Aber es besteht auch eine geringe Möglichkeit, daß ich das Gebiet bekomme. Deine Mutter ist ein bißchen unzufrieden. Ihr wäre ein Ortswechsel lieber. Aber wenn wir das Gebiet bekommen, wäre sie zufrieden. Flagstaff House. Alles, was damit zusammenhängt. Und vermutlich würde es bis zum Ende meiner Zeit so bleiben.«

»Dir würde es auch gefallen, nicht wahr?«

»Ja. Als junger Mann habe ich angenommen, ich würde als General enden. Dafür bestehen jetzt wenig Chancen. Ich würde mich mit einem Brigadier abfinden oder einfach als richtiger Oberst und Trehearnes Aufgabe übernehmen.«

»Dann drücke ich dir die Daumen, Daddy.«

»Würde das deine Pläne beeinflussen?«

»Flagstaff House?«

»Du bist praktisch dort geboren. Und nun ja, wenn es dazu kommt, täte mir der Gedanke leid, daß du nichts davon haben solltest. Was hinter dir liegt, war kein Honiglecken. Das wäre ein Ausgleich. Aber vielleicht hätte ich nicht davon sprechen und Hoffnungen wecken sollen.«

Er würde nie verstehen, wie wenig Hoffnungen die Vorstellung bei mir weckte, in Flagstaff House zu wohnen. Und dabei mußten sie gerade jetzt geweckt werden. Ich betrachtete den eigenartig unbekannten Blick auf den Osthügel, und mir kam es vor, als sei ich vor langer Zeit wie auf einer Insel ausgesetzt worden und als sei die Flut jetzt zurückgewichen – so weit zurückgewichen, daß man meilenweit gehen mußte, um Wasser zu finden. Selbst dann mußte man noch endlos weiter waten und erreichte doch keine tiefe Stelle, an der man schwimmen konnte.

Einen Augenblick lang glaubte ich – vielleicht unlogischerweise –, meine einzige Hoffnung, hier wegzukommen, liege darin, daß ich meinem Vater erzählte, was geschehen war. Ich könnte sagen: Hör zu, ich bin keine Jungfrau mehr. Einer der Offiziere, die Onkel Arthur für eine Laufbahn in Indien begeistern soll, hat mit mir geschlafen. Allerdings hat sich herausgestellt, daß er sich für etwas begeistert, das Onkel Arthur die falschen Dinge nennen würde, und er ließ mich wie ein lästiges kleines Dienstmädchen sitzen. Aber, anders als bei dem Dienstmädchen, ist es uns gelungen, es wegmachen zu lassen. Obwohl ich in den Augen anderer Leute schon immer unangenehm unkonventionell war, hatte ich nicht den Mut, in Pankot schwanger und unverheiratet herumzulaufen. Ich weiß, ich bin bei weitem nicht die erste Tochter eines Obersten, die für sich die freie Liebe entdeckt hat, aber der Haken ist, daß ich nie einen Mann heiraten würde, ohne es ihm zuerst zu sagen. Mutter weiß das. Ich habe das Tante Fenny gegenüber klargestellt, und wenn Tante Fenny sich treu geblieben ist, dann hat sie offenbar Mutter gesagt, daß ich nie unter falschen Voraussetzungen heiraten werde. Mutter hat es ohnehin vermutlich selbst erraten. Sie hat nicht wirklich etwas dagegen, denn es würde gegen die Wertmaßstäbe einer Frau aus gutem Haus verstoßen, zuzulassen, daß ich einen Mann heirate, der ihre Anerkennung findet, und sie glaubt, Männer, die ihre Anerkennung finden, würden auf dem Absatz kehrt machen, sobald sie es wüßten. Deshalb hat sie mich abgeschrieben. Du tust es besser auch.

461

Ich sah ihn an, nahm meinen Mut zusammen und begann, es ihm zu sagen. Ich kam bis: »Hör zu...«, wich aber nach zwei Sekunden vom Drehbuch ab. »Da ist etwas, das du wissen solltest..., etwas, das ich dir sagen muß«, aber weiter kam ich nicht, denn er packte mich plötzlich bei der Hand und sagte scharf, ohne mich anzusehen: »Nein« und wiederholte es noch einmal sanfter.

»Nein. Du mußt mir nichts sagen. Reiten wir zurück.«

Er sah mich immer noch nicht an, als er meine Hand losließ. Er legte mir kurz den Arm um die Schultern, drückte mich aber diesmal fest, ließ mich dann völlig los, stand auf und rief den beiden Jungen etwas zu, die aufsprangen und ums Haus rannten, um die Pferde zu holen. Dann ging er zur Treppe und stieg die Stufen hinunter. Er rief mir etwas zu und wies – vielleicht auf die Kiefer oben auf dem Osthügel, die sein geübteres Auge entdeckt hatte, blieb dabei aber halb abgewandt und gab mir so Zeit, mir über den Grund seiner Reaktion klarzuwerden.

Er wußte von der Schwangerschaft und der Abtreibung. Fenny oder meine Mutter hatten es ihm gesagt. Vermutlich Fenny; vielleicht hatte sie Andeutungen über einen berechtigten Grund zum Unglücklichsein gemacht, den meine Mutter kühler beim Namen genannt hatte. Ich ging zur Treppe, gab vor, in die Richtung seiner ausgestreckten Hand zu blicken, und legte die Hand über die Augen.

Die Jungen brachten die Pferde. Aschok half mir beim Aufsitzen. Ich bedankte mich bei ihm und ritt, ohne auf Vater zu warten, den steinigen Pfad hinunter. Auf halbem Weg begann das Pferd zu stolpern. Die Anstrengung, die Kontrolle über das Tier nicht zu verlieren, erschien mir riesig, so leicht sie auch war; der letzte beschämende Strohhalm war mir genommen. Als ich die Straße erreichte, verschwamm mir die Straße vor den Augen. Ich wartete, bis er mich eingeholt hatte. Wir konnten auf zwei Wegen zurückreiten. Er entschied sich für den kürzeren, und ich ritt hinter ihm. Aber er ritt an den rechten Straßenrand, wartete, bis ich auf seiner Höhe war. Abgesehen von den wenigen Fällen, in denen ich wegen vorbeifahrender Autos zurückbleiben mußte, ritt er stumm neben mir, bis wir das Haus erreichten.

Susan war im Bad; das bedeutete, daß ich nicht mit ihr sprechen mußte. Ich zog rasch meine Uniform an und, um zu vermeiden, daß ich jemandem begegnete, ging ich zum Daftar, ohne mir den Pferdegeruch von den Händen zu waschen. Für den Augenblick hatte ich vergessen, weshalb ich hatte früh im Dienst sein wollen, aber es fiel mir wieder ein, als die Tonga die Stelle von Barbies Unfall erreichte, die Clarissa Peplow mir einmal gezeigt hatte: Die Tonga war die Club Road hinuntergerast, weil der Kutscher die Kontrolle verloren hatte, war umgestürzt, und sie landeten im Graben. Von hier war Barbie blutig und schmutzig zu Fuß weitergegangen und hatte auf dem Weg ins Pfarrhaus vermutlich die Hilfe von Passanten zurückgewiesen. Im Pfarrhaus angekommen, verlangte sie einen Spaten und verkündete, sie habe den Teufel gesehen. Mit dem Spaten wollte sie Mabel ausgraben. Mit dem Teufel meinte sie Ronald Merrick.

Rose Cottage war abgeschlossen gewesen. Mutter, Susan, das Baby und die Aja waren nach Kalkutta gefahren, um Fenny und mich nach unseren Ferien in Darjeeling zu treffen. Das Familientreffen sollte die Illusion aufrechterhalten, daß alles in bester Ordnung sei. In Abwesenheit der Familie hatte Mahmoud im Schuppen des Mali die Kiste entdeckt und sich deshalb bei dem Mann beschwert, den Mutter gebeten hatte, ein Auge auf alles zu haben – Kevin Coley. Kevin war ins Pfarrhaus gegangen und hatte Barbie aufgefordert, die Kiste abzuholen.

Wie Clarissa sagte, fand Barbie nichts dabei. Als sie ins Haus hinaufkam, um die Kiste abzuholen, begegnete sie dort einem Fremden: Ronald. Er war vorübergehend im Krankenhaus in Pankot, um sich die Prothese anzupassen zu lassen. Er war in Rose Cottage vorbeigekommen, um uns zu besuchen. Wie Ronald berichtete, saßen er und Barbie zusammen und unterhielten sich – hauptsächlich über ihre Freundin aus der Mission in Majapur, Edwina Crane, die er gekannt hatte. Sie bestand darauf, ihm das Bild zu geben, das sie mit Edwina in Verbindung brachte. Dann bat sie ihn, das Aufladen und Festbinden der Kiste hinten auf der Tonga zu beaufsichtigen. Er sagte, er habe ihr abgeraten. Die Kiste sei zu schwer und zu sperrig gewesen. Aber sie wollte nicht auf ihn hören. Er sagte, sie sei ihm überdreht vorgekommen. »Exaltiert sei vielleicht das richtige Wort«, fügte er hinzu.

Es dauerte einige Zeit, ehe ich mit Ronald über seine Begegnung mit Barbie sprach. Er war aus Pankot abgereist, bevor wir aus Kalkutta zurückkamen. Damals hatte ich ihn erst zweimal gesehen und ihn nicht gemocht. Aber die wahre Ablehnung stellte sich später ein, als er unter dem Vorwand, im Krankenhaus behandelt zu werden, in Pankot auftauchte, sich aber in Wahrheit, wie mir schien, an uns hängte. Ich erkannte, daß er im üblichen Sinn ein sehr einsamer Mann war, und ohne ganz zu begreifen, wie es geschah, fand ich mich öfter in seiner Gesellschaft als ich mir erklären konnte – im Kino zum Beispiel oder beim Abendessen im chinesischen Restaurant, wenn sein Besuch zu Hause ungelegen gekommen wäre (weil Susan sich nicht wohl fühlte oder zu viel von ihrem Beruhigungsmittel genommen hatte). Ich betrachtete das Ausgehen mit ihm, wenn er in Pankot war, nur als eine Pflicht – eine Pflicht mehr, die man mir aufgeladen oder die ich dummerweise auf mich genommen hatte. Ich nahm an, daß die Familie es so sah. Was er annahm, war mir nie klar geworden. Er wußte, daß ich ihn nicht mochte. Das Bewußtsein, daß er es wußte, gab mir das Gefühl, wir seien alle sicher vor ihm.

Wenn wir ins chinesische Restaurant gingen, bestellte er immer einen bestimmten Tisch: den Tisch am Fenster im ersten Stock (nur für Offiziere), das auf den Basar hinausging. Zumindest bot es ihm einen Blick, wenn mein zu häufiges Schweigen ihn zwang, seine Aufmerksamkeit darauf zu richten. Ich hatte nie das Gefühl, daß er sich darüber ärgerte, daß ich eine so schlechte Gesellschafterin war. Wir saßen im chinesischen Restaurant, als ich ihn bat, seine Begegnung mit Barbie ausführlich zu schildern. Ich sagte ihm nicht, daß ich sie gerade im Samariter-Krankenhaus in Ranpur besucht hatte, aber ich glaube, er erriet das. Als er sagte: »Sie kam mir bei der Abfahrt überdreht vor ... exaltiert wäre vielleicht sogar das richtigere Wort«, musterte er mich genau, als beobachte er, welche Wirkung das Wort »exaltiert« auf mich hatte. Die Exaltiertheit (sagte er) setzte ein, als sie die Kiste öffnete, um ihm das Bild zu geben, und einen Spitzenschal fand, der ihr, wie sie sagte, nicht gehörte, den aber Mabels alter Diener Aziz in die Kiste gelegt haben mußte, als er vorübergehend die Schlüssel dafür gehabt hatte.

Ich wußte, von welcher Spitze er sprach. Mabel hatte diese

Spitze von der Mutter ihres ersten Mannes geschenkt bekommen – Spitze wie ein Gewebe aus Schmetterlingen. Eine alte blinde Französin hatte sie geklöppelt. Aus einem Teil war ein Taufkleid für mich genäht worden, in dem Jahre später auch Susans Baby getauft wurde. Ich hatte die Spitze erst vor ein paar Tagen im Samariter-Krankenhaus wiedergesehen, wo Barbie sie sich schmutzig und mit getrockneten Blutflecken um Kopf und Schulter gelegt hatte.

Ronald sagte: »Sie hat sich die Spitze umgelegt wie einen Brautschleier, als sie in die Tonga stieg.«

Der Spitzenschal mit seinen rotbraunen Flecken gehörte zu den Sachen, die Nigel im Samariter-Krankenhaus abgeholt hatte, um sie an mich weiterzuleiten.

Aber natürlich lag im Daftar nichts für mich. Unteroffizier Baker sagte mir, daß mit der Nachtpost aus der Residenz kein für mich addressiertes Päckchen angekommen war. Ich dachte daran, Nigel anzurufen, schob es aber hinaus. Ich fand einen Grund, das erst nach siebzehn Uhr zu tun, weil er tagsüber beschäftigt sein würde. In Wirklichkeit drückte ich mich davor, denn ich würde ihn hauptsächlich anrufen, weil ich ihm von Ronald und Susan erzählen und versuchen wollte, ihn zu überreden, daß er mir dabei half, die Hochzeit zu verhindern. Das erschien mir nicht ganz fair.

Ich erinnere mich, daß ich im Büro an der Schreibmaschine saß. Ich wollte einen handschriftlichen Befehl von Major Smalley auf eine Matrize schreiben und benutzte dabei soviel roten Lack, um Fehler zu verbessern, daß das Wachspapier allmählich wie der Spitzenschal aussah, den Barbie getragen hatte, als sie am Fenster saß. An jenem Tag schien sie Frieden gefunden zu haben – den Frieden der Versunkenheit in einem alles fordernden Gott, einem Gott der Liebe und des Zorns, der nichts mit den messianischen Prinzipien christlicher Vergebung zu tun hatte. Und an diese Barbie erinnerte ich mich lieber als an die andere – bei anderen Besuchen –, die ohne Halt war, ohne festen Boden unter den Füßen, die verwirrt war und versuchte, mit der zum Untergang verurteilten Welt der Fragen und der Kompromisse in Verbindung zu treten.

Als ich die Matrize zur Hälfte geschrieben hatte, klingelte das Telefon. Die Zentrale sagte mir, ein Hauptmann Rowan wolle mich sprechen. Ich schien den Anruf heraufbeschworen zu haben. Ich sagte: »Nigel? Leider war nichts in der Post. Rufen Sie deshalb an?«

»Nur zum Teil«, sagte er. »Ich habe die Sachen mitgebracht.«

Er erklärte mir die Situation, aber ich war begriffsstutzig, und es dauerte einige Zeit, bis ich verstand, daß er in Pankot war, daß er mit dem Nachtzug gekommen war, im Gästehaus der Residenz wohnte, daß er vor wenigen Minuten mit meiner Mutter telefoniert und von ihr die Nummer des Gebietshauptquartiers und meines Apparats erfahren hatte.

»Hat Ihre Mutter Sie schon angerufen?« fragte er.

»Nein, das ist der erste Anruf heute morgen. Warum?«

Er sagte: »Dann wissen Sie wahrscheinlich nicht, daß Ronald Merrick auch hier ist. Zufälligerweise sind wir zusammen heraufgefahren. Er hat unseren gemeinsamen Freund Guy Perron bei sich. Merrick ist gerade bei Ihren Eltern. Er hat eine sehr traurige Nachricht für Ihren Vater. Ein Havildar aus dem Regiment Ihres Vaters, der in Deutschland bei den Truppen der Frei Hind war, hat vor wenigen Tagen Selbstmord begangen. Merrick glaubte, Ihrem Vater könne das sehr nahegehen. Er wollte es ihm selbst sagen.«

»Ja, ich verstehe. Ich glaube, es wird ihm sehr . . . nahegehen.«

»Merrick ist jetzt Oberstleutnant.«

»Wie bitte?«

»Er ist zum Oberstleutnant befördert worden. Wußten Sie das?«

»Nein, Nigel. Ich wußte auch nicht, daß er vielleicht mein Schwager wird. Vater hat es mir heute morgen erzählt. Er möchte Susan heiraten. Und Susan will ihn heiraten.«

Vielleicht erinnere ich mich an die falsche Reihenfolge, in der wir die Nachrichten austauschten; aber sehr deutlich erinnere ich mich an ein langes Schweigen. Wir versuchten beide, völlig unerwartete Neuigkeiten zu verdauen: ich den Tod des Havildar und Ronalds plötzliche und für mich bedrohliche Anwesenheit in Pankot.

»Was halten Sie von ihm, nachdem Sie ihn kennen?« fragte ich.

»Ich hatte ihn mir etwas anders vorgestellt.«

»Wie lange bleiben Sie? Ich würde Sie gerne sehen. Geht es heute? Oder hat S.E. Sie mit Beschlag belegt?«

»Der Gouverneur ist nicht hier. Nur ein Mr. Gopal. Übrigens hat mich Ihre Mutter für heute Abend zum Essen in Rose Cottage eingeladen. Ich würde gern kommen, aber ich bin nicht ganz sicher, ob ich es schaffe. Ich muß etwas für S.E. erledigen. Danach bin ich frei. Aber ich weiß nicht genau, wann das sein wird. Können Sie hier mit mir zu Mittag essen?«

»Sie meinen heute?«

»Ja. Kommen Sie herauf, sobald Sie Lust haben.«

»Ich könnte gleich kommen«, sagte ich, ließ die Matrize in der Maschine, ging bei Major Smalley vorbei und entschuldigte mich, mir sei nicht besonders gut, ich hoffe aber, am Nachmittag wieder da zu sein.

Ein Mann kam die Stufen herunter, als die Tonga vor dem Gästehaus anhielt. Ich hatte Nigel noch nicht in Zivil gesehen und erkannte ihn im ersten Augenblick kaum. Der Anzug verbarg etwas von der Schlankheit, die die Uniform betonte. Er sah gesunder und entspannter aus, wie ein Mann, der von einer Pflicht befreit ist, die schwerer und schwerer auf ihm gelastet hatte. Wir hatten uns nie umarmt; hier, in diesem Augenblick wäre eine Umarmung richtig gewesen. Aber wie beim Abschied in Ranpur gaben wir uns nur ernst die Hand. Er hielt meinen Ellbogen als angedeutete Stütze, während wir die Stufen hinaufgingen; oben angekommen, ließ er ihn wieder los. Wir gingen durch das Haus zur Veranda auf der Rückseite. Von dort kannte ich den Blick am besten – über den Rasen zur nahegelegenen Sommerresidenz –, obwohl ich nicht genau wußte, wann ich das zum letzten Mal gesehen hatte.

Auf einem Tisch zwischen zwei weißen Rohrsesseln mit blauen Polstern lagen die eingepackten Dinge, die er von den Samaritern mitgebracht hatte. Ich bedankte mich, wollte aber im Augenblick nichts damit zu tun haben, sie nicht einmal ansehen. Er ließ Drinks kommen und bot mir eine Zigarette an. Während ich rauchte, erzählte er mir von der besonderen Aufgabe, die er in Pankot zu erledigen hatte. Im Augenblick – zumindest, bis er Nachricht von Mr. Gopal bekam – saß er mehr oder weniger als

Gefangener im Gästehaus, denn es konnte sein, daß er sofort zur Verfügung stehen mußte. Er bezweifelte jedoch, daß es vor dem nächsten Tag dazu käme.

»Also können Sie vielleicht doch heute abend zum Essen kommen?«

»Ja, sehr wahrscheinlich.«

»Und Sie sind vielleicht mindestens ein oder zwei Tage hier?«

»Ein oder zwei Tage bestimmt.«

Die Drinks kamen. Während er mit dem Diener sprach, lehnte ich mich im Sessel zurück und dachte darüber nach, wie es Nigel und mir vielleicht gelingen könnte, wirkungsvoll eine Heirat zu verhindern, die meiner Ansicht nach unbedingt verhindert werden mußte. Er konnte mit meinem Vater reden; ich würde mit Susan reden. Das größte Problem bestand darin, daß auch Ronald in Pankot war. Bis jetzt hatte ich das überhaupt nicht richtig begriffen, und als ich es nun tat und Zeit hatte, über den Vorwand nachzudenken, den Ronald benutzte, um aus Delhi hierher zu kommen, da schien es, als habe er den Tod des Havildar für seine eigenen Zwecke erfunden. Und dann begann ich mich zu fragen, für welchen Zweck Barbies Tod möglicherweise erfunden worden war. Meine Gedanken überschlugen sich. Aber ich spürte, wie sich in meinem Körper eine zu allem entschlossene Trägheit ausbreitete, und ich hörte eine warnende Stimme: Sag nicht zuviel. Sei vorsichtig.

Ich versuchte, eine Situation schrecklicher Unsicherheit wiedererstehen zu lassen, was mir vermutlich mißlingt. Gott weiß, wie es gelingen könnte.

»Wann ist das alles geschehen?« fragte er. »Das mit Ihrer Schwester und Ronald Merrick.«

»Wenn ich es nur wüßte. Sie hat mir nie etwas gesagt, nicht die leiseste Andeutung gemacht. Aber es scheint so zu sein, wie mein Vater sagt. Ich habe mit Susan noch nicht gesprochen. Vater schon, und Ronald hat offenbar mit ihm gesprochen.«

»Ist es Ihrer Schwester also ernst?«

»Vater glaubt es.«

»Billigt er ihre Entscheidung?«

»Sagen wir, er kennt Ronald nicht gut genug, um sie zu mißbilligen.«

»Auch nicht gut genug, um sofort seine Zustimmung zu geben?«

»Der Haken dabei ist, seine Zustimmung ist im Grunde nicht notwendig.«

»Nein. Natürlich nicht. Sie haben also den Eindruck, die Sache steht mehr oder weniger fest?«

»Wenn das der Fall ist, möchte ich sie rückgängig machen. Ich habe gehofft, Sie könnten mir dabei helfen.«

Er sagte nichts, sah mich aber freundlich an. Ich fuhr fort: »Es ist viel verlangt. Aber wenn Sie etwas tun könnten, wäre ich sehr dankbar.«

Er antwortete nicht sofort. Dann sagte er, es sei schwer, sich vorzustellen, mit welcher Berechtigung er es tun könne. Er kannte Susan nicht; er und ich hatten nur sehr allgemein über Ronald gesprochen. Er fügte hinzu: »Nachdem ich ihn kennengelernt habe, kann ich nicht sagen, er wäre ein Mann, mit dem ich unbedingt etwas zu tun haben möchte. Ich nehme an, man muß bei Ihrer Schwester mit einer ernsten emotionalen Bindung rechnen. Der Instinkt hilft nicht viel, wenn man daran denkt, sich einzumischen.«

»Ist es nur ein Instinkt, Nigel?«

Er dachte nach und sagte dann: »Vom Standpunkt der Familie aus würde ich mir hauptsächlich über die Möglichkeit Sorgen machen – ich sage nicht Wahrscheinlichkeit –, daß sein Name im Zusammenhang mit künftigen Schwierigkeiten auftaucht, die Politiker wegen Offizieren machen könnten, die im Verdacht stehen, 1942 ihre Befugnisse überschritten zu haben. Natürlich besteht kein Grund, überhaupt mit solchen Schwierigkeiten zu rechnen. Aber wenn es sie gibt, könnte Merrick dabei eine Rolle spielen. Ich nehme an, daß es Susan nicht das Geringste ausmachen würde, wenn man von einer bestehenden Zuneigung ausgeht. Auch nicht für die Familie. Aber mehr kann ich nicht anbieten – als praktisches Argument gegen eine Heirat. Vielleicht sollte man Ihren Vater warnen und auf diese Möglichkeit hinweisen.«

»Ich habe ihn bereits gewarnt, aber ohne großen Erfolg, denn Ronald hatte darüber bereits mit ihm gesprochen. Ich hatte gehofft, Sie könnten einige Dinge klarstellen.«

Er runzelte die Stirn, nicht über mich, sondern über sein Glas. Er sagte: »Nun ja, da ist diese Geschichte, daß man ihn verfolgt. Aber darüber wissen Sie vermutlich mehr als ich. Wenn die Verfolgung wieder einsetzt, könnte Ihre Schwester in Mitleidenschaft gezogen werden.

»Ich habe Vater davon erzählt, aber ich glaube, er bedauert Ronald nur. Ronald war natürlich sehr offen über die Auswirkungen, die der Fall Manners auf seine Laufbahn haben kann. Es gehört zu seiner Technik. Ich hoffte, Sie könnten Vater etwas sagen, was ich nicht weiß. Etwas über eine Geheimakte, zum Beispiel. Ich mag mich irren, aber wenn wir über Ronald sprachen, hatte ich jedesmal die Vorstellung, daß Sie sehr viel mehr über ihn wissen, als man von jemanden erwarten kann, der ihn nicht persönlich kennt. Also – gibt es eine Akte?«.

Nigel sagte nach einer Weile. »Eine Akte könnte Ihnen über Oberst Merrick vermutlich nur verraten, daß er die relative Sicherheit bei der Polizei mit dem aktiven Dienst im Heer vertauscht hat und mit dem Orden für besondere Verdienste ausgezeichnet wurde, und daß er seit dieser Zeit regelmäßig befördert worden ist. Zweifellos aus guten Gründen.«

»In diesem Fall wären spätere politische Schwierigkeiten nicht zu befürchten –, wenn ihn die Akten als solches Vorbild darstellen?«

Ich hörte die Schärfe in meiner Stimme und stellte mir plötzlich vor, wie ich möglicherweise wirkte: eine biestige kleine Memsahib, die sich in das Leben anderer einmischte, um nicht vor Langeweile und Frustration über das eigene zu sterben – oder (vielleicht dachte Nigel auch darüber nach) versuchte, eine Ehe zu verhindern, weil sie den Mann trotz allem, was sie über ihn und ihre Haltung zu ihm gesagt hatte, selbst haben wollte.

»Entschuldigen Sie, Nigel. Ich sollte nicht versuchen, Sie hineinzuziehen. Es ist nicht Ihr Problem. Ich rufe besser zu Hause an und sage, daß ich zum Mittagessen nicht da sein werde. Dann sehe ich mir die Sachen der armen Barbie an.«

Er ging mit mir ins Haus, zeigte mir ein Telefon und ein Zimmer mit einem Bad, wohin ich mich zurückziehen konnte, wenn ich wollte. Er sagte, der Anruf könne ins Zimmer durchgestellt werden, wenn mir das lieber sei. Der Diener könne die Verbindung herstellen lassen. Ich sagte, das wäre vielleicht das beste, setzte mich auf das Bett und wartete. Es klingelte. Mutter war am Apparat und fragte: »Wo bist du?« Ich sagte es ihr.

»Gut«, erwiderte sie. Offensichtlich hatte sie im Büro angerufen und damit gerechnet, ich würde jeden Moment zu Hause sein und »mich nicht besonders gut fühlen«. Sie wollte mir sagen, daß Nigel Rowan in Pankot war, und wenn ich mit ihm sprach, sollte ich ihn überreden, die Einladung in Rose Cottage anzunehmen. Sie fügte hinzu: »Vermutlich weißt du inzwischen, wer noch hier ist.«

»Ja, Nigel hat es mir gesagt. Das mit dem Havildar tut mir leid. Geht es Daddy sehr nahe?«

»Nicht so nahe, daß er nicht Ronald Merrick heute abend zum Essen eingeladen hätte. Ich möchte nicht nur ein Essen in der Familie. Ich möchte Hauptmann Rowan hier haben.«

»Wenn er kann, wird er kommen.«

»Ich möchte, daß du dafür sorgst, daß er kann. Ich brauche noch einen Mann am Tisch.«

»Wenn du ganz sichergehen möchtest, lädst du besser noch jemanden ein. Nigel hat nicht mit Sicherheit Zeit. Da ist immer noch Edgar Drew.

»Ich habe Mann gesagt, nicht kleinen Jungen. Und einen Mann unserer Sorte.«

»Dann bitte Ronald, Guy Perron mitzubringen. Wie ich höre, ist er hier bei ihm.«

»Das haben wir alle gehört. Wir mußten alle die unsichtbare Feder an Oberst Merricks Mütze bewundern. Oberst! Aber man kann einen Oberst kaum bitten, seinen Unteroffizier mitzubringen, selbst wenn die Möglichkeit bestünde, daß er keine Einwände hätte. Und in diesem Fall besteht sie nicht. Wie schade, daß die Ränge nicht vertauscht sind. Ich möchte Hauptmann Rowan.«

»Ich kann nichts versprechen.«

»Ich bitte dich darum. Es ist das mindeste, was du für mich tun kannst. Du mußt dafür sorgen, daß er kommt.«

»Das mindeste?«

»Das mindeste. Ich habe den Eindruck, er ist der präsentabelste Mann, den kennenzulernen du dir je die Mühe gemacht hast.

Unter diesen Umständen, unter *allen* Umständen würde ich es vorziehen, du zeigst ihn öffentlich vor und denkst daran, daß wir nicht in Kalkutta, sondern in Pankot sind.«

Ich erwiderte sehr ruhig: »Weshalb möchtest du das, Mutter? Soll Susan einen Blick auf ihn werfen und beschließen, daß er der Richtige für sie ist? Vermutlich würde das für dich alle Probleme lösen.«

»Nicht alle«, sagte Mutter und legte auf. Eine sinnlose Antwort; eine Antwort, zu der einen die reine Erbitterung treibt. Ich ging ins Bad, um mich zu beruhigen und zu warten, daß ich aufhörte zu zittern. Das Telefon im Schlafzimmer klingelte wieder, aber ehe ich abnehmen konnte – ich dachte es sei Mutter, die sich entschuldigen wollte – hörte das Klingeln auf. Vermutlich war das Gespräch auf einen anderen Apparat gestellt worden. Ich ging ins Wohnzimmer und sah Nigel, dem der Diener den Hörer gab. Ich bedeutete ihm, ich werde auf die Terrasse hinausgehen und tat es. Der Diener folgte mir und erkundigte sich, ob ich noch einen Drink haben wolle. Während ich darauf wartete, stand ich am Geländer und rauchte. Ich erinnerte mich an die Päckchen auf dem Tisch und beschloß, mir die Sachen anzusehen. Das erste und dickste Päckchen enthielt etwas Festes wie ein Buch und etwas Weiches. Darauf stand: *im Falle meines Todes: Der lieben Sarah.*

Ich fand darin die Schmetterlingsspitze, die ich schnell auf den Tisch legte. Der feste Gegenstand war eine Ausgabe der Essays von Emerson. Ich erinnerte mich, daß Barbie die Essays sehr gemocht hatte. Ich blätterte in dem Buch und stellte fest, daß viele Stellen unterstrichen waren. Ich las einige, fand sie aber langweilig und pharisäerhaft. Ich schob die Spitze in das Papier zurück und ließ das Buch auf dem Tisch liegen. Das andere Päckchen, ein Umschlag, enthielt kleinere Umschläge mit den Aufschriften: *Für Sarah: Nicht vor meinem Tod zu öffnen. Privat und persönlich: Für Oberst Laytons Tochter. Für das Mädchen, das mich besucht. Für das Mädchen mit den blonden Haaren. Für den, den es betrifft. Für Gillian Waller von einer Freundin.*

Jeder Blick auf diese Sachen – ich fand es zu schmerzlich, ihnen im Augenblick mehr Aufmerksamkeit zu widmen, und auch die spätere Beschäftigung damit brachte herzzerreißend wenig zum

Vorschein außer der ständigen Beschäftigung mit der Frage von Mabels Grab – jeder Blick rief Bilder ihrer Verwirrung wach und wies darauf hin, daß sie mich im Laufe der Zeit nicht mehr erkannt zu haben schien. Schließlich hatte sie mir einen anderen Namen gegeben: Gillian Waller. Er kam mir bekannt vor, aber ich konnte mich nicht erinnern, warum.

Ich schob die Umschläge in meine Umhängetasche, und es gelang mir auch, die Spitze hineinzustopfen. Die Spitze wollte ich aus einem besonderen Grund nicht haben, und aus demselben Grund konnte ich sie nicht wegwerfen. Es blieb nur das Buch. Ich griff wieder danach und blätterte darin, als Nigel herauskam.

Er sagte: »Gut, das ist geregelt.« Er wirkte zufrieden. »Morgen, vermutlich morgen abend.«

»Dann haben Sie heute abend Zeit?«

»Ja.«

»Sie wissen, daß Ronald Merrick auch eingeladen ist?«

»Genau wußte ich es nicht.«

»Ich werde Sie entschuldigen, wenn es Ihnen lieber ist.«

»Würden Sie heute abend lieber hier essen?«

»Ich glaube, das geht nicht, Nigel. Ich habe nicht genug Phantasie, um mir eine Entschuldigung für uns beide auszudenken.«

»Dann komme ich. Trinken Sie aus, ehe wir zum Essen hineingehen.«

»Ich habe ausgetrunken.«

»Dann trinken Sie noch einen.«

»Nein, das reicht. Ich muß heute Nachmittag eine Matrize fertig schreiben. Aber Sie sind einen Drink im Rückstand. Sie müssen aufholen.«

Er gab dem Diener eine entsprechende Anweisung. Dann bemerkte er, daß die Päckchen vom Tisch verschwunden waren, und statt dessen ein Buch dalag. Er fragte: »Ist das Geheimnis gelüftet?«

»Ich glaube, es gab kein großes Geheimnis. Aber ich habe noch nicht alles durchgesehen. Ich bin Ihnen wirklich dankbar. Mögen Sie Emerson?«

»Ich muß gestehen, ich kenne ihn nicht. Guy Perron ist der Emerson-Experte. Er hat gestern nacht Emerson zitiert.«

»Ach? Barbara Batchelor scheint auch eine Expertin gewesen

zu sein, nach der Arbeit zu urteilen, die sie sich offenbar mit ihm gemacht hat. Ich dachte, Sie würden das Buch vielleicht als Erinnerung an eine sehr merkwürdige Mission behalten.«

»Eine Erinnerung wird nicht nötig sein. Wenn Sie es nicht behalten wollen, schenken Sie es doch Guy. Es muntert ihn vielleicht auf.«

»Ist er sehr niedergeschlagen?«

»Das würde ich nicht sagen. Er kämpft wie ein Wilder. Das käme der Sache näher. Er hat mir erzählt, er plant seine Repatriierung. Aber ich wußte noch nie, wann Guy etwas ernst meint oder wann er Spaß macht.«

»Ich würde sagen, er ist ernst, wenn es darauf ankommt. In Bombay hat er zum Beispiel einen Mann gerettet, der sich in der Badewanne ertränken wollte.«

»Aber er hat ihn nicht davor gerettet, sich später aus einem Krankenhausfenster zu stürzen und sich den Hals zu brechen. Das hat mir Guy jedenfalls erzählt.«

»Das wußte ich nicht. Der arme Hauptmann Purvis.«

Mir war plötzlich nach Lachen zumute. So ein sinnloser, absurder Tod.

Nigel blätterte in dem Buch. »Hier: ›Die Gesellschaft ist eine Welle.‹ Der Unterstreichung nach zu urteilen auch eine von Miss Batchelors Lieblingsstellen.« Er gab mir das Buch. Ich las die Stelle. Sie sagte mir nichts. Ich legte das Buch wieder auf den Tisch.

»Ich glaube, Unteroffizier Perron sollte das Buch bekommen, wenn Sie es nicht möchten, obwohl er kaum eine Predigt über Selbstvertrauen braucht. Werden Sie ihn sehen?«

»Ich bin nicht sicher. Ich habe ihm die Nummer hier gegeben, damit er anrufen kann. Er wußte nicht, wo er untergebracht ist. Der arme Guy. Zwei Selbstmorde in einer Woche und ein Befehl, der ihn in Ronalds Abteilung versetzt. Übrigens, bei der Fahrt herauf gestern nacht hat er mir erzählt, daß Sie einen anderen alten Chillingbouroughianer kennen: Jimmy Clark, oder Clark-ohne, wie wir ihn nannten.«

»Ja, das stimmt.«

»Wo haben Sie ihn kennengelernt?«

»In Kalkutta.«

»Was hat er dort gemacht?«

»Oh, er war auf der Durchreise nach Kandy und besuchte alte Bekannte, unter anderem auch Onkel Arthur und Tante Fenny. Er hatte an einem von Onkel Arthurs Lehrgängen teilgenommen und war ganz der Junge mit den blauen Augen.«

»Haben Sie ihn nur das eine Mal getroffen?«

»Ja, er flog am nächsten Tag nach Kandy weiter, um einen glänzend klingenden Posten anzutreten. Vielleicht ist er aber auch nur durch die Gegend gesaust.«

»Vermutlich. Wie fanden Sie ihn?«

»Ich fand, er hatte viele vernünftige Ansichten. Er hatte uns alle sehr gut durchschaut.«

»Uns?«

»Leute wie uns. Engländer in Indien. Seiner Meinung nach sind wir allerdings keine richtigen Engländer mehr. Er sagte, man habe uns vergessen. Wir seien in einer Art ewigem edwardianischem Sonnenlicht konserviert.«

Nigel lachte. »Essen wir«, sagte er.

»Eine Art Wildpastete«, erklärte er, »und auch eine Art Champagner. Mit den Empfehlungen der Residenz. Sie sind im Eiskasten mit heraufgekommen.«

»Aber für wen? Doch nicht für mich? Könnte es für den schwer faßbaren Mr. Kasim sein?«

»Nein, ich glaube für mich. Von S.E. Es ist meine letzte Aufgabe für ihn. Sie holen mich in die Politische Abteilung zurück.«

»Wann? Wann ist es soweit?«

»Ich verlasse Ranpur vermutlich irgendwann nächste Woche.«

»Das wollten Sie doch?«

»Ja.«

»Und wohin kommen Sie? Nach Kotala?«

»Ich glaube, es wird nicht Kotala sein.«

»Was wäre Ihr Ziel? Die Residenz in Hyderabad?«

»Dazu ist es zu spät. Dazu müßte ich schon zehn oder fünfzehn Jahre hinter mir haben.«

»Warum also weitermachen? Warum hören Sie nicht einfach auf?«

»Ich glaube, darüber haben wir gesprochen, als wir uns bei Graf

Bronowskis Champagner kennenlernten. Ich glaube, Sie haben gesagt, nichts entschuldige, daß man nur mit halber Kraft arbeite oder vor einer Aufgabe zurückschrecke, die noch zu tun ist.«

»Habe ich das gesagt?«

»Ja.«

»Und Sie erinnern sich daran. Es klingt überhaupt nicht nach mir.«

»Das fand ich nicht. Jedenfalls haben Sie es gesagt.«

»Ich kann nicht klar im Kopf gewesen sein.«

»Nehmen Sie noch etwas von der Pastete.«

»Ich schaffe nicht einmal das.«

Mir wurde plötzlich übel. Unregelmäßige Blutungen gehörten damals zu meinen Problemen; also war ich darauf vorbereitet. Es war besser als die pünktlich einsetzenden, aber langen, die ich früher erduldet hatte. Ich murmelte eine Entschuldigung, stand auf und ging ins Gästebad. In meiner vollgestopften Umhängetasche suchte ich nach dem, was ich brauchte; einen Augenblick lang geriet ich in Panik, weil ich es zwischen Barbies Dingen nicht fand. Aber nachdem ich es entdeckt hatte, schien sich die Art der Übelkeit zu verändern. Ich zitterte wie bei leichtem Fieber. Aber ich hatte kein Fieber; es war der verspätete Schock, die Reaktion des Körpers auf die emotionale Belastung des Rückwegs vom Rasthaus, nachdem mir klargeworden war, daß entweder Mutter oder Tante Fenny Vater von der Abtreibung in Kalkutta erzählt hatten. Ich hätte es ihm sagen müssen. Niemand sonst hätte es tun dürfen. Er schien mir zu vergeben. Aber wenn ich etwas wollte, dann Verständnis.

Ich wappnete mich gegen die unplanmäßige, aber wohl unvermeidliche Blutung und weinte plötzlich, wie ich noch nie zuvor geweint hatte, nicht einmal damals, als Tante Fenny mich im Krankenhaus in die Arme nahm und mich davor warnte, daß Mutter nie auf das Geschehene eingehen werde, denn für sie sei es nicht geschehen, und wenn ich über etwas hinwegkommen wolle, dann müsse es hier und jetzt geschehen.

Ich ließ das Wasser laufen, um mein Weinen zu übertönen, und wusch mir das Gesicht. Ich empfand das kalte Wasser wie Ohrfeigen. Ich starrte auf mein ruiniertes Ich und haßte jede Pore, jede Linie, jeden Knochen. Aber ruiniert oder nicht, als Gesicht war es unzerstörbar. Mehr ein Layton- als ein Muirgesicht. Zum Überdauern geschaffen.

Der Gedanke war nicht neu, und als ich ihn wieder dachte, erinnerte ich mich an das letzte Mal: im Garten von Rose Cottage; ich senkte gerade den Kopf, um an einer roten Rose zu riechen. Das war alles. Der Garten. Die Rose. Barbie und ich. Und die Überzeugung, zum Überleben geschaffen zu sein. Aber an den Zusammenhang konnte ich mich nicht mehr erinnern. Vielleicht war es vor oder nach Mabels Tod gewesen.

Ich schminkte mein Laytongesicht; ich tat es sorgfältig und bewußt, als müsse das Endergebnis meine bewußte Projektion von mir in einer bestimmten Zukunft darstellen. Und dann fiel mir der Zusammenhang wieder ein: der Zusammenhang zwischen der Rose, Barbie und Gillian Waller. Es mußte vor Mabels Tod gewesen sein, als Susan noch schwanger gewesen war. Wer ist Gillian Waller, hatte Barbie mich gefragt. Wir schlenderten durch den Garten, wie er vor dem Tennisplatz gewesen war. Wer ist Gillian Waller? Ich weiß nicht, sagte ich. Warum? So verriet Barbie unbewußt, daß sie nachts manchmal in Mabels Zimmer ging, ihr die Brille von der Nase nahm, das Buch weglegte, über dem sie eingeschlafen war, sie zudeckte, das Licht ausdrehte und wartete, bis sie sicher sein konnte, daß Mabel ungestört weiterschlief. Im Schlaf, diesem Halbschlaf sprach Mabel manchmal mit sich selbst, wie alte Leute es tun. Sie sagte Gillian Waller. Zumindest klang es so. Also: Wer war Gillian Waller? »Ich traue mich nicht zu fragen«, sagte Barbie, »ich möchte nicht neugierig wirken. Sie ist so verschlossen. Solche Menschen gibt es. Sie gehört dazu. Ist Susan wieder etwas munterer?«

»Nicht munter«, sagte ich. »Sie hält sich.«

Ich spürte Barbies Hand auf meinem Arm, als sie sagte: »Würden Sie sagen, sie ist bedenklich in sich gekehrt?«

Ich beugte mich über das Waschbecken und starrte auf das weiße Porzellan. Ich roch die Rose. »Wir halten durch«, sagte ich, »wir sind dazu geschaffen. Auf eine merkwürdige Weise sind wir dazu geschaffen.« Aber an dieser Stelle änderte sich der Zusammenhang und führte mich zu einer ähnlichen Situation, als Barbie und ich im Garten waren, sie wieder nach meinem Arm griff und sagte: »Sie sagen, das Kind braucht einen Vater. An Ihrer Stelle würde ich Susan zureden. Wenn sie nicht wieder heiratet, kommen Sie nie los. Manche Leute sind dazu geschaffen zu leben und andere dazu, ihnen zu helfen. Wenn Sie bleiben, wird es Ihnen gehen wie mir.«

»Alles in Ordnung, Sarah?« rief Nigel vom Schlafzimmer.

»Ja danke«, rief ich zurück.

Ich wartete, bis ich das Klicken der Schlafzimmertür hörte, als er ins Wohnzimmer zurückging. Dann betrachtete ich sehr ernst mein Spiegelbild und verstand langsam die ganze Ironie der Situation. Ich sagte zu meinem Spiegelbild: »Da geht ein Mann, mit dem ich vielleicht hätte glücklich sein können, und der bis zu dem Augenblick, als er mich im Büro anrief und ich ihm von Susan und Ronald erzählte, vermutlich glaubte, er könne mit mir glücklich sein.«

Ich vervollständigte die Maske, trug zuviel Lippenstift auf, und ehe ich die Badezimmertür öffnete, lächelte ich und bereitete mich auf den Auftritt vor.

Aber ich mußte nicht auftreten. Ich war bereits vor langer Zeit aufgetreten.

Das Circuit House

Nur eine der Bogenlampen, die das Nebengleis beleuchteten, warf Licht in das Abteil. Aber im Gang brannte eine schwache Lampe, und als die Tür aufgeschoben wurde, sah er, daß es Achmed war und nicht Hosain, der kam, um ihn zu wecken.

»Es ist Zeit, Vater.«

»Ist Mr. Mehboob angekommen?«

»Ja, vor einer halben Stunde. Aber Hosain sagte, du hättest dich nicht zu Bett gelegt und würdest nur ruhen, deshalb habe ich so lange wie möglich gewartet.«

»Selbst in stehenden Zügen kann ich nicht schlafen. Meinetwegen hätten wir alle mit dem Wagen kommen können und das hier nicht gebraucht.« Er wickelte sich den Schal um den Hals und setzte die Mütze auf. »Wie weit ist es bis zum Circuit House? Ich habe es vergessen.«

»Mit dem Wagen etwa eine halbe Stunde.«

»So nahe ist es?« Beim letzten Mal, als er vom Circuit House gekommen war, schien die Fahrt kein Ende zu nehmen. Aber am Ende dieser Fahrt hatte ihn ein freudiges Wiedersehen, kein schmerzliches erwartet, und sie waren bis zum Bahnhof Mirat gefahren, nicht zu diesem. Er vermerkte in Gedanken: Ich bin nicht ganz wach – Vorsicht vor Unklarheiten.

Draußen in dem mit Teppichen ausgelegten Gang wartete Hosain und nahm ihm die Aktentasche ab. Er tat es, um ihn von der Last zu befreien, aber auch, um ihm die scheinbare Demütigung zu ersparen, sie selbst tragen zu müssen. Ohne etwas in der Hand zu halten, ging er zur Tür. Als er das letzte Mal auf diesem Nebengleis aus einem Zug stieg, war es beschwerlich für ihn gewesen. Er kletterte damals rückwärts hinunter, weil es keinen Bahnsteig

gab, weil der Höhenunterschied zwischen Wagen und Schlackenboden groß war, und die Stufen steil nach unten führten. Er hatte
einen der Offiziere bitten müssen, ihm mit seinem Gepäck behilflich zu sein. Das war beinahe auf den Tag genau drei Jahre her.
»Wo sind wir?« hatte er gefragt. Der Offizier, der ihn in Empfang nahm, hatte geantwortet: »Premanagar.« Das bedeutete, sie
würden ihn in der Festung einsperren. Dann mußte er ohne Hilfe
auf die Pritsche eines Polizeilastwagens klettern. Er hatte sich die
Schienbeine angestoßen. Aber an diesem Morgen – es war beinahe fünf Uhr – hatte man bereits eine kleine Treppe in Position
gebracht, und zwei Bahnbedienstete warteten, um sie zu halten
und ihn, wenn nötig, zu stützen.

Mr. Mehboob eilte geschäftig über den schlecht erleuchteten
und verlassenen Kokshof, um ihn zu begrüßen und zu der wartenden Limousine zu geleiten, dessen Fahrer den Schlag aufhielt.
Alles hat eine Bedeutung für dich, Gaffur, zitierte er in Gedanken,
der Fall des Blütenblatts, der Wechsel der Jahreszeiten.

Der Sonderwagen und die Limousine gehörten dem Nawab.
Aber es war das letzte Mal, daß er in der Schuld seines Verwandten und des Grafen Bronowski stehen würde – oder beinahe das
letzte Mal. Wenn das vorüber war, was im Circuit House getan
werden mußte, würde er zu dem Sonderwagen zurückkehren, in
dem sich alles befand, was sich während seines Lebens bei eingeschränkter Bewegungsfreiheit in Nanoora angesammelt hatte,
und mit der Bahn nach Ranpur weiterfahren, um wieder ständig
in seinem Haus zu wohnen. Die Limousine würde nach Mirat zurückkehren. Mehboob hatte recht behalten, es wäre sinnlos gewesen, mit der Limousine von Nanoora nach Premanagar zu kommen, da der Sonderwagen ohnehin angehängt werden mußte, früher in Nanoora abfuhr und ihm die Möglichkeit gab zu schlafen,
während er auf dem Nebengleis stand.

Der Sekretär stieg ebenfalls in den Daimler und setzte sich um-
ständlich neben ihn auf den weich gepolsterten Rücksitz. Er hatte
Achmed an seiner Seite haben wollen. Aber Mehboob verteidigte
eifersüchtig seine Vorrechte. Als Sekretär war er mit dem alten
Mahsood nicht zu vergleichen, und als Mann fand Kasim ihn der
englischen Karikatur eines Inders irritierend ähnlich – besitzergreifend gegenüber Leuten mit Macht und arrogant allen anderen

gegenüber. Selbst sein Aussehen eignete sich für die Rolle, die er mit so atemberaubender Intensität spielte. Es war so korpulent, daß es an Fettleibigkeit grenzte. Mit Spitznamen hieß er Booby oder Booby-Sahib, eine freundliche Erfindung Mahsoods (der gegen Ende, als ihm die Dinge entglitten, und er sich weigerte, sie aus der Hand zu geben, ständig sagte: »Ich werde Booby fragen. Ich werde es Booby sagen.«). Aber inzwischen nannte man ihn weniger freundlich hinter seinem Rücken so und manchmal auch ganz offen. Als Mahsoods rechte Hand waren Boobys Schwächen weniger deutlich gewesen als seine Vorzüge, deren größter ein scheinbar unerschöpfliches Wissen über die Mechanismen der Parteipolitik war, das er sich an der Basis in örtlichen Unterausschüssen und in den Fluren der Gesetzgebenden Versammlung der Provinz erworben hatte. Er fiel Kasim zum ersten Mai 1937 als der Experte auf, der für den Wahlkampf verantwortlich war, durch den ein weiteres Moslem-Kongreßmitglied als Abgeordneter gewählt wurde: Fariqua Hamidullah Khan. Khan hatte sich gegen einen Mann der Moslem Liga behauptet, der nach Ansicht der Liga den Sitz so gut wie in der Tasche hatte – einen hageren Falken, dessen Gesichtsausdruck nach der Niederlage sehenswert gewesen war.

Damals war auch Mehboob schlank gewesen. Kasim hatte ihn bei dem schmerzlichen Anlaß in Hamidullah Khans Haus kennengelernt, als er dem alten Schlachtroß beibringen mußte, daß sich sein Name nicht auf der Ministerliste der ersten Kongreßregierung in Ranpur befinden werde, die dem Gouverneur vorgelegt wurde. Khan hatte mit dem Kultusministerium gerechnet. Hinterher bedauerte Kasim manchmal, dem alten Mann keine Chance gegeben zu haben. Ein Moslem als Kultusminister hätte sich vielleicht schneller gegen die linientreuen Hindus durchgesetzt oder sie zur Vernunft gebracht (auch wenn ihn Alter, Schicksalsschläge und Enttäuschungen so vorsichtig gemacht hatten wie Hamidulla Khan). Die Hindus hatten durchgesetzt, daß die Schüler in den Distriktschulen vor der Kongreßfahne salutierten und Lieder von eher hinduistischem als indisch-nationalem Charakter sangen. Außerdem sollte Geschichte in einem religiösen und nicht in einem politischen Kontext unterrichtet werden. Mehr als alles andere hatte das die Moslems im ganzen Land auf die Gefahr aufmerksam gemacht, daß eine Hindu-Herrschaft die britische Herrschaft ablösen könnte. Das wiederum hatte Dschinna die politische Munition geliefert, die ihm vorher fehlte. Aber Kasim hatte Hamidullah Khan nicht die Chance gegeben, und der alte Mann war 1942 bei einem Besuch im Stammhaus seiner Familie in Rawalpindi gestorben. Im Monat darauf wurde Kasim in die Festung Premanagar gebracht. Nach seiner Entlassung in den Schutz des Nawab im Jahr 1944, als zuerst seine Frau und bald darauf der alte Mahsood nach Nanoora gekommen waren, hatte er seinen alten Sekretär angesehen und die unverkennbaren Zeichen des Alters entdeckt. »Sie brauchen einen jungen Assistenten«, hatte er gesagt. »Vielleicht, M. A. K. – Sahib.« Ein oder zwei Tage später war Mahsood zu ihm gekommen. »Da gibt es einen Mann, den armen jungen Mehboob, der Hamidullah Khan zum Sieg verholfen hat. Er hat nichts zu tun, seit Khan Sahib tot ist. Wie Othello. Er hat seine Schuldigkeit getan.« »Holen Sie ihn«, hatte Kasim gesagt und sich an den schlanken jungen Mann erinnert.

Und da war er nun: Mehboob, Booby, Booby-Sahib. Er saß neben ihm, und der Daimler hing links schief.

»Sind Briefe gekommen, nachdem ich weg war?« fragte Kasim und wandte den Blick vom Fenster.

»Hier sind sie«, sagte Mehboob, »drei tragen den Zusatz persönlich. Also habe ich sie nicht geöffnet. Einer davon ist von Bapu. Der zweite von Ihrer Tochter, Mrs. Hydyatullah.«

»Und der dritte?«

»Von unserem unermüdlichen Bittsteller Pandit Baba Sahib.«

»Den hätten Sie lesen können. Schließlich hat ihn die Kripo bereits gelesen.«

Die Tür auf Mehboobs Seite wurde geöffnet. Achmed beugte sich in den Wagen.

»Alles ist bereit«, sagte er.

»Dann steig ein.«

»Ich fahre im Begleitwagen.«

»Hier wäre es bequemer.«

»Es ist alles bereits so arrangiert. Eine Änderung würde nur Verwirrung schaffen.«

Kasim nickte. Achmed schloß die Tür. Der Fahrer stieg ein,

und der Wagen setzte sich in Bewegung. Kasim schloß die Augen und reagierte nicht, als Mehboob sagte: »Premanagar ist eine sehr arme Gegend. Zuviel Erosion, zuviel Armut, keine Industrie. Die Regierung hat sie gerade als hoffnungslos aufgegeben. Hier werden wir sehr bald Kommunisten haben, nicht wahr? Alle sind sehr rot. Warum gibt man uns sonst eine bewaffnete Eskorte?«

Kasim antwortete nicht. Es lag hauptsächlich an Mehboob, daß Achmed beschlossen hatte, im anderen Wagen zu fahren. Sein Sohn und sein neuer Sekretär kamen nicht gut miteinander aus. Mehboob verachtete Achmed, weil er unpolitisch war; Achmed ließ Mehboob einfach links liegen. Er war allen gegenüber gleichgültig. Er führte sein eigenes Leben. Er war pflichtbewußt, wenn es notwendig war. Aber man spürte bei ihm keine Zuneigung. Scheinbar hatte er nur seine Mutter geliebt. Nach ihrem Tod schien er zu glauben, sie hätte nicht sterben müssen. Und er gab seinem Vater die Schuld daran, daß sie gestorben war, ohne Sayed noch einmal gesehen zu haben.

»Geben Sie mir den Brief meiner Tochter«, sagte er zu Mehboob.

»Licht! Licht!« befahl Mehboob dem Fahrer.

»Nein, nein, kein Licht. Geben Sie mir nur den Brief. Ich lese ihn später.«

Mehboob öffnete seine Aktentasche, zog ein paar Umschläge heraus, beugte sich vor, hielt sie dicht vor die Augen und gab ihm schließlich einen.

»Haben Sie den Poststempel gesehen?«

»Ja, er kommt aus Lahore.«

»Gut, dann ist sie aus Srinagar zurück.«

»Ich habe auch gesehen, daß er geöffnet worden ist. Man sieht es immer.«

»Und Bapus Brief?«

»Auch.«

»*Achchha.*«

Er hielt den Brief schräg vor das Fenster, damit er genug Licht hatte, um die Handschrift seiner Tochter zu erkennen. Politisch störte es ihn nicht, daß die Regierung in Lahore den Brief abgefangen, geöffnet, gelesen und den Inhalt nach Delhi gemeldet hatte. Jeder Brief seiner Tochter konnte für die Regierung nur den Eindruck verstärken, daß er versucht war, zur Liga überzuwechseln. Ihr Mann, Hydyatullah, war inzwischen ein glühender Anhänger der Liga und Separatist. Sie ebenfalls. Und sie trat entschlossen für die INA und insofern auch für Sayed ein. Aber persönlich empörte Kasim der Gedanke, daß Fremde den Brief gelesen hatten. Er konnte sich nicht an die Vorstellung gewöhnen, daß selbst sein Privatleben Regierungseigentum war. Er faltete den Brief sorgsam, damit er in die Manteltasche paßte.

»Ist sonst noch etwas Wissenswertes nach meiner Abfahrt aus Nanoora geschehen?«

»Die Residenz in Ranpur hat angerufen und Ihre Verabredung für morgen bestätigt. Aber ich glaube, in Wirklichkeit wollte man überprüfen, ob Sie nach Premanagar unterwegs waren. Außerdem hat jemand vom *Statesman* in Ranpur angerufen. Der Mann erkundigte sich, ob es wahr sei, daß Sie nach Ranpur zurückkehren. Ich sagte, wenn er Geduld habe, werde er die Wahrheit oder das Gegenteil dieses Gerüchts zur rechten Zeit erfahren.«

»Sie fangen an, wie Bapu zu reden. War er mit dieser ausweichenden Antwort zufrieden?«

»Für den Augenblick hat er nicht weiter gedrängt. Er sagte, seine Zeitung wolle unbedingt ein exklusives Interview. Ich sagte, exklusive Interviews hätten noch nie zu den Methoden des Ministerpräsidenten gehört.«

»Hat er etwas zu dem Titel gesagt?«

»Nein. Er hat Sie selbst so genannt. Er wollte sich einschmeicheln. Er sagte: ›Hat der Ministerpräsident etwas zu der Ankündigung von Wahlen durch den Vizekönig im Rundfunk gesagt?‹ Ich sagte: ›Natürlich hat der Ministerpräsident etwas dazu gesagt. Ganz Indien sagt etwas dazu und fragt sich auch, weshalb der Vizekönig wirklich nach London zurückgeflogen ist.‹ Damit wechselte er das Thema. Er fragte: ›Wie stellt sich der Ministerpräsident zu Berichten über den Tod von Subhas Chandra Bose bei einem Flugzeugzusammenstoß?‹«

»Was haben Sie gesagt?«

»Ich habe gesagt, daß der Ministerpräsident die Berichte gelesen hat und davon ausgeht, daß sie vermutlich stimmen.«

»Und seine Reaktion?«

»Seine Reaktion war, daß er sagte, nicht jeder gehe davon aus.

Aber er beließ es dabei. Er bemühte sich um Freundlichkeit und hofft auf ein Exklusivinterwiew, wenn Sie wieder in Ranpur sind.«

Nach einer Weile fragte Kasim: »Sayed hat er nicht erwähnt?«

»Nein, Herr Ministerpräsident. Er hat ihn nicht erwähnt. Er hat sich natürlich seine Gedanken gemacht. Die Zeitungen berichten im Augenblick noch immer nichts darüber.«

Wenn Booby ihn Ministerpräsident nannte, fühlte er sich immer auf eine Weise geschmeichelt, die auf einen Vorwurf hinauslief.

Es fing gerade an, hell zu werden, als sie das Circuit House erreichten. Er hielt die Augen bewußt gesenkt, damit er nicht unfreiwillig die Festung sehen würde. Circuit House und das dazugehörige Gelände erschienen ihm kleiner, als er in Erinnerung hatte. Nach einem Jahr Gefangenschaft in der Festung – vor beinahe fünfzehn Monaten – hatten die Landschaft und alles darin riesig gewirkt. Als der Wagen anhielt, sagte er: »Ich möchte eine Weile niemanden sehen. Bitten Sie Achmed, mich hier abzuholen, wenn man ihm bestätigt hat, daß es ein Zimmer gibt, in das ich mich zurückziehen und wo ich allein sein kann. Dann möchte ich Toilette machen und frühstücken.«

»Das ist alles vorbereitet, Herr Ministerpräsident. Nein, nein, nein, nein, nein! Warten Sie! Warten Sie!«

Auf Mehboobs Seite hatte jemand die Wagentür geöffnet. Sie wurde wieder geschlossen. Auf dem Gelände sah Kasim wartende Männer, darunter einen mit einem Gewehr über der Schulter. Der Anblick dieses Mannes machte ihn nervös. Seine Anwesenheit deutete darauf hin, daß man Sayed bereits aus der Festung hierher gebracht hatte.

»Irgend etwas stimmt nicht«, begann er.

»Es stimmt alles, Herr Ministerpräsident. Die Ausführung aller Anordnungen ist überprüft und noch einmal überprüft worden. Die Briten machen einfach gern aus allem ein Theater. Hier kommt Achmed.«

Mehboob kurbelte das Fenster herunter und sagte: »Ihr Vater wartet hier. Lassen Sie sich das Zimmer zeigen und sagen Sie ihnen, der Herr Ministerpräsident wünscht, eine Weile niemanden zu sehen. Sagen Sie auch, daß diese Leute alle weggehen sollen. Was soll der alberne Zirkus?«

»Achmed...«, begann Kasim, aber Mehboob hob abwehrend die Hand.

»Ihr Vater will niemanden sehen. Ich warte hier bei ihm, bis Sie uns sagen, daß alles so ist, wie er es wünscht. Ein privates Zimmer und kein verdammtes Empfangskomitee oder diesen ganzen Unsinn.«

Achmed ging. Mehboob kurbelte das Fenster wieder hoch und begann, sich über die englische Schwäche zu beklagen, aus allem ein *Tamasha* zu machen. »Nimm ihnen das ganze Theater und was bleibt übrig? Man sehe sich nur diese Leute an, die alle im Namen der Sicherheit hier herumstehen.«

Kasim dachte, die Engländer könnten gerade auf *Tamasha* am leichtesten verzichten. Als sich die meisten schattenhaften Gestalten zurückgezogen hatten, und der Mann mit dem Gewehr in Richtung Durchlaß zur Straße verschwunden war, und auf dem Gelände Ruhe herrschte, spürte er mehr denn je das Gewicht der Autorität der *Radsch*. Als er es spürte, erlaubte er sich, bewußt auf die Umrisse der Festung im Morgengrauen zu blicken – vielmehr dorthin, wo die Umrisse sein sollten, nämlich ein paar Meilen weiter, aber beherrschend auf einem Hügel über der Ebene thronend.

Zunächst erkannte er sie nicht. Als er es tat, starrte er fasziniert auf die relativ kleinen Proportionen. Ursprünglich war es eine Radschputenfestung gewesen. Die Moslems hatten sie erobert. Sie hatten die Moschee und das Zenanahaus im Innenhof gebaut, wo Kasim seine Zeit als Gefangener verbracht hatte. Die Mahratten hatten die Festung belagert. Die Briten hatten sie bekommen. So viel Geschichte in einen so unbedeutenden Bauwerk? Das hieß, unbedeutend im Vergleich zur riesigen Weite der indischen Ebene.

II

Alles hat eine Bedeutung für dich, Gaffur: der Fall des Blütenblatts, der
Wechsel der Jahreszeiten. Neue Kleidung zur Feier des Id.
Die Gunst der Fürsten.

Felsen. Das sind keine Hindernisse. Alle Wasser fließen in beunruhigende Fernen. Auch das Leben –

Er hatte Toilette gemacht und sich rasiert. Er hatte gebetet. Er
hatte ein leichtes Frühstück zu sich genommen. Jetzt hatte er wie
vorgesehen zehn Minuten in den Werken Gaffurs gelesen. Er legte
das Buch beiseite, behielt die Brille auf und nahm den Brief seiner
Tochter vom Tisch, wo er ihn bereitgelegt hatte. Er war am 20.
August geschrieben, also vor sechs Tagen.

»Wir sind gestern nach Hause gekommen und fanden Deinen
Brief, der natürlich geöffnet worden war. Guzzy schlägt vor, wir
sollten alle Briefe unverschlossen schicken, um ihnen die Mühe
zu ersparen. Aber ich habe gesagt: Warum sollten wir ihnen die
Mühe ersparen?! Wenn sie ihre Nasen in unsere Privatangelegen-
heiten stecken wollen, sollen sie sich ruhig alle dazu nötige Mühe
machen. Morgen geben wir eine Party, um Wavell im Radio sprechen zu hören. Ich nehme an, es wird der übliche Quatsch sein;
jeder weiß, daß er Wahlen ankündigen wird. Guzzy sagt, er hat
keine Alternative, aber das Ergebnis werde ihn überraschen und
ihn zwingen, die Realität der Probleme anzuerkennen, die das
Land spalten. Wir waren froh, aus Kaschmir wegzukommen. Am
Siegestag haben die Leute sich selbst übertroffen. Es wimmelte
von Engländern und Amerikanern, und man muß die Betrunkenen und das ordinäre Benehmen gesehen haben, um es zu glauben. Es tut mir leid, Papa, daß wir uns nicht losmachen konnten,
um nach Pankot zu fahren. Der arme alte Mahsoodi! Nachdem
ich Dein Telegramm erhalten hatte, weinte ich die ganze Nacht.
(Ich hoffe, Du hast meins bekommen. In Deinem Brief erwähnst
Du es nicht.)

Man hat dem armen Sayed endlich erlaubt, meinen letzten
Brief zu beantworten. Aber natürlich steht in seinem Brief nichts,
was man unbedingt wissen müßte. Er schreibt hauptsächlich von
Kindheitserinnerungen. Bitte Papa, schreibe ihm. Er sagt wenig, aber ich weiß, es trifft ihn sehr, daß er nie etwas von Dir
gehört hat. Er macht die Regierung dafür verantwortlich, denn
es ist die einzige Erklärung, die er als pflichtbewußter, liebe-
voller Sohn, der seinem Vater sehr ergeben ist, finden kann. Er
bittet mich, Dir zu sagen, daß Du Achmed für seine letzten Zei-

len danken sollst. Ich hoffe, Du wirst mir bald schreiben und mir mitteilen, daß Du wieder ganz nach Hause, nach Ranpur zurückgekehrt bist. Guzzy und ich können Dich dann vielleicht besuchen und die Kinder mitbringen. Ich bin nie gerne nach Nanoora gekommen, denn ich wußte, daß Du dort nicht gerne gewesen bist, es aber ausgehalten hast. Es war auch schwierig, die Erlaubnis zu erhalten, selbst als die liebe Mama krank war. Guzzy und ich haben uns sehr über das Bild in der Zeitung von der Grundsteinlegung des Gouverneurs in Ranpur amüsiert. Du wirkst gelangweilt und vornehm; Guzzy sagt: ›Wie ein Mann, der seine Absichten für sich behält.‹ Ich war sehr stolz. Auf Bildern sehen so viele Leute einfach nur wie Mitläufer aus. Deine Dich liebende Tochter.«

Er faltete den Brief, steckte ihn in den Umschlag zurück, öffnete die Aktentasche, legte zuerst den Umschlag hinein, dann Gaffurs Gedichte und schließlich seine Astrachan-Mütze. Aus der Tasche nahm er die weiße Kongreß-Mütze. Früher hatte man ihn kritisiert, weil er sie trug. Er hatte sie seit Monaten nicht mehr getragen. Jetzt mußte er sie tragen. Er setzte sie auf. Die Dornenkrone. Es war beinahe acht Uhr. Pünktlich um acht klopfte Mehboob an, kam herein und blieb wie angewurzelt stehen. Mehboob hatte ihn nie mit der Mütze auf dem Kopf gesehen – außer vermutlich vor Jahren, als sie sich noch nicht so gut kannten.

»Es ist acht Uhr, Herr Ministerpräsident«, sagte Booby, »sie sind da.«

»Und Sayed?«

»Ich habe Sayed nicht gesehen, aber man versichert mir, daß er hier ist. Vermutlich ist er noch draußen auf dem Vorplatz.«

»Hat er gefrühstückt?«

»Ich werde mich erkundigen, Herr Ministerpräsident.«

»Bitte! Nennen Sie mich nicht so. Und erkundigen Sie sich unbedingt. Es dürfte nicht notwendig sein, aber tun Sie es bitte gleich. Sie sollten an diese Dinge denken. Sie sollten meine Fragen voraussehen. Man hat ihn vermutlich aus dem Bett gerissen und ihn hierher gebracht, ohne ihn auch nur zu fragen, ober eine Tasse Tee möchte.«

»Ich werde es herausfinden –.«

»Ja, ja, finden Sie es heraus! Ich will niemanden sehen, bis ich sicher bin, daß er gefrühstückt hat. Man hätte daran denken sollen.«

Mehboob ging. Kasim legte nach einem Moment die Hände vor das Gesicht und flüsterte: »Preis dem, der seinen Diener des Nachts entführte von der heiligen Moschee zur fernsten Moschee. Gelobt sei Allah, der niemals einen Sohn gezeugt hat, der keinen Gefährten in seinem Reich hat und keines Beschützers bedarf gegen Erniedrigung.«

Als Mehboob zurückkam, war sein blaßbraunes Gesicht gerötet. »Ich kann nicht herausfinden, ob Sayed gefrühstückt hat«, verkündete er.

»Weshalb sind Sie so wütend?«

»Der Umgang mit solchen Leuten ist unmöglich. Sie können nicht einmal höfliche Fragen beantworten. Sie behandeln jeden wie Dreck.«

»Wer sind *sie*?«

»Zwei englische Subalterne mit Revolvern. Sie sind im Gerichtssaal, haben die Füße auf den Tisch gelegt, grinsen und geben sich kaum Mühe zu antworten.«

»Nur zwei?«

»Außerdem sind da noch die Leute, die hier waren, als wir ankamen. Ein Polizeiinspektor und ein anderer junger Engländer, der Assistent des Kommissars. Aber sie sind von hier und kümmern sich nur um den allgemeinen Ablauf. Sie haben nichts mit den Leuten zu tun, die von der Festung kommen.«

Es klopfte an der Tür. Mehboob öffnete sie gerade weit genug, um sehen zu können, wer draußen stand.

Die Stimme eines Engländers sagte: »Alle Beteiligten sind jetzt anwesend. Aber der verantwortliche Offizier würde es begrüßen, wenn er Mr. Kasim vorher kurz sprechen könnte.«

»Wer ist es?« rief Kasim. Mehboob öffnete die Tür etwas weiter. Ein junger englischer Zivilist trat ein. »Guten Morgen, Sir. Mein Name ist Everett. Ich bin Assistent von Mr. Harding, dem Distriktskommissar. Er bittet mich, seine Abwesenheit zu entschuldigen. Ich hoffe, alle Vorbereitungen sind soweit richtig?«

»Danke, Mr. Everett. Völlig zufriedenstellend. Ist Leutnant Kasim inzwischen hier?«

»Ja, Sir.«

»Vor einem Augenblick war er es noch nicht, und mein Sekretär hatte Schwierigkeiten, eine Antwort auf die Frage zu erhalten, ob er richtig gefrühstückt hat.«

»Ja, ich weiß. Das ist bedauerlich. Aber ich habe selbst gerade den verantwortlichen Offizier danach gefragt, und er versichert mir, daß Ihr Sohn gut gefrühstückt hat.«

»Und der verantwortliche Offzier möchte mich sprechen?«

»Ja, wenn es Ihnen recht ist...« Everett schwieg, weil Achmed an die offene Tür klopfte und hereinkam, »und wenn es unter vier Augen sein kann.«

»Ich lasse es Sie wissen. Ich werde Sie benachrichtigen.«

Everett ging hinaus und schloß die Tür hinter sich.

»Hast du deinen Bruder gesehen, Achmed?«

»Nein, aber ich habe den verantwortlichen Offizier gesehen. Ich hielt es für besser, dich vorzubereiten. Es ist Merrick.«

»Merrick?«

»Der ehemalige Polizeibeamte im Fall Manners. Pandit Baba belästigt dich ständig seinetwegen. Ich wußte nicht, daß Merrick etwas mit der INA zu tun hat, aber er war beim militärischen Nachrichtendienst, als wir ihn in Mirat kennenlernten. Ich habe ihn vor etwa drei Wochen in Bombay wiedergetroffen. Er sagte, er arbeite in Delhi.«

»Ach ja, dieser Merrick, der, wie Dimitri mir sagte, schwer verwundet wurde. Du hast mir nicht erzählt, daß du ihn vor so kurzer Zeit erst getroffen hast.«

»Seit ich zurück bin, habe ich dich kaum gesehen. Und der Fall schien dich nicht zu interessieren.«

»Nein«, sagte Kasim, »aber vielleicht wird er mich interessieren. Weiß er, daß du ihn im Zusammenhang mit diesem alten Fall kennst?«

»Ja.«

»Also wird er annehmen, daß ich es inzwischen auch weiß. Er wird vermutlich annehmen, daß du mit mir hier bist, um deinen Bruder zu treffen. Das heißt, daß es ihm nicht das mindeste ausmacht, wenn ich weiß, wer er ist. Aber er muß wissen, daß er auf der Liste steht, nicht wahr Booby?«

»Das ist völlig klar, Herr Ministerpräsident. Er hofft, sich irgendwie beliebt zu machen. Sie könnten sagen, daß Sie mit niemandem außer Sayed sprechen.«

»Welchen Rang hat er, Achmed?«

»Ich glaube, er ist Major.«

»Da du ihn kennst, wäre es eine gute Idee, wenn du ihn persönlich hierher bringen würdest. Gehen Sie mit Achmed, Booby. Ich brauche Sie erst wieder, wenn das alles vorbei ist. Öffnen Sie inzwischen Bapus Brief und lesen Sie ihn, damit wir später darüber sprechen können. Achmed... laß mir etwas Zeit, ehe du Major Merrick hereinbringst.«

Als sie gegangen waren, trat Kasim an das einzige Fenster des Zimmers, das auf den Innenhof hinausging. Ein Polizist mit einem Gewehr stand in der Nähe und blickte in seine Richtung. Im Fensterrahmen befanden sich Gitterstäbe, aber kein Glas. Kasim schloß die Läden. Das Licht im Zimmer kam jetzt ausschließlich von der nackten Glühbirne in der Mitte der Decke und von der hohen Lünette in der Wand zum Vorplatz. Das Zimmer war spärlich möbliert: ein mit Schnüren bespanntes Bettgestell mit einer Matratze, zwei hölzerne Lehnstühle und zwei kleinere Stühle, ein Tisch. Erging auf den Stuhl hinter dem Tisch zu, um sich zu setzen, beschloß aber dann, stehenzubleiben.

»Major Merrick? Bitte treten Sie ein.«

Achmed hatte die Tür geöffnet, trat zur Seite, ließ Merrick vorbeigehen und schloß sie wieder. Kasim streckte die Hand aus und empfand einen Anflug von Bedauern für einen Mann mit einem so entstellten Gesicht und einem offensichtlich nutzlosen linken Arm, mit dessen Ellbogen er die Uniformmütze an den Körper drückte. An den Fingern der behandschuhten, künstlichen Hand hing eine Aktentasche. »Oberstleutnant, seit ich und Ihr jüngerer Sohn uns zum letzten Mal getroffen haben, Mr. Kasim.«

Der Druck der rechten Hand war so kräftig wie die Stimme. Kasim bot ihm mit einer Geste Platz an und setzte sich selbst. Jetzt bemerkte er Stern und Krone auf den Schulterklappen, den Namen des Regiments und das Band für den DSO. Er beobachtete, wie Merrick die Mütze unter dem linken Arm hervorzog, sie auf den Tisch legte, dann die Aktentasche aus der künstlichen Hand nahm, und sie neben die Mütze auf den Tisch legte. Er warf einen

Blick auf die Innenseite des rechten Handgelenks, um zu sehen, wie spät es war.

»Es tut mir leid, daß wir uns verspätet haben. Aber als wir ankamen, bat Ihr ältester Sohn darum, ein paar Minuten allein sein zu können, ehe er das Haus betrat. Also habe ich die anderen vorgeschickt und in der Nähe des Wagens gewartet. Aber ich versichere Ihnen, der Grund dafür war nicht, daß er kein richtiges Frühstück gehabt und sich deshalb nicht gut gefühlt hätte.« Merrick lächelte. Das Lächeln wirkte merkwürdig und schief. Er fuhr fort: »Und auch nicht, daß er nicht lange genug geschlafen hatte. Wir haben die Festung gestern abend früh genug erreicht, so daß er sich nach der Fahrt von Delhi ausruhen konnte. Die Reise selbst war nicht sehr anstrengend. Wir sind bis Ranagunji geflogen und von dort im Wagen weitergefahren. Ich glaube sogar, Sie werden sehr viel müder sein als er, denn ich habe gehört, daß Sie die Nacht durchgefahren und erst ungefähr vor einer Stunde hier angekommen sind. Übrigens hat mir Mr. Everett gesagt, daß Ihr Sekretär wegen der scheinbar mangelnden Hilfsbereitschaft der jungen Offiziere bei der Frage nach der Art des Frühstücks, das Ihr Sohn gehabt hat, möglicherweise verärgert ist. Die Erklärung ist, die Offiziere wußten es nicht, weil ich allein mit ihm gefrühstückt habe. Sie sind nur vorübergehend zur Begleitung abgestellt. Sie haben sich bei mir in Ranagunji als Ersatz für die beiden anderen Offiziere gemeldet, die mit mir im Flugzeug gekommen waren. Sie haben keinerlei Informationen über uns. Sie wissen nur, daß der indische Offizier sich in Gewahrsam befindet.«

»Die Frage nach Sayeds Frühstück ist bereits befriedigend beantwortet, Oberst Merrick. Soweit es mich betrifft, ist das Thema abgeschlossen. Übrigens hatte mein jüngerer Sohn Achmed keine Ahnung, daß Sie etwas mit Sayed zu tun haben. Weiß Sayed, daß Sie seinen Bruder kennen?«

»Das eine ist eine gesellschaftliche Bekanntschaft, das andere nicht. Also ist die Antwort nein.«

»Bitte verraten Sie mir den Zweck dieses vertraulichen Vorgesprächs.«

»Es hat den Zweck, Ihnen soviel wie möglich über die Anklagepunkte zu sagen, mit denen Oberleutnant Kasim vielleicht rechnen muß.«

Kasim hoffte, daß er seine Überraschung nicht verriet. Er war überrascht. Er sagte: »Darum habe ich nicht gebeten. Ich bin nicht sicher, daß ich etwas von solchen Dingen hören möchte. Mein Sohn muß selbst eine gute Vorstellung davon haben, was man ihm möglicherweise zur Last legt. Was können Sie mir sagen, das er mir nicht sagen könnte?«

Merrick erwiderte: »Natürlich, Mr. Kasim. Es liegt ganz bei Ihnen, ob wir ein Vorgespräch führen. Es war nicht die Idee meiner Abteilung, aber die Regierung schien es für richtig zu halten.«

»Richtig?«

»Die Anklagen und die Beweise sind bis jetzt keineswegs völlig vorbereitet. Aber die Regierung glaubt, Ihrem Sohn sei sehr viel wohler zumute, wenn er Ihnen nicht alles selbst sagen muß.« Merrick machte eine Pause. »Schließlich könnte es etwas schmerzlich für ihn sein.«

»Schmerzlich?«

Merrick ließ ihn auf eine Antwort warten. Er wirkte völlig gefaßt und seiner Sache sicher. »Ich hatte bei ihm nie den Eindruck, daß er zu jenen gehört, die stolz auf die Situation sind, in der sie sich befinden, und nichts bereuen.«

Zum ersten Mal konnte Kasim die Augen nicht fest auf den Mann gerichtet halten. Er senkte den Blick und legte vorsichtig die linke Hand über die rechte, um das vertraute Zittern zu unterdrücken, ehe es einsetzte.

»Sehr gut«, erwiderte er, »sagen Sie mir, was Sie zu sagen wünschen. Aber so kurz wie möglich.«

»Eine Anklage wegen Kriegshandlungen gegen den Kaiser und König wird in diesen Fällen natürlich beinahe unvermeidlich die allgemeine Anklage sein. Im Falle Ihres Sohnes ist der Beweis unumstößlich, denn er wurde gefangengenommen, als er in einer der INA-Einheiten auf Seiten der Japaner kämpfte, die 1944 versuchten, in Indien einzumarschieren, und bis Manipur und Kohima kamen. Die Einheit, die er befehligte, ergab sich freiwillig und schien von den Japanern in einer unhaltbaren Position ohne Nachschub oder Verbindungsmöglichkeiten im Stich gelassen worden zu sein. Leider muß ich sagen, das hat man oft erlebt. Freiwillig ergeben oder nicht. Er war bewaffnet und führte Krieg.«

»Waren Sie selbst auf diesem Kriegsschauplatz, Oberst?«

»Ich war beim Stab einer der Divisionen, die zur Gegenoffensive dorthin verlegt wurden. Als Nachrichtenoffizier mußte ich mich speziell mit der INA befassen.«

»Waren Sie anwesend, als man Sayed brachte?«

»Nein, ich war zu diesem Zeitpunkt nicht an der Front.«

»Sie meinen, Sie waren verwundet?« Kasim wies auf den Arm.

»Ja.«

»Durch einen INA-Angriff?«

»Es waren INA-Truppen in der Gegend, Japaner auch. Weshalb fragen Sie?«

»Der Grund ist doch sicher klar? Einem so schwer verwundeten Mann wie Ihnen könnte man verzeihen, daß er eine Aufgabe übernommen hat, die ihm Gelegenheit bietet, das Konto wieder auszugleichen.«

»Man erfüllt die Aufgabe, die einem gestellt wird. Aber ich verstehe. Die INA war an dem Zwischenfall beteiligt, aber ich wurde ausschließlich durch eigene Schuld verwundet.«

»Wieso durch eigene Schuld?«

»Ich versuchte zu verhindern, daß ein Offizierskamerad leichtsinnig handelte.« Merrick machte eine Pause. »Sie haben mich gebeten, mich kurz zu fassen –.«

»Ich weiß, aber ich würde gern von dieser anderen Sache hören. Für mein sehr begrenztes Wissen über die INA ist das alles von Bedeutung.«

»Dann ganz kurz. Ich war an die Front gefahren, um einen INA-Gefangenen abzuholen. Damals waren sie noch sehr selten. Die Sepoys der indischen Armee erschossen sie meist auf der Stelle. Der Gefangene kam ursprünglich von den Muzzafirabad Guides. Der Offizier, der im selben Divisionsstab war wie ich, gehörte ebenfalls zu den Muzzafirabad Guides. Er bestand darauf, mich zu begleiten, und als der Mann sagte, im Dschungel in der Nähe warteten noch zwei andere ehemalige Muzzy-Guides darauf, sich zu ergeben, schlug der Offizier vor, wir sollten hinausfahren und sie holen. Ich sagte, das sollten wir bleiben lassen. Aber ehe ich mich versah, war er mit unserem Jeep und dem Gefangenen losgefahren, um genau das zu tun. Ich lieh mir einen Jeep und fuhr ihm nach. Als ich sie fand, war der Jeep unter Beschuß und stand in Flammen. Der Gefangene hatte sich aus dem Staub gemacht, vermutlich wollte er zum Feind zurückkehren. Der Offizier verbrannte. Ich zog ihn und den Fahrer aus dem Jeep. Aber für den Offizier gab es keine Rettung.«

»War er ein Freund von Ihnen?«

»Wir kannten uns recht gut – zumindest, seit ich bei seiner Hochzeit in Mirat Trauzeuge gewesen war. Ich nehme an, Achmed hat Ihnen von der Hochzeit berichtet. Achmed oder Graf Bronowski.«

»Die Hochzeit, ach ja.«

»Aber ich glaube, fairerweise muß ich sagen, daß ich dem Offizier nur nachgefahren bin, um den Gefangenen zu holen, für den ich verantwortlich war. Am Ergebnis trug kaum der Gefangene schuld, und der Offizier auch nicht wirklich. Ich hätte ihm nicht folgen müssen. Er gehörte zu den Männern mit der nicht seltenen Vorstellung, daß jeder Sepoy, der einmal im Regiment gewesen war, nur einem Offizier des Regiments gegenüberstehen müsse, um das Gewehr wegzuwerfen und reumütig in den Schoß des Regiments zurückzukehren. Ich vertrat die weniger romantische Ansicht, daß Gewehre nur weggeworfen wurden, wenn die einzige andere Alternative Hunger war und keine andere Fluchtmöglichkeit bestand.«

»Wie in Sayeds Fall?«

»Ich glaube nicht, daß er Ihnen gegenüber etwas anderes vorgeben wird. Und als Offizier war er verantwortlich für das Leben der Männer, die von seiner Einheit übriggeblieben waren.«

»Haben Sie Sayed oft vernommen?«

»Seit ich vor mehreren Monaten in die Abteilung versetzt wurde, habe ich häufig mit ihm gesprochen.«

»Verzeihen Sie diese Fragen. Die alte Gewohnheit eines Anwalts. Bitte fahren Sie fort. Er wurde ursprünglich 1942 von den Japanern in Kuala Lumpur gefangengenommen, als die Japaner die britische Armee dort besiegt hatten.«

»Die britische Armee und die indische Armee, ja. Natürlich wissen Sie, Ihr Sohn erklärt, erst nach dem August 1942 der INA beigetreten zu sein, als er von den Festnahmen in Indien nach der Quit-India-Resolution des Kongresses gehört hatte. Zu den Festgenommenen gehörten auch Sie. Als wir ihn gefangennahmen, hat er Ihnen das in seinem ersten Brief nach Hause geschrieben.

Ich bedaure, aber von allen ein- und ausgehenden Briefen müssen Kopien gemacht werden.«

»Entschuldigen Sie sich nicht, Oberst. Ich bin solche Dinge gewöhnt. In diesem Brief an meine verstorbene Frau entschuldigte er sich auch dafür, beim Marsch auf Delhi versagt zu haben.«

»Es war vermutlich derselbe Brief. Ich erinnere mich an diesen Satz von der Durchsicht der Akte.«

»Sagen Sie, Oberst Merrick, wie läßt sich diese Entschuldigung für das Versagen beim Marsch auf Delhi mit Ihrer Ansicht erklären, daß er nicht zu jenen gehört, die stolz auf die Situation sind, in der sie sich befinden? Von welcher Situation sprechen Sie? Von seiner Situation als Oberleutnant des Ranpur Regiments und jetzt Ihr Gefangener, der auf seinen Prozeß wartet, weil er Krieg gegen den König geführt hat? Oder von seiner Situation als Major der INA, der bei seinem Marsch auf Delhi, um Indien von den Briten zu befreien, versagt, aber überlebt hat, um seine Geschichte zu erzählen?«

»Es ist länger als ein Jahr her, daß er diesen Brief geschrieben hat.«

»Sie meinen, er denkt inzwischen anders?«

»Offen gestanden, Mr. Kasim, würde ich sagen, er hat wohl sehr viel gedacht. Im vergangenen Jahr gab es nicht viel, womit er sich gedanklich beschäftigen konnte außer der einen Frage: Weshalb hatte er sich entschlossen, seine Loyalität zu wechseln?«

»Und Krieg gegen den König zu führen. Ja.« Kasim wartete und sagte dann: »Die anderen Anklagepunkte?«

»Anstiftung? Aufhetzung? Unterstützung und Begünstigung des Feindes? Wie gesagt, die Anklagen sind noch nicht ausgearbeitet. Aber Ihr Sohn hat gestanden, daß er mitgeholfen hat, andere indische Gefangene für die INA zu rekrutieren, und auch mitgeholfen hat, Propagandamaterial für die INA zu erarbeiten, und daß er in einem Fall inkognito in einer nach Indien ausgestrahlten Rundfunksendung gesprochen hat.«

»Gibt es noch einen schwerwiegenderen Faktor, der vielleicht berücksichtigt werden muß?«

»Einen schwerwiegenderen, Mr. Kasim?«

»Man hört Gerüchte, Geschichten, die möglicherweise übertrieben sind, wie man hofft, daß die Rekrutierung nicht immer auf freiwilliger Basis stattfand, daß in einigen wenigen Fällen gewisse Methoden benutzt wurden, um kriegsgefangene Sepoys zum Eintritt in die INA zu bewegen.«

»Sie meinen brutale Methoden?«

»Ja, das meine ich.«

»Und Sie möchten wissen, ob das ein Faktor ist, der im Fall Ihres Sohnes vielleicht zu berücksichtigen wäre? Und der dazu führen könnte, daß man ihn beschuldigt, selbst solche Methoden benutzt zu haben?«

»Ja.«

Nach einem Moment blickte Merrick auf den Tisch. Die gesunde Augenbraue zog sich leicht zusammen. Kasim überlegte, ob ihm die Frage nach der Brutalität in ihrer vollen Tragweite vielleicht nicht bewußt geworden war. Es konnte nicht sein, wenn er seinen Ruf aus der Zeit des Bibighar verdiente. Aber vielleicht war auch dieser Ruf nur ein Ergebnis von Gerüchten.

»Ein Faktor, der vielleicht zu berücksichtigen wäre?« wiederholte Merrick für sich selbst. Er sah Kasim an. »Dazu kann ich Ihnen nur sagen, Mr. Kasim, ich weiß es nicht. Ich kann Ihnen versichern, die Frage hat sich noch nicht gestellt. Aber es wäre sehr unrealistisch von mir, Ihnen zu versichern, daß sie sich nicht stellen kann.«

»Sie meinen, es gibt Hinweise darauf, daß man möglicherweise solche Anschuldigungen gegen Sayed vorbringt?«

»Im Gegenteil. Es ist sehr viel Beweismaterial für Fälle von Folter und brutalem Verhalten zusammengetragen worden, und man hat mehrere Offiziere und Unteroffiziere genannt. Aber der Name Ihres Sohnes war nie darunter. Die Männer, die sich mit ihm ergaben, haben alle mit großer Achtung von ihm gesprochen. Besonders im Hinblick auf seine Sorge um ihr Wohlergehen und sein Verhalten den japanischen Offizieren gegenüber, wenn es notwendig wurde, sich gegen sie durchzusetzen. Nein, ich will sagen, die Männer, die uns zur Verfügung stehen, die bereits wieder gefangengenommen wurden, stellen nur einen gewissen Prozentsatz der irgendwann zur Verfügung stehenden Beweisquellen dar. Zum Beispiel wären da all die Männer, die noch in Malaia sind. Ich kann mich nicht für das verbürgen, was manche von ihnen über das Verhalten Ihres Sohnes sagen oder nicht sagen werden, wenn wir sie wieder haben. Es war eine sehr große Armee.« Er zögerte und fügte dann hinzu: »Ich überschreite den Rahmen meiner kurzen Darstellung, indem ich eine persönliche Meinung äußere, aber ich werde sie trotzdem äußern, da Sie sich Sorgen zu machen scheinen. Es würde mich sehr überraschen, wenn zu irgendeinem Zeitpunkt zwischen heute und der endgültigen Zusammenstellung des Beweismaterials aller Fälle Ihr Sohn mit anderen als den bereits genannten Vorwürfen belastet werden sollte.«

»Ja, ich verstehe. Danke. Ist das alles, was Sie mir zu sagen haben?«

»Ich glaube ja. Ich hoffe, es hat Ihnen ganz allgemein geholfen.«

»Ja.« Er traf eine spontane Entscheidung. »Sagen Sie mir, Oberst Merrick – werden Sie immer noch belästigt? Achmed hat mir gesagt, daß Sie belästigt wurden – ich meine von Vorfällen, die Sie daran erinnern sollten, daß Ihr Verhalten als Polizeichef in Majapur – ich sollte sagen das Verhalten, das man Ihnen unterstellt –, Sie in bestimmten Kreisen unbeliebt gemacht hatte und nicht vergessen werden würde?«

Merrick lächelte. Ein fröhliches Lächeln, wie Kasim dachte.

»Bis vor kurzem nicht.«

»Noch ein Stein?«

Merrick griff nach der Aktentasche und begann, die künstliche Hand um den Griff zu legen, während er weitersprach. »Nein, es hat nur den einen Stein gegeben. Steine auf britische Offiziere zu werfen, *ist* ein eher gefährliches Unterfangen. Sie sind zu subtilen Formen zurückgekehrt... Es war wieder das Fahrrad.«

»Fahrrad?«

»Ein Fahrrad. Abgestellt auf meiner Veranda. Natürlich verrostet und nutzlos.«

»Ein rostiges Fahrrad, das auf Ihrer Veranda abgestellt wurde, Oberst Merrick? Welchem Zweck dient es?«

»Offenbar ist es ein Symbol für das Fahrrad, das ich vor dem Haus eines der jungen Männer abgestellt haben soll, die Miss Manners überfielen. Miss Manners' Rad.« Er stand auf. Kasim nach einem Augenblick ebenfalls. »Das Fahrrad ist ein guter Einfall. Nachdem ich Majapur verlassen hatte, begannen sie damit, unglückverheißende Zeichen vor der Tür meines Bungalows zu hinterlassen. Eines Tages stand dann dieses rostige alte Rad vor meinem Quartier. Das war in Mirat, kurz bevor jemand den Stein warf. Die Zwischenfälle erfüllen natürlich einen doppelten Zweck: Sie sollen mich wissen lassen, daß bekannt ist, wo ich lebe und arbeite – den erfüllen sie –, und sie sollen mich psychologisch aufreiben – den erfüllen sie nicht.«

»Wann und wo kam es zu diesem neuen Zwischenfall mit dem zweiten Fahrrad?«

»Nach Aussage meines Kochs etwa vor einer Woche in Delhi. Ich war in Ceylon und Rangun und kam gerade rechtzeitig zurück, um Ihren Sohn hierher zu begleiten. Mein Koch sagte, er habe es eines Morgens am Geländer der Veranda gefunden. Er ließ es vom Putzjungen hinter das Haus bringen, denn das Rad roch schlecht. Er stellte fest, daß der Geruch aus der Satteltasche kam. Er rührte es nicht mehr an, denn es roch nach verwestem Schweinefleisch. Da er Moslem ist, hatte ich einige Schwierigkeiten, ihn zum Bleiben zu bewegen. Er ist ein sehr guter Koch. Frisches Schweinefleisch kocht er ohne weiteres für mich. Er scheint nur eine Grenze zu ziehen, wenn es um verwestes Schweinefleisch in den Satteltaschen rostiger Fahrräder geht.«

Kasim wandte das Gesicht ab, um seine Abscheu zu verbergen.

»Solche Dinge sollten Sie der Polizei melden.«

»Das tue ich jedesmal. Persönlich stört es mich nicht, aber wer immer für diese Art kindischer Verfolgung verantwortlich ist, kümmert sich nicht im mindesten um mich oder um die unschuldigen Opfer von Bibighar, wie sie zweifellos auch heute noch genannt werden. Der Fall Bibighar wurde als Vorwand benutzt, um allgemeine Unruhen zu stiften. Es sieht mir ganz danach aus, als sei er in Verbindung mit den INA-Fällen wieder ein guter Anlaß, denn man hat entdeckt, daß ich damit zu tun habe.«

»Wieder ein guter Anlaß für wen, Oberst Merrick?«

»Für den, der die Anarchie dem Gesetz und der Ordnung vorzieht, wer immer es auch sein mag. Hat Graf Bronowski, als Sie in Nanoora lebten, nie mit Ihnen über die Macht gesprochen, die verantwortungslose und ungebundene Kräfte in Indien haben? Er äußerte sich bei meiner ersten Begegnung mit ihm sehr beredt darüber.«

»Graf Bronowski und ich haben keine sehr enge Beziehung trotz der Verbindung durch meinen jüngeren Sohn. Er und ich stehen politisch in entgegengesetzten Lagern. Er hat sich dem Fortbestand der autokratischen Macht des Nawab verschrieben. Ich habe mich der Beschneidung und der schließlichen Abschaffung der autokratischen Macht *aller* indischer Fürsten verschrieben. Meine Achtung für Graf Bronowski ist sehr groß geworden, seit ich am Hof des Nawab leben mußte. Aber wir sind immer noch politische Gegner und tauschen selten unsere Ansichten aus.«

»Ich nehme an, Sie und ich, wir sind auch potentielle politische Gegner, Mr. Kasim.«

»Sie und ich?«

»Ich und Ihre Partei. Ich stehe doch sicher auf der Liste?«

»Auf welcher Liste, Oberst Merrick?«

»Auf der Liste von Beamten, deren Verhalten 1942 man möglicherweise näher untersuchen wird. Ich habe erfahren, es sähe ganz so aus, als stehe ich wahrscheinlich auf dieser Liste.«

»Von wem erfahren?«

»Von dem Kriminalbeamten, dem ich den neuen Zwischenfall gemeldet habe. Es überrascht mich nicht. Die Tatsache, daß das Thema auf politischer Ebene aufgekommen ist, ist Warnung genug. Wie auch immer, wenn ich noch nicht darauf stehe, könnte ich mir nach allem, was ich erfahren habe denken, daß mein alter Freund Pandit Baba aus Majapur nicht eher zufrieden ist, bis ich darauf stehe. Natürlich ist er für diese kindische Verfolgung verantwortlich. Aber es hat nie klare Beweise gegeben, um ihn damit in Verbindung zu bringen. Er ist kein Mann, den man leicht mit etwas in Verbindung bringen könnte. Man kann ihn nicht einmal mit Sicherheit als Mitglied des militanten Flügels der Hindu Mahasabah festnageln. Aber er hat eine gewisse Begabung, junge Männer so sehr dafür zu begeistern, daß sie sich für die Sache opfern, die er gerade vertritt –, was es auch sein mag. Ich habe ihn sehr bewundert. Wann immer wir in Majapur einen seiner Schüler, wie sie sich nannten, bei einer Gesetzesübertretung ertappten, schworen diese jungen Männer, sie sprächen mit dem Pandit über nichts anderes als über die Baghavad Gita und gingen bereitwillig ins Gefängnis. Ich bewunderte seine Fähigkeit, andere zu solcher Treue zu inspirieren. Damals waren seine Aktivitäten eher lästig als gefährlich, aber ich würde sagen, daß er inzwischen zu

anderen Dingen fähig ist... zu Meuchelmord, zum Beispiel. Sie
kennen den Mann, den ich meine, Mr. Kasim?«

Kasim lächelte.

»Ich habe ihn nie kennengelernt. Ich glaube, ich muß jetzt
Sayed sehen. Wann ist geplant, daß Sie ihn wieder in die Festung
zurückbringen?«

»Nachdem Ihr Zusammentreffen beendet ist.«

»Und wann bringen Sie ihn nach Delhi zurück?«

»Heute abend.«

»Also mit dem Wagen nach Ranagunji und von dort mit dem
Flugzeug?«

»Ja, ich muß morgen in Delhi sein. Ich muß nach Kandy zu-
rückfliegen und vermutlich weiter nach Singapur.«

»Dann will ich mich jetzt von Ihnen verabschieden, Oberst Merrick.« Wieder traf er eine spontane Entscheidung. »Ich glaube
nicht, daß wir je in dem Sinne Gegner sein werden, wie Sie glauben. Nicht Sie und ich persönlich. Ich bin nicht an vergangenen
Streitigkeiten interessiert, nur daran, gegenwärtige und künftige
Probleme zu lösen. Nur so werden wir überhaupt Fortschritte machen.«

»Richtig. Richtig.«

Merrick wirkte zum ersten Mal unsicher. Und enttäuscht, wenn
man nach der unverletzten Gesichtshälfte urteilen durfte. Kasim
dachte: Er ist stolz darauf, daß er auf der Liste steht. Und in diesem Fall stimmt es vielleicht, was man über sein Verhalten in Majapur sagt.

Merrick griff nach der Mütze. Kasim beobachtete ihn nicht bei
dem mühsamen Geschäft, sie sich unter den linken Arm zu klem-
men.

»Ich werde Sayed hereinbringen«, sagte Merrick. Er zögerte
und ging zur Tür.

»Nein, bitte bringen Sie ihn nicht herein. Ich wünsche, daß unser Zusammentreffen völlig privat ist. Es würde mich ohnehin
verletzen, ihn im Gewahrsam eines anderen zu sehen. Und noch
etwas –.«

Er ging zum Fenster. »In diesem Zimmer ist es sehr heiß und
dunkel. Es ist wie eine Zelle. Ich habe die Läden geschlossen, weil
draußen ein Wachtposten steht, dessen Anwesenheit mich stört.

Ich weiß, Wachen sind nötig, wenn auch nur der Form halber, denn Sayed könnte mitten in dieser Wüste wohl kaum an Flucht denken.« Er öffnete die Läden und atmete tief ein. Der Wachtposten stand immer noch da – gerade außer Hörweite. »Deshalb entschuldige ich mich für die Unannehmlichkeiten, aber ich glaube, ich würde Sayed lieber im Gerichtsraum sehen. Er ist zumindest größer und luftiger, und davor kann man soviel Männer postieren, wie man will. Es dürfte doch nur ein paar Minuten dauern, das zu veranlassen, nicht wahr? Es dürfte doch nur darum gehen, die anderen Leute herauszubitten. Vielleicht sind Sie so freundlich und schicken mir jemanden, um zu sagen, wann alles bereit ist.«

»Ich werde selbst kommen, Mr. Kasim.«

»Das ist freundlich von Ihnen.«

III

Kasim erkannte, wie wenig er bei diesem vorigen Besuch vor fünfzehn Monaten vom Circuit House gesehen haben konnte. Er kannte den Flur nicht, durch den Merrick ihn führte. An einer Tür blieben sie stehen. Merrick öffnete sie; dahinter befand sich ein kleines Zimmer.

»Das ist nicht der Gerichtssaal«, sagte Kasim. »Es ist das Richterzimmer.«

»Es ist der beste Weg in den Gerichtssaal.«

»Nein! Der schlechteste! Wie kann ich den Gerichtssaal durch die Richtertür betreten? Wohin haben Sie Sayed gesetzt? Auf die Anklagebank?«

»Ich kann ihn hierher bringen, wenn Ihnen das lieber ist.«

»Ich möchte nicht, daß ihn jemand *bringt*.« Kasim wurde übel. Er drehte sich um und blickte in den Flur, dessen winzige Fenster auf die Veranda des Innenhofes gingen. Der Ort stank nach ungelösten Fällen, nach dem beißenden Geruch der Mühlen des Gesetzes, die zwischen den Sitzungen langsam und fein mahlten, und nach seiner Jugend, in der er in solchen Gerichtsgebäuden langwierige Fälle vertreten hatte. Es war doch ein Fehler, mit Sayed im Gerichtssaal zu sprechen. Es würde aussehen, als stelle man ihn vor Gericht. Aber andererseits – für Kasim würde Sayeds Prozeß folgen.

»Mr. Kasim, fehlt Ihnen etwas?«

»Mir fehlt nichts. Es ist nur –.«

Er schwieg. Merrick ließ einen dritten Mann durch die offene Tür treten. Er war groß, größer als er selbst, mit kräftigen Knochen, gut genährt, angezogen wie ein aktiver Offizier in dunkelgrüner Baumwolluniform, hatte blaßbraune Haut, dunkle Augenbrauen und braune Augen. Über der Oberlippe wuchs ein im englischen Stil kurzgeschnittener Schnurrbart. Auch die Haare waren geschnitten, aber nicht zu kurz: ein gutaussehender Mann. Nur aus den Augen sprach eine Schwäche; die Schwäche, die Unsicherheit über die zu erwartende Freundlichkeit seines Empfangs verriet.

Aber Sayed wartete nicht ab, bis er erlebte, welcher Empfang ihm zuteil werden würde. Stumm, mühelos, kniete er in einer fließenden Bewegung vor Kasim nieder, legte die Hände auf Kasims Schuhe, legte den Kopf auf die Hände, hob ihn und zog gleichzeitig die Hände zurück. Als er sich wieder aufrichtete, vollzog Kasim instinktiv seine eigene Aufgabe: Er umarmte ihn, und so blieben sie einen Augenblick stehen.

»Komm, gehen wir hinein«, sagte Kasim und ließ seinen Sohn los. Merrick ging durch den Flur; er hatte ihnen den Rücken zugekehrt, aber er war Zeuge der Begegnung gewesen. Kasim ging durch das Richterzimmer voran, trat auf das Podium und von dort hinunter in den Gerichtssaal. An einem der Verteidigertische blieb er stehen; an diesem Tisch mußte Sayed gesessen haben. Eine leere Kaffeetasse und ein benutzter Aschenbecher standen darauf. Der Tabakgeruch hing noch in der Luft. Vermutlich trank er auch wie Achmed, aber zumindest mit der Entschuldigung, er habe es sich in den Offiziersmessen angewöhnt, um unter Beweis zu stellen, daß er es den britischen Offizieren gleichtun konnte. Das Rauchen war neu, und gegen seinen Willen fand Kasim den benutzten Aschenbecher abstoßend. Er sagte nichts. Sayed nahm ihn wortlos und trug ihn zum anderen Tisch.

»Bitte, das ist nicht nötig. Wenn du dir das Rauchen angewöhnt hast, dann rauche. Mich stört es nicht.«

Aber Sayed ließ den Aschenbecher, wo er war, kam zurück und

blieb stehen. Die Schwäche war noch erkennbar, die Unsicherheit in den Augen war nicht gewichen. Kasim setzte sich. Aus diesem Blickwinkel wirkte sein ältester Sohn noch größer und kräftiger. Achmed und Sayed waren größer als er. Aber neben Sayed würde selbst Achmed schlank wirken. Die Zeiten des Hungers konnten nicht lange gedauert haben, es sei denn, die Engländer hatten ihn bewußt gut ernährt.

»Komm setz dich.«

Sayed tat es.

»Hast du Achmed schon gesehen?«

»Noch nicht, Vater. Aber Ronald hat mir gesagt, er ist hier.«

»Ronald?«

»Ronald Merrick. Der Mann, mit dem du gesprochen hast. Er hat versprochen, dafür zu sorgen, daß ich nachher noch mit Achmed reden kann. Er ist sehr anständig zu mir.«

Er hatte auch eine kräftige Stimme und sprach lässig, lässiger als Kasim sich von ihrem letzten Zusammentreffen erinnerte, und bestimmt lässiger als damals, als Sayed die indische Militäraka-demie absolviert hatte, und Kasim ihm sagte: »Du sprichst wie ein englischer Offizier.« Sie hatten beide gelacht. Er hätte Sayed daran hindern können, sich für das Militär zu entscheiden. Man hatte ihn kritisiert, weil er es nicht tat. Es war ihm nicht immer leichtgefallen zu erklären, weshalb einer seiner Söhne ein Offi-zierspatent besaß. Für Sayed konnte es auch nicht immer leicht gewesen sein, wenn junge Engländer, Kameraden in der Messe erfuhren, wer sein Vater war. Aber Sayed hatte sich nie beklagt, und als Kasim Ministerpräsident in Ranpur wurde, verschwand jede Verlegenheit, die Sayed vielleicht empfunden haben mochte. Kasim erinnerte sich daran, daß Sayed gesagt hatte: »Du bist Mi-nisterpräsident, ich bin Offizier. Wir sind beide notwendig.« Er hatte damit sagen wollen: für Indien notwendig, und Kasim war gerührt gewesen.

»Wie behandelt man dich? Du siehst gut aus? Du hast etwas zugenommen. Wie Achmed. Wie du siehst, habe ich abgenom-men. Wer ist zur Zeit Festungskommandant? Immer noch Major Tippet?«

»Ich weiß nicht, Vater. Ich war nur eine Nacht dort. Bist du auch dort gewesen?«

»O ja. Es war besser als Kandipat, obwohl ich es nach einer Weile langweilig fand. Man gab mir ein Zimmer im alten Zenanahaus. Ich wüßte gern, ob meine Zwiebeln immer noch wachsen. Ich hatte ein Beet im Hof direkt neben der Treppe des Zenanahauses. Ich habe die Zwiebeln meist mit dem Rasierwasser gegossen, und so schmeckten sie auch. Nach Seife. Was man nicht alles tut, um sich zu beschäftigen. Aber Zwiebeln sind gut gegen Erkältungen. Das hat deine Mutter immer gesagt.«

Im Gesicht seines Sohnes zeigte sich flüchtig die Muskulatur: eine feingezeichnete Landkarte. Die Augen wurden hart. Kasim faltete die Hände auf dem Tisch. Er sagte: »Als ich nach Mirat entlassen wurde, brachte man mich zuerst hierher, um Achmed zu treffen. Jetzt kehre ich nach Hause zurück, und es schien der geeignete Platz für ein Zusammentreffen mit dir zu sein. Wenn ich nach Delhi gekommen wäre, hätte Gott und die Welt zugesehen. Nun ja, es verschafft dir einen Ausflug. Was haben sie dir gesagt?«

»Zuerst nur, ich solle mich auf eine Reise vorbereiten. Dann kam Ronnie Merrick aus Rangun zurück und informierte mich. Er sagte, die Regierung habe die Genehmigung erteilt, daß wir uns treffen, und er werde mich begleiten.«

»Hattest du den Eindruck, daß ich darum gebeten habe, und daß die Regierung beschlossen hat, großzügig zu sein?«

»Ja.«

»Das ist nicht ganz richtig.«

»Oh, ich habe nicht alles geglaubt. Ich weiß jetzt, wie gerissen sie sein können.«

»In diesem Fall, gerissen in welcher Absicht?«

Kasim wartete. Sayed sagte nichts.

»Komm schon. Verschweige nichts, nur weil ich dein Vater bin.«

Sayed blickte auf den Tisch. »Sie wissen, daß du mir nie geschrieben hast. Sie glauben, das beweise, daß du mein Verhalten mißbilligst.« Er hob den Kopf. »Es wäre sehr nützlich für sie, jemanden wie dich auf ihrer Seite zu haben. Ein Kongreßmitglied, ein ehemaliger Ministerpräsident und ein Moslem. Ein Mann, der uns alle als Verräter bezeichnet. Ihnen ist klar, daß es nicht viele solcher Leute geben wird.«

»Richtig. Beide großen Parteien werden sich hinter die INA stellen. Viele von uns hat das wahre Wesen und die Größe der INA überrascht. Aber auf alle, die lange im Gefängnis sitzen, warten viele Überraschungen, wenn sie sich wieder frei unter den Menschen bewegen und erfahren, was geschehen ist. In Simla haben wir uns grundsätzlich darauf geeinigt, daß die INA unterstützt werden soll.«

»Grundsätzlich, aber nicht einstimmig?«

»Alle Parteien werden gemeinsam die Verteidigung organisieren, wenn diese Fälle je vor Gericht kommen. Ob das geschehen wird, liegt ganz beim Vizekönig und dem Oberbefehlshaber. Es wird interessant sein zu sehen, wie sie das Problem lösen, wer vor Gericht gestellt werden soll und wer nicht. Juristisch gesehen gibt es für die ganze Sache keinen Präzedenzfall. Administrativ gesehen ist sie eine Farce. Man wird eine Art juristische Strategie entwickeln müssen, um dem Geist, wenn auch nicht dem Buchstaben des Gesetzes treu zu bleiben. Aber ich zweifle nicht daran, daß die Briten einen Weg finden werden. Sie haben eine beachtliche Erfahrung im pragmatischen Umgang mit Situationen, die grundlegende Fragen aufwerfen. Sie können nicht einfach sagen: du hast gesündigt, geh nach Hause und büße, ohne das Risiko einzugehen, daß das gesamte indische Heer aus Protest die Waffen niederlegt und auch nach Hause geht. Andererseits können sie nicht jeden einzelnen INA-Soldaten vor ein Kriegsgericht stellen, denn das würde Jahre in Anspruch nehmen. Darüber hinaus ist es nicht ihre Art, eine solche Lösung zu finden, wie die Deutschen oder die Japaner sie möglicherweise gefunden hätten. Es ist nicht ihre Art, euch in einem Konzentrationslager an die Wand zu stellen und zu erschießen. Politisch und gefühlsmäßig ist es nicht ihre Art. Was können sie tun? Die Antwort ist ziemlich klar. Sie müssen Prioritäten setzen. Dabei steht jeder Offizier, der der INA beigetreten ist, an der Spitze. Er kann nicht damit rechnen, einfach davonzukommen; zumindest wird er mit Schimpf und Schande aus dem Heer entlassen. Deine militärische Laufbahn ist zu Ende, Sayed. Das mußt du dir klarmachen. Selbst wenn die Briten morgen Indien verlassen würden, wäre sie zu Ende. Wir Politiker können sagen, was wir wollen, und euch noch so sehr verteidigen. Die treuen Inder im indischen Heer werden euch nicht verteidigen. Warum sollten sie? Es verstieße gegen ihre Interessen. Sie stehen auf der Seite des Siegers. Und wenn wir unabhängig sind, werden sie zu Recht alle militärischen Früchte für sich beanspruchen, die geerntet werden können. Warum sollten sie diese Früchte mit den besiegten Männern von Subhas Chandra Bose teilen? Es wäre natürlich anders, wenn die Briten den Krieg verloren hätten. Dann wärt ihr obenauf. Aber sie haben ihn gewonnen. Dein erster Irrtum, ein durchaus verzeihlicher Irrtum war es vermutlich, 1942 anzunehmen, die Engländer hätten ihn bereits verloren. Ist es nicht so, Sayed? Hat dich nicht das mehr als alles andere dazu gebracht, der INA beizutreten? War dies nicht eher der eigentliche Grund als die Nachricht, daß ich und die anderen Kongreßführer ins Gefängnis kamen und das ganze Land sich im Aufruhr befand?«

»Nein, Vater. Ich habe es nur deshalb getan, weil ich erfahren hatte, daß du wie alle anderen im Gefängnis warst und ganz Indien sich erhob und die Engländer aufforderte, Indien zu verlassen«

»Von wem hast du erfahren, daß ich im Gefängnis saß?«

»Von Shah Nawaz Khan. General Shah Nawaz Khan. Ursprünglich ein Hauptmann im Pandschabregiment. Aber für mich ist er *General.* Er kam 1942 als Befehlshaber aller indischen kriegsgefangenen Truppen nach Kuala Lumpur. Ich kannte ihn flüchtig. Er war ein sehr guter Offizier. Er hinderte die Japaner daran, alles mögliche mit uns zu tun.«

»Aber er war in der INA?«

»Ja, er war beigetreten. Allerdings nur, um die Japse daran zu hindern, indische Gefangene auszubeuten, und, wenn nötig, die INA von innen zu zersetzen. Ich spreche von der ersten INA unter Mohan Singh. Aber das weißt du sicher alles.«

»Nein, erzähl es mir.«

»Mohan Singh gehörte auch zum Pandschabregiment. Shah Nawaz sagte, er halte ihn für einen sehr durchschnittlichen Offizier. Mohan Singh wurde irgendwo in der Nähe von Alor Star gefangengenommen. Er erzählte, er habe mit seinen britischen Offizieren schlechte Erfahrungen gemacht. Sie ließen ihn zurück, und er mußte sich mit seinen Männern allein den Japanern stellen. Er begann, die Gefangenen zu organisieren. Als die Briten sich in Singapur ergaben, wurden alle indischen Offiziere von den britischen Offizieren getrennt. Sie mußten mit allen indischen Truppen in Farrer Park antreten, und der Vertreter der britischen Regierung übergab sie einem Nachrichtenoffizier namens Fujiwara und befahl ihnen, den Japanern zu gehorchen. Fujiwara übergab sie Mohan Singh. Fujiwara erklärte ihnen, Mohan Singh sei ihr Oberbefehlshaber und besitze Macht über Leben und Tod. Ich war damals nicht in Singapur, aber man hat es mir erzählt.«

»Wer, sagst du, gab den Gefangenen den Befehl, den Japanern zu gehorchen?«

»Der Vertreter der britischen Regierung.«

»Natürlich müssen alle Gefangenen die rechtmäßigen Befehle derer befolgen, die sie gefangengenommen haben. Das will nicht viel heißen. Interessanter ist der Befehl, die britischen Offiziere von den indischen Offizieren zu trennen. Wer hat das angeordnet?«

»Vermutlich die Japaner. Aber von Protesten der Engländer habe ich nie gehört. Sie waren zu sehr daran interessiert, ihre eigene Haut zu retten, wie in Kuala Lumpur. ›Halten Sie diese Stellung, Kasim‹, sagte Oberst Barker. Also hielt ich die Stellung, während der Rest des Bataillons und alle britischen Offiziere verschwanden. Ich hielt sie vier Tage lang. Drei Tage lang geschah nichts. In drei Tagen hatten Oberst Barker und die anderen Johore erreicht. Ich weiß es nicht mehr genau, aber er verließ entweder Singapur oder Malacca mit einem der letzten Schiffe. Ich weiß nur, daß am vierten Tag die Japse kamen und daß wir sie am fünften nicht länger aufhalten konnten. Wir hatten nichts. Nichts zu essen, keine Munition. Damals sagte ich, nun ja, es ist Krieg. Jemand muß die Suppe auslöffeln. Inzwischen glaube ich, es gibt eine andere Erklärung. Hier in Indien, Vater, sieht das Heer sehr gesund aus, sehr *pukka,* sehr gut in Form, sehr sicher und sehr fair. In Burma und Malaia erkannte man, daß viel davon Augenwischerei ist. Sie haben uns nie haben wollen. Sie haben uns nie vertraut.«

Er griff nach der Hand seines Vaters, beugte sich vor und senkte die Stimme: »Aber in Singapur und Rangun habe ich gesehen, wie hohe englische Offiziere sich vor japanischen Wachtposten verbeugt haben. Und ich habe gesehen, wie hohe englische Offiziere geschlagen und getreten wurden, weil sie sich nicht verbeugt hatten, und ich habe gesehen, wie sie sich *danach* verbeugten.« Er lehnte sich zurück. »Soviel über die Engländer. Man kann auch *sie* dazu bringen, sich wie Sklaven zu benehmen. Ich werde es nie vergessen.«

Kasim hob die wieder freie Hand und schloß die Augen. »Bitte. Vergiß das alles. Ich habe solche Geschichten schon gehört. Sie sind nicht wichtig. Sie werden dir nicht im geringsten helfen. Dein Verhalten steht zur Debatte, nicht das Verhalten oder Fehlverhalten dieses oder jenes britischen Offiziers. Wir wollen nicht mehr über die Ungleichheiten zwischen indischen Offizieren und britischen Offizieren sprechen. Wenn du versuchst, das vor dem Kriegsgericht zu tun, wird dich der Ankläger in der Luft zerreißen und dich als mißgünstigen dummen Jungen hinstellen.

»Ich wollte nur, daß du weißt –«

»Ich weiß. Oh ja, ich weiß. Aber wenn du vor das Kriegsgericht kommst, bist du gut beraten, wenn du ein ganz anderes Bild der Lage zeichnest. Du wirst tun, als sei dir nie der Gedanke gekommen, daß dein vorgesetzter Offizier seine weißen Offiziere so und seinen indischen Subalternoffizier anders behandelt haben könnte. Wenn nötig, mußt du sein Lob singen. Nimm eine soldatische Haltung in dieser Sache ein. Mach dir das Gericht nicht zum Feind. Es wird ein Militärgericht sein. Selbst wenn unter den Beisitzern ein indischer Offizier sein sollte – und um der Idee der Unparteilichkeit willen wird es beinahe mit Sicherheit so sein –, gerate nicht in Versuchung, das Thema der ungleichen Behandlung anzuschneiden. Insgeheim wird ein indischer Offizier dir zustimmen. Aber es wird ihm peinlich sein und ihn noch mehr gegen dich einnehmen. Er wird bereits gegen dich sein, weil er denkt: Da steht dieser junge Mann, der nur ein Oberleutnant ist, sich aber Major nennt und von Politikern und vom Volk ein Held genannt wird. Und hier sitze ich nach zwanzigjährigem treuen Dienst am britischen Reich und bin immer noch Hauptmann.«

Er zögerte und fragte dann: »Was ist los, Sayed?«

In Sayeds Augen standen Tränen. Er senkte den Kopf. Er sagte: »Es tut mir leid, Vater. Ich habe mich darauf vorbereitet, daß du mir nicht helfen würdest. Ich habe mich geirrt. Ich schäme mich, so etwas gedacht zu haben. Das ist alles sehr gut, sehr hilfreich.«

Auch Kasim fühlte, wie er zu zittern begann. Er sagte: »Natürlich muß ich dir helfen. Ich bin nicht nur dein Vater, sondern auch jemand, der etwas über das Gesetz weiß, und der weiß, wie das Gesetz funktioniert. Du mußt dich von jedem Gedanken befreien, der nichts mit deiner Verteidigung zu tun hat. Wir können beide nicht wünschen, daß du ins Zuchthaus kommst oder zu lebenslanger Deportation verurteilt wirst. Es ist Strafe genug, wenn man dich unehrenhaft aus der Armee entläßt und deine militärische Laufbahn ein für alle Mal zu Ende ist.«

»Ein für alle Mal?«

»Meiner Meinung nach, ja. Ich habe dir gesagt, warum. Also tu, was ich dir sage. Konzentriere dich. Shah Nawaz Khan hat dir in Kuala Lumpur gesagt, die Führer der Kongreßpartei in Indien seien verhaftet worden, ich sei unter den Verhafteten, und das Land erhebe sich gegen die Engländer. Das hat zu deiner Entscheidung geführt, der INA beizutreten, die du die erste INA nennst. Warum? Laß mich dir sagen, warum. Du warst natürlich empört, daß dein Vater ins Gefängnis mußte, nur weil er ein führendes Mitglied des Kongresses ist. Dann hast du dich beruhigt. Du hast dich hingesetzt und die Situation überdacht. Die Engländer waren in Frankreich besiegt; sie waren in Burma und Malaia besiegt. Die Japaner standen am Chindwin. Hinter dem Chindwin lag Indien. Die Bevölkerung in Indien schien zur Verzweiflung getrieben worden zu sein und hatte sich gegen die *Radsch* erhoben. Dein Vater ist zwar Politiker, aber du bist nicht politisch gebildet. Wie Achmed hast du dich nie sonderlich um solche Dinge gekümmert. Du hast nicht ganz verstanden, warum der Kongreß eine Resolution verabschiedet hatte, in der die Briten aufgefordert wurden, das Land zu verlassen. Aber im großen und ganzen hast du sie verstanden, denn in einem Krieg für die Freiheit sollte Indien auch frei sein. Außerdem hast du verstanden, daß alle der Meinung waren, daß die Japaner auch dein Land angreifen würden, solange die Briten in Delhi blieben. Die Japaner gaben vor, den Indern als Asiaten freundlich gesonnen zu sein, aber du hast ihnen nicht getraut. Wenn sie in Indien einmarschieren und, was wahrscheinlich war, die Briten noch einmal besiegen würden, bestand eindeutig die Gefahr, daß Indien keineswegs die Unabhängigkeit erlangen würde, wie die Briten versprochen hatten, sondern wieder unter die Herrschaft einer fremden Macht geriete, diesmal der japanischen Regierung. Ein japanisches Kolonialreich. Was konntest du als Kriegsgefangener in Kuala Lumpur dagegen tun?«

»Ja, was?«

»Es war ein schreckliches Problem. Einerseits hast du geglaubt, nicht einfach in Kuala Lumpur untätig darauf warten zu können, daß man dir erklärte, Hirohito sei nun der Herrscher von Hindustan. Wenn du andererseits nicht untätig warten wolltest, bedeutete das, du würdest dich scheinbar vor den Japanern beugen und dich über den Eid hinwegsetzen, den du dem Kaiser und König geschworen hattest. Eine Flucht aus dem Gefangenenlager war natürlich eine Sache, aber da du dich im Fernen Osten befandest, praktisch unmöglich. Eine andere Sache war es, deine Freilassung sicherzustellen, indem du dich einer Organisation anschließen würdest, die mit Hilfe der Japaner ins Leben gerufen worden war. Sollte die INA, in welcher patriotischen Absicht auch immer, mit den Japanern in Indien einmarschieren, würde unvermeidlich eine Konfrontation mit deinen Landsleuten folgen, die immer noch unter britischer Flagge dienten.

Wie konnten diese Probleme gelöst werden? Die Antwort: Sie konnten *nicht* gelöst werden. Du mußtest dich entscheiden. Du konntest nicht in die Zukunft blicken. Du hattest keine Kristallkugel. Du mußtest eine Möglichkeit gegen die andere abwägen und eine Entscheidung treffen. Und eines Tages hast du dich umgesehen und dich vielleicht an einige Dinge erinnert, die die Japaner getan hatten. Du hast dich daran erinnert, daß Shah Nawaz Khan sie daran gehindert hatte, solche Dinge zu tun, und du hast daran gedacht, daß die Japaner so etwas in Indien tun oder es versuchen würden, und daß es notwendig war, sie daran zu hindern.

Dann hast du zum ersten Mal deutlich gesehen, worin das Problem bestand. Es ging darum, zwischen der eigenen Integrität und der Integrität deines Landes zu wählen. Nur ein Offizier, der einer Nation angehörte, die bereits unter einer Fremdherrschaft stand, konnte in ein solches Dilemma geraten. Aber, Sayed, das ist eine Erklärung, keine Entschuldigung. Juristisch gesehen führt es nicht einmal zu mildernden Umständen. Schlage sie dir aus dem Kopf. Also zurück nach Kuala Lumpur und zu deiner Entscheidung, dich Shah Nawaz Khan anzuschließen. Hast du darum gebeten, ihn zu sehen, und hast du ihm gesagt, daß du dich entschlossen hattest, der INA beizutreten?«

»Ganz so war es nicht. Er hat sehr darauf geachtet, niemals jemanden gegen seinen eigenen Willen zu rekrutieren. Ich habe mich erst Ende September dazu entschlossen. Er war inzwischen wieder in Singapur. Während er sich in Kuala Lumpur aufhielt, verbesserte sich unsere Lage, aber hinterher kam es zu einigen Zwischenfällen.«

»Was für Zwischenfälle?«

»Ein Beispiel. Ehe Nawaz Khan nach Kuala Lumpur kam, zwangen die Japaner unsere Jawans, japanisches Exerzieren zu lernen und ähnliche Dinge. Er unterband das. Er erzählte mir, daß die englischen Kriegsgefangenen in Rangun es tun mußten, und das beweise, daß die Japaner uns möglichst alle zu Marionetten machen wollten. Als er weg war, fingen sie wieder damit an. Ich erhob Einspruch, aber es nützte nichts. Ein Sepoy weigerte sich und wurde danach schwerkrank. Die Japaner mußten ihn schlimm zusammengeschlagen haben.«

»Der Name des Sepoys?«

»Daran erinnere ich mich nicht. Es kam zu oft vor.«

»Also mehr als ein Sepoy.«

»Ja, mehr als einer.«

»Und du hast es riskiert, dagegen zu protestieren?«

»Es half nichts.«

»Du hast in diesem Lager eine Art Autoritätsstellung besessen?«

»Nur für einen Teil des Lagers. Als Kriegsgefangener hat man nur beschränkte Befugnisse. Ich war für diesen Teil verantwortlich.«

»Aber du warst nur Oberleutnant.«

Sayed blickte auf.

»Shah Nawaz und Mohan Singh waren nur Hauptmann. Wie viele indische Majore, Obersten und Brigadiere kennst du, Vater? Kennst du einen indischen General? Die Engländer haben stets sorgsam darauf geachtet, daß kein indischer Offizier so weit befördert wird, daß er eine Machtstellung einnimmt.«

»Ich muß dich davor warnen, solche Dinge in deiner Verhandlung zu sagen. Bitte versuche, dich zu konzentrieren. Was hast du unternommen, als du dich Ende September entschieden hattest, der INA beizutreten?«

»Ich sprach mit zwei INA-Offizieren, die das Lager besuchten.«

»Wollten diese Offiziere Leute anwerben?«

»Nur zum Teil. Hauptsächlich wollten sie sich im Auftrag von Shah Nawaz Khan davon überzeugen, daß wir nicht ausgenutzt wurden. Ich berichtete ihnen von dem Sepoy, der verletzt worden war. Man erlaubte ihnen, den Mann in ihr Haus zu bringen. Sie gaben ihm gut zu essen und sorgten dafür, daß er behandelt wurde.«

»Aber an seinen Namen kannst du dich nicht erinnern?«

»Vielleicht hieß er Laksham oder so ähnlich. Er war kein Soldat. Ich glaube, er war bei der Putzkolonne, aber ich bin nicht sicher.«

»Ich frage, denn wenn dieser Mann überlebt hat, könnte seine Aussage dir nützen.«

»Das ist mir klar, Vater. Ich weiß nicht, ob er überlebt hat.«

»Also weiter. Du hast den beiden INA- Offizieren gesagt, du hättest lange darüber nachgedacht und dich entschlossen, der INA beizutreten.«

»Ja.«

»Sie freuten sich natürlich.«

»Ja, aber sie rieten mir, vorsichtig zu sein und den Japanern nichts zu sagen. Sie versprachen, mit Shah Nawaz Khan und Moran Singh in Singapur darüber zu reden.«

»Warum die Vorsicht?«

»Die Lage war damals sehr schwierig. Die INA befand sich in einer Krise. Mohan Singh war nicht stark genug. Viele Offiziere fürchteten, er werde zulassen, daß die Japaner die INA für ihre eigenen Zwecke benutzten. Unter den INA-Offizieren gab es auch unterschiedliche Meinungen über die Legalität der INA und ähnliches. Sie erzählten mir, ein INA-Trupp habe sogar einmal den Auftrag erhalten, den Chindwin zu überqueren und Kontakt mit dem Kongreß in Indien aufzunehmen.«

»Sollten sie die politische Anerkennung der INA durch Indien erreichen?«

»Ja.«

»Davon weiß ich nichts. Das ist mir neu. Was geschah mit dem Trupp?«

»Das Unternehmen mißlang. Einer desertierte, schlug sich zu den Engländern durch und berichtete ihnen vermutlich alles. Inzwischen hatte man euch eingesperrt, so daß man mit niemandem Verbindung aufnehmen konnte, selbst wenn man neue Unterhändler geschickt hätte.«

»Gut. Gut. Du hast immer noch nicht klar gesehen und keine Kristallkugel gehabt. Das stützt die Argumentation, die ich vorschlage. Und hier haben wir einen Versuch, gewissermaßen im Sinne der Verfassung zu handeln. Demokratisch. Ganz sicher patriotisch. Die INA hat sich also überlegt, wie der Wille des indischen Volkes in dieser Sache aussah. Man hat sich die Frage gestellt: Will das Volk eine INA? Nun gab es keine Antwort, und es wurde deutlich, daß es nicht möglich sein würde, eine Antwort zu bekommen. Weiter.«

»Die beiden Offiziere sagten, in einem richtig konstituierten freien indischen Heer wäre ich ein nützlicher Offizier. Sie versprachen, mit Shah Nawaz Khan und Mohan Sing zu sprechen und forderten mich auf, solange Geduld zu haben und nichts zu sagen. Sie erzählten, Shah Nawaz habe in Singapur eine sehr schlechte Erfahrung gemacht, als er eine neue Offiziersschule eröffnete und sie beinahe sofort wieder schließen mußte, weil die Japaner Mohan Singh sagten, das oder etwas Ähnliches könnten sie nicht dulden. Die Japse wollten die völlige Kontrolle. Insgeheim verachteten uns manche ihrer Offiziere, und Mohan Singh konnte sich nicht wirksam genug gegen sie durchsetzen.«

»Du bist also Kriegsgefangener geblieben?«

»Ja.«

»Du hast dich um deine Männer gekümmert. Gut. Hast du je mit ihnen über diese Sache gesprochen?«

»Manchmal sprach ich mit den Unteroffizieren, damit sie es den Sepoys berichten und den armen Burschen etwas Hoffnung machen konnten.«

»Was geschah dann?«

»Dann ging es mir einige Zeit sehr schlecht.«

»Warum?«

»Ein japanischer Offizier demütigte mich vor den Jawans.«

»Erzähle mir von dieser Demütigung.«

»Er ließ alle Männer antreten, und ich mußte vortreten. Er

sagte, Oberleutnant Kasim werde jetzt eine persönliche Lektion in japanischem Exerzieren und Befehlen erhalten, damit er sie weitergeben könne.«

»Du hast also diese Lektion vor deinen eigenen Männern bekommen?«

»Nein. Ich habe mich geweigert.«

»Du hast gesagt, du seist gedemütigt worden. Wenn du dich geweigert hast, worin bestand dann die Demütigung?«

»Die Demütigung lag in dem, was er vor allen sagte, nachdem ich mich geweigert hatte.«

»Was hat er gesagt?«

»Er sagte: ›Hier ist ein Oberleutnant namens Kasim. Die Briten haben seinen Vater ins Gefängnis geworfen. Was für ein Mann ist das, der die Briten so sehr liebt, daß er nicht bereit ist, mit uns gegen sie zu kämpfen?‹ Dann spuckte er mir vor die Füße. Er schlug mir ins Gesicht. Danach brachte man mich weg und schlug mich zusammen.«

»Wie hieß dieser Mann?«

»Hakinawa.«

»Du wirst vor dem Kriegsgericht natürlich nichts davon sagen. Hast du verstanden?« Du wirst nur sehr zögernd Fragen danach beantworten, wenn der Ankläger auf solchen Informationen beharrt. Du solltest die Sache dann nur andeuten und es ihm überlassen, ob er mehr wissen möchte oder nicht. Wie sehr er auch auf Antworten dringt und wie gerne du auch darüber sprechen möchtest, du wirst erleben, daß deine Antworten für deine Verteidigung nicht wichtig sind. Hast du das verstanden? Du mußt versuchen zu erreichen, daß der Eindruck entsteht, der Ankläger bestehe darauf, ein so emotional besetztes Thema bei der Beweisaufnahme zur Sprache zu bringen. Nur wenn man sehen und hören kann, daß der Ankläger es aus dir herauspreßt, darfst du so etwas erwähnen.« Kasim machte eine Pause. »Natürlich wird ein kluger Verteidiger, der das weiß, die Anklage möglicherweise dazu bringen, den Fehler zu begehen, auf diesem Punkt zu bestehen. Weiter. Man hat dich also zusammengeschlagen. Wie war das Verhältnis deiner Männer hinterher zu dir, nachdem sie miterlebt hatten, was du deine Demütigung nennst?«

»Ich weiß es nicht. Ich wurde von ihnen getrennt.«

»Wie getrennt?«

»Zuerst steckte man mich ein oder zwei Wochen in Einzelhaft. Dann brachte man mich in ein anderes Lager.«

»Wie hat man dich dort behandelt?«

»Gut, denke ich.«

»Nur gut oder sehr gut? Also wie? Bleib wach, sieh in mir nicht deinen Vater, sondern deinen Ankläger. Wie hat man dich behandelt. Gut oder sehr gut? Ich gehe davon aus, man hat dich sehr gut behandelt. Ich sage dir auf den Kopf zu, ein japanischer Offizier hat sich bei dir entschuldigt und mit Verachtung von Hakinawa gesprochen. Außerdem hat er dir vielleicht angedeutet, du müßtest vielleicht wieder zu Hakinawa zurück, wenn du dich nicht kooperativer zeigen würdest. In welchem Monat war das übrigens? Oktober? November?«

»Ich glaube, im November.«

»Im November 1942?«

»Ja.«

»Im November 1942 begann man also, dich gut zu behandeln. Danke, Oberleutnant Kasim.«

Sayed starrte ihn an.

Kasim sagte: »Siehst du? Siehst du die Gefahren bei dieser Art Argumentation und Beweisaufnahme? An diesem Punkt setzt sich der Ankläger. Er stellt keine weiteren Fragen, also kannst du sie nicht beantworten. Das Gericht sieht sich an und denkt vielleicht: Dieser Mann wollte nicht mehr zusammengeschlagen werden. Jede andere Überlegung geht über Bord, wird von dieser einen emotionalen Überlegung weggefegt. Das Gericht sieht dich an und denkt: Aha, er ist ein Feigling...«

»Vater...«

»Feigling! Feigling! Das denken sie. Der Verteidiger steht auf und versucht, diesen unglückseligen Eindruck auszuräumen, indem er sich wieder auf den alten Boden begibt, als du angeblich ernst und objektiv über diese Angelegenheit nachgedacht hast und darüber, was im Sinne der Verfassung ist und was nicht, und was für Indien gut ist und was nicht. Aber das fällt ihm nicht leicht. Die Anklage hat dich verlockt, die emotionale Frage zu stellen: Wie weit hat Oberleutnant Kasim an sein Land gedacht, und wie weit hat er daran gedacht, seine Haut zu retten? Die

Stimme des Verteidigers klingt weniger überzeugend. Nichts kann den Eindruck verwischen, daß Oberleutnant Kasim der INA beigetreten ist, um nicht mehr von einem japanischen Offizier namens Hakinawa zusammengeschlagen zu werden. Trotzdem, er hat seine Sache zu vertreten und muß es bis zum bitteren Ende tun.«

Kasim holte sein gefaltetes Taschentuch heraus und betupfte sich die Stirn »Ich erinnere mich an meinen ersten Fall vor einem englischen Richter. Es war ein sehr unbedeutender Fall. Es ging um einen Landstreit zwischen zwei Brüdern. In einem privaten Gespräch wies mein Klient nachdrücklich auf die große Kluft hin, die die Familie emotional spaltete. Vermutlich hatte sein Bruder, der Kläger, das gleiche getan, denn im Gerichtssaal stellte sein Anwalt den Fall so dar, als sei es ein Streit zwischen Kain und Abel, wobei er meinen Klienten als Kain sah. Ich mußte mitanhören, wie viele meiner ausgezeichneten Argumente und Einwände gegen mich gewendet wurden, noch ehe ich eine Möglichkeit gehabt hatte zu sprechen. Ich sah mir den jungen Richter an. Im ersten Augenblick konnte ich seinen Gesichtsausdruck nicht deuten. Dann kam mir plötzlich der Gedanke, er wolle von all dem nichts hören. Es machte ihn verlegen und irritierte ihn. Er richtete seinen Blick auf die Unterlagen und versuchte, alles schriftlich zu fixieren. Als ich an die Reihe kam, ging ich sehr zurückhaltend vor – zunächst, weil mir wirklich keine andere Wahl blieb. Mir fiel absolut nichts ein. Beinahe automatisch griff ich auf juristische Präzedenzfälle zurück, und er unterbrach mich immer wieder. Er ließ sich vom Schreiber diesen Verweis und jenen Verweis in diesem und jenem Buch zeigen. Währenddessen blieb ich schweigend stehen. Anfangs glaubte ich, mit seinen Unterbrechungen mache er mir auf seine Weise klar, daß ich mich nicht genügend vorbereitet hatte. Dann sahen wir uns plötzlich an, und ich wußte instinktiv, daß er dafür dankbar war, daß ich mich an das Gesetz und an die Grundstücksakten hielt. Ich wußte instinktiv, daß ich ihm einen Weg aus der emotionalen Situation wies, die der Anwalt des Anklägers versucht hatte herzustellen. Von da an wurde ich bewußt noch trockener und langweiliger. Langweiliger für das Gericht, nicht aber für den jungen Richter. Und um ganz sicher zu sein, machte ich manchmal einen alten Juristenwitz –

alt für das Gericht, aber für ihn in dem Sinn neu, daß er vermutlich solche Witze von seinen Lehrern gehört hatte, sie nun aber zum ersten Mal im Gerichtssaal hörte. Mein Klient war völlig verzweifelt. Der Kläger und der Anwalt des Klägers wirkten sehr siegessicher. Also sah ich nicht mehr zu ihnen hinüber. Ich blickte nur auf den jungen Richter, und sein Gesichtsausdruck ermutigte mich, in dieser Richtung weiterzumachen. Ich sah sehr wohl, daß er langsam das Gefühl bekam, genau aus diesem Grund eine so lange und teure Ausbildung auf sich genommen zu haben. Ich erkannte, wie ihm bewußt wurde, daß seine Ausbildung doch einen Sinn hatte. Ich verwies auf sehr alte Fälle, die er für sein Examen studiert haben mußte. Er wurde immer sicherer, beinahe gebieterisch. Hin und wieder tadelte er mich, weil ich eine Referenz falsch zitiert hatte. Meist tadelte er den Anwalt des Klägers wegen Unterbrechung. Auf seinem Tisch türmten sich Bücher und Akten. Manchmal fragte er: ›Was sagen Sie zu diesem und jenem Absatz dieses und jenes Paragraphen, Mr. Kasim?‹ Ich sagte es ihm und verwies dabei gleichzeitig auf einen anderen Absatz, von dem ich vermutete, daß er erst vor kurzem Fragen dazu beantwortet haben mußte. Die Zuschauerbänke begannen sich zu leeren. Der Anwalt des Klägers gab vor zu schlafen. Die Leute gähnten. Es war der langweiligste Fall des Jahres. Aber der junge Richter wird ihn vermutlich nie vergessen. Und ich muß mich immer wieder daran erinnern. Ich hatte diesem Fall beinahe jede Spur von Emotion genommen. Ich zeigte diesem Engländer, daß auch Inder zu Distanziertheit fähig sind. Es befand sich praktisch niemand mehr im Saal, als er den Fall zugunsten des Gegenklägers, meines Klienten, entschied.«

»Ja, das weiß ich alles, Vater. Du hast es uns vor vielen Jahren erzählt. Oft.«

»Ach ja?« Er betupfte sich wieder die Stirn und kam sich plötzlich sehr alt vor. »Ich erzähle es dir aus einem Grund –«, begann er.

»Ich kenne den Grund, Vater. Du glaubst schon immer, die Engländer seien sehr emotional, scheuten sich aber, es in der Öffentlichkeit zu zeigen.«

»So ist es, nicht wahr?«

»Darauf kann ich keine Rücksicht nehmen. Es ist nicht mehr

wichtig, was die Engländer fühlen oder nicht fühlen. Wir sind fertig mit ihnen, ob es dir gefällt oder nicht.«

»Warum sagst du, ob es mir gefällt oder nicht? Was war denn mein Leben? Was habe ich denn getan? Sie gebeten zu bleiben?«

»Nein. Du hast sie nicht gebeten zu bleiben. Aber vielleicht hast du es möglich gemacht, weil du so sehr an die Macht des Gesetzes glaubst. Ihres Gesetzes.«

»In diesem Fall bist du gut beraten, dich auch darauf zu verlassen. Du bist erledigt, wenn du auf emotionalen Appellen beharrst. Also zurück zum November 1942. Wie lange warst du in diesem neuen Lager, in dem man dich gut behandelte, wie du sagst?«

»Bis zum folgenden Februar. Einer der beiden Offiziere, mit denen ich gesprochen hatte, kam, um mich zu sehen. Wie er sagte, hatten die Japaner im Dezember Mohan Singh verhaftet, weil er die uneingeschränkte Zusammenarbeit verweigerte und darauf bestand, daß nur die INA für Indien zuständig sei. Aber inzwischen hatten sie erfahren, daß Subhas Chandra Bose aus Deutschland kommen würde, um die Sache in die Hand zu nehmen. Shah Nawaz stellte eine neue INA auf und beschloß, daß den Japsen nicht erlaubt sein dürfte, sich einzumischen. Sie mußten dazu gebracht werden, uns als gleichberechtigt zu behandeln und nicht als Marionettenarmee, mit der sie nach Belieben umspringen konnten.«

»Also bist du dann beigetreten?«

»Ja. Ich fuhr nach Singapur.«

»Hast du ein paar Männer mitgenommen, andere Rekrutierte?«

»Ja, ich besuchte mein altes Lager und setzte die Männer von meiner Entscheidung in Kenntnis. Ich überließ es ihnen, ihre eigene Entscheidung zu treffen. Ein paar Unteroffiziere meldeten sich sofort. Ich nahm sie nach Singapur mit.«

»War Bose bereits dort?«

»Nein, es dauerte noch mehrere Monate, bis er kam. Wir legten das Schwergewicht auf Ausbildung und darauf, zu verhindern, daß die Japaner sich einmischten. Jemand in der japanischen Regierung hatte angeordnet, uns mit mehr Achtung zu behandeln. Als Bose eintraf, war es eine Offenbarung. Man mußte ihn nur sehen und hören, um sofort zu wissen, daß wir endlich einen richtigen Führer hatten. Natürlich wurde durch ihn alles pukka.«

»Mit pukka meinst du, daß er eine sogenannte Exilregierung des freien Indien gebildet hat?«

»Weshalb sogenannt, Vater? Was war dann de Gaulles freifranzösische Regierung? Man hört nicht, daß jemand sie als eine sogenannte Regierung bezeichnen würde.«

»Du kennst den Unterschied zwischen de Gaulles Regierung und Boses Regierung. Ich muß ihn dir nicht klarmachen. Eine Erklärung dieser Art würde der vorsitzende Richter sehr geschickt zurückweisen oder geringschätzig als Haarspalterei bezeichnen.«

»Für uns war es keine Haarspalterei. Wir wurden dadurch unabhängig von den Japanern. Die Azad Hind Fauj wurde eine ordnungsgemäß gebildete Armee, die Streitmacht einer ordnungsgemäß gebildeten unabhängigen Regierung.«

»Du bist der INA vor Bose beigetreten. Es wäre vernünftig, du würdest nichts in dieser Richtung sagen. Weshalb hast du eigentlich diese Rundfunkrede gehalten? Oberst Merrick sagt, du gibst zu, ganz allgemein bei der Propagandaarbeit geholfen und im Rundfunk gesprochen zu haben. Von der Rundfunkrede wußte ich schon lange. Leute aus Ranpur, die sie gehört hatten, glaubten, deine Stimme zu erkennen. Ich saß natürlich im Gefängnis und habe deshalb nichts gehört. Aber man erzählte es mir später. *War* es deine Stimme?«

»Vermutlich. Ich habe einmal im Radio gesprochen. Anfang des letzten Jahres. Ich glaube im Januar. Danach ging ich nach Burma, und zwar als Kommandant eines Bataillons, das nach Manipur vorrückte.«

»Was hast du in dieser Rundfunkrede gesagt?«

»Ich habe nur ganz allgemein über den Kampf und Indiens Freiheit gesprochen und über die Entscheidung, die jemand wie ich, ein Offzier der indischen Armee, hatte treffen müssen. Sie haben einen Mitschnitt der Sendung in ihren Unterlagen in Delhi. Diese Sendungen wurden alle mitgeschnitten.«

»Was war der Hauptzweck der Sendung?«

»Sie sollten Leute hier zu Hause ermutigen, die Gelegenheit hatten, sie zu hören. Es war wichtig für sie zu wissen, daß beim Einmarsch der Japaner auch Inder dabei sein würden. Man konnte nichts davon sagen, daß man den Japanern nicht traute, aber wer Ohren hatte zu hören, verstand. Die Leute begriffen, daß wir unser bestes taten, um zu verhindern, daß die Japaner Not und Leid über sie brachten.«

»Sehr gut. Du bist also nach Burma gegangen, wie du sagst. Und von dort über den Chindwin und nach Manipur.«

»Später, ja.«

»Und du hast Krieg gegen den König geführt.«

»Ja, ich nehme an.«

»Nicht ›Ja, ich nehme an‹, Sayed, nur: Ja. Ja Ja. Du hast Krieg gegen den König geführt. Es war die unvermeidliche Folge der Entscheidung, die du getroffen hattest. Das haben wir bereits geklärt. Deine damalige Haltung zu den Japanern müssen wir noch klären.«

»Netajis Haltung war auch meine.«

»Netaji? Du meinst Bose. Welche Haltung hatte Bose?«

»Abwarten und sehen. Durch Netaji wurde das Leben für Tausende von Indern in Asien besser. Die Japaner sagten wiederholt, daß wir Verbündete seien und daß sie keine Streitigkeiten mit Indien hätten. Aber in persönlichen Gesprächen sagte uns Netaji oft, wir müßten uns darauf vorbereiten, wenn nötig auch gegen sie zu kämpfen. Wir dürften ihnen nie völlig vertrauen. Er sagte auch: Möglicherweise fürchteten sich die Japaner vor uns. Ich glaube, deshalb versorgten sie uns nicht ausreichend mit Proviant und Ausrüstung und verhinderten, daß wir in Burma als ein unabhängiges und großes Heer kämpften. Die japanische Regierung mochte sagen, was sie wollte, wir wußten, es gab viele japanische Offiziere, die eigene Vorstellungen und eigene Methoden hatten, die nicht mit der offiziellen Politik im Einklang standen. Diese Offiziere waren dagegen, daß Indien Netajis Einflußsphäre sein sollte. Sie wollten nur die Aufgehende Sonne anstelle des Union Jack gehißt sehen.«

»Gut. Vergiß das nicht. Es könnte ein hilfreicher Punkt sein. Aber was bedeutet Einflußsphäre?«

»Das ist doch klar. Es war eine Voraussetzung, Netaji sagte – «

»Ich möchte es in deinen, nicht in Netajis Worten hören.«

Sayed zögerte wieder. Er fragte: »Was hast du gegen Netaji? Er hat mir gegenüber mit großer Wärme und Bewunderung von dir gesprochen.«

»Was erwartest du? Hätte er dir sagen sollen, er halte mich für einen verdammten Narren? Das ist nicht wichtig. Er und ich, wir haben uns nie vertragen. Nun ja, er ist tot...«

»Vielleicht...«

»Vielleicht. Vielleicht. Vielleicht ist Hitler in dem Bunker nicht gestorben. Vielleicht ist Bose nicht bei einem Flugzeugabsturz ums Leben gekommen. Die Welt braucht immer Rätsel. Kehren wir zur Einflußsphäre zurück. Du solltest dieses Wort meiden. Die Journalisten benutzen es, wenn sie in Wirklichkeit über einen politischen Handel sprechen. Du mußt dich darum bemühen, nicht den Eindruck zu erwecken, daß Bose sich mit Togo zusammengesetzt und gesagt hat: ›Also gut, ihr behaltet Burma, Malaia und alles übrige, und wir bekommen Indien.‹«

»Was ist daran falsch? Es ist unser Land.«

»Die Briten glauben zufällig immer noch, daß es rechtmäßig ihr Land ist. Benutze das Wort einfach nicht. Stütze dich mehr auf das, was du über die aufgehende Sonne und den Union Jack gesagt hast. Stütze dich ganz auf die Frage des unterschwelligen Mißtrauens und nicht darauf, was scheinbar zwischen deinem Netaji und den Japanern im Rahmen einer Pseudolegalität vereinbart wurde. Stütze dich auf die Furcht, daß die Japaner nach einem Sieg über die Briten, der dicht bevorzustehen schien, sich im Land austoben würden, daß sie plündern, vergewaltigen und versklaven würden. Die beste Möglichkeit, das zu verhindern, bestand leider darin, mit ihnen zu marschieren.«

Sayed schwieg.

»Nun kommen wir also zu der Frage, ob sich dein Mißtrauen verstärkt hatte, nachdem du mit ihnen in Indien einmarschiert warst. Hatte sich dein Mißtrauen verstärkt?«

»Ja, weil sie uns ungerecht behandelten.«

»Inwiefern?«

»In Dingen wie Verpflegung, Nachschub, Waffen und Munition. Sie gaben uns keine richtigen taktischen Informationen. Sie versuchten, uns mit Kuliarbeiten abzuspeisen. Die Männer hatten langsam die Nase voll. Ich mußte mich ständig mit japanischen Offizieren streiten, die meist auch noch im Rang unter mir standen, um eine gerechte Behandlung der Männer zu erreichen.«

»Die Moral in deinem Bataillon war nicht so gut, wie du gewünscht hättest.«

»Die Moral war immer gut. Wir hatten nur genug von den Japanern. Untereinander hatten wir keine Schwierigkeiten. Ich versuchte, ihre Härten zu teilen.«

»Zweifellos mußtest du manchmal jemanden bestrafen.«

»Nie um die Japaner zu beschwichtigen. Wenn ein japanischer Offizier sich wegen des Verhaltens einer meiner Männer beschwerte, ließ ich ihn abblitzen.«

»Das meine ich nicht. Ihr wart, was du ein ordnungsgemäß gebildetes Heer nennst. Ihr hattet eine Disziplinarordnung, ein Militärgesetz, das Regeln, Dienstvorschriften und Strafen für Übertretungen festlegte.«

»Jeder akzeptiert, daß das nötig ist. Unsere Dienstvorschriften beruhten ausschließlich auf dem indischen Militärgesetz.«

»Du kannst die Worte beruhen und ausschließlich nicht zusammen benutzen. Entweder waren sie vollständig übernommen, oder sie beruhten lediglich darauf. Sie beruhten darauf, und es gab Abweichungen, die örtliche Umstände und Bedingungen berücksichtigten.«

»Ich verstehe. Du hast die Gerüchte über Mißhandlungen gehört. Aber von wem sonst sollten solche Gerüchte stammen als von Männern, die zu uns gekommen waren und wie ich von den Briten wieder gefangengenommen wurden, die aber hoffen, sich bei den Briten mit Geschichten über Folterungen anzubiedern? Von solchen Dingen weiß ich nichts. Ich habe nur eine einzige Unmenschlichkeit miterlebt. Das war bei meinem alten Regiment in Kuala Lumpur. Oberst Barker hatte angeordnet, daß der Koch der Offiziersmesse mit sechs Stockschlägen dafür bestraft wurde, daß er Rum gestohlen und im Basar verkauft hatte.«

»Das indische Militärgesetz sieht solche Bestrafungen für Bedienstete vor. Ich frage dich nach Bestrafungen der Kampftruppe.«

»Ich habe dir bereits geantwortet. Ich weiß nichts von brutalen Bestrafungen. In Rangun ordnete ich Dinge wie zusätzlichen Arbeitsdienst, Stubenarrest, Geldbußen an, im Feld zusätzlichen Wachdienst oder Strafexerzieren in voller Marschausrüstung. Ich bin kein Ungeheuer. Ich bin kein Unmensch.«

»Und du weißt nichts davon, daß Männer mit Gewalt gezwungen wurden, der INA *beizutreten?*«

»Nichts.«

»Du hattest in deinem Bataillon keinen Fall von Fahnenflucht?«

»Nein.«

»Was wäre in einem solchen Fall geschehen, wenn man den Mann gefangen hätte? Nun komm! Betrachte mich immer noch als Ankläger. Welche Strafen hat deine INA für Fahnenflucht vorgeschrieben? Zum Beispiel Fahnenflucht vor dem Feind, das heißt vor der britischen und indischen Armee? Tod?«

»Das wäre die Höchststrafe gewesen.«

»In den Augen der Briten, die sich nicht für INA-Gesetze oder -Dienstvorschriften interessieren, wäre die Vollstreckung eines solchen Urteils, auch an einem verräterischen indischen Soldaten, gleichbedeutend mit Mord nach dem indischen Strafgesetz. Ist dir das klar? Entschuldige, wenn ich in diesem Punkt nicht lockerlasse. Falls ein solches Urteil je gesprochen und vollstreckt worden wäre, hätten sich alle Beteiligten zumindest der Beihilfe zum Mord schuldig gemacht. Du siehst also, wie schwierig die Lage wird, wenn der Sieger den Verlierer nicht politisch und erst recht nicht juristisch anerkennt? Ich möchte absolut sicher sein, daß mit deinem Fall kein Problem dieser Art in Verbindung zu bringen ist.«

»Ich habe dir gesagt, Vater, du kannst sicher sein.«

»Denn wenn ein Zweifel daran besteht, sind alle meine bisherigen Ratschläge wertlos. Du müßtest deinen Fall unter dem Gesichtspunkt darlegen, daß du versuchst, die Legalität von Subhas Chandra Bose, den pseudokonstitutionellen Rahmen, wie ich es genannt habe, zu begründen. Du würdest einen Experten für internationales Recht und Verfassungsrecht brauchen. Glaubst du nach reiflicher Überlegung, du solltest vielleicht doch die Dienste eines solchen Mannes in Anspruch nehmen?«

»Ich weiß nur, daß ich dir die Wahrheit gesagt habe, so wie ich sie verstehe. Ich bin nur ein Berufssoldat. Ich kann diesen verfahrenstechnischen Dingen nicht in allen Einzelheiten folgen.«

»Es sind nicht nur Verfahrenstechniken, Sayed. Das macht nichts. Gehen wir zurück. Konzentriere dich auf die Situation, die damit endete, daß du dich in Manipur ergeben hast. Aber laß dich von mir dabei etwas führen. Deinem Anwalt vor Gericht würde man keine zu große Freiheit in dieser Hinsicht lassen.«

Er lächelte und versuchte, auch Sayed zum Lächeln zu bringen.
»In Manipur«, fuhr er fort, »befindest du dich in einer schwierigen, vielleicht unhaltbaren militärischen Lage. Kein Nachschub,
keine Munition, keine Nachrichtenverbindung. Du befindest dich
irgendwo in den Hügeln in der Umgebung von Imphal. Die Japaner sind plötzlich nirgends zu finden. Die britischen und indischen Heere stehen beunruhigend nahe. Also – gab es unter
deinen Männern einige, die sagten· ›Major Sahib, das ist unsere
Chance. Jetzt können wir das tun, was wir eigentlich vorhatten,
als wir der INA beigetreten sind, nämlich fliehen und so schnell
wie möglich zum Dienst zurückkehren?‹«

Sayed erwiderte: »Ja, einige Männer gaben vor, das zu denken.«

»Wie hast du darauf reagiert?«

»Ich habe versucht, ihnen klarzumachen, wie töricht das wäre.«

»Töricht? Warum töricht?«

»Es wäre töricht gewesen zu erwarten, die Briten würden eine
solche Geschichte glauben.«

»Töricht ist kein gutes Wort. Ich rate dir, es nicht zu benutzen.
Es klingt, als hättest du daran gedacht, was klug und was töricht
war, aber nicht daran, wie deine Lage wirklich aussah: Ihr hattet
als Kriegsgefangene alle eine bestimmte Entscheidung getroffen,
mit einer bestimmten Vorstellung vom Ergebnis. Diese Vorstellung hatte sich nun als falsch erwiesen, denn die Japaner wurden
zurückgeschlagen, und es sah nicht mehr danach aus, als würden
sie in Delhi einmarschieren und die Aufgehende Sonne anstelle
des Union Jack hissen. Das bedeutete, auch ihr wart alle verloren, wenn ihr nicht die Stellung aufgeben wolltet, die die Japaner
euch befohlen hatten zu halten, ehe sie euch im Stich ließen. Ihr
mußtet diese Stellung aufgeben, den Rückzug antreten, den Japanern folgen und ihre Niederlage teilen. Vielleicht würdet ihr noch
einen Tag lang kämpfen, vielleicht auch nicht. Sayed, mir scheint,
deine INA hat nie daran gedacht, was geschehen würde, wenn
die Japaner besiegt würden. Oder warst du so von ihrer Überlegenheit überzeugt, daß dir diese Möglichkeit nie in den Sinn
gekommen ist? Hast du vielleicht geglaubt, die indische Armee
würde zu euch überlaufen, wenn die Männer sahen, daß Inder
Seite an Seite mit den Japanern marschierten? Hast du geglaubt,
die indische Armee würde sich sofort gegen die britischen Offi-

ziere wenden und mit euch und den Japanern die britische Armee niedermetzeln?«

Sayed gab keine Antwort. Aber er stand auf und ging zum anderen Verteidigertisch. »Ja«, sagte Kasim, der das falsch deutete. »Rauche, wenn du möchtest. Und dann sag mir, wie du versucht hast, deine Männer von ihrer Torheit zu überzeugen. Ich hoffe nur, du hast dabei nicht an Torheit gedacht, sondern an Ehrlosigkeit.«

Aber Sayed war am Tisch vorbeigegangen und hatte die Arme auf dem Rücken verschränkt. Er blieb kurz vor der Absperrung stehen, hinter der bei Verhandlungen die Zuschauer saßen. Dann kam er zurück und blickte auf seinen Vater hinunter.

»Nein«, sagte er. »Ich habe sie gefragt: ›Was für eine Dummheit ist das? Was für Gnade erwartet ihr von den Engländern oder selbst von unseren Kameraden, die unter ihrem Befehl stehen und nicht wagen, ungehorsam zu sein? Man wird euch wie Hunde erschießen, so wie man viele aus unserem Volk schon immer wie Hunde behandelt hat. Ist es nicht besser, hier zu sterben?‹ Einer von ihnen sagte: ›Major Sahib, das macht nichts. Freiwillige Übergabe ist die einzige Chance, unsere Familien wiederzusehen. Sollen die Engländer und unsere alten Kameraden auf uns schießen, wenn sie wollen! Das macht nichts mehr aus. Uns sind die Engländer und die Japaner gleichgültig. Wenn wir hierbleiben, werden wir so und so alle sterben, und unsere Frauen und Kinder werden hungern. Niemand wird sich um sie kümmern oder sich Gedanken um sie machen. Und auch für sie ist alles vorbei.‹ Ein anderer sagte: ›Wir sind nur so wenige, aber die meisten von uns glauben, daß wir riskieren müssen, erschossen zu werden, weil es unsere einzige Chance ist. Sie müssen nur die anderen fragen. Sie denken alle genauso. Wir sind erledigt.‹«

»Bitte setz dich. Ich kann nicht mit dir sprechen, wenn du stehst.«

»Für mich ist es leichter, wenn ich stehe, Vater. Also, laß dir weiter berichten. Ich habe diese Männer weggeschickt und alle zusammengerufen. Es waren nicht mehr viele übrig. Ich habe gefragt: ›Wie entscheidet die Mehrheit? Wer ist für Übergabe und das Risiko, erschossen zu werden?‹ Einer hob die Hand, dann ein anderer, und so ging es weiter, bis nur wenige die Hand nicht gehoben hatten, darunter auch ich. Ich bin weggegangen, um allein zu sein. Vielleicht wäre es dir lieber gewesen, ich hätte getan, woran ich dachte, und mich erschossen. Es wäre eine sehr ehrenhafte Lösung gewesen. Aber was konnte ein toter Inder in diesem Augenblick Indien nützen? Vielleicht wollte ich auch meine Familie wiedersehen, obwohl mir nicht einmal vergönnt war, meine Mutter wiederzusehen, bevor sie starb.«

»Sayed...«

»Nein, laß mich bitte ausreden. Du sprichst von einer Welt, die es nur vor Gericht gibt, und das tue ich nicht. In der Welt, wie sie ist, muß man manchmal handeln, wie das Herz es verlangt...«

»Sayed, ich rate dir nicht dazu. Das ist rein emotionale Rhetorik. Damit erreichst du nichts.«

»Damit erreiche ich nichts? Was soll ich denn erreichen? Wohin soll das denn alles führen... dein Rat, den du mir gibst? In Wirklichkeit willst du mir doch nicht helfen. Du gibst mir eine Menge Ratschläge, wie ich die Engländer besänftigen kann. Aber warum soll ich sie besänftigen? Welches Recht haben sie, zu sagen, was ich tun und was ich nicht tun soll?«

»Ich helfe dir auf die einzige Weise, auf die ich dir helfen kann. Ich muß dir klarmachen, daß ich nicht beabsichtigte, politisches Kapital daraus zu schlagen. Ich kann dir nicht raten, deinen Fall in einen politischen Kontext zu stellen. Ich beabsichtige nicht, diesen Weg einzuschlagen. Ich rate dir, es auch nicht zu tun. Ich billige dein Tun nicht. Ich billige die INA nicht. Ich werde mich nicht mit einem Ausschuß identifizieren, der zur Verteidigung gebildet wird, und ich werde dich auch nicht vor Gericht verteidigen, obwohl mir das sehr viel Popularität im Land einbringen würde. Andererseits werde ich dich nicht kritisieren – weder dich noch die INA noch irgend jemanden. Vielleicht hofft die Regierung, ich würde das tun. Ich habe nicht vor, politischen Selbstmord zu begehen, obwohl du verstehen wirst, daß meine Situation nichts Gutes für meine unmittelbare politische Zukunft verheißt.«

Kasim machte eine Pause, fuhr aber fort, ehe Sayed die Möglichkeit hatte, etwas zu sagen. »Ich werde dir auch weiterhin helfen, wenn du dich schuldig bekennst. Ich werde dir helfen, einen Verteidiger zu wählen und ihn ins Bild setzen. Aber völlig privat und vertraulich. In dieser Absicht habe ich heute morgen versucht, dir klarzumachen, daß dies der richtige Weg ist, deinen Fall zu vertreten. Du solltest dich schuldig bekennen, Krieg gegen den König geführt zu haben, und dann eine vernünftige Erklärung mit den Überlegungen abgeben, die zu deiner Entscheidung geführt haben. Ein Schuldbekenntnis ist die einzige Möglichkeit, nach der Verhandlung noch eine gewisse persönliche Integrität zu besitzen.«

Sayed stand immer noch; er hatte sich abgewandt, drehte sich jetzt aber um. »Integrität? Was hast du je anderes getan, Vater, als Krieg gegen den König zu führen? War dein ganzes Leben nicht dem Ziel gewidmet, die Briten loszuwerden? Worin liegt der Unterschied zwischen dir und mir? Doch höchstens darin, daß du hin und wieder ins Gefängnis gewandert bist und ich ein Gewehr in der Hand hatte.«

»Du hast den Unterschied gerade erklärt, Sayed. Wenn du das nicht begreifst, ist es sinnlos, weiter darüber zu diskutieren. Also komm, komm. Laß uns zum Ende kommen. Wir reizen uns nur gegenseitig.«

Er stand auf.

»Du wirfst alles hin.«

»Nicht alles.«

»Niemand wird dir vertrauen oder dich achten, wenn du nicht mit den anderen politischen Führern für uns eintrittst.«

»Ich hoffe, du hast dich nicht darauf verlassen, daß ich das befürchte.« Er wollte gehen, blieb aber stehen, weil er seinen Sohn so nicht verlassen konnte. »Du hast alles hingeworfen, Sayed. Die Männer, die es nicht getan haben, sind die indischen Soldaten und Offiziere, die immer noch in Kriegsgefangenschaft sind. Sie haben alle den verständlichen und verzeihlichen Versuchungen widerstanden und unendlich größere Härten auf sich genommen und kommen jetzt nach Hause zurück. Wenn du nicht im Gefängnis sitzt, wo wirst du in einem Jahr sein? Gewiß, eine Zeitlang werdet ihr alle Helden sein. Aber wenn kein Grund mehr besteht, euch als Helden zu behandeln, wird man euch vergessen, und wenn man sich überhaupt an euch erinnern wird, dann nur mit Mißtrauen. Dann seid ihr die Männer, die ihren Eid gebrochen haben, Männer, die freiwillig den Treueschwur geleistet und sich dann nicht an ihn gehalten haben, Männer, für die ihr Offizierspatent nur ein

Stück Papier war, das man nach Belieben benutzte oder wegwarf. Und *wenn* du aus diesem Grund ins Gefängnis wanderst, dann tröste dich bitte nicht mit dem Gedanken, daß du und dein Vater dieselbe Strafe für dasselbe Vergehen haben erleiden müssen. So ist es nicht. Ich habe niemandem außer mir selbst geschworen, alles zu tun, um die Unabhängigkeit, Freiheit, Einheit und Stärke dieses Landes zu erreichen. Wenn ich in der Vergangenheit das Gesetz herausgefordert habe, hielt ich mich dabei immer an meinen Schwur. Ich habe mich dem Gesetz im vollen Bewußtsein der Strafe widersetzt. Ja, ich habe die Strafe herausgefordert und mich stolz dazu bekannt, daß ich es getan hatte. Das letzte Mal war ich im Gefängnis, weil ich meine Mitgliedschaft in einer Partei nicht aufgeben wollte, die die Regierung legal unterdrückte. Es war ungerecht, aber legal! Es stimmt, ich habe einmal den Eid als Ministerpräsident abgelegt, und es stimmt, ich und alle meine Kollegen sind zurückgetreten, als wir glaubten, uns nicht länger an einer Regierung unter den Briten beteiligen zu können. Aber ein Soldat im Krieg kann nicht zurücktreten. Sayed, als du Soldat geworden bist, hätte dir deutlich bewußt sein müssen, daß dies den Unterschied zwischen uns ausmacht. Ich habe mich nicht gegen deine Entscheidung gestellt, Soldat zu werden, denn ich sagte mir, was für ein unabhängiges Land wird Indien sein, wenn wir kein ordentlich ausgebildetes und erfahrenes Berufsheer haben, das die Unabhängigkeit verteidigt? Die Briten haben erlaubt, daß Inder Offiziere wurden, und für mich war das stets ein Zeichen für ihre Bereitschaft, irgendwann unsere Forderung nach Unabhängigkeit zu erfüllen. Aber das nur nebenbei. Wichtig ist, daß du nun nicht mehr Soldat sein kannst, daß du deinem Land nicht mehr helfen kannst. Und das macht mich zornig. Dein ganzes bisheriges Leben ist vergeudet.«

Sayed starrte ihn an.

»Es ist nicht ein Land. Es sind zwei Länder. Vielleicht sind es viele Länder, aber im wesentlichen sind es zwei. Wenn ich in dem einen nicht erwünscht bin, vielleicht bin ich es dann im anderen.«

»Aha!« rief Kasim und setzte sich. »Das also ist geschehen. Dann trennt uns eine noch tiefere Kluft.«

»Uns trennt nur deine Weigerung, dich den Tatsachen zu stellen, Vater, und dein Vertrauen in diese und jene juristische Interpretation. Und ich glaube allmählich, dein Vertrauen darauf, daß die Engländer sich wie Gentlemen benehmen werden. Ich glaube nicht mehr an solche Ideen. Ich habe zuviel vom Leben gesehen. Es ist nicht gut, sich auf Prinzipien zu verlassen, und es ist nicht gut, sich auf die Engländer zu verlassen, die keine Prinzipien haben, die nicht zu *ihren* Gunsten zurechtgeschnitten werden könnten. Wie auch immer, sie sind erledigt. Sie sind nicht mehr wichtig, und sie werden uns mit sich ins Verderben ziehen, wenn wir nicht aufpassen. Sie verfolgen nur ihre eigenen Interessen, und das haben sie immer getan. Jetzt fürchten sie die Amerikaner und die Russen, und sie werden versuchen, sich so schnell wie möglich von Indien zu befreien, um sich sowohl die Gunst der USA als auch der UdSSR zu erwerben. Außerdem wollen sie keine Verantwortung mehr tragen. Sie werden uns Gandhi, Nehru und Patel überlassen – und wo wirst du dann sein, Vater? Wie kannst du dem Kongreß in seiner Gesamtheit vertrauen? Wie kannst du glauben, daß man dir – einem Moslem – erlauben wird, dich weiterhin nützlich zu machen, nur weil du ihnen in der Vergangenheit nützlich gewesen bist? Sie werden dich bei der ersten Gelegenheit abschieben. Der Kongreß ist eine Hindupartei, ganz gleichgültig, was er zu sein vorgibt. Sie werden uns möglicherweise noch schlimmer ausbeuten als die Engländer. Es gibt nur eine Antwort darauf: Wir müssen uns nehmen, was wir bekommen können und dann unseren eigenen Weg gehen – die Dinge auf dieser Basis in die Hand nehmen.«

Sayed beugte sich über den Tisch.

»Du sagst, meine militärische Laufbahn ist zu Ende. Ich stimme dir zu. Sie wäre zu Ende, wenn die Briten bleiben, und sie wäre zu Ende, wenn an die Stelle der englischen *Radsch* eine *Hindu-Radsch* treten würde. Sie wäre zu Ende, weil ich ein Moslem bin und weil die Hindus uns hassen. Sie hassen sich auch gegenseitig. Ein Hindu aus den Vereinigten Provinzen haßt einen Hindu aus Bengalen, und beide hassen einen Hindu aus dem Süden. Eine Hindu-Herrschaft wäre eine Katastrophe. Nichts hält die Hindus zusammen. Sie hassen und beneiden uns im Grunde, weil uns etwas zusammenhält. Wir haben den Islam. Es wäre Wahnsinn, sich nicht gegen sie zu wehren. Vater, in dieser Welt zählt nur die Macht. Wir müssen uns die Macht nehmen. Du hast doch bestimmt auch daran gedacht? Sei bitte nicht zu stolz. Ich möchte nicht, daß du im Alter vergessen wirst und verbittert bist.«

Kasim betrachtete die Hände seines Sohnes: gute, kräftige, tüchtige Hände. Sie zitterten nicht. Sie besaßen vielleicht keine Sensibilität. Er hielt die eigenen Hände gefaltet.«

»Du forderst mich auf, alles hinzuwerfen und zur Liga überzutreten?«

»Es würde nicht bedeuten, alles hinzuwerfen. Guzzy und Nita sind sehr daran interessiert, soweit ich weiß. Ihre Briefe sind voll von Andeutungen. Dschinna würde dich mit Freuden aufnehmen. Ich glaube beinahe, er erwartet es, denn es war so schwierig für alle, an dich heranzukommen.«

»Und Achmed? Ist er auch sehr daran interessiert?«

»Was weiß Achmed schon? Er ist noch ein Kind.«

»Nein«, sagte Kasim, »er ist kein Kind.«

»Nein, nein, nicht in dieser Hinsicht. Er ist ein Mann mit einem gewissen Ruf, wie ich gehört habe.«

»Mit einem gewissen Ruf?«

»Mit dem Ruf, die Dinge zu mögen, die ein Mann mag.«

»Frauen? Alkohol? So ist es.«

»Er sollte vorsichtig sein. Es muß dir Kummer machen.«

Kasim gab keine Antwort. Ihm fiel der fürsorgliche Ton in der Stimme seines Sohnes auf, der an Herablassung grenzte. Sayed fügte hinzu: »Vielleicht ist er so, weil er glaubt, keine Chancen oder Möglichkeiten zu haben.«

»Du meinst, er ist nicht mit dem einverstanden, was ich vertrete?«

»Wie kann ich das sagen, Vater? Ich bin sicher, im Grunde ist er ein guter Junge. Ich werde versuchen herauszufinden, was er denkt.«

»Er denkt nicht viel. Vielleicht nur an das, was du erwähnt hast. Und an die Beizjagd.«

»Beizjagd?«

»Er ist schon immer gern geritten. Jetzt hat er einen Falken abgerichtet. Das ist sehr schwierig. Es verlangt viel Aufmerksamkeit und Konzentration. Viele schlaflose Nächte und so weiter. Aber er ist dem Falken sehr zugetan. Und wann immer es möglich ist, geht er auf die Jagd.«

»Aber das ist gut. Ein guter männlicher Sport. Ich bin froh. Es wäre mir nicht recht, wenn er ein ausschweifendes Leben führen würde.«

Sayed legte eine Hand auf die gefalteten Hände seines Vaters. Kasim blickte nicht auf. Aber er spürte den unverwandten Blick seines ältesten Sohnes als körperlichen Druck.

»Vielleicht sollten wir uns jetzt verabschieden, Vater. Ich danke dir, daß du gekommen bist.«

»Du hast die größere Entfernung zurückgelegt.«

»Das ist meine Pflicht.«

Kasim erhob sich. Pflichtschuldigst breitete er die Arme aus. Sie umarmten sich. An der Schulter seines Sohnes sagte er: »Verlaß dich nicht zu sehr auf diesen Oberst Merrick. Er kennt Achmed schon seit einiger Zeit, und er hat keinem von euch beiden gesagt, daß er den anderen kennt.«

»Er hat es mir gesagt, kurz ehe er dich hereinbrachte, Vater. Aber mach dir keine Sorgen. Ich verlasse mich auf keinen Engländer. Er ist auch nicht weiter wichtig.«

»Zweifellos werden sie draußen auf dich warten. Du könntest Achmed sicher auch hier sprechen, aber du gehst jetzt besser. Es würde mich verletzen, dich in einer Art Gewahrsam zu sehen. Wenn sie dich zurückbringen, werde ich nicht mehr hier sein.«

»Wirst du mir schreiben?«

Kasim nickte. Er murmelte: »Allah sei mit dir.« Dann ließ er Sayed los und trat zurück. Er hörte die kräftigen und sicheren Schritte seines Sohnes, dann das Öffnen und Schließen einer Tür. Er blickte sich im leeren Gerichtssaal um, und obwohl er ihm vertraut war wie alle solchen Säle, schien diesem Raum etwas zu fehlen, was ihm Bedeutung oder auch nur die Dimension der Wirklichkeit gegeben hätte. Er ging über das Podium und durch das Richterzimmer hinaus in den Flur und zu dem Zimmer, das man ihm zur Verfügung gestellt hatte.

Als sie in Premanagar auf das Rangiergleis fuhren, war es beinahe zweiundzwanzig Uhr dreißig. In knapp einer Stunde würde der Nachtzug von Mirat nach Ranpur eintreffen und sie mitnehmen. Der Bahnhofsvorsteher war aufgeregt, denn der Sonderwagen mußte zum Anhängen an eine günstigere Stelle geschoben werden, und er hatte sie bereits um zweiundzwanzig Uhr erwartet.

Eine Reifenpanne war der Grund für ihre Verspätung. Kasim hatte eine halbe Stunde am Straßenrand gewartet und auf den Wind in den Telegraphendrähten gelauscht. Es war keine klare Nacht; der Wind ließ den kommenden Regen ahnen, wenig Regen, aber für eine Landschaft wie diese, die der feuchte Monsun entweder nicht erreichte oder überflutete, besser als ein heftiger Regenguß, denn die oberste Erdschicht trocknete erst jahrelang aus und wurde dann weggeschwemmt. Kasim fand den Regen und den dunklen Himmel angenehm. Die Umrisse der Festung waren völlig verschwunden. Kasim fand auch den Wind und die Luft angenehm. Es war gut, nach der Hitze und Feuchtigkeit des Zimmers in Circuit House umweht und gekühlt zu werden. Instinktiv suchte er nach der Zwiebel in seiner Tasche, die eine Erkältung verhindern sollte. Er fand keine. Seit dem Tod seiner Frau verzichtete er auf diese Vorsichtsmaßnahme.

Nun kam Boobys Aufregung zu der des Bahnhofsvorstehers. Wo waren die Stufen zum Einsteigen? »Wir brauchen keine Stufen«, sagte Kasim, umfaßte die Handgriffe, zog sich nach oben und stellte überrascht fest, daß Achmed ihn von innen stützte. Achmed holte gerade den kleinen Koffer ab, den er aus Mirat mitgebracht hatte, denn er fuhr mit dem Daimler des Nawab dorthin zurück.

»Du gehst doch noch nicht?«

»Ich habe noch etwas Zeit, Vater. Aber ich wollte den Koffer nicht vergessen.«

»Gib ihn einem der Leute, damit man ihn zum Wagen bringt, und komm zurück, ich möchte noch kurz mit dir sprechen.« Der gebieterische Tonfall war ihm bewußt, und das ermutigte ihn nicht. Er ging durch den Gang. Hosain erwartete ihn und schob die Tür auf.

»Man soll uns Tee oder etwas anderes bringen.«

Er betrat das Abteil, aber noch ehe er sich setzen konnte, folgte ihm Mehboob und legte die Aktentasche auf einen Sitz.

»Wo ist Achmed? Ich möchte ihn kurz allein sprechen. Bitte schließen Sie die Tür. Ich habe die ganze Zeit im Freien gestanden.«

»Sie hätten während der Reifenpanne nicht auf der Straße stehen sollen, Herr Ministerpräsident.«

»Wie soll man mit zwei Leuten wie uns auf dem Rücksitz einen Reifen wechseln? Achmed sagt, das ist schlecht für die Federung, und der Wagen des Nawab muß in gutem Zustand zurückgegeben werden.«

Gekränkt verließ Booby das Abteil und begann, die Tür zu schließen, öffnete sie aber sofort wieder für Achmed. Er schob sie verdrießlich zu, als Achmed im Abteil stand.

»Komm, setz dich. Man bringt uns Tee.«

Achmed warf einen Blick auf seine Uhr und setzte sich. »Zum Teetrinken habe ich keine Zeit, Vater. Es ist eine lange Fahrt, und der Chauffeur möchte den Reifen reparieren lassen, damit wir ein Ersatzrad haben.«

»Um diese Zeit hat keine Werkstatt offen.«

»Er kennt eine.«

»Es wird Stunden dauern, und du wirst dich erkälten, wenn du dort herumstehst.«

»Vater, er weiß es am besten. Also kann ich nicht lange bleiben. Sie werden den Wagen ohnehin jeden Moment rangieren.«

»Mir gefällt es nicht, daß du ganz allein im Wagen die Nacht hindurch nach Mirat fährst. Die Gegend ist gefährlich, und unsere Eskorte ist nicht mehr da.«

»Ich werde nicht allein sein, Vater. Der Chauffeur ist auch noch da. Außerdem ist Booby auch nachts hierher gefahren. Ich kann ebenso gut auf mich aufpassen wie er auf sich.«

»Booby wird dafür bezahlt, daß er sein Leben riskiert«, sagte Kasim. Aber er lächelte. Durch Achmeds Lächeln ermutigt, sagte er: »Wir hatten heute noch keine Gelegenheit, miteinander zu sprechen.« Das stimmte nicht. Er hatte bewußt vermieden, mit Achmed allein zu sein. »Ich wollte dir vorschlagen, daß du nach Ranpur kommst. Ich meine, für ein paar Tage. Es gibt viel zu tun, und du könntest mir bei vielem sehr helfen. Der arme Booby ist so ungeschickt. Ruf doch Dimitri morgen früh an und erkläre ihm, daß es notwendig ist. Wenn du willst, kannst du auch eine Nachricht mit dem Fahrer schicken.«

»Ich habe Dimitri versprochen, nur zwei Nächte weg zu sein. Morgen ist eine Versammlung des Ministerrates.«

»Ministerrat, Ministerrat. Er braucht dich nicht. Dimitri ist der Ministerrat. Außerdem nimmst du an diesen Versammlungen nicht teil.«

Ihm sank das Herz. Er hatte es so schlecht ausgedrückt. Er hätte die Andeutung, daß Achmeds offizielle Pflichten in Mirat unerheblich waren, am liebsten zurückgenommen, obwohl er wußte, es entsprach der Wahrheit. Er hätte sich nie damit einverstanden erklären sollen, daß Achmed nach Mirat ging. Andererseits hätte er auch nicht zulassen sollen, daß sein ältester Sohn zum Militär ging. Aber damals schienen beides annehmbare Lösungen zu sein. Er hatte die entsprechende Erklärung dafür gefunden: Indien würde erfahrene Offiziere brauchen; es könnte sich als nützlich erweisen, wenn ein Sohn Erfahrung in den Regierungsgeschäften des überlebenden Feudalsystems, der Fürstentümer, hätte. Aber seit einigen Monaten überzeugten ihn diese Erklärungen immer weniger als eine andere. Im Innern hatte er damals geglaubt, beide Söhne seien nicht in der Lage, sehr viel mehr zu leisten. Keiner der beiden Söhne hatte den Funken geerbt. Beide Söhne engagierten sich nicht in den Fragen, für die er sich einsetzte. Er konnte sich nur noch einreden, er habe geglaubt und gehofft, daß sie mit der Zeit die notwendige Hingabe, Entschlossenheit und Disziplin entwickeln würden und daß ihre Berufe das fördern könnten.

»Nun gut«, sagte er, »wenn du zurück mußt, dann mußt du es.« Er würde ihn nicht bitten. Er würde auch nicht gestehen, daß er den Gedanken nicht ertragen konnte, allein in das leere alte Haus in der Kandipat Road zurückzukehren, obwohl er glaubte, Achmed wisse das. Als er Sayed widersprochen und gesagt hatte: *Nein, Achmed ist kein Kind,* hatte er damit nicht das gemeint, was Sayed vermutete. Er dachte an den Tag, als Achmed ihn mit einer klugen Einschätzung der Situation überrascht hatte, in der er sich einmal befinden könne und in der er sich nun tatsächlich befand; er hatte ihn damit in einem Augenblick überrascht, als er nicht in der Lage gewesen war, klar zu denken. Es war an dem Tag gewesen, als man ihn unvorbereitet, ohne Frühstück und ohne ihm auch nur ein Wort zu sagen, zum Circuit House gebracht hatte. Damals hatte er das Schlimmste befürchtet. Er hatte befürchtet, seine Frau sei krank oder tot, oder man entlasse ihn aus familiären Gründen, wie man Bapu entlassen hatte, als Kasturba im Sterben lag. Er hätte sich beinahe eine Blöße gegeben, als Achmed dort auf ihn wartete, und er pathetisch rief: »Gott ist gut«. Achmed hatte ihn beruhigt. Auf die Erleichterung folgte bittere Resignation, als der wahre Grund für die Entlassung deutlich wurde, daß man ihm die Freiheit nur unter Einschränkungen zurückgab, daß er sich mit der Demütigung abfinden mußte, in Mirat zu leben, und dann kam die bitter-süße Demütigung, als man ihm sagte, seine Frau werde diese Freiheitsbeschränkung mit ihm teilen. Und nach der Erleichterung, der Resignation und der Demütigung war der Schock gekommen, als Achmed ganz ruhig von Sayeds Gefangennahme in Manipur berichtete. Außer sich vor Zorn hatte er nicht nur seinen ältesten Sohn einen Verräter genannt, sondern auch Achmed beschimpft. Es war unverzeihlich gewesen, doch Achmed hatte ihm scheinbar verziehen. Achmed hatte immer noch ruhig und intelligent über die möglichen Motive der Regierung für seine Freilassung gesprochen. Es hätte der Wendepunkt in ihrer Beziehung sein können. Sein Eigensinn, sein herrisches und kaltes Wesen – sorgsam gepflegte Verteidigungswälle gegen die islamische Sünde, Gefühle zu zeigen – waren vielleicht die größten Hindernisse für ein besseres Verständnis gewesen. Und doch schien sich Achmed nach diesem Moment, nach der Gelegenheit, die sie gehabt hatten, sich näher zu kommen, wieder zurückgezogen zu haben. Der Funke der Begeisterung und des Engagements hatte nicht gezündet. Später hatte Kasim vorsichtig versucht, ihn zu entzünden, und Achmed reagierte manchmal scheinbar darauf. Aber als die Mutter tödlich erkrankte, schien er seine Reaktionsfähigkeit bewußt zu unterdrücken, und er verhielt sich wieder nur dann pflichtbewußt, wenn Pflichtbewußtsein scheinbar erforderlich war. Wie jetzt. Er saß ihm pflichtschuldigst gegenüber, beugte sich vor, hatte die Hände gefaltet und wies so auf den unmittelbar bevorstehenden Abschied hin.

»Achmed, wie fandest *du* Sayed?«

»Er wirkte sehr fröhlich und in guter körperlicher Verfassung. Er sagt, man behandelt ihn recht gut.«

»Ich weiß, ich weiß. Hat er irgend etwas gesagt, das du mir deiner Meinung nach sagen solltest?«

»Wir haben beinahe nur über die Beizjagd gesprochen. Wir waren nicht allein. Einer der Subalternoffiziere war dabei.«

»Wieso?«

»Major Merrick erklärte, er habe Anweisung, daß nur du mit Sayed allein sein dürftest. Allerdings plazierte er den Subaltern-offizier so, daß er nicht ohne weiteres alles verstand. Aber das war nicht wichtig, wenn überhaupt, war es eher komisch.«

»Er ist jetzt Oberst Merrick. Ist dir das nicht aufgefallen? Außerdem ist er entweder blind oder hinterlistig. Er sagte mir, Sayed gehöre nicht zu jenen, die seiner Meinung nach stolz auf die Situation sind, in der sie sich befinden und nichts bereuen. Das war nicht mein Eindruck. Was hattest du für einen Eindruck?«

»Gar keinen. Wir sprachen nicht über solche Dinge.«

»Ihr habt nur über die Beizjagd gesprochen?«

»Nein, aber beinahe nur über mich. Mir fiel leider nichts ein, wonach ich ihn hätte fragen können. Schließlich muß ihm ein Tag wie der andere vorkommen.«

»Worüber außer der Beizjagd habt ihr gesprochen?«

»Oh, über persönliche Dinge.« Achmed grinste. »Sayed sagte, Merrick habe mich in Bombay Whisky trinken sehen, und er meinte, ich solle damit aufhören.«

Kasim dachte: Vermutlich haben sie auch über die Krankheit und den Tod ihrer Mutter gesprochen, über die vorläufige Beisetzung in Nanoora und die bevorstehende Überführung, damit sie im Grab der Kasims in Ranpur endgültig beigesetzt werden kann.

»Er hat nicht über Dschinna gesprochen?«

»O doch. Er hat gesagt, Nita werde offenbar sehr pro Dschinna.«

»Nur das?«

»Nun ja, er hat gesagt, Nita sei vermutlich für Dschinna, weil Guzzy es ist, und Frauen schließen sich in solchen Dingen meist ihren Männern an.«

Der Diener klopfte. Die Tür wurde zurückgeschoben, und man brachte den Tee.

»Willst du es dir nicht doch anders überlegen, Achmed?«

»Nein, ich habe keine Zeit. Ich muß gleich gehen.«

»Dann bringen Sie den Tee später«, sagte Kasim dem Diener. Der Diener verschwand.

»Hat Sayed dich nicht nach deiner Meinung über Dschinna gefragt?«

»Nein.«

»Hat er dir nicht gesagt, daß er mir dringend geraten hat, die Partei zu wechseln, und daß er herausfinden wolle, wie du darüber denkst?«

»Nein, nichts dergleichen.«

»Offensichtlich wollte er das Thema anschneiden, als er über Nita sprach. Hat man euch bald darauf unterbrochen?«

»Ja, man sagte uns, die Zeit sei um. Wir hatten zehn Minuten oder so.«

»Mehr nicht? Es ist nicht wichtig. Wichtig ist, daß er versuchte zu tun, was er versprochen hatte. Also will ich die Frage selbst klären. Was hieltest du davon, wenn ich zur Liga überwechseln würde? Die Liga ist in einer sehr starken Position. In den vergangenen Jahren, als die meisten Kongreßführer im Gefängnis saßen, hat sie den Weg für die Spaltung des Landes geebnet. Bei den Wahlen wird sie wahrscheinlich die meisten der für die Moslems bestimmten Sitze gewinnen. Selbst mein Sitz ist mir nicht sicher. Dschinna würde sich freuen, wenn ich meine Dienste der Liga anbiete. Vielleicht bekäme ich sogar einen Ministerposten in einer Regierung, die er in einem Pakistan bilden wird, das er uns abringt, ganz gleich, wie diese Regierung oder dieses Pakistan aussehen mögen. Um mir einen Ministerposten zu sichern, könnte ich auch tun, was ein Vater vielleicht tun sollte. Ich könnte meinen Sohn öffentlich gegen den Vorwurf des Hochverrats verteidigen. Ich formuliere das für dich so kraß, Achmed, denn ich bitte dich, mir ein einziges Mal aufrichtig zu sagen, was du davon halten würdest, wenn ich das täte. Du hast gerade gesagt, daß Frauen in solchen Dingen immer ihren Männern folgen. Deine Mutter ist mir immer gefolgt. Es war am Ende nicht leicht für sie, denn ihre Familie wurde sehr Pakistan-bewußt und sehr Dschinna-bewußt, so wie Nita und Guzzy es geworden sind. Ich frage dich, ob du und Sayed, ob Nita und eure Mutter schon immer dachtet, ich sei im Unrecht, und ob ihr euch gebeugt und aus Familienloyalität nie etwas gesagt habt. Bist du der Ansicht, es sei nun an mir, mich zum Wohl aller, auch zu meinem eigenen Wohl, zu beugen?«

Die Räder des Wagens klirrten. Der Wagen war an eine Rangierlok angekoppelt worden.

»Ich habe keine Ansicht, Vater«, sagte Achmed und stand auf.

»Du weißt, ich verstehe nichts von all dem Hin und Her. Es scheint mir nichts mit normalen Problemen zu tun zu haben, obgleich es wohl etwas damit zu tun haben muß. Aber wie viele Lösungen auch gefunden werden, es gibt immer noch Menschen, die verhungern, und all das. Oder wenn sie nicht verhungern, bringen sie sich gegenseitig sinnlos um. Parteien und so etwas bedeuten mir nichts.«

Auch Kasim erhob sich.

»Das heißt, es ist dir so oder so gleichgültig? Zumindest ist damit eine Frage beantwortet. Ich brauche keine Rücksicht auf deine Gefühle zu nehmen, vielmehr, ich muß mir deinetwegen und Sayeds wegen keine Gewissensbisse machen. Das ist eine Erleichterung. Verstehst du, ich habe mir schon vor langer Zeit klar gemacht, was ich tun muß. Ich habe nur auf den Moment gewartet, in dem ich zum Handeln gezwungen werde. Ich will dir nur soviel sagen, Achmed, daß deine Antwort nichts an meiner Entscheidung geändert hätte. Aber man möchte doch wissen, womit man in der eigenen Familie zu rechnen hat. Sayed ist für mich ein Mann, dessen Tun sich nicht verteidigen läßt, denn er hat sein Wort, er hat seinen Schwur gebrochen. Und daraus folgt, daß ich meinen nicht brechen kann. Ich werde nie im Leben zu Dschinna übertreten. Ich habe es Sayed nicht gesagt, denn ich glaubte, er habe so oder so keine Antwort verdient –«

Der Wagen fuhr ein kleines Stück vorwärts und hielt dann plötzlich an. Sie vermieden einen Zusammenprall, indem sie sich an verschiedenen Haltegriffen festhielten.

»So sieht es also aus«, sagte Kasim und richtete sich auf. »Ich glaube, du verdienst es, meinen Standpunkt zu kennen. Du gehst jetzt besser, wenn du nicht nach Ranpur mitkommen willst.«

Er schob die Tür auf und ging durch den leeren Gang. Nach dem Klirren und Rucken war der Wagen unnatürlich still, als sei er abgehängt. Der Teppich dämpfte das Geräusch der Schritte. Als Kasim sich am Ausgang umdrehte, traf es ihn beinahe wie ein Schock, Achmed dicht hinter sich zu sehen.

Er umarmte ihn förmlich.

»Warte nicht zu lange in der Werkstatt. Trink einen Kaffee oder etwas anderes.«

»Ja, Vater, das werde ich tun.«

»Und zweifellos auch etwas Stärkeres. Ich nehme an, du hast deine Flasche.« Er roch den Whisky unter dem Knoblauch im Atem seines Sohnes. Er ließ Achmed gehen, hielt ihn aber noch einmal zurück.

»Bitte sprich nie über das, was ich über Sayed gesagt habe. Es könnte seine Lage verschlechtern. Und die andere Sache mit Dschinna ist vertraulich, obwohl sie bald genug öffentlich bekannt sein wird. Da du politische Gleichgültigkeit bekundest, kann ich nicht erwarten, daß du meine Entscheidung billigst oder mißbilligst, aber es tut mir leid, wenn ich hart mit dir gesprochen habe. Ich wollte dich nicht verletzen.«

Der Wagen ruckte wieder und kam langsam ins Rollen. Achmed griff nach dem Geländer und stieg hinunter. »Weshalb sollte ich verletzt sein?« fragte er. »Ich habe mit Dimitri gewettet und gewonnen. Er hat gewettet, du würdest zu Dschinna übergehen, ich habe gewettet, du würdest es nicht tun.« Die Rangierlok pfiff durchdringend. Er rief: »Aber er wollte um nichts wetten. Wir haben nämlich beide im Grunde erwartet, daß ich gewinnen würde.«

Achmed sprang ab und lief ein paar Schritte, um nicht zu stürzen.

»Achmed!« rief Kasim und wollte ihn zurück haben.

»Paß auf dich auf! Mach die Tür zu!« schrie Achmed und blieb auf dem Schlackenboden stehen.

»Achmed! Wie war das? Erwartet oder gewünscht? Achmed!« Aber der Schlackenboden entfernte sich immer schneller, behielt Achmed bei sich, entführte ihn außer Hörweite und zeigte mehr von den Umrissen der Koksbunker und Schuppen, das plötzliche grelle Licht einer Bogenlampe und dann eine erstickende, rauchige Dunkelheit, die ihn zurückweichen ließ und beinahe in Booby Sahibs Arme trieb.

»Herr Ministerpräsident, was machen Sie denn? Warum steht die Tür offen? Warum ist hier niemand, der sich richtig um alles kümmert? Es kommt noch soweit, daß man sich nicht einmal mehr darauf verlassen kann, daß sich jemand um Sie kümmert.«

»Nein, Booby«, sagte Kasim und legte ihm die Hand auf die dicke weiche Schulter. »Man kümmert sich bestens um mich.«

IV

Sie blieben im Vorzimmer stehen, während der Adjutant, der ihn und Booby mit dem Wagen in der Kandipat Road abgeholt hatte, an die Tür klopfte, öffnete und mit einer leichten Verbeugung Kasim bedeutete, einzutreten, und Booby Sahib, zu bleiben, wo er sich befand. Der Gouverneur kam Kasim auf halbem Weg durch den großen hohen Raum entgegen. Offenbar trug er denselben zerknitterten Nadelstreifenanzug wie bei der Chakravarti-Grundsteinlegung. Die Brille hielt er in der linken Hand und streckte Kasim die rechte entgegen.

»Mr. Kasim, pünktlich wie immer. Wie geht es Ihnen?«

»Danke, sehr gut, Gouverneur-ji. Aber diesmal ist die Pünktlichkeit in erster Linie das Verdienst Ihres Hauptmanns Thackeray, der rechtzeitig mit dem Wagen da war.«

»War Ihnen der Wagen nicht unangenehm? Wie ich höre, war Ihr Haus den ganzen Tag belagert.«

»Glücklicherweise hauptsächlich von wohlmeinenden Leuten.«

»Gut. Ich dachte, wir setzen uns hierher. Das Feuer brennt nicht. Es ist nur diese Scheinkohlenglut. Sagen Sie, wenn es Ihnen zu kühl ist.«

Malcolm hatte keinen sichtbaren Befehl gegeben, aber die Zauberkräfte der Residenz taten ihr Werk: Die Türen öffneten sich, und Diener brachten Tee. Es waren fünf Diener. Malcolm beachtete sie nicht; sie verrichteten unauffällig ihre Arbeit.

»Wie geht es Lady Malcolm, Herr Gouverneur? Ich hoffe, besser.«

»Etwas besser. Danke.«

»Nicht so gut, wie Sie gehofft hatten?«

»Nein. Ich versuche, sie nach England zu bringen. Sie könnte dort einen bestimmten Arzt konsultieren. Ich muß nur einen Weg finden, sie zum Verlassen von Ootacamund zu bewegen. Dann werden wir weiter sehen.«

Ein englisch-indischer Tee wartete auf sie. Kasim roch das leichte Currygebäck, ohne einen Blick darauf werfen zu müssen. Die Diener verschwanden so unauffällig, wie sie erschienen waren. Als der letzte gegangen war, sagte Kasim:

»Ich werde bei den Wahlen nicht kandidieren.«

»Ich verstehe.« Nur die Stimme verriet Enttäuschung; das Gesicht blieb gelassen.

»Ich werde meinen Freunden in der Kongreßpartei vorschlagen, einen Mann namens Fazal Huq Rahman in meinem alten Wahlbezirk aufzustellen. Er ist immer noch sehr gegen Dschinna, sehr fähig und hat meiner Meinung nach die beste Chance, diesen Moslem-Sitz für die Kongreßpartei zu halten, obwohl mein alter Gegner Nawaz Shah die Gelegenheit zweifellos nutzen wird, um seinen Sitz jemand anderem zu geben und für die Liga um meinen zu kämpfen.«

Sie tranken den Tee, den die Diener eingegossen hatten.

»Nawaz Shah?«

»Abdul Nawaz Shah. Nicht zu verwechseln mit Shah Nawaz Khan.«

Der Gouverneur lächelte. Er sagte: »Ich war damals nicht Gouverneur, aber ich glaube, mich daran zu erinnern, daß Sie 1937 Abdul Nawaz Shah in ihrer Regierung haben wollten.«

»Er ist ein fähiger und engagierter Mann, und 1937 gab es konstitutionelle Gründe dafür, eine Koalition zu bilden, und vernünftige Hoffnungen, der Liga klarzumachen, daß unser Politik sich keineswegs gegen die Moslems richten würde. Natürlich sind solche Hoffnungen jetzt nicht mehr sehr groß.«

»Ja, leider.« Malcolm stellte die Tasse ab. »Bedeutet das auch, daß Sie für die Verteidigung der INA nicht zur Verfügung stehen?«

»Ja, das bedeutet es.«

»Nützt es, wenn ich darauf hinweise, daß Wahlen in dieser Provinz erst irgendwann im neuen Jahr stattfinden werden? Dann wird das Thema INA vielleicht nicht mehr so heikel sein.«

»Eigentlich nicht, Gouverneur. Der Wahlkampf beginnt beinahe sofort. Eindeutig wird das Thema INA von beiden großen Parteien zum Wahlkampfthema gemacht, und es ist ebenso deutlich, daß ich einen wichtigen Moslem-Sitz für den Kongreß verlieren werde, wenn ich mich nicht für die Verteidigung der INA zur Verfügung stelle. Die Wähler würden fragen: Was ist das für ein Mann, der nicht einmal seinen eigenen Sohn verteidigen will?«

»Aber mein lieber Mr. Kasim, niemand würde es Ihnen vorwerfen, wenn Sie Ihren Sohn, wenn Sie die INA verteidigen – ich am allerwenigsten.«

»Das dachte ich mir. Sie haben es beim Mittagessen vor ein paar Wochen vorsichtig angedeutet. Bei früheren Anlässen erhielt ich von seiten der Regierung weniger vorsichtige Hinweise darauf, daß man hoffte, ich würde eine Attacke gegen diese Burschen reiten.«

»Beabsichtigen Sie das?«

»Nein, ich habe keine Selbstmordabsichten.«

»Wenigstens eine gute Nachricht. Wenn Sie andererseits die INA und Ihren Sohn nicht öffentlich verteidigen, wie können Sie dann politisch überleben?«

»Ich weiß nicht, ob ich überleben kann. Aber ich habe genug Erfahrung, um zu wissen, daß man abwartet, wenn man etwas nicht weiß. Ich werde nichts tun, um die Vorstellung zu stärken, daß die INA-Kämpfer Helden sind. Mit der Zeit werden andere mir vielleicht zustimmen. Ein freies und unabhängiges Indien wird solche Offiziere vielleicht nicht haben wollen. Aber ich persönlich möchte nicht das Gefühl haben müssen, sie einmal verteidigt und mich dann geweigert zu haben, sie ins Heer aufzunehmen. Deshalb geht es für mich nur darum, sie jetzt nicht zu verteidigen. Viele der Männer hatten vielleicht verständliche Entschuldigungen. Aber wie kann man sagen, wer welchen Grund zu seinem Handeln hatte? Man nehme einen dieser zwielichtigen Männer, an die ich denke, ins Heer auf, und man legt damit den Keim zu einer Militärdiktatur. Man unterstützt einen Mann, der seinen Eid noch einmal vergißt und eine ordnungsgemäß konstituierte Zivilregierung bekämpft und sie sogar stürzt. Ich möchte keine Regierung der Generäle. Ich möchte ein solches Indien nicht erleben. Ich glaube nicht, daß es ein solches Indien geben wird. Aber zuviel Lob für die INA scheint mir der beste Weg dazu. Also muß ich im Augenblick, wie Sie sagen würden, *hors de combat* sein, denn ich stehe nicht im Einklang mit den gegenwärtigen Emotionen meines Landes, und die gegenwärtigen Emotionen des Landes stehen nicht im Einklang mit mir. Ich sollte mich zum Besten aller, wie Sie als Engländer sagen, aufs Land zurückziehen. Also Kasim, sage ich mir, geh und bestelle für einige Zeit deinen Garten.« Er lächelte. »In Premanagar hatte ich viel Zeit, das zu lernen.«

Auch Malcolm lächelte. Er sagte: »Nicht jeder findet Geschmack am Märtyrertum, Mr. Kasim. Es überrascht mich, den Geschmack daran bei Ihnen zu entdecken.«

»Märtyrertum? Oh nein. Sie haben mich völlig falsch verstanden! Zum Märtyrer bin ich am allerwenigsten geschaffen. Ich bin ein sehr praktischer Mensch. In dieser Hinsicht gleiche ich jedem Engländer. Aber ich habe mich auch zur Weitsicht erzogen, und die Weitsicht hat mir gezeigt, daß man mit einem einzigen Moment der Kurzsichtigkeit für immer leben muß.«

»Gut, sagen wir nicht Märtyrertum. Sagen wir einfach, Ihr Gewissen und Ihre Moral fordern einen hohen Preis. Folgt daraus, daß Sie das Wohl dieser Provinz zu kurz kommen lassen?«

»Herr Gouverneur, Sie wissen, in dieser Provinz gibt es eine Kongreßmehrheit. Wen immer Sie auffordern werden, eine Regierung zu bilden, es wird ein Kongreßmitglied sein. Meine Moral lasse ich mir einen Moslem-Sitz kosten, einen Minderheitensitz in der Gesetzgebenden Versammlung. Also ist mein zeitweiliger Rückzug aufs Land billig erkauft. In Anbetracht aller Umstände könnte ich das Mandat nicht gewinnen.«

»Ein zeitweiliger Rückzug aufs Land? Woran denken Sie?«

»Im Augenblick nur daran, meinen Garten zu bestellen. Ich werde alles tun, um Fazal Huq Rahmans Anspruch zu unterstützen und Dschinna und seine Liga, die die Trennung will, zu bekämpfen. Oh, sie werden sehr bald merken, daß ich nicht in ihrem Lager stehe. Und wenn man mich nach meinen Ansichten über die INA fragt, werde ich den Standpunkt – Sie werden mir vergeben – eines englischen Gentleman einnehmen. Ich werde sagen: ›Wie kann ich mich zu solchen Dingen äußern, wenn ich, mein Sohn, meine ganze Familie in diese Sache hineinverwickelt sind? Hier müssen andere das Wort ergreifen.‹ Ich werde mich auch nach altehrwürdiger Methode damit entschuldigen, daß gewisse familiäre Unglücksfälle und meine Gesundheit mich bei den Wahlen in der kommenden kalten Jahreszeit nicht zu einem geeigneten Kandidaten machen. Also, was geben Sie nun auf meine Moral? Sie sehen, was für eine machiavellische Viper Sie an Ihrem Busen genährt haben?«

Malcolm legte den Kopf zurück, schloß die Augen und lachte.

»Also, Herr Gouverneur. Können wir uns noch einmal kurz über Fazal Huq Rahman unterhalten?«

Malcolm setzte die Brille auf und sah Kasim an. »Was gibt es über Fazal Ruq Rahman noch zu sagen?«

»Sollte er Nawaz Shah bei den Wahlen besiegen, was sehr unwahrscheinlich und ein Unglück für Indien wäre, das wir dem verstorbenen Lord Minto zu verdanken hätten...«

»Warum Lord Minto?«

»Als er Vizekönig war, fiel die Entscheidung, separate Wahlbezirke für Moslems zu schaffen...«

»Was ausschließlich auf den Druck von Moslems zurückzuführen war.«

»Technisch gesehen, ja. Aber Minto hätte nicht zustimmen müssen. Er und die Briten wollten zustimmen, und er hat unbewußt geteilt und geherrscht. Lady Minto teilte und herrschte sehr bewußt. Sie hätten Ihren Memsahibs nie erlauben dürfen, das Land zu betreten. Sie begrüßte die Einrichtung getrennter Wahlbezirke mit dem Freudengeschrei einer Amazone, denn das nationale indische Verderben, ein nationaler indischer Umsturz, wie sie es nannte, war dadurch wirkungsvoll abgewendet worden. Leuten wie den Mintos verdanken wir Dschinna.«

Malcolm lächelte. »Kehren wir zu Fazal Huq Rahman zurück«, sagte er.

»Das wollte ich. Ich habe Sie, Sir George, nur an den politischen Hintergrund dieser konstitutionellen Absurditäten erinnert. Es ist so, Sir George, als hätten Sie in Ihrer Heimat getrennte Wahlbezirke für Protestanten, Katholiken, Freireligiöse, Evangelisten und Anhänger der Christlichen Wissenschaft. Die Briten haben den Kommunalismus in unserer politischen Ordnung verankert. Die Wahlen in der kalten Jahreszeit werden auf religiöser, nicht auf politischer Grundlage durchgeführt. Sollte Fazal Huq Rahman jedoch seine Moslemwählerschaft davon überzeugen, daß Einheit, nicht Trennung die Antwort ist, und das bleibt zweifelhaft, dann lassen Sie mich als erstes sagen, er hat nicht das Format zum Minister, und Ihnen dann versichern, daß er weder ein Verwandter noch ein Freund oder Freund eines Vetters ist, dem ich etwas schulde...«

Malcolm legte den Kopf zurück. Er nahm die Brille ab und rieb sich die Augen. Er fragte: »Was soll ich wegen Fazal Huq Rahman tun?«

»Wenn Sie mit Ihrem neuen designierten Ministerpräsidenten die Ministerien erörtern, wird er einen Mann für das Kultusministerium vorschlagen, und wie alle guten Gouverneure werden Sie vermutlich keine Einwände erheben. Aber da Sie keine Einwände erheben, wäre es nützlich, wenn Sie Fazal Huq Rahmans Namen erwähnten und Interesse daran bekunden, ihn in irgendeiner Funktion in diesem Ministerium zu sehen.«

»Ich werde es im Auge behalten, Mr. Kasim. Vielleicht werden Sie, wenn der Zeitpunkt nähergerückt ist, dabei helfen, die Sache in die richtige Richtung zu lenken.«

»Ich glaube, das wäre nicht klug. Wissen Sie, ich glaube, wir sollten uns nur noch in der Öffentlichkeit sehen.«

Der Gouverneur betrachtete ihn ruhig. Er sagte: »Das würde ich bedauern. Aber ich muß es Ihnen überlassen. Werden Sie wieder als Anwalt tätig sein?«

»Nein, nein. Ich bin in der glücklichen Lage, meinen Lebensunterhalt nicht verdienen zu müssen, wie Sie wissen.«

»Ich meine eigentlich: Werden Sie sich für juristische Fragen interessieren?«

»Man verliert seine Interessen nie.«

»Nein. Richtig. Ich meine: Identifizieren Sie sich mit quasijuristischen Ausschüssen, die gebildet werden, um Angelegenheiten zu überprüfen, die mögliche juristische Folgen oder Untersuchungen nach sich ziehen können?«

»Sie sprechen von Angelegenheiten, die möglicherweise als Folge der Unruhen nach den Verhaftungen von Kongreßmitgliedern wie mir zutage treten könnten?«

»Ja.«

»Und der Art, wie man die Unruhen niederschlug?«

»Und der Art, wie man sie niederschlug.«

»Nein, an solchen Dingen bin ich nicht interessiert. Für mich ist das alles trübes Wasser. Es war auch damals trübes Wasser. Aber es wäre töricht, es wieder aufzuwirbeln. Ich glaube, ich muß gehen.« Er stand auf. Auch Malcolm stand auf. Kasim sagte: »Vielen Dank für alles, was Sie arrangiert haben und hofften, arrangiert zu haben. Im nächsten Jahr können Sie das alles vergessen. Ich hoffe, Lady Malcolm wird bald wieder völlig hergestellt sein.«

»Danke.«

Sie gingen langsam auf die Flügeltür zu, die zum Vorzimmer hinausführte. Malcolm blieb stehen. Er sagte: »Mr. Kasim, erinnern Sie sich an meine letzten Worte hier in diesem Raum, kurz bevor man Sie in die Festung Premanagar brachte?«

»Ja, ich erinnere mich gut. Sie haben gesagt, Sie wollten mir den Gedanken mit auf den Weg geben, daß dies eines Tages vielleicht mein Zimmer sein werde.«

»Wollen Sie das? Wenn ja, glaube ich, es Ihnen beinahe garantieren zu können. Es ist nicht dasselbe, wie einer Regierung vorzustehen, aber es bietet auch gewisse Vorteile. Ranpur hatte noch keinen indischen Gouverneur, aber Sie wären nicht der erste indische Gouverneur, der in diesem Land ernannt wird.«

»Sie meinen vereidigt, nicht ernannt.«

»Ja.«

Kasim spürte wieder das Zittern in seinem rechten Arm und in der rechten Hand. Beinahe unbewußt unterdrückte er es, indem er das rechte Handgelenk umfaßte. Einen Augenblick machten ihn die Verlockungen des Gipfels – die herrliche berauschende Höhenluft, die ungeheure Weite – benommen.

Er hörte sich sagen: »Sie wissen, wie schwierig das wäre, wenn der Vizekönig nicht vom Generalgouverneur eines autonomen Dominion abgelöst und sein Staatsrat nicht von einem indischen Kabinett abgelöst worden wäre, das einer frei gewählten zentralindischen Gesetzgebenden Versammlung verantwortlich ist. Und in diesem Rahmen wird das Amt eines Provinzgouverneurs – wenn so etwas bestehen bleibt, und ich vermute, das wird es – etwas für einen alten Mann sein. Bitte verstehen Sie mich nicht falsch.«

»Ich verstehe Sie nicht falsch.«

»Außerdem, sollte ich vereidigt werden, wenn Sie in den Ruhestand treten, hieße das, ich müßte meine aktiven parteipolitischen Bindungen lösen.«

»Auch das verstehe ich. Vermutlich habe ich nach einem Weg gesucht, der sicherstellt, daß Ihr Rückzug auf das Land nicht von allzu langer Dauer ist.«

»Nun, das ist mein Problem. Aber es ist sehr freundlich von Ihnen, sich persönlich darum zu bemühen.«

»Es ist nicht freundlich, Mr. Kasim. Ich muß mich darum bemühen, ob es mir gefällt oder nicht. Aber mir ist es lieber, es gefällt mir. Wie ernst haben Sie es gemeint, als sie sagten, wir sollten uns privat nicht wiedersehen?«

»Oh, sehr ernst. Ich bemühe mich darum, nichts leichthin zu sagen.«

»Kann ich in diesem Fall etwas für Sie tun, außer mich zu verabschieden und Ihnen alles Gute zu wünschen?«

»Oh ja, eine Kleinigkeit. Es beschämt mich beinahe, es zu erwähnen.«

»Aber ich bitte Sie –«

»Ich weiß, daß jeder Brief, den Sayed seiner Familie schreibt, und daß jeder Brief, den die Familie an Sayed schreibt, geöffnet und zensiert werden muß. Das ist unter den gegebenen Umständen völlig korrekt. Aber es ist lästig geworden, das Gefühl haben zu müssen, daß man weder Briefe schreiben noch erhalten kann – von wem auch immer und zu welchem Thema auch immer –, die nicht von Fremden gelesen werden, zweifellos von völlig Unbeteiligten, die nur ihre Pflicht tun. Aber das führt dazu, daß man das Gefühl für das Recht, sich zu äußern, beschneidet, und das ist lächerlich, wenn ich weiß, daß ich andererseits hierher kommen und meine Gedanken offen und frei äußern kann.«

»Ich habe mich dieser Sache vor ein paar Tagen angenommen, als mir ein bestimmter Punkt zur Kenntnis gebracht und mir dadurch klar wurde, daß es immer noch geschah. Haben Sie noch ein oder zwei Tage Geduld...« Malcolm lächelte. »Sie wissen, wie langsam jede Bürokratie arbeitet.«

»O ja, das weiß ich nur allzu gut. Vielen Dank. Guten Abend, Herr Gouverneur.«

»Guten Abend, Mr. Kasim.«

Die Menge in der Kandipat Road war immer noch da und wartete geduldig darauf, ihn bei seiner Rückkehr von einem wichtigen Ereignis – was immer es gewesen sein mochte – zu begrüßen. Vor dem Haus konnte der Wagen nicht mehr weiterfahren. Thackeray saß nicht im Wagen, und nichts wies darauf hin, daß er zur Residenz gehörte. Aber am nächsten Tag würde ganz Ranpur wissen, wo er gewesen war. Dann wäre es bereits nicht mehr von Bedeutung. Für die geduldige Menge war es schon an diesem Abend nicht mehr von Bedeutung, wo er gewesen war oder was er getan hatte. Den Menschen genügte es, daß er ausgegangen war und die Engländer auf irgendeine Art herausgefordert hatte. Einer solchen Menschenmenge gegenüber war Booby wie verwandelt. Er strahlte, er lächelte, kurbelte das Fenster herunter und rief fröhlich: »Gut, gut! Was soll das bedeuten? Worauf wartet ihr? Er ist müde. Seht ihr das nicht? Laßt uns bitte durch. Morgen ist auch noch ein Tag. Dann wird er etwas zu sagen haben. *Hán, hán! Jai Hind. Jai Hind.* Alle gehen jetzt nach Hause. Alles ist in Ordnung.«

Er kurbelte das Fenster hoch, während die Menge sich teilte wie das Rote Meer, und der Wagen durch das schmiedeeiserne Tor rollte. »Sehen Sie, Herr Ministerpräsident«, sagte Booby begeistert, »nun sind wir endlich zu Hause.«

Booby hatte sogar veranlaßt, daß der Springbrunnen in dem flachen Becken im Innenhof plätscherte. Kasim lehnte am Geländer des Balkons im zweiten Stock und überließ sich einige Zeit der aquariumsähnlichen Wirkung, die durch die schwache Beleuchtung entstand. Dann ging er in das Zimmer zurück, das man auf seinen Wunsch für ihn vorbereitet hatte. In diesem Zimmer hatte sein Vater als Witwer gearbeitet und meditiert. Es war ein schmuckloses Zimmer, mit cremefarben getünchten Wänden, Fenstern mit durchbrochenem Gitterwerk, einem einfachen Bett, einem Schreibtisch, einem Stuhl, zwei Lampen (zu Zeiten seines Vaters Petroleumlampen, nun elektrische). Er setzte sich an den Schreibtisch und las noch einmal Bapus Brief.

»Herr Ministerpräsident?«

»Was gibt es Booby?«

»Kann ich etwas für Sie tun?«

»Nein, nein, aber kommen Sie herein. Setzen Sie sich.«

Es gab keine Sitzgelegenheit für Booby. Deshalb stand er auf und setzte sich auf das Bett. Booby nahm trotzdem nicht Platz.

»Sie müssen schlafen«, sagte er, »Sie haben die ganze letzte Nacht wieder nicht geschlafen.«

»Ich bin nicht müde. Ich muß einen Brief an Bapu aufsetzen.«

»Bitte diktieren Sie. Ich habe Block und Bleistift bei mir.«

»Nein, ich werde ihn aufsetzen. Dann können wir ihn besprechen. Danach kann er getippt werden.«

Boobys Steno ließ sehr zu wünschen übrig. Der alte Mahsood hatte Stenographie nicht beherrscht. Aber irgendwie schien es nichts auszumachen.

»Also gut«, sagte Booby, »dann bleibt im Augenblick nur die Frage, was mit dem Brief von Pandit Baba geschehen soll.«

Kasim schloß die Augen und machte eine abwehrende Geste. »Ach werfen Sie ihn weg, Booby. Wir wollen nicht im Trüben fischen. Wir haben ihm nie geantwortet. Weshalb sollten wir ihm jetzt eine Antwort geben? Wir wissen nicht einmal, weshalb er mich mit diesen Briefen quält, sondern ahnen es nur. Er ist ein lästiger und unwichtiger Mann.«

»Ja, Herr Ministerpräsident, ich werde ihn wegwerfen. Mr. Chakravarti hat angerufen. Er lädt Sie für die nächste Woche zum Dinner ein.«

»Ich kann in der nächsten Woche nicht zum Dinner zu Chakravarti gehen.«

»Ich werde es ihm sagen.«

»Nein, sagen Sie es ihm nicht. Nehmen Sie an, und sagen Sie später ab. Am Tag vorher. Das ist sehr viel unkomplizierter. Und sonst?«

»Mrs. Nawaz Shah hat auch angerufen.«

»Sie kann also anrufen.«

Kasim blickte auf. Booby nickte. Ausdruckslos. Aber irgendwie zustimmend. Vielleicht war Booby doch der Richtige.

»Und?«

»Achmed hat heute nachmittag aus Mirat angerufen, während wir nicht zu Hause waren.«

»Was hat er gesagt?«

»Ich bin nicht dahintergekommen. Wir brauchen intelligenteres Personal, Herr Ministerpräsident.«

»Vielleicht. Wir können morgen darüber sprechen. Aber im wesentlichen überlasse ich das Ihnen. Wie lautete die Nachricht?«

»Sie ist völlig sinnlos.« Booby blickte auf einen Zettel. »Nur drei Worte. ›Erwartet und gewünscht.‹«

»Mehr nicht?«

»Mehr nicht, Herr Ministerpräsident.«

Kasim lächelte. »Es genügt. Danke, Booby. Das wäre alles für heute abend.«

Nach einer Weile erhob er sich vom Bett, setzte sich an den Schreibtisch und begann, den Brief an Bapu zu schreiben. Er adressierte ihn: An Mr. Mohandas Karamchand Gandhi.

Lieber Bapu, (schrieb er)

»vielen Dank für Deinen Brief und Deine freundliche Anteilnahme am Verlust meines alten Freundes Mahsood. Wie Du weißt, war er viele Jahre bei mir, und das ist jetzt alles vorbei. Es ist ein so großer Verlust. Ich bin für Deinen Brief dankbar, denn er hilft mir zu erkennen, daß der Verlust von jemandem geteilt wird.

Es war jedoch ein besonderer Schlag, der zu anderen kam, und ich bin, offen gestanden, niedergeschlagen und anfällig für alle möglichen Zweifel und Unsicherheiten. Bitte verstehe mich nicht falsch. Ich habe keinerlei Zweifel an unserer Verpflichtung, der Sache der Freiheit, der Einheit und Gewaltlosigkeit zu dienen, der Du nicht nur die Arbeit Deines ganzen Lebens gewidmet hast, sondern deren Seele Du für uns alle bist. Dieser Sache werde ich niemals untreu werden. Die Unsicherheiten, von denen ich spreche, haben viele unterschiedliche Ursachen. Zum Beispiel –«

Kasims Gedankenfluß brach vorübergehend ab. Dann schrieb er weiter: »Zum Beispiel bin ich nicht sicher, welches der beiden Ereignisse in letzter Zeit – die Wahl einer sozialistischen Regierung in London und die Vernichtung Hiroshimas durch eine einzige Atombombe – die tiefe ergreifende Wirkung auf die Zukunft Indiens haben wird. Vielleicht ruft dieser Druck der Welt außerhalb Indiens meine Unsicherheit hervor, obwohl ich sicher bin, daß dieser äußere Druck seine Entsprechung im inneren Druck hat. Einerseits gibt es etwas, das man ein rein politisches Element nennen könnte, und andererseits gibt es ein Element, das, man kann es nicht anders sehen, in einer Macht wurzelt oder von ihr ausgeht, die die Grenzen dessen überschreitet, was wir moralisch unter Macht verstehen –«

Kasim brach ab. Er starrte auf das Papier. Die Worte bedeuteten so wenig. Auch seine Gedanken schienen so wenig zu bedeuten. Die Welt außerhalb seiner Gedanken, die Welt, die er, wie er glaubte, nicht umfassen konnte, bedeutete viel. An diesem Abend konnte er sie nicht erreichen.

Koda zu der Operation Zipper

Als die erste Kommandoeinheit der wieder einrückenden britischen Besatzungstruppen Anfang September in den Hafen Georgetown auf der Insel Penang einlief, wo die Flut vermutlich nicht hoch war, entdeckte sie eine beunruhigend große Zahl japanischer Soldaten, die an der Hafenmauer angetreten waren, so daß im ersten Augenblick nicht klar war, ob ein Empfangskomitee sie erwartete oder etwas weniger Erfreuliches, ob Zipper, als Angriffsoperation begonnen und zu einem Feldzug für die Befreiung des malaischen Volkes umfunktioniert, wieder eine Operation werden würde.

Die Sache klärte sich zufriedenstellend auf, als ein junger Marineoffizier versuchte, vom leichten Landungsboot, das im niedrigen Wasser auf- und abschaukelte, die Eisenleiter der Hafenmauer hinaufzuklettern, Schwierigkeiten hatte, und der japanische Soldat direkt über ihm sich auf die Knie niederließ, die Hand ausstreckte und sagte: »Ich dir helfen, Johnnie?« Die meisten Männer, die an anderen Stellen an Land kletterten, stellten fest, daß man ihnen die Gewehre abnahm, wodurch das Klettern bestimmt einfacher, der Eindruck aber zunichte gemacht wurde, daß die Nips zu den am wenigsten hilfsbereiten Menschen zählten, die man östlich von Suez antraf (und das hieß viel). Penang wirkte weit vielversprechender als Kalyan. Hinter den angetretenen japanischen Soldaten standen Gruppen hübscher Chinesinnen, die lachten und winkten.

Weiter unten an der Küste, an einem der Strände in der Nähe von Port Swettenham – Leonard Purvis hatte gehört, wie Gäste der Maharani die Gegend einmal so genannt hatten – mußte man keine Hafenmauer erklettern. Statt dessen bot sich ein idyllisches Bild: ein breiter goldgelber Sandstrand, gesäumt von eleganten Palmen. Der kommandierende Offizier, der in einem flachen Schnellboot stand, lächelte sarkastisch beim Anblick dreier kleiner japanischer Offiziere, die ihn auf dem Sand erwarteten und ihre Schwerter auf eine Weise hochhielten, die darauf hindeutete, daß sie sich ergaben. Der Engländer in schmucker Uniform und blitzblanken Stiefeln ließ sich von zwei kräftigen Marinesoldaten durch das flache Wasser tragen und vorsichtig vor dem japanischen Kommandanten absetzen. Nach dem Austausch höflicher Förmlichkeiten sagte der englische Offizier: »Möchten Sie vielleicht sehen, wie wir unter weniger friedlichen Umständen gelandet wären?«

Er gab einen Befehl. Ein junger Offizier im Landeboot blies auf einer Trillerpfeife und hob eine Flagge. Eine halbe Meile weiter draußen wartete eine beeindruckende Reihe schwerer Landeboote (und noch weiter draußen die großen Schiffe, die zum Zipper-Geleitzug gehörten), und sofort ertönte das Grollen startender Schiffsmotoren. Die Boote brausten heran, machten mit breitem Bug und Heck eindrucksvolle Wellen: zehn, zwanzig, dreißig; dann hielten sie an, ließen die Klappen herunterfallen oder öffneten dramatisch die Doppeltore. Da es schwere Boote waren, kamen sie nicht näher, denn es war bekannt (durch den Geheimdienst), daß das Wasser auf den letzten zweihundert Yards kaum knietief war, was nicht gereicht hätte, um zu den Schiffen zurückzukehren, wo weitere Truppen warteten. Die Boote hielten etwa vierhundert Yards vom Strand entfernt; die drei Fuß Wasser waren ausreichend für die Boote und bildeten kein Hindernis für die grün uniformierten Infanteristen oder die Speziallastwagen, Transportfahrzeuge und Panzerfahrzeuge, die sie jetzt ausspuckten und die unerbittlich vorrückten. Die Entfernung zwischen ihnen und den Beobachtern am Strand verringerte sich schnell.

Nach etwa fünfzig Yards geschah etwas Eigenartiges. Die Führer der Landetrupps in der Mitte verschwanden plötzlich unter der sich sanft kräuselnden Wasseroberfläche. Auf der einen Flanke versanken die Fahrzeuge ebenso plötzlich – nicht völlig wie die Männer, sondern bis zu den Aufbauten. Pfeifen schrillten, Männer brüllten und platschten im Wasser herum. Nur auf der anderen Flanke lief die Landung glatt weiter. In diesem Abschnitt gab es keine tückischen Sandbänke und auch keinen Treibsand, der beinahe ein oder zwei Leben gekostet hätte und mehr als ein Panzerfahrzeug in die Tiefe zog.

Der befehlshabende Offizier war instinktiv vorwärtsgelaufen und stand jetzt verwirrt mit seinen schönen Stiefeln im Wasser. Er machte sich Sorgen um seine Truppen und hatte keine Gelegenheit, die japanischen Offiziere im Rücken zu beobachten, aber sein Adjutant tat es. Wenn er später die Geschichte erzählte, sagte er immer, bis zu diesem Augenblick habe er nie ganz verstanden, was unter asiatischer Unergründlichkeit zu verstehen sei.

Er sagte auch, falls sein Kommandant sich durch diesen Vorfall in irgendeiner Form gedemütigt gefühlt haben sollte, wäre er einige Tage später entschädigt worden, als er frisch herausgeputzt nach Singapur fuhr, um der schlichten, präzisen, effizienten und tadellos organisierten formellen Übergabe der Japaner in Malaia an den energischen und gutaussehenden Marineoffizier, den Oberbefehlshaber, beizuwohnen, der in weniger als achtzehn Monaten eine weit weniger schlichte, aber gleichermaßen präzise, effiziente und tadellose Operation leiten würde – nicht, um die Macht in seine Hände zurückzunehmen, sondern um sie zu übergeben.

TEIL ZWEI

1947

Die Büchse der Pandora

I

Es war Juni, und es blieb noch ein ganzes Jahr bis zu dem Datum, das die britische Regierung vorgeschlagen hatte, weil man dann annehmen könne, daß eine zufriedenstellende gesetzliche Einigung gefunden sei, die Briten sich in Ehren von ihren Aufgaben zurückziehen könnten und man den langen Kampf um die Unabhängigkeit als beendet ansehen dürfe.

Aber der geschäftige neue Vizekönig war wieder in Delhi. Er war am letzten Tag im Mai von Konsultationen in London zurückgekehrt. Er ließ sich kaum Zeit, um sich wieder an den Schreibtisch zu setzen, sondern traf am zweiten Juni mit indischen Führern zusammen und unterrichtete sie vertraulich von dem neuen Plan, den er vorgelegt und den das britische Kabinett gebilligt hatte. Am dritten Juni verkündete er in einer Radioansprache an die indische Nation, es sei nun klar geworden, daß sich die Teilung Indiens in zwei unabhängige Dominions, Indien und Pakistan, nicht vermeiden lasse. Er fügte hinzu, das britische Parlament werde in der laufenden Sitzungsperiode die notwendigen gesetzlichen Regelungen verabschieden, um die Macht auf dieser Grundlage zu übergeben.

Am vierten Juni hielt er eine Pressekonferenz (ein Merkmal seiner Vizeregentschaft, das manche alte Hasen für unnötig großspurig hielten) und bestätigte mit der Antwort auf eine Frage, daß die Beschleunigung der Gesetzgebung in Whitehall bedeute, die Regierung werde die Macht nicht erst im nächsten, sondern schon in diesem Jahr übergeben. Er sagte: »Ich glaube, die Übergabe könnte etwa um den fünfzehnten August herum stattfinden.«

Der überraschte Fragesteller rechnete schnell nach. Noch zehn

Wochen. Zehn Wochen! Zehn *Wochen?* Es ist möglich, daß man bei dieser Gelegenheit bei einigen Mitgliedern des Bengal Club zumindest den Eindruck hatte, als habe sie der Schlag getroffen, aber es gibt keine zuverlässigen Beweise, daß es tatsächlich der Fall war. Und inzwischen mußten sie gegen solche rüden Schocks immun geworden sein, selbst wenn dieser wie der Gipfel der Rücksichtslosigkeit wirken mußte. Sehr viel wahrscheinlicher ist, daß an anderen Stellen, wo man eine differenziertere Reaktion erwarten konnte, die Leute einfach sagten: »Ich frage mich, was Halki daraus machen wird?«

Halki war das neue Pseudonym eines jungen Brahmanen mit dem Namen Shankar Lal. Er war ein scheuer, zurückgezogen lebender Mann, der seine orthodoxe Familie in Pandschab verlassen hatte und sich in Bombay als Karikaturist seinen Lebensunterhalt verdiente. *Halki* bedeutete »Leichtgewicht oder Fälschung« und ersetzte das frühere Pseudonym *Bhopa* (ein Priester, der vom Geist des Gottes besessen ist, dem er dient). Das neue Pseudonym sollte nicht seine Identität verbergen. Sein Stil war unverkennbar. Selbst die Kriminalpolizei erkannte ihn auf den ersten Blick, als seine Karikaturen nach einer mehrmonatigen Pause, die auf die Veröffentlichung der immer noch berühmten Churchillkarikatur mit den beiden Fingern folgte, wieder erschienen. Seine vorübergehende Arbeitslosigkeit, so erklärten die zwei oder drei guten Freunde, denen er vertraute, sei nicht auf Feigheit der Redaktionen zurückzuführen, sondern auf Shankar Lals Charakterfestigkeit. Lal hatte die Angebote mehrerer Redakteure abgelehnt, die nur allzu bereit waren, die Pressefreiheit hochzuhalten. Er hatte sich zurückgezogen, um über seine politische Haltung nachzudenken und seinen Stil zu vervollkommnen. Aber er hatte mit dem Chefredakteur einer weitverbreiteten englischsprachigen Tageszeitung unter indischer Leitung eine mündliche Absprache getroffen. Lal würde ihm seine Arbeiten exklusiv anbieten, sobald er sich bereit fühlte, wieder etwas zu veröffentlichen.

Inzwischen fuhr sein künftiger Redakteur manchmal nach Juhu, wo Lal in großer Einfachheit lebte, um seine Arbeiten zu sehen. Dabei versuchte er jedesmal, ihn zu überreden, sofort etwas zu veröffentlichen. Lal lehnte das mit der üblichen Höflichkcit ab, schenkte dem Redakteur jedoch oft die Karikatur, die dem Mann am besten gefiel. Der Redakteur ließ sie rahmen und hängte sie an die Wände seines Büros (wo Perron sie jetzt sah).

Halkis treueste Bewunderer sagten – sie sagen es noch immer –, eine Retrospektive werde zeigen, wie Shankar Lals jugendliches Festhalten an den Zielen der Kongreßpartei, nämlich Einheit und Freiheit, sich allmählich zu einer allgemein humanistischeren Sicht des Lebens wandelte. Zu den unveröffentlichten Arbeiten aus der entscheidenden Periode zwischen der Churchillkarikatur mit den zwei Fingern und einer gleichfalls berühmten Karikatur, mit der er wieder an die Öffentlichkeit trat, gab es eine, die Ende August 1945 entstanden war, und zwar nach Wavells Ankündigung von Wahlen in der kühlen Jahreszeit. Sie zeigte den Vizekönig splitternackt in der Haltung von Rodins Denker auf einem Sockel mit der Inschrift: »Wahlen!« Auf den Bronzeschultern des Vizekönigs lag Schnee. Es gab sogar zwei Versionen dieser unveröffentlichten Arbeit. Auf der ersten sah man fern im Hintergrund ein hitziges und verbissenes Handgemenge zwischen Moslems und Hindus, über dem stand: »Die Lösung?« Die zweite Version zeigte Wavell immer noch als den schneebeckten Denker, das Handgemenge fehlte jedoch. Statt dessen lag vor dem Sockel ein unterernährtes, schlafendes Kind, das in einer Hand die Bettelschale hielt. Das Wort »Wahlen!« war vom Sockel verschwunden, stand aber auf der leeren Schale. Perron gefiel diese Version besser.

Eine spätere, ebenfalls unveröffentlichte Karikatur trug das Datum: 20. September 1945. Es war der Tag nach Wavells Ansprache an die Nation, nach seiner Rückkehr aus London, wo er (erfolglos) versucht hatte, Attlees Regierung eine klare politische Aussage abzuringen, die den bereits angekündigten Wahlen die besondere Bedeutung gegeben hätte, die nach Auffassung aller politischen Parteien in Indien fehlte: Eine klare Aussage zur Unabhängigkeit. Die Karikatur trug die Überschrift: »Der Hausierer« und zeigt Wavell in der Aufmachung eines indischen Stoffhändlers. Er hockt auf der Veranda eines westlichen Bungalows und legt seine Waren einer Gesellschaft von Memsahibs vor, die bemerkenswerte Ähnlichkeiten mit Bapu, Nehru, Patel, Tara Singh, Maulana Azad und Mohammed Ali Dschinna aufweisen. Dschinna sitzt etwas getrennt von »ihren Freundinnen« und blättert in einer mondänen Frauenzeitschrift: »Das pakistanische Heim«; keine der Damen interessiert sich für den Stoffhändler oder die Bahnen von Woll- und Seidenstoffen, die er hoffnungsvoll in alle Richtungen entrollt; (sie tragen Aufschriften wie: »Der neue Ministerrat – indisches Muster«; »Zentralversammlung – Coupons (für die kalte Jahreszeit)«; »Konstitutionierende Nationalversammlung – modische Farben für alle Jahreszeiten«; »Provinzwahlen – Coupons: gestaffelte Preise«; »Dominion Status Stoffe (leicht verschmutzt)«).

Weshalb wollte Halki das nicht veröffentlichen? erkundigte sich Perron. Halki wollte schon, sagte der Redakteur, aber er habe sich geweigert. Man konnte solche bedeutenden Männer nicht wie Transvestiten in Frauenkleider stecken – besonders nicht in westliche Frauenkleider. Sehen Sie sich Gandhis Beine an (sagte der Redakteur) und diese Jungmädchenschuhe.

Mit der nächsten wichtigen Karikatur trat Halki im Dezember 1945 wieder an die Öffentlichkeit. Damals begannen (nach einer Verzögerung) im Roten Fort in Delhi die »Schauprozesse« gegen drei INA-Offiziere. Perron kannte die Karikatur bereits, denn sein alter Offizier aus der Punazeit hatte sie ihm geschickt. Diese Karikatur weckte Perrons Interesse an Halki.

Die Prozesse wurden als »Schauprozesse« dargestellt, weil sie scheinbar weniger etwas mit der Schwere der Fälle zu tun hatten, mit denen man die lange juristische Prozedur in Gang setzte, um über Männer das Urteil zu sprechen, die Krieg gegen den König geführt hatten, sondern mit der Entschlossenheit des Generalhauptquartiers und des Oberkommandos, keine Parteinahme erkennen zu lassen (oder umgekehrt: die drei großen Bevölkerungsgruppen gleichzeitig anzugreifen). Bei den für den großen Eröffnungsprozeß im Roten Fort ausgewählten Offizieren handelte es sich um Shah Nawaz Khan (einen Moslem), Hauptmann P. K. Sahgal (einen Hindu) und Oberleutnant G. Dhillon (einen Sikh).

Halkis Karikatur war sehr einfach. Man sah lediglich eine düster schöne und in den Proportionen genaue Zeichnung des Roten Forts. Darüber stand in schmuckloser, nüchterner Schrift: »Das Grabmal des Kaisers und Königs«. Das war alles. Von diesem Tag an, so erfuhr Perron von dem Redakteur, begann die Auflage zu steigen. Der Karikaturist hatte die neue Stimmung getroffen, und Halki wurde über Nacht berühmt. Aber er blieb scheu und rätselhaft. Manche seiner Karikaturen wirkten beinahe britenfreundlich oder parteifeindlich. Zum Beispiel eine, die 1946 zur Zeit der kurzen, aber heiklen Meuterei der Royal Indian Navy in Bombay erschien. Diese Meuterei hatte die Briten mit Sicherheit davon überzeugt – wenn sie nicht schon überzeugt waren –, daß ihre Zeit abgelaufen war. Aber es hatte Mut verlangt, diese Karikatur zu veröffentlichen, denn sie zeigte eine indische Fregatte im Besitz meuternder Matrosen. Sie hatten die Kanonen des Schiffes auf den Royal Yacht Club gerichtet und waren gerade dabei, das Feuer zu eröffnen. Über die abgesperrte Gangway stürmte Patel in Kongreßkluft und fuchtelte hysterisch mit den Armen. Darüber stand: »Was macht ihr denn, um Himmels willen? Eines Tages wollen wir ihn vielleicht für uns.«*

Perron erinnerte sich nicht an diese Karikatur. Weder Bob Chalmers, sein alter Offizier aus Puna, noch Tante Charlotte hatte sie ihm geschickt. Er erinnerte sich auch an die nächsten zwei oder drei nicht, die der Redakteur ihm zeigte. Die erste stammte aus der Zeit vor dem Witz über die Marinemeuterer und gehörte zur Karikatur mit dem Roten Fort. Man sah ein sorgfältig gezeichnetes, berühmtes Gebäude, die Zentralversammlung in Delhi, wo in der ersten Phase der Wahlen der Kongreß alle allgemeinen Sitze gewonnen hatte, die Moslem Liga aber alle Sitze der Moslemwahlbezirke. Beide Parteien hatten einen überwältigenden Sieg für sich in Anspruch genommen. Halkis Karikatur trug die Aufschrift: *Jai Hind!* Bei näherem Hinsehen entdeckte man einen Riß im Fundament und einen Spalt, der sich über eine Seite des Gebäudes hinwegzog. Der Redakteur hatte sich nach langem Zögern entschlossen, sie nicht zu veröffentlichen. Aber er veröffentlichte die zweiteilige Karikatur, in der Halki den Höhepunkt und die Ernüchterung der INA-Prozesse im Roten Fort aufs Korn nahm.

Das erste Bild zeigte einen hohen britischen Offizier auf einer Kuppel in der Haltung der Statue der Justitia auf dem Old Bailey in London. Der Offizier trug eine Augenbinde, war aber als

---

* Der Royal Yacht Club – traditionell der exklusivste Club in Indien – wurde nach der Unabhängigkeit geschlossen.

der Oberbefehlshaber erkennbar. Er hielt eine etwas ungewöhnliche Waage, denn anstelle der zwei Waagschalen hatte sie drei. In jeder saß eine kleine Gestalt: die Personifikation der Religion der drei Angeklagten: ein Hindu, ein Sikh und ein Moslem. Der Oberbefehlshaber hielt sein Schwert entschlossen hoch. Das zweite Bild zeigte die Enttäuschung nach dem Schuldspruch der ergangenen Urteile, die zuerst auf lebenslange Deportation, unehrenhafte Entlassung und Soldentzug gelautet hatten, dann aber in unehrenhafte Entlassung und Soldentzug umgewandelt wurden: Die Waagschalen waren leer, und dem Schwert fehlte die Klinge (es sah aus, als sei sie infolge schlechter Handwerksarbeit abgefallen). Der Ausdruck des Oberbefehlshabers unter der Binde war unverändert: streng, entschlossen und mißbilligend.

Noch eine Karikatur beschäftigte sich mit dem Thema INA, aber Perron mußte den Redakteur bitten, sie ihm zu erklären. Nach der Enttäuschung der Prozesse im Roten Fort war deutlich geworden, daß die Briten, außer in einigen ernsten Fällen, in denen es um Mord oder brutales Verhalten ging, nichts anderes tun konnten, als die Offiziere unehrenhaft zu entlassen und die etwa siebentausend Sepoys und Unteroffiziere freizulassen, die als »schwarz« eingestuft und nicht bereits als »grau« oder »weiß« entlassen worden und als teilweise entehrt zu ihren Einheiten zurückgekehrt waren. Die Mehrzahl dieser »Schwarzen« wurden zu Holi 1946, dem Fruchtbarkeitsfest im Frühling, freigelassen (damit konnte man das Thema INA bequemerweise als erledigt betrachten), bei dem die Menge nach altem Brauch durch die Straßen zieht und farbigen Puder auf alle wirft oder jeden mit farbigen Flüssigkeiten bespritzt. Halkis Karikatur mit der Aufschrift „Holi" zeigte eine Schar entlassener Männer, die aus einem Gefangenenlager hervorquellen und von ihren Familien begrüßt werden. Sie werfen ungeheure Mengen Puder in die Luft und bewerfen sich gegenseitig damit. Es dauerte einige Zeit, ehe man weit im Hintergrund die mißliche Lage eines loyalen Sepoys der indischen Armee erkannte, der immer noch vor dem Lager Wache schiebt und den die entlassenen Gefangenen mit farbiger Tinte bespritzt haben. Ein makellos gekleideter, wütender britischer Offizier verdonnert ihn gerade, weil der Sepoy nicht korrekt gekleidet zum Dienst erschienen ist. Der Redakteur veröffentlichte auch diese

Karikatur und erhielt neben mehreren Drohbriefen einen offiziellen Protest vom Ausschuß des Gesamtindischen Kongresses.

Die nächste Karikatur kannte Perron bereits. Rowan hatte sie dem einzigen Brief beigelegt, den er je geschrieben hatte. Sie zeigte ein Treffen der Abordnung des britischen Kabinetts, die 1946 in der heißen Jahreszeit nach den Wahlen nach Indien gekommen war, um eine Vereinbarung über das wichtige grundlegende Thema zu treffen, das sich aus der scheinbar anhaltenden Schwierigkeit der britischen Regierung ergab, zu bestimmen, wem das Land übergeben werden sollte, wenn es schließlich soweit war. Man sah drei schweißtriefende Mitglieder der Abordnung: Cripps (lediglich Handelsminister, aber kaum aus indischen Angelegenheiten wegzudenken), der Außenminister (Pethwick-Lawrence) und der Erste Lord der Admiralität (Alexander). Sie starrten auf eine große Landkarte von Indien mit den eingezeichneten Grenzen der Provinzen. Die seitlich angebrachte Legende gab Aufschluß über die unterschiedlichen Schraffuren: senkrechte Linien für Provinzen mit einer Hindumehrheit, waagrechte Linien für Provinzen mit Moslemmehrheit (einige wenige Gebiete in Pandschab und Bengalen mit sich kreuzenden Linien). Aber beinahe ein Drittel der Karte zeigte keinerlei Linien. Die Überschrift: »Eine Frage von allergrößter Bedeutung«. Darunter las man den folgenden Dialog der drei Minister:

Außenminister: »Also Cripps, was bedeuten die leeren Stellen?«

Cripps: »Weiß der Himmel!«

Alexander: »Vielleicht ist dem Mann die Tinte ausgegangen.«

Als Rowan diese Karikatur schickte, kommentierte er sie mit: »Im Vertrauen gesagt, angeblich stimmt es, daß die drei Minister keine Ahnung davon hatten, daß die eigenständigen Fürstentümer, die jeweils eigene Verträge mit der Großmacht (der Krone) abgeschlossen haben, in denen das Recht auf Unabhängigkeit anerkannt wird, einen so großen Teil Indiens einnehmen.«

Eine weitere Karikatur, die Perron noch nicht kannte, stammte vom 29. Juni 1946. Die drei Minister kehren unglücklich nach London zurück. Sie besteigen gerade ein Flugzeug mit der Aufschrift: »Kaiserlicher Pendelverkehr«. Der Außenminister trägt auf einem Samtkissen die Kaiserkrone. Cripps gibt ihm verstohlen einen großen Diamanten zurück und sagt: »Stecken Sie ihn wieder in die Krone.«

Halkis Witz beruhte hauptsächlich darauf, daß die drei britischen Minister wie drei anrüchige Juden aus Amsterdam aussahen, und Nehru, Dschinna und Tara Singh wie drei ebenso anrüchige arabische Händler, die gekommen sind, um sie zu verabschieden, die sich aber gegenseitig argwöhnisch beäugen und insgeheim fragen, ob das Juwel der Krone heimlich dem übergeben worden ist, der die meisten Piaster dafür geboten hatte. Perron kannte die Karikatur nicht, weil der Redakteur nicht gewagt hatte, sie zu veröffentlichen.

Auf diese lustige Karikatur folgte eine Reihe tragischer, die der Redakteur alle veröffentlicht hatte. Sie stammten aus der Zeit nach dem Entschluß des Kongresses, Wavells Aufforderung zu folgen und sich an einem neuen Ministerrat zu beteiligen, der als Übergangsregierung bekannt wurde – und zwar ohne Beteiligung der Liga. Nach den Wahlen wurden in allen britischen Provinzen Regierungen gebildet, einige von der Liga, die Mehrheit jedoch vom Kongreß. Es fehlte nur noch die wichtige, umstrittene und mächtige Zentralregierung. Eine von Halkis Karikaturen zeigte das auf eine mehrdeutige Weise. Zum ersten Mal griff er wieder eine charakteristische Gestalt aus seiner »Bhopa«-Zeit auf – die sich windende, abgezehrte Gestalt der indischen Freiheit und Einheit, die man zuletzt in Churchills Zweifingerfaust gesehen hatte. Hier lag die abgezehrte Gestalt schlafend auf dem Pflaster – aber zweigeteilt. Der Rumpf war von den Beinen getrennt. Man konnte das Pflaster dazwischen sehen. Die Mehrheit der Kongreßanhänger, die die Karikatur sahen, deuteten sie als Kritik am moslemischen Prinzip der Teilung, der Forderung nach einem eigenen Moslemstaat als *sine qua non* der Unabhängigkeit. Der Redakteur sagte Perron, in Wirklichkeit äußere Halki damit seine Kritik an den Männern, in deren Macht es lag, die beiden Teile des Körpers zusammenzufügen, in dem sie zumindest versuchten, in der Mitte zusammenzuarbeiten.

»Und hier«, sagte er und führte Perron zu einer anderen Wand, »hängen Halkis Henry-Moore-Karikaturen, wie ich sie nenne. Sie sind alle von den Zeichnungen inspiriert, die dieser Künstler von

Engländern gemacht hat, die während der Bombenangriffe wie Höhlenbewohner in den U-Bahnschächten lebten. Ich habe sie veröffentlicht und erntete damit die Kritik der Eigentümer. Sie sagten, über eine Karikatur sollte man lachen können, und sei es auch nur, daß die Leute über sich selbst lachen. Aber ich erwiderte: ›Worüber kann man jetzt noch lachen?‹ Nun gut – sehen Sie sich das an!«

»Das« war eine düstere Tuschezeichnung von Kalkutta mit der Überschrift »Tag des Handelns«, 16. August 1946; sie stellte das Ergebnis von Dschinnas Entscheidung dar, Gewalt anzuwenden, weil er glaubte, der Vizekönig habe ihn verraten, indem er dem Kongreß ermöglichte, sich an einer zentralen Übergangsregierung ohne ihn zu beteiligen. Auf der Zeichnung konnte man die toten Moslems von den toten Hindus jedoch kaum unterscheiden. Halki hatte einfach viele Gestalten gezeichnet, wie man sie Nacht für Nacht in den Straßen Kalkuttas sehen konnte, allerdings handelte es sich bei seinen Gestalten um Tote, nicht um Schlafende. Er hatte sie in Reihen angeordnet wie Schlafende, die in perspektivischer Verkleinerung von einer beleuchteten in eine unbeleuchtete Zone reichten.

Es gab mehrere Variationen des Themas, aber es war immer Nacht; bei der Straße handelte es sich immer um dieselbe Straße, und der Laternenpfahl im Vordergrund war immer derselbe. Am eindrucksvollsten fand Perron das Bild, auf dem die Straße praktisch völlig leer war. Auf dem Pflaster lagen keine menschlichen Gestalten, aber Blutflecken markierten die Umrisse der weggeschafften Toten. Im Hintergrund konnte man gerade noch Bapu mit seinem Stab in Begleitung von Dschinna sehen, der die Hände auf dem Rücken verschränkt hatte. Sie kamen die Straße entlang und näherten sich der erleuchteten Zone. Dieses Bild trug keine Überschrift, und es war die letzte der düsteren Karikaturen. Aber auch über den folgenden, witzigen Bildern lag Düsterkeit.

Eine Karikatur vom 3. September 1946 betraf die Vereidigung der Übergangszentralregierung, an deren Spitze Nehru stand. Dschinna ächtete diese Regierung, und die Vereidigung wurde von der Ermordung des nominierten Nicht-Liga-Moslem Shafaat Achmed Khan überschattet. Der Mord führte zu gewalttätigen Ausschreitungen in Bombay und Achmedabad. Eine

andere Karikatur von Mitte Oktober zeigte Dschinnas Kehrt-
wendung, seine Entscheidung zur Zusammenarbeit und seine
Bereitschaft, sich an der Übergangsregierung zu beteiligen, um
die Interessen der Moslems zu wahren. Um seine Forderungen
zu erfüllen, mußten drei Moslems zurücktreten, die nicht der
Liga angehörten. Eine dritte Zeichnung vom November zeigte
Halkis satirischen Blick auf diesen Waffenstillstand (eine krie-
gerische Zusammenarbeit). Wavell führt den Vorsitz bei einer
Konferenz mit seinen streitenden Ministern. (In den prallen Aktentaschen, die an den Stuhlbeinen lehnen, befinden sich Bomben
mit brennenden Zündschnüren.) Durch ein Fenster sieht man
eine aufrührerische Menschenmenge. Eine Tür zeigt den Weg zu
einer verfassunggebenden Versammlung, wo die künftige Verfassung eines freien Indien verabschiedet werden sollte. Die Tür
steht weit offen, aber niemand ist bereit, dort einzutreten. Wavell ist sehr klein gezeichnet; er sitzt zusammengekauert auf
einem riesigen Vizekönigthron und hat zwei Köpfe; das heißt,
der eine Kopf ist zweimal gezeichnet, und Linien verdeutlichen
das schnelle Drehen des Kopfes, während er sich zuerst ein Argument anhört und dann ein anderes. Unter der Zeichnung die
Worte: »Ich verstehe.« Nur Leser, die wußten, daß dieser kurze
Ausspruch angeblich der häufigste Beitrag Wavells zu jedem
Gespräch war, konnten den Witz richtig verstehen.

Zu den unveröffentlichten Zeichnungen aus der letzten Phase
von Wavells Vizekönigsschaft gehörte eine, die Anfang Dezember entstanden war, als Wavell die britische Regierung überredet
hatte, eine von ihm geführte Delegation von Hindu-, Moslem- und
Sikhführern nach London einzuladen. Er hoffte dadurch, einen
Weg aus der Sackgasse zu finden. Wieder sah man das wartende
Flugzeug (Kaiserlicher Pendelverkehr). Attlee als Pilot und Cripps
als Copilot blicken aus der Flugzeugkanzel. Über den Asphalt nähern sich Nehru, Baldev, Singh, Dschinna und Liaquat Ali Khan.
An der Spitze geht Wavell. Die vier indischen Führer sind als freie
Bevollmächtigte gezeichnet, die ihren Vordermann zum Weiterge-
hen ermuntern, indem sie ihm den Finger in den Rücken stoßen.
Wavells Hände sind jedoch auf den Rücken gefesselt, und *ihm*
stößt Nehru den Finger in den Rücken. Darunter steht: »Die Einladung«. Der Redakteur hatte diese Arbeit nicht veröffentlicht,

weil er fand, sie sei eine Spur zu freundlich gegenüber dem Vizekönig, und glaubte, er könne Schwierigkeiten deswegen bekommen. Später bedauerte er seinen Entschluß.

Er hatte den hämischen Ausdruck auf Attlees Gesicht nicht
verstanden und begriff Halkis Absicht erst völlig, als Attlee im
folgenden Februar (1947) nach weiteren monatelangen Variationen über das Thema Unvereinbarkeit (die verfassunggebende Versammlung trat ohne die Liga zusammen, und der Kongreß drohte,
aus der Übergangsregierung auszutreten, wenn die Liga weiter
auf ihrem Verbleiben darin beharrte) die Absicht seiner Regierung verkündete, die Macht friedlich und verantwortungsbewußt
im Juni 1948 zu übergeben, und andeutete, falls das Problem der
Verfassung bis dahin nicht gelöst sei, werde man einen Schieds-
spruch fällen und die Macht der Gruppierung übergeben, die nach
Ansicht Großbritanniens am besten zum Wohle Indiens regieren
werde. Der Redakteur erklärte Perron, der ihm zustimmte, dies
sei die klare Aussage, die Wavell von der Regierung immer hatte
erreichen wollen. Aber abgesehen von dieser Aussage gab es noch
eine andere: Wavells Ernennung zum Vizekönig »für die Dauer
des Krieges« (zum ersten Mal erfuhr man von einer zeitlichen Be-
grenzung der traditionell fünfjährigen Amtzeit) sollte im März enden, und sein Nachfolger würde Louis Mountbatten sein – im beendeten Krieg der siegreiche Oberbefehlshaber für Südostasien.
Er war mit dem König verwandt, aber eindeutig ein Mann der
neuen Welt.

Halki reagierte auf diese Nachricht mit einer Karikatur, die
der Redakteur gegen beträchtlichen Widerstand innerhalb der
Zeitung, aber mit großer Resonanz unter ihren Lesern veröffentlichte. Wieder handelte es sich um zwei Bilder mit der jeweils
anderen Ansicht eines alten bäuerlichen Barometers: ein kleines Bauernhaus, aus dem bei schlechtem Wetter ein Mann und
bei sonnigem Wetter eine Frau hervorkommt.

Halkis Bauernhaus war das vereinfachte Hauptportal des vizeköniglichen Palastes. Bild eins zeigte Wavell vor einem der beiden
Doppeltürchen. Der Himmel war schwarz. Über dicke Monsun-
wolken zuckte ein Blitz, der aus dem Maul eines heraldischen,
uralten geflügelten Löwen mit der Aufschrift »Imperialismus um
1857« kam. Auf dem zweiten Bild war der Himmel klar, und eine

strahlende kleine Sonne wurde von einem munteren, schweben-
den Lämmchen (mit Attlees Gesicht) hochgehalten; es trug die
Aufschrift »Imperialismus um 1947«. Unter dem heiteren Himmel hatte sich der hagere Wavell in den düsteren vizeköniglichen
Palast zurückgezogen, und aus dem anderen Tor war die Gut-
wettergestalt eines adretten Spielzeugsoldaten hervorgekommen
(Mountbatten). Er trägt eine prächtige Uniform, nimmt den Salut entgegen, lächelt dabei strahlend und verbreitet Freundlichkeit
und Licht.

Halki griff auf das Bauernbarometer-Thema im ersten Monat
nach Mountbattens Ernennung zurück; diese Wochen vergingen
offenbar mit nicht endenwollenden Runden von Konferenzen und
Gegenkonferenzen. Die folgenden Karikaturen zeigten die verschiedenen Probleme des neuen Vizekönigs und (vielleicht) seine
wachsende Verzweiflung über die eigene Unfähigkeit, diese Probleme für ihn zufriedenstellend zu lösen. Die Schlechtwetterge-
stalt symbolisierte politische Kompromißlosigkeit (gleich welcher
Partei – zum Beispiel Dschinna, aber nicht immer; einmal war
es sogar Gandhi). Sie trat aus dem dunklen Türchen, während
der Spielzeugsoldat sich hinter sein Türchen zurückzog, und am
freundlichen Himmel erschienen drohende Wolken, die das mun-
tere Lamm jedoch nie ganz verdeckten (obwohl das Lächeln auf
dem Lammgesicht zunehmend gequälter wirkte).

»Die erste Barometerkarikatur«, sagte der Redakteur und
meinte damit die Wavell-Mountbatten Version, ist ein gutes Beispiel für Halkis Fähigkeit, die innere Struktur der Ereignisse zu
durchschauen, ehe sie stattfinden.«

»Wann wird Mr. Shankar Lal wieder in Bombay sein?« fragte
Perron. Der Redakteur zuckte mit den Schultern. »Er ist beinahe
unbemerkt abgereist. Er besuchte mich vor etwa zwei Wochen
und sagte, er müsse in den Pandschab und versuchen, seine Eltern
zu überreden, hierherzukommen, weil sie sonst plötzlich in diesem verdammten Pakistan leben würden. Er sagte, er habe zwei
oder drei Tage an einer Karikatur für die Ausgabe vom fünfzehnten August gearbeitet, falls er bis dahin noch nicht zurück sei.«

»Aber das ist erst in zwei Wochen.«

»Ich weiß. Aber seine Eltern sind sehr hartnäckig, wie er gesagt
hat. Ich habe jedenfalls die Karikatur. Sie ist erschütternd. Mögli-

cherweise werde ich nicht wagen, sie zu veröffentlichen. Sie liegt in meinem Safe zu Hause, deshalb kann ich sie Ihnen nicht zeigen. Aber haben Sie seine Karikatur zum 3. Juni gesehen? Die Leute sagen, es sei sein Meisterstück.«

»Nein, ich habe sie nicht gesehen.«

»Sie müssen sie sehen, Mr. Perron. Sie ist sehr komisch. Ich habe das Original zu Hause, und selbst meine Frau hat gelacht. Alle haben gelacht. Man rief mich aus Delhi an und sagte, Mountbatten habe gelacht.« Der Redakteur schlug auf seine Tischglocke. »Ich werde Ihnen die entsprechende Ausgabe kommen lassen.«

Halki hatte den ganzen 4. Juni hindurch gearbeitet, um für die Ausgabe am 5. Juni eine Arbeit zu Mountbattens Ankündigung zu liefern, Pakistan sei nun unvermeidlich, und die Engländer würden »vermutlich am 15. August« das Land verlassen. Er hatte ein riesiges gotisches Gebäude gezeichnet, das heißt, ein Bauwerk, das ein Architekt geplant hatte und dessen Vollendung wegen gewisser Schwierigkeiten beim Landerwerb nicht plangemäß gelungen war (man konnte es sich nur so vorstellen). Der Architekt hatte in bewundernswerter Weise versucht – und es im Entwurf auch ausgeführt –, die Illusion einer einzigen Fassade zu schaffen, obwohl man Halkis großartige Zeichnung erst genauer betrachten mußte, um zu erkennen, daß ihm das nicht ganz geglückt war. Die Karikatur nahm eine ganze Seite ein.

Das Hauptgebäude war Einwohnern von Bombay besonders vertraut: ein riesiges Warenhaus, das in einigen wesentlichen Details dem dortigen *Army and Navy Shop* glich. An der Fassade prangte die Aufschrift »Kaiserliches Warenhaus«. Zwischen dem Wort »Kaiserlich« und dem Wort »Warenhaus« befanden sich das königliche Wappen und der Zusatz: *By Self Appointment.* Das Gebäude war mehrere Stockwerke hoch und so gezeichnet, daß man die Front an der Hauptstraße und die Fassade einer Seitenstraße sah. Eigenartigerweise befand sich der Haupteingang in der Seitenstraße. Über dem Eingang hing eine Tafel: *Eigentümer:* Albert George Windsor: Geschäftsführer: *Clem Attlee.*

Die Schaufenster im Erdgeschoß waren vollgestopft mit Waren, aber über jedem Fenster klebten Plakate, die verkündeten:

Großer Schlußverkauf wegen Ablauf des Mietvertrags. Beginn 3. Juni. Sonderangebote in allen Abteilungen. Alle Waren müssen bis zum fünfzehnten August verkauft sein. Über diesem Gebäude hielt das Lamm die strahlende Sonne.

Vor dem Haupteingang in der Seitenstraße stand ein großer Türsteher in prächtiger Uniform, der auf seine Armbanduhr blickte, um die Türen rechtzeitig zu öffnen. Halki hatte Mountbattens Distanziertheit und Selbstbewußtsein hervorragend getroffen. Um das ganze Gebäude standen Schlangen eifriger Käufer, die sich die Sonderangebote nicht entgehen lassen wollten. Meist waren es Zivilisten, aber auch Soldaten und Polizisten. Jede Schlange stand getrennt von der nächsten hinter ihrer »Hier warten«-Tafel mit Aufschriften wie: Kongreß, Liga, Sikhs, Hindu Mahasabah, Liberale, Europäer, Anglo-Inder, Stämme, Unberührbare. An der Spitze jeder Schlange stand ein klar erkennbarer Führer, der seine Einkaufsliste studierte.

Die Schlangen standen ordentlich und gut ausgerichtet. Man hatte das Gefühl, daß der Türsteher für Zucht und Ordnung gesorgt hatte; er wußte, und sie wußten, er würde sich auf nichts einlassen. Eine der Schlangen begann in der Seitenstraße und erstreckte sich über die ganze Vorderfront. An ihrer Spitze standen Nehru und Gandhi; es war bei weitem die längste Schlange. Aber genau in der Mitte der Vorderfront war die Schlange getrennt, um von der Straße aus den Zugang zum Gebäude zu ermöglichen. Diese sichtbare Lücke bestätigte (oder erweckte) den Eindruck, daß das Gebäude im Grunde keine architektonische Einheit war.

Man erkannte zwei Hälften, zwischen denen sich ein älteres Gebäude befand, das offenbar immer noch einem kleineren Ladenbesitzer gehörte, und das von dem riesigen Konzern umbaut, überbaut, gestützt und bedrängt, aber nie ganz geschluckt worden war. Man hatte sehr großen Einfallsreichtum bewiesen, um die Illusion zu erwecken, der kleinere Laden sei Teil des größeren, und das ältere Bauwerk sei lediglich dekorativer Schmuck, der die architektonische Integrität des Gesamtkomplexes nicht beeinträchtige. Das ältere Gebäude wies sich als »Fürstliches Kaufhaus« aus und trug die Aufschrift »Erstes Kaiserliches Warenhaus 1857 GmbH«. Das Plakat auf dem kleineren Schaufenster verriet: »Normaler Geschäftsbetrieb«, und vor dem kleinen, schmalen Mogulportal stand ein Türsteher, der, wie der Redakteur Perron erklärte, als Leiter der britischen Politischen Abteilung erkennbar war.

Den ungehinderten Zugang zu diesem Portal von der Straße sicherte eine Seilabsperrung, die die ordentliche Kongreßschlange trennte. Halki hatte einen sehr altmodischen Rolls Royce gezeichnet, der am Straßenrand hielt. Ihm entstiegen ein Maharadscha und die ersten zwei oder drei seiner, wie es schien, vielen Frauen, die zum Einkaufen gekommen waren. Auf der Straße hinter dem Wagen stand ein Polizist. Er sah wie Patel aus, im Kongreßlager der Hauptgegner der indischen Fürstentümer. Er schrieb die Zulassungsnummer des Wagens in ein Buch mit der Aufschrift »Verkehrssünder (Behinderungen)«.

Der Spaß endete damit nicht. Auf der anderen Straßenseite waren Bauarbeiten an einem riesigen vielstöckigen Gebäude im Gang, dessen Erdgeschoß bereits fertiggestellt war und benutzt wurde. Auf einer Tafel stand: *Anglo-Amerikanische Atom- und Handelsgesellschaft mbH (Nachfolger von Hausierer und Co.).* Durch die Fenster im Erdgeschoß sah man Männer bei der Arbeit in Büros. Ein Amerikaner hatte die Füße auf den Schreibtisch gelegt, rauchte Zigarre und sprach gleichzeitig in drei Telefone. Ein Engländer hatte die Füße unter dem Schreibtisch, rauchte Pfeife und sprach in ein Telefon. Vor dem Gebäude stand eine Schlange unterschiedlichster indischer Geschäftsleute, die sich mit ihren Anwälten berieten, die ihrerseits Vertragsentwürfe studierten. Im Gebäude sah man bereits Gestalten, die große indische Industrielle darstellten (Tata und Birla). Durch einen kleineren Eingang in einer Seitenstraße drängten sich Moslems (pakistanische Geschäftsleute). Die meisten von ihnen schienen zum Zimmer des Amerikaners zu wollen.

Auch damit war der Spaß noch nicht zu Ende. In der Verlängerung der Fassade des Kaiserlichen Kaufhauses befand sich in einiger Entfernung ein Arbeitsamt, und davor standen in vier Schlangen Engländer und Engländerinnen, deren Kinder von treuen Dienern und Ajas beaufsichtigt wurden. Es gab je eine Schlange für die Indische Zivilverwaltung, Indische Militärverwaltung, Heer und Polizei. Die Wartenden betraten und verließen das Gebäude durch Türen mit der Aufschrift »Pensionen« und »Abfindungen«. Einige hatten ihre Gelder bereits kassiert und überquerten mit Geldsäcken die Straße, um sich in die Schlange vor dem Gebäude der Anglo-Amerikanischen Handelsgesellschaft mbH einzureihen. Einige Ältere strebten in eine andere Richtung – zu einem Reisebüro, in dessen Schaufenster Plakate verkündigten: Billige Pensionärsreisen (ohne Rückfahrt) nach Bilaiti und zu den schönsten Hügelstädten.

Die Karikatur hatte keine Überschrift. Das wäre exzessiv gewesen.

»Ich gebe morgen eine Party«, sagte der Redakteur. »Kommen Sie doch und sehen Sie sich das Original an. Es hängt bei mir zu Hause.«

»Das ist leider nicht möglich. Ich verlasse Bombay morgen früh«, erwiderte Perron.

»Dann nehmen Sie die Zeitung mit. Mich hat noch nie ein Engländer in meinem Büro besucht, der den ganzen weiten Weg von London gekommen ist, nur um mit mir über Halki zu sprechen. Halki wird sich sehr geschmeichelt fühlen. Nein, nein, das stimmt nicht. Selbst mir ist es noch nicht gelungen, ihm zu schmeicheln.«

»Vielen Dank«, sagte Perron. Er war gerührt. Die Inder besaßen die besondere Gabe, einen unerwartet zu rühren; unerwartet, denn man spürte, daß man historisch gesehen keine Rücksicht oder Freundlichkeit verdiente.

Perron verließ die Redaktion und ging eine Weile durch das Gedränge der Straße in Bombay; dann sah er ein Taxi und hielt es an. Er bat den Fahrer, in Richtung *Gateway* und *Tadsch* zu fahren. Als das Taxi die Stelle erreichte, wo er vor genau zwei Jahren seinen Jeep abgestellt hatte, bat er den Fahrer, anzuhalten und auf ihn zu warten. Er ging die paar Schritte zur Mauer der Promenade. Von dort hatte man einen freien Blick auf das Arabische Meer und roch den vertrauten Gestank. Widerlich. Friedlich. *Ich werde nie nach Hause zurückkehren*, rief der eine Perron, und der andere sagte: *Um Himmelswillen, nichts wie nach Hause!* Er ging zum Taxi zurück, warf der Kinderschar Anas zu und bat den Fahrer, in die Queens Road zu fahren.

Er bezahlte das Taxi und gab dem Fahrer ein großzügiges Trinkgeld, als sei Freigebigkeit obligatorisch, nachdem Mountbatten
den letzten Zweifel am Abzug der Engländer ausgeräumt und
sie dadurch zu den einzigen von allen geliebten Menschen in Indien gemacht hatte. Er betrachtete aufmerksam die Wohnhäuser.
Ganz genau wußte er nicht, welches er suchte, aber dann glaubte
er, den Vorplatz wiederzuerkennen, und ging auf ein Haus zu.
Er sah Purvis vor sich, der vorauseilte und mit dem Diener und
der jungen Frau zusammenstieß. Er stieg die wenigen Stufen zum
dunklen Eingang hinauf und ging dann durch einen fremd wirkenden Gang zum Fahrstuhl. Der Fahrstuhl wirkte überzeugend;
er war außer Betrieb; die Namensschilder an den Türen auf beiden Seiten weckten andere Erinnerungen. Desai? Tractorwallah?
Er stieg in den ersten Stock hinauf und stand verwirrt vor der Tür,
auf deren Namensschild Grace hätte stehen sollen, was aber nicht
der Fall war. Er betrachtete die Tür gegenüber. Major Rajendra
Singh, IMS. Das stimmte doch. Er stieg ins nächste Stockwerk
hinauf und stand vor der Wohnungstür über Rajendra Singhs.

Hapgood. Mr. Hapgood, der Bankier. Mrs. Hapgood, die Gat-
tin des Bankiers, und Miss Hapgood, die Tochter des Bankiers.
Eine der wenigen in Bombay gebliebenen glücklichen Familien?
Er drückte auf den Klingelknopf. Würde derselbe Diener öffnen?
Würden sie sich wiedererkennen? Die Tür ging auf. Er kannte
den Diener nicht. Der junge Mann war (Gott steh uns bei! dachte
Perron) Japaner.

»Ist Mr. Hapgood zu Hause?« fragte er und gab ihm seine Visitenkarte. Der Mann las sie aufmerksam und zog dabei Augenbrauen hoch, die so schön geformt waren wie die von Aneila. Er
war kein richtiger Japaner: ein asiatischer Mischling aus Suma-
tra? Singapur? Diakarta? Ein hübscher, boshaft wirkender junger Mann mit einer goldenen Armbanduhr. Man roch förmlich
die Stärke seiner eleganten, makellos weißen Dienerjacke und der
ebenso eleganten, makellos weißen Hose. Er trug spitze schwarze
Schuhe. »Ich werde nachsehen, ob der Herr da ist.«

Perron dachte: Herr heißt es jetzt? Dann kann den Engländern
nie etwas geschehen.

Der Diener ließ ihn eintreten, schloß die Tür und ging in Richtung Wohnzimmer. Perron warf einen Blick durch den Gang auf

das ehemalige Zimmer von Purvis. Die Tür war geschlossen; die Tür des danebenliegenden Zimmers auch. Die Wohnung wirkte, als sei sie in der Zwischenzeit nicht renoviert worden.

»Der Herr sagt, kommen.«

Perron folgte dem Diener durch das Speisezimmer ins Wohnzimmer, das er damals elegant gefunden hatte, das jetzt aber eine Spur unordentlich wirkte. Ein schneller Blick auf die Wand hinter dem Sofa bestätigte, daß die Guler-Basohli Gemälde immer noch dort hingen. Auf dem Balkon stand ein Mann (wie damals Purvis); er hielt ein Glas in der Hand und blickte auf den *Maidan* hinunter. Es war ein klarer Abend, und die Sonne war noch nicht untergegangen. Der Mann war groß und schlank. Aus irgendeinem Grund hatte Perron sich Hapgood immer klein, dick und mit einem roten Gesicht vorgestellt, wie den Teeplantagenbesitzer bei der Maharani. Hapgood hörte Schritte und drehte sich um.

»Mr. Perron?«

»Ja. Mr. Hapgood?«

»Was kann ich für Sie tun?«

»Entschuldigen Sie, daß ich Sie belästige. Ich wollte unten einen unangemeldeten Besuch machen, in der Hoffnung, Oberst und Mrs. Grace anzutreffen. Wie ich sehe, sind sie nicht mehr hier. Aber ich wollte die Gelegenheit nutzen und heraufkommen, denn ich glaube, ich muß mich bei Ihnen entschuldigen.«

»Ach ja?« Hapgood hatte sehr buschige Augenbrauen, ein gelbliches und sehr faltiges Gesicht. Unterkiefer und Kinn deuteten auf entschiedene Ansichten hin. »Kennen wir uns?« fragte er.

»Nein. Sie und Ihre Familie waren in Ootacamund. Aber hier war ein Offizier namens Leonard Purvis einquartiert – vor ein paar Jahren. Ich war an dem Tag anwesend, als ihm alles zuviel wurde. Ich war nicht hier, als er alles zusammenschlug, aber ich habe das Ergebnis gesehen. Und ich hatte immer den Eindruck, es war teilweise meine Schuld, daß zwei Ihrer Kangra Gemälde beschädigt wurden.«

Hapgoods Augenbrauen zuckten. Er warf einen Blick auf die Wand.

»Ach ja?« Dann sagte er: »Sie sind eigentlich Guler-Basohli Schule. Aber Kangra trifft zu.«

Der Diener kam mit einem Glas auf einem Tablett herein. Er stellte es auf den Getränkewagen.

»Scotch? Gin?« fragte Hapgood.

»Gin, vielen Dank.«

»Der Herr möchte Gin«, sagte Hapgood dem Diener, ohne ihn anzusehen. »Warum glauben Sie, es sei teilweise Ihre Schuld?«

»Purvis hatte keine Ahnung, was für Bilder es waren, bis ich sie bewunderte und ihm sagte, wie wertvoll sie seien. Es war also möglicherweise meine Schuld, daß er sie zur Zielscheibe machte und mit Flaschen danach warf.«

»Ach«, sagte Hapgood, »das war der Grund? Wir haben uns oft gefragt, denn er schien die Bilder nie zu bemerken.« Er ging durch das Zimmer zu den Gemälden. »Aber wie Sie sehen, hat man sie recht gut restauriert. Es sind wunderbare Bilder, nicht wahr? Meine Frau hat sich damals sehr aufgeregt. Aber ich habe ihr gesagt, man braucht mehr als eine Flasche Rum, um ein Kunstwerk zu zerstören.«

Perron hatte vergessen, daß es Rum gewesen war; Hapgood nicht. Plötzlich fragte er: »Kennen Sie den Mann, von dem mir mein alter Diener erzählt hat? Der Mann, der auf den Balkon klettern mußte und Purvis aus der Badewanne zog?«

Perron gestand, daß er es gewesen war.

Hapgood rief: »Mein Gott!« Dann sagte er: »Mein lieber Freund. Wie nett von Ihnen vorbeizukommen – und sich an die Bilder zu erinnern. Meine Frau wird sehr bedauern, Sie verpaßt zu haben. Sie war sehr gerührt, daß Sie sich die Mühe gemacht haben, dem Diener ein paar Zeilen wegen der Badezimmertür zu geben.«

Perron erinnerte sich, daß der Diener ihn darum gebeten hatte. Daß er die Zeilen geschrieben hatte, wußte er nicht mehr. Offenbar hatte er es getan, als er später hier im Wohnzimmer saß und Old Sporran trank.

»Perron«, sagte Hapgood, »Perron. Ja, jetzt erinnere ich mich wieder. Aber...«

»*Unteroffizier* Perron«, sagte Perron, um ihm jeden Zweifel zu nehmen. »Abschirmdienst Puna.«

»Abschirmdienst? Irgendwie dachten wir immer, der Unteroffizier Perron, der Purvis aus der Badewanne gezogen hat, habe etwas mit seinem sogenannten wirtschaftlichen Beraterstab zu tun.« Hapgood ging wieder zum Balkon zurück. »Abschirmdienst Puna. Kannten Sie einen Mann, der hier in der Arzneimittelbranche ist? Wie heißt er noch ...?«

»Bob Chalmers?«

»Richtig. Chalmers. Seine Firma arbeitet mit meiner Bank. Ich kenne ihn nicht besonders gut. Ich erinnere mich nur, daß er einmal sagte, er sei beim Abschirmdienst in Puna gewesen, und es habe ihm so gut gefallen, daß er hier geblieben ist.«

»Chalmers war mein Offizier. Ich wohne übrigens hier in Bombay bei ihm. Wir sind nach dem Krieg in Kontakt geblieben.«

»Na so was. Sind Sie hergekommen, um in seine Firma einzutreten?«

»Nein, ich bin nur auf Besuch hier. Zu einem ziemlich kurzen Besuch. Ich habe Bob noch nicht einmal gesehen und werde ihn vermutlich auch nicht zu Gesicht bekommen. Er mußte kurz vor meiner Ankunft nach Kalkutta, aber er hat alles so organisiert, daß ich bei ihm wohnen kann.«

»Aha, ich verstehe. Und Sie kannten die Graces?«

»Nein, ich kannte ihre Nichte und den Vater der Nichte.«

»Leider ist Mrs. Grace nicht mehr hier. Der arme alte Arthur Grace ist im letzten Jahr gestorben. Ganz plötzlich. Meine Frau und ich waren sehr erschüttert. Noch am Abend zuvor war er bei uns zum Essen. Mrs. Grace war zu ihrer Schwester gefahren. Die Nichte sollte heiraten. Ja, jetzt erinnere ich mich. Sie war hier, um ihren Vater zu treffen, als wir in Ooty waren, nicht wahr?«

»Die ältere Nichte war hier. Es gibt noch eine jüngere.«

»Daran erinnere ich mich nicht. Nun ja, eine hat jedenfalls geheiratet. Deshalb war Fenny Grace nicht hier, und der arme alte Arthur war ein paar Wochen allein. Wir haben ihn immer eingeladen. Ich fand, es gehe ihm gut, aber meine Frau sagte, sie mache sich Sorgen. Sie sagte, er sehe aus, als wisse er nicht mehr, was eigentlich los sei. Merkwürdige Formulierung. Aber Frauen haben solche Eingebungen. Er hatte einen Herzanfall. Weg war er, ganz einfach so.«

Hapgood schnalzte mit den Fingern, aber er wollte damit den Diener darauf aufmerksam machen, daß sein Glas leer war. Perrons Glas war noch halbvoll.

»Das war im letzten Jahr?«

»Richtig. Im letzten Jahr. Mitte Februar. Als hier die indischen Matrosen meuterten. Alles ging ein bißchen drunter und drüber, aber Fenny kam nach unserem Telegramm sofort zurück. Wir fanden es ein bißchen happig, daß niemand von ihrer Familie sie begleitete, um ihr beizustehen. Aber Sie haben recht. Es muß zwei Nichten gegeben haben. Mir fällt ein, daß sie gesagt hat, ihre Nichte hätte sie begleiten wollen. Sie konnte nicht die Nichte gemeint haben, die gerade geheiratet hatte. Es muß die andere gewesen sein.«

»Ich nehme an, das war Sarah. Die Nichte, die geheiratet hat, muß Susan gewesen sein.«

»Langsam fällt es mir wieder ein.«

»Susan muß einen Mann namens Merrick geheiratet haben.«

»Ich glaube, so war es. Der Mann hatte irgend etwas.«

»Er hatte im Krieg einen Arm verloren.«

»Richtig. Ja. Fenny hat uns ein paar Bilder von der Hochzeit gegeben. Sie hat den Film hier entwickeln lassen, sobald die Beerdigung vorbei war. Wie schade, daß meine Frau nicht hier ist. Sie weiß über solche Sachen viel besser Bescheid. Wenn Sie etwas über die Familie wissen möchten, kann ich sicher die Adresse der Schwester ausfindig machen. Sie war in Pankot, nicht wahr? Fenny muß die Adresse meiner Frau gegeben haben, und meine Frau achtet sehr darauf, daß ihr Adreßbuch immer auf dem neuesten Stand ist.«

»Ich habe die Adresse in Pankot. Ich habe nur seit Ende fünfundvierzig nichts mehr gehört. Es ist eigentlich mein Fehler. Man läßt die Dinge irgendwie schleifen.«

»Ja, ja. Man läßt die Dinge schleifen. Wir haben Fenny zum letzten Mal gesehen, als sie einige Zeit nach der Beerdigung nach Delhi fuhr. Sie wollte zu einer anderen Schwester nach London fliegen. Ich glaube, die Londoner Adresse steht auch im Adreßbuch meiner Frau. Aber ich glaube, sie haben sich nicht geschrieben, denn Fenny hat gesagt, es handle sich nur um einen kurzen Besuch, und sie wäre bald wieder hier. Dann hat unsere Tochter einen sehr netten kanadischen Luftwaffenoffizier geheiratet, den wir in Ooty kennengelernt hatten. Wir waren im letzten Jahr zur Hochzeit in Montreal. Sehr teure Angelegenheit. Aber einmal im Leben kann man das machen. Jetzt ist meine Frau wieder in Montreal und wartet darauf, Großmutter zu werden. Ich rechne beinahe täglich mit einem Telegramm.«

Perron hob das Glas. »Viel Glück«.

»Vielen Dank.« Nachdem sie getrunken hatten, fragte Hapgood: »Haben Sie heute abend etwas vor?«

Perron log. »Leider, ja.«

»Wie wäre es mit morgen?«

»Leider habe ich diesen Besuch bis zuletzt aufgehoben. Ich reise morgen ab.«

»Ach. Wohin fahren Sie? Doch nicht nach Hause?«

»Nein, in einen kleinen Staat namens Mirat.«

»Das ist eine weite Reise. Sie hatten dort kürzlich Probleme. Fahren Sie deshalb hin?«

»Das wußte ich nicht. Was für Probleme?

»Das Übliche. Allgemeine Unruhen. Ich glaube, inzwischen ist es vorbei. Im Pandschab wird die Lage jetzt schwierig. Zu viele Leute sind unterwegs, weil sie hoffen, auf der richtigen Seite zu landen. Aber was kann man erwarten, wenn man willkürlich eine Linie durch eine Provinz zieht und sagt, vom fünfzehnten August an ist die eine Seite Pakistan und die andere Indien? Das gilt auch für Bengalen.«

»Ein ziemlich drastisches Verfahren, nicht wahr?«

Hapgood sah Perron durchdringend an. Er sagte: »Eine wichtige Minderheit glaubte, es so haben zu müssen, und langfristig gesehen ist es vermutlich das Beste.«

Perron nickte. Hapgood sympathisierte vermutlich eher mit den Moslems als mit den Hindus.

»Haben Sie Verbindungen zur Presse, Mr. Perron?«

»Nur ganz am Rande. Es hilft mir, wenn nötig einen Platz im Flugzeug zu bekommen.«

»Ich frage, weil beinahe jeder Fremde von zu Hause, den man heutzutage hier trifft, entweder Journalist oder Parlamentsabgeordneter ist, der angeblich den demokratischen Vorgang der Demontage des Empire beobachtet, in Wirklichkeit aber die Lage für seine persönlichen geschäftlichen Interessen sondiert. Natürlich ist daran nichts verkehrt. Indien wird ein großer, expandierender Dominion-Markt sein, wenn die Lage sich erst beruhigt hat. Wir werden uns nur einer größeren Konkurrenz von außen und von innen stellen müssen. Haben Sie auch geschäftliche Interessen, so wie Sie am Rande Presseverbindungen haben, Mr. Perron?«

»Meine Interessen sind hauptsächlich wissenschaftlicher Natur.«

Hapgood schnalzte wieder mit den Fingern, und während er weitersprach, nahm ihm der Diener wieder das Glas ab, füllte es und reichte es ihm wieder zurück. Diesmal ließ sich auch Perron nachgießen. Der *Maidan* lag im Bann von rosa und türkisfarbenem Licht und versank langsam in tiefblauen Schatten.

»Wenn Sie Verbindungen zur Presse haben, sind Sie vermutlich aber hier, um bei dem Theater dabeizusein, wenn ich es so ausdrücken darf. Verzeihen Sie, aber Mirat scheint mir ein so abgelegener kleiner Ort dafür zu sein. Wenn Sie bei dem Theater dabeisein wollen, sollten Sie in den Pandschab hinauffahren und sich bei den bedauernswerten Burschen melden, die zur Grenztruppe formiert worden sind und die Aufgabe haben, die Flüchtlinge zu schützen und sie daran zu hindern, daß sie sich gegenseitig den Hals umdrehen.«

»Nun, wie gesagt, meine Interessen sind wissenschaftlicher Natur. Im Augenblick beschäftige ich mich hauptsächlich mit den Beziehungen der Krone zu den indischen Fürstentümern.«

»Dann sollten Sie nach Bahawalpur fahren. Da war wirklich etwas los. Oder nach Haiderabad. Es ist das einzige Fürstentum, das groß und mächtig genug ist, um seine Unabhängigkeit noch eine Weile zu behalten. Waren Sie bei Patel? Er ist für die Zwangseingliederung verantwortlich, wie ich es nenne. Waren Sie beim Leiter der britischen Politischen Abteilung? Er wird Ihnen ein Bild von der anderen Seite geben. Man sagt, seine Abteilung verbrennt schon seit Wochen private Unterlagen, das heißt, alle Akten über das skandalöse Verhalten mancher Fürsten, die wir jahrelang geführt haben. Man kann doch nicht zulassen, daß sie Patel in die Hände fallen.«

»Ich habe eine Einladung nach Mirat. Ich glaube, es eignet sich für meine Zwecke sehr gut, besonders, wenn es dort Probleme gegeben hat.«

»Was für eine Einladung, Mr. Perron? Ich frage, weil ich Ihnen vielleicht helfen kann.«

»Sehr freundlich von Ihnen. Der Premierminister, Graf Bronowski hat mich eingeladen. Ich habe ihn während des Krieges hier in Bombay kennengelernt. Er war so freundlich, mir zu sagen, ich sei jederzeit in Mirat willkommen.«

»Dann kann ich nichts tun, um Ihnen den Weg besser zu ebnen. Ich hatte an Bronowski gedacht. Gesellschaftlich kenne ich ihn nicht. Aber er hat schon seit Jahren ein Konto bei uns, und wenn er nach Bombay kommt, sehen wir uns meistens in meinem Büro. Ich habe ihn seit einiger Zeit nicht mehr gesehen, vermutlich wegen der Schwierigkeiten, die sie dort hatten. Wie geht es ihm?«

»Ich weiß es nicht. Aber ich glaube, gut. Ich habe ihm kurz vor meiner Abreise aus England geschrieben, und in Bob Chalmers Wohnung lag ein Telegramm für mich, in dem er mich einlädt, nach Mirat zu kommen.«

»Dann grüßen Sie ihn bitte von mir.«

Perron sah auf die Uhr und wollte austrinken.

»Haben Sie heute abend wirklich keine Zeit? Es kommen ein paar Leute, ein paar Männer von der Bank mit ihren Frauen. Freunde. Nicht die langweiligsten. Es gibt ein Buffet. Heutzutage weiß man in Bombay nie, wer kommt und wer wen mitbringt. Da ich zur Zeit allein bin, ist mir das ganz recht.«

Perron fühlt sich versucht anzunehmen. Er hatte eine kurze glühende Vision der Maharani, die in ihrem scharlachroten San an den Armen zweier britischer Bank-Manager hereinschwebte, sich auf dem langen Sofa unter den Guler-Basohli-Gemälden niederließ und die Brustwarzen zeigte. Und er sah Aneila, die Stühle und Zigaretten anbot und feuchte Gläser, die sie unter dem Wasserhahn in Purvis' Bad ausgespült hatte, und dem finsteren kleinen Diener bei seiner Aufgabe half. Dann sah er ein anderes Bild vor sich: Alle Lichter gingen aus, denn das Licht war buchstäblich vom verzeihenden Bombay-Himmel verschwunden; zurück blieb nur ein Glanz auf den Fransen der Palmwedel, und der süße, schwere, unvergeßliche und unvergessene Geruch trieb über die Bucht.

»Ich bin leider verabredet, Sir«, sagte Perron. »Kann ich Sie anrufen, wenn ich diesen Weg zurück nehme?«

»Aber natürlich«, sagte Hapgood, der sich freute, Sir genannt zu werden. Aber Hapgood wollte ihn *jetzt* – ein neues Gesicht, um die Qual der Langeweile zu lindern. Hapgoods Gesicht erlosch, als die Straßenlaterne in der Nähe unten und hinter ihm aufflammte. Ein Beleuchtungstrick.

»Wie ich sehe, haben Sie einen neuen Diener.«

»Den jungen Gerard? Ja. Ein kleiner Spitzbube. Wir haben ihn von einem Mann geerbt, der sich letztes Jahr zur Ruhe gesetzt hat. Unser Bevollmächtigter in Ipoh. Gerard kümmerte sich um alles, während er im Kriegsgefangenenlager war. Ein tüchtiger Junge, nicht wie der arme alte Nadar, an den Sie sich erinnern. Das Problem mit Nadar war, daß er die Finger nicht von den Sachen lassen konnte, die herumlagen. Wir mußten ihn gehen lassen. Vermutlich ein Fehler. Meine Frau sagt, es ist besser, man hat einen unehrlichen Diener, den man in und auswendig kennt, als einen, mit dem man nie zurecht kommt. Für uns ist das nicht mehr weiter wichtig. Im nächsten Jahr ist unsere Zeit vorbei. Es würde mich nicht wundern, wenn wir dann lernen, selbst zu kochen und zu waschen. Uns zieht es beide nicht nach Montreal, also sieht es aus, als würde es Ewell oder Sutton werden. Verstehen Sie etwas von Pilzen?«

Perron dachte automatisch an Wolkenformationen.

»Pilze?«

»Ein Freund unseres kanadischen Schwiegersohns, der früher bei der RAF war, lebt jetzt in Surrey und hat sich auf Pilze spezialisiert. Er züchtet sie in der Garage. Man sagt, er verdient damit ein Vermögen. Nun ja, das wollen wir nicht unbedingt. Aber mit irgend etwas muß man sich beschäftigen, und dann ist es schon das Beste, wenn etwas Verkäufliches dabei herauskommt. Von Hühnern halte ich nicht viel. Pilze sind ruhiger.«

Hapgood lächelte. Sein Gesicht war wieder beleuchtet, als er Perron ins Wohnzimmer zurückführte, wo Gerard ein paar Tischlampen eingeschaltet hatte. Er wirkte gefaßt und resigniert.

»Gut«, sagte er, »falls Sie es sich anders überlegen, kommen Sie einfach vorbei. Ich bereite mich jetzt besser auf den Ansturm vor.« Vielleicht hatte Gerard ihm ein Bad einlaufen lassen (mit demselben unergründlichen Ausdruck, mit dem er im Haus seines früheren Herrn in Ipoh Bäder für japanische Offiziere hatte einlaufen lassen?).

Perron wollte fragen: »Haben Sie noch denselben Koch?« Aber ihm fiel rechtzeitig ein, daß es klingen könne, als erkundige er sich nach dem Essen, das an diesem Abend zu erwarten sei. Deshalb ging er, ohne zu wissen, ob der lustige, hilfsbereite und kräftige kleine Mann immer noch das Regiment über die Töpfe in Hapgoods Küche führte. Im großen und ganzen hielt Perron es für unwahrscheinlich. Der Diener, der Koch und der Küchenjunge waren auch eine glückliche Familie gewesen, trotz ihrer Rivalitäten und der streng abgegrenzten Verantwortungsbereiche. Als der Diener ging, waren sie ihm vermutlich gefolgt.

Gerard hielt die Tür auf. Perron sah noch einmal durch den Flur, um einen letzten Blick auf die immer noch geschlossene Tür von Purvis' ehemaligem Zimmer zu erhaschen.

In Bob Chalmers etwas merkwürdiger Wohnung machte er sich ein paar Notizen über seinen Besuch bei Hapgood. Das Merkwürdige an Bobs Wohnung war nicht nur die überraschende Lage des Hauses (in einer der engen verwahrlosten Straßen hinter dem *Gateway;* sicher nicht weit von dem Massagesalon entfernt), sondern in der Mischung traditioneller und neuester anglo-indischer Einrichtung. Zimmer, die den wesentlichen europäischen Bedürfnissen entsprachen (Bad, Schlafzimmer, Eßzimmer) waren im alten, wohlvertrauten Stil eingerichtet. Aber im Wohnzimmer gab es keine bequeme Sitzmöglichkeit. Auf dem Fußboden lagen imitierte persische Teppiche, glitzernde Kissen aus Radschputana und mit Durries oder bedruckten Baumwolldecken bedeckte Matratzen; es gab ein paar Tablas, ein Harmonium und in einem kastanienbraunen Lederkasten einen Tambur – vermutlich aus Bengalen. An den Wänden hingen moderne Bilder moderner indischer Maler. Der Impressionismus hatte Indien erreicht (und eine pointillistische Schule in Anlehnung an Seurat, wenn man einem beunruhigenden Blick auf die brennenden Scheiterhaufen in Benares nach urteilten durfte). Überall im Raum auf Kissen, dem Fußboden, auf Matratzen verteilt und in einem Anbauregal befanden sich Dinge, die verrieten, daß Bob Chalmers vielleicht nicht ganz genau wußte, was sein Geschmack eigentlich war. Es gab Fachzeitschriften für pharmazeutische Artikel und andere Produkte der Leicht- und Schwerindustrie, in Kalkutta erscheinende

Literaturzeitschriften und die blaßblauen in Pappe gebundenen Werke Radakrischnas über *Karma* und *Dharma* und die Lebensauffassung der Hindus. Im Bücherregal standen mehrere Bände des Left Book Club, eine Reihe alter Reader's Digest und der neueste Roman von Nevil Shute. Auf einem sehr niedrigen Beistelltisch entdeckte Perron zwischen Tonaschenbechern Gaffurs Gedichte in der Übersetzung eines Major Tippet und die Märzausgabe 1947 des *New English Forum,* die Perron ihm geschickt hatte. Die Nummer enthielt einen Artikel von Perron; der Beitrag hatte ursprünglich den Titel getragen: *Daulat Rao Sindia und die britischen Soldaten,* war aber für die Veröffentlichung umbenannt worden in: *Ein Abend bei der Maharani.* Perron hatte sich die Überschrift am Ende eines reichlich alkoholisierten Mittagessens mit dem jungen Tory-Parlamentsabgeordneten einfallen lassen, der die Zeitschrift verlegte und dessen persönlicher Assistent im Verlag ihm Perron als möglichen Autor empfahl, nachdem er Perrons Besprechung eines Buches von Generalmajor Shahnawaz Khan mit dem Titel *Meine Erinnerungen an die INA und ihre Netaji* mit einem Vorwort von Pt. Jawaharlal Nehru (*sic*), erschienen in *New English University Monthly,* gelesen hatte. Bob Chalmers hatte ihm das Buch nach der Veröffentlichung in Delhi 1946 zusammen mit einem Brief aus Bombay geschickt. Perron erinnerte sich nur noch an einen Satz dieses Briefes: »Erinnerst Du Dich an Bombay und Bordeaux? Es besteht ein Zusammenhang damit. Und lies den letzten Absatz von Nehrus Vorwort. Ich zitiere: ›Ich muß gestehen, daß ich aus Zeitmangel nicht in der Lage gewesen bin, den ganzen Bericht zu lesen. Aber Teile habe ich gelesen, und mir scheint, es ist bei weitem die beste Schilderung, die uns derzeit vorliegt‹ Zitatende. Wie findest Du diese schlaue neutrale Haltung, nachdem die Prozesse vorüber sind?«

Nun ja, dachte Perron, legte das Notizbuch beiseite, nickte Bob Chalmers Diener zu, der in der Tür stand und ihm bedeutete, das Abendessen sei fertig (der köstliche Geruch von Tumeric hatte es ihm bereits verraten), was sonst bleibt einem übrig, außer, das Gleichgewicht zu bewahren?

II

Perron erwachte. Undurchdringliches Schweigen, als habe ihn die Welt in den Raum hinausgeschleudert. Kein Echo, kein Lichtschimmer in der urzeitlichen Dunkelheit. Dann hörte er von ferne das Schnaufen der Lokomotive und erkannte sich wieder. Er war der glückliche einzige Reisende in einem Abteil im Nachtzug von Ranpur nach Mirat. Er setzte sich auf und griff nach den Zigaretten. Die Flamme des Feuerzeugs beleuchtete seine Armbanduhr. Fünf Uhr morgens. Er drehte sich zur Seite, schob die Jalousie nach oben, öffnete den Laden und blickte hinaus in die fahle, leblose Landschaft. Ein riesiges Land. Seine Schönheit enervierte ihn. Die Lokomotive schnaufte wieder; es klang jetzt näher. Er hielt den Atem an und lauschte auf ein anderes Geräusch: das Gebell von Hunden, die in Rudeln in der Ebene jagten.

Als er wieder aufwachte, fiel Licht durch das Fenster, dessen Laden er nicht mehr geschlossen hatte, und der Zug fuhr langsam, zögernd und mit rhythmisch ratternden Rädern. Das Land war öde. Hier kann nichts mehr leben, dachte er.

Er fror. Er stand auf, schob die Füße in die Chappals und griff nach seinem Morgenmantel. In Seide gehüllt fuhr er sich mit der Hand über die Wangen. Die Augen waren verklebt. Sie schienen von dem Sand und dem Ruß entzündet zu sein, der in das Abteil gedrungen war. Er schob sich durch die Tür in die Toilette und spürte, wie die Kälte durch das Loch in der Schüssel hereindrang. Er sehnte sich nach heißem Kaffee, nach Bequemlichkeit. Das gab es nicht. In ein oder zwei Stunden würde es ihm unmöglich vorkommen, daß er gefroren haben sollte.

Rasiert, gewaschen und angezogen setzte er sich auf die sonnige Seite des Abteils, um sich aufzuwärmen. Es war sieben Uhr morgens. Eigentlich sollte er bereits in Mirat sein, im Bahnhofsrestaurant Kaffee oder Tee trinken und Eier mit Speck essen. Er hatte es verlernt, in Indien zu reisen. Er hatte nicht einmal eine Flasche Wasser mitgenommen. Nur die Zeitungen vom Vortag – er hatte sie in Ranpur gekauft: die *Times of India* und *The Ranpur Gazette.* Er überflog die *Gazette,* ohne richtig aufzunehmen, was er las, und blätterte in den Seiten. Das einzig Lohnende waren der bissige Leitartikel und ein stiller Essay von jemandem, der sich *Philoktet* nannte. Perron konnte sich nicht daran erinnern, wer Philoktet gewesen war. In diesem Fall war es vermutlich der Herausgeber, der seiner zarten Neigung zur Schöngeisterei nachhing.

Perron trat ans Fenster. Der Zug fuhr an einem Dorf vorüber. Wasserbüffel suhlten sich im Reservoir. Frauen balancierten Körbe voll Kuhfladen auf den Köpfen. Männer trieben magere Ziegen und Rinder mit spitzen Hörnern vorbei. Rauch lag in der Luft. Es würde ein heißer trockener Tag werden.

Es war nach neun Uhr, als der Zug in Mirat einfuhr (Garnison). Zwei Stunden Verspätung nach dem neuen Fahrplan. Perron war froh, daß er seine Ankunft nicht angekündigt und jemanden damit bemüht hatte, ihn abzuholen.

Auf dem Bahnsteig wimmelte es von Menschen: Offiziere, ihre Ehefrauen, Berge von Gepäck. Abreisende Engländer. Man schien auf einen Zug in die andere Richtung – von Mirat nach Ranpur – zu warten. Auch das Restaurant war überfüllt; es gab keinen freien Tisch, und er wollte sich nicht zu anderen Leuten setzen. Er beschloß weiterzufahren und nahm einen Kuli, der ihn zum Halteplatz der Tongas brachte.

Auch der Bahnhofsplatz war überfüllt; hier saßen in der Überzahl einfache englische Soldaten auf aufeinandergetürmten Seesäcken und rauchten. Perrons Koffer und sein Handgepäck wurden in einer Tonga verstaut. Er wies den Kutscher an, zum Club zu fahren. Die Tonga rollte durch den Garnisonsbasar. Perron sog den vertrauten Geruch ein: ein öliger, würziger Geruch, in den sich der Rauch brennender Holzkohle mischte. Dann befanden sie sich auf der ersten der breiten, geometrisch angelegten Straßen eines Militärstützpunktes: asphaltierte Straßen mit geschotterten Rändern, Schattenbäumen und gekalkten Steinen, die Übergänge über Monsungräben markierten, die zu den alten Bungalows führten. Die Tonga überholte ordentliche indische Büroangestellte mit weißen Hemden auf Fahrrädern und wurde selbst von Militärlastwagen überholt. Wenn man eine Garnison gesehen hatte, so hieß es, hatte man alle gesehen.

Die Fahrt zum Club dauerte zwanzig Minuten. Ein breiter Kiesweg führte im Bogen in ein von Bäumen und Büschen beschattetes Gelände. Die Säulenfassade war blendend weiß. Vor dem Weiß hob sich leuchtend das Rot und Violett der Bougainvillaeazweige ab. Der Tonga Wallah trug das Gepäck in die Eingangshalle, und Perron bezahlte ihn.

In der Halle war niemand zu sehen. Der Raum dahinter führte zu einer Terrasse mit Korbstühlen und Tischen. Die Eingangshalle war hoch und dunkel. In Messingtöpfen standen Palmen. Er schlug die Handglocke auf dem Schreibtisch, der diskret hinter einer Säule stand. Ein Diener tauchte hinter einer anderen Säule auf. Perron fragte nach dem Sekretär. Während er wartete, betrachtete er einige der gerahmten Fotografien, die an den weißgetünchten Wänden hingen. Es handelte sich meist um Aufnahmen der siegreichen Mannschaften früherer Wettkämpfe aus den zwanziger Jahren: Tennis, Polo, Kricket, Golf. Ein Foto zeigte Edward VIII., als er noch der Prinz von Wales war.

Ein junger, westlich gekleideter Inder kam in die Halle und erkundigte sich, ob er Perron helfen könne. Der Sekretär sei noch beim Frühstück. Perron gab ihm seine Visitenkarte und sagte, er werde sich einige Zeit in Mirat aufhalten und wolle wissen, ob der Club ihm eine temporäre Mitgliedschaft anbieten könne, und wenn ja, ob Unterkunft für die erste Nacht und Frühstück jetzt eingeschlossen sei. Auf der Visitenkarte stand auch die Adresse seines Londoner Clubs. Der Mann warf einen Blick darauf und erklärte, es lasse sich sicher einrichten, aber er werde zuerst mit dem Sekretär darüber sprechen. Der Diener kam zurück. Der Inder befahl ihm, den Sahib auf die Terrasse zu führen und ihm Frühstück zu bringen.

Die Terrasse war länger und breiter, als sie von der Eingangshalle aus wirkte. Abgesehen von den Korbstühlen und Tischen an der Balustrade – von dort überblickte man eine weite Rasenfläche und Blumenrabatten (dahinter ein weißgestrichener Zaun und ein Platz zum Reiten und Springen), standen entlang der Hauswand Eßtische und Stühle für die Clubmitglieder. Auf den Tischen lagen keine Decken; die Mahagoniplatten waren glänzend poliert. Auf jedem Tisch stand eine Lampe mit einem Seidenschirm. Es war ungefähr ein Dutzend Tische, und jeweils zwischen zweien befanden sich Pendeltüren, die nach innen führten. An einem dieser Tische an der Wand, etwa in der Mitte der Terrasse, saßen zwei indische Offiziere und ein indischer Zivilist (oder ein Offizier in Zivil). Alle anderen Tische waren leer. Am anderen Ende saß eine Europäerin in einem Korbstuhl an der Balustrade. Sie trug eine Sonnenbrille und trank Kaffee. Die indischen Offiziere und der Zivilist beendeten ihr Frühstück. Der Diener führte Perron zum ersten der leeren Eßtische.

Er war ein grauhaariger alter Mann in weißer Uniform; er ging barfuß, trug Handschuhe, eine Schärpe und einen Turban. Nachdem er Perron Platz angeboten hatte, kehrte er beinahe augenblicklich mit einem Tablett zurück, von dem er alles Nötige nahm, um auf der glänzenden Platte für Perron zu decken. Dann stellte er Perron das letzte Utensil auf den Tisch – eine Speisekarte in einem versilberten Halter. »Sahib«, sagte er, verschwand und überließ es Perron, die Karte zu studieren. Perron nahm sie aus dem Halter, lehnte sich plötzlich zurück und betrachtete den Rasen, die Cannalilien, die riesigen Tontöpfe mit zartfarbenen duftenden Blumen, die zwischen den einzelnen Gruppen von Korbstühlen und Tischen Wache standen. Indien, dachte er, Indien. Ich bin zurück, *wirklich* zurück. Weshalb, so fragte er sich, kam ihm der Mirat Gymkhana Club so bekannt vor? Dann wußte er, warum. Bob Chalmers hatte ihn einmal in Zivil zum Frühstück in den Turf Club in Puna eingeladen. Der Mirat Gymkhana Club hätte eine Kopie sein können. Der Diener kam mit einem Holzgestell heraus, klappte es auf und stellte es hinter den Brotteller. Ein Zeitungshalter. Er legte eine gefaltete Zeitung darauf, den *Mirat Courier.*

»Keine *Times of India?*«

»Erst mittags, Sahib. Die Ausgabe von gestern ist vorhanden.«

»Was ist Fischsoufflé Izzat Bagh?«

»Hiesiger Fisch, Sahib, der täglich im Izzat Bagh See gefangen wird. Mit Gewürzen gekocht und mit Reis serviert. Heute nicht zu empfehlen.«

»Oh, warum nicht?«

»Heute nicht frisch, Sahib. Der Fisch liegt zu lange auf Eis. Die Fischer fahren seit zwei Tagen nicht hinaus.«

Perron bestellte Eier mit Speck, und als der alte Mann gegangen war, beobachtete er die streitsüchtigen glänzend blauschwarzen Krähen, die hungrige Ausfälle auf den feuchten Rasen machten.

Die indischen Offiziere lachten plötzlich laut und legten ihre Servietten ab. Die Europäerin mit der Sonnenbrille stand auf, suchte ihre Sachen zusammen und ging durch eine der offenen Flügeltüren am anderen Ende der Terrasse ins Innere. Der Zivilist bei den Offizieren redete weiter. Vielleicht erzählte er ihnen komische Geschichten.

»Mr. Perron?«

Ein älterer, kleinerer, kräftiger Mann mit Glatze trat an Perrons Tisch. Perron stand auf und drückte die ausgestreckte Hand.

»Macpherson«, sagte der Mann, »ich bin der Sekretär. Bitte –« Aber Perron blieb stehen, bis Macpherson seiner Aufforderung folgte und sich ebenfalls setzte. »Ich hoffe, Sie sind zufrieden.« Perron versicherte ihm, daß er es war. »Ach übrigens, bestellen Sie keinen Fisch.«

»Der Kellner hat mich bereits davor gewarnt.«

»Das muß der alte Ghulam sein. Ein Segen, daß es ihn gibt. Es ist schwierig mit Personal heutzutage. Sind Sie mit dem Nachtzug aus Ranpur gekommen?« Perron nickte. »Der Zug hätte um sieben eintreffen sollen. Es wird von Jahr zu Jahr schlimmer. Ihrer Karte nach kommen Sie von zu Hause. Sind Sie schon lange in Indien?«

»Ungefähr zehn Tage. Kann ich bei Ihnen heute nacht unterkommen?«

»So lange Sie wollen. In letzter Zeit haben wir mehr Leute, die abreisen als ankommen. Trotzdem, es tut mir leid, aber Sie müssen auch für eine Nacht Gastmitglied werden, und leider beträgt die Mindestgebühr einen Monatsbeitrag. Eine Kriegsregelung aus der Zeit, als die jungen Offiziere ständig kamen und gingen und oft über Nacht versetzt wurden.«

»Und vergaßen, ihre Rechnungen zu bezahlen?«

»So ungefähr. Nun ja, ich nehme an, viele sind inzwischen schon lange tot. Sie waren doch sicher schon früher hier?«

»Ja, aber nicht lange..., ein paar Jahre während des Krieges.«

Die indischen Offiziere und der Zivilist waren aufgestanden und kamen näher. Macpherson blickte auf. »Alles in Ordnung, Bubli?«

»Ja, alles, Mac.«

»Essen Sie heute abend hier?«

»Wer weiß, was heute abend ist?«

»Wenn Sie nicht Bescheid sagen, bekommen Sie wahrscheinlich Fischsoufflé Izzat Bagh.«

»Gott bewahre uns davor. Ich sag Bescheid. Bis dann, Mac.«

»Bis dann, Bubli.«

»Netter Mann«, sagte Macpherson, als sie wieder allein waren.

»Ein Gentleman. Aber das sind die meisten. Das kann ich von einigen unserer Leute nicht behaupten.«

»Wie lange sind Sie schon Sekretär, Mr. Macpherson?«

»Etwa zehn Jahre. Mirat war mein erster Standort. Oh, das war schon Jahre vor dem anderen Krieg. Artillerie. Neunzehnhundertdreißig hatte ich die Chance, zurückzukommen. Das hab ich mir nicht entgehen lassen. Fünfunddreißig bin ich aus dem Dienst geschieden und hab das hier angenommen und es noch keine Minute bedauert. Ich hoffe, ich kann es noch lange machen. Mich bindet nichts an zu Hause.«

Perron verstand. Macpherson würde lieber hier sterben.

»Aber siebenunddreißig, das war 'ne harte Nuß. Es ging um die Mitgliedschaft indischer Offiziere. Der Vorstand war in zwei Lager gespalten. Aber ich habe gesagt, wenn ein Mann das Offizierspatent des Königs hat, zählt nicht, was für eine Hautfarbe er hat. Im Krieg sagten die alten Mitglieder, ich hätte recht gehabt. Es widerte uns an. Wir schämten uns richtig. Ich meine, wegen mancher unserer Landsleute. Wissen Sie, was die einmal gemacht haben? Sie haben alle Toiletteneimer aus der Herrentoilette in den Swimming-pool gekippt, weil sie ein paar indische Subalterne hatten schwimmen sehen. Ich habe ihnen ordentlich den Marsch geblasen. Nachttöpfe im Swimming-pool war der Stil solcher Proleten. Das war natürlich im Krieg, zweiundvierzig, als die indischen Politiker Ärger machten. Aber wissen Sie, was hier vor ein paar Wochen passiert ist?«

»Nein, was?«

»Wieder der Swimming-pool. Irgend jemand hat in eine Gandhimütze gekackt und sie schwimmen lassen. Ich bin nicht dahintergekommen, wer es war. Aber ich hatte so meinen Verdacht. Der Pool mußte entleert und geschrubbt werden, und ein Brahmanenpriester mußte ein Reinigungsritual durchführen, ehe er wieder gefüllt wurde. Seitdem war kein Inder mehr schwimmen, obwohl nichts mehr zu befürchten ist.«

»Wen hatten Sie im Verdacht?«

»Den Anführer des hinterletzten Rugbyvereins von Mirat, wie ich es nenne, ein englischer Offizier, der einen fahren ließ, als ich den Ministerpräsidenten von Mirat eines Abends in die Bar begleitete.«

»Hat der Ministerpräsident es kommentiert?«

»Nicht direkt. Er ist kein Inder. Wäre er ein Inder, hätte er sich überhaupt nicht dazu geäußert. Aber er konnte es sich nicht verkneifen zu fragen: »Sollte man nicht etwas frische Luft hereinlassen?« Macpherson wies auf die Terrasse. Perrons Frühstück kam. »Verzeihen Sie, Mr. Perron, ein unerfreuliches Thema. Lassen Sie sich Ihr Frühstück schmecken.«

Perron stand auf, als der Sekretär sich verabschiedete. Er sagte: »Ich kenne den Herrn, den Sie meinen, Dimitri Bronowski? Ich bin sogar in Mirat, um ihn zu besuchen. Kann ich vielleicht von hier aus telefonieren und eine Nachricht hinterlassen, daß ich angekommen bin?«

Macpherson zögerte. »Erwartet er Sie?«

»Generell, ja.« Perron erzählte Macpherson von dem Telegramm, das er bei seiner Ankunft in Bombay vorfand. »Aber ich habe nicht zurücktelegrafiert. Ich dachte, ich komme einfach.«

»Ich weiß, daß er vor ein paar Tagen hier war. Aber vielleicht ist er nach Gopalakand gefahren. Das kann ich leicht feststellen. Er hat im Moment alle Hände voll zu tun ... nicht nur mit Patel und Co. Die Lage hier ist seit etwa einer Woche nicht gerade rosig.«

»Heute morgen wirkte alles sehr ruhig.«

»In der Garnison schon. Aber am anderen Ufer in der Stadt sieht es nicht so gut aus. Deshalb empfehlen wir das Fischsoufflé Izzat Bagh nicht. Die Fischer sind Moslems. Sie fischen seit dem achtzehnten Jahrhundert auf dem See des Nawab. Das ist Tradition. Eine Sekte. Aber seit ein paar Tagen haben sie nicht mehr gewagt hinauszufahren, weil ein paar von ihnen ertrunken aufgefunden wurden. Sie sagen, es sei Mord gewesen, und machen die Hindus dafür verantwortlich. Deshalb sieht es so aus, als wären wir wieder dort, wo wir letztes Jahr und Anfang des Jahres schon einmal waren. Über die Altstadt ist eine Ausgangssperre verhängt worden. Aber hier sind Sie gut aufgehoben, Mr. Perron. Ich schicke meinen Schreiber mit dem Gästebuch.«

Macpherson ging. Perron trank seinen Orangensaft. Der Schreiber kam mit dem Buch. Perron füllte die Spalten ganz oben auf der neuen Seite aus, die der Schreiber aufgeschlagen hatte. Er widerstand der Versuchung, umzublättern und nachzusehen, wann der Club zum letzten Mal ein Gastmitglied aufgenommen hatte.

Der neueste *Mirat Courier* – die Ausgabe von Montag, 4. August – brachte auf der Titelseite ein schlecht gedrucktes Bild des Vizekönigs in Delhi mit einigen der wichtigen indischen Fürsten. Perron hatte das Foto bereits in der *Times of India* gesehen. Im Begleitartikel fehlte jeder Hinweis auf Mirats Fürsten, den Nawab. Aber der Ton deutete an, daß der Redakteur unbedingt den Eindruck vermitteln wollte, daß die Beziehungen zwischen dem Nawab und dem Vizekönig sehr freundschaftlich seien. Wie richtig das auch sein mochte, politisch gesehen war das kaum von Bedeutung. Aus der ganzen Titelseite sprach nur die reine Freundlichkeit und Wohlwollen. Es gab keinen Artikel über das Gerücht, das Perron gehört hatte: Dschinna beschuldige Tara Singh, den Führer der Sikhs, ihn ermorden und die Teilung des Pandschab verhindern zu wollen.

Der Kellner brachte seine Eier und Speck. Perron blickte auf und sah, daß die Frau mit der Sonnenbrille durch eine der entfernteren Doppeltüren wieder auf die Terrasse gekommen war und sich langsam auf dem Kokosläufer in der Mitte der Terrasse näherte. Aus der Ferne hatte er angenommen, sie sei im mittleren Alter – vielleicht weil das Haar stumpf und farblos wirkte und weil die Sonnenbrille den abweisenden Mund betonte. Aus der Nähe sah er, daß es eine recht junge Frau war, dünn, aber mit einer guten Figur, einem ansehnlichen Busen und einem anmutigen Gang, der darauf hindeutete, daß sie schon immer stolz auf ihre Haltung gewesen war und an ihrer Vervollkommnung gearbeitet hatte: eine erworbene gute Haltung und weniger die natürliche gute Haltung, die in seiner Erinnerung zum Beispiel für Sarah Layton charakteristisch war. Als die Frau sich beinahe auf gleicher Höhe mit dem Tisch befand, lächelte Perron und sagte: »Guten Morgen.« Sie lächelte ebenfalls, murmelte »guten Morgen« und ging langsam weiter. Sie erinnerte ihn (das wurde ihm klar) an eine jüngere *Mrs.* Layton. Sie besaß die gleiche Art Gelassenheit: beinahe Gleichgültigkeit. Er roch ihr Parfum gerade stark genug, um zu ahnen, daß es teuer war.

Ehe Perron mit seinem Frühstück begann, schlug er die letzte Seite des *Mirat Courier* auf. Auch dort gab es ein undeutliches Foto zu einem Bericht mit der Überschrift: »Frohes Ereignis in Ranpur«, und darunter stand: »Von unserem Korrespondenten in Ranpuir«. Er begann zu essen und zu lesen.

»Das staatliche College in Ranpur war am Samstag Schauplatz eines frohen Ereignisses, als Seine Exezellenz der Gouverneur, Sir Leonard Perkin, das neue Collegegebäude eröffnete, in dem eine neue Generation künftiger indischer Ingenieure ihre Ausbildung erhalten wird. ›Hoffen wir‹, sagte Sir Leonard, ›daß diese jungen Männer, auf deren Schultern Indien eine große Verantwortung legt, während es in ein neues industrielles Zeitalter tritt, auf die Zeit, die sie hier in diesem schönen Gebäude verbringen werden, mit mindestens ebenso großer Dankbarkeit zurückblicken, wie wir sie heute für Mr. Chakravati, den Mann empfinden, auf dessen Anregung und Gründung es zurückgeht und der sein wichtigster Förderer ist.‹

Sir Leonard erinnerte daran, wie sein verehrter Vorgänger, Sir George Malcolm, vor genau zwei Jahren, als die Zukunft weniger sicher erschien, den Grundstein für das neue Gebäude gelegt hatte. ›Viele von Ihnen‹, sagte Sir Leonard, ›werden sich an diesen Anlaß erinnern und vielleicht wie ich bedauern, daß Sir George nicht anwesend ist, um dieses großartige Collegegebäude zu eröffnen, das aus diesem einen Stein hervorgegangen ist. Seien Sie versichert, daß ich ihm einen Bericht und Fotos schicken werde.‹

Sir Leonard sprach danach über die Dankbarkeit, die er der technischen Abendschule gegenüber empfand, die er in seiner Jugend nach einem schweren Arbeitstag in der Industrieregion im Norden Englands besucht hatte. Er sprach von ›den schweren Zweifeln‹, die er gehabt hatte, als Premierminister Attlee ihn 1946 als Gouverneur für Ranpur vorschlagen wollte. ›Nun ja, Len‹, sagte der Premierminister zu mir, ›wir haben bereits Fred Burrowes, auch einen alten Eisenbahner, nach Bengalen geschickt, und er hält sich gar nicht so schlecht.‹ ›Bedauerlicherweise‹, fuhr Sir Leonard fort, ›hat Fred mir meinen besten Witz gestohlen, der darin lag, daß ich zwar nichts von ›Schießen und Jagen‹ verstand, aber etwas von ›Tuten und Blasen‹. Also konnte ich vielleicht von einigem Nutzen in der kurzen Zeit sein, die es, wie ich hoffte, dauern würde, und die es tatsächlich gedauert hat, bis wir vom Trittbrett herunter gestiegen sind und für Sie, meine lieben jungen Freunde, Platz gemacht haben, für deren Können, Engagement und Vertrauen in die Zukunft dieses College ein Beweis und ein Symbol ist.‹

Unter allgemeinem Beifall verließ Sir Leonard das Podium und ging allen voran zum Haupteingang des Gebäudes. Er nahm den Schlüssel entgegen, machte eine für ihn charakteristische großzügige Geste, indem er den Schlüssel ins Schloß steckte und Mr. Chakravati bat, den Schlüssel umzudrehen, damit er als erster das College betrete, und Mr. Chakravati sagte, das sei ›die Erfüllung eines alten Traums‹ gewesen.

Unter den Gästen befand sich Mr. Mohammed Ali Kasim, der sich offenbar von der Erkältung erholt hatte, durch die er an der Teilnahme am Dinner der Handelskammer vor zwei Wochen gehindert worden war. Bis zu der ebenfalls vor zwei Wochen gemachten Ankündigung, Mr. Trivurdi werde Sir Leonards Nachfolger werden, hatte man allgemein vermutet, Mr. Kasim sei der neue designierte Gouverneur. Auf unsere Frage erwiderte Mr. Kasim, er habe für die nahe Zukunft keine bestimmten Pläne, aber er stimme Mr. Trivurdis Ernennung zum Gouverneur aus vollem Herzen zu. Er lehnte es ab, auf unsere Frage zu antworten, ob man ihm dieses Amt zuerst angetragen habe, und ob die Ablehnung ein Hinweis auf Mr. Kasims Absicht sei, in Kürze in das aktive politische Leben der Provinz zurückzukehren.«

Der Artikel über das Chakravati-Gebäude war lang genug gewesen, daß Perron seine Eier mit Speck ganz und den Toast mit Marmelade teilweise aufgegessen hatte. Der Kellner erkundigte sich, ob der Sahib eine frische Kanne Kaffee wünsche. Perron bejahte. Er griff nach einem weiteren Toast und schlug die Seiten zwei und drei des *Mirat Courier* auf. Ein Blick auf die Seite zwei verriet, daß sie nur Anzeigen enthielt. Deshalb legte er die Zeitung mit der Seite drei nach oben auf den Zeitungshalter.

Wieder ein undeutliches Foto; aber plötzlich hielt er inne mit einem Stück Toast auf halbem Weg zum Mund, den es aber nicht erreichte. Er schob den Stuhl zurück und ging mit der Zeitung hinüber ins hellere Licht an der Balustrade. Das Gesicht auf dem Foto war praktisch nicht zu erkennen. Nur die Überschrift des dazugehörigen Artikels ermöglichte eine Identifikation:

Oberstleutnant Merrick, DSO
Eine bewegende Totenfeier

»Der Trauergottesdienst für den verstorbenen Oberstleutnant (Ronnie) Merrick, DSO, über dessen tragischen Tod wir in der vergangenen Woche berichtet haben, fand am letzten Samstag hier in St. Mary statt. Ehrwürden Martin Gilmour hielt einen schlichten, aber bewegenden Gottesdienst. In seiner kurzen Ansprache vor einer großen Gemeinde sagte er über Oberst Merrick: ›Er war ein Mann, der in unsere Mitte kam, ein Fremder. Sein Pflichtbewußtsein machte ihn zu einem Vorbild für uns alle. Jetzt ist er gegangen und läßt uns nicht ärmer zurück, sondern reicher durch das Beispiel, das er uns gegeben hat.‹«

Derselbe Merrick? Das Halbprofil auf dem Foto beantwortete die Frage nicht. Perron überflog schnell den Artikel bis zu den kleingedruckten Namen der Trauergäste.

»Mitglieder und nahe Freunde der Familie leisteten der Witwe Beistand: Oberst John Layton, Mrs. F. Grace, Hauptmann Nigel Rowan (R.B.G.G.) und Mrs. Rowan. Zu den Vertretern der Garnison gehörten: Standortkommandant Oberst Rossiter, seine Gattin Mrs. Rossiter und ihre Töchter; Brigadier Thorpe und Mrs. Thorpe, Oberst S. K. Srinivasan und Mrs. Srinivasan, Major Thwaite und Miss Drusilla Thwaite, Major Peabody und Mrs. Peabody, Hauptmann P. L. Mehta und Mrs. Mehta.«

Also doch! Ja, Merrick. Aber wer war Mrs. Rowan? Sarah? Sie wurde sonst nicht genannt. Und weshalb waren sie alle hier in Mirat? R.B.G.G. bedeutete Referent des Bevollmächtigten des Generalgouverneurs. Vertrat Rowan die Politische Abteilung in Mirat? Perron wandte sich wieder dem Großgedruckten zu.

»Der Geistliche sprach kurz über Oberst Merricks Geschick bei der Erfüllung der keineswegs leichten Aufgabe, mit der man ihn vor einigen Monaten betraut hatte. ›Der Mann, den zu betrauern und zu ehren wir hier zusammengekommen sind, hatte eine Behinderung, die viele Männer vermutlich davon überzeugt hätte, daß die Zeit ihrer nützlichen aktiven Arbeit und ihres Dienstes zu Ende sei. Ronnie hatte nie dieses Gefühl. Manche von Ihnen haben gesehen, viele von uns haben gehört, wie dieser tapfere Offizier, der sich selbst wieder das Reiten beigebracht hatte, in unruhigen Zeiten seine Polizeitruppe führte. Geduldig und menschlich, aber entschlossen stellte er die Ordnung wieder her und sicherte den Frieden des Staates, in dessen Dienst er viel zu kurz stand.

›Heute‹, fuhr er fort, ›sollen unsere Herzen und Gebete Oberst Merricks Witwe gelten als Dank für ein so gut gelebtes Leben, das so unerwartet und traurig endete.‹

Nach dem Lied ›Herr, bleib bei mir‹ trat einen Augenblick Stille ein, und dann erklangen vor der Kirche die klaren feierlichen Töne des Zapfenstreichs, den ein Trompeter der Mirater Artillerie blies. Eine ebenso bewegende letzte Geste im Rahmen dieses schlichten Trauergottesdienstes machte der Premierminister von Mirat, Graf Bronowski, als er an die Seite der Witwe trat und sie aus der Kirche geleitete.

Wenige Tage vorher bestätigte eine Obduktion, daß Oberst Merrick an den Folgen von Verletzungen starb, die er bei einem Reitunfall erlitten hatte. Das Begräbnis fand später statt, um der Witwe und anderen Familienmitgliedern die Anwesenheit zu ermöglichen. Die sterblichen Überreste wurden eingeäschert.«

»Sahib?« Der Kellner hatte das Tablett mit dem frischen Kaffee gebracht. Er fragte Perron, ob er ihn am Frühstückstisch oder am Terrassentisch einnehmen wollte, denn Perron lehnte gegen die Brüstung. Perron nickte in Richtung Terrassentisch und las den Artikel noch einmal. Jetzt nahm das undeutliche Bild in der Zeitung allmählich eine düstere Ähnlichkeit mit dem Merrick an, den er gekannt hatte. Er setzte sich, goß sich Kaffee ein und beschäftigte sich weiter mit dem Foto und dem Bericht.

»Ich wußte gar nicht«, sagte eine Frauenstimme, »daß das Lokalblatt so interessant sein kann.«

Er blickte verblüfft auf. Die Frau mit der Sonnenbrille war zurückgekommen und saß zwei Tische weiter. Ihre Stimme klang tief, etwas heiser, aber attraktiv. Er lächelte, legte die Zeitung beiseite und sagte: »Verzeihung, ich habe Sie nicht gesehen.«

»Genau das meine ich. Sie sind Guy Perron, nicht wahr?«

»Ja –?«

»Man erwartet Sie. Deshalb habe ich mir meine Gedanken gemacht, als ich Sie ankommen sah. Ich war neugierig und habe einen Blick in das Buch geworfen, in das Sie sich eingetragen haben. Nein, bitte bleiben Sie sitzen.« Sie stand auf und kam an seinen Tisch. Sie nahm die Sonnenbrille ab, und darunter kamen blasse Augen zum Vorschein – blaugrau, eine Spur violett. Unter dem linken Auge zeigte sich deutlich eine winzige weiße Narbe. Trotz dieses Makels war sie auf eine melancholische, müde Weise schön. »Sie werden mich nicht erkennen. Aber vielleicht erinnern Sie sich an mich als Laura Elliott . . . zumindest hat Nigel gesagt, daß Sie sich erinnern.«

Nach ein paar Sekunden sagte Perron: »Ja, Laura Elliott.« Er streckte die Hand aus. Ihre Hand war feucht und kalt. Er sagte: »Der Kaffee ist frisch. Ich werde den Kellner bitten, daß er noch eine Tasse bringt.«

»Danke.« Sie setzte sich. Er schlug auf die Tischglocke. Der alte Mann kam heraus, sah sofort, was gewünscht wurde, und ging wieder zurück. Perron setzte sich. Sie sah ihn unverwandt an.

»Ich *glaube*, ich erinnere mich an Sie«, sagte sie, »ich meine, ich weiß, daß ich mich an Sie erinnere, aber ich glaube, daß ich Sie wiedererkenne.«

»Und ich Sie.«

»Nein, das glaub ich nicht.«

Ihre Direktheit wirkte nicht unangenehm. Aber nach dieser entschiedenen Äußerung sprach aus der Art, in der sie die Sonnenbrille aufsetzte, eine Spur Verwirrung. Er hielt es für möglich, daß Nigel auch zu ihr gesagt hatte: »Guy hat dich ›dieses tolle Mädchen‹ genannt.« Sie war nicht mehr toll.

Der Kellner brachte eine zweite Tasse und eine frische Kanne Kaffee. Sie goß für sie beide ein. »Weshalb sind Sie in den Club gekommen, Mr. Perron? Nigel sagt, man erwartet Sie in Izzat Bagh.«

»Ich bin nicht dazu gekommen, den Tag und die Zeit meiner Ankunft zu telegrafieren. Nach einer Nacht auf der Bahn hielt ich es für eine gute Idee, zumindest etwas zu frühstücken und mir auch ein Bett für die Nacht zu sichern, ohne jemanden zu bemühen.«

»Nun ja, es ist schön, eine Weile alleinzusein, ehe man das Besuchergesicht aufsetzt. Wird Nigel enttäuscht sein?«

»Enttäuscht, warum?«

»Er hat gesagt, es werde Sie überraschen, ihn in Mirat zu treffen. Scheinbar sind Sie nicht überrascht. Sie haben mich nicht einmal gefragt, wen ich mit Nigel meine. Also hat Dimitri am Ende doch alles verraten?«

»Nein, und ich *bin* überrascht. Aber nach dem, was ich gerade im *Mirat Courier* gelesen habe, nicht mehr ganz so.«

»Ach, haben sie etwas über ihn geschrieben? Ich habe es nicht gelesen.«

»Sein Name erscheint in einer Liste von Personen, die am Samstag an einer Trauerfeier teilgenommen haben. Mr. Nigel Rowan, R.B.G.G. Und dann bei den anderen Namen klickte es. Die einzige Person, von der ich nichts weiß, ist Mrs. Rowan.«

Laura Elliott lächelte. Die Mundwinkel zogen sich beim Lächeln nach unten. »Ich fürchte, das bin ich. Werde ich auch erwähnt? Nigel wird sich freuen. Es bekümmert ihn ein wenig, daß gedruckte Gästelisten uns selten beide erwähnen. Aber wie sollen sie auch, wenn ich mich immer entschuldige oder einfach nicht erscheine? Eigentlich werden Sie von Dimitri Bronowski erwartet, nicht wahr? Wollen Sie ihn anrufen?«

»Der Sekretär hat gesagt, er sei möglicherweise nicht in Mirat. Aber er könne das leicht feststellen.«

»Dann sucht er vermutlich mich. Dimitri war gestern in Mirat. Er muß immer noch hier sein. Aber Sie müssen nicht anrufen. Nigel wird mich entweder hier anrufen oder irgendwann im Verlauf des Vormittags kommen. Sie könnten mit ihm zurückfahren. Jedenfalls werde ich ihm sagen, daß Sie hier sind.«

»Es ist länger als ein Jahr her, seit Nigel und ich uns zum letzten Mal geschrieben haben. Wie lange sind Sie verheiratet?«

»Weniger als ein Jahr. Wäre es Ihnen recht, wenn wir nicht darüber sprechen. Ich mochte Nigel immer sehr und mag ihn immer noch. Aber ich fürchte, seine Ehe war kein Erfolg.«

Perron betrachtete Laura Elliotts Gesicht aufmerksam – ausnahmsweise war es abgewandt, denn sie beobachtete die Sturzflüge der Krähen; er glaubte, eine Frau zu sehen, die viel durchgemacht hatte, und nun versuchte, wieder auf die Beine zu kommen.

Sie hatte ursprünglich einen Plantagenbesitzer in Malaia Nigel vorgezogen. Perron erinnerte sich, daß Nigel von einem überlebenden Elternteil in Darjeeling gesprochen hatte; man hatte nur einmal von Laura etwas gehört, nachdem sie in einem japanischen Kriegsgefangenenlager gelandet war. Vermutlich hatte der Plantagenbesitzer nicht überlebt, es sei denn, sie hatten sich scheiden lassen. Er glaubte nicht, fragen zu können. Er glaubte, ein Gespräch über ihre und ihres Mannes Gefangenschaft sei ihr ebensowenig willkommen wie ein Gespräch über ihre Ehe mit Nigel. Er sagte:

»Wohnen Sie hier im Club?«

»Ja, vorübergehend.« Die Sonnenbrille wandte sich ihm wieder zu. »Gerade ist mir etwas eingefallen.« Sie nahm die Brille ab. »Sie hatten eine reizende, aber ziemlich verrückte Tante. Lebt sie noch?«

»Sie bezahlt den größten Teil der Kosten für diese Reise, und hauptsächlich habe ich es ihren Beziehungen zu verdanken, daß es für mich leicht wird, wenn ich es leicht haben will.«

»Ich freue mich, daß sie noch lebt. Solche Menschen verdienen es, lange zu leben.«

»Was für Menschen?«

»Menschen, die Interesse für andere aufbringen, besonders für junge Leute. Ich hatte dieses Gefühl. Ich hatte das Gefühl, daß sie mich behandelte, als sei ich ein Mensch und nicht irgend so ein gutaussehendes Mädchen.«

»Ich werde ihr erzählen, was Sie gesagt haben.«

»Oh, sie wird sich nicht an mich erinnern.«

»Aber ja.«

Ein Augenblick der Blöße. Dann saß die Brille wieder vor den Augen. Ein Telefon klingelte. Perron sagte: »Vielleicht ist das Nigel.«

»Wir werden es gleich wissen. Möchten Sie noch Kaffee?«

»Ja, danke.«

Sie goß ihm ein. Perron hörte Schritte und drehte den Kopf. Es war Macpherson. Er sagte:

»Ah, da sind Sie ja beide. Sie haben sich bereits miteinander bekannt gemacht. Gut. Ihr Mann ist am Telefon, Mrs. Rowan.«

Sie dankte Macpherson, schob die Brille heftig hoch, stand auf und ging ohne ein weiteres Wort oder ohne noch einen Blick in Perrons Richtung zu werfen.

Macpherson sagte: »Wie es aussieht, haben Sie Glück, und ich verliere einen Übernachtungsgast.«

Sie kam nicht zurück. Zehn Minuten später brachte der Schreiber eine Nachricht von ihr. Ein Wagen würde Perron um zwölf Uhr abholen und zum Izzat Bagh bringen. Er blieb noch etwa eine halbe Stunde auf der Terrasse. Aber sie kam nicht zurück.

Der Wagen verlangsamte, um an einem bewachten Kontrollpunkt vorbeizufahren. Eine Tafel verkündete: *Ende des Garnisonsbezirks...* Dann fuhr er auf einer geraden Straße, die etwas tiefer als die Eisenbahnschienen verlief. Er setzte seine Sonnenbrille auf, zog Rowans Nachricht heraus und las sie noch einmal.

»Mein lieber Guy,

es tut mir leid, daß ich nicht selbst kommen kann, um Dich abzuholen. Es ist einer dieser Morgen mit dringenden offiziellen Pflichten. Ich hatte noch keine Gelegenheit, Dimitri zu sagen, daß Du hier bist, aber ich werde es tun. Inzwischen kommst Du am besten in meinen Bungalow. Er steht neben dem Dewani Bhavan, Dimitris Haus, wo Du wohnen wirst. Aber seit er Dir nach Bombay telegrafiert hat, ist viel geschehen, und vielleicht wird es Dir als eine gute Zwischenlösung erscheinen, bei mir zu schlafen. Du bist herzlich willkommen. Laura hat mir gesagt, daß ihr euch getroffen habt, und Du den *Courier* gelesen hast. Also weißt Du etwas über den Stand der Dinge. Oberst Layton ist heute morgen nach Pankot zurückgefahren, aber Susan und ihre Tante sind noch hier. Sie wohnen im Gästehaus des Palastes. Sarah ist natürlich auch hier, und sie hat versprochen, in meinem Bungalow zu sein, um Dich zu begrüßen und dafür zu sorgen, daß Du richtig untergebracht wirst. Ich muß möglicherweise zum Mittagessen im Palast bleiben. Aber es ist alles arrangiert, daß Du bei mir essen kannst. Ich nehme an, Du wirst Dich ohnehin ausruhen wollen. Der Bungalow steht zwischen dem Dewani Bhavan und dem Bungalow, in dem Susan und Ronald gewohnt haben.

Sobald Du von der Bahnlinie rechts abbiegst und die Straße um den See herum zu unserer Seite führt, hast Du einen guten Blick auf den Izzat Bagh Palast und das Gästehaus. Wenn Du an den Palastmauern vorbei bist, kommst Du zum Dewani Bhavan (und unserem Bungalow). Davor erstreckt sich das freie Gelände zwischen dem Palast und der Stadt. Bis bald, *Nigel*.«

Sie näherten sich der Weggabelung. Er rückte auf die linke Seite des Wagens und sah bald den Palast am anderen Ende der blendenden, glitzernden Wasserfläche: ein rosafarbenes Gebäude mit Türmchen und am Seeufer eine Moschee mit einer weißen Kuppel, einem schlanken Minarett, das sich im Wasser spiegelte. Seitlich zwischen Bäumen ein Herrenhaus im palladianischen Stil. Vermutlich das Gästehaus.

An dieser Seite des Sees gab es Hütten und Boote (sie waren auf das Ufer gezogen). Ein bewaffneter Polizeitrupp patrouillierte die Gegend. Eine Landzunge und ein breiter Schilfgürtel teilten den See beinahe in zwei Hälften. Wo das Schilf begann, entfernte sich die Straße in einer Kurve vom Ufer, als sei alles hinter dem Schilf Privatbesitz. Im Wagen wurde es kühler, denn jetzt fuhren sie im Schatten von Banyanbäumen. Links tauchte plötzlich eine Ziegelsteinmauer auf, die von den unbarmherzigen Speerspitzen zerbrochener Glasflaschen gekrönt wurde. Das Palastgelände. Sie fuhren etwa eine halbe Meile an der Mauer entlang – vielleicht auch mehr. Aber plötzlich endete sie in einem rechten Winkel, und auf dieser Seite der Straße erstreckte sich nun ein weites offenes Gelände, das von Nullahs durchzogen wurde. Der Wagen fuhr langsamer. Dicht vor ihm befand sich rechts eine grau verputzte Wand. Er sah flüchtig einen stattlichen Bungalow, den Dewani Bhavan. Aber in der Ferne zog etwas anderes seine Aufmerksamkeit auf sich: die verschwommenen Umrisse der alten ummauerten Stadt Mirat mit ihren Minaretten.

Der Wagen bog ab, rollte durch eine Durchfahrt auf das Gelände eines kleinen Bungalows. Es war ein sehr altes, gedrungenes Gebäude mit eckigen Säulen auf der Veranda. Das Gelände wirkte wild und ungepflegt.

Im Schatten der breiten Veranda stand eine Frau in Rock und Bluse. Sarah. Sie hatte die Arme verschränkt (die Hände, wie er sich erinnerte, umfaßten die Ellbogen). Als der Wagen vorfuhr, kam sie vor einem Diener die Treppe herunter.

Als er die Tür öffnete und zu ihr aufblickte, fiel ihm als erstes ein kleines Fleischpolster unter dem Kinn auf.

»Hallo, Guy.« Sie streckte ihm die Hand hin. Er ergriff sie und konnte nicht sagen, ob Sarah eine herzlichere Umarmung erwartet hatte, oder ob sie willkommen wäre. Sie verschränkte die Arme wieder und ging voraus auf die Veranda, die an diesem Punkt sehr breit und mit Tischen und Sesseln möbliert war. Alles wirkte staubig und ungepflegt. Ob das an Laura lag, oder ob es einer der Gründe dafür war, daß sie hier nicht wohnte, das waren Fragen, auf die es vielleicht später klärende Antworten geben würde.

Die Eingangshalle war dunkel und düster. Man roch die Feuchtigkeit. Sarah ging voraus. Das lastende Gewicht der Wände, der beklemmende Druck der dicken, quadratischen Säulen, die sich von dem Fliesenboden hinauf zu einem hohen Balkendach erstreckten, schien keine Wirkung auf Sarah zu haben, wie er zu bemerken glaubte. Sie öffnete eine Tür, und die Proportionen verringerten sich auf ein Maß, das dem menschlichen Ich mehr entgegenkam. Aber dieser Raum war lang und zu schmal für seine Länge. Hier ahnte er unsichtbaren Schwamm – ein süßer schwerer Geruch, in den sich der leichte trockene Duft eines Desinfektionsmittels mischte – und das bedrückte ihn augenblicklich. Ein weißes Moskitonetz umhüllte ein schmales kleines Bett. Licht fiel hauptsächlich durch die offene Tür des Badezimmers. Vermutlich kam der Duft des Desinfektionsmittels aus dem Bad.

»Es ist ziemlich spartanisch«, sagte sie, »Nigel hat mich gebeten, mich für ihn zu entschuldigen. Aber vermutlich brauche ich das nicht. Ich nehme an, Laura hat dir gesagt, daß sie noch nicht lange hier sind und nicht bleiben werden.«

Perron ging nicht darauf ein. Er fragte: »Was für eine Zeit? Was glaubst du? 1830? 1850?«

»Ich weiß nicht. Jedenfalls stand es zu lange leer. Paß auf wegen der Skorpione. Ich möchte dich zwar nicht erschrecken, aber es ist noch nicht lange her, da war eine Schlange auf der hinteren Veranda. Sie haben alles abgesucht, nachdem sie tot war. Deshalb glaube ich, mußt du dir keine Sorge machen. Nigel sagt ohnehin, daß Schlangen falsch verstandene Geschöpfe sind. Wenn man einer begegnet, sollte man sich höflich verbeugen und sie bitten, friedlich ihrer Wege zu gehen.«

»Ich werde vermutlich schreien, daß das Haus zusammenfällt.«

Sie stand immer noch mit verschränkten Armen vor ihm und lachte. Er machte einen Schritt vorwärts und legte leicht den Arm um sie. Sie rührte sich nicht, neigte dann aber den Kopf, so daß ihre Haare sein Kinn berührten.

»Es ist schön, dich wiederzusehen, Guy. Du hast mich schon immer zum Lachen gebracht.«

Sie löste sich von ihm. Die Diener trugen den Koffer und die Reisetasche herein. Sie sagte: »Ich glaube nicht, daß Nigel zum Mittagessen zurückkommt. Aber es ist alles vorbereitet, und du kannst essen, sobald du willst. Trinken wir etwas, dann laß ich dich allein, damit du dich einrichten kannst.«

»Mußt du gehen?«

»Ja, aber für einen Drink habe ich Zeit.«

Sie gingen auf die Veranda zurück. Sie rief dem Fahrer zu, daß sie in fünfzehn Minuten bereit sei. Der Mann verschwand auf der anderen Seite des Bungalows. Ein Diener hatte bereits ein Tablett, Flaschen und Gläser auf einem Beistelltisch vorbereitet. Sarah bat ihn, sie allein zu lassen, und fragte Perron, was er trinken wollte.

»Hier trinke ich immer noch gern Gin.«

Sie goß ein, fügte Eis und Sodawasser hinzu und kam mit den Gläsern. Sie sagte: »Unter normalen Umständen hätte ich dich zum Mittagessen ins Gästehaus eingeladen, aber ich glaube, heute fühlst du dich wohler, wenn du hier allein ißt.«

»Wenn du meinst.«

Er bot ihr eine Zigarette an. Sarah zögerte, nahm sie aber. »Ich versuche, weniger zu rauchen, und das heißt, ich gehöre jetzt zu diesen langweiligen Nichtrauchern, die schnorren und nie eigene haben. Danke.« Als er sich vorbeugte, um ihr Feuer zu geben, fiel ihm auf, daß die Hand, in der sie die Zigarette hielt, leicht zitterte; das früher glatte und weiche Haar wirkte weniger gepflegt. Er fand, das passe sehr viel besser zu ihr. Sie schien mehr von Erfahrungen gezeichnet. Er sagte: »Ich bin wohl gerade in einem sehr ungünstigen Augenblick gekommen?«

»Bis vor einer Woche haben wir uns deine Ankunft ganz anders vorgestellt.«

»Wie anders?«

»Nigel, ich und Achmed wollten dich am Bahnhof abholen. Es war Dimitris Idee. Ich nehme an, er wäre vermutlich auch mitgekommen, weil er gern Leute überrascht. Deshalb hat er nicht geantwortet, als er deinen Brief von zu Hause bekam, sondern hat so lange gewartet, bis gerade noch Zeit blieb, um dir ein Willkommenstelegramm nach Bombay zu schicken. Er fand, er könne wohl schlecht einen Brief schreiben, ohne zu erwähnen, daß Nigel und ich hier waren und Ronald natürlich.«

»Dann warst du also hier, als mein Brief ankam? Ich dachte, du seist vielleicht gerade erst aus Pankot gekommen.«

»Nein, ich bin schon seit einiger Zeit hier. Susan mußte herunterkommen – mit Vater und Tante Fenny. Vater ist heute morgen zurückgefahren. Bist du mit dem Nachtzug gekommen?«

»Ja.«

»Dann mußt du ungefähr zur gleichen Zeit wie Vater auf dem Bahnhof gewesen sein.«

»Dort herrschte ein ziemliches Gedränge. Hast du ihn zur Bahn gebracht?«

»Nein, Tante Fenny. Er muß nach Pankot zurück, um sein Kommando im Depot zu übergeben. Wir sollten ihn begleiten. Aber Susan wollte im letzten Moment nicht. Deshalb fand Fenny, sie müsse ebenfalls bleiben.«

»Und deine Mutter?«

»Oh, Mutter ist im letzten Monat zurückgefahren und sucht ein Haus.«

»Also setzen sie sich nicht in Rose Cottage zur Ruhe?«

»Nein. Wir sind schon vor einiger Zeit ins Kommandantenhaus umgezogen und haben Rose Cottage an Leute namens Smalley vermietet. Wir können das Haus nicht verkaufen – höchstens ans Militär, und das wird jetzt geschehen. Ich nehme an, die Smalleys werden dort noch einige Zeit wohnen, weil sie einen Vertrag mit der indischen Regierung haben und bleiben – zumindest für ein oder zwei Jahre. Er ist ein bißchen zu jung, um sich zur Ruhe zu setzen, und ein bißchen zu alt, um sich zu Hause Chancen auszurechnen. Vater wäre natürlich im nächsten Jahr so oder so in Pension gegangen. Meine Eltern möchten beide nicht hierbleiben.«

»Also heißt das, du gehst auch zurück?«

»Das weiß ich nicht. Tante Fenny und ich waren im letzten Jahr für ein oder zwei Monate daheim – nach Onkel Arthurs Tod. Du hast sie nie kennengelernt, oder?«

»Nein, aber ich weiß, daß Oberst Grace gestorben ist. Ich war kürzlich in der Queens Road und habe Mr. Hapgood besucht.«

»Hapgood?«

»Die Leute oben, wo Hauptmann Purvis einquartiert war.«

»Ach.« Sie lehnte sich zurück und schloß die Augen. »Es kommt mir vor, als sei das alles schon so lange her.«

»Du hast dich nicht bei mir gemeldet.«

»Bitte?«

»Als du im letzten Jahr mit deiner Tante Fenny in England warst.«

»Nein.«

»Du hast auch meinen zweiten Brief nicht beantwortet.«

»Nein, tut mir leid. Aber das ist auch schon sehr lange her.«

»War der Besuch zu Hause eine Enttäuschung?«

»Ich glaube, ich wollte nicht ernsthaft, daß er ein Erfolg wurde. Vielleicht wäre es anders gewesen, wenn Tante Fenny ganz zurückgegangen wäre. Aber sie hatte die Rückreise gebucht. Und als es so weit war, hatte ich das Gefühl, ich müßte auch zurückkommen.«

»Du hast mir einmal gesagt, daß du das Gefühl hast, in Indien könntest du nicht glücklich werden.«

»Habe ich das gesagt? Ja, ich kann mich daran erinnern, daß ich das einmal dachte.« Sie sah ihn an. »Ich war seitdem sehr glücklich.«

»War Susan glücklich?«

Sarah antwortete nicht sofort. Dann sagte sie: »Im Augenblick ist sie in ziemlich schlechter Verfassung... vermutlich in einer schlechteren, als es der Familie bewußt ist. Ich kann mich nicht mehr erinnern, was du von ihr weißt. Aber sie war nie sehr stabil, wie man sagt.«

»War Ronald Merrick kein Halt für sie?«

Wieder antwortete sie nicht sofort.

»Jetzt gibt er ihr Halt. Du wirst verstehen, was ich meine, wenn sie mit dir über ihn spricht – und das ist sehr wahrscheinlich. Sie redet über nichts anderes.«

»Dann war es also eine gute Ehe?«

»Ich hatte erwartet, sie würde eine Katastrophe werden. Natürlich hat er den Jungen heiß und innig geliebt, und der Junge hat ihn heiß geliebt. Edward weiß übrigens nicht, daß Ronald tot ist..., damit du Bescheid weißt.«

»Ist der Junge hier?«

»Ja.« Sarah drückte die Zigarette aus. »Sie wollte ihn nicht in Pankot lassen, und Fenny mußte teilweise deshalb mitkommen. Nun ja, es ist nicht schlecht, daß sie ihn jetzt bei sich hat. Aber es macht die Sache auch schwierig. Ich bin bei ihm geblieben, als die anderen zu der Trauerfeier gingen. Es war schwierig, ihm zu erklären, warum Mammi ständig weint, und warum sie den langen Weg zu Daddys Haus gekommen waren und Daddy nicht zu Gesicht bekommen hatten. Edward sagte, Daddy habe ihm versprochen, daß er immer noch hier sei, wenn ihre Ferien in den Hügeln vorüber wären, und er hier wieder alles sicher gemacht hätte. Also sagte ich natürlich, hier sei alles wieder sicher. Aber Daddy habe für eine Weile verreisen müssen, um woanders alles sicher zu machen.«

»Also hatte Ronald sie wegen der Probleme hier nach Pankot geschickt?«

»Unter anderem, aber auch, damit sie während der heißen Jahreszeit in den Hügeln wären. Su wollte eigentlich nur nach Nanoora. Aber Ronald sagte, wenn es größere Probleme gebe, wäre es in Nanoora genauso schlimm.«

»Hat es große Probleme gegeben?«

»Ab und zu, ja, sehr große. Deshalb hat man ihn überhaupt hierher geschickt. Sie waren oben in Radschputistan. Er war vorübergehend der Staatspolizei zugeteilt worden. Du weißt doch? Die Reserve, die Offiziere und Männer in Staaten schickt, wo die Polizei des dortigen Herrschers Hilfe braucht. Er hat Su und Edward nach Pankot zurückgeschickt und ist allein hierher gekommen. Wie man sagt, hat er sehr gute Arbeit geleistet. Die Polizisten des Nawabs sind praktisch alle Moslems, und das war Teil des Problems. Sie haben bei Unruhen Partei ergriffen und drauflosgeschlagen, wenn die Hindus sich zusammenrotteten, aber ein Auge zugedrückt, wenn die Moslems loslegten. Ronnie hat das abgestellt. Er behauptete, das sei leicht gewesen. Er sagte, er habe nichts anderes tun müssen, als dem Polizeichef, einem Moslem, klarzumachen, daß er eine Verpflichtung der ganzen Bevölkerung gegenüber habe. Aber so einfach kann es nicht gewesen sein.«

»Wann war das alles?«

»Im letzten Dezember. Er hatte nicht erwartet, daß die Aufgabe soviel Zeit in Anspruch nehmen würde. Aber Dimitri war so beeindruckt, daß er die Staatspolizei überredete, ihn hierzulassen, damit er mithelfen könnte, die Polizei in Mirat neu zu organisieren und ein neues Ausbildungs- und Rekrutierungsprogramm auszuarbeiten. Das kam Ronnie sehr entgegen. Einmal war sogar im Gespräch, daß er möglicherweise ganz aus dem Polizeidienst ausscheiden und einen Vertrag mit dem Nawab machen werde. Su und er sind Anfang März richtig hierher gezogen. Im Mai, als es wirklich heiß wurde, hat er sie und Edward nach Pankot zurückgeschickt. Wie schon gesagt, wegen der Hitze, aber auch, weil wieder Unruhen ausbrachen.«

»Nebenan, das war ihr Bungalow, nicht wahr?«

»Ja. Er ist nicht annähernd so heruntergekommen wie der hier. Er hatte ihn sogar sehr bequem gemacht. Ich war eine Weile bei ihnen, nachdem ich Su beim Umzug von Pankot hierher geholfen hatte. Aber seit April habe ich entweder bei Dimitri oder im Palast gewohnt. Jetzt muß ich natürlich mit Su zurückfahren. Fenny schafft das nicht allein mit der Reise. Und ich weiß nicht, wie schlimm Susans Zustand sein wird, wenn die Reaktion einsetzt.«

»Ich habe gelesen, es hat eine Obduktion gegeben.«

»Ja.« Sie stand auf. »Ich muß jetzt wirklich gehen.«

Auch Perron stand auf. Er fragte: »Wie lange ist Nigel schon in Mirat?«

»Seit ungefähr sechs Wochen. Die Politische Abteilung hat ihn hergeschickt. Er soll versuchen, einiges zu klären. Dimitri hat um ihn gebeten. Mirat fällt in den Verantwortungsbereich des Residenten in Gopalakand, und die Lage ist inzwischen ziemlich schwierig geworden. Nigel wird dir alles erzählen. Ich melde mich, Guy, vermutlich heute abend.«

Der Fahrer war zurückgekommen. Aber gerade, als sie die Stufen hinunterstieg, bog ein anderer Wagen in die Einfahrt ein. »Du hast Glück«, sagte sie. »Hier kommt Nigel.«

Sarah ging ihm entgegen, um ihn zu begrüßen. Perron blieb auf der Veranda. Der Wagen hielt in der Nähe des bereits parkenden. Der Fahrer ging um den Wagen herum und öffnete die Tür. Ein Mann stieg aus. Wenn es Rowan war, hatte er noch mehr abgenommen. Die Haut des Mannes war blaßgelb, wirkte beinahe durchsichtig und spannte sich über den Wangenknochen. Der Mann winkte Perron zu und sagte etwas zu Sarah. Sie kamen beide zu den Treppenstufen. Erst jetzt erkannte Perron das Gesicht als Rowans Gesicht.

»Hallo, Guy«, sagte er. »Tut mir leid. Aber ich bin leider nur gekommen, um meinen Koffer zu packen.« Sie gaben sich die Hand.

»Ich kümmere mich um den Koffer«, sagte Sarah. »Wie viele Nächte bleibst du?«

»Höchstens zwei. Ich müßte eigentlich morgen abend wieder zurück sein. Mach dir keine Mühe. Tippoo kann das erledigen.«

»Brauchst du auch einen Frack?«

»Das ist alles in Gopalakand. Ich brauche nur einen Anzug. Ist Tippoo nicht da?«

»Doch. Aber ich vergewissere mich, daß er es richtig macht.« Sie ging hinein und rief jemanden namens Tippoo. Am anderen Ende der Veranda trat ein westlich gekleideter Inder mittleren Alters durch eine der schmalen Türen auf die Veranda: ein Schreiber, kein Diener. Rowan sagte: »Einen Augenblick, Guy.« Er trat zu dem Mann und begrüßte ihn. Sie sprachen einige Zeit miteinander; dann kam Nigel zurück.

»Hast du einen Drink bekommen?«

Perron wies auf sein Glas.

»Ich gieße dir nach. Ich muß mich wirklich entschuldigen. Wir stecken gerade mitten in Turbulenzen, wie du vermutlich sagen würdest. Ich muß nach Gopalakand fahren.« Er reichte Perron das wieder aufgefüllte Glas. »Du siehst gut aus. Ich bin sofort wieder da.«

Er ging ins Haus. Perron hörte, wie er nach Tippoo rief, und Sarah antwortete. Der Schreiber kam mit einigen Akten wieder heraus. Aber als er Perron allein auf der Veranda sah, verschwand er wieder – vermutlich, um Rowan zu suchen. Das Telefon klingelte und wurde sofort abgenommen. Die beiden Fahrer sprachen miteinander. Perron setzte sich und wappnete sich dafür, daß die Flut Indiens über ihn hinwegrollte; bald würde die Ebbe folgen und ihn zurücklassen: ein Besucher, der vom Mysterium, einem wichtigen Geheimnis ausgeschlossen blieb. *Ich war inzwischen sehr glücklich,* hatte sie gesagt, wie eine Frau es vielleicht sagt, wenn sie verliebt ist. Wen liebte sie? Nigel? Aber er war erst seit sechs Wochen in Mirat, und sie war offenbar bereits seit März hier und glücklich. Merrick? Nein, unmöglich. Merricks Tod hatte sie nicht so aus der Fassung gebracht, wie es beim Tod eines geliebten Mannes der Fall gewesen wäre. Es schien nur eine Antwort zu geben: Sie liebte inzwischen das Land. Ja, sie liebte es und war damit zufrieden, hier zu sein, was immer geschehen mochte. Eine merkwürdige, aber vielleicht logische Umkehrung ihrer alten Haltung.

»Ich werde mich nicht noch einmal entschuldigen«, sagte Rowan, als er zurückkam. Er setzte sich Perron gegenüber und warf einen Blick auf seine Armbanduhr. »Aber ich muß in fünf Minuten los. Laß uns also überlegen, was das Beste für dich ist. Es gibt drei Möglichkeiten: Du bist sehr herzlich eingeladen hierzubleiben. Du kannst dich darauf verlassen, daß Tippoo dich bestens versorgt. Dimitri hat mich gebeten, dir zu sagen, du bist im Dewani Bhawan ebenso willkommen, aber er ist wahrscheinlich in den nächsten beiden Tagen kaum dort. Wir haben ein paar Leute vom Außenministerium im Palast...«

»Mit dem Stillhalteabkommen und der Beitrittserklärung zum Indien des Kongresses? Sie wollen sicher die Unterschrift des Nawab vor dem fünfzehnten August.«

»Gut, du weißt Bescheid. Das erspart mir eine Reihe schwieriger Erklärungen. Du hast auch die Möglichkeit, während meiner Abwesenheit im Gymkhana-Club zu wohnen, wenn dir die Atmosphäre dort besser gefällt. Falls du dich für den Club entscheidest, könnte ich dich jetzt hinbringen – selbstverständlich als meinen Gast. Ich muß Laura abholen. Sarah würde sich natürlich um dich kümmern, und du hättest immer einen Wagen zur Verfügung, der dich überall hinbringen würde. Hab bitte nicht das Gefühl, daß ich dich ausquartieren will. Mein Schreiber wird die meiste Zeit hier sein, und er wird dir in jeder Hinsicht helfen. Ansonsten brauchst du dich nicht um ihn zu kümmern. Er hat seine Aufgaben. Also Guy, ich überlasse die Entscheidung dir, und obwohl ich angekündigt habe, ich würde mich nicht mehr entschuldigen, tu ich es doch.«

»Der Fehler liegt ganz bei mir. Ich hätte ein Telegramm schicken und herausfinden sollen, ob mein Besuch gelegen kommt.«

»Die Turbulenzen hätten sich nicht vermeiden lassen, und für uns kommst du nicht ungelegen. Wir machen uns nur deinetwegen Gedanken.«

»Wenn es dir recht ist, bleib ich hier.«

»Gut. Das macht die Sache für Sarah leichter. Sie beklagt sich zwar nie, aber wir neigen alle dazu, ihr zusätzliche Aufgaben aufzubürden. Hier kann sie sich besser um dich kümmern als im Club.«

»Sag mir eins. Steht der Resident in Gopalakand im Lager der harten Opposition, die die Fürsten ermutigt, auf ihrer Unabhängigkeit zu beharren?«

»Grundsätzlich ja, und das ist das Problem.«

»Was möchte Dimitri?«

»Die ehrenhafte Integration.«

»Und der Nawab?«

»Ich glaube, der arme alte Mann weiß es nicht. Aber nach all den Jahren lehnt er Dimitris Rat plötzlich ab. Der Resident versucht, den Maharadscha von Gopalakand zu überreden, nichts zu unterschreiben, bis die Schutzherrschaft am fünfzehnten August automatisch endet und er technisch gesehen unabhängig ist. Daraufhin hat der Nawab dieselbe Haltung eingenommen. Es ist natürlich völlig hoffnungslos. Er weiß es, aber er ist sehr eigensinnig, und der Resident ist nicht im mindesten hilfreich. Er hat sich im Grunde nie für Mirat interessiert. Mirat hätte seit langem seinen eigenen Bevollmächtigten haben sollen.«

»Du stehst also auf Dimitris Seite?«

»Sagen wir, ich stimme ihm darin zu, daß für Mirat der einzig vernünftige Kurs darin besteht, sich in den drei wesentlichen Punkten der neuen Indischen Union anzugliedern, das Stillhalteabkommen zu unterzeichnen und dann soviel wie möglich herauszuhandeln. Mirat ist umgeben von ehemaligem britisch-indischem Territorium, das nun über Nacht zur Indischen Union wird. Der Nawab kann nicht in einem Vakuum existieren.«

Perron nickte. Er fragte: »Wie sind die letzten beiden Jahre für dich gewesen, Nigel?«

»Ich bin ein bißchen im Land herumgekommen. Sonst ist wenig geschehen. Vielleicht hätte ich beim Militär bleiben sollen. Es hat sich herausgestellt, daß es der falsche Zeitpunkt war, um in die

Politische Abteilung zurückzukehren. Trotzdem, das Ende wäre so oder so nicht anders gewesen.«

»Was hoffst du, in Gopalakand zu erreichen? Oder ist das vertraulich?«

»Wenn ich einen Brief von Conway an den Nawab zurückbringe, in dem er deutlich macht, daß Mirat auf sich gestellt ist und daß Conway ihm keinen Rat geben kann, müßte es uns gelingen, den alten Mann zur Unterschrift zu überreden. Unterschreiben muß er. Es gibt keine vernünftige Alternative. Außer dem Chaos, wenn das vernünftig ist. Und nach allem, was ich in den vergangenen Wochen gesehen habe, frage ich mich manchmal, ob der Politischen Abteilung überhaupt an etwas anderem liegt, als sich in der Überzeugung aufzulösen, daß sie an den Prinzipien der alten Beziehung zwischen den Fürstentümern und der Krone festgehalten hat.«

»›Nichts kann dir Frieden bringen, außer dir selbst‹« zitierte Perron. »›Nichts kann dir Frieden bringen, außer dem Sieg der Prinzipien.‹«

»Wie bitte?«

»Emerson.«

»Ach.« Nigel lächelte. »Hat er das gesagt? Wie passend. Es charakterisiert genau die Haltung meiner Abteilung.«

»Nicht nur deiner Abteilung. Ich glaube, es ist charakteristisch für die Haltung von jedem, der sich mit dem beschäftigt, was am fünfzehnten August geschieht.« Perron trank von seinem Gin. »Das mit Merrick tut mir leid«, sagte er.»Ich habe ihn nie gemocht. Aber er scheint in Mirat einiges gutgemacht zu haben.«

»Ja.« Rowan warf einen Blick auf die Uhr.

»Und was ist mit Harry Coomer? Weißt du etwas Neues von ihm? Tut mir leid, ich hatte beschlossen, daß von meiner Seite aus nichts für ihn getan werden kann.«

»Ich hatte es nicht wirklich erwartet. Aber ich habe mich darüber gefreut, daß du darüber nachgedacht hast, und ich habe mich über deinen Brief gefreut. Man engagiert sich einige Zeit, und dann endet das Engagement. Nun ja, ich glaube, Kumar wollte ohnehin nichts.«

»Weshalb glaubst du das?«

»Er hat es zu verstehen gegeben. Nach Gopals Tod im vergangenen Jahr haben wir uns geschrieben. Der arme alte Gopal. Er bekam ständig Erkältungen. Er brachte seine Frau zu einem Urlaub nach Puri, bekam eine Erkältung und dann eine Lungenentzündung. Ich bat Mrs. Gopal, für mich den Kontakt zu dem Mann herzustellen, der bei Kumars Rehabilitierung behilflich war. Von dem Mann bekam ich Kumars Adresse und schrieb ihm. Es war ein sehr schwieriger Brief. Ich habe dann ewig nichts von ihm gehört. Er war umgezogen, und mein Brief wurde ihm nachgeschickt. Als er antwortete, gab er mir nicht seine neue Adresse. Aber der Brief war in Ranpur abgestempelt, also denke ich mir, daß er dort gewohnt hat und vermutlich immer noch wohnt.«

»Was hat er geschrieben?

»Es lief darauf hinaus, daß er zufrieden mit dem ist, was er tut, nämlich, Studenten Nachhilfeunterricht zu geben.«

»Klang es irgendwie abwehrend?«

»Ich glaube nicht. Er schien für die ein oder zwei Dinge, die ich angeregt hatte, sehr dankbar zu sein.«

»Was für Dinge?«

»Nur allgemeine Vorschläge, wie er seine Fähigkeiten am besten einsetzen könnte«.

»In der Wirtschaft zum Beispiel?«

»Ja, aber das stünde ihm beinahe immer offen.«

»Wirklich, Nigel?«

»Die Art Wirtschaft, die für uns Wirtschaft ist? Soweit ich mich erinnere, war es ihm einmal nicht geglückt. Er wurde von den Britisch-Indischen Elektrowerken abgelehnt.«

»Hat sich bei den Elektrowerken etwas geändert?«

Rowan sagte nichts.

»Wird sich in Indien jemals etwas für ihn ändern? Ist Harry Coomer nicht ein ewig ungelöstes Problem? Ist er für die Inder nicht zu englisch und für die Engländer zu indisch?«

»Das ist genau auch Sarahs Ansicht. Offen gestanden, ich glaube, er ist mehr daran interessiert, einfach der Inder zu sein, der er ist.«

»Hast du ihr gesagt, daß du versucht hast, ihm zu helfen?«

»Ja, aber erst vor kurzem.«

»Ich nehme an, du hast ihr nie das Protokoll der Untersuchung gezeigt.«

»Guter Gott, nein. Davon weiß sie nichts.« Er senkte die Stimme. »Davon wissen nur wenige außer dir. Alles, was in Zusammenhang mit der Untersuchung stand, wurde vernichtet, ausgenommen Kumars Entlassungsbefehl.«

»Um Merricks Ruf zu schützen?«

»Die Interessen, die dabei im Spiel waren, reichten weit über ihn hinaus. Ich vermute, sehr viele Akten wurden überprüft, und man hat manches aussortiert.«

»Damit eine künftige Kongreßregierung den schwarzen Schafen nicht so leicht auf die Spur kommt?«

»Bestimmte Kreise im Kongreß wollten eine Hexenjagd. Eine Untersuchung hätte die Rassenspannungen auf ein unerträgliches Maß gesteigert, denn sie wäre zu den INA-Prozessen hinzugekommen. Wenn es dich als Historiker interessiert, es hat keine Untersuchung gegeben, weil Nehru und Wavell beschlossen haben, es zu verhindern. Sie haben beide erkannt, wozu es führen könnte.«

»Und Merrick ist ungeschoren davongekommen.«

»Ich glaube, das hat ihn im Grunde geärgert. Er fühlte sich vermutlich beleidigt. Es fanden nur wenige Untersuchungen ernsthafter Fälle statt, an denen sehr hohe Beamte beteiligt waren. Es geschah alles sehr unauffällig. Ein oder zwei wurden vorzeitig in den Ruhestand versetzt.«

»Was ist mit Kasims Sohn Sayed geschehen?«

»Er wurde unehrenhaft aus dem Militärdienst entlassen. Mehr nicht.«

»Und was macht er jetzt?«

»Ich weiß nicht genau. Ich glaube, er lebt bei seiner Schwester und seinem Schwager, die zur Moslem-Liga gehören, in Lahore. Er macht irgendwelche Geschäfte. Achmed wird es dir erzählen.«

»Keine glänzende Stellung für einen INA-Helden?«

»Sie waren nur eine Zeitlang Helden. In gewisser Hinsicht sind sie es immer noch. Aber sie sind Volkshelden, Gestalten in einer Geschichte oder einer Legende. Wenn es darum geht, in der praktischen Welt eine Stellung für sie zu finden, sieht es etwas anders aus.«

Sarah kam auf die Veranda. Ihr folgten zwei Diener mit Gepäckstücken und der Schreiber mit einer Aktentasche. Die Männer gingen zum Wagen, und Sarah sagte: »Es ist alles erledigt,

Nigel. Falls Laura fragen sollte, ihr grünes Taftkleid ist zusammen mit anderen Dingen, die sie vielleicht brauchen wird, im blauen Koffer.«

»Das ist sehr nett von dir.«

»Richte Sir Robert bitte viele Grüße von mir aus.«

»Das werde ich tun. Übrigens, Guy bleibt hier.«

»Gut. Reitest du?«

»Ab und zu schon, wenn ich nicht gerade vom Pferd falle. Reine Glückssache.«

Sie lachte. »Vielleicht könnten wir morgen ausreiten. Ich ruf dich später noch einmal an.«

Die drei gingen die Treppe hinunter, und nachdem er und Nigel sich verabschiedet hatten, blieb Perron stehen, während Nigel Sarah zu ihrem Wagen brachte und dann in seinen stieg. Er winkte beiden nach.

»Sahib?« fragte Tippoo hinter ihm, »Gin-Fizz?«

Regen. Geckos. Klack – klack – klack. An den Wänden. Heraldische Echsen, blaßgelb auf dem grauweißen Anstrich. Sie verfolgten sich, um zu kopulieren. Er war selbst mit einer Erektion aufgewacht – er lächelte schläfrig, denn das und die Feststellung, daß die leichte Verstimmung seiner Eingeweide vorüber war, bestätigten ihm, daß er sich akklimatisiert hatte. Er warf einen Blick auf die Armbanduhr. Er hatte nach dem Mittagessen – Huhn Pulao, im nordindischen Stil, leicht gewürztes Lammcurry und Murree-bier – zwei Stunden geschlafen. Auf dem geflochtenen Teetisch neben dem Bett stand ein Tablett mit Tee, einem Teller mit Bananen, Brot und Butter. Das leise Geklapper des Tabletts mußte ihn aufgeweckt haben. Er öffnete das Moskitonetz, richtete sich auf, drehte sich herum und wollte aufstehen, als er an die Skorpione dachte und, die Füße in der Luft, innehielt. Er griff nach unten, klopfte gegen die Pantoffeln und schlüpfte dann hinein. Vom Stuhl neben dem Bett nahm er ein Handtuch, schlang es sich um die Hüfte und ging ins Bad.

Aber beim Zurückkommen blieb er erstaunt auf der Schwelle zum Schlafzimmer stehen. Er roch etwas, was er vorher nicht bemerkt hatte – einen süßlichen Gestank. Er sah sich um. Im nächsten Moment schien der Geruch verschwunden zu sein. Er setzte sich und goß Tee in die Tasse. Er warf einen Blick auf die schrägen Dachbalken. Dann zündete er sich eine Zigarette an und vertrieb mit dem Rauch die Erinnerung an den Geruch. Das verhüllte Bett wirkte wie ein Katafalk. Ein zuckender Blitz erleuchtete das Bad, und das Bett wirkte im grellen Licht flüchtig verzerrt. Es folgte der Donner und dann das Trommeln des Regens, der aber allmählich nachließ.

Als er den Tee getrunken hatte, fiel das Sonnenlicht ins Bad. Er rief nach Tippoo.

Gegen halb sechs hatte er gebadet und sich angezogen. Er ging hinaus. Der Schatten des Bungalows fiel über die Auffahrt. Er ging auf der Suche nach Sonne und Wärme zur anderen Seite. Hinter dem Haus erstreckte sich das Gelände noch etwa hundert Schritte. Es mußte einmal Rasen und Blumenrabatten gegeben haben, die aber völlig überwuchert waren. Das Gras mußte geschnitten werden. Ein riesiger Banyanbaum, dessen Hauptstamm sich auf dieser Seite der Mauer befand, trennte Rowans Bungalow von Merricks, verband die beiden Gärten jedoch durch seine Luftwurzeln. Perron hörte auf der anderen Seite der Mauer die hohe Stimme eines kleinen Kindes, eines Jungen und das tiefere Lachen einer Frau.

»Fang, Minnie!« rief der Junge. Aber der Ball flog zu hoch in die Luft, über die Mauer und fiel etwa dreißig oder vierzig Schritte von Perron entfernt auf die Erde. Auf der unebenen Fläche sprang er nicht, sondern rollte nur aus und verschwand. Perron verließ den Weg, ging quer durch das Gras, und dabei wurden seine Schuhe und Hosenbeine naß. Er suchte und fand ihn schließlich – einen grauen, nassen Tennisball.

Er hob ihn auf, drehte sich um und sah in der Nähe des Banyanbaumes eine Inderin und das Kind. Hinter dem Baum befand sich ein Tor in der Mauer, das er vorhin nicht gesehen hatte. Es stand offen. Der Junge machte eine herrische Geste, als befehle er der Frau zu bleiben, wo sie war, und kam auf Perron zu. Es war ein kleiner Afghane in einer weiten weißen Hose, Hemd, Schärpe, bestickter Weste und Turban mit Nackenschutz. In der Schärpe steckte ein Spielzeugdolch. Ein Roter Schatten in Miniaturausgabe. Beim Näherkommen sah Perron, daß es natürlich ein verkleideter englischer Junge war. Er hatte hellblaue Augen und sehr blasse Wimpern. Unter dem Turban kamen fahle rote Haare zum Vorschein. Er blieb stehen, und seine kleine Faust schloß sich um den Griff des Spielzeugdolchs.

»Wer bist du?«, fragte der kleine Junge.

»Ich bin nur ein Besucher. Wer bist du?«

»Ich wohne da drüben. Ist das mein Ball?«

Perron bückte sich und zeigte ihm den Ball.

»Er sieht wie mein Ball aus. Hat er das MGC?«

»Ja, man kann das MGC gerade noch sehen.«

»Dann muß es mein Ball sein. MGC bedeutet Mirat Gymkhana Club. Mr. Macpherson hat mir immer alte Tennisbälle geschenkt.«

Perron nickte und reichte ihm den Ball. Der Kleine sprach selbstsicher wie ein sehr viel älteres Kind.

»Es war Minnies Schuld. Frauen können nicht fangen. Danke, daß du ihn gefunden hast. Sonst hätte Minnie ihn suchen müssen, und das will sie nicht, weil sie Angst vor Schlangen hat.«

»Hast du keine Angst?«

»Nein, zumindest keine große. Hier waren Schlangen, als Onkel Nigel gekommen ist. Er ist eigentlich nicht mein Onkel. Ich habe keinen Onkel, weil mein Vater keinen Bruder hatte, und meine Mutter nur eine Schwester hat. Mein Stiefvater hat auch keinen Bruder. Ich habe einen Stiefvater, weil mein richtiger Vater im Krieg gefallen ist.«

»Du bist Edward, nicht wahr?«

»Ja. Mein ganzer Name ist Edward Arthur David Bingham.«

»Ich heiße Guy und mit Nachnamen Perron.«

»Das sind komische Namen. Aber Perron gefällt mir am besten. Also nenne ich dich Perron.«

»Dann muß ich dich vermutlich Bingham nennen.«

»In Ordnung«. Eine unbedeutende Sache war zur Zufriedenheit geregelt. Nun kam etwas Wichtiges. »Kannst du werfen, Perron?«

»Ja.«

»Mit welchem Arm?«

»Dem rechten.«

»Ich werfe mit dem Linken, weil ich Linkshänder bin. Mein Stiefvater muß mit dem rechten Arm werfen, weil sein linker Arm abgenommen worden ist. Aber er wirft sehr gut.«

»Wie nennst du deinen Stiefvater?«

»Ronald. Oder wenigstens meistens. Meine Mutter möchte, daß ich ihn Daddy nenne, also tu ich das manchmal. Aber er möchte, daß ich Ronald zu ihm sage.«

»Weißt du, was Ronald bedeutet?«

»Es bedeutet, daß es sein Name ist.«

»Die meisten Namen haben eine Bedeutung. Mein Name bedeutet breit. Andererseits könnte er auch Holz bedeuten. Also nennst du mich wohl besser weiterhin Perron, denn das ist vermutlich der Ort, wo wir einmal gelebt haben. Und ich werde dich doch Edward nennen. Ronald bedeutet dasselbe wie Rex oder Reginald. Das ist jemand, der die Macht hat zu herrschen. Edward bedeutet ein reicher Wächter.«

»Aber ich bin nicht sehr reich. Zur Zeit habe ich nur eine Rupie und vier Anas.«

»Ich glaube, es geht dabei nicht um Geld. Du bewachst jedenfalls die Festung, solange Ronald nicht da ist. Du kümmerst dich um deine Mutter, nicht wahr?«

»Ja. Meine Mutter heißt Susan. Was bedeutet Susan?«

»Es bedeutet eine sehr schöne Blume, die man Lilie nennt. Aber nicht die roten, die es hier gibt, sondern weiße.«

»Sie ist sehr schön. Aber nur, wenn sie nicht weint. Sie weint gerade. Deshalb haben sie mich zum Spielen in den Garten geschickt. Vielleicht hat sie aber auch aufgehört zu weinen. Willst du sie sehen? Wenn sie immer noch weint, können wir in unserem Garten spielen. Er ist schöner als der hier.«

Perron richtete sich auf. Der Kleine ging voran. Als sie die Aja erreichten, hob Edward den Ball hoch und sagte: »Hier ist der Ball, Aja. Vielleicht wollen wir wieder damit spielen.« Das Mädchen nahm den Ball mit der einen Hand und zog mit der anderen das lose Ende des Saris halb vor das Gesicht, um sich vor Perrons Blick zu schützen.

Merricks Garten war eindeutig »schöner«. Der Rasen war gemäht, und man sah, daß hier gearbeitet wurde. Neu angelegte ovale und rechteckige Rabatten wiesen darauf hin. Edward machte ihn darauf aufmerksam.

»Dort will Ronald Rosen pflanzen.«

Hinter den Beeten, am Ende des Grundstücks lag ein Tennisplatz. Eine dichte Hecke aus Büschen und Sträuchern entzog die Dienstbotenquartiere den Blicken. Der Bungalow war neu verputzt und gestrichen worden. Die rückwärtige Terrasse war ein elegantes, weißgestrichenes Halbrund mit Säulen und einer Mitteltreppe, die zum Haus hinaufführte. Zwischen den Säulen hingen grüne Bastmatten – einige ganz heruntergelassen, andere halb hochgezogen. In Töpfen wuchsen Cannalilien. Der Bungalow wirkte etwas kahl, als habe man die Mauern vor kurzem von alten Rankengewächsen befreit, um sie renovieren zu können.

Der kleine Afghane marschierte über den Rasen zur Terrasse. Vor der ersten Stufe schleuderte er seine Sandalen von den Füßen und stieg barfuß hinauf. Perron sah darin ein privates Spiel und hielt es nicht für Pflicht. Deshalb zog er die Schuhe nicht aus. Edward erwartete ihn breitbeinig oben an der Treppe.

»Möchtest du zuerst mein Zimmer sehen, Perron?«

»Sehr gern, Bingham.«

Der Junge marschierte nach rechts und bog dann um die Ecke der Terrasse. Er öffnete eine Fliegentür an der Seite des Bungalows, hielt sie offen und ließ Perron zuerst eintreten.

Das kleine nüchterne Zimmer war auffallend unkindlich. Dann fiel Perron ein, daß Edward hier mehrere Monate weder geschlafen noch gespielt hatte. Das schmale kleine Bett war noch nicht gemacht; die Matratze war noch aufgerollt und das Moskitonetz noch zusammengefaltet. Auf den sichtbaren Gurten des Betts lagen seine ausgezogenen Kleider – winzige Khakishorts, ein blaues Hemd und graue Söckchen. Außer einem Korbstuhl, einem Schrank und einer Kommode stand nichts im Zimmer. Die halboffene Schranktür wies darauf hin, daß Edward als erstes sein Afghanenkostüm gesucht und eiligst angezogen hatte.

»Gefällt dir mein Zimmer?«

»Ja, sehr. Wo schläft denn die Aja?«

»Da natürlich.« Er deutete auf den Fußboden in der Nähe der Tür. »Zur Zeit schlafen wir aber beide nicht hier. Wir wohnen im Gästehaus des Palastes. Wenn du möchtest, zeige ich dir den Palast. Aber nicht heute. Gefällt dir mein Bild?«

Perron blickte auf die Wand, auf die der Kleine deutete. Über der Kommode hing in einem vergoldeten Rahmen ein kolorierter Druck. Er trat näher, um ihn zu betrachten.

»Ronald hat es mir geschenkt. Es heißt *Das Juwel in der Krone* und es handelt von der Königin Victoria.«

Perron sah, daß es stimmte. Es war eines jener Bilder, deren Scheußlichkeit ihnen ein gewisses Etwas verleiht. Die alte Königin saß unter einem Baldachin auf ihrem Thron, und ein buntes Gemisch ihrer indischen Untertanen, darunter ein Fürst, der eine Krone auf einem Kissen trug, zollten ihr Tribut. Zu beiden Seiten des Throns standen Repräsentanten des britischen Reichs in statuenhafter, würdevoller Haltung. Disraeli war darunter; er wies auf eine Pergamentrolle. Im Hintergrund schienen mollige Engel bereit, ihre langen goldenen Trompeten zu blasen. Kleine braune Stockflecken überzogen das Papier.

»Aber der Fürst trägt nicht das Juwel in der Krone. Das Juwel ist Indien«, erklärte Edward.

»Aha. Ich verstehe.«

»Es ist eine Alle-gorie.«

»Was ist eine Alle-gorie?«

»Weißt du das nicht? Es bedeutet, man erzählt eine Geschichte, die eigentlich zwei Geschichten sind. Die Königin ist natürlich tot. Wahrscheinlich sind sie alle tot, bis auf die Engel. Engel sterben nie.«

»Ja. Das hat man mir auch gesagt.«

»Hast du schon einmal einen Engel gesehen, Perron?«

»Nein.«

»Ich auch nicht. Ronald sagt, Mammi hat einmal einen Engel gesehen. Einen Engel in einem Feuerring. Aber ich darf nicht darüber reden, es regt sie nämlich auf. Komm mit, wir wollen nachsehen, ob sie immer noch weint.«

Perron folgte ihm zögernd zu einer geschlossenen Tür. Der Junge öffnete sie, streckte den Kopf hinaus und lauschte. Das Schweigen draußen wirkte besonders bedrückend. Aber es schien Edward zu beruhigen.

»Ich glaube, sie hat aufgehört.«

Er öffnete die Tür ganz. Dahinter lag die große Eingangshalle, die ebenso quadratische Säulen hatte wie die Halle in Rowans Bungalow. Aber der Fliesenboden glänzte – nur dort nicht, wo man einen Teppich weggenommen hatte, der zusammengerollt und verschnürt auf den Abtransport wartete.

Edward lief barfuß durch die Halle und verschwand in einem Zimmer, dessen Tür offenstand. Pause. Dann der Aufschrei einer Frau; eine Pause, noch ein Schrei, diesmal etwas langgezogener und dann anhaltend.

Der Junge schwebte plötzlich in der Luft. Gleichzeitig schoß eine rotgekleidete Gestalt an Perron vorbei. Die Aja griff nach dem Jungen und enthüllte so den Grund seines Schwebens: Sarah. Sie drehte sich auf der Stelle um und verschwand wieder in dem Zimmer, aus dem immer noch Schreie drangen. Als die Aja Edward davontrug, begann er zu heulen. Ein weißgekleideter Diener mit Schärpe und Turban eilte von der vorderen Veranda durch die Halle und in das Zimmer.

Die Schreie verstummten. Perron näherte sich langsam der offenen Tür. Er wußte nicht genau, was er tun sollte. Es war eine zweiflüglige Tür, und von der Schwelle aus sah er, daß es sich um ein Schlafzimmer handelte. Es war ein sehr großes Schlafzimmer, das von einem Bett beherrscht wurde, das erhöht in der Mitte stand, und zu dem Steinstufen hinaufführten. Sarah saß auf dem Bettrand und wiegte Susan begütigend in den Armen. Der Diener stand in der Nähe. Vielleicht hatte er etwas gesagt, denn Sarah schüttelte veneinend den Kopf in seine Richtung. Der Diener machte ein paar Schritte rückwärts, drehte sich um, sah Perron und ging wortlos an ihm vorbei in die Halle. Auf dem Fußboden vor dem Bett stand eine offene Schiffskiste, und überall lagen Sachen, die Ronald Merrick gehört haben mußten: Uniformen, Pistolenhalfter, Ledertaschen, Haarbürsten, ein Schwert in einer schwarzsilbernen Scheide, Ausgehuniform, Lederhandschuhe, Offiziersstöckchen, Felddienstmützen, Reitstiefel, Reithose, Jacketts aus Harris-Tweed, karierte Flanellhemden, der Dolch eines Gurkha, eine graue Hose, braune Schuhe, Polostiefel: die Überreste des Lebens eines Mannes in Indien.

Man hatte die Läden von drei hohen Glastüren, die nach Westen gingen, geöffnet. Das Abendlicht fiel in das Zimmer. In den schrägen Strahlen wirbelten Staubteilchen. Perron drehte sich um und wollte gehen. Er glaubte, Sarah habe ihn nicht gesehen. Aber im selben Augenblick sagte sie: »Geh nicht, Guy.« Er sagte: »Ich warte draußen.«

Er setzte sich auf die vordere Veranda. Die Bäume und Büsche im vorderen Teil des Geländes waren ebenso verwildert wie bei Rowan, aber dicht genug, um den Bungalow gegen die Straße abzuschirmen. Der Diener sprach mit dem Chauffeur einer Palastlimousine, die am Fuß der Treppe parkte. Der Diener kam herauf und erkundigte sich, ob der Sahib etwas wünsche. Perron schüttelte den Kopf.

Er rauchte und dachte: Weshalb hat sie geschrien? Es war ihr eigener Sohn. Er setzte sich auf das Geländer. Als seine Zigarette zu Ende war, kamen die Aja und Edward heraus. Edward trug seine normalen Kleider. Die kleinen Sandalen klapperten. Jetzt sah er wie der kleine, drei- oder vierjährige Junge aus, der er war. Aber er redete immer noch wie der kleine Afghane.

»Hallo, Perron. Kommst du mit ins Gästehaus?«

»Ich glaube nicht, alter Junge. Jedenfalls heute nicht.«

»Wenn du kommst, kann ich dir doch noch den Palast zeigen.«

»Das wäre schön. Vielleicht morgen.«

Der Junge streckte ihm die Hand hin. Perron bückte sich und drückte sie.

»Wiedersehen, Perron.«

Edward klapperte die Stufen hinunter und rannte zum Wagen. Die Aja eilte hinter ihm her. Er rief dem Fahrer zu: »Jeldi, jeldi. Ham ek dam Gästehaus wapas – jane – wale – hain. Chalo!«

Der Fahrer kam näher, wiegte den Kopf und rief zurück: »Tik hai, Sahib.« Er half Edward, auf das Trittbrett zu steigen und die hintere Wagentür zu öffnen. Die Aja stieg nach ihm ein, aber er mußte ihr wohl gesagt haben, sie solle sich auf den anderen Sitz setzen, denn als die Tür zufiel, streckte er den Kopf aus dem offenen Fenster und rief:

»Ich kann dir auch den weißen Pfau zeigen, Perron.«

Perron nickte zustimmend. Der Kopf des Jungen verschwand, und der Wagen fuhr davon.

»Du hast einen Erfolg zu verzeichnen.«

Sarah war herausgekommen und stand hinter ihm. Sie sagte: »Der weiße Pfau ist sein besonderes Geheimnis. Aber weshalb nennt er dich Perron?«

»Wir haben uns darauf geeinigt. Ein bemerkenswerter Junge. Wie alt ist er?«

»Im Juni ist er drei geworden. Ich weiß noch, daß ich dachte, er würde nie sprechen lernen.«

»Geht es Susan wieder besser?«

»Ja. Sie würde sich freuen, wenn du hineingehst und mit ihr redest. Vielleicht wird sie dich zum Abendessen ins Gästehaus einladen. Ursprünglich hatte ich auch die Idee, aber mir wäre es lieber, du würdest absagen. Die Anfälle wiederholen sich manchmal später. Deshalb wäre es besser, wir vertagen solche Dinge auf morgen.«

»Weshalb hat sie sich so aufgeregt?«

Sarah verschränkte die Arme in der für sie typischen Weise und zuckte leicht mit den Schultern. Sie sah ihn nicht an. Sie schien auszuweichen, und er fand, nicht zum ersten Mal an diesem Tag. Sie sagte: »Ach, im wesentlichen war es der ganze Nachmittag. Sie hat darauf bestanden, herüberzukommen und Ronalds Sachen durchzusehen. Also mußte ich mit, denn Tante Fenny fühlte sich nicht gut. Da bestand Edward darauf, auch mitzukommen. Das Ganze war von Anfang an ein Fehler.«

»Könntest du mit mir bei Nigel essen?«

»Ich würde gerne, aber ich tu's besser nicht. Laß uns lieber morgen früh zusammen ausreiten. Ich werde versuchen, auch Achmed zu überreden.«

»Um wieviel Uhr?«

»Könntest du um sieben fertig sein? Das ist die beste Zeit.«

»Egal ob Regen oder Sonne?«

»In dieser Jahreszeit regnet es, wenn überhaupt, nur nachmittags.«

»Ich habe keine Reitsachen mit.«

»Das macht nichts. Komm, gehen wir hinein. Das Gästehaus ist nur ein paar Minuten entfernt. Der Wagen wird also bald zurück sein, und ich möchte Susan hier weg haben, ehe es dunkel wird.«

»Wir haben uns schon einmal gesehen, Mr. Perron, nicht wahr? Damals in Pankot, kurz nachdem Ronnie und ich uns verlobt hatten, und als Sie für ihn gearbeitet haben.«

Sie trug ein bedrucktes Baumwollkleid mit einem weiten Rock, der ihre Beine verhüllte, als sie vor der Kiste auf dem Fußboden kniete. Dabei hatte sie das Gewicht auf die linke Hüfte verlagert und stützte sich auf den ausgestreckten linken Arm. Nachdem sie sich die Hand gegeben hatten, legte sie die rechte Hand wieder auf die linke Schulter. Das Licht, das vor etwa zwanzig Minuten durch die offenen Fenster hereinströmte, war schwächer geworden. Aber es beleuchtete die eine Seite ihres hübschen, geröteten Gesichts und brachte die rotbraune Tönung des Haars zur Geltung, das bei Tageslicht dunkel, beinahe schwarz wirkte. Susan schien ruhig und gefaßt zu sein.

Sie sagte: »Sie wissen natürlich, daß ich ihn verloren habe. Mein Sohn weiß nichts davon. Es geht jetzt darum herauszufinden, wie man es ihm sagen soll, und was man ihm sagen soll.« Sie streckte die Hand aus und berührte die Felddienstmütze.

Sarah sagte: »Warum läßt du es nicht alles liegen? Khansamar wird es wegräumen. Dann können wir draußen zusammen etwas trinken, während wir auf den Wagen warten.«

»Nein, ich will nichts trinken. Aber ihr beide könnt einen Drink nehmen. Ich muß immer noch eine Menge sortieren und möchte nicht, daß Khansamar etwas davon anfaßt.«

»Dann helfe ich dir, die Sachen zurückzulegen.« Sarah kniete auf den Boden und legte das Tweedjackett zusammen.

»Wie wenig es ist«, sagte Susan, »wenn man bedenkt, wie viele Jahre ein Mann hier verbringt. Es gibt so wenig, was er hätte behalten wollen. Wird es bei Daddy auch so wenig sein?«

»Ich nehme an, nicht sehr viel mehr.«

Susan fuhr mit der Hand über den Schwertgriff. »Und das, was sie haben, sieht wie Spielzeug aus, nicht wahr? Vielleicht liegt es daran, daß die Sachen, mit denen sie als Kinder spielen, nur kleinere Versionen der Dinge sind, die sie später benutzen müssen. Bei uns ist das anders. Ein Puppenhaus gleicht einem richtigen Haus nicht. Und eine Puppe ist überhaupt nicht wie ein richtiges Baby. Sie haben meinen Mann nicht sehr gut gekannt, Mr. Perron? Oder? Sie waren doch nur sehr kurz bei ihm.«

»Ja, sehr kurz.«

»Hier in Mirat können Sie jeden fragen, und er wird Ihnen sagen, was für ein guter Mann er war. Für mich ist er noch nicht tot.«

Sarah nahm ihr sanft das Schwert aus der Hand und legte es in die Kiste.

»Und da ich nicht hier war, als es geschehen ist, kommt es mir so vor, als sei es überhaupt nicht geschehen. Und wenn ich Edward sage, daß wir seinen Daddy bald wiedersehen, scheint es auch so zu sein, als würden wir ihn wiedersehen. Hör bitte auf, die Sachen zurückzulegen, Sarah. Das ist alles, was von Ronald übriggeblieben ist, und es ist noch nicht einmal alles da.«

»Ach«, sagte Sarah, ohne ihre Schwester anzusehen, »was fehlt denn?«

»Sein Arm zum Beispiel.«

Sarah schob sich die Haare zurück, die über die rechte Gesichtshälfte fielen, erwiderte aber nichts.

»Ich meine den künstlichen, Mr. Perron. Seine Rüstung. Aber wir sprachen immer von seinem Arm. Damit machten wir die Sache einfacher. ›Wo ist mein Arm?‹ fragte er immer. Er nahm ihn jeden Abend ab. Niemand weiß, wie beschwerlich der Arm für ihn war, weil er sich immer wundgerieben hat. Als ich die arme Schulter und den armen Stumpf zum ersten Mal sah, weinte ich. Sie waren so entzündet und wund. Er hat sich nämlich nie geschont. Wissen Sie, er lernte wieder reiten. Er saß, wie er es nannte, von der falschen Seite auf. Er hat auch Tennis gespielt. Er sagte Schlagball dazu, weil er beim Aufschlag den Ball auf den Boden werfen und ihn beim Hochspringen schlagen mußte. Aber sonst war er ein harter Gegner.«

Sarah war aufgestanden und zog eine Schublade der Kommode auf. Susan sagte: »Das brauchst du nicht. Ich habe in allen Schubladen und Schränken gesucht. Ich habe überall gesucht, aber ich kann den Arm nicht finden.«

»Und was ist das?« Sarah hielt eine mit Stoff bezogene Metallprothese hoch.

Ohne einen Blick darauf zu werfen, sagte Susan: »Die konnte er nicht tragen – die neue, von der sie behaupteten, sie sei viel besser und moderner. Aber wenn du dir sie genauer betrachtest, siehst du, daß sie nur ein paarmal getragen worden sein kann.«

Sarah legte die Prothese wieder zurück und schloß die Schublade.

»Ich hoffe, es ist Ihnen nicht unangenehm, Mr. Perron. Ich meine, daß wir von seinem Arm sprechen. Aber verstehen Sie, er hat ihn nie im Bett getragen. Er hat ihn jeden Abend abgenommen. Er mußte aufpassen, damit der Stumpf sich nicht zu sehr entzündete. Ich weiß, welche Erleichterung es für ihn war, wenn er die Prothese ablegen konnte, und welche Qual es bedeutete, sie morgens wieder anzulegen. Als er nach dem Reitunfall im Bett lag, hat er ihn bestimmt nicht getragen.«

Perron sagte: »Vielleicht erklärt der Unfall, daß der Arm fehlt, Mrs. Merrick. Möglicherweise wurde er beschädigt, und man hat ihn zur Reparatur weggeschickt.«

»Ach.« Sie musterte ihn ernst. »Daran hatte ich nicht gedacht.« Sie lächelte. »Ronnie hatte recht – wie immer. Er sagte, Frauen haben einen Instinkt. Sie wissen, wenn etwas nicht stimmt oder nicht einleuchtend erklärt ist. Aber Männer lösen Probleme sehr viel besser mit Logik. Es kam mir eigenartig vor, als ich ihn nicht fand, denn, um es ganz hart zu sagen, ich konnte mir nicht vorstellen, daß sie ihm den Arm angelegt hatten, nur um – nur um ihn für die Obduktion ins Leichenschauhaus zu bringen. Eine Obduktion war notwendig, weil man ihn tot im Bett gefunden hatte, und alle glaubten, es gehe ihm sehr viel besser. Ich gebe Dr. Habbibullah die Schuld. Aber Daddy sagt, das darf ich nicht. Niemand kann eine Embolie voraussehen. Aber wieso eine Embolie, wenn er nicht bei dem Unfall innere Verletzungen davongetragen hatte, die Dr. Habbibullah nicht diagnostizierte?«

»Nun ja, Sie wissen, man kann in einem Augenblick scheinbar ganz gesund sein und im nächsten –«

»Tot umfallen. Ich weiß. Aber diese Ärzte schützen sich alle gegenseitig. Finden Sie nicht auch, Mr. Perron? Ich meine, ganz gleich ob sie Engländer oder Inder sind. Und ich gebe Dr. Habbibullah die Schuld, obwohl Ronnie selbst einmal gesagt hat, er sei einer der besten Ärzte, den er kennen würde.« Sie drehte den Kopf nach Sarah. »Khansamar muß über Ronalds Prothese Bescheid wissen. Er wird wissen, ob sie beschädigt wurde oder nicht.«

»Ich glaube, wie sollten Khansamar nicht mit solchen Dingen belasten, Su.«

»Weshalb nicht?«

»Weil er ein Dienstbote ist. Wenn du Dienstboten fragst, was mit irgendwelchen Dingen geschehen ist, wirkt es immer, als beschuldige man sie, gestohlen zu haben. Wenn du es wirklich wissen willst, werde ich Dr. Habbibullah fragen.«

»Ja, ich will es wissen. Und was ist mit den anderen Sachen, die fehlen? Wo sind seine Afghanenkleider? Er hing sehr an seinen Afghanenkleidern.« Sie wandte sich wieder Perron zu. »Wegen seiner blauen Augen mußten es Afghanenkleider sein. Er hatte zwei Garnituren, aber nur einen Nackenschutz und nur eine bestickte Weste.« Sie blickte über die verstreuten Sachen. »Es ist nur eine Garnitur da – diese Hose hier und das Hemd. Die andere fehlt – fehlt ebenso wie der Nackenschutz und die Weste und die Schärpe und das kleine Beil.«

»Vielleicht hat er die Sachen verschenkt«, sagte Sarah, »es muß Jahre her sein, seit er sie zum letzten Mal getragen hatte.«

»O nein. Er hat sie auch in Mirat getragen, wenn er mit einem seiner Spitzel unterwegs war. Er mußte Spitzel haben, Mr. Perron. Es tut mir leid, wenn es melodramatisch klingt, aber das hier ist ein sehr melodramatisches und gewalttätiges Land. Wenn man Polizist ist und seine Aufgabe ernst nimmt, kann man nicht einfach wie ein Distriktskommissar in seinem Büro sitzen. Man muß hinaus in die Basare und hören, was die Leute sagen. Man muß alle möglichen Dinge tun, von denen sogenannte pukka, Angehörige der *Radsch,* vorgeben, sie müßten nicht getan werden. Natürlich kann man das alles, wenn man will, seinen Untergebenen überlassen. Aber so war Ronnie nicht. Er wußte, es war seine Pflicht, selbst auf die Straße zu gehen und mit eigenen Ohren zu hören, was die Leute sagten. Ich nehme an, viele von den Leuten, die jetzt wegen allem, was er getan hat, um in Mirat wieder Ordnung zu schaffen, als er hierherkam, sein Loblied singen, würden so tun, als seien sie entsetzt, wenn sie wüßten, daß er jemals nachts als indischer Diener verkleidet unterwegs sein mußte. Aber er tat das für seine Aufgabe. Es war natürlich sehr gefährlich. Deshalb hat er mir nie etwas davon gesagt. Aber ich habe es herausgefunden. Soll ich Ihnen verraten wie, Mr. Perron?«

»Nur, wenn Sie möchten.«

»Ja, ich glaube, ich möchte es. Ich weiß nicht, ob Sie es wissen, aber ich war nicht ganz gesund – lange Zeit nicht. Ich kann nicht schlafen, ohne etwas einzunehmen. Er war in dieser Hinsicht sehr verständnisvoll. Und wenn es irgendwelche Probleme gab oder eine Krise oder Unruhen, also irgendein Grund, aus dem er lange arbeiten mußte oder möglicherweise nachts gerufen werden würde, hat er in einem anderen Zimmer geschlafen, um mich nicht mehr zu stören, nachdem ich meine Tabletten genommen hatte. Aber die Tabletten wirkten nicht immer. Dann habe ich Zeiten, in denen ich sie überhaupt nicht nehmen will. Man kann nicht sein ganzes Leben lang Tabletten nehmen, nur um einzuschlafen. Eines Nachts habe ich keine Tabletten genommen. Ronnie mußte lange arbeiten. Er schlief im anderen Zimmer. Ich lag einfach hier und versuchte einzuschlafen. Und das ist schrecklich. Wenn man müde ist, aber nicht schlafen kann, wenn man sich im Bett hin- und herwälzt, und die Nacht scheinbar einfach so vergeht, beginnt man, sich alle möglichen dummen Dinge vorzustellen und gerät in die schreckliche Versuchung, nicht nur ein oder zwei Tabletten zu nehmen, sondern genug, um für immer zu schlafen. Deshalb bin ich in Ronnies Zimmer gegangen, um zu sehen, ob er immer noch wach war. Ich wollte ihm sagen, daß diese schreckliche Versuchung über mich gekommen war. Als ich vor seiner Tür stand, sah ich, daß noch Licht brannte. Und um vier Uhr morgens kam mir das so vor, als sei er für den Fall, daß ich ihn brauchte, wach geblieben, und ich fühlte mich ihm sehr verbunden. Aber als ich die Tür aufmachte, schien nicht Ronnie da zu sein, sondern ein schrecklicher Inder, der dastand und mich anstarrte. Aber natürlich war es Ronnie. Deshalb habe ich vorhin die Nerven verloren, als Edward genauso verkleidet hereinrannte. Ich will nicht sagen, ich hätte nicht gewußt, daß Edward dieselbe Aufmachung hatte. Es war nur, als würde ich Ronald sehen. Und in diesem Augenblick habe ich mich gefragt, wo seine Afghanenkleider sind.« Sie wandte sich an Sarah. »Können wir Khansamar nicht einmal nach den Kleidern fragen?«

»Nein, das können wir nicht. Es wäre noch schlimmer, als ihn nach der Prothese zu fragen. Der Wagen muß hier sein. Ich werde nachsehen. Wir sollten zurückfahren. Khansamar kann das alles wegräumen.«

Sarah verließ das Zimmer.

Susan sagte: »Meine Schwester ist nicht sehr intuitiv.«

»Nein?«

»Nein. Sehen Sie, Mr. Perron, Ronnies fehlender Arm und Ronnies fehlende Kleider sind wie der Hund, der nachts nicht bellt.«

»Conan Doyle?«

Sie strahlte.

»Als Kind war meine Lieblingsgeschichte »The Speckled Band«. Ich habe sie im Internat zu Hause, in dem Sarah und ich waren, unter der Decke mit der Taschenlampe gelesen. *The Speckled Band* erinnerte mich an Indien ... wegen der Schlange. Als Tante Fenny mir letzte Woche sagte, daß Ronald tot ist, dachte ich zuerst an eine Schlange ... oder an einen Skorpion. Ich hatte schon immer entsetzliche Angst vor Skorpionen.«

»Ich habe vor beidem schreckliche Angst.«

»Ach, Männer sagen das immer. Aber sie tun nur so. Ronald hat sich vor nichts gefürchtet.«

»Das glaube ich.«

»Ich habe mich auf ihn verlassen, Mr. Perron. Sehen Sie, ich hatte schon immer schreckliche Angst vor beinahe allem.«

Alarmiert sah Perron, daß ihr plötzlich Tränen über die Wangen liefen. Aber der Körper schien nichts mit den Augen zu tun zu haben. Sie lächelte immer noch. Die Stimme veränderte sich nicht. Ihr Körper blieb völlig ruhig. Sie sagte: »Ich werde nie mehr einen Mann finden, der mich so gut versteht – ich meine, der mich so gut verstand. Er schien Dinge über mich zu erraten, die nie jemand in der Familie erraten hatte – nicht einmal meine Schwester. Es war, als lebe man mit jemandem, der schon immer mit einem zusammengelebt hatte – selbst im geheimen Leben, und der die schönen Dinge und die weniger schönen Dinge kannte. Auch Dinge, die man vergessen, und selbst die Dinge, die man geträumt hatte. Bis ich Ronald kennenlernte, hatte ich keine Ahnung, daß ein Mann so geduldig und so verständnisvoll sein kann. Es dauerte lange, bis ich ihm mit seinem Arm helfen konnte. Ich meine, bis ich ihm helfen konnte, ihn anzulegen und abzulegen. Bis ich mit den Salben und dem Puder umgehen konnte. Er verstand das. Als ich gelernt hatte, wie ich ihm helfen konnte, kamen wir uns sehr nahe ... sehr nahe. Näher als je zuvor. Ich war noch nie einem Menschen so nahe gewesen. Er begriff das. Ich glaube, er begriff, daß es mir half, anderen Menschen näherzukommen, wenn ich ihm mit seinem Arm behilflich war. Und ich war nie anderen nahe gewesen. Ich hatte es nie so empfunden. Sein Arm war für mich sehr wichtig, Mr. Perron. Mir ist der Gedanke lieber, daß er beschädigt und nicht einfach weggeworfen wurde. Obwohl ich annehme, daß man ihn weggeworfen hat, wenn er bei dem Unfall beschädigt wurde, denn die Leute verstehen die Bedeutung von Symbolen nicht. Aber überall, wo wir hinkamen, wurde Ronald bewundert und geachtet. Ganz besonders hier in Mirat. Sehen Sie, er hat nie etwas *vorgetäuscht*. Er hat immer gesagt, was er dachte, damit die Leute wußten, woran sie mit ihm waren. Manchen gefiel nicht, woran sie mit ihm waren, aber sie konnten ihm nicht die Schuld geben oder ihm vorwerfen, er sei falsch. Er hat es den Leuten nicht immer leicht gemacht. Früher regte ich mich immer auf, wenn er zornig, kalt oder ablehnend war. Aber er wurde nur zornig, wenn er feststellte, daß die Leute betrogen, logen oder etwas vortäuschten. Das war gut für mich. Ich habe längst nicht mehr so viel Angst wie früher. Ich weiß zwar nicht, was jetzt geschehen wird, aber er hat mir zumindest Edward gelassen. Wenn man Edward heute sieht, würde man nicht glauben, was für ein armer, jämmerlicher kleiner Junge er früher war. Er sprach mit niemandem und hatte entsetzliche Angst vor Tieren.«

Die Tränen waren getrocknet. »Zumindest anfangs. Er ist darüber hinweg. Vielleicht ist das meine einzige Leistung. Wir hatten einen kleinen Labrador, und Edward liebte ihn mit der Zeit sehr. Aber in Radschputistan mußten wir ihn abschaffen. Ronnie mochte keine Tiere im Haus.«

»Ihr Sohn ist ein netter kleiner Junge.«

»Ich freue mich, daß Sie das finden.« Sie verschränkte kurz die Arme und umfaßte mit den Händen die Ellbogen – diese Geste war charakteristischer für ihre Schwester. »Aber es ist Zeit, daß er nach Hause kommt. Er ist altklug. Das ist typisch für Indien. Man darf andere Leute nicht so herumkommandieren. Ich weiß noch, daß ich das als Kind auch getan habe ..., aber nur, weil ich mich vor ihnen fürchtete.«

»Ich glaube nicht, daß Edward sich auch nur im geringsten fürchtet.«

»Nein, aber das weiß man nie. Aggression kann ein Zeichen von Unsicherheit sein. Darüber hat mir Ronnie nie hinweghelfen können. Ich habe nie einen Menschen gekannt, der eine solche Sicherheit besessen hätte wie er. Wenn Edward mit den Dienstboten redet, denke ich manchmal, er ahmt nur Ronnie nach. Ronnie war immer sehr bestimmt. Aber fair. Verstehen Sie mich nicht falsch. Die Dienstboten haben ihn immer geliebt. Was gibt es, Sarah?«

»Der Wagen ist da«, sagte Sarah hinter Perron. Er fragte sich, wie lange sie schon dort stand. »Wir sollten gehen.«

»Ja, vermutlich. Wenn Khansamar die Läden verriegelt und die Türen abschließt, können wir das alles bis morgen so liegenlassen. Ich weiß ganz genau, ihm kann man wirklich vertrauen, denn Ronnie hat immer davon gesprochen, wie verläßlich er ist. Ronnie konnte das gut beurteilen. Ich habe Mr. Perron gerade erzählt, wie gut Ronnie mit den Dienstboten umgehen konnte, Sarah.«

Sie machte Anstalten aufzustehen. Perron stand auf und half ihr. Als sie vor ihm stand, spürte er, daß sie gespannt war wie die Sehne eines Bogens.

»Als wir hierher kamen«, sagte sie, nahm seinen Arm und ließ sich von ihm hinausführen, »das heißt, als ich und Edward hierher kamen, um bei Ronnie zu sein, hatte er den alten Bungalow bereits in Ordnung gebracht und renoviert. Er hatte angefangen, ihn einzurichten – natürlich mit Dimitris Hilfe. Bis auf den Teppich in der Halle gehört alles Dimitri. Natürlich sah es damals aus, als würden wir hier länger bleiben. Aber wie auch immer, das war Ronnies Art. Er hat daran gearbeitet, ein Heim zu schaffen, wo immer er war, und sei es nur für kurze Zeit. Er war in diesen Dingen sehr viel besser, als ich je sein werde. Er sagte, es sei ein schreckliches Durcheinander gewesen, als er hierher kam. Seit ewigen Zeiten hatte niemand hier gewohnt, und damals hatte Ronnie nur Khansamar. Nun ja, es gab einen Koch und einen Putzjungen, einen Bhisti und einen Mali. Aber sie waren nicht fest angestellt. Er sagte, es sei meine Sache zu entscheiden, wie fest sie angestellt sein sollten. Aber ich fand an seiner Wahl nichts auszusetzen. Er besaß diese Gabe, Leute zu sehen und zu wissen, ob sie etwas taugen oder nicht. Also hatten wir von Anfang an eine volle Mannschaft. Die Arbeitslosigkeit ist hier ein schreckliches Problem, und ich erinnere mich, daß Woche für Woche diese jungen Manner und Jungen hier auftauchten und um Arbeit baten. Weil Ronald einen guten Lohn bezahlte und die Dienstboten gut behandelte, hatte er einen solchen Ruf, daß alle zuerst hierher kamen. Man sollte glauben, sie hätten es irgendwann aufgegeben. Aber nein, sie kamen immer wieder.«

Sie blieb in der düsteren Halle plötzlich stehen.

»Wo *sind* die Dienstboten alle, Sarah? Ich habe nur Khansamar gesehen.« Aber scheinbar brauchte sie keine Antwort. Sie legte eine Hand auf die Brust eine theatralische kleine Geste, wie Perron fand. Aber bei Susan waren solche Gesten alles vermutlich stumme Hilferufe. »Das Haus ist so ruhig, als seien alle gegangen.« Sie drehte sich um und reichte ihm die Hand. »Vielen Dank für Ihre Freundlichkeit, Mr. Perron, und dafür, daß Sie so logisch waren, dafür, daß Sie hier waren, dafür, daß Sie Ronald kannten.«

Es war ihr Abgang. Sie ging schnell durch die Halle hinaus auf die Veranda und die Stufen hinunter zum Wagen. Sarah blieb noch einen Augenblick neben Perron stehen. Dann murmelte sie, »danke, Guy« und ging ebenfalls.

III

Er war fünf Minuten vor sieben angezogen und draußen auf der Veranda, als der große Zeiger der Armbanduhr die volle Stunde erreichte. Es war ein klarer, sonniger Morgen.

Zehn Minuten später hörte er das Brummen eines Motors, der heruntergeschaltet wurde, und ein Wagen fuhr in das Gelände, ein Jeep. Eine in Khaki gekleidete Gestalt mit einer Schrotflinte saß auf dem hohen Rücksitz. Sarah saß am Steuer. Sie hatte einen Seidenschal um den Kopf gebunden und trug ebenfalls Khaki. Sie bremste, stellte den Motor aber nicht ab, und lächelte zu ihm hinauf. Es war die alte Sarah, ganz die alte, wie damals aus dem Gebietshauptquartier, die Sarah, die wußte, wo es lang ging.

»Wo ist das Pferd?« fragte er. Sie klopfte auf den Sitz rechts neben sich, als sei das der Sattel. Er stieg über die niedrige Tür. Sie trug auch einen Khakirock – genauer betrachtet trug sie die alte WAC (I) Uniform. Er sah, wo die Streifen gewesen waren. Der Inder mit dem Gewehr war ein Soldat. Auf seiner Schulterklappe stand *Mirat Artillerie*. Er hatte ein pockennarbiges Gesicht. Er wirkte fröhlich. Sarah legte den Gang ein, trat auf das Gaspedal, und der Jeep fuhr los.

Als sie die Straße erreichten, sah er auf dem *Maidan* gegenüber – dem freien Gelände, das sich von den Palastmauern bis zu den Mauern der alten Stadt erstreckte – Soldaten, bewaffnete Polizei und Militärfahrzeuge. Perron dachte, Sarah werde rechts abbiegen, da er glaubte, die Pferde seien irgendwo auf dem *Maidan*. Aber sie bog links ab, fuhr am Dewani Bhavan und an der Palastmauer vorbei in Richtung See, bog dann unerwartet noch einmal links auf einen holprigen, unbefestigten Weg ab. Ihr Schal flatterte im Wind. Sie fuhr sehr gut. Ein Weg voller Schlaglöcher, aber eine glatte Fahrt. Sie kannte die Strecke.

Etwas weiter vorne schoben sich von rechts und von links die Ausläufer zweier baumbestandener Hügel in das Land, das ansonsten karg und unfruchtbar war. Es gab kein Zeichen einer Besiedlung. Der Boden war gelblichbraun und gesprenkelt mit staubigem, olivgrünem Buschwerk. Als der Jeep die Stelle erreichte, wo die beiden Hügelausläufer sich dicht an den Weg schoben, fuhr Sarah langsamer. Der Weg verlief jetzt gerade; es schien kein Grund für ihre Vorsicht zu geben. Aber dann sah er weit vorne einen Elefanten, der ihnen rhythmisch schaukelnd entgegenkam. Aus größerer Nähe sah er, daß der Elefant mit dem Rüssel etwas vor sich her schob oder drängte. Sarah fuhr jetzt beinahe im Schrittempo. Hinter dem Elefanten gingen zwei Männer und vor ihm trottete ein Elefantenkalb – ein lächerlich kleines Geschöpf. Beim Anblick des Jeeps rückte die Elefantenmutter schützend vor, und das Kalb verschwand im Schatten ihres großen Kopfes. Perron sah jetzt, daß der Elefant eine beinahe schwarze Haut hatte, die aber von rötlichem Staub bedeckt war. Dicht vor dem Jeep bog der Elefant gefolgt von den Männern auf einen Seitenpfad ab. Sarah fuhr weiter.

Sie sagte: »Es sind Männer des Nawab. Sie gehören zur Forstverwaltung. Hier darf niemand bauen. Vor hundert Jahren war hier alles Wald.«

Der Weg führte abwärts. Sie fuhren zwischen Büschen und niedrigen Bäumen entlang. Der Horizont verschwamm bereits; sein Violett verhieß einen heißen Tag. Hinter einer Biegung stieg das Gelände wieder an. Hier standen beinahe keine Bäume mehr. Auf dem Gipfel des Hügels entdeckte Perron zwei Reiter – so reglos wie Standbilder. Sarah fuhr noch etwas weiter und parkte dann hinter einem Militärlastwagen und einem großen geschlossenen Wagen: einem Pferdetransporter. Auf der anderen Straßenseite standen Soldaten mit geschultertem Gewehr.

»Wir können von hier aus zusehen«, sagte sie und stieg aus. Sie nahm ein Fernglas von der Ablage und reichte es ihm. »Hier«, sagte sie, »jetzt kannst du etwas vom alten Indien sehen.«

Selbst durch das Fernglas wirkten die Reiter völlig reglos. Durch das Glas schienen die Farben etwas verschwommen zu sein, und das Licht brach sich in Violettönen, so daß um die Profile der Männergesichter ein rötlichblauer Schein lag. Es waren braune Gesichter. Außergewöhnlich war das Fehlen jeder Bewegung, die Intensität der Konzentration. Ein Mann trug einen Turban, und der andere hatte nichts auf dem Kopf. Es sah aus, als trage der Mann mit dem Turban ein mit Metall besetztes Lederwams und eine eng anliegende dunkle Hose. Der jüngere Mann, ohne Kopfbedeckung (sicher Achmed?), trug ein normales hellblaues Hemd, ein Cordreithose und Reitstiefel. Den erhobenen linken Unterarm umgab ein Lederschutz, der in einen Handschuh überging. Auf dem Unterarm saß ein Falke.

Das Bild im Fernglas verschwamm plötzlich, Perron senkte das Glas und sah gerade noch das Ende der Bewegung von Achmed Kasims Arm, mit der er den Falken auf seine Beute ansetzte – diese Bewegung führte bei dem Vogel scheinbar zu einem kurzen Schwanken, das sich sofort wieder verlor, und es begann ein kraftvoller, atemberaubender Aufstieg, ein großer Bogen, der Anfang einer Spirale von einer so vollkommenen Form und Schönheit, daß Perron der Atem stockte, und er ihn anhielt, bis er durch die Geometrie des geplanten Angriffs am leeren Himmel das Ziel entdeckte: den beabsichtigten Punkt des tödlichen Zusammentreffens – ein dunkler Fleck, der zu entfliehen suchte.

Er spürte, wie Sarah seine Hand suchte. Aber sie wollte nur das Fernglas. Er ließ es los und richtete seine ganze Aufmerksamkeit wieder auf die Jagd in der Luft, die keine Kondensstreifen hinterließ, die ihn aber an einen Sommer erinnerte, als solche Zeichen am Himmel gestanden hatten. Der Falke setzte zum Sturzflug an, verschmolz mit dem Fleck. Sarah schrie vor Freude und Schmerz auf. Er blickte zu ihr hinüber. Er sah nur die Hand, die das Fernglas umfaßte, den leicht geöffneten Mund, das tapfer vorgereckte Kinn und den gestrafften Hals.

Sie gab ihm das Fernglas zurück und sagte, ohne ihn anzublicken: »Das mußt du sehen.«

Er griff nach dem Fernglas und stellte es scharf. Die Männer ritten langsam vorwärts. Er suchte den unteren Teil des Himmels in der Richtung ab, in der sie ritten, und entdeckte beinahe zu spät den Falken, der gerade herunterkam. Die Beute war nicht sichtbar. Der Falke hatte die Schwingen noch ausgebreitet, legte sie aber jetzt ganz langsam und zufrieden an den Körper. Dann streckte er sie wieder, schlug gegen die Schwerkraft an und stieg auf. Perron folgte seiner Flugbahn und sah, daß Achmed etwas in die Luft warf. Der Falke schoß darauf zu und packte etwas am Boden und hackte darauf ein. Der ältere Reiter ritt in die Richtung der Beute. Achmed beobachtete regungslos, wie der Falke seinen Lohn verschlang – vermutlich ein leckeres, blutiges Stück rohes Fleisch. Dann hörte er in der Ferne Achmeds Stimme, einen Ton wie *Tek, Tek, Tek – Allahallahallah*. Der Falke erhob sich wieder in der Luft, umkreiste Achmed einmal, umflatterte das Federspiel am ledernen Unterarm, beschrieb einen sanften Bogen und landete. Er zog den Kopf ein, hob die Schwingen und ließ sich nahe an Achmeds Gesicht bringen: eine Art Kuß.

Unerwartet warf Achmed den Falken wieder in die Luft, aber nicht auf eine Beute, es sei denn er selbst war diese Beute. Er galoppierte hin und her, im Kreis herum, kam allmählich den Hügel herunter und zog am Boden Kreise, so wie der Falke Kreise am Himmel gezogen hatte, während der Vogel hin und her flog und manchmal im Sturzflug zu Scheinangriffen ansetzte.

»Ich wünschte, er täte das nicht«, sagte Sarah, »aber er vertraut ihm völlig.«

Es war wie ein Liebesspiel. Manchmal rief Achmed etwas, und dann schien der Falke sich zu entfernen, ihn zu verschmähen, aber nur um ihn am Ende einer neuen Kreisbahn wieder zu treffen. Etwa hundert Schritt von dem Weg entfernt, zügelte Achmed das Pferd. Der Falke segelte über ihm, kam dann, als sei auch er außer Atem und bereit, das Spiel zu beenden, tiefer und ließ sich sanft auf dem ausgestreckten Arm nieder. Perron sah, wie Achmed die Fußriemen befestigte. Wieder hob er den Vogel dicht an sein Gesicht, richtete sich dann auf und ritt das letzte Stück des Weges gemächlich im Schritt. Der Falkner folgte ihm langsam in einiger Entfernung. Über seiner Schulter hing ein Leinenbeutel. Die Beute.

»Hallo«, rief Achmed. Er schob die Steigbügel weg, hob das rechte Bein hoch und über den Sattel und sprang ab. Der Vogel saß unbeweglich auf seinem Arm. Er kraulte ihn unterhalb der Brust. Der Falke starrte zuerst ihn durchdringend an und dann die Fremden. Aber was konnte ein Falke anderes tun, als durchdringend starren, fragte sich Perron.

»Das ist Mumtaz«, sagte Sarah, »komm und stell dich vor. Übrigens, versuche nicht, Achmed die Hand zu geben. Sie ist sehr eifersüchtig und besitzergreifend, nicht wahr, Mumtaz? Ich darf sie überhaupt nicht berühren, denn sie spürt, daß ich eine Frau bin. Aber wenn Achmed ihr sagt, es sei alles in Ordnung, darfst du sie am Hals kraulen.«

Achmed sagte auf Urdu: *Das ist Perron Sahib. Er kommt von der anderen Seite des dunklen Wassers. Er ist ein Freund. Sag guten Tag.* Er strich dem Falken über die Brustfedern und sagte dann auf Englisch: »Sie können sie jetzt berühren, Mr. Perron.«

Perron streckte einen Finger aus. Der Kopf drehte sich. Ein funkelndes Auge beobachtete den Finger. Er riskierte den Verlust, berührte mit dem Finger ihre Brust und strich abwärts. Als er den Finger zurückzog, bewegte der Falke leicht die Flügel.

»Aha«, sagte Sarah, »das hat ihr gefallen. Achmed, du solltest sie nicht aus dem Auge lassen. Ich glaube, ein Seitensprung würde ihr gefallen.«

Achmed lachte. Dann bemerkte er, daß sie einen Rock trug und fragte: »Willst du nicht reiten?«

»Nein, ich dachte heute nicht.«

»Und Sie, Mr. Perron? Sie können Begum nehmen. Sie ist immer noch ziemlich ausgeruht.«

»Ich bin mehr als zufrieden, wenn ich Ihnen und dem Falken zusehen kann.«

»Oh, das reicht für heute. Ich bin froh, daß Sie gerade rechtzeitig hier waren. Wenn Sie wollen, können wir nach dem Frühstück einen kleinen Galopp einlegen. Komm, Mumtaz, du kannst jetzt schlafen.« Der Falkner hatte sie inzwischen erreicht und saß ab. Mumtaz hüpfte unwillig von Achmeds Arm auf den des Falkners.

Der Mann trug sie zum Lastwagen hinunter. Erst jetzt fiel Perron auf, daß dort an der Seite des Wagens ein Sonnensegel aufgespannt und darunter ein Frühstückstisch gedeckt war. In der Nähe stand im Schatten eines Baums eine Sitzstange mit einer silbernen Kette. Der Falkner setzte Mumtaz darauf, kettete den Falken an und schob Mumtaz eine kleine rote Samthaube über den Kopf.

»Kommt«, sagte Achmed, »ich hoffe, ihr seid hungrig.«

Sie gingen zu dem Tisch unter dem Sonnensegel. Achmed ließ sie einen Augenblick allein. Als Perron und Sarah saßen, fragte sie: »Bist du froh, daß du gekommen bist?«

»Nicht froh. Bezaubert.«

»Ich meine, daß du wieder in Indien bist.«

»Die Antwort ist dieselbe.«

Sie lächelte.

Auf dem Rückweg fuhr der Militärlastwagen an der Spitze der Kolonne. Die Soldaten saßen hinten auf der Pritsche, und der Falkner saß mit Mumtaz im Führerhaus. Dem Lastwagen folgte der Jeep mit Achmed am Steuer, Sarah saß neben ihm und Perron auf dem Rücksitz. Der Pferdetransporter bildete den Schluß. Er blieb allmählich immer weiter zurück. Perron mußte den Motor und den Fahrtwind übertönen, als er fragte, was der Falke vom Autofahren halte. Sarah lehnte sich zurück und sagte: »Achmed glaubt, diesen Teil des Ausflugs hat sie am liebsten. Aber sie ist sehr blasiert. Sie schläft.«

»Was halten die Soldaten von all dem?«

»Ich glaube, für sie hat es einigen Reiz, denn es ist für sie noch neu.«

Niemand hatte die Anwesenheit der Soldaten erklärt. Wenn die Beizjagd neu für sie war, dann war dabei eine Militäreskorte auch neu. Aber wie neu? Und weshalb war sie nötig? Sarah drehte sich wieder um und rief: »Wir fahren zum Palast, wenn dir das recht ist. Ich muß Shiraz besuchen. Aber Achmed wird dich herumführen und dir die interessanten Dinge zeigen.«

Achmed sagte etwas zu ihr, das Perron nicht verstand. Sie lachte.

»Wer ist Shiraz?« rief Perron.

»Die Tochter des Nawab.«

Perron nickte. Er wußte nicht, daß der Nawab eine Tochter hatte. Aber er fand, daß zwischen Achmed und Sarah ein besonderes Einverständnis herrschte – ein Einverständnis, das sich an den kleinen Gesten zweier Menschen zeigt und daran, wie sie in der Öffentlichkeit miteinander umgehen. Nun ja, wenn der Wind daher wehte, konnte er ihr nur viel Glück wünschen, auch wenn die Vorstellung seinem Ego einen Dämpfer versetzte.

Er blickte auf Achmeds Rücken. Er erinnerte sich an Achmed als an einen angenehmen, aber ungeselligen jungen Mann, der anscheinend dem Whisky und Frauen zugetan war. Diese Kombination hätte inzwischen sichtbare Spuren zeigen können. Aber der junge Kasim hatte sich gut gehalten (wie Onkel George gesagt hätte). Auf dem Pferd und mit seinem Falken mochte er auf Sarah sogar heldenhaft wirken –, soviel räumte Perron ein. Und sie war die Art Frau, die sich über die Konvention hinwegsetzte, daß eine Weiße sich *nicht* in einen Inder verliebte.

Als sie das Ende des unbefestigten Wegs erreichten, rief Sarah: »Nimm die Einfahrt zum Gästehaus, Achmed, und setz mich dort ab. Ich muß noch etwas erledigen. Ich komme später in den Palast.«

Achmed nickte, hupte und überholte den Lastwagen. Auf der T-Kreuzung blieb er stehen und hob den Arm, um deutlich zu machen, daß der Lkw rechts abbiegen sollte. Er fuhr nach links und blieb stehen, um sich zu vergewissern, daß der Fahrer ihn verstanden hatte. Perron blickte zurück. Als der Lastwagen in seinem Blickfeld auftauchte, sah er den Arm des Falkners. Er stützte den Ellbogen auf das offene Fenster. Auf dem Arm saß Mumtaz unter der Haube mit leicht geneigten Kopf –

Auszug aus Perrons Tagebüchern

(Dienstag, 5. August) – schlief und träumte... wovon? Hinter der Palastmauer stehen Bäume. Von der Straße kann man nichts sehen. Wir bogen in eine unerwartet auftauchende Durchfahrt. Ein zweiflügliges Eisentor. Geschlossen. Ein schneidiger Sepoy öffnete das Tor sofort, wir fuhren hindurch und an zwei weiteren Sepoys vorbei, die salutierten. Das Tor wurde sofort wieder geschlossen. Der Weg ist von Rhododendron gesäumt. Dort, wo er

sich gabelt (und links einen Blick auf das Gästehaus freigibt), bat
Sarah Achmed zu halten. Sie bestand darauf, zu Fuß weiterzuge-
hen. Wir fuhren auf der rechten Gabelung weiter und erreichten
nach etwa hundert Yards einen großen höfischen Park mit dem
ungewöhnlichen rosafarbenen Palast zur Linken. Etwa eine halbe
Meile weiter rechts befanden sich das Hauptportal und davor der
Maidan. Den Park gliederten Alleen, Terrassen und Springbrunnen. Als wir uns dem Palast näherten, sah man, daß der rosa
Putz zum Teil erneuert werden mußte. Der Palast ähnelt in mancher Hinsicht dem Palast der Winde in Jaipur. Wir fuhren zu einem Seiteneingang. Auch hier Wachen. Stufen nach oben. Der
Geruch von altem, feuchtem Mauerwerk. Eine lange Terrasse,
viele Dienstboten und Hofbeamte. Ein ständiges Kommen und
Gehen. Offenbar die dienstliche Seite des Palasts. Dann weiter
durch einen schmalen Mogulmauerbogen in einen dunklen Stein-
gang der Art, in der man das Gewicht Indiens spürt: eine lastende
Dunkelheit, die Schutz vor dem grellen Licht und der Hitze bietet, aber an Grabmäler und Kerker erinnert.

Der Innenhof war sehr schön. Am anderen Ende hinter den Wegen und Springbrunnen stand die alte öffentliche Audienzhalle –
eine breite Terrasse mit einem hohen Dach, das auf gedrehten
rosa Säulen ruhte. In der Mitte ein marmorner Baldachin über einer Estrade, der steinerne Sitz, der *Gaddi* – dort thronte in alten
Zeiten der Nawab auf Polstern. Hinter der öffentlichen Audienzhalle (erklärte Achmed) lag ein kleiner Innenhof, um den sich
die Privatgemächer des Nawab befanden. Wir durchquerten den
einen Innenhof und umgingen den anderen und gelangten durch
eine Reihe dunkler Gänge zur anderen Seite des Palastes. Rasen
zog sich bis zum See und der kleinen weißen Moschee hinunter,
die in einem eigenen, von einem Metallgeländer umgrenzten Hof
stand. Wir gingen ans Seeufer. Das Licht war grell. Achmed sagte,
daß die Fischer an diesem Morgen wieder ausgefahren seien. Hinter dem Schilf in der Ferne konnte man gerade noch zwei Boote
erkennen und Männer, die große, schimmernde Netze auswar-
fen. Achmed führte mich in den Palast zurück, um mir die modernen Räume (wie er sagte) zu zeigen. Sie befanden sich auf
der Vorderseite. Die Mogulgänge wichen Fluren im viktorianischen Stil (dunkle Linkrusta, Hunderte von Bildern wie Brief-

marken in einem Album bedeckten die Wände) und dann – faszinierend! – ein Salon, der an das Vestibül eines edwardianischen Ritz-Hotels erinnerte: Vergoldungen, Plüsch, Palmen in vergoldeten geflochtenen Körben, kunstvoll bemalte Wandschirme und um eine marmorne Mittelsäule eine runde Polsterbank. Vermutlich Dimitri Bronowskis Einfluß (konnte man vermuten).

Achmed ließ Perron in diesem *Fin-de-siècle*-Foyer allein, weil er sich umziehen wollte. Er versprach, bald wieder zurückzusein. Er sagte: »Würden Sie später gern schwimmen? Es gibt einen Swimming-pool im Freien. Wir können Handtücher und eine Badehose zur Verfügung stellen.«

»Ja, das würde ich sehr gerne.«

»Es wird noch ungefähr eine Stunde dauern. Sarah gibt meist Shiraz zwischen elf und zwölf Schwimmunterricht. Ich werde jemanden beauftragen, Ihnen Kaffee und die Zeitungen zu bringen.«

Der Kaffee und die Zeitungen kamen – die neuesten Ausgaben der *Times of India* und des *Statesman* (die offenbar im Palast früher eintrafen als im Club), der *Mirat Courier* und die *Ranpur Gazette*... An diesem Morgen ergingen sich die nationalen Zeitungen in den neuesten Schwierigkeiten, die Dschinna angeblich machte: die Frage danach, welchen Status Mountbatten in Karatschi haben werde, wenn er dort am 13. August zum letzten Mal als Vizekönig einen Besuch abstattete. Zwei Tage später würde Dschinna Generalgouverneur des neuen Dominions Pakistan werden (das mottenzerfressene Pakistan, wie er es genannt hatte, als er feststellte, daß er weder den ganzen Pandschab noch ganz Bengalen bekam – erst recht nicht ganz Kaschmir oder einen Korridor, der den Westen mit dem Osten verband).

Scheinbar hatte man Dschinna sanft daran erinnert, daß der Vizekönig am 13. August immer noch Vizekönig sein würde, und er selbst nur designierter Generalgouverneur, so wie Mountbatten designierter Generalgouverneur des neuen Dominion Indien war. Es stand nicht zur Debatte, daß Dschinna vor dem Datum der Unabhängigkeit irgendwelche Vorrechte genoß. Und Mountbatten konnte am 15. August nicht gleichzeitig in Karatschi und Delhi sein.

Es gab deprimierend vertraute Meldungen aus Lahore, Amritsar und Kalkutta über Schwierigkeiten mit den Sikhs, über Mord und Brandstiftung, und ebenso deprimierende Berichte über die schrecklichen Erfahrungen mancher Flüchtlinge, die bereits von dem, was Pakistan zu dem, was Indien sein würde, und umgekehrt unterwegs waren. Aber die Fotos in den Zeitungen zeigten nur die lächelnden Gesichter von Staatsmännern.

Wie vorauszusehen, brachte der *Mirat Courier* ähnliche Fotos und widmete das Titelblatt den Vorbereitungen für das offizielle Programm der Feiern zum Unabhängigkeitstag. Ein Moslemunternehmer im Garnisonsbezirk namens *Mir Khan, Uniformschneider und Herrenausstatter,* verkündete in einer halbseitigen Anzeige einen großen Ausverkauf aller Uniformen und der gesamten Sportabteilung. Die letzten Seiten enthielten kurze Berichte über eine Reihe von Abschiedspartys, die in der vergangenen Woche stattgefunden hatten.

Perron griff erwartungsvoller nach der bissigen *Ranpur Gazette* und blieb nicht unbelohnt. Der Leitartikel – ein langer – trug die Überschrift: *Die Büchse der Pandora.* Dort stand:

»Das Zwergreich Mirat stand bis 1937, abgesehen von einer kurzen Periode Anfang der zwanziger Jahre, über den Gouverneur in Ranpur in direkter Beziehung mit der Krone. Damit waren alle Beteiligten einverstanden; dieser Modus stand in Einklang mit den geographischen und politischen Gegebenheiten. Mirat hat immer als Teil des geographischen und politischen Territoriums existiert, von dem es umgeben ist, und in Zukunft kann es auch nur so sein.

Seine Existenz als selbständiges politisches Gebilde verdankt es dem Glück und dem geschichtlichen Zufall. Im langen Machtkampf zwischen den europäischen Kaufleuten und den herrschenden indischen Mächten im 17. und 18. Jahrhundert kam ein Punkt, an dem die dominierende europäische Macht, die Briten, sich mit den verstreuten Überresten Mogulindiens einigten. Dieser Punkt war 1857 erreicht.

Kann man wagen zu behaupten, es sei ein Ergebnis des Aufstands gewesen, daß die Krone fürchtete, mit ihrer Expansionspolitik weit genug gegangen zu sein, oder daß man einfach beschloß, es sei am gewinnbringendsten, den damals bestehenden Status quo aufrechtzuerhalten? Wie auch immer, zwei Drittel des Sub-

kontinents befanden sich unter der direkten Herrschaft White-
halls, und die tatsächliche Macht der noch vorhandenen indischen
Fürstentümer war praktisch lahmgelegt. Es wurde nun offiziell erklärt, man verfolge ›keine weiteren territorialen Interessen‹ (wie
finster das heutzutage klingt). Man schloß mit den Herrschern der
beinahe sechshundert verbliebenden Staaten Verträge – sie lagen
weit verstreut und reichten in ihrer Ausdehnung von Landsitzen
bis zu Provinzen von der Größe Irlands. Diese Verträge sicherten
den Herrschern und ihren Nachfolgern die Hoheitsrechte, Steu-
errechte, Privilegien und Territorien, garantierten ihnen mit Ausnahme der Außenpolitik und der nationalen Verteidigung die Au-
tonomie. Die Verträge schützten die Fürsten auch vor Angriffen
von innen und außen.

Die Verträge wurden zwar einzeln geschlossen – als private, formell individuelle Verträge zwischen Herrschern und Krone –, aber
sie waren trotzdem Teil eines umfassenderen, ungeschriebenen
Vertrages oder einer Doktrin: der Doktrin von der Oberhoheit
der britischen Krone über alle Herrscher; der Oberherrschaft des
Kaisers und Königs oder der Kaiserin und Königin, die durch den
Repräsentanten der Krone jeden aufsässigen Fürsten absetzen, einem Thronerben die Anerkennung verweigern und grundsätzlich
Schritte unternehmen konnten, um das Wohlergehen, den Besitz
und den Frieden der Untertanen eines Fürsten zu sichern.

Aber kein Organ der ›Oberhoheit‹ konnte den mit einem Fürstentum geschlossenen Vertrag auflösen. Die Krone hat von Zeit
zu Zeit die Regierung eines Staates übernommen, aber nur treu-
händerisch. Man kann heute sagen, daß die Briten sich an ihre
Absichtserklärung gehalten und ›keine weiteren territorialen Interessen‹ verfolgt haben.

Bedauerlicherweise stand die Doktrin der Oberhoheit im Gegensatz zu der Doktrin späterer Selbständigkeit für jene Provinzen,
die direkt vom britischen Parlament über die indische Regierung
beherrscht wurden. Die Oberhoheit war auf lange Sicht immer un-
logisch, und das beste Beispiel für diese Unlogik ist die Rolle des
Vizekönigs. In seiner Rolle als Generalgouverneur war es seine
Pflicht gewesen, die britisch-indischen Provinzen zu einer demokratischen, parlamentarischen Eigenregierung hinzuführen und
zu ermutigen. Als Repräsentant der Krone hatte er die Pflicht, die

autokratische Herrschaft einiger hundert Fürsten aufrechtzuerhalten, zu sichern, zu überwachen und zu verteidigen.

Viele Fürsten haben deshalb angenommen – oder vorgegeben anzunehmen oder sich berechtigt gefühlt anzunehmen –, daß mit dem Übergang der Macht des Generalgouverneurs in den direkt von den Briten regierten Provinzen in indische Hände die Briten nicht von der vertraglichen Verpflichtung entbunden seien, die Unantastbarkeit der Territorien aufrechtzuerhalten, zu sichern und zu verteidigen, die indische Fürsten zum Guten oder zum Schlechten regiert haben, und sie glauben, es sei ihr Recht, das auch weiterhin zu tun, ganz gleich, wer im übrigen Indien regiert.

Es ist richtig, wenn man sagt, daß die Fürsten in dieser Annahme bis vor kurzem durch Erklärungen aus Whitehall und Neu Delhi und durch das Verhalten und die Haltung hoher Beamter der Politischen Abteilung bestärkt wurden. Ihre größte Angst war, die Krone werde die ›Oberhoheit‹ ihren Nachfolgern in Britisch-Indien übertragen (in diesem Fall der Kongreßpartei, die schon seit Jahren klargestellt hat, daß sie das Überleben autokratischer Staaten mit zum Teil sehr feudalistischen Regierungssystemen nicht tolerieren werde). Aber man hat die Fürsten beruhigt. Oberhoheit ist eine Doktrin; eine Doktrin kann man nicht übertragen.

Aber was kann man mit ihr tun, wenn man sie nicht übertragen kann? Die Antwort lautet: nichts. Wenn die Ober-›Hoheit‹ verschwindet, erlischt sie einfach. Aber was ist mit den Verträgen? Können Verträge erlöschen, wenn nicht beide Parteien damit einverstanden sind? Das ist in der Tat möglich. Sie können erlöschen, wenn eine Partei nicht mehr die Macht hat oder nicht mehr präsent ist, um ihren Teil der Abmachung zu erfüllen. Durch die Abdankung in Britisch-Indien hat die britische Krone nicht länger die Macht, den territorialen Bestand der indischen Fürstentümer zu sichern, zu schützen und zu wahren, ohne Gefahr zu laufen, gegen das neue Dominion Krieg zu führen. Das Gerücht will wissen, daß ein Fürst sich mit seinen Anwälten in der Schweiz darüber beraten hat, ob er gegen die britische Regierung in London wegen Nichteinhaltung des Vertrages klagen soll. Ein anderes Gerücht will wissen, daß ein Fürst mit einem Revolver bewaffnet nach Delhi gefahren ist. Durch das Ende der Oberhoheit und das

Ende vertraglicher Verpflichtungen sehen einige Fürsten natürlich die Möglichkeit, ihre völlige Unabhängigkeit zu erklären.

Die britische Krone hat in den vergangenen hundert Jahren die Gebiete unter ihrem direkten Herrschaftsbereich zu einer eigenständigen demokratischen und parlamentarischen Regierung geführt, und sie hat die Territorien behalten, in denen sie nicht direkt regierte, sondern über die sie nur die Oberhoheit hatte, und deren autokratische Regierungsformen dem Wesen der Regierungsform fremd sind, die sie selbst vertritt, deren sich die Briten in ihrer Heimat erfreuen, und die sie als das Grundrecht eines jeden Menschen betrachten. Man kann sich kaum darüber wundern, daß mit der Politik der linken Hand, die nicht weiß, was die rechte tut, ein Mann allein, der Vizekönig, betraut war, um die Illusion zu wecken, daß diese Politik nur eine Absicht verfolge.

Unser neuer Vizekönig hat wie immer sehr schnell die Unvereinbarkeit der Einzelheiten erkannt und das unglaublich große politische Vakuum gesehen, das durch den Abzug der britischen Macht in Britisch-Indien in der Praxis entsteht. Das neue Auswärtige Amt ist seine wirkungsvolle Antwort auf die tiefe Abneigung der Natur gegen ein solches Vakuum. Man könnte sagen, Whitehall hat die Situation 1935 vorausgesehen. Man könnte sagen, die Fürsten tragen im wesentlichen selbst die Schuld daran, weil sie sich damals weigerten, an dem föderalistischen Plan eines vereinten und unabhängigen Indien mitzuwirken (aber sie waren damals nicht die einzigen, die dem Plan mißtrauten, und sie verweigerten nicht als einzige ihre Mitwirkung). Man könnte den Fürsten vieles vorwerfen, unter anderem ihr stolzes Mißtrauen gegeneinander und gegen alle. Grundsätzlich ist ihnen jedoch kein Vorwurf daraus zu machen, daß sie sich an ihre Verträge halten und an der ruritanischen Posse mitwirken, die zur Zeit überall in Indien und Pakistan gespielt wird. Diese Posse wird nur allzu oft von hohen Beamten der Politischen Abteilung unterstützt, die seit Jahren im Land arbeiten und die gelernt haben, in den Verträgen ernste und geheiligte Dokumente zu sehen.

In dieser Posse entscheiden Moslemherrscher, deren Untertanen größtenteils Hindus sind, und deren Fürstentümer von allen Seiten von einem Territorium begrenzt wird, das vom fünfzehnten August ab vom Kongreß in Delhi regiert werden wird, sich einem der beiden weit voneinander entfernt liegenden Teile Pakistans anzuschließen; oder ein Hinduherrscher, dessen Untertanen vorwiegend Moslems sind und dessen Staat in oder in der Nachbarschaft von Pakistan liegt, verbündet sich mit dem Indien der Kongreß-Partei; oder die Herrscher großer, landumschlossener Staaten erklären ihre Unabhängigkeit von allem und jedem. Man kann ihnen keinen Vorwurf machen, denn die Posse ist nicht nur in den Verträgen und Doktrinen stillschweigend mit inbegriffen, sondern diese Erklärungen und Absichten widersprechen in keinem einzigen Fall dem Geist oder dem Buchstaben des Gesetzes. Sie sind schlicht und einfach nicht zu verwirklichen. Vom Standpunkt der Fürsten aus betrachtet, haben ihnen die langen Jahre britischer Macht und britischen Einflusses einen Besitz bewahrt, den sie doch nicht besitzen können. Geographisch und politisch gesehen können sie nicht überleben, nachdem die Krone sich zurückzieht und das Indien (oder Pakistan) des zwanzigsten Jahrhunderts die Macht übernimmt.

All das und die schrecklichen Berichte vom Zusammenbruch der zivilen Autorität in vielen Bereichen des Pandschab muß den Eindruck erwecken, daß der Vizekönig, der den Wünschen einer wohlmeinenden, aber unwissenden englischen Wählerschaft gehorcht und in der langen Pantomime des britisch-indischen Empire das Ziel eines politischen Szenenwechsels erreichen will, sich in der wenig beneidenswerten Lage befindet, die Büchse der Pandora zu öffnen und alle die bösen Geister herauszulassen, die dieses Land vermutlich seit Anbeginn der Zeiten heimgesucht haben und durch den fest verschlossenen Deckel der Alleinherrschaft britischer Macht und britisches Rechts bislang eingesperrt waren, dadurch aber nicht erstickt sind, sondern sich noch vermehrt haben.

Das führt uns zu dem kleinen, aber nicht unwichtigen Mirat zurück. Mirat ist nicht nur geographisch ein Teil dieser Provinz, sondern gehört auch traditionell und politisch zu ihr.

Unter dem gegenwärtigen Herrscher, Seine Hoheit Sir Achmed Ali Guffur Kasim Bahadur und seinem Ministerpräsidenten Graf Dimitri Bronowksi hat sich Mirat bemerkenswert entwickelt. Mirat ist ein vorwiegend von Hindus bevölkerter Staat, und die Regierung war beinahe ausnahmslos eine Domäne der Moslems –

eine durchaus übliche Situation, wenn die Mitglieder der Herr-scherfamilie Moslems sind, die aber immer zu Unzufriedenheit und Unruhen führt. In den vergangenen zwei oder drei Jahrzehn-ten standen Regierungsstellen, sogar hohe Regierungsstellen auch Hindus offen; es gibt Hindus im Staatsrat, und seit vielen Jahren gibt es ein Hindu-College für höhere Bildung.

Die Existenz einer großen militärischen Garnison und eines Truppenübungsplatzes für die britische und die indische Armee in der Hauptstadt (seit beinahe hundert Jahren) hat zu Mirats Reichtum und zweifellos auch zu Frieden und Sicherheit beigetra-gen. In den vergangenen zwei Jahren ist es jedoch zu erheblichen Unruhen gekommen. Dafür muß man zum Teil die beiden großen indischen Parteien verantwortlich machen, denn sie haben beide schnell politischen Nutzen aus den Problemen gezogen, vor de-nen ganz Indien steht, in dem weiterhin Staaten existieren, deren Regierung, wie menschenfreundlich auch immer, man kaum als wirklich demokratisch bezeichnen kann.

Der Nawab steht jetzt vor dem Problem, daß er entscheiden muß, welche Schritte er unternehmen soll, da sein Vertrag mit der Krone und die Doktrin von der Oberhoheit der Krone erlö-schen. Man könnte glauben, es sei bedauerlich, daß seit 1937 die Beziehungen zur Krone vom Residenten am entfernten Hof ei-nes sehr viel größeren Staates, nämlich Gopalakand, wahrgenom-men wurden. Man darf annehmen, daß Sir Robert Conway dem Nawab von Mirat nicht denselben Rat geben darf wie dem Ma-haradscha von Gopalakand. Aber das nur nebenbei. An diesem Scheideweg ist der Rat der Politischen Abteilung weitgehend ir-relevant. Der Nawab sollte jetzt in erster Linie an das Wohl seiner Untertanen denken.

Es ist wichtig, sich an die traditionell große Treue und Ehrer-bietung zu erinnern, die die Untertanen eines Fürsten ihrem Herr-scher entgegenbringen, und an die traditionelle Abhängigkeit da-von, daß er kluge Entscheidungen trifft. Die großen indischen Parteien mögen diese Traditionen als veraltet und feudal verspot-ten, aber sie existieren. Und uns liegen bereits Berichte über die ersten Folgen von Gerüchten über im Palast herrschende Unsi-cherheit von Mirat vor.

So hat das Gerücht, der Nawab habe sich mit den Vertretern

des Auswärtigen Amtes der Regierung des neuen indischen Dominion nicht über eine Zusammenarbeit geeinigt und werde vielleicht einen unabhängigen, an Pakistan angegliederten Staat ausrufen, zu Morden an Moslems in Mirat-Stadt und in den Dörfern zur Brandstiftung und Plünderung moslemischer Läden durch extremistische Hindus geführt. Die Rache extremistischer Moslems hat zu Morden an Hindus, zu Brandstiftung und Plünderung von Moslem-Läden und Moslem-Häusern geführt. Bei all dem befinden sich die britischen Truppen in der Garnison in einer heiklen Lage – vorsichtig ausgedrückt. Die Lage der indischen Truppen ist ebenso heikel, da sie zu den Verbänden gehören, die dem neuen Dominion Indien zugesprochen worden sind. Die meisten Moslems der Regimenter, die geteilt werden sollen, sind bereits abgezogen worden.

Trotzdem suchen Moslemflüchtlinge aus den Dörfern und der Stadt vorübergehend in der Garnison Zuflucht, obwohl es dort ebenfalls zu fatalen Zusammenstößen kommen könnte. Einige dieser Flüchtlinge sind zweifellos ›bona fide‹ unterwegs nach Pakistan. Die meisten, so vermutet man, halten sich vorübergehend dort auf, um ihr Leben zu retten, nachdem sie ihr Eigentum verloren haben.

Wir können es uns nicht leisten, in dieser britisch-indischen Provinz, die in zehn Tagen eine Provinz des neuen indischen Dominion sein wird, einen solchen politischen und kommunalen Gefahrenherd zu dulden.

Der Nawab könnte die Bombe augenblicklich entschärfen, indem er den logischen und einzig praktischen Schritt tut und die Beitrittsurkunde zum neuen Dominion Indien in den drei Bereichen Außenpolitik, Verteidigung und Nachrichtenwesen und das Stillhalteabkommen unterzeichnet, das ihm Zeit geben würde, mit Indien über eine Einigung zu verhandeln, die den gesamten Komplex und alle wichtigen Fragen betrifft, die sich aus dem Erlöschen der Oberhoheit und dem Auslaufen seines Vertrages mit der britischen Krone ergeben. Wenn er unterzeichnet, werden seine Untertanen wissen, woran sie sind. Da die Mehrzahl seiner Untertanen Hindus sind, kann man sagen, die Mehrheit würde diesen Schritt billigen. Die Moslem-Minderheit, die bis vor kurzem in relativer Eintracht mit den Hindus von Mirat zusammengelebt hat, wird seine Entscheidung ebenfalls akzeptieren, denn er ist ihr Herrscher und ein Anhänger ihrer Religion. Alle, die eine bessere Zukunft für sich in Dschinnas neuem islamischen Staat sehen, könnten friedlich ihre Geschäfte und persönlichen Dinge zum Abschluß bringen und ebenso friedlich Mirat verlassen.

Man kann für den Nawab Verständnis aufbringen. Man sollte für jeden Verständnis aufbringen, dem die traditionellen Sicherheiten plötzlich genommen werden und dem traditionelles Handeln plötzlich versperrt ist. Aber ›seine‹ Fähigkeit, Verständnis aufzubringen, nicht unsere wird auf die Probe gestellt und überprüft. Man darf darauf vertrauen, daß das Ergebnis zeigen wird, daß er Verständnis für das gegenwärtige und künftige Wohl seines ganzen Volkes aufbringt.

Zumindest muß man das hoffen. Klassisch gebildete Leser werden sich erinnern, daß nur die Hoffnung nicht aus der Büchse der Pandora floh, sondern hartnäckig darin sitzenblieb.«

»Guy?«

Es war Sarah. Sie trug inzwischen ein Baumwollkleid.

»Achmed hat mich gebeten, ihn zu entschuldigen. Er muß dringend etwas erledigen. Aber Dimitri würde dich gern kurz sprechen und dich S.H. vorstellen, wenn es dir recht ist.«

»Natürlich. Bist du schon geschwommen?«

»Ich kann heute morgen nicht. Ich muß bald wieder zum Gästehaus zurück. Ich kann dich zu Nigels Bungalow mitnehmen, nachdem du S.H. gesehen hast. Es tut mir leid, daß wir dir schon wieder alles durcheinanderbringen.«

»Doch wohl kaum.«

Sie führte ihn auf einem anderen Weg in den Innenhof zurück und ging mit ihm über einen der Wege zwischen Rasen und Springbrunnen.

Auf der Säulenterrasse zu ihrer Linken gingen vier Männer auf und ab: einer trug die offizielle Kongreß-Tracht, ein zweiter einen Gesellschaftsanzug und die beiden anderen lange Jacken mit Stehbundkragen.

»Auswärtiges Amt?« fragte Perron leise.

»Die beiden auf unserer Seite ja, die anderen beiden gehören dem Ministerrat des Nawab an. Finanzen und Ernährung.«

Der eine rief: »Guten Morgen, Miss Layton.«

Sie grüßte zurück.

»Das ist der Ernährungsminister. Er ist ein Experte für Agrarwirtschaft. Dimitri hat ihn noch vor dem Krieg aus Kalkutta weggelockt. Ich wünschte, du könntest nach Biranpur fahren und das Musterdorf und die Musterfarm sehen, die er dort aufgebaut hat. Vielleicht kannst du das, wenn du eine Weile bleibst, und die Lage sich wieder beruhigt.«

»Würdest du mitkommen?«

»Wenn ich nur könnte. Ich würde es gern wiedersehen, aber ich habe keine Ahnung, wann das möglich sein wird. Susan hat beschlossen, auf der Stelle nach Pankot zurückzukehren, und ich muß sie begleiten. Wie es danach weitergeht, weiß ich nicht.«

»Was heißt auf der Stelle?«

»Übermorgen, glaube ich. Achmed kümmert sich gerade um das Organisatorische.«

Sie ging vor ihm her durch die öffentliche Audienzhalle und zu einem engen Bogengang, der zu dem Hof führte, den Achmed ihm nicht gezeigt hatte, und um den die Privatgemächer lagen. Mitten im Bogengang blieb Sarah plötzlich stehen und sagte: »Oh, warte. Entschuldigung.« Sie ging allein weiter in den Hof und ließ ihn im Schatten des Bogengangs zurück.

Auf dem Rand des Springbrunnens in der Mitte des Hofs saß eine junge Inderin. Sie trug – eigenartigerweise – Bluse und Hose. Als Sarah sich näherte, bemerkte Perron zwei ältere Frauen in Saris. Sie kauerten auf der Terrasse, erhoben sich jetzt aber und machten ›Namaste‹. Die junge Inderin saß mit dem Rücken zu Sarah, aber durch die Bewegung der Frauen wurde sie aufmerksam, drehte sich um und blickte sofort wieder mit gesenktem Kopf nach unten. Sarah setzte sich neben sie und legte ihr den Arm um die Schulter.

Perron ging zurück und betrachtete den Blick, den der Nawab auf den großen Innenhof hatte. Von hier sah er nichts Bedrückendes. Der Hof strahlte von Sonne, Farben und dem plätschernden Wasser. Dann entdeckte er den weißen Pfau – zumindest ›einen‹ weißen Pfau. Er stolzierte über den Rasen, die Brust gewölbt wie der Bug eines Wikingerschiffs. Die langen schleppenden Schwanzfedern bildeten das Heck und die Heckwelle. Er war in der Mauser. Wenn er ein Rad schlagen würde, hätten die Federn an die Stäbe eines mottenzerfressenen Fächers erinnert. Aber der Stolz, der im langsamen Schreiten des Vogels zum Ausdruck kam, wurde davon kaum beeinträchtigt.

Perron erreichte den Bogengang gerade rechtzeitig, um zu sehen, wie Sarah und die junge Inderin langsam Arm in Arm die Terrasse hinaufstiegen. Die anderen Frauen folgten ihnen in einiger Entfernung. Dann löste sich die Inderin und lief durch eine Tür. Sarah kam in den Hof zurück. Die beiden Frauen eilten hinter ihrem Schützling her.

Er stieg die Stufen hinunter und wartete.

»Shiraz?« fragte er.

»Ja, Shiraz.« Dann führte sie ihn zu den Privatgemächern.

»Mein lieber Mr. Perron«, sagte Graf Bronowski und kam ihm hinkend durch den verdunkelten Raum entgegen, dessen Fensterläden beinahe alle geschlossen waren. »Wie kann ich mich dafür entschuldigen, daß ich Sie noch nicht begrüßt habe? Ich will damit nicht sagen, daß Sarah und Nigel nicht versucht hätten, ihr Bestes zu tun, um mich zu ersetzen, aber ich bin mir meines persönlichen Versagens in punkto Gastfreundschaft deutlich bewußt. Bitte verzeihen Sie mir.«

Ein einzelner Sonnenstrahl fiel durch die Lamellen eines Ladens, erhellte das halbblinde Gesicht und die pergamentartige Haut. Die dargebotene Hand schien nur aus zerbrechlichen Knochen zu bestehen. Ein schwacher Duft von Eau de Cologne umgab ihn. Ein stärkerer Lichtstrahl fiel auf ein Sofa in der Nähe des Fensters. Dorthin führte Dimitri ihn, wobei die skelettähnliche Hand leicht auf Perrons Schulter lag. »Als ich Ihren Brief aus England erhielt, dachte ich: Ah! Mr. Perron wird sich vielleicht überreden lassen, an unserem College über die europäischen Söldner und die Geschichte der Mahratten zu sprechen. Aber selbst wenn Sie dazu bereit wären, würde uns das nicht helfen, denn das College ist vorübergehend geschlossen, und zwar auf Grund von Umständen, die sich der Kontrolle entziehen, wie man sagt. Die Studenten streiken.« Sie setzten sich auf das Sofa. »Nun ja, das war nur etwas, wovon ich egoistischerweise glaubte, Sie könnten sich bereit finden, es für uns zu tun. Die wichtige Frage ist: Was können wir für Sie tun? Sie haben die Möglichkeit erwähnt, Sie würden etwas darüber schreiben und veröffentlichen, wie sich die Machtübergabe auf Staaten wie diesen auswirkt. Den Namen der Zeitung habe ich vergessen.«

»Es ist eine neue Vierteljahreszeitschrift, ›The New English Forum‹. Sie wird vermutlich nur ein paar Nummern lang leben. Ich fürchte, ich habe nur pseudo-journalistische Referenzen.«

»Wie ich sehe, haben Sie die heutige Ausgabe der ›Ranpur Gazette‹.«

Perron bemerkte, daß er immer noch die gefaltete Zeitung bei sich trug.

»Ich hoffe, Sie halten mich nicht für sehr unhöflich, wenn ich Sie bitte, die Zeitung wegzustecken. Seine Hoheit hat die heutige Ausgabe noch nicht gelesen, und der Leitartikel kommt aus meiner Sicht eine Spur zu früh. Haben Sie ihn gelesen? Was halten Sie davon?«

»Ich fand die Darlegung überzeugend.«

»Der Chefredakteur der ›Ranpur Gazette‹, übrigens ein älterer Engländer, hat einen eindrucksvollen Stil. Ich nehme an, Nigel hat Ihnen gesagt, was er in Gopalakand zu erreichen hofft.«

»Ja, er hat es in Umrissen angedeutet.«

»Er hat heute morgen angerufen und wird im Laufe des Tages mit dem erforderlichen Brief des Residenten zurückkommen. Mit anderen Worten, seine Mission war ein Erfolg. Aber ich habe Nawab Sahib noch nicht informiert. Ich möchte es erst nach den morgendlichen Audienzen und dem Anhören der Petitionen tun. Er hatte gehofft, Conway werde ihn ermutigen, auf der Unabhängigkeit zu bestehen, aber Nigel hat Conway überredet, ihn in dieser Hinsicht nicht zu ermutigen. Wenn Nawab Sahib den Artikel jetzt liest, wird er ihn in seiner Meinung nur bestärken. Aber genau das möchte ich nicht, wenn ich ihm sage, Conway läßt Mirat fallen, und er sollte die Beitrittsurkunde unterzeichnen, wenn er es zu tun wünscht.«

Perron reicht Bronowski die Zeitung und sagte: »Vielleicht nehmen Sie sie an sich. Vielen Dank für die Warnung. Möglicherweise hätte ich davon gesprochen.«

»Miss Layton hat mich darauf aufmerksam gemacht, daß Sie den Artikel möglicherweise gelesen hätten. Deshalb bin ich auf ein paar Worte herausgekommen. Sie ist eine bemerkenswert scharfsinnige und kluge junge Frau. Wir werden sie im Palast vermissen. Nawab Sahibs Tochter ist untröstlich und bittet sie, bald zurückzukommen. Miss Layton ist der einzige Mensch, dem es bisher gelungen ist, die arme kleine Shiraz aus ihrem Schneckenhaus herauszulocken. Ich habe es viele Jahre lang versucht. Nawab Sahib hat es versucht. Ich habe versucht, Achmed zu bewegen, es zu versuchen. Aber der Einfluß der verstorbenen Begum, ihrer Mutter, schien unbezwinglich zu sein. Shiraz drohte mit vollem Purdah. Können Sie das glauben? Jetzt reitet sie, schwimmt, trägt moderne Kleider und spricht sogar manchmal mit Männern. Selbst Achmed zeigt schließlich Interesse an ihr. Das ist alles Sarahs Werk. Sie ist gerade bei Nawab Sahib und verabschiedet sich von ihm. Auch er hat sie sehr ins Herz geschlossen. Sie behandelt ihn wie einen Vater. Aber manchmal glaube ich, sieht er sie an und bedauert, daß ich ihm in den letzten zwanzig Jahren einen so geraden und schmalen Pfad gewiesen habe. Wissen Sie, als er ein junger Prinz war und sein Vater noch herrschte, war man in der Politischen Abteilung geteilter Meinung darüber, ob man ihn als Erben anerkennen werde. Die Akten könnten einige skandalöse Dinge über seine Jugend verraten. Über mich vielleicht auch. Gott sei Dank werden diese Akten alle vernichtet, ehe sie Patel in die Hände fallen.«

»Ist Shiraz die Erbin des Nawab?«

»O nein. Er hat zwei ältere Söhne. Der jüngere ist bei der indischen Luftwaffe – kein Pilot, es ist ihnen nie gelungen, dem armen Jungen das Fliegen beizubringen. Der Ältere ist Moshin, aber Moshin und seine Frau leben meist in Delhi. Er hat viel mit Geschäften zu tun, und seine Frau liebt Mirat ganz und gar nicht. Sie ist höchst ungern hier. Aber das hatte auch seinen Vorteil. Sie bestand auf einem Swimmingpool auf dem Palastgelände, damit sie schwimmen kann. Er hat sich als sehr nützlich erwiesen, denn Sarah konnte Shiraz das Schwimmen beibringen.«

»Die Thronfolge ist also gesichert.«

Bronowski nickte, gab aber keine Antwort. Statt dessen sagte er: »Ich hoffe, die Leute vom Auswärtigen Amt werden morgen mit ihren unterzeichneten Dokumenten nach Delhi zurückfahren. Dann werde ich den Palast wieder verlassen und in mein eigenes Haus gegenüber zurückkehren können. Dann werden Sie vielleicht mein Gast sein, auf jeden Fall aber morgen abend zum Essen kommen, wenn alles gut geht. Ich weiß nicht, ob Sarah dabeisein kann, wenn sie am nächsten Morgen abreisen. Aber ich hoffe, Nigel und Achmed werden da sein. Achmed hat seinem Vater versprochen, zu den Feiern am fünfzehnten August in Ranpur zu sein, und das kann ich ihm nicht abschlagen. Da die Laytons beschlossen haben, nach Pankot zurückzukehren, kann er sie bis Ranpur begleiten. Das ist eine gute Gelegenheit.«

Bronowski erhob sich, legte Perron die Hand auf die Schulter und nickte in Richtung einer Doppeltür.

»Nawab Sahib ist mit Sarah da drinnen. Ich fürchte, er wird nicht sehr gesprächig sein. Fremden gegenüber ist er sehr zurückhaltend. Seien Sie deshalb nicht verletzt, wenn ich mich bald einschalte und ihn hinaus zu den Bittstellern führe. Die morgendlichen Audienzen sind ein Relikt der Vergangenheit. Die wirkliche Arbeit wird vom Ministerrat und in den Abteilungen getan. Aber die Tradition ist wichtig. Ich werde ihn begleiten müssen, aber Sarah wird sich um Sie kümmern und Sie zu Nigels Bungalow zurückbringen.«

Bronowski ging zu einem reichverzierten Schreibtisch, zog eine Schublade auf und legte die ›Ranpur Gazette‹ hinein. Als er wieder zu Perron trat, fragte er: »Haben Sie zufällig unsere gemeinsame Freundin Aimee besucht, als Sie in Bombay waren?«

»Nein. Aber ich habe Mr. Hapgood besucht. Er läßt Sie grüßen.«

»Hapgood? Ach, der Bankier. Aber wie gut erinnere ich mich an den Abend bei Aimee. Sie haben ein schreckliches Unheil abgewendet –, und ich hatte einen schrecklichen Fehler begangen, denn ich habe Miss Layton und den armen Ronald dorthin mitgenommen. Bei meinem letzten Besuch gab es nicht das Geringste auszusetzen. Wissen Sie übrigens, daß Sie großen Eindruck auf Aimee gemacht haben? Als ich sie das nächste Mal sah, ich glaube, es war in Delhi, konnte sie sich an die genauen Umstände nicht mehr erinnern. Aber sie sagte: »Wo ist dieser britische Unteroffizier, den Sie auf eine meiner Parties mitgebracht haben? Dieser Schuft schenkte mir eine Flasche Whisky und nahm sie wieder mit. Bitte! Kommen Sie. Gehen wir hinein.«

Auszug aus Perrons Tagebuch. Dienstag, 5. August.

In einen kleineren Raum, einen Salon, im Empirestil eingerichtet. Der Nawab stand am Fenster und zeigte Sarah etwas (wie sich herausstellte, die Fischer auf dem Izzat Bagh See – der diesen Namen trägt, weil ein früherer Nawab erklärt hatte, die ›Izzat‹, die Ehre des Herrscherhauses werde so lange bestehen, wie der See nicht austrockne). Dimitri verließ mich in der Nähe der Tür und sprach mit dem Nawab – ein im Vergleich zu Dimitri kleiner Mann. Der Nawab kam durch das Zimmer. Ich trat einen oder zwei Schritte vor und verneigte mich. Er streckte mir etwas zögernd die Hand hin. Man spürte, daß er heute allen Engländern mißtraute. Er trug eine erstaunlich abgeschabte lange Jacke. Die Ärmelränder waren ausgefranst, und der Stoff war um die Knopflöcher sehr dünn. (Er ist ein reicher, großzügiger und kein geiziger Mann. Sarah sagte mir, die Einfachheit beschränkt sich nur auf ihn persönlich.) Er hat ein schmales, faltiges, tiefbraunes, eigenartig anonymes Gesicht. Ein solches Gesicht vergißt man leicht. Aber er besitzt die Art Präsenz, die man nicht vergißt, die Selbstbeherrschung, Disziplinierung geballter nervöser Energie und starke Gefühle ahnen läßt – passend bei einem Nachfahren gefürchteter Männer, vor denen Mirat früher zitterte.

Austausch von Höflichkeiten. Eine nichtssagende Pause. Dimitri, ein hagerer, einäugiger und lächelnder, aber aufmerksamer Wächter, steht im Hintergrund bereit. Dann bot mir der Nawab einige Beispiele aus seinem Konversationsrepertoire. Ich erwiderte im gleichen Stil. Plötzlich runzelte er die Stirn. »Perron?« fragte er, »Sind Sie ein Verwandter des Nachfolgers von Benoit de Boigne?« Seine Vorfahren können beide nicht geliebt haben. Erleichterung, als ich verneinte. Dann das Vorspiel zur höflichen Verabschiedung. Ich soll Graf Bronowski unbedingt von allem in Kenntnis setzen, was zu meinem Wohlbefinden und für meine Forschungsarbeiten notwendig ist. Ein schüchternes freundliches Lächeln. Kein Handschlag beim Abschied. Er sieht Dimitri an, als frage er sich, ob er etwas unterlassen habe. Man erkannte seine Abhängigkeit und daß ihn zur Zeit andere Dinge beschäftigen. Bevor er ging, drückte er Sarah stumm beide Hände. Dann verließen er und Dimitri den Raum durch eine andere Flügeltür. Ein flüchtiger Blick auf einen sehr viel größeren Raum, in dem ein paar

Dutzend Leute warteten, die sich tief verbeugten; einer machte sogar einen Fußfall.

Sarah und ich verlassen den Palast in einem ernsten, aber nicht allzu ernsten Schweigen. Wir laufen am Spalier der Dienstboten vorbei, die ›Namaste‹ machen (ich glaube, der Gruß galt ihr, nicht mir). Sie fuhr mich zu Nigels Bungalow zurück. Tippoo wartete auf der Veranda. Sie wollte nicht zu einem Drink bleiben. Ich drängte sie nicht, denn etwas schien sie sehr zu beschäftigen.

Aber ehe ich sie gehen ließ, fragte ich sie: »Was ist mit Ronald geschehen?«

Sie erwiderte: »Frag mich nicht, Guy. Frag Nigel oder Dimitri. Oder noch besser, frag niemanden.«

IV

Nach dem Mittagessen schlief er wieder. Aber er schlief mit Unterbrechungen. Ein kurzes, aber beunruhigendes Gewitter zog auf, und mit dem Regen kam der Geruch von Feuchtigkeit und Verwesung zurück. Wenn er aus seinem leichten Schlummer aufwachte, hatte er das bestimmte Gefühl, krank zu sein, und er war dankbar, als Tippoo um vier den Tee brachte. Er wollte einen Brief an Tante Charlotte schreiben, hielt es aber plötzlich im Zimmer nicht mehr aus. Er zog sich an, verließ das Haus auf der Rückseite und ging an die Luft und in die Sonne. Von Merricks Grundstück drang kein Laut herüber. Er betrachtete den Banyanbaum. Wie alt war er wohl? Mindestens hundert Jahre? Ein solches Prachtexemplar war sicher besonders heilig. Aber seine Heiligkeit schenkte den Bungalows, auf deren Gelände er wuchs, keine Ruhe.

Das Tor in der Mauer war nicht verschlossen, und er ging hindurch. Merricks Garten wirkte heute weniger gepflegt; das Gras schien über Nacht gewachsen zu sein. Die grünen Matten zwischen den weißen Säulen waren aufgerollt, dahinter waren Fenster mit offenbar verriegelten Läden. Man konnte sich die Formen der Möbelstücke unter den Schutzhüllen im Haus vorstellen – Zeichen dafür, daß die Bewohner das Haus verlassen hatten und niemand wußte, wann sie zurückkommen würden.

Er näherte sich dem Haus und wollte auf die Veranda hinauf, entschied aber, er sollte in soviel Abwesenheit, soviel drohende Abwesenheit, soviel Dunkelheit und soviel Verlust nicht eindringen. Er ging auf dem Weg seitlich am Bungalow vorbei, erreichte die Vorderfront und blieb wie angewurzelt stehen. Die Haare standen ihm zu Berge.

Vor dem Haus stand ein geschlossener Lieferwagen. Zwei Männer trugen einen schwarzen Sarg die Stufen der Veranda herunter. Der nach vorne geneigte Sarg lag auf ihren Schultern. Unten angekommen trotteten sie zu dem Wagen und schoben den Sarg auf die Ladefläche.

Es war kein Sarg; es war Merricks Kiste. Ein anderer Mann brachte die lange, schlaffe Wurst des zusammengerollten Teppichs. Auch der Teppich verschwand im Wagen. Die Ladeklappe wurde verschlossen und verriegelt. Zwei Männer stiegen hinten ein, der dritte vorne. Khansamar kam mit einem glänzenden Gegenstand in der Hand die Treppe herunter: ein gerahmtes Bild. Edwards Bild von der alten Königin. Khansamar übergab es dem Fahrer und ging ins Haus zurück.

Als Perron zu seinem Zimmer zurückkehrte, blieb er auf der Schwelle stehen. Er war überzeugt, daß in den wenigen Sekunden, die er gebraucht hatte, um die Tür zu öffnen, sich jemand gerade noch rechtzeitig davongestohlen hatte.

Um neun Uhr abends war Rowan immer noch nicht zurück, und Sarah hatte nicht angerufen. Tippoo überredete ihn, nicht länger zu warten, und so aß er wieder einmal allein. Nach dem Essen setzte er sich mit seinem Notizbuch, der Mappe mit den ausgeschnittenen Zeitungsartikeln, einer Schere und den Zeitungen des Tages auf die vordere Veranda. Tippoo hatte ihm versichert, Rowan hätte nichts dagegen, wenn er sie zerschnitt. Im Büro des Schreibers brannte noch Licht. Er hatte den Schreiber nur gesehen, wenn das Telefon klingelte, wenn die Post kam, oder ein Bote erschien. Ansonsten blieb der kleine Mann, soweit Perron beurteilen konnte, in seinem Zimmer.

Perron trank Brandy und Soda; Notizbuch, Mappe und Zeitungen lagen noch unberührt. Er fühlte sich beinahe bewogen, an die Tür des Schreibers zu klopfen, und ihn zu einem Drink einzuladen. Dann hätte er ihn dazu bewegen können, von seinem Alltag zu sprechen, in dem er einem politischen Bevollmächtigten die Unterlagen führte, oder von seinem Leben oder von irgend etwas anderem. Statt dessen trank Perron allein seinen Brandy, beobachtete den Tanz der Nachtfalter und Insekten um die schwachen, deprimierend gelben Verandalampen. Es war zu dunkel, um zu arbeiten. Das Licht in seinem Zimmer war besser. Aber er wollte nicht dorthin zurück. Das Zimmer untergrub sein Selbstvertrauen. Der ganze Bungalow tat es. Vielleicht untergrub Mirat sein Selbstvertrauen. Vielleicht war Mirat ein Fehler.

Er schlug die ›Ranpur Gazette‹ auf und begann noch einmal, »Die Büchse der Pandora« zu lesen. Aber nach ein oder zwei Absätzen hatte er genug. Er blätterte weiter und hielt die Zeitung so, daß etwas Licht darauf fiel. Es gab keine Karikaturen, aber auf dem Mittelblatt entdeckte er in einem Kasten einen Artikel mit der Überschrift »Alma Mater« von Philoktet. Er faltete die Zeitung so, daß er ihn lesen konnte.

»Am Sonntag, nachdem das frohe Ereignis im Staatlichen College vorüber war, als das Podium für die Einweihung des Chakravarti-Gebäudes seines Schmucks entkleidet, als der rote Teppich und das gestreifte Sonnendach entfernt waren und die rohen Bretter zum Vorschein traten (die Zimmerleute rückten ihnen bereits mit ihren zerstörerischen Hämmern zu Leibe), habe ich mir den Neubau etwas genauer angesehen und hoffte nur, man würde mich für jemanden halten, der dort etwas zu tun hat.

Ich hätte unbesorgt sein können. Niemand fragte nach meinen Absichten. Die Zimmerleute und die Arbeiter hielten mich für jemanden vom College, und die Leute vom College, denen ich begegnete, glaubten, ich hätte etwas mit den Bauarbeitern zu tun. In der Sicherheit meiner Anonymität konnte ich das künftige College in aller Ruhe besichtigen. Hin und wieder drohten mir Gefahren in Form von Bohlen und Leitern, wo Wände noch getüncht oder verputzt wurden, oder von Bergen von Büchsen, Planen und dem Werkzeug bescheidenerer Zünfte, als die, die hier ausgebildet werden sollen. Aber ich wanderte unbelästigt durch Unterrichtsräume und Vortragssäle (in einigen waren die Fensterscheiben bereits gesprungen oder zerbrochen) und fand dort weder Pulte noch Stühle; nur rechteckige Flächen verrieten, wo Schiefertafeln befestigt werden müßten. Das Labor wirkte wie der Saal in einem Krankenhaus, aus dem alle Betten entfernt worden sind, und wo man statt dessen lange Kiefernholztische und Bänke hingestellt hatte, die darauf warteten, daß jemand entschied, wie man sie nutzen könne.

Die gegenwärtige Leere wurde (für mich) von nichts gemildert, was sich die Phantasie für die Zukunft ausdenken mochte. Mich begleiteten nur meine hallenden Schritte, und es erschien mir irgendwie unwahrscheinlich, daß in ein oder zwei Monaten die Pulte an ihrem Platz stehen und daß an den Pulten Studenten sitzen würden, daß Lehrer auf den nackten Podien stehen und die jetzt noch nicht sichtbaren Schiefertafeln bereits grau von der Kreide dort demonstrierter und ausgewischter Gleichungen sein würden.

Bedrückt verließ ich das Gebäude und ging über den asphaltierten Weg, der das neue Gebäude mit dem alten verbindet. Ein paar Schattenbäume sind bereits gepflanzt worden. Von hier wirkt das alte College gelassen und vom Alter gezeichnet. Ich drehte mich um und versuchte, mir das Chakravarti-Gebäude so vorzustellen, wie es in zehn, zwanzig, fünfzig Jahren aussehen wird, und ich bin eigentlich froh, daß (wenn überhaupt) nur wenige, die sich dann wie an eine gütige Mutter daran erinnern werden, es so gesehen haben, wie ich es jetzt sehe: kalt, hart, sichtlich abhängig von dem, was noch unerprobte Lehrer und noch nicht zugelassene Studenten aus ihm machen und ihm geben müssen, ehe sie etwas Dauerhaftes von dort mitnehmen können.

Auf dem Weg nach Hause denke ich an einen anderen Ort, an scheinbar endlose Sommer und den Schatten anderer Bäume; und dann an die Winter, wenn die Zweige kahl waren – so kahl, daß es mir jetzt unvorstellbar erscheint, daß ich sie ansah und dabei den gerade vergangenen Sommer und den kommenden Frühling nicht für Illusionen hielt, für nie erfüllte Träume, für Träume, die sich nie erfüllen sollten.

›Philoktet‹«

Er las den Artikel noch einmal, und als er den letzten Absatz erreichte, erfaßte ihn Rührung. Vermutlich der Brandy. Er goß sich noch einen ein. Er stand auf. Seine Nerven schienen plötzlich durcheinander zu geraten. Er mußte etwas tun, und sei es auch nur, daß er mit dem Packen begann oder besser – denn Packen bedeutete, in dieses Zimmer zurückzugehen –, daß er Sarah anrief und ihr sagte, er denke daran, mit ihr bis Ranpur zurückzufahren. Er ging in die Halle, studierte die kurze Liste wichtiger Telefonnummern und bat die Vermittlung um die Nummer 234, das Gästehaus. Ein Diener meldete sich. Er bat, Miss Layton sprechen zu können, und nannte seinen Namen, den Dienstboten oft nicht richtig verstanden.

Nach etwa einer halben Minute fragte eine Frau: »Mr. Perron?« Es war eine ältere Frau.

»Ja. Mrs. Grace?«

»Ja, hallo. Sarah ist leider nicht da.«

»Entschuldigen Sie bitte, daß ich so spät anrufe.«

»O, es ist nicht wirklich spät. Ich nehme an, sie wird bald zurück sein. Sie ist zum Abendessen eingeladen. Wann werde ich Sie kennenlernen? Ich habe so viel von Ihnen gehört. Sarah hat erzählt, daß Sie den lieben alten Archie Hapgood besucht haben. Wie geht es ihm?«

Mrs. Grace hatte eine angenehme Altstimme. Er stellte sich (nicht grundlos) einen tröstlichen Busen vor, volle Backen, sorgfältig frisierte Haare und ehemals flinke, inzwischen etwas langsamere Augen. Ihm gefiel ihr Ton. Er sagte, er denke, Archie Hapgood gehe es gut, und fügte hinzu:

»Ich rufe an, um Sarah zu sagen, daß ich daran denke, nach Ranpur zurückzukehren, und überlege, ob wir vielleicht zusammen fahren sollten. Ich kann in Mirat im Augenblick nicht viel tun, und ich muß am fünfzehnten in Delhi sein. Ich glaube, das größte Problem besteht darin, eine Platzreservierung zu bekommen.«

»Das sollte für den Tagzug kein Problem sein, denn niemand braucht ein Bett. Wir müssen leider schon am Dienstag fahren, und Sie sollten Ihren Besuch nicht abkürzen, es sei denn, es ist wirklich günstig für Sie.«

»Es ist sehr günstig für mich.«

»Ich werde Sarah von Ihrem Vorschlag erzählen oder ihr eine Nachricht hinterlassen. Bis um wieviel Uhr kann sie zurückrufen?«

»Von mir aus jederzeit.«

»Vielen Dank, Mr. Perron. Mr. Kasim begleitet uns bis Ranpur, und vielleicht fahren auch noch Leute namens Peabody mit. Aber das steht noch nicht fest. Ein Mann mehr wäre sehr nett. Ich nehme an, es ist schrecklich albern, aber seit Oberst Layton wieder in Pankot ist, geht das alles etwas über meine Kräfte.«

Jetzt sprach die Witwe mit einer verwitweten Nichte, einer unverheirateten Nichte, einem Großneffen, einer Aja, um die sie sich alle kümmern mußte, und für die sie sich verantwortlich fühlte. Sie verabschiedeten sich, und nachdem Perron die Entscheidung getroffen hatte, fühlte er sich schon besser. Er ging auf die Veranda zurück, um noch etwas zu trinken und auf Sarahs Anruf zu warten.

Es kam kein Anruf. Aber kurz vor Mitternacht bog ein Wagen in die Einfahrt ein. Als er hielt – Tippoo hatte ihn gehört, wartete bereits unten an der Treppe und öffnete den Schlag – stieg Rowan aus. Er war allein. Lauras Abwesenheit war irgendwie sehr beredt. »Hallo, Guy«, sagte Rowan, als er die Stufen heraufkam, »ich hoffe, du hast gegessen.«

»Ja, das hab ich. Und du?«

»Ich habe etwas im Palast gegessen.«

»Dann trink einen Brandy.«

Rowan warf einen Blick auf die Flasche. Du solltest nicht deinen eigenen Brandy trinken. Der Schreiber kam aus seinem Büro. »Guy, ich bin in etwa zehn Minuten wieder hier, falls du nicht lieber ins Bett gehst.«

»Bestimmt nicht.«

Rowan ging in Richtung Büro, drehte sich um und sagte: »Beinahe hätte ich es vergessen. Sarah läßt dir ausrichten, daß sie dich morgen wegen des Plans für Donnerstag anrufen wird.«

Wieder allein goß sich Perron noch einen Brandy mit Soda ein. Tippoo ging mit Rowans Koffer an ihm vorbei. Zehn Minuten später erschien er wieder und sagte: »Sahib?« Er führte Perron in ein Zimmer von ähnlichen Abmessungen wie das seine. Es befand sich aber auf der anderen Seite der Eingangshalle. Es war ein Arbeitszimmer mit einem Schreibtisch und drei Sesseln um einen niedrigen runden Tisch, auf dem Gläser und eine Karaffe standen. Eine Verbindungstür stand offen, und er sah dahinter ein größeres Zimmer – vermutlich Nigels und Lauras Schlafzimmer. Tippoo ging hinüber. Gleich darauf rief Nigel: »Ich bin sofort bei dir, Guy. Bitte, bedien dich.«

Aber er bediente sich nicht. Er dachte: Seltsam – hier war ich schon einmal. Er erinnerte sich, wann und wo es gewesen war, und lächelte. Er sah sich im Arbeitszimmer um und suchte den Hocker und überlegte, welcher von den Stühlen sich nach Rowans Meinung am besten dazu eignen würde, daß ein Drückeberger beim Sport sich darauf kniete. Er lächelte noch, als Rowan hereinkam. Auch Rowan lächelte, aber er erinnerte sich an etwas, das erst vor kurzem geschehen war.

»Geschafft.«

»Der Nawab hat unterschrieben? Meinen Glückwunsch.«

Rowan goß braungoldenen Brandy in das Glas. »Soda?«

»Bis zum Rand.«

Sie hoben die Gläser, tranken und setzten sich. »Na dann«, sagte Rowan. »Du hast also das Gefühl, in Mirat alles erfahren zu haben, was du wissen wolltest.«

»Ich hätte nichts gegen ein Gespräch mit Dimitri. Soweit ich verstanden habe, könnte das morgen abend möglich sein.«

»Aber du willst wie die anderen am Tag darauf abfahren.«

»Es wäre günstig. Ich möchte vor dem fünfzehnten August in Delhi sein. Aber ich nehme an, ob ich Donnerstag fahre, hängt davon ab, wie Sarah und ihre Tante sich entscheiden.«

»Sie würden sich beide freuen.«

»Du hast also Sarah heute abend gesehen?«

»Ich bin auf dem Weg vom Palast im Gästehaus vorbeigefahren. Sie war gerade erst zurückgekommen und hatte das Gefühl, es sei schon zu spät, dich anzurufen.«

»Ich freue mich, daß sie nicht zu Hause bleiben mußte.«

»Sie war nur drüben im Frauenkrankenhaus, um sich vom Personal dort zu verabschieden. Die Leute haben sie überredet, zum Abendessen zu bleiben.«

»In der Garnison?«

»Nein, im Frauenkrankenhaus von Mirat gerade auf der anderen Seite des *Maidan*. Sie hat dort sehr viel freiwillig gearbeitet. Wußtest du das nicht?«

»Nein.«

»Früher war es ausschließlich ein Purdah Krankenhaus für Moslemfrauen. Aber Dimitri hat es vor ein paar Jahren erweitern lassen. Sarah ist bei den Patienten und den Pflegerinnen sehr beliebt. Sie hat sogar Shiraz dafür interessiert. Die Arbeit im Krankenhaus war einer der Hauptgründe dafür, daß sie während der Trockenzeit in Mirat geblieben ist. Wenn Dimitri es zugelassen hätte, wäre sie sogar hinaus in die Leprakolonie nach Biranpur gefahren, um dort zu arbeiten. Hast du vor, bis nach Pankot mit ihnen zu fahren?«

»Nur bis Ranpur. Ich hoffe sehr, daß Achmed mir ein Interview mit seinem Vater verschaffen kann.«

»Deine journalistische Arbeit hatte ich völlig vergessen.«

»Sie ist auch kaum der Rede wert.«

»Wenn du von Delhi nicht nach England zurückfährst, könntest du nach Gopalakand hinunterkommen. Ich habe Laura dort gelassen. Meine Aufgabe hier ist in ein oder zwei Tagen beendet, und dann fahre ich zu ihr. Offiziell bin ich immer noch Referent des Residenten in Gopalakand – zumindest bis zum vierzehnten August um Mitternacht. Dann werden wir alle überflüssig. Aber Conway geht nicht sofort. Laura und ich, wir werden dort für etwa eine Woche seine Gäste und Gäste des Maharadschas sein, bis wir entscheiden, was wir tun wollen. Gopalakand könnte dich interessieren. Schick mir einfach ein Telegramm in die Residenz, wenn du glaubst, es sei interessant für dich.«

»Vielleicht tue ich das. Danke. Ist es eine sehr schwierige Situation?«

»Vielleicht nur für mich. Der Maharadschkumar hat mir gesagt, daß sein Vater die Beitrittserklärung ebenfalls unterzeichnen wird. Aber er kennt Conway schon sehr lange und möchte ihn nicht dadurch verletzen, daß er seinen Rat scheinbar völlig mißachtet. Ich glaube, in meinen letzten Tagen in der Politischen Abteilung werde ich den Mittelsmann spielen müssen und zwischen Conway und dem Maharadscha ausgleichen. Gopalakand ist ein Staat mit einer Hindumehrheit und einem Hinduherrscher. Auf dem Spiel stehen nur der Stolz der Herrscherfamilie und der Stolz des Residenten. Gopalakand ist sehr viel größer als Mirat, aber die Unabhängigkeit ist ebenso ausgeschlossen. Bis du kommst, müßte alles friedlich geregelt sein, und der Maharadscha ist sehr gastfreundlich.«

»Vielleicht nehme ich dich beim Wort.«

»Eine alte Freundin von Conway kommt auch. Sie lebt seit Jahren in Rawalpindi, möchte aber nicht mehr dort bleiben, wenn es zu Pakistan gehört.«

»Wer ist das?«

»Lady Manners.«

»Hast du den Kontakt zu ihr gehalten?«

»Nicht gehalten. Ich habe sie vor ein paar Monaten besucht, als wir in der Gegend waren.«

»Hast du ihr erzählt, daß du etwas von Hari gehört hast?«

»Ich wollte es. Sie hat mich gebeten, nichts zu sagen. Über dieses Thema spricht sie nicht.«

»Weshalb nicht?«

»Ich glaube, sie hat das Gefühl, getan zu haben, was sie tun mußte. Alles andere wäre eine Einmischung in seine Privatsphäre und würde nach Herablassung aussehen.«

»Hast du dieses Gefühl auch?«

»Ich glaube schon.«

»Ist das Kind immer noch bei ihr?«

»Ja.«

»Was wird mit dem Kind geschehen, wenn Lady Manners stirbt?«

»Ich denke, jemand von Lady Manners' indischen Freunden wird sich um die Kleine kümmern. Sie wird so erzogen, daß sie sich für eine Inderin hält. Sie ist ein bezauberndes Mädchen.«

Rowan beugte sich vor und füllte die Gläser. Perron sagte:

»Wie hast du Laura wieder getroffen?«

»Sie hat mir nach der Entlassung aus dem Lager in Malaia geschrieben. Ich stand mit ihrer Mutter in Verbindung. Wir haben uns einige Zeit geschrieben. Dann haben wir uns in Simla getroffen... und geheiratet.«

»Was ist mit ihrem ersten Mann?«

»Die Japaner haben ihn umgebracht. Sie sagte, es war vermutlich seine eigene Schuld. Er war aufbrausend. Als die Japse auf seiner Gummiplantage auftauchten, machte er Theater und wurde vor Lauras Augen zusammengeschlagen. Natürlich steckten sie die beiden in getrennte Lager. Später schickte man ihr seine persönliche Habe und einen Brief, in dem man sie in Kenntnis davon setzte, daß er bedauerlicherweise an Fieber gestorben sei. Natürlich glaubte sie das nicht. Nach dem Krieg hat sie einige Zeit in Singapur verbracht, um die Wahrheit über Tonys Tod von ehemaligen Mitgefangenen herauszufinden. Einen Teil der Wahrheit. Es lief alles darauf hinaus, daß es noch mehr Belastungsmaterial gegen einen japanischen Offizier gab, der als Kriegsverbrecher vor Gericht gestellt und gehängt wurde.«

»Die arme Laura.«

»Ja.« Rowan sah ihn an. »Aber ich glaube, ihre erste Ehe war auch kein großer Erfolg. Ich denke, sie hat dir gestern klargemacht, daß unsere keiner ist. Ich weiß nicht weshalb. Aber so ist es. Sie hat Mirat gehaßt. Deshalb habe ich sie in Gopalakand gelassen. Sie sagt, dieser Bungalow erinnert sie an den, in dem sie und Tony in Malaia gewohnt haben. Das war eines der Dinge, die ihr hier nicht gefielen. Also fanden wir nach ein oder zwei Wochen, es sei besser, wenn sie im Club wohnte.«

»*Eines* der Dinge, die ihr nicht gefielen?«

»Der Bungalow ist leicht deprimierend. Findest du nicht auch? Und ich mußte sie viel alleinlassen. Nach drei Jahren in einem überfüllten Lager macht ihr das Alleinsein nichts aus. Aber sie braucht Raum, Luft und Licht. Die Residenz in Gopalakand ist besser für sie. Hier ist alles sehr abgeschlossen, feucht und dunkel. Ich bin selbst froh, wenn ich hier raus bin. Die Sache mit der Schlange hat ihr den Rest gegeben. Sarah hat dir gesagt, daß eine hier war, nicht wahr? Ich habe sie darum gebeten.«

»Ja. Und du hast sie töten müssen?«

»Nein, das hätte ich äußerst ungern getan. Merrick hat die Schlange getötet.«

Ja, dachte Perron, Merrick mußte irgendwann ins Spiel kommen. »Was für eine Schlange war es?« fragte er.

»Eine junge Kobra. Sie lag schlafend in der Badewanne.«

»In der Badewanne? In meiner Badewanne?«

»Nein, in unserer. Dort drüben.« Er wies auf sein Schlafzimmer.

»Sarah hat gesagt, man hätte sie unter der Veranda hinter dem Haus entdeckt.«

»Ich nehme an, das hat sie gesagt, um dich zu beruhigen. Nein, sie lag in der Wanne. Laura ging zufällig ins Bad. Sie geriet nicht in Panik. Sie ging einfach hinaus, schloß die Tür und sagte es Ronald. Ich war im Palast, aber glücklicherweise war Ronald gerade vorbeigekommen. Ich glaube nicht, daß Tippoo von großem Nutzen gewesen wäre. Er hat entsetzliche Angst vor Schlangen.«

»Wie hat Ronald sie getötet?«

Die Frage schien Nigel etwas aus dem Konzept zu bringen, »Weshalb fragst du?«

»Ich könnte mir denken, daß er es so dramatisch wie möglich gemacht hat. Es sei denn, er hatte sich grundlegend geändert. Das kann ich nur schwer glauben, trotz der Ansprache bei der Trauerfeier und dem Zapfenstreich. Wessen Idee war das?«

»Susans. Sie sagte, sie habe Ronald nur einmal tief bewegt gesehen, und das war als in Radschputana zum Rückzug geblasen wurde. Es war uns leicht peinlich. Aber die Rede hat er verdient, und er gab Susan ein Gefühl der Sicherheit.«

»Also«, sagte Perron, »erzähl mir, wie er die Schlange getötet hat.«

Hat Nigel einen Revolver? hatte Merrick gefragt. Die Antwort war nein gewesen. *Dann muß ich kurz nach nebenan gehen,* sagte er. Er tat es, und Laura ging auf der Rückseite des Bungalows ins Freie. Sie wußte, die Schlange mußte getötet werden. Aber sie war ebenso gegen das Töten von Schlangen wie Nigel, wenn es nicht unbedingt sein mußte. Sie ging hin und her und wartete auf den Schuß. Vielleicht sah sie vor sich, wie der Sonnenstrahl sich langsam und gefährlich verschob, wie die Schlange im Schatten lag, abkühlte und erwachte; vielleicht überlegte Laura auch, ob Schlangen Gedanken hätten, und wenn ja, was sie dachten, welche Art Schlaf sie schliefen; welche Träume sie hatten. (Welche Träume haben Falken unter den scharlachroten Hauben? – Wie verschieden die Träume sein müssen – einerseits Träume vom unendlichen Himmel, andererseits Träume von der grenzenlosen, grenzenlosen Erde.)

Hier ist sie, sagte Merrick. Sie hatte ihn nicht kommen hören. Sie drehte sich um, und er stand vor ihr. In seiner gesunden Hand hielt er einen Dolch; die Kobra hing in der Prothese.

Zuerst glaubte sie, die Kobra sei unversehrt, aber dann glitt der Kopf aus dem schwarzen Handschuh, fiel ins Gras, und alles andere blieb in der Luft hängen. Laura schrie auf und mußte sich erbrechen – über ihre eleganten Schuhe.

»Er war sehr zerknirscht«, erzählte Rowan, »er entschuldigte sich immer wieder... bei mir, meine ich. Er sagte, er sei zu dem Schluß gekommen, daß er die Schlange nicht erschießen sollte, weil er nicht sicher war, wie die Kugel an der Wanne abprallen würde, wenn er die Schlange verfehlte. Jedenfalls wollte er die Badewanne nicht durchlöchern.«

Wenn man Merricks Geschichte glauben durfte, hatte er die Prothese als Köder benutzt. Als die Kobra zustieß, und die Zähne in die behandschuhte Hand schlug, hatte er sie mit dem Dolch glatt in zwei Teile geschnitten. Eine Scharte in der Wanne war der Beweis dafür.

»Er war ein Risiko eingegangen«, schloß Rowan.

»Das tat er immer. Hatte Laura ihn bis dahin gemocht?«

»Ich weiß nicht.«

»Verstehst du, ich überlege, ob du vielleicht das Gefühl hattest, er habe sie auserwählt, wie ich früher immer sagte.«

»Ich habe mich an diesen Ausdruck erinnert.«

»Wann genau?«

»Vermutlich wäre es genauer zu sagen, ich hatte ihn nie vergessen. Aber ich erinnerte mich mit Sicherheit daran, als Laura und ich hierherkamen und feststellten, daß er allein nebenan wohnte. Susan und der Kleine waren in Pankot.«

»Wußtest du nicht, daß er in Mirat war?«

»Doch. Sarah und ich, wir haben uns immer geschrieben. Ich hatte nicht mit – einer solchen Nachbarschaft gerechnet. Ich habe Laura nicht viel von ihm erzählt, nur daß wir uns kannten. Es belustigte sie, daß er zu den ungewöhnlichsten Momenten auftauchte, wenn ich nicht da war. Es erinnerte sie an die Gummiplantage. Wenn Tony nach Kuala Lumpur oder Singapur fuhr und sie allein ließ, tauchten alle Junggesellen und Strohwitwer der Umgebung mit fadenscheinigen Ausreden oder überhaupt keinen Ausreden bei ihr auf. Wenn du daran denkst, wie Laura damals aussah, ist das kein Wunder. Aber sie ärgerte sich darüber. Sie sagte, das habe ihr das Gefühl gegeben, ein Gegenstand zu sein, denn wenn sie nicht kamen, um ihr einen Antrag zu machen, dann starrten sie Laura einfach an. Jedenfalls nahm sie anfangs nicht ernst, daß Ronald regelmäßig auftauchte, wenn ich nicht da war. Sie hat so eine Idee, daß sie jetzt körperlich abstoßend sei. Sie sagte, Merrick glaube vermutlich, er sei ebenfalls körperlich abstoßend.«

Rowan schwieg. Perron wartete. Nach einer Weile sagte Rowan: »Aber eines Abends fand ich sie beim Nachhausekommen in einer sehr seltsamen Stimmung. Sie fing an, über ihr Leben im Lager zu sprechen. Das hatte sie noch nie getan. Ich hatte versucht, sie so weit zu bringen, daß sie darüber sprach, aber sie wich immer aus. Hast du die Narbe unter ihrem linken Auge bemerkt?«

»Ja.«

»Ich frage, weil sie bei Fremden die Sonnenbrille normalerweise selbst im Haus trägt. Du wirst es wohl nicht glauben können, aber ich habe nie herausgefunden, wie sie zu der Narbe gekommen ist.«

»Aber Ronald hat sie es erzählt?«

Rowan wich seinem Blick aus. »Offenbar. Ich kam nach Hause und fand sie in dieser merkwürdigen Stimmung. Beim Abendessen fing sie an über das Lager zu sprechen. Dann fragte sie, ob es mich denn nicht interessiere, woher sie die Narbe habe. Wir hatten eine Art Streit. Sie fragte, warum sie mit Ronald darüber sprechen könne, aber nicht mit mir. Warum Ronald der einzige Mensch sei, den sie kenne, der sie dazu bringe, über das zu reden, worüber sie reden wollte, und die ganze furchtbare Sache herauszulassen. Mir fiel nichts anderes ein als zu sagen – ich hatte mir das nicht vorher ausgedacht –, sie könne mit mir darüber nicht sprechen, weil sie wisse, daß ich sie liebte, aber mit Ronald müsse sie darüber sprechen, weil er sie auserwählt habe – als Opfer.«

»Was hat Laura darauf gesagt?«

»Nichts. Wir sprachen nicht mehr über Ronald – vielmehr erst ein paar Tage später wieder, als ich nach Hause kam und Laura ihre Koffer packte. An diesem Tag hatte er die Schlange getötet. Sie sagte, sie fahre zurück nach Gopalakand. Es wäre das beste gewesen. Aber ich redete es ihr aus, und wir beschlossen, sie solle in den Club ziehen. Sobald sie weg war, erschien die Situation völlig absurd zu sein. Ich konnte ihm nichts vorwerfen. Aber wann immer ich ihn sah, fing er an, alles zu erklären und sich zu entschuldigen. Er gab keine Ruhe. Er erschien ein- oder zweimal im Club und versuchte, mit ihr zu sprechen. Aber sie sagt, sie habe sich von ihm ferngehalten.«

»War aber bei seiner Beerdigung. Was war das? Ein Zeichen der Achtung oder hat sie den Sieg gefeiert?«

»Sie ist zur Beerdigung gegangen, weil ich sie darum gebeten hatte.«

»Wieso hast du das getan?«

»Das Problem war...«

»Ja?«

»Um keinerlei Zweifel an dem Bild aufkommen zu lassen.«

»An welchem Bild?«

»Am Bild eines Engländers, der sich die Achtung und Bewunderung des größten Teils der Bevölkerung erworben hatte.«

»Weshalb mußte Laura in dieses Bild passen?«

»Du weißt, wie die Leute an solchen Orten sind... die Art Leute, die sich gefragt hatten, weshalb sie aus dem Bungalow ausgezogen war. Es war nicht unbemerkt geblieben, daß sie es abgelehnt hatte, ihn zu sehen, als er in den Club kam. Ich mußte ihn bitten, damit aufzuhören.«

»Hat er es getan?«

»Sofort. Aber es schien ihn sehr zu verletzen. Er sagte, er hasse Mißverständnisse. Er habe sich nur bemüht herauszufinden, wie er Laura verstimmt habe. Er deutete aber auch an, es sei ihm unangenehm, sich für irgendwelche Mißverständnisse zwischen mir und Laura verantwortlich fühlen zu müssen. Gleichzeitig...«

»Was?«

»Ich hatte so eine Idee, daß er nicht bedauerte, ja daß er sich insgeheim sogar darüber freute, daß die Leute ihn mit Laura in Verbindung brachten.«

»Du meinst, es schmeichelte ihm, für den 'anderen' gehalten zu werden?«

Rowan sah ihn an. »Ich verstehe, was du meinst. Ich hatte es nicht ganz in einem so allgemeinen Rahmen gesehen. Ich fragte mich nur, ob er versuchte, sich an mir zu rächen, indem er dafür sorgte, daß die Leute sich Gedanken über ihn und Laura machten. Ich bin sicher, er wußte, daß Kumar inoffiziell vernommen worden war, und daß ich es war, der ihn vernommen hatte. Wieso auch nicht? Er hatte immer noch Freunde im Amt des Generalinspekteurs. Wahrscheinlich hatte es ihm jemand gesagt.«

»Sehr wahrscheinlich.«

»Manchmal schien er mich geradewegs herauszufordern, es ihm zu sagen. Unsere Beziehung war sehr eigenartig. Einerseits beiderseitiger guter Wille und Achtung zwischen dem besuchenden Referenten der politischen Abteilung und einem Polizeibeamten, der guten Arbeit geleistet hatte, und andererseits der subtile Antagonismus.«

»Wie lange war er in Singapur?«

»Singapur? Er *war* in Singapur. Weshalb?«

»Ich überlege, ob er je etwas mit dem Fall des japanischen Offiziers zu tun hatte, der als Kriegsverbrecher gehängt wurde. Ich meine, der Offizier, der Lauras ersten Mann ermordet hatte – und zweifellos noch ein paar Dutzend andere auch.«

»Hätte er das nicht gesagt?«

»Nein, nicht unbedingt. Aber falls er etwas über den japanischen Offizier wußte, wäre das eine Möglichkeit gewesen, Laura zum Sprechen zu bringen.«

»Es klingt ziemlich weit hergeholt.«

»Nigel – für mich ist im Zusammenhang mit Merrick nichts weit hergeholt. Ich glaube, er hatte ein fotografisches Gedächtnis. Er brauchte sich eine Akte nur einmal anzusehen, und schon hatte er ein vollständiges Bild von einer Situation. Er war sehr geschickt darin, sich Akten zu verschaffen. Er hatte sich Einblick in die vertrauliche Akte über Susans psychiatrische Behandlung verschafft. Wußtest du das?«

»Nein, das hast du falsch in Erinnerung. Er hatte ein Gespräch mit dem Psychiater, mehr nicht. Das hat Sarah gesagt.«

»Damit gab er sich nicht zufrieden. Er hat Susans Akte gelesen. Das ist die Erklärung dafür, daß Susan sagt, Ronald sei der einzige Mann in ihrem Leben, der sie verstand, und der sogar Dinge zu wissen schien, die sie nicht einmal jemandem aus ihrer Familie erzählt hatte. Er könnte dieselbe Technik bei Laura versucht haben. Aber ich vermute, mit ihr hatte er kein so leichtes Spiel. Was ist aus dem Roten Schatten geworden?«

»Dem was?«

»Dem Basar-Afghanen, den er in Pankot dabei hatte, dem ich einen Tritt verpaßt habe und der seine Finger nicht von meiner Brieftasche lassen konnte.«

»Ich weiß nicht. Aber Merrick muß sich von ihm getrennt haben. Nachdem er verheiratet war, hatte er keinen persönlichen Diener mehr.«

»Warum nicht?«

»Er war ständig unterwegs. Sie hatten nie eine feste Wohnung.«

»Er hat also Leute eingestellt und gekündigt, ganz wie es ihm paßte.«

»Nein, ich glaube, er hat die genommen, die vorhanden waren – wie Khansamar nebenan.«

»Er ist natürlich einer von Dimitris Männern.«

»Alles hier gehört Dimitri. Alle drei Bungalows. Der Dewani Bhavan, dieser hier und Merricks. Als Dimitri nach Mirat kam, lebte er zuerst in diesem Bungalow. Den Dewani Bhavan hat er um 1925 gebaut.«

»Hat Merrick einmal hier gewohnt?«

»Ja, ich glaube die ersten ein oder zwei Monate, ehe Susan kam.«

»Ich nehme an, er hat in meinem Zimmer geschlafen.«

»Wie kommst du darauf?«

»In dem Zimmer ist eine gewisse Schwingung.« Perron zögerte, rückte aber dann doch damit heraus. »Was war los, Nigel? Hat er Selbstmord begangen? Hat er sich die Pulsadern aufgeschnitten und ist in der Badewanne gestorben?«

»Er ist nicht im Bad gestorben.«

»Auch nicht infolge eines Reitunfalls.«

Rowan schwieg einige Zeit und sagte dann: »Der Sturz war nicht schlimm. Aber er hat behauptet, jemand habe absichtlich das Pferd scheu gemacht. Er war auf dem *Maidan.* Achmed und Sarah sagen, im Umkreis von einer halben Meile war niemand außer ihnen.«

»Waren sie alle drei zusammen? Was haben sie gemacht? Waren sie mit dem Falken unterwegs?«

»Nein. Merrick wollte ständig eingeladen werden, um Achmed mit Mumtaz zu beobachten. Achmed ist sehr eigen darin, wer zusehen darf und wer nicht. Ihm fielen schon keine Ausreden mehr ein. Ursprünglich sollten sie an diesem Morgen mit dem Falken ausreiten. Merrick war sehr enttäuscht, als sie auf Pferden und ohne den Falken kamen. Als sie den _Maidan_ erreichten, galoppierte er allein davon. Sie sahen, wie er über den größten Nullah sprang. An der Stelle, an der er es versuchte, ist er sehr breit, und er stürzte. Das erste, was er sagte, als sie ihn erreichten, war: »Habt ihr diesen verdammten Kerl gesehen?« Er behauptete, jemand sei in dem Nullah gewesen und habe sich plötzlich aufgerichtet. Später sagte er, jemand müsse einen Stein geworfen haben. Sarah beteuert, es sei nichts dergleichen geschehen. Aber Dimitri machte sich große Sorgen.«

»Warum?«

»Ein Überfall auf einen Engländer ist das letzte, was er gebrauchen kann, was wir alle gebrauchen können. Es könnte sehr tragische Folgen haben. Ein toter englischer Beamter, ein Überfall auf einen englischen Beamten – und es wäre vielleicht aus. Irgendein wütender englischer Unteroffizier in der Garnison verprügelt einen Inder und beschimpft alle Inder als Mörder, und wer weiß, was geschehen würde?«

»Vielleicht das, was nach Merricks Wunsch geschehen sollte.«

»Zu dem Schluß sind wir gekommen. Ihm wäre es nur recht gewesen, wenn einige der Schranken gefallen wären. Er hätte gern ein großes Theater gehabt. Einige andere offenbar übrigens auch.«

»Was für andere?«

»Die Leute, die für seinen Tod gesorgt haben – wer immer das auch war.«

Perron sank das Herz. Er hatte es instinktiv gewußt. Rowan beobachtete ihn. Er sagte: »Dimitri und ich haben das Gefühl, du solltest es wissen. Sarah findet es auch. In Anbetracht dessen, wie du gestern Susans schwierige Frage beantwortet hast, glaubt sie, wir können uns darauf verlassen, daß du nichts sagst. Sie weiß als einzige in der Familie, daß Ronald ermordet worden ist.«

Eigentlich absurd, dachte Perron, daß er wegen Merrick schockiert und empört sein sollte. Vielleicht hatte er Merrick zu sehr gehaßt, um sich wegen seines gewaltsamen Todes jetzt nicht schuldig zu fühlen. Es war, als habe er daran mitgewirkt.

»Erzähl«, sagte Perron.

Rowan goß Brandy nach. Diesmal füllte er auch sein Glas mit Soda. Er sagte: »Nach dem Reitunfall weigerte er sich, ins Krankenhaus zu gehen. Aber Habbibullah bestand darauf, daß er sich ins Bett legte und in seinem Zimmer blieb. Er befürchtete eine Gehirnerschütterung. Ronald war ein sehr schlechter Patient. Und natürlich war da diese Sache mit dem imaginären Mann im Nullah und dem imaginären Stein. Er redete und redete davon, wann immer ich, Sarah oder Dimitri ihn besuchten. Das taten wir, so oft wir konnten. Von uns dreien habe ich ihn als letzter lebend gesehen. Sarah bat mich, mit ihm zu sprechen, weil er sie angerufen und gesagt hatte, es gehe ihm besser. Er fragte, ob sie ihn am nächsten Morgen nicht im Jeep mitnehmen würden, damit er Achmed bei der Beizjagd zusehen könne. Er konnte nicht reiten, aber er wollte an die frische Luft und etwas Interessantes tun. Also ging ich auf einen Drink hinüber zu ihm. Er war aufgestanden. Er saß im Hausmantel da und rauchte auf seine Weise – erinnerst du dich? Die Zigarette steckte zwischen den Fingern der künstlichen Hand. Er kam mir ganz gesund vor. Zur Abwechslung erwähnte er Laura einmal nicht. Er sprach davon, daß er sich eine Stelle in Kalkutta oder Bombay suchen oder seine Dienste Pakistan anbieten werde. Er sprach ganz offen davon, daß er nicht nach England zurück wollte. Er glaubte, die Chancen eine Stellung zu bekommen, seien bei den Moslems größer. Er sagte, er würde gerne irgendwo in der Nähe von Peschawar leben, also an der alten Nordwestgrenze. Dort sei die Arbeit bei der Behörde eher eine Sache freier Entscheidungen und nicht buchstabengetreuen Handelns. Wir verstanden uns recht gut, beinahe so wie damals, als wir uns im Zug nach Pankot kennengelernt hatten. Er bat mich, Sarah auf der Stelle anzurufen und das Programm für den nächsten Morgen festzumachen. Ich bat sie, mit dem Jeep gegen sieben bei ihm zu sein. Sie wollte vorher mit Habbibullah darüber sprechen. Aber das sagte ich Merrick nicht. Ich sagte ihm auch nicht, daß Achmed ihrer Meinung nach nicht mitspielen werde. Ich tat, als sei alles geregelt. Er trug Khansamar auf, ihn am nächsten Morgen um sechs zu wecken. Ich rief Sarah von hier aus noch einmal an. Sie sagte, Habbibullah erlaube es nicht, und das sei ein Segen, denn Achmed habe das Gefühl, er könne sich nicht länger weigern. Wir einigten uns darauf, daß sie und Achmed um sieben bei

Merrick sein würden – allerdings mit Habbibullah. Dann wollten sie die Sache an Ort und Stelle entscheiden. Dabei beließen wir es.

Tippoo weckte mich um sechs. Dann klingelte das Telefon, und Tippoo sagte, Khansamar wolle mich sprechen. Das kam mir merkwürdig vor. Khansamar ist einer der am besten ausgebildeten Dienstboten, die mir je begegnet sind. Aber das ist Dimitris Einfluß. Er sagte, es sei etwas geschehen, mit dem er nicht allein fertig werde, und bat mich, sofort hinüber zu kommen. Also zog ich den Morgenmantel an und ging hinüber. Khansamar saß auf den Stufen der vorderen Veranda und wartete. Nichts wies daraufhin, daß nicht alles in Ordnung wäre.

Aber dann führte er mich ins Haus und sagte: ›Sahib ist tot. Ich habe alles abgeschlossen.‹ Er führte mich in Merricks Schlafzimmer. Ich rechnete nur damit, Merrick tot im Bett liegen zu sehen. Aber das ganze Zimmer war ein schauriges Durcheinander. Das Moskitonetz war in Streifen gerissen, überall im Zimmer sah ich blutverschmierte Bettücher. Merrick lag in seinen Afghanenkleidern auf dem Fußboden, aber mit der Schmuckaxt übel zugerichtet und mit seiner eigenen Schärpe stranguliert. Überall auf dem Boden waren mit Kreide magische Symbole gezeichnet. Über Susans Toilettentischspiegel hatte jemand mit demselben braunen Stift, mit dem Merrick sich als Afghane schminkte, das Wort Bibighar geschrieben.«

»Hat Sarah das gesehen?«

»Nein. Und sie weiß nichts von den Einzelheiten. Sie erschien mit Habbibullah und Achmed, aber wir ließen sie nicht ins Zimmer. Dimitri hat es gesehen, auch der Polizeichef von Mirat und der Kommandant der Militärpolizei in der Garnison. Auch der Standortkommandant wurde konsultiert. Man einigte sich darauf, daß in der augenblicklichen Lage der Mord an einem Engländer das letzte ist, was irgend jemand brauchen könnte – besonders dann, wenn es so aussieht, als sollten durch den Mord Unordnung und Rassenkonflikte hervorgerufen werden.«

»Und die gesetzliche Seite?«

»Alles ist ordnungsgemäß festgehalten – angefangen bei Habbibullahs *wirklicher* Obduktion bis hin zu der inoffiziellen Untersuchung und den Aussagen von Zeugen wie mir und Khansamar unter Eid. Die Polizei und die Kripo waren nicht untätig. Aber ich bezweifle, daß man den Mann oder die Männer, die Ronald ermordet haben, je finden wird. Das Ganze scheint sorgfältig geplant und beharrlich bis zum Ende durchgeführt worden zu sein.«

»Von wem? Pandit Baba?«

»Das war Dimitris erster Gedanke. Aber der Pandit weiß, was er sich schuldig ist. Nach Aussagen der Kripo befand er sich seit einem Monat auf einer Pilgerreise in den Himalaya und ist immer noch dort.«

»Und die Verdächtigen im Fall Bibighar?«

»Zwei, die immer noch in Majapur leben, haben, wie die Polizei sagt, ein Alibi. Einer ist vor einem Jahr in Benares an Tuberkulose gestorben. Zwei weitere arbeiten als Büroangestellte in Kalkutta. Es gibt nichts, um einen von ihnen damit in Verbindung zu bringen.«

»Sie sind sehr schnell entlastet worden.«

»Das war möglich, weil ich Dimitri die Namen nennen konnte. Ich habe sie immer noch im Kopf. Dimitri mußte nur seinen Polizeichef veranlassen, sich mit der Polizei in Majapur in Verbindung zu setzen.«

»Hat er dich gefragt, wieso du die Namen kennst?«

»Ja.«

»Und du hast ihm gesagt, daß du Kumar vernommen hast?«

»Ja.«

»Und was ist mit Kumar? Was ist mit Hari?«

»Er ist noch in Ranpur. Er hat auch ein Alibi. Dimitri hat es mir heute abend gesagt.«

»Keine so schnelle Entlastung.«

»In Haris Fall haben wir nicht die Polizei eingeschaltet. Achmed hat durch den Sekretär seines Vaters Mrs. Gopal gebeten, von dem jungen Mann, der Hari geholfen hat, soviel wie möglich in Erfahrung zu bringen. Heute haben wir die Antwort bekommen. Er gibt immer noch Studenten Nachhilfeunterricht. Er verläßt Ranpur nie. Er war die ganze letzte Woche dort. Einer seiner Schüler ist der jüngste Sohn eines Kongreßministers. Hari war im letzten Monat jeden Abend im Haus des Ministers, um den Jungen auf die Immatrikulation vorzubereiten.«

»Dann hat sich die Lage für ihn gebessert.«

672

»Ein wenig, nehme ich an. Aber es muß immer noch ein sehr bescheidenes Leben für ihn sein.«

»Vielleicht verdient er noch etwas nebenbei.«

»Womit?«

»Mit ein bißchen freiberuflichem Journalismus. Er war einmal Reporter und Redakteur.«

»Vielleicht. Übrigens haben wir jetzt seine Adresse, wenn du sie willst.«

»Ja, gern.«

»Ich hol sie dir. Dann muß ich schlafen gehen, Guy. Ich muß die Leute vom Auswärtigen Amt zum Frühzug bringen.« Er stand auf, ging ins Nebenzimmer, kam zurück und gab Perron einen Zettel mit Kumars Adresse. »Sei vorsichtig mit dem, was du zu Sarah sagst, ja? Sie kennt die schlimmsten Einzelheiten nicht. Wir haben Merricks Zimmer aufräumen lassen, ehe sie es gesehen hat. Auch keiner der anderen Dienstboten durfte es sehen.«

»Aber ich nehme an, sie wurde vernommen.«

»Ja, aber vom Polizeichef persönlich, und er hat nicht genau gesagt, weshalb. Khansamar mußte das auch über sich ergehen lassen.«

»Wo sind die anderen Dienstboten?«

»Wieder im Dewani Bhavan – von wo sie gekommen waren.«

»Sicher gibt es Gerüchte.«

»Gerüchte, ja. Es mußten zu viele Leute eingeweiht werden. Irgendwann wird es mehr oder weniger jeder wissen. Man mußte den Gerüchten entgegentreten – besonders in der Garnison, und das Märchen aufrechterhalten, daß Merrick an den Folgen eines Reitunfalls gestorben ist.«

»Wer hat seine Kleider? Und seinen Arm?«

»Der Polizeichef. Ich muß ins Bett, Guy. Wenn du Dimitri morgen siehst, kann er vermutlich deine Fragen besser beantworten als ich.«

Perron wünschte ihm eine gute Nacht und wollte gehen, blieb aber noch einmal stehen.

»Wer war Philoktet?«

»Wer?«

»Philoktet.«

Rowan rieb sich die Stirn. Er sah so müde aus, daß Perron die

Frage bis zum nächsten Morgen lassen wollte, aber dann sagte Rowan: »Der große Bogenschütze.«

»Ein großer *Bogenschütze?*«

»Ein Freund des Herakles. Einer der Helden im trojanischen Krieg. Sophokles hat ein Stück über ihn geschrieben, aber ich habe es nie gelesen. Sie mußten ihn an Land bringen... auf der Hinreise. In Lemnos, glaube ich.«

»Weshalb?«

»Er hatte irgendeine Wunde... von einem seiner eigenen Giftpfeile. Vielleicht hatte er aber nur aus Vitaminmangel Geschwüre und eiternde Wunden. Jedenfalls stank er, und die anderen konnten den Gestank nicht ertragen. Also setzten sie ihn an Land ab und fuhren weiter.«

»Ja«, sagte Perron, »das paßt. Ist er je nach Troja gekommen?«

»Irgendwann, ja. Wenn ich mich recht erinnere, kamen sie zu dem Schluß, daß sie ihn doch brauchten. Was interessiert dich an Philoktet?«

»Mir ist der Name vor kurzem aufgefallen, und ich wunderte mich darüber. Das ist alles.«

In seinem Zimmer stellte er fest, daß Tippoo alles hereingebracht hatte, was er auf der Veranda hatte liegenlassen: Schere, Notizbuch, Zeitungen und seine Flasche Brandy. Er goß sich ein letztes Glas ein und las den Artikel *Alma Mater* noch einmal. Aus Furcht vor Schlangen und Geistern wickelte er sich in dieser Nacht im sicheren, vom Moskitonetz verhüllten Bett in das Leintuch wie in einen Kokon. Um einzuschlafen, zählte er Pfeile, die vom Bogen schnellten – zuerst langsam, gut gezielt und dann schneller, bis sie unglaublich schnell flogen. Der Schütze behauptete seine Stellung und war zum Überleben entschlossen. Kurz vor dem Einschlafen dachte er: Der Geruch im Zimmer ist schließlich doch nicht nur Merricks Geruch, sondern auch der Geruch aus der Wunde des Bogenschützen.

Er wachte auf, als es noch dunkel war. Er hatte einen Alptraum gehabt: Er war ein riesiger Schmetterling gewesen, der mit den Flügeln schlug und schlug und sie an den Maschen eines Netzes zerfetzte, das ihn gefangen hielt.

V

Auszug aus Perrons Tagebuch, Mittwoch, 6. August, 23 Uhr.

Ein schicksalsschwerer Tag, der mit dem Widerschein von Feuer am nächtlichen Himmel über der Stadt endet. Am Nachmittag führte die Nachricht, daß der Nawab sich Indien anschließt, zu einem Auflauf der Kongreßanhanger auf dem *Maidan,* wo sie Reden hielten und in Hochrufe ausbrachen. Polizei und Militär hielten die Menge vom Palast fern und von den Moslemfamilien, die mit Lastwagen, Karren, Dhoolies und zu Fuß zum Sammelpunkt in der Garnison unterwegs waren. Am Abend kam die Reaktion: Wütende Moslems griffen Hindus an. Angriff. Gegenangriff. Der Himmel glüht. Polizei und Militär patrouillieren auf der Straße vor dem Bungalow, und Trupps stoßen vermutlich immer wieder in die Stadt vor. Man sagt, morgen werden die Fischer wieder einmal nicht auf den Izzat Bagh-See hinausfahren.

Auf der anderen Seite des Sees sieht man gerade noch den blasseren Schein des Garnisonsbasars. Das *Radsch* schläft ruhig im Dunkel dahinter. In einigen Bungalows muß es Parties geben, Lichter und Lachen. (Die abreisenden Peabodys geben eine.) Hier, wo ich bin, herrscht das eigenartige Gefühl, losgelöst zwischen diesen beiden Welten zu stehen. Bei anderen ähnlichen Gelegenheiten, wenn die Lage schwierig wurde, fuhr Merrick bei Nacht im Jeep durch die Stadt, und bei Tag machte er seine Runden manchmal zu Pferd. »Heute abend fehlt er mir«, sagte Dimitri. Er hatte Merrick bis dahin nicht erwähnt. Dimitri und ich tranken Champagner. Wir rauchten rosa Zigaretten mit goldenen Mundstücken. Er erzählte mir von St. Petersburg (mit Unterbrechungen, von denen es viele gab). Um zweiundzwanzig Uhr dreißig endete unsere Begegnung. Der Nawab hatte nach ihm geschickt. »Der Arme«, sagte Dimitri, »er hat den Himmel gesehen und fragt sich, was er falsch gemacht hat oder was ich hier richtig gemacht habe.«

Dieser schicksalsschwere Tag begann früh. Sie rief nicht an, sondern kam mit Pferden, kurz nachdem Nigel zum Palast hinübergegangen war, um die Leute vom Auswärtigen Amt zum

Bahnhof zu bringen. Sie sollten im Salonwagen des Nawab fahren, damit sie (wie Dimitri sagte) eine Kostprobe von fürstlichem Luxus bekämen, als eine »unzuverlässige Versicherung dagegen, daß dieser Luxus in Zukunft beschnitten wird.« Morgen werden wir in einem normalen Wagen erster Klasse reisen. Dimitri hat den Plan geändert, uns in einem anderen Wagen des Nawab reisen zu lassen, damit er nicht vielleicht nach den heutigen Unruhen eine Zielscheibe für Angriffe von Moslems wird, die das Gefühl haben, der Nawab habe sie im Stich gelassen. Er hat sich für uns vom Fahrdienstoffizier ein Abteil garantieren lassen. Wir werden neun sein. Die alten Erster-Klasse-Abteile bieten acht Personen bequem Platz. Einer der neun ist der kleine Edward und ein anderer die Aja, die möglicherweise auf dem Gepäck sitzen wird. Damit sind es nur sieben Erwachsene: Sarah, Susan, Mrs. Grace, die beiden Peabodys, Achmed und ich. Es wird bequem genug sein, und wir sollen um neunzehn Uhr in Ranpur eintreffen. Es wurde gemeldet, daß die Peabodys verärgert sind, weil sie nicht in einem Sonderwagen des Palasts reisen werden. Dimitri sagte: »Lassen Sie sich von ihnen nichts gefallen, wenn sie Einwände gegen die Aja oder Achmed erheben. Die Zeiten haben sich geändert.« In diesem Punkt läßt er nicht mit sich reden. Die Zahl der Leute im Abteil macht mir keine Sorgen. Es hört sich nach guter Gesellschaft an. Mrs. Grace ist unterhaltsam.

Es war eine angenehme Überraschung, daß Sarah mit den Pferden kam. Sie trug Reitkleidung. Von Achmed nichts zu sehen, auch nicht von Mumtaz. Wir trabten auf den *Maidan* und hinüber auf die andere Seite. Sie zeigte mir (in der Ferne hinter schattigen Bäumen) die Kaserne der Mirater Artillerie, die Polizeikaserne und das Krankenhaus. Sie erzählte mir, wie es war, als sie Shiraz zum ersten Mal dazu überredete, sie zu begleiten. Shiraz war sehr nervös gewesen, das Personal und die Patienten erstarrten vor Ehrfurcht angesichts dieser Erscheinung aus dem Palast: die Tochter des Nawab, die Gerüchten zufolge verschlossen, schwierig und stolz war. Sarah hatte auf der Entbindungsstation das Eis gebrochen, als sie einen Säugling hochnahm (dessen Mutter sich nur langsam erholte, und den sie inzwischen gut kannte) und Shiraz in die Arme legte. Shiraz hatte damit zum ersten Mal in ihrem

Leben Kontakt mit einem gewöhnlichen Menschen außerhalb des Palastes. Es ging gut. Natürlich würde die Mutter nie vergessen, daß die Tochter des Nawab ihren Sohn auf dem Arm gehalten hatte. »Was hat dich dazu gebracht, diesem Mädchen so viel Zeit zu widmen?« fragte ich. »Sie ist unglücklich«, antwortete Sarah nur und galoppierte davon. Sie ritt auf das offene Gelände hinter den Militärzelten und den Pferdekoppeln zu.

Plötzlich stößt sie einen Schrei aus, schlägt mit den Zügeln, links, rechts, galoppiert davon, auf die ferne Stadtmauer zu oder das, was davon übriggeblieben ist –, nur das Stadttor ist noch nicht zerfallen. Ich versuche, sie einzuholen. Aber sie reitet bei weitem besser als ich und sehr viel sicherer. Außerdem kennt sie die Nullahs und ich nicht. Sie voran und ich dahinter, so reiten wir im gestreckten Galopp auf den trutzigen rosa Stein zu. Plötzlich reißt sie das Pferd herum, schreit wieder laut und wild auf und treibt ihr Pferd in einem Tempo zurück, bei dem ich wirklich nicht mithalten kann: Sie schlägt die Zügel links, rechts, als reite sie Attacke bei einem verwegenen Angriff. Und dabei gibt es nichts außer dem hellblauen Himmel, dem Grün der Bäume, dem Rötlichbraun der Erde unter dem Gestrüpp. Ich lasse sie davon-stürmen, verlangsame mein Pferd und beobachte sie: eine kleine Gestalt in einer weißen Bluse, die wie ein kleiner Dämon in der Ferne über die Nullahs jagt. Ich glaube, auf diese Weise verab-schiedet sie sich von einem Ort, wo sie frei und glücklich war. Sie reitet einen großen Bogen und galoppiert wieder auf mich zu. Zu-nächst nehme ich an, daß sie bis zu mir reitet. Aber nicht weit vor mir, wendet sie scharf, läßt das Pferd langsamer galoppieren, tra-ben, im Schritt gehen und dann hält sie an. Als ich sie erreiche, reitet sie im Schritt weiter. Wir sprechen nicht. Es ist nicht nö-tig. Aber als wir die Straße vor meinem Bungalow erreichen, sagt sie: »Komm mit ins Gästehaus, dann kannst du Tante Fenny ken-nenlernen, und wir frühstücken dort.«

Merrick haben wir beide nicht erwähnt.

Mrs. Grace ist eine rundliche, blühende Frau (ungefähr so, wie man sie sich vorgestellt hatte), etwas kurzatmig, aber sehr ge-sprächig. Susan ist noch nicht zum Frühstück aufgestanden. Wir nehmen das unsere auf der Terrasse ein. Hier wohnten die Lay-tons, als Susan nach Mirat kam, um Teddy Bingham zu heiraten.

Ich erkundigte mich nach Oberst Layton. Seit Anfang 1946 ist er Kommandant der Truppenübungsdepots der Pankot Rifles. Eine Enttäuschung. Er hatte auf das Gebietskommando gehofft. Er übergibt jetzt das Kommando einem Mann namens Chaudhuri, der noch vor wenigen Monaten nur Major war. Das neue 1. Bataillon geht an einen Sikh namens Chatab Singh, der seit einigen Jahren in Pankot ist. Eine Zeitlang bestand Unsicherheit über die Zukunft des Regiments. Offiziell sind die Bewohner von Pankot überwiegend Moslems – ein Ergebnis der Übertritte zur Mogulzeit. Das Regiment ist gemischt, spiegelt aber dieses Mehrheitsverhältnis wider, und es hat einen so guten Ruf, daß Dschinna es haben wollte und ihm eine neue Heimat in der Nähe von Peschawar angeboten hatte. Wie er glauben konnte, dafür dann weiterhin Männer aus den Hügeln von Pankot anwerben zu können, weiß man nicht. Einige Engländer in Pankot haben die Frage danach gestellt, was mit dem Silber in der Messe geschehen soll, und schlagen vor, daß die neue indische Regierung alle Messer, Gabeln, Löffel und Trophäen, also alles Wertvolle kaufen sollte, und daß man die Einnahmen unter den Familien der Männer wieder verteilt, die sich an den Kosten der Beschaffung beteiligt haben. »Sehen Sie, wir enden alle wie die Teppichhändler in Kairo«, sagte Mrs. Grace, »John packt der Zorn, wenn er solches Gerede hört.«

Edward kommt heraus. Er nimmt mich mit, um mir den weißen Pfau zu zeigen – nicht den, den ich gesehen habe. Er ist aus Marmor und steht versteckt zwischen den Bäumen. Ich fürchte mich vor Schlangen. Als wir wieder auf der Terrasse sind, ist Nigel vom Bahnhof zurück, wo er die Leute vom Auswärtigen Amt verabschiedet hat. Die Peabodys haben die Rossiters verabschiedet und Nigel gesagt, daß in ihrem Bungalow heute abend jedermann willkommen sei. Mrs. Grace sagt: »Diese schrecklichen Leute. Müssen wir mit ihnen fahren? Können wir nicht noch ein oder zwei andere auftreiben und sie ausquartieren?«

Interessant. Die Engländer sind zur Zeit in Indien allgemein beliebt, aber untereinander kommen diese Vorbehalte zum Vorschein. Die alte Solidarität ist verschwunden, weil sie nicht mehr notwendig ist.

»Aber natürlich«, sagte Bronowski, »sind wir jetzt alle Emigranten. Nehmen Sie noch Champagner und eine Zigarette.«

Perron nickte. Der Diener trat an seine Seite und füllte das Glas.
Im Dewani Bhavan lag der trockene, staubige Geruch von Duft-
kissen in der Luft. Ein rosiges Licht. Es fiel auf Ormulu und ver-
goldete Sessellehnen. Bei dieser Beleuchtung wirkte Dimitri Bronowski zwanzig Jahre jünger. Sein steifes linkes Bein ruhte auf einem vergoldeten samtbezogenen Fußschemel. Der Ebenholzstock
und die schwarze Augenbinde betonten das Weiß seines Tropen-
anzugs, auf dem ein Schimmer des rosigen Lichts lag. Seine Krawatte war so rosa wie die Zigaretten.

Perron hatte die Einladung zum Abendessen um siebzehn Uhr erhalten. Er überließ Rowan seinem Bericht an den Residenten in
Gopalakand und stellte überrascht fest, daß außer ihm keine Gäste anwesend waren. Um zwanzig Uhr dreißig – nach häufigen
Unterbrechungen durch Boten und Anrufe – wurde ihm klar, daß
er und Dimitri den Abend allein verbringen würden. Er hatte gehofft, Sarah werde kommen. Als spüre der Graf den Grund für
eine gewisse Enttäuschung sagte er, als er Perron in das prächtige Eßzimmer führte, er habe Sarah eingeladen, aber sie glaube,
Susan am letzten Abend in Mirat nicht alleinlassen zu können.
»Und da Sarah nicht kommt, hatte ich das Gefühl, wir könnten
auch alleine essen. Es ist natürlich leicht egoistisch von mir, Sie
ausschließlich meiner Gesellschaft auszusetzen, aber nicht ganz.
Hätten wir noch ein oder zwei andere Gäste, könnte ich Ihnen
nicht die Dinge erzählen, die zu erfahren Sie nach Mirat gekommen sind. Ich meine, wie Fürsten in diesem Land herrschen und
leben. Wie auch immer, ich hatte das Gefühl, ich verdiene selbst
einen freien Abend mit nur einem verständnisvollen Zuhörer.«

Der Tisch war lang genug für zwanzig oder dreißig Gäste. Der
Raum war erleuchtet, als müßten auch so viele sehen, was sie
aßen. Perron und Bronowski saßen an dem einen Ende, wo Blumen in großen Schalen einen betörenden Duft verströmten. Bronowski aß wenig. Er schien sich mit ein oder zwei Bissen von jedem Gang zufriedenzugeben, und einem Glas der Weine, die dazu
serviert wurden. Er sprach gewandt und humorvoll. Das Spek-

trum des Wissens und der Erfahrung *und* das klare Erinnerungs-
vermögen des alten Wesirs waren bemerkenswert. Perron kam der
Gedanke, daß Bronowski so lebhaft sprach, weil er wußte, daß
die Gelegenheiten, Hof zuhalten, solange er noch Macht besaß,
seltener wurden. Dimitri Bronowski würde nie ein alter, unan-
genehmer Mann werden, der in Erinnerungen lebte und andere
Leute damit langweilte. An dem Tag, an dem er sich zurückziehen mußte, würde er sich vermutlich ganz glücklich in sich selbst
zurückziehen.

»Welche Zukunft hat Mirat also?« fragte Perron, als der richtige Moment kam – zwischen zwei Schluck Champagner, der die
Mahlzeit zusammen mit flambiertem Pfirsich köstlich beendete.

»Wir werden in der Provinzverwaltung Ranpur aufgehen. Unsere Exekutive und unsere Justiz werden von den Organen in Ranpur übernommen. Wir werden von Ranpur und von Delhi aus regiert werden. Man wird uns einen Kommissar schicken, der uns
kontrolliert. Manche unserer jungen Männer werden Glück haben und offizielle Stellungen bekommen. Unsere Steuereinnah-
men gehen an die Regierung, und die Regierung wird als Ge-
genleistung gewisse Verantwortungen für uns übernehmen. Außerdem, und das ist interessant, werden wir ein Wahlbezirk oder
mehrere Wahlbezirke werden und Abgeordnete zur gesetzgebenden Versammlung wählen und entsenden. Das alles habe ich Nawab Sahib gesagt und sage es ihm immer wieder. Ich erinnere ihn
daran, daß ich es vor Jahren vorausgesagt habe. Wäre einer seiner Söhne politisch begabt, ja dann! Das wäre ein Weg gewesen,
Izzat unter einer neuen Führung zu erhalten ... Denn gibt es in einer Welt, in der ein herrschender Fürst überflüssig wird, nicht die
Möglichkeit, daß einer seiner Erben, jemand aus seiner Familie
zwar nicht auf dem *Gaddi* sitzt, wohl aber in der gesetzgebenden
Versammlung oder sogar auf einem Ministersessel in der Regierung?«

»Und beide Söhne sind nicht politisch begabt?«

»Im Vertrauen gesagt, mein lieber Mr. Perron, keiner der beiden
besitzt das Talent oder den Verstand dazu. Ich habe nicht lange
gebraucht, um das zu sehen. Deshalb habe ich mich umgesehen.
Mein Blick fiel auf ein anderes Mitglied des Hauses Kasim. Auf
den Ranpur-Zweig. Der rebellische politische Zweig.«

»Achmed?«

»Viele Leute haben sich gefragt, wie ich dazu komme, den Sohn von Mohammed Ali Kasim zu beschäftigen, der grundsätzlich gegen Fürsten eingestellt ist. Viele Leute haben sich gefragt, was Mohammed Ali Kasim sich gedacht haben mag, als er zuließ, daß sein jüngerer Sohn in den Dienst eines feudalen kleinen Staates trat. Ich weiß nicht, woran Mr. Kasim dachte. Vielleicht war er damals nur pessimistisch in Hinblick auf den Jungen. Ich war immer optimistisch. Kratzen Sie an mir, und Sie werden sofort den ewigen Optimisten entdecken. Kratzen Sie weiter, und ein bißchen darunter werden Sie zweifellos einen großen Intriganten bloßlegen –, aber ich hoffe einen wohlmeinenden. Kratzen Sie fester und lassen Sie sich von dem Blut nicht abhalten, und noch tiefer finden Sie vielleicht einen alten Weißrussen mir liberalen Neigungen, der aber selbst jetzt noch fest dazu entschlossen ist, den Zaren aus dem Keller in Jekaterinburg zu befreien – oder wenn nicht den Zaren, so doch den kleinen Zarewitsch. Eine englische Dame aus der Garnison, die eine gewisse psychologische Ader besaß, hat mich einmal so beschrieben. Ihr Glas ist leer, Mr. Perron.«

Es wurde nachgefüllt.

»Es war meine Absicht, wenn sich das ohne übermäßigen Druck erreichen ließ, eine Allianz zwischen den fürstlichen Kasims in Mirat und den politischen Kasims in Ranpur zu schaffen. Ich hatte gehofft, Achmed und Shiraz würden sich eines Tages ineinander verlieben. Man sagt, wenn ein Mann eine Frau liebt, wird er sich all seiner weltlichen Verantwortung bewußt. Wenn es etwas gibt, was ich gerade jetzt aufrichtig wünsche, dann dies, daß Achmed und Shiraz Mann und Frau wären, und daß die Ehe in ihm all die politischen Fähigkeiten geweckt hätte, die er von seinem Vater geerbt haben muß – auch wenn er immer das Gegenteil behauptet. Ich wünsche es, denn gerade jetzt, wenn Nawab Sahib Trübsal bläst, wenn er mich um Mitternacht oder früh am Morgen ruft, weil er nicht schlafen kann oder nicht geschlafen hat und mich anstarrt, wäre es so schön, sagen zu können: Weshalb machen Sie sich Sorgen? Ich habe Ihnen immer gesagt, daß Ihre Söhne vielleicht nichts anderes erben können als die Überreste einer rein formellen Würde. Aber hier ist Ihre Tochter Shiraz und da ist Ihr Schwiegersohn Achmed, der Sohn eines berühmten und geachteten Politikers, der hinter der Bühne immer noch großen Einfluß hat. Als Sie mich gebeten haben wegen des kleinen Dienstes, den ich Ihnen erwiesen hatte, mit Ihnen nach Indien zu kommen, haben Sie gesagt: ›Ich muß ein moderner Staat sein. Machen Sie mich modern.‹ Also geben Sie zu, ich habe Sie in jeder Hinsicht modern gemacht, in der ich es vermag. Außerdem haben Sie einen Sohn mit geschäftlichen Interessen in Delhi, und er hat eine Frau, die Swimming-Pools baut und Geld in Zürich hat. Sie haben einen anderen Sohn in der Luftwaffe. Vor allem haben Sie einen Schwiegersohn, der Mirat vielleicht eines Tages im Provinzparlament vertreten und wer weiß, der als Minister der Zentralregierung, ja vielleicht sogar als Premierminister enden wird. Ist Ihnen das nicht modern genug? Bedauerlicherweise kann ich ihm das nicht sagen, weil er keinen Schwiegersohn hat. Der Mensch kann nur denken. Aber noch eine Gnadenfrist von ein, zwei Jahren, und Gott hätte es vielleicht so gelenkt, wie ich es mir so von Herzen gewünscht hatte. Zum Wohl meines Fürsten, wohlgemerkt, Mr. Perron. Für meinen Fürsten. Vielleicht auch ein wenig für mich selbst. Wie es ist, muß ich spät in der Nacht oder früh am Morgen mich zu ihm setzen und versuchen, ihn auf den Moment vorzubereiten, wenn die Leute vom Auswärtigen Amt wieder bei uns einfallen – und zwar diesmal mit ihren Wagen, den Rechenbrettern, Gewichten, Maßen und Tabellen, mit ihrer bis ins kleinste ausgearbeiteten Formel, nach der sie trennen, was dem Volk gehört, und was Nawab Sahib gehört, was richtigerweise der Regierung belastet wird und was dem persönlichen Haushalt des Nawab belastet wird, wenn sie fragen: Wie viele Paläste haben Sie? Wofür werden sie genutzt. Und wer bezahlt all *das*?«

Bronowski wies auf den Raum, den Tisch, das Silber, die Gläser und die geduldigen, schweigenden Diener.

»Wer bezahlt? Das Volk oder der Bewohner? Und wer ist Dimitri Bronowski? Wer bezahlt ihn? Wieviel zahlt man ihm? Welche Pension erwartet er von Ihnen? Welche Pension kann sich das indische Volk leisten, Ihnen zu zahlen, damit Sie all diese Pensionen bezahlen, zu denen Sie, wie Sie sagen, bereits verpflichtet sind. Ich weiß, was Nawab Sahib antworten wird, denn er fängt bereits an, es zu sagen. ›Dimitri‹, wird er sagen, ›was habe ich mit diesen Leuten zu tun oder sie mit mir? Was sind das alles für Fakten, für Zahlen, Prozente und dieser bürokratische Humbug? Wenn Sie meinen Kopf damit belasten, wie kann ich ihn dann aufrecht tragen?‹ Kommen Sie, trinken wir einen Kaffee.«

Als sie das Eßzimmer verließen, sagte Perron: »Wie Mrs. Grace das heute morgen ausgedrückt hat: ›Wir müssen uns jetzt alle daran gewöhnen, wie die Teppichhändler in Kairo zu leben.‹«

»Aber natürlich«, sagte Bronowski erfreut, »jetzt sind wir *alle* Emigranten. Nehmen Sie noch Champagner und eine Zigarette.«

Der Diener trat an seine Seite, füllte das Glas und hielt ihm das offene Silberkästchen hin. Dimitri legte den linken Fuß auf den Hocker. Er wies den Diener an, den Champagner im Kühler zu lassen, den Brandy hereinzubringen und dann nicht mehr zu stören.

»Emigranten hält nur die Erinnerung an eine gemeinsam erlebte Vergangenheit zusammen, Mr. Perron. Aber sie trennt ein tiefes Mißtrauen gegen die derzeitigen Absichten der anderen. Also gibt es keinen kreativen Zusammenhalt. Und individuell fühlen sie sich als Deserteure. Die Emigration ist möglicherweise die einsamste Erfahrung, die ein Mensch erleiden kann. In gewisser Hinsicht hat er nicht ein Land verloren, sondern ein Zuhause – oder auch nur den Teil eines Zuhauses, ein Zimmer vielleicht oder etwas in diesem Zimmer, das er zurücklassen mußte, und das ihn verfolgt. Ich erinnere mich an einen Platz am Fenster, an dem ich in meiner Jugend saß, Puschkin las und mir beibrachte, parfümierte Zigaretten zu rauchen. An dieses Fenster klopfe ich immer wieder und bitte darum, eingelassen zu werden.«

Ein Diener brachte eine Nachricht. Bronowski zog ein goldumrandetes Monokel hervor, um sie zu lesen. »Verzeihen Sie, ich muß Sie einen Augenblick allein lassen, um das zu erledigen.«

Perron ging auf die Terrasse hinaus. Der Garten wurde von Scheinwerfern erleuchtet. In der Mitte befand sich ein Springbrunnen, dessen Fontäne vom Rand nach innen sprühte. Im nächsten Augenblick war Bronowski wieder zurück. »Wie es aussieht, gibt es vorne eine andere Art Illumination, die nicht mein Werk ist.«

Von der Vorderseite sahen sie den Widerschein der Feuer in der Stadt. »Sie zünden sich gegenseitig die Läden an«, sagte Bronowski. »Wenn ich in den vergangenen acht Monaten so etwas gesehen habe, tröstete ich mich immer mit dem Gedanken, daß Oberst Merrick die Sache in die Hand nahm. Heute abend fehlt er mir. Vielleicht auch der Polizei. Ich kann nichts anderes tun als sicherstellen, daß getan wird, was getan werden sollte, und daß unterbleibt, was nicht getan werden sollte. Die Kosten wird man am nächsten Morgen feststellen. Inzwischen komme ich mir ein bißchen wie Nero vor. Es fehlt nur noch die Leier. Vielleicht sollte ich die Hofmusiker kommen lassen. Gehen wir hinein und trinken wir den Champagner aus.«

Sie schlenderten auf der Terrasse auf und ab. Das Wasser des Springbrunnens veränderte ständig die Farbe. Perron wurde sich der Ironie der Situation bewußt. Hier Luxus und Eleganz, und eine Meile weiter ging vielleicht alles, was ein Mann besaß, in Rauch und Flammen auf.

»Bis zum Krieg«, erzählte Bronowski, »gab es beinahe keine Unruhen in Mirat. Die Unzufriedenheit unter der Bevölkerung entstand ausschließlich aus dem Gefühl gebildeter Hindus, daß sie trotz meiner Bemühungen immer noch benachteiligt waren, und dem umgekehrten Gefühl hochgestellter Moslems, man habe die Hindus ermutigt, eine zu große Konkurrenz zu werden. Aber im großen und ganzen herrschte Frieden, besonders in den ländlichen Gegenden, wo den Leuten daran lag, ihren Wohlstand zu genießen, wenn sie wohlhabend waren, und das Gefühl zu haben, darauf vertrauen zu können, daß ihr Nawab für sie sorgte, wenn sie nicht wohlhabend waren. Vor dem Krieg, Mr. Perron, konnte ich durch den Staat fahren und mich mit einem Bauern im ›Mofussil‹ unterhalten, sei er nun Hindu oder Moslem, und es stellte sich heraus, daß er nur sehr unklare Vorstellungen davon hatte, wer Gandhi oder Dschinna war. Für ihn begann und endete die Welt mit seinen Feldern, dem Landbesitzer, den Steuereinnehmern und mit Nawab Sahib, der als Herr der Welt, als Spender der Nahrung in Mirat saß. Dort draußen hat sich daran noch nicht viel geändert, aber in den Kleinstädten und in der Hauptstadt sind die Menschen nicht unberührt geblieben von dem, was der Kongreß, was die Moslem-Liga in Delhi, in Kalkutta und in Bombay sagen. Diese Entwicklung setzte während des Krieges ein. Mirat bekam auch die Erkenntnis zu spüren, daß das ›Radsch‹ sich in Burma, in Malaia und in Europa keineswegs als unbesiegbar erwiesen hatte. Zu all dem kam, daß hier die Leute herumsaßen, die den Engländern die Stirn geboten hatten und an Orte wie Mirat geflohen waren, wo sie für Ihre Polizei nicht so leicht zu fassen waren. Das blieb unserer Polizei überlassen. Nun ja, man kann einen Mann festnehmen und dorthin zurückschicken, woher er gekommen ist. Aber Gedanken kann man nicht zurückschicken, besonders dann nicht, wenn sie ein Körnchen Wahrheit und Gerechtigkeit enthalten.«

»Was hat Sie dazu veranlaßt, um die Hilfe der Staatspolizei zu bitten?«

»Der praktische Zusammenbruch unserer eigenen Polizei und die Gefahr einer Meuterei in unserem Heer, das nur aus einem Regiment besteht, der Mirater Artillerie. Das war im letzten November – aber die Schwierigkeiten begannen bereits früher, als Männer des Regiments, die in japanischer Kriegsgefangenschaft gewesen waren, in die Heimat zurückkehrten und allgemein bekannt wurde, daß einige ihrer Kameraden zur INA übergetreten und nun Gefangene der Engländer waren. Damals wußte niemand genau, was man davon halten sollte. Die Gefangenen, die treu geblieben waren, wurden natürlich als Helden empfangen. Männer aus der Artillerie des Nawab haben in beiden Weltkriegen in Frankreich gekämpft und diesmal in Malaia. Die Artillerie hat in Mirat eine lange Tradition. Früher stellte man hier diese riesigen alten Kanonen her, die Sie, Mr. Perron, nach Ihrem Studium der indischen Geschichte des achtzehnten Jahrhunderts kennen werden, und die Männer dieser Gegend waren schon immer geschickte Kanoniere. Die Mirater Artillerie war also immer ein sehr stolzes Regiment. Als nun die Männer zurückkehrten und als Helden begrüßt wurden, hatten sich der Kongreß und die Liga bereits hinter die INA gestellt. Unsere Kanoniere wurden schief angesehen, wenn sie sagten, was sie von Bose hielten. Einige, die besonders deutlich wurden, hat man eines Abends im Basar zusammengeschlagen. Vermutlich von denselben Leuten, die den armen Achmed zusammenschlugen, als bekannt wurde, daß sein Vater Sayed nicht verteidigen würde. Vielleicht war es andererseits ein

Segen, denn es brachte ihn davon ab, im Basar die leichten Mädchen zu besuchen, wie man sie in meiner Jugend nannte. Er war danach lange Zeit nur Mumtaz treu. Aber die schlimmste Situation entstand im Frühling des vergangenen Jahres, als die Offiziere und Männer der Mirater Artillerie zurückkamen, die zur INA übergetreten waren – die Offiziere hatte man mit Schimpf und Schande davongejagt und die Männer freigelassen...«

»Am Holifest.«

»Ah ja, an Holi. Eine beinahe ebenso törichte Entscheidung wie die Entscheidung, dem Sikh, dem Moslem und dem Hindu im Roten Fort den Prozeß zu machen.«

»Sind die INA-Männer auch als Helden begrüßt worden?«

»Inoffiziell ja, und mit Sicherheit herzlicher. Es waren nur zwei Offiziere und neunzehn Männer. Die Laufbahn der Offiziere war zu Ende. Nun ja, sie brauchten sie nicht, denn sie kamen beide aus wohlhabenden Familien. Im wesentlichen ging es um die Frage, was mit den neunzehn Kanonieren geschehen sollte. In Mirat gibt es offiziell keine politischen Parteien, da der Staat sie verbietet, aber es gibt Schattenparteien und Schattenausschüsse, und natürlich wußte man immer, wer zu wem gehört, wer die Führer sind und wer deshalb in Kürze die lokalpolitische Macht in Mirat haben wird. Die beiden Schattenparteien, der Kongreß und die Liga, redeten den neunzehn Kanonieren ein, ein dankbarer Nawab müsse sie wieder in Ehren aufnehmen, da sie Bose bei dem Versuch unterstützt hatten, die Briten aus dem Land zu vertreiben.«

»Und das gefiel den loyalen Männern der Mirater Artillerie nicht?«

»Milde ausgedrückt. Der Höhepunkt dieser rein politischen Propaganda war am *Gesamtindischen Tag des Handelns* erreicht, den die Moslem-Liga ausgerufen hatte: Die Mirater Artillerie verweigerte den Gehorsam, leistete der Zivilmacht keinen Beistand, und die Offiziere waren machtlos. Die Männer nahmen einen sehr einfachen Standpunkt ein, Mr. Perron. Sie glaubten, der Tag des Handelns sei einfach ein Trick, um die neunzehn Kanoniere wieder in Ehren aufzunehmen, und sie wollten so oder so nichts damit zu tun haben. Sie blieben in der Kaserne, während unter der Zivilbevölkerung die Unruhen ausbrachen. Die

Polizei war völlig untauglich, denn sie sympathisierte mit der Liga. Wir mußten aus der Garnison Hilfe anfordern, also britische Truppen, und der Kommandeur der Truppe wußte, seine Männer hatten von Indien und indischer Politik die Nase so voll, daß er nur wagte, an jeden zwölften seiner Männer scharfe Munition auszugeben. Ich erinnere mich, daß ich mit Nawab Sahib in einem der oberen Räume an der Vorderseite des Palastes stand und die Rauchwolke betrachtete, die über der Stadt hing, und dachte: Mein Leben war umsonst.«

Bronowski lehnte sich an die Balustrade und trank einen Schluck Champagner.

»Aber am nächsten Tag geht es einem immer besser. Trotzdem habe ich Nawab Sahib noch nie so zornig gesehen. Er gab dem armen Regiment die Schuld. Er erklärte, sein Großvater hätte die Offiziere von Elefanten zu Tode trampeln und jeden Meuterer von den Kanonen zerfetzen lassen. Er wütete gegen Gandhi, gegen Dschinna, gegen den Vizekönig und den Oberbefehlshaber. Und da er wußte, daß es nur einen Kopf gab, den er rollen lassen konnte, richtete sich sein Zorn gegen mich, und er warf mir vor, ihn mit all dieser Modernität ins Verderben gebracht zu haben. Ich brauchte ein oder zwei Tage, um ihn davon zu überzeugen, daß die Artillerie nur sein persönliches Wort und das Versprechen haben wollte, daß die Kanoniere *nicht* wieder in Ehren aufgenommen würden. Die Polizei war ein ernsteres Problem, und es dauerte länger, bis ich ihn davon überzeugen konnte, daß wir Hilfe von außen, Hilfe von der Staatspolizei brauchten. Er glaubte, wir könnten uns völlig auf die Hilfe aus der Garnison verlassen. Aber Sie wissen, Mr. Perron, zuviel Abhängigkeit dieser Art trübt die Beziehungen zwischen der Stadt und der Garnison. Nun ja. Schließlich ließ er mich nach Delhi fahren und die Lage dort vortragen. Und einige Wochen später kam – Ronald.« Bronowski machte eine Pause. »Mir ist etwas kühl. Es ist der Springbrunnen. Das Wasser kühlt die Luft erstaunlich ab. Gehen wir hinein und nehmen wir den Brandy mit.«

Er hatte die Diener weggeschickt und goß den Brandy selbst ein. Jetzt setzte er sich Perron gegenüber und legte den Fuß auf den Hocker.

»Als ich erfuhr, wer als Befehlshaber der Truppe der Staatspolizei kommen und den Nawab und mich beraten sollte, wollte ich instinktiv nein, nein, nein sagen, dieser Mann hat einen zu umstrittenen Ruf, und als er das letzte Mal in Mirat war, hat er die Aufmerksamkeit von Leuten auf sich gezogen, die entschlossen scheinen, ihn wegen seines Verhaltens in Majapur zu verfolgen. Wie kommt man dazu, ihn hierher zu schicken? Wieso hat ihn die Polizei wieder übernommen? Dann dachte ich, das sei nicht meine Angelegenheit. Ich erinnerte mich daran, daß er mich bei unserem ersten Zusammentreffen beeindruckt und daß ich ihn für einen interessanten Mann gehalten hatte. In gewisser Hinsicht war er beeindruckend. Wissen Sie, daß er bestimmte Qualitäten besaß, Mr. Perron?«

»Ich habe leider nur die schlechte Seite erlebt.«

»Ich glaube, das liegt daran, daß Sie trotz Ihres Interesses an der Vergangenheit ein Mann der Gegenwart sind, worum ich mich stets bemühe, wenn auch, nicht sehr erfolgreich. Merrick war zweifellos ein Mann der Vergangenheit, und zwar so sehr, daß er sowohl an ihre echten Werte glaubte, als auch an das, was er für ihre Werte hielt. Verstehen Sie, in der Situation, in der Mirat sich seit etwa einem Jahr befindet, wissen wenige Leute, was sie tun oder weshalb sie es tun, und man empfindet einen solchen Mann beinahe wie eine Erleichterung. Er behandelte die ganze Angelegenheit, als sei sie nur ein alberner Streit zwischen ungezogenen Kindern. Und in gewisser Weise hatte er recht. Durch seine Unparteilichkeit und sein unbeugsames und unerschütterliches Gefühl der eigenen Autorität weckte er Vertrauen. Das kann eine sehr gefährliche Kombination sein. Aber diesmal war da noch etwas, was mir neu an ihm zu sein schien. Er kam mir wie ein innerlich melancholischer Mann vor. Zuvor hätte ich das nie von ihm gesagt. Nur wenn er mit dem Kind zusammen war, habe ich erlebt, daß er, wie soll ich es ausdrücken, mit der alten ›Überzeugung‹ glühte.

»Nicht, wenn er mit seiner Frau zusammen war?«

»Das kann ich nicht beurteilen, Mr. Perron. Wenn sich ein Mann und eine Frau nicht gerade unübersehbar und unangenehm demonstrativ gegenseitig anhimmeln, fällt es mir schwer, das Ausmaß ihrer Zuneigung zu beurteilen. Ich habe diese Art Zuneigung nie kennengelernt. Man zieht sich schließlich zurück und wird vielleicht unsensibel dafür. Ich gestehe, ich war nicht unsensibel für das, was ich für gewisse Neigungen bei Merrick hielt, als ich ihn bei Susans erster Hochzeit hier in Mirat kennenlernte. Ich wünschte, ich wäre sensibler für die Möglichkeit gewesen, daß diese Neigungen, wie soll ich sagen, durch seine Ehe nicht schwächer geworden waren. Selbst in meinem Alter glaubt man, nun ja, was man am leichtesten glauben kann. Als er hier eintraf, um seine Aufgabe zu übernehmen, fragte ich ihn: Werden Sie immer noch von Leuten verfolgt, die melodramatische Auftritte inszenieren, Steine werfen und unheilvolle Kreidezeichen auf Ihrer Schwelle hinterlassen? Wir machten einen Witz daraus. Aber er wiederholte, was er bereits in Bombay gesagt hatte, nämlich, es sei alles vorbei. Ich wußte, es konnte nicht ganz stimmen, denn Achmed hatte mir erzählt, die Verfolgung sei wieder aufgenommen worden, als Merrick in Delhi den Fall seines Bruders und andere INA-Fälle bearbeitete. Aber ich beschloß, auf sein Wort zu vertrauen. Es gab keinen Grund zu der Annahme, die Verfolgung sei aufgelebt, nur weil er in Mirat war. Leider setzte sie doch ein, allerdings sehr viel subtiler. Es mag Ihnen leicht seltsam erscheinen, Mr. Perron, daß der Mann – wer immer es sein mag –, der ihn wegen seines Tuns von 1942 in Majapur verfolgt, sich so lange Zeit gelassen haben sollte, um die Angelegenheit zu ihrem logischen Abschluß zu führen. Es mußte in den vergangenen Jahren viele Gelegenheiten gegeben haben, ihn umzubringen.«

»Es vergingen zwanzig Jahre, ehe man den ehemaligen Gouverneur des Pandschab ermordete. Angeblich deshalb, weil er General Dyer nach dem Massaker im Chillianwallah Bagh unterstützt hat.«

»Das stimmt. Weshalb sagen Sie angeblich?«

»Ich glaube nicht, daß man den Gouverneur deshalb erschossen hat. Es war eine geeignete dramatische Form des Protests dagegen, daß Indien wieder in einen europäischen Krieg hineingezogen wurde.« Perron lächelte. »Von Nigel habe ich erfahren, daß Sie glauben, auch Merrick sei ein geeignetes Opfer gewesen. Durch den Mord sollten die Spannungen zwischen den Rassen noch verstärkt werden.«

»Ja.« Der alte Mann betrachtete ihn. »Nicht alle glauben, daß die Briten diese Immunität verdient haben, die sie zur Zeit genießen. Ich bin persönlich auch nicht ganz davon überzeugt. Aber auch wenn es meine letzte Tat in Mirat sein sollte, so werde ich doch alles unternehmen, um sicherzustellen, daß diese Immunität gewahrt bleibt, selbst wenn es bedeutet, Beweise zu unterdrücken und falsche Erklärungen abzugeben. Billigen Sie das nicht?«

»Nicht ganz.«

»Ich ebenfalls nicht. Aber meine Mißbilligung wird von dem Gedanken daran aufgewogen, was jetzt geschehen könnte, wenn wir Mord gerufen hätten, und auch von dem Gedanken, daß der Mord so geschickt geplant und ausgeführt wurde, daß die Aussichten, ihn durch das Gesetz gesühnt zu sehen, unglaublich gering sind. Natürlich denke ich auch an Susans Schmerz und Kummer im Falle einer öffentlichen Untersuchung. Bei ihrer labilen körperlichen und geistigen Verfassung ist es gut, daß sie nicht weiß, unter welchen merkwürdigen und unerfreulichen Umständen ihr Mann gestorben ist.«

»Merkwürdig und unerfreulich?«

»Ich meine damit nicht nur die Art des Todes, sondern auch, was ihn für einen solchen Tod anfällig gemacht hat.«

»Ich verstehe. Kommen seine Spitzel dabei ins Spiel?«

»Wer hat Ihnen gegenüber von Spitzeln gesprochen?«

»Susan. Sie hat auch von einer indischen Verkleidung gesprochen, die er trug, wenn er mit seinen Spitzeln unterwegs war.«

»Mr. Perron, er hatte keine Spitzel. Er ist auch nie in dieser Verkleidung ausgegangen. Vielleicht hat er, als er jünger war, zu diesem romantischen Trick gegriffen, sich das Gesicht geschminkt und sich als Afghane verkleidet, um in die Basare zu gehen. Und natürlich muß er in seiner Abteilung damals auch Spitzel beschäftigt haben, so wie unser Polizeichef es tut. Aber Ronald, Spitzel und indische Kleider in Mirat, nein, nein, das waren nur Teile eines Spiels. Khansamar hat nie an die Spitzel geglaubt. Er ist ein guter Diener und hält nicht viel von Klatsch. Ich wünschte, er hätte es in diesem Fall getan. Hätte ich etwas von sogenannten Spitzeln erfahren, wäre ich ich aufmerksam geworden und hätte Khansamar raten können, besser auf der Hut zu sein. Und obwohl es eine sehr delikate Sache gewesen wäre, hätte ich vielleicht auch

Ronald gewarnt. Aber vielleicht hätte er meine Warnung nicht gebraucht. Es ist sehr gut möglich, daß er wußte, was vorging. In diesem Fall könnte man den Mord als eine Art Selbstmord betrachten. Bedauerlicherweise habe ich von Spitzeln erst erfahren, als es zu spät war, als Khansamar vernommen wurde und er uns von diesen Besuchern berichtete.«

»Besucher, im Unterschied zu Leuten, die erschienen und um Arbeit baten?«

»Weshalb fragen Sie?«

»Susan hat erzählt, es seien immer Leute gekommen, die Arbeit suchten.«

»Für sie wird es so ausgesehen haben. Khansamar glaubte es zunächst auch. Aber rückblickend beginnt man zu sehen, daß es alles Teil einer neuen, subtilen Form der Verfolgung war. Damals wohnte Merrick allein in Nigels Bungalow. Das andere Haus wurde renoviert. Khansamar berichtet, die jungen Männer begannen, bald nach Merricks Ankunft aufzutauchen. Khansamar wies sie alle ab. Er wußte, sie stammten nicht aus Mirat. Sie erzählten alle dieselbe Geschichte. Sie kämen auf der Suche nach Arbeit von weit her, und sie hatten immer irgendwelche schriftlichen Referenzen. Khansamar kann nicht lesen. Etwas Schriftliches bedeutet ihm nichts. Eines Tages kam Merrick dazu, als er einen verjagte; es war ein hartnäckiger Junge, der bereits mehrmals dagewesen war. Merrick las das Empfehlungsschreiben des jungen Mannes – vielleicht war es gefälscht, vielleicht auch nicht – vermutlich doch, aber das ist nicht weiter wichtig. Merrick sagte ihm, er habe keine Arbeit. Aber am nächsten Tag war der junge Mann wieder da. Er stand am Tor und grüßte Merrick jedesmal, wenn er kam oder ging, bis Merrick Khansamar sagte, er habe den Anblick satt, und er solle ihm für ein oder zwei Tage Arbeit geben. Zum Beispiel könnte er dem Mali helfen, den Tennisplatz auf dem Gelände des anderen Bungalows in Ordnung bringen. Das tat Khansamar. Er wies den Mali an, den Jungen hart arbeiten zu lassen, so hart, daß er von selbst aufgeben werde. Aber er arbeitete so gut, daß der Tennisplatz nach zwei Tagen beinahe fertig war.«

Die Geschichte ging weiter. Die Frau des Mali hatte den Jungen ins Herz geschlossen und begann, ihn zu bemuttern. Er war ein hübscher Bursche und besaß sehr gute Manieren. Nachdem er den ganzen Tag auf dem Gelände gearbeitet hatte, machte er sich in den Dienstbotenunterkünften nützlich. Der Mali wollte ihn gerne behalten, aber Khansamar ging nach drei Tagen zu Merrick und erinnerte ihn daran, daß die Zeit vorüber sei. Merrick inspizierte den Tennisplatz. Sie waren gerade dabei, die weißen Linien zu ziehen. Merrick sah eine Weile zu und sagte: »Er ist offensichtlich an harte Arbeit gewöhnt. Lassen Sie ihn das lange Gras mähen.«

Khansamar freute sich. Es gab auf beiden Grundstücken viel zu tun, und zwar alles mögliche. Der Junge behandelte ihn mit großem Respekt. Als er das Gras auf einem Gelände gemäht hatte, schickte Khansamar ihn auf das andere, und trug ihm auf, das Gras dort ebenfalls zu mähen. Abends arbeitete er an einem neuen Gemüsegarten hinter den Dienstbotenunterkünften. Der Mali hatte das immer wieder von einem Tag auf den anderen verschoben. An einem solchen Abend fragte Khansamar: »Ruhst du dich nie aus, Aziz?« Der Junge erwiderte. »Ich habe nichts auf der Welt, Vater. Ich habe nur die Arbeit.«

Der alte Khansamar hatte drei Frauen und zehn Töchter gehabt, aber nie einen Sohn. Es rührte ihn, von einem solchen Jungen Vater genannt zu werden, und er begann, ihm weniger harte Arbeit zu geben. Es verging eine Woche, ein Monat. Manchmal fragte Merrick: »Na, Khansamar, was macht Ihr junger Bursche? Wie ich sehe, haben Sie auch eine Art Schreiner und Maler aus ihm gemacht. Woher hat der Sohn eines Bauern so viele Fähigkeiten? Kann er auch lesen und schreiben? Dann könnte er meine Bücher ordnen, wenn er die Regale aufgestellt und lackiert hat.«

Und tatsächlich, Aziz konnte lesen, wenn auch langsam. Aber von nun an las er den Dienstboten jeden Abend aus der Zeitung vor. Als seine Eltern beide gestorben waren, mußte er die Schule verlassen. Damals war er noch sehr jung, erzählte er. Er verließ sein Dorf, um in der nahegelegenen Stadt Arbeit zu suchen. Aber er hatte das Lesen nie ganz aufgegeben.

Also erhielt Aziz die Aufgabe, die Regale im größeren Bungalow aufzustellen und zu lackieren; danach sollte er die Bücher aus den Kisten nehmen und sie alphabetisch nach Autoren geordnet in die Regale stellen.

Eines Abends ging Khansamar zu dem Zimmer, in dem Aziz arbeitete. Er wollte ihm sagen, es sei Zeit zum Abendessen. Er hörte den Jungen lachen. Er streckte den Kopf ins Zimmer und sah Aziz mit dem Rücken zur Tür auf dem Fußboden sitzen. Er las in einem Buch und blätterte dabei die Seiten viel zu schnell für jemanden um, der normalerweise nur sehr langsam las. Als Khansamar später in die Dienstbotenunterkünfte kam, traf er dort Aziz, der langsam und stockend etwas aus der Morgenzeitung vorlas.

»Sie müssen wissen, Mr. Perron, daß Khansamar dem Jungen inzwischen Zuneigung entgegenbrachte und ihn beinahe wie einen Sohn behandelte. Deshalb fiel es ihm schwer, sich einzugestehen, daß es irgendwie verdächtig war, daß der junge Mann, den er dabei beobachtet hatte, wie er lachend und schnell in einem der Bücher des Sahib gelesen hatte, nicht dem jungen Mann glich, der wie der Sohn eines Bauern auf dem Gelände arbeitete. Er erinnerte sich auch wieder daran, daß der Junge am Tag nach dem Grasmähen sich die Hände verbunden hatte, und daß Khansamar abends Blasen in den Handflächen und an den Fingern entdeckt hatte. Damals war er lediglich gerührt darüber gewesen, daß Aziz so hart arbeitete und sich nicht über die Blasen beschwerte. Aber nun kamen ihm Zweifel, ob der Junge tatsächlich der war, als der er sich ausgab. Und als Khansamar an diesem Abend im Bett lag, konnte er nicht schlafen. Er drehte sich unruhig von der einen auf die andere Seite, rätselte und überlegte. Dabei fiel ihm noch etwas Merkwürdiges auf. Seit Aziz sich nach Arbeit erkundigt hatte und angenommen worden war, erschien kein junger Inder mehr mit einer schriftlichen Referenz am Tor und bat darum, den Oberst Sahib sprechen zu dürfen.

Khansamar stand auf, zog sich an und ging zu der Hütte hinüber, in der Aziz schlief. Die Tür war von außen verriegelt, was bedeutete, Aziz war nicht da. Es war schon sehr spät, ein oder zwei Uhr morgens. Er ging zur Vorderseite des Hauses und entdeckte, daß der Chaudikar auf der Veranda lag und schlief.«

»Welcher Bungalow war das?«

»Nigels Bungalow, in dem Sie wohnen. Der größere Bungalow war beinahe, aber noch nicht ganz fertig. Der Chaudikar sollte zwischen den beiden Häusern patrouillieren, aber er lag auf der Veranda und schlief tief und fest. Das Tor zur Straße war geschlossen, aber jeder kann darüberklettern. Es war eine friedliche indische Nacht, Mr. Perron, und Khansamar sagte sich, nun ja, Aziz ist ein kräftiger, unternehmungslustiger junger Mann. Vermutlich ist er im Basar bei einer Frau, deren Mann verreist ist. Das ist zwar tadelnswert, aber verständlich. Khansamar weckte den Chaudikar und wies ihn zurecht, weil er geschlafen hatte. Danach ging er in sein Zimmer zurück und stellte fest, daß er noch weniger einschlafen konnte als zuvor, sondern auf das Geräusch des zurückkommenden Aziz lauschte. Er hörte ein Geräusch – das leise Zurückschieben des Riegels der Hütte. Er stand wieder auf, legte sich den Schal um, ging zur Hütte hinüber und sah, daß Licht brannte. Er klopfte. Aziz öffnete die Tür, und Khansamar begann zu schimpfen: ›Was soll das heißen? Wo bist du gewesen?‹ Aziz erwiderte, er sei hinter der Hütte gewesen, um sich zu erleichtern, und Khansamar sagte: ›Was, zwei Stunden lang? Bist du vielleicht krank?‹

Dann fielen ihm Verletzungen im Gesicht des Jungen auf, und er begriff, daß Aziz dabei gewesen war, sie auszuwaschen. Er fragte: ›Was ist das? Ist der Ehemann zurückgekommen? Hast du dich im Basar geprügelt?‹ Er sprach mit ihm wie ein zorniger Vater, der nicht wirklich zornig ist. Aziz begriff das vermutlich, denn nun gab er sich sehr zerknirscht und sagte, er sei tatsächlich im Basar gewesen, aber es habe weder einen wütenden Ehemann noch eine Schlägerei gegeben. Er sei gestürzt, als er über das Tor geklettert sei, und am nächsten Morgen werde er bestimmt ein blaues Auge haben.

Khansamar fragte: ›Hat dir der Chaudikar nicht geholfen, über das Tor zu klettern?‹ Aziz erwiderte lachend, der Chaudikar schlafe bestimmt wie üblich auf der vorderen Veranda, und nichts auf der Welt könne ihn wecken.

Khansamar glaubte nicht, daß der Chaudikar wieder eingeschlafen war, nachdem er ihn zurechtgewiesen hatte, aber er dachte, da der Mann zwei Bungalows zu bewachen hatte, hätte Aziz durchaus unbemerkt über eines der Tore klettern können. Also ermahnte er auch den Jungen und erklärte, Merrick Sahib müsse möglicherweise von dem Vorfall informiert werden.

Als er am nächsten Morgen wie immer vor allen anderen aufstand, um das Frühstück für Oberst Sahib vorzubereiten, suchte er den Chaudikar und erkundigte sich, ob er wach geblieben, und wenn ja, ob ihm etwas Ungewöhnliches aufgefallen sei. Der Chaudikar versicherte, er sei ganz bestimmt wach geblieben, aber etwas Ungewöhnliches habe er nicht bemerkt. Khansamar fragte, ob er es nicht ungewöhnlich fände, wenn Aziz über ein Tor klettere, den Halt verliere und so schwer auf den Kies stürze, daß er sich das Gesicht aufschlage. Der Chaudikar stimmte ihm zu, das sei etwas Ungewöhnliches.

In diesem Fall, sagte Khansamar, habe der Chaudikar etwas Ungewöhnliches nicht bemerkt, denn genau das sei geschehen, und unter den gegebenen Umständen könne er nur glauben, der Chaudikar sei wieder eingeschlafen, und das müsse er dem Oberst Sahib melden.«

Bronowski zündete sich eine rosa Zigarette an.

»Der Chaudikar erwiderte, das könne er Khansamar nicht raten. ›Wenn du willst, kannst du dem Oberst Sahib melden, daß ich kurz eingeschlafen war. Aber du solltest nicht sagen, du wüßtest, daß ich geschlafen habe, weil ich nicht gesehen hätte, wie Aziz über das Tor geklettert sei. Oberst Sahib wird glauben, du versuchst, ihm Ärger zu machen. Denn zwei Nächte – letzte Nacht und die Nacht davor – war Aziz beim Oberst Sahib. Ich habe gesehen, wie Aziz durch die Tür des *Gusl-Khana* gegangen ist, so wie ich ihn in der Nacht davor gesehen habe. In der Nacht davor bin ich nur wach geblieben und habe erwartet, er werde wie ein Dieb wieder herauskommen. Dann hätte ich ihn mir geschnappt. Aber er kam nach einiger Zeit durch dieselbe Tür wieder heraus, und der Oberst Sahib war bei ihm. Er trug die Kleider, die er manchmal trägt, wenn er allein ist. Im Herzen ist er ein Afghane, und Aziz ist ein hübscher, kräftiger Junge. Wenn ich kein vertrockneter alter Mann wäre, könnte ich selbst in Versuchung geraten, und es überrascht mich nicht, daß Oberst Sahib in Versuchung geraten ist, denn ich habe seit Wochen gesehen, wie er den Jungen manchmal bei der Arbeit beobachtet. Als er letzte Nacht wieder zu ihm in den Bungalow gegangen ist, habe ich mir gesagt, das geht mich nichts an, und wenn der Oberst Sahib nicht allein im Haus ist, kann ich ein bißchen schlafen.«

Dimitri zog an der Zigarette, blies den Rauch in die Luft und drückte sie aus, als habe er bereits genug davon. Er nahm den

Ebenholzstock in beide Hände, beugte sich vor und legte das Kinn auf die Hände, die auf dem Stock ruhten.

»Also«, fuhr er fort, »sagte sich Khansamar, es gehe ihn auch nichts an. Aber er hatte gesehen, wie das Gesicht von Aziz aussah, und als er dem Oberst Sahib das *Chota Hazri* brachte, war der Oberst Sahib bereits aufgestanden, trug bereits die Prothese und saß vor dem Toilettentisch. Die Knöchel der rechten Hand waren aufgeschürft. Er hatte den Jungen mit der Faust geschlagen. Und von diesem Moment an empfand Khansamar gegen Merrick eine Abneigung, wissen Sie. Keine heftige Abneigung. Eine kalte Abneigung, Verachtung. Und natürlich fragte er sich, warum ein Junge wie Aziz sich eine solche Behandlung gefallen ließ. Fragen Sie sich das auch, Mr. Perron?«

»Warum fragen *Sie* sich das nicht?«

Bronowski lächelte, lehnte sich zurück, schwenkte den Brandy im Glas, trank einen Schluck und stellte das Glas wieder hin.

»Ich glaube, es ist klar, daß er entsprechende Anweisungen hatte. Er hatte Anweisung, sich zu zeigen, solange am Tor zu stehen, bis Merrick ihn gesehen hatte. Er sollte sich auch klaglos alles gefallen lassen, was Merrick tat, nachdem er der schrecklichen Verlockung erlegen war, der schrecklichen Versuchung, die junge Männer wie Aziz darstellten.«

»Anweisung von wem?«

»Ich glaube, nicht von Pandit Baba. Stimmen Sie mir da nicht zu? Wenn es der Pandit gewesen ist, muß er mehr als die Bhagavad-Gita studiert haben. Dann muß er auch Freud studiert haben. Deshalb glaube ich nicht, daß es der Pandit war. Den Pandit hat vermutlich schon lange jemand mit weit moderneren und intelligenteren Ansichten abgelöst. Es stehen immer genug Gurus in den Kulissen parat, und viele dieser jungen Männer sind bereit zu dienen, sich zu fügen und zu leiden, weil sie glauben, damit einer Sache zu dienen. Auf ihren Totenbildern sehen sie blaß und unsicher aus. Aber im Leben nicht. Wer auch immer Aziz, seinen Vorgängern und denen, die auf ihn folgten, Anweisungen gegeben hat, er wußte von Merricks Neigungen. Wie? Waren sie schon immer bekannt? Das bezweifle ich. Wahrscheinlich wurden sie es durch eine Indiskretion oder durch ein Versehen. Es versteht sich von selbst, daß man Merrick als einem potentiell nützlichen Instrument auf der Spur geblieben ist. Und dies war die neue und subtilere Form der Verfolgung. Junge Männer wie Aziz erschienen und hatten keine anderen Anweisungen, als ihn zu verführen, sich ihm hinzugeben, sich nicht zu beklagen, ihn nicht zu beschuldigen, vielleicht wieder zu verschwinden, damit sie allmählich durch andere härtere, junge Männer ersetzt werden konnten, junge Männer, die zum letzten Schritt in der Lage waren, als das Opfer sich in Sicherheit wiegte.

Aber man weiß nicht, welche anderen Anweisungen der Junge hatte, der sich Aziz nannte. Merrick entließ ihn. Er sagte Khansamar, er habe für den Jungen keine Verwendung mehr. Also mußte Aziz gehen. Ein oder zwei Wochen später erschien wieder ein Junge, bat um Arbeit und stand Tag für Tag am Tor. Der gleiche Typ. Aber Merrick biß nicht an, und der Junge gab auf. Aber er wurde durch einen anderen ersetzt und wieder einen anderen. Dann kamen Susan und Sarah mit dem Kind und der Aja, und sie bezogen den größeren Bungalow. Die jungen Männer kamen immer noch. Vielleicht suchten einige wirklich Arbeit. Khansamar glaubte es, denn nicht alle waren junge Männer wie Aziz. Aber hin und wieder war einer wie er darunter.

Dann änderte sich die Taktik. Khansamar erkannte den Zusammenhang nicht sofort. Eines Tages, irgendwann gegen Ende April, erschien spätabends ein junger Afghane. Es war schon drückend heiß. Aber Susan war noch hier, und Merrick arbeitete abends oft sehr lange und schlief in einem Zimmer auf der anderen Seite des Hauses. Der Afghane bestand darauf, Merrick persönlich zu sprechen. Er sagte, er habe eine offizielle und vertrauliche Nachricht für ihn. Er war nur kurz bei Merrick. Ich frage mich, was er wohl gesagt hat, welche Dienste er anbot? Welche Dienste stillschweigend mit einbegriffen waren? Im Mai fuhren Susan, das Kind und die Aja nach Pankot zurück. Ein paar Tage nach ihrer Abreise sagte Merrick zu Khansamar, er erwarte einen Boten, der vermutlich spät eintreffe, und Khansamar möge das Tor nicht abschließen. Der Afghane erschien kurz vor Mitternacht, diesmal mit einem Begleiter. Merrick ließ die beiden in sein Arbeitszimmer führen, rief zehn Minuten später Khansamar und beauftragte ihn, einem der jungen Männer für die Nacht ein Bett zu geben.

Der Afghane ging, und der Chaudikar schloß das Tor hinter ihm ab. Sein Begleiter, der blieb, war ein jüngerer Mann. Er hatte eine Decke und sagte, er könne überall schlafen. Mit der Veranda sei er völlig zufrieden. Es war sehr heiß. Er erklärte, er sei dankbar, wenn man ihn um fünf Uhr wecken könne. Khansamar sagt, es sei ein junger Mann wie Aziz gewesen, aber vielleicht noch gebildeter. Er trug westliche Kleidung. Er freute sich über das Klappbett, das Khansamar ihm auf die Veranda stellte, und über die Tasse Tee. Er sagte, er komme aus Lahore, und er stellte viele Fragen über Mirat. So viele, daß Khansamar sagte: ›Warum stellst du so viele Fragen?‹ Der junge Mann entschuldigte sich lachend und sagte, das habe er sich bei seiner Arbeit angewöhnt. Khansamar erkundigte sich, was für eine Arbeit das sei. Der junge Mann sah ihn überrascht an und erwiderte: ›Vertrauliche Arbeit für die Polizei, was sonst?‹

Einerseits glaubte ihm Khansamar, andererseits aber auch nicht. Im Grunde machte er sich nicht allzu viele Gedanken darüber. Es war Sache des Sahibs, wenn er mit jungen Männern schlief, wenn seine Frau nicht da war. Aber als er dem jungen Mann am nächsten Morgen Tee brachte, schlief er unschuldig dort, wo Khansamar ihn zurückgelassen hatte, und innerhalb von einer halben Stunde hatte er sich gewaschen, angezogen und war gegangen. Khansamar erkundigte sich nicht bei dem Chaudikar danach, ob der junge Mann in der Nacht sein Bett verlassen habe, und der Chaudikar erzählte von sich aus nichts. Das konnte heißen, daß es nichts zu erzählen gab, oder daß er wieder geschlafen hatte – vielleicht letzteres, denn als Khansamar Merricks Bett machte, glaubte er mit Bestimmtheit auf einem der Kissen das Haaröl des jungen Mannes zu riechen.

»So ging es ungefähr zwei oder drei Wochen weiter, Mr. Perron. Es kamen immer wieder zwei junge Männer. Der eine ging, der andere blieb. Manchmal kam der Junge, der geblieben war, das nächste Mal in Begleitung eines neuen. Manchmal hatte Khansamar beide noch nie gesehen. Sie kamen nie aus Mirat, und Khansamar roch nie mehr Haaröl auf den Kissen. Er fragte den Chaudikar einmal, und der sagte, ja, er habe auf seinem Rundgang bemerkt, daß das Bett des jungen Mannes auf der Veranda leer gewesen sei. Er habe gewartet und damit gerechnet, daß der Mann

aus Merricks *Gusl-Khana* käme, statt dessen sei er von der Rückseite des Hauses gekommen, als habe er sich dort erleichtert. Er
sei hinübergegangen und habe den jungen Mann begrüßt, der sich
ganz normal verhalten und ihm eine Zigarette angeboten habe.
Sie hätten eine Weile beisammengesessen, geraucht und sich unterhalten.

Man fragt sich also. Man fragt sich, was wirklich in Merricks
Kopf vorging. War wirklich etwas hinter dieser Illusion von Spitzeln, oder hatte er sich einfach mit dem Afghanen darauf geeinigt,
daß dieser ihm junge Männer besorgte. Und wenn ja, dann fragt
man sich weiter, ob Merrick einen Zusammenhang zwischen diesem Vorgehen und der früheren Form der Verfolgung sah, und ob
er sich ihr bewußt aussetzte. Ich fürchte, wir werden es nie erfahren, Mr. Perron. In einem so riesigen Land sind all diese jungen
Männer verschwunden, als hätte es sie nie gegeben.

Aber betrachten Sie es folgendermaßen, und lassen Sie den Beweis von Haaröl auf dem Kissen beiseite. Den Geruch von Haaröl
konnte Khansamar sich eingebildet haben. Er roch ihn nie mehr,
auch dann nicht, als der Regen einsetzte, und die jungen Männer nicht mehr auf der Veranda schliefen, sondern auf Merricks
Geheiß in einem leeren Zimmer im Haus, von wo sie jederzeit
zu ihm konnten. Sind sie zu ihm gegangen? Vielleicht. Aber ist
etwas geschehen, wenn sie bei ihm waren? Oder saßen sie nur
mit ihm zusammen und sprachen über die Nachricht, die sie ihm
angeblich oder wirklich überbrachten? Hat es solche Nachrichten gegeben? Vielleicht. In der Mordnacht hat man das Geheimfach in seinem Schreibtisch aufgebrochen und möglicherweise etwas daraus entfernt. Aber was? Ein langsam wachsendes Dossier
über die subversiven Tätigkeiten wirklicher oder imaginärer politischer Aktivisten in Mirat? Oder ein Dossier über das wirkliche
oder imaginäre skandalöse Verhalten von Polizeibeamten und hohen Beamten in Mirat? Wenn ja, hat Merrick diesen Dingen je
Glauben geschenkt? Als er immer und immer wieder von dem
Mann im Nullah und dem imaginären Stein sprach, erwähnte er
nie das Vorhandensein solcher Unterlagen, obwohl er sagte, der
Polizeichef sollte Untersuchungen subversiver Elemente, wie er
es nannte, einleiten. Wenn er Unterlagen besaß, Akten mit Informationen, die diese sogenannten Spitzel ihm zugetragen hatten,

glaubte er ihnen, oder saß er einfach da, hörte den jungen Männern zu, tat, als nehme er ihre Berichte ernst, tat, als brauche er ihre Berichte, wartete aber in Wirklichkeit darauf, daß sie erkennen ließen, was sie ihm außerdem zu bieten hatten, und verwirrte sie, indem er jede Andeutung, jede Verführung höflich ignorierte? Sie kannten ihn, Mr. Perron. Halten Sie das für möglich?«

»Ich hätte es für möglich gehalten, aber in Anbetracht der Sache mit Aziz halte ich es für nicht sehr wahrscheinlich.«

»In diesem Punkt bin ich anderer Meinung. Ich glaube, er tat es vermutlich gerade wegen der Sache mit Aziz. Ich halte es für wahrscheinlich, das, was er mit Aziz tat, und was er ihm antat, offenbarte ihm etwas über sich selbst, was ihn zutiefst entsetzte...«

»Entsetzte? Ihn?«

»Ich meine nicht die Enthüllung seiner latenten Homosexualität und seines Sadomasochismus. Beides muß ihm seit vielen Jahren bewußt gewesen und hin und wieder zum Ausdruck gekommen sein. Was ich mit Offenbarung meine, ist die Offenbarung des Zusammenhangs zwischen Homosexualität und Sadomasochismus, dem Gefühl der gesellschaftlichen Minderwertigkeit und dem quälenden trotzigen Glauben an seine rassische Überlegenheit. Ich glaube – obwohl Sie vielleicht anderer Meinung sind – Aziz war der erste junge Mann, mit dem er tatsächlich geschlafen hat, und der ihm einen Augenblick tiefen Friedens schenkte. Aber im nächsten Augenblick wußte Merrick, daß er es nicht ertragen konnte. Er wußte, er konnte es nicht ertragen, denn sich diesen Frieden einzugestehen bedeutete, den anderen Glauben aufzugeben, den er hatte. Ich glaube, das wurde ihm bewußt, als er nach seiner ersten Nacht mit dem jungen Mann erwachte. Und ich glaube, als der junge Mann in der nächsten Nacht wieder erschien, wurde er nur bestraft und gedemütigt. Ich glaube, als Merrick ihn mit der Faust schlug, forderte er die Rache heraus. Ich glaube, er wußte, warum Aziz erschienen war. Ich bin sicher, Mr. Perron, daß Merrick den eigenen Tod suchte und mit wachsender Ungeduld erwartete. Er *wollte,* daß ein Mann im Nullah war. Er wollte, daß jemand einen Stein nach seinem Pferd warf. Er wollte, daß das Geschehene geschah. Vielleicht hatte er gehofft, sein Mord würde auf eine aufsehenerregende, grandiose Weise, in einer Art wagnerianischem Höhepunkt gerächt: Die Herrenrasse, die mit dem Flammenschwert aus der Dämmerung auftaucht und die Hügel hinunterstürmt...«

Ein Diener unterbrach ihn, näherte sich Bronowski und flüsterte etwas. Bronowski nickte. Der Diener ging wieder.

»Nawab Sahib?« fragte Perron.

»Ja. Er hat das Feuer in der Stadt gesehen. Entschuldigen Sie mich, Mr. Perron. Diesem Ruf muß ich Folge leisten. In Wirklichkeit kann er nur nicht schlafen und möchte Gesellschaft.«

Sie erhoben sich.

»Der Wagen kann Sie am Bungalow absetzen und mich zum Palast bringen«, sagte Bronowski.

»Aber es sind nur ein paar Schritte.«

»Der Wagen muß ohnehin fahren. Kommen Sie.«

Bronowski führte ihn auf die Terrasse hinaus und entschied sich für den langen Weg um die Vorderseite. Er legte die linke Hand auf Perrons rechte Schulter. »Lassen Sie mich Ihnen sagen, was geschehen ist. Oder alles, was man weiß. Und das ist nicht viel. Die letzte Nacht unterschied sich scheinbar in nichts von all den vorausgegangenen Nächten mit den Spitzeln. Zwei junge Männer erschienen. Sie waren beide noch nie da gewesen. Der eine geht, der andere bleibt. Vielleicht ist der eine nicht wirklich gegangen, sondern hat sich in der Nähe versteckt, um zur Stelle zu sein, als die Zeit gekommen war. Für einen Mann allein wäre es sehr viel gewesen. Aber all das ist ein Rätsel, ein kleiner Vorfall zwischen Mitternacht und sechs Uhr morgens, als Khansamar mit dem Frühstück ins Zimmer kam. Der Besucher, der die Nacht über hatte bleiben wollen, war verschwunden. Der Chaudikar hatte nichts gesehen und nichts gehört. Daß er die Männer nicht gesehen hat, muß nicht unbedingt bedeuten, daß er schlief. Als die beiden verschwanden, sind sie vielleicht über die Mauer an der Rückseite geklettert. Nein, das eigentliche Rätsel ist das, was im Zimmer geschah. Glauben Sie, daß Merrick sich die Kleider selbst angezogen hat? Habbibullah sagt, man hat ihn stranguliert, ehe man mit der kleinen Axt auf ihn einschlug. Und er hatte die Kleider an, ehe man auf ihn einhackte. Man fragt sich, weshalb man sich für diese Nacht entschied. Lag es daran, daß die Zeit knapp wurde? Oder daran, daß es genau der richtige Zeitpunkt war, um uns einen toten Engländer vor die Haustür zu legen?«

Bronowski blieb stehen, nahm die Hand von Perrons Schulter und stützte sich einen Augenblick auf seinen Stock. »Ich frage mich – ob die Sache in der alten Thug-Manier geschehen ist?«

»Nur dann, wenn man dem Opfer den Hals gebrochen und bereits ein Grab ausgehoben hatte.«

»Ach, das hatte ich vergessen. Aber ich habe an etwas anderes gedacht. Die Thugs sind manchmal viele Tage mit den auserkorenen Opfern gereist und haben sie in Sicherheit gewiegt. Besteht zwischen dem und der langen Vorbereitungszeit nicht eine Ähnlichkeit? Und dann, so sagt man, wenn es soweit war, erledigten sie die Sache gnädig schnell. Sogar mitfühlend.«

Die Fontänen stiegen auf, änderten ihre Farbe, fielen zurück und plätscherten leise. Bronowski stützte sich wieder auf Perrons Schulter, und sie gingen weiter. »Vielleicht ist es das Mitgefühl, in dem ich hoffte, die eigentliche Ähnlichkeit zu entdecken.«

VI

»Ich hatte nicht gedacht, daß wir so viele sein würden«, sagte Mrs. Peabody.

Sie mußte die Stimme heben, denn auf dem Bahnsteig herrschte ein lärmendes Gedränge, auch dort, wo die Erster-Klasse-Wagen standen, und wo sich die üblicherweise kühlen Engländer entschlossen fröhlich und heiter verabschiedeten und verabschiedet wurden. Auch Mrs. Peabody lächelte, und so wußte Perron nicht genau, ob ihre Äußerung nur eine Feststellung oder eine Beschwerde war.

»Ich glaube, wir werden mühelos alle Platz haben«, rief er zurück. Mrs. Peabody war dünn und groß – so groß, daß ihr größtes Problem eher Kopffreiheit als Ellbogenfreiheit zu sein schien. Mr. Peabody war ebenso groß und nicht viel dicker. Man hatte den Eindruck, mit zwei Bohnenstangen zu reisen. Die Peabodys »blieben hier«, wie die Leute es ausdrückten. Aber dazu fuhren sie nach Rawalpindi. Soviel hatte Perron inzwischen herausgehört. Sie hatten eine unglaubliche Menge Gepäck, und Peabody überwachte das Verstauen der einzelnen Stücke im Abteil. Diese Aktion war bereits voll im Gang, als Perron und die Gesellschaft aus dem Palast und dem Gästehaus eintrafen, und sie war noch lange nicht beendet. Glücklicherweise hatten alle anderen nur wenig Gepäck –, wie Mrs. Grace richtig bemerkte, nachdem sie Mrs. Peabody begrüßt hatte und ihre entsprechende Frage dahingehend beantwortet worden war, ja, all das *sollte* in das Abteil, denn das Reisen während der vielen, vielen Jahre in Indien hatte bei beiden Peabodys kein Vertrauen in den Gepäckwagen geweckt, nicht einmal bei einer Tagesreise. Zum Beispiel wollte man vermeiden, wie Mrs. Peabody erläuterte, daß einige der Sachen irrtümlich in Premanagar ausgeladen würden.

Nach diesem Gespräch hatte sich Mrs. Grace von den Peabodys und ihrem Gespräch abgewandt und unterhielt sich mit Bronowski und Achmed, während Sarah und Nigel Susan und die Aja dabei unterstützten, Edward bei Laune zu halten. Damit fiel Perron die Pflicht zu, Mrs. Peabody zu unterhalten, aber das war sehr schwierig. Die Peabodys arbeiteten *unisono*: er im Abteil, sie auf dem Bahnsteig. Ihre gemeinsame Effizienz verriet jahrelange Übung. Sie unterbrach alle Augenblicke die Unterhaltung, um einen Kuli auf ein Gepäckstück hinzuweisen, oder wenn sie es nicht selbst unterbrach, dann erschien Peabody in der offenen Abteiltür und erinnerte sie daran, daß dieses oder jenes Gepäckstück als nächstes eingeladen werden sollte.

»Also ich weiß nicht, ob wir alle mühelos Platz haben«, sagte sie schließlich, »aber da wir nur sechs sind, müßte es eigentlich gelingen.«

»Acht«, verbesserte Perron.

»Dora«, rief Peabody an der Wagentür, »wir nehmen als nächstes doch lieber die Gewehre.«

»Da ist noch der Proviantkoffer.«

»Ich glaube, zuerst die Gewehre und dann den Proviantkoffer.«

»Wie du meinst, Reginald.« Sie wies einen Kuli auf Gepäckstücke aus Segeltuch hin, die lang und dünn genug waren, um Peabodys Gewehre zu enthalten.

»Acht«, sagte sie, ohne den Faden zu verlieren, »wie kommen Sie auf acht?«

»Im Grunde acht und eine halbe Person, wenn Sie mich *und* den kleinen Jungen dazurechnen.«

»Natürlich rechnen wir Sie beide dazu.«

»In Ordnung, Dora. Jetzt den Proviantkoffer.«

Sie wies einen Kuli auf den Proviantkoffer hin. Es war eine Holzkiste von gewaltigen Ausmaßen, vermutlich mit Zinnblech ausgeschlagen und mit Luftlöchern an einer Seite. Als Perron zusah, wie sie in der Tür verschwand, dachte er, zumindest würde keiner von ihnen hungern müssen, wenn der Zug unterwegs stehenblieb und die Peabodys freundlich genug waren, mit allen zu teilen.

»Ich komme immer nur auf sechs und ein halb, es sei denn, Hauptmann Rowan kommt mit nach Ranpur, anstatt zu Laura nach Gopalakand zu fahren. Aber das wären meiner Meinung nach erst sieben und ein halb. Aber natürlich war Rechnen noch nie meine starke Seite. Nachdem die Thermosflaschen drin sind, können wir das Feld räumen.« Sie ging zur Wagentür und rief: »Reginald? Ich hoffe, man hat die oberen Betten heruntergelassen. Sie müssen auch *ihre* paar Sachen verstauen.«

Perron trat zu Sarah und Nigel. »Ich habe das Gefühl, daß zumindest zwei Angehörige der abreisenden *Radsch* nicht gehen werden, ohne auf ihre alten Rechte zu pochen. Zumindest werden sie sich furchtbar darüber erregen, daß Achmed und die Aja in einem Erster-Klasse-Abteil sitzen.«

»Um Himmels willen, nein«, sagte Sarah.

»Die Peabodys?« fragte Nigel. »Die sollten sich besser daran gewöhnen. Er unterschreibt einen mehrjährigen Vertrag mit Pakistan. Ich werfe es ihm nicht vor, er ist ein hervorragender Kopf in der Militärverwaltung.«

»Hervorragend und nur Major? Oder war er nicht pukka genug, um es bis zum Oberstleutnant zu schaffen?«

Rowan lächelte. »Ursprünglich nicht. Und sie ist Halbjüdin und sehr antisemitisch. Aber inzwischen hat sie einen Titel und ist die Ehrenwerte Dora.«

»Die Ehrenwerte Dora? Welch eine schreckliche Kombination.«

»Sie ist wütend, weil die Zeitungen es immer auslassen. Aber sie hat den Titel erst sehr spät erhalten, als ihr Vater, ein Richter, geadelt wurde. Der Titel ist nie in das indische Verzeichnis aufgenommen worden.«

»Soll ich anfangen, unser Gepäck zu verstauen?«

»Du meinst, sie sind fertig?« fragte Sarah.

Perron winkte ihre Kulis herbei und betrat das Abteil. Es roch nach Peabodys Bay-Rum.

In den alten Erster-Klasse-Wagen gab es keine Gänge. Man brauchte sie nicht und war ohne sie besser dran. Jedes Abteil, Coupé oder Vierbett-Abteil hatte seine eigene Toilette. Die Abteile waren breit genug, daß das Gepäck von vier Fernreisenden darin Platz fand, und die Betten lang genug, daß auch der Größte sich ausstrecken konnte. Normalerweise konnte man das Gepäck an der Trennwand zwischen Schlafabteil und Toilette stapeln, und zwischen den beiden festen unteren Bänken gab es genug Raum, um Eis- und Proviantkisten unterzubringen, ohne die Fußfreiheit zu beeinträchtigen.

Als Perron eintrat, sah er, daß die Peabodys diesen ganzen Platz und noch mehr für sich beanspruchten. Das Gepäck war vor der Trennwand aufgestapelt, versperrte den Ausgang gegenüber und reichte bis dicht an die Toilettentür. Perron hoffte, daß man in Ranpur auf derselben Seite ausstieg, wie man in Mirat einstieg. Die Peabodys wußten es vermutlich. Vom Gepäckstapel an der Trennwand standen durch den ganzen Mittelgang Koffer und Gepäckstücke in einer Reihe. Selbst etwas von dem Stauraum, den die heruntergelassenen oberen Betten boten, war bereits belegt. Perron ordnete an, daß ihre Koffer dort oben untergebracht wurden. Dann erinnerte er sich an Merricks Sachen. Standen sie auf dem Bahnsteig? Er erhielt sofort Antwort – in der Tür erschien ein Kuli mit einem Ende des schwarzen Blechsargs, der zerbeulten alten Kiste mit dem aufgestempelten Namen Oberstlt. R. Merrick, DSO, immer noch lesbar, immer noch sehr beredt.

»Hierhin«, sagte er und deutete auf eine Stelle, wo kaum genug Platz bleiben würde, damit man von einer Seite des Abteils zur anderen gelangte. Er hoffte, der Teppich würde nicht auch noch gebracht werden, aber er kam. Er wirkte allerdings kleiner; man hatte ihn zusammengelegt und verschnürt. Perron ließ ihn auf die Kiste legen.

Er kletterte hinaus auf den Bahnsteig. Die Peabodys verabschiedeten sich von einem älteren Diener, der ihnen Blumengirlanden um die dünnen Hälse legte. Perron sagte Sarah Bescheid. Eine Trillerpfeife blies. Sie wandte sich Bronowski zu, der seinen eleganten kleinen Panamahut zog. Der Bahnsteig hinter den Erster-Klasse-Wagen brodelte. Perron hörte den klagenden Ruf des Mannes, der Tee verkaufte. *Cha-ay. Wall-ah, Garam ch-ay.* Aus den offenen Dritter Klasse-Abteilen streckten sich schwarze Hände herunter und schüttelten die Hände, die sich ihnen zum Abschied entgegenstreckten. Eine Frau weinte.

»Auf Wiedersehen, meine Liebe«, sagte Bronowski zu Sarah, »und bleiben Sie nicht zu lange weg.« Er beugte sich vor, um sie zu umarmen.

Perron schüttelte Nigel die Hand. »Ich telegrafiere«, sagte er.

»Ja, tu das. In Gopalakand werde ich ein besserer Gastgeber sein. Gute Reise.«

Eine Hand legte sich auf Perrons Schulter. Bronowskis Hand. Das eine Auge musterte ihn. »Ich danke Ihnen, daß Sie nach Mirat gekommen sind. Hier ist eine kleine Erinnerung an Ihren Besuch.«

Perron erhielt ein kleines Päckchen. Es schien ein Buch zu sein. Dann schob sich Edward dazwischen.

»Auf Wiedersehen, Herr Ministerpräsident, und danke, daß wir im Gästehaus des Nawab wohnen durften, weil Daddy nicht da war.«

Sie stiegen nacheinander in das Abteil. Die Trillerpfeife blies noch einmal. In einiger Entfernung schluchzte die Frau noch einmal laut auf.

»Mrs. Merrick, Sie können Ihre Proviantkiste auf unsere stellen«, sagte Mrs. Peabody.

»Bitte bemühen Sie sich nicht«, erwiderte Susan. Sie saß am anderen Ende des Abteils, gegenüber von Mrs. Peabody. Zwischen ihnen befanden sich die schwarze Metallkiste und der zusammengefaltete Teppich. Sie hielt einen Korb auf dem Schoß.

»Hat Ihre Aja ein Abteil in der Nähe?«

»O, ganz in der Nähe, Mrs. Peabody. Genauer gesagt, hier. Die Aja wird neben mir sitzen, für den Fall, daß ich einschlafe, und jemand sich um Edward kümmern muß. So ist es am besten.«

Mrs. Peabody sagte nach einem Augenblick: »Reginald, laß mich auf der anderen Seite sitzen. Es ist doch etwas eng hier.« Sie tauschten die Plätze.

»Wollen Sie den Korb wirklich auf dem Schoß behalten, Mrs. Merrick«, fragte Peabody.

»O ja, Major Peabody.«

Perron stand an der Tür und nahm Edward aus Dimitris Armen entgegen. »Ich will mich noch nicht setzen, Perron, ich will von diesem Fenster aus winken«, sagte der Junge.

»In Ordnung. Aber laß zuerst alle einsteigen.«

Als nächste erschien Mrs. Grace. Sie warf einen Blick in das Abteil, dann auf die Peabodys und sagte: »Du meine Güte, das sieht ja wie der Auszug aus Ägypten aus.« Sie setzte sich neben Susan. Sarah gab Nigel einen Kuß und stieg als nächste ein. Sie ging um das Gepäck herum, den Gang entlang und setzte sich zwischen Major und Mrs. Peabody.

»Aja«, rief Edward, »beeil dich. Du verpaßt sonst noch den Zug.«

Achmed half der Aja beim Einsteigen.

»Komm hierher, Aja«, sagte Mrs. Grace und klopfte auf den Sitz neben sich. *Baitho.*

Die Aja versuchte, Edward mit sich zu nehmen. Aber er hielt seine Stellung. Also setzte sie sich sprungbereit auf den Rand der grünen, ledergepolsterten Bank. Eine hübsche junge Frau, dachte Perron. An diesem Morgen bedeckte sie das Gesicht nicht mit dem Sari. Achmed kam als Letzter. Außer einer kleinen Leinentasche schien er kein Gepäck zu haben.

Die Trillerpfeife schrillte wieder. Achmed schloß die Tür, drehte sich um und hob Edward an das offene Fenster.

»Auf Wiedersehen, Dimitri«, rief der Kleine, »auf Wiedersehen, Onkel Nigel.«

Der Zug setzte sich plötzlich in Bewegung. Perron stemmte sich gegen den Gepäckstapel der Peabodys, bückte sich und sah durch die anderen Fenster, um das sich entrollende Gemälde der Abfahrt aus Mirat zu betrachten.

Ich erinnere mich (so hat er gesagt) wie dunkle Gesichter die weißen verdrängten. Ich erinnere mich an die Frau, die versuchte, neben dem Zug herzulaufen.

»Wollen Sie den Korb wirklich auf dem Schoß behalten, Mrs. Merrick?« fragte Mrs. Peabody. »Könnte Ihre Aja ihn nicht nehmen?«

Susan gab keine Antwort mehr. Als Perron über das Gepäck geklettert war und sich neben Mrs. Peabody gesetzt hatte, flüsterte

Sarah ihm zu: »Versuch zu verhindern, daß sie noch einmal von dem Korb spricht. Es ist die Urne. Susan läßt nicht zu, daß ein anderer sie anfaßt.«

In einem geeigneten Moment, als Edward fröhlich mit der Aja schrie, gab Perron die Information weiter. Mrs. Peabody öffnete den Mund und schloß ihn wieder. Dann öffnete sie die Handtasche und zog ein kleines, mit Eau de Cologne getränktes Spitzentaschentuch hervor. Damit fuhr sie sich vorsichtig über die trockene gelbe Haut.

Sie saßen folgendermaßen:

Auf der Bank, die an der nicht versperrten Tür endete, saß als erster Achmed, neben ihm die Aja, daneben Mrs. Grace und Susan. Der kleine Edward betrachtete diesen Teil des Abteils als Spielplatz. Susan gegenüber saß Peabody, neben ihm Sarah, Perron und Mrs. Peabody. Neben Perron und Mrs. Peabody befand sich eine massive Gepäckbarriere, wodurch man Achmed und die Aja nur von der Brust an aufwärts sah. Achmed stand auf und ging in die Toilette. Perron hörte, wie Mrs. Peabody tief Luft holte und langsam wieder ausatmete. Er hatte den Eindruck, sie würde für den Rest des Tages die Toilette nicht benutzen, wie dringend sie es auch nötig haben würde, oder sie würde beim einzigen Aufenthalt (in Premanagar) zur Sicherheit aussteigen, ganz gleich, ob es dann schon nötig war, um später nicht in zu große Verlegenheit zu geraten. Die wenigen Minuten, die Achmed in der Toilette verbrachte, zählte sie vermutlich angespannt, um zu erraten, ob er urinierte oder ein größeres Geschäft verrichtete. Als Achmed wieder erschien, blieb sie stumm, und Perron bekam allmählich den Eindruck, sie mache *ihn* für alles verantwortlich – von dem überfüllten Abteil bis hin zur Urne und der Benutzung von Toiletten durch Inder.

»Peng!« rief Edward. Nachdem sie etwa eine halbe Stunde gefahren waren und (bis auf Perron und die Peabodys – Perron nicht, er mußte nicht dringend genug, um sich durch den Gepäckberg hindurchzukämpfen) alle nacheinander die Toilette benutzt hatten, fand Edward die beste Verwendung für die aufeinandergestapelten Koffer und Gepäckstücke. Hinter dieser Verschanzung schoß er auf alle, bis sie tot waren, ausgenommen Mrs. Peabody, der imaginäre Kugeln nichts anhaben konnten.

Aber das »Peng!« brachte sie offenbar auf einen Gedanken. »Gehen Sie auf die Jagd, Mr. Perron?« fragte sie. Es waren zwar nicht die ersten Worte, die sie mit ihm sprach, aber die ersten, die sie ungefragt an ihn richtete.

Perron verneinte.

»Schießen Sie?«

»Nein. Ich habe Achmed vor ein paar Tagen bei der Beizjagd zugesehen.«

»Wem?«

»Achmed, Mr. Kasim. Dort drüben.«

»Bei der Beizjagd?«

»Mit einem Falken.«

»Ach so. Ich verstehe. Ja. Wirklich? Ich glaube, dafür hätte ich nichts übrig. Ich halte es für ziemlich grausam, ein wildes Tier zu zähmen. Aber ein Tag draußen mit den Hunden, ein Tag draußen mit den Gewehren, das gefällt mir. Wir hoffen, ein paar Tage in Bharatpur bleiben zu können, ehe wir nach 'Pindi hinauffahren. Ich nehme an, Sie waren schon einmal in Bharatpur. Nein? Da sollten Sie aber einmal hin. Die *Jhils* dort sind berühmt.«

Sie redete eine Weile von Bharatpur, von Kaschmir und den zahllosen Orten, die sie und Reginald in Indien kannten. »Wir waren aber nie im Süden, außer natürlich auf der Durchfahrt nach Ooty. Es hat etwas für sich, nach Ooty zu fahren. Aber der Süden deprimiert mich immer. Für mich ist das nicht Indien. Ich glaube, wir sind dem Wesen nach Menschen, die in den Norden Indiens gehören. Sagen Sie, in welchem Regiment sind Sie?«

Perron gestand, daß er zu keinem Regiment gehörte und auch in keinem Regiment gedient habe, abgesehen von einigen Monaten während des Krieges als gemeiner Soldat. Danach habe man ihn zum Nachrichtendienst und später zum Abschirmdienst versetzt.

»Aber Sie sind in Indien gewesen?«

»Eine Zeitlang.«

»Beim Abschirmdienst?«

»Ja. Unter einem Offizier namens Bob Chalmers.«

»Chalmers. Chalmers. Nein, ich bedaure, den Namen kenne ich nicht.«

»Er ist jetzt in der Arzneimittelbranche in Bombay.«

»Wirklich. Wie interessant. Er ist also auch geblieben. Reggie

hat sich sehr mit dem Gedanken getragen, in die Arzneimittelbranche zu gehen, schließlich gehört das zu den wenigen Dingen, die wir für das Land jetzt tun können: Wir helfen ihnen, die
Krankheiten zu bekämpfen.«

»Und die Armut.«

Sie lächelte. »Manchmal glaube ich, das mit der Armut wird
doch sehr übertrieben. Die meisten Inder, die man kennt, könnten
einen mit Sack und Pack aufkaufen.«

»Es gibt auch die, die man nicht kennt.«

»In den Dörfern, Mr. Perron, hat jede Bauersfrau ihre Goldrei-
fen. Nein, nein. Es ist nicht die Armut, es sind die Krankheiten.
Der Aberglaube. Die *Trägheit.*«

»Peng!« rief Edward.

Perron starb wieder.

Und dann blieb der Zug stehen. Das Gepäck schwankte durch
die Erschütterung beim Bremsen. Minnie drückte Edward an sich.
Sie alle schaukelten einen Moment vor und zurück und richteten
sich dann wieder auf. Der Zug stand.

»Vermutlich steht eine Kuh auf den Gleisen«, sagte Mrs. Peabody.
»Reggie, wenn du über den Teppich kletterst, kannst du vielleicht
etwas sehen.«

Aber Achmed war bereits aufgestanden. Er schob das Fenster
der Tür herunter und beugte sich hinaus.

»Ich erinnere mich an eine Kuh auf den Gleisen«, sagte Susan
in die Totenstille. »Erinnerst du dich auch?«

»Ja, ich kann mich daran erinnern.«

»Aber wo war das? Ich weiß nur noch, daß der Zug hielt und
Vater genau dasselbe sagte, wie Mrs. Peabody gerade eben. ›Vermutlich steht eine Kuh auf dem Gleis.‹ Und so war es auch. Aber
wo, Sarah?«

»Zwischen Ranpur und Delhi, 1930.«

»Ranpur und Delhi. Was für schöne Namen. Die indischen Namen sind so poetisch, hat Ronnie immer gesagt. Wo sind Sie zu
Hause, Mrs. Peabody?«

»In Northamptonshire. Direkt hinter Norby.«

»Norby. Genau das meine ich. Und Mutter sagt, sie hat ein Haus
in Epsom gefunden. Es klingt wie ein Abführmittel.«

»Major Peabody?« rief Achmed. »Würden Sie bitte auf Ihrer Seite die Fenster und die Läden schließen? Und Sie, Mrs. Grace, bitte auf Ihrer?«

Er verschloß die Abteiltür. Dann schob er das Fenster hoch und verriegelte auch den Fensterladen.

»Was ist los, Achmed?« fragte Mrs. Grace.

»Ach, nichts Besonderes. Nur eine lästige Störung. Mr. Perron bitte, auf Ihrer Seite.«

»Was hat er gesagt?« fragte Peabody.

»Er will wohl, daß die Fensterläden geschlossen werden«, erwiderte Mrs. Peabody. »Ich kann mir nicht denken, warum. Es ist schon heiß genug, und der eine Ventilator funktioniert nicht.«

Peabody stand auf. »Was machen Sie denn? Wollen Sie uns bei lebendigem Leib braten?«

Achmed half Mrs. Grace, die Fenster auf der anderen Seite des Abteils hochzuschieben und die Läden herunterzuziehen. Perron tat es auf der Seite der Peabodys.

»Was ist, Achmed?« fragte Sarah.

»Ach, nur ein paar dumme Leute, die stören wollen. Keine Sorge.«

Durch die Fenster sah man nichts außer der endlosen, glühendheißen, flachen und toten Landschaft. »Sie gestatten?« sagte Perron, griff hinter Mrs. Peabody vorbei, um ihr Fenster und den Laden zu schließen.

»Nein. Ich gestatte es nicht. Um Himmelswillen.«

»Bitte schließen Sie die Fenster und die Läden!« erwiderte Achmed. »Mrs. Grace, ich glaube, die Aja sollte nicht dort sitzen. Am besten kriecht sie eine Weile unter den Sitz. Kommen Sie, Minnie.« Er hielt sie fest und drängte sie sanft zu Boden. »Spielen Sie Versteck mit Chokrasahib. Komm Edward, siehst du, die Aja versteckt sich?«

Edward rief: »Warum versteckt sie sich. Ich will nicht Versteck spielen. Das ist ein dummes Spiel für Mädchen.«

»Nein, es ist nicht dumm«, widersprach Achmed. »Komm, hilf mir, die Aja zu verstecken. Du mußt so tun, als ob böse Männer sie suchen würden.«

»Hören Sie, Kasim«, begann Peabody – aber in diesem Moment ertönte vorne im Zug ein langgezogenes, durchdringendes Klage-

geheul. Im Nachbarabteil hörte man Stimmen, dann einen Aus-
ruf und das Geräusch von Fenstern und Läden, die geschlossen
wurden. Das nicht endenwollende Geheul wurde inzwischen von
plötzlichen Schreien begleitet.

Sie blieben wie erstarrt sitzen. Unter der Bank stöhnte leise die
Aja. Der kleine Junge beugte sich hinunter. »Was ist los, Aja?«
fragte er. Achmed packte ihn und sagte: »Es ist alles in Ordnung.
Es ist nur ein Spiel. Die Aja tut, als würde sie sich vor bösen
Leuten verstecken. Major Peabody, kommen Sie bitte auf diese
Seite und setzen Sie sich auf den Platz der Aja, damit niemand sie
sieht.«

Peabody zögerte, kletterte dann aber langsam über das Gepäck.
In diesem Augenblick schlug etwas gegen das Abteil. Etwas Weiches. Noch einmal. Draußen schlug jemand mit der Hand gegen
den Wagen. Das Heulen und Schreien riß nicht ab.

»Nimm den Jungen«, sagte Achmed und gab ihn Sarah auf den
Arm. Peabody saß immer noch breitbeinig auf dem Gepäck.

»Reggie, was *machst* du denn?« fragte seine Frau. Er sah sie
an, als sei sie eine Verrückte. Aber er sagte: »Gott weiß, was da
los ist. Es muß irgend eine blödsinnige Demonstration sein«, und
hob das andere Bein über das Gepäck, verlor das Gleichgewicht
und fiel gegen Mrs. Grace und Susan. »Ach verflucht«, sagte er,
und gerade in diesem Augenblick schlugen draußen Leute heftig gegen die Tür und gegen das Abteil. Ein Knall, das Klirren
von Glas, und Susan schrie auf. Noch ein Knall, und wieder split-
terte Glas. Susan schrie noch einmal. Instinktiv blieb Peabody zusammengekauert am Boden; er vergaß, daß das Glas nicht durch
die geschlossenen Läden fallen konnte. Im Abteil war es dunkel.
Entlang der Ränder der Rolläden drangen Lichtstreifen herein.
Alle kauerten sich auf den Sitzen zusammen, auch Achmed. Mrs.
Grace legte den Arm um Susan. Sarah hielt den Jungen. Diese
Szene sah Perron, als er nach einer plötzlichen Stille, die ein paar
Sekunden dauerte, den Kopf hob und sich umblickte.

Ein Schlag gegen die Tür. Dann wurde eine Weile dagegen
gehämmert. Als es abbrach, hörte man deutlich eine Männer-
stimme: »Komm raus, Kasim Sahib.« Weitere Schläge gegen die
Tür. Susan rang nach Luft. Mrs. Peabody schrie: »Was machen
die denn, was machen die denn?« Von draußen hörte man wieder

die Stimme: »Komm raus, Kasim. Kasim Sahib? Komm. Oder müssen wir die Tür aufbrechen und all diese Herren und Damen belästigen? Kasim? Kasim Sahib?« Als die Stimme schwieg, hämmerte wieder jemand gegen die Tür.

Plötzlich Stille. Dann klirrte wieder ein Fenster. Jetzt begann Edward zu weinen. Sarah beruhigte ihn. Perron stand auf – um zu tun, wovon er nicht wußte, daß er es tun wollte: Zur Tür gehen, den Laden offnen und hinausrufen, daß im Abteil kein Kasim sei?

Achmed war ebenfalls aufgestanden. Da Edward weinte, und Susan schrie, hörte Perron nicht deutlich, was Achmed sagte. Aber es klang wie: »Sie scheinen mich zu suchen.« Es hätte auch sein können: »Halten Sie sich bereit, die Tür wieder zu verriegeln.« Er lächelte, zuckte mit den Achseln und hatte die Tür plötzlich entriegelt. Während er das tat, sprang Peabody vorwärts, als wolle er ihn daran hindern. Es war zu spät. Achmed öffnete die Tür und war verschwunden.

Ein Kopf mit einem Turban tauchte auf. Peabody mußte den Kopf in Augenhöhe gesehen haben; Perron sah ihn von oben. Der Kopf hob sich. Der Mann mußte sich auf dem Trittbrett und den Haltegriffen hochgezogen haben. Es sah aus, als wolle er hereinkommen. Eine Hand legte sich auf den Türgriff, in der anderen hielt er etwas, das wie ein Schwert aussah. Aber es konnte doch unmöglich ein Schwert sein. Er sagte: »Entschuldigen Sie die Störung, meine Damen und Herren. Auf dem Weg nach Ranpur, nicht wahr?« Er ließ sich fallen und schlug dabei die Tür zu. Peabody sprang vorwärts und verriegelte sie.

Perron empfand nichts als Erleichterung. Damals war es nur Erleichterung. Schrecklich wurde es erst danach, als er begriff, daß es die Erleichterung gewesen war, die ein Mann empfindet, wenn ihm ein Instinkt sagt, daß er persönlich eine Gefahr überlebt hat. Möglicherweise empfand Peabody die gleiche Erleichtung. Möglicherweise schob er deshalb den Laden hoch und blickte hinaus. Er zog ihn schnell wieder herunter, blieb einen Augenblick regungslos stehen und starrte auf den Laden. Dann überprüfte er die verschlossene Tür, drehte sich herum und setzte sich wortlos auf den Platz, den Achmed verlassen hatte.

In diesem Augenblick setzte sich der Zug wieder in Bewegung – langsam, sanft und geschmeidig, als schleiche er sich verstohlen aus einer gefährlichen und unverständlichen Situation davon. Abgesehen von Peabody, der aus dem Fenster geblickt hatte, konnte sich keiner der Menschen im Abteil die Szene der zweiten Abfahrt genau vorstellen. Später mußten sie es alle getan haben. Perron blieb sie so lebendig im Gedächtnis, daß er manchmal glaubt, er habe selbst den Laden geöffnet und gesehen, wie der Zug sich langsam von der Stelle entfernte, wo auf dem Bahndamm Körper lagen; einige in der Nähe, andere etwas weiter weg, als hätten sie versucht davonzulaufen und seien eingeholt und erschlagen worden – Männer, Frauen, junge Männer, junge Frauen, Kinder. Tot sahen sie alle gleich aus, wie ausgestopfte Puppen für ein merkwürdiges Fruchtbarkeitsfest.

Es dauerte eine dreiviertel Stunde, bis sie Premanagar erreichten. Anfangs schien es, als würden sie die ganze Strecke im Halbdunkel der geschlossenen Läden und in völliger Stille verharren, die nur das rhythmische Rattern der Räder durchbrach, die schnell den Abstand zwischen den lebenden Reisenden und den zurückgelassenen Toten vergrößerte. Aber nach etwa fünf Minuten sagte Mrs. Peabody: »Reggie, glaubst du, wir könnten etwas Licht und Luft hereinlassen? Sonst werde ich noch ohnmächtig.«

»Nur auf Ihrer Seite«, sagte Mrs. Grace. »Hier liegen hinter den Läden viele Glassplitter.«

»Ich dachte an meiner Seite. Vielleicht könnten Sie mir helfen, Mr. Perron, da Sie doch hier sitzen.« Perron half ihr.

»Mir hat das Spiel nicht gefallen, Tante Sarah«, erklärte Edward. »Ist es vorbei?«

Das tränenverschmierte Gesicht des Kindes kam zum Vorschein, als der Laden hochgeschoben wurde. Er kletterte von Sarahs Schoß auf das Gepäck und auf der anderen Seite hinunter. »Du kannst wieder herauskommen, Aja«, rief er, »wir spielen das Spiel nicht mehr. Wo ist Achmed? Ist er wieder Pipi machen? Ich will auch Pipi machen.« Er mußte das mehrmals wiederholen und wankte dann auf die Tür der Toilette zu. Seine Unsicherheit fiel Major Peabody plötzlich auf.

»Komm mein Junge, ich helf dir.«

»Wie heißt *du*?« fragte Edward, als er in die Toilette geführt wurde.

»Mein Name ist nicht wichtig«, sagte Peabody und schloß die Tür hinter ihnen beiden.

Sarah beugte sich vor; sie umklammerte mit beiden Händen die Ellbogen und hielt den Kopf gesenkt. Die Aja war unter der Bank hervorgekrochen und lehnte am Gepäck. Als die Toilettentür aufging, und Edward allein herauskam, nahm sie ihn auf den Arm und setzte sich mit ihm auf den Platz, auf dem zuerst Achmed und dann Peabody gesessen hatte, und der jetzt jedem oder niemandem gehörte. Peabody blieb beinahe zehn Minuten in der Toilette. Vielleicht übergab er sich. Als er herauskam, sah er sehr blaß aus. Als er feststellte, daß sein neuer Platz besetzt war, kletterte er über das Gepäck und setzte sich wieder am anderen Ende des Abteils Susan gegenüber, die immer noch den Korb umklammerte, und von Mrs. Grace immer noch im Arm gehalten wurde.

»Weint Mami wieder?« fragte Edward.

Niemand antwortete. Aber dann sagte Sarah: »Wir haben ihn einfach gehen lassen. Wir haben alle hier gesessen und ihn einfach gehen lassen.« Danach sprach keiner mehr. Und so erreichten sie Premanagar.

Ehe der Zug tatsächlich hielt, stand Peabody auf. Auch Perron stand auf. An der Tür flüsterte Peabody ihm zu: »Sorgen Sie dafür, daß alle hier bleiben. Sie dürfen nicht auf den Bahnsteig.«

»Aber ich muß hinaus.«

Peabody sagte: »Ich glaube, lieber nicht.«

»Tut mir leid, Peabody. Aber ich muß dorthin zurück, wo Achmed ausgestiegen ist.«

Peabody runzelte die Stirn. Vielleicht, weil Perron ihn nur mit dem Nachnamen angeredet hatte. »Sie werden nichts finden. Man hat ihn in Stücke gehackt.«

Perron begriff nicht richtig, was Peabody gesagt hatte. »Ich muß ein Telefon finden und im Palast anrufen. Wir können es nicht einfach auf sich beruhen lassen. Jemand muß zurückfahren.«

Als der Zug hielt, hörte man draußen plötzlich wieder Klagen und Schreien. Peabodys Atem roch sauer. Er sagte: »Vielleicht stürzen sie sich auf uns, wenn sie es begriffen haben. Vielleicht geben sie uns die Schuld. Sie wären besser beraten, sich hier um die Frauen zu kümmern, ich werde herausfinden, was los ist.«

»Schon gut, Major Peabody«, rief Sarah, »Mr. Perron weiß, was er tun muß. Wenn Sie wollen, bewache ich die Tür.« Sie kam herüber. Peabody öffnete widerstrebend die Tür. Draußen hörte man eine englische Stimme rufen: »Mein Gott!« Peabody und Perron stiegen aus. »Schließen Sie ab«, sagte Peabody zu Sarah. Sie erwiderte: »Es besteht kein Grund, sie jetzt zu verschließen.«

Aus dem Nachbarabteil waren andere englische Reisende ausgestiegen – darunter zwei Frauen. Zwei indische Offiziere liefen vorbei und baten sie, Platz zu machen. Sie traten automatisch zur Seite, als seien sie damit einverstanden, daß dies eine indische Angelegenheit war und nicht ihre. Blaß und erschrocken blieben sie stehen.

Aus den Dritter-Klasse-Wagen trug man bereits einige der Toten. Der erste war ein Purdah-Wagen, und man hob weiße und schwarze Bündel verschleierter Frauen heraus. Die meisten bewegten sich nicht, als man sie auf die Erde legte, nur ein oder zwei schienen zu versuchen, zurückzukriechen. Unter den Toten aus dem Purdah-Wagen befanden sich auch kleine Kinder. Auf dem Bahnsteig hinter dem Purdah-Wagen wurden immer mehr blutbefleckte weiße Bündel abgelegt, aus denen schwarze Gliedmaßen herausragten. Eine Leiche lag auf dem Wagendach. Niemand schien sie bemerkt zu haben. Aus einigen Wagenfenstern hingen Köpfe und Arme. Das Blut zeichnete langsam Muster auf dem schmutzigen grauen Beton des Bahnsteigs. Die Lokomotive ließ plötzlich Dampf ab, als wolle sie den Zug weiterziehen. Die Leute begannen zu schreien. Eine Welle der Panik erfaßte den Bahnsteig, doch als der Zug sich nicht bewegte, beruhigten sich die Menschen wieder, und es blieb nur das Klagen all jener, die unter den Toten und Sterbenden umherirrten.

»Tut mir leid«, sagte der Fahrdienstleiter, »ich kann keine Privatgespräche erlauben. Ich versuche, Mirat zu erreichen. Möglicherweise sind die Leitungen unterbrochen. Bitte gehen Sie.«

Der Fahrdienstleiter war ein Sikh. Die Leute sagten, unter der Bande, die den Zug gestoppt und mitreisende Moslems mit Schwertern erschlagen hatte, seien auch Sikhs gewesen. Aber wenn der Mann um sein Leben fürchtete, zeigte er es nicht. Er war unbekümmert auf dem Bahnsteig auf und ab gelaufen. Perron hatte ihn bei einem seiner kurzen Besuche im Büro abgefangen, wo ein Havildar ständig am Telefon saß.

»Wenn Sie Mirat erreichen, würden Sie dann bitte sagen, daß Achmed Kasim, der Sohn von Mohammed Ali Kasim vermutlich unter den Toten ist, und daß man den Premierminister des Nawab informieren soll.«

»Achmed Kasim? Achmed Kasim? Wer ist Achmed Kasim?«

»Er ist mit uns gereist.«

»Weshalb ist er dann vermutlich unter den Toten? Sie sind doch sicher erster Klasse gefahren. Bitte gehen Sie! Was ist einer unter so vielen?«

»Mirat, Sir«, rief der Havildar und gab ihm den Hörer.

Der Fahrdienstleiter griff danach und sagte gleichzeitig: »Bitte, gehen Sie alle!« Er sprach schnell in einer Mischung aus Englisch und Hindi ins Telefon. Perron war nicht der einzige unberechtigt Anwesende. Ungefähr sechs andere drängten sich mit ihm in das winzige Büro. Aber es waren alles Engländer – Leute, die Freunde in Mirat benachrichtigen wollten oder von Freunden in Ranpur erwartet wurden, die im Laufe des Tages vielleicht erfuhren, was geschehen war, und sich Sorgen machen würden.

»Versuchen wir es beim Bahnhofsvorsteher«, sagte einer.

»Der ist noch schlimmer als der hier.«

Sie hatten den Schock überwunden. Die alten Reaktionen setzten bereits wieder ein, aber der Drang, die Dinge in die Hand zu nehmen, war verschwunden. Diese Situation hatte immer unter der Oberfläche gebrodelt und versucht auszubrechen; die Engländer hatten sich bemühen müssen, das zu verhindern. Nun war das Schlimmste geschehen.

»Nur Gott weiß, wie die das hier schaffen wollen«, sagte ein Offizier zu Perron, als sie zum Bahnsteig zurückgingen. »Premanagar war schon immer ein totes Loch. Keine ordentlichen Truppen und kein pukka Krankenhaus.«

Das Büro des Fahrdienstleiters befand sich neben dem Erster-Klasse-Restaurant. Die Züge hielten immer so, daß sich die Erster-Klasse-Abteile gegenüber den Einrichtungen befanden, die die Erster-Klasse-Passagiere benutzten. In diesem Bereich war der Bahnsteig eine kleine abgeschlossene Insel, während auf beiden Seiten das Grauen herrschte. Perron fiel auf, daß bewaffnete Polizei erschienen war. Seit Eintreffen des Zuges waren zwanzig Minuten vergangen. Er ging zum Abteil zurück. Die Tür stand offen. Im Abteil befanden sich nur die beiden Peabodys – er kniete neben einer offenen Tasche; sie lag ausgestreckt auf einer Bank und bedeckte die Augen mit den Händen.

»Wo sind die anderen?« fragte Perron.

»Im Wartesaal für Damen.«

Peabody holte aus der Tasche einen Stoffgürtel und ein Halfter. Im Halfter steckte ein Revolver. Perron stieg wieder aus und ging zum Wartesaal. Der Vorraum war überfüllt. Unter den Frauen befanden sich auch einige Männer, die blaß, würdevoll und fürsorglich wirkten. An einem Ende entdeckte er Mrs. Grace, die Aja, Edward und Susan. Er bahnte sich einen Weg zu ihnen und kam dabei von einer ventilatorbewegten Luftzone in eine andere. »Wo ist Sarah?« fragte er Mrs. Grace.

»Sie stellt fest, ob sie etwas helfen kann. Ich habe sie gehen lassen, denn sie wollte es.«

Perron bahnte sich den Rückweg. »Barbaren«, sagte eine Frau. Und ein Mann: »Was hast du erwartet. Das ist erst der Anfang. Wenn wir erst weg sind, schneiden sie sich gegenseitig die Kehle durch. Gewaltlosigkeit! Da kann man doch nur lachen.« Aber Perron war nicht nach Lachen zumute. Draußen auf dem Bahnsteig kämpfte er sich durch die Sperre der bewaffneten Polizei, bis zu einer Stelle, wo die Hilfe, die Sarah anbieten konnte, möglicherweise von Nutzen war. Er konnte sie nirgends entdecken. Also machte er sich wieder auf den Rückweg, durchquerte die Zone der Sicherheit und betrat nach einer anderen Polizeisperre die andere Seite des Grauens. Dort entdeckte er zwei indische Krankenschwestern und einen Bahrenträger. Eine Nonne. Zwei Nonnen. Wie wenig pukka das nahegelegene Krankhaus auch sein mochte, es war aktiv geworden. Und er sah zwei weiße Frauen; die eine älter, die andere noch recht jung. Ein westlich gekleideter Inder im mittleren Alter hielt ihn an. »Sind Sie Arzt?« »Nein«, sagte Perron, »ich wünschte bei Gott, ich wäre es.« Er ging weiter. Die beiden weißen Frauen kümmerten sich um Kinder. Die Nonnen, beides Inderinnen, verbanden Wunden, stillten Blut, das aus schrecklichen Hiebwunden rann, die die weißen Knochen und das rote Fleisch unter der weißen Haut enthüllten. Ein anderer älterer Mann, diesmal ein Engländer, hob den Kopf und fragte: »Sind Sie der Arzt?« »Nein«, erwiderte Perron. Der Mann sagte: »Macht nichts. Wir brauchen Wasser. Könnten Sie dabei helfen? Aber es muß von dem Wasserhahn dort drüben sein. Nicht von dem für Hindus. Aber viele von den armen Kerlen sterben vor Durst, wenn schon nicht an etwas anderem.«

An dem Hahn »dort drüben« fand er Sarah. Sie kniete mit völlig durchnäßtem Rock in Schmutz und Dreck und reichte dem Mann am Hahn kleine Messinggefäße. Der Mann griff, ohne hinzusehen nach den leeren und stellte die gefüllten neben sich. Die Gefäße, Krüge, Gläser wurden von Männern, Frauen und Jugendlichen gebracht und weggenommen. Perron kniete sich neben sie. »Komm«, sagte er, »ich lös dich ab.«

»Nein«, sagte sie, »das kann ich. Das andere kann ich nicht. Aber wenn du es kannst, tu es bitte.«

Also griff Perron nach einem der Messingkrüge und ging zu den Sterbenden. Oder den Toten. Man konnte es nicht immer gleich erkennen. Er kniete neben einem alten Mann mit einem grauen Bart nieder, der ihn dankbar und froh anzulächeln schien. Aber als er ihm die Hand unter den Nacken schob, um ihm den Kopf zu heben, reagierte er nicht. Er hatte glasige Augen, und das Lächeln war nur das Lächeln eines Toten.

Es war der Zehn-Uhr-Expreß nach Ranpur gewesen, der nur in Premanagar halten und normalerweise dort um elf Uhr fünfzehn eintreffen sollte. Sie hatten an einem Punkt einige Meilen hinter der letzten der drei Haltestellen im Hinterhalt gelegen, die man alle drei innerhalb einer halben Stunde nach der Abfahrt aus Mirat erreichte. Von da bis Premanagar gab es keine Dörfer mehr, nur noch Wüste.

Als der Zug aus einer Kurve kam, und die Geleise gerade und beinahe auf gleicher Höhe mit dem Gelände verliefen, hatte der Lokomotivführer tatsächlich eine Kuh gesehen, die scheinbar wiederkäuend dort stand. Er erinnerte sich, nur zwei oder drei schlafende Männer auf dem Bahndamm gesehen zu haben. Aber an dieser Stelle wuchsen in den Gräben auf beiden Seiten des Bahndamms ein paar Bäume. Als er den Zug anhielt, entdeckte er sehr viel mehr Männer. Sie rannten von beiden Seiten herbei. Zwei – mit Schwertern bewaffnet – kletterten auf die Plattform. Die anderen rannten am Gleis entlang und sprangen auf die Wagen.

Einige Reisende berichteten, die Angreifer hätten Unterstützung von Männern erhalten, die mit dem Zug aus Mirat mitgefahren waren. Sie hätten Messer und Keulen hervorgezogen und sich an dem Überfall beteiligt. Einer dieser Männer mußte beobachtet haben, in welches Abteil Achmed eingestiegen war. Die Meinungen darüber, wie lange der Zug angehalten worden war, während die Männer ihn durchkämmten, Moslems herauszerrten oder auf der Stelle töteten, gingen auseinander. Manche sagten, es seien nur fünf Minuten gewesen, andere glaubten zu wissen, daß das Gemetzel etwa eine halbe Stunde gedauert habe. Tatsächlich dauerte es nicht länger als zehn oder fünfzehn Minuten. Nach Ablauf dieser Zeit ließ ein Mann auf ein Signal hin die Kuh frei (die man dort festgebunden hatte), trieb sie mit Schlägen davon und überließ sie sich selbst. Die zwei Kerle auf der Plattform befahlen dem Lokführer weiterzufahren und sprangen ab. Der Lokführer mußte dazu nicht gedrängt werden. Er hielt es für großes Glück, daß er und sein junger Gehilfe mit dem Leben davongekommen waren. Er warf erst einen Blick zurück, als die Lokomotive an Fahrt gewonnen hatte. Dann sah er, wie die Männer über das unebene felsige Gelände auf ein paar zerfallene Hütten zurannten. Er entdeckte keine Fahrzeuge und keinen Hinweis darauf, wie die Männer an diesen Platz gekommen waren oder wie sie vorhatten, von dort wieder wegzukommen. Aber vermutlich gab es Fahrzeuge – vielleicht einen alten Transporter oder einen alten Bus. Es dauerte fünfundvierzig Minuten, bis der Zug Premanagar erreichte, etwa weitere fünfzehn, bis die Behörden in Premanagar-Verbindung nach Mirat aufgenommen hatten, und vielleicht eine weitere halbe Stunde, bis Truppen, Polizei und Sanitätstrupps den Schauplatz des Überfalls erreichten, nachdem sie in den Dörfern in der Umgebung der drei Haltestellen Suchtrupps abgeladen hatten. Am Schauplatz selbst fand sich nur der schreckliche Beweis: die Toten und Sterbenden. Die Angreifer hatten inzwischen beinahe zwei Stunden Zeit gehabt, sich zu zerstreuen.

Auf der Straße konnte man die Fahrt von Mirat nach Premanagar in eineinhalb Stunden zurücklegen und brauchte nur fünfzehn Minuten länger als mit der Bahn. Die erste Abteilung von Truppen, Sanitätern und bewaffneter Polizei aus Mirat erreichte Premanagar etwa gegen dreizehn Uhr dreißig – fünfzehn Minuten später, als der Schnellzug nach Ranpur fahrplanmäßig abfahren sollte, der aber meist Verspätung hatte, um den Erster-Klasse-Reisenden ein gemächliches frühes Mittagessen zu ermöglichen. Der Distriktskommissar und der Distriktspolizeichef waren bereits um zwölf Uhr am Schauplatz eingetroffen. Inzwischen hatte man die Toten und Verwundeten beinahe alle in ein Notlazarett gebracht, das man auf dem Frachthof eingerichtet hatte. Eine gewisse Ordnung war wiederhergestellt. Die Wagen und der Bahnsteig wurden abgewaschen. Es kursierte das Gerücht, der Zug würde gegen fünfzehn Uhr mit einer bewaffneten Schutzmannschaft abfahren und werde vielleicht nur mit etwa einer Stunde Verspätung abends sein Ziel erreichen. Ungefähr ein Dutzend der Reisenden der ersten Klasse gingen ins Restaurant. Die Bar hatte bereits seit einiger Zeit Gäste.

Perrons Hose und Hemd waren blutbespritzt. Er hatte Sarah aus den Augen verloren. Er ging vom Frachthof zurück zum Bahnsteig und zum Abteil.

Mrs. Peabody lag immer noch ausgestreckt auf der Bank. Peabody beugte sich gerade über die Proviantkiste und goß sich aus einer Thermoskanne etwas zu trinken ein. Sonst war das Abteil leer. Die Girlanden, die die Peabodys in Mirat geschenkt bekommen hatten, lagen auf dem Fußboden.

»Haben Sie Miss Layton gesehen?«

Peabody wies mit dem Kinn auf die Toilette. »Sie ist da drin und zieht sich um. Ich vermute, die anderen sind immer noch im Aufenthaltsraum für Frauen. Sie ziehen sich besser auch um. Möchten Sie einen Becher Malzmilch? Das gibt Kraft.«

»Nein, vielen Dank.«

»Hier gibt es auch ein oder zwei belegte Brote, oder haben Sie eigene Verpflegung?«

»Danke, ich möchte nichts essen.«

»Sie sollten etwas essen, besonders wenn Sie zurückfahren. Ich habe gerade mit Bob Blake gesprochen. Er nimmt Sie mit, wenn Sie immer noch zurück wollen.«

»Wer ist Bob Blake?«

»Er ist der Offizier der Schutztruppe für Flüchtlinge in der Garnison. Sie sind hier vor einer Weile eingetroffen. Ich habe ihm gesagt, was mit Kasim geschehen ist. Er ruft den Standortkommandanten in Mirat an. Es kann eigentlich nichts geben, was Sie tun könnten. Aber Ihnen lag anscheinend so viel daran, und deshalb habe ich es Bob gesagt. Er kannte Kasim flüchtig. Es würde mich nicht wundern, wenn er gleich kommt, um mit Ihnen zu reden.«

Sarah kam aus der Toilette. Sie trug eine Reisetasche. Sie hatte ein zerknittertes, aber sauberes und trockenes Kleid an. Sie warf ein Blick auf sein Hemd und seine Hose und fragte:

»Hast du schon etwas getrunken?«

Peabody sagte: »Ich habe ihm etwas angeboten, aber er wollte es nicht.«

»Ich meine etwas Richtiges.«

Perron schüttelte den Kopf. »Ich möchte auch nichts Richtiges trinken.« Er glaubte, sich übergeben zu müssen. Er stieg aus. Sarah kam ebenfalls auf den Bahnsteig. Sie sagte: »Entschuldige, daß ich schnorre. Hast du eine Zigarette?«

Er zog das Etui heraus. Es fiel ihm schwer, es zu öffnen. Sie versuchte, seine Hand ruhig zu halten, als er ihr Feuer gab. Sie zitterten beide. Sie sagte: »Willst du wirklich zurück?«

»Soll ich nicht? Brauchst du in Ranpur Hilfe?«

»Nein. Nein, danke. Ich möchte auch zurück, aber ich kann nicht. Ich kann Tante Fenny nicht mit all dem allein lassen. Aber sie werden im Palast bald wissen, was mit Achmed geschehen ist. Jemand sollte zurückfahren und versuchen zu erklären, wie es geschehen ist.«

»Mr. Perron?«

Perron drehte sich um. Neben ihm stand ein kräftiger, ziemlich rotgesichtiger englischer Offizier im mittleren Alter. Sarah sagte: »Guy, das ist Major Blake.« Sie gaben sich die Hand. Blake sagte: »Ich fahre in etwa fünfzehn Minuten. Können Sie bis dahin fertig sein, wenn Sie mitkommen wollen?«

»Ja, ich muß mich nur umziehen.«

»Mein Unterführer übernimmt den Zug, Miss Layton«, erklärte Blake, »für den Rest der Reise sind Sie sicher. Ich habe einen Infanteriezug abkommandiert.«

Er griff Perron am Arm, zog ihn ein paar Schritte beiseite und sagte: »Ich habe mit dem Standortkommandanten in Mirat gesprochen. Er hat mir gesagt, daß Graf Bronowski ihn bereits angerufen hat. Die Nachricht hat sich sehr schnell verbreitet. Leider hat der Standortkommandant ihm gesagt, daß nur Moslems in der dritten Klasse getötet worden seien. Aber er hat es nur vermutet. Er fährt jetzt dorthin, wo die Leichen hingebracht werden. Besteht die Möglichkeit, daß Kasim nicht umgekommen ist?«

»Ich glaube nicht. Er hat die Tür aufgemacht und ist hinausgegangen. Alles andere hat Peabody gesehen.«

»Der Standortkommandant sagt, er wäre sehr dankbar, wenn Sie zurückkommen würden, falls der junge Kasim tot ist. Wohin fahren Sie, Mr. Perron, nach Pankot?«

»Nur nach Ranpur und dann weiter nach Delhi.«

»Sind Sie in Eile?«

»Nein.«

»Trotzdem, ich tu was ich kann, um Ihnen bei der Abreise zu helfen. Haben Sie das Kreidezeichen an der Tür gesehen?«

»Ein Kreidezeichen?«

»Miss Layton ist es vor einer Weile aufgefallen. Jemand hat unten auf die Abteiltür einen Mond gemalt. Das muß jemand in Mirat gemacht haben, der gesehen hat, wo Kasim einstieg. In der ersten Klasse hat man nur Ihr Abteil angegriffen. Sie mußten nur nach dem Kreidezeichen suchen. Nun ja, ich schicke Ihnen jemand, der Ihnen hilft, Ihr Gepäck herauszuholen und rüberzutragen.«

Blake ging zu Sarah zurück. Sie sprachen kurz miteinander. Dann legte er die Hand an die Mütze und ging. Aus der Bar drang plötzlich schallendes Gelächter. Perron kehrte in das Abteil zurück, um sein Gepäck herunterzunehmen und sich umzuziehen. Dabei entdeckte er unten an der Tür eine verschmierte Stelle. Jemand hatte das Kreidezeichen weggewischt.

Mrs. Grace und Susan, Edward und die Aja waren immer noch im Wartesaal. Er wollte sie nicht stören. Er verabschiedete sich von Peabody. Mrs. Peabody rührte sich nicht von der Bank. Nur Sarah begleitete ihn. Ein Kuli trug seinen Koffer, ein zweiter die Reisetasche. Ein indischer Gefreiter, den Blake geschickt hatte, beaufsichtigte die beiden. Er wollte ihn zu dem Wagen bringen, mit dem er und Blake fahren sollten.

»Gehört das Ihnen?« rief Peabody und streckte ihm etwas aus der offenen Abteiltür entgegen: ein kleines Päckchen und eine Leinentasche.

Das Päckchen enthielt Dimitris Geschenk. Es gehörte ihm, und er hatte es noch nicht geöffnet. Vermutlich ein Buch. Vielleicht eine Übersetzung von Puschkins Gedichten. Die Leinentasche erkannte er im ersten Augenblick nicht – dann doch. Er nahm beides mit. Sarah vermied es, die Leinentasche anzusehen.

»Werde ich dich wiedersehen?« fragte er.

»Ich weiß nicht.« Sie zitterte immer noch. »Was gibt es an mir schon zu sehen?«

Er berührte sie an der Schulter. »Sehr viel«, sagte er. Dann beugte er sich vor und küßte sie. Er ließ sie los. Sie drehte sich um und stieg in das Abteil zurück. Er lächelte ihr zu und folgte dem Gefreiten. Am Ausgang drehte er sich um. Sie stand in der Abteiltür und hielt wie immer die Ellbogen umklammert; sie sah ihm nach. Ganz kurz löste sie eine Hand und hob sie. Dann verschwand sie im Abteil.

Ich bin sicher (hat Sarah geschrieben), daß er sagte: »Sie scheinen mich zu suchen.« Guy hat es gehört. Ich habe es gehört; wir alle haben es damals gehört, und es klang logisch. Und daß er lächelte, trug dazu bei, daß ich dachte, alles wäre in Ordnung, wenn er zu den Leuten hinausging, die nach ihm riefen. So erschien es mir damals. Ich kann es heute nicht rechtfertigen, höchstens, indem ich sage, daß es so vieles gleichzeitig zu tun gab: Edward mußte aufhören zu weinen; Susan mußte aufhören zu schreien; ich mußte mir erklären, weshalb die Aja sich unter der Bank versteckte. Als er zum ersten Mal aus dem Fenster sah, nachdem der Zug stand, muß er gesehen haben, daß sie Moslems herauszerrten. Wären wir nur ein oder zwei Wochen später gefahren, wären wir darauf vorbereitet gewesen, denn dann gehörte es zum Alltag, daß Züge angehalten und die Menschen niedergemetzelt wurden. Engländern geschah nie etwas. Und es war üblich, indische Freunde und Dienstboten unter den Sitzen zu verstecken – Hindus, wenn die Moslems angriffen, und Moslems, wenn es Hindus waren. Wenn die Männer an die Tür hämmerten, schickte man sie einfach weiter. Aber das wußten wir nicht. Wir waren nicht darauf vorbereitet. Ich nehme an, Achmed war vorbereitet oder begriff die Lage sofort. Wer immer ihn umbringen wollte, wußte, daß er an diesem Tag reiste. Das Massaker muß die Rache für die Morde und Brände am Abend zuvor in Mirat gewesen sein, als die Moslems die Hindus überfielen, weil Mirat sich der Kongreßregierung unterstellen würde. Ich nehme an, Achmed war als Opfer ausersehen – nicht nur, weil er Moslem war, sondern weil die Leute, die ihn umbrachten, keine Moslems im Kongreß haben wollten oder den Moslems im Kongreß nicht trauten und weil sein Vater immer noch dem Kongreß angehörte, vielleicht auch, weil sein Bruder ein fanatischer Pakistani war, und vielleicht kam zu all dem hinzu, daß sie nicht vergessen hatten, daß Achmeds Vater die INA nicht unterstützt hatte. Das machte Achmeds Tod sinnlos, denn Sayed war in der INA gewesen. Aber es war alles so sinnlos – ein scheußliches Durcheinander. Achmed wollte damit nie etwas zu tun haben, und wir waren nie in der Lage gewesen, es in Ordnung zu bringen. Der einzige Unterschied zwischen Achmed und mir bestand darin, daß er dieses Durcheinander nicht ernst nahm, und ich sehr wohl. Ich hatte das Gefühl, wir waren dafür verantwortlich. Wir waren daran schuld, daß sich nach über hundert Jahren nichts daran geändert hatte.

Achmed und ich waren nicht ineinander verliebt. Aber wir liebten uns. Wir erkannten im anderen den unwiderstehlichen Drang, aus einem *zugeteilten* Leben – anders kann ich es nicht nennen – auszubrechen. Als ich am Wasserhahn kniete und die irgendwie lächerlichen kleinen Messingbecher, Töpfe und Krüge füllte, wurde mir unmißverständlich klar, daß das, was ich tat, ebenso sinnlos war, wie das, was er eben getan hatte. Ich habe mich nie mehr gehaßt als in diesem Augenblick. Ich hätte am liebsten die Becher hingeworfen und gesagt: Macht es doch selbst! Und ich haßte Achmed dafür, daß er die Tür nicht verschlossen gelassen und uns gesagt hatte, daß er zum Teufel nochmal nicht sterben werde, wenn sie nicht die Fenster einschlugen und mit den Schwertern hereinkletterten und uns alle abschlachteten, oder ein Feuer unter dem Wagen anzündeten, um uns auszuräuchern, damit sie uns nacheinander niedermachen konnten. Er muß an all diese Möglichkeiten gedacht haben. Aber als es soweit war, ließ er nicht zu, daß von diesen Möglichkeiten auch nur eine anfing, sich für uns zu verwirklichen. Und *ich* konnte nicht aufhören, diese albernen Becher zu füllen und die tapfere kleine Memsahib zu spielen.

Ich bin sicher, er hat gelächelt, ehe er ging. Und ich bin sicher, er hat gesagt: »Sie scheinen mich zu suchen.« Major Peabody glaubt, er hat gesagt: »Riegeln Sie hinter mir wieder zu.« Aber ich glaube, Major Peabody wollte das hören. Vielleicht haben wir alle nur gehört, was wir hören wollten. Vielleicht gab es nichts zu hören, weil er nichts gesagt hat, sondern nur lächelte und ging. In diesem Fall vermute ich, bedeutete das, er wußte, daß es nichts zu sagen gab, weil keine Alternative bestand, weil alle anderen im Wagen automatisch wußten, was er tun mußte. Es gehörte zu dem verdammten Kodex. Sobald er in den Wagen stieg, wußte *er* unbewußt, daß *wir* unbewußt gelost hatten, noch ehe sich die Frage des Auslosens überhaupt stellte, wer überleben würde und wer nicht.

Nein. Ich weiß nicht, was sich in der Leinentasche befand. Und Guy hat nicht nachgesehen. Eine Flasche Whisky vielleicht und ein oder zwei Knoblauchzehen.

Koda, Flugplatz Ranagunj (Ranpur). Sonntag, 9. August 1947.
Der Lautsprecher knatterte. Eine indische Stimme informierte die wenigen Passagiere auf den harten Bänken in der kleinen Abflughalle auf Englisch, daß das Flugzeug aus Majapur gelandet war und die Maschine in zwanzig Minuten nach Delhi starten werde.

Der englische Offizier neben Perron schlug seinen *Reader's Digest* zu und sagte: »Wie zivilisiert das klingt. Soll ich Ihnen etwas Erstaunliches sagen? Bereits im Dezember 1945, als ich in einer Maschine der Luftwaffe von Singapur nach Rangun und weiter nach Kalkutta flog und wir zum Auftanken mitten in Burma landen mußten, ging die Luke auf, und ein Mechaniker in einem weißen Overall streckte den Kopf herein und sagte: »Sie sind soeben in Meiktila gelandet.«

»Meiktila?«

»Ja. Ich hatte dort vor kaum sechs Monaten beim Kampf um den Flugplatz eine Menge guter Männer verloren. Aber schon übten wir für die höfliche Welt der Zivilluftfahrt. Ich dachte: Wie schnell wächst doch Gras über alles.«

Der Abflug verzögerte sich. Er verzögerte sich wegen der Gewitter. Es war beinahe Mitternacht. Tagsüber hatte es die meiste Zeit geregnet. Die alte Dakota stand etwa hundert Yards vom Flughafengebäude entfernt. Die sechs oder sieben Leute, die sich von Freunden verabschiedet hatten und vor oder hinter Perron auf die Gangway zuliefen, die zur offenen Einstiegsluke führte, mußten eine riesige Pfütze umgehen. An Bord hatten dünn gepolsterten Schalensitze die alten Bänke links und rechts ersetzt. Etwa zehn Passagiere saßen bereits. Passagiere aus Majapur: Offiziere und Frauen von Offizieren. Eine Frau mit blau getönten grauen Haaren war vermutlich vom Roten Kreuz. Zwei feiste Männer in Shorts und Hemden, die Australier hätten sein können, entpuppten sich als Engländer – vielleicht Techniker der Britisch-Indischen Elektrowerke. Ihre Hemden hatten dunkle Schweißflecken. Sie tranken Bier aus der Flasche.

Perron fand links einen Einzelsitz. Er verstaute sein Handgepäck. Er setzte sich und schloß die Augen.

Majapur, Ranpur, Delhi. Er überlegte, wie viele der Fluggäste aus Majapur 1942, zur Zeit der Bibighar-Affäre dort gewesen waren. Vielleicht keiner. Die Engländer hatten in Indien immer ein Nomadenleben geführt. Diese kleinen Flughäfen, Überbleibsel des Kriegs, beschleunigten jetzt nur noch den Wechsel von einem Ort zum anderen. Einige flogen zum letzten Mal von hier ab.

Er öffnete die Augen und betrachtete durchs Fenster das, was für ihn von Ranpur übrigblieb: eine beleuchtete Pfütze. Das Flughafengebäude. Ein Tankwagen, der gerade davonfuhr. Hinter dieser Dunkelheit und dem Licht – hinter diesen absurd winzigen Zeichen und Hinweisen auf menschliche Besiedlung – das Abenteuer. Der linke Motor knallte und zerriß die Stille. Der linke Propeller begann, sich zu drehen. Das Wasser der Pfütze kräuselte sich, als hätten die Fischer auf dem Izzat Bagh See ein Netz ausgeworfen. Der rechte Motor knallte. Perron schloß die Augen. Wenn er flog, betete er jedesmal kurz vor dem Start und kurz vor der Landung. In letzter Zeit waren das seine einzigen Gaben,

die er Gott darbrachte. Er konnte sich nicht vorstellen, daß die
Gebete erhört wurden, denn er glaubte, auch Gott, sofern es ihn
gab, würde beten, wenn er sah, wie diese erstaunlichen Maschi-
nen schwankend und bebend über den Asphalt der beleuchteten
Startbahn entgegen rollten.

Und es kam immer der Augenblick, wenn das Flugzeug abhob
und zu verharren schien: der Augenblick ersterbender Absichten;
und dann folgte der Augenblick, wenn die Maschine die Heraus-
forderung wieder annahm, wenn der Papiertiger brüllte und vi-
brierte. Es war, als würde man zurückgezogen und in Zeitlupe
von einem Bogen abgeschossen – und zwar so langsam, daß man
manchmal das Gefühl hatte, der Pilot sei mit seiner Weisheit am
Ende und sei nur noch grimmig entschlossen, trotz aller gegen-
teiligen Anzeichen zu beweisen, daß es zu schaffen war. Das Gefühl, nicht länger auf der Erde zu sein, traf ihn immer wie ein
Schock. Das Wunder war vollbracht. Danach stellte sich selbst
nachts, wenn kein Horizont zu sehen war, ein Hochgefühl ein.

Er schlug das Buch auf, Bronowskis Geschenk, nicht Puschkins
Gedichte, sondern Bronowskis Gaffur-Übersetzung (ein in Bombay erschienener und dem Nawab gewidmeter Privatdruck). Zwischen den Seiten holte er ein Blatt hervor und las, was er im Flughafen Sarah geschrieben hatte.

»Ich warte auf eine Maschine, die vor einer Stunde hätte landen
sollen, die aber wegen der Gewitter Verspätung hat. Auf meiner
Uhr ist es zweiundzwanzig Uhr fünfundvierzig. Also wirst Du inzwischen zurück sein und durch deinen Vater von meinem Anruf
erfahren haben. Ich hoffe, Susan geht es bald besser. Grüße sie
herzlich von mir. Dein Vater sagte, daß Ihr alle noch ein paar Wochen im Kommandantenhaus wohnen werdet, weil die Frau des
neuen indischen Kommandeurs noch nicht kommt und er vorübergehend woanders untergebracht ist. Aber danach? Ich habe
nicht alle Fragen gestellt, die ich stellen wollte – etwa, wohin Du
nach den wenigen Wochen gehst. Nach Hause zurück? Wie absurd, daß sich plötzlich die Frage nach einem Dach über dem Kopf
stellt. Soviel ich verstanden habe, sind es bei Susan nur die Nachwirkungen des Schocks. Sie wird wohl in ein oder zwei Tagen aus
dem Krankenhaus entlassen werden.

Fehlalarm. Jemand hat gesagt, die Maschine sei gelandet. Ist sie aber nicht. Aber ich werde den Brief in Delhi beenden müssen. Ich habe Deinem Vater meine Adresse dort gegeben. Ich weiß nicht, ob ich nach Gopalakand fahren soll, wie Nigel vorgeschlagen hat. Schick mir ein Telegramm, wenn Du möchtest, daß ich nach Ranpur oder hinauf nach Pankot kommen soll. Dein Vater sagte, Du hast Nigels Telegramm bekommen, das er am Donnerstagabend aus Mirat geschickt hat, und in dem er endgültig bestätigt, woran nie zu zweifeln war. Ich hatte versucht, Dich an diesem Abend und auch gestern anzurufen. Aber die Leitungen waren hoffnungslos überlastet. Ich bin mit dem Nachtzug nach Ranpur gefahren und heute morgen gegen acht Uhr angekommen. Ich habe versucht, Dich aus der Messe der Luftwaffe anzurufen, wo ich dank Major Blake den Tag verbringen konnte. Er hat mir auch diesen Flug besorgt. Ich bin aus Mirat abgereist, weil ich dort nichts mehr tun konnte. Achmeds Vater traf gestern morgen ein. Ich habe ihn ganz kurz gesprochen. Ein beeindruckender Mann. Er verbirgt seinen Schmerz.

Als ich am letzten Donnerstag von Premanagar nach Mirat zurückkam, waren Dimitri und Nigel bereits an der Stelle, zu der man die Opfer brachte. Sie hatten Achmed identifiziert und die nötigen Schritte unternommen. Nigel sagte mir – und vielleicht sollte ich es Dir sagen –, Dimitri gibt sich allein die Schuld an allem, weil er zugelassen hat, daß Achmed an diesem Tag fuhr, und weil er nicht vorausgesehen hatte, daß so etwas geschehen könnte. Ehe ich gestern abend abfuhr, bat Dimitri mich, Dich von ihm zu grüßen. Dann wollte er, daß wir uns einen Augenblick auf ein Sofa setzten und schwiegen. Es war wie in einem Stück von Tschechow. Aber werde ich je nach Mirat zurückkommen?«

Hier endete der Brief.

Aber ich wollte (sagte er stumm zu Sarah und legte den Brief beiseite, während die Lichter von Ranpur sich geometrisch bewegten, als seien sie von Menschen geschaffene Sternbilder), ich wollte – heute in Ranpur – ein für allemal das Geheimnis Hari ergründen, wenn er ein Geheimnis ist. Bevor ich zum Flughafen fuhr, machte ich mich mit diesem kleinen Zettel auf den Weg, auf den Nigel Worte und Zahlen geschrieben hatte, die die Vorstellung einer Adresse weckten, die Vorstellung von einem Platz, wo Hari vielleicht zu finden war, wo er vielleicht tatsächlich lebte, existierte, aß, Pflichten erfüllte, vielleicht liebte, ein Leben führte, zufrieden war, glücklich war oder zumindest überlebte, und wo ihn Fremde, Gäste besuchen konnten und Leute, die Botschaften überbrachten. Ich fand die Adresse, aber es war nicht leicht. Der Taxifahrer verlangte mehr Geld, als er die Straße erreichte, die, wie er sagte, zu Haris Haus führte. Er wollte schließlich nicht mehr weiterfahren. Er erklärte, ein Taxi fahre nicht in solche Gegenden. Also bezahlte ich ihn und ging zu Fuß. Zuerst war ich entsetzt, dann fürchtete ich mich. Ich mußte mir ins Gedächtnis rufen, daß Hari hier lebte, hier überlebt hatte. Drei oder vier Bettlerjungen liefen neben mir her und verlangten Geld. Es war eine sehr enge Straße. Vielleicht war noch nie ein Engländer hindurchgegangen. Zu den Bettlerjungen gesellten sich ein Bettler und drei Bettlerinnen. Andere Leute riefen mir aus schmutzig wirkenden offen Läden etwas zu. Der Gestank von menschlichen und tierischen Exkrementen und menschlichem Schweiß war unerträglich. Ich wäre beinahe umgekehrt. Aber mitten in all dieser schrecklichen Armut stand plötzlich ein zwölf- oder vierzehnjähriger Junge vor mir. Er war sehr sauber, trug eine ordentliche kurze Hose, ein ordentliches weißes Hemd und bemühte sich sehr, mir helfen zu können. Er bemühte sich sehr, mit dem Engländer englisch zu sprechen. Ich vertraute ihm. Ich hatte keine Angst mehr. Ich zeigte ihm den Zettel. Er ging voraus und sagte: »Kommen Sie, Sir. Hier entlang, Sir.« Nach etwa hundert Yards stieg er eine schmale Treppe hinauf. Sie führte zwischen zwei offenen Läden in eine Art Mietshaus. Die Wände rechts und links waren fleckig und schmierig. Auf dem zweiten Treppenabsatz blieb der Junge stehen. Aber inzwischen drängten sich andere Leute auf der Treppe.

Der Junge und ich standen vor einer Tür, die von außen verriegelt und mit einem Vorhängeschloß gesichert war. Aber am Türrahmen war eine Karte geheftet, auf der mit Schreibmaschine geschrieben *H. Kumar* stand. Die Leute auf der Treppe riefen dem Jungen etwas zu. Ich glaubte, sie wollten ihn warnen, damit er nichts verrate. Ich verstand den Basardialekt nicht. Aber dann erklärte der Junge, die Leute hätten gesagt, Kumar sei ausgegangen. Er sei bei einem Schüler. Seine Tante sei auf dem Markt im Koti-basar. Sie werde bald zurückkommen. Kumar Sahib komme später. Der Junge fügte hinzu: »Bitte, Sir. Kommen Sie, trinken Sie bis dahin Kaffee. Sauberer Laden. Brahmanenladen.«

Aber ich sagte, ich hätte keine Zeit. Ich zog eine Visitenkarte heraus, um sie dem Jungen zu geben, damit er sie Hari gab. Aber als ich auf die Karte blickte, kam mir das wie ein grausames Eindringen in seine Welt vor. Ich erinnerte mich, wie ich Hari gefragt hatte: Was ist der Unterschied zwischen *Karma* und *Dharma?* Er wußte es nicht... Ich kannte die Antwort seit langem. Hari ebenfalls. Er lebte sie.

Ich stieg die Treppe hinunter und an neugierigen Leuten vorbei. Einige folgten uns auf die Straße. Der Junge hörte schließlich auf, mich zu drängen, mit ihm einen Kaffee zu trinken, und sagte, er werde mich an die Stelle führen, wo ich ein Taxi fände. Auf dem Rückweg durch die Straße folgten uns immer noch einige Jugendliche, Männer und Frauen. Aber jetzt im Freien glaubte ich, daß es nur Menschen waren, die Hari Gutes wünschten, Menschen, die nur hofften, mich festhalten zu können, bis er zurückkam, damit sie mich ihm als Geschenk zu ihm führen konnten.

Aber es wäre ein grausames Geschenk gewesen, nicht wahr? Meine Anwesenheit war grausam. Daß ich ging, ohne ihm auch nur ein Wort zu hinterlassen, war grausam. Als wir die Stelle erreichten, wo man Taxis finden konnte, winkte der Junge eines herbei. Ich zog wieder eine Visitenkarte und einen Bleistift hervor, schrieb aber nichts auf die Karte. Ich gab sie dem Jungen. Ich bot ihm Geld an. Er nahm die Karte, lehnte aber das Geld ab. Ich sagte dem Taxifahrer, er solle mich ins Garnisonsviertel bringen.

Ich weiß nicht, ob ich froh darüber bin, getan zu haben, was ich tat, oder ob ich es zutiefst bedaure. Im Taxi tröstete ich mich mit dem Gedanken, daß er die Visitenkarte hatte – ein kleines Rechteck aus steifem Papier –, wenn er je Hilfe brauchte. Ich zog meine Brieftasche heraus und betrachtete meine Visitenkarte. Ich stellte mir vor, wie der Junge in ein, zwei Stunden ihm eine dieser Karten geben, und er nur halb zuhören würde, während der Junge ihm den Mann beschrieb, der sie zurückgelassen hatte – den Besucher aus einer anderen Welt. Ich wußte es nicht und ich weiß nicht, welchen Schaden ich angerichtet oder ob ich etwas Gutes getan habe. In meiner Brieftasche befand sich noch etwas: der kleine Artikel von Philoktet. Ich hatte ihn mit Nigels Schere ausgeschnitten. Ich wollte ihn Hari zeigen und sagen: »Das hast du geschrieben, nicht wahr, Hari? Den letzten Absatz weiß ich auswendig.«

Auf dem Weg nach Hause denke ich an einen anderen Ort, an scheinbar endlose Sommer und den Schatten anderer Bäume; und dann an die Winter, wenn die Zweige kahl waren, so kahl, daß es mir jetzt unvorstellbar erscheint, daß ich sie ansah und dabei den gerade vergangenen Sommer, den kommenden Frühling nicht für Illusionen hielt, für nie erfüllte Träume, für Träume, die sich nie erfüllen sollten.

Perron legte den angefangenen Brief zwischen die Seiten des Buches, das Dimitri ihm geschenkt hatte. Er blickte aus dem Fenster. Tief unten verrieten schwache vereinzelte Lichtpunkte die Dörfer Indiens – seine Landsleute verließen Indien. Sie gaben Indien auf. Und was sonst noch?

Er wandte sich wieder dem Buch zu, dem Gedicht am Ende. Wie man sagte, war es das letzte, das Gaffur geschrieben, vielmehr diktiert hatte. Aber inzwischen kannte er auch das auswendig. Deshalb klappte er das Buch zu, schloß die Augen und lehnte den Kopf gegen die Sitzlehne.

Alles hat eine Bedeutung für dich; sterbende Blumen,
   Die einzelnen Jahreszeiten.
   Die neuen Kleider, die du am Ende des Ramadan trägst.
   Das Vertrauen eines Fürsten. Die Art, wie das Wasser fließt,
   Zu stürmisch, um innezuhalten, schäumt es über
   Steine, strömt eilig fernen Dingen entgegen,
   Orte, die du nicht sehen kannst, aber auch du
   Bewegst dich auf sie zu.

Heute hast du lange geschlafen. Beim Erwachen regte sich
   dein altes Blut.
   Auch das hatte eine Bedeutung. Das Mädchen, das dich weckte,
   Berührte deine Stirn.
   Sie nannte dich Gebieter. Du hast gelächelt,
   Hobst eine zitternde Hand. Aber sie war entschwunden,

Wie Jahreszeiten entschwinden, wie eine Nachtblume
   sich am Tage schließt,
Wie ein Falke in die Sonne fliegt oder der Gepard springt; wie
Das Reh verharrt, sonnengesprenkelt im langen Gras,
Aber nicht bleibt.

Flüchtige Momente: das Auge bewahrt sie lange,
   Das blinde Auge des alten Dichters,
   So daß selbst du, Gaffur, dir vorstellen kannst,
   Wie in der dunkler werdenden Landschaft
   Der Bogenschütze liebevoll den Pfeil wählt,
   Der Falke den Geparden weit hinter sich läßt,
   (Der Springbrunnen plätschert müde im Hof),
   Das Mädchen springt mit dem Reh davon.